EWIGER WINTER

Dominik Altherr

© Copyright Dominik Altherr
Alle Rechte vorbehalten

Erste Auflage (31.03.2019)

Buchcover: Colin M. Winkler
Lektorat: Maria Blömeke

Dieses Werk, einschließlich seiner Teile, ist urheberrechtlich geschützt. Es darf ohne Zustimmung des Autors nicht vervielfältigt, wieder verkauft oder weitergeben werden.

Für meine Familie

Prolog

Die Flammen der brennenden Bohrinsel spiegelten sich rot in den Wellen des Eismeers.

Rayk spürte die Hitze auf seiner Haut und beugte sich tief über die Reling des kleinen Rettungsbootes. Hände streckten sich ihm hilfesuchend entgegen und er packte sie. Mit einer ruckartigen Bewegung zog er den Mann auf das Boot. Dieser hustete, spuckte Wasser und rang gurgelnd nach Luft. Sofort kniete Rayk sich neben ihn. Während seine Männer die restlichen Überlebenden des Angriffs aus dem Eismeer fischten, senkte er sein Gesicht bis dicht vor das des Mannes herab.

»Wo sind sie hin?«, fragte er drängend.

Die Piraten konnten noch nicht weit sein. Wenn sie sie gleich verfolgten, hatten sie noch eine Chance, sie einzuholen und zur Verantwortung zu ziehen.

»So schnell ...«, murmelte der Mann und schüttelte ungläubig den Kopf. Dann hustete er wieder und murmelte wirr: »... Feuer ... überall Feuer.«

Er starrte Rayk mit aufgerissenen Augen an, als kannte er nicht einmal seinen eigenen Namen. Von ihm würde Rayk nichts erfahren.

Die Köpfe seiner Männer fuhren zu ihm herum, als er einen lauten Fluch ausstieß. Er wusste, dass sein Verhalten unangebracht war, aber was bedeutete das hier draußen auf dem Eismeer schon? Der Gedanke, diese elenden Hunde schon wieder nicht zu erwischen, bereitete ihm innerliche Qualen.

Rayk hob den Blick zu der brennenden Bohrinsel und den gierigen Flammen, die sie verzehrten und nichts als schwarzen Rauch übrigließen, der den Himmel darüber verdunkelte. Bald würde sie in den Tiefen des Eismeers versunken sein.

Aber Rayk schwor sich, dass diese Flammen in ihm weiterbrennen würden, bis die Verantwortlichen vor einem Gericht in Hàvamar standen.

Den anderen Geretteten ging es nicht viel besser als dem Mann, den Rayk in das kleine Beiboot gezerrt hatte. Daher musste er, sobald sie den letzten Mann gerettet hatten, den Befehl geben, zurück zum Schiff zu rudern.

Dort angekommen, stieg Rayk die Strickleiter, die am Rumpf für sie heruntergelassen wurde, hinauf. Einer der niederrangigen Offiziere reichte ihm ein Handtuch, mit dem er sich hastig das kalte Wasser aus den Haaren rieb.

»Helft ihnen, so schnell wie möglich unter Deck zu kommen«, gab Rayk seine Anweisungen. »Steht das warme Wasser bereit?«

»Ja, Kommandant!«, antwortete der Offizier.

»Gut, dann wärmt sie vorsichtig auf. Einige von ihnen waren beinahe zehn Minuten im Eiswasser.«

Der Offizier bestätigte den Befehl und sofort nachdem die Beiboote eingeholt waren, startete der Kapitän die Motoren und brachte sie hier weg.

Um die Besatzung der Bohrinsel nicht im Wasser sterben zu lassen, hatten sie mit dem Schiff näher heranfahren müssen, als es noch sicher für sie selbst gewesen war und Rayk war froh, dass sie nun wieder Abstand gewannen.

Mehrere kleinere Explosionen lenkten seinen Blick zurück zur Bohrinsel. Es war höchste Zeit, von hier zu verschwinden, bevor die gesamte Plattform auseinanderflog.

Auch Rayk wollte unter Deck gehen und seine nasse Kleidung gegen trockene tauschen. Doch der junge Offizier hielt ihn zurück. »Das Luftschiff *Lintu* hat uns angefunkt, während ihr in dem Beiboot wart«, sagte er.

»Früher als erwartet«, dachte Rayk laut.

»Sie sagten etwas von einem zweiten Anflugsziel, das sie noch ansteuern müssen. Sie haben sich beeilt, weil sie ihren Zeitplan einhalten wollen«, erklärte der junge Offizier.

Rayk dankte ihm, dann ging er sich umziehen.

Je früher er an Bord der *Lintu* kam, desto besser. Auch wenn es eigentlich noch über zwei Monate bis zu seiner jährlichen Rückkehr waren, musste er dringend zurück in die Hauptstadt. Der letzte Brief seines Onkels war besorgniserregend gewesen.

In seiner Kabine angekommen, rieb Rayk sich mit dem Handtuch in einer Hand noch immer seine Haare trocken, während er den Brief aus der sauberen Uniformjacke holte, die vorbereitet an seinem Spind hing.

Durch das Bullauge seiner Kabine fiel der rote Feuerschimmer der Bohrinsel und in seinem Schein las Rayk die letzten Zeilen des Briefs noch einmal:

... weiß nicht mehr, wem ich noch trauen kann. Die Piratenangriffe und das, was hier in Hàvamar vorgeht, stehen irgendwie in Verbindung. Wir müssen dringend miteinander reden. Komm so schnell du kannst. Die Lintu *ist unterwegs.*

Rayk kam nicht umhin, zum wiederholten Male zu bemerken, dass das Schreiben nicht den offiziellen Stempel des Verteidigungsministers trug. Stattdessen hatte sein Onkel es handschriftlich unterzeichnet. Ildar hätte ihn einfach anfunken lassen können, doch er hatte jeden offiziellen Kanal umgangen, um ihn direkt zu erreichen. Und das machte Rayk wirklich Sorgen.

Eine weitere Explosion riss Teile der Ölbohrplattform auseinander, so dass brennende Wrackteile ins Eismeer darunter stürzten, wo die Flammen vom Wasser dampfend gelöscht wurden.

Rayk schlüpfte gerade in die Ärmel seiner Uniformjacke, als der Ruf über die Schiffsdecks schallte: »Luftschiff in Sicht!«

※

Kapitel Eins

Mira achtete sorgfältig darauf, dass ihre Wange nicht das kalte Glas des Bullauges berührte, während sie hinauspähte. Trotz der dunklen Wolken am Horizont würden die Walfischfänger noch mindestens für eine weitere Woche nicht zur Eisscholle zurückkehren. Der Wind, der die dicken Schneeflocken zu undurchsichtigen weißen Wolken verwirbelte, ärgerte Mira trotzdem. Sie wollte vorsichtig bleiben und gerade heute auf keinen Fall ein Risiko eingehen. Auf ihrem Weg durch den äußeren Ring der Wohnanlage musste sie die Kälteschleuse passieren. Falls in diesem Moment jemand hereinkäme, würde sie das dritte Jahr in Folge ihren *warmen Tag* verpassen. Und sie hatte nicht vor, es dazu kommen zu lassen.

Erst nachdem Mira sich absolut sicher war, dass niemand draußen vor der Schleuse darauf wartete, hereinzukommen, ging sie weiter. Den äußeren Ring zu passieren, war vermutlich das größte Risiko des gesamten Tages, wenn es darum ging im Warmen zu bleiben. Sie würde dem Gang nur noch wenige Meter folgen können, bevor sie zu den Wäschereien kam. Obwohl der warme Dampf, der dort immer durch die Türen entwich, sich im ersten Moment angenehm anfühlte, durchdrang er doch sehr schnell die Kleidung und verwandelte sie in klamme Stoffstücke. Statt also weiterhin geradeaus zugehen, nahm Mira den nächsten Quergang, vorbei an einem leerstehenden Lagerraum. Die Konserven, die darin gestapelt gewesen waren, hatten die Schollenbewohner bereits vor Wochen aufgebraucht.

Ihr Ziel war die Gartenkuppel. Dort würde sie ihre restlichen Pflichten für heute erledigen, um dann endlich den Abend genießen zu können. Fay hatte heute Geburtstag. Obwohl das bedeutete, dass Mira später gezwungen war, noch bei ihr vorbeizugehen, freute sie sich jedes Jahr darauf. Fays Familie gehörte die Wohneinheit direkt neben der von Mira und ihrem Vater und ihre beiden Zimmer grenzten direkt aneinander. Der kleine Heizkörper, der auf Fays Seite der Wand hing, würde den ganzen Tag und die ganze Nacht über laufen und so auch Mira ein warmes Zimmer bescheren. Fays Vater konnte sich das zum Glück leisten. Er war verantwortlich für den Handel der Scholle und ihm verdankten sie zu einem großen Teil den Wohlstand, der es ihnen ermöglichte, ohne strenge Rationierungen von Essen oder warmen Wasser auszukommen, wie es auf vielen kleineren Schollen üblich war. Natürlich mussten sie noch immer sparsam sein, aber wer, außer den Hauptstädtern, musste das nicht?

Nachdem Mira ein paar weitere Wohneinheiten passiert hatte, kam sie endlich zur inneren Schleuse, durch die sie die Gartenkuppel betreten konnte. Die gläserne Kuppel war das Zentrum der Eisscholle. Um sie herum war die gesamte Wohnanlage errichtet und die wichtigsten Räume grenzten direkt daran. Wie die Schalen einer Zwiebel folgten nach außen hin der innere und äußere Ring. Wer diese breiten Gänge entlangschritt, konnte einmal komplett im Kreis herumgehen und so jeden Punkt erreichen, zu dem er wollte. Die beiden Hauptgänge wurden von den Wohneinheiten der Schollenbewohner voneinander getrennt und als äußerste Grenze, zu der Kälte der Außenwelt, fungierten Räume wie die Wäscherei oder auch das Klassenzimmer, in das Mira sich noch für zwei letzte Wochen quälen musste. Dann würde sie endlich siebzehn werden.

Die Schleusentüren der Gartenkuppel waren ebenso aus Glas wie der gesamte Rest, so dass Mira sehen konnte, dass gerade niemand die Schleuse nutzte. Also drückte sie die äußere Tür auf und verließ den inneren Ring. Mira spürte die sanfte Wärme des Gartens und auf ihren Armen bildete sich eine Gänsehaut. Hinter ihr fiel die äußere Schleusentür zu und gab somit das Schloss der inneren frei. Kalte Zugluft wäre für viele Pflanzen schädlich und so hatte man diese Sicherheitsvorkehrung getroffen.

Mira ließ die Glastür vor sich aufschwingen und betrat den schmalen Pfad, der sie an den einzelnen Parzellen vorbei zu ihrer eigenen bringen würde. Wie Treppenstufen stapelten sich die unterschiedlichen Pflanzen in großen rechteckigen, mit Muttererde gefüllten Wannen, übereinander. Mira wusste, dass manche Schollenbewohner innerhalb der Kuppel das Gefühl von Enge empfanden, da jeder Millimeter kostbar war und ausgenutzt werden musste. Doch sie selbst fühlte sich nirgends mehr zu Hause als hier. Der Duft der fruchtbaren braunen Erde und der verschiedenen Pflanzen drang in sie hinein und mit einem wohligen Schauer genoss sie, dass es warm genug war, dass sie die verschiedenen Gerüche tatsächlich wahrnehmen und unterscheiden konnte.

 Mira hatte als kleines Mädchen die Märchenbücher verschlungen, die Zeichnungen von endlosen Gärten enthielten. Gigantische grüne Flächen, auf denen nicht nur Obst oder Gemüse angebaut wurde, sondern sogar bunte Blumen. In der gesamten Kuppel gab es nur eine einzige Parzelle für Blumen, die jedoch nur für Feiertage angebaut wurden, an denen sie in der Hauptstadt an reiche Adlige verkauft werden konnten. Der restliche Garten musste seinen immensen Energieverbrauch damit rechtfertigen, dass er alle Bewohner der Scholle ernährte.

 Mira war kurz vor der Hauptarbeitszeit gekommen. Einige Frauen, die wie sie selbst, ein paar Minuten früher waren, arbeiteten bereits an ihren Abschnitten.

 Mira bog um ein paar der hohen Reihen von übereinander gestapelten Feldern und kam zu ihrem eigenen Abschnitt. Neben dem Kontrollkasten ihrer Parzelle hing die kleine Schiefertafel mit den Anweisungen für ihre Gärten. Unter ihrer eigenen Schrift, mit der Mira die Gieß- und Sonnenzeiten ihrer Pflanzen eingetragen hatte, konnte sie Sveas Handschrift erkennen, die ihr für heute die Aufgabe erteilt hatte, ein halbes Feld Kartoffeln neu zu pflanzen.

 Mira ging auf den kleinen Kontrollkasten direkt neben der Tafel zu und ließ ihren Blick nach oben über die Felder ihrer Parzelle in Richtung Kuppeldecke gleiten. Jedes Feld bestand aus einem zehn Meter langen und drei Meter breitem mit Erde gefüllten Becken. An den Seiten waren jeweils die metallenen Halterungen angebracht, die es ihnen erlaubten sanft hin und her zu schaukeln, sollte die Scholle einmal in stürmischere Gewässer geraten.

 Das Feld, das Mira gesucht hatte, fand sie weit über ihrem Kopf als fünfte der zehn Treppenstufen. Während auf allen anderen Feldern bereits grüne Pflanzen in unterschiedlichen Wachstumsstadien wuchsen, war dieses Feld noch kahl und leer.

Mira betätigte schnell einige Knöpfe der Kontrolltafel ihrer Parzelle und mit leisem Quietschen setzten sich die Felder in Bewegung. Die Treppenform bildete sich Stufe um Stufe zurück, bis die übereinander gestapelten Felder nur noch einer glatten Wand entsprachen. Mira drückte einen weiteren Knopf, der etwas schwergängig war und Feld Nummer fünf setzte sich wieder in Bewegung. Die dicken metallischen Halterungen schoben es langsam vorwärts vor die Reihe der anderen Felder, wo es für einen kurzen Moment hin und her schaukelte. Dann senkte die Mechanik es langsam ab, bis es direkt vor Mira in der Vertiefung im Boden, die zuvor von der untersten Treppenstufe eingenommen worden war, zum Liegen kam. Die Feldarbeit konnte losgehen.

Die nötigen Handgriffe fielen Mira leicht und sie kam rasch voran. Die vorgekeimten Kartoffeln befanden sich in einer großen Holzkiste, die Svea neben ihren Feldern abgestellt haben musste, und da Mira gestern schon alles andere vorbereitet hatte, musste sie heute nur noch die Furchen graben, in die sie dann die Kartoffeln versenkte. Lediglich auf den richtigen Abstand musste sie achten, sodass die Pflanzen genügend Platz zum Wachsen hatten. Es dauerte nicht lange, bis sie so das halbe Feld mit Kartoffeln versehen hatte und die Erde schön locker wieder über ihrer Aussaat in die Furchen füllte. Schnell nahm sie noch die Gießkanne und verteilte das Wasser gleichmäßig über das Feld.

Nachdem sie mit der Arbeit fertig war und die entsprechenden Knöpfe gedrückt hatte, formierten sich die Felder wieder zu einer neuen Treppe. Das bisher oberste Feld tauschte seinen Platz mit demjenigen zwei Etagen darunter und die frisch gesetzten Kartoffeln verblieben an unterster Stelle, sodass sich die restlichen Felder jeweils um ein Stockwerk nach oben verschoben. Während die Felder noch langsam auf ihren endgültigen Plätzen in den Halterungen hin und her wippten, schnappte Mira sich ein kleines Stück Kreide und hakte den Arbeitsauftrag auf der Schiefertafel ihrer Parzelle ab. Ein Blick nach oben durch die Gartenkuppel zeigte ihr dunkle schneeverhangene Wolken und verriet ihr damit, dass sie wohl besser auch noch einige der Sonnen- und Gießzeiten ein wenig anpassen sollte. Ein letzter Blick, ob auch wieder alles auf seinem Platz war und dann wandte sich

Mira zum Gehen. Schließlich wollte sie vor ihrem pflichtmäßigen Treffen mit Fay im Speisesaal noch zur Werkstatt ihres Vaters.

Zwischen den Parzellen der anderen Gärtnerinnen lief Mira zu dem Ausgang der Kuppel, der der Werkstatt am nächsten lag, als ihr plötzlich ein weiterer Gedanke kam. Sie musste sich vor dem Essen ja auch noch umziehen und Fays Geschenk aus ihrem Zimmer holen. Sie beschleunigte daher ihre Schritte. Miras Vater würde sich sicher wieder die größte Mühe geben, ihr etwas über die unzähligen Maschinen beizubringen, die er warten und pflegen musste. Und sie würde wie immer versuchen so viel wie möglich davon zu behalten. Auch wenn sie jetzt schon wusste, wie aussichtslos es war, jemals das gleiche Verständnis dafür zu entwickeln wie Tarjei es besessen hatte. Mira verdrängte ihren letzten Gedanken jedoch schnell wieder, indem sie sich schmerzhaft in die Wange biss - das half immer, wenn sie an Tarjei dachte - und beschleunigte ihre Schritte noch einmal.

Der innere Ring füllte sich langsam mit Menschen, die in die entgegengesetzte Richtung unterwegs waren. Die meisten von ihnen waren Frauen, die ihre tägliche Arbeit beendet hatten und nun in den Garten strömten, um ihre Parzellen zu versorgen. Einige von ihnen erkannten Mira und nickten ihr zu, bevor sie weitereilten. Mira bog in den nächsten Quergang und musste zur Seite springen, um einem kleinen Jungen, der um die Ecke sauste, auszuweichen. Vier oder fünf weitere Kinder folgten ihm dicht auf den Fersen. Die Mischung aus Anstrengung und einem Grinsen in ihren Gesichtern, verriet Mira, dass sie auf der Flucht vor einer Bestrafung waren. Mit größtem Geschick wichen sie den erwachsenen Frauen aus, um nicht von ihnen angehalten und ausgeschimpft zu werden.

Nur wenige Augenblicke später erreichte Mira den äußeren Ring und erkannte, vor wem die Kinder wegliefen. Der alte Lyker hetzte ihr entgegen, so schnell es ihm der Gehstock und seine steifen Gelenke erlaubten. Völlig außer Atem blieb er vor Mira stehen und stützte sich an der Wand neben ihr ab.

»Sind sie hier lang?«, fragte er keuchend und zeigte in den Gang hinter Mira.

»Wer denn?«, fragte Mira, obwohl sie genau wusste, hinter wem ihr alter Lehrer her war.

»Stig, Nea, ...«, begann Lyker die Namen der Gesuchten aufzuzählen, bevor ihm vermutlich klar wurde, dass er sich nicht mehr an alle Namen seiner Schüler erinnern konnte, oder das es sowieso unwahrscheinlich war, dass Mira sie alle kannte. »Vier oder fünf Zweitklässler«, erklärte er stattdessen und schob sich seine dünne Nickelbrille hoch, da sie ihm bei der Verfolgungsjagd bis auf die Nasenspitze heruntergerutscht war. »... Rennen seit vier Quergängen vor mir weg«, fügte er hinzu und schnaufte vor Anstrengung noch immer wie ein Yarum-Büffel.

Mira nickte und runzelte die Stirn, als müsste sie ernsthaft darüber nachdenken, ob sie sie gesehen hatte. »Ja, ich glaube die sind hier vorbeigerannt.«

»Danke«, nuschelte Lyker, der sofort weiterhetzte.

Mira mochte es nicht besonders, die Zweitklässler zu verpetzen, aber noch weniger gerne log sie jemanden an. Allerdings verbot ihr dieser kleine Ehrenkodex nicht, sich ein wenig dumm zu stellen, dachte Mira. Der Vorsprung, den sie Stig, Nea und wem auch immer verschafft hatte, sollte ausreichen, um Lyker abzuschütteln. Mit einem Lächeln auf den Lippen setzte sich Mira wieder in Bewegung. Die Werkstatt ihres Vaters war nicht mehr weit.

Das dumpfe Dröhnen der Maschinen wurde lauter, je näher sie zur Tür kam. Mira wusste aus Erfahrung, dass es wenig Sinn hatte, zu klopfen. Entweder tauschte ihr Vater gerade im benachbarten Maschinenraum irgendwelche Dichtungen aus oder er schraubte an seiner Werkbank gedankenverloren an neuen Prototypen für die Warmwasserpumpe herum, die er schon seit Wochen austauschen wollte. So oder so würde er nicht auf ihr Klopfen reagieren. Daher schob Mira die Tür einfach auf und drückte sich an einem dicken Heizungsrohr vorbei, das den schmalen Gang, der zur Werkstatt ihres Vaters führte, noch enger machte. In diesem Teil der Wohnanlage waren die Rohre weniger gut in den Wänden versteckt und liefen zum größten Teil unverkleidet an der Decke oder der Wand entlang. Mira wusste genau, welche von ihnen heiß genug waren, um sich daran zu verbrennen, oder so eiskalt, dass die Haut daran hängenblieb. Ein paar kleine, fast verblasste Narben an ihren Unterarmen, hatten sie gelehrt, wie sie sich im Reich ihres Vaters bewegen musste.

Endlich in der Werkstatt angekommen, entdeckt Mira ihren Vater. Wie erwartete saß er über seine Werkbank gebeugt da und arbeitete an der Warmwasserpumpe. Allerdings war er nicht allein. Svea stand neben ihm. Ihre Hand lag auf seiner Schulter und sie lehnte sich sanft gegen seinen Körper, während sie seine Finger bei der Arbeit beobachtete. Sie schienen gerade am Ende eines längeren Gesprächs angekommen zu sein, denn obwohl keiner der beiden etwas sagte, lag kein unangenehmes Schweigen in der Luft.

Es war merkwürdig für Mira, ihren Vater und Svea so zu beobachten. Sie hatte sie bisher nur sehr selten so offensichtlich zusammen gesehen. Für gewöhnlich waren es versteckte Blicke oder zufällig erscheinende Begegnungen, die die beiden verbanden. Dabei wusste Mira nicht, ob ihr Vater und Svea das taten, um alle anderen zu täuschen oder sich selbst.

Svea bemerkte als Erste, dass jemand den Raum betreten hatte und drehte sich um. Als sie Mira erkannte, lächelte sie. Langsam und völlig beiläufig ließ Svea ihre Hand von der Schulter von Miras Vaters gleiten und baute möglichst unauffällig wieder diese nur hauchdünne und dennoch immer vorhandene Distanz auf, wie auch andere Frauen sie zu Männern einhielten, mit denen sie nicht verheiratet waren. Hätte Mira die beiden nicht eine Sekunde zuvor noch beobachtet, so sähe nun alles danach aus, als wäre Svea nur eine alte Freundin ihres Vaters, die kurz vorbeigekommen war.

»Du hast Besuch, Bjan«, sagte Svea und daraufhin drehte sich auch Miras Vater auf seinem Stuhl um.

»Ah, Mira«, sagte er und Mira konnte an seinem Blick erraten, dass er sich fragte, seit wann seine Tochter bereits dort im Eingang stand und wie viel von dem, was gerade besprochen worden war, sie wohl mitgehört hatte.

Mira verstand nicht, was Svea und ihren Vater voneinander fernhielt. Sie waren fast im gleichen Alter. Das Haar ihres Vaters war zwar längst grau, aber auch Svea besaß nur noch wenige blonde Strähnen in ihren ansonsten ebenfalls grauen Haaren. Mira hatte ihre Mutter nie gekannt. Und Sveas Mann war nun schon so viele Jahre tot, dass sein Gesicht für Mira und vermutlich sogar für Svea selbst, nur noch eine verschwommene Erinnerung war. Beide waren sie allein, doch aus irgendeinem Grund konnten sie diesen Zustand nicht überwinden. Mira nahm sich vor, ihren Vater darauf anzusprechen, sobald sie genug Zeit hatte, sich zu überlegen, was sie ihm sagen würde.

Während sie noch darüber nachdachte, war Svea auf sie zugekommen und gerade im Begriff die Werkstatt zu verlasen. Es war jedoch gut für Mira, die Vorsteherin der Gartenkuppel hier getroffen zu haben, denn so konnte sie sie gleich vorwarnen.

»Ich habe die Sonnen-Zeiten für die Felder angepasst«, sagte Mira. »Ich glaube, die Scholle fährt auf einen Sturm zu.« Ein nachdenklicher Gesichtsausdruck schlich sich auf Sveas Gesicht.

»Das wäre der dritte in zwei Wochen«, meinte sie. »Die Pflanzen brauchen dringend mal wieder längeren Sonnenschein.«

»Ganz zu schweigen von dem Ölverbrauch, den die Kuppel bei schlechtem Wetter hat«, sagte Bjan ärgerlich. »Wenn wir weiterhin das künstliche Licht für die Pflanzen so oft anschalten und die Außentemperatur nicht bald steigt, dann müssen wir spätestens in drei Monaten schon wieder zurück zur Hauptstadt und die Tanks auffüllen.«

Mira wusste, dass ihr Vater ein wenig übertrieb. Aber ganz Unrecht hatte er nicht. Die Scholle hatte erst vor einem Monat die Hauptstadt angelaufen und bei Miras gestriger Übungsstunde im Maschinenraum hatte sie zufällig auf die Anzeige der Öltanks gesehen. Sie hatten in diesem Monat beinahe doppelt so viel Öl verbraucht, als normalerweise. Es schien draußen einfach immer kälter zu werden.

»Dann sollten wir wohl hoffen, dass die Walfischfänger einen guten Fang machen«, sagte Svea. »Und wenn wirklich ein Sturm kommt, dann muss ich mich jetzt wieder an die Arbeit machen. Nicht jede meiner Gärtnerinnen wird daran denken, die Sonnen-Zeiten anzupassen und alles vorzubereiten.«

Bei diesem indirekten Lob zwinkerte Svea Mira zu. Dann

ließ sie sie mit ihrem Vater alleine und verschwand in dem schmalen Gang, der sie zum äußeren Ring bringen würde.

Mira hatte es Svea zu verdanken, dass sie ihre eigene Parzelle besaß, obwohl sie noch nicht volljährig war. Wenn Mira Glück hatte, konnte sie direkt nach dem Ende der Schule bei Svea in die Lehre gehen. Denn genauso sehr, wie sie den Garten und ihre Arbeit darin liebte, hasste sie alle anderen Arbeitsdienste, die sie bisher hatte erledigen müssen. Die Wäscherei war eine einzige Plackerei. Um die Flecken aus der Kleidung zu bekommen, nutzten die Schollenbewohner schleimige Seifen, die aus irgendeiner Körperflüssigkeit der erlegten Walfische stammten, über die Mira lieber nicht näher nachdenken wollte. Der Geruch dieser Seifen war so penetrant, dass er sich mühelos in die Nase fraß. Dort setzte er sich dann über Wochen fest, sodass alles, was man aß, danach schmeckte. Obwohl man es beim Arbeitsdienst in der Küche wenigstens warm hatte, hatte Mira diesen Ort in ähnlich schlechter Erinnerung. Besonders die großen, unhandlichen Messer. Es hatte wirklich lange gedauert, bis ihre Fingerkuppe wieder an ihren Zeigefinger angewachsen war.

»Also«, sagte Miras Vater, als sie alleine waren. »Wo waren wir gestern stehengeblieben?«

»Die neue Wasserpumpe für die Duschen neben der Außenschleuse«, antwortete Mira nach kurzem Überlegen und befreite den einzigen anderen Stuhl in der Werkstatt von dem darauf liegenden Schraubenzieher und einem Set unterschiedlich großer Muttern, bevor sie sich hinsetzte.

»Du weißt ...«, begann ihr Vater wie immer seine Lektion. Und Mira vervollständigte wie immer nickend seinen Satz: »..., dass ich nicht hier sein muss. Ja, das weiß ich.«

Ihr Vater lächelte. Und dann lächelte auch sie.

Keiner von ihnen hatte je aussprechen müssen, warum sie mit diesem Ritual begonnen hatten. Ihr Vater hatte nach Tarjeis Tod jemand anderen gebraucht, dem er seine Arbeit erklären konnte. Aus irgendeinem Grund half es ihm dabei, die Scholle in einem Stück zu halten. Und warum Mira es tat, darüber dachte sie für gewöhnlich nicht nach. Sie hatte inzwischen gelernt, dass es stattdessen angenehmer war, sich einfach so lange in die Wange zu beißen, bis Tarjei aus ihren Gedanken verschwunden war.

Beinahe zwei Stunden später schien auch Miras Vater für heute genug zu haben und mit seinen Ausführungen langsam zu einem Ende zu kommen.

»Und deswegen ist die Einstellung dieser beiden Kontrollschalter für die Scholle so wichtig«, erklärte er gerade und tippte gegen eine der kleinen, unscheinbar wirkenden Reihen dunkelgelb leuchtender Lämpchen. Mira und ihr Vater hatten mittlerweile die Werkstatt verlassen und waren in die Tiefen des Maschinenraums eingetaucht, wo die wichtigsten Schaltkreise der gesamten Scholle zusammenliefen. Dutzende Rohre, manche dicker als ein Mensch, andere dünner als Miras kleiner Finger, durchzogen den Raum. Sie machten die Wege zu den einzelnen Kontrolltafeln zu einem nahezu undurchschaubaren Labyrinth. Zusammen mit dem schummrigen Licht und dem steten Dröhnen der großen Verbrennungsmaschinen im hinteren Teil des Raumes, entstand eine beklemmende Atmosphäre. Doch Mira hatte sich in den letzten Monaten daran gewöhnt, hierherzukommen und inzwischen fiel es ihr auch wesentlich leichter, sich bei dem Lärm mit ihrem Vater zu unterhalten.

»Aber warum regeln wir die Luftzufuhr zu den Eisgeneratoren nicht noch weiter hoch?«, fragte Mira. Dabei hatte sie das Gefühl, dass sie sich bereits jetzt schon nicht mehr auf dem Kontrollpanel vor sich zurechtfand, obwohl ihr Vater ihr das Durcheinander aus kleinen Schaltern, Lämpchen und Knöpfen gerade erst erklärt hatte.

»Je mehr Luft die Generatoren in die Grundsubstanz der Scholle einbauen, desto mehr Energie verbrauchen sie«, antwortete Bjan. »Und wir wollen zwar so hoch wie möglich im Wasser liegen, aber sobald wir auf einen Sturm zufahren, bevorzugt Käpt'n Narvik ein wenig mehr Tiefgang, um besser steuern zu können.«

Mira nickte. Das Prinzip war einfach. Obwohl die Scholle im Meerwasser trieb, das kalt genug war, einen darin schwimmenden Mann innerhalb weniger Minuten umzubringen, waren die Grenzflächen der Scholle ständig im Wandel. Kleine Eisstücke brachen ab und wenn die Sonne ausnahmsweise einmal zu lange auf einen Fleck schien, begann das Eis dort sogar zu schmelzen. Die Aufgabe der

Eisgeneratoren war es, diese Schäden wieder zu reparieren. Die Maschinen waren über die gesamte Scholle verteilt und durchdrangen das Eis mit langen Metallrohren, die bis zur Unterseite der Scholle reichten, wo sie dem Meeresgrund entgegenragten. Dort produzierten sie ständig neue Eisschichten. Ihr Vater konnte mit der Kontrolltafel, vor der sie zurzeit standen, exakt regulieren, wie die Maschinen arbeiteten. Je mehr Luftblasen die Generatoren in die neuen Eisschichten einarbeiteten, desto größer war der Auftrieb der Scholle und desto höher lagen sie über dem Meeresspiegel. Solche Grundprinzipien begriff Mira meist sehr schnell. Nur mit den vielen technischen Details und den unzähligen Knöpfen hatte sie ihre Probleme. Mira hatte, obwohl es ihr Vater nicht direkt ausgesprochen hatte, auch schnell durchschaut warum die Regulation der Luftzufuhr so wichtig war und worum es dabei wirklich ging. Sie hatte die Geschichten von Piratenüberfällen auf Schollen gehört. Wenig Tiefgang bedeutete für Beobachter spärlich gefüllte Lagerräume und wenig Öl in den Tanks. Bisher war Mira nur nicht klar gewesen, dass es vermutlich der Verdienst ihres Vaters war, dass sie in ihrem ganzen Leben noch nie einem Piraten begegnet war.

»Und du hast diese Kontrollen selbst gebaut?«, fragte Mira anerkennend, obwohl die kreuz und quer angeordneten Bedienelemente für sie komplett unverständlich blieben. Es entzog sich bereits ihrem Verständnis, wie man sich in solch komplexen Schaltkreisen zurechtfinden konnte und immer die exakt richtigen Einstellungen vornahm. Da war es für sie umso erstaunlicher, dass jemand so etwas tatsächlich bauen konnte.

»So ziemlich«, antwortete ihr Vater. »Als wir auf diese Scholle kamen und ich als Mechaniker mit der Arbeit anfing, war hier im Maschinenraum alles ein einziges Chaos. Allerdings ist es, so wie es jetzt ist, nicht alleine mein Verdienst. Tarjei hat an der Bedienung herumgeschraubt und sie einfacher gemacht.«

Es waren unbedachte Worte gewesen, die ihr Vater im Eifer des Gefechts ausgesprochen hatte. Doch jetzt ließen sie sich nicht mehr zurücknehmen und Tarjeis Name hing wie eine unsichtbare Bleidecke in der Luft, die ihre Stimmung schlagartig niederdrückte. Selbst das Brummen der Motoren kam Mira plötzlich leiser vor. Ihr Vater hatte versehentlich ein Thema angesprochen, das sie beide sonst um jeden Preis mieden. Ihr Vater sogar noch mehr als sie selbst.

Zum Glück schaltete sich plötzlich eines der kleinen orangefarbenen Lämpchen auf der Kontrolltafel vor Mira aus und erlöste sie aus der unangenehmen Situation. Bjan spielte schnell mit seinen Fingern an einem Drehknopf und das Licht sprang flackernd wieder an. Es leuchtete jedoch schwächer als zuvor, was dazu führte, dass ihr Vater leise seufzte. Das tat er immer, wenn er mal wieder darüber nachdachte wie er die Kosten für die vielen Ersatzteile, die sie brauchen würden, möglichst niedrig halten konnte. Die kurze Unterbrechung ihres Gesprächs hatte den größten Teil der Anspannung von ihnen genommen. Daher klang die Stimme ihres Vaters nur ein ganz klein wenig rau, als er mit einem aufgesetzten Lächeln sagte: »Ich denke, es reicht für heute. Hast du nicht etwas von einer Verabredung erzählt, die du noch hast?«

Mira musste sich zusammenreißen, um nicht laut zu fluchen. Sie hatte völlig die Zeit vergessen und nicht mehr an Fays Geburtstag gedacht. Wie viel Zeit hatte sie noch? Zehn Minuten? Oder waren es weniger?

Sie murmelte hastig einen Abschiedsgruß in Richtung ihres Vaters, während sie bereits losgerannt war und einem Rohr auswich, das in ihren Weg hineinhing. Schnell rief sie ihrem Vater noch über den Lärm der Motoren hinweg zu, dass sie heute vermutlich später als gewöhnlich in ihrer Wohneinheit zurücksein würde und hoffte, dass er sie gehört hatte. Dann war sie auch schon aus dem Maschinenraum verschwunden.

*

Es war längst Essenzeit und der äußere Ring war wie leergefegt. Für Mira hatte es etwas Gespenstisches, den Gang entlang zu rennen und den Sturm von draußen gegen die Wände der Wohnquartiere peitschen zu hören. Verdammt, dachte Mira als sie wieder an dem schmalen Fenster in der Nähe der Außenschleuse vorbeikam, an dem sie schon heute Mittag gezögert hatte. Inzwischen war es draußen beinahe völlig dunkel. Nur schwaches Zwielicht konnte sich durch die graue Wolkendecke kämpfen. Die nähere Umgebung der Schleuse war von zwei hellen Lampen in grelles Licht getaucht. Doch die vom Schnee und Eis reflektierten Strahlen blendeten Miras Augen so sehr, dass sie außerhalb des Lichtkegels rein gar nichts außer Schatten erkennen konnte. Falls gerade jemand auf dem Weg zur Schleuse wäre, würde sie ihn auf keinen Fall entdecken. Sie dachte kurz über die Möglichkeit eines Umwegs nach, doch sie würde sogar jetzt schon zu spät kommen. Daher blieb ihr nichts anderes übrig, als ihren *warmen Tag* ein weiteres Mal für heute zu riskieren und erneut an der Außenschleuse vorbeizuschlüpfen.

Nachdem Mira sich den nötigen Ruck gegeben hatte, erschien ihr das Risiko gar nicht mehr so groß. Zumindest versuchte sie sich das einzureden. Die Walfischfänger waren vermutlich noch für ein paar weitere Tage auf See und wer sonst sollte sich während eines Sturms auf die freie Schollenfläche wagen. Je näher sie der Schleuse kam, desto mehr schienen ihr diese Gedanken Sinn zu ergeben.

Doch schließlich war sie nahe genug an der Tür, um ein leises Rumpeln dahinter wahrnehmen zu können. Im ersten Augenblick dachte Mira noch, dass sie es sich eingebildet hatte, doch dann glaubte sie, auch eine Stimme zu hören. Natürlich, dachte sie ärgerlich und biss sich in die Wange. Natürlich war ausgerechnet jetzt jemand in der Schleuse und konnte jeden Augenblick herauskommen. Der kalte Luftzug würde sie das dritte Jahr in Folge ihren *warmen Tag* kosten.

Ohne lange zu überlegen rannte Mira los. Ihr Zuspätkommen hatte wenigstens den Vorteil, dass bereits alle im Speisesaal waren. So konnte sie niemand beobachten, wie sie durch den äußeren Ring sprintete, als wäre der ewige Winter hinter ihr her. Hätte sie einem anderen Schollenbewohner die Sache mit ihrem *warmen Tag* erklärt, wäre sie vermutlich für verrückt erklärt worden. Mira kannte niemanden außer sich selbst, dem die Kälte so zuwider war und der deswegen ebenfalls *warmen Tagen* wie einer Trophäe hinterherjagte.

Exakt in dem Moment, als Mira endlich bei der Schleusentür angekommen war und sie passierte, zischte der Mechanismus der Tür leise und kündigte ihr Aufschwingen an. Mira hatte es fast geschafft. Sie durfte nicht aufgeben, auch wenn ihre Muskeln sich weigern wollten, schneller zu laufen. Wenn sie jetzt nur noch ein paar Sekunden weitersprintete, dann hatte sie es geschafft.

Sie biss die Zähne zusammen und erreichte die Tür ihrer Wohneinheit. Den kleinen silbernen Schlüssel, den sie für gewöhnlich an einer dünnen Lederschnur um den Hals trug, hatte sie bereits in der Hand. Und noch bevor sie der kalte Luftzug oder der fragende Ruf des Neuankömmlings, warum sie denn so rannte, erreichen konnte, stand sie in der Wohneinheit, in der sie zusammen mit ihrem Vater lebte.

Den Schlüssel ließ sie wieder durch den Ausschnitt ihres Pullovers auf ihre Brust gleiten. Natürlich achtete sie auch dabei darauf, dass das Metall noch warm genug war, dass es ihr keine Gänsehaut verpasste. Eine weitere kindische Angewohnheit, die sie sich angewöhnt hatte, seit sie den Schlüssel zu ihrer Wohneinheit als kleines Mädchen zum zweiten Mal innerhalb der ersten Schultage verloren hatte. Ihr Vater hatte Nummer drei schließlich einfach an einer Kette um ihren Hals gehängt.

Mira ging schnell um den Tisch herum, auf dem noch immer die Einzelteile des Radios lagen, das ihr Vater in seiner knappen Freizeit zu reparieren versuchte, und öffnete die Tür zu ihrem Zimmer. Sofort spürte sie die kräftige, ungewohnte Wärme, ausgehend von der Wand, die sie sich mit Fay teilte. Sie hatte leider keine Zeit, das Gefühl auf ihrer Haut richtig zu genießen. Nur schnell ein paar saubere Klamotten und dann weiter zum Speisesaal.

Genauso wie der Rest ihres Zimmers, war auch Miras Kleiderschrank klein und schlicht. Da sie jedoch nie besonders viel Ahnung von Mode gehabt hatte oder besonders viele Klamotten besessen hatte, empfand sie den Schrank mehr als ausreichend. Dabei stand sie dem Thema auf keinen Fall ablehnend gegenüber. Das einzige Bild, das sie von ihrer Mutter besaß, war auf die Innenseite der kleinen Taschenuhr geklebt, die sie immer bei sich trug. Das Foto war vor so langer Zeit gemacht worden, dass es an den Seiten schon ein bisschen grau geworden war, doch die Wirkung war noch ungebrochen. Es zeigte Miras Mutter, wie sie in einem wunderschönen Ballkleid an der Balustrade eines Balkons stand, hinter ihr nur die leuchtenden Sterne der frühen

Abendstunden. Ihr Vater hatte Mira erzählt, dass es in der Hauptstadt aufgenommen worden war und ihre Mutter früher in einem Geschäft gearbeitet hatte, das solche Kleider verkauft hatte. Natürlich bewunderte Mira daher solche Kleider, wie sie sonst nur von den adligen Hauptstadtbewohnerinnen getragen wurden. Doch ihr Vater, der Mensch, mit dem sie den größten Teil ihrer freien Zeit verbrachte, war nur bedingt dazu geeignet, über Mode zu sprechen. Schließlich war er selbst nur in Ausnahmefällen in etwas anderem als seinem Mechanikeroverall zu sehen. Mira hatte daher gelernt, einfach mit dem zufrieden zu sein, was sie in ihrem Schrank finden konnte und sich keine allzu großen Gedanken darüber zu machen.

Sie nahm sich einen dunkelblauen Wollpullover heraus, den sie letztes Jahr von Fay zum Geburtstag bekommen hatte. Er war vermutlich das teuerste, was sie besaß. Fay hatte ihr erzählt, dass ihr Vater ihn in der Hauptstadt gekauft hatte und obwohl Mira ihn erst nicht hatte annehmen wollen, hatte Fay darauf bestanden, da er ihr sowieso nicht passen würde. Mira war eher eine Einzelgängerin. Besonders seit der Sache mit Tarjei, über die sie nicht besonders gerne nachdachte. Fay war jedoch eindeutig das, was einer Freundin für sie am nächsten kam. Mithilfe des runden Spiegels, der neben der Tür ihres Zimmers hing, überprüfte sie ihr Aussehen. Ihr Haare waren durch die Arbeit in der Gartenkuppel und im Maschinenraum völlig durcheinandergeraten und boten wenig Spielraum für eine vernünftige Frisur. Daher nahm sie ein dünnes Stoffband und einige Haarklammern aus der Schublade ihres Nachttischs, um sie zu einem halbwegs ordentlichen Pferdeschwanz zu bändigen.

Einen Moment zögerte Mira, als sie die Ohrringe sah, die neben den Haarklammern in der Schublade lagen. Sie hatten Miras Mutter gehört und waren neben dem Foto in der Taschenuhr das einzige Erinnerungsstück von ihr, das ihr Vater Mira geschenkt hatte. Wann immer Mira die Ohrringe hervorholte und Bjan sie dabei beobachtete, erzählte er ihr, dass Miras Mutter sie immer zu besonderen Anlässen getragen hatte und wie wunderschön sie damit ausgesehen habe. Wenn ihr Vater darüber sprach, hatte er jedoch immer dieses traurige Glitzern in den Augen. Deswegen verscheuchte sie auch immer sofort jeden Gedanken an Tarjei aus ihrem Kopf. Sie wollte nicht, dass jemand bei ihr dieses traurige Glitzern der Augen sehen konnte.

Mira berührte die Ohrringe mit ihren Fingerspitzen und spürte die sonderbare Verbindung zu einer Vergangenheit, die sie nie wirklich gekannt hatte. Wie so oft tastete sie mit der anderen Hand nach ihrem Ohrläppchen. Irgendwann würde sie sich Ohrlöcher stechen und die Ohrringe tragen.

Nur ungern verließ Mira wieder ihr warmes Zimmer. Sie achtete darauf, ihre Tür fest zu schließen, um nichts von der Wärme entkommen zu lassen. Wenigstens kam es auf dem Weg zum Speisesaal zu keinen Zwischenfällen, die ihren *warmen Tag* in Gefahr gebracht hätten.

Die lauten Stimmen und das Klirren von Besteck drangen gedämpft durch die geschlossenen Flügeltüren vor Mira. Sie gewährten ihr einen letzten kurzen Augenblick der Ruhe. Mira mochte die Schollenbewohner - zumindest die meisten von ihnen - und sie hatte auch das Gefühl, dass dies auf Gegenseitigkeit beruhte. Allerdings fühlte sie sich immer etwas überfordert, sobald mehr als drei oder vier Menschen um sie herum waren.

Die Türflügel vor Mira flogen auf und zwei kleine Jungen, die scheinbar ihr Abendessen bereits hinuntergeschlungen hatten, schossen aus dem Speisesaal davon. Das war's wohl mit der Ruhe, dachte Mira und fing mit einem Arm die wieder zurückschwingende Tür auf, sodass sie in den Lärm eintauchen konnte. Sofort spürte sie die Wärme, die von den vielen Menschen ausging. Es war ein viel natürlicheres Gefühl als jede eingeschaltete Heizung, wenn beinahe eintausend Menschen so dicht zusammenkamen. Selbst, wenn ein kleiner Teil im hinteren Bereich des Saales leer war, da sich die Walfischfänger auf dem Eismeer befanden.

Mira ging die langen Tischreihen entlang, sagte ein paar Klassenkameraden, denen sie begegnete *Hallo* und nickte ein paar der Gärtnerinnen, die sie kannte, zu. Ihr Blick schweifte beständig über die Köpfe der Menge, um Fay zu entdecken. Sie bemerkte einen Tisch, um den sich eine kleine Menschentraube gebildet hatte. Sicher, dass sie sie dort finden würde, lenkte Mira ihre Schritte hinüber. Fay war beliebt und wegen ihres Vaters kannte jeder auf der Scholle sie mehr oder weniger persönlich. Trotzdem wunderte sich Mira über den Ansturm. Die versammelten Schollenbewohner unterhielten sich laut und klopften sich lachend gegenseitig auf die Schultern.

Für einen Augenblick konnte Mira in der Menge Fays Kopf sehen. Doch gerade als sie ihr zuwinken wollte, hatte sich bereits wieder ein neuer Rücken in die Sichtlinie geschoben.

Der alte Lyker, dachte Mira überrascht, als sie ihren Lehrer erkannte, der gerade überschwänglich Fays Hand schüttelte. Es fiel ihr schwer sich vorzustellen, dass er sich das Geburtstagsdatum einer seiner Schülerinnen merken konnte. Doch dann schüttelte er auch Fays Mutter und Vater die Hand und gratulierte ihnen ebenfalls herzlich, was die ganze Situation noch merkwürdiger machte.

Endlich war Mira nahe genug heran, um ihn durch all die anderen Stimmen um sie herum verstehen zu können.

»... aber auch mal Zeit, dass einer von unserer Scholle gewinnt«, hörte sie Lyker zu Fays Vater sagen.

Mira wurde aus seinen Worten nicht schlau und runzelte die Stirn. *Was ging hier nur vor sich?*

In dem Augenblick tauchte Fays goldener Haarschopf wieder aus der Masse auf und dieses Mal entdeckte auch sie Mira. Sie grinste breit, winkte Mira zu und stand von ihrem Platz auf, um auf sie zuzugehen.

Das Geschenk, schoss es Mira plötzlich durch den Kopf, als sie sich plötzlich ihrer leeren Hände bewusst wurde. In der Eile hatte sie ganz vergessen, das Geburtstagsgeschenk mitzubringen. Da es jetzt für alles andere zu spät war, musste es eben ohne gehen. Fay ignorierte Miras ausgestreckte Hand und nahm sie herzlich in den Arm.

»Da bist du ja endlich«, sagte sie.

»Herzlichen Glückwunsch«, antwortete Mira. »Dein Geschenk bekommst du heute Abend, wenn nicht so viele Leute um uns herum sind.«

»Dann hast du's auch schon gehört?«, fragte Fay. Ihr Lächeln war noch breiter geworden und sie strahlte vor Freude.

»Was meinst du?«, fragte Mira etwas verwirrt zurück.

»Ich weiß doch natürlich, wann du Geburtstag hast.«

Fay schüttelte den Kopf und machte eine wegwerfende Handbewegung. »Vergiss meinen Geburtstag. Ich habe in der Lotterie gewonnen.«

Fay musste ihr ansehen, dass Mira nicht ganz begriffen hatte, was sie meinte, denn ihre Freundin breitete die Arme zu einer Geste aus, die die versammelten Schollenbewohner um sie herum einschloss, und von denen immer mehr von ihren Tischen aufstanden und den Pulk noch vergrößerten.

»Sie haben die Ziehung aus der Hauptstadt gerade über Funk übertragen und mein Name wurde aufgerufen«, sagte Fay und ihre Stimme überschlug sich. »Vater hat bei unserem letzten Aufenthalt in der Hauptstadt ein Los auf meinen Namen gekauft, das er mir zum Geburtstag geschenkt hat. Und jetzt habe ich tatsächlich gewonnen.«

Sie atmete einmal tief durch, um nicht von dem pausenlosen Sprechen zu ersticken.

»Mira!«, rief sie dann begeistert. »Meine Familie wird in die Hauptstadt ziehen. Ich glaube, ich weiß sogar, welches Haus im Adelsviertel wir bekommen. Erinnerst du dich an das mit den großen Balkonen und den blauen Fensterläden ... Ach nein.« Sie schüttelte den Kopf über sich selbst. »Du warst ja nie in der Hauptstadt. Aber egal. Ich hab es gesehen, vom Luftschiffhafen aus, wenn man den Berg hochschaut. Nicht weit weg vom Eingangstor des Regierungsviertels.«

Langsam begann Mira zu verstehen, von was die Rede war. Doch bevor sie Fay auch nur eine Frage stellen konnte, rief jemand über die Köpfe der Menge hinweg: »Seid leise! Sie übertragen nochmal.«

Sofort verstummten jegliche Gespräche und alle Gesichter wandten sich dem Rufer zu. Mira erkannte Skjor, den Funker der Scholle, wie er sich den Lautsprecher des kleinen Funkgeräts, das meist an der Wand des Speisesaals hing, dicht neben sein Ohr hielt.

Der Funker richtete das Radio so aus, dass es mehr in Richtung der Mitte des Raumes zeigte und drehte an dem Lautstärkeregler. Der Empfang war jedoch so stark gestört, dass die Ankündigungen der Moderatoren nahezu vollständig von Rauschen übertönt wurden. Skjor, der als Funker natürlich jahrzehntelange Erfahrung damit hatte, die einzelnen Worte aus dem Krach herauszuhören, musste daher für alle anderen übersetzen, was er verstand.

»Sie sagen, sie wollen hierherkommen«, rief er und klang so, als könnte er es selbst nicht glauben. »Sie wollen ein Luftschiff schicken, das auf der Scholle landen soll.«

Bei dieser Neuigkeit setzte sofort Gemurmel ein. Die Ankunft eines Luftschiffs bedeutete nicht einfach nur eine Attraktion für die Schollenbewohner, sondern auch Neuigkeiten aus der Stadt zu erhalten und vor allem Handel zu treiben. Je länger es her war, dass eine Scholle das letzte Mal in der Bucht vor der Hauptstadt vor Anker gelegen hatte, desto weniger Fleisch und verderbliche Lebensmittel befanden sich an Bord. Am Ende ihrer mehrmonatigen Reisen auf dem Eismeer gab es immer den Punkt, an dem nur noch der Kuppelgarten die Schollenbewohner ernährte. Da Tiere extrem teuer in der Haltung waren, lief eine längere Zeit auf See meistens auf eine vegetarische Kost hinaus. Außer, man wollte tagein, tagaus das Walfischfleisch oder Fisch essen. Luftschiffe hingegen waren schnell und flogen oft direkt von einem Ziel zum nächsten. Neben den militärischen Schiffen der Regierung gab es auch viele unabhängige Händler, die die Schollen mit Gütern aus der Hauptstadt versorgten und manchmal sogar direkt mit den Stämmen, die in der Eiswüste lebten, Handel trieben. Doch Mira konnte sich nur an wenige Male erinnern, dass ein Luftschiff auf ihrer Scholle angelegt hatte. Scholle zwölf war nicht arm, doch zu den Reichen gehörten sie auch nicht. Für die meisten Händler waren sie lediglich ein Ziel von zweitrangigem Interesse.

Skjor, der inzwischen das Radio fest gegen sein Ohr presste, riss Mira aus ihren Gedanken, als er rief: »In zwei Tagen soll das Luftschiff ankommen. Dann wollen sie die Gewinnerin«, er machte eine kurze Pause um Fay zuzunicken, »und ihre Familie mit in die Hauptstadt nehmen.«

Dann hielt Skjor plötzlich inne und tiefe Falten bildeten sich auf seiner Stirn, während er angestrengt weiter auf das Rauschen der Lautsprecher horchte. Hektisch begann er sich umzusehen. Als sein Blick bei Mira hängenblieb, rief er ihr zu: »Wo ist dein Vater?«

Mira war von den Neuigkeiten noch völlig durcheinander, doch sie schaffte es, genug Ordnung in ihre Gedanken zu bringen, dass sie »Maschinenraum« antworten konnte. Und

Skjor rannte los.

»Sie wollen uns anfunken«, rief er der Menge eine Erklärung über die Schulter zu. »Bjan muss endlich das Funkgerät auf der Brücke reparieren.«

Und dann war er auch schon die Tür zum Speisesaal hinaus.

Im gleichen Moment, als die Tür wieder ins Schloss fiel, begannen die Schollenbewohner sich aufgeregt miteinander zu unterhalten. Kinder zupften an den Ärmeln ihrer Mütter und wollten wissen, weshalb denn alle so aufgeregt waren. Die Erwachsenen spekulierten darüber, was das Luftschiff ihnen alles an Waren und Neuigkeiten mitbringen würde. Manche hofften sogar darauf, dass sie in einer der vielen Aufzeichnungen, die über Funk gesendet wurden, auftreten durften. Bei den letzten Gewinnern waren noch tagelang danach Gespräche mit anderen Schollenbewohnern ausgestrahlt worden, die die Glücklichen gekannt hatten.

Doch für Mira erschien die ausgelassene Freude falsch. Sie beschäftigte nur ein einziger Gedanke.

»Fay«, murmelte sie und ihre Freundin drehte sich zu ihr um. Mira spürte wie ihre Augen feucht wurden und sie kämpfte dagegen an. Fay war die einzige Person auf der gesamten Scholle, die sie als so etwas wie ihre Freundin bezeichnen würde. Sie hatte Monate gebraucht, um nicht mehr jede Sekunde daran denken zu müssen, wie Tarjei durch seinen Unfall einfach plötzlich aus ihrem Leben verschwunden war. Und jetzt würde auch noch Fay gehen.

»Hey, was ist los mit dir?«, fragte Fay. »Ist alles in Ordnung?«

Mira schluckte den dicken Kloß in ihrem Hals hinunter und log: »Ja, klar.«

Sie versuchte, sich für Fay zu freuen, doch mehr als Notlügen brachte sie nicht hervor. Sie unterdrückte das Zittern ihrer Stimme und sagte: »Das sind tolle Neuigkeiten.«

Und bevor Fay noch mehr Fragen stellen konnte, die sie nicht beantworten wollte, machte Mira schnell einen Schritt auf Fay zu und umarmte sie. Doch die Berührung machte ihr nur umso klarer, was sie gerade verloren hatte.

Sie musste hier weg. Irgendwie an die frische Luft. Sie musste nachdenken.

Schnell murmelte Mira etwas davon, dass sie jetzt Fays Geschenk holen wolle und löste sich von ihrer Freundin. Fay schaute sie verwundert an, doch sobald Mira auch nur ein paar Zentimeter Platz zwischen ihnen beiden geschaffen hatte, drängten sofort andere Schollenbewohner, die ihre Glückwünsche aussprechen wollten, zwischen sie und deckten somit Miras Rückzug.

Mit schnellen Schritten eilte sie an den leeren Tischen und Bänken des Speisesaals vorbei, wo die halbvollen Teller darauf warteten, dass die Schollenbewohner zu ihnen zurückkamen, sobald sie mit ihrer kleinen Feier bei Fays Familie fertig waren. Niemand beachtete Mira und sie war dankbar dafür.

Nachdem sich die Schwingtüren des Speisesaals hinter ihr geschlossen hatten, kamen ihr die gedämpften Feiergeräusche immer noch zu laut vor. Und so rannte sie auf den nächsten Quergang zu, der sie in den äußeren Ring brachte. Hier waren die Lampen schon auf den dunkelorangen Nachtbetrieb umgesprungen und warfen lange Schatten an die Wände. Sie waren zusammen mit dem metallischen Widerhall ihrer Schritte Miras einzige Begleiter auf ihrem Weg.

Sie wusste nicht wie viele Runden sie auf dem äußeren Ring würde drehen müssen, bevor sie sich wieder im Griff hatte. Oder wie fest sie sich in die Wange beißen musste, um auch diese Enttäuschung vergessen zu können. Das Schlimmste an allem war, dass sie selbst die Schuld an ihrer Lage trug, dachte Mira. Sie hätte es besser wissen müssen. Nein, noch schlimmer: Sie hatte es besser gewusst und einfach nicht auf sich selbst gehört.

Die Sache mit Tarjeis Unfall hätte ihr eine Lehre sein sollen: Lass niemanden in deine Nähe, dann kann dich auch niemand verlassen. So einfach war das.

Mit der Zeit war sie jedoch weich geworden und hatte langsam angefangen Fay, die aus irgendeinem Grund immer nett zu ihr gewesen war, wirklich zu mögen.

Doch jetzt ging auch sie weg. Wieder blieb Mira allein zurück. Nur noch ihr Vater und Svea blieben übrig, so wie es schon einmal gewesen war. Sie wusste, dass sie sich auf diese beiden immer hatte verlassen können. Doch der Gedanke, dass das bei Tarjei und Fay auch der Fall gewesen war, quälte sie.

Wie lange würde es dauern, bis auch sie aus ihrem Leben verschwanden?

Mira biss sich so fest in die Wange, dass sie Blut schmeckte und lief weiter durch die dunklen Schatten des äußeren Gangs. Sie hatten sich einen einzigen *warmen Tag* erhofft. Einen einzigen *perfekten* Tag in drei Jahren. Und das war am Ende dabei herausgekommen.

※

Kapitel Zwei

Mira drückte in geübter Abfolge ein paar Knöpfe auf der Kontrolltafel ihrer Parzelle und die Maschinerie vor ihr organisierte die Felder nach ihren Wünschen. Während sie sich wie Treppenstufen übereinanderstapelten, legte Mira ihren Kopf in den Nacken und schaute durch die Glaskuppel. Der Sturm hatte sich letzte Nacht gelegt und nur noch wenige Wolken hoben sich von dem hellblauen Himmel ab. Mira wusste, dass die Scholle momentan ihre Fahrt auf dem Meer eingestellt hatte und für die nächsten beiden Tage ihre Position exakt auf dieser Stelle halten würde. So war es am einfachsten für das Luftschiff, sie zu finden.

Ihr Vater war erst mitten in der Nacht zurück in ihre Wohneinheit gekommen, als selbst Mira schon längst von ihrem langen Spaziergang durch den äußeren Ring wieder zurückgekehrt war. Mira hatte sein Kommen nur im Halbschlaf wahrgenommen. Skjor und der Käpt'n mussten ihm ziemlichen Druck gemacht haben, das Funkgerät zu reparieren. Einmal mehr hatte Mira daran gedacht, dass Scholle zwölf ohne ihren Vater längst auseinandergebrochen wäre. Gute Mechaniker waren gesucht und konnten für gewöhnlich hohe Löhne fordern. Mira hatte daher nie ganz verstanden, weshalb ihr Vater nicht einfach seine Sachen packte und mit ihr auf eine andere Scholle oder vielleicht sogar in die Hauptstadt zog.

Mira seufzte leise, schob ihre grüblerischen Gedanken beiseite und korrigierte ein paar der Sonnenzeiten ihrer Pflanzen mit dem kleinen Stück Kreide, das neben der Schiefertafel ihrer Parzelle lag. Das Halten ihrer Position auf dem Eismeer verzögerte zwar ihre Fahrt zu den besseren Walfischgewässern, doch es machte das Wetter auch berechenbarer. Mira konnte also davon ausgehen, dass die Sonne noch etwas länger ungehindert durch die Glaskuppel scheinen würde und die Pflanzen so zu ihrer dringend nötigen Energie kamen.

Nachdem sie ihre Arbeit beendet hatte, machte Mira sich

auf den Weg. Leider konnte sie die sanfte Wärme der Sonnenstrahlen, die auf ihren Wangen kribbelten, nicht wirklich genießen. Fay hatte heute Morgen im Unterricht pausenlos von dem Lotteriegewinn gesprochen und Mira gebeten, am Nachmittag zum Funkgerät auf der Brücke zu kommen. Jetzt, wo der Sturm vorbei war, konnten die ersten Gespräche mit den Gewinnern und ihren Angehörigen geführt werden, die die Hauptstadt dann über Funk übertragen würde. Die Regierungsleute, die die Lotterie organisierten, wollten anscheinend keine Zeit verschwenden.

Im ersten Moment, als Fay sie gebeten hatte vorbeizukommen, hatte Mira wieder diesen stechenden Schmerz empfunden, den die Gefühle in ihrem Körper formten. Doch was sie bei der Sache mit Tarjei erst mühsam hatte lernen müssen, brauchte sie dieses Mal nur noch in sich umzuformen und anders anzuwenden. So war es Mira nach dem langen Spaziergang gestern Abend wesentlich leichter gefallen, ihre Emotionen im Zaum zu halten und sie so weit unter Kontrolle zu bringen, dass sie Fays Bitte hatte zustimmen können. Sie würde diese Gespräche und den Abschied hinter sich bringen, warten, bis Fay verschwunden war und dann ihre Gedanken genauso gegen die Erinnerungen an ihre Freundin abschotten, wie sie es die ganze Zeit schon mit Tarjei tat.

Während Mira die Glastüren der Gartenkuppel passierte, schwor sie sich, dass sie dieses Mal nicht wieder denselben Fehler machen würde. Sie würde sich nur noch auf sich selbst und ihren Vater verlassen. Selbst für Svea würde sie keine Ausnahme mehr machen können.

Die Brücke war durch einen kleinen Gang, der vom äußeren Ring wegführte, zu erreichen. Kein Raum der Wohnanlage war weiter vom Kuppelgarten entfernt und näher am Eismeer. Hier war es die meiste Zeit über nicht viel wärmer, als im Freien auf dem Eis der Scholle, daher war klar, warum Mira den Ort nicht mochte. Es gab dort sogar eine Notfalltür, durch die man direkt auf die Eisfläche der Scholle gelangen konnte. Der Grund dafür war Mira jedoch schleierhaft.

Mit einem geringschätzigen Blick musterte sie die weit offenstehende Stahltür, die für gewöhnlich - so lange niemand in der Lotterie gewonnen hatte - die Brücke zur Wohnanlage hin verschloss. Als nächstes bemerkte sie, dass sich in dem kleinen Raum viel zu viele Personen aufhielten. Nur die großen Fenster der Brücke, die von der Decke bis zum Fußboden reichten, milderten etwas das Gefühl, in einer Konservendose eingesperrt zu sein. Nur widerwillig schob Mira sich vorwärts.

In der Mitte vor der Fensterfront stand ein großer Lederstuhl, so ausgerichtet, dass man einen großartigen Blick über die Scholle und das Meer dahinter hatte. Dies war Käpt'n Narviks Platz. An den Wänden der Brücke befanden sich jeweils links und rechts alle Instrumente und Steuerkonsolen, die man benötigte, um die Scholle sicher über das Meer zu bringen. Mira war schon öfters in Begleitung ihres Vaters auf der Brücke gewesen, da es hier nie ein Gerät zu geben schien, dass nicht repariert werden musste. Besonders problematisch hatte sich neben dem Funkgerät in letzter Zeit das Radar erwiesen. Auf dem kleinen Bildschirm strich unentwegt eine dünne Linie wie der Zeiger einer Uhr über ein kreisförmiges Areal, das die Umgebung der Scholle darstellte. Das Gerät war selten und nahezu unbezahlbar. Von ihrem Vater wusste Mira, dass außer ihnen höchstens eine oder zwei andere Schollen ein Radar besaßen und selbst Hàvamars Armee konnte nur auf wenigen ihrer Schiffe darauf zurückgreifen. Allerdings war es auch störanfällig und ihr Vater, der es selbst aus Einzelteilen zusammengebastelt hatte, war der Meinung, dass es die schlechteste Maschine war, die er je gebaut hatte. Nichtsdestotrotz war es das Wertvollste, was Scholle zwölf besaß. Kein Piratenschiff würde sich an sie heranschleichen können. Oder zumindest war es so gewesen, bis ihnen vor ein paar Wochen die Ersatzteile ausgegangen waren. Momentan war das Gerät nicht zu viel mehr in der Lage, als ein paar Meter Eismeer rund um die Scholle herum abzudecken. Kaum weiter, als man nicht sowieso mit bloßem Auge sehen konnte.

Die anderen Anwesenden auf der Brücke hatten im Gegensatz zu Mira scheinbar keinerlei Interesse an den technischen Wunderwerken um sie herum, denn sie drängten alle auf die linke Seite, wo Fay zusammen mit ihren Eltern und Käpt'n Narvik hinter Skjor stand, der vor dem Funkgerät saß und die dicken Knöpfen hin und her drehte. Das Rauschen veränderte sich jedoch nur geringfügig.

»Ich hab's gleich...«, murmelte Skjor und seine Finger wechselten von den größeren zu den kleineren Drehknöpfen.

Hinter Mira waren inzwischen noch drei weitere Schollenbewohner angekommen. Mira erkannte Freunde von Fays Eltern, mit denen sie selbst noch nie ein Gespräch geführt hatte, das über eine freundliche Begrüßung hinausgegangen wäre. Einer peinlichen Vorstellungsrunde entging sie jedoch zum Glück, da Fay sie in diesem Augenblick entdeckte und zu ihr herüberkam.

»Da bist du ja«, sagte Fay und lächelte. Es war das gleiche fröhliche Lächeln, zu dem ihre Lippen seit dem Lotteriegewinn festgefroren zu sein schienen. »Geht's dir wieder gut?«

Das hatte sie Mira auch heute Morgen schon gefragt, nachdem Mira ihr erzählt hatte, dass sie gestern Abend so plötzlich verschwunden war, weil sie sich krank gefühlt habe.

Schnell setzte auch Mira ein gespieltes Lächeln auf und antwortete: »Ja. Viel besser.«

Im Prinzip sagte sie damit sogar die Wahrheit, da ihre Erkenntnis, sich auf niemanden verlassen zu können, ihr tatsächlich geholfen hatte. Da sie jedoch weiteres Nachfragen vermeiden wollte, holte Mira das kleine Geschenk für Fay aus ihrer Hosentasche, um sie so auf andere Gedanken zu bringen.

»Hier. Das wollte ich dir eigentlich gestern schon geben«, sagte sie und drückte Fay die kleine, in blaues Papier eingepackte Schachtel in die Hand. Mira hatte sogar eine Stoffschleife daran gebunden, die jedoch vom Transport in ihrer Hosentasche einen Knick davongetragen hatte.

Als sie Fay das Geschenk in die Hand drückte und diese sich bedankte, blühte ihr fröhlicher Gesichtsausdruck noch mehr auf. Mira hatte in der Werkstatt ihres Vaters Stunden damit verbracht, aus einem Stück überschüssigem Metall, das glänzte, als wäre es aus Silber, einen Kettenanhänger zu feilen, der die Form einer Schneeflocke hatte. In der Mitte des Anhängers hatte sie eine eisblaue Glasperle eingefasst. Die einzelnen Bestandteile des Geschenks waren nicht besonders teuer gewesen und sahen zusammen auch eher schlicht aus, doch Mira glaubte, dass es Fay freuen würde. Die Farbe der Perle würde sie vielleicht sogar an die Scholle erinnern, falls sie das denn überhaupt noch wollte, wenn sie erstmal in der

Hauptstadt lebte.

Doch bevor Fay sich an das Auspacken ihres Geschenks machen konnte, schien Skjor seinen Kampf mit dem Funkgerät gewonnen zu haben. Das Rauschen der Lautsprecher verschwand und klar erkennbare Stimmen traten an seine Stelle.

»Wusste ich's doch«, sagte Skjor halb zu sich selbst und halb zu den anderen Anwesenden.

»Gut gemacht«, lobte ihn Käpt'n Narvik und nickte seinem Funker zu.

»... ruft Scholle zwölf. Wiederhole: Luftschiff *Lintu* ruft Scholle zwölf.«

Die Stimme, die durch das Funkgerät hallte, klang jung und gelangweilt. Skjor warf einen schnellen Blick über die Schulter zum Käpt'n, der seine Zustimmung gab.

»Antworten sie dem Mann bitte«, befahl er Skjor und der Funker, der schon das kleine Standmikrofon vom Tisch gehoben hatte und sich vor den Mund hielt, gehorchte sofort.

»Hier Scholle zwölf. Entschuldigen Sie bitte die Probleme mit dem Funk. Wir sollten jetzt den Kontakt halten können.«

Eine kurze Pause entstand, in der alle auf der Brücke angespannt lauschten, was als nächstes geschehen würde.

»Warten Sie«, kam die knappe Antwort der anderen Seite, bevor ein klackendes Geräusch ertönte, gefolgt von Stille. Ihr Gegenüber hatte leicht überrascht geklungen und scheinbar nicht mit einer Antwort gerechnet. Vermutlich versuchte er sie bereits seit einer Ewigkeit erfolglos zu erreichen.

Skjor schaute fragend zu Käpt'n Narvik, doch der gab keine weiteren Befehle. Daher stellte der Funker das Mikrofon wieder zurück auf den Tisch und wartete ab. Fays Eltern begannen sich leise mit den eben erst eingetroffenen anderen Erwachsenen zu unterhalten und Fay wandte sich wieder Mira zu.

»Denkst du, dass Vegar Ihmels persönlich kommen wird?«

Fay klang bei dem Gedanken daran beinahe noch aufgeregter als nach der Bekanntgabe ihres Gewinns.

»Keine Ahnung«, antwortete Mira schulterzuckend. »Ist er denn das letzte Mal, als jemand von einer Scholle gewonnen hat, mitgeflogen?«

Sie hatte die letzten Ziehungen immer nur am Rande

verfolgt und wusste nicht einmal genau, wann das letzte Mal jemand gewonnen hatte, der außerhalb der Hauptstadt lebte. Miras Vater war der Meinung, dass die Lotterie den Menschen nur das Geld aus der Tasche ziehen sollte, während Vegar Ihmels und Minister Botker sich selbst gleichzeitig als großzügige Helden präsentieren konnten, die den Menschen die Chance gaben aus ihren ärmlichen Verhältnissen herauszukommen.

»Ich glaube schon«, murmelte Fay und lenkte damit wieder Miras Aufmerksamkeit auf sich. Aufgeregt fügte sie hinzu: »Überleg mal, wenn er wirklich kommt ... Ob er tatsächlich so aussieht wie auf dem Bild im Speisesaal?«

Der Mann war wegen der Lotterie eine Berühmtheit und hatte selbst auf den Schollen genug Bewunderer, dass ein kleines Bild von ihm an der Wand des Speisesaals hing. Darauf war er groß gewachsen, trug kurzes schwarzes Haar und hatte ein Lächeln im Gesicht, das Mira irgendwie unehrlich fand, aber jeder außer ihr zu mögen schien.

»Sind sie noch da, Scholle zwölf?« erklang erneut eine Stimme aus den Lautsprechern des Funkgeräts. Mira erkannte den dunklen, weichen Klang wieder und sie konnte ein Grinsen nicht unterdrücken, als Fay neben ihr vor lauter Aufregung mit einem kleinen Sprung herumfuhr. Skjor funkte erneut eine Begrüßung zurück.

»Mein Name ist Vegar Ihmels«, stellte der Mann sich vor. »Ich bin der Verantwortliche für die Berichterstattung rund um die Lotteriegewinne.«

Natürlich wusste das jeder auf der Scholle, aber Mira nahm an, dass Vegar seine Rolle so sehr genoss, dass er sie gerne noch einmal alle daran erinnerte.

»Ist die Gewinnerin anwesend?«, fragte er.

Skjor bejahte die Frage und winkte Fay näher zu sich.

»Gut«, sagte Vegar Ihmels. »Ich denke die Rahmenbedingungen des Gewinns sind auch auf den Schollen jedem bekannt.« Trotzdem erläuterte er sie nochmals. Mira vermutete, dass er einfach sehr gerne seine eigene Stimme hörte.

»Der Gewinner oder die Gewinnerin erhält für sich und ihre direkte Familie freies und lebenslanges Wohnrecht in einem extra für sie bereitgestellten Haus im Regierungsviertel

Hàvamars.«

Mira fand, dass Vegar eine herablassende Art hatte, wie er über die Regeln der Lotterie sprach. Als würde er es nur ungern sehen, dass Schollenbewohner in die Hauptstadt einzogen.

»Wir würden aufgrund der momentan stabilen Verbindung gerne direkt mit ersten Gesprächen rund um das glückliche Ereignis beginnen. Sind Sie dafür bereit, Fay Olund?«.

Vegar brachte es fertig, Fays sehr einfachen Namen völlig falsch zu betonen.

Skjor zeigte mit einem Finger auf den Sprechknopf des Funkgeräts und hielt es in Fays Richtung. Mira beobachtete, wie Fay näher an den Tisch mit den technischen Geräten trat und zaghaft nach dem Mikrofon griff.

»Ich bin bereit«, brachte sie heißer hervor.

»In Ordnung«, antwortete Vegar. »Bleiben Sie dran und geben Sie bitte meinem Assistenten auch noch die Namen der anderen Anwesenden und deren Beziehung zur Gewinnerin durch. In ein paar Minuten werden wir auf Sendung gehen. Versuchen Sie, ausschließlich auf die gestellten Fragen zu antworten. Dann sollten wir es schaffen, Sie durch die Gespräche zu führen. Morgen um diese Zeit werden wir Sie dann auf dem Luftschiff *Lintu* begrüßen, wo Minister Botker dafür Sorge tragen wird, dass man sich um all ihre persönlichen Bedürfnisse kümmert.«

Es folgten noch einige technische Anweisungen für Skjor und dann startete Vegar Ihmels das Spektakel für die Zuhörer.

»Willkommen, Hàvamar!«

Er zog die Silben seiner Begrüßungsworte auf die für ihn charakteristische Weise in die Länge. Und natürlich begrüßte er nur die Hauptstädter, selbst heute, wo eine Schollenbewohnerin gewonnen hatte.

»Schon lange hat das Glück nicht mehr zugeschlagen«, begann Ihmels seine Moderation. »Doch gestern Abend fielen endlich wieder die Würfel und trafen ihre Wahl in Form der jüngsten Gewinnerin, die die Lotterie je hatte.«

Seine Stimme hatte sich zu einem mitreißenden Donnern gesteigert.

»Fay Olund!«, verkündete er laut.

Ein Stich zuckte durch Miras Brust. Fays Weggang war

schmerzhafter, als sie erwartet hatte. Und das große Schauspiel, das darum veranstaltet wurde, machte alles noch schlimmer. Das Gefühl völlig alleine zu sein, bohrte sich immer tiefer in sie hinein und Mira hatte das Gefühl keine Luft mehr zu bekommen. Sie schloss die Augen und zwang sich tief einzuatmen.

Das Interview lief weiter und drehte sich um Belanglosigkeiten. Mira musste Ihmels zugestehen, dass er es wirklich verstand, Fragen so zu stellen, dass es nur eine mögliche Art gab, sie zu beantworten. *Er führte Fay durch das Gespräch*, so ähnlich hatte er es formuliert.

»Ist denn auch eine deiner Freundinnen bei dir, die sich mit dir freut?«, fragte Ihmels gerade über Funk und Fay bestätigte sofort seine Frage. »Ja. Meine Nachbarin Mira Dalen.«

Mira zuckte zusammen. Sie wusste, was ihr bevorstand, noch bevor sie Ihmels Stimme hörte.

»Sag den Zuschauern doch auch hallo, Mira«, forderte er sie auf.

Da sie bereits damit gerechnet hatte, seufzte Mira nur einmal kurz innerlich und dachte, dass sie es am besten schnell hinter sich brachte. Daher nahm sie von Fay das Mikrofon entgegen und drückte auf den Sprechknopf.

»Hallo«

Eigentlich hatte Mira ihre Stimme gar nicht so barsch und unfreundlich klingen lassen wollen. Falls Ihmels es jedoch überhaupt gehört hatte, ließ er sich nichts anmerken und leitete mit ein paar Folgefragen geschickt weiter durch seine Sendung. Mira musste als nächstes erzählen, dass sie siebzehn war und die Tochter des Mechanikers der Scholle. Bei der Erwähnung ihres Vaters und seiner Aufgabe, fragte Ihmels nach Miras Vergangenheit. Ob sie und ihre Mutter denn schon viele Schollen zusammen mit ihrem Vater gesehen hätten. Mira wusste, dass es für Mechaniker durchaus normal war, häufiger von einer Scholle zu einer anderen zu wechseln, die sie besser bezahlten. Doch seit sie sich erinnern konnte, lebte sie schon in der Wohneinheit neben Fays Familie und weder sie noch ihr Vater hatten die Scholle je verlassen.

»Ich glaube, meine Eltern sind früher mehr zwischen den anderen Schollen gereist«, sagte Mira. »Aber nach meiner

Geburt hat mein Vater wohl entschieden, dass ihm unsere Scholle besonders gut gefällt. Ich war noch nie auf einer anderen.«

Ihmels war entweder clever genug, zu bemerken, dass Mira ihre Mutter absichtlich nicht erwähnt hatte und vermied daher das Thema, oder es interessierte ihn einfach mehr, das Gespräch wieder auf die glückliche Gewinnerin zu lenken. Daher fragte er Mira, ob sie sich denn genauso für ihre Freundin freue wie alle anderen. Fast musste Mira lächeln. Obwohl Ihmels ihre Zurückhaltung, was ihre Familie anging, bemerkt hatte und diese Klippe erfolgreich umschifft hatte, war dies die erste Frage, die er besser nicht gestellt hätte. Für einen kurzen Moment dachte Mira darüber nach, ob sie die Wahrheit sagen sollte. Sie könnte die Lotterie als die Abzocke hinstellen, die sie war, oder erklären, dass sie langjährige Freundschaften auseinanderriss. Doch natürlich sagte Mira all dies nicht.

Stattdessen biss sie sich fest in die Wange und antwortete, dass sie sich natürlich für Fay freue. Vegar Ihmels führte weiter durch die Gespräche und redete, als stünde es außer Frage, dass Mira und Fay für immer beste Freundinnen bleiben würden. Er malte seinen Zuhörern das Bild des Lotteriegewinnes, das sie sehen wollten.

Nachdem Mira das Mikrofon wieder abgegeben hatte, wurden Fay noch ein paar kurze Fragen gestellt und dann versprach Ihmels allen Zuhörern, dass er sich schon morgen zur gleichen Zeit wieder über Funk melden würde, wenn das Luftschiff auf der Scholle gelandet war.

Als Fay das Mikrofon an Skjor zurückgab, legte ihr Vater ihr eine Hand auf die Schulter und lobte sie für ihren Auftritt. Normalerweise mochte Mira Fays Vater, doch heute zog sie es vor, sich aus dem Staub zu machen, bevor sie ebenfalls in das Gespräch mit eingebunden wurde. Schnell murmelte sie in Fays Richtung, dass sie noch Arbeit im Kuppelgarten zu erledigen habe und dann machte sie sich auf den Weg. Hinter sich hörte sie, wie auch die anderen langsam die Brücke verließen. Das Spektakel war für heute vorbei und jeder wusste, dass Käpt'n Narvik nie besonders gerne andere Schollenbewohner außer Skjor auf der Brücke sah. Ihre Gespräche hörte Mira jedoch bereits nur noch als undeutliche

Echos im äußeren Ring.

Sie zog ihre Taschenuhr aus der Hosentasche, ließ ihren Blick kurz über das Bild ihrer Mutter streifen, das sie immer zumindest ein wenig aufmunterte und bemerkte dann, dass es tatsächlich Zeit war, einer ihrer Pflichten nachzukommen. Ihre Ausrede, die Brücke verlassen zu können, war also beinahe wahr gewesen. Statt zum Kuppelgarten schlug sie jedoch den Weg zur Werkstatt ihres Vaters ein. Er würde vermutlich schon auf sie warten und sich überlegen, was er ihr über die Technik der Scholle beibringen wollte. Mira hoffte, dass es eine der anschaulicheren Lektionen sein würde, wie beispielsweise darüber, wie man den Druck für die Wasserversorgung der Scholle richtig einstellte, ohne dass die Scholle in die Luft flog. Bei der Vorstellung, weitere Erklärungen über die Eisgeneratoren hören zu müssen, begann sich jetzt schon alles in ihrem Kopf zu drehen.

»Da bist du ja«. Ihr Vater stand im inneren Ring vor der Abzweigung, die zu seiner Werkstatt und dem Maschinenraum führte. In jeder Hand hielt er einen seiner großen Ersatzteilkoffer und um die Hüfte hatte er seinen Werkzeuggürtel gebunden.

»Truls hat mir vor fünf Minuten Bescheid gegeben. In der Küche leckt ein Rohr.«

Mira musste unweigerlich bei Truls' Erwähnung lachen. Er war der ungeschickteste Küchengehilfe und Mensch, den Mira jemals gesehen hatte. Obwohl sie bisher zum Glück nur wenige Wochen in der Küche hatte arbeiten müssen, wusste sie aus eigener Erfahrung, dass man besser niemals mit Truls zusammen etwas kochen sollte. Zumindest nicht, wenn man nicht für versalzene Suppen oder im Haferschleim verschwundene Löffel, die erst wieder auf dem Tablett eines hungrigen Schollenbewohners auftauchten, verantwortlich sein wollte.

»Vermutlich ist er rein zufällig an dem Loch im Rohr selbst schuld, oder?«, fragte Mira noch immer grinsend und auch ihr Vater begann zu lächeln. Truls war legendär genug, dass ihn jeder auf der Scholle kannte.

»Gut möglich«, sagte Bjan. »Aber ich hätte heute Abend gerne etwas Warmes zu essen. Also sollten wir uns trotzdem beeilen.«

Das überzeugte auch Mira und so nahm sie ihrem Vater eine der schweren Ersatzteilkisten ab, bevor sie sich gemeinsam auf den Weg zur Küche machten.

※

»Fang!«, rief ihr Vater aus den Tiefen der Wandverkleidung, hinter der er bis zur Hüfte steckte und die Rohrleitungen verfolgte. Mira schaffte es die fingerdicke Schraube, die er ihr zuwarf, mit der linken Hand zu fangen und gleichzeitig mit der Taschenlampe in der Rechten nur minimal zu wackeln.

So langsam schmerzte ihr Rücken von dem gebeugten Stehen, aber ihr Vater brauchte das Licht und seine Körperverrenkungen sahen noch wesentlich unbequemer aus als ihre. Wie sich herausgestellt hatte, war das Rohrleck ausnahmsweise tatsächlich nicht Truls' Schuld gewesen. Eine Dichtung in der Wand hinter der Spüle war durch das Alter spröde geworden. Miras Vater hatte zusammen mit Truls den großen Schrank voller Schüsseln und Küchengeräte von der Wand weggewuchtet. Die Köchinnen und die vielen Gehilfen mussten nun Umwege laufen und fluchten leise, weil sie der Zwischenfall Zeit kostete, die sie nicht hatten, wenn sie heute Abend jeden Schollenbewohner satt machen wollten.

»Gibst du mir den Schraubenschlüssel?«

Die Stimme ihres Vaters kam nur gedämpft bei Mira an, doch sie hatte mit dieser Bitte gerechnet und bereits den passenden Aufsatz an dem Werkzeug angebracht. Sie bückte sich etwas tiefer und reichte ihm den Schraubenschlüssel in das Loch in der Wand, wo sich statt der Wartungsklappe jetzt der Hintern ihres Vaters befand.

»Ich glaube danach hab ich's«, murmelte Bjan.

»Gut«, sagte Mira. »So langsam wird das hier draußen nämlich ein kleiner See.«

Miras Schuhe waren mittlerweile völlig durchnässt und ihre Zehen so kalt, dass sie sie nicht mehr spürte.

»So, das sollte halten«, meinte Bjan endlich.

Er kroch rückwärts durch den See auf dem Boden, bis er den Kopf aus der Wartungsklappe ziehen konnte. In das Gesicht ihres Vaters musste schwarze Schmiere getropft sein.

Er sah aus, als entstamme er einer der Geschichten über die wilden Stämme der Eiswüste. Die Eingeborenen färbten sich angeblich ihre Gesichter mit schwarzer Kriegsbemalung, um im endlosen Schnee nicht geblendet zu werden. Mira gab jedoch nicht allzu viel darauf, dass die Beschreibung dieser Menschen tatsächlich der Wahrheit entsprach. Fliegende Händler erzählten allerhand, wenn man ihnen die Gelegenheit dazu gab.

»Was ist los?«, fragte ihr Vater. Er schien jedoch eine Vermutung zu haben, da er seine Hände hob, um sich durchs Gesicht zu wischen. Zu spät bemerkte er, dass auch diese völlig schwarz waren.

»Du machst ja sogar Truls Konkurrenz«, veräppelte Mira ihn wegen seiner Tollpatschigkeit. Und ihr Vater konnte nicht anders, als mit seinem dunklen Lachen in ihres einzustimmen.

»Hat mich jemand gerufen?«

Truls musste sie gehört haben und kam zu ihnen herüber. Sie versuchten beide, schnell ihr Lachen zu unterdrücken, doch so ganz gelang es ihnen nicht.

»Das Rohr sollte jetzt wieder in Ordnung sein«, erklärte ihr Vater. »Aber bevor niemand das Wasser hier weggewischt hat, würde ich den Schrank nicht wieder zurück an die Wand stellen. Sonst essen wir bald unfreiwillig jede Menge Pilze. Und zwar nicht von der Sorte, die im Kuppelgarten gezüchtet werden.«

Truls rümpfte die Nase und versprach sich sofort darum zu kümmern. Mira und ihr Vater machten sich währenddessen daran die Ersatzteilkisten aufzuräumen und das benutzte Werkzeug zu reinigen. Um sie herum entstanden schon die ersten Essensdüfte von angebratenem Gemüse und auch dem ein oder anderen aufgetauten Stück Fleisch. Heute Abend war ein besonderes Festessen vorgesehen, um Fays Gewinn und die Ankunft eines Luftschiffs morgen zu feiern.

»Wo warst du eigentlich heute Nachmittag?«, fragte ihr Vater.

Mira, die wegen der ganzen Sache mit dem Rohrbruch gar nicht mehr daran gedacht hatte ihrem Vater von dem Gespräch mit Vegar Ihmels zu erzählen, beeilte sich, das jetzt nachzuholen.

»Fay hat mich gebeten bei ihren Gesprächen wegen ihres

Lotteriegewinns dabei zu sein.«

Ihr Vater runzelte die Stirn. Natürlich hatte er Mira schon nach dem Lotteriegewinn gefragt. Und nach Fays voraussichtlichem Abschied. Ihr Vater kannte Mira jedoch wie niemand sonst und hatte rasch bemerkt, was sie von alledem hielt. Daher war das Thema genauso schnell vom Tisch gewesen, wie es aufgetaucht war. Das war ein Verhalten, in dem Mira zu einhundert Prozent ihrem Vater glich. Es gab einfach Dinge, über die keiner von ihnen beiden sprechen wollte. Und der andere respektierte das. So funktionierten sie zusammen.

Zwei dicke Schrauben fielen zu Boden und rollten klirrend unter den nächsten Ofen. Mira schaute auf und sah, dass ihr Vater kreidebleich geworden war.

»Was hast du bei diesen Gesprächen gesagt?«, fragte er. Seine Stimmte zitterte leicht.

Mira zögerte einen Augenblick und versuchte in seinem Gesicht zu erkennen, was los war.

»Ich weiß nicht mehr...« Sie setzte gerade zu einer Erklärung an, als ihr Vater, einen Schritt auf sie zu machte und sie mit beiden Händen fest an ihren Schultern fasste. Dann senkte er seinen Kopf vor ihr Gesicht und starrte sie mit einer Ernsthaftigkeit an, die Mira sofort verstummen ließ.

»Du musst dich jetzt genau erinnern«, sagte er. »Vergiss die Küche und ignorier die klappernden Töpfe. Konzentrier dich und beantworte meine Fragen so exakt wie möglich.«

Mira schluckte einmal schwer, nickte dann aber. Sie hatte ihren Vater noch nie so erlebt. Doch obwohl er ihr Angst machte, versuchte sie, auf ihn zu hören und alles um sie herum auszublenden.

»Hast du deinen Namen gesagt?«, fragte Bjan.

Mira wollte schon antworten, dass sie sich nicht mehr sicher war, doch dann fiel ihr wieder ein, dass Fay ihren Namen genannt hatte.

»Fay hat ihn erwähnt.«

»Hat sie auch deinen Vornamen benutzt?«

»Ja. Ich glaube schon«, antwortete Mira und obwohl es ihr unwichtig schien, fügte sie hinzu: »Skjor hat meinen Namen auf jeden Fall an das Luftschiff gesendet.«

Sie konnte einen Schweißtropfen beobachten, der ihrem

Vater von der Stirn aus über die Schläfe und Wange bis hinunter zum Kinn lief und eine feuchte Spur durch die schwarze Schmiere in seinem Gesicht zog.

»Hast du etwas über mich gesagt?«, fragte ihr Vater.

Mira dachte angestrengt nach. Das Gespräch war nur kurz gewesen und hatte ihrer Meinung nach nur aus unwichtigen Fragen bestanden, die sie beiläufig beantwortet hatte. Immer mit dem Hintergedanken, möglichst schnell zu einem Ende zu kommen.

»Ich habe erzählt, dass du Mechaniker bist.«

Eine weitere Frage fiel Mira in diesem Augenblick wieder ein. »Und Vegar Ihmels hat danach gefragt, ob wir viel reisen.«

»Und du hast ihm erzählt, dass ich das früher mit deiner Mutter getan habe«, murmelte ihr Vater und sein Blick war seltsam glasig, als starre er in eine Ferne, die nur er sehen konnte. Mira wusste daher nicht, ob er überhaupt eine Antwort auf seine letzte Bemerkung haben wollte.

In dem Augenblick als sein Blick wieder klar wurde, ließ er Miras Schultern los, wischte sich einmal mehr mit der schwarzen Hand durch sein verschwitztes Gesicht und rannte los.

Ohne sich noch einmal umzudrehen, rief er: »Geh zu Svea und bleib dort!«

Es war eindeutig ein Befehl und keine Bitte gewesen. Das begriff Mira jedoch erst, als sie bemerkte, dass sie ihrem Vater trotz seiner Anweisung bereits folgte. Sie verließ die Küche, betrat den inneren Ring und sprintete ihrem Vater hinterher. In einer Hand hielt sie noch den Schraubenschlüssel, den sie gerade hatte wegräumen wollen.

Ihr Vater hetzte ohne Rücksicht auf die anderen Schollenbewohner immer weiter vorwärts. Irgendwann bog er in einen Quergang ein, um zum äußeren Ring zu gelangen und Mira erkannte, dass sein Weg ihn in Richtung Brücke führen würde, wo ihr Gespräch mit Ihmels stattgefunden hatte. Sie selbst musste jedoch immer wieder durch den Gang rennenden Kindern oder einer mit einem Wäschekorb beladenen Frau ausweichen, um einen Zusammenstoß zu vermeiden. Kurzfristig verlor sie ihren Vater aus den Augen. Doch Mira kannte bereits sein Ziel und versuchte, ihre brennenden Beine davon zu überzeugen, noch schneller zu laufen.

Als sie den Gang erreichte, der als einziger vom äußeren Ring weiter vom Zentrum der Wohnanlage weg, hinaus auf die Eisfläche der Scholle abzweigte, traf sie auf Skjor. Er hatte sich breitbeinig in den Flur gestellt und versperrte Mira den Weg.

»Tut mir leid. Der Käpt'n hat grade keine Zeit«, sagte er.

»Aber mein Vater...«, versuchte Mira zwischen den hastigen Atemzügen, die sie nach ihrem Sprint nehmen musste, herauszubringen.

»... Der redet grade mit dem Käpt'n. Scheint wichtig zu sein. Ansonsten hätte mich Käpt'n Narvik nicht zum Wachestehen rausgeschickt.«

Mira überlegte für einen kurzen Augenblick, wie ihre Chancen standen, wenn sie versuchte an Skjor vorbeizuschlüpfen. Kurzzeitig dachte sie sogar darüber nach, ihm eins mit dem Schraubenschlüssel zu verpassen, doch Skjor war wesentlich breiter und größer gebaut als sie. Würde er nicht so viel vom Steuern der Scholle verstehen, hätte Käpt'n Narvik ihn wahrscheinlich seinen eigenen Trupp Walfischfänger anführen lassen. Der Versuch gegen Skjor zu kämpfen war sinnlos. Trotzdem musste sie etwas unternehmen. Sie hatte ihren Vater noch nie so erlebt und das Gefühl, nicht zu wissen, was hier vor sich ging, war unerträglich für sie. Vor allem, da es anscheinend etwas mit ihr und dem Gespräch mit Ihmels über die Lotterie zu tun hatte.

Während sie noch vor Skjor mit sich rang, was sie tun sollte, kam ihr plötzlich die rettende Idee.

Zum Glück war sie die Tochter des Schollenmechanikers, dachte Mira. Es gab nur wenige Ritzen, in die sie ihren Vater noch nicht begleitet hatte, um irgendwelche Leitungen oder Heizrohre zu reparieren.

Sie nickte Skjor zu, als wolle sie ihm zu verstehen geben, dass sie seine Anweisung respektierte und ging dann rasch den Weg zurück, den sie gekommen war, um wieder auf den äußeren Ring einzubiegen.

Irgendwo hier muss doch die Luke sein, dachte Mira, während sie die Wand nach einer ähnlichen Klappe absuchte, wie die, die es ihrem Vater in der Küche ermöglicht hatte, die dahinter verlaufenden Rohre zu erreichen. Ein paar Sekunden später entdeckte Mira die verräterischen Spalten in der

Wandverkleidung. Schnell schaute sie sich in beide Richtungen um. Niemand zu sehen. *Gut. Denn was sie vorhatte, würde Aufmerksamkeit erregen. Blieb nur zu hoffen, dass Skjor seinen Posten ernst genug nahm, um nicht nachsehen zu gehen, was hier vor sich ging.*

Das nötige Werkzeug, um die Klappe aufzuhebeln, hatte sie nicht dabei, daher holte sie zu einem kräftigen Hieb aus und schlug den schweren Schraubenschlüssel auf die obere linke Ecke des dünnen Blechs der Klappe. Ein kräftiges »*Klong*« ertönte und wurde durch die Wand weitergeleitet. Vermutlich würde gleich jemand nachsehen kommen. Ihr zweiter Schlag landete auf der unteren linken Ecke und hinterließ auch dort eine tiefe Delle.

Ein leichter Tritt mit dem Fuß beförderte das Blech aus seiner Halterung und Mira konnte es gerade noch auffangen, bevor es klappernd zu Boden fiel.

Jetzt kam der unangenehme Teil.

Sie kniete sich vor das Loch, das nun in der Wand klaffte und schob sich mit dem Hintern zuerst hindurch bis sie an die Leitungsrohre stieß. Ihr Pullover verhakte sich an der kleinen Öffnung und beinahe wäre Mira ein Schmerzensschrei entfahren, als sie mit der nackten Haut ihres Rückens gegen ein kochend heißes Rohr stieß. Sie hatte keine Ahnung, weshalb so dicht an der Außenhülle eine heiße Leitung verlief. Die Isolierung war hier so schlecht, dass ein Großteil der Wärme verlorenging. Zeit, darüber nachzudenken, hatte sie allerdings gerade nicht. Sie musste sich beeilen, um ihre Spuren zu verwischen, bevor jemand im äußeren Ring auftauchte. Daher biss Mira die Zähne zusammen, versuchte den Schmerz so gut es ging zu unterdrücken und schnappte sich die aus der Wand geschlagene Metallklappe. Mit einem kurzen Handgriff ließ sie das Blech wieder in seiner Halterung einrasten und sperrte sich damit selbst hinter der Wand ein.

Sofort war es stockfinster und die Luft wurde innerhalb weniger Sekunden furchtbar stickig. Doch von außen würde die Wand jetzt wieder genauso aussehen wie zuvor. Die beiden großen Dellen, die Mira hineingehauen hatte, einmal ausgenommen. Doch fürs Erste würde sicher keiner der anderen Schollenbewohner Verdacht schöpfen, dass diejenige, die dafür verantwortlich war, dahinter in der Wand steckte.

Mira war froh, dass sie ihrem Vater sofort hinterhergerannt war, ohne die Ersatzteilkisten fertig aufzuräumen. Denn so hatte sie noch immer die kleine Taschenlampe in ihrer Hosentasche, mit der sie ihm bei seiner Reparaturarbeit in der Küche geleuchtet hatte. Mit einem schnellen Klicken schaltete sie das Licht ein. Es war ein sehr seltsames Gefühl, zwischen den Außenwänden entlang zu schleichen und sich durch den engen Zwischenraum zu drücken. Doch Mira kam sogar schneller voran, als sie gedacht hätte und war in weniger als drei Minuten sehr nahe an der Brücke. Zumindest vermutete sie das. Die Orientierung war in dieser schmalen Spalte nicht gerade einfach.

Sie hielt die Luft an und spitzte die Ohren. Tatsächlich hörte sie Stimmen. Sie musste sich an zwei weiteren Rohren vorbeiquetschen bevor sie fand, was sie gesucht hatte.

In der Wand zur Brücke hin fand sich ein kleines Lüftungsgitter. Zu klein, als das Mira hätte hindurchschlüpfen können, doch wenn sie ihr Gesicht nahe genug an die Lamellen brachte, die das hereindringende Licht in einzelne Strahlen spaltete, konnte sie die Schuhe ihres Vaters und Käpt'n Narviks sehen. Sie musste sich verrenken, um in dem schmalen Spalt zwischen den Außenwänden eine halbwegs liegende Position zu erreichen, doch schließlich schaffte sie es. Auf diese Weise konnte sie die beiden Männer nun vollständig sehen, auch wenn der Winkel vom Fußboden aus Richtung Decke merkwürdig war. Ihr Vater und der Käpt'n wirkten wie Riesen auf sie.

»... Nein, verflucht. Sie verstehen das Problem nicht und ich habe keine Zeit, es ihnen zu erklären.«

Mira hatte ihren Vater noch nie so reden hören. Genau genommen hatte sie noch nie jemanden so mit dem Käpt'n reden hören.

»Hören Sie, Narvik«, sagte Miras Vater. »Als ich vor sechzehn Jahren an Bord dieser Scholle kam, war es nicht wegen der Bezahlung. Ihr Vorgänger hat mir ein Versprechen gegeben, verdammt.«

Ihr Vater hatte einen Zeigefinger auf Narviks Brust gesetzt, was unter normalen Umständen lächerlich gewirkt hätte, da der Käpt'n beinahe einen Kopf größer war als er und trotz seines inzwischen weiß gewordenen Barts, noch immer die Muskeln besaß, die er sich in den vielen Jahrzehnten als Walfischfänger erarbeitet hatte.

»Ich erinnere mich an diese spezielle Abmachung«, sagte Narvik und er klang wesentlich gelassener als Mira es von einem Mann erwartet hätte, mit dem man so redete, wie ihr Vater das tat. »Ein Mechaniker, der für nicht viel mehr als die täglichen Mahlzeiten arbeitet, wo er doch auf anderen Schollen einer der reichsten Männer sein könnte.«

Narvik schüttelte nachdenklich den Kopf. »Aber es tut mir leid, selbst wenn ich der Vereinbarung meines Vorgängers nachkommen wollte, könnte ich es nicht. Die Walfischer sind mit allen Booten, die wir haben unterwegs und werden erst heute Abend zurückerwartet.«

Mira hatte noch immer keine Ahnung, warum ihr Vater überhaupt so aufgebracht war, doch Käpt'n Narviks Antwort schien ihm nicht zu gefallen. Er nahm zwar seinen Finger von der Brust des Käpt'ns, begann aber hektisch auf und ab zu laufen. Wobei ihm die beengte Brücke nicht viel Spielraum gab und ihn wie ein eingesperrtes Tier wirken ließ.

»Sie müssen sofort zurückkommen«, sagte ihr Vater

»Sie sind schon auf dem Rückweg.«

»Nein.« Bjan war wieder stehen geblieben und schaute den Käpt'n eindringlich an. »Das reicht nicht. Sie müssen schneller werden. Zur Not sollen sie ihren Fang über Bord werfen und alles, was irgendwie brennbar ist, in den Motor schmeißen.«

»Beruhigen Sie sich.«

Käpt'n Narviks Stimme war bei dieser letzten Aufforderung nicht lauter geworden, aber es war deutlich, dass er es ernst meinte.

»Sie vergessen sich. Wir können weder den Fang über Bord werfen, noch riskieren wir die Motoren der Schiffe zu beschädigen.«

»Nein. Ich vergesse mich nicht«, sagte ihr Vater, doch seine Stimme klang resigniert, als hätte er seine Niederlage bereits akzeptiert. »Ganz im Gegenteil. Ich erinnere mich an jemanden.«

Obwohl Mira den Sinn seiner Worte nicht verstand, bekam sie von der Art und Weise, wie ihr Vater dies sagte, eine Gänsehaut.

»Sie verstehen nicht, dass es hier nicht nur um mich geht, wenn ich sage, dass sie die Boote zurückrufen müssen«, erklärte Bjan dem Käpt'n. »Bis die Walfischer zurückkommen, wird es für eine Flucht schon zu spät sein. Es sind nicht die Boote die wir brauchen, sondern die Männer darauf. Oder haben sie eine Idee, wie wir eine Scholle voller Frauen und Kinder gegen Piraten verteidigen wollen?«

»Aber, warum...«, versuchte Narvik zu fragen, der scheinbar von der Wendung des Gesprächs ebenso überrascht war wie Mira.

Doch ihr Vater unterbrach ihn sofort.

»Ich weiß, dass sie mir nicht glauben. Aber ich habe diese Scholle seit sechzehn Jahren zusammengehalten. Ich habe nie etwas dafür verlangt. Doch jetzt bitte ich sie um etwas. Geben sie mir den Schlüssel zum Waffenlager und trommeln sie jeden einzelnen Freiwilligen, den sie finden können, zusammen. Diese Scholle ist das zu Hause meiner Tochter und ich habe nicht vor, sie ohne Widerstand aufzugeben.«

Es entstand eine lange Pause, in der Käpt'n Narvik anscheinend über die Bitte ihres Vaters nachdachte. Er fuhr sich immer wieder mit der Hand durch den Bart und schien sichtlich mit sich zu ringen.

»Es tut mir leid«, begann der Käpt'n. »Ich glaube nicht, dass sie in einem Zustand sind, in ...«

Die Stimme des Kapitäns brach ab, als ein leises Ping durch die Brücke hallte. Mira begriff jedoch erst, was es damit auf sich hatte, als sich beide Männer dem Radarbildschirm zuwandten.

»Zu spät«, sagte ihr Vater und seine Schultern sanken kraftlos herab. »Sie sind bereits hier.«

Bei Narvik schien von der einen Sekunde auf die andere ein Schalter umzukippen. Der Käpt'n eilte zum Schott der Brücke und drehte kräftig an dem Rad, um die Tür zu öffnen.

»Skjor!«, brüllte er in den Flur hinaus und Mira hörte die entfernten Schritte des Funkers näherkommen.

Piraten!, schoss es ihr plötzlich durch den Kopf. Wie groß war die Reichweite des Radars? Ein paar hundert Meter hatte ihr Vater gesagt, oder?

Auf jeden Fall blieb ihr nur sehr wenig Zeit.

Mira beschloss, dass sie wohl besser nicht in der Wand feststecken sollte, sobald die Piraten eintrafen. So schnell sie konnte, schob sie sich rückwärts durch den engen Spalt. Hinter sich hörte sie nur noch gedämpft die Befehle und Flüche des Käpt'ns. Ihrem Vater rief er zu, die Motoren zu starten und die Scholle in Richtung der heimkehrenden Walfischer zu steuern. Skjor sollte sie anfunken und den Befehl erteilen, ihren Fang über Bord zu werfen und so schnell wie möglich zurückzukommen.

Dann war Mira zu weit von den Lüftungsschlitzen entfernt, um noch etwas von dem Treiben auf der Brücke verstehen zu können.

Obwohl sie sich beeilte, kam es Mira so vor, als würde sie für ihren Rückweg eine Ewigkeit brauchen. Die Wände der Wohnanlage, zwischen denen sie feststeckte, schienen dichter aneinander gerückt zu sein und zahlreiche Metallstreben versuchten ihr Beine zu stellen oder Beulen an ihrem Kopf zu schlagen.

Kurz bevor Mira ihren Ausgang erreicht hatte, spürte sie, wie die Scholle erzitterte. Ihr Vater schien die Motoren weit über ihre gewöhnliche Leistung hinaus zu belasten.

Mira trat kräftig gegen die Blechplatte der Wartungsluke, um sie aus ihrer Halterung zu befördern. Doch das Ergebnis ihrer Anstrengung war lediglich ein höllischer Schmerz, der von ihrem Zeh bis in den Oberschenkel zog und eine tiefe Delle in dem Blech vor ihr.

»Nein, nein, nein«, murmelte Mira wütend. Dann nahm sie ihre Taschenlampe in den Mund, um mit ihren jetzt freien Händen die Luke abzutasten. Die Metallklappe hatte sich in der Öffnung verkeilt. Vermutlich, weil Mira die Halterungen zuvor mit dem Schraubenschlüssel verbeult hatte. Hier würde sie nicht rauskommen.

Ohne lange zu zögern, quetschte sich Mira daher weiter zwischen den Rohren hindurch. Falls sie sich richtig erinnerte, war die nächste Luke ungefähr fünfzehn Meter entfernt.

Eine Explosion ließ die Wohnanlage erbeben.

Die Metallträger, zwischen denen gerade Miras Schultern steckten, quietschten bedrohlich und aufgewirbelter Staub drang in ihre Augen und ihre Nase.

Der Überfall begann.

Mira tastete mit den Füßen nach einem Rohr, an dem sie sich abstoßen konnte und befreite sich dann mit einem Ruck aus ihrer misslichen Lage. Um auf keinen Fall die Taschenlampe in ihrem Mund zu verlieren, biss sie so fest auf den Griff, dass ihre Zähne schmerzten.

Schnell wischte sie sich mit einer Hand den Staub aus den tränenden Augen und stellte fest, dass der Lichtstrahl der Lampe endlich auf die zweite Luke fiel.

Eine weitere Explosion schüttelte die Scholle durch. Dieses Mal hatte es wesentlich näher geklungen. Als wäre es aus dem Inneren der Wohnanlage selbst gekommen. Waren die Piraten bereits soweit vorgedrungen?

Als wollte ihr jemand eine Antwort auf ihre Frage geben, fiel in diesem Moment der erste Schuss.

Mira hatte in ihrem Leben bisher nur einmal gehört, wie eine Waffe abgefeuert wurde. Es war Teil einer der Überlebensübungen gewesen, die jeder, der zur Schule ging, absolvieren musste. Doch es war eindrücklich genug gewesen, dass Mira das Geräusch sofort wiedererkannt hatte. Den Gedanken, dass der Lauf der Waffe dieses Mal wohl kaum auf einen harmlosen Haufen Schnee gerichtet gewesen war, versuchte sie zu verdrängen. Sie musste sich darauf konzentrieren, hier hinaus zu kommen. Denn ansonsten konnte sie ihren Vater nicht davon abhalten irgendwelche verrückten Dinge zu tun. Er war Mechaniker. kein Walfischfänger und schon gar kein Soldat, dachte Mira und hoffte gleichzeitig, dass er sich von der Waffenkammer fernhalten würde, deren Schlüssel er von Käpt'n Narvik verlangt hatte.

Mira kniete sich vor die Wartungsluke, die baugleich mit der ersten war. Sie leuchtete mit der Taschenlampe einmal den Rahmen der Halterung des Blechs ab und entdeckte die beiden Stellen, an denen ihr Schraubenschlüssel erneut benötigt wurde.

Sie hatte ihren Arm schon zum ersten Schlag über den Kopf gehoben, als sie draußen im äußeren Ring panische Rufe und vorbeirennende Menschen hörte. Mira musste sich beeilen. Ansonsten würden die Piraten schon auf der anderen Seite auf sie warten.

Drei laute Schläge später - sie hatte für die zweite Halterung zweimal zuschlagen müssen - und die Luke sprang auf. Helle Lichtstrahlen stachen ihr in die Augen, doch Mira erlaubte sich nur ein paar Mal zu blinzeln, bevor sie auf Händen und Füßen ins Freie krabbelte. Sofort rannte sie in Richtung Brücke los.

Als sie die erste Luke passierte, die sich so widerspenstig verkeilt hatte, hörte sie wieder Schüsse. Dieses Mal vor ihr. Der äußere Ring wirkte durch seine Konstruktion wie ein Verstärker und Mira hatte das Gefühl, der Lärm würde ihr Trommelfell zerreißen.

Sie rannte weiter und endlich war sie bei dem Gang angekommen, der zur Brücke führte.

Beinahe zu langsam erfasste sie die Situation. Direkt vor ihr befanden sich mehrere mit Sturmgewehren bewaffnete Männer. Die Piraten hatten ihr den Rücken zugekehrt und lugten über ihre Deckung hinweg, die aus ein paar Holzkisten, die sie aus einem der naheliegenden Lagerräume geholt haben mussten, bestand. Gerade noch rechtzeitig sprang Mira zurück in den äußeren Ring. Im nächsten Moment knallte es ein paar Mal laut und Kugeln schlugen in der Wand des äußeren Ringes ganz in ihrer Nähe ein. Zitternd presste sie sich flach gegen die Wand.

Panisch überlegte Mira, was sie tun sollte. Sie hatte gesehen, weshalb die Piraten nicht weiter vorwärtskamen und hinter ihrer Deckung kauerten. Weiter vorne in dem Gang, direkt vor der Schleuse, die zur Brücke führte, wartete Skjor auf sie. Der Funker hatte hinter einem umgekippten Tisch, der beinahe die gesamte Breite des Zugangs versperrte, gehockt und mit einem Revolver in Richtung Piraten gezielt.

War ihr Vater noch immer auf der Brücke?

Sicher konnte sie sich nicht sein, doch Mira vermutete, dass er die Scholle steuerte und die Motoren zwang, mehr zu geben, als sie eigentlich leisten konnten.

Sie musste irgendwie zu ihm.

Ein weiterer schneller Schusswechsel machte lange Überlegungen überflüssig. Schwere Schritte trampelnden durch den Flur und Mira riskierte es, um die Ecke in Richtung Brücke zu spähen. Sofort zuckte sie wieder zurück.

Die Piraten hatten ihre Deckung verlassen und rannten

auf den umgekippten Tisch zu. Von Skjor war nichts mehr zu sehen. *Sie müssen ihn getroffen haben.*

Raue Stimmen riefen sich Kommandos zu.

Was sollte sie jetzt tun?

Mira packte den Schraubenschlüssel fester und spürte wie sich ihre Finger um den schweren Metallgriff verkrampften. Falls sich einer der Piraten dazu entschied, in ihre Richtung zu kommen, wäre es zu spät um wegzulaufen. Sie hielt den Atem an und lauschte.

Doch niemand kam zurück.

Alles in ihr schrie, dass sie weglaufen sollte. Sie sollte, so schnell sie konnte, auf die andere Seite der Wohnanlage rennen und sich irgendwo verstecken. Ihr Vater hatte ihr befohlen, zu Svea zu gehen und dort zu bleiben. Doch ohne es kontrollieren zu können, machte Mira einen Schritt vorwärts. Der Gang vor ihr war leer. Nur ein paar Dellen in der Wand, wo die Kugeln der Gewehre eingeschlagen waren, zeugten noch von dem Kampf.

So leise Mira konnte, schlich sie näher an den umgekippten Tisch heran. Als sie ihn erreicht hatte, sah sie, dass die Schleusentür der Brücke einen Spalt weit offenstand. Wie angewurzelt blieb sie stehen und lauschte.

Sie hörte Stimmen. Männern, die sich unterhielten.

Worauf warteten die Piraten? Warum hatte Mira nicht schon längst die Schüsse gehört, denen ihr Vater zum Opfer fallen würde?

Vorsichtig schob sie sich um den umgekippten Tisch weiter vorwärts. Doch sofort zuckte sie wieder zurück und versuchte, den Würgereiz zu unterdrücken. In ihrem Mund schmeckte sie Magensaft. Direkt hinter dem umgestürzten Tisch lag Skjor. Sein brauner Pullover war vollgesogen mit dunklem Blut und seine Hände lagen leblos auf der Bauchwunde, wo ihn die tödliche Kugel getroffen hatte. Seine noch offenen Augen starrten direkt in Miras Richtung, als würde er sie um Hilfe bitten, die sie ihm jedoch nicht mehr bieten konnte.

Noch immer wurde auf der Brücke nicht geschossen. Bedeutete das, dass es noch eine Chance gab?

Vielleicht konnte sie die Piraten irgendwie ablenken, sodass ihr Vater und der Käpt'n fliehen konnten. Mira dachte an die Notfalltür, die von der Brücke direkt auf die Eisfläche der Scholle führte. Sie glaubte nicht, dass sie oft benutzt wurde und die Chancen standen schlecht, dass das Schloss nicht festgefroren war, aber es war vermutlich die beste Möglichkeit. Erst einmal im Freien, würden ihr Vater und Käpt'n Narvik über das Eis um die Wohnanlagen herum zur zweiten Außenschleuse rennen. Dort konnten sie wieder hereinkommen und sich verstecken. Ohne Jacken würden sie vermutlich leicht unterkühlt dort ankommen, aber sie sollten es schaffen.

Doch um das zu bewerkstelligen, musste Mira zuerst wissen, was auf der Brücke vor sich ging. Was gleichzeitig bedeutete, dass sie an Skjor vorbeimusste.

Den Blick richtete sie stur geradeaus und tastete sich mit den Füßen den Weg vorwärts. Als ihre Zehen gegen Skjors toten Körper stießen, zuckte sie zurück. Doch sie schaffte es, nicht nach unten zu sehen und konzentrierte sich stattdessen auf das Pochen in ihren Ohren, das nur noch entfernt an etwas wie einen Herzschlag erinnerte.

Sie machte einen großen Schritt - Schmerz zuckte durch ihre Wange, da sie fest hineinbiss - und dann hatte sie Skjor passiert. Es kam ihr feige vor, den toten Mann einfach zu ignorieren, aber sie hatte jetzt keine Zeit, sich darüber Gedanken zu machen.

Auf Zehenspitzen schlich sie weiter.

»... lange Zeit gut versteckt.«

Endlich war Mira dicht genug, um die Unterhaltung auf der Brücke verstehen zu können. Ohne ein Geräusch zu machen, spähte sie durch den schmalen Schlitz zwischen Tür und Wand. Käpt'n Narvik saß in seinem ledernen Kapitänsstuhl, den Rücken zur großen Glasfront, sodass er in Miras Richtung blickte. Ihr Vater stand dicht neben ihm. Mira wollte schon erleichtert aufatmen, da die beiden noch lebten, doch dann bemerkte sie die Piraten. Zwei von ihnen hielten die Mündungen ihrer Sturmgewehre gefährlich nah an Bjan und Narviks Köpfe.

Vom Äußeren wirkten die beiden Piraten auf Mira nicht viel anders als die Walfischer ihrer Scholle. Ihre Kleidung war vielleicht einen Grad dreckiger und ihr Äußeres minimal ungepflegter. Wäre Mira ihnen ohne die Sturmgewehre in den

Gängen der Wohnanlage über den Weg gelaufen, hätte sie keinerlei Verdacht geschöpft, dass es sich bei ihnen nicht auch um Schollenbewohner handelte.

Ganz anders verhielt es sich jedoch mit dem dritten Piraten. Er war eindeutig der Anführer. Schon auf den ersten Blick konnte Mira es an seiner steifen Haltung erkennen. Die mit Fell gefütterte Kapuze seiner dunkelbraunen Jacke hatte er zurückgeschlagen, doch auf dem Kopf trug er noch immer eine dünne schwarze Wollkappe. Darunter hatte er seine von grauen Strähnen durchzogenen rostbraunen Haare zu einem dicken Knoten gebunden. Sein Bart war gestutzt und verdeckte seine markanten Gesichtszüge nur unwesentlich. Alles an dem Mann strahlte Autorität aus.

»Das letzte Mal habe ich dich darum gebeten, mit mir zu kommen«, sagte er, während er reglos vor dem Käpt'n und Miras Vater stand. Trotzdem lag eine Spannung in der Luft, als hielte er ihnen seine Pistole an den Kopf. »Dieses Mal kann ich es mir leider nicht leisten, dir eine Wahl zu lassen.«

Zu Miras Überraschung war es nicht Käpt'n Narvik, der dem Piratenanführer antwortete, sondern ihr Vater.

»Sieh dich doch an«, sagte Bjan mit einem traurigen Kopfschütteln. »Ich habe dir damals gesagt, dass deine Rache dich irgendwann umbringen wird. Sie jagen dich über das gesamte Eismeer und du wirst ihnen nicht immer einen Schritt voraus sein können.«

»Hier geht es nicht um Rache«, sagte der Piratenanführer kalt.

»Um was dann?«, wollte ihr Vater wissen und machte einen Schritt auf den Anführer zu. Doch sein Bewacher spannte sich an und gab ihm mit einem Wink seines Sturmgewehrs zu verstehen, dass er besser stehenbleiben sollte.

Bjan kam der Aufforderung zwar nach, hob jedoch den Arm und zeigte mit ausgestrecktem Zeigefinder auf den Piraten, der ihn bedrohte.

»Das ist aus dir geworden«, sagte er zu dem Anführer. »Du überfällst freie Schollen, die absolut nichts mit der Sache zu tun haben. Du tötest unschuldige Menschen, nur weil es dir passt.«

»Wir überfallen diese Scholle nicht«, antwortete der

Piratenanführer. Seiner Stimme war deutlich anzuhören, dass es ihm schwerfiel, ruhig zu bleiben. Trotzdem schaffte er es, einen Moment inne zu halten und nicht auf die Provokation ihres Vaters zu reagieren.

»Wie nennst du dann das hier?«, fragte Bjan. Er ignorierte völlig den Gewehrlauf, der auf ihn gerichtet war und Mira flehte stumm darum, dass ihr Vater still wäre. Doch Bjan wollte es nicht gut sein lassen. »Menschen sind gestorben und deine Leute plündern in diesem Augenblick die Lager ...« Weiter kam er nicht, bevor der Piratenanführer ihn unterbrach.

»Es ist notwendig«, sagte dieser mit lauter Stimme.

In diesem Augenblick zog ein silbernes Blitzen in Miras Augenwinkeln ihre Aufmerksamkeit auf sich. Käpt'n Narvik, der während des ganzen Gesprächs seltsam still gewesen war, hatte seine Hand von den Piraten unbemerkt unter seinen Stuhl geschoben und den Griff einer dort versteckten Pistole gepackt. Nun wanderte sein Arm langsam wieder nach oben.

Die Zeit schien plötzlich wie in Zeitlupe zu vergehen, während Mira nicht wusste, was sie tun sollte. Sie wollte den Käpt'n aufhalten. Sie wusste, dass selbst wenn er einen oder zwei der Piraten erschießen konnte, ihr Vater diesen Raum niemals lebend verlassen würde. Doch sie konnte nichts tun, um Narvik daran zu hindern. Sie überlegte, ob sie zurück zu Skjor rennen sollte, um seine Waffe zu holen. Doch das würde vermutlich zu lange dauern. Hinzu kam, dass sie noch nie einen Revolver abgefeuert hatte.

Käpt'n Narvik würde jeden Augenblick schießen.

Der Gedanke, die Piraten wenigstens mit einem lauten Schrei abzulenken, wurde von einem Rascheln hinter ihr unterbrochen.

Für einen kurzen Augenblick, indem sich ihr gesamter Körper anspannte, hoffte sie, dass ihre Ohren ihr einen Streich gespielt hatten. Doch bevor sie den Kopf drehen konnte, traf sie etwas Hartes im Rücken. Schmerz schoss ihr die Wirbelsäule hinauf und hinunter. Sie stolperte vorwärts und schlug mit dem Gesicht gegen das Schott der Brücke. Nur noch undeutlich spürte sie, dass ihr fallender Körper die Tür aufstieß und sie der Länge nach auf den Boden der Brücke fiel.

Wie durch einen Schleier, der ihre Gedanken lähmte,

konnte sie die Männer um sich herum unscharf erkennen. Sie war irgendwie auf den Rücken gerollt und schaute zur Decke. Ein Gefühl von warmem Wasser, das ihre Stirn hinunterlief und ihr die Sicht nahm, als es in ihre Augen kam, machte alles noch schlimmer. Sie versuchte sich zu bewegen, schaffte es aber nicht.

Der Umriss eines Gewehrlaufs schob sich in ihr Blickfeld, doch dann hörte Mira die laute Stimme des Piratenanführers, die wie ein weit entferntes Echo klang.

»Nein. Wir töten nicht mehr als nötig.«

Dabei schloss sich eine Hand um den Gewehrlauf und schob ihn beiseite, weg von ihrem Gesicht.

Miras Kopf fiel kraftlos zur Seite und sie sah, wie Käpt'n Narvik aufsprang, seinen Arm hob und die Pistole abfeuerte. Der Schatten über ihr, den Mira für den Piratenanführer hielt, stürzte zu Boden.

Ein weiterer Knall aus der Pistole, dann folgten mehrere Schüsse aus den Sturmgewehren der anderen Piraten. Der Lärm zerrte an ihren Trommelfellen.

Der Körper des Käpt'n zuckte mehrmals, bevor seine Beine nachgaben und er leblos in seinen Sessel zurücksank. Der Arm seines toten Körpers fiel zur Seite und die Pistole entglitt seinen Fingern. Sie landete auf dem Boden und die Mündung zeigte direkt auf Miras Stirn. Ein kalter Schauer der Angst ergriff sie.

»*Vater!*«, schrie sie innerlich.

Unfähig, sich zu bewegen, suchte sie mit ihrem Blick hektisch ihre Umgebung ab. Und dann sah sie ihn.

Mira blinzelte mehrmals schnell hintereinander, um das schmierige rote Wasser, das ihr von der Stirn in die Augen lief, loszuwerden. Sie schaute hinauf direkt in das Gesicht ihres Vaters, der noch immer neben dem Stuhl des Käpt'ns stand. Er sah nicht aus, als hätte er Schmerzen. Er schien sogar zu lächeln, als er auch sie ansah.

Ohne Vorwarnung stürzte er plötzlich auf die Knie, wo er sein Gleichgewicht jedoch nur einen kurzen Augenblick halten konnte, bevor er zur Seite wegkippte. Sein Kopf schlug hart auf den Boden auf und lag nun in der gleichen Höhe wie ihr eigener.

Ihre Blicke trafen sich.

Mira konnte beobachten, wie mit jedem Blinzeln ein bisschen mehr Leben aus seinen Augen wich. Sie versuchte, etwas zu sagen. Sie versuchte zu schreien, sich zu bewegen und zu ihrem Vater zu kriechen. Sie wollte ihn berühren und feststellen, dass alles gar nicht so schlimm war. Doch sie konnte einfach nur bewegungslos auf dem Boden liegen und langsam zusehen wie er starb.

Weit entfernte Schüsse erklangen. Ein Krieg schien ausgebrochen zu sein. Die Piraten rannten auf der Brücke hin und her. Immer wieder trat ein Stiefel in den schmalen Raum zwischen ihrem und dem Gesicht ihres Vaters.

»Nehmt ihn mit!«, knurrte die Stimme des Piratenanführers.

Miras Sinne begannen zu schwinden und schwarze Ränder engten langsam ihr Gesichtsfeld ein. Doch sie konnte erkennen, wie der Anführer, gestützt von einem weiteren Piraten, zu ihrem Vater humpelte.

»Aber er ist...«, versuchte ein anderer Pirat zu widersprechen.

»Nehmt ihn mit, habe ich gesagt!«, brüllte der Piratenanführer zornig.

Mehrere Hände packten ihren Vater unter den Armen und schleiften ihn weg.

Mira wollte einen Arm nach ihrem Vater ausstrecken. Sie kämpfte um die Kontrolle über ihren Körper. Doch statt ihr zu gehorchen, fielen ihr einfach die Augenlider zu und sie wurde immer müder. Das Rauschen in ihren Ohren wurde lauter.

Für einen kurzen Augenblick schaffte sie es noch einmal, sich innerlich aufzubäumen und ihre Lider einen Spalt breit zu öffnen. Jemand hatte die Notfalltür der Brücke geöffnet, die hinaus auf die Scholle führte. Eiskalter Wind blies durch die Öffnung über die Brücke und strich durch Miras Haare. Sie fröstelte, doch zum Zittern fehlte ihrem Körper die Kraft. Der Platz, wo ihr Vater neben ihr gelegen hatte, war leer und blutverschmiert. Ihre Augen fielen erneut zu und sie wurde endgültig ohnmächtig.

※

Kapitel Drei

Noch bevor Mira die Augen öffnete, spürte sie einen drückenden Schmerz, als wäre ihr Kopf fest in einen Schraubstock eingespannt. Unfähig, einen klaren Gedanken zu fassen, lag sie mit geschlossenen Augen da, bis ihr auffiel, dass sie gar nicht wusste, wo sie war.

Um sie herum war es hell. So viel konnte sie durch ihre geschlossenen Augenlieder wahrnehmen. Sie spürte den weichen Untergrund unter ihrem Rücken. Sie musste in einem Bett liegen. Und zwar in einem, das bequemer war als ihr eigenes. Sie hatte sich jedoch nie bei ihrem Vater über die harte Matratze beschwert. Sie kannte ihn gut genug, um zu wissen, dass er ihr eine neue gekauft hätte, auch wenn sie eigentlich nicht genug Geld dafür hatten.

Plötzlich riss Mira die Augen auf. Die Lampe an der Decke blendete sie und ihre Augen begannen zu tränen. Doch das war ihr egal.

Sie hatten ihren Vater mitgenommen!

Mira musste sofort Hilfe holen. Sie mussten die Piraten aufhalten. Ihrem Vater irgendwie helfen und ihn befreien. Doch als sie ihren Oberkörper nur wenige Zentimeter aufrichtete, wurde ihr speiübel und sie sackte kraftlos zurück. Sie musste zuerst einen Moment verschnaufen.

Jetzt, wo sie mehr auf ihre Umgebung achtete, erkannte sie, dass sie sich in einem der Räume für kranke Schollenbewohner befand. Als nächstes spürte sie den leichten Druck auf ihrem Oberschenkel. Dieses Mal bewegte Mira sich vorsichtiger. Sie neigte ihren Kopf gerade weit genug, um sehen zu können, dass es Sveas Kopf war, den sie auf ihrem Bein spürte. Die alte Gärtnerin hatte einen Stuhl neben Miras Bett gerückt und war halb darauf und halb auf Miras Bein eingeschlafen. Vermutlich durch Miras Bewegungen glitt in diesem Augenblick Sveas Arm aus dem Bett. Die plötzliche Bewegung schreckte Svea auf. Kurz zeichnete sich Verwirrung in ihren Augen ab, bevor ihr klar wurde, wo sie sich befand. Mit einem schmalen Lächeln bemerkte sie, dass Mira aufgewacht war. Sogleich berührte sie Miras Schulter und drückte sie sanft auf die Matratze, um zu verhindern, dass Mira noch einmal aufzustehen versuchte.

»Langsam. Du hast lange geschlafen«, flüsterte Svea.

Mira war erschöpft genug, dass sie dem leichten Druck von Sveas Arm nichts entgegenzusetzen hatte und so blieb ihr nichts anderes übrig, als liegen zu bleiben. Trotzdem wusste sie, dass sie eigentlich keine Zeit dafür hatte.

»Wir müssen sofort hinter ihnen her«, versuchte sie Svea zu erklären. »Sie wollen Vater entführen.«

Sie wollte noch mehr sagen. Sie wollte aus dem Bett aufspringen und hinter den Piraten herrennen, doch Svea drückte sie weiterhin auf die Matratze.

»Ich weiß«, antwortete sie und Mira erkannte erst jetzt, dass Sveas Augen gerötet waren. Ein furchtbarer Verdacht stieg in Mira hoch.

»Wie lange habe ich geschlafen?«, fragte sie. Ihre Stimme war nur noch ein Flüstern. Sie befürchtete das Schlimmste.

»Fast einen ganzen Tag, seit wir dich gefunden haben«, antwortete Svea.

Das konnte doch unmöglich wahr sein, dachte Mira. Einen ganzen Tag lang. Was war in der Zwischenzeit geschehen?

»Wo ist Vater?«, fragte Mira panisch. Doch im gleichen Moment bereute sie schon, dass sie diese Worte ausgesprochen hatte. Sie ließen alles viel wirklicher wirken. Als würden sich die Geschehnisse erst in diesem Augenblick zu einem großen Ganzen formen, das zuvor noch in der Schwebe gehangen hatte. Vor ihrem geistigen Auge sah sie, wie die Außentür der Brücke im kalten Wind hin und her schwang. Sie erinnerte sich wieder an die dunklen Schemen, die sich über das Eis der Scholle immer weiter entfernten. Ihren Vater mit sich forttrugen.

»Sie haben ihn mitgenommen«, hauchte Mira und ihr Kopf sank kraftlos in ihr Kissen.

Mira konnte sich nicht daran erinnern, wieder eingeschlafen zu sein, doch sie wurde von lauten Stimmen geweckt, die sich dicht neben ihrem Bett unterhielten.

»... Sie hat eine Kopfverletzung. Sie braucht den Schlaf.«

Das klang ganz nach Svea, die noch immer in dem kleinen Krankenzimmer bei Mira zu sein schien.

»Sie ist die Einzige, die mehr von den Angreifern gesehen hat als ein paar Gestalten im Schnee.«

Die zweite Stimme gehörte einem Mann, den Mira an dem ekligen Geruch nach kaltem Zigarrenrauch erkannte, der zu ihr herüberwehte.

Natürlich, dachte Mira. Wenn Rorik im Zimmer war, dann mussten die Walfischfänger inzwischen zurückgekehrt sein. Deswegen waren die Piraten so plötzlich geflohen.

»Wir müssen wissen, was auf der Brücke geschehen ist. Skjor ist tot und Narvik haben sie verdammt nochmal mit Kugeln durchsiebt. Die Brücke ist voll von Blut und die Einzige, die quicklebendig aus der ganzen Sache rauskommt, ist die kleine Tochter des Mechanikers.«

Als Rorik über Miras Vater sprach, veränderte sich seine Stimme und Mira glaubte, dass er kurz davor war, auszuspucken. Er hatte ihren Vater noch nie gemocht und nachdem Tarjei sich entschieden hatte, bei Bjan in die Lehre zu gehen, statt seinem eigenen Vater bei den Walfischfängern nachzufolgen, war seine Abneigung in offenen Hass umgeschlagen. Tarjeis Tod hatte schließlich alles zum Überkochen gebracht. Rorik gab Bjan die Schuld an dem Unfall seines Sohns und er hatte sogar von Käpt'n Narvik verlangt, ihren Vater zusammen mit Mira von der Scholle zu werfen. Obwohl er als Anführer der Walfischfänger einigen Einfluss hatte, war es zum Glück nicht dazu gekommen, doch seitdem fühlte sich Mira nicht mehr wohl, wenn Rorik in ihrer Nähe war.

»Sie ist schwer verletzt«, protestierte Svea.

Doch Rorik schien tatsächlich etwas gegen die Piraten unternehmen zu wollen und obwohl es ihm sicher nicht um das Wohlergehen ihres Vaters ging, war der Anführer der Walfischfänger vielleicht Bjans beste Chance. Mühsam sammelte Mira ihre Kräfte, bevor sie die Augen öffnete.

»Mir geht es gut«, log sie und unterbrach damit das Gespräch.

Sie versuchte, sich im Bett aufzurichten und dieses Mal gelang es ihr, ohne dass sich sofort wieder alles drehte. Mira bemerkte, dass sie nur ein dünnes Krankennachthemd trug und zog daher die Bettdecke etwas fester um ihre Schultern.

»Gut«, antwortete Rorik und warf Svea einen geringschätzigen Blick zu, der wohl so viel bedeutete wie »Ich habe es ja gesagt«.

Rorik selbst sah noch schlechter aus als sonst. Seit dem Tod seines Sohns hatte sich der Anführer der Walfischfänger verändert. Sein Bart sprießte struppig in seinem Gesicht und seine dicke Pelzjacke war voller Flecken. Es war sofort ersichtlich, dass er ohne Frau lebte, die sich normalerweise um solche Dinge gekümmert hätte. Außerdem sah Rorik sehr müde aus. Tiefe Ringe unter seinen Augen ließen Mira vermuten, dass er im Gegensatz zu ihr seit dem Piratenangriff nicht geschlafen hatte.

»Also, was war auf der Brücke los?«, fragte Rorik in seiner barschen Art, die besonders deutlich zu Tage trat, wenn er mit Mira oder ihrem Vater sprach. Er verschwendete erst gar keine Zeit, so zu tun, als würde es ihn interessieren, ob es ihr gut ging. Doch Mira schluckte ihren Ärger herunter. Sie brauchte diesen Mann, wenn sie ihrem Vater helfen wollte. So knapp wie möglich schilderte sie daher die Ereignisse, die sie mitangesehen hatte. Skjors Tod, die Stürmung der Brücke durch die Piraten und wie Käpt'n Narvik auf den Anführer der Piraten geschossen hatte, dafür aber mit dem Leben bezahlt hatte. Eine innere Stimme sagte Mira, dass es besser war, wenn sie das Gespräch zwischen ihrem Vater und dem Piratenanführer für sich behielt. Sie hatte noch nicht genug Zeit gehabt, darüber nachzudenken, aber irgendwie hatte sie das Gefühl, dass ihr Vater und der andere Mann sich gekannt hatten. Bevor sie sich selbst darüber im Klaren war, was das zu bedeuten hatte, würde sie diesen Verdacht erstmal für sich behalten.

»Und dann haben sie Vater entführt und sind durch das Notfallschott auf der Brücke abgehauen«, beendete Mira ihren Bericht, nur um noch schnell hinzuzufügen: »Wir müssen sofort ihr Boot verfolgen und Vater retten.«

Rorik lachte trocken auf.

»Die Piraten sind längst weg. Und was deinen Vater angeht, hast du selbst gesagt, dass er am verbluten war, als du ihn das letzte Mal gesehen hast. Was denkst du, wie wahrscheinlich es ist, dass er noch lebt?«

»Rorik, es reicht!«, rief Svea und Mira glaubte nicht, dass jemals zuvor jemand so mit dem Walfischfänger gesprochen hatte.

»Du gehst jetzt. Auf der Stelle«, fügte Svea leiser hinzu, doch die Spannung in ihrer Stimme war noch immer zu hören.

Rorik murmelte unhörbare Worte in seinen Bart, doch er drehte sich tatsächlich um und verließ das kleine Krankenzimmer.

Obwohl sie nun alleine waren und eine gewisse Spannung mit Rorik zusammen verschwunden war, breitete sich unangenehmes Schweigen aus. Svea schien etwas sagen zu wollen, setzte dazu an, zögerte dann jedoch und blieb stumm.

»Er hat recht«, sagte Mira. Doch die Bedeutung ihrer Worte brauchte einen Augenblick, bis sie wirklich in ihrem Kopf angekommen war. Sie spürte dicke Tränen ihre Wangen hinunterlaufen. Sie schluchzte nicht, doch ihr Körper begann, still zu zittern. Sofort war Svea bei ihr. Sie setzte sich auf die Bettkante und streichelte Mira mit einer Hand unentwegt durchs Haar, während sie leise beruhigende Worte sprach. Doch jedes Mal, wenn sie sagte, dass Mira nicht wissen konnte, wie es ihrem Vater ging, war da auch eine andere leise Stimme, die Mira das Gegenteil einflüsterte.

Nachdem sie noch einmal einige Stunden geschlafen hatte, zog Mira sich gerade ihren Pullover über den Kopf, als Svea wieder zurück in das Krankenzimmer kam. Sie war nie länger als ein paar Minuten weg, obwohl sie nach dem Überfall als Leiterin des Kuppelgartens sicher genug zu tun hatte. Mira war bisher noch nicht dazu gekommen, danach zu fragen, doch das Hauptziel der Piraten waren vermutlich die Lagerräume mit dem geernteten Obst und Gemüse gewesen. Dinge, die sie außer von überfallenen Schollen nirgendwo sonst herbekommen konnten.

»Was machst du da?«, fragte Svea.

»Mich anziehen«, antwortete Mira.

»Du weißt was ich meine«, erwiderte Svea und zog eine ihrer Augenbrauen missbilligend in die Höhe. Mira weigerte sich jedoch, darauf zu achten. Unter dem Bettende entdeckte sie ihre Schuhe und bückte sich, um sie anzuziehen. Für einen kurzen Augenblick verschwamm Mira die Sicht, als sie ihren

Kopf zu weit nach vorne beugte, doch sie versuchte, sich nichts anmerken zu lassen.

»Ich muss nochmal mit Rorik reden«, sagte Mira.

Nachdem sie ihre Schuhe fertig gebunden hatte und Svea ihr noch immer nicht geantwortet hatte, blickte sie sich nach der Gärtnerin um. Svea hatte mittlerweile genauso tiefe Ringe unter den Augen wie Rorik und ihre Haare schienen seit gestern grauer geworden zu sein, falls das möglich war.

»Also gut«, sagte sie seufzend. »Aber ich komme mit.«

Ihre Reaktion überraschte Mira, doch dann kam ihr wieder dieser kurze Moment vor Augen, als sie die Werkstatt ihres Vaters betreten hatte und Svea dort bei ihm gewesen war. Mira wusste nicht über was die beiden gesprochen hatten, doch sie spürte noch immer dieses besondere Gefühl der Vertrautheit, das in der Luft gelegen hatte. Die Art, wie Svea die Schulter ihres Vaters berührt hatte. Die offensichtliche Zuneigung und gleichzeitig diese dünne, unsichtbare Mauer, die über die Jahre beinahe soweit geschrumpft war, dass die beiden es nun endlich schaffen konnten, sie gemeinsam zu überwinden. Vermutlich wünschte sich Svea genauso sehr wie Mira, dass Bjan noch lebte.

Gemeinsam gingen sie los. Zuerst wollte Mira Sveas Hilfe ablehnen. Doch sie bemerkte schnell, dass sie durchaus darauf angewiesen war, gestützt zu werden. Da Svea größer war als Mira, gestaltete sich der erste Versuch sich auf die Schulter der Gärtnerin zu stützen, gar nicht so einfach. Doch noch bevor sie die Tür des Krankenzimmers erreichten, hatten sie einen gemeinsamen Rhythmus entwickelt.

Die Krankenstation bestand aus drei kleinen Patientenzimmern, die durch einen kurzen Flur mit dem Hauptraum verbunden waren, wo die meisten einfacheren Untersuchungen und Behandlungen direkt durchgeführt wurden. Zwei Pritschen standen auf jeder Seite des Raumes und wurden nur von dünnen Vorhängen voneinander getrennt. Allerdings waren nur die beiden linken Vorhänge zugezogen, die anderen Pritschen standen leer. Das wunderte Mira.

»Wie viele wurden verletzt?«, fragte sie Svea, während sie sich besorgt umschaute.

»Skjor und Käpt'n Narvik sind die einzigen Toten«, antwortete Svea. »Aber Hynna wurde angeschossen, als er mit den Walfischfängern die Piraten verfolgt hat. Und ein paar Schollenbewohner haben Prellungen oder Platzwunden, weil sie sich beim Weglaufen vor den Explosionen und Schüssen verletzt haben.«

Mira wurde ganz mulmig, als sie begriff, weshalb es in der Krankenstation so ruhig war. Hinter den beiden zugezogenen Vorhängen würde sie Skjors und Käpt'n Narviks Leichen auf den Pritschen finden. Da zog es jeder mit einer leichteren Verletzung sicher vor, in seiner eigenen Wohneinheit zu genesen.

»Wir töten nicht mehr als nötig«, murmelte Mira und dachte über die Worte des Piratenanführers nach, ohne die auch sie jetzt hinter einem dieser Vorhänge läge.

»Was hast du gesagt?«, fragte Svea.

»Nicht so wichtig«, antwortete Mira rasch. Sie hatte irgendwie noch immer das Gefühl, dass hinter dem Piratenanführer mehr steckte, als sie bisher begriff. Doch obwohl sie sich fragte, welcher Pirat sich darum scherte, wie viele Tote er bei einem Überfall zurückließ, würde sie niemals daran zweifeln, was für eine Art Mensch diese Leute waren. Das war sie Skjor, Käpt'n Narvik und auch ihrem Vater einfach schuldig.

Die Krankenstation lag im inneren Ring, nicht weit entfernt von der Brücke, so dass ihr Weg nicht weit war. Trotzdem musste Mira Svea mehrmals darum bitten, kurz stehen zu bleiben, sodass sie verschnaufen konnte. Ihr Rücken schmerzte an der Stelle, an der sie von hinten niedergeschlagen worden war, doch die verkrampfenden Muskeln hätte Mira aushalten können. Was sie tatsächlich dazu brachte, immer wieder stehen zu bleiben, war ihr Kopf. Jedes Mal, wenn sie sich zu sehr angestrengte, wanderten links und rechts schwarze Balken in ihr Blickfeld.

Immer öfter mussten sie inzwischen auch anderen Schollenbewohnern ausweichen, die sie überholten und in die Quergänge abbogen, die zum äußeren Ring führten. Auch jetzt gerade machten Svea und sie Platz für zwei Familien mit kleinen Kindern. Aus irgendeinem Grund trugen alle Schollenbewohner, die sie passierten, dicke Jacken. Die Kinder sogar Wollmützen und Handschuhe. Mira spürte zwar ebenfalls ein leichtes Frösteln, doch die anderen Schollenbewohner schienen ihr zu übertreiben. Erst jetzt fiel ihr auch auf, dass niemand eine gewöhnliche Unterhaltung führte. Ein paar der Erwachsenen hatten sie mitleidig angesehen, was sie darauf zurückführte, dass sie vermutlich bereits von Bjans Entführung gehört hatten. Doch auch die Kinder verhielten sich merkwürdig. Sie tuschelten verschwörerisch miteinander und grinsten sich verschmitzt an.

»Wo wollen denn alle hin?«, fragte Mira.

»Sie gehen zur äußeren Schleuse«, antwortete ihr Svea. »Das Erste, was sich herumgesprochen hat, nachdem die Piraten wieder weg waren, ist das große Loch, das sie in die Kälteschleusen gesprengt haben, um in die Wohnanlage eindringen zu können.«

Natürlich, dachte Mira. Sie hatte die beiden Explosionen gehört. Das Fehlen der Schotts erklärte auch den ungewöhnlich kalten Wind in den Gängen.

»Jetzt wollen alle die Chance nutzen und durch das Loch einen Blick auf die Landung des Luftschiffs werfen«, erklärte Svea weiter.

Mira hoffte, dass ihr Kopf sich bald wieder von dem Aufprall erholen würde und ihr Verstand wieder damit begann in der gewöhnlichen Geschwindigkeit zu arbeiten. Wie hatte sie nur das Luftschiff vergessen können?

Doch langsam gewann sie wieder einen Überblick über die Situation. Natürlich kehrten nun auch alle Erinnerungen daran zurück, dass Fay in der Lotterie gewonnen hatte und die Scholle verlassen würde.

Wie hatte ihr Leben in nicht einmal zwei Tagen so aus den Fugen geraten können?

Eine Mischung aus Wut und Trauer flutete in Mira an und gab ihr die Kraft, Svea zu signalisieren, dass ihre kleine Pause vorbei war. Sie musste zur Brücke und Rorik überzeugen, nach ihrem Vater zu suchen. Das erschien Mira momentan als die einzige Chance, ihren Vater jemals wiederzusehen. Denn eines war ihr absolut klar: Solange sie selbst nichts unternahm, um die Rettung in Gang zu setzen, würde es sonst auch niemand tun.

✿

»Luftschiff *Lintu* ruft Scholle zwölf.«

Mira und Svea gingen auf die Schleuse der Brücke zu und konnten den Funkspruch des Lotterie-Luftschiffs durch die Lautsprecher hallen hören. Irgendjemand hatte offensichtlich große Probleme mit der Bedienung des Funkgeräts, denn Roriks Befehl, den Lärm abzustellen, ging in den unbeantworteten Wiederholungen des Funkrufs unter.

Als sie an der Stelle vorbeikam, an der Skjor gestorben war, musste Mira sich dazu zwingen weiterzugehen. Hätte sie auch nur einen Moment innegehalten, hätte sie sich umgedreht und wäre in die entgegengesetzte Richtung geflüchtet. Ein ausgeblichener dunkelbrauner Fleck auf dem metallenen Boden war eine deutliche Erinnerung an die furchtbaren Geschehnisse.

Doch sie durfte ihre Entschlossenheit jetzt nicht verlieren. Wenn sie gleich mit Rorik reden würde, brauchte sie ihre ganze Überzeugungskraft.

»Hier Scholle zwölf«, antwortete endlich eine unsichere Stimme, die Mira nur zu gut kannte. Jetzt war ihr klar, wo die Schwierigkeiten mit der Lautstärke herrührten. Als Mira die Brücke betrat, fiel ihr Blick auf Truls, der planlos an den vielen Knöpfen des Funkgerätes herumdrehte. Er war völlig überfordert und wirkte verloren, wie er so vor dem Funkgerät saß.

Mira erinnerte sich, dass Truls vor einiger Zeit mehrere Wochen lang versucht hatte, bei Skjor in die Lehre zu gehen, bevor ihn der Funker als hoffnungslosen Fall wieder zurück in die Küche geschickt hatte. Dort konnte er wenigstens nur die Suppe versalzen, anstatt die unbezahlbare Technik zu zerstören.

»Bestätigen Sie eine freie Landezone, Scholle zwölf«, forderte der Funker des Luftschiffs. Sein Tonfall ließ keinen Zweifel, dass er sich über die zähe Kommunikation ärgerte.

Rorik blaffte Truls an, dass er endlich eine Antwort senden solle, doch das machte Truls nur noch nervöser. Er stammelte eine Entschuldigung nach der anderen, während er versuchte, die richtigen Einstellungen dafür zu finden.

Mira bemitleidete ihn kurz, doch im nächsten Augenblick drehte sich Rorik in ihre Richtung und erinnerte sie damit wieder daran, weswegen sie hergekommen war.

»Ich habe jetzt keine Zeit für dich«, sagte Rorik noch bevor Mira auch nur ein Wort herausgebracht hatte. Dann wandte er sich ab, in der Erwartung, dass sie die Brücke wieder verlassen würden. Mira bewegte sich jedoch keinen Zentimeter von der Stelle und auch Svea verharrte an ihrer Seite.

»Wir müssen meinen Vater suchen.«

Truls hatte in der Zwischenzeit die Kopfhörer des Funkgeräts gefunden und begriffen, dass sie der Schlüssel dazu waren, dass die Funksprüche nicht länger durch die Lautsprecher der gesamten Brücke kreischten. Hastig stöpselte er den Verbindungsstecker nacheinander in mehrere Löcher des Funkgeräts ein, bis er endlich richtig geraten hatte. Denn kurz darauf unterhielt er sich mit dem Luftschiff, deren Funksprüche nun für alle anderen im Raum nicht zu hören waren.

Rorik nickte kurz zufrieden, dann sagte er, ohne sich wirklich nach Mira umzusehen: »Darüber haben wir uns doch schon unterhalten. Ich denke, meine Antwort war klar genug.« Mira hasste diesen Mann. Dass umgekehrt auch er sie hasste, machte alles nicht gerade einfacher.

»Die Gesetze besagen, dass jeder an Bord verpflichtet ist, einem anderen Schollenbewohner in Notlagen zu helfen«, mischte sich Svea ein.

Mira konnte beobachten, wie eine dicke Ader an Roriks Schläfe zu pulsieren begann.

»Jetzt hört mir mal genau zu«, sagte er, wandte sich ihnen zu und hob seinen Zeigefinger, mit dem er auf Mira deutete, als wolle er sie wie einen Walfisch mit einer Harpune aufspießen. »Die Kleine hat selbst gesagt, dass ihr Vater am verbluten war.«

Sein Finger wanderte und zielte jetzt auf Sveas Brust. »Und es gibt kein Gesetz, das einen Schollenbewohner dazu verpflichtet, sein Leben für das Zurückholen einer Leiche zu riskieren.«

Sveas Bewegung war so schnell, dass Mira sie erst wahrnahm, als Roriks Kopf bereits zur Seite zuckte und das klatschende Geräusch der Ohrfeige auf der Brücke zu hören war.

Alle im Raum erstarrten für die Dauer mehrerer

Atemzüge.

Dann, als wäre absolut nichts geschehen, sagte Svea mit ruhiger Stimme: »Wir wissen nicht, was mit Bjan geschehen ist, nachdem die Piraten geflohen sind.«

Das hasserfüllte Funkeln in Roriks Augen verriet, dass er anderer Meinung war, doch Svea hielt seinem Blick stand. Mira kam es so vor, als würden die beiden sich eine Ewigkeit stumm anstarren und mit jeder Sekunde wurde die Spannung zwischen ihnen unerträglicher. Mira hatte Svea immer als zarte Frau erlebt, die sich mit Leidenschaft um die Gartenkuppel kümmerte und für jede ihrer Gärtnerinnen ein freundliches Wort übrig hatte. Dieses Duell, das sie sich nun mit Rorik bot, war vollkommen ungleich verteilt. Doch Svea bot ihm die Stirn, als wäre sie diejenige, die den muskulösen Mann mit Leichtigkeit überwältigen könnte.

Erstaunt beobachtete Mira, dass Rorik schließlich den Kopf senkte und zu Boden blickte.

»Ich rede mit dem Kommandanten des Luftschiffs«, sagte er und die Worte flossen zäh aus seinem Mund, als würde es ihn große Mühe kosten, sie auszusprechen. »Wenn jemand die Piraten finden kann, dann sie.«

Mit etwas festerer Stimme fügte Rorik hinzu: »Glaubt man den Radioberichten, scheint die Regierung in letzter Zeit sowieso ein großes Interesse an der Piratenverfolgung zu haben.«

»Aber...« Mira wollte widersprechen, dass es nicht genug war, nur einem fremden Luftschiff Bescheid zu geben, das sich *vielleicht* um die Sache kümmern würde. Sie mussten selbst nach ihrem Vater suchen. Das Lotterie-Schiff würde nicht vor morgen früh wieder ablegen. Und mit jeder Minute, die verging, entfernten sich die Piraten weiter von der Scholle.

»Kein Aber«, entgegnete Rorik scharf. Er hatte zu seinem gewohnten Befehlston zurückgefunden. »Wir haben Verwundete, unsere Lager sind geplündert worden und in der Außenhülle der Wohnanlage klafft ein Loch, so groß wie ein Walfischmaul. Wir brauchen jeden einzelnen Mann hier an Bord der Scholle, um aus dieser Sache wieder herauszukommen. Die Fischerboote müssen wieder raus, den Fang ausgleichen, den wir über Bord werfen mussten, um schnell genug bei der Scholle anzukommen, um noch etwas gegen die Piraten ausrichten zu können. Wir haben nichts, was wir für eine Suchaktion erübrigen könnten.«

Je mehr Rorik redete, desto wütender wurde Mira. Sie spürte, wie sich ihr Zorn, ausgehend von ihrem Herzen, mit jedem Wort weiter in ihrem Körper ausbreitete. Das Schlimmste war die Tatsache, dass Rorik die Wahrheit sagte. Selbst wenn er ihren Vater oder Mira nicht hassen würde, könnte er keine Hilfe losschicken. Im Moment waren alle Schollenbewohner in Gefahr. Die Piraten hatten dafür gesorgt, dass sie mit dem Gesicht voran im dreckigen Schnee gelandet waren und sichergestellt, dass sie tief genug darin steckten, dass sie sobald nicht wieder herauskommen würden.

Und doch war es nicht richtig. Jemand musste nach ihrem Vater suchen. Auch wenn die Chancen auf Erfolg verschwindend gering waren, konnten sie ihn doch nicht einfach im Stich lassen und für das Wohl aller opfern. Jemand musste etwas unternehmen.

»Und wenn wir schon von Gesetzen reden«, sagte Rorik und schaute Svea an, als würde er zu einem Schlag unter die Gürtellinie ausholen.

»Mir ist gerade noch eines eingefallen. Wer auf der Scholle lebt, muss sich selbst versorgen. Die Gemeinschaft darf nicht unter einzelnen leiden.«

»Das würdest du nicht wagen«, zischte Svea durch ihre Zähne hindurch. Sie hatte sofort begriffen, worauf er hinauswollte.

»Wer weiß?«, sagte Rorik und zuckte die Schultern als würde er darüber nachdenken. »Sie ist noch keine siebzehn.«

Er warf Mira einen kurzen Blick zu.

»Und niemand ist mehr da, der für ihren Unterhalt aufkommen würde. Laut Gesetz könnte ich sie an das Luftschiff verkaufen, das in diesem Moment auf unserer Scholle anlegt.«

Mira war von der plötzlichen Wendung des Gesprächs vollkommen überrumpelt. Die Entführung ihres Vaters hatte ihr bisher keine Zeit gelassen, über ihre eigene Situation nachzudenken.

»Seit zwanzig Jahren musste niemand mehr die Scholle verlassen«, sagte Svea. »Und du willst der erste sein, der damit bricht? Noch bevor du überhaupt zum Käpt'n erklärt worden bist?«

Rorik zuckte gespielt lässig mit den Schultern und antwortete: »Die Ernennung ist nur eine Formalität. Bisher wurde noch nie ein anderer als der Anführer der Walfischfänger Kapitän.«

Er nickte abfällig in Miras Richtung und fügte hinzu: »Und was deinen Verkauf angeht, so gab es in den letzten zwanzig Jahren auch keinen Piratenüberfall mehr. Ich glaube nicht, dass die Scholle jemals so schlecht dagestanden hat wie jetzt.«

»Adoption.«

Mira hörte das deutliche Zögern in Sveas Stimme, als sie diesen Vorschlag aussprach, mit dem sie Mira vor dem Verkauf retten konnte.

»Wenn ich die Verantwortung für Miras Versorgung übernehme, ist ein Verkauf unmöglich«, sagte sie.

Svea musste Miras Überraschung bemerkt haben, denn schnell sagte sie zu ihr: »Es wäre nur bis zu deinem Geburtstag in zwei Wochen. Alles würde so bleiben wie bisher, auch deine Arbeit im Kuppelgarten.«

»Verrückte Frau«, nuschelte Rorik kopfschüttelnd. Lauter sagte er: »Das ist nicht nötig. Die Kleine wird nicht verkauft.«

Ob er dieses Zugeständnis machte, weil er Svea mit seinem Gerede sowieso nur hatte Angst machen wollen, oder weil er seine Position als zukünftiger Käpt'n nicht durch eine unangesehene Entscheidung gefährden wollte, war nicht ganz klar. Mira glaubte jedoch keine Sekunde lang, dass Rorik sie nicht verkaufen würde, wenn er könnte.

Für ihn schien nun das Gespräch beendet, denn er wandte ihnen den Rücken zu und stellte sich neben Truls, der den Kopfhörer der Funkanlage schräg auf dem Kopf sitzen hatte. Auch Svea schien der Meinung zu sein, dass es an der Zeit war, endlich die Brücke zu verlassen, denn sie berührte Mira sanft am Arm, um ihr ein Zeichen zu geben, dass sie sie auf dem Rückweg zu ihrem Krankenzimmer wieder stützen würde.

Doch in diesem Moment wurde Mira klar, dass sie in der ganzen Zeit, in der Svea und Rorik einfach nur über ihren Kopf hinweg miteinander gestritten hatten, längst selbst eine Entscheidung getroffen hatte. Jemand musste ihren Vater suchen, dachte sie. Und wenn es nicht Rorik oder die Walfischfänger der Scholle waren, dann musste Mira es eben selbst tun.

Sie wusste, dass ihr Vater es niemals von ihr erwarten würde, geschweigen denn, dass er es erlauben würde, wenn er noch hier wäre. Vermutlich würde er sie zur Not sogar in seine Werkstatt sperren, wo er gleichzeitig arbeiten und ein Auge auf sie haben könnte, bis sie wieder Vernunft annahm. Doch er war nicht hier. Und Mira würde gehen.

Auf der Scholle gab es nichts mehr, was sie hielt. Fay bestieg bald das Lotterie-Luftschiff und Tarjei war schon lange aus ihrem Leben getreten. Ohne ihren Vater blieb Mira nichts mehr.

Außer Svea, schoss es ihr durch den Kopf, als sie den stützenden Arm der Gärtnerin spürte.

Mira musterte das Gesicht der Frau, die vor ein paar Sekunden noch bereit gewesen war, nahezu alles für Mira zu tun. Svea war immer wie eine Mutter für sie gewesen.

Mira prägte sich jedes kleine Fältchen um ihre Augen ein, dachte an die vielen freundlichen Worte und das aufmunternde Lächeln, seit Svea ihr ihre eigene Parzelle unter der Kuppel anvertraut hatte. Mira würde ihre Arbeit an den Feldern vermissen. Und noch viel mehr würde sie Svea vermissen. Doch ein Gedanke spendete ihr Trost: der Verkauf an das Luftschiff würde der Scholle helfen, die Folgen des Piratenangriffs zu überwinden und auch Sveas Leben besser machen. Wenn es das war, was nötig war um ihren Vater zu finden, dann würde sie es tun.

»Ich gehe«, sagte Mira und bemerkte, dass ihr Stimme leise und wacklig geklungen hatte, als sie ihre Entscheidung nun endlich aussprach.

Rorik wandte sich von Truls und der Funkanlage wieder zu ihr um und sie sah seine hochgezogene Augenbraue. Daher sagte sie noch einmal: »Ich gehe auf das Luftschiff.«

✳

Nicht einmal eine Stunde später riss Fay die Tür zu Miras Zimmer auf und platzte herein.

»Du kommst wirklich mit?«, fragte sie ganz aufgeregt und

völlig außer Atem. Mira antwortete lediglich mit einem Nicken, während sie weiter die nötigsten Dinge in einen großen Seesack packte. Svea hatte ihn ihr, nach einer langen Diskussion über Miras Entscheidung wegzugehen, organisiert. Die Gärtnerin hatte jedoch selbst jetzt noch immer nicht aufgegeben, ihr alles auszureden und Mira wusste, dass Svea es vermutlich noch bis zur letzten Sekunde versuchen würde. Der Seesack war also entweder eine Art zu sagen, dass Svea sie unterstützte oder nur eine weitere Taktik, Mira den Weggang auszureden. Denn das Packen war wesentlich schlimmer, als sie gedacht hatte. Zu entscheiden, was man mitnahm und was man zurückließ, fühlte sich endgültig an. Als würde sie nie mehr an diesen Ort zurückkehren.

Fay schien absolut nicht zu bemerken, dass es gerade nicht der richtige Zeitpunkt für eine Unterhaltung war, denn obwohl sie völlig außer Atem war, begann sie zu erklären, wie toll sie es fand, dass Mira mitkam.

»Ich bin sofort hergerannt, als ich es gehört habe. Ich hatte schon Angst, dass es nicht wahr ist und ...«

Mira versuchte, sich zu konzentrieren. Neben die warmen Klamotten, die viel Platz wegnahmen, musste sie alles andere stopfen, was ihr wichtig war. Sie verpackte gerade ihr gesamtes Leben.

»... und Vegar Ihmels hat uns sogar schon die Hand geschüttelt«, berichtete Fay. Sie war von der Beschreibung des landenden Flugschiffs fließend zu den geplanten Radiogesprächen übergegangen, die noch gesendet werden sollten. »... dann habe ich gehört, wie Rorik zu meinem Vater gesagt hat, er solle mit dem Käpt'n des Luftschiffs verhandeln, weil du mitkommen würdest und ich konnte es erst gar nicht glauben. Aber dann bin ich direkt hergerannt.«

»Ich komme nicht mit, weil ich in der Lotterie gewonnen habe«, unterbrach Mira Fay. »Ich werde als Dienstmädchen an das Luftschiff verkauft. Das hat wenig mit dem *Ausflug* deiner Familie zu tun.«

Sie hatte nicht so unfreundlich und verbittert klingen wollen, doch Fays Gerede konnte sie im Moment wirklich nicht gebrauchen.

»Aber du kannst doch nicht einfach so verkauft werden«, sagte Fay völlig ungläubig. »Das geht doch nicht. Einen

Menschen zu verkaufen, meine ich.«

»Bei den Hauptstädtern schon«, sagte Mira. »Und was denkst du, warum Rorik deinem Vater gesagt hat, dass er mit dem Käpt'n des Luftschiffs reden soll? Dein Vater ist der Chefhändler der Scholle. Ich habe Rorik gesagt, er soll den besten Preis, den er für mich bekommen kann, herausholen. Anscheinend tut er ausnahmsweise mal etwas Vernünftiges, wenn er deinem Vater diese Aufgabe überlässt.«

»Vater würde so etwas doch nie tun«, sagte Fay völlig entrüstet.

Mira stopfte eine Taschenlampe und die Ohrringe ihrer Mutter, die noch auf ihrem Nachttisch lagen in ihren Seesack. Mit einem schnellen Handgriff in ihre Hosentasche vergewisserte sie sich vermutlich zum zehnten Mal, dass sie die Taschenuhr schon eingesteckt hatte. Ihre Finger glitten über das Metall und eine Erinnerung stieg plötzlich in Mira hoch. Sie dachte an das eine Mal, als ihr die Uhr heruntergefallen und kaputtgegangen war. Ihr Vater hatte die nächsten Wochen immer spät abends bei gedimmtem Licht an dem Tisch im Hauptraum ihrer Wohneinheit gesessen und sie repariert. Es hatte eine Überraschung zu Miras Geburtstag werden sollen. Deswegen hatte er immer nur gearbeitet, wenn er dachte, dass Mira schon längst schlafen würde. Doch sie hatte immer nur so getan. Sobald ihr Vater das Licht dann im Hauptraum zu einem verschwörerischen Halbdunkel gedimmt hatte, war sie auf Zehenspitzen zu ihrer Zimmertür geschlichen, hatte sie einen Spalt breit geöffnet und sich gegen den Türrahmen gelehnt. Von dort hatte sie ihrem Vater dabei zugeschaut, wie er feine Zahnräder ineinanderfügte und winzige Schrauben benutzte, um alles zusammenzuhalten. Wie immer war er in seiner Arbeit so vertieft gewesen, dass er Mira nicht bemerkte.

Für sie waren diese Erinnerungen mindestens so wertvoll wie die Taschenuhr selbst und nur langsam und widerwillig tauchte sie wieder daraus hervor, um mit Fay zu reden.

»Ich gehe freiwillig«, sagte Mira. »Dein Vater tut das nur, weil ich es so will.«

Das schien Fay etwas zu beruhigen, auch wenn sie immer noch nicht mit dem, was ihr Vater tat, einverstanden wirkte.

»Aber warum willst du verkauft werden?«, fragte Fay verwirrt.

Mira war mit dem Packen fertig und zog die dicken Bänder des Seesacks zusammen. Schnell machte sie einen Seemannsknoten hinein, den Tarjei ihr vor langer Zeit einmal beigebracht hatte. Dann sagte sie zu Fay: »Ich habe nicht vor, lange Dienstmädchen an Bord des Luftschiffs zu bleiben.«

Mira hatte sich ihren Plan in der letzten Stunde so oft zurechtgelegt, dass sie inzwischen fest daran glaubte. Sie würde an Bord des Luftschiffes gehen und so lange wie es eben nötig war, um ihren Vater zu finden, als Dienstmädchen arbeiten. Und falls die Regierung entschied, dass die Verfolgung der Piraten warten konnte, dann würde sie einfach bei der nächsten Landung des Schiffes fliehen und sich eine andere Möglichkeit einfallen lassen.

Auf den einen oder anderen Weg würde sie ihr Ziel erreichen. Sie würde ihren Vater wiedersehen.

❊

»Noch kannst du umkehren.«

Svea hatte Mira bis zur zerstörten Außenschleuse der Wohnanlage begleitet. Sie standen sich gegenüber und Svea war vor den dicken Fellen stehen geblieben, die das Loch notdürftig verdeckten. Der Wind fand natürlich trotzdem seinen Weg durch unsichtbare Ritzen und blies Mira sanft ins Gesicht, sodass sie eine Gänsehaut bekam.

»Nach dem, was ich gehört habe, hat das Luftschiff bereits einen guten Preis für eine neue Dienerin bezahlt«, sagte sie zu Svea. »Ich glaube nicht, dass sich das noch rückgängig machen lässt.«

Svea schüttelte den Kopf. »Es gibt immer einen Weg.«

»Vermutlich«, antwortete Mira, zögerte einen Moment und schaute Svea dann in die Augen. »Aber du verstehst, warum ich trotzdem gehen muss, oder?«

»Ja und nein.«

Die Gärtnerin strich sich eine graue Haarsträhne aus der Stirn und klemmte sie hinter ihr Ohr. Sorgenfalten breiteten sich um ihre Augen aus.

»Ich glaube, du hoffst, etwas zu finden, das mit größter Wahrscheinlichkeit nicht mehr da ist. Und tief in dir drin weißt du das auch.«

Sie seufzte. Ihr fiel es sichtlich schwer, so über Bjan zu reden.

»Was dich wirklich antreibt, ist ein Wunschtraum«, sagte Svea. »Und ich habe Angst vor dem was passiert, wenn du erkennst, dass du träumst.«

»Ich bin nicht bereit, die Hoffnung aufzugeben«, entgegnete Mira entschlossen und packte den Tragegurt ihres Seesacks fester. »Nicht, bis ich Vater gefunden habe.«

Svea lächelte zögerlich und Mira glaubte, Dankbarkeit in den Augen der Gärtnerin zu entdecken.

»Versprichst du mir etwas?«, fragte Svea.

Mira nickte.

»Enttäuschte Hoffnung führt schnell zu Hass und dem Verlangen nach Rache. Komm zurück, bevor du dich auf einen Weg begibst, an dessen Ende das nicht mehr möglich sein wird.«

»Ich komme zurück«, versprach Mira und tief in sich wusste sie, dass sie die Wahrheit sagte. Sie würde alles tun, um wieder zu Scholle zwölf zurückzukehren. Und dann würde sie den Rest ihres Lebens eine kleine Parzelle unter der Gartenkuppel pflegen.

Mira sah, wie Sveas Augen wässrig wurden und die Gärtnerin wirkte plötzlich sehr viel älter, als Mira sie jemals erlebt hatte.

»Noch etwas«, sagte sie flüsternd. »Bring Bjan wieder mit zurück.«

※

Kapitel Vier

Kel spannte die letzten Hunde in das Geschirr vor dem Schlitten ein, während Tesuk die Taschen auf der Ladefläche überprüfte und sorgfältig verschloss. Jedes Mal, wenn er die Riemen eines Sackes fest zusammenzog und die leeren Beutel sich enger an den Schlitten anlegten, zuckte Kel zusammen.

»Du hättest die Verhandlungen führen sollen«, sprach er endlich aus, was ihn bereits die letzten beiden Tage ihrer Rückreise zu ihrem Stamm unentwegt quälte.

»Du bist jetzt der Stammesführer«, erwiderte Tesuk. »Niemand bei den heißen Quellen würde mit mir einen Preis aushandeln. Die Tuwai wollen nicht gegen die Traditionen verstoßen und unseren Groll wecken.«

»Ich verstehe nicht, wie das nicht meinen Groll wecken soll«, sagte Kel und deutete auf die halbleeren Transportsäcke. »Meinen Vater hätten sie niemals bis auf die Knochen ausgenommen. Und dich auch nicht.«

Tesuk war das Oberhaupt der Jäger des Stammes und man musste nur in sein kantiges Gesicht sehen, um zu wissen, dass dieser Mann den Willen eines vereisten Granitfelsens hatte.

Tesuk hielt einen Moment inne, zurrte dann die letzte Tasche am Schlitten fest und richtete sich auf, um Kel in die Augen zu sehen.

»Lerne daraus. Es hat den Stamm heute mehr gekostet, als wir uns auf Dauer erlauben können. Aber wenn du dadurch an Erfahrung gewonnen hast, wie du es in Zukunft besser machen wirst, dann war es den Preis wert.«

Nach diesem Ratschlag kramte er in seiner Felljacke und holte die dicken Fäustlinge aus Robbenfell hervor, die er direkt über seine dünnen Fingerhandschuhe zog, mit denen es sich besser arbeiten ließ.

»Außerdem«, fügte er seinen klugen Worten hinzu, »erinnere ich mich noch gut an die Zeit, in der dein Vater seine ersten Verhandlungen geführt hat. Glaube mir, dass ich als Berater des Stammesführers bei dir ein ganzes Stück weniger

Arbeit haben werde als bei ihm damals.«

Ein normaler Mensch hätte bei diesen Worten vermutlich zumindest ein wenig geschmunzelt, doch Tesuks Gesicht blieb weiterhin steinhart. Stattdessen wandte er sich von Kel ab, schlug die Decken zurück, die seinen Sitzplatz auf dem Hundeschlitten bedeckten und schlüpfte darunter. Kel kannte den alten Jägeranführer jedoch gut genug, um genau zu wissen, dass er gerade ein großes Kompliment erhalten hatte und er war stolz darauf. Sein Vater hatte ihm mit seinem Tod viel zu früh die Verantwortung für den gesamten Stamm überlassen, doch Tesuk an seiner Seite war ihm eine ständige Stütze.

»Und jetzt lass uns endlich zum Stamm zurückkehren«, verlangte Tesuk und klopfte sich auffordernd auf die von Fellen bedeckten Beine. »Deine Frau wartet. Und ich vermisse das warme Essen.«

Kel streichelte Togo, dem Leithund seines Schlittens, über den Kopf und Togo stieß aufgeregt mit seiner Schnauze gegen Kels Hand. Wie immer wollte er so schnell wie möglich loslaufen. Kel ging die Doppelreihe der Hunde seines Gespanns entlang und überprüfte ein letztes Mal, ob alle richtig angeschirrt waren. Dann stieg er auf die hinteren Enden der Kufen des Schlittens und zog sich seinen Schal bis über die Nase ins Gesicht, sodass unter der Kapuze seines Mantels nur noch seine Augen zu sehen waren. Wie zuvor auch Tesuk, zog Kel sein zweites Paar Handschuhe über die Hände.

Nach vorne rief er: »Bereit?«

»Bereit!«, antwortete Tesuk. Er hatte sich inzwischen bis auf den Kopf unter die dicken Decken und Yarum-Felle zurückgezogen. Auch seine Stimme war durch den vor den Mund gezogenen Schal gedämpft.

Dann los, dachte Kel und rief Togo das Kommando zu.

Der Leithund stemmte seine Beine gegen den Schnee und die anderen Tiere taten es ihm gleich. Kel half dem Gespann, indem er ein Bein auf den Kufen stehen ließ und sich mit dem anderen abstieß. Nachdem sie gemeinsam den ersten Widerstand des Schnees überwunden hatten, nahm der Schlitten rasch an Fahrt auf.

Der kalte Wind der Eiswüste blies Kel entgegen und wie

immer genoss er das Gefühl der Geschwindigkeit und die Vertrautheit mit seinen Hunden. Er hasste die Verhandlungen mit den Tuwai um die Nutzung ihrer warmen Quellen, aber er würde es niemals leid werden, die Gespräche zu führen. Denn er wollte unter keinen Umständen diese seltenen, mehrtägigen Reisen mit seinen Hunden aufgeben. Auch wenn er seine Frau und seinen kleinen Sohn vermisste und genau wie Tesuk auf eine warme Mahlzeit bei ihrer Rückkehr hoffte, genoss er doch jeden Augenblick der Fahrt. Wie immer fand Togo instinktiv seinen Weg durch den Schnee und Kel musste selten mit Kommandos eingreifen. Fast war er traurig, dass sie schon bald zurück beim Lager des Stammes sein würden.

※

»Whoa!«

Togo reagierte auf das Kommando und lief langsamer. Kel hielt die Leinen unter Spannung, sodass sie sich nicht in den Beinen der Tiere verhedderten. Dann zog er die Bremse des Schlittens. Zwei kurze Haken gruben sich wie Anker in den Schnee und hinterließen tiefe Furchen. Nach wenigen Metern blieb der Schlitten dann endgültig stehen. Über den Hundeschnauzen sammelten sich weiße Atemwolken und obwohl ihre Flanken sich deutlich beim Atmen hoben und senkten, wusste Kel, dass sie am liebsten weitergelaufen wären.

»Was ist los?«, fragte Tesuk.

Er bewegte sich unter den Fellen, die ihn während der Fahrt warmgehalten hatten, heraus und zog seinen Schal nach unten, sodass ihm das Sprechen leichter fiel. Kel streifte seine Kapuze zurück und blinzelte gegen das vom Schnee reflektierte Sonnenlicht an.

»Rauch«, antwortete er und zeigte nach vorne. Sie befanden sich gerade auf dem Gipfel einer Schneedüne und so konnten sie weit über die verschneite Eisfläche blicken. Im Osten stiegen schwarze Rauchsäulen in den klaren Himmel über der Eiswüste. Genau dort, neben den niedrigen Felsformationen in der Ferne, hatten Tesuk und er das Lager des Stammes verlassen.

Nauja!, schoss es Kel durch den Kopf. Bei dem Gedanken

an seine Frau sprang er hastig wieder auf die Kufen des Hundeschlittens. Tesuk, der inzwischen aus seiner liegenden Position aufgestanden war, um ebenfalls in die Ferne zu spähen, rief er zu: »Schnell, zurück unter die Felle.«

Er selbst zog sich rasch wieder seine Kapuze über den Kopf und gab dann das Startkommando. Togo schien die Dringlichkeit, mit der sie das Stammeslager erreichen wollten, zu spüren, denn er trieb das Gespann zu Höchstleistungen an. Der Fahrtwind blies Kel hart ins Gesicht, doch er hatte schon wesentlich schlimmere Kälte ausgehalten.

Zwei kleinere Schneedünen hatten sie bereits überquert und arbeiteten sich jetzt am Hang der dritten hoch. Kel stieß sich immer wieder mit dem rechten Bein kräftig vom Schnee ab, um den Hunden bei ihrer Arbeit zu helfen.

»Kommt schon!«, rief er. »Na los!«

Kels Beine waren fast taub von der Anstrengung und das Einzige, was er noch spürte, war das Brennen seiner Muskeln.

Je näher sie dem Dünenkamm kamen, desto größer schienen die Rauchsäulen zu werden. Noch einmal ging es bergab und Kel musste die Bremse des Schlittens betätigen, um die Hunde nicht zu gefährden. Dann glitten sie endlich wieder auf ebener Fläche und ihr Ziel war in greifbarer Nähe.

»Veranker' den Schlitten am Grund der letzten Düne!«, rief Tesuk und der Fahrtwind trieb seine Stimme nach hinten. Kel fiel es schwer, Tesuk zuzustimmen, denn den Schneeberg zu Fuß anstatt mit dem Schlitten zu besteigen, würde wertvolle Zeit kosten. Doch Tesuk hatte recht. Sie trugen keine Waffen bei sich, da sie nicht das wenige, was die Tuwai an knauseriger Gastfreundschaft ihnen gegenüber zeigten, hatten beleidigen wollen. Ihre Wehrlosigkeit zwang sie jetzt zur Vorsicht, bevor sie völlig schutzlos auf einem Hundeschlitten über die Schneedüne stürmten.

»Whoa!«, rief Kel Togo zu und sofort verlangsamten sich die Bewegungen des Leithundes. Kel ließ mit einer Hand den Haltegriff des Schlittens los und sprang bereits von den Kufen, noch bevor sie komplett zum Stehen gekommen waren. Die Mühe, den Schlitten zu verankern, machte er sich nicht. Stattdessen gab er Togo das Kommando, zu warten und vertraute auf seinen Leithund.

Dann rannte Kel, ohne sich noch einmal umzusehen, den

Hang der Düne hoch. Immer wieder versank er tief im Schnee und rutschte für drei Schritte, die er vorwärts kam, wieder einen rückwärts. Mit einer schnellen Bewegung zog er sich den Schal vor Mund und Nase weg, so dass er besser atmen konnte. Die kalte Luft brannte in seiner Brust, doch schwer schnaufend kämpfte er sich weiter nach oben. Ein paar Schritte hinter sich hörte Kel, wie Tesuks Beine sich genauso durch den Schnee pflügten wie seine eigenen. Ungeachtet seines höheren Alters schien der Jägeranführer ihn problemlos einzuholen, was sicher nur zum Teil daran lag, dass das Steuern und Anschieben des Schlittens Kel mehr Kraft gekostet hatte als gedacht.

Kurz bevor er den Kamm der Schneedüne erreichte, ließ er sich auf den Bauch fallen. Der Schnee federte seinen Sturz ab und Kel robbte weiter nach oben. Der Pulverschnee, der sich dabei durch die Öffnungen seiner Kleidung drückte, schmolz sofort an seinem Körper und floss in dünnen Rinnsalen über seinen Rücken.

Als er endlich weit genug gekommen war, um seinen Kopf über die Spitze der Düne heben zu können, erstarrte Kel.

»Nein, nein, nein...«

Obwohl er es mit seinen eigenen Augen sah, glaubte er nicht, was sich in dem kleinen Tal abspielte. Jedes einzelne der fast dreißig Qarmaqs, die sein Stamm errichtet hatte, stand in Flammen. Jedes von ihnen war das Nachtlager mehrerer Familien gewesen. Von der Urgroßmutter bis zum Säugling hatten alle darin Schutz gesucht. Jetzt standen nur noch die verkohlten Tierknochen, die das Grundgerüst der Qarmaqs gebildet hatten. Dazwischen hingen brennende Fetzen der Felle, die über den Knochen aufgespannt gewesen waren.

Für Kel war es unvorstellbar, wie es dazu hatte kommen können. Sie hatten wie immer dicke Schnee- und Eisschichten über den Qarmaqs aufgehäuft, die die Bewohner darin zusätzlich vor der Kälte der Eiswüste beschützten.

Wie war es möglich, dass Schnee brannte?

Der Mittelpunkt des Lagers hatte sich in aufgeweichten grauen Schlamm verwandelt, in dem chaotische Fußspuren in alle Windrichtungen führten. Doch kein Mensch war zu sehen. Das Lager war wie leergefegt. Selbst von den Yarum-Büffeln fehlte jedes Lebenszeichen. Von den ausgespannten Seilen, die kreisförmig um das Lager verliefen, um die Herde vom Weglaufen abzuhalten und ihre Körper gleichzeitig als Windschutz für die Menschen in ihrer Mitte zu nutzen, waren nur noch die dicken Knochenpfosten stehengeblieben.

Kel hörte, wie Tesuk neben ihn kroch und ebenfalls in das Tal spähte. Doch er selbst konnte nicht länger hier oben liegen bleiben und dem Feuer zusehen. Er stand auf und rannte los. Er stolperte und fiel den Schneehang eher hinunter, als dass er gelaufen wäre, doch er musste ins Lager. Er musste Nauja und Anyu finden.

Kel eilte zu den brennenden Qarmaqs, wollte sich den Weg hindurch zu dem seiner Familie bahnen, doch die Flammen schlugen ihm mit einer solchen Hitze entgegen, dass er den Arm vors Gesicht riss und rückwärts taumelte. Er musste mitten zwischen zwei der größten Brände hindurch. Kel zog die Kapuze seines Mantels über den Kopf und legte seinen Schal vor Nase und Mund. Die gleiche Kleidung, die ihn vor der Kälte beschützte, musste ihn nun auch vor der Hitze bewahren. Der Rauch war in Bodennähe weniger dicht als die schwarzen Säulen, die in den Himmel stiegen, doch trotzdem brannten Kels Lunge nach nur wenigen Atemzügen. Ascheflocken flogen ihm in die Augen und kleine Funken brannten Löcher in seine Kleidung, doch er schaffte es zwischen den brennenden Qarmaqs hindurch. Er rannte über den zentralen Platz des Lagers, an dem die Stammesmitglieder abends zusammensaßen, und passierte die aus schweren Steinen bestehende Feuerstelle, in der nur noch Asche lag. Kel erschien es so, als wäre sie die einzige Stelle im Lager, an der es im Moment nicht brannte.

Dann war er vor dem Qarmaq seiner Familie angekommen.

»Nauja!«, schrie er den Flammen entgegen, die an den Fellen vor dem Eingang der Behausung leckten. Kel rannte um das Qarmaq herum. Er hustete und schrie so lange Naujas Namen, bis er eine Stelle fand, an der die Felle bereits verbrannt waren und ihm den Innenraum der Wohnstätte zeigten.

Alles war verbrannt. Alles, was er und seine Familie besessen hatten, war in diesem Zelt gewesen und nun waren graue Aschehaufen das Einzige, was davon übrig geblieben war. Doch Kel sah keine vom Feuer geschwärzten Körper, die vor Schmerzen verkrampft am Boden lagen.

Sie lebten noch!, war das erste, das ihm durch den Kopf schoss. Das musste doch bedeuten, dass sie noch lebten! Vor Erleichterung brach er beinahe zusammen. Mit den letzten Funken klaren Verstands, bemerkte Kel jedoch die vielen Fußspuren im schlammigen Schnee. Hatten sie zuvor noch völlig wirr und willkürlich auf ihn gewirkt, erkannte Kel nun eine Art Muster in ihnen. Der gesamte Stamm war panisch zwischen den Wohnstätten hindurchgerannt, doch die Spuren führte alle in die gleiche Richtung. Als wären alle Stammesmitglieder vor etwas, das sie gejagt hatte, davongelaufen.

Kel folgte den Abdrücken, weg von dem Ort mit den heißesten Flammen und dem dichtesten Rauch. Je weiter er sich vom Mittelpunkt des Infernos entfernte, desto mehr Hoffnung stieg in ihm auf. Er erreichte den Rand des Lagers und ließ die schwelenden Überreste der Qarmaqs hinter sich. Vor ihm erstreckte sich jetzt nur noch die Eiswüste. Der Schnee wurde mit jedem Schritt weißer, da weniger Ascheflocken ihn bedeckten.

Die Spuren führten Richtung Osten, den Hang einer flachen Schneedüne hinauf. Es war eine große Gruppe gewesen. Vielleicht hatte es sogar der gesamte Stamm geschafft, dem Flammenmeer zu entkommen. Dass er bisher keine Leichen gefunden hatte, würde dafürsprechen. Kel flehte die Ahnen an, dass es tatsächlich so war.

Tesuk rief seinen Namen, doch Kel ignorierte den alten Jäger. Er musste wissen, was aus seinen Leuten geworden war. Er stürmte einfach nur immer weiter und weiter durch den Schnee. Kurz bevor er die Kuppe der Schneedüne erreicht hatte, begann er den Namen seiner Frau zu schreien.

»Nauja!«, brüllte er. Dann rief er auch nach seinem Sohn, obwohl er wusste, dass Anyu viel zu jung war, um ihm antworten zu können.

Als er endlich oben auf dem Kamm angekommen war, blieb er stehen. Vor ihm befand sich eine kleine Schneemulde, die ringsum von höheren Dünen umgeben war. Seine Beine zitterten bei dem Anblick.

In der Mulde lagen dutzende Körper. Ihre Gliedmaßen

waren verdreht und hatten sich ineinander verheddert. Sie alle trugen die Kleidung der Eiswüstenstämme. Es war ein Massengrab.

Wie in Trance ging Kel auf die Toten zu. Er stolperte und stürzte die Schneedüne hinunter. Er überschlug sich im Pulverschnee und kam neben den ersten Leichen zum Liegen. Das von Furcht verzerrte Gesicht einer jungen Frau starrte ihn an. Ihre Lider waren weit aufgerissen und über ihre Augen war in der Kälte ein grauer Schleier gefroren.

»Nauja!«, brüllte Kel verzweifelt, während er sich aufrappelte. Er lief zwischen den toten Körpern hindurch, stieg über einzelne hinweg, da sie so dicht nebeneinander lagen und musterte jeden von ihnen ganz genau. Viele von ihnen waren gute Freunde gewesen. Und für alle hatte Kel als Stammesführer die Verantwortung getragen. Doch er hielt nur Ausschau nach seiner Frau.

Und als er schließlich in ihr Gesicht blickte, konnte er sich nicht länger aufrecht halten. Seine Knie knickten, dort wo er stand, einfach ein und er stürzte in den Schnee.

»Nauja«, flüsterte er.

Kel wollte den Arm ausstrecken, um sie zu berühren. Doch kurz vor ihrem Gesicht hielt er inne. Es war, als würde die Kälte der Toten auf seine Finger überspringen. Nichts Lebendiges war mehr an seiner Frau. Der Gedanke ließ seine Hand mitten in der Bewegung verharren.

»Kel!« Tesuk rief nach ihm. Die Stimme des alten Jägers klang für Kel jedoch weit entfernt, als würde sie sich durch einen Schneesturm kämpfen, der in seinem Kopf tobte. Erst als die kräftige Hand des alten Jägers ihn an der Schulter packte, war Kel in der Lage, die nötige Kraft aufzubringen, seinen Blick von Nauja zu lösen und sich Tesuk zuzuwenden. Auch in seinem sonst so ausdruckslosen Gesicht war das Entsetzen zu erkennen.

»Beruhige deine Sinne«, sagte Tesuk, doch es war deutlich, wie sehr er darum kämpfte, dass seine eigene Stimme nicht brach. »Wir müssen vorsichtig sein«, sagte er und schaute Kel tief in die Augen. »Vielleicht sind die, die das getan haben, noch in der Nähe.« Dabei deutete Tesuk auf ein paar Spuren, die nicht zu denen des Stammes passten. Kel waren sie in dem

Gewirr von Fußabdrücken gar nicht aufgefallen. Doch jetzt, wo der Jägeranführer ihn darauf hingewiesen hatte, bemerkte auch Kel, dass diese Spuren anders aussahen. Tiefer, mit einer kantigen Form. Und obwohl es eindeutig die Spuren vieler Männer waren, unterschieden sie sich nur geringfügig in der Größe. Die Form war ansonsten absolut gleich, als hätten alle dieselben Stiefel getragen.

»Auch andere Jäger waren bereits vor uns hier«, erklärte Tesuk und natürlich hatte er auch damit recht. Weitere Spuren, die Kels eigenen glichen, ließen darauf schließen, dass Jäger die Schneemulde von einer anderen Seite betreten und wieder verlassen hatten. Was das zu bedeuten hatte, wusste Kel jedoch nicht. Und als er wieder zurück in Naujas Gesicht blickte, war ihm das alles auch völlig gleichgültig. Er streckte seine Finger erneut aus. Dieses Mal überwand er auch das letzte kurze Stück und berührte ihre kalte Wange. Sanft streichelte er darüber. Eine Gänsehaut breitete sich auf seinem Arm aus, doch er konnte seine Finger nicht einfach wieder zurückziehen. Sie durfte einfach nicht tot sein, dachte Kel. Noch nicht. Er wollte eine Familie mit ihr haben. Er wollte ihr...

Ein leiser Schrei unterbrach seinen Gedanken. Es war das Geräusch eines kleinen Kindes gewesen. Ein schwaches Wimmern. Dann nochmal ein Schrei. Er schien direkt aus Naujas Körper zu kommen.

Doch dann begriff Kel. Der Schrei stammte nicht von Nauja, sondern von etwas, das sich unter ihr befand. Zitternd packte Kel seine Frau bei den Schultern. Tesuk hatte ebenfalls begriffen und half ihm, sie ein wenig zur Seite zu drehen. Unter ihr, in dicke Fellschichten eingewickelt, in eine kleine Schneemulde gebettet, lag sein Sohn.

Als Anyu ihn sah, strampelte er aufgeregt mit den Beinen und seine Augen funkelten fröhlich. Er begann, eine freudige Begrüßung für seinen Vater zu lallen und streckte eines seiner kleinen dünnen Ärmchen nach Kel aus.

So schnell Kel konnte, schloss er vorsichtig die Arme um Anyu, hob ihn aus seinem Versteck unter seiner Mutter hervor und drückte ihn gegen seine Brust. Tränen liefen ihm über die Wangen und statt weiterhin im Schnee zu knien, ließ er sich rückwärts auf den Hintern fallen und wiegte seinen Sohn hin und her.

Irgendwann sagte Tesuk: »Wir sind nicht allein.«

Kel schaute auf, musterte zuerst den alten Jäger und folgte dann seinem Blick.

Das Jaulen eines Schneefuchses - einer von vielen Lauten, deren Nachahmung Tesuk den jüngeren Jägern des Stammes beibrachte - erklang und kündigte Freunde an. Im nächsten Augenblick erhoben sich mehrere Gestalten aus dem Schnee hinter dem Dünenkamm, wo Tesuk sie vermutete hatte. Sie alle waren in weiße Felle gekleidet, die die Jäger bei der Jagd im Schnee nahezu unsichtbar machten.

»Komm«, sagte Tesuk zu Kel und zog ihn, ohne dass Kel selbst auch nur einen Muskel angespannt hatte, auf die Beine.

Er wollte diesen Ort noch nicht verlassen. Das Gefühl, seine Frau zu verlieren wurde stärker, sobald er ihr den Rücken kehrte und er wäre am liebsten für immer bei Nauja geblieben. Doch Tesuk hatte recht. Die Jäger waren das erste Lebenszeichen des Stammes. Hier in der Schneemulde lagen vielleicht dreißig Tote. Kel musste herausfinden, was mit allen anderen geschehen war.

Und so hauchte er einen Kuss auf seine Hand, legte sie ein letztes Mal auf die Stirn seiner Frau und ging dann mit seinem Sohn auf dem Arm zu den Jägern, die auf Tesuk und ihn warteten.

Es waren fünf Männer.

Najut war einer von ihnen. Seine hochgewachsene Gestalt und sein dichter blonder Haarschopf hoben ihn wie immer von den anderen Jägern ab, die alle dunkle Haare hatten. Kel ging auf seinen Jugendfreund zu und wollte zur Begrüßung mit beiden Händen fest die beiden Unterarme des Mannes umschließen. Da er jedoch seinen Sohn auf dem Arm hielt, hatte er nur eine Hand für die traditionelle Geste frei.

»Was ist geschehen?«, fragte Kel und schaute Najut an. Sein Freund sah müde und erschöpft aus.

»Die Saghani haben den Stamm angegriffen«, antwortete Najut.

»Saghani?«, fragte Tesuk ungläubig. Auch Kel konnte sich nicht erklären, weshalb es dazu hätte kommen sollen. Die

Saghani waren Fremde in der Eiswüste und ihre Werkzeuge und Häuser waren allesamt aus Metall. Sie waren reicher als Kels Stamm jemals zu träumen wagte und obwohl sich der Stamm selten soweit im Osten der Eiswüste aufhielt, hatte Kels Vater, wann immer sie hiergewesen waren, gerecht mit ihnen gehandelt.

»Ja«, sagte Najut. »Wir kamen von der Jagd zurück und fanden das Lager genauso vor wie ihr. Wir haben die Spuren verfolgt und *diesen Ort* gefunden.«

Najut warf einen kurzen Blick auf die vielen toten Freunde und Verwandten. Doch lange hielt er es nicht aus.

»Es tut mir leid«, sagte er und blickte Anyu an, der sich lebhaft auf Kels Arm bewegte und leise, brabbelnde Laute von sich gab. Ihm schien es zu gefallen, dass er so im Mittelpunkt stand. »Wir wussten nicht, dass er dort unten ...«

Kel schüttelte jedoch den Kopf.

»Das konntet ihr auch nicht«, wehrte er ab. Auch er hatte seinen Sohn nur mit viel Glück gefunden.

»Aber wenn ihr nicht hier wart, als es geschah, wie kommt ihr dann darauf, dass es die Saghani waren?«, fragte Kel, um das Gespräch wieder auf seine eigentliche Bahn zu lenken.

»Wir haben ihre Wunden untersucht«, sagte Najut und nickte in Richtung der Toten. »Es gibt nur eine Sorte Waffen, die einem Menschen diese Verletzungen zufügen kann. Weder Pfeile noch Messer tun so etwas.«

Natürlich, dachte Kel und kam sich plötzlich furchtbar dumm vor. Wären seine Gedanken nicht immer noch von seinen Gefühlen beherrscht, wäre ihm dies selbst längst aufgefallen. Nur die Saghani besaßen Waffen, die kleine Metallstücke verschossen, die sich tief in menschliche Körper bohrten und gefährlicher waren als alles, was die Stämme zu bieten hatten. Selbst die gleichförmigen eckigen Fußspuren, die er im Schnee entdeckt hatte, ergaben plötzlich einen Sinn. Die Saghani trugen alle einheitliche Kleidung und Stiefel.

»Und der Rest des Stammes?«, fragte Kel die Jäger um ihn herum. »Wisst ihr, was aus ihnen geworden ist?«

Najut zögerte einen Moment, dann sagte er zu Kel und Tesuk: »Das solltet ihr selbst sehen.« In seiner Stimme lag etwas Düsteres.

»Die Yarum-Büffel wurden in diese Richtung getrieben«, sagte Najut und zeigte grob in die Richtung, in die sie liefen. Tiefe Hufspuren hatten sich hier in den Schnee gedrückt.

»Welches Lebewesen hinterlässt solche Spuren?«, fragte Tesuk und deute auf zu Rillen plattgewalzten Schnee, der neben den Abdrücken der Yarum-Herde zu sehen war.

»Kein Lebewesen«, antwortete Kel. Er hatte diese Spuren schon einmal gesehen. Jedes Mal wenn er seinen Vater in die Nähe des Saghani-Lagers begleitet hatte, um mit ihnen zu handeln.

»Sie stammen von ihren Kettenfahrzeugen.« Zumindest hatte er gehört, wie die Saghani selbst sie so bezeichnet hatten. Kel bemerkte jedoch, dass Tesuk noch immer nichts damit anfangen konnte und erklärte deshalb: »Gefährte wie unser Hundeschlitten, nur größer. Jedoch brauchen sie keine Tiere, um sie zu ziehen. Und sie machen eine Menge Lärm.«

Es dauerte nicht lange, bis sie erneut am Fuße einer Schneedüne stehen blieben. Najut formte mit seinen beiden Händen einen Hohlraum vor dem Mund und stieß das Heulen eines Schneefuchses aus. Kel bewunderte den natürlichen Klang. Hätte er nicht direkt neben Najut gestanden, wäre er sicher gewesen, dass ein echter Fuchs geheult hatte.

Leises Fuchsgeheul erklang als Antwort auf Najuts Ruf und er zeigte nach links. »Dort warten Itiaq und die anderen auf uns«, sagte er.

Dicht unterhalb des Dünenkamms bedeutete Najut ihnen, in die Hocke zu gehen, um nicht weit hinaus über die Ebene der Eiswüste sichtbar zu werden. Nachdem sie in der gebückten Haltung einige Schritte gegangen waren, regte sich plötzlich der Schnee vor Kels Füßen und für einen Moment hatte er Angst, dass er sich vielleicht ungeschickt bewegt hatte und gleich in einer Lawine den Hang hinunterrutschen würde. Doch schnell erkannte er, dass er sich geirrt hatte. Er wäre beinahe auf einen Jäger des Stammes getreten. Dessen weiße Fellkleidung hatte ihn, genauso wie seine Kameraden, unsichtbar gemacht.

Wie aus dem Nichts gesellten sich fünf weitere Gestalten zu ihnen. Einer von ihnen war Itiaq, der einige Jahre jünger als Kel war, aber zu Tesuks talentiertesten Jägern gehörte.

»Sind sie noch hier?«, fragte Najut.

»Nur noch wenige«, antwortete Itiaq und gab ihnen ein Zeichen ihm zu folgen. Kel zögerte einen Moment, dann drehte er sich zu einem der Jäger aus Najuts Gruppe um und bat ihn, Anyu für einige Augenblicke zu halten. Das Gefühl, seinen Sohn loszulassen, brach ihm beinahe das Herz, doch er musste sehen, was mit dem Stamm geschehen war. Gemeinsam legten sie sich in den Schnee und robbten auf die Spitze der Schneedüne zu, um darüber hinwegzuspähen.

Vor ihnen erstreckte sich eine weite Fläche offener Eiswüste. Die Saghani-Kämpfer, in ihrer einheitlichen grauen Kleidung, standen dort unten um ihre Kettenfahrzeuge verteilt. Im näheren Umkreis um die metallischen Gefährte war der Schnee von so viel Blut rot gefärbt, dass Kel glaubte, einen ganzen See vor sich zu haben. Und inmitten dieses qualvollen Anblicks schleppten Männer und Frauen seines Stammes die toten Körper der Yarum-Büffel zu den Ladeflächen der Kettenfahrzeuge. Die großen Büffel waren schwer und groß genug, dass selbst fünf Männer damit zu kämpfen hatten, sie über den Schnee zu ziehen. Doch die Saghani trieben die Stammesmitglieder an. In die Blutspuren der Tiere, die sie hinter sich herzogen, mischte sich das Blut der geschlagenen Männer und Frauen.

Ohne dass Kel es gemerkt hätte, hatten sich seine Hände zu Fäusten geballt.

»Sie haben alle Yarum getötet«, sagte Najut. Seine Stimme klang so leer, wie Kel sich fühlte. Als hätte man ihm einen Teil der Seele entrissen. »Und viele Spuren führen von hier aus in Richtung Osten zu ihrem Lager.«

»Die anderen?«, fragte Kel, obwohl er Angst vor der Antwort hatte.

»Wir beobachten sie noch nicht lange genug, um sicher zu sein, aber wir glauben, dass sie sie alle mitgenommen haben.« Zögerlich fügte Najut hinzu. »Die Toten in der Grube sind hoffentlich die einzigen. Wahrscheinlich haben sie versucht sich zu wehren oder wollten davonlaufen. Wir wissen es nicht genau.«

Natürlich, dachte Kel. Das passte zu Nauja. Sie hätte sich nicht kampflos ergeben. Er musste seine Tränen unterdrücken, während er an ihre Dickköpfigkeit dachte und an ihren starken Willen.

Kel konnte den Anblick nicht länger ertragen und so glitt er langsam den Schneehang wieder hinunter, bevor er aufstand. Zwei Jäger blieben als Beobachter zurück, die anderen folgten ihm.

Zusammen gingen sie im Schnee in die Hocke und Kel blickte in die Runde.

»Wie viele Saghani habt ihr gesehen?«

»Neun«, antwortete Tesuk.

»Zehn«, widersprach Najut und versuchte dabei, dem älteren Jäger gegenüber so respektvoll wie möglich zu klingen. »In dem *Metallschlitten* sitzt ein weiterer ihrer Krieger.«

Tesuk nickte dem jungen Mann anerkennend zu, weil er selbst nicht daran gedacht hatte.

»Also«, fragte Najut. »Was tun wir?«

Er schaute zwischen Tesuk und Kel hin und her. Unentschlossen, wer von ihnen das Sagen hatte. Doch Kel wusste, dass Tesuk sein Schweigen nicht brechen würde. Die Entscheidung blieb bei ihm. Er war der Häuptling.

Kel schaute sich kurz um. Sie waren elf Jäger. Da er seinen Sohn nicht alleine lassen konnte, blieben zehn. Sein Blick wanderte weiter zu den Knochenspeeren, mit denen die Jäger ihre Beute erlegten und die sie nebeneinander in den Schnee gesteckt hatten.

»Einer für jeden von uns«, murmelte Kel.

Dann schaute er seinen Freunden in die Augen und fügte entschlossener hinzu: »Wir befreien unsere Freunde und Familien.«

※

Kel hatte dem jüngsten der Jäger, der sich erst vor wenigen Mondzyklen seinen Platz unter den Männern verdient hatte, Anyu anvertraut. Außerdem hatte er mit dem Jäger die Kleidung getauscht, so dass nun auch er in die komplett weißen Felle gekleidet war. Kel konnte sich nur schlecht darin bewegen, da sie ihm zu klein waren, doch er schaffte es mit der Geschwindigkeit der anderen Jäger mitzuhalten. Es war wichtig, dass sie gleichzeitig losschlugen. Die Saghani waren rund um den rot gefärbten Schnee postiert. Alle zwanzig Schritte war ein Wachposten aufgestellt, der ganz genau die Arbeit der entführten Stammesmitglieder beobachtete und sie zur Arbeit antrieb. Obwohl die Saghani die mächtigeren Waffen besaßen, rechneten sie nicht mit einem Angriff.

Kel kroch weiter durch den Schnee und war beinahe bei dem Saghani-Krieger, der in diesem Kampf sein Gegner sein würde, angekommen. Er konnte das Atmen des Mannes hören und wie er schmatzend auf etwas herumkaute. Kel packte den Knochenspeer neben seinem Körper fester, dann hörte er das singende Pfeifen eines Eismeertölpels. Der Saghani vor ihm blickte verwirrt auf und sah in die Richtung, aus der das Geräusch gekommen war. Kel sprang auf, holte mit seinem Speer aus und stieß zu. Die Steinklinge bohrte sich nur mühsam durch die dicken Kleidungsschichten, doch Kel spürte das Reißen der Stofffasern und der Speer drang in das Fleisch des Mannes ein. Der Saghani stürzte zu Boden und war sofort tot.

Schnell zog Kel den Speer wieder zurück und ging in die Hocke. Ein Blick verriet ihm, dass auch die Jäger neben ihm Erfolg gehabt hatten. Auch vor ihnen lagen die toten Körper eines Saghani-Kriegers.

Ein Donnern ließ Kel zusammenzucken. Er hatte es bisher nur einmal gehört, als er im Lager der Saghani gewesen war, um mit ihnen zu verhandeln. Es war das Geräusch, das ihre Waffen machten, die selbst auf große Entfernung noch töten konnten.

Kel stürmte auf den Lärm zu. Die gefangenen Stammesmitglieder, die gerade eben noch einen Yarum-Körper geschleppt hatten ließen ihn aufgeregt fallen, doch Kel umrundete sie und hatte keine Zeit, sich mit ihnen zu beschäftigen.

Dann sah er was vorgefallen war. Einer der Jäger lag mit dem Gesicht nach unten im Schnee. Ein Saghani-Krieger - der, der in dem Kettenfahrzeug gesessen hatte - stand über ihn gebeugt da. Der Mann war verletzt und der rechte Ärmel seiner grauen Kleidung sog sich mit hellrotem Blut voll. Trotzdem ließ er die Spitze seines Gewehrs hastig hin und her zucken und suchte nach dem nächsten Jäger, der ihm zu nahekommen würde. Najut und Tesuk hatten ihn ebenfalls erreicht und bald standen die überlebenden neun Jäger im Halbkreis um ihn herum. Das Gesicht des Saghani war vor Furcht verzerrt, sein Atem ging stoßweise. Seine Augen funkelten wie die eines in die Enge getriebenen Tieres.

»Zurück!«, brüllte er. »Verschwindet!«

Seine Zunge formte die Laute der Worte mit dem merkwürdigen und fremden Klang, der den Saghani zu eigen war, sodass Kel ihn nur mit Mühe verstand.

»Was tun wir?«, flüsterte Najut neben Kel.

Doch Kel wusste es nicht und zögerte. Sie durften dem Mann nicht zu nahekommen, da ansonsten mindestens ein weiterer Jäger sterben würde. Sie konnten ihn aber auch nicht einfach entkommen lassen, sonst würde er Hilfe holen. Doch noch bevor Kel eine Entscheidung getroffen hatte, sah er aus dem Augenwinkel, wie Tesuk sich bewegte. Der Saghani hatte sein Gewehr gerade auf das andere Ende des Halbkreises aus Jägern gerichtet und Tesuk nutzte diesen Moment aus. Der alte Jägeranführer holte mit einer fließenden Bewegung aus, schleuderte seinen Speer mit einer Schnelligkeit, der selbst einen Klippenvogel nicht entkommen wäre, und noch bevor der Saghani sich ganz umgedreht hatte, bohrte sich Tesuks Speer in seine Brust. Die Wucht des Angriffs ließ den Mann rückwärtsstolpern und gegen das Kettenfahrzeug prallen, an dem er tot zusammensank.

Sie hatten es geschafft. Der letzte Saghani war gefallen und wenigstens ein kleiner Teil des Stammes befreit. Doch Kel konnte keine Freude in sich spüren. Einer der Jäger war, wegen seiner Entscheidung anzugreifen, gestorben. Seine Frau war tot. Die Yarum-Büffel waren abgeschlachtet worden. Ohne sie würde der Stamm bald verhungern. Dazu mussten die Saghani dann nicht einmal mehr etwas beisteuern.

Nein, dachte Kel. Dies war kein Sieg gewesen.

*

Einige Zeit später hatten sie neben dem Saghani-Fahrzeug ein kleines Lager aufgeschlagen und aus dem wenigen, was sie noch hatten, ein Feuer gemacht. Kel saß etwas abseits von den anderen Stammesmitgliedern. In einem Arm hielt er seinen Sohn und versuchte, ihn mit seiner Körperwärme zu einem sanften Schlaf zu verhelfen. Er selbst hing alten Erinnerungen nach. An Nauja, an seinen Vater und an die Zeit als er noch unbeschwert und ohne Sorgen gewesen war. Kel konnte sich noch gut an die Zeremonie erinnern, die ihn vor zwei Jahren zum Stammesführer gemacht hatte. Damals hatte er die gesamten Ahnenlieder des Stammes innerhalb einer einzigen Nacht gesungen und der Generationen gedacht, die vor ihnen gewesen waren. Den Urvätern und Müttern der Thule, die die ersten Yarum-Büffel gezähmt hatten und denen der Stamm alles verdankte, was er heute zum Überleben besaß. Die Lieder reichten selbst in eine Zeit zurück, in der die Welt nicht alleine von der endlosen Eiswüste beherrscht worden war. Eine Zeit, in der die heißen Quellen noch genug Kraft besessen hatten, um große zusammenhängende Weidegründe für die Yarum das ganze Jahr über warm zu halten.

So viele Generationen verdankten den Yarum, dass sie selbst, ihre Kinder und wiederum deren Kinder überlebt hatten. Und dass diese Nachkommen noch immer in den Ahnenliedern von ihnen sangen.

In einem Atemzug hatten die Saghani nicht einfach nur alles zerstört, was Kels Stamm in dieser Welt besaß, sie hatten auch jeden einzelnen seiner Vorfahren beschmutzt. In einem See aus Blut hatten sie das Vermächtnis der Ahnen erschlagen.

Die Sonne stand bereits tief am Horizont und als Tesuk gemeinsam mit Najut zu Kel herüberkam, eilten ihnen ihre Schatten auf dem Schnee voraus.

»Wie geht es allen?«, fragte Kel.

»Körperlich werden sie sich bald wieder erholt haben«, antwortete Tesuk.

»Es scheint so, als hätten die Saghani die stärksten Männer und Frauen ausgewählt, um die Arbeit hier zu verrichten«, sagte Najut.

»Das ist gut«, sagte Kel nachdenklich. Sie hätten auch gar keine Möglichkeiten gehabt, sich um schwerer Verletzte zu kümmern.

Tesuk und Najut blieben vor ihm stehen und warteten darauf, dass er noch etwas sagte. Doch als Kel weiter schwieg, fragte Najut: »Was wird der Stamm jetzt tun?«

»Wir können nicht lange hierbleiben«, sagte Tesuk. »Die

Gefahr ist zu groß, dass die Saghani weitere Krieger schicken werden.«

Kel nickte. Der gleiche Gedanke war ihm natürlich auch schon gekommen.

»Wir warten noch, bis die restlichen Jäger zurückkommen«, sagte er.

Bisher waren drei weitere Gruppen eingetroffen. Jedes Mal brach es Kel wieder das Herz, wenn er zusehen musste, wie die anderen den Männern zu erklären versuchten, was geschehen war. Er sah die Verzweiflung und die Wut in ihnen. Und er spürte wie die gleichen Gefühle auch ihn ausfüllten.

Er musterte zuerst Tesuks wie immer unergründliches Gesicht und dann schaute er seinem Freund Najut tief in die Augen.

Kels Entscheidung war gefallen.

»Der Stamm zieht in den Krieg.«

*

Sie hatten bis zum Morgengrauen gewartet und dann damit begonnen, das Lager abzubrechen. Kel und Tesuk waren gemeinsam aufgebrochen, um den Hundeschlitten zu holen. Sie hatten einen Bogen um das niedergebrannte Stammeslager gemacht und stolperten gerade den Hang hinunter, an dessen Fuß Kel die Schlittenhunde zurückgelassen hatte. Sie waren noch immer in ihrem Geschirr angeleint, doch sie hatten sich, zum Schutz vor dem kalten Wind, kleine Kuhlen in den Schnee gegraben, in denen sie es sich gemütlich gemacht hatten. Es waren kluge Tiere, die bei der Ankunft ihres Herrn sofort aufsprangen. Togo gab ein freudiges Jaulen von sich.

»Ist es falsch?«, fragte Kel.

»Das kann nur der Stammesführer entscheiden«, antwortete Tesuk.

Kel hatte gesehen, was die Saghani taten. Was sie seinem Stamm angetan hatten. Aber ein Angriff würde nur noch mehr Leben kosten. Leben, für die er als Stammesführer verantwortlich war.

»Es wäre leichter, wenn es nur um mich ginge«, murmelte Kel.

Tesuk schnaubte und eine große weiße Wolke stieg vor

seinem Gesicht auf. »Natürlich wäre es das. Und es wird noch schwerer mit jedem neuen Kind, dessen Geburt du selbst erlebst.«

Kel kannte Tesuks ehrliche Art und meistens schätzte er sie. Doch im Moment waren das nicht die Worte, die er hören wollte.

»Manchmal frage ich mich, ob du absichtlich Dinge sagst, die mich an mir selbst zweifeln lassen.«

Tesuk legte ihm eine seiner schweren Hände auf die Schulter und blieb einen Moment stehen.

»Du wärst ein schlechter Anführer, wenn du deine Entscheidungen nicht in Frage stellen würdest. An dir selbst solltest du jedoch niemals zweifeln. Solange du dich um den Stamm sorgst, wird er dir folgen.«

Tesuk schaute ihn nach diesen Worten noch für einige Augenblicke streng an, dann löste er seinen Griff und setzte seinen Weg fort. Kurz darauf folgte ihm auch Kel.

Als sie bei dem Schlitten ankamen, streichelte er zuerst Togo und dann den anderen Hunden über die Schnauze. Er überprüfte ob ihre Geschirre noch richtig saßen und ging dann nach hinten, wo er seine Position auf den Kufen einnehmen wollte. Dabei kam er an Tesuk vorbei, der bereits auf der Schlittenladefläche die Felle über sich ausbreitete.

»Dieses Mal ist es jedoch eine leichte Entscheidung«, sagte er und beantwortete vermutlich zum ersten Mal in seinem Leben direkt eine von Kels Fragen. »Greifen wir die Saghani an, sterben wir wahrscheinlich. Lassen wir es bleiben, sterben wir und die anderen Stammesmitglieder, die sie entführt haben, sicher.«

Kel setzte seine Füße auf die Kufen des Schlittens und rief Togo das Startkommando zu.

※

Kel ließ seinen Blick über die um ihn versammelten Thule schweifen. Es war leicht zu unterscheiden, wer erst kurz vor der Morgendämmerung zu ihnen gestoßen war und noch mit der unvorstellbaren Nachricht zu kämpfen hatte. Doch die letzten Stammesmitglieder - einige Frauen, die beim Fischen gewesen waren - waren zurückgekehrt und nun war es an der

Zeit, dass Kel ihnen seine Entscheidung über ihre Zukunft mitteilte.

Zuerst wusste er nicht, was er sagen sollte. Doch dann fiel sein Blick auf Najut, der Anyu auf dem Arm hielt und plötzlich stieß er in seinem Inneren auf die Worte. Es fühlte sich so an, als hätte er sie bereits früher einmal ausgesprochen und müsste sich nun nur noch an sie erinnern.

»Wir haben heute einen Verlust erlebt, wie er in noch keinem der Ahnenlieder besungen wurde, seit unser Stamm durch die Eiswüste zieht. Wir haben Freunde, Brüder und Schwestern, Söhne und Töchter verloren.«

Kel betrachtete die Verzweiflung in den schmutzigen und müden Gesichtern.

»Wir werden ihnen in den Liedern gedenken, und dort werden ihre Seelen auch für die Generationen nach uns fortbestehen. Doch unsere Trauer muss warten.«

Kel versuchte seine Stimme fest und zuversichtlich klingen zu lassen, obwohl er sich irgendwie hohl fühlte. Die Trauer um Nauja beiseite zu schieben, war momentan der einzige Weg, den er beschreiten konnte. Alles andere hätte ihn zusammenbrechen lassen.

»Unser Schmerz muss sich gedulden, bis wir uns zurückgeholt haben, was uns genommen wurde. Nur so können wir überleben.«

Kel schluckte. Es war schwer, den Menschen Hoffnung zu machen, wenn er selbst nur so wenig davon in sich trug. Doch in diesem Moment fiel eine schwere Hand auf seine Schulter und unterbrach seine Rede. Kel wandte seinen Kopf, um in Tesuks vom kalten Wind und Narben gegerbtes Gesicht zu schauen. Im nächsten Augenblick spürte er auch auf seiner anderen Schulter den Druck einer Hand.

Zuerst waren es nur Tesuk und Najut, doch rasch folgten auch die anderen Thule der Geste und plötzlich umringten ihn alle, die vom Stamm noch übrig waren. Wer nicht dicht genug neben ihm stand, legte seine Hand auf die Schulter des Vordermanns. Alles lief in völliger Stille ab. Nur der Wind pfiff über ihre Köpfe hinweg. Und als auch die letzte Frau und der letzte Mann ihre Hände ausgestreckt hatten, stieg in Kel ein Gefühl auf, das er nicht beschreiben konnte. Eine innere Wärme, wie er sie noch bei keinem Feuer oder dem dicksten

Yarum-Fell, jemals gespürt hatte. Es war ein Gefühl, als wäre er nicht nur mit dem Stamm, sondern auch mit all seinen Vorfahren zugleich verbunden. Die Ahnengeister waren bei ihm und sie würden ihnen allen beistehen.

❊

»Wir müssen uns auf unsere Speere verlassen«, sagte Tesuk. »Keiner von uns hat je eine ihrer Waffen benutzt. Wenn wir erst noch im Kampf herausfinden müssen, wie sie funktionieren, werden wir nicht lange überleben.«

Zustimmendes Gemurmel kam von Najut, doch Itiaq wandte ein: »Aber nicht einmal unser stärkster Jäger kann seinen Speer auch nur halb so weit werfen, wie sie uns mit ihren Waffen töten können.«

»Aber von unseren Speeren wissen wir, dass sie treffen«, meinte Najut mit einem grimmigen Gesichtsausdruck. Kel hatte, genauso wie sein Freund, versucht die Saghani-Waffen zu bedienen. Er musste ihm recht geben. Mit den Metallwaffen waren sie nicht geübt genug und sie hatten auch nur elf Stück von den Kriegern erbeutet, die sie getötet hatten. Davon funktionierten drei nicht oder sie hatten vielleicht auch einfach noch nicht herausgefunden, wie sie zu benutzen waren.

Kel, der bisher zu der Diskussion geschwiegen hatte, sagte: »Danke, Itiaq« und nickte dem jungen Jäger zu. »Aber wir müssen auf unsere eigene Stärke vertrauen.«

Itiaq zögerte einen Moment. Er schien noch etwas sagen zu wollen, doch dann neigte er ebenfalls leicht den Kopf und ging zu dem kleinen Lager zurück, das sie notdürftig aufgeschlagen hatten. Dort saßen die übrigen Stammesmitglieder beisammen, schärften ihre Waffen, schliffen Widerhaken in ihre Pfeilspitzen oder besserten ihre Jägerkleidung aus.

»Wir wissen noch immer nicht, wie wir nahe genug an ihre metallenen Hütten herankommen«, sagte Najut und brachte damit Tesuk und Kel zu dem eigentlichen Grund ihres Gesprächs zurück. Zu dritt starrten sie auf eine kleine Zeichnung, die Kel mit einem Knochenspeer in den Schnee gemalt hatte. Sie zeigte aus der Sicht eines Vogels das Lager der Saghani, so wie er es in Erinnerung hatte und seine nähere

Umgebung. Er wusste nicht, wie viel davon noch der Wahrheit entsprach, da er seit vielen Mondzyklen nicht mehr dort gewesen war, aber sie erfüllte ihren Zweck.

»Nur wenige von uns können gut genug klettern, um diese Klippe zu überwinden«, sagte Najut und umkreiste mit dem Finger die welligen Linien, die die Klippen nördlich des Saghani-Lagers zeigten. »Aber die Überraschung wäre auf ihrer Seite.«

Tesuk stimmte grummelnd zu. Bemerkte aber, dass so wenige Jäger nicht ausreichen würden, um das Lager einzunehmen.

»Jeder Jäger, der noch seine weißen Jagdfelle hat, kann ungesehen bis fast vor ihre Tore kommen«, sagte er daher und deutete mit einem Finger auf die Stelle, die er meinte.

»Aber wir könnten sie für unsere restlichen Kämpfer nicht lange genug offenhalten«, entgegnete Najut.

Langes Schweigen breitete sich unter den drei Männern aus, während sie auf die im Schnee gezeichneten Umrisse des Saghani-Lagers starrten. Kel hatte bei keinem seiner Handelsbesuche je daran gedacht, dass das Lager vermutlich absichtlich angelegt worden war, um mögliche Feinde abzuwehren. Noch halb im Gebirge, das die östliche Grenze der Eiswüste darstellte, hatten die Saghani ihre Stahlhütten errichtet. Auf einer Seite von Klippen, auf der anderen von hohen Bergen umgeben, war der einzige Weg zu dem Lager eine breite Schneise offenen Geländes. Auf diesem sanft ansteigenden Teil der Eiswüste würden die Saghani-Wachposten jeden, der keine weißen Jägerfelle trug, bereits erkennen, sobald er nur am Horizont auftauchte.

Kels Blick wanderte auf der Zeichnung umher. Der Wind blies ein paar kleinere Schneeflocken über die zackigen Linien hinweg, die die Berge im Osten darstellten.

Plötzlich kam ihm eine Idee.

»Wie viele Höhlen gibt es dort?«, fragte er und zeigte auf das Gebirge.

Najut und Tesuk wirkten beide kurz verwundert, doch als die Jäger mit den besten Kenntnissen der Eiswüste und all ihrer Winkel, musste Tesuk nicht lange nachdenken, bevor er antwortete: »Viele Dutzend.«

Kel nickte und lächelte. Er wusste nicht, ob über seine

Torheit oder weil seine Idee tatsächlich funktionieren könnte.

»Es wird Winter«, sagte er. »Wie gut stehen da unsere Chancen, einen Schneebären in den Höhlen zu finden?«

※

Kapitel Fünf

Svea schloss sie kurz in die Arme, dann löste sie sich wieder von Mira und machte sich auf den Weg zurück zur Gartenkuppel. Mira hingegen wandte sich den Fellen zu, die die Schleusentür nur unzureichend ersetzten und atmete tief durch. Es war soweit. Sie schob den Gurt ihres Seesacks höher, wo er weniger in ihre Schulter einschnitt, dann schob sie die Felle beiseite und bückte sich darunter hindurch.

Rorik wartete an die Wand gelehnt bereits auf sie.

»Hätte nicht gedacht, dass du kommst«, sagte er aber in seiner Stimme lag keine Anerkennung.

Er stieß sich von der Wand ab, wandte sich Fay und ihrer Familie zu, die ebenfalls im Schleusenraum warteten und nickte ihnen zu.

»Gehen wir«, meinte Rorik, suchte sich einen Spalt zwischen den Fellen, die die äußere Schleusentür verhängten und trat hinaus ins Freie.

Fay grinste Mira an, dann wuchtete sie irgendwie den gigantischen Koffer, der vor ihr stand, hoch, und folgte gemeinsam mit ihrer Mutter Rorik.

»Wirklich eine große Sache, was du da für die Scholle tust«, sagte Fays Vater, der nun noch als einziger mit Mira im Schleusenraum stand. »Der Quartiermeister hat dringend eine neue Dienerin gesucht und anscheinend nicht daran gedacht, wie nötig die Scholle die Vorräte vom Luftschiff braucht. Du bist vermutlich das Wertvollste, was ich je verkauft habe.«

Fays Vater lachte kurz über seine eigenen Worte, wirkte jedoch, als fühle er sich in seiner eigenen Haut nicht besonders wohl. Dann hob er mit einem Ruck die beiden Koffer neben ihm vom Boden und beeilte sich, hinter seiner Familie herzukommen. Mira schüttelte den Kopf über dieses sonderbare Kompliment, verabschiedete sich innerlich ein letztes Mal von ihrem Zuhause und schob sich dann selbst durch die vor dem Ausgang hängenden Felle.

Wie immer, wenn sie sich auf der Eisfläche der Scholle befand, musste sie blinzeln, bevor sie etwas erkennen konnte.

Die Sonne stand schon tief am Himmel und leuchtete in einem dunklen Rot, das von Schnee und Eis der Scholle reflektiert wurde und eine magische Atmosphäre erschuf. Der Wind war zwar weniger kräftig als sonst, aber die kalte Luft brannte trotzdem in Miras Lungen, sobald sie den ersten Atemzug nahm. Fröstelnd zog sie ihren Kopf noch weiter in den Kragen ihrer Jacke.

Das Verlangen, umzukehren, verflog jedoch schlagartig, als ihr Blick auf das Luftschiff fiel, das in den letzten Strahlen der untergehenden Sonne glänzte. Mira konnte nicht anders, als für einen Augenblick stillzustehen und einfach nur zu staunen. Obwohl sie in ihrem bisherigen Leben bereits einige kleine Schiffe von fliegenden Händlern gesehen hatte, war sie absolut unvorbereitet auf diesen Anblick. Selbst unter den Luftschiffen, die über dem Lufthafen der Hauptstadt aufstiegen und herabsanken, hatte Mira nie ein solch majestätisches gesehen. Und das, obwohl sie als kleines Mädchen viele Stunden damit verbracht hatte, das Treiben der Schiffe am Himmel zu beobachten, so lange die Scholle in der Bucht vor Hàvamar geankert hatte.

Mira zählte die Bullaugenreihen von vier übereinanderliegenden Decks, ohne die noch einmal höhergelegenen Aufbauten jeweils an Bug und Heck mitzurechnen. Außerdem waren im unteren Teil des Schiffsrumpfes sicher auch noch ein oder zwei Unterdecks versteckt, die nur mit künstlichem Licht von Gaslampen erhellt wurden. Das Schiff selbst bestand im Grunde aus dunkelbraunem Holz und grauen Stahlstreben, doch es war so reichlich mit leuchtend roter und goldener Farbe bemalt, dass diese alles dominierten. Die Form des Rumpfes erinnerte tatsächlich entfernt an die Boote, mit denen die Jäger auf Walfang gingen. Aus der Mitte des Schiffskörpers entsprangen jedoch gigantische Masten, die wie Flügel eines Vogels zu beiden Seite hervorragten. Mira versuchte sich vorzustellen, wie das Schiff die daran befestigten Segel ausbreitete und auf gigantischen Tragflächen über den Himmel glitt. Unterstützt wurde es dabei von gleich fünf riesigen Propellermotoren. Zwei auf jeder Seite des Rumpfes und der größte von ihnen mittig hinten am Heck. Ein Rotorblatt war länger als drei aufeinander stehende Männer.

Mira staunte noch mehr, als sie ihren Kopf weiter in den Nacken legte. An der gesamten Reling des Schiffes, die sich in zwanzig Metern Höhe über der Scholle befand, waren rund um das Oberdeck Taue befestigt, von denen jedes einzelne dicker als Miras Bein war. Sie alle liefen um etliche Stahlträger geschlungen weiter nach oben, wo sie einen gigantischen Ballon umfassten. Ihr Vater hatte Mira einmal erklärt, dass es dieser über dem Deck schwebende Auftriebsballon war, der das Schiff leicht genug werden ließ, um es fliegen zu lassen.

»Hör auf zu starren und beweg deinen Hintern«, rief Rorik, der ungeduldig vor dem heruntergelassenen Landungssteg wartete. Ohne seine netten Worte hätte Mira vermutlich noch Stunden einfach nur dagestanden und völlig vergessen, dass sie auf diesem Schiff nicht zum Vergnügen mitflog.

Mira beeilte sich, den anderen zu folgen, eilte an Rorik vorbei den breiten Landungssteg hinauf und steuerte auf eine offenstehende Luke zu. Über diesem Eingang war, in der gesamten Breite des Hecks, der Name des Luftschiffs in goldenen Buchstaben gemalt worden.

- L I N T U -

Mira widerstand der Versuchung, noch einmal zur Wohnanlage zurückzusehen. Stattdessen versuchte sie, einen Fuß vor den anderen zu setzen und schloss in dem Moment, in dem sie den entschiedenen Schritt über die Schwelle des Schiffes machte, die Augen.

Dann war sie an Bord der *Lintu*.

Mira fand sich in einem kleinen Raum wieder, der wohl eine Art Luftschleuse war. Sie versuchte darin so viel Abstand wie möglich von Rorik zu halten, der sich hinter ihr noch hereingedrückt hatte. Die Luke schloss sich mit kratzenden Geräuschen hinter ihnen und für einen Augenblick wurde es dunkel um sie herum. Es fühlte sich so an, als wären sie gerade von einem gigantischen Wesen verschluckt worden. Doch zu Miras Erleichterung öffnete sich im nächsten Augenblick vor ihnen eine Tür.

Zuerst konnte sie nicht viel erkennen, da sie hinter dem breiten Rücken von Fays Vater stand. Zu ihrer Überraschung hörte sie entfernte Musik an ihr Ohr dringen. Eine tiefe und rauchige Frauenstimme sang zu einer immer etwas zu schief klingenden Begleitung. Es war die Art Musik, wie sie die Hauptstädter mochten. Mira hatte jedoch nie verstanden, warum man sich so etwas anhören wollte. Sie mochte Truls ungeschicktes, aber einfaches Gitarrenspiel wesentlich lieber. Oder den leisen Gesang von Fenna, die die Parzelle der Gartenkuppel neben Miras bewirtschaftete. Bei der Arbeit sang sie oft alte Kinderlieder, die sie vermutlich vermisste, da ihre Kinder inzwischen längst erwachsen waren und in eigenen Wohneinheiten mit ihren eigenen Familien lebten.

Endlich setzte sich Fays Familie vor Mira in Bewegung und auch sie konnte das Schiffsinnere betreten. Ihr erster Schritt landete auf unerwartet weichem Untergrund und Mira wäre beinahe gestolpert. Der ganze Boden war mit einem dicken weinroten Teppich ausgelegt. Die Wände waren in dunklem Holz gehalten und große goldene Lampen, die an aus der Wand ragende Kerzenleuchter erinnerten, erhellten den Flur, den sie entlanggingen. Nach wenigen Metern befand sich auf ihrer rechten Seite ein breiter Durchgang, der in eine Art Festhalle führte, die den Eindruck entstehen ließ, dass man sich nicht auf einem Luftschiff, sondern innerhalb eines der Adligenhäuser im Regierungsviertel Hàvamars befand. Zumindest stellte Mira sich das Innere dieser Häuser so vor.

Die Halle erstreckte sich sogar über die Höhe von zwei Stockwerken im Inneren des Schiffes, samt einer Galerie, die rings um den Raum verlief. Von ihr gingen viele kleine Türen ab, die vermutlich zu den einzelnen Quartieren der Gäste gehörten. An dem am weitesten von Mira entfernten Ende des Raumes befand sich eine kleine Bühne. Darauf entdeckte sie die Quelle der Musik. Eine hochgewachsene Frau mit langen blonden Haaren stand hinter einem Mikrofon, dessen Ständer sie mit ihren beiden Händen fest umklammerte. Hinter ihr sah Mira die anderen Musiker an Klavier, Gitarre, Trommeln und drei anderen Instrumenten sitzen, die sie noch nie auf der Scholle gesehen hatte. Sie glaubte, dass es hauptsächlich diese Instrumente waren, die alles irgendwie falsch klingen ließen, was die Gruppe auf der Bühne spielte.

Vor der Bühne huschten mehrere in schwarz und weiß gekleidete junge Männer und Frauen flink zwischen den runden Tischen umher. Auf ihren weiß behandschuhten

Händen balancierten sie hohe Tellerstapel oder trugen komplette Besteckschubladen, deren Inhalt sie auf den Tischen verteilten. Einer von ihnen breitete mit einer geschickten Schwungbewegung eine große weiße Tischdecke über einen der Tische aus und sofort war ein weiterer Mann neben ihm, der das ganze um eine kleinere rote Tischdecke ergänzte. Selbst die Tischdekoration musste hier also hundertprozentig zur Umgebung passen, dachte Mira. Zusammen mit dem schillernden Licht, das die Kronleuchter verbreiteten, entstand eine luxuriöse Atmosphäre. Und das, obwohl Mira lediglich die Vorbereitungen, zu was auch immer hier stattfinden würde, beobachtete.

Plötzlich brach die Musik mitten im Lied ab und das Geklapper der Männer und Frauen, die die Tische deckten, war nun das einzige verbleibende Geräusch. Die Probe der Musikanten war vorbei und auch Miras Aufmerksamkeit wurde in eine andere Richtung gelenkt, als zwei Männer von der gegenüberliegenden Seite in den großen Saal traten. Ihr fiel auf, dass der Kleinere der beiden - er war von eher unscheinbarer Gestalt, doch in seinen Augen funkelte ein messerscharfer Verstand - darauf bedacht war, dem anderen nicht zu nahe zu kommen und sich eher im Hintergrund zu halten. Mira konnte es ihm nicht verdenken. War dieser Mann zwar elegant, aber unauffällig gekleidet, schrie die Kleidung des anderen geradezu um Aufmerksamkeit. Sein Anzug war exakt in demselben Rot wie auch der Teppichboden in den Fluren des Luftschiffs gehalten und die goldene Krawatte, die er über einem weißen Hemd trug, vertrieb jeden Zweifel, dass er vor Stolz auf seine Herkunft als Hauptstädter überquoll. Mira fand es lächerlich, dass er die Farben des Stadtwappens Hàvamars trug, doch irgendwie passte es auch rundherum zu seinem restlichen, überheblichen Auftreten.

»Willkommen«, rief er ihnen überschwänglich entgegen und breitete die Arme weit aus, als wollte er jeden im Raum umarmen. »Willkommen an Bord der *Lintu* und willkommen in deinem neuen Leben, kleine Fay.«

Mira brauchte einen Moment, bis sie erkannte, was ihr an dem überheblichen Mann so bekannt vorkam. Doch wenn sie sich das kratzende Geräusch eines alten Funkempfängers vorstellte, der seine Stimme überlagerte, dann wusste sie genau, wer er war.

»Vegar Ihmels«, wisperte Fay ihren Eltern zu, die genauso aufgeregt zu sein schienen wie ihre Tochter. Fays Familie hatte ihre Koffer abgestellt und warteten auf den näher kommenden Vegar. Fays Vater glättete mit einer schnellen Bewegung seinen dicken braunen Fellmantel und streckte dann seine Hand zur Begrüßung aus.

Vegar nahm sie sofort in beide Hände und drückte sie herzlich, während Fays Vater murmelte, welche Ehre es sei, einen solch berühmten Mann kennenzulernen. Mira jedoch hatte das Gefühl, dass Vegars Lächeln und seine überschwänglich freundliche Art lediglich eine Rolle waren, die er spielte. Sein breites Grinsen bedeutete für Mira keine Freundlichkeit, sondern die Gewissheit und Arroganz, dass er über jedem anderen Anwesendem im Raum stand.

»Darf ich Ihnen den Wohltäter vorstellen, der die ganze Lotterie erst ermöglicht hat?«, fragte Vegar und wandte sich dem unauffälligen Mann zu.

»Minister Lavran Botker«, kündigte Vegar an und trat beiseite, so dass Botker Fays Eltern ebenfalls die Hand schütteln konnten.

»Willkommen an Bord der *Lintu*«, sagte der Minister mit neutraler Stimme. Nachdem er allen Anwesenden einschließlich Rorik, der sich in den Vordergrund drängte, die Hand geschüttelte hatte, kam er von sich aus auf Mira zu und streckte auch ihr seine Hand entgegen. Da sie erwartet hatte, völlig ignoriert zu werden, war sie so überrascht, dass sie kurz zögerte, bevor sie die Hand ergriff und den kräftigen Händedruck erwiderte. Botkers Benehmen war für Mira der krasse Gegensatz zu dem künstlichen Verhalten, das Vegar Ihmels an den Tag legte.

»Bitte«, sagte der Minister zu Fays Familie. »Fühlen Sie sich wie zu Hause. Herr Ihmels wird Ihnen jeden Wunsch erfüllen, soweit es in seiner Macht steht.«

»Aber natürlich«, beeilte sich Vegar Ihmels zu sagen und klatschte übereifrig in die Hände. »Folgen Sie mir doch. Ich bringe Sie zu Ihren Quartieren. Abendessen wird in einer Stunde serviert und …«

Vegar führte Fay und ihre Familie von Mira und Rorik weg und sie verschwanden aus dem großen Saal. Seit dieser

Ihmels begonnen hatte zu reden, hatte Fay sich nicht mehr nach Mira umgesehen. Das versetzte Mira einen Stich. Sie glaubte genau zu wissen, dass es das letzte Mal gewesen war, dass sie Fay gesehen hatte.

Minister Botker hatte sich ebenfalls irgendwie heimlich aus dem großen Saal begeben, sodass Mira nun mit Rorik zwischen all den umhereilenden Dienern alleine zurückblieb. Doch bevor eine merkwürdige Stille oder, fast noch schlimmer, ein Gespräch zwischen ihnen entstanden wäre, betrat ein weiterer Mann den großen Saal.

»Ist sie das?«, fragte er, während er auf sie zuging und Mira mit seinem Blick von oben bis unten abtastete. Sie fühlte sich, als würde irgendein schleimiges Tier auf ihrer Haut herumkrabbeln. Der Kerl war das exakte Gegenteil von Vegar Ihmels mit seiner leuchtenden Kleidung. Er trug eine ungepflegte Arbeitsuniform, doch wie ein echter Soldat Hàvamars wirkte er darin nicht. Seine schwarzen, halblangen Haare glänzten fettig und fielen in einer ungünstigen Frisur über seine Stirn, sodass das große Muttermal auf ihrer linken Seite deutlich sichtbar war. Auch sein kurzer Bart wirkte ungepflegt. Mira fand es nahezu unmöglich, sein Alter zu schätzen. Vermutlich war er etwas jünger als ihr Vater, sah aber älter aus.

Rorik machte einen Schritt nach vorne und schüttelte kurz die Hand des Mannes.

»Ja«, sagte er. »Ihr Name ist Mira.«

»Und was kann sie so?«, fragte der Mann und sein Blick wurde kritischer.

»Ihr Vater war Mechaniker und ...«, setzte Rorik an und bei ihm klang es so, als wäre Bjan bei dem Überfall gestorben. Doch noch bevor Mira ihm widersprechen konnte, sagte der Mann: »Unwichtig. Wir haben genug Ingenieure.«

Dann nahm er endlich seinen taxierenden Blick von Mira und schaute Rorik an, den er ärgerlich fragte: »Kann sie kochen, Wäsche waschen, oder was die Frauen sonst auf eurem kleinen Stück Eis so machen?«

Die Art und Weise, wie der Kerl sich über ihren Kopf hinweg mit Rorik unterhielt riefen in Mira das dringende Gefühl wach, ihm einen Schraubenschlüssel über den Kopf zu ziehen. Doch sie versuchte sich zusammenzureißen, und nicht allzu trotzig zu klingen, als sie sich in das Gespräch einmischte. »Ich habe in der Gartenkuppel gearbeitet«, sagte sie. »Und bin außer meinem Vater wahrscheinlich die einzige Person an Bord der Scholle, die noch etwas von der Reparatur der Heizung oder der Wasserrohre versteht. Und ...«

Der Mann machte plötzlich einen Schritt auf sie zu und sein Arm schnellte nach vorne, um ihr Kinn zu umfassen.

»Sei still!«, fuhr er sie an und presste Miras Wangen wie ein Schraubstock zusammen. Viel zu überrascht, um sich zu wehren, ertrug Mira den Schmerz, als der Mann wieder an Rorik gewandt sagte: »Da sage ich dem Händler, ich brauche dringend eine Dienerin und das bekomme ich dafür.«

Er schüttelte verächtlich den Kopf.

»Egal was wir für sie bezahlt haben, es war zu viel. Sie kann nichts und ist auch noch vorlaut.«

Mira bemerkte, dass es in dem großen Saal stiller geworden war. Ihren Kopf konnte sie nicht drehen, da er in der Pranke des Mannes gefangen war, doch wenn sie ihren Blick wandern ließ, bemerkte sie die in schwarz und weiß gekleideten Diener, die die Koffer von Fays Familie wegtrugen. Sie schlichen vorsichtig um sie herum, hielten den Kopf gesenkt und versuchten jeden Blickkontakt zu vermeiden. Diejenigen, die noch damit beschäftigt waren, die Tische zu decken, verhielten sich seit dem Ausbruch des Mannes sehr viel leiser. Keine einzige Gabel klapperte mehr.

»Wenigstens ist sie einigermaßen ansehnlich«, sagte der Mann zu Rorik und drehte ihren Kopf von einer Seite zur anderen, ohne dass sie sich hätte dagegen wehren können. »Wir müssen ihr also vor allem noch die Flausen austreiben.«

Er grinste boshaft. Dann ließ er sie los, jedoch nicht ohne ihren Kopf von sich wegzustoßen, sodass er Mira schmerzhaft ins Genick gedrückt wurde. Rorik brummelte irgendetwas, das sich wie Zustimmung anhörte und Mira hasste ihn dafür noch mehr, als sie es ohnehin schon tat.

»Aelin!«, schrie der schmierige Mann ohne Vorwarnung durch den Saal.

Eine junge Frau mit zu einem Zopf zusammengebundenen blonden Haaren eilte herbei. Sie war vielleicht zwei oder drei Jahre älter als Mira und wie die anderen Diener war auch sie in schwarz und weiß gekleidet, allerdings trug sie im

Gegensatz zu den Männern einen knapp über die Knie reichenden, engen Rock und keine weißen Handschuhe. Ihre Kleidung schien auch mehr Falten zu haben und abgenutzter zu sein als die der anderen Diener. Mira wusste nicht, woher sie so schnell gekommen war, ohne dass sie sie vorher gesehen hatte.

»Das ist die Neue für Pea. Zeig ihr alles und dann macht euch wieder an die Arbeit.«

»Ja, sofort Morten«, sagte die junge Frau und deutete mit dem Kopf eine leichte Verbeugung vor dem Mann an.

Dann schnappte sie sich ohne Vorwarnung Miras Arm und zog sie hinter sich her.

Alles um Mira herum geschah viel zu schnell. Sie hatte gerade noch Zeit ihren Seesack aufzuheben und sich über die Schulter zu werfen. Dann folgte Mira gezwungenermaßen ihrer Führerin. Hinter sich hörte sie, wie das Klappern an den Tischen wieder lauter wurde und wie Rorik sich weiter mit dem Mann unterhielt, der sie so grob umherkommandiert hatte.

Nachdem Mira gemeinsam mit der jungen Frau in einen Flur eingebogen war, der vom großen Saal wegführte, ließ die Dienerin ihren Arm los. Sie schien jedoch zu erwarten, dass Mira weiterhin neben ihr hereilte, denn sie verlangsamte ihre Schritte nicht. Unsicher, was sie tun sollte, versuchte Mira ein Gespräch anzufangen.

»Du bist also Aelin?«, fragte sie etwas zögerlich.

Ohne langsamer zu werden oder sich auch nur nach ihr umzudrehen, erwiderte Aelin: »Geh Morten aus dem Weg.«

Das war alles. Dann beschleunigte sie ihre Schritte und Mira musste beinahe hinter ihr herrennen, während sie tiefer im Bauch des Luftschiffes verschwand.

✶

»Das ist dein Zimmer«, sagte Aelin und zeigte auf eine winzige Tür in dem schmalen Flur, den sie entlanggegangen waren. Mira hatte mehrere Treppen hinter der jungen Frau hinuntergehen müssen, und da der gesamte Flur nur von künstlichem Licht erhellt wurde, vermutete sie, dass sie sich im untersten Stockwerk des Schiffes befand, das keine Bullaugen mehr besaß. Die Luft hier war stickig und nichts deutete mehr auf den Luxus der höhergelegenen Decks hin.

»Du schläfst oben«, sagte Aelin, öffnete die Tür und ging hindurch. Mira folgte ihr, musste aber den Seesack, den sie über der Schulter trug, vorsichtig durch den Türrahmen bugsieren, um ihn überhaupt hindurch zu bekommen.

Sofort nachdem sie den ersten Schritt in die kleine Kammer gesetzt hatte, hatte sie das Gefühl, als würden die Wände sie erdrücken. Auf einer Seite stand ein Stockbett, dessen Matratzen um einiges kürzer als Miras Körpergröße waren und auf der gegenüberliegenden Seite füllte ein Schrank die komplette Wandfläche aus. Zwischen Schrank und Bett war ein Gang, lediglich breit genug, dass man sich um sich selbst drehen konnte.

»Dein Zeug kannst du da unten irgendwo hintun«, sagte Aelin und öffnete eine Schranktür, indem sie sie zuerst ein paar Zentimeter weit aufzog, sich dann am Türgriff festhielt, weit nach hinten über die Matratze des unteren Bettes lehnte, und so der Tür genügend Platz gab, um komplett aufschwingen zu können.

Mira wollte sich nur ungern von ihren Sachen trennen, doch die junge Dienerin zeigte auf den Schrank und machte ein ungeduldiges Gesicht. Mira fügte sich also in ihr Schicksal, machte einen Schritt nach vorne und legte ihren Seesack in den Schrank.

»Gut«, sagte Aelin und Mira musste einen Schritt zurückspringen, als sie die Schranktür mit einer raschen Bewegung schloss. »Und wie schon gesagt - du schläfst oben.«

Auf die Sache mit dem Schlafplatz schien sie besonderen Wert zu legen, dachte Mira. Für sie selbst zählten momentan ganz andere Dinge. Sie musste erstmal damit zurechtkommen, dass sie tatsächlich in diesem engen Rattenloch schlafen sollte, in dem man das Gefühl hatte jede Sekunde ersticken zu müssen.

Aber was hatte sie erwartet, als sie zugestimmt hatte verkauft zu werden?, fragte Mira sich selbst. Sie hatte ja genau das hier gewollt. Ihr einziger Trost war, dass die Suche nach ihrem Vater endlich einen Schritt in die richtige Richtung machte. Jeder Meter weg von der Scholle würde sie ihm zumindest ein kleines Stück näherbringen. Sie musste sich einfach an diesem Gedanken festhalten, dann würde sie auch den Rest schaffen. Am besten sie fing gleich schon mal damit an, das Beste aus der Situation zu machen.

»Mein Name ist Mira«, sagte sie und streckte ihre Hand mit einem, freundlich wirkenden Lächeln Aelin entgegen. Die machte jedoch keine Anstalten, Miras Geste zu erwidern.

»Das hat nichts mit dir persönlich zu tun«, sagte Aelin. »Aber ich will weder wissen wo du herkommst, noch wer du bist, oder wie deine drei Geschwister heißen. Das macht alles nur unnötig schwierig.«

Mira hatte ihre ausgestreckte Hand inzwischen wieder sinken gelassen und ärgerte sich gleichzeitig über Aelin und sich selbst. Was hatte sie denn erwartet? Freunde zu finden? Sie hatte doch längst erkannt, dass es niemanden gab, auf den man sich wirklich verlassen konnte.

»Ich soll dir alles zeigen.«, meinte Aelin. »Also zieh deine Klamotten aus und stopf sie am besten in den komischen Sack, den du mitgebracht hast. Oben auf deinem Bett sollten noch die alten Sachen von Pea liegen. Sie hatte ungefähr deine Größe. Wenn du fertig bist, komm raus und geh einfach nach links den Flur entlang. Dann findest du mich schon.«

Ohne eine Antwort abzuwarten, drückte sie sich an Mira vorbei und warf die Tür zu der Kammer hinter sich zu. Das Türschloss klickte laut, was in Mira den dringenden Zwang auslöste, zur Tür zu eilen und vorsichtig den Knauf zu drehen. Sie atmete erleichtert auf, als sie die Tür einen Spalt weit geöffnet hatte. Wenigstens war sie nicht eingeschlossen.

Zwischen Schrank und Bett stand auf der gegenüberliegenden Seite der Tür ein schäbiger Holzhocker, auf dem gerade genug Platz für eine Waschschüssel war. Mira beugte sich über die Schüssel und schöpfte kaltes Wasser heraus und spritzte es sich ins Gesicht. Da sie auf die Schnelle kein Handtuch fand, wartete sie einen Moment, bis die größten Tropfen wieder von ihrer Haut zurück in die Schüssel gefallen waren und richtete sich dann auf. Ein dünnes Rinnsal lief ihr seitlich den Hals hinunter, wo es vom Kragen ihres Pullovers aufgesaugt wurde.

Aelin hatte gesagt, dass sie ihre Arbeitskleidung auf dem Bett finden würde. Mira war für einen kurzen Augenblick verwirrt, da sie keine Leiter sah, die zum oberen Bett führte. Doch dann fiel ihr wieder ein, wie vehement Aelin darauf bestanden hatte, dass Mira oben schlafen würde. Scheinbar hatte sie die Erklärung dafür gerade gefunden.

Mira setzte also einen Fuß auf die Kante des unteren Bettes und versuchte sich mit dem anderen Bein vom Boden abzustoßen, um sich mit genügend Schwung nach oben zu befördern. Sie schaffte es tatsächlich, auf dem Bett zu landen, schlug sich dabei jedoch kräftig den Kopf an der viel zu niedrigen Decke an und musste erstmal für ein paar Sekunden ruhig liegen bleiben, bis sie keine kleinen schwarzen Punkte mehr tanzen sah.

Ärgerlich rieb sie sich über die Stelle an ihrem Hinterkopf und biss die Zähne zusammen. Spätestens jetzt war wohl klar, dass das obere Bett tatsächlich das schlechtere war. Selbst wenn man sich flach auf den Rücken legte, konnte man den Arm nur zur Hälfte heben, bevor man mit seinen Fingerspitzen gegen das harte Holz der Decke über sich stieß.

Mira stellte fest, dass am Fußende des Bettes tatsächlich eine der schwarz-weißen Uniformen lag, wie Aelin sie getragen hatte. Da Mira sich jedoch hier oben noch weniger bewegen konnte als zwischen Bett und Schrank, griff sie nach der Kleidung und warf sie vom Bett hinunter, bevor sie selbst hinterhersprang. Ihre Landung klappte, im Gegensatz zu ihrem Aufstieg, zum Glück ohne, dass sie sich weh tat.

Sie musterte den schwarzen Rock. Sie konnte sich nicht erinnern, jemals etwas anderes als Hosen getragen zu haben. Die meiste Zeit über sogar zwei Stück, um besser gegen die Kälte geschützt zu sein. Aber es würde vermutlich keinen Zweck haben, schon jetzt unangenehm aufzufallen. Tatsächlich bemerkte Mira gerade zum ersten Mal, wie warm es auf dem Luftschiff war. Selbst hier, in den kleinen Kammern der Diener, spürte man nicht den Hauch von Kälte.

Also gut, dachte sie mit einem kritischen Blick auf den Rock. Ich bringe es wohl besser schnell hinter mich.

※

»Da bist du ja endlich«, sagte Aelin, als Mira in den Raum trat, in dem ihre neue Zimmergenossin auf sie wartete. Die vollgepackten Regale verrieten Mira, dass sie sich in einem kleinen Lagerraum befand. Bei näherem Hinsehen dachte Mira, dass die Bezeichnung Rumpelkammer eher passte. Denn falls es ein System gab, was hier wo aufbewahrt wurde, dann erschloss es sich Mira nicht. Zwischen dicken zusammengerollten Seilen standen dunkel angelaufene Gläser, die anscheinend einmal etwas Essbares enthalten hatten. Kreuz und quer waren kleine und große Kisten auf den Regalbrettern verteilt, ohne jeden Hinweis darauf, was sie enthalten mochten.

»Hier«, sagte Aelin und warf Mira eine Handbürste zu. Sie fing sie ungeschickt auf und die abgewetzten Borsten stachen in ihre Hand.

»Wir fangen vorne bei den Quartieren der Mannschaft an. Solange die einfachen Soldaten noch auf Deck sind, haben wir da unsere Ruhe. Die Offizierskabinen machen wir danach sauber. Die meisten von denen sind keine ganz so großen Schweine.«

»Entschuldige«, sagte Mira. »Aber solltest du mir nicht zuerst alles zeigen?«

Zumindest hatte Morten das gesagt, als er Aelin gerufen hatte, um Mira zu der Kammer zu bringen. Sie hatte fest damit gerechnet, dass sie dabei jemandem über den Weg laufen würde, dem sie von ihrem Vater und den Piraten erzählen konnte. Schließlich durfte sie nicht noch mehr Zeit vertrödeln.

Aelin machte jedoch ein schnaubendes Geräusch, als würde sie über einen schlechten Scherz lachen und sagte: »Du hast alles gesehen, Kleine. Das ist der Rest deines Lebens.«

Mira erstarrte, als ihr klar wurde, dass sie einen Fehler gemacht hatte. Das konnte nicht alles sein, dachte sie. Es durfte nicht alles sein. Sie hatte sich fest vorgenommen als erstes mit jemandem zu reden, der die Befehlsgewalt besaß, die Piraten verfolgen zu lassen. Und für den sehr wahrscheinlichen Fall, dass das Regierungsluftschiff sich nicht auf die Suche nach ihrem Vater machen würde, musste sie sich einen Fluchtplan zurechtlegen. Doch auf dem gesamten Unterdeck, auf dem sie sich befand, gab es nicht mal ein einziges verdammtes Bullauge. Wie sollte sie da von diesem Schiff herunterkommen? Der Verdacht, schon nach den ersten Metern ihrer Suche in eine Sackgasse geraten zu sein, setzte

Mira hart zu. Aelin schien ihre Besorgnis zu bemerken, denn ihre bisher so distanzierte Art bekam einen kleinen Sprung, als sie einen Seufzer ausstieß und sagte: »Also gut. Da wir uns ein Zimmer teilen, gebe ich dir ein paar Ratschläge.«

Sie redete weiter, während sie an ein Regal ging und zwei viereckige Bretter herausholte, an deren Unterseite Rollen befestig waren.

»Du bist hübsch. Also tu alles dafür, dass das niemandem auffällt. Peas Kleidung ist dir zu groß. Das ist schon mal ein guter Anfang. Am besten, du schneidest deine Haare ab. Die Augenringe und der Schmutz in deinem Gesicht kommen schon schnell genug von alleine. Wenn du wie ein Junge aussiehst, gehst du dem meisten Ärger aus dem Weg.«
Mira bemerkte, dass Aelin bis auf den Schmutz im Gesicht und müden Augen keinen ihrer eigenen Vorschläge zu beherzigen schien, denn ihre langen blonden Haare hatte sie zu einem Zopf geflochten, der ihr über den Rücken fiel. Da ihre Zimmergenossin sich allerdings zum ersten Mal etwas freundlicher zeigte, wollte Mira sie nicht sofort besserwisserisch unterbrechen.

»Hier, nimm«, sagte Aelin und reichte Mira einen Eimer, bevor sie sich selbst einen nahm. Sie ging um ein Regal herum, weiter in den Raum hinein und Mira folgte ihr. In einer kleinen Ecke befand sich ein schäbiges Waschbecken und ein Wasserhahn, unter den Aelin ihren Eimer hielt.

»Aus dem rechten Rohr kommt warmes Wasser«, erklärte sie während sie den Hebel des Wasserhahns drückte. »Aber lass dich nicht mit einem dampfenden Eimer erwischen, sonst drehen sie uns die warmen Leitungen hier unten schneller zu, als wir gucken können.«
Wie um ihre Belehrung zu unterstreichen drehte Aelin den Wasserhahn wieder in eine Mittelstellung.

»Kein Problem«, sagte Mira. »Auf der Scholle ist Wärme zu verschwenden auch verboten.«

Aelin drehte den Wasserhahn zu und wuchtete ihren gefüllten Eimer auf eines der beiden mit Rollen versehenen Bretter. So konnte sie ihn problemlos über den Boden schieben.

»Gut. Eine Sache weniger, wegen der du Probleme bekommen kannst«, meinte Aelin.

Mira nahm ihren eigenen Eimer und füllte ihn genauso, wie Aelin es zuvor getan hatte und als das Wasser zu plätschern begann, kam ihr der Gedanke, dass ihre Situation vielleicht doch nicht komplett hoffnungslos war. Sie würde doch später in den Kabinen der Offiziere saubermachen müssen. Vielleicht würde sich dort eine Chance ergeben, jemanden auf die Entführung ihres Vaters anzusprechen. Zumindest war dies ein Versuch wert. Bis dahin sollte sie sich vermutlich am besten darauf konzentrieren, Aelins Ratschläge zu befolgen und möglichst wenig aufzufallen.
»Gibt es sonst noch Regeln?«, fragte Mira daher.
»Ja«, antwortete Aelin und schaute sie dann streng an als sie hinzufügte. »Aber die Wichtigste kennst du schon. Geh Morten aus dem Weg.«

Die nächsten Stunden verbrachte Mira damit, Holzdielen zu schrubben oder schmutzige Wäsche in den menschenleeren Mannschaftsquartieren einzusammeln. Ihre Routine wurde den ganzen Tag über nur zweimal gestört. Das erste Mal, als das Luftschiff kurz erzitterte und sich Miras Magen plötzlich anfühlte, als würde er ihr in die Kniekehlen gedrückt. Selbst ohne Bullaugen - in dem unteren Deck, in dem Mira ihrer Tätigkeit nachging, gab es keine - wusste sie, dass die *Lintu* gerade abgehoben hatte. Sie verließen Scholle zwölf. In ihrem Hals bildete sich ein dicker Kloß, der sie die nächsten beiden Kabinen, die sie säubern musste, begleitete. Doch sie würde durchhalten und sie würde ihren Vater wiederfinden. Das sagte sie sich so lange, bis sie wieder freier atmen konnte.
Das andere Mal, dass etwas Unvorhergesehenes passierte, stellte sich eine Kabine, die Mira gerade betreten hatte, als belegt heraus und die wütenden Flüche einiger Männer scheuchten sie wieder zurück in den Flur. Sie konnte gerade noch rechtzeitig die Tür hinter sich schließen, bevor von innen ein schwerer Stiefel dagegen donnerte, der sie ansonsten ins Gesicht getroffen hätte.
»Die hatten Nachtwache«, klärte Aelin sie auf. »Du musst dir merken, welche Kabinen wann frei sind.«
Doch wenigstens war dies die letzte Kabine in einer langen Reihe gewesen und als Aelin ihr nun endlich verkündete, dass sie zu dem Raum zurückkehren konnten, wo ihre Schicht

begonnen hatte, wollte Mira ihr schon gar nicht mehr glauben. Ihre Knie taten bei jedem Schritt weh und ihr Rücken war so verkrampft, dass sie leicht gebeugt ging.

»Ich dachte schon, wir werden niemals fertig«, sagte Mira als sie den Raum mit den völlig überladenen Regalen wieder betraten.

»Das sind wir auch noch nicht«, wurde sie von Aelin enttäuscht. »Drei Offizierskabinen stehen noch auf dem Plan.«

Aelin deutete auf eine kleine Schiefertafel, die neben der Tür hing und die Mira in all dem Chaos bisher noch gar nicht aufgefallen war. Darauf war mit Kreide vom Käpt'n bis zum Fähnrich jeder Rang aufgelistet, gefolgt von Namen, die sehr nach Hauptstädtern klangen. Daneben befand sich eine Spalte für die Kabinennummern und die einzelnen Wochentage, an denen diese gereinigt werden mussten. Für heute konnte Mira drei Stück entdecken. Obwohl sie noch nicht einmal einen ganzen Tag von zu Hause weg war, spürte sie plötzlich Heimweh in sich aufflammen. Die Tafel erinnerte Mira schmerzlich an ihre Parzelle und die Arbeit dort. Doch statt Sonnenzeiten gab es hier nur schmutzige Zimmer. Wie gern würde sie jetzt den Duft des Gartens in sich aufsaugen, statt des Gestanks verschwitzter Kleidung. Doch hier, an Bord der *Lintu*, blieb ihr nichts anderes übrig, als Aelin mit einem müden Stöhnen in den hinteren Teil des Raumes zu folgen, wo sie das Wasser in ihrem Putzeimer wechseln konnte.

»Hör zu«, sagte Aelin. »Weil du neu bist, kannst du die Kabine von Navigator Reid haben. Der hat eigentlich immer Dienst und ist nie da.«

Mira wusste nicht recht, was sie sagen sollte, entschied sich schließlich aber für ein »Danke«. Ein bisschen ärgerte sie sich zwar darüber, dass sie damit vermutlich keine Gelegenheit bekommen würde, jemandem wegen ihrem Vater und den Piraten Bescheid zu geben, aber sie war tatsächlich viel zu müde, um groß darüber nachzudenken. Vermutlich war es sowieso klüger, wenn sie zuerst Aelin danach fragen würde, wen von den Offizieren sie am besten ansprechen sollte. Wenn sie an den Falschen geriet, der nichts für eine Schollenbewohnerin und ihren Vater übrig hatte - wie die meisten Hauptstädter - würde sie ihrer Sache vielleicht mehr schaden als nutzen. Aelin hatte sie ja schließlich auch den ganzen Tag über immer und immer wieder davor gewarnt, wie schlecht es war, wenn sie in eine Kabine kamen, in der sich gerade jemand aufhielt. Miras Kontakt zu anderen Mannschaftsmitgliedern beschränkte sich bisher auf die fluchenden Soldaten, die Nachtschicht gehabt hatten und in Ruhe schlafen wollten. Trotzdem hatte sie bemerkt, wie ernst Aelin diese einfache Regel war. Die Planung, die sie darin investierte, ihre Schicht als Dienerin genau danach auszurichten, konnte es mühelos mit Miras Versuchen, einen warmen Tag an Bord der Scholle zu erleben, aufnehmen.

Nachdem sie das schmutzige Putzwasser ausgetauscht hatte und ihren Eimer wieder auf das Rollbrett hievte, um Aelin zu den Offizierskabinen zu folgen, erschien Morten im Türrahmen des kleinen Lagerraums.

»Na, na«, sagte er und schüttelte mit vorgespielter Unzufriedenheit den Kopf. »Wir hängen wohl etwas im Zeitplan hinterher.«

Mira bemerkte, wie sich Aelin langsam vor sie schob, als wolle sie sie abschirmen und dann antwortete: »Wir mussten noch Arbeit von letzter Woche aufholen. Eigentlich sind wir sogar schneller, als...«

»Halt den Mund!«, fuhr Morten Aelin an und packte sie am Oberarm. Er zerrte sie zu der Tafel mit den markierten Kabinen und stieß sie gegen die Wand daneben. Als sie dagegen prallte, stöhnte sie leise auf.

»Du willst mir also sagen, dass du deine Arbeit auch die letzte Woche schon nicht richtig gemacht hast«, sagte Morten. »Und du schämst dich noch nicht einmal, das zuzugeben.«

Aelin funkelte ihn einen Moment lang böse an, schien sich dann jedoch gerade noch so beherrschen zu können, senkte den Kopf und wich vor ihm zurück. Doch sie war in der Ecke des Raumes gefangen und Morten baute sich bedrohlich vor ihr auf, sodass sie ihm nicht entkommen konnte.

Ohne zu zögern eilte Mira auf die beiden zu.

»Lass sie in Ruhe«, sagte sie und noch bevor sie darüber nachgedacht hatte, was sie da tat, hatte sie ihre Hand auf Mortens Arm gelegt, um ihn zurückzuhalten.

Er drehte seinen Kopf zu ihr und Mira sah in dem schmalen Gesicht des Quartiermeisters für einen kurzen Augenblick Verwunderung. Ohne Vorwarnung und zu schnell, als dass sie hätte reagieren können, fuhr Morten herum und schlug ihr mit der Faust in den Bauch. Mira war auf einen solchen Ausbruch völlig unvorbereitet gewesen und sie stürzte zusammengekrümmt zu Boden. Der Schmerz breitete sich strahlenförmig in ihren Körper aus.

»Ich weiß ja nicht, was du glaubst, wo du bist«, hörte Mira Mortens Stimme irgendwo über ihr. Und, als wäre es völlig normal, versetzte er ihr einen kräftigen Tritt gegen den Oberschenkel.

»Oder was du glaubst, welchen Rang du hier an Bord hast.«

Ein weiterer Tritt traf sie. Dieses Mal an ihrer rechten Seite und Mira schossen Tränen in die Augen. Mit einem der Arme, den sie zum Schutz ihres Kopfes nach oben gerissen hatte, versuchte sie jetzt ihre Seite zu schützen.

»Aber ich habe diesem räudigen Schollenbewohner, der sich als euer Kapitän bezeichnet, versprochen, dass ich dir schon deinen Platz zeigen werde.«

Ein weiterer Tritt traf ihren Arm und Mira hatte keine Ahnung was sie tun sollte. Sie wollte dem Schmerz irgendwie entgehen, doch es gab kein Entkommen. Sie schmeckte Erbrochenes in ihrem Mund und ihr ganzer Körper brannte, als wäre sie stundenlang bei einem Schneesturm außerhalb der Wohnanlage gewesen und würde jetzt mit kochendem Wasser wieder aufgetaut. Sie wusste nicht ob sie ohnmächtig wurde, doch ihre Gedanken drifteten langsam ab und tauchten in die Welt ihrer Erinnerungen ein. Sie hatte einmal erlebt, wie die Walfischfänger einen Mann zurück zur Scholle gebracht hatten, der ins Wasser des Eismeeres gefallen war. Sie hatten versucht, ihn mit warmem Wasser aufzuwärmen und er hatte die ganze Zeit über geschrien wie ein Wahnsinniger. Drei Männer hatten ihn damals unter der Dusche festhalten müssen. Mira konnte jedoch nicht schreien. Ihr fehlte die Kraft dazu. Und schließlich verschwand alles um sie herum hinter einem Schleier, der sich über ihr Bewusstsein legte.

※

Das Erste, was Mira wahrnahm, waren Aelins sanfte Berührungen, die ihr über den Kopf strich. Doch für den

Augenblick widerstand sie noch dem Drang, ihre Augen zu öffnen, aus Angst, dass dann vielleicht weitere Tritte auf sie niedergehen würden. Sie hörte, wie Aelin leise mit ihr redete, doch sie verstand die Worte nicht richtig.

Plötzlich hatte Mira das Gefühl, ihr Körper sei in Schnee getaucht worden. Erschrocken riss sie die Augen auf und sog scharf die Luft ein. Sie wollte von dem harten Holzboden, auf dem sie lag, aufstehen, doch Aelin drückte sie wieder zurück. Mira erkannte, dass ihre Zimmergenossin in Tücher gewickelte Eisstücke auf ihren Körper drückte, um die schlimmsten Prellungen damit zu behandeln.

»Danke«, murmelte Mira, während sich eine Gänsehaut auf ihrem Körper bildete.

Aelin legte einen weiteren Eisbeutel auf Miras Oberschenkel und schaute ihr dann in die Augen.

»Tu das nie wieder«, sagte sie und Mira hörte ihre Stimme vor Zorn zittern. »Leg dich nie wieder mit ihm an.«

»Aber er wollte dir ...«, versuchte Mira zu widersprechen.

»Nie wieder«, fuhr Aelin sie an.

Für einen Augenblick presste sie die Eisstücke schmerzhaft fest gegen Miras lädierten Arm. Das genügte, um Mira verstummen zu lassen. Doch sie verstand nicht recht, weshalb Aelin so wütend auf sie war. Sie hatte nur helfen wollen.

»Wir müssen jemandem sagen ...«

»Was willst du denn erzählen?«, fragte Aelin mit einem bitteren Lächeln. »Dass Morten ein *Ding*, das er besitzt, beschädigt hat? Glaub mir, wenn ich dir sage, dass es das nur noch schlimmer machen würde. Morten hat die Aufgabe, das Schiff sauber zu halten und den feinen Herren an Bord den Luxus zu bieten, den sie auch in Hàvamar gewohnt sind. Wie er das macht, ist denen da oben völlig egal.«

Bei den letzten Worten zeigte Aelin mit dem Finger zur Decke, auf die Decks, die darüber lagen.

Danach schwiegen sie beide und Mira beobachtete Aelin, wie sie weiterhin sanft die in Tücher geschlungenen Eiswürfel auf die am schlimmsten schmerzenden Stellen drückte. Sie hatte das schon mehr als einmal gemacht, wurde Mira klar. Und zwar nicht nur bei sich selbst, wenn Morten sie geschlagen hatte, sondern auch schon bei anderen, wie Mira.

Sie erinnerte sich daran, dass Aelin eine andere Dienerin erwähnt hatte, mit der sie sich zuvor das Zimmer geteilt hatte. Wie war noch ihr Name gewesen?

»Er schlägt so zu, dass niemand es sieht«, erklärte Aelin und durchbrach plötzlich die Stille. »Es ist der feinen Gesellschaft zwar egal, wie wir behandelt werden, trotzdem will niemand die blauen Flecken sehen. Sie finden es wahrscheinlich unschicklich.«

Mira verstand erst nicht, was sie damit gemeint hatte, doch dann schaute sie an sich herunter und betrachtete den schwarzen Rock und die weiße Bluse, die zu ihrer Gefängniskluft hier an Bord geworden waren. Morten hatte sie ausschließlich an Stellen geschlagen und getreten, die von Kleidung bedeckt waren. Nicht dass es das besser oder weniger schmerzhaft gemacht hätte.

»Pea«, sagte Mira plötzlich, als ihr wieder eingefallen war, wem ihre Kleidung zuvor gehört hatte. »Du hast doch erzählt, dass sich Pea früher mit dir ein Zimmer geteilt hat. Wie hat sie es geschafft von hier weg zu kommen?«

Wenn eine andere Dienerin es bereits vor ihr geschafft hatte zu fliehen, dann musste es auch für sie eine Möglichkeit dazu geben, dachte Mira. Die Hoffnung, dass jemand an Bord der *Lintu* ihr bei der Suche nach ihrem Vater helfen würde, hatte sie spätestens nach Mortens zweitem Tritt in ihren Bauch verloren. Sie würde hier so schnell es ging verschwinden.

Aelin hatte gerade eines der kalten Tücher von Miras Rippen genommen, war jedoch mitten in der Bewegung erstarrt. Die dicken Wassertropfen des geschmolzenen Eises sammelten sich am untersten Zipfel des Tuches und tropften einer nach dem anderen mit einem leisen Platschen auf den Boden.

»Sie hat sich doch nicht freigekauft, oder?«, fragte Mira. Falls das Peas Weg gewesen war, dann hätte Mira ein Problem. Denn Geld hatte sie keines. Daher hoffte sie darauf, dass Aelin ihre Frage verneinte.

Doch sie sagte gar nichts und sammelte stattdessen schweigend die restlichen mit Eis gefüllten Tücher ein, um sie in einen der Putzeimer zu werfen.

»Wir verdienen mit unserer Arbeit kein Geld«, sagte Aelin schließlich nachdenklich. Doch bevor sie noch einmal nachfragen konnte, schien ein Ruck durch Aelin zu gehen und sie streckte ihre Hand nach Mira aus.

»Komm hoch. Besser als jetzt wird es dir in den nächsten paar Tagen auch nicht gehen, also kannst du genauso gut auch gleich weiterarbeiten.«

Sie hatte ihre Frage nach Pea absichtlich nicht beantwortet, schoss es Mira durch den Kopf. Also musste Mira es, auch wenn es ihr nicht schmeckte, fürs Erste auf sich beruhen lassen. Sonst würde sie möglicherweise ihre einzige Verbündete an Bord der *Lintu* verlieren. Außerdem war sie sich absolut sicher, dass sie es bald herausfinden würde. Es entsprach einfach ihrer Natur, Dinge durchzuziehen, die sie sich in den Kopf gesetzt hatte. Ganz besonders dieses Mal, wenn es ihr dabei helfen würde, von dem Luftschiff zu fliehen.

Mira packte die ihr entgegengestreckte Hand und Aelin zog sie mit einem kräftigen Schwung auf die Beine. Sofort wurde es schwarz vor ihren Augen und Mira wäre beinahe wieder hingefallen. Nur mit größter Mühe machte sie einen Ausfallschritt und hielt ihr Gleichgewicht. Sie spürte einen stechenden Schmerz im Oberschenkel, der sich ihre komplette linke Körperseite hochzog. Mira biss die Zähne fest zusammen, um nicht aufzuschreien, konnte ein Stöhnen jedoch nicht verhindern.

Aelin schaute sie besorgt an und sagte dann: »Ich hab's mir anders überlegt. Geh zurück in die Kabine und leg dich hin. Ich mache die drei Quartiere noch fertig, dann komme ich nach.«

Mira wollte zuerst widersprechen, doch ihr Körper schien die kühlende Wirkung der Eiswürfel zu vergessen und die Schmerzen begannen überall in ihr zu pochen. Sie nickte daher einfach nur, murmelte ihren Dank und machte sich auf den Weg zurück zu der winzigen Kammer, in der sie schlafen sollte.

Ob sie es wohl schaffen würde, Aelins Wunsch zu erfüllen und in das obere Bett zu klettern, bevor ihr die Beine versagten?

❊

Kapitel
Sechs

»Das ist Zeitverschwendung«, sagte Rayk ärgerlich und machte eine wegwerfende Handbewegung. »Diese Menschen haben nichts gesehen.«

Das Einzige, was diese Schollenfamilie erzählte, war, welches Versteck sie sich gesucht hatten, als die ersten Explosionen die Wohnanlage erschüttert hatten.

Die letzten sechzehn Jahre seines Lebens hatte Rayk damit zugebracht, Piraten zu jagen. Und dieser Bohrinselarbeiter, den er vor ein paar Tagen aus dem Eismeer gezogen hatte, war seine beste Spur seit langem gewesen. Doch der merkwürdige Brief seines Onkels hatte von ihm verlangt, die Verfolgung aufzugeben, seine Männer alleine auf dem Eismeer zurückzulassen und an Bord der *Lintu* nach Hàvamar zurückzukehren. Und natürlich hatte Rayk sich nicht geirrt, was die Dreistigkeit der Piraten anging. Nicht einmal einen Tag lang hatte es bis zum nächsten Überfall gedauert. Wieder direkt unter seiner Nase, nur wenige Stunden bevor er am Tatort eintraf. Als würde Yorrick ihn absichtlich reizen wollen.

»Wir haben Ihnen alles erzählt was wir wissen«, sagte der Vater in der Familie entrüstet.

Botker hatte ihn als den Händler der Insel vorgestellt. Rayk hielt ihn einfach nur für einen Schwätzer. Wobei er vermutete, dass es wohl einfach zu dem Beruf des Mannes gehörte, unnötige Details so klingen zu lassen, als wären sie extrem wichtig.

»Ich bin mir sicher, dass Sie dem Kommandanten weitergeholfen haben«, mischte Botker sich ein und versuchte den Ärger des Mannes zu dämpfen, während er Rayk einen ungehaltenen Blick zuwarf. »Sie können jetzt gerne wieder ihre Reise auf der *Lintu* genießen«, fügte Botker hinzu und reichte der Mutter in der Familie seinen Arm, um ihr beim Aufstehen zu helfen. Der Minister wollte die Familie gerade schon hinausführen, als die Tochter sich an ihrem Vater wandte und sagte: »Mira hat doch alles gesehen, Vater.

Vielleicht sollte er sie fragen.«

Der Vater legte die Stirn kurz in Falten und stieß ein nachdenkliches Brummen aus. Rayk bemerkte, dass er sich anstatt an ihn, lieber an Botker wandte, als er sagte: »Sie erinnern sich doch an das Mädchen, das mit uns an Bord gekommen ist. Es ist ihr Vater, den die Piraten entführt haben.«

»Und sie hat etwas gesehen?«, fragte der Minister verwundert.

Der Familienvater nickte. »Sie war auf der Brücke dabei, als wir überfallen wurden.«

»Danke für Ihre Hilfe«, sagte Botker und nickte dem Mann zu. »Ich werde mich darum kümmern.«

Dann geleitete er sie vor die Tür und verabschiedete sie. »Ruhen Sie sich doch bis zum heutigen Abendessen mit dem Kapitän aus. Falls Sie es wünschen, kann ich Sie zur kleinen Bibliothek der *Lintu* führen lassen.«

Auf einen Wink hin war einer der vielen Diener zur Stelle und kam eilig der Aufgabe nach. Der Minister selbst kam daraufhin wieder zurück in den Raum und schloss die Tür hinter sich.

»Sie haben eine Augenzeugin an Bord und stattdessen bringen Sie mir diese Menschen?«, fragte Rayk, ohne sich in irgendeiner Weise um die Höflichkeit zu scheren. Seine Geduld war längst erschöpft. Es hatte ihn bereits zu viel Mühe gekostet, Botker davon zu überzeugen mit dieser Familie reden zu dürfen, da sie als Lotteriegewinner natürlich alles so angenehm wie möglich haben sollten.

»Ich wusste nichts davon«, antwortete Botker knapp.

»Sie sind Minister des Geheimdienstes«, erwiderte Rayk. »Und sie wollen mir erzählen, dass sie nicht wussten, dass einer der Passagiere, die wir soeben aufgenommen haben, Kontakt mit Piraten hatte? Ihr Ministeramt wurde doch genau aus diesem Grund eingerichtet. Um Verbindungen zu Piraten zu finden und ihre Versorgungswege trocken zu legen.«

»Sie wurde als Dienerin für die unteren Decks angeheuert«, sagte Botker, als wäre dies genügend Erklärung für sein Desinteresse an dem Mädchen. »Lassen Sie sie von mir aus herbringen. Dann können Sie sich mit ihr so lange unterhalten, wie Sie wollen.«

Natürlich, dachte Rayk. Botker war durch und durch ein Adliger. Die Rolle, in der er die Schollenfamilie wertschätzte, spielte er nur wegen der Lotterie und dem damit verknüpften Ansehen. Ansonsten hatte er genau dieselben lächerlichen Vorbehalte gegen die Schollenbewohner, wie sie so viele andere in Hàvamar teilten.

Rayk war versucht, den Minister danach zu fragen, wie er es überhaupt geschafft hatte an sein Amt zu kommen, doch er hielt sich zurück. Botker würde ihn dieses Mal gewähren lassen, also hatte er sein Ziel bereits erreicht und würde sich nun nicht selbst noch Steine in den Weg legen. Doch so leicht wollte der Minister es ihm dann scheinbar doch nicht machen.

»Ihr Gesuch auf Heimaturlaub macht Sie zu einem Gast an Bord dieses Schiffes«, sagte Botker und bewies damit, dass er wohl doch nicht gänzlich ohne Informationen über die Menschen in seiner näheren Umgebung war. Leider war Rayk der falsche Mann, auf den er sich konzentrieren sollte.

»Ich würde Ihnen daher empfehlen, genau darüber nachzudenken, welchen Platz Sie auf der *Lintu* einnehmen und wie Sie sich den Anwesenden gegenüber verhalten.«

»Ist das eine Drohung?«, fragte Rayk.

Ein vielsagendes Lächeln trat auf Botkers Gesicht.

»Ein Ratschlag«, korrigierte er Rayk. »Genauso wie der folgende: Überschätzen Sie ihren Wert nicht. Adoptivsohn des verstorbenen Präsidenten oder nicht - in Hàvamar wird man es leid, ihnen zuzusehen, wie sie hinter einem Schatten herjagen, Kommandant. Erfüllen Sie endlich Ihre Aufgabe und vernichten Sie Yorrick und seine Piraten.«

Nach diesen Worten ließ er Rayk alleine in dem Zimmer zurück. Einen weiteren Diener auf dem Flur winkte er herbei und beauftragte ihn damit, die Dienerin aus den unteren Decks herbringen zu lassen. Dann warf er die Tür hinter sich zu.

Rayk sprang von seinem Stuhl und wäre Botker am liebsten hinterhergeeilt, um ...

Um was eigentlich?, fragte er sich selbst und begann, unruhig in seinem Zimmer auf und abzulaufen. Am liebsten wäre er natürlich einfach auf die Brücke gestürmt, hätte seinen Heimaturlaub für beendet erklärt und nachdem er das Kommando übernommen hatte, Botker vom Schiff werfen lassen. Er würde einen militärischen Grund brauchen, um die Befehlsgewalt des Ministers außer Kraft zu setzen. Aber die anderen Offiziere an Bord mussten die Tatsache, dass ein Mensch mit dem Intellekt eines Yarum-Büffels die Position des Geheimdienstministers innehatte, doch sicherlich auch als Staatsgefährdung ansehen, oder?

Der Gedanke brachte Rayk wenigstens etwas zum Lächeln, auch wenn sich seine Stimmung dadurch nur unmerklich verbesserte. Nun etwas ruhiger, wanderte er weiter in seinem Zimmer umher. Die Regale um ihn herum waren vollgestopft mit See- und Luft-Karten sowie Büchern übers Navigieren. Bevor Rayk den Raum für sich zweckentfremdet hatte, war es ein Lehrraum für neue Rekruten der Luftschiffakademie gewesen. Doch bei seinem Eintreffen an Bord der *Lintu* hatte er einen Ort benötigt, an dem er die Bewegungen von Yorricks Piraten verfolgen konnte. Und wo war dies besser möglich, als inmitten dutzender Karten des Eismeeres, auf denen er ihre Positionen und Kurse festhalten konnte.

Rayk zog eine der Karten, auf denen er zu arbeiten angefangen hatte, aus dem Regal hervor und breitete sie auf seinem Schreibtisch aus. Er hatte die Überfälle der letzten Wochen und Monate markiert und versucht Verbindungslinien zwischen ihnen zu ziehen, um vielleicht ein Muster darin zu erkennen. Irgendwo mussten die Piraten einen Stützpunkt haben. Sie konnten unmöglich ausschließlich auf ihren Schiffen leben. Doch bisher hatte Rayk nichts entdeckt. Die wenigen Männer und Frauen, die die Regierung bisher hatte fassen können, waren Unabhängige gewesen. Sie hatten keinerlei Verbindung zu den organisierteren Attacken gehabt, die gezielt auf Eigentum Hàvamars ausgerichtet waren. Sie hatten ihn keinen Schritt näher zu Yorricks Versteck gebracht.

Eifrig griff Rayk nach dem Lineal und dem Grafitstift, um weitere Punkte aus seinem Gedächtnis auf die Karte zu bringen. Auch den letzten Überfall auf Scholle zwölf zeichnete er ein. Botker hatte keine Ahnung, wenn er davon sprach, dass Rayk die Vergangenheit um seinen Vater und Yorrick ruhen lassen sollte. Sie war es, die ihn antrieb Hàvamar zu dienen und es zu schützen. Ziele, die auch der Minister gutheißen sollte. Und Rayks Erinnerungen verliehen ihm die Stärke und das Durchhaltevermögen, die für diese Aufgabe nötig waren.

Ein Klopfen an der Tür riss Rayk aus seinen Gedanken wieder zurück in die Wirklichkeit.

»Herein!«, befahl er mit fester Stimme.

Die Tür öffnete sich und eine junge Frau betrat das Zimmer. Ihre braunen Haare hingen ihr in unregelmäßigen Fransen nur bis knapp über die Ohren und ihr Gesicht starrte vor Schmutz. Die tiefen Augenringe ließen sie müde aussehen.

»Setz dich«, sagte Rayk streng. Er hatte festgestellt, dass er am besten darin war, von anderen Menschen Informationen zu erhalten, wenn er sie einschüchterte. Es war nichts Persönliches gegen das Mädchen, aber Botker hatte seine Zeit bereits mehr als genug beansprucht und nun brauchte Rayk endlich ein paar nützliche Informationen.

Die Dienerin ging auf den Stuhl vor seinem Schreibtisch zu und setzte sich mit ungelenkigen Bewegungen darauf. Sie musste die Zähne zusammenbeißen und stöhnte leicht auf, als sie ihren Rücken gegen die Stuhllehne stützte. Aus irgendeinem Grund schien sie Schmerzen zu haben. Rayk fragte sich, ob sie vielleicht bei dem Piratenüberfall verletzt worden war.

»Wie ist dein Name?«, fragte er.

»Mira«, antwortete sie.

»Du hast die Piraten gesehen, die eure Scholle angegriffen haben?« Rayk kam gleich zur Sache.

»Ja«, sagte sie sofort und ohne das Rayk danach fragen musste, begann sie davon zu erzählen. Sie hatte die Vorgänge auf der Brücke beobachten können und von der ersten Radarsichtung bis zur abschließenden Flucht der Piraten alles mitbekommen. Danach war sie niedergeschlagen und ihr Vater von den Piraten entführt worden. Rayk vermutete, dass sie einen Mechaniker gut gebrauchen konnten. Aber falls mehr dahintersteckte, musste er es herausfinden.

»Sie müssen ihn suchen«, beendete die junge Frau ihre Erzählung. »Bitte. Versprechen Sie mir, dass Sie meinen Vater suchen.«

Sie sah ihn flehend an.

Rayk war es nicht gewohnt, sich mit jemandem zu unterhalten, der ihm tatsächlich das erzählte, was er wissen musste. Doch die junge Dienerin hatte einen wachen Verstand, das merkte man sofort, und sie wollte alles tun, um ihrem Vater zu helfen. Rayk empfand Sympathie für - wie war ihr Name? - Mira.

Vermutlich war es an der Zeit, seine Verhörstrategie zu ändern. Er musste niemanden einschüchtern, der ihm sowieso helfen wollte. Daher nickte er ihr aufmunternd zu und versuchte, hilfsbereit zu klingen, als er sagte: »Hat jemand auf der Scholle gesehen, wohin die Piraten verschwunden sind?«

Sie schüttelte den Kopf.

Natürlich. Sie hatte ja die Reichweite des Radars erwähnt. Die Schollenbewohner hatten die Piraten vermutlich noch weniger gehen als kommen gesehen.

»Kannst du den Anführer der Piraten beschreiben?«

Rayks Anspannung stieg, während sich mit jedem von Miras Worten ein Bild vor Rayks innerem Auge verdichtete.

Graue Haare, die früher vermutlich einmal rot gewesen waren. Zu einem dicken Knoten zusammengebunden. Kantige Gesichtszüge und ungepflegte Barstoppeln.

Rayk erinnerte sich noch an Yorricks Gesicht, als stünde der Mann in diesem Augenblick direkt vor ihm. In Miras Beschreibung war er alt geworden, doch es gab keinen Zweifel. Die Beschreibung passte. Yorrick persönlich hatte diesen Angriff angeführt.

Was hatte das zu bedeuten?, fragte sich Rayk. Zuerst die Bohrinsel und dann die Scholle. Obwohl Yorrick für gewöhnlich nur selten selbst in Erscheinung trat, hatte er es dieses Mal getan. Noch dazu so kurz hintereinander und an zwei so eng beieinander liegenden Orten. Ließ das den Schluss zu, dass sein Stützpunkt hier in der Nähe war oder war es eine Finte?

Ein schneller Blick auf die Karte, die halb zusammengerollt auf seinem Schreibtisch lag, half ihm auch nicht weiter. Sie befanden sich nahe genug bei Hàvamar, dass jeder Winkel kartographiert war. Hier gab es nichts außer dem Eismeer. Keine versteckte Insel oder ähnliches. Schollen durchquerten häufig diese Gewässer und Luftschiffe flogen regelmäßig darüber hinweg. Es gab hier kein Versteck.

Aber warum hatte Yorrick dann diese beiden Angriffe riskiert? Hingen sie überhaupt zusammen oder war einer von beiden nur eine Ablenkung vom anderen?

Erst jetzt fiel Rayk auf, dass er aufgestanden war und unruhig in dem Zimmer auf und ab ging, während die junge Dienerin noch immer schweigend vor seinem Schreibtisch saß und ihn beobachtete.

»Du kannst gehen«, sagte er.

Er wollte alleine sein, um völlig in seine Gedanken eintauchen zu können. Rayks Blick durchsuchte bereits die Regale voller Karten nach derjenigen, die den Standort von Scholle zwölf am besten zeigen würde. Er musste den Kreis um die Piraten enger ziehen.

»Suchen Sie ihn?«

Rayk drehte sich um und sah, dass Mira inzwischen von ihrem Stuhl aufgestanden war und vor seinem Schreibtisch stand. Obwohl sie nicht hinausgegangen war, wie er verlangt hatte, stieg sie erneut ein wenig in seinem Ansehen. Sie war zielstrebig. Rayk war daher gewillt, ihr eine Antwort zu geben.

»Sobald die *Lintu* in Hàvamar angelegt hat, werden wir sie jagen und zur Strecke bringen. Vorher kann ich nichts tun. Dieses Schiff steht nicht unter meinem Kommando.«

In Gedanken fügte er ein »noch nicht« hinzu.

Rayk drehte sich wieder den Kartenregalen zu und fuhr mit den Fingern an den dicken Papierrollen entlang. Wer auch immer vorher für die Ordnung hier verantwortlich gewesen war, sollte als Windfahne hinter die *Lintu* gehängt werden.

*

Mira schloss die Tür zu dem merkwürdigen Raum voller Bücher und Karten hinter sich und atmete erst einmal erleichtert auf.

Sie kannte nicht einmal den Namen des Offiziers, mit dem sie gerade gesprochen hatte, aber sie war sich sicher, dass man ihn besser nicht zum Feind haben sollte.

Mira hatte ihm alles erzählt, was sie wusste. Jedes Detail über den Angriff, mit Ausnahme der merkwürdigen Unterhaltung zwischen ihrem Vater und dem Piratenanführer. Sie hatte beschlossen, dieses kleine Geheimnis erst einmal für sich zu behalten, bis sie selbst verstand, was es damit auf sich hatte. Es würde ihrem Vater sicher nicht helfen, wenn jemand den Eindruck bekam, dass er etwas mit den Piraten zu schaffen hatte. Mira selbst weigerte sich einfach, das zu glauben. Es musste eine andere Erklärung für das Gespräch geben. Außerdem hatte sie nur einen Teil davon mitbekommen, daher konnte sie nicht sicher sein, um was es wirklich gegangen war.

Sie machte sich auf den Weg zurück zu ihrer Kammer und spürte in jedem Knochen, wie müde sie war. Sie konnte es selbst kaum glauben, aber nach der Tracht Prügel gestern und all der Arbeit heute, freute sie sich beinahe darauf, in ihr viel zu kleines und unbequemes Bett zu klettern und zum Klang von Aelins ruhigem Atem einzuschlafen. Sie hatte es endlich geschafft, dass jemand nach ihrem Vater suchen würde. Dieser Gedanke war beflügelnd genug, dass sie sogar fast die Schmerzen vergessen konnte, die von den dunkelblauen Blutergüssen auf ihrer Haut überall hin ausstrahlten. Sie wusste zwar nicht, ob der Offizier tatsächlich daran interessiert war, ihren Vater zu finden oder einfach nur die Piraten fassen wollte, aber so oder so würde es auf das Gleiche rauskommen und Bjan würde gerettet werden.

Blieb nur noch das Problem ihrer Flucht von Bord der *Lintu* zu lösen. Doch darüber würde sie morgen weiter nachdenken. Während sie Böden schrubbte oder Kabinen saubermachte, sollte sie mehr als genug Zeit dazu haben.

✶

Kapitel Sieben

Mira tunkte ein trockenes Stück Brot in ihre kleine Holzschüssel mit dampfendem Eintopf und schlang es dann gierig hinunter. Das Essen schmeckte nicht einmal halb so gut wie an den schlechtesten Tagen auf der Scholle, aber nach der ersten Woche auf der *Lintu* war Mira hungrig genug, dass ihr das egal war.

Zum gefühlt hundertsten Mal musste sie sich die kurzen braunen Fransen aus dem Gesicht streichen, die von ihren Haaren noch übriggeblieben waren, nachdem Aelin sie ihr geschnitten hatte, sodass sie nicht in ihre Schüssel mit Eintopf hineinfielen. Nach dem Vorfall mit Morten hatte Mira mehr als deutlich begriffen, dass es das Beste war, so wenig wie möglich aufzufallen. Da waren ihre abgeschnittenen Haare nur ein kleiner Preis gewesen. Aber die Fransen nervten trotzdem.

»Ach, erzähl doch keinen Quatsch«, sagte Veg und schlug Dyrn gegen die Schulter. »Glaub ihm das bloß nicht, Mira.«

Veg und Dyrn waren nicht viel älter als sie selbst und benahmen sich wesentlich kindischer. Da die beiden Diener jedoch die Kammer bewohnten, die der von Aelin und Mira gegenüberlag, aßen sie beinahe jeden Abend zusammen. Mira hatte sich jedoch so intensiv angestrengt, möglichst viel Eintopf in einer möglichst kurzen Zeit hinunterzuschlucken, dass sie gar nicht zugehört hatte, wovon die beiden schon wieder redeten.

»Ich lass mir doch nicht von jemandem, dessen Vater Pirat gewesen ist, sagen, dass ich Quatsch erzähle«, sagte Dyrn aufgebracht.

»Er war Schmuggler, verdammt. Das mit dem Piraten-Ding haben sie ihm nie nachgewiesen«, antwortete Veg und fügte dann hinzu »Und ich hätte dir das niemals erzählen dürfen.«

»Kommt schon. Es reicht Jungs«, meinte Aelin, die sich gerade noch eine Kelle Eintopf in ihre Schale schöpfte. »Ich bin müde. Nur weil ihr heute den ganzen Tag faulenzen konntet, heißt das nicht, dass wir beide das auch gemacht haben.«

Mira war Aelin dankbar für die kurze Ruhepause, die sie ihnen mit dieser Ansage verschaffte. Ihr Körper schmerzte von Mortens Schlägen und Tritten noch immer. Doch so langsam glaubte sie eine leichte Besserung zu bemerken. Immerhin hatten sich ihre gesamte linke Seite von dem ursprünglichen Dunkelblau in ein gelbliches Grün verfärbt und pochte wenigstens nicht mehr die ganze Zeit über.

»Wieso musstet ihr heute eigentlich nicht arbeiten?«, fragte Mira und schaute über den mit Eintopf gefüllten Topf hinweg. Sie hatten ihr kleines, kreisrundes Lager um einen Bunsenbrenner herum aufgeschlagen, inmitten der unaufgeräumten Regale und den Putzutensilien, mit denen Aelin und sie tagsüber arbeiteten. Natürlich wusste Morten genauso wenig von dem Bunsenbrenner, wie von ihrer abendlichen Versammlung, was sie dazu zwang, sehr vorsichtig zu sein und nicht zu laut zu sprechen.

»Heute Abend ist im großen Saal eine Feier«, sagte Dyrn und zuckte mit den Schultern.

»Wir mussten gestern eine Nachtschicht einlegen um die ganzen Tische aufzubauen und alles vorzubereiten«, ergänzte Veg. »Aber heute Abend hat uns Morten gedroht, dass er uns auf keinen Fall in der Nähe des Saals sehen will. Er meinte, er bindet uns ansonsten als Windfigur an den Schiffsbug, wenn wir morgen landen.«

Veg breitete seine langen dünnen Arme aus und imitierte einen abstürzenden Vogel. Mira musste unweigerlich über die Vorstellung, wie er so an dem Schiffsbug hängen würde, lachen. Leider nicht besonders lange, denn aus Mortens Mund hatte diese Drohung sicherlich weit weniger lustig geklungen. Mira hatte den Quartiermeister seit dem Vorfall vor einer Woche nicht mehr gesehen, doch sie wusste inzwischen genug über ihn und das Innenleben der *Lintu*, um sagen zu können, dass Veg und Dyrn nicht seine Lieblingsdiener waren.

Mira nahm einen weiteren, großen Bissen aufgeweichtes Brot in den Mund und schluckte ihn genüsslich hinunter. Die merkwürdige grüne Farbe des Eintopfs störte ihren Hunger nicht im Geringsten.

»Was wird denn gefeiert?«, fragte sie.

»Ankunft im Heimatlufthafen«, sagte Veg knapp, bemerkte dann jedoch Miras fragenden Blick.

»Morgen kommen wir in Hàvamar an«, sagte er. »Manchmal sind wir zwischen den Landungen über zwei Monate nicht mehr zu Hause gewesen und irgendwie hat sich die Tradition entwickelt, dass am letzten Tag vor der Rückkehr von den verbliebenen Vorräten so viel genommen werden darf, wie die reichen Damen und Herren da oben wünschen.«

Dyrn nickte zustimmend.

»Natürlich kommt man in diesen Genuss nur, wenn man auch zu denen da oben gehört«, sagte er und zeigte mit dem Finger nach oben, auf die über ihnen liegenden Decks.

Es war inzwischen schon normal für Mira, von den anderen Menschen an Bord der *Lintu* als »die da oben« zu denken. Nicht nur, weil sie tatsächlich auf den höheren Decks lebten, sondern weil deren Leben auch tatsächlich mehr wert zu sein schien als ihr eigenes.

»Wir waren nicht mal zwei Wochen unterwegs« Aelin schien sich zu ärgern. »Die Vorratsräume sollten noch so überfüllt sein, dass sie uns mehr als diesen läppischen Eintopf geben könnten, während sie sich die Bäuche mit Delikatessen vollschlagen.«

Trotz ihrer Worte tunkte Aelin ein weiteres Stück Brot in ihre Schüssel und aß hungrig weiter. Miras Gedanken wanderten mit ihrem langsam gefüllten Magen in eine andere Richtung. Bei der täglichen Arbeit vergaß Mira leicht, dass sie im Bauch eines riesigen Luftschiffs war und sich in hunderten Meter Höhe über das Eismeer hinwegbewegte. Doch jeden Abend, wenn sie ruhig in ihrem zu kurzen Bett lag, die Knie so weit zum Kinn gezogen, dass sie sie mit den Armen umschlingen konnte, dachte sie an ihren Vater. Auch jetzt war einer dieser Momente der Ruhe, in denen sie an Bjan dachte. Mira hatte bisher noch keine Gelegenheit gehabt, herauszufinden, welches Ziel das Luftschiff als nächstes ansteuern würde, sobald sie Fay und ihre Eltern in der Hauptstadt abgesetzt hatten. Dyrn und Veg hatten ihr erzählt, dass die *Lintu* neben ihren repräsentativen Aufgaben hauptsächlich ein Aufklärungsschiff war, das sich aus den meisten Kampfhandlungen heraushielt. Obwohl es das größte jemals gebaute Luftschiffs Hàvamars war und mehr Kanonen an Bord hatte als drei gewöhnliche Schiffe, wollte die Regierung bisher nicht riskieren, dass jemand einen Kratzer in ihr wertvolles Aushängeschild machte. Das bedeutete für Mira hauptsächlich eins: Es war äußerst unwahrscheinlich, dass die *Lintu* nach den Piraten suchen würde, die ihren Vater entführt hatten. Sie wusste, dass der Offizier, mit dem sie gesprochen hatte, nichts lieber täte, als die Piraten zu jagen. Doch er selbst hatte gesagt, dass die *Lintu* nicht seinem Befehl unterstand.

Wollte Mira ihren Vater also jemals wiedersehen, musste sie selbst etwas unternehmen. Sie musste endlich einen Weg finden, von diesem Schiff hinunterzukommen. Bisher war sie verletzt und jeden Abend nach der harten Arbeit zu müde gewesen, um Pläne dafür zu schmieden. Doch diese Ausrede durfte sie nicht länger zurückhalten. Hàvamar klang in ihren Ohren wie der ideale Ort, um von Bord der *Lintu* zu verschwinden.

Mira sah von dem letzten Rest Eintopf in ihrer Schüssel auf, als Caya den Kopf in den Lagerraum streckte. Mira kannte die junge Frau nicht wirklich, da sie zu den Dienerinnen gehörte, die auf den oberen Decks den Offizieren und Gästen des Schiffes das Essen servierte. Als »Mädchen aus der Stadt« war es natürlich unter ihrer Würde, mit den niedriger gestellten Dienerinnen zusammen zu essen. Es hatte in Miras Augen etwas Merkwürdiges, dass die Diener untereinander solche Unterschiede lediglich aufgrund ihrer Herkunft oder Tätigkeit an Bord machten. Schließlich litten sie ja alle gemeinsam unter den gleichen Bedingungen. Doch anscheinend war es eine Art menschlicher Instinkt, dass es selbst denjenigen, denen es nur ein bisschen weniger schlecht ging als allen anderen, ein Grundbedürfnis war, diesen Unterschied so unmissverständlich wie möglich auszuleben.

»Wir brauchen dringend noch zwei Serviererinnen«, sagte Caya ohne Begrüßung.

»Unsere Schicht ist zu Ende«, erwiderte Aelin knapp.

»Tut mir leid«, lautete Cayas Antwort, was jedoch mehr eine Floskel war. »Aber Morten schickt mich.«

Sie schien einen Moment nachzudenken, bevor sie hinzufügte: »Amai ist krank und Thira muss sich um sie kümmern.«

Da sie wusste, dass Aelin und Mira nichts anderes übrigblieb, als Mortens Befehl nachzukommen, drehte Caya sich ohne ein weiteres Wort um und ging wieder.

»Blöder Mist«, murmelte Aelin und Mira stimmte ihr brummend zu.

Es kam Mira jedoch seltsam vor, dass auch Dyrn und Veg, die keine zusätzliche Schicht einlegen sollten, ihre gute Stimmung verloren hatten. Daher fragte sie: »Was ist denn los?«

Erst schien ihr niemand antworten zu wollen, doch dann sagte Aelin: »Glaubst du wirklich, dass Morten jemandem von uns erlaubt, zu krank zum Arbeiten zu sein? Geschweige denn, dass eine andere Dienerin auch gleich noch frei bekommt, um sich um die Kranke zu kümmern?«

Mira runzelte die Stirn. Noch vor einer Woche hätte es für sie absolut absurd geklungen, wenn ihr jemand erzählt hätte, dass wenn ein Diener kein Recht hatte, selbst über sein Leben zu bestimmen, auch nicht darüber entscheiden konnte, wann er zu krank zum Arbeiten war. Doch hier auf der *Lintu* galt nur Mortens Wort. Und Mira zweifelte keine Sekunde daran, dass in seinen Augen niemand zu krank zum Arbeiten war.

»Aber was ist dann mit Amai ...?«, fragte Mira, doch Aelin beantwortete ihre Frage bereits, bevor sie sie zu Ende gestellt hatte.

»Wahrscheinlich hat er daneben geschlagen«, erklärte sie. »Niemand da oben will blaue Flecken im Gesicht einer Serviererin sehen. Und wenn Thira sich um sie kümmern soll, dann hat Morten Amai wahrscheinlich halb tot geprügelt.«

Mira schluckte bei der Nüchternheit, mit der Aelin sprach. Was wäre geschehen, wenn Morten vor einer Woche ebenfalls weitergemacht hätte?

»Komm«, sagte Aelin und sprang von dem Fass, auf dem sie gesessen hatte. »Wir beeilen uns besser.«

Mit einem flauen Gefühl im Magen stand auch Mira auf und folgte Aelin mit steifen Bewegungen. Mit einem mitleidigen Blick schauten Dyrn und Veg ihnen hinterher.

*

Mira war seit ihrer Ankunft vor einer Woche nicht mehr auf

dem obersten Deck der *Lintu* gewesen und so wurde sie erneut von dem Luxus mitgerissen, der sie hier Schritt für Schritt begleitete. Der rote Teppichboden unter ihren Füßen wurde, wie auch der restliche holzvertäfelte Gang, von Gaslampen erhellt. Draußen war es schon beinahe dunkel. Doch alleine die Tatsache, dass es hier Bullaugen gab, durch die Mira ein Draußen erkenne konnte, trieb ihr fast die Freudentränen in die Augen.

Aelin schien zu wissen, wo sie hin musste, da sie vorausging, ohne sich nach links oder rechts umzusehen.

»Musstest du schon öfter hier oben aushelfen?«, fragte Mira.

»Manchmal«, antwortete Aelin. »Aber ich versuche es zu vermeiden. Mit jedem Deck, das du auf diesem Schiff nach oben kletterst, werden die Menschen ein Stück schlimmer.«

Mira hatte inzwischen gelernt, Aelin zu vertrauen, was solche Dinge anging. Deshalb beschloss sie, dass sie heute Abend noch vorsichtiger sein würde, als sie es ohnehin schon vorgehabt hatte.

»Hier müssen wir rein«, meinte Aelin und drückte eine von dem Gang abzweigende Tür auf.

An die Stelle des Teppichbodens und der Holzwände traten weiße und keramikfarbene Fliesen, die in verschlungenen Mosaiken angeordnet waren.

»Auch wenn du es genießen wirst, versuch nicht zu viel Dreck abzuwaschen«, riet ihr Aelin und begann sich auszuziehen. »Ansonsten kommen die Männer noch auf dumme Gedanken.«

Von der Scholle war Mira an Gruppenduschen gewöhnt. Doch im unteren Deck, auf dem sie mit Aelin lebte, kostete es sie jedes Mal Überwindung, das »Bad« zu betreten. Statt Duschköpfen und Wasserhähnen befanden sich dort dicke Seile, die zu einem mit eiskaltem Wasser gefüllten Eimer führten, der über ihrem Kopf hing. Zog man an dem Seil, hatte man das Gefühl, für einen kurzen Moment ins Eismeer getaucht zu werden. Da kam es Mira gelegen, dass sie schmutzig aussehen wollte.

Dieser Raum hingegen war das exakte Gegenteil des Folterinstruments im untersten Deck. Aelin bemerkte ihr Staunen und stieß ein amüsiertes Schnauben aus.

»Und das hier ist nur für die Serviererinnen«, sagte sie. »Du solltest mal sehen, wie sich dieser Vegar Ihmels wäscht.« Mira musste lachen und Aelin stimmte ein.

»Jedes Mal, wenn er mit der *Lintu* fliegt, müssen Veg und Dyrn eine Extrakiste mit Seifen und Parfüm an Bord laden. Zumindest behaupten sie das«, erzählte Aelin, während Mira gerade ihr weißes Oberteil, das sie als Dienerin tragen musste, über den Kopf zog. »Und in diesem speziellen Fall glaube ich ihnen sogar ausnahmsweise mal«, fügte ihre Zimmergenossin hinzu.

Dann betätigte Aelin einen der silberglänzenden Wasserhähne und kurz darauf genossen sie beide das lauwarme Wasser, das aus den Duschköpfen auf sie herunterprasselte. Die »Extra-Seife« von Vegar Ihmels, über die sie noch eine Weile scherzten, ließen sie natürlich weg, um nicht zu sauber zu werden. Auch wenn Mira den Mann nur einmal kurz gesehen hatte, musste sie sich am Ende doch die Lachtränen aus den Augenwinkeln wischen. Es fühlte sich gut an, mit Aelin zu lachen. Es war das erste Mal, dass die junge Dienerin so offen mit ihr umging.

Als sie fertig waren, zeigte Aelin ihr den Schrank, aus dem sie sich die Kleidung der Serviererinnen herausnehmen konnten. Mira war in diesem Moment irgendwie dankbar für diese zusätzliche Arbeitsschicht. Denn zum ersten Mal, seit sie auf dem Luftschiff war, hatte sie Freude gespürt.

»Hier«, sagte Aelin und drückte ihr ein paar Sachen in ihrer Größe in die Hände. »Die weißen Handschuhe musst du bis zum Ellenbogen hochziehen. Du darfst niemals die Gläser oder Teller direkt mit deiner Haut berühren.«

Mira tat wie geheißen und versuchte, sich nicht allzu sehr über die seltsamen Bräuche der Hauptstädter zu wundern. Dann erklärte Aelin, dass sie fertig seien und zusammen machten sie sich auf den Weg zur Küche, wo man ihnen ihre Aufgabe zuteilen würde.

Von allem, was Mira bisher auf der *Lintu* gesehen hatte, war die Küche der Ort, der sich am wenigsten von ihrem Äquivalent auf Scholle zwölf unterschied. Das Durcheinanderrufen der Bediensteten und die brutzelnden Gerichte klangen, wenn auch hektischer, doch vertraut. Die in der Luft hängenden Gerüche, die sich gegenseitig überlagerten, waren jedoch andere. Es dauerte nur eine Sekunde, bis Mira den Hauptgrund dafür erkannte. Hier wurde mehr Fleisch gebraten als auf der Scholle. Sogar sehr viel mehr.

Obwohl sie gerade gegessen hatte, lief ihr das Wasser im Mund zusammen. Aelin schien jedoch unbeeindruckt, denn sie zog Mira weiter hinter sich her. Sie drückten sich an Messer schwingenden Köchen vorbei, in Richtung einer doppelflügeligen Schwungtür. Die Flügel dieser Tür standen keine Sekunde still und Mira konnte jedes Mal, wenn sich eine Serviererin mit einem überladenen Tablett in den Händen hindurchschob, einen kurzen Blick auf den großen Saal erhaschen. Obwohl ihr Blickwinkel zu steil war, um zur Bühne zu sehen, verrieten ihr einzelne Musikfetzen, dass gerade die gleichen Musiker auftraten, die sie bei ihrer Ankunft auf der *Lintu* proben gehört hatte.

»Na endlich«, hörte Mira die Stimme von Caya hinter sich und drehte sich um. Sie trug die gleiche Kleidung wie Aelin, Mira und alle anderen Serviererinnen. Mit ihrem behandschuhten rechten Arm balancierte sie ein Tablett mit leeren Gläsern. »Tisch vier«, sagte Caya und zeigte auf Mira. Zu Aelin sagte sie: »Nummer sieben.«

Dann ließ sie sie auch schon wieder stehen und verschwand zwischen den überall von der Decke über den Herdplatten hängenden Töpfen und Pfannen.

»Was muss ich tun?«, fragte Mira, da sie nicht wirklich aus Cayas Anweisungen schlau geworden war.

»Du musst dafür sorgen, dass jede Person an Tisch vier, zu jedem Zeitpunkt, ein volles Glas, mit exakt dem Getränk vor sich stehen hat, das er oder sie haben möchte.«

Aelin machte ein unglückliches Gesicht während sie Mira ihre Aufgabe erklärte und murmelte am Ende: »so viel zu meiner Hoffnung, dass wir einfach hier drinbleiben dürfen, um irgendein Gemüse kleinzuschneiden.«

Mira verstand zwar nicht ganz, worin die Schwierigkeit bestehen sollte, ein paar Personen ihre Getränke zu bringen, doch sie vertraute Aelins Erfahrung und ermahnte sich einmal mehr, vorsichtig zu sein.

»Also los«, sagte Aelin und schob Mira in Richtung der

Schwingtüren. »Wir machen uns wohl besser an die Arbeit. Denk dran, dass Morten hier oben noch weniger Spaß versteht als unten bei uns. Du hast ja gehört, was mit Serviererinnen geschieht, die hier auffallen.«

Kurz vor ihnen passierte eine weitere Serviererin die Schwingtür und dann waren Aelin und Mira an der Reihe. Mira versuchte den Gedanken an die »*kranke*« Amai auszublenden und sich ganz darauf zu konzentrieren nichts zu tun, was sie auffallen lassen könnte. Doch schon nach ihrem ersten Schritt in den großen Saal, wollte Mira am liebsten auf der Stelle umdrehen und alles andere als unauffällig in ihre kleine Kammer flüchten, wo sie sich alleine in ihrem viel zu kurzen Bett verkriechen konnte. Doch andere Serviererinnen folgten hinter ihr durch die Tür, rempelten sie an und schoben sie weiter. Der Saal hatte sich seit ihrem letzten Aufenthalt so stark verändert, dass Mira glaubte, an einem völlig anderen Ort zu sein.

Ein großer Vorhang war beiseite gezogen worden und ermöglichte nun den Blick durch eine gigantische Glasfassade. Über die gesamte Breite des Raumes konnte Mira draußen die Oberfläche der Wolkendecke sehen. Die *Lintu* flog hoch genug, dass ihr Rumpf durch die Wolken schnitt, wie gewöhnliche Schiffe durch Wasser. Über den Wolken war die Sonne zu sehen, die langsam in dem weißen Meer, in dem sie segelten, unterging. Ihre Strahlen beleuchteten den großen Saal und wurden tausendfach von den Kristallleuchtern an der Decke reflektiert.

Das Licht ließ die Sängerin in einem atemberaubenden Glanz erstrahlen. Ihr offenen blonden Haare fielen über ihre Schultern auf die Träger eines bodenlagen goldenen Kleids. Die anderen Musiker, die zum Teil hinter ihren Instrumenten versteckt standen oder saßen, trugen alle komplett schwarze Anzüge. Doch wie das Kleid der Sängerin, war auch ihre Kleidung mit hunderten funkelnder Steine besetzt.

Der Bereich vor der Bühne war zweigeteilt. Links stand etwa ein Dutzend runder Tische, an denen meist acht Personen aßen und sich ausgelassen unterhielten. Es waren fast ausschließlich Männer in weißen Uniformen. Auf ihren Schultern trugen sie verschiedene Abzeichen und einige hatten ganze Heerscharen von Orden an ihre Brust geheftet.

Weiter auf der rechten Seite des Raumes spielte sich der weniger offizielle Teil dieser Abendveranstaltung ab. Hier machten es sich die Offiziere in zu kleinen Gruppen angeordneten Polstersesseln bequem. Neben jedem Sessel stand ein kleines Tischchen für die Getränke und Aschenbecher.

Und in all diesem Prunk und Glanz war sich Mira absolut sicher, dass es für sie nicht die geringste Möglichkeit gab »nicht aufzufallen«. Sie kam von einer Scholle. Einen solchen Ort wie den großen Saal der *Lintu* hatte sie sich nicht einmal erträumen können. Noch vor weniger als zwanzig Minuten, war sie froh über den Eintopf und das trockene Stück Brot gewesen. Doch jetzt, wo sie diesen Überfluss sah, baute sich in ihr Wut auf. Wut wegen der unglaublichen Ignoranz dieser Hauptstädter.

»Hier«, rief einer der uniformierten Männer an den Tischen und winkte Mira herbei. Er trug einen buschigen weißen Schnauzer im Gesicht. Nach Miras kurzer Einschätzung, war er der bei weitem älteste Mann im Raum und in seiner näheren Umgebung trug niemand größere Schulterklappen oder mehr Orden an der Brust.

Zuerst zögerte Mira unsicher, doch der Mann winkte ihr erneut beiläufig mit seinem geleerten Glas entgegen. Daher ging sie zu seinem Tisch.

»Mehr Grog«, sagte er knapp, drückte Mira das Glas unachtsam in die Hand, sodass sie es beinahe hätte fallen lassen. Dann wandte er sich wieder seiner Unterhaltung an seinem Tisch zu. Mira hatte keine Ahnung, was er gerade bei ihr bestellt hatte. Das würde sie so schnell wie möglich herausfinden müssen. Sie drehte sich mit dem Glas in der Hand in Richtung Küche um, wobei ihr Blick zufällig über eine Ecke des Tisches glitt, an dem der Offizier saß. Dort entdeckte sie eine kleine, ins Tischtuch gestickte Vier. Wenigstens hatte sie diesen Teil ihrer Aufgabe richtig gemacht, dachte Mira. Zumindest bisher.

Im Strom der anderen Serviererinnen gelangte sie zurück zur Schwingtür und in die Küche, wo sie sich wie in einer anderen Welt fühlte. Die Musik drang nur noch gedämpft an ihre Ohren und die Atmosphäre des Luxus war dem lauten Klappern von Töpfen und Pfannen gewichen, von denen zischend Dampf aufstieg.

Zu Miras Glück kam Aelin gerade mit einem vollen Tablett Getränke, das sie auf einer ihrer behandschuhten Hände geschickt balancierte, an ihr vorbei.

»Wo finde ich denn Grog?«, fragte Mira und winkte mit dem leeren Glas in ihrer Hand.

»Da hinten in der Ecke«, rief Aelin im Vorbeieilen über ihre Schulter. »Nimm eine der Flaschen aus dem heißen Wasser. Die Eiswürfel stehen daneben.«

Dann war Aelin auch schon wieder aus der Küche verschwunden und Mira war auf sich allein gestellt.

Sie ging grob in die Richtung, in die Aelin gedeutet hatte, und versuchte herauszufinden, was sie zu tun hatte. Glücklicherweise schienen auch alle anderen Serviererinnen zu einer einzigen Ecke der Küche zu strömen und zeigten ihr somit den Weg. Dort fand Mira eine metallene Wanne, voll mit blubberndem Wasser, das von mehreren kleinen Gasflammen darunter erhitzt wurde. In dem kochenden Wasser wiederum, war ein Metallgestänge eingelassen, das etwa zwanzig große rote Flaschen mit dickem Bauch und dünnem Hals genau so tief eintauchten, dass der Korken mit dem jede der Flaschen verschlossen war, dicht über dem Wasserspiegel herausschaute.

Mira beobachtete, wie eine andere Serviererin eine der Flaschen mit einer Zange aus dem Becken holte, mit ihrer anderen Hand den Korken aus dem Flaschenhals zog und dann die hellrote Flüssigkeit in ein vorher bereitgestelltes Glas goss, das dem in Miras Hand verdächtig ähnlich sah.

Die andere Serviererin bemerkte, dass Mira wartete.

»Hier, bitte«, sagte sie und drückte Mira die Zange in die Hand, bevor sie das Glas, das sie soeben gefüllt hatte, auf ihr Tablett stellte und dann in Richtung Schwingtür eilte.

Es war weit weniger einfach, als Mira es sich vorgestellt hatte, mit der Zange zu hantieren und nichts daneben zu schütten. Doch mit ein wenig Fingerspitzengefühl schaffte sie es. Erleichtert verkorkte sie die Flasche wieder und stellte sie mit der Zange zurück ins kochende Wasser. Ein Tablett, auf das sie das gefüllte Glas stellen konnte, das inzwischen ähnlich heiß wie die Flasche war, fand Mira neben einem runden silbernen Behälter. Sie hatte gesehen, dass die andere

Serviererin daraus Eiswürfel geholt hatte. Aber Mira verstand nicht recht, was es damit auf sich hatte. Es wäre doch eine unglaubliche Verschwendung von Wärme, zuerst den Grog - oder wie auch immer diese merkwürdige rötliche Flüssigkeit hieß - aufzuwärmen und ihn dann mit Eiswürfeln wieder abzukühlen. Da sie nicht weiterwusste, fasste sie in den Eisbehälter hinein und holte einen Eiswürfel hervor, den sie in den Fingern drehte.

»Was machst du da?«

Caya war neben ihr aufgetaucht und starrte sie entgeistert an.

»Du kannst doch nicht einfach mit deinen Deckschrubberfingern in den Eisbehälter fassen«, rief sie entsetzt.

Mira war von Cayas Empörung so überrumpelt, dass sie die Beleidigung nicht sofort bemerkte. Und noch bevor ihr eine schnippische Erwiderung eingefallen war, fügte Caya hinzu: »Wenn Morten dich dabei erwischt, kann ich mir gleich die nächste von euch da unten holen gehen.«

In diesem Moment schob Aelin sich zwischen sie.

»Ist schon gut«, sagte sie und redete gleichzeitig mit Mira, deren Wut sie bremsen wollte und Caya, der sie den Wind aus den Segeln nahm. »Ich zeig ihr, wie's funktioniert.«

Caya starrte Mira noch einen Moment lang böse an, dann drehte sie sich ohne ein weiteres Wort um und verschwand wieder in der Küche.

»Leg dich nicht mit ihr an«, warnte Aelin Mira. »Sie hat schon öfter Mädchen an Morten verraten, die sie nicht mochte. Sie ist das schlimmste Miststück auf dem ganzen Schiff.«

Dann, als wäre nichts geschehen, schnappte Aelin sich das Glas mit Grog, das Mira bereits gefüllt hatte und prüfte es mit einem kritischen Blick, bevor sie seinen Inhalt in den Ausguss schüttete.

»Immer saubere Gläser nehmen, niemals die alten«, wies sie Mira an, während sie eines der Gläser vor sich hinstellte, die neben der Wanne mit kochendem Wasser aufeinandergestapelt waren. Mit ein paar schnellen Handgriffen zog sie eine Flasche aus dem Wasser und füllte das Glas, ohne irgendwelche Schwierigkeiten. Dann nahm sie eine kleinere Zange von einem Haken an der Wand, hob den

Deckel des Eisbehälters und holte einen der Eiswürfel heraus. »Nimm nur die wirklich großen. Falls du mehrere Kleine nimmst, schmelzen sie, bevor du wieder am Tisch bist.«

Mira nickte und Aelin warf das große Stück Eis in den dampfenden Grog.

»Danke«, sagte Mira.

»Grog zu servieren ist keine große Kunst«, erwiderte Aelin und machte eine wegwerfende Bewegung.

»Nein«, sagte Mira und schüttelte den Kopf. »Danke auch dafür, dass du auf mich aufpasst und inzwischen nett zu mir bist.«

Aelin zögerte einen Moment lang und legte ihre Stirn in Falten. Dann zuckte sie mit den Schultern und fügte in dem gleichgültigen Tonfall, den Mira von ihr gewohnt war, hinzu: »Du bist die Neue und wir teilen uns ein Zimmer. Wenn du irgendeinen Fehler machst, ist Morten bei der Suche nach einer Schuldigen schnell auch bei mir angekommen.«

Das war eine logische Erklärung, dachte Mira. Doch sie hatte auch die Veränderung in Aelins Verhalten bemerkt. Die unnahbare Dienerin freundete sich langsam mit ihr an. Da war sie ganz sicher, egal was Aelin sagte. Das war aus zwei Gründen gut. Erstens mochte auch Mira Aelin. Und zweitens musste sie endlich mehr von ihr über Peas Flucht erfahren. Vielleicht gelang es ihnen dann sogar, zusammen von der *Lintu* zu verschwinden. Doch bevor sie weiter darüber nachdenken konnte, sagte Aelin: »Jetzt beeil dich schon. Der Mann, den du bedienst, ist der Käpt'n.«

Dann drückte sie ihr ein silbernes Serviertablett in die Hand und schob sie in Richtung Küchentür.

Der Käpt'n, dachte Mira und realisierte die Bedeutung des Wortes erst, als sie bereits wieder bei Tisch vier angekommen war. Nur mit Mühe konnte sie das Zittern ihrer Hand unterdrücken, als sie den dampfenden Grog neben dem Arm des Mannes abstellte. Vorsichtig achtete sie darauf, auf keinen Fall mit ihrer blanken Haut irgendetwas zu berühren, was sie nicht berühren durfte. Doch als sie sich wieder ein Stück vom Tisch zurückgezogen hatte und sich für die nächste Bestellung bereitstellte, wurde ihr klar, dass sie sich keine Sorgen darum machen musste, ob sie vielleicht irgendwie auffallen würde. Ignoranz war das Einzige, was die Männer am Tisch ihr entgegenbrachten. Was hatte sie auch anderes erwartet? Sie sorgten dafür, dass jemand wie Morten überhaupt existieren konnte. Man hätte sie vielleicht in Schutz nehmen können, indem man sagte, dass ihr Blick von all dem Prunk und Wohlstand, in dem sie lebten, geblendet war. Dass es nicht ihre Schuld sei, wenn sie nicht darauf achteten, was auf dem untersten Deck der *Lintu* vor sich ging, da sie so viele andere wichtige Dinge zu tun hatten. Doch Tatsache war, dass sie absichtlich in eine andere Richtung sahen. Sie waren nicht blind. Sie kniffen nur die Augen so fest sie konnten zusammen, weil es einfacher war.

Miras Finger krallten sich um das Serviertablett, das sie in ihren Händen hielt. Immer wieder wiederholte sie in ihrem Kopf die gleichen Worte: Nicht auffallen, nicht auffallen, nicht auffallen ...

Sie würde dieses Schiff und diese Menschen schon bald hinter sich lassen. Sie würde Aelin mitnehmen, ihren Vater finden und dann für den Rest ihres Lebens auf einer Scholle, weit weg von alledem hier leben.

Diese Gedanken halfen ihr, den restlichen Abend durchzuhalten, während sie immer wieder zwischen der Küche und den Tischen hin und her eilte, um jeden Wunsch der Feiernden zu erfüllen.

Mira war froh, als die Sängerin nach mehreren Stunden endlich die Bühne verließ und die anderen Musikanten ihr folgten. Es schien das offizielle Zeichen dafür zu sein, dass der Abend in eine Art gemütlichere Runde überging und die meisten Anwesenden, die noch an den Tischen saßen, wechselten ihren Sitzplatz zu den bequemen Sesseln auf der anderen Saalseite. Dort stopften sie sich Pfeifen und verlangten nun nur noch ab und zu Getränke, sodass Mira weniger zu tun hatte. Inzwischen war der Mond draußen aufgegangen und strahlte durch die große Fensterfront herein. Er veränderte die Atmosphäre im großen Saal. Mira schaute hinaus in den Himmel und empfand den Anblick als wunderschön. Die *Lintu* segelte durch ein vom Mondlicht erhelltes Meer aus dunkelgrauen Wolken und die Sterne funkelten in dieser Höhe über dem Eismeer kräftiger, als Mira sie jemals zuvor von der Scholle aus gesehen hatte. Mit einem leisen Seufzer erinnerte sie sich an die Momente zurück, als sie aus Vergnügen mitten in der Nacht aus ihrem Bett gekrochen war, um in die Gartenkuppel zurückzukehren. Sie war in völliger Stille zwischen den Parzellen hindurchgestreift und hatte den Duft der wenigen Blumen genossen. Den Kopf hatte sie in den Nacken gelegt, um durch die gläserne Decke über den Pflanzen den Nachthimmel zu bestaunen. Die Erinnerungen übermannten Mira und sie geriet ins Träumen. Sie erinnerte sich daran, wie sie einmal Tarjei dorthin mitgenommen hatte, um ihm ihre Faszination dafür zu zeigen. Und das, obwohl sie schon vorher gewusst hatte, dass er es nicht verstehen würde, solange keine Zahnräder oder Motorkolben daran beteiligt waren. Sie waren wie Bruder und Schwester gewesen. Gegensätze, die sich doch irgendwie ergänzten.

Mira vermisste ihn.

Eine Servieren, die Mira im Vorbeigehen leicht streifte, murmelte eine Entschuldigung und riss sie damit aus ihren Träumen. Sie hatte für einen Moment völlig vergessen, wo sie war. Mira ließ ihren Blick durch den großen Saal schweifen und entdeckte ein leeres Glas auf dem kleinen Tischchen neben einem Sessel. Einmal mehr biss sie sich in die Wange, um ihre Gedanken von Tarjei abzulenken und setzte sich in Bewegung.

Mira sah den jungen Mann, der in dem Sessel saß, lediglich von hinten, während sie auf die kleine Sitzgruppe zuging, die zu einem Kreis zusammengeschoben war. Sechs Männer saßen zurückgelehnt in ihren Sesseln, unterhielten sich und rauchten Pfeife. Nur der junge Mann, den Mira bedienen wollte, schien sich nicht recht zu beteiligen.

Für einen kurzen Augenblick tauchte wieder Tarjeis Bild vor ihrem geistigen Auge auf und legte sich über die Silhouette des Mannes in dem Sessel. Er hatte die gleichen kurzen blonden Haare. Mira griff nach dem leeren Glas und biss sich gleichzeitig noch fester in ihre Wange, um ihre Gedanken wieder in Bahnen zu lenken, in denen sie sie haben wollte. Doch in diesem Augenblick drehte sich der junge Mann um und Mira erstarrte. Sie spürte, wie das Glas ihren Fingern langsam entglitt. Sie hörte ihren Atem in ihrem Körper widerhallen, das Rauschen ihres Bluts in ihren Ohren. Der Rest der Geräuschkulisse des großen Saals war wie weggeblasen. Alles spielte sich wie in Zeitlupe ab. Sie wusste, dass das Glas fiel. Sie versuchte, ihren Körper zu zwingen, irgendetwas zu tun, um den Aufprall zu verhindern. Doch ihre Muskeln waren wie ihr Verstand gelähmt.

Sie starrte in Tarjeis Gesicht.

Er hatte sich verändert. Natürlich war er älter geworden, aber da war auch noch etwas anderes, von dem Mira nicht genau sagen konnte, was es war. Wenn sie in seine Augen schaute, hatte sie das Gefühl, dass eine weite Ferne zwischen ihnen lag. Und vielleicht nicht nur zwischen ihnen, sondern generell zwischen Tarjeis wahrem Selbst und der Welt um ihn herum.

Das Geräusch des auf dem Boden zerberstenden Glases löste die Starre in Miras Muskeln auf einen Schlag auf. Die Gespräche in den Sesseln um sie herum erstarben und böse Blicke wurden ihr zugeworfen. In ihrem Kopf rasten zu viele Gedanken hin und her. Andere Serviererinnen eilten herbei und begannen damit, die Glassplitter aufzusammeln. Eine Hand berührte Mira am Arm und sie hörte Aelins Stimme etwas flüstern. Ihre Freundin umfasste ihren Arm fester und führte sie weg von den Sesseln und aus dem großen Saal hinaus.

Mira beschleunigte ihre Schritte immer mehr und mehr und als sie durch die Schwingtüren gegangen war, rannte sie los. Sie musste etwas überprüfen. Vorbei an fluchenden Köchen und unter Aelins verwirrten Rufen rannte sie in Richtung Treppe. Sie wollte hinunter in den Raum mit den unaufgeräumten Regalen. Der Raum, in dem die Tafel mit den Namen der Offiziere hing, deren Kabinen sie saubermachen mussten.

Die Flurwände flogen an Mira vorbei. Sie erkannte die Tür zu dem Duschraum, den Aelin und sie vor nur wenigen Stunden benutzt hatten. Die Bestätigung, dass sie auf dem richtigen Weg zurück durch das Luftschiff war, ließ sie noch schneller laufen.

Wenn er es wirklich war, hatte er sie dann auch erkannt?

Mira konnte nicht sagen, wie lange sie ihn angestarrt hatte. Für sie hatte die Zeit stillgestanden.

Endlich erreichte sie die letzte Treppe ins Unterdeck und kam zu dem Lagerraum. Veg und Dyrn waren verschwunden, doch die Fässer, auf denen sie gesessen hatten und der leergeleckte Topf samt Suppenkelle stand noch mitten im Raum. Wie immer hatten sie sich wohl gedacht, dass schon jemand anders aufräumen würde.

Mira war jedoch zu aufgeregt, um sich über Veg und Dyrn zu ärgern und so ging sie direkt auf ihr Ziel zu. Die Tafel mit den Namen die Offiziere. Der junge Mann oben im Saal - Tarjei - hatte keine Schulterklappen getragen. Mira vermutete daher, dass er ganz unten auf der Liste stehen musste.

Sie fuhr die mit Kreide gezogenen Linien mit ihrem Finger nach und ließ ihn immer tiefer wandern, bis sie bei dem vorletzten Namen erstarrte.

»Mechaniker Akonsen«, flüsterte sie, als sie den Namen leise vorlas.

Er war es.

Ihr Vater hatte ihn vor über einem Jahr bei den Reparaturen einer der Eisgeneratoren am äußeren Rand der Scholle ins Eismeer fallen gesehen, wo er ertrunken war. Tarjei war tot.

Und doch war er es und Mira hatte ihn gerade eben wiedergesehen.

Sie stolperte rückwärts und war froh, als sie auf eines der Fässer stieß, auf denen Veg und Dyrn gesessen hatten. Sie sackte darauf zusammen und versuchte ihre Gedanken zu ordnen.

Tarjei lebte.

Er war an Bord der *Lintu*.

Und er war einer der Männer, die dort oben im Luxus lebten, während die Diener hier in den unteren Decks nicht viel besser als Tiere gehalten wurden.

Mira hatte keine Ahnung, was sie jetzt fühlen sollte. Freude, Wut, Ärger, Hass oder Erleichterung. Alles davon spielte sich gleichzeitig in ihrem Körper ab.

✻

»Bist du verrückt geworden?«, keuchte Aelin.

Sie stand vornübergebeugt im Türrahmen, die Hände auf

ihre Knie gestützt und schwer atmend.

»Er ist hier«, flüsterte Mira.

»Nein«, schimpfte Aelin. »Er war im großen Saal und hat von der Balustrade im oberen Deck aus alles beobachtet.«

Aelins besorgter Tonfall und ihre ständigen Blicke über die Schulter weckten Mira aus ihrem Schockzustand. Aelin hatte von Morten geredet. Er hatte sie beobachtet. Er hatte gesehen, was geschehen war und wie Mira davongestürzt war. Trotz ihres guten Vorsatzes, genau das nicht zu tun, war sie aufgefallen. Vermutlich sogar in der schlimmsten Art und Weise, die möglich gewesen war.

Schritte knallten auf den Holzdielen des Flurs und kamen rasch näher. Aelin schaute erneut über ihre Schulter und sah dann Mira mit vor Angst aufgerissenen Augen an.

»Versteck dich«, flüsterte sie. »Schnell.«

Mira kannte den Lagerraum inzwischen gut genug, um zu wissen, dass es kein Versteck gab, das sie vor Morten schützen konnte. Doch Aelins eindringlicher Tonfall brachte sie trotzdem dazu, rasch um das nächststehende Regal zu huschen und sich dahinter zu ducken. Ihr Kopf befand sich in Höhe eines Regalbretts, auf dem einige Konservendosen aufeinandergestapelt waren. Mira schob einige der Dosen ein kleines Stück auseinander, um durch die Lücke den Eingang des Lagerraums zu beobachten.

Aelins Rücken versperrte ihre Sicht auf den Flur. Doch als die Schritte plötzlich stoppten und Morten in unheimlich ruhigem Tonfall fragte: »Wo ist sie?«, bekam Mira eine Gänsehaut. Sie zitterte am ganzen Körper. Die Erinnerung an die letzten Prügel war noch zu tief in ihrem Kopf verankert.

»Ich weiß nicht«, sagte Aelin und Mira war verwundert, wie überzeugend ihre Stimme klang. »Ich habe sie als erstes hier gesucht, aber...«

Aelin verstummte mitten im Satz und stolperte rückwärts. Morten hatte sie mit einer Hand am Hals gepackt und schob sie in den Raum hinein.

»Wo ist sie?«, fragte er noch einmal, sein Gesicht nur wenige Zentimeter von Aelins entfernt. Er schloss seinen Würgegriff fester und Aelin ruderte hilflos mit den Armen, während sie nach Luft rang. Mit erstickter Stimme versuchte sie zu antworten.

»... weiß nicht... erinner...Pea...«, war alles, was sie ihrer zusammengedrückten Kehle entringen konnte.

Mira wurde es plötzlich eiskalt und Schweißperlen standen ihr auf der Stirn. Aelin hatte ihr nie erzählt, wie Pea von dem Luftschiff verschwunden war. Bisher hatte Mira vermutet, dass sie irgendwie geflohen war und Aelin zurückgelassen hatte. Mira hatte geglaubt Pea hätte Aelin verraten und darin den Grund gesehen, weshalb ihre Zimmergenossin so wenig über die Sache sprach. Doch plötzlich verstand Mira, was wirklich geschehen war. Aelin und Pea waren tatsächlich Freundinnen gewesen. Genauso wie nun Aelin und sie. Und zwar bis zum Ende. Bis zu Peas Tod.

Morten hatte sie umgebracht. Vermutlich zu Tode geprügelt. Deswegen hatte das Luftschiff eine neue Dienerin gebraucht. Mira trug die Kleidung einer Toten. Und der Mörder befand sich im gleichen Raum wie Mira. Auf der Suche nach ihr.

Morten stieß Aelin mit einem kräftigen Ruck von sich und sie prallte gegen die nächstliegende Wand. Ihr Kopf schlug gegen das Holz des Schiffsrumpfs und sie sank keuchend und kraftlos auf ihre Knie nieder. Mit beiden Händen betastete sie benommen ihre Kehle und hustete, dass ihr gesamter Körper erzitterte.

»Du wirst mir schon sagen, wo sie ist«, zischte Morten, während er auf Aelin zuging und seinen Ledergürtel aus den Schlaufen seiner Hose zog. Er baute sich breitbeinig über ihr auf und faltete seinen Gürtel einmal in der Mitte, um ihn wie eine kurze Peitsche benutzen zu können.

Mira konnte das nicht zulassen. Sie musste etwas tun. Doch sie hatte keine Ahnung, was das sein sollte. Dann holte Morten jedoch zum ersten Schlag aus und wie als hätte man den Schalter an einer der Maschinen ihres Vaters umgelegt, machte auch in Mira etwas Klick. Ihr Zittern hörte auf. Ihre Finger schnappten sich wie automatisch eine der Konservendosen aus dem Regal und sie sprang aus ihrer geduckten Position auf. Egal was sie tat, es war besser als zuzusehen.

»Ich bin hier«, sagte sie mit lauter Stimme.

Dann trat sie um das Regal herum und machte einen Schritt auf Morten zu. Sein zum Schlag erhobener Arm verharrte in der Bewegung. Langsam drehte er sich zu ihr um und in seinem kantigen, schmalen Gesicht breite sich ein bösartiges Lächeln aus.

»Da haben wir sie ja«, sagte er, als wäre Mira ein kleines Kind, mit dem er Verstecken gespielt hatte.

»Keine Angst«, sagte Morten zu Aelin und grinste sie mit einem kranken Leuchten in den Augen an. »Ich verzeihe dir deine kleine Lüge.«

Zu Miras Erleichterung machte er einen Schritt zurück und ließ Aelin in Frieden. Ihre Freundin schien jedoch alles andere als erleichtert. In ihren Augen bildeten sich Tränen und Mira glaubte zu erkennen, dass ihre Lippen stumm die Frage formten: »Was hast du getan?«

Sie erinnerte sich an ihr Versprechen, sich nie wieder in eine Angelegenheit zwischen Morten und Aelin einzumischen. Nun verstand sie, warum sie es geben musste. Dies hier war schon einmal passiert. Und Pea hatte es mit dem Leben bezahlt. Doch es gab einen Unterschied, dachte Mira. Dies hier ging Aelin nichts an. Es war eine Sache zwischen ihr und Morten. Und sie würde auf keinen Fall zulassen, dass ihre Freundin ihretwegen leiden musste. Egal welches Versprechen sie vorher gegeben hatte.

Morten kam auf sie zu. Langsam und bedächtig. Seinen Gürtel ließ er durch seine Hand gleiten, bis der schwere metallene Verschluss bedrohlich über dem Boden hin und her pendelte. Mira wusste nicht, ob er sie umbringen wollte, aber das spielte auch keine Rolle. Denn sobald sie ihn angriff, würde er versuchen, sie zu töten.

»Du bist gerade mal eine Woche hier und willst mich schon vor allen blamieren«, sagte Morten und schüttelte vorwurfsvoll den Kopf. Miras Finger verkrampften sich um die Konservendose, die sie in der rechten Hand hinter ihrem Rücken versteckt hielt.

»Lavran Botker war Gast auf diesem Fest«, fuhr Morten fort. »Ich weiß nicht, ob ihr schwachsinnigen Schollentrottel überhaupt wisst, welche Ehre es ist, ein Mitglied des Ministerrates an Bord zu haben.«

Mit einer plötzlichen Bewegung hob Morten seine improvisierte Peitsche über den Kopf und wollte zuschlagen. Doch Mira hatte nur darauf gewartet und reagierte schneller.

Sie sprang nach vorne, wich mit einem Schritt zur Seite dem Schlag aus und schlug mit der Konservendose nach Mortens Kopf. Doch er konnte noch rechtzeitig seinen linken Arm hochreißen und blockte ihren Schlag ab. Er fluchte laut, wegen dem Treffer. Dann setzte er ihr jedoch nach und holte erneut zum Schlag aus. Dieses Mal blieb ihr nichts anderes übrig, als rückwärts zu springen, da sie das Überraschungsmoment verloren hatte.

»Oh, eine Kämpferin«, höhnte Morten und entblößte seine gelben Zähne. Er genoss es, Mira in die Enge zu treiben. Ihr manchmal nahe genug zu kommen, dass sie in Versuchung kam, selbst einen neuen Angriff zu wagen, doch immer weit genug entfernt, dass sie es sich im letzten Augenblick anders überlegen musste, da sie sonst nur in die Reichweite seiner Peitsche laufen würde. So zog Morten seine Kreise immer enger um sie. Seine Hiebe kamen ihrem Gesicht immer näher und beim nächsten Schlag hörte sie das Zischen, mit dem der Gürtel die Luft durchschnitt, direkt neben ihrem Ohr.

Mira wusste, dass sie verloren war, wenn die Eisenschnalle sie am Kopf traf. Und ewig würde sie nicht mehr ausweichen können. Der Raum hinter ihr wurde immer kleiner, während Morten sie auf den Ort zutrieb, wo immer noch die Fässer und der schmutzige Topf standen. Sie erkannte Mortens Plan, dass sie beim Rückwärtsgehen darüber stolpern sollte. Allerdings stach ihr auch noch etwas anderes ins Auge. Das kleine, beinahe stumpfe Messer, mit dem Dyrn versucht hatte das trockene Brot in vier Stücke zu teilen. Mit genügend Wucht würde es vermutlich auch durch Fleisch schneiden. Wer hätte gedacht, dass Vegs und Dyrns Faulheit ihr vielleicht das Leben rettete.

Es war eine verzweifelte Idee, aber ihre einzige Chance, zu überleben, bestand darin, Morten genau das zu geben, was er wollte. Mira wich einem weiteren Hieb aus und spielte ihre folgenden Bewegungen im Geiste durch. Es musste alles exakt passen.

Morten trieb sie einen weiteren Schritt rückwärts und Mira stieß mit ihrer Ferse an das Fass, auf dem Dyrn gesessen hatte. Sie tat so, als käme sie ins Stolpern, sah das siegessichere Grinsen in Mortens Gesicht und ließ sich nach hinten fallen. Dem Fass verpasste sie dabei einen Tritt, sodass es in Mortens

Richtung kippte und ihn für einen winzigen Augenblick ablenkte. Diesen Moment nutzte Mira, um ihm auch noch ihre Konservendose entgegenzuschleudern. Ob sie ihn überhaupt getroffen hatte, konnte sie nicht sagen. Sie musste das Messer zu fassen bekommen.

Härter als erwartet landete sie auf dem Boden und für einen kurzen, grausamen Augenblick tasteten ihre Finger zwischen den kleinen Brotkrümeln nur im Leeren herum. Doch dann stießen sie gegen den Griff des Messers und Mira packte zu. Bevor Morten sich wieder auf sie konzentrieren konnte, zog sie ihren Arm dicht an ihren Körper und verbarg ihre Waffe so gut sie konnte. Dann stand er über ihr.

Seine Gürtelschnalle pendelte leicht hin und her, exakt in der Höhe ihres Kopfes. Sie lag mit aufgestütztem Oberkörper da und bewegte sich nicht. Wartete auf den richtigen Moment.

Alles hing davon ab, dass er ihr nahe genug kommen würde.

Mortens Brustkorb hob und senkte sich kräftig.

»Ich glaube, ich genieße das noch etwas länger«, sagte er und sein Blick wanderte an Miras Körper auf und ab. Sie konnte seine Gier darin sehen. Sein Verlangen. Und ihr wurde bei dem Gedanken speiübel.

Morten griff mit seiner freien Hand hinter seinen Rücken und zog ein Messer hervor. Die Rückseite der Klinge wurde von kleinen Zacken gesäumt, die tiefe Wunden reißen würden. Das Messer vor sich ausgestreckt, bückte er sich zu Mira hinunter und kniete sich neben sie. Die Klingenspitze zielte auf ihre Brust.

Er war noch nicht nahe genug.

Morten griff mit der Hand, in der er auch seinen Gürtel hielt, nach ihrem linken Arm. Miras starrte auf das Messer vor ihr. Um Morten in falscher Sicherheit zu wiegen, ließ sie es geschehen, dass er seinen Gürtel in einer Schlaufe um ihre linke Hand legte. Er wollte sie fesseln.

Dann griff er auch nach ihrem rechten Arm und musste sich dazu weiter über sie beugen. Der widerliche Geruch seines Schweißes, gemischt mit dem billigen Parfüm, das er für die Feier im Saal benutzt hatte, stieg ihr in die Nase. Und dann, für einen ganz kurzen Augenblick, war sein Messer nicht mehr direkt auf sie gerichtet.

Jetzt oder nie!, dachte sich Mira.

Blitzschnell zog sie das Messer unter ihrem rechten Bein hervor, legte all ihre Kraft in die Bewegung und zielte auf Mortens Hals. Im letzten Augenblick schaffte er es zwar noch, reflexartig an dem Gürtel, der um Miras Arm geschlungen war zu ziehen und ihre Bewegung in eine andere Richtung zu lenken, doch sie spürte, dass ihre Klinge ihn traf. Dann ging alles so schnell, dass Mira lediglich erkennen konnte, dass sie sein Gesicht verletzt hatte. Morten schrie auf und taumelte rückwärts. Er presste eine Hand auf sein linkes Auge und Blut quoll zwischen seinen Fingern hervor. Halb blind, aber voller Zorn fuchtelte er mit seinem eigenen Messer in der Luft vor sich herum.

»Ich bring dich um!«, kreischte er. »Ich bring dich verdammt noch mal um.«

Doch noch bevor Mira sich vom Boden aufrappeln konnte, sah sie, wie der große Metalltopf, der noch mit den letzten Eintopfresten verschmiert war, auf Morten zuflog und ihm hart gegen die Brust schlug. Er ließ sein Messer fallen und stolperte rückwärts, heulte vor Schmerzen und schrie, dass er Mira töten würde.

Mira warf rasch einen Blick zu Aelin hinüber, doch der Topf war aus einer anderen Richtung gekommen. Wer hatte ihn geworfen?

Und dann sah sie ihn. Mitten im Raum stand Tarjei in seiner strahlend weißen Uniform.

Auch Morten bemerkte den Neuankömmling und sein Geschrei verstummte. Vor Überraschung schien er nicht zu wissen, was er tun sollte.

Tarjei hingegen wusste es genau. Er warf einen schnellen Blick in Miras Richtung, dann bewegte er sich auf Morten zu und schlug ihm mit voller Kraft ins Gesicht. Der Quartiermeister prallte rückwärts gegen die Wand und blieb benommen dagegen gelehnt stehen. Tarjei setzte ihm nach und verpasste ihm zwei weitere kräftige Faustschläge ins Gesicht. Beim letzten hörte Mira ein lautes Knacken. Er musste Morten die Nase gebrochen haben. Ein letzter Kinnhaken reichte schließlich, um Morten ohnmächtig auf den Boden zu schicken. Sein Gesicht lag auf den Holzdielen, darum herum breitete sich langsam eine Blutlache aus.

Tarjei stand neben Morten und atmete heftig ein und aus. Mira sah, dass die Haut über seinen Handknöcheln gerötet war und kleine blutige Risse zeigte. Doch er schien sich nicht daran zu stören. Er starrte Mira lediglich an, als wäre er es, der einen Geist vor sich sähe. Beide sagten sie kein Wort.

Mira hatte lange gebraucht, um zu akzeptieren, dass er wirklich tot und für immer aus ihrem Leben verschwunden war. Und beinahe noch länger hatte sie immer und immer wieder versucht, nicht mehr an ihn zu denken. Ihrem Verstand fiel absolut nichts ein, was sie in diesem Moment hätte sagen können.

Schließlich war er der Erste, der das Schweigen brach.

»Wir müssen hier weg«, sagte Tarjei. Obwohl sich sein Äußeres so sehr verändert hatte, klang seine Stimme immer noch genauso wie früher.

»Schnell«, fügte er hinzu und streckte ihr seine Hand entgegen.

Mira zögerte.

Er hatte ihr keine Erklärung geliefert oder auch nur den geringsten Hinweis gegeben, wie er auf dieses Schiff gelangt war. Und noch weniger, wieso um alles in der Welt er noch lebte. Trotzdem winkte er ihr mit der ausgestreckten Hand ungeduldig zu endlich aufzustehen und mit ihm zu kommen.

»Wenn er wach wird, bevor wir von Bord sind oder ihn jemand findet, werden sie uns suchen. Und wenn sie uns finden, machen sie uns ohne zu zögern zu Windfahnen am Rumpf des Schiffs. Also komm.«

Tarjei sprach ohne Zweifel und Mira glaubte ihm jedes Wort. Wenn sie überleben wollte, musste sie so schnell es ging verschwinden. Und Tarjei würde ihr bei der Flucht helfen können. Seine ausgestreckte Hand ignorierte Mira jedoch und stand ohne seine Hilfe vom Boden auf. Tarjei ließ daraufhin ohne einen Kommentar seine Hand sinken und sagte: »Wir landen in zehn Minuten im Lufthafen von Hàvamar. Zieh dich um und hol alles, was du mitnehmen musst. Wo ist deine Kabine?«

»Den Flur runter«, sagte Mira zum ersten Mal etwas seit über drei Jahren zu Tarjei und zeigte in die ungefähre Richtung.

Tarjei nickte und wollte schon losgehen, doch Mira ging zu

Aelin hinüber, die noch immer an der gleichen Stelle gegen die Wand gelehnt dasaß, gegen die Morten sie geschleudert hatte. Mira kniete sich neben ihre Freundin und berührte sie an der Schulter.

»Alles in Ordnung?«, fragte sie.

»Was hast du getan?«, murmelte Aelin und starrte ungläubig auf den schlaff am Boden liegenden Morten.

»Wir müssen los«, sagte Mira und versuchte, Aelin auf die Beine zu ziehen. »Komm schon hoch.«

»Was machst du da?«, hörte sie Tarjeis Stimme.

»Was wohl?«, antwortete Mira schnippisch. »Ihr helfen, von Bord zu fliehen.«

»Das geht nicht«, sagte Tarjei. »Ich kann nie im Leben zwei Dienerinnen aus dem Schiff bringen. Selbst mit einer wird es schwierig.«

Mira glaubte ihren Ohren nicht zu trauen. »Ich lasse sie sicher nicht hier zurück«, sagte sie und fragte sich, ob vor ihr wirklich der Tarjei stand, mit dem sie auf der Scholle aufgewachsen war. Wie konnte er nur so kalt sein?

»Er hat recht«, sagte Aelin jedoch. Sie hatte sich anscheinend von ihrem Schock erholt.

Mira sah ihre Freundin überrascht an.

»Sie lassen keine Dienerinnen von Bord, ohne das ein Offizier es befohlen hat.«

Mira musterte mit einem raschen Blick Tarjeis Uniform.

»Aber er ist einer von ihnen«, sagte sie.

Aelin schüttelte den Kopf. »Er ist Mechaniker ohne Rang. Ich habe keine Ahnung, warum er überhaupt eine weiße Uniform tragen darf.«

»Weil ich den verdammten Kahn hier zusammenhalte«, unterbrach Tarjei ihr Gespräch. Mit sichtlicher Anstrengung fügte er mit ruhigerer Stimme hinzu: »Aber du hast recht. Ich bin kein Offizier. Je nachdem, wer Schleusendienst hat, erlauben sie mir vielleicht nicht einmal, eine einzige Dienerin mit von Bord zu nehmen. Zwei sind völlig ausgeschlossen.«

»Aber ...« Mira wollte protestieren, doch sie wurde von Aelin unterbrochen.

»Ich pass schon auf mich auf«, sagte sie. »Du hast gegen ihn gekämpft, nicht ich.« Und mit einem Schulterzucken, als wäre es das leichteste der Welt, meinte Aelin: »Ich schiebe die

Schuld einfach auf dich und sehe zu, dass ich Morten in nächster Zeit nicht alleine begegne.«

Mira war völlig durcheinander. Sie konnte Aelin doch nicht einfach zurücklassen. Und doch schien es keine andere Möglichkeit zu geben.

»Mir wird schon nichts passieren«, sagte Aelin mit einem schiefen Grinsen.

Diese Lüge stach Mira tief ins Herz. Vermutlich hatte ihre Freundin recht damit, dass Morten sie nicht wie Mira töten würde. Doch er würde Aelin für diesen Angriff bezahlen lassen. Egal ob sie einen Anteil daran gehabt hatte oder nicht. Ohne blaue Flecken - viele blaue Flecke - würde sie nicht davonkommen.

»Du nutzt mir auch nichts, wenn du hierbleibst und er dich dann totschlägt«, sagte Aelin etwas härter und drückte Mira sanft von sich weg.

»Jetzt geh schon«, sagte sie und Tränen standen ihr in den Augen. »Geh verdammt noch mal. Irgendwann finde ich schon einen Weg, um dir zu folgen.«

Mira nickte. Sie schluckte ihr Schluchzen hinunter, versuchte es in ihrem Hals zu ersticken und flüsterte ihrer Freundin mit zitternder Stimme zu: »Nicht auffallen.«
Aelin nickte und schaute ihr tief in die Augen, als sie zustimmend erwiderte: »Nicht auffallen.«

Tränen liefen Mira die Wangen hinab, als sie sich umdrehte. Sie hatten sich erst vor etwas mehr als einer Woche kennengelernt. Doch Mira war sich in diesem Moment sicher, dass sie nie einen Menschen besser gekannt hatte als Aelin.

»Wir sehen uns wieder«, flüsterte sie so leise, dass es kaum mehr als die Bewegung ihrer Lippen war. Sie hoffte aus tiefstem Herzen, dass es die Wahrheit war.

※

Mira stürmte in ihre kleine Kammer und warf die Tür hinter sich ins Schloss. So schnell sie konnte, zog sie die Kleidung der Serviererinnen aus und warf sie achtlos in eine Ecke. Eine schmutzige Garnitur Dienerinnenkleidung, die sie vor zwei Tagen getragen hatte, lag noch unordentlich zusammengelegt auf ihrem Bett und mit einer schnellen Bewegung schnappte sie sich die Ärmel, die von der Matratze herunterbaumelten. Nachdem sie sich wieder angezogen hatte, holte sie ihren Seesack mit all ihren Sachen aus dem Schrank und warf ihn sich über die Schulter.

In diesem Moment öffnete Tarjei ungefragt die Tür und trat ein.

»Was machst du da?«, fragte er und schaute sie ärgerlich an. »Du kannst nicht deine ganzen Sachen mitnehmen. So dumm ist der Wachdienst auch wieder nicht.«

Mira wollte ihm erklären, dass es alles war, was ihr von der Scholle geblieben war, und dass sie es brauchen würde. Tarjei schien ihre Gedanken jedoch zu erraten, denn er sagte: »Wir kaufen alles neu, was wir brauchen. Jetzt mach schon.«

Er hatte recht. Doch alles würde Mira nicht hierlassen können.

Sie ließ den Seesack von ihrer Schulter gleiten und zu Boden fallen. Dann öffnete sie den Knoten. Als erstes stieß sie auf den blauen Wollpullover, den sie so mochte und den Fay ihr geschenkt hatte. Mira schien das ewig her zu sein. Sie nahm ihn heraus und stopfte ihn schnell unter Aelins Kopfkissen. Sie nahm an, dass ihre Sachen vermutlich konfisziert würden und sie sollten wenigstens nicht alles bekommen. Dann nahm sie die Taschenuhr mit dem Bild ihrer Mutter und den Erinnerungen, wie ihr Vater sie repariert hatte, heraus und steckte sie ein. Sie wollte auch noch nach den Ohrringen ihrer Mutter suchen, doch sie konnte sie nicht finden. Sie mussten irgendwo in den Tiefen des Seesacks stecken. Es brach ihr beinahe das Herz, als plötzlich ein Ruck durch das gesamte Schiff ging, die Holzdielen unter ihren Beinen laut knarrten und die Gelegenheit, sie zu finden, verstrichen war.

»Wir sind gelandet«, stellte Tarjei fest. »Wir müssen sofort los.«

Mira ließ von dem Seesack ab und nickte Tarjei zu. Gemeinsam rannten sie los in Richtung Schiffsheck.

»Was ist mit deinen Sachen?«, fragte Mira zwischen ihren gehetzten Atemzügen.

»Keine Zeit«, antwortete er, ohne sich zu ihr umzudrehen oder langsamer zu werden. »Außerdem habe ich nicht viel, was ich mitnehmen könnte.«

Den Rest des Weges durch die Flure und die Treppen, hoch auf das Deck mit der Außenschleuse, brachten sie schwer atmend, aber schweigend hinter sich. Mira folgte Tarjei, der sich wesentlich besser an Bord auskannte. Geschickt vermied er die breiteren prunkvollen Flure, auf denen sie vielleicht jemandem begegnet wären.

Dann stießen sie endlich auf einen Gang, den Mira wiedererkannte. Sie hatte ihn in umgekehrter Richtung bei ihrer Ankunft auf dem Luftschiff durchquert. Sie mussten sich zwischen großem Saal und Luftschleuse befinden. Tarjei gab ihr ein Zeichen, langsamer zu gehen. Sie bogen um die nächste Ecke und Mira entdeckte einen Soldaten, der die gleiche weiße Uniform trug wie Tarjei. Er stand gegen die Schleusentür gelehnt da, doch als er sie beide näherkommen sah, zog er das auf dem Boden abgestellte Gewehr näher an seinen Körper und versperrte ihnen breitbeinig den Weg.

»Ich übernehme das Reden«, flüsterte Tarjei. »Halt einfach den Kopf unten, bleib hinter mir und tu was ich sage.«

Dann waren sie auch schon bei dem Wachmann angekommen.

Tarjei grüßte ihn freundlich. Für Mira klang seine Stimme etwas zu spitz, aber vielleicht bildete sie es sich auch nur ein, da sie sich selbst so darauf konzentrieren musste, nicht vor Nervosität zu zittern.

»Ich soll ein paar Ersatzteile kaufen«, erklärte Tarjei dem Soldaten. »Morten hat mir die Kleine mitgegeben, damit sie mir beim Tragen zu hilft.«

Der Soldat entspannte sich bei dieser Erklärung ein wenig, ließ sie aber noch nicht vorbei.

»Mitten in der Nacht?«, fragte er. »Und noch bevor die Feier richtig zu Ende ist?«

Doch Tarjei schien mit diesen Fragen schon gerechnet zu haben, denn er antwortete sofort: »Das hab ich auch gesagt. Aber der Käpt'n will wohl so schnell wie möglich wieder startklar sein. Ich muss dir wahrscheinlich nicht erklären, dass sie dafür natürlich mal wieder den Mechaniker losschicken, der von einer Scholle stammt.«

»Wem sagst du das«, murmelte der Soldat. »Während die andern sich auf dem Fest besaufen können, muss ich hier Wache stehen.«

Mira bemerkte erst jetzt, dass der Soldat genauso wie auch Tarjei, keine Schulterklappen an seiner Uniform trug. Was hatte das zu bedeuten? Stammte er auch von einer Scholle? Und war es ihm deswegen nicht erlaubt sie zu tragen? Mira hatte keine Ahnung gehabt, dass die Soldaten Hàvamars nicht alle aus der Hauptstadt stammten. Aber auch Tarjei kam ja von einer Scholle. Warum sollte er also der Einzige an Bord sein?

»Warum hat Morten dir denn ein junges Mädchen mitgegeben? Hatte er keinen Diener mit ein paar Muskeln mehr da unten?«, fragte der Soldat und lachte leicht während er Mira musterte.

»Keine Ahnung«, sagte Tarjei. »Aber du kennst doch Morten. War schon schwer genug, ihm überhaupt einen seiner Sklaven abzuschwatzen. Also beschwer ich mich nicht.«

Der Soldat schüttelte den Kopf.

»Morten ist schon ein merkwürdiger Kerl.«

Und damit schien sich die Sache für ihn erledigt zu haben, denn er drehte sich um und begann an dem Drehkreuz der Schleusentür zu drehen, um sie hinauszulassen.

»Vergiss den Gürtel nicht«, sagte er über die Schulter.

Mira hatte keine Ahnung, was er meinte, doch Tarjei sagte: »Klar. Denkst du ich will mir anhören, was die sagen, wenn sie abhaut. Ich glaube, der Letzte, dem das passiert ist, sitzt immer noch in der Eiswüste fest, oder?«

Der Soldat lachte kräftig los und grinste über die Schulter Tarjei an, der zu einer an der Wand stehenden Kiste hinübergegangen war und gerade den Deckel anhob.

»Jaja. Der alte Daland war schon immer zu gutmütig«, meinte der Soldat. »Und mit seinem Bauch ist er nie der Schnellste auf den Beinen gewesen.«

Dann schaute er Mira mit einem strengen Blick an und drohte ihr mit erhobenem Finger: »Aber nicht, dass du jetzt auf dumme Gedanken kommst. Das Mädchen damals haben sie eine Woche später in irgendeinem Straßengraben gefunden und im Eilverfahren verurteilt. Aber ich nehme an, du kennst die Geschichte von der gepfählten Galionsfigur?«

Mira kannte die Geschichte nicht, aber da sie keine große Lust darauf hatte, sie erzählt zu bekommen, nickte sie einfach nur und hielt ihren Blick gesenkt. Nicht auffallen! Sie dachte an ihren Rat zurück, den sie mit Aelin zum Abschied ausgetauscht hatte.

»Halt still«, sagte Tarjei und bevor sie etwas dagegen tun konnte, hatte er ihr einen dicken Gürtel um die Hüfte geschlungen. Vor ihrem Bauch kam ein schweres Metallschloss zum Liegen, das klickend einrastete. An dem Gürtel selbst war wiederum ein Seil befestigt, dass Tarjei sich um den Unterarm band.

Das also war ein *Gürtel*, dachte Mira und hätte Tarjei am liebsten eine Ohrfeige verpasst, als er die Stabilität des Seils testete und so kräftig zog, dass sie einen Schritt auf ihn zu machen musste. Die Hauptstädter und ihre ganze Art machten sie krank. Bisher hatte sie geglaubt, dass lediglich Morten und die Offiziere der *Lintu* - die Menschen, die Aelin als »die da oben« bezeichnete - Diener wie Tiere behandelten. Doch sie war im Begriff, auf die Straßen Hàvamars hinauszutreten und an einer Leine geführt zu werden, als wäre sie ein störrischer Yarum-Büffel.

Der Soldat grinste zufrieden, als er sah, dass Tarjei Mira unter Kontrolle hatte und öffnete mit einem Ruck das Schott der Schleuse. Mira wollte nicht glauben, dass auch er einmal ein Schollenbewohner gewesen sein sollte. Wie konnte er lächeln, wenn ein anderer Mensch in Fesseln gelegt wurde?

»Kann eine Weile dauern, bis wir alles beisammenhaben«, sagte Tarjei.

»Kein Problem«, antwortete der Soldat. »Ich bin die ganze Nacht hier. Einfach laut klopfen, wenn ihr wieder rein wollt.«

Dann lachte er wieder los, als hätte er einen großartigen Scherz gemacht. Mira nahm an, dass man nicht wirklich an Bord der *Lintu* kam, wenn man einfach freundlich anklopfte. Es interessierte sie allerdings auch nicht wirklich. Schließlich wollte sie nie wieder einen Fuß in das Luftschiff setzen.

»Komm«, sagte Tarjei und zog an dem Seil, so dass sie ihm durch die Schleusentür folgen musste. Am liebsten wollte sie ihm einen Schlag auf den Rücken verpassen, doch sie biss sich in die Wange. Das hatte doch auch immer geholfen, als er noch tot gewesen war und sie ihn aus ihren Gedanken hatte vertreiben wollen. Vielleicht half es ja auch hierbei.

Hinter ihnen ließ der Wachsoldat die schwere Schleusentür wieder ins Schloss fallen und nachdem das Drehschloss mehrere Male geknackt hatte, kehrte Ruhe in dem kleinen Raum ein. Das war für Tarjei das Zeichen, seinerseits an dem nun entsperrten Rad der Außentür zu drehen. Als er die Tür endlich einen Spalt weit aufgedrückt hatte, spürte Mira zum ersten Mal seit über einer Woche, in der sie nur die stickige Luft der tiefen Schiffdecks eingeatmet hatte, einen frischen Luftzug. Sie fröstelte etwas, da sie lediglich ihre dünne Dienerinnenkleidung trug. Es verwunderte sie jedoch, dass sie nicht zitternd in der Ecke saß und Schutz vor dem eiskalten Wind draußen suchen musste. Auf der Scholle wäre sie in dieser Kleidung außerhalb der Wohnanlage sicher innerhalb von Minuten erfroren. Doch Tarjei schob die Außenschleuse immer weiter auf und Mira bemerkte, dass die Luft nur unwesentlich kälter war, als innerhalb des Schiffes. Dort draußen war es tatsächlich warm, dachte Mira verblüfft.

»Gleich geschafft«, murmelte Tarjei und ging als erster durch die Tür. Die Leine um ihre Hüfte zwang Mira, ihm zu folgen.

Und zum ersten Mal in ihrem Leben betrat sie Hàvamar.

※

Kapitel Acht

Der Körper eines Schneebären hatte genau zwei verletzliche Stellen. Seine Augen und seine Nase. Begegnete man einem Exemplar, lebte man jedoch für gewöhnlich nicht lange genug, um darüber überhaupt nachzudenken. Selbst wenn einer der kostbaren Yarum-Büffel von einem Schneebären gerissen wurde, akzeptierten die Thule es als seltenes und großes Unglück, gegen das sie machtlos waren. Zumindest hatten sie es so gehalten, als die Yarum-Büffel noch die ständige Quelle des Lebens gewesen waren, die ihren Stamm durch die Eiswüste begleitet hatte.

Kel lag hinter einem großen, mit Eis überzogenen Felsbrocken, auf der Lauer. Er hatte sich seinen Schal vor Mund und Nase gezogen und atmete hindurch, um zu verhindern, dass weiße Atemwolken in die Höhe stiegen und seine Position verrieten. Er schaute kurz nach dem Stand der Sonne und stellte fest, dass es Mittag war. Seit der Dämmerung wartete er bereits hier und starrte auf die gleiche Stelle vor der großen schwarzen Höhlenöffnung im Berg. Er hatte eine der wertvollen Robben, die die Jäger erlegt hatten, für seine Idee opfern müssen.
 Der Körper des Tieres lag direkt vor dem Höhleneingang. Um ihn herum hatte sich ein roter Fleck im Schnee gebildet. Kel wusste nicht, ob Schneebären Aasfresser waren. Sein Plan hing jedoch davon ab und wenigstens hatte keiner der Jäger oder er selbst je etwas Gegenteiliges gehört.
 Plötzlich drang ein lautes Knirschen an Kels Ohr. Etwas Schweres hatte gerade den Schnee unter seinen Füßen zusammengepresst. Das Geräusch wiederholte sich regelmäßig und wurde lauter. Etwas nährte sich Kel.
 Verdammt, dachte er. Der Bär sollte um diese Jahreszeit doch längst in seiner Höhle sein. Kel hatte gehofft, dass der Geruch frischen Fleischs ihn herauslocken würde.
 Plötzlich schien das Knirschen von Schnee aus allen Richtungen zu kommen. Kel musste ruhig bleiben. Er trug

nicht die weißen Felle der Jäger. Jeder, der sich ihm von hinten nährte, egal ob Tier oder Mensch, würde ihn sofort als dunklen Fleck auf dem Boden der weißen Eiswüste erkennen.

Sein einziger Vorteil war, dass ein Schneebär es nicht nötig hatte, sich anzuschleichen. Kel musste seine Instinkte nutzen. Er schloss die Augen, atmete ruhiger und verlangsamte seinen Puls bis das Rauschen aus seinen Ohren völlig verschwunden war. Wie sein Vater es ihn gelehrt hatte, lauschte er auf den Wind.

Hinter mir!, schoss es Kel durch den Kopf.

Schnell öffnete er seine Augen und tauchte wieder in die Welt um ihn herum ein. So leise er konnte, robbte er um den Felsbrocken herum. Kel stoppte im gleichen Augenblick, als auch die Schritte des Schneebären innehielten. Er war nahe, dass konnte Kel spüren.

Das Tier sog schnüffelnd die Luft ein. Es suchte nach demjenigen, der die warme Stelle im Schnee hinterlassen hatte, wo Kel soeben noch gelegen hatte. Er hielt die Luft an, wagte es noch nicht einmal zu blinzeln und die Kälte trieb ihm Tränen in die Augen.

Dann wieder das Geräusch von Schnee, der unter Pranken, so groß wie Kels Brustkorb, zusammengepresst wurde. Erst ein Fuß, dann der andere. Als Kel erkannte, dass der Bär sich langsam von ihm entfernte, atmete er auf.

Ein tiefes Grummeln ertönte. Der Bär musste die Robbe entdeckt haben.

Kel ließ vorsichtig seine Hand an seinen Gürtel wandern und zog sein Messer aus der Scheide. Dann höhlte er vorsichtig ein kleines Guckloch in die dicke Schneeschicht, die den Felsbrocken vor ihm bedeckte, um beobachten zu können, was vor sich ging.

Kel suchte nach dem Bären und ließ seinen Blick wandern. Doch erst, als sich der gigantische weiße Berg bewegte, den er für Schnee gehalten hatte, begriff Kel, dass es sich um das Tier handelte. Der Schneebär hatte ihm den Rücken zugewandt und ging um die tote Robbe herum. Sein weißes Fell verschmolz trotz seiner Größe perfekt mit der Umgebung. Kel hatte in seinem Leben bisher drei Schneebären gesehen. Nur einen davon aus der Nähe, als er nachts einen Yarum-Büffel gerissen hatte. Doch das Tier, das gerade den massiven Kopf senkte, um an der Robbe zu schnüffeln, war mindestens doppelt so groß wie jeder seiner Artgenossen. Sein Kopf war größer als Togos gesamter Körper. Seine Pranken versanken tief im Schnee und die Abdrücke offenbarten Krallen, die doppelt so lang wie Kels Messer waren. Auf dem Rücken des Schneebären hätten bequem fünf Männer reiten können und Kel bezweifelte, dass das Tier durch diese Last auch nur einen Hauch langsamer gerannt wäre.

Plötzlich schnappte der Bär nach der Robbe. Selbst wenn sie noch am Leben gewesen wäre, hätte sie dieser Geschwindigkeit niemals entkommen können. Dann wandte sich der Bär dem Eingang der Höhle zu und trug seine Beute im Maul hinein. Vom Körper der Robbe war nicht viel mehr als ein kurzes Stück einer Flosse zu sehen, die zwischen den langen Zähnen des Bären herausschaute.

Kel hatte den gesamten Bauch der Robbe mit so vielen Blaualgen vollgestopft, wie er konnte. Sie wuchsen nur an bestimmten Stellen unter der Oberfläche des Eises und es war harte Arbeit, bis auf die Wasseroberfläche vorzustoßen, um an sie heranzugelangen. Die Stämme der Eiswüste benutzten sie schon so lange wie ihre Lieder zurückreichten, um Krankheiten zu behandeln. Für gewöhnlich wurde ein starker Aufguss daraus gekocht, der furchtbar bitter schmeckte. Kel erinnerte sich nicht an viel seiner frühen Kindheit, aber er wollte nie wieder so krank werden, dass er diesen Aufguss trinken musste. Die schmerzlindernde Wirkung war jedoch unbestreitbar. Genauso wie das Wissen darüber, dass wer zu viel davon trank, in einen Schlaf fiel, tief genug, dass ihn selbst ein Sturz ins Eismeer nicht aufwecken würde.

Jetzt hoffte Kel, dass Blaualgen auch bei Schneebären wirkten und die Menge für dieses Ungetüm ausreichte. Er konnte sich gut vorstellen, dass es vielleicht zwei oder drei Robben mehr gebraucht hätte, um ein solches Tier außer Gefecht zu setzen.

Erst nachdem die Sonne die Schatten bereits wieder länger anstatt kürzer werden ließ und der Mittag überschritten war, beschloss Kel, dass er lange genug gewartet hatte. Der Schneebär musste inzwischen längst dabei sein, die Robbe zu verdauen. Kel musste los.

Vorsichtig stand er hinter dem Eisbrocken auf, schüttelte seine kalten und steifen Glieder und schlich dann auf den Höhleneingang zu. Er zog aus einer der Taschen seiner Felljacke, ein schlankes, kurzes Seil und aus einer anderen den dicksten Angelhaken, den ihm ein Fischer des Stammes hatte geben können. Der Fischer hatte gesagt, dass er mit ihm noch nie etwas gefangen hätte und ihn lediglich als Andenken bei sich trage. Er war ursprünglich von seinem Vater aus dem Stoßzahn eines Walrosses geschnitzt worden. Kel hatte versprechen müssen den Haken zurückzubringen. Schließlich wollte der Fischer damit irgendwann noch den größten Fisch fangen, den die Stämme der Eiswüste je gesehen hatten.

Nun, dachte Kel. Entweder würde er sein Versprechen halten können oder er würde gleich tot im Magen eines Schneebären landen. In beiden Fällen würde er sich keine Sorgen wegen der Reaktion des Fischers machen müssen.

Er knotete das Seil mit einem Ende an den Haken und schüttelte erneut den Kopf, als er sich fragte, welcher Fisch an einen Angelhaken anbeißen sollte, der dicker als drei nebeneinander gelegte Finger war. Probeweise riss Kel so fest er konnte an dem Seil. Die Konstruktion hielt zumindest seinen Kräften stand. Dann war er am Eingang der Höhle angekommen und lauschte auf ein Geräusch.

Nichts.

Er ging langsam ein paar Schritte hinein und wartete, bis seine Augen sich an die Dunkelheit gewöhnt hatten. Eine Fackel hätte ihn sofort verraten.

Kel tastete sich an der Wand der Höhle entlang und ließ die Finger seiner freien Hand über den rauen Felsen wandern. Es wurde immer dunkler je weiter er vorwärts ging. Doch dann bog er um eine Ecke und musste schnell die Hand vor seine Augen halten, um nicht völlig geblendet zu werden. Am Ende des Ganges öffneten sich die Steinwände des Gebirges zu einer großen Höhle, in deren Dach sich ein beinahe kreisrundes Loch befand. Es war mit einer dicken Eisschicht zugefroren, doch die Strahlen der Sonne durchdrangen das Eis und ließen das Fenster hinaus zum Himmel über der Eiswüste blau schimmern. In der Höhle war genug Licht, um deutlich die Umrisse des Schneebären zu erkennen. Das mächtige Tier war beinahe zu groß, um überhaupt durch den Gang, durch den Kel gerade gekommen war, hier hereingelangen zu können. Und entgegen Kels Annahme schlief der Bär nicht. Er hatte ihm seine gigantische Schnauze zugewandt und funkelte ihn mit seinen nachtschwarzen Augen an.

Kel blieb wie festgefroren stehen. Er bewegte keinen einzigen Muskel. Lediglich der Angelhaken aus Walrosszahn schwang noch an dem Seil, das er in seiner rechten Hand hielt, langsam vor und zurück.

Der Bär stieß ein tiefes Grollen aus, das von den Höhlenwänden widerhallte und Kel glaubte sich in einem Gewittersturm zu befinden. Doch noch bewegte das Tier sich nicht.

Er musste so schnell wie möglich hier raus. Vielleicht konnte er sich mit langsamen Bewegungen so weit um die Ecke des Ganges herumschieben, dass der Bär ihn nicht mehr sah und dann unbehelligt verschwinden. Doch alles hing davon ab, dass der Schneebär ihn nicht verfolgte. Kel hatte den Hundeschlitten zu weit entfernt zurückgelassen, als dass irgendein Zweifel daran bestünde, wer von ihnen beiden das Wettrennen dorthin gewinnen würde.

Vorsichtig ließ Kel seinen linken Fuß zurückgleiten. Dann seinen rechten. Langsam schob er sich so immer weiter zurück, während der Bär ihn nicht aus den Augen ließ.

Plötzlich spürte Kel jedoch, wie feine Eisstückchen unter seinem Fuß wegbröckelten und er wusste, dass sein Schicksal besiegelt war. Sein Fuß rutschte ab und er stolperte. Der vereiste Höhlenboden knirschte laut. Er glaubte, die durch die Luft sausende Pranke des mächtigen Tiers zu hören und in Erwartung seines Todes blickte Kel in die Höhle.

Der Bär stand noch immer an der gleichen Stelle wie zuvor. Langsam pendelte sein Kopf von einer Seite zur anderen. Dann machte er vorsichtig einen ersten Schritt nach vorne und Kel spürte den Boden unter der Kraft der mächtigen Pranke zittern. Statt weiter auf ihn zuzukommen, taumelte der Bär jedoch wieder einen Schritt rückwärts. Dann zur Seite, wo er leicht gegen die Höhlenwand stieß und Eiskristalle auf ihn herabregneten. Er schien Probleme zu haben, das Gleichgewicht zu halten und schüttelte immer wieder wild seinen Kopf hin und her.

Die Robbe!, schoss es Kel durch den Kopf. Er konnte sie

nirgends in der Höhle sehen. Der Bär musste sie gefressen haben und die Algen zeigten ihre Wirkung.

Erleichtert atmete Kel auf.

Alles in ihm schrie danach, die Gelegenheit zu nutzen, um zu verschwinden, doch das Stück Seil in seiner Hand erinnerte ihn daran, weshalb er hergekommen war. Eine andere Chance würde er nicht bekommen.

Kel ließ das Seil durch seine Finger gleiten und packte das stumpfe Ende des Angelhakens so fest er konnte. Dann holte er einmal tief Luft und rannte auf den taumelnden Bären zu. Der Schneebär hob seine rechte Pranke und versuchte, nach Kel zu schlagen. Doch die Algen machten ihn langsam und ungenau. Kel warf sich auf den Boden und tauchte so unter den Krallen hinweg.

Sofort sprang er wieder auf die Beine. Er war nahe genug an dem Bären, dass der nicht mehr richtig Schwung holen konnte, um ihn mit seinen Krallen zu treffen. Doch damit hielt sich der Bär nicht lange auf. Er stolperte zur Seite und mit einer Drehung um die eigene Achse, prallte Kel gegen die Flanke des Tieres und wurde weggeschleudert. Sein Hinterkopf schlug hart gegen die Höhlenwand und alles, was Kel davon abhielt ohnmächtig zu werden, war seine dicke Mütze, die den Stoß abgefedert hatte.

Das Tier ließ ihm jedoch keine Zeit sich von diesem Gegenschlag zu erholen. Kel sah die Krallen des Bären aufblitzen und stieß sich mit beiden Beinen von der Wand ab. Mit einem Hechtsprung flog er durch die Vorderläufe des Bären hindurch und landete direkt unter seinem Bauch. Gerade noch rechtzeitig, bevor der Schneebär mit seinem Hinterbein auf ihn treten konnte, rollte er sich zur Seite weg.

Schweiß lief Kel in die Augen und er atmete schwer. Doch er musste weitermachen. Länger durchhalten als der halb betäubte Bär.

Kel stemmte sich wieder auf die Beine und sofort musste er zwei schnellen Prankenhieben mit Rückwärtssprüngen ausweichen. Der Bär war schlau genug, ihn in Richtung Wand zu drängen und so in die Enge zu treiben.

Schnell warf Kel einen Blick über die Schulter. In dem Felsen waren kleine Vertiefungen, die seinen Fingern genug Halt geben würden. Während der Bär noch versuchte, ihn weiter zurückzutreiben, fällte Kel eine Entscheidung. Er drehte sich um und sprintete die restlichen Schritte bis zur Höhlenwand. Dabei hängte er sich das Seil mit dem Angelhaken um den Hals, um beide Hände frei zu haben.

Er hörte den Bären brüllen und dann hinter sich her stürmen. Seinen knappen Vorsprung nutzte Kel, indem er, so hoch er konnte, an der Wand emporkletterte.

Er befand sich vielleicht drei Meter über dem Boden, als ihn der Bär erreichte. Also noch immer in Reichweite des bedrohlichen Mauls und der gigantischen Pranken. Doch das war auch so beabsichtigt.

Statt auf den ersten Schlag des Tieres zu warten, der ihn von der Wand gepflückte hätte, stieß sich Kel erneut ab. Doch dieses Mal versuchte er, statt unter dem Tier hinwegzutauchen, hoch genug zu springen, um dem schnappenden Maul zu entgehen. Er wollte auf dem Bärenrücken landen. Kel hätte beinahe vor Schreck das Gleichgewicht verloren, als es ihm tatsächlich gelang auf das breite Kreuz des Tieres zu fallen. Der Bär drehte sich um sich selbst und riss sein Maul immer wieder nach hinten, um nach Kels wild durch die Luft fliegenden Beinen zu schnappen. Doch Kel hatte seine Finger in das Fell des Tieres gekrallt und er würde nicht loslassen. Nicht bevor seine Muskeln zerreißen würden.

Der Schneebär schnappte immer wieder nach ihm. Kel schrie vor Anstrengung. Das Tier brüllte vor Wut.

Und dann erkannte Kel den richtigen Augenblick. Blitzschnell griff er mit seiner rechten Hand nach dem Seil um seinen Hals, bekam den Angelhaken zu fassen und in dem Moment als der Bär sein Maul wieder umwandte, um nach ihm zu schnappen, stieß Kel mit aller Kraft, die noch in ihm war, zu.

Er spürte wie die weiche Haut an der Nase des Bären nachgab und der Haken tief hineingetrieben wurde. Kel verlor das Gleichgewicht und stürzte zu Boden. Sein Schrei erstarb, als er auf dem vereisten Felsen aufschlug und die Luft aus seinen Lungen gepresst wurde. Doch er war erfolgreich gewesen. Das Seil, das er in beiden Händen hielt, führte hoch, bis zum Maul des Bären und war in seiner Nase fest verankert.

Das schmerzerfüllte Gebrüll des Tiers ließ Kel beinahe

taub werden und die Wände der Höhle warfen das Echo immer wieder hin und her, so dass er glaubte, selbst der Felsen würde vor Wut schreien.

Der Bär versuchte, sich zu befreien, doch er bemerkte schnell, dass sein Widerstand ihm nur noch mehr Schmerzen bereitete und so stellte er bald seine wilden Bewegungen ein. Kel schaffte es irgendwie, sich wieder aufzurappeln. Sofort wollte der gewaltige Schneebär erneut mit der Pranke nach ihm schlagen. Kel zuckte zusammen, zog ruckartig an dem Seil in seinen Händen und der Bär jaulte auf. Seine Pfote ließ er wieder zu Boden sinken.

Schwer atmend stand Kel vor dem weißen Bären.

Er wischte sich mit einem Arm über die Stirn und bemerkte auf seinem Ärmel Blut, das er gerade verschmiert hatte. Bei seinem Sturz musste er sich die Haut aufgerissen haben.

Der Bär neigte den Kopf und das Brummen, das er ausstieß wurde immer leiser. Als er sich völlig beruhigt zu haben schien, neigte auch Kel den Kopf.

»Es tut mir leid«, sagte er und es schmerzte ihn aufrichtig, einem so gewaltigen Urgeschöpf mit Gewalt seinen Willen aufzuzwingen. »Aber wir brauchen deine Hilfe.«

Kein Jäger des Stammes nahm mehr als er brauchte. Es war ein Naturgesetz und jedem, der in der Eiswüste lebte, heilig. Kel brauchte die Unterstützung des Schneebären. Und trotz des harten Kampfes, war es die Natur seines Glaubens, dem Tier für seinen Dienst zu danken. So wie auch der Jäger ein Gebet für die Seele des erlegten Tieres sprach.

Mit schmerzenden Knochen und zahlreichen Prellungen führte Kel den Bären hinter sich aus der Höhle hinaus. Das Tier hatte schneller gelernt, mit seiner neuen Rolle umzugehen, als Kel es für möglich gehalten hätte. Die Abstände, in denen er an dem Seil in Kels Hand ruckte, um seine Stabilität zu testen, wurden immer länger, bis sich das Tier seinem Schicksal schließlich zu ergeben schien.

Trotzdem war Kel beständig auf der Hut, denn er glaubte nicht einmal für die Dauer eines einzelnen Atemzuges daran, dass er den Schneebären gezähmt hatte. Und er glaubte auch nicht, dass es jemals in der Hand eines Menschen liegen würde, diesen Geschöpfen ihre Wildheit zu nehmen. Eine Wildheit, die seinem Stamm helfen würde, den Saghani entgegenzutreten und ihnen eine echte Chance gab, zu überleben.

Mit diesem Gedanken machte er sich auf den langen Weg zurück zum Lager seiner Leute.

✽

Kapitel Neun

Der Lufthafen war ein riesiger Platz, umgeben von Werkshallen mit bogenförmigen Dächern. Allgegenwärtige Scheinwerfermasten vertrieben die nächtliche Dunkelheit und Mira bestaunte das Bild, das sich ihr bot. Luftschiffe in den unterschiedlichsten Formen und Farben lagen hier vor Anker. Kleinere, von deren Rumpf bereits an manchen Stellen die bunte Farbe abblätterte und die den Schiffen ähnlich sahen, die ab und zu auf der Scholle gelandet waren. Aber auch größere, majestätischere Schiffe, mit zwei oder drei seitlichen Masten. Es waren dutzende und innerhalb der Werkshallen glaubte Mira die Umrisse noch weiterer Schiffe zu erkennen. Doch keines kam auch nur ansatzweiße an die Größe der *Lintu* heran.

Die Leine um Miras Hüfte zerrte sie unsanft den Landesteg hinunter.

»Komm schon«, flüsterte Tarjei. »Sonst denkt noch jemand, dass du noch nie in Hàvamar warst.«

Dann ging er unbeeindruckt weiter und Mira blieb nichts anderes übrig, als ihm zu folgen. Nach ein paar Schritten wäre sie jedoch beinahe wieder gestolpert, als ihr Blick auf eine große Gruppe Soldaten fiel, die im Gleichschritt auf die *Lintu* zumarschierten.

Kamen sie etwa schon, um sie und Tarjei festzunehmen? Ihre Flucht konnte doch unmöglich so schnell aufgeflogen sein. Nervosität stieg in Mira auf.

»Was machen die alle hier?«, zischte sie.

»Die *Lintu* ist, obwohl sie meistens nicht dafür genutzt wird, ein Kriegsschiff«, antwortete er flüsternd. »Für gewöhnlich ist der große Saal bis unter die Decke mit Feldbetten und Soldaten vollgestopft, nicht mit verschwenderischen Adligen. Die Soldaten werden die Abordnung für die nächsten Monate sein.«

Trotz der Erklärung wollten Miras Ängste keine Ruhe geben. Sie bemerkte nun auch die hohen Zäune, die das Flugfeld vor Eindringlingen schützten. Momentan war Mira sich jedoch sicher, dass es sich umgekehrt verhalten musste. Die Zäune schienen ausschließlich dafür errichtet worden zu sein, sie und Tarjei hier einzusperren. Die in regelmäßigen Abständen angeordneten Wachttürme und die grellen Scheinwerfer, die an ihnen befestigt waren, trugen ihren Teil zu diesem Eindruck bei.

Tarjei wirkte jedoch weiterhin selbstsicher, denn er ging mit festem Schritt voran. Die Leine in seiner Hand zwang Mira dazu, ihm trotz ihres inneren Widerstands bis ans Ende der Rampe und darüber hinaus zu folgen. Und dann, zum ersten Mal in ihrem Leben, setzte Mira einen Fuß auf den festen Boden Hàvamars.

Obwohl die *Lintu* schon eine Weile zum Stehen gekommen war und Mira sich daran hätte gewöhnen müssen, dass ihr Untergrund weder über Wolken noch über Wellen schaukelte, musste sie sich darauf konzentrieren, nicht hinzufallen. Einen Arm streckte sie zur Seite aus, um ihn wie ein Gegengewicht zu nutzen und mit dem anderen griff sie rasch nach der Leine um ihren Bauch. Beinahe war sie froh, dass sie sie im Moment als Stütze benutzen konnte. Aber auch nur beinahe.

So machte sie ein paar unbeholfene Schritte bis Tarjei völlig unvermittelt die Richtung wechselte und sie gegen seine Schulter stieß. Er warf ihr einen ungehaltenen Blick zu, ging dann jedoch weiter.

»Wenn wir bei der Wache am Tor sind«, murmelte er, »übernehme ich das Reden. Tu einfach so, als wärst du eine Dienerin.«

Mira wollte gerade sarkastisch antworten, doch aus einem kleinen Wachhäuschen trat ein Soldat, der sich demonstrativ neben die Schranke stellte. Sie schluckte ihren Ärger hinunter und sagte sich, dass sie ihm später Luft machen würde.

Der Mann hob den Arm zum Gruß und Tarjei winkte zurück.

»Schiff?«, fragte der Wachsoldat gelangweilt, als sie vor ihm standen.

»Wir kommen von der *Lintu*«, antwortete Tarjei und deutete auf das Luftschiff hinter ihnen.

Der Soldat sah auf ein kleines Klemmbrett, das er bei sich trug und fuhr mit seinem Finger eine krakelig geschriebene Liste entlang.

»Hier ist niemand von der *Lintu* angemeldet worden«, sagte er, als sein Finger das untere Ende des Papiers erreicht hatte.

»Wir brauchen ein paar Ersatzteile, bevor wir wieder raus in den Einsatz gehen«, erklärte Tarjei. »Ist im Moment ziemlich viel los an Bord, aber wenn Sie wollen, rufen Sie doch Chefmechaniker Levik ans Funkgerät.«

Der Wachsoldat ließ seinen Blick zwischen Mira und Tarjei hin und her wandern und beäugte sie kritisch. Er rang sichtlich mit sich und wog in Gedanken seine Möglichkeiten ab. Anscheinend wusste er von der Feier an Bord der *Lintu*, und die Vorstellung, einen hohen Offizier davon wegzuholen, behagte ihm nicht besonders.

»Schon gut«, willigte er ein und winkte ihnen zu, an der Schranke vorbeizugehen.

Mira stieß die angehaltene Luft aus und bemerkte erst jetzt, dass sie während des Gesprächs mit dem Soldaten nicht geatmet hatte. Noch bevor sie sich verstohlen in alle Richtungen umsehen konnte, ob es tatsächlich so einfach wäre, in die Gassen Hàvamars zu entkommen, zog Tarjei an der Leine und sie musste ihm folgen.

Auf der anderen Seite des Zauns standen zwei weitere Wachmänner unter Scheinwerfermasten, die beide jeweils ein grauschwarzes Monster von Hund neben ihren Füßen sitzen hatten. Mira hatte in ihrem Leben bisher nur einen einzigen, wesentlich kleineren Hund gesehen. Er hatte einer Gärtnerin auf der Scholle gehört und obwohl es eigentlich verboten war, Tiere nur zum Vergnügen zu halten, war er natürlich der Liebling der gesamten Wohnanlage gewesen. Nachdem er gestorben war, hatte Mira, wie die meisten anderen Kinder, eine ganze Woche lang geweint. Doch auch wenn sie sich immer gewünscht hatte, noch einmal einem Hund über den Kopf zu streicheln, spürte sie nun keinen großen Drang, ihre Hand in die Nähe der kräftigen Kiefer dieser Tiere zu bringen. In ihren Augen lag eindeutig etwas Bösartiges.

Endlose Erleichterung überkam Mira, als sie und Tarjei endlich zwischen die ersten Häuser Hàvamars eintauchten. Die Gebäude waren kleiner, als Mira sie auf die große Entfernung vom Schollenhafen aus geschätzt hatte, doch sie glaubte, dass alleine eines davon genügend Platz für vier oder mehr Familien der Scholle geboten hätte. Sie hatte schon Geschichten darüber gehört, wie viel Platz die Stadtbewohner zum Leben hatten. Doch zum ersten Mal konnte sie es sich jetzt auch wirklich vorstellen.

»Das mit dem Wachmann war knapp«, meinte sie zu Tarjei und warf einen verstohlenen Blick zurück über die Schulter, ob ihnen jemand die Straße hinunter folgte.

»Nicht wirklich«, erwiderte Tarjei. »Die Ausgangsgenehmigungen fehlen ständig und ich habe noch nie erlebt, dass wirklich ein Wachsoldat deswegen einen Offizier angefunkt hätte. Außerdem hat er meine Uniform gesehen. Auch wenn ich im Prinzip keine Befehlsgewalt habe, weiß niemand so wirklich, welchen Dienstgrad ich habe. Und keiner will es sich mit jemandem verscherzen, der sein Vorgesetzter sein könnte.«

Mira schüttelte den Kopf und murmelte: »Und das hättest du mir nicht vorher sagen können?«

»Es hat doch funktioniert«, sagte Tarjei schulterzuckend.

»Idiot«, erwiderte Mira und dann gingen sie eine ganze Weile schweigend durch die Straßen Hàvamars, während sie damit beschäftigt war die ganzen Eindrücke um sie herum wie ein Schwamm aufzusaugen. Alles war genau wie auf den wenigen Fotos, die sie auf der Scholle von der Hauptstadt gesehen hatte. Lange Häuserreihen, getrennt durch eine breite Straße. An hohen Masten angebrachte Laternen erhellten ihren Weg. Ab und zu hörte Mira laute Stimmen aus einem Zimmer.

Zum Glück waren sie mitten in der Nacht unterwegs, dachte Mira. Denn so trafen sie nur selten andere Menschen auf der Straße an, von denen sich keiner für sie zu interessieren schien.

Als sich schließlich eine Gelegenheit bot und wieder einer dieser Fremden gerade in eine Seitengasse abgebogen war, griff Mira reflexartig nach dem Gürtel. Hastig versuchte sie, den komplizierten Verschluss zu öffnen, stellte aber nach mehrmaligem Ruckeln fest, dass man tatsächlich einen Schlüssel benötigte, um das Schloss wieder zu öffnen.

»Lass ihn dran«, sagte Tarjei. »Wenn dich jemand sieht, wie du ihn abnimmst, hätten wir auch gleich neben Morten stehen bleiben können, während wir darauf warten, dass sie uns schnappen.«

Mira funkelte ihn böse an, doch sie wusste, dass er recht hatte. Sie sollten kein unnötiges Risiko eingehen. Enttäuscht ließ sie ihre Arme sinken, beschleunigte aber ihre Schritte, sodass sie wenigstens neben Tarjei laufen konnte, statt immer nur hinter ihm herzutrotten.

»Und was machen wir jetzt?«, fragte sie.

»Ich habe eine kleine Wohnung hier in der Nähe. Dort gehen wir hin.«

»Und dann?«, fragte Mira.

»Dann erzählst du mir endlich, was du eigentlich auf der *Lintu* zu suchen hattest.«

*

Tarjeis Wohnung stellte sich als das Dachgeschoss eines dreistöckigen Hauses heraus, fünf Straßenkreuzungen weit vom Luftfeld entfernt.

»Mach mir endlich das Ding ab«, befahl Mira sobald die Tür hinter ihnen zugefallen war und Tarjei das Türschloss zweimal knacken gelassen hatte. Gehorsam kramte Tarjei in seiner Hosentasche und warf Mira einen kleinen Schlüssel zu. Sie fing ihn auf, öffnete damit die Fesseln und ließ den Gürtel an Ort und Stelle zu Boden fallen. Sie würde das Ding nie wieder anfassen.

»Dort findest du das Badezimmer«, sagte Tarjei und zeigte auf die einzige Tür im Raum, gegenüber dem schmalen Sofa. Und als wäre das noch nicht deutlich genug gewesen, fügte er hinzu: »Du siehst furchtbar aus.«

Mira murmelte eine halbherzige Beleidigung. Da sie jedoch wusste, dass er recht hatte, machte sie sich auf den Weg zu der Tür.

Das Zimmer war nicht besonders groß und bot lediglich für einen kleinen Tisch neben der Kochnische, ein Bett mit Nachttisch und ein Sofa Platz. Die Wand rechts von Mira ragte schräg ins Zimmer und durch ein kleines Dachfenster konnte sie den Mond erkennen. Alles in allem war Tarjeis Wohnung ungefähr so groß wie eine Kabine an Bord der Scholle. Als Mira jedoch das Badezimmer betrat, traute sie ihren Augen nicht.

»Du hast eine *eigene* Dusche?«, fragte sie ungläubig. Mira hatte noch nie gesehen, dass statt einer ganzen Reihe von Duschköpfen wie auf der Scholle oder der *Lintu*, nur ein einziger aus der Wand ragte. Als Tarjei gesagt hatte, dass sie hier das Badezimmer fände, hatte sie mit einer mit kaltem Wasser gefüllten Waschschüssel in einer Zimmerecke gerechnet. Aber das?

»Das ist in Hàvamar ziemlich normal, solange du in den besseren Gegenden wohnst«, sagte Tarjei, der im Türrahmen stand. »Wenn du den Hahn nach links bewegst, bekommst du heißes Wasser.«

Dann schloss er die Tür und ließ Mira allein.

Hatte er gerade *heißes* Wasser gesagt?

Mira traute ihren Ohren erst, als sie zur Dusche gerannt war und den Hahn betätigt hatte. Im ersten Moment fühlte sie ihre Vermutung, dass Tarjei sie hereinlegen wollte, bestätigt. Aus dem Duschkopf prasselte lediglich kaltes Wasser auf ihren ausgestreckten Arm. Doch plötzlich wurde es wärmer und Mira zuckte zurück, als das Wasser ihr beinahe die Haut verbrannt hätte.

So schnell sie konnte, zog sie sich aus, legte ihre Taschenuhr vorsichtig auf einen kleinen Schrank im Zimmer und warf ihre kratzige Dienerinnenkleidung auf einen Haufen in die Ecke. Und dann, endlich, sprang sie unter den warmen Regen des Duschkopfs.

Sie seufzte laut, während sie sich in dem wohligen Schauer hin und her drehte. Auf der Scholle hatte es nur nach Überlebensübungen im Freien oder an Festtagen mehr als gerade nicht mehr eiskaltes Wasser gegeben. Das hier war zu schön, um wahr zu sein.

Irgendwann bekam Mira ein schlechtes Gewissen, weil sie so viel Wasser verschwendete, doch es kostete sie trotzdem reichlich Überwindung, den Wasserhahn zuzudrehen. In einem kleinen Schrank, auf dem tatsächlich eine Waschschüssel stand und über dem ein kleiner runder Spiegel hing, fand sie ein Handtuch und rieb sich trocken. Als sie fertig war, betrachtete sie kritisch ihre unregelmäßig abgeschnittenen Haare im Spiegel und drehte einzelne Strähnen zwischen ihren Fingern hin und her, als würde das dabei helfen, ihre Haare wieder nachwachsen zu lassen. Sie probierte etwas damit herum, bis sie schließlich zu dem Schluss kam, dass es das Beste war, wenn sie sie einfach alle nach hinten strich und die Strähnen vorerst hinter die Ohren klemmte. Um den Rest zu bändigen, würde sie sich mehrere Haarnadeln organisieren müssen. Das Ergebnis ihrer Bemühungen musste reichen, bis alles wieder nachgewachsen war. Gleich morgen früh würde sie irgendwo in Hàvamar die Haarnadeln auftreiben müssen.

Es gefiel Mira nicht, die schmutzige Dienerinnenkleidung auf ihre saubere Haut zu ziehen, doch Tarjei wartete im Zimmer nebenan und andere Kleidung besaß sie nicht. Als sie fertig war, öffnete sie die Tür des Badezimmers und wollte sich gerade entschuldigen, weil sie so viel Wasser verbraucht hatte, als sie bemerkte, dass sie alleine war.

Auf dem ovalen Tisch im Zimmer fand sie einen kleinen Zettel:

Muss noch was erledigen.
 Bringe Essen mit.

Tarjei

Kurz ärgerte Mira sich darüber, dass er sie ohne ein Wort zu sagen alleine gelassen hatte. Dann fiel ihr ein, dass er genau das gleiche schon einmal getan hatte. Wie konnte er nur einfach so in einer kleinen Wohnung hier in Hàvamar leben und nicht nur sie, sondern auch alle anderen Schollenbewohner die ganzen Jahre glauben lassen, dass er tot war? Wie war es überhaupt möglich, dass er nicht tot war, wo er doch im Eismeer ertrunken war? Kannte sie diesen Tarjei überhaupt noch, oder war er ein ganz anderer als der Junge in ihrer Erinnerung?

Mira ging unruhig in dem Zimmer auf und ab, und biss sich immer wieder in die Wange. Doch dieses Mal half ihr kleiner Trick nicht dabei, ihre Gedanken zu ordnen und irgendwann bemerkte sie, wie müde sie eigentlich war. Die harte Arbeit an Bord der *Lintu*, ihr Kampf mit Morten und die Flucht von dem Luftschiff hatten sie so beschäftigt, dass alles andere in den Hintergrund gerückt war. Doch sobald sie sich auf das Sofa gesetzt hatte, begannen ihr die Augenlider zuzufallen. Erst fühlte sie sich noch unwohl, da sie nun die fremden Geräusche der Stadt umso lauter hörte. Lautes Geklapper, Gesprächsfetzen, die durch die Straßen hallten und in der Nähe musste ein Handwerker leben, denn das ständige Geklopfe eines Hammers schreckte Mira immer wieder kurz auf. Zuerst versuchte sie noch, gegen den Schlaf anzukämpfen, schließlich war sie völlig alleine in einer riesigen fremden Stadt voller Menschen, die vermutlich bereits nach ihr suchten. Doch ohne es zu merken, verlor sie diesen Kampf.

Sie träumte von Aelin. Zuerst verwirrende und beängstigende Dinge, die sie nicht klar fassen konnte. Doch dann beruhigten sich ihre Gedanken langsam und hörten auf sie zu foltern. Aelin war clever. Sie würde es schaffen. Mira würde sie wiedersehen.

✻

Kapitel Zehn

Rayk hielt mitten in der Bewegung inne und der Strich, den er gerade auf der Seekarte ziehen wollte, blieb unvollendet. Seit er mit dieser Dienerin geredet hatte, ließ ihn das Jagdfieber nicht mehr los. Zwei Überfälle so kurz hintereinander. Das musste einfach eine Bedeutung haben und irgendetwas sagte Rayk, dass er unbedingt dahinter kommen musste, welche. Von seiner inneren Unruhe getrieben, hatte er sich früh von der Feier im großen Saal verabschiedet, um sich hierher in den Navigationsraum zurückzuziehen.

Dutzende Kreise und Linien auf der Karte vereinten nun seine gesammelten Informationen der letzten Stunden. Leider war sein Wissen über die Geschwindigkeit des Bootes, mit dem die Piraten ihren Überfall durchgeführt hatten, nur eine grobe Schätzung. Daher hatte er einen viel zu großen Radius um Scholle zwölf zeichnen müssen, um alle Eventualitäten abzudecken. Dem Funker der *Lintu* hatte er trotzdem den Auftrag gegeben, jedes einzelne Boot, jedes Luftschiff und jede andere Scholle in dem markierten Gewässer anzufunken. Natürlich hatte niemand von ihnen die Piraten gesehen. Dazu war Yorrick zu schlau. Doch obwohl das Eismeer so weit entfernt von Hàvamar eher verlassen wirkte, ergänzten sich die Radarreichweiten dieser Fahrzeuge, sodass Rayk zumindest etwas mehr als die Hälfte der Fläche auf seiner Karte ausschließen konnte. Sogar ein wenig mehr, wenn er Fluchtrouten verwarf, die in häufiger befahrene Teile des Eismeeres führten und deswegen für die Piraten nicht in Frage kamen.

Rayk hatte die Berichte der vorangegangenen Überfälle erneut unter die Lupe genommen, in der schwachen Hoffnung, vielleicht doch noch ein Muster darin zu erkennen. Mit der gleichen Intensität, mit der Yorricks Angriffe auf Regierungseigentum in den letzten Monaten zugenommen hatten, kamen Überfälle auf unabhängige Schollen und Boote zahlenmäßig seltener vor. Während Politiker wie Botker dies natürlich als Erfolge für die Bevölkerung verkauften, wusste

Rayk es besser. Die Überfälle nahmen zahlenmäßig ab, weil Yorrick die Piraten um sich vereinte und koordinierter vorging. Die Bündelung von Macht war gefährlich. Diese Erkenntnisse halfen ihm jedoch nicht dabei Yorrick zu fassen.

Frustriert warf Rayk den Füllfederhalter auf die Seekarten, wo er über den Tisch rollte, bis er von einem Lineal gebremst wurde. Seine Fortschritte waren so mickrig wie eine einzelne Schneeflocke in einem Blizzard. Statt den Piraten zu folgen und Yorrick zu stellen, flog die *Lintu* zurück nach Hàvamar und machte jede Chance, eine Spur zu finden zunichte. Und das nur wegen dieser lächerlichen Lotterie! Einmal mehr wurde Rayk klar, weshalb er sich auf Militärbooten draußen auf dem Eismeer am wohlsten fühlte. Er liebte Hàvamar. Doch die Politik dort konnte er schon lange nicht mehr ertragen. Das überließ er lieber Männern wie seinem Onkel.

Bei dem Gedanken wanderte Rayks Hand automatisch zu seiner Brusttasche, wo seine Fingerspitzen nach dem mysteriösen Brief tasteten. Es ärgerte ihn, zugeben zu müssen, dass Botkers Sturheit, die ihn davon abhielt, Yorrick zu verfolgen, vielleicht auch nützlich war. So würde er wenigstens das Treffen mit seinem Onkel nicht weiter aufschieben. Vielleicht konnte Rayk ja sogar über die Verbindungen seines Onkels als Verteidigungsminister noch andere Quellen anzapfen und Informationen bekommen, die ihm bei seiner Jagd halfen. Denn einer Sache war Rayk sich absolut sicher: nur, wenn er Yorricks Ziele hinter all dem verstand, würde er in der Lage sein, ihn zu schnappen.

Doch welche Informationen brauchte er eigentlich?

Das Entscheidende schien zu sein, dass er sich selbst die richtigen Fragen stellte. Was wusste er bisher?

Er kannte Yorrick. Der Mann war clever und hatte es vor seinem Verrat in der Offiziershierarchie Hàvamars weit gebracht. Er war also bestens mit militärischen Taktiken vertraut. Außerdem wusste Rayk genug über ihn, um sagen zu können, dass Yorrick nichts tat, ohne Kosten und Nutzen abzuwägen. Er griff beispielsweise ausschließlich Regierungseigentum an. Seien es Schollen, Boote oder Bohrinseln. Die nötige Kampfkraft dazu war größer und die Erträge geringer, als würde er einfach unabhängige Schollen überfallen. Doch der Nutzen überwog hier jegliche Nachteile. Unter den einfachen Leuten hatte Yorrick sich so einen Rückhalt aufgebaut, der dazu führte, dass Kopfgelder für den Verrat seines Aufenthaltsortes nicht viel nutzten.

Was also hatte ihn dazu getrieben, diese Sympathien durch seinen Überfall auf eine unabhängige Scholle zu riskieren?

Noch dazu wirkte dieser Angriff überstürzt und war mehr als riskant gewesen. Es war eine Sache, darauf zu spekulieren, dass die Walfischfänger nicht an Bord waren, um die Scholle zu verteidigen. Nahezu selbstmörderisch wirkte der Angriff jedoch, wenn man bedachte, dass die *Lintu* jederzeit hätte auftauchen können. So wie Rayk Yorrick kannte, hatte er den Funkverkehr überwacht und genau gewusst, dass die *Lintu* auf dem Weg war, um die Lotteriegewinnerin abzuholen.

Rayk hielt inne. Ihm war plötzlich ein Gedanke gekommen.

Der Funkverkehr mit der Lotteriegewinnerin.

Das war die einzige ungewöhnliche Handlung für eine unabhängige Scholle gewesen. Kurz darauf hatte der überstürzte Überfall stattgefunden. Endlich ein Zusammenhang, dachte Rayk und lächelte grimmig.

»Was hast du nur gehört, Yorrick?«, murmelte Rayk.

Rayk lief vor den mit Karten überfüllten Regalen auf und ab.

Die Lotterie also, dachte er. Nur sehr selten hatten bisher Teilnehmer gewonnen, die außerhalb von Hàvamar lebten. Und zwischen der Verkündung der Gewinner und dem ausfindig machen ihres Aufenthaltsortes, lagen für gewöhnlich nur wenige Stunden. Ein enges und nahezu einmaliges Zeitfenster würde auf jeden Fall Yorricks überstürztes Handeln erklären.

Rayk gefiel, wohin sich dieser Gedanke entwickelte. Yorrick hatte gewusst, dass die *Lintu* auf dem Weg zu Scholle zwölf gewesen war. Hatte der Überfall vielleicht als Tarnung dafür gedient, eine Bombe oder etwas Ähnliches auf der Scholle zu deponieren? Waren sie vielleicht nur durch Glück einem Anschlag entgangen?

Nein, das glaubte Rayk nicht. Wenn Yorrick die Mittel und den Willen gehabt hätte, die *Lintu* zu zerstören, dann stünde er jetzt nicht mehr hier und dächte darüber nach.

Aber was, bei allen Eisgeistern, war noch besser, als das Flaggschiff Hàvamars in die Luft zu jagen?

Er musste eine Weile darüber nachdenken, doch als er schließlich darauf kam, erstarrte er mitten im Raum, als wäre er festgefroren.

»Nein ...«, murmelte Rayk ungläubig.

Die Gewinner der Lotterie wurden zufällig aus einer riesigen Anzahl an Loskäufern ausgewählt. Daher war es vollkommen unmöglich, vorherzusagen, wer als nächstes gewinnen würde. Die junge Fay und ihre Familie waren also nicht involviert. Aber es gab noch jemand anderen, der in Frage kam. Eine Person, die ihm in diesem Raum gegenübergesessen hatte und die die einzige Zeugin des Vorfalls auf der Brücke war.

Je mehr Rayk darüber nachdachte, desto mehr Sinn ergab nun alles. Mechaniker waren meist Wanderarbeiter, die es dorthin verschlug, wo ihnen das beste Gehalt geboten wurde. Kein schlechter Ausgangspunkt, um mit Piraten und Yorrick in Kontakt zu kommen. Allerdings würde man einen unbekannten Schollenmechaniker nie ohne sorgfältige Überprüfung in die Nähe von den Maschinen der *Lintu* lassen. Eine Dienerin hingegen, die gerade angeblich ihren Vater durch einen Piratenangriff verloren hatte und die danach von der Scholle angeblich gegen ihren Willen verkauft worden war, war eine andere Sache. So jemanden würde niemanden verdächtigen.

Rayk war sich noch nie so sicher gewesen, dass er tatsächlich zum ersten Mal seit siebzehn Jahren mit Yorrick gleichgezogen hatte.

Warum hatte Yorrick diese Scholle angegriffen und was war besser als eine Bombe dort zu deponieren, um die *Lintu* in die Luft zu jagen?

Ganz einfach: Eine Spionin einzuschleusen, deren tägliche Arbeit darin bestand, Offizierskabinen zu säubern. Dort konnte sie dann in aller Ruhe nach wichtigen Informationen stöbern, um sie dann an Yorrick weiterzugeben.

Ein guter Zug, dachte Rayk. Aber ich habe dich durchschaut.

Mit zwei schnellen Handgriffen schob er die Bücher über Navigationsgrundlagen, mit denen er die Ecken der Seekarte beschwert hatte, beiseite. Dann rollte er die Karte zusammen, wählte ein zufälliges Regalfach in den Schränken um ihn herum, schob sie hinein und merkte sich die Stelle zwischen den anderen identisch aussehenden Rollen. Eine Spionin war an Bord, da war es wohl angebracht, seine Nachforschungen nicht offen herumliegen zu lassen.

Nachdem er fertig war, ging er mit schnellen Schritten zur Tür und machte sich auf die Suche nach der Dienerin. Zur Not würde er ihr auf etwas intensivere Art und Weise Fragen stellen müssen, dachte Rayk und ging in Richtung Treppen, die in die unteren Decks führten. Wie hieß noch der Quartiermeister? Er würde ihm sicher sagen können, wo er die Dienerin fand.

Rayk hatte etwa die Hälfte der Treppen zum Unterdeck hinter sich gebracht, als er das sanfte Vibrieren unter seinen Füßen spürte, das die baldige Landung der *Lintu* ankündigte. Ein Bullauge, das er gerade passierte, bot ihm den wunderschönen Blick auf seine Heimat. Im silbrigen Mondlicht zeichneten sich Hàvamars Hausdächer als unscharfe Schemen ab. Unzählige erleuchtete Fenster verwandelten die Bucht, in der die Hauptstadt lag, in ein wahres Lichtermeer und weckten in Rayk nostalgische Gefühle. Zum ersten Mal seit zweieinhalb Jahren war er zu Hause.

Das Vibrieren wurde stärker und Rayk löste sich von dem Anblick. Zwar ungern, aber er musste diese Dienerin finden. Die letzten Wolkenfetzen um den Rumpf der *Lintu* verzogen sich bereits und blieben über dem Auftriebsballon am Himmel zurück, während die blendende Beleuchtung des Flugfelds immer näherkam. Rayk nahm immer zwei Treppenstufen auf einmal, um die verlorene Zeit wieder gutzumachen.

Im gleichen Augenblick, in dem er das unterste Deck erreichte, spürte Rayk den sanften Stoß, mit dem die *Lintu* auf den Boden aufsetzte.

Wieder spürte er die Freude über seine Ankunft in der Hauptstadt in sich aufsteigen, ließ sich dieses Mal jedoch nicht wieder von ihr aufhalten. Er hielt nur einmal kurz inne, um seine Uniform zurechtzurücken und ging dann entschlossenen Schrittes weiter. Er hatte das Gefühl, als würde mit jedem Meter, den er hinter sich brachte, die Luft um ihn herum ein wenig stickiger und die Flure ein bisschen enger. Wie konnte jemand hier unten leben?

Am Ende des Ganges bemerkte eine Dienerin seine Ankunft und verschwand eilig in einer der Mannschaftskabinen, noch bevor Rayk sie hätte fragen können, wo er Mira finden würde. Es sah so aus, als wäre sie ihm absichtlich ausgewichen. Allerdings wäre das wohl auch nicht ungewöhnlich, dachte Rayk. Ein Offizier hier unten musste für jeden mit ein wenig Verstand nach Ärger aussehen.

Rayk kam an einem etwas größeren Lagerraum vorbei, dessen Regale vollgestopft waren mit allem, was scheinbar sonst nirgendwo Platz gefunden hatte. Der Raum war leer und Rayk wollte gerade schon daran vorbeilaufen, als er das Durcheinander in der Mitte des Zimmers bemerkte. Ein großer metallener Kochtopf war umgestoßen worden, kleine Schüsseln lagen auf dem Boden verteilt. Rayk schüttelte den Kopf. Er würde mit dem Quartiermeister reden müssen. Er hielt zwar nichts von übermäßiger Strenge, aber die *Lintu* war immerhin ein militärisches Schiff. Eine gewisse Ordnung sollte auch hier unten aufrechterhalten werden.

Gerade als Rayk sich wieder abwenden wollte, um nach der Dienerin zu suchen, die es eben so eilig gehabt hatte, zu verschwinden, hörte er ein leises Stöhnen. Er glaubte zuerst, es sich eingebildet zu haben, doch er blieb trotzdem auf der Stelle stehen und rührte sich nicht. Rayk versuchte, so leise zu atmen wie er konnte und lauschte.

Da, dachte Rayk. Wieder ein Stöhnen. Es kam eindeutig aus dem chaotischen Lagerraum.

Rayk machte ein paar Schritte in das Zimmer und versuchte, zwischen das auf dem Boden verteilte Geschirr zu treten, um seine Anwesenheit nicht zu verraten. Als er den Blutfleck auf dem Boden sah, zog er mit einer fließenden Bewegung seine Pistole.

Das Blut war noch frisch. Hier hatte vor kurzem ein Kampf stattgefunden.

Rayks Augen suchten jeden Millimeter des Raumes ab, während er sich langsam vorwärts schob, und schließlich entdeckte er die Spitze eines Schuhs, die hinter einem Regal hervorragte. Vorsichtig ging er darauf zu. Die ganze Zeit hielt er sich bereit, auf einen der Beteiligten des Kampfes zu stoßen, der vielleicht nicht zu Boden gegangen war und ihm auflauerte. Er ging um das Regal herum. Auf dem Boden vor ihm lag ein halb ohnmächtiger Mann und stöhnte leise. Sein Gesicht war blutverschmiert. Jemand hatte versucht, ihm das linke Auge auszustechen. Obwohl es dem Angreifer nicht ganz gelungen war, so war der Anblick des in Fetzen hängenden Augenlids, genug, um zu wissen, dass der Mann in Zukunft nur noch mit einem Auge sehen würde. Noch dazu würde er großes Glück brauchen, damit sich die Wunde nicht infizierte. Rayk beugte sich zu dem Mann hinunter und berührte ihn an der Schulter. Er stöhnte erneut auf, blieb jedoch in seinem Delirium gefangen. In diesem Augenblick wurde Rayk klar, wer da vor ihm lag. Wegen des ganzen Blutes hatte er es nicht sofort erkannt. Rayk hatte gerade den Quartiermeister gefunden.

Er erinnerte sich wieder an das Ruckeln des landenden Luftschiffs. Die *Lintu* lag in Hàvamar vor Anker. Wer auch immer das hier getan hatte, würde so schnell wie möglich von Bord fliehen wollen.

Rayk rannte los. Auf dem Weg zur Luftschleuse würde er jemanden finden, den er herschicken konnte, um zu helfen.

Spätestens, als er zu schwitzen begann, fragte Rayk sich, wieso verdammt nochmal es in den unteren Decks keine einzige Funksprechanlage gab. So blieb ihm nichts anderes übrig, als den gesamten Weg zur Luftschleuse zu rennen. Zahllose Treppenstufen später brachte er die letzte Abbiegung mit brennenden Oberschenkeln hinter sich und befand sich nun auf der Zielgeraden, die ihn direkt zur Personenschleuse der *Lintu* führte. Der Wachsoldat, der neben der dicken Stahltür stand, stieß sich von der Wand ab, packte sein Gewehr fester und stellte sich bereit.

»Hat jemand das Schiff verlassen, Soldat?«, rief Rayk noch bevor er ganz bei dem Mann angekommen war. Der Schmerz in seiner Lunge zwang Rayk dazu, keuchend ein und aus zu atmen.

»Mechaniker Akonsen«, antwortete der Soldat in militärischem Ton. »Zusammen mit einer Dienerin, Kommandant.«

»Wann?«, fragte Rayk und ging auf den kleinen Funkapparat neben der Schleusentür zu.

»Höchstens vor fünf Minuten.«

Das konnte noch reichen, dachte Rayk. Wenn die Wachmannschaften sich beeilten, bestand noch die Möglichkeit, sie direkt zu fassen. Rayk konzentrierte sich auf die Bedienung der Funksprechanlage. In schneller Folge legte er vier von sechs Kippschaltern um. Hoffentlich war in den letzten Jahren niemand auf die Idee gekommen, die Nummernfolge zu ändern.

Während das Funkgerät leise rauschte, fügte Rayk die neuen Puzzleteile in den Gesamtkontext ein. Für ihn bestand kein Zweifel, dass die Dienerin, die das Luftschiff verlassen hatte, Mira war. Stellte sich noch die Frage, warum sie den Quartiermeister angegriffen hatte. Hatte er vielleicht etwas herausgefunden? Und steckte dieser Mechaniker, den der Wachsoldat erwähnt hatte, gleich mit unter der Decke? Falls ja, wäre diese ganze Sache noch wesentlich größer, als Rayk gedacht hatte.

Ein lautes Klacken unterbrach Rayks Vermutungen und plötzlich drang der allgegenwärtige Lärm des Flugfelds durch die Lautsprecher der Funkanlage.

»Flugfeld, Haupttor«, meldete sich eine Stimme, die gegen den Lärm im Hintergrund anschrie.

»Sperren Sie sofort jeglichen Verkehr«, rief Rayk ins Funkgerät, sobald er den Sprechknopf gedrückt hatte. »Halten Sie jeden, der zu fliehen versucht, fest.«

»Was? Wer ist da überhaupt?«, antwortete der Torwächter und Rayk machte sich eine gedankliche Notiz, dass sich der Mann mindestens zehn Peitschenhiebe für Inkompetenz verdient hatte. Dann drückte er erneut den Sprechknopf und rief: »Kommandant Askildsen von Bord der *Lintu*. Setzen Sie Befehlskette Zwei-Zwei-Eins in Kraft.«

Wenn die Funknummer des Wachhauses noch immer die gleiche wie vor fünfzehn Jahren war, dann hatte auch sicher niemand die Kombinationen für die alten Notprotokolle geändert. »Zwei-Zwei-Eins« war zwar direkten Angriffen auf das Flugfeld vorbehalten, würde ihren Zweck aber erfüllen. Innerhalb von zwei Minuten konnte nicht einmal mehr eine Ratte das Flugfeld betreten oder verlassen, ohne dass auf sie geschossen wurde.

Rayk wandte sich an den immer noch strammstehenden

Wachmann und sagte: »Keiner geht von Bord. Nicht einmal der Minister. Verstanden?«

Der Mann sah Rayk an, als hätte er ihm gerade eine Degradierung angedroht, doch als er den Befehl bestätigte, klang seine Stimme gefasst.

Im nächsten Augenblick heulten die Notfallsirenen des Luftfelds los. Die Abriegelung trat in Kraft.

»Und noch etwas«, sagte Rayk. »Im Unterdeck liegt ein verletzter Offizier in einem Lagerraum etwa mittschiffs. Schicken sie jemanden hin, der ihm hilft.«

Dann überließ er dem Schleusenwächter die Funkanlage und machte sich im Laufschritt auf den Weg zum Verladeraum der *Lintu*.

Die gigantische Luke im Deck der *Lintu* war beiseite gezogen worden und der Laderaum wirkte wie eine Fabrikhalle ohne Dach. Durch die Verladeluke wurden über Flaschenzugsysteme an dicken Eisenketten hängende Plattformen in das Schiffsinnere hinabgelassen. Auf den meisten davon waren Kisten mit neuen Vorräten vertäut, doch auf einigen anderen wurden gerade die letzten Soldaten der neuen Besatzung eingeschifft. Die Männer hielten sich trotz der schwankenden Plattformen, auf denen sie hereinschwebten, mühelos auf den Beinen. Der Drill ihrer Offiziere machte sich eindeutig bezahlt. Die einhundert Soldaten waren bereits nahezu komplett an Bord gegangen und die ersten Staffelführer führten ihre Trupps in geordneten Reihen durch die *Lintu* zum großen Saal. Dort, wo gerade die letzten zivilen Passagiere die Feier beendeten, würden sie ihre Ausrüstung verstauen und ihre Feldbetten aufbauen. Danach wäre die *Lintu* nach ihrem repräsentativen Einsatz für die Lotterie endlich wieder kampfbereit.

Rayk selbst stand auf einer schmalen Balustrade, von der man einen guten Überblick über das gesamte Treiben hatte. Daher dauerte es nur wenige Augenblicke, bis er den ranghöchsten Offizier entdeckt hatte. Schnell ging er auf die Wendeltreppe zu und eilte hinunter.

Der Offizier erkannte Rayk, noch bevor er ihn angesprochen hatte und nahm Haltung an. Da eine Vorstellung nicht nötig war, sagte Rayk: »Lassen Sie Ihre

Soldaten auf der Stelle ihre Ausrüstung ablegen und in Gruppen das gesamte Flugfeld absuchen.«

Ein Blick auf die Schulterklappen des Mannes verriet Rayk den Rang des Offiziers und er fügte ein »Staffelführer« hinzu.

Der Offizier salutierte und brüllte dann ohne zu zögern seinen Untergebenen den Befehl zu. Die Soldaten lösten ihre bisherigen Formationen auf, stellten ihre Rucksäcke und anderes schweres Gepäck zu geordneten Bündeln zusammen und bemannten erneut die Plattformen, die sie wieder aus dem Schiffsinneren hinaus auf das Flugfeld hoben.

»Wonach sollen die Männer suchen, Herr Kommandant?«, fragte der Staffelführer, der nach dem Brüllen des Befehls schon wieder Haltung angenommen hatte.

Rayk glaubte, dass er in seiner bisherigen Militärlaufbahn noch niemanden getroffen hatte, der ihm schneller sympathisch gewesen wäre. Auf diese Art von Männern hatte er bei seiner Suche nach Yorrick gehofft.

Schnell gab Rayk dem Staffelführer Miras Beschreibung und den Hinweis, dass sie in Begleitung eines Schiffmechanikers war.

Der Staffelführer salutierte noch einmal vor ihm, dann sprang er auf die Plattform, die gerade die letzten seiner Männer wieder von Bord brachte und teilte ihnen ihr Missionsziel mit.

Rayk vermutete, dass der desertierte Mechaniker und die junge Dienerin innerhalb der nächsten halben Stunde wieder an Bord der *Lintu* sein würden. Dieses Mal in Handschellen und hinter Gitterstäben.

*

Noch bevor Rayk ihn sah, hörte er bereits Vegar Ihmels nervtötende Stimme. Wie er es erwartet hatte, fand Rayk den aufgeblasenen Lotteriesprecher zusammen mit dem Geheimdienstminister bei der Personenschleuse, wo er unaufhörlich auf den Wachsoldaten einredete und Drohungen ausstieß.

»Kommandant!«, rief der Sprecher aufgebracht, sofort nachdem Rayk in Sichtweite gekommen war. Doch Botker legte ihm bedeutsam eine Hand auf den Arm und warf ihm einen strengen Blick zu, was Ihmels verstummen ließ.

»Was geht hier vor?«, wollte Botker wissen und hätte Rayk es nicht besser gewusst, hätte er gesagt, der Minister klänge gelangweilt.

»Minister Botker«, sagte Rayk und machte sich nicht die Mühe, irgendwelche Sympathien in seine Stimme zu legen. »Ich muss Sie unter vier Augen sprechen.«

»Hören Sie auf mit dem Blödsinn und sagen Sie dem Soldaten, er soll den Weg freigeben« Ihmels mischte sich erneut ein. »Wir haben einen Terminplan, den wir einhalten müssen. Die Lotteriegewinner ...«

»... werden warten müssen«, vervollständigte Rayk den Satz, was verursachte, dass dem Sprecher die Gesichtszüge entglitten.

»Was wollen Sie?«, fragte Botker, der immer noch die Ruhe in Person war.

»Ihre Unterstützung meiner Ermittlungen«, antwortete Rayk. »Ich brauche alle Informationen, die Sie mir über die Dienerin, die ich vor kurzem verhört habe, geben können.«

»Sie halten mich wegen einer Dienerin auf?«, fragte Botker und seine Ruhe schien für einen Moment zu bröckeln.

»Eine Dienerin, die einen Offizier Hàvamars angegriffen hat und nun auf der Flucht ist«, bestätigte Rayk. Dabei erinnerte er sich wieder an den verletzten Quartiermeister. Der wachhabende Soldat nickte ihm jedoch zu, was bedeutete, dass er bereits Hilfe dorthin geschickt hatte.

Botkers runzelte die Stirn und ließ sich diese neuen Informationen kurz durch den Kopf gehen, bevor er sagte: »Ich denke, es wird nicht nötig sein, die Schollenfamilie mit diesen Ereignissen zu belasten.«

Eine geschönte Beschreibung, dachte Rayk, die nichts anderes bedeutete, als dass der Minister nicht wollte, dass die Lotteriegewinner oder wohl eher die Inszenierung des Gewinnes nicht gestört wurden.

»Ich schlage einen Austausch vor«, sagte Botker. »Sie lassen uns von Bord gehen und im Gegenzug erhalten Sie Aufzeichnungen des Funkgesprächs, das Ihmels mit ihr geführt hat.«

Rayk dachte einen Moment darüber nach.

»Warum sollte ich nicht beide Quellen nutzen? Die Aufzeichnungen und die Familie?«

»Nur zu« Botker machte eine einladende Geste. »Suchen Sie nach den Aufzeichnungen. Wir beide« Er deutete auf Vegar Ihmels und sich selbst. »reisen mit viel Gepäck. Und sollten Sie darin nicht fündig werden, haben Sie ja noch das größte Luftschiff, das die Regierung jemals gebaut hat, das Sie absuchen können. Zeit scheint für Sie glücklicherweise ja keine Rolle zu spielen, Kommandant.«

Botker lächelte siegessicher und Rayk verspürte den enormen Drang, ihm dieses Lächeln mit seiner Faust aus dem Gesicht zu wischen. Er widerstand seinem Verlangen jedoch und dachte angestrengt darüber nach, was er tun sollte. Egal wie er sich entschied, er machte einen Fehler. Er konnte den Minister zwar für eine gewisse Zeit an Bord festhalten lassen, ihn aber nicht zur Kooperation zwingen. Und wie Botker bereits bemerkt hatte, war Zeit sein kritischster Gegner. Die Spuren der Dienerin und des Mechanikers wurden mit jeder Minute kälter.

»Also gut«, sagte Rayk und er bereute jedes seiner Worte, da sie wirkten, als würde er vor dem Minister nachgeben. »Lassen Sie die Aufzeichnungen holen. Danach können Sie von Bord gehen.«

Rayk wandte sich schnell von Ihmels und Botker ab, um nicht mitansehen zu müssen, wie ihre Blicke ihn als Verlierer dieser Unterhaltung verspotteten. Aber vielleicht hatte er sogar etwas gewonnen. Die Schollenfamilie war nur ein Strohhalm gewesen. Yorrick hätte diese Dienerin sicher nicht auf eine Mission geschickt, wenn sie dumm genug wäre, um wichtige Informationen an jeden beliebigen Schollenbewohner zu verraten. Und dass auch die Lotteriegewinner zu den Piraten gehörten, konnte Rayk getrost ausschließen. Er hatte die Familie ja bereits gesehen. So gut konnte niemand schauspielern.

※

Rayk saß in dem Navigationsraum, den er als Arbeitszimmer beansprucht hatte. Das klobige Aufzeichnungsgerät stand vor ihm auf dem Tisch und gab kratzende Geräusche von sich, während er das Band gerade zum dritten Mal wieder bis zum Anfang zurückspulte. Er ließ den Knopf los und hörte, dass er die richtige Stelle erwischt hatte.

»Ja. Meine Nachbarin Mira Dalen«, sagte gerade die junge Lotteriegewinnerin und Rayk stoppte das Band an dieser Stelle. Er hatte schon zuvor vermutet, dass er nicht viel aus den Aufzeichnungen erfahren würde, doch nach dem ersten Anhören hatte er wütend die Fäuste geballt und war sich absolut sicher gewesen, dass Botker ihn zum Narren gehalten hatte. Doch nachdem Rayk alles ein zweites Mal abgespielt hatte, war er sich gar nicht mehr so sicher, ob er nicht vielleicht doch die richtige Wahl getroffen hatte.

»Ich glaube meine Eltern sind früher mehr zwischen den anderen Schollen gereist.«

Wieder hämmerte Rayk auf die Stopptaste und lächelte. Die einfachste Antwort auf eine Frage war für gewöhnlich auch die richtige, dachte er.

Er hatte sich gefragt, was Mira ihm verschwiegen hatte. Weshalb sollten die Piraten einen halb toten Mechaniker entführen? Noch dazu unter solch riskanten Umständen? Die Antwort war jetzt klar: Er war einer von ihnen.

Rayk konnte nicht wissen, wie viel Mira während ihres Gesprächs gelogen hatte, aber mit ihr als einziger Zeugin war es sehr gut möglich, dass ihr Vater niemals verletzt worden war. Vielleicht hatte er die Scholle nur ausspioniert und den perfekten Augenblick für einen Angriff durchgegeben. Außerdem schätzte Rayk die Wahrscheinlichkeit, dass Mira tatsächlich die Tochter dieses Mannes war, inzwischen als sehr gering ein. Das alles war, wie er zugeben musste, ein äußerst ausgeklügelter Plan, der Yorricks absolut würdig war. Einen besseren Weg, sich an Bord eines Regierungsluftschiffs zu schmuggeln, hätte er sich selbst nicht ausdenken können.

Rayks Bild von den Vorgängen vervollständigte sich langsam immer mehr, hatte jedoch auch noch einige Lücken. Beispielsweise glaubte er nicht, dass der Angriff auf den Quartiermeister der *Lintu* Teil des Plans gewesen war. Außerdem kannte er auch die Rolle des jungen Mechanikers noch nicht. Aber er würde es sicher bald erfahren. Bei der Vorfreude darauf, erschauerte er.

Ein Klopfen riss Rayk aus seinen Gedanken.

Nach der Aufforderung, einzutreten, streckte ein Soldat seinen Kopf in den Raum. »Die Ärzte haben den Zustand des Quartiermeisters stabilisiert, Kommandant«, meldete er. »Er wird ein Auge verlieren, aber überleben.«

Die Nervosität des Soldaten verriet Rayk, dass dies nicht der einzige Grund war, weshalb er gestört worden war. Daher wartete er ab, bis der Mann weiterredete.

»Wir nehmen an, dass die gesuchten Personen das Flugfeld inzwischen verlassen haben«, sagte der Soldat mit eingezogenem Kopf und fügte dann schnell hinzu: »Der Wachposten am Haupttor befindet sich in diesem Augenblick auf dem Weg in eine Arrestzelle. Er gibt zu, dass er zwei Personen, auf die die Beschreibung der Flüchtigen passt, ohne Anmeldung oder gültigen Passierschein in die Stadt gelassen hat.«

Das bedeutete, dass Piraten in Hàvamar waren, dachte Rayk als erstes. Als zweites wurde ihm klar, dass er auf der Suche nach den Flüchtigen erneut Zeit verlieren würde, wenn er ganz Hàvamar nach ihnen absuchen musste. Doch dies war seine Stadt. Rayk würde diese Dienerin finden. Koste es was es wolle. Sie war die beste Spur zu Yorrick, die er seit Jahren hatte.

Rayk stieß sich von seinem Stuhl ab und stand auf. Auf ihn kam eine schwierige Aufgabe zu. Es war bereits mitten in der Nacht, doch an Schlaf war nicht zu denken. Er würde bei dem Mechaniker anfangen, der der Dienerin geholfen hatte. Es musste Frauen und Männer an Bord geben, die ihn kannten. Er musste irgendwo in der Stadt eine Wohnung haben, die man durchsuchen konnte.

Ein Lächeln breitete sich auf Rayks Gesicht aus.

»Die Jagd hat begonnen«, murmelte er leise.

❊   ╲

Kapitel Elf

Mira fuhr hoch und setzte sich kerzengerade hin. Eine dünne Decke glitt von ihren Schultern und sie spürte noch die angenehme Wärme der Kuhle im Sofa, in der ihr Körper gelegen hatte. Für einen Augenblick hatte sie völlig vergessen, wo sie war. Und woher kam diese Decke?

»Du hättest auch das Bett nehmen können«, hörte sie Tarjei sagen. Mira drehte ihren Kopf. Er saß an dem kleinen ovalen Tisch und löffelte mit leisem Geklapper den dampfenden Inhalt einer vor ihm stehenden Schüssel in seinen Mund. Seine weiße Uniform, die er gestern noch getragen hatte, war verschwunden und stattdessen trug er nun ein ausgewaschenes, blaues Hemd über einer schlichten Hose.

Natürlich, dachte Mira und ihre Erinnerungen brachen über sie herein. Der Kampf mit Morten und die Flucht von der *Lintu* fielen ihr wieder ein. Und wie sie hierher in Tarjeis Wohnung gekommen war.

»Wo warst du?«, fragte sie Tarjei. Ein Gähnen verhinderte, dass ihre Stimme so wütend klang, wie sie es gerne gehabt hätte. Schließlich hatte er sie einfach, ohne ein Wort der Erklärung, alleine zurückgelassen.

»Dinge erledigen«, antwortete Tarjei vage und aß weiter. »Auf dem Herd steht noch warmer Haferschleim. Leider bekomme ich ihn einfach nicht so hin wie Truls. Keine Ahnung, was der noch drunter mischt, aber in Hàvamar kann man's sicher nicht kaufen, sonst hätte ich's schon ausprobiert.«

Als er erkannte, dass Mira nicht im Geringsten daran dachte, aufzustehen und sich mit dieser Antwort zufrieden zu geben, seufzte er, ließ seinen Löffel in seine Schüssel fallen und stellte sie vor sich auf den Tisch.

»Also gut«, sagte Tarjei. »Ich habe mein Geld geholt und mich umgehört, wo wir eine Wohnung finden, in der niemand nach unseren Namen oder unserer Herkunft fragt.«

Das war schon besser, dachte Mira. Reichte aber bei weitem nicht aus, um alle ihre Fragen zu beantworten. Da der Geruch des Haferschleims jedoch inzwischen an ihre Nase gedrungen war, spürte sie, wie hungrig sie war. Daher beschloss sie, dass sie Tarjei mit vollem Magen besser verhören könnte. Also schlug sie die Decke über ihren Beinen zurück, stand auf und lief zu dem Herd, auf dem ein Topf auf kleiner Flamme köchelte. Direkt daneben fand sie eine Schüssel wie Tarjei sie in Händen hielt.

Mit ihrer dampfenden Portion ging sie zu dem kleinen Tisch und setzte sich gegenüber von Tarjei.

»Das schmeckt wirklich furchtbar«, sagte sie, hörte aber nicht damit auf, einen Löffel nach dem anderen in den Mund zu schieben, so hungrig war sie.

»Die Wohnung, die ich gefunden habe, ist unten bei den Docks«, sagte Tarjei. »So ziemlich die mieseste Gegend in Hàvamar, aber die Regierungstruppen trauen sich da meistens nur mit mindestens zwanzig Leuten rein. Das sollte uns auf jeden Fall vorwarnen, wenn sie nach uns suchen.«

Mira hatte ihre Schüssel bereits fast geleert und konnte nun ihre Neugier nicht mehr länger unterdrücken. Sie ließ ihren Löffel sinken und fragte: »Was machen wir hier eigentlich?«

»Uns verstecken«, antwortete Tarjei. »Auch wenn die meisten bei der Armee dumm wie Stroh sind, werden sie ziemlich schnell rausfinden, wo ich wohne. Und dann mit der Suche nach uns genau hier anfangen.«

Mira schüttelte den Kopf und ärgerte sich über Tarjeis Unverständnis. »Ich meine uns beide.«

Sie zeigte erst auf Tarjei und dann auf sich.

»Was machen wir hier? Du bist seit über drei Jahren tot und trotzdem sitzen wir jetzt zusammen an einem Tisch und du redest mit mir, als wärst du nur mal kurz im Zimmer nebenan gewesen. Wie, bei allen Eisgeistern, kommst du auf ein Schiff wie die *Lintu*?«

»Das gleiche könnte ich dich auch fragen«, murmelte Tarjei und Mira funkelte ihn böse an. Er wich ihrer Frage aus.

»Ich bin Mechaniker«, sagte Tarjei und stand vom Tisch auf. »Und Luftschiffe bezahlen gut. Selbst wenn man von einer Scholle kommt.«

Dann ging er hinüber zu seinem Bett und hob eine braune Tüte, die darauf lag, hoch.

»Hier ist was zum Anziehen drin«, sagte er und warf Mira

die Tüte zu. »Lass deine ...«, er schien nach dem richtigen Wort zu suchen »... Dienerinnenkleidung einfach hier. Wenn wir den Soldaten nicht begegnen wollen, dann sollten wir uns jetzt auf den Weg machen.«

Mira hätte ihm am liebsten die Tüte gegen den Kopf geworfen und ihn angeschrien, dass er ihr die Wahrheit sagen sollte, doch bevor sie Gelegenheit dazu hatte, sagte Tarjei: »Ich denke, Morten sollte inzwischen gefunden worden sein und sie haben mit Sicherheit sofort Alarm geschlagen.«

Das reichte zwar nicht aus, um ihren Ärger über Tarjei auch nur im Geringsten zu besänftigen, aber es erinnerte Mira daran, dass die Zeit tatsächlich drängte. Sie musste von hier verschwinden und wenn man bedachte, wie es bisher gelaufen war und sie keinen blassen Schimmer hatte, wo sie sonst hinsollte, war Tarjei ihre beste Chance zu überleben. Sie hatte jedenfalls keine Lust, jemals wieder Morten über den Weg zu laufen. Daher stand auch sie vom Tisch auf und ging ins Badezimmer, um sich umzuziehen.

Sie war überrascht, als sie einen dunkelgrünen Rollkragenpullover aus der Tüte zog und feststellte, dass Tarjei nicht nur halbwegs brauchbare Sachen ausgewählt, sondern auch noch die richtigen Größen genommen hatte. Jetzt brauchte sie nur noch ein paar Haarnadeln und sie würde wieder halbwegs annehmbar aussehen.

Als sie wieder zurück ins Hauptzimmer der Wohnung trat, wartete Tarjei bereits an der geöffneten Eingangstür auf sie. Er setzte sich eine hässliche olivfarbene Schiffermütze auf den Kopf, wie sie die Hafenarbeiter trugen und gemeinsam gingen sie die vielen quietschenden und abgenutzten grauen Holzstufen des engen Treppenhauses hinunter, die sie gestern Nacht erklommen hatten, um in die Dachwohnung zu kommen.

Kurz darauf trat Mira zum ersten Mal bei Tageslicht zwischen die Häuser Hàvamars. Es war früher Morgen und die Straßen waren noch leer. Nur wenige Menschen waren unterwegs. Mira konnte nicht genau sagen, weshalb, aber für sie sahen diese Leute anders aus als die Schollenbewohner. Ihre Kleidung war anders geschnitten und natürlich dünner, da es in Hàvamar warm genug war, um nicht ständig frieren zu müssen. Doch sie schienen sich auch anders zu bewegen, sich anders zu benehmen. Es waren nur Nuancen, die erst auf den zweiten und dritten Blick auffielen, doch Mira spürte den Unterschied in ihrer Ausstrahlung und sie fühlte sich ein wenig wie ein Eindringling, der nicht an diesen Ort gehörte.

»Wir kommen gleich an ein paar kleinen Läden vorbei. Brauchst du noch was?«, fragte Tarjei.

Mira verstand nicht was er meinte und schaute ihn fragend an. Er schüttelte daraufhin mit einem Lächeln den Kopf.

»Tut mir leid«, sagte er, bevor er erklärte: »In Hàvamar gibt es keine Rationierungsmarken wie auf den Schollen.«

»Aber wie hast du dann das Essen heute Morgen bekommen?«, fragte Mira verwirrt. An Bord der Scholle bekam man für erledigte Arbeit Marken, die man gegen alles, was man so brauchte, in den Lagerräumen eintauschen konnte. Natürlich immer nur eine gewisse Menge, da man verhindern musste, dass eine Person aus einer Laune heraus die kompletten Brotvorräte eintauschte. Wie wollten die Leute in Hàvamar also ohne Marken auskommen?

»Du brauchst das hier«, sagte Tarjei und schnippte ihr eine kleines rundes Stück Metall zu, das sie auffing.

»Im Prinzip funktioniert Geld in Hàvamar wie Rationierungsmarken. Aber du kannst damit kaufen, was du willst und auch wo du willst. Es gibt hier kein zentrales Lager oder sowas.«

Mira drehte das kleine Stück Metall in ihren Fingern hin und her. Auf einer Seite war eine große Eins hineingeprägt und auf der anderen das Gesicht eines Mannes. Es war schwer zu erkennen, da anscheinend schon viele Finger darüber gewischt hatten und die Prägung abgenutzt war, doch Mira wusste wer dieser Mann war: Findar Askildsen.

»Warum ist denn der tote Präsident darauf abgebildet?«

Tarjei zuckte mit den Schultern. »Keine Ahnung. Vermutlich hielten sie es für eine gute Idee, solange er noch lebte. Danach wäre die Mühe zu groß gewesen, neue Münzen zu prägen.«

Sie kamen an eine Straßenkreuzung und Tarjei fasste sie am Arm, um sie unsanft zum Stehen zu bringen. Bevor sie fragen konnte, was das jetzt schon wieder sollte, hörte sie lautes Geklapper auf sich zukommen. Sie schaute nach rechts.

»Was...?«, murmelte sie mit offenstehendem Mund.

»Wenn du bei jeder Pferdekutsche so starrst, fallen wir wahrscheinlich ziemlich schnell auf«, sagte Tarjei mit einem gewissen Spott in der Stimme. Direkt an Tarjei und ihr rollte ein hölzernes Gefährt vorbei, gezogen von einem Tier, das vor Anstrengung heftig aus seinen feucht glänzenden Nasenlöchern schnaubte.

Pferdekutschen, dachte Mira und schüttelte lächelnd den Kopf. Sie war noch nie so nahe an einer dran gewesen. Natürlich wurde unter den Schollenbewohner viel über Hàvamar und seine Verrücktheiten erzählt. Als Mira noch jünger gewesen war, war es immer ein kleines Abenteuer gewesen, sobald die Scholle in der Bucht vor Hàvamar geankert hatte, sich an den Rand des Eises vorzuwagen, um mit dem Fernrohr ihres Vaters die Stadt zu beobachten. Auch damals hatte sie Pferde gesehen, die Kutschen zogen. Doch es war etwas ganz anderes, unmittelbar vor einem lebenden, atmenden Wesen zu stehen.

»Da rüber«, sagte Tarjei und gleichzeitig mit ihnen liefen jetzt auch andere Menschen, die gewartet hatten bis die Kutsche vorbeigefahren war, über die Straße.

Ein schmerzhafter Stich durchzuckte Miras Gedanken, als sie sich wieder erinnerte, mit wem sie sich gemeinsam an den Rand der Scholle geschlichen hatte. Wie ein perfekt abgestimmtes Team hatte Tarjei ihre geheimen Wege ausgekundschaftet, während Mira sich das Fernrohr ihres Vaters »ausgeborgt« und sich eine Ausrede für ihn überlegt hatte, weshalb sie für mehrere Stunden von der Bildfläche verschwanden.

»Brauchst du jetzt noch was?«, fragte Tarjei und riss Mira aus ihren Gedanken zurück in die Wirklichkeit. Einmal mehr biss sie sich in ihre Wange und betrachtete die Häuserzeile vor ihnen. Sie war dicht an der Straße errichtet und kleine Dächer ragten nach vorne, die den halben Fußgängerweg überdachten. In Hüfthöhe waren breite Fenster in die Häuserwände eingelassen, die alle weit offenstanden und den Blick auf die unterschiedlichsten Waren freigaben. Die Vielfalt war unglaublich. In einem Haus wurden frisch gebackene Brote verkauft, neben denen kleinere Küchlein lagen, die es auf der Scholle so gut wie nie gab. Im nächsten Fenster war frisches Obst und Gemüse aneinandergereiht und am übernächsten konnte man jede Sorte Fleisch kaufen, die Mira kannte und einige, die sie noch nie gegessen hatte. In jedem Haus stand ein Mann oder eine Frau, die den Bewohnern Hàvamars die gewünschten Dinge im Tausch gegen diese merkwürdigen Münzen gab. Die Stadtbewohner, die hier ihr Essen kauften, lachten und schwatzten laut miteinander und je weiter Tarjei und sie gingen, desto voller wurde die Straße.

Mira war völlig überfordert von so vielen Menschen und den neuen Dingen um sie herum, doch als sie an einem kleinen Fenster vorbeikam, in dem ein buntes Mischmasch lag und von Töpfen bis hin zu Scheren alles vertreten war, sah sie auch ein paar grün bemalte Haarnadeln. Sie passten zu ihrem Pullover. Instinktiv griff sie nach ihren gestutzten Haarsträhnen.

»Ein paar von denen wären nicht schlecht«, sagte Mira und zeigte darauf.

Tarjei ging zu der Frau, die hinter dem Fenster stand, nahm vier der Haarnadeln aus dem kleinen Körbchen, hielt sie hoch und reichte der Frau zwei bronzefarbene Münzen.

»Hier«, sagte er und hielt ihr die Spangen hin. Mira zögerte zuerst einen Augenblick, da sie ihm immer noch nicht richtig vertraute, doch dann nahm sie die Spangen aus seiner Hand und begann damit ihre Haare zu bändigen. Zumindest so gut das ohne Spiegel eben ging. Plötzlich packte Tarjei ihren Arm und zog sie zu sich, dichter unter das Dach des Verkaufsstandes.

Noch bevor sie fragen konnte, was das nun schon wieder sollte, nickte Tarjei in Richtung der aufeinandergestapelten Töpfe und plötzlich sah auch Mira das Spiegelbild der anderen Straßenseite darin. Zwei Männer in weißen Uniformen und mit über den Schultern hängenden Gewehren marschierten dort an ihnen vorbei.

Soldaten, schoss es ihr durch den Kopf.

Sie sahen nicht so aus, als würden sie nach jemandem Ausschau halten, doch sie jagten Mira einen gewaltigen Schrecken ein. Auch Tarjei hatte es plötzlich eilig, von hier wegzukommen.

»Wir sollten zusehen, dass wir zu der Wohnung in den Docks kommen«, sagte er. »Und dann bleiben wir da besser erst mal eine Weile.«

Mira zögerte. »Wie lange müssen wir in diesem Versteck bleiben?«, fragte sie.

»Ein paar Wochen, denke ich«, antwortete Tarjei, während er weiter die Straße entlangeilte. »Besser länger. Bei Deserteuren, Verrätern oder entflohenen Dienerinnen versteht die Armee keinen Spaß. Und zusammen sind wir alle drei dieser Dinge.«

»Nein«, sagte Mira. »So lange kann ich nicht hierbleiben.«

Tarjei schnaubte leise. »Warum, hast du was vor?«

»Ja, habe ich«, entgegnete Mira entschlossen und blieb stehen. Sie hatte genug davon, neben Tarjei herzuhetzen, der wesentlich längere Beine als sie hatte.

Tarjei lief noch ein Stück weiter, sah sich dann jedoch nach ihr um und kam kopfschüttelnd zurück.

»Hör verdammt noch mal auf, so stur zu sein. Ich habe dir geholfen und stecke jetzt in dem gleichen Mist wie du. Also komm endlich und hör auf, dich zu beschweren.«

»Ich habe dich nicht darum gebeten«, gab Mira wütend zurück.

»Ach«, sagte Tarjei bissig. »Ich wusste gar nicht, dass dir an Morten so viel lag. Vielleicht hätte ich ihn dann ja weitermachen lassen sollen.«

Mira ließ die letzte Haarnadel, die sie noch in der Hand hielt, fallen und verpasste Tarjei eine Ohrfeige. Dann drehte sie sich um und ging, ohne ein weiteres Wort zu sagen, in die andere Richtung. Die Leute in ihrer unmittelbaren Umgebung starrten sie für einen kurzen Augenblick an, doch sobald sie beim übernächsten Verkaufsfenster angekommen war, ignorierten die Hauptstädter sie wieder genauso zuverlässig wie zuvor. Hier schien man sich um die Angelegenheiten anderer Leute wenig zu scheren.

Viel weiter als zur nächsten Straßenecke kam Mira jedoch nicht, bevor Tarjei sie eingeholt hatte, am Arm packte und herumwirbelte.

Mira holte erneut zum Schlag aus. Doch diese Mal ballte sie ihre Hand zur Faust und versenkte sie in Tarjeis Bauch.

Tarjei stöhnte leise auf.

»Geht's dir jetzt besser?«, fragte er zwischen zusammengebissenen Zähnen. »Oder willst du nochmal zuschlagen?«

Dazu hob er die Arme, um zu zeigen, dass er sich nicht wehren würde. Mira spürte ihre Wut noch immer heiß in sich brennen und für einen kurzen Moment spielte sie mit dem Gedanken, ihn tatsächlich noch einmal zu schlagen. Doch sein freiwilliges Angebot nahm dieser Möglichkeit irgendwie den Sinn und so schnaubte sie nur verächtlich, als sie auf dem Absatz kehrtmachte, um ihn stehen zu lassen.

»Tut mir leid«, sagte er, während er hinter ihr hereilte und versuchte, mit ihr Schritt zu halten. »Das hätte ich nicht sagen sollen und vielleicht musst du ja wirklich dringend irgendwohin. Aber du hast weder Geld, noch kennst du dich hier aus. Und wenn du weiter in diese Richtung gehst stehst du innerhalb der nächsten fünf Minuten vor einem Straßenposten der Stadtwache.«

Er atmete einmal tief durch, als kostete es ihn einige Überwindung zu sagen: »Also lass uns *bitte* in den sicheren Unterschlupf gehen. Auf dem Weg dorthin kannst du mir erzählen, warum du es so eilig hast, hier wieder wegzukommen.«

Mira wusste, dass sie sich weder auf Tarjei verlassen konnte, noch durfte. Denn, wie sich gezeigt hatte, wusste sie anscheinend absolut gar nichts über ihn. Er war vor drei Jahren verschwunden und hatte seinen Tod vorgetäuscht. Auch gestern Abend hatte er sie einfach alleine in der Wohnung zurückgelassen. Aber Tarjei hatte zumindest damit recht, dass sie auf sich alleine gestellt vermutlich nicht besonders weit kommen würde. Auch wenn es Mira nicht schmeckte, musste sie sich letztendlich eingestehen, dass es vorerst das Beste war, wenn sie mit Tarjei mitkam. Sie durfte nur nicht vergessen, dass er nicht mehr der Junge war, den sie einmal zu kennen geglaubt hatte. Sie musste auf der Hut sein.

»Also gut.« Mira willigte ein und gemeinsam gingen sie wieder in die Richtung, in die sie ursprünglich unterwegs gewesen waren.

Für eine Weile liefen sie schweigend nebeneinander her, bis irgendwann immer weniger Leute um sie herum waren. Die Häuser wurden langsam kleiner und auch schmutziger, waren jedoch immer noch Paläste im Vergleich zu einer Wohneinheit auf der Scholle.

»Also«, sagte Tarjei und durchbrach als Erster die Stille.

»Wie bist du auf die *Lintu* gekommen? Und wo willst du so dringend hin?«

Mira zögerte kurz, doch sie fand keinen Grund dafür, Tarjei nicht wenigstens den Teil der Geschichte anzuvertrauen, den sie auch schon dem Offizier an Bord der *Lintu* erzählt hatte. Getreu ihres gerade erst gefassten Vorsatzes, Tarjei nicht zu vertrauen, überging sie jedoch auch dieses Mal das merkwürdige Gespräch zwischen ihrem Vater und dem Piratenanführer.

Tarjei unterbrach sie nur selten und Mira kam es so vor, als wäre er sichtlich mitgenommen davon, zu hören, dass die Scholle angegriffen worden war. Als sie am Ende ihrer Geschichte angekommen war und davon erzählte, wie sie sich dazu entschieden hatte sich selbst an die *Lintu* zu verkaufen, um ihren Vater zu suchen, fragte Tarjei: »Welcher yarumköpfige Idiot hat dir das denn erlaubt? Soviel ich weiß, wurde seit über zwanzig Jahren niemand mehr von Scholle zwölf als Diener verkauft.«

Da fiel Mira erst auf, dass sie sich so auf die Geschehnisse um ihren Vater konzentriert hatte, dass sie Tarjei noch gar nicht erzählt hatte, wer inzwischen das Kommando auf der Scholle übernommen hatte.

»Dein Vater«, beantwortete sie Tarjeis Frage.

»Na klar«, sagte er kopfschüttelnd. »Wer sonst wäre so ein Schwachkopf.«

Mira wusste, dass es auch zu der Zeit, als Tarjei noch auf der Scholle gelebt hatte, Spannungen zwischen ihm und seinem Vater gegeben hatte. Er hatte nie direkt darüber geredet. Aber die Tatsache, dass er lieber Mechaniker werden wollte und sich die meiste Zeit des Tages bei Bjan im Maschinenraum aufgehalten hatte, statt mit seinem eigenen Vater auf Walfischjagd zu gehen, war deutlich genug gewesen.

»Das ändert natürlich alles«, sagte Tarjei nachdem er kurz nachgedacht hatte. »Fürs Erste vergessen wir das Versteck in den Docks.«

»Und wohin wollen wir dann?«, fragte Mira.

»Wir suchen eine Möglichkeit, Bjan zu finden«, sagte Tarjei und bog an der nächsten Straßenkreuzung rechts ab.

Mira folgte ihm völlig verwirrt.

»Wir?«, fragte sie.

Diese Mal war es Tarjei, der stehen blieb. Er wartete, bis Mira sich zu ihm umgewandt hatte, trat einen Schritt auf sie zu und schaute ihr dann tief in die Augen.

»Alles was ich kann - womit ich mein Geld verdiene, um zu überleben - habe ich von Bjan gelernt. Er war mir mehr Vater, als Rorik es je war. Nach allem, was er für mich getan hat, würde ich sogar sagen, dass er mein Vater ist und du das, was einer Schwester am nächsten kommt. Und ich lasse meine Schwester bestimmt nicht alleine nach bewaffneten Piraten suchen.«

Tarjei trat langsam wieder einen Schritt zurück und lief dann weiter die Straßen entlang. Miras Beine folgten ihm völlig automatisch, ohne dass sie bewusst darüber nachdenken konnte. Ihr Kopf war momentan zu voll von anderen Gedanken. Hatte sie gerade einen Verbündeten bei ihrer Suche gewonnen? Und wenn ja, sollte sie sich darüber freuen? Sie wollte es von ganzem Herzen. Auch für sie war Tarjei früher wie ein Bruder gewesen. Aber vor nicht einmal fünf Minuten hatte sie beschlossen, sich auf keinen Fall auf ihn zu verlassen. Wenn ihm so viel an Bjan lag, warum hatte er dann überhaupt erst seinen Tod vorgetäuscht und sie alle im Stich gelassen?

Doch bevor sie sich auch nur eine einzige dieser Fragen beantworten konnte, drängte sich etwas viel Quälenderes in ihren Geist. Zuerst versuchte sie, es zu ignorieren und sich auf ihre Umgebung zu konzentrieren. Die Gegend Hàvamars, durch die Tarjei und sie gingen, begann immer düsterer auszusehen. Die Häuser waren nicht mehr einfach nur schmutzig, sie starrten vor Dreck. Außerdem wurden sie immer kleiner und jedes zweite Dach schien schief auf den dünnen Wänden zu hängen. Doch je mehr sie ihren Verdacht beiseite zu schieben versuchte, desto mehr drängte er sich in ihr Bewusstsein, bis sie sich ihm nicht länger verschließen konnte.

Es war ihr Vater gewesen, der bezeugt hatte, dass Tarjei im Eismeer ertrunken war. Außer ihm hatte es niemand gesehen. Sie waren an dem Tag alleine gewesen, um einen der äußeren Eisgeneratoren zu reparieren.

»Nach allem, was er für mich getan hat.«, so hatte Tarjei es gesagt. Und er hatte gesagt, dass Bjan für ihn wie ein Vater war. Sie zumindest hätte ihrem Vater nahezu alles erzählt.

Eine kleine Gruppe Männer in abgerissener Kleidung, die auf der anderen Straßenseite an ihnen vorbeitorkelte, grölte gemeinsam ein Trinklied, das Mira nicht kannte und prosteten auch Tarjei und ihr mit den halbvollen Branntweinflaschen in ihren Händen zu.

Als sie sie hinter sich gelassen hatten und das kehlige Lied verklungen war, konnte Mira es nicht länger aushalten.

»Wusste er es?«, fragte sie und Tarjei schaute sie fragend an. »Wusste mein Vater, dass du noch lebst?«

Tarjei zögerte mit seiner Antwort. Doch das reichte für Mira aus, um zu wissen, dass sie recht hatte. *Warum, bei allen Eisgeistern, hatte ihr Vater es ihr nicht gesagt? Warum hatte er überhaupt erzählt, Tarjei sei gestorben und damit die sowieso schon vorhandene Ablehnung Roriks in offenen Zorn gegen sich verwandelt?*

Mira wollte gerade Tarjei danach fragen, wie er nach seinem »*Tod*« in Hàvamar gelandet war, als er sagte: »Wir sind da.«

Sie standen an einer Straßenkreuzung, doch keine der abzweigenden Straßen sah einladender aus als die, aus der sie gerade kamen. Mira erkannte, dass sie sich jetzt dichter am Ozean befinden mussten, denn die Verladekräne der Docks, die über den Dächern der Häuser gen Himmel ragten, waren nähergekommen.

»Da drüben wollen wir hin«, sagte Tarjei und zeigte auf ein größeres Haus, das auf der gegenüberliegenden Straßenseite direkt an der Kreuzung lag. Über der Tür war ein Schild angebracht, auf dem Mira nur mit einigen Schwierigkeiten die abgeblätterte Farbe entziffern konnte, »Der Flieger«.

Neben dem Schriftzug war eine auseinandergerollte Schriftrolle an die Wand gemalt und eine kleine Schreibfeder deutete auf eine Linie, als müsse man an dieser Stelle unterschreiben. Direkt daneben war ein weiteres Symbol an die Wand gemalt. Ein überschäumender Bierkrug.

»Was wollen wir hier?«, fragte Mira. Sie hatte das Gejohle und den Lärm aus dem Inneren *des Fliegers* bemerkt. Sie vermutete, dass die meisten der Betrunkenen, die ihnen auf der Straße begegnet waren, hier ihren Ursprung hatten.

»Hier suchen Luftschiffe neue Matrosen«, sagte Tarjei. »Die meisten Hafenarbeiter kommen hier einmal in der Woche vorbei, weil sie glauben, dass es einfacher ist das Deck eines

Luftschiffs als das eines Fischkutters zu schrubben.«

»Und hier finden wir jemanden, der uns zu den Piraten bringt?«, fragte Mira und musterte die merkwürdige Mischung aus Schenke und Anwerberlokal misstrauisch.

»Wenn es so jemanden gibt, dann finden wir ihn hier«, antwortete Tarjei. »Aber du musst ein paar Regeln beachten, wenn wir da reingehen.«

»Lass mich raten«, sagte Mira und rollte mit den Augen. »Du redest und ich halte den Mund.«

Tarjei lächelte. »So ungefähr. Das Allerwichtigste ist jedoch, dass du niemals jemanden direkt wegen eines Postens auf seinem Schiff ansprechen darfst, ohne dass er vorher mit dir spricht. Und falls du reden musst, dann sag auf keinen Fall etwas von Piraten. Sonst kannst du davon ausgehen, dass du den *Flieger* entweder in Handschellen oder mit einem Messer am Hals verlässt.«

Mira nickte und ging in Richtung Tür los. Sie war in letzter Zeit oft genug in ähnlichen Situationen gewesen, sodass Tarjeis Worte sie nicht mehr sonderlich beeindruckten. Beinahe jeder Ort außerhalb von Scholle zwölf schien diese Art von Gefahren bereitzuhalten.

»Noch eins«, sagte Tarjei als Mira schon ihre Hand an den Türknauf gelegt hatte. »Wenn jemand fragt, sind wir verheiratet. Das hält wenigstens die Hafenarbeiter von dir fern, die ihren Wochenlohn noch nicht komplett in Branntwein umgesetzt haben.«

Bevor Mira auch nur versuchen konnte, gegen diesen lächerlichen Vorschlag zu protestieren, hatte Tarjei eine Hand auf die ihre gelegt und drehte mit der anderen am Türknauf, um den *Flieger* zu betreten.

Sofort waren sie von Stimmengewirr umgeben. Die Männer, die an den Tischen am nächsten zur Tür saßen, drehten sich nach ihnen um und riefen: »Tür zu, es zieht!«

Und als die Tür hinter Tarjei und ihr wieder ins Schloss fiel, hörte Mira eine kleine Glocke, die am Türrahmen angebracht war, klingeln. Daraufhin hoben alle Männer, die sie soeben angebrüllt hatten, ihre Krüge in die Luft, ließen sie auf den Tisch vor sich knallen, dass der Bierschaum umherspritzte und nahmen dann einen kräftigen Schluck. Danach führten sie ihre Unterhaltungen fort, als hätten sie sie nie für ihren merkwürdigen Brauch unterbrochen.

»Wir müssen nach hinten durchgehen«, sagte Tarjei. »Hier vorne kriegt man nur was zu trinken.«

Mira ließ ihm den Vortritt, da er sich hier auszukennen schien und folgte Tarjei dann zwischen den nach Fisch und Schweiß riechenden Hafenarbeitern hindurch in Richtung Tresen. Es war noch früher Morgen und Mira war erst vor etwas mehr als einer Stunde wach geworden, doch die meisten der Männer um sie herum waren schon so angetrunken, dass sie auf ihren Bänken und Stühlen hin und her schwankten. Auf der Scholle wäre so etwas eine Schande gewesen, dachte sie und versuchte sich so weit wie möglich von den Männern fernzuhalten. Geschweige denn, dass sie überhaupt genug Branntwein an Bord gehabt hatten, um ein solches Gelage zu veranstalten.

Tarjei führte sie zielstrebig auf einen Perlenvorhang zu, der in einem Türrahmen neben der Theke hing. Er nickte dem Schankwirt zu. Einem Schneebären von einem Mann, der hinter dem Tresen einen Bierkrug polierte. Statt sich auf den Krug zu konzentrieren, wanderte der Blick des Mannes ständig von einem mit Hafenarbeitern besetzten Tisch zum nächsten, als suche er sehr intensiv nach etwas, das für Mira jedoch völlig unsichtbar war.

»Wer ist heute denn so hinten, Folk?«, fragte Tarjei.

Ein beiläufiger Blick in ihre Richtung, bevor Folk wieder den Raum zu überwachen begann.

»Nicht viel los. Nur zwei der Kapitäne suchen Leute. Sitzen aber ein paar mehr an den Tischen. Vielleicht tut sich später noch was.«

»Das ist schlecht«, murmelte Tarjei in Miras Richtung. Mit dem Arm teilte er den Perlenvorhang und bahnte ihnen den Weg.

Das Hinterzimmer der Schenke war mindestens noch einmal genauso groß wie der Hauptraum. Doch die Atmosphäre war eine gänzlich andere. Statt saufender Hafenarbeiter, standen hier Männer schweigend in zwei Schlangen mitten im Raum. Die meisten von ihnen hatten eine Sache gemeinsam. Ihre Arme schienen nicht einfach nur von einer Schmutzschicht überzogen zu sein, sondern waren bis in die tiefsten Hautschichten hinein mit schwarzem Öl getränkt.

Die Männer mussten versucht haben, sich einigermaßen zu säubern, bevor sie hergekommen waren, doch einigen klebte noch immer eine Mischung aus schwarzer Schmiere und Schweiß im Gesicht. Es war nicht besonders schwer zu erraten, welcher Arbeit diese Männer nachgingen. Irgendjemand musste schließlich das Öl verladen, das die Schollen von der Hauptstadt kauften.

Die Männer sahen alle nervös aus und starrten gespannt auf den jeweiligen Tisch, vor dem sie in der Schlange standen. Dahinter saß jeweils ein Mann vor einem dicken ledergebundenen Buch. Eine Schreibfeder steckte in einem Tintenfass und mehrere kleine Stoffsäckchen mit Ausbeulungen, die den Münzen mit den töten Präsidenten darauf entsprachen, lagen bereit.

»Komm«, sagte Tarjei und stellte sich an das hintere Ende der Reihe, die sich gerade ein winziges Stück weiter nach vorne bewegt hatte.

Alle paar Minuten wurde ein weiterer Bewerber abgelehnt und mit einem Kopfschütteln weggeschickt. Jedes Mal konnten Mira und Tarjei ein kleines Stückchen weiter nach vorne gehen. Mit jedem Schritt wuchs in Mira das Gefühl, beobachtet zu werden. Zuerst hatte sie geglaubt, dass sie überreagierte, weil Tarjei und sie gesucht wurden. Doch während sie in der Schlange wartete, hatte sie genügend Zeit ihren Blick unauffällig in den hinteren Teil des Raumes streifen zu lassen. Dort an der Wand waren kleine Sitzecken um die Fenster herum angeordnet, an denen noch mehr Männer saßen, deren Kleidung und Auftreten wesentlich gepflegter wirkte, als das der Hafenarbeiter im vorderen Teil der Schenke. Die Meisten von ihnen waren damit beschäftigt, die Teller mit Eiern, Speck und dicken Brotscheiben zu leeren, die vor ihnen standen. Doch Mira hatte jemand entdeckt, der ihr ins Auge stach.

Der Mann trug ein hellgrünes Hemd, das früher einmal sicher viel Geld gekostet hatte, und über der Lehne seines Stuhls hing eine dünne braune Lederjacke. Es fiel schwer, sein Alter zu schätzen. Seine blauen Augen wirkten, als hätten sie bereits viel gesehen, und die Stoppeln seines Barts gingen ins Graue über, standen damit jedoch im Gegensatz zu seinem noch dunkelbraunen Haar und dem faltenlosen Gesicht. Das wirklich interessante an ihm war jedoch die Kapitänsmütze, die neben seinem Teller auf dem Tisch lag. Jedes Mal, wenn Mira zu ihm hinüberschaute, sah sie, wie er absichtlich wegschaute und die Bewerber musterte, die am benachbarten Anwerbertisch vorsprachen. Vielleicht gehörte ihm das Schiff, das hier gerade neue Mannschaftsmitglieder suchte, doch warum hatte er dann so großes Interesse an ihr und Tarjei?

Mira wollte ihn auf die Probe stellen. Sie drehte sich nach vorne und starrte den breiten Rücken des Mannes vor ihr an, der seine Mütze nervös durchknetete. Sie würde kurz warten und sich dann ruckartig nach dem Käpt'n umsehen. Tarjei lenkte sie jedoch von ihrem Vorhaben ab.

»Wir müssen versuchen, dich zusammen mit mir zu verkaufen«, flüsterte er Mira ins Ohr und sie zuckte leicht zusammen, weil sie nicht damit gerechnet hatte, seine Stimme so nah bei sich zu hören. »Ein guter Mechaniker ist immer zu gebrauchen, aber eine Dienerin bekommen die Luftschiffe an jeder Ecke.«

»Ich bin keine Dienerin«, flüsterte Mira zurück und musste sich beherrschen, nicht lauter zu sprechen. Sie würde sich nach den Erfahrungen auf der *Lintu* sicher nicht schon wieder an ein Luftschiff verkaufen.

»Tut mir leid«, sagte Tarjei und zuckte mit den Schultern. »Aber wenn wir aus Hàvamar raus wollen, dann bist du eine Dienerin.«

Damit schien für ihn die Sache erledigt zu sein, denn er begann wieder damit, sich umzusehen und die Anwerber an den Tischen zu beobachten.

Mira ballte ihre Fäuste. Seit sie Tarjei wiedergetroffen hatte, schaffte er es irgendwie, sie immer wieder in Situationen zu bringen, in denen sie ihm furchtbar gerne die Nase brechen würde. Sie hatte ihn nur ein einziges Mal geohrfeigt. Jetzt könnte sie sich selbst eine verpassen, dass sie die Gelegenheit nicht genutzt hatte, um fester zuzuschlagen.

»Nächster!«, befahl eine gelangweilte Stimme und wieder verzog sich ein enttäuschter Hafenarbeiter in Richtung Schankraum. Nur der Mann, der seine Mütze knetete, würde noch vorsprechen und dann waren sie an der Reihe.

Mira konnte nur einzelne Worte dessen, was er sagte, verstehen, doch er klang nicht ganz so flehend wie die meisten anderen Bewerber. Seine brummende Stimme hatte einen angenehm ruhigen Klang und obwohl er die ganze Zeit über so nervös gewirkt hatte, hielten seine Finger seine Mütze jetzt vollkommen still vor seinem Körper.

Der Mann hinter dem Tisch blickte immer wieder in das dicke Buch, nur um kurz darauf wieder den Mann vor Mira und Tarjei zu mustern. Seine Brille trug er so weit vorne auf der Nasenspitze, dass er nur zum Lesen hindurchsah. Mira fand, dass sein Gesicht etwas von einer Ratte hatte und bemerkte, dass er in einer Hand ständig eines der kleinen Säckchen voller Münzen abwog und seine Finger mit dem Verschluss spielten. Völlig ohne Vorwarnung stieß er plötzlich ein lautes Lachen aus und schlug mit seiner freien Hand hart auf den Tisch.

»Ein Ölpumper mit Höhenangst will auf ein Luftschiff.«

Er rief den anderen Crewmitgliedern und Kapitänen in der Sitzecke zu: »Habt ihr sowas schon mal gehört?«

Auch einige der Männer fingen an zu lachen und er wandte sich wieder nach vorne.

Er sah den Mann an, schüttelte den Kopf als könnte er noch immer nicht glauben, was er gerade gehört hatte und rief dann laut: »Der Nächste!«

Doch der breitschultrige Ölpumper rührte sich keinen Millimeter vom Fleck. Stattdessen fragte er mit lauter, aber völlig ruhiger Stimme: »Meine Arbeit würde ich doch unter Deck verrichten, nicht wahr?«

Dabei sah er nicht den Mann hinter dem Tisch an, sondern blickte direkt zu der Sitzecke des zugehörigen Käpt'ns und den Crewmitgliedern des Schiffs. Einige von ihnen nickten, was ihm als Antwort zu genügen schien.

»Ich arbeite schneller und härter als jeder andere Mann in diesem Raum. Seit meinem achten Lebensjahr schleppe ich Ölschläuche in Tankschiffe. Meistens nachts, wenn die Lichter in den Docks gedimmt sind, sodass man seine eigenen Füße nicht mehr sieht. Und selbst beim höchsten Wellengang, wenn die Schiffsanleger zwei Meter hoch und runter schwanken, kann ich mein Gleichgewicht noch halten. Also zeig mir nur einen Mann, der besser für die Arbeit an Bord eures Schiffes geeignet ist, bevor ich gehe.«

Hatten vorher nur die Schlange stehenden Männer

geschwiegen, so waren jetzt auch die Gespräche in den Sitzecken verstummt und das Geklapper der Gabeln verklungen. Der Ölpumper wartete anscheinend, bis der Mann hinter dem Tisch tatsächlich auf einen anderen Mann im Raum zeigte, den er eher nehmen würde, doch als er keine Anstalten machte, etwas dergleichen zu tun, nickte der Mann vor Mira und sagte: »Dann heuert mich an.«

Die Finger des Luftschiff-Anwerbers hatten zum ersten Mal, seit Mira das Hinterzimmer des *Fliegers* betreten hatte, aufgehört, mit dem Säckchen voller Münzen zu spielen und verharrten nun völlig bewegungslos. Selbst die Vorwärtsbewegung der benachbarten Schlange war ins Stocken geraten. Schließlich zeichnete sich ein schmales Lächeln auf den Lippen des Anwerbers ab.

»Also gut«, sagte er und warf dem Ölpumper das Säckchen mit Geld über den Tisch hinweg zu.

Sofort erklang ein enttäuschtes Raunen und die Männer hinter Tarjei und Mira verließen ihre Position in der Schlange. Einige stellten sich ganz hinten bei der anderen an, doch die meisten gingen einfach durch den Perlenvorhang in Richtung Schankraum.

»Unterschreib hier«, wies der Anwerber den Ölpumper an und hielt ihm die Schreibfeder griffbereit hin. Sein anderer Finger tippte wiederholt auf eine schmale Spalte in seinem dicken Buch.

»Gehalt gibt's jede Woche. Kost und Logis werden, solange wir in der Luft sind, davon abgezogen. Wenn wir in Hàvamar anlegen, steht es dir frei, weiterhin auf dem Schiff oder in der Stadt zu wohnen. Wer allerdings bei Abflug nicht da ist, braucht gar nicht mehr wiederzukommen.«

Der Anwerber ratterte diesen Spruch so schnell herunter, dass man beinahe die einzelnen Worte nicht mehr verstand und nachdem der breitschultrige Ölpumper unterschrieben hatte, reichte er ihm die Hand, um mit den Worten »Willkommen an Bord der *Aurora*« den Vertrag zu besiegeln. Mit einem kritischen Blick fügte er hinzu: »Und wenn du uns irgendwo hinkotzt, dann machst du's selbst weg. Klar?«

Der überglückliche Ölpumper versicherte, dass es nicht dazu kommen würde und ging dann hinüber zu den Sitzecken, wo er von seinen neuen Schiffskameraden ebenfalls mit

Handschlag begrüßt wurde.

»Verdammt«, murmelte Tarjei.

Der Luftschiffanwerber schlug sein dickes Buch mit einem Knall zu und war dabei, vom Tisch aufzustehen, als Mira ebenfalls begriff, dass das nicht gut war. Die *Aurora* schien niemanden sonst zu suchen. Damit war ihre Möglichkeit, Hàvamar zu verlassen, gerade verpufft und sie hatten ihre Zeit hier verschwendet. Zeit, in der die Soldaten Hàvamars ihren Kreis um Tarjei und sie enger ziehen konnten. Und vor allem Zeit, in der die Spur ihres Vaters noch kälter wurde, als sie es ohnehin schon war.

»Was machen wir jetzt?«, flüsterte sie.

Mira sah, wie lang die Schlange am Nachbartisch war und sie glaubte nicht, dass sie, bevor die Sonne unterging, die Chance hätten, dort vorzusprechen. Statt ihr zu antworten machte Tarjei jedoch einen Schritt nach vorne und sprach den Luftschiffanwerber, der gerade gehen wollte, an.

»Braucht ihr nicht noch einen Mechaniker? Ich kann eure Motoren schneller und effizienter machen, wenn ihr mich lasst.«

Auf dem rattenförmigen Gesicht des Anwerbers zeichnete sich Verwunderung ab. Er musterte Tarjei über seine Brille auf der Nasenspitze hinweg und schüttelte dann den Kopf, als hätte er Mitleid mit ihm. Er drehte sich um und sofort stand Folk neben ihm. Der riesige Schankwirt des *Fliegers* ging langsam um den Tisch herum und steuerte auf Tarjei zu.

»Hey, ich mein's ernst«, rief Tarjei. Folk war jedoch inzwischen bei ihm angekommen und legte ihm eine Hand auf die Schulter, die vermutlich groß genug war, um Tarjeis Kopf zu zerquetschen.

»Mach's nicht noch schlimmer«, sagte er in ruhigem Ton.

Dann zeigte er auf eine kleine Tür, die am anderen Ende des Raumes lag und brummte mit tiefer Stimme: »Hinten raus.«

Tarjei schien noch kurz abzuwägen, ob er sich dem Befehl beugen sollte, doch dann sah Mira, wie er seine Schultern sinken ließ und innerlich zusammensackte.

»Tarjei?«, fragte Mira unsicher, da sie nicht verstand, was vor sich ging. Hatte das etwas damit zu tun, wie wichtig es ihm gewesen war, dass sie niemanden wegen eines Postens auf einem der Luftschiffe direkt ansprechen durfte?

»Tut mir leid«, sagte Tarjei, während Folk ihn langsam auf die Hintertür zuschob. »Das war dumm.«

»Keine Angst«, meinte Folk jedoch zu Tarjei. »Es werden nur ein blaues Auge und ein paar Prellungen. War ja keine große Sache dieses Mal. Gebrochene Knochen gibt es nur, wenn einer einen Aufstand anfängt.« Und zu Mira fügte er hinzu: »In höchstens einer Woche ist er wieder auf den Beinen und ihr könnt's nochmal versuchen.«

Mira hatte keine Ahnung, was das alles sollte. Folk plante, Tarjei übel zuzurichten und auch wenn Mira heute schon öfters der Meinung gewesen war, dass er eine Tracht Prügel verdient hatte, würde es ihr sicher weder beim Verstecken vor der Stadtwache noch bei der Suche nach ihrem Vater helfen, wenn Folk sie ihm verpasste. Sie musste also dringend etwas unternehmen. Auch wenn sie keine Ahnung hatte, was sie gegen den Schankwirt, der drei Mal so viel wog wie sie, tun sollte.

»Folk!«, rief eine Stimme aus dem hinteren Teil des Raums bei den Sitzecken. »Warte mal.«

Der Wirt des *Fliegers* blieb stehen. Seine Hand blieb jedoch schwer auf Tarjeis Schulter liegen und Mira zweifelte nicht daran, dass er Tarjei keine Chance zur Flucht lassen würde.

In einer der Sitzecken stand ein gedrungener Mann mit rundem Gesicht auf und kam auf sie zu. Die halblangen Haare wirkten irgendwie schmuddelig und seinen Bart hatte er zu zwei unordentlichen Zöpfen geflochten, an deren Ende jeweils verblasste Perlen eingearbeitet waren. Sein Auftreten war zwar insgesamt weniger schmierig, aber trotzdem erinnerte er Mira zu sehr an Morten, als dass sie auch nur für eine Sekunde in Betracht gezogen hätte, ihn zu mögen.

»Ich glaube, ich könnte noch einen Mechaniker gebrauchen«, sagte er, als er bei ihnen angekommen war. Dann löste er einen kleinen Münzbeutel von seinem Gürtel und warf ihn Folk zu, der ihn mit seiner freien Hand geschickt auffing.

»Für deine Mühen.«

Der Blick des Schankwirts ging mehrmals zwischen Tarjei, Mira und dem Fremden hin und her, wobei Folk immer wieder zu dem kleinen Beutelchen voller Geld in seiner Hand schielte. Der Mann, der Folk davon abzuhalten versuchte, Tarjei zu verprügeln, erkannte das Problem des Schankwirts, lehnte sich etwas nach vorne und flüsterte ihm zu: »Keine Sorge wegen der Regeln.«

Dann wandte er sich zu den im Raum versammelten Männern um, die neugierig herüberschauten und rief: »Dieser junge Mann...«, er hielt kurz inne und warf einen Blick über die Schulter. Tarjei schien zu verstehen, denn er flüsterte ihm schnell seinen Namen zu. »Mein Freund Tarjei Akonsen«, fuhr der Fremde daraufhin fort, »hat sich bei mir ganz regulär um den Posten als Mechaniker beworben. Ich habe ihn in den *Flieger* eingeladen und lediglich vergessen, einen Tisch für meinen eigenen Anwerber aufstellen zu lassen. Sicher hat er deswegen aus Versehen in der Schlange für das falsche Luftschiff angestanden. Ihr seht also, dass er sich auf rechtschaffene Art und Weise versucht hat, Gehör zu verschaffen.«

Kopfschütteln und unzufriedenes Gemurmel breiteten sich unter den Männern aus, die die augenscheinliche Lüge natürlich erkannten. Trotzdem schien für sie damit die Sache erledigt zu sein und jeder ging wieder seinen eigenen Geschäften nach.

Damit nahm auch Folk seine Hand endlich von Tarjeis Schulter und flüsterte so leise, dass Mira, die direkt danebenstand, es gerade so verstehen konnte: »Du hättest besser die Prügel kassiert, Junge.«

Dann verschwand er durch den Durchgang mit dem Perlenvorhang wieder nach vorne in den Schankraum.

»Kapitän Dark«, stellte sich der merkwürdige Fremde vor und streckte ihnen seine Hand entgegen. Inzwischen schien jedoch nicht nur Mira misstrauisch zu sein, denn auch Tarjei zögerte, bevor er einschlug.

»Tarjei Akonsen«, wiederholte Tarjei seinen Namen.

»Und die hübsche Dame an eurer Seite heißt?«, fragte Dark und griff ohne zu fragen nach Miras Hand, um ihr einen Kuss darauf zu hauchen, noch bevor Mira die Chance gehabt hätte sie wegzuziehen. Die aufdringliche Berührung des Mannes war ihr äußerst unangenehm und sein Blick war viel zu intensiv.

»Ich nehme an, das junge Paar sucht eine Möglichkeit, gemeinsam die Weiten des Himmels zu erkunden«, sagte

Käpt'n Dark und führte sie mit einer Geste zum Hinterausgang des *Fliegers*, der sie in eine kleine Seitengasse brachte. Dort umrundeten sie stinkende Mülltonnen, während der Käpt'n, ohne zu erklären, wohin sie unterwegs waren, vorausging und sie mit seinem Gerede dazu zwang, ihm zu folgen. Er erzählte ihnen, wie dringend er einen guten zweiten Mechaniker gebrauchen konnte, da der Momentane ständig sein Luftschiff kurz vor die Explosion oder zum Absturz brachte. Dann meinte er, dass er Mira natürlich nicht umsonst würde mitfliegen lassen können, aber das man sowieso nie genügend Köchinnen oder Dienstmädchen haben könne und sich schon etwas Passendes für sie finden werde. Doch Mira ließ sich nicht einlullen. In ihrem Inneren schrie alles, dass gleich etwas sehr, sehr Schlechtes passieren würde. Ihr war nicht entgangen, dass Dark sie absichtlich immer tiefer in ein Gewirr aus kleinen Gassen und Hinterhöfen führte, anstatt auf eine breitere Hauptstraße zuzuhalten.

Als der Käpt'n gerade ein kurzes Stück zu weit vorausgegangen war, flüsterte Mira: »Das gefällt mir nicht.«

Tarjei folgte ihren misstrauischen Blicken, mit denen sie die Umgebung musterte und flüsterte dann zurück: »Ich glaube, mir auch nicht. Wir sollten zusehen, dass wir von hier wegkommen.«

Inzwischen waren sie schon so oft in andere Straßen eingebogen, die jedes Mal schmaler, dunkler und dreckiger wurden, dass Mira nur noch eine grobe Ahnung hatte, wo der *Flieger* sich befinden musste.

»Wenn ich los sage, rennst du«, flüsterte Tarjei während Käpt'n Dark ununterbrochen weiterredete. »Und bleib dicht hinter mir.«

Mira nickte bei der letzten Anweisung. Sie hatte sicher keine Lust, irgendwo in Hàvamar verloren zu gehen. Und die Stadtwache nach dem Weg zu fragen, schied wohl eher aus.

Käpt'n Dark bog vor ihnen um eine weitere Straßenecke und Tarjei nutzte die Situation.

»Los!«, rief er ihr zu und Mira drehte sich gleichzeitig mit ihm in die entgegengesetzte Richtung um und rannte los.

Nach zwei Schritten prallte sie hart gegen die Brust eines großen Mannes und stolperte rückwärts. Der Koloss packte jedoch blitzschnell ihren Arm und sein schraubstockartiger

Griff verhinderte, dass sie hinfiel. Schnell erkannte Mira, dass Tarjei ebenfalls in der Falle saß. Ein abgemagerter Kerl verdrehte ihm den Arm auf den Rücken und presste ihm mit der anderen Hand ein kleines Messer an die Kehle.

»Ich habe gerade für dein Wohlergehen bezahlt und du rennst mitten in unserer Unterhaltung davon.«

Käpt'n Dark war wieder um die Straßenecke zurückgekommen und schüttelte in gespielter Enttäuschung den Kopf.

Tarjei versuchte, sich gegen den Mann zu wehren, der ihn festhielt, doch das Einzige, was er erreichte, war, dass sein Arm stärker verdreht wurde und ein kleiner Blutstropfen an seinem Hals hinunterlief, wo das Messer seinen Hals ritzte.

»Ganz ruhig«, sagte Dark mit einem schmutzigen Grinsen im Gesicht. »Du kennst doch die Gesetze bezüglich Deserteure. Der gute Ragev - Dark nickte dem Mann zu, der Tarjei festhielt - muss nur einmal kurz zucken und du verblutest im Straßengraben, ohne dass irgendjemand etwas dagegen hätte.«

Tarjei versuchte ein weiteres Mal, sich zu befreien, doch der abgemagerte Kerl drückte sein Messer nur noch fester gegen seinen Hals.

»Bring sie zu den anderen Mädchen auf dem Schiff«, sagte Dark zu dem großen Mann, der Mira fest am Arm gepackt hatte. »Für unsere Häuser in der Stadt ist sie zu jung und ich glaube, wir können gutes Geld mit ihr und der Einsamkeit einiger Offiziere bei den Außenposten verdienen.«

Mira schluckte schwer. Das war schlecht. Sehr, sehr schlecht.

Sie hatte eine deutliche Ahnung, was ihr bevorstand. Doch anstatt traurig zu werden oder zu verzweifeln, spürte Mira vor allem Wut in sich aufsteigen. So wollte sie nicht enden. Sie hatte keine Zeit mehr für Kerle wie Dark und seine Handlanger. Sie hatte schon viel zu viel Zeit auf der Suche nach ihrem Vater verschwendet. Damit musste jetzt endlich Schluss sein. Sie musste dringend etwas unternehmen, um sich und Tarjei aus dieser Situation herauszubekommen.

Der Koloss, der sie am Oberarm festhielt, nickte seinem Käpt'n zu und versuchte Mira hinter sich herzuschleifen, um sie wie befohlen wegzubringen. Doch Mira würde sich eher von den Eisgeistern holen lassen, als kampflos aufzugeben und so holte sie so viel Schwung, wie die kurze Distanz es erlaubte, und trat ihrem Wächter mit aller Kraft von hinten zwischen die Beine. Sie spürte, wie sich seine Hand ruckartig verkrampfte und ihren Oberarm beinahe durchbrach, doch kurz darauf löste sich sein Griff von ihr und der Mann sackte auf die Knie zu Boden.

Mira riss sich los und wollte als nächstes Tarjei irgendwie helfen. Der abgemagerte Schläger, der ihn festhielt, reagierte jedoch zu schnell und benutzte Tarjei als Schutzschild, hinter dem er sich versteckte.

»Beweg dich und er ist tot«, sagte Dark. Seine Stimme klang völlig ruhig. Er hatte nur eine Tatsache ausgesprochen, keine Drohung.

Mira schaute zwischen ihm und dem Messer an Tarjeis Hals hin und her.

»Lauf verdammt noch mal weg«, sagte Tarjei, bewegte sich aber nicht, um sich nicht noch mehr zu verletzen. Mira zögerte jedoch. Sie konnte auf keinen Fall wegrennen. Aber sie konnte auch nicht bleiben, wo sie war. Was sollte sie nur tun?

Und dann war ihre Chance vorbei.

Die breite Hand des Kolosses, den sie zuvor überrumpelt hatte, packte sie wieder am Arm. Sie spürte, seine verkrampften Muskeln und wie er sein Gewicht auf ihr abstützte. Der Tritt musste ihm noch immer schwere Schmerzen bereiten, doch Mira wusste, dass er sie dieses Mal nicht mehr loslassen würde. Eher würde er ihr den Arm auskugeln, wenn sie versuchte, wegzurennen.

»Gut, dann können wir ja jetzt weitermachen«, sagte Dark und lächelte verächtlich. Mit einem Winken bedeutete er Miras Bewacher, sie wegzubringen und er selbst wollte sich gerade wieder Tarjei zuwenden, als Mira die Mündung einer altertümlichen Pistole mit doppeltem Lauf an seiner Schläfe sah. Der Hahn wurde mit einem leisen Klicken gespannt und Käpt'n Dark erstarrte mitten in der Bewegung.

»Verschwindet von hier«, sagte eine Stimme hinter dem Käpt'n.

Erst als Mira das Messer auf den Asphalt fallen hörte, bemerkte sie, dass auch die Hand um ihren Oberarm verschwunden war. Sie hatte noch nicht einmal ansatzweise begriffen, was gerade vor sich ging, da waren Darks Männer schon um die nächste Straßenecke verschwunden.

»Gut und jetzt hinlegen«, sagte die von Darks Körper verdeckte Gestalt. Dabei entfernte sich die Pistole nur wenige Zentimeter vom Kopf des Käpt'ns, um ihm genügend Spielraum zu geben, sich zu bewegen.

Mira sah die angespannten Muskeln in Darks Gesicht und hörte das Knirschen seiner zusammengebissenen Zähne.

»Weißt du, mit wem du dich gerade anlegst?«, fragte er, kam jedoch der Forderung nach und ließ sich erst auf ein Knie nieder und zog dann auch das andere nach.

»Mit dem Gesicht auf den Boden und die Arme hinter den Kopf«, lautete die nächste Anweisung und Dark tat wie ihm befohlen. Jedoch nicht ohne eine Drohung auszustoßen: »Wer auch immer du bist. Ich werde dich finden und töten.«

Erst jetzt konnte Mira sehen, wer die doppelläufige Pistole auf den Käpt'n richtete. Überrascht stellte sie fest, dass sie den Mann kannte. Er war es gewesen, der sie und Tarjei im *Flieger* immer wieder angesehen hatte. Allerdings hatte er seine braune Lederjacke eng um sich geschlungen und den breiten Kragen nach oben geklappt. Statt der Kapitänsmütze trug er eine schwarze Wollkappe, die er sich tief ins Gesicht gezogen hatte. Er schien es darauf abgesehen zu haben, nicht erkannt zu werden, doch Mira war sich sicher, dass er es war. Er hatte die gleichen blauen Augen, die irgendwie zu alt für sein restliches Aussehen wirkten.

»Hör mir genau zu«, sagte der Mann zu Dark. »Du berührst mit deinen Lippen jetzt den Boden und zählst deutlich hörbar genau einhundert Mal bis einhundert. Und zwar schön langsam. Danach kannst du deiner Wege gehen. Hebst du vorher den Kopf oder hörst du auf zu zählen, bist du tot. Verstanden?«

Dark schaffte es, trotz der Dämpfung durch den Straßenboden, den er küssen musste, seine Bestätigung wie eine Todesdrohung klingen zu lassen.

»Gut«, sagte der Fremde. »Fang an.«

Erst zögerte er, dann hörte Mira, wie Dark zu zählen anfing.

»Langsamer«, wies ihn der Fremde zurecht. »Und lauter, dass mein Scharfschütze auf der anderen Straßenseite dich auch hören kann.«

Das nächste, was Mira hörte, war ein derber Fluch, doch sofort zählte Dark lauter und langsamer weiter.

Als er bei zwanzig angekommen war, schien der fremde Mann zufrieden zu sein, denn er senkte seine Pistole ein wenig - natürlich nicht weit genug, als dass er Dark nicht bei der kleinsten Unregelmäßigkeit noch immer hätte erschießen können - und sah dann zum ersten Mal Mira und Tarjei direkt an.

»Ich halte es für das Beste, wenn ihr beide mit mir kommt«, sagte er so freundlich, dass man niemals hätte erraten können, dass er eine Sekunde vorher einem Mann eine Pistole an den Kopf gehalten hatte.

»Wenn du willst, kannst du dein Glück auch alleine suchen, Mädchen«, erklärte der Mann Mira. »Aber dich brauche ich leider«, sagte er zu Tarjei. Die Tatsache, dass er seine Pistole noch immer nicht weggesteckt hatte, machte klar, dass es keine freiwillige Entscheidung Tarjeis war, ob er mitkommen würde oder nicht.

Mira hasste es, das zugeben zu müssen, aber selbst wenn sie gewollt hätte, würde sie ohne Tarjei keinen Tag in Hàvamar überstehen. Und auch wenn ihr Tarjei momentan nicht der liebste Mensch auf Erden war, so konnte sie ihn nicht einfach diesem Fremden überlassen. Zum einen hatte er ihr helfen wollen und zum anderen, hatte sie noch viel zu viele Fragen an ihn.

»Ich komme auch mit«, sagte sie daher ohne zu zögern. Es klang zwar ein klein wenig lächerlich, wenn man bedachte, dass sie damit heute dann bereits zum zweiten Mal entführt wurde, aber das war ihr egal.

Um weder Tarjei noch dem Fremden eine Chance zu geben, auf die Idee zu kommen, sie vielleicht doch noch zurückzulassen, machte sie einen Schritt auf den Mann zu und bedeutete ihm loszugehen. Je eher sie von Dark weg waren, desto eher konnte sie sich etwas einfallen lassen, wie sie aus dieser nächsten Sache herauskommen würden.

❈

Kapitel Zwölf

Die Haferschleimreste in den beiden Schüsseln waren gerade noch lauwarm. Angewidert wischte Rayk die Reste des Essens mit seinem Taschentuch vom Finger und ließ es dann auf den Esstisch in Tarjeis Wohnung fallen.

Der Mechaniker und die Dienerin konnten noch nicht lange weg sein. Zwei Soldaten hatte er bereits losgeschickt, um die naheliegenden Geschäfte abzusuchen und die Händler nach den beiden zu befragen. Irgendwo hatten sie ihr Frühstück schließlich kaufen müssen.

»Auch die Matratze«, wies Rayk einen der vier Soldaten an, die bei ihrer Suche das Zimmer Stück für Stück auseinandernahmen. Sofort zückte der Mann sein Messer und schlitzte die Matratze auf. Doch außer den weißen Flocken des Füllmaterials, die in die Luft stoben, fand er nichts.

Einen Versuch war es wert, dachte Rayk. Schließlich war dieser Junge - Tarjei war sein Name, wie er inzwischen in Erfahrung gebracht hatte - tatsächlich dumm genug gewesen in seiner Wohnung zu übernachten. Wäre Rayk mit seinen Männern ein paar Minuten früher eingetroffen, hätte er sie jetzt schon in Gewahrsam genommen.

Vermutlich fühlten sich der Mechaniker und die Dienerin sicher, da sie nicht wussten, dass er es war, der sie verfolgte und welche Ressourcen er dafür mobilisieren konnte. Das war gut, denn das Gefühl von Sicherheit bedeutete, dass sie früher oder später einen Fehler machen würden, den Rayk ausnutzen konnte.

»Kommandant!«, rief eine Stimme von der Tür her in die kleine Dachgeschosswohnung. »Ein Händler hat bestätigt die beiden gesehen zu haben. Sie haben vor weniger als zwanzig Minuten bei ihm ein paar Haarnadeln gekauft.«

Und schon zog sich das Netz enger um sie.

»Gut gemacht«, lobte Rayk den Soldaten, der in strammer Haltung im Türrahmen stand und auf seine nächsten Befehle wartete.

»Zwei Mann durchsuchen weiterhin die Wohnung und

funken die anderen Suchtrupps an. Sie sollen alle Wege aus diesem und den angrenzenden Stadtvierteln überwachen. Alle anderen kommen mit mir.«

Als Rayk die Wohnung verließ, hatte einer der Soldaten bereits den sperrigen Kasten eines mobilen Funkgeräts auf den kleinen Tisch gestellt, die Verkleidung zurückgeschoben und die entsprechenden Knöpfe und Schalter auf die richtige Position gebracht, um den anderen Suchtrupps Bescheid zu geben.

»In welche Richtung?«, fragte Rayk den Mann, nachdem er zusammen mit den Soldaten auf die Straße vor Tarjeis Wohnung getreten war.

»Dorthin, Kommandant«, sagte der Soldat. »In Richtung Hafen.«

Sie wollen also per Schiff fliehen, anstatt sich zu verstecken, dachte Rayk. Das legte die Vermutung nahe, dass sie wussten, wie sie Yorrick finden konnten, um sich wieder den Piraten anzuschließen.

Die Soldaten marschierten in Formation neben Rayk her, während er den schnellsten Weg Richtung Hafen auswählte.

An Bord der *Lintu* hatte es nur wenige Informationen über den jungen Mechaniker gegeben. Außer der Lage seiner Wohnung und ein paar Belegen über seinen monatlichen Sold, hatte Rayk nur herausfinden können, dass er bei Dienstantritt angegeben hatte, von Scholle zwölf zu stammen. Der gleichen Scholle wie die Dienerin. Und auch die gleiche Scholle, die Yorrick überfallen hatte. Ein Zufall war hier wohl auszuschließen.

Noch bedeutender war jedoch die Tatsache, dass dies einem Beweis gleichkam, dass sich Piraten auch auf unabhängigen Schollen versteckten. Vermutlich in kleinen Gruppen, um wie diese Dienerin auf den richtigen Moment zu warten, um der Hauptstadt schaden zu können. Es schien ein Netzwerk zu existieren, auf dessen weiteste Ausläufer er gestoßen war. War es das, was sein Onkel mit ihm besprechen wollte? Konnte er deswegen nicht mehr mit Sicherheit sagen, wem er vertrauen konnte und wem nicht?

Rayk würde es bald herausfinden.

Die Bewohner Hàvamars gingen ihm und seinen Soldaten

hastig aus dem Weg, sodass sie in den Straßen der Stadt schnell vorankamen. Als sie bei dem kleinen Verkaufsstand ankamen, wo die Dienerin gesehen worden war, machte sich Rayk nicht die Mühe, den Händler erneut zu befragen. Stattdessen ging er nur kurz zu ihm hin, legte eine goldene Münze auf eine freie Stelle zwischen dem Krimskrams, den er zum Verkauf anbot und sagte: »Ich danke Ihnen für Ihren Dienst an Hàvamar. Erzählt weiter, dass Hinweise wie Eurer belohnt werden.«

Der gierige Blick und die unterwürfigen Dankesbekundungen erinnerten Rayk wieder daran, weshalb er inzwischen so gerne auf dem Eismeer war. Politiker wie Lavran Botker mit seiner Lotterie, die nur Neid und den unstillbaren Wunsch nach mehr Reichtum förderten, verdorben die Stadt jeden Tag etwas mehr. Es sollte eine Selbstverständlichkeit sein, dass die Menschen Hàvamar dienten, so wie die Stadtregierung ihnen diente. Die Belohnung hätte den Händler nicht überraschen dürfen.

Mit einem traurigen Kopfschütteln ging Rayk zurück zu seinem kleinen Trupp Soldaten und marschierte durch die Straßen Hàvamars in Richtung Hafen.

Die Gerüche in der Luft wurden, zusammen mit dem Erscheinungsbild der Häuser zunehmend unangenehmer. Der Gestank erinnerte Rayk an die Latrinen des westlichen Eiswüsten-Außenpostens, wo er als junger Offizier ein halbes Jahr Dienst ableisten musste. Doch wenigstens kamen sie gut voran.

»Kommandant?«, fragte der ranghöchste Soldat seines kleinen Begleitungstrupps unsicher, als gerade eine in Lumpen gekleidete Frau an ihnen vorüberging. Sie warf ihnen zwischen ihren zerzausten Haarsträhnen neugierige Blicke zu, huschte aber schnell an ihnen vorbei.

Rayk gab dem Truppführer ein Zeichen, dass er sprechen sollte.

»Entschuldigt, Kommandant«, sagte er unsicher. »Aber seid Ihr sicher, dass Ihr nicht vielleicht Verstärkung anfordern solltet? Spätestens bei den Docks werden wir zusätzliche Männer brauchen.«

Es war ein kluger Gedanke, da sie alleine nicht das

gesamte Gebiet absuchen konnten. Doch Rayk hatte einen anderen Plan ins Auge gefasst.

»Wir dürfen keine Zeit verlieren«, sagte er. »Bis die anderen Suchtrupps uns eingeholt haben, werden wir zur Hafenverwaltung gehen und das Auslaufen weiterer Schiffe verhindern. Nachdem wir den Piraten die Fluchtwege abgeschnitten haben, können wir warten, bis mehr Männer eintreffen, um eine geordnete Suche einzuleiten.«

»Aber, Kommandant«, erwiderte der Truppführer, »es geht nicht um die Organisation der Suche.«

Seine Stimme ließ jegliche militärische Lautstärke vermissen, als er hinzufügte: »In letzter Zeit sind selbst wesentlich größere Soldatentrupps als der unsere zu den Docks unterwegs gewesen und dann einfach nicht mehr aufgetaucht.«

Rayk begriff erst nicht, was der Mann ihm sagen wollte, doch der fuhr beinahe stotternd fort.

»Wisst Ihr, Kommandant, die Banden haben seit Monaten großen Zulauf. Das hier ist jetzt ihr Teil der Stadt.«

Den letzten Satz murmelte er nur noch, vermutlich in der Hoffnung, Rayk würde ihn nicht hören.

Doch er hatte es gehört. Plötzlich wurde ihm auch klar, weshalb die Soldaten bei jedem Schritt nervöser wurden und sich unaufhörlich umsahen.

»Wollt ihr damit sagen, dass es in Hàvamar einen gesamten Stadtteil gibt, in dem das Weiß unserer Uniform nichts mehr zählt?«, fragte Rayk entsetzt.

Er war lange nicht mehr in der Stadt gewesen, aber konnte es wirklich so schlimm geworden sein? Das war undenkbar. Sein Onkel hätte doch etwas unternommen. Er hätte die Armee in die Docks geschickt, um aufzuräumen.

»Ihr müsst verstehen, Kommandant«, versuchte der Truppführer zu erklären. »Die Regierung hat vor drei Monaten neue Gesetze erlassen, die es der Armee verbieten, Kampfhandlungen innerhalb der Stadt vorzunehmen.«

Rayk blieb stehen und schaute den Truppführer ungläubig an. So verrückt konnte der Rat doch nicht sein.

»Gleichzeitig wurde die Stadtwache verkleinert. Ohne genügend Männer oder der nötigen Ausrüstung, konnte Kommandant Thorge nur wenig machen. Von dem einen Tag auf den anderen«, der Truppführer schnippte mit den Fingern, »waren die Banden dann einfach da und verbreiteten sich wie eine Seuche hier in den Docks.«

»Wie, bei den Eisgeistern ...«, murmelte Rayk.

Wie konnte er nichts davon gehört haben? Er war im Einsatz gewesen, um Yorrick und die Piraten zu jagen. Aber wenn schon nicht sein alter Freund und Ausbilder Thorge, dann hätte doch sein Onkel ihm davon erzählt. Er hätte Rayk eine Nachricht zukommen lassen ...

Rayk fasste sich mit einer schnellen Bewegung an die Brusttasche seiner Uniform und tastete nach den spitzen Kanten des Briefs, den er darin aufbewahrte.

Sein Onkel hatte ihm ja auch eine Nachricht geschickt. Unter Umgehung aller offiziellen Kanäle musste sie mindestens einen Monat gebraucht haben, bis sie ihn erreicht hatte. Darum ging es also. Aber warum die Heimlichkeit?

Rayk ballte seine Hände zu Fäusten.

Er schien überall gleichzeitig sein zu müssen. Hier in der Stadt, um Piraten in Hàvamar zu fassen. Auf dem Eismeer, um dort Yorrick zu jagen. Und im Regierungsviertel, um seinem Onkel beizustehen.

»Truppführer«, sagte Rayk und konnte nur mit Mühe verhindern, dass seine Stimme vor Wut zitterte. »Wir werden auf der Stelle zur Hafenverwaltung gehen. Geben Sie Ihren Männern den Befehl, ihre Gewehre zu entsichern. Jede Person, die näher als fünf Schritte an einen Soldaten Hàvamars herantritt, ohne dazu aufgefordert zu werden, wird nach einmaliger Warnung auf der Stelle erschossen.«

Rayk konnte in den Augen des Mannes sehen, wie er mit sich selbst rang. Er verstieß damit direkt gegen Ratsgesetze. Doch schließlich überwog wohl sein Ehrgefühl und das Wissen, dass Rayk recht hatte. Mit fester Stimme rief er: »Zu Befehl, Kommandant.«

Sobald die vier Soldaten um ihn herum mit zitternden Fingern ihre Gewehre entsichert hatten, marschierte Rayk los. Mit einer geübten Bewegung lockerte er die Pistole, die an seinem Gürtel hing und achtete darauf, dass er sie ohne Verzögerung ziehen konnte.

Solange er ein Kommando besaß, würde Hàvamar sich keinen illegalen Banden beugen.

Drei Straßenkreuzungen brauchte es, bis Rayk sich zum ersten Mal beobachtet fühlte. In seinem Nacken juckte es als würden sich kleine Nadeln hineinbohren. Auch die Soldaten wurden unruhiger. Die Situation durfte Rayk jetzt nicht entgleiten. Würde er sich verstohlen umdrehen, würden seine Männer das mitbekommen. Stattdessen versuchte er aus den Augenwinkeln heraus, seine Umgebung zu sondieren. Dort. Auf der rechten Seite im zweiten Stock eines schäbigen Reihenhauses bewegte sich ein Vorhang. Eine schemenhafte Gestalt huschte vom Fenster weg. Die Straße vor ihnen blieb jedoch leer. Leises Klirren drang an Rayks Ohr. Wie kleine Glocken, die im Wind mitschwangen. Was war das? Es wurde lauter, je weiter sie in das Hafenviertel kamen.

Keine Menschenseele war zu sehen. Dafür bemerkte Rayk eine merkwürdige Wäscheleine. Statt im Hinterhof der Häuser war sie von einem Dach des Hauses über die Kreuzung zu dem nächsten Haus gespannt. Und sie schwang hin und her. Jetzt konnte er nicht anders und schaute sich doch um. Er legte den Kopf in den Nacken. Diese Leinen bildeten ein Netz über den Dächern des Viertels. Kleine Glöckchen waren daran befestigt, die jetzt klingelten.

»Ein Warnsystem«, dachte Rayk laut. Hatten die Banden hier wirklich so viel Einfluss, dass sie es hatten installieren können? Das Klingeln der Glöckchen wurde immer lauter und schien sie zu umgeben, während Rayk mit seinem Trupp durch die geisterhaften Straßen des Viertels marschierte.

Plötzlich huschte auf der linken Seite ein schmächtiger Mann um eine Häuserecke. Sofort zog Rayk seine Pistole. Die Soldaten seines Trupps fassten ihre Gewehre fester.

Was, wenn die Glöckchen nicht nur ein Alarmsystem waren, sondern dazu dienten, einen Hinterhalt zu koordinieren? Doch bevor Rayk sich diese Frage beantworten konnte, bemerkte er zwei weitere Gestalten, die gerade in einem Hinterhof verschwanden.

»Kommandant?«, flüsterte der Truppführer.

Das musste ein Ende haben. Seine Männer würden sonst den Kopf verlieren.

»Achtung!«, warnte Rayk sie mit lauter Stimme vor. Dann hob er seine Pistole zielte auf eines der Glöckchen und schoss.

Kleine Metallsplitter flogen umher und regneten auf die Straße.

»Das sollte klarmachen, was sie von uns zu erwarten haben«, sagte Rayk.

Seine Soldaten waren noch immer angespannt, doch wenigstens zogen sie die Köpfe nicht länger ein. Einige Häuser später bog Rayk mit ihnen nach links ab. Ihr Ziel, der Turm, in dem sich die Hafenverwaltung befand, ragte bereits über einige Häuserdächer hinweg in den Himmel. Nicht mehr lange und sie wären dort.

Plötzlich war es still.

Kein Glöckchen bimmelte mehr. Die Wäscheleinen des Warnsystems standen still.

Wieder bemerkte Rayk dieses Stechen im Nacken, als würde er beobachtet. Sein Instinkt meldete sich und sein Magen zog sich zusammen.

»Sofort runter von der Straße«, befahl er und sie rannten zur nächstgelegenen Häuserwand, wo sie hinter einigen Vorsprüngen des Mauerwerks in Deckung gingen. Ihre Position war jedoch noch immer miserabel. Sie mussten so schnell wie möglich zum Hafenturm und der dort stationierten Kompanie.

Plötzlich rannten einige Gestalten aus einem Innenhof, nur wenige Meter von ihnen entfernt. Rayks Arm ruckte herum und er verfolgte sie mit der Mündung seiner Pistole. Die Gewehre seiner Männer taten es ihm gleich.

»Bei den Eisgeistern«, fluchte einer der Soldaten und auch Rayk schluckte.

Dann ließ er die Pistole sinken.

Es waren Kinder. Ein Mädchen schoss einen Ball zu einem Jungen. Sie sahen sich ähnlich. Vielleicht Geschwister. Sie und ihre drei Freunde rannten gemeinsam über die Straße. Den Soldatentrupp hatten sie gar nicht bemerkt.

Die Glöckchen hatten keinen Angriff angekündigt. Sie hatten die Bandenmitglieder nur gewarnt, sich von der Straße fernzuhalten, so lange Rayk sich mit seinem Trupp in ihrem Gebiet befand. Jetzt, wo sie beinahe beim Hafenturm waren, waren sie wieder verstummt, da die Gefahr vorüber war.

Rayk schaute den Kindern hinterher, bis sie in eine andere Straße einbogen und verschwunden waren. Sie hatten nur zerschlissene Kleidung angehabt und abgemagert gewirkt. Straßenkinder. Erinnerungsfetzen drängten sich Rayk auf.

»Los geht's«, sagte er zu seinen Männern und versuchte sie abzuschütteln. »Im Laufschritt zum Hafenturm.«

Doch selbst das schnelle Tempo, das er anschlug, konnte ihn nicht komplett ablenken. Er dachte an seine eigene Kindheit auf der Straße. Und an Thea. Wieso waren seine Gedanken nach all den Jahren noch immer nicht sicher vor ihr?

Sein Vater hatte ihn adoptiert und ihm ein zu Hause als Sohn des Präsidenten gegeben. Doch ein Teil von ihm, hatte nie dorthin gepasst. Er war noch immer mit den Straßen Hàvamars verbunden.

*

»Kommandant, wir bekommen ständig Anfragen, wann die Schiffe wieder die Erlaubnis erhalten, auszulaufen«, meldete der Hafenoffizier.

Rayk stand im höchsten Stockwerk des großen Turms, der den gesamten Schiffsverkehr im Hafen regelte. In der Mitte waren die Tische zu einem Viereck aneinandergeschoben und vollständig von Funkanlagen bedeckt. Für gewöhnlich hatten die Lotsen alle Hände voll zu tun, gleichzeitig die Anweisungen an die Schiffe durchzugeben, während ihre Kollegen mit Ferngläsern durch die Fensterfronten spähten, die drei Seiten des Raums einnahmen. Diese Männer eilten normalerweise geschäftig hin und her, um die Schiffsrouten auf einer Tafel mit kleinen Halterungen für Karteikarten, die die vierte Wand des Raumes einnahm, zu markieren. Dass momentan keine einzige der hunderten von Karteikarten im oberen Bereich der Tafel in einer Halterung steckte, bedeutete, dass sich nicht einmal die kleinste Nussschale auf dem Eismeer bewegte.

Ohne Fernglas konnte Rayk gerade so die dicke Eisenkette sehen, die seit seinem Befehl, den Schiffsverkehr zu sperren, hochgezogen worden war, um die Hafeneinfahrt zu blockieren.

Vor der Einfahrt dümpelten einzelne Schiffe im Wasser auf und ab, und warteten darauf, als erste hereingelassen zu werden, sobald der Hafen wieder geöffnet würde.

»In zwei Stunden rechnen wir mit der Ankunft einer dritten Scholle«, erinnerte der Hafenoffizier Rayk zum fünften Mal. »Wir werden tagelang mit der Arbeit hinterherhängen, wenn ich bis dahin den Verkehr nicht wieder freigeben kann.«

Die Lotsen blickten von ihren Funkgeräten auf, über die sie die ganze Zeit über Beschwichtigungen an die Kapitäne murmelten, und starrten Rayk an. Doch er ließ sich weder von der bulligen Gestalt des Hafenoffiziers, noch von seinen verächtlichen Blicken beeindrucken. Rayk hatte den Kerl von Anfang an nicht gemocht. Er war einer dieser Offiziere, die sich als Teil der Armee sahen, ohne je die Sicherheit Hàvamars verlassen zu haben. Seinen Posten hatte er ohne Zweifel nur, weil er der vielleicht dritte Sohn eines unbedeutenden Adligen war, der ein paar Beziehungen hatte spielen lassen. Deshalb fiel es Rayk sehr schwer, sich seine Abneigung nicht offen anmerken zu lassen, als er knapp antwortete: »Wir warten so lange, bis wir sie gefunden haben.«

Dann wandte er sich wieder einer der Glasfronten zu, und beobachtete, wie kleine Gestalten in weißen Uniformen gerade im Laufschritt den Steg eines Schiffs heruntereilten und auf das nächste Boot zuhielten.

Er hatte die Hände hinter dem Rücken verschränkt und spannte in den weißen Lederhandschuhen, für Beobachter unsichtbar abwechselnd seine Fingermuskeln an. Eine alte Angewohnheit.

»Kommandant?« Dieses Mal war es einer der Lotsen, der einen weiteren Vorstoß wagte. »Dürfte ich vorschlagen, dass Sie zuerst die Schiffe durchsuchen, die am wahrscheinlichsten in Frage kommen, Flüchtige zu transportieren.«

Rayk betrachtete den Mann eingehender. Er war von drahtiger Gestalt und nachdem er von dem Platz an seinem Funkgerät aufgestanden war, überragte er Rayk um einen Kopf. Obwohl ihn nun jeder anstarrte, machte er einen selbstsicheren Eindruck, als er zu der Tafel hinüberging, an der die Lotsen für gewöhnlich die Schiffsrouten koordinierten.

»Ihre Männer durchsuchen momentan die Transportschiffe, die zu den beiden vor Anker liegenden Schollen unterwegs sind«, erklärte er. »Auf diesen Schiffen arbeiten jedoch ausschließlich die Verlademannschaften. Ein zusätzlicher Passagier würde dort sofort auffallen und von irgendwem gemeldet werden. Wenn Sie also keine Zeit verlieren wollen, dann schlage ich vor, dass Sie die Schiffe unabhängiger Kapitäne durchsuchen lassen.«

Der Mann hatte Rayks Interesse geweckt. Er schien einen klugen Kopf zu haben. Er nickte dem Lotsen zu und fragte: »Welche Schiffe schlagt Ihr vor?«

»Diese hier, Kommandant«, sagte er und sortierte mit einer schnellen Bewegung ein gutes Dutzend Karteikarten aus dem unteren Bereich der Tafel in den oberen. Als er fertig war, sagte er: »Mit denen würde ich anfangen. Es gibt noch weit mehr unabhängige Schiffe. Aber diese hier wollten in den nächsten Stunden ablegen.«

»Gut«, sagte Rayk. Der Mechaniker und die Dienerin waren auf der Flucht, was es am wahrscheinlichsten machte, dass sie sich ein Schiff gesucht hatten, mit dem sie möglichst schnell die Stadt verlassen konnten.

Rayk nickte einem anderen Lotsen zu, der vor einem Funkgerät saß, zu und sagte: »Geben Sie die Schiffsnamen und Standorte an die Suchtrupps durch.«

An den Lotsen bei der Tafel gewandt fragte er: »Wie ist Ihr Name?«

»Jarl, Kommandant.«

»Noch weitere Ideen, Jarl?«, fragte Rayk. Der Mann war hundertmal hilfreicher als sein vorgesetzter Offizier. Doch bei dieser Frage schien er, trotz seiner zuvor selbstsicheren Art, einen Moment zu zögern. Er tauschte einen schnellen Blick mit dem Hafenoffizier aus, der streng zurückstarrte. Rayk verstand sofort, was hier vor sich ging, also machte er zwei Schritte nach vorne, sodass er zwischen den beiden Männern stand und der Lotse nur noch ihn ansehen konnte.

»Also?«, fragte er. »Haben Sie noch weitere gute Ideen, Lotse?«

Jarl seufzte und zuckte dann leicht mit den Schultern, bevor er sagte: »Ich würde außerdem einen Suchtrupp zum *Flieger* schicken. Wenn ein Hafenarbeiter Ärger hat und die Stadt verlassen will, versucht er es dort meist als erstes.«

»Der *Flieger*?«, fragte Rayk.

»Ein Lokal, in dem Luftschiffkapitäne neue Crewmitglieder anwerben«, erklärte der Lotse.

Dann fügte er eine Frage hinzu: »Ihr sagtet doch, dass einer der Flüchtigen eine junge Frau ist, oder Kommandant?«

»Ja«, bestätigte Rayk.

»Ist sie hübsch?«, fragte Jarl und löste damit Gelächter bei den anderen Lotsen im Raum aus. Als er Rayks verwirrten Blick bemerkte, fügte er rasch hinzu: »Ich frage nur wegen Kapitän Dark. Er ist in der Stadt und da dachte ich ...«

Seine Stimme wurde immer leiser, bis er verstummte. Rayk bemerkte den Blick des Lotsen, der an ihm vorbeiging und er drehte sich um. Der Hafenoffizier hatte sich hinter ihm hervorbewegt und schien Jarl ein Zeichen gegeben zu haben, zu schweigen. Was sollte das?

»Lotse Jarl«, sagte Rayk. »Wer ist Kapitän Dark?«

»Nun, hmm ...«, murmelte Jarl und es war deutlich, wie er sich um die Antwort herumwand.

»Er ist dafür bekannt, *Geschäfte* mit jungen Mädchen abzuschließen.«

Rayk starrte ihn auffordernd an, bis es Jarl klargeworden war, dass er nicht verhindern konnte, die ganze Geschichte erzählen zu müssen.

Der Lotse seufzte leise. »Kapitän Dark betreibt neben mehreren Häusern hier in der Stadt auch ein Luftschiff, auf das er junge Frauen als Dienerinnen bringt, um ihre *Dienste* Schollenbewohnern und Bohrinselarbeitern anzubieten. Soweit bekannt, sind die meisten Frauen nicht freiwillig an Bord.« Jarl räusperte sich und sagte dann leise: »Deswegen habe ich gefragt, ob die weggelaufene Dienerin hübsch ist.«

Rayk konnte nicht glauben, was er gerade gehört hatte. Seine Hände, die er noch immer hinter dem Rücken verschränkt hatte, verkrampften sich ineinander. Seine Stimme zitterte vor Wut, als er fragte: »Wer außer Ihnen in diesem Raum weiß noch davon, Lotse Jarl?«

»Jeder, Kommandant«, antwortete Jarl langsam.

»Haben Sie ihren Verdacht gemeldet?«

»Ja, Herr Kommandant«, erwiderte Jarl. »Die Meldung wurde von den Lotsen gemeinsam weitergeleitet.«

Jarl war gleichzeitig ehrlich und clever, dachte Rayk. Er hatte mit seiner letzten Bemerkung alle anderen Lotsen im Raum miteingeschlossen und sie so auf seine Seite gezogen. Vermutlich rechnete er damit, dass sobald Rayk weg wäre, er so wenigstens auf die Unterstützung seiner Kameraden zählen konnte, wenn der Hafenoffizier ihn maßregelte. Doch dazu würde es nicht kommen. Dafür würde Rayk sorgen.

Rayk wandte sich von dem Lotsen ab und ging auf den Hafenoffizier zu. »Legen Sie auf der Stelle Ihre Waffe und Ihre Schulterklappen ab«, befahl er dem Mann.

»Das meinen Sie doch nicht ernst?«, begann der bullige Hafenoffizier zu protestieren.

Doch Rayk hatte genug gehört. Mit einer blitzschnellen Bewegung zog er seine Pistole aus dem Gürtel und hielt die Mündung direkt vor die Nase des Hafenoffiziers.

»Truppführer!«, rief Rayk laut genug, dass seine Stimme die Treppe hinunterschallte. Dort warteten seine Soldaten. »Nehmen Sie den Hafenoffizier fest.« Den nächsten Satz genoss Rayk mit einem Grinsen auf den Lippen. »Wenn er Schwierigkeiten macht, erschießen Sie ihn.«

Der Kopf des Hafenoffiziers lief dunkelrot an und eine dicke Ader begann auf seiner Stirn zu pochen. Doch er sagte kein Wort, während er mit sehr langsamen und vorsichtigen Bewegungen seinen Pistolengürtel um die Hüfte lockerte und zu Boden fallen ließ. Als der Truppführer gerade die Treppe hocheilte, landeten auch die Schulterklappen auf dem Boden. Bevor der Hafenoffizier jedoch in Gewahrsam aus dem Raum geführt wurde und die Treppenstufen hinunterstieg, rief er: »Egal wer Ihr Vater war. Er ist längst tot. Damit kommen Sie nicht durch.«

Rayk war dankbar dafür, dass der Truppführer dem Hafenoffizier einen harten Stoß mit dem Gewehrkolben ins Kreuz verpasste und der Mann die Treppe hinunterstolperte. Sonst wäre Rayk womöglich auf die Provokation eingegangen. Stattdessen wandte er sich jedoch wieder den noch übrigen Lotsen zu. Im Turm der Hafenverwaltung hörte man nicht mal mehr einen einzigen Atemzug. Die Männer hielten die Luft an.

»Lotse Jarl?«, fragte Rayk.

»Ja, Kommandant.«

»Ist Ihnen der Hafendienst ans Herz gewachsen?«

»Nein, Kommandant.«

»Haben Sie irgendwelche Bedenken, wenn ich Ihnen vorschlagen würde, Sie zu versetzen und mit mir auf Piratenjagd zu gehen?«

»Nein, Kommandant«, antwortete der Mann und strahlte begeistert.

Auch Rayk lächelte und streckte Jarl seine rechte Hand entgegen.

»Dann willkommen an Bord, Lotse Jarl.«

Der Mann blickte zuerst etwas unsicher zu seinen Kammeraden, die noch an ihren Plätzen vor den Funkgeräten saßen und dann auf die ausgestreckte Hand Rayks. Doch dann schlug er seinerseits mit einem kräftigen Händedruck ein.

»Danke, Kommandant«, sagte er.

»Dann machen wir uns mal auf die Suche«, sagte Rayk, bückte sich nach der Pistole des Hafenoffiziers und reichte sie Jarl.

Er band sie sich um die Hüfte, als wäre er nie ohne eine Waffe herumgelaufen und ging zur Treppe voran. Bevor Rayk den Hafenturm jedoch verließ, wandte er sich den Lotsen im Raum zu und sagte: »Geben sie über Funk durch, dass das Schiff von Kapitän Dark sichergestellt wird.«

Der Lufthafen sollte zwar abgeriegelt sein, doch wenn es dort genauso jemanden wie den Hafenoffizier hier im Lotsenturm gab, war es gut möglich, dass jemand Kapitän Darks Machenschaften auf dem Flugfeld deckte. Sicher war sicher. In den nächsten Stunden würden seine Männer Mira und Tarjei entweder auf einem der Schiffe im Hafen finden, sie von Darks Luftschiff herunterholen oder er selbst würde sie im *Flieger* festnehmen.

Rayks Methode, wie die Armee ab sofort Banden behandelte, hatte sich scheinbar schnell herumgesprochen. Auf dem Rückweg durch die Docks begegnete ihnen nicht eine einzige menschliche Gestalt auf der Straße. Jarl sah sich jedoch trotzdem ständig um und ließ seine Hand auf der Pistole an seinem Gürtel ruhen. Erst als sie das Hafengebiet hinter sich gelassen hatten, schien auch er langsam einzusehen, dass die wenigen kleinen Schatten, die ihren Weg kreuzten, nur von mageren Ratten stammten, die schnell von der Straße huschten, sobald sie die Schritte der Männer näherkommen hörten.

»Aus welchem Stadtteil kommen Sie, Jarl?«, fragte Rayk und löste damit ein leichtes Zucken im Arm des ehemaligen

Hafenlotsen hin zu seiner Pistole aus. Er war noch immer nervös, aber als er antwortete, klang seine Stimme genauso fest wie zuvor im Hafenturm, als er die Verfehlungen seines Vorgesetzten in seiner Gegenwart erläuterte.

»Aus Midt, Kommandant. Mein Vater war bei den Regierungswächtern und meine Mutter arbeitet in den großen Kuppeln.«

Seine Herkunft erklärte vermutlich seine aufrichtige Art, dachte Rayk. Wenn sein Vater früher ein Wächter gewesen war, musste er ein guter Mann gewesen sein.

»Weshalb wohnt denn ein Regierungswächter in Midt?«, fragte Rayk. Obwohl sie keinen Adelstitel besaßen, war es den Familien der Wächter für gewöhnlich gestattet, am Rande des Regierungsviertels zu leben.

»Geld, Kommandant«, antwortete Jarl. »Er war lange Zeit krank, bevor er starb. Er wusste, dass seine Ersparnisse in Midt länger halten würden. Vor allem, weil Mutter immer weniger für ihre Arbeit in der Kuppel bekommt. Die meisten Gärten können ehemalige Schollenbewohner für das halbe Gehalt einstellen, das sie früher den Bürgern Hàvamars zahlen mussten. Also sind die adligen Besitzer dazu übergegangen, jedem nur noch einen Hungerlohn anzubieten, oder ihn rauszuwerfen. An die einfachen Leute denkt dort schon lange niemand mehr.«

Jarls besorgter Blick verriet Rayk, dass er mehr gesagt hatte, als er eigentlich wollte. Als wäre ihm zu spät eingefallen, dass auch Rayk einen Adelstitel hatte. Doch Rayk mochte die ehrliche Art des Mannes. Jarl war klug und konnte ihm alles über die Veränderungen erzählen, die Rayk in den Jahren seiner Abwesenheit verpasst hatte. Denn je länger Rayk sich in Hàvamar aufhielt, desto mehr glaubte er, sich in einer völlig anderen Stadt zu befinden. Einmal mehr fragte er sich, wie der Ministerrat es geschafft hatte, die Hauptstadt, die sein Vater über Jahrzehnte aufgebaut hatte, so heruntergekommen zu lassen.

»Kommandant!«

Jarl hatte ihn aus seinen Gedanken gerissen und zeigte auf eine auf dem Boden liegende Gestalt. Auf die Entfernung konnte Rayk lediglich sagen, dass es sich um einen Mann von eher gedrungener Gestalt handelte. Sein Gesicht lag auf dem Boden und er hatte die Arme hinter seinem Kopf verschränkt, als wollte er sich vor einer Explosion schützen.

Die Docks hatten sie hinter sich gelassen und sie waren wieder näher am Flugfeld, doch jetzt legte auch Rayk seine Hand auf die Pistole an seinem Gürtel, während er auf den Mann zuging.

»Neunundneunzig, hundert«, hörte er den Mann murmeln. »Eins, zwei, ...«

Rayk warf Jarl kurz einen Blick zu, doch auch er schien sich keinen Reim darauf machen zu können. Daher zog Rayk vorsorglich seine Pistole aus dem Holster und richtete sie auf den am Boden liegenden Mann.

»Was macht Ihr da, Bürger?«, fragte er dann mit lauter Stimme.

Der Mann am Boden zuckte erschrocken zusammen, drückte mit seinen Armen den Kopf noch fester zu Boden, und zählte nur noch lauter weiter, sodass er schrie. Erst als er bei zehn angekommen war, stockte er und seine Muskeln entspannten sich ein wenig.

»Verdammte Bastarde von Straßenräubern ...«, murmelte er und ergoss sich in einer langen Aneinanderreihung von üblen Schimpfworten, während er sich langsam daran machte, aufzustehen. Seine steifen und ungelenken Bewegungen verrieten, dass er schon eine ganze Weile in dieser Position am Boden gelegen hatte. Als der Mann sich dann endlich zu Rayk umdrehte, waren Dreckspuren in seinem Gesicht zu sehen und er versuchte gerade, einzelne Schmutzkrumen aus seinem zu zwei Zöpfen geflochtenen Bart zu zupfen.

»Ist die verfluchte Stadtwache also auch mal endlich da?«, fragte er. »Ist ja nicht so, als würde ich nicht genug Schmiergeld zahlen, als dass dafür ein paar Patrouillen mehr unterwegs sein könnten. Nein, ich muss mir irgendwelche Schlägeridioten mieten, die breite Schultern haben, aber so wenig in der Birne, dass sie bei dem erstbesten verlausten Straßendieb, den sie sehen, ihre dreckigen Beine in die Hand nehmen und in irgendeiner Gasse ihre yarumköpfigen Mütter suchen.«

»Kommandant«, sagte Jarl, als der Fremde bei seiner Schimpftirade kurz Luft holen musste. »Wir haben soeben

Kapitän Dark gefunden.«

»Verdammt richtig!«, rief Dark sofort. »Und jetzt bringt mich endlich zu meinem Schiff. Ich habe genug Mädchen eingesammelt, dass ich auch ohne das braunhaarige Biest auskomme. Fürs Erste reicht es mir mit dieser Stadt.«

Kurzzeitig war Rayk von der Dreistigkeit und offensichtlichen Dummheit des Mannes überrascht genug, dass es ihm die Sprache verschlug. Doch bei der Erwähnung des Mädchens, das Dark für seine Geschäfte hatte entführen wollen, durchzuckte es Rayk. Redete er von Mira?

»Also?«, fragte Kapitän Dark in einem Tonfall, als hielte er Rayk für schwer von Begriff. »Was ist nun? Gehen wir endlich?«

Bevor der Drang, dem Mann die Nase zu brechen noch stärker wurde, beschloss Rayk, dem Ganzen ein Ende zu setzen. Seine Pistole, die er zwischenzeitlich gesenkt hatte, richtete er auf die Brust des Kapitäns. Dark stockte mitten in seinem Gerede und seine Augen weiteten sich, als er auf die Pistolenmündung schaute, die direkt auf seine Nase zeigte.

»Ist das Euer Ernst?«, fragte er, als glaube er nicht daran.

»War das Mädchen zusammen mit einem jungen Mann unterwegs?«, fragte Rayk ohne auf Darks Frage einzugehen und spannte den Hahn seiner Waffe. Dark schien ihm ein Mann zu sein, den man am besten durch ein wenig äußeren Druck zum Reden brachte. Und tatsächlich war die herablassende Art und Weise, mit der er zuvor mit Rayk geredet hatte, plötzlich wie weggewischt.

»Wer seid ihr?«, fragte Dark unsicher zurück, bevor er den nächsten Versuch startete, sich aus der Angelegenheit herauszureden. »Denn wenn ihr wüsstet, wer ich bin, dann ...«

Rayk ließ ihn die Drohung nicht vollenden. Stattdessen machte er einen Schritt nach vorne und setzte Dark seine Pistole auf die Stirn.

»War ein junger Mann bei ihr?«, fragte Rayk und machte mit seinem Tonfall deutlich, dass er nicht noch einmal fragen würde.

Kurzes Schweigen, dann antwortete Dark: »Ja.«

»Was wisst ihr über die beiden?«

Wieder kurzes Schweigen, in dem Dark zu überlegen schien, ob er vielleicht besser etwas verschweigen sollte. Doch dann antwortete er: »Nicht viel. So verzweifelt wie der Kerl war, sind sie wohl vor irgendwas oder irgendjemanden in der Stadt davongelaufen. Sie haben einen Weg raus aus der Stadt gesucht und ich wollte ihnen einen anbieten.«

»Kommandant?«, fragte Jarl, der neben ihm stand, plötzlich und warf einen kritischen Blick auf die Pistole. Doch für den Augenblick ignorierte Rayk diese Frage. Das machte seine Drohung für Dark nur noch glaubwürdiger. Jarl würde er später noch erklären können, was manchmal notwendig war, um von Personen wie Dark zu erhalten, was man brauchte.

»Und weiter?«, fragte er Dark und bohrte den Lauf der Pistole in die Stirn des Kapitäns.

»Ich weiß nicht ...«, sagte Dark hastig. »Sie sah müde aus, aber mit ein bisschen Schminke und einer Nacht Schlaf war sie Material für Kunden mit großer Brieftasche. Weit über dem sonstigen Piratenniveau.«

Rayk lächelte und beinahe hätte er sogar angefangen zu lachen. Er ließ seine Pistole sinken und steckte sie wieder zurück an seine Hüfte.

»Piraten also«, sagte er mehr zu sich selbst, als zu jemand anderem und konnte beobachten, wie Dark einen dicken Kloß in seinem Hals herunterschluckte. Ihm schien gerade klar geworden zu sein, dass er etwas sehr Dummes gesagt hatte.

»Lotse Jarl«, sagte Rayk in offiziellem Tonfall. »Würden Sie bitte Kapitän Dark festnehmen.«

Rayk zog aus einer der großen Taschen seiner Uniform ein paar Handschellen, die ursprünglich für einen der beiden Flüchtigen gedacht gewesen waren, und hielt sie Jarl hin.

»Der Kapitän wird uns zu den Räumlichkeiten der Stadtwache dieses Viertels begleiten, wo wir uns noch wesentlich ausführlicher mit ihm unterhalten werden.«

Jarl nahm die Handschellen entgegen und Dark stieß ein Grunzen aus, als der Lotse ihm die Arme auf den Rücken verdrehte.

»Wartet nur, bis eure Vorgesetzten davon hören« Dark begann zu schimpfen. »Ich bezahle viel Geld ...«

»Noch etwas, Lotse Jarl«, schnitt Rayk Dark das Wort ab.
»Ja, Kommandant?«
»Knebeln sie unseren Gast doch bitte. Ich mag sein Gerede

nicht.«

※

Kapitel Dreizehn

Mira und Tarjei folgten ihrem fremden Retter. Er schien keine feste Richtung einschlagen zu wollen, als würde er versuchen, einen Verfolger abzuschütteln. Doch Mira bemerkte, dass sie sich vom Hafen entfernten.

Als sie ungefähr fünf Minuten lang durch kleinere Seitenstraßen geeilt waren, kamen sie wieder in belebtere Gebiete. Die Menschen um sie herum zwangen den Fremden, seine Pistole in einen unter seinem braunen Ledermantel verborgenen Holster zu stecken. Ohne stehen zu bleiben, klappte er auch seinen Mantelkragen wieder herunter und offenbarte damit den unteren Teil seines Gesichts.

Er warf einen kurzen Blick über die Schulter zurück zu Mira und Tarjei bevor er sagte: »Wie heißt du?«

Tarjei sah kurz in Miras Richtung, als wollte er sie fragen ob sie diesem Fremden tatsächlich vertrauen sollten. Schließlich wurden sie von ihm gerade genauso entführt, wie zuvor von diesem Käpt'n Dark. Obwohl Mira zwar ein geringfügig besseres Bauchgefühl hatte, zuckte sie nur mit den Schultern.

»Ihr könnt mich Truls nennen«, sagte Tarjei. »Das machen die Meisten.«

Anscheinend hatte ihn die Sache mit Dark vorsichtiger werden lassen.

»Eigentlich habe ich mit der jungen Dame geredet, Tarjei«, sagte der Mann vor ihnen.

»Woher ...?«, murmelte Tarjei.

»Du hast deinen Namen schon im *Flieger* zum Besten gegeben. Vielleicht erinnerst du dich daran?«, erklärte der Fremde belustigt. Doch beinahe sofort verschwand das angedeutete Lächeln auf seinen Lippen wieder und er wurde ernster. »Was nicht unbedingt das Klügste war, wenn man bedenkt, dass nicht nur die Regierung nach einem Mechaniker namens Tarjei Akonsen sucht.«

Mira kannte sich zu schlecht in Hàvamar aus, als dass sie es mit Sicherheit hätte sagen können, aber sie glaubte, dass sie dem Lufthafen immer näherkamen. Zumindest sahen die Häuser dem, in dem Tarjeis Wohnung gelegen hatte, immer ähnlicher.

»Was wollen Sie von uns?«, fragte Mira.

»Ich sagte doch bereits, dass es hier lediglich um unseren jungen Mechaniker geht«, erwiderte der Fremde und lächelte. »Allerdings dachte ich mir, dass es die Höflichkeit gebietet, eine junge Frau nicht alleine zurückzulassen.«

Mira ärgerte sich über die erstaunliche Fähigkeit ihres Retters, mit vielen Worten wenig zu sagen.

»Und wohin wollen Sie uns …«, sie korrigierte sich schnell, um dem Mann nicht wieder eine Vorlage zu liefern, mit der er ihrer Frage ausweichen konnte. »… wohin wollen Sie Tarjei bringen?«

»Natürlich raus aus Hàvamar«, sagte er.

»Und wie?«, entgegnete Tarjei. »Wie Sie selbst gerade gesagt haben, werden wir von der Regierung gesucht. Oder haben Sie sich darüber noch keine Gedanken gemacht?«

»Ich nehme an, wir sind auf dem Weg zum Lufthafen«, sagte Mira. »Immerhin sollte ein Kapitän doch ein Luftschiff haben, oder?«, fragte sie den Fremden und genoss den überraschten Blick auf seinem Gesicht.

»Gut beobachtet, junge Dame«, gab er lächelnd zu. »Du hast mich also im *Flieger* erkannt.«

Plötzlich griff der Käpt'n unter seinen Mantel und legte seine Hand auf die Pistole, die er dort verborgen hatte. Tarjei war stehen geblieben und ein paar Schritte hinter ihnen zurückgeblieben.

»Sie sollten noch einmal darüber nachdenken, ob Sie uns wirklich mitnehmen wollen, Käpt'n«, sagte Tarjei. »Der Lufthafen ist in höchster Alarmbereitschaft und die Soldaten haben inzwischen sicher eine Beschreibung von uns. Ich habe also nicht vor, mich freiwillig am Zugangstor des Flugfelds festnehmen zu lassen.«

Der Kapitän schüttelte ärgerlich den Kopf und Mira glaubte zu hören, wie er »dummer Junge« murmelte. »Sehe ich etwa aus wie ein Offizier der Stadtwache?«, fragte er und Mira musste zustimmen, dass sie ihn nicht dafür hielt.

»Hör mir gut zu, Junge. Ich habe mein Leben lang Sachen nach Hàvamar hinein und hinaus geschafft und über die

Wenigsten davon wissen die Soldaten auf dem Flugfeld Bescheid. Wenn du also aus dieser Stadt raus willst, ohne dass sie dich am Rumpf eines Luftschiffs als Windfahne aufknüpfen, dann schlage ich vor, dass du die Chance nutzt, an Bord der *Lymaskar* zu kommen.«

Der Käpt'n stand jetzt ganz dicht vor Tarjei und hatte ihm den Zeigefinger auf die Brust gesetzt.

»Aber ich nehme an, dass du ebenfalls einen Plan hattest, wie du auf das Flugfeld kommst, da du bis vor fünf Minuten selbst noch versuchen wolltest, per Luftschiff aus der Stadt zu entkommen.«

Obwohl er eindeutig geschlagen war, starrte Tarjei den Käpt'n herausfordernd an. Keiner von beiden wollte nachgeben oder sich von der Stelle rühren und Mira konnte nicht sagen, wer sturer war. Doch plötzlich hallten marschierenden Soldatenstiefeln durch die Straßen und Tarjei senkte widerwillig den Kopf.

Dem Käpt'n schien das Zustimmung genug zu sein, denn er nahm seinen Zeigefinger von Tarjeis Brust und sagte: »Gut.«

Dann winkte er ihnen zu, ihm zu folgen.

»Hier lang. Schnell.«

Zu dritt verschwanden sie von der breiten Pflasterstraße in eine schmale Gasse, auf die lediglich die Hintertüren der Häuser führten und die zum größten Teil für den Abfall der Bewohner diente. Entsprechend roch es. Selbst der kräftige Luftzug, der durch Gasse pfiff, vertrieb den Geruch nur unzureichend.

»Kapitän?«

Aus dem Schatten eines kleinen Hauserkers trat ein Mann, den sie zuvor nicht bemerkt hatte.

»Wie sieht's aus, Bent?«, fragte der Käpt'n, der den Mann anscheinend erwartet hatte.

»Kommandant Askildsen hat Dark gefunden und festgenommen. Allerdings gibt es erste Widerstände gegen seine Suchaktion. Anscheinend hat der Ministerrat endlich bemerkt, dass jemand ohne seine Erlaubnis die neuen Gesetze missachtet und eigene Truppen in die Stadt entsandt.«

Der Käpt'n drehte sich zu Mira und Tarjei um und sagte: »Der Kommandant scheint euch ja ziemlich lieb gewonnen zu haben, bei dem Aufwand, den er für euch betreibt.«

Er schien jedoch keine Antwort von ihnen zu erwarten, denn er wandte sich wieder dem Mann zu.

»Sind die anderen bereit?«

Bent nickte. »Ja, Kapitän. Halv und Gillis warten am Abfluss und Alrenas Bruder sollte zum richtigen Zeitpunkt oben Wache stehen.«

Der Kapitän nickte. »Und die *Lymaskar*?«

»Abflugbereit, Kapitän«, sagte Bent. »Alrenas Bruder hat uns allerdings gewarnt, dass wahrscheinlich auf uns geschossen wird, sollten wir das Flugfeld während des Alarmzustandes verlassen. Er meinte aber auch, dass die Soldaten der südlichen Flakeinheit gestern Ausgang hatten und genug Branntwein getrunken haben, dass sie wohl alles immer noch mindestens doppelt sehen.«

»Ein Hoch auf die pflichtbewussten Soldaten Hàvamars«, sagte der Käpt'n ironisch.

»Also gut, dann los.«

Gemeinsam mit Bent kamen sie schnell immer näher an das Luftfeld heran. Auch wenn sie nie sehr lange auf einer breiten Straße blieben, sondern sich die meiste Zeit über durch Hintergassen schlichen, sah Mira schon bald die rings um das Flugfeld verteilten Wachtürme über die Dächer der Häuser ragen.

Ihre kleine Gruppe befand sich gerade in einer etwas breiteren Gasse, zwischen den Holzpalisaden, die hier die Hinterhöfe der Häuserreihen links und rechts eingrenzten, als Bent sagte: »Hier rein.«

Er signalisierte ihnen, sich zu beeilen und drückte dann zwei nebeneinanderliegende Bretter einer Holzpalisade nach innen. Sie schienen mit einer Art Scharnier befestigt zu sein, denn sie schwangen in die Horizontale und ermöglichten es Mira, sich darunter hinwegzuducken. Tarjei kam direkt hinter ihr her, als wollte er unbedingt verhindern, von ihr getrennt zu werden, und stieß dabei mehrmals gegen ihren Rücken. Mira machte einen Schritt zur Seite, um ihm mehr Platz zu geben und richtete sich dann wieder auf. Wie erwartet, fand sie sich in einem kleinen Hinterhof wieder. Was sie jedoch nicht erwartet hatte, waren die beiden Männer, die direkt vor ihr standen und damit beschäftigt waren, mehrere Metallrohre aus

Holzkisten zu holen und zu einer Art Gestänge zusammenzustecken.

Bent hatte die beiden anderen Männer angekündigt, doch Miras Körper spannte sich trotzdem unwillkürlich an. Die Situation erinnerte sie zu sehr an die Beinahe-Gefangennahme durch Käpt'n Dark, der sie ebenfalls zu seinen beiden Schlägern geführt hatte. Wieder waren Tarjei und sie in der Unterzahl, und die Männer sahen so aus, als hätten sie einige Erfahrung, was Kämpfe anging.

»Darf ich vorstellen?«, fragte der Käpt'n, als auch er den Spalt im Palisadenzaun passiert hatte und den Hinterhof betrat.

»Halv«, er zeigte auf den größeren der beiden Männer, dessen Arme so dick wie Miras Oberschenkel waren. »Er ist verantwortlich für das Verladen und den Transport unserer Waren. Die meiste Zeit ist er jedoch der beste Koch der Lüfte.«

Halv nickte Mira und Tarjei kurz zu, bevor er mit seiner Arbeit weitermachte.

»Und Gillis«, sagte der Käpt'n, doch bevor er die Aufgabe, die der Mann innehatte, erklären konnte, war er schon herübergekommen und reichte Mira die Hand. Etwas überrumpelt, schlug sie unsicher ein und bemerkte den weichen Händedruck und die sanfte Haut des Mannes. Zusammen mit dem verschmitzten Lächeln unter seiner Hakennase und dem klugen Ausdruck in seinen Augen kombinierte Mira, dass es sich bei Gillis vermutlich um niemanden handelte, der sein Geld mit Muskelkraft verdiente.

Als er auch Tarjei die Hand geschüttelt hatte, verbeugte er sich tief vor ihnen beiden und sagte mit übertriebener Würde: »Gillis Hojester, Darbietungskünstler der ersten Riege und Spezialoffizier an Bord der *Lymaskar*.«

Bent schnaubte. Ob vor Belustigung oder Ärger, konnte Mira nicht sagen. Er war inzwischen zu einer der Kisten hinübergegangen und hatte eine Rollenkonstruktion daraus hervorgeholt.

»Hier, Gaukler«, rief er und warnte Gillis damit nur den Bruchteil einer Sekunde vor, bevor er ihm den schweren Metallgegenstand zuwarf. Der *Spezialoffizier* stieß beim Auffangen einen Fluch aus und taumelte einige Schritte rückwärts.

»Entschuldigt«, sagte er zu Mira und Tarjei sobald er sich wieder etwas gefasst hatte. »Anscheinend wird meine Fingerfertigkeit benötigt.«

Dann warf er Bent einen bösen Blick zu, ging aber ohne ein Wort zu sagen wieder zurück zu Halv. Dort holte er ein fingerdickes Seil aus einer Kiste neben dem muskelbepackten Koch und begann damit, es durch die Rollenkonstruktion zu fädeln.

»Gut«, sagte der Käpt'n. »Den ersten Offizier und Piloten Bent kennt ihr schon. Bleibe nur noch ich. Mein Name ist Hening Falkeid, Kapitän der *Lymaskar*.«

Danach entstand ein kurzes Schweigen, und Mira begriff erst nicht, weshalb sie auf einmal alle anstarrten. Als es jedoch Klick machte, stellte sie sich ebenfalls schnell vor »Mira, mein Name ist Mira.«

Halv und Gillis nickten ihr zu und machten dann mit ihrer Arbeit weiter. Das Quietschen der Metallrollen in Gillis' Händen erfüllte den Hinterhof. Bent starrte sie jedoch weiterhin an, als würde Mira eine ansteckende Seuche verbreiten.

»Ihr wollt sie mitnehmen, Kapitän. Hab ich recht?«, fragte Bent.

»Ich habe der jungen Dame unsere Hilfe angeboten und ich werde mein Wort halten.«

»Aber ...«, widersprach Bent und obwohl der Käpt'n erneut den Arm hob, ließ er sich nicht unterbrechen. »... das war nicht der Plan. Solange die Soldaten nicht mindestens einen von den beiden finden, werden sie keine Ruhe geben.«

»Ich sagte, wir nehmen sie mit«, entgegnete der Käpt'n mit fester Stimme.

Doch Bent sprach einfach nur noch lauter. »Es ist dumm, sie mitzunehmen. Sie ist ein Risiko, das wir nicht eingehen müssen. Das ganze Luftfeld steht unter Alarm und die Flakgeschütze ...«

»Ich sagte, wir nehmen sie mit!«, donnerte der Käpt'n und machte einen Schritt auf Bent zu, sodass Mira beinahe glaubte, er wolle ihm gleich einen Kinnhaken verpassen. »Wir werden niemanden wegen unserer Bequemlichkeit an die Regierung opfern. Das solltest gerade du doch verstehen.«

Für einen kurzen Augenblick sahen sich die beiden Männer in die Augen und nur wenige Zentimeter trennten ihre Gesichter voneinander. Doch schließlich gab Bent nach.

Er machte einen Schritt zurück und sowohl er als auch der Käpt'n entspannten gleichzeitig ihre Muskeln. Auch Halv und Gillis atmeten erleichtert auf.

»Tut mir leid, Kapitän«, sagte Bent. Mit einem Nicken in Miras Richtung sagte er, als wäre es selbstverständlich: »Wir nehmen sie mit.«

»Gut«, sagte Falkeid. Dann setzte er sich auf eines von mehreren Holzfässern, die an der Hauswand des Hinterhofs standen und schaute Gillis und Halv bei ihrer Arbeit zu.

»Außerdem hat sie unsere Gesichter gesehen und weiß wer wir sind«, erklärte Falkeid. »Wenn wir sie den Soldaten überlassen, haben wir ein noch viel größeres Problem als jetzt schon.«

Während Mira den Streit verfolgt hatte, hatte sie tatsächlich für den Bruchteil einer Sekunde geglaubt, dass der Käpt'n ein guter Mann wäre, der ihr helfen wollte. Doch dieser idiotische Gedanke war nun schneller wieder verflogen, als er gekommen war. Käpt'n Falkeid wollte Tarjei aus irgendeinem Grund entführen. Sie nahm er nur mit, weil sie ihm ansonsten im Weg wäre.

Unbemerkt hatten Tarjei und sie sich einige Schritte zurückgezogen, sodass sie nun etwas abseits in einer Ecke des Hinterhofs standen.

»Sollen wir versuchen, abzuhauen?«

Tarjei zuckte nur mit den Schultern.

»Was denkst du, wo sie uns hinbringen wollen?«, fragte Mira.

»Ich weiß es nicht«, antwortete Tarjei. »Aber ich glaube, wir haben im Moment keine andere Wahl, als es herauszufinden. Du hast es gehört. Die halbe Armee sucht nach uns. Die *Lymaskar* könnte inzwischen der einzige Weg raus aus der Stadt sein.«

»Aber warum hat der Käpt'n dich gesucht?«

Wieder ein unbefriedigendes Schulterzucken Tarjeis. »Vielleicht braucht er einen Mechaniker«, schlug er vor, doch Mira sah in seinem Gesicht, dass er selbst nicht daran glaubte. »Oder er will Dark eins auswischen. Vielleicht auch der

Regierung oder beiden zusammen. Keine Ahnung«, sagte Tarjei. »Aber wenn wir erstmal aus Hàvamar raus sind, können wir immer noch überlegen, wie wir abhauen können.«
Da gerade niemand zu ihnen herübersah und sich auch niemand darum zu kümmern schien, ob sie miteinander redeten oder nicht, wandte Mira sich Tarjei vollständig zu und fragte: »Ist das wirklich ein guter Plan?«

»Nein«, gab Tarjei kopfschüttelnd zu. »Aber einen besseren haben wir nicht. Halt also die Augen offen und merk dir alles, was uns helfen könnte zu verschwinden, wenn es soweit ist.«

Das trug sehr wenig dazu bei, dass Mira sich besser fühlte. Doch bevor sie weiter gemeinsam darüber rätseln konnten, welche Art von Interesse Käpt'n Falkeid an Tarjei hatte, brummte Halv: »Fertig.«

»Gut«, sagte der Käpt'n und sprang von dem Fass, auf dem er saß, herunter. »Wir sollten keine Zeit verschwenden.«

Mira erkannte, dass Gillis aus der Rollenkonstruktion und dem Seil ein Flaschenzugsystem gebaut hatte und es jetzt in die Mitte eines dreibeinigen Metallgestänges hing, dass Halv zusammengebaut hatte. Gillis kniete sich auf den Boden und befestigte die Karabinerhaken am Ende des Flaschenzugseils an einem Kanaldeckel, der mitten im Hinterhof in den Boden eingelassen war.

»Bereit«, sagte Gillis und Halv zog beinah im gleichen Augenblick mit einem kräftigen Ruck an dem Flaschenzugseil. Ein lautes Knirschen und das Kratzen von aneinander reibendem Metall, dann hob sich unter Halvs angestrengten Atemzügen der Kanaldeckel immer weiter in die Höhe. Gillis wartete einen günstigen Augenblick ab, brachte den Kanaldeckel mit einem kleinen Schubs zum Schwingen und Halv ließ genau im richtigen Moment das Seil los, so dass der Kanaldeckel neben die nun neu entstandene Öffnung im Boden krachte.

Mira befand sich gut fünf Schritte von dem Loch entfernt, doch der widerwärtige Gestank, der daraus emporstieg, brannte in ihrer Nase. Sie taumelte rückwärts, bis sie gegen Tarjei prallte. Angeekelt hielt sie sich den Ärmel ihres Pullovers vor die Nase und versuchte durch den Mund zu atmen. Was allerdings zur Folge hatte, dass sie das Gefühl hatte, giftiges Gelee lege sich über ihre Zunge.

»Die hier machen es erträglicher«, sagte der Käpt'n und hielt Mira und Tarjei jeweils ein kleines hölzernes Streichholzschächtelchen hin.

Mira nahm ihres ohne zu zögern und öffnete es. Es war randvoll mit getrockneten Blütenblättern. Mira glaubte, dass sie einmal zu wunderschönen Blumen gehört haben mussten und fühlte plötzlich wieder das Verlangen, einfach nur durch den Kuppelgarten zu streifen, ihre Parzelle zu versorgen und die Düfte der Pflanzen einzusaugen. Doch nicht einmal die größten Blumen in dem bescheidenen Feld an Bord der Scholle, hatten so intensiv gerochen.

Mira beobachtete, wie auch jeder der Männer und der Käpt'n selbst ein solches Holzschächtelchen aus einer ihrer Taschen zogen und sich jeweils einen Wattebausch in eines ihrer Nasenlöcher steckten. Mira sah noch einmal genauer in ihr Schächtelchen und entdeckte unter den Blüten ebenfalls zwei Wattebäusche. Wie es ihr vorgemacht worden war, nahm auch sie sie heraus und platzierte sie in ihrer Nase. Sofort war der Geruch der Kanalisation verschwunden und der Duft von hunderten Blumen schien Mira zu durchdringen. Lediglich der bittere Geschmack in ihrem Mund, durch den sie jetzt atmen musste, blieb und Mira verstand, was der Käpt'n mit »erträglicher« gemeint hatte.

Mira lachte, als sie Tarjeis Gesicht sah. Er hatte ebenfalls die Wattebäusche in seine Nase gesteckt und sah jetzt wie eine billige Walross-Imitation mit zu kurzen Stoßzähnen aus. Doch als auch er breit grinste, wurde Mira klar, dass sie ähnlich aussehen dürfte. Daher verstummte sie schnell wieder.

»Gillis geht als Erster«, befahl der Käpt'n, der sich wegen der Wattebäusche nun so anhörte, als würde er sich beim Sprechen die Nase zuhalten. »Dann kommen unsere beiden Gäste. Bent und Halv bringen die Ausrüstung über den normalen Weg wieder zurück zur *Lymaskar* und machen alles abflugbereit. Noch Fragen?«

Die Männer murmelten, dass alles klar sei und der Käpt'n sagte: »Gut. Dann treffen wir uns an Bord.«

Wie angewiesen machte Bent sich daran, das Werkzeug einzusammeln. Gillis löste die Karabinerhaken vom Kanaldeckel und befestigte einen davon an einem kurzen

Metallrohr. Dann klemmte er sich das Seil zwischen die Beine und benutzte das Rohr als eine Art Sitz.

Halv packte das andere Ende des Flaschenzugseils, legte es sich einmal um die Hüfte, gab leichte Spannung darauf und nickte dann Gillis zu.

»Auf geht's«, sagte der Spezialoffizier und grinste breit. Er zog den Kopf ein, um unter das Dreibein zu passen und wagte dann den entscheidenden Schritt hinein in das Loch. Für einen kurzen Augenblick schwebte er in der Luft, Halv stieß ein Grunzen aus und Mira konnte sehen, wie seine dicken Muskeln an den Oberarmen anschwollen. Dann ließ er langsam das Seil um seinen Körper und durch seine Finger rutschen und Gillis verschwand zentimeterweise in der Dunkelheit der Kanalisation.

Es dauerte nicht lange, bevor von unten sein Ruf hochhallte.

»Alles klar! Ich bin unten.«

Halv zog das Metallrohr, mit schnellen Bewegungen wieder nach oben und Mira bemerkte plötzlich, dass sie als Nächste vor dem Loch stand. Tarjei hatte sich irgendwie unbemerkt hinter sie geschoben und sie glaubte dabei nicht an einen Zufall.

Also gut, sagte sie sich. Ich bin schon in engere Schächte an Bord der Scholle gekrochen, um irgendwelche Kabel zu flicken.

Sie packte das Metallrohr und klemmte es sich, so wie Gillis es getan hatte, als Sitz zwischen die Beine. Dann warf sie Tarjei, ein herausforderndes Lächeln zu. Und um es sich nicht mehr anders überlegen zu können, machte sie sofort den Schritt in das Loch hinein.

Einen kurzen Augenblick fiel sie. Ihr Magen wurde nach oben gedrückt und sie hatte das furchtbare Gefühl, sich gleich übergeben zu müssen. Als nur noch ihr Kopf aus dem Loch herausschaute und sie auf Stiefelhöhe der anwesenden Männer war, wurde ihr Körper plötzlich mit einem Ruck abgebremst. Das Metallrohr presste sich schmerzhaft in ihren Hintern.

Halv stöhnte. »Langsam, Mädchen, oder willst du dir unbedingt ein Bein brechen?«

Mira spürte, wie sich Wärme in ihren Wangen ausbreitete, als ihr klar wurde, dass sie nicht gewartet hatte, bis Halv bereit gewesen war. Zum Glück verschwand ihr Kopf langsam nach unten in die Dunkelheit, gerade so, als hätte Halv ihren Wunsch, im Boden zu versinken, gespürt.

Unter ihren Füßen hörte sie das Klicken eines Feuerzeugs und gleich darauf wurde die Dunkelheit von flackerndem Licht vertrieben. Als Mira sich jedoch umsah, wäre es ihr lieber gewesen, Gillis hätte keine Fackel angezündet. In der Kanalisation wartete ein breiter Fluss aus braunem Abwasser auf sie, der auf beiden Seiten von schmalen Gehwegen eingefasst war, die nur geringfügig über dem Niveau des Wassers lagen. Natürlich baumelte Mira mitten über dem braunen Wasser, das entgegen ihrer Erwartung nicht einem gemächlichen Bach, sondern einem reißenden Strom glich.

»Du musst hin und her schaukeln«, rief Gillis, der sich ungefähr drei Meter weit von ihr entfernt befand. »Den Rest mach ich dann schon.«

Wenigstens hörte er sich so an, als hätte er das schon wesentlich öfter gemacht, dachte Mira. Sie begann damit, ihre Beine hin und her zu bewegen, was dazu führte, dass sie tatsächlich zu schaukeln begann. Allerdings auch dazu, dass sich ihre Finger vor Angst abzustürzen und in den braunen Fluten zu verschwinden, so fest um das Seil schlossen, dass es schmerzhaft in ihre Haut schnitt.

Mira machte weiter und nahm mehr Schwung auf. Dann spürte sie wie Gillis sie am Fuß packte und sie bekam kurz Panik, da sie das Gefühl hatte, ihr Körper würde nach hinten wegkippen und das Seil zwischen ihren Beinen herausrutschen. Doch dann schaffte Gillis es, sie zu sich hinüberzuziehen und kurz darauf befand sich ihr Körper über festem Boden. Erleichterung begann sich in ihr wie ein warmes Kribbeln auszubreiten.

»Lass ein bisschen Seil nach!«, rief Gillis nach oben und sofort nährten sich Miras Füße dem Boden. Schnell machte sie den ersten Schritt näher an die Wand der Kanalisation und befreite sich von dem Metallrohr und dem Seil zwischen ihren Beinen. Gillis nahm es ihr ab, gab dem ganzen einen Schubs zurück zur Mitte der Kanalisation und rief nach oben: »Der Nächste, bitte.«

Zu Mira gewandt sagte er: »Versuch dich lieber nicht an der Wand abzustützen. Die ist glitschiger als Seife und deine

Finger riechen eine Woche danach immer noch nach ...«

Im letzten Moment bremste er sich und schaute Mira leicht verlegen an.

»... Scheiße.«, vervollständigte sie seinen Satz und hätte beinahe laut gelacht, als sie die Überraschung in seinem Gesicht sah.

»Ich bin vielleicht ein Mädchen, aber ich habe die letzten Wochen täglich die Mannschaftslatrinen der *Lintu* geschrubbt«, klärte sie Gillis auf. »Was denkst du, wie es da ausgesehen hat?«

Gillis nickte ihr mit einem Lächeln zu und Mira war sich sicher, dass sie gerade im Ansehen des Spezialoffiziers einige Stufen aufgestiegen war. Daher verschwieg sie auch, dass sie den Gestank hier unten so extrem empfand, dass ihre Augen tränten und sie sich sicher war, den Belag auf ihrer Zunge nie mehr loszuwerden. Sie war wirklich dankbar für die Wattebäusche in ihren Nasenlöchern, die wenigstens das Gröbste abhielten.

Es dauerte kurz, bis Tarjeis Füße in der Öffnung des Kanaldeckels erschienen und seine Gestalt den schmalen Lichtstrahl verdeckte, der nach unten fiel. Doch Halv ließ ihn schnell hinunter und als er in der Mitte über dem widerlichen braunen Fluss der Kanalisation schwebte, schaffte er es nicht richtig, sich auf Gillis und Mira zuzubewegen.

»Du musst schwingen, verdammt noch mal«, rief Gillis. Er stand mit den Zehenspitzen an der Kante des Gehwegs und hatte die Arme weit über das braune Wasser ausgestreckt. Tarjei hing halbschräg auf dem improvisierten Sitz und versuchte, sich mit ungeschickten Bewegungen seiner Beine zum Schaukeln zu bringen. Mira war froh, dass sie sich besser angestellt hatte. Vor allem, weil es ihr, nachdem Tarjei es mit viel Hilfe von Gillis endlich geschafft hatte, die Möglichkeit gab, zu fragen: »Wie bist du eigentlich an Bord eines Luftschiffs gekommen?«

Leise murmelte Tarjei etwas, dass Mira als »Ich bin Mechaniker und kein Artist« interpretierte. Und noch bevor sie ihn warnen konnte, hatte er sich schon mit einer Hand gegen die Wand gelehnt, um sich von den Strapazen zu erholen. Seine Finger rutschten an dem glitschigen Film auf den Steinen ab und er musste sich mit einem Schritt nach vorne abfangen. Mira lachte laut auf, als er angewidert seine Hand vors Gesicht hielt.

»Nicht anfassen«, kam der trockene Kommentar von Gillis, der sein schadenfrohes Lächeln nur unzureichend zurückhielt.

Käpt'n Falkeid war als letzter an der Reihe. Im Vergleich zu Mira und Tarjei schaffte er es am elegantesten bei seinem Abstieg auszusehen. Statt sich das Seil mit dem Rohr als Sitz zwischen die Beine zu klemmen, hatte er sich einfach breitbeinig daraufgestellt und hielt problemlos das Gleichgewicht. Mit sanften Bewegungen schwang er sich geschickt zu ihnen herüber und musste lediglich einen Schritt herunter von dem Metallrohr machen und befand sich neben ihnen.

»Alle unten!«, rief er in Richtung des Lochs nach oben.

Halvs Bestätigung hörte sich durch den Hall in der Kanalisation wie ein tiefes Brummen an und dann schob sich langsam der Kanaldeckel wieder über die Öffnung. Wie bei der Sonnenfinsternis, die Mira als junges Mädchen zusammen mit ihrem Vater auf der Scholle beobachten konnte, verschwand immer mehr von dem Lichtkreis. Damals hatte Tarjei genauso wie auch jetzt hinter ihr gestanden. Da ihnen allen kalt gewesen war, waren sie auf der Stelle getreten und der Schnee unter ihren Füßen hatte laut geknirscht. Ihre drei Atemwolken hatten sich zu einer gemeinsamen großen über ihren Köpfen vereint und ihnen in regelmäßigen Abständen den Blick zum Himmel vernebelt. Mira erinnerte sich noch genau an die Spannung, mit der sie das Naturschauspiel beobachtet hatte. Und dass sie glücklich gewesen war. Zusammen mit ihrem Vater und Tarjei.

Als der Kanaldeckel schließlich mit einem dumpfen Aufschlag zum Liegen kam, war die Fackel, die beinahe mehr Schatten an die Wände der Kanalisation warf als Lichtstrahlen, ihre einzige Lichtquelle in der Finsternis. Mira überkam das Gefühl, eingesperrt zu sein.

Doch die Erinnerung an ihre Kindheit auf der Scholle gab Mira Kraft und erinnerte sie wieder daran, weshalb sie dies alles auf sich nahm. Sie musste aus Hàvamar entkommen, um ihren Vater zu finden. Obwohl sie sich nicht auf Tarjei verlassen würde, war ihr klar, dass sie seine Hilfe durchaus gebrauchen konnte. Was bedeutete, dass sie auch einen Weg finden musste, wie sie beide gemeinsam Käpt'n Falkeid und seiner Mannschaft entkommen konnten.

»Also gut. Dann mal los«, sagte der Käpt'n und Mira stimmte ihm innerlich zu. Bereitwillig folgte sie Gillis, der mit der Fackel in die Dunkelheit voranging. Es war an der Zeit, dass sie aus dieser Stadt herauskamen.

Nach einem längeren Fußmarsch neben dem Fluss aus stinkendem Kanalwasser und einer endlos erscheinenden Anzahl an Abzweigungen der Abwassertunnel, glaubte Mira, dass selbst wenn sie den Rest ihres Lebens Zeit dazu gehabt hätte, sie nie wieder den Rückweg finden würde. Zu ihrer Erleichterung schien Gillis, der der Gruppe vorausging, jedoch kein einziges Mal zu zweifeln. Selbst ohne das spärliche Licht der Fackel musste er den Weg vollkommen auswendig kennen. Um die richtige Abzweigung nehmen zu können, waren sie mehrmals über Brücken gegangen, die ihren Namen jedoch keineswegs verdienten, da es sich lediglich um dünne Betonpfeiler handelte, zwischen denen das Abwasser durchrauschte. Man musste von einem der Pfeiler zum nächsten springen.

»Was ist das?«, fragte Mira, als sie zum wiederholten Male ein Klopfgeräusch hörte, das leise den Kanal entlanghallte.

»Für schwere Waren nehmen wir für gewöhnlich ein Boot«, antwortete Gillis und tatsächlich tauchte hinter der nächsten Biegung ein kleines Ruderboot auf, das mit Hilfe zweier Taue an einer rostigen Metallleiter festgebunden war. Die Abwasserwellen drückten es immer wieder gegen den steinernen Gehweg und erzeugten dadurch das Klopfgeräusch.

»Wir befinden uns jetzt unter dem Flugfeld«, hörte Mira die Stimme des Käpt'ns von hinten. »Falls ihr nicht in die Hände der Soldaten fallen wollt, müsst ihr, sobald wir da rausgehen, genau tun, was wir euch sagen. Dann sollte es kein Problem sein, bis zur *Lymaskar* zu kommen, da sich außer Alrenas Bruder niemand dort oben aufhalten dürfte. Aber man weiß nie.«

Mira fand die Vorstellung, von den Soldaten Hàvamars gefangen genommen zu werden, wenig erfreulich und sie spürte wie sich auf ihren Armen eine Gänsehaut bildete.

»Bis gleich«, sagte Gillis, steckte seine Fackel in eine Halterung neben der Leiter und kletterte mit flinken Bewegungen nach oben. Dort blockierte ein rundes Holzbrett sein Weiterkommen. Gillis blieb auf der obersten Steige stehen und hämmerte mit der Faust zweimal kräftig gegen das Holz.

Drei dumpfe Schläge kamen als Antwort zurück und Mira hörte, wie neben ihrem Ohr etwas klickte. Überrascht stellte sie fest, dass der Käpt'n seine Pistole gerade wieder gesichert hatte und sie zurück in seinen Gürtel steckte. Falkeid schien kein Mann zu sein, der sich gerne überraschen ließ.

Über ihnen ertönte ein schabendes Geräusch und das Holzbrett wurde weggeschoben. Gillis kletterte schnell ganz nach oben und zwei Hände streckten sich ihm entgegen, um ihn hochzuziehen. Dann stand Mira vor der Leiter. Da auch sie nichts sehnlicher wollte, als der Kanalisation und ihrem Gestank zu entkommen, kletterte sie rasch die Leiter nach oben und packte ebenfalls die ihr entgegengestreckten Hände, die sie ohne, dass sie noch etwas hätte tun müssen, nach oben aus dem Loch zogen und auf den Boden daneben abstellten.

Kurz war sie von dem hellen Tageslicht geblendet und musste einen Ärmel ihres Pullovers vor die Augen heben. Doch sobald auch Tarjei sich neben ihr befand, hatten sich ihre Augen an das Licht gewöhnt und sie erkannte ihre Umgebung. Sie musste sich in einer der großen Lagerhallen des Flugfelds befinden, die sie bisher nur bei ihrer nächtlichen Flucht im Scheinwerferlicht gesehen hatte. Die Halle war gigantisch und bis auf ein paar Kistenstapel am anderen Ende neben dem riesigen heruntergelassenen Rolltor leer. Außer Tarjei und Gillis befand sich nur noch eine weitere Person neben der Öffnung der Kanalisation.

»Darf ich vorstellen?«, sagte Käpt'n Falkeid, als auch er nach oben geklettert war.

»Alrena Vigarn, die *gute Seele* an Bord der *Lymaskar*.«

Mira war bei Alrenas Anblick überrascht. Die Bezeichnung *gute Seele* musste wohl ein Scherz gewesen sein. Die Frau war durchtrainiert, hatte bunte Tätowierungen auf ihren Armen und ihr Gesichtsausdruck wirkte so abweisend, dass Mira beschloss, ihr lieber nicht zu nahe zu kommen.

»Was machen wir denn mit der Kleinen?«, fragte Alrena und schaute Mira geringschätzig an. »Ich dachte, wir wollen nur den Mechanikerjungen holen und dann nichts wie weg.«

»Planänderung«, sagte Gillis, während er die Öffnung zur Kanalisation wieder verschloss. Der hölzerne Kanaldeckel hatte an seiner Oberseite eine dünne Schicht Metall, die, sobald er erstmal im Boden versenkt war, zu einer glatten Fläche mit der Umgebung verschmolz.

»Wo ist eigentlich dein Bruder?«, fragte Gillis während er zu Alrena hinüberging und ihr zu Miras Überraschung einen Kuss auf die Wange drückte. Ihr zuvor so harter Gesichtsausdruck wich für den Bruchteil einer Sekunde einem Lächeln und sie antwortete: »Auch eine Planänderung.«

Mira konnte nicht anders als verwundert den Kopf zu schütteln. Gillis und diese Frau waren ungefähr die beiden größten Gegensätze, die sie sich vorstellen konnte und trotzdem fühlte sich Mira plötzlich irgendwie fehl am Platze. Als würde sie die beiden in ihrer Vertrautheit stören. Es war ein ähnliches Gefühl, wie in den seltenen Augenblicken, wenn sie ihren Vater und Svea gemeinsam in seiner Werkstatt gesehen hatte.

Zum Glück war der Käpt'n schon in Richtung des riesigen Tors vorausgegangen und Mira beeilte sich, gemeinsam mit Tarjei hinter ihm herzukommen. Er wartete bei einer kleinen Tür, die hinaus auf das Flugfeld führte, auf den Rest der Gruppe.

»Musste das schon wieder sein?«, fragte Gillis, als auch er und Alrena zu ihnen gekommen waren. Mira folgte seinem Blick zu zwei Paar menschlichen Beinen, die schlaff auf dem Boden lagen und hinter dem großen Kistenstapel in ihrer Nähe herausschauten.

Alrena zuckte mit den Schultern.

»Mein Bruder hat es nicht geschafft, den anderen loszuwerden. Und nur einen Soldaten einer Patrouille alleine bewusstlos zu schlagen, wäre aufgefallen.«

»Du kannst doch nicht einfach deinen eigenen Bruder ...«

»Der steckt das schon weg«, sagte Alrena und machte eine wegwerfende Handbewegung. »Das nächste Mal geb' ich ihm einfach ein paar Münzen mehr oder bring seiner Frau was Schönes mit und die Sache ist in Ordnung.«

Mira fand die Vorstellung von Gillis und Alrena als Paar immer merkwürdiger. Was vermutlich daran lag, dass Mira

Schwierigkeiten damit hatte, sich Alrena, die ihren eigenen Bruder bewusstlos schlug und dies als kleine *Planänderung* bezeichnete, als Teil einer Beziehung mit überhaupt irgendjemandem vorzustellen.

Mira betrachtete die Frau genauer. Sie war wesentlich jünger als Gillis. Mira schätzte sie vielleicht auf Ende zwanzig, während Gillis sicher bereits über vierzig war. Außerdem überragte sie ihn um einen halben Kopf. Ihr dünnes weißes Hemd hatte einen sehr freizügigen Ausschnitt und ihre hellbraunen Hosen lagen eng an ihrem Körper an. Die dunkelblaue Weste aus dickem Yarum-Fell und dem hochgestellten Kragen, die sie darüber trug, schützte vermutlich hervorragend vor kaltem Wind und zeigte gleichzeitig so viel Haut wie möglich. Miras Blick schweifte über die Anfänge ihrer Tätowierungen auf ihren Unterarmen und auch Alrenas Ausschnitt offenbarte den Beginn eines verschlungenen Motivs, das unter ihrer Kleidung verschwand.

»Sonst ist niemand hier, Käpt'n«, sagte sie und strich sich eine Strähne ihres kurzen blonden Haares aus der Stirn. »Die Wachen am Haupt- und den beiden Nebentoren sind mindestens verdreifacht worden, aber sie halten es wohl nicht für notwendig, noch weitere Patrouillen das Flugfeld absuchen zu lassen.«

Käpt'n Falkeid nickte, öffnete die Tür, vor der sie warteten, einen Spalt und warf einen schnellen Blick nach draußen, bevor er sagte: »Mira kommt mit mir. In zwei Minuten seid dann ihr an der Reihe. Getrennt erregen wir weniger Aufmerksamkeit.«

Er hatte schon die Tür ganz aufgemacht, als er sich nochmals umdrehte.

»Und Gillis?«

»Ja, Kapitän?«

»Wir brauchen vielleicht ein wenig von deiner Zauberkunst, wenn die Flakgeschütze tatsächlich ernst machen. Also trödel' an Bord nicht herum.«

Dann trat der Käpt'n hinaus aufs Flugfeld und Alrena schob Mira hinter dem Käpt'n hinaus, bevor sie die Tür wieder schloss.

Das Flugfeld bei Tag zu sehen, war ein ganz anderes Erlebnis als bei Nacht und Mira hatte Schwierigkeiten, mit dem Käpt'n Schritt zu halten, während sie gleichzeitig versuchte, so viel von ihrer Umgebung zu bestaunen, wie sie konnte. Beinahe ein Dutzend Luftschiffe befanden sich auf dem Flugfeld. In einiger Entfernung erhob sich die *Lintu* als größtes von ihnen allen. Doch auch die kleineren Luftschiffe fesselten Miras Blick. Um jedes Einzelne von ihnen liefen mal mehr und mal weniger Lufthafenarbeiter herum, die in Relation zu den riesigen Luftschiffen wie Kinder wirkten. Die Schiffe selbst waren jedes für sich ein Kunstwerk. Sie waren in bunten Farben bemalt und mit kleineren und größeren Motiven verziert, die Vögel im freien Flug bis hin zu schlangenförmigen Fabelwesen mit Flügeln zeigten.

»Da wären wir«, unterbrach Käpt'n Falkeid ihre Gedanken. »Das ist die *Lymaskar*«, sagte Falkeid stolz und steuerte auf den Landesteg seines Luftschiffs zu.

Die *Lymaskar* kam von all den Luftschiffen um sie herum denen am nächsten, die auch auf der ärmlichen Scholle zwölf in Miras Kindheit gelandet waren. Sie war blau gestrichen und lediglich direkt hinter dem Bug zierte auf der Seite der geschwungene Schriftzug »Lymaskar« in goldener Farbe den Schiffsrumpf. Trotzdem wohnte der *Lymaskar* eine ganz eigene Eleganz inne. Mira konnte Käpt'n Falkeids Stolz gut verstehen.

»... Zweieinhalb Decks, Propellerantriebe mit mehr Kraft als ein Wirbelsturm und ein Ballon, der genug Gas fassen kann, um uns so hoch zu bringen, dass der Sauerstoff knapp wird.«

Mira hatte nur die Hälfte von Käpt'n Falkeids Ausführungen gehört, so sehr war sie damit beschäftigt, all die Eindrücke in sich aufzunehmen. Sie wusste, dass sie vorsichtiger sein sollte. Erstens, weil sie von der Regierung gesucht wurde und zweitens, weil sie nach einer Fluchtmöglichkeit für Tarjei und sich hätte Ausschau halten müssen. Doch im Moment waren sie beide voneinander getrennt und die Mannschaft der *Lymaskar* wirkte, als würden sie sowieso jeden Trick durchschauen, den sie sich ausdenken konnte, da sie ihn selbst schon einmal benutzt hatten.

Falkeid führte sie direkt zum Landesteg. Dort angekommen schallte ihnen ein Willkommensgruß entgegen.

»Aye, Käpt'n!«

Ein halbwüchsiger Junge winkte vom Deck aus zu ihnen herunter.

»Die Ladung ist vertäut und die Sicherungsleinen sind neu gespannt«, rief der Junge stolz.

Falkeid nickte und winkte einmal kurz zurück, woraufhin der Junge seinen blonden Lockenkopf wieder zurück über die Reling zog und damit aus Miras Blickfeld verschwand.

»Mile ist Schiffsjunge an Bord«, erklärte Falkeid. »Sein Mund ist nicht totzukriegen, aber ich habe noch nie jemanden gesehen, der selbst beim Böden schrubben solchen Spaß hat, so lange er nur an Bord eines Luftschiffs sein darf.«

Inzwischen hatten sie die Personenschleuse der *Lymaskar* erreicht und obwohl Mira von einem Schmugglerschiff etwas anderes erwartet hatte, stand die Tür tatsächlich einen Spalt weit offen, sodass der Käpt'n nur sanft dagegen zu drücken brauchte, um sie komplett aufschwingen zu lassen. Der Wärme Hàvamars, an die Mira sich viel schneller gewöhnt hatte, als sie es für möglich gehalten hätte, war es geschuldet, dass auch die zweite Tür in dem kleinen Schleusenraum offenstand und Mira einen ersten Blick ins Innere der *Lymaskar* bot. Die hölzernen Fußböden waren, anders als bei der *Lintu*, nicht mit dicken Teppichen ausgelegt. Die Lichtquellen waren simple runde Leuchten an der Decke des Flurs.

Was jedoch besonders auffiel, war die Abwesenheit von Hàvamars Stadtfarben. Weiß und Rot suchte man auf der *Lymaskar* vergebens. Stattdessen kam Mira hinter dem Käpt'n nur an unterschiedlichen Blautönen vorbei und die Blicke, die sie in die wenigen offenstehenden Räume erhaschen konnten, offenbarten verwinkelte Lagerräume.

Als sie auf ihrem Weg vom Heck zum Bug des Schiffes Halv begegneten, mussten der Käpt'n und Mira sich eng an die Wand drücken, sodass genügend Platz für Halvs Schultern blieb und sie an ihm vorbeikamen. Er begrüßte sie freundlich, bestätigte auf die Nachfrage des Käpt'ns, dass am Haupttor des Flugfelds alles glatt gelaufen war und das Bent schon auf der Brücke auf sie warten würde. Dann eilte er weiter, um die restlichen Startvorbereitungen abzuschließen.

»Ich nehme an, das ist dein erster Besuch einer Schiffsbrücke«, sagte der Käpt'n, als der Flur, den sie entlanggingen, vor einer dicken Metalltür endete.

Mira nickte, während Falkeid an dem dicken Rad drehte, das das Schloss der Tür mit einem lauten Klackgeräusch öffnete.

»Gut, dann setz dich einfach da hinten hin und falls dir schlecht wird, sieh auf keinen Fall länger durch das Fenster.«

Doch Mira wusste in dem Moment, in dem sie auf die Brücke getreten war, dass sie um keinen Preis der Welt ihre Augen schließen würde. Die Brücke befand sich so weit vorne am Bug des Schiffes wie es nur möglich war und eine große Glasfront erlaubten einen völlig freien Blick auf die Luftschiffe vor der *Lymaskar*. Von der rechten Wand der Brücke zog sich eine Konsole mit dutzenden Knöpfen, Hebeln und blinkenden Lichtern bis in die Hälfte des Raums und unterteilte die Brücke in einen hinteren und einen vorderen Bereich. Hinter dieser Konsole saß Bent auf einem Stuhl mit abgenutzten Lederpolstern. Mira stellte überrascht fest, dass der Stuhl auf einer Schienenkonstruktion befestigt war, die es Bent erlaubte, mühelos von der einen Seite der Konsole zur anderen zu gleiten, um auch die entferntesten Schalter betätigen zu können.

Als der erste Offizier sie bemerkte, drehte er sich in seinem Pilotensessel um.

»Wir sind soweit, Käpt'n. Niemand hat unsere Startvorkehrungen bemerkt.«

»Gut gemacht«, sagte der Käpt'n. Mira war nicht entgangen, dass sich seine gesamte Körperhaltung beim Betreten der Brücke versteift hatte. Er schien hochkonzentriert zu sein.

»Wie schnell können wir das Gas einfluten lassen?«, fragte er.

»Elin ist wie immer unglücklich darüber, aber wenn alles läuft wie berechnet, sollten wir innerhalb einer Minute abheben können. Wenn wir die Propeller so früh anwerfen wie möglich, können wir nach zwei weiteren Minuten an der Grenze des Flugfelds sein.«

Der Käpt'n befand sich inzwischen auf der linken Seite der Brücke, wo zwischen hohen Rechenschränken, die Mira an die Funk- und Navigationsanlagen an Bord der Scholle erinnerten, eine große handgezeichnete Karte Hàvamars und seiner Umgebung, hing. Käpt'n Falkeid studierte sie für einen kurzen Augenblick, bevor er sagte: »Die Propeller sind kein Problem. Wenn wir schon unerlaubt starten, können wir sie auch vor der genehmigten Höhengrenze anwerfen.«

Dann drückte er ein paar kleine Knöpfe an einem der Rechenschränke unterhalb von blinkenden Leuchten, was zur Folge hatte, dass das Blinken aufhörte. »Wie lange dauert es, bis wir über der Flakgrenze sind?«

»Schwer zu sagen«, murmelte Bent und schien dabei gleichzeitig im Kopf eine komplizierte Rechenaufgabe zu lösen. »Insgesamt vielleicht sieben oder acht Minuten.«

»Hmm ... zu lange«, murmelte der Käpt'n. »Dann muss Gillis wieder mal ein bisschen *zaubern*.«

Im gleichen Augenblick ertönte Gillis Stimme aus dem Flur vor der Brücke und der Mann betrat die Brücke. »Alle an Bord, Kapitän. Mile holt den Landesteg ein, dann sind wir soweit.«

Der Käpt'n drehte sich zu Gillis um.

»Gut.« Dann zeigte er aus dem Fenster der Brücke. »Wir brauchen eine kleine Ablenkung für unsere Freunde der südlichen Geschützbatterie. Bekommst du das hin, Gillis?«

»Aber sehr gerne doch«, erwiderte Gillis, trat in den vorderen Bereich der Brücke direkt hinter der Glasfront und schien dann etwas in der Ferne zu suchen.

»Welche Windgeschwindigkeit?«, fragte er.

»Elf Knoten«, sagte Bent sofort.

»Gut.«

Daraufhin warf auch Gillis einen flüchtigen Blick in Richtung der Karte und murmelte ein paar Rechenschritte, bevor er dann Bent fragte, ob er einen Punkt ansteuern könne, den er mit einer kryptischen Zahlenkombination beschrieb. Nachdem Bent seine Frage bejaht hatte, kam Gillis wieder von der Glasfront zurück und kurz bevor er die Brücke mit einem breiten Lächeln verließ, sagte er zu Mira im Vorbeigehen: »Dann wollen wir mal etwas *zaubern* gehen.«

In diesem Moment lieferte Alrena Tarjei auf der Brücke ab. »Setz dich auf einen der Klappsitze neben der Tür«, befahl sie ihm, dann war sie auch schon wieder verschwunden.

Tarjei lächelte Mira schief an, ging zu der Stelle, auf die Alrena gezeigt hatte und zog an einem in Hüfthöhe befestigten

Griff. Ein versteckter Sitz klappte aus der Wand.

»Hier«, sagte er zu Mira, als er den zweiten Sitz neben seinem herunterzog. »Die Gurte sind hinter deinem Rücken«, erklärte er ihr, während er sich seine eigenen um die Schulter legte und die Schnalle vor seinen Bauch zuschnappen ließ. Als Mira sah, wie auch Bent sich einen ähnlichen Gurt anlegte, tat sie es beiden gleich und begann langsam nervös zu werden. Sie würde gleich zum ersten Mal den Start eines Luftschiffes tatsächlich mitansehen können. An Bord der *Lintu* war sie lediglich in den unteren Decks eingepfercht gewesen und sie brannte darauf, endlich das wirkliche Fliegen zu erleben. Sie hätte am liebsten gefragt, ob sie nicht an Deck gehen konnte, um sich von dort aus alles anzusehen, doch dann fielen ihr wieder die Flakgeschütze ein. Auch wenn sie nicht genau wusste, mit was sie dabei zu rechnen hatte, hörte es sich nie gut an, wenn jemand auf einen schoss. Also überprüfte Mira noch einmal schnell, dass ihr Gurt auch wirklich festsaß. Dann beobachtete sie, wie Käpt'n Falkeid zu einem Sessel ging, der alleine auf einer kleinen Erhöhung im linken Teil der Brücke stand, wo er einen unverstellten Blick durch die Fensterfront bot. Er setzte sich und ließ seine Hand die breite Armlehne entlanggleiten, bis sein Zeigefinger auf einen dort befindlichen Knopf stieß und ihn drückte.

»Alles klar machen für einen ruppigen Start«, kündigte er an und Mira hörte seine Stimme ein zweites Mal durch die Lautsprecher im Flur hallen. Der Käpt'n schien kurz nachzudenken, dann drückte er noch einmal den Knopf und sagte: »Für unsere nicht an Flugreisen gewöhnten Passagiere bedeutete das, sich gut festzuhalten.«

Danach legte auch der Käpt'n sich Sitzgurte um.

Bent bewegte sich mit seinem Stuhl so schnell vor der Konsole hin und her, dass man kaum sah, wie er unzählige Schalter, Hebelchen und Knöpfe betätigte.

Mira dachte einen Moment über das nach, was der Käpt'n gesagt hatte. Er hatte sich an weitere Passagiere an Bord der *Lymaskar* gerichtet. Denn Tarjei und sie hätte er auch ohne Funkverbindung warnen können. Handelte es sich tatsächlich um Passagiere oder waren sie genauso »Gäste« an Bord dieses Schiffes wie Tarjei und sie?

Doch Mira blieb keine Zeit, eine Antwort darauf zu

finden, denn Bent schien endlich mit allen Anzeigen auf der Konsole vor sich zufrieden zu sein. Er verharrte an ihrem Mittelpunkt und hatte seine Hand auf eine Konstruktion gelegt, die Mira für eine Art Steuer hielt. Rechteckig, handlich und mit Griffen an beiden Seiten.

Erwartungsvoll schaute der erste Offizier zu Käpt'n Falkeid, der schon darauf gewartet hatte.

»Los!«, sagte der Käpt'n.

Bent wandte sich wieder nach vorne und Mira konnte von ihrer Position aus nur sehen, wie er einen Hebel schnell nach oben schob. Sie spürte, wie ihr Magen an der gleichen Stelle blieb, während der Rest ihres Körpers sich nach oben hob.

Sie starteten.

Die *Lymaskar* begann, sich langsam nach oben zu bewegen und das Flugfeld unter sich zu lassen. Zum ersten Mal in ihrem Leben sah Mira, wie Luftschiffe von oben aussahen. Zu ihrer Verwunderung musste sie feststellen, dass sie sich aus dieser Perspektive genauso voneinander unterschieden, wie auch auf der Unterseite durch die bunt bemalten Rümpfe. Die mit Gas gefüllten Ballonaufbauten, die die Schiffe in der Luft hielten, hatten die unterschiedlichsten Formen. Einige erinnerten Mira an gigantische Versionen von Pilzen, die einmal im Kuppelgarten eine Ernte mehrerer Parzellen vernichtet hatten. Andere wurden durch einen durchgängigen vorne und hinten spitz zulaufenden Ballon getragen. Die meisten Ballons waren groß genug, um den Rest der Schiffe komplett unter sich zu verdecken. Ein paar offenbarten jedoch auch den Blick auf die seitlich vom Rumpf wegragenden Masten, an denen die Segel gespannt werden konnten. Eine Tatsache blieb jedoch auch in der Vogelperspektive unverändert. Die *Lintu* stellte alle anderen Schiffe in den Schatten. Gleich drei zeppelinförmige Ballons, durch mächtige Stahlkonstruktionen zusammengehalten, bildeten ihren Oberbau.

»*Lymaskar*, hier Flugfeldkontrolle«, schallte es plötzlich aus einem Lautsprecher. »Melden Sie sich sofort, *Lymaskar*!«

»Ab jetzt wird's ungemütlich«, murmelte der Käpt'n. Sein Zeigefinger drückte wieder auf einen Knopf an seiner Armlehne und dann antwortete er auf den Funkspruch.

»Flugfeldkontrolle, hier *Lymaskar*.«

»Momentan herrscht Flugverbot, *Lymaskar*«, kam sofort die Antwort. »Setzen Sie wieder zur Landung an oder auf Sie wird das Feuer eröffnet.«

Der Zeigefinger des Käpt'ns hob sich etwas, bevor er sagte: »Das ging leider schneller als erwartet. Wir sollten uns besser beeilen, Bent.«

Bent ließ unentwegt abwechselnd seine rechte und seine linke Hand über die Konsole fliegen, während er mit der jeweils anderen die Steuerung vor sich festhielt.

»Schon dabei, Kapitän«, antworte er.

Falkeid senkte daraufhin wieder seinen Zeigefinger auf den Sprechknopf. Flugfeldkontrolle, wir haben ein Leck im Gastank«, dabei gestikulierte er mit der freien Hand in Bents Richtung, der sofort leicht an dem Steuerrad drehte und weitere Knöpfe drückte. Die *Lymaskar* begann, sich zur Seite zu legen und Mira beobachtete durch die Glasfront der Brücke, wie die Horizontlinie langsam immer schiefer wurde. Aus irgendeinem Grund empfand sie diesen Anblick jedoch als extrem beeindruckend und das Kribbeln in ihrem Bauch fühlte sich seltsam gut an.

»Geben Sie uns ein paar Minuten, Flugfeldkontrolle«, bat der Käpt'n.

Eine kurze Funkstille, in der das Mikrofon einfach nur leise rauschte.

Mira spürte, wie sich Tarjeis Bein plötzlich stärker gegen ihrs drückte und sah sich nach ihm um. Seine beiden Hände klammerten sich an seine Oberschenkel und auf seiner Stirn standen kleine Schweißperlen. Den Blick hatte er stur geradeaus gerichtet.

»Alles in Ordnung?«, fragte Mira.

»Geht schon«, sagte Tarjei, klang aber irgendwie gequält. »Ich hasse sowas nur.«

»Das Fliegen?«, fragte Mira überrascht.

Tarjei schüttelte den Kopf. »Das Abstürzen.«

»*Lymaskar*, setzen Sie sofort zum Sinkflug an, oder auf Sie wird das Feuer eröffnet«, meldete sich die Flugfeldkontrolle erneut.

Der Zeigefinger des Käpt'ns wanderte leicht zur Seite, bevor er einen anderen Knopf drückte und fragte: »Hast du das gehört, Gillis?«

»Da ist aber jemand ziemlich schlecht drauf, Käpt'n«, antwortete Gillis über Funk und fügte dann hinzu: »Die Zaubershow ist bereit.«

»Gut«, sagte der Käpt'n. »Bent, wirf die Motoren an und bring uns hier weg.«

»Jawohl, Käpt'n.«

Das knallende Geräusch der Zündung ließ Mira zusammenzucken. Bent fuhr die noch kalten Motoren so schnell hoch, dass der gesamte Schiffsrumpf vibrierte. Dann schob er einen Hebel mit einer schnellen Bewegung nach oben und die *Lymaskar* nahm spürbar Fahrt auf. Sie steuerten in Richtung der Klippen, auf denen das Flugfeld errichtet worden war, direkt auf das offene Eismeer zu.

»Eine Minute!«, rief Bent und der Käpt'n gab es über Funk an Gillis weiter.

Mira sah sich erneut nach Tarjei um, der zwar nicht mehr ganz so verkrampft dasaß, aber trotzdem noch immer seinen Blick stur geradeaus hielt. Als er sie bemerkte, zuckten seine Augen kurz in ihre Richtung und er sagte: »Je größer das Schiff, desto weniger bemerkt man das Fliegen.«

Er löste langsam seine verkrampften Hände von seinen Oberschenkeln und legte sie in den Schoß. »Das war mit einer der Gründe, warum ich auf der *Lintu* gearbeitet habe.«

Noch bevor Mira nach den anderen Gründen fragen konnte, wurde die *Lymaskar* plötzlich heftig durchgeschüttelt. Der Donner einer Explosion hinterließ ein hohes Fiepen in ihrem Schädel. Es war genauso wie beim Überfall der Piraten auf die Scholle, als sie die Schleusentore aufgesprengt hatten. Nur das Mira das Gefühl hatte, dass die Explosion wesentlich dichter an ihr dran gewesen war.

»Festhalten!«, brüllte der Käpt'n über die Brücke und in seinen internen Bordlautsprecher. »Welche Flakbatterie ist das?«

Eine weitere Explosion. Zusammen mit dem ohrenbetäubenden Donner breitete sich nur wenige Meter vor der *Lymaskar* eine schwarze Rauchwolke aus. Die einzelnen Schwaden trieben ihnen entgegen, bis sie von den Propellern zur Seite gesogen wurden und der Bug der *Lymaskar* durch sie hindurchstieß.

»Die Südliche, Kapitän. Beim Kontrollturm«, rief Bent,

doch Mira konnte ihn durch das Klingeln in ihren Ohren nur mit Mühe verstehen. Alles klang irgendwie verzerrt.

Die *Lymaskar* hatte inzwischen genug Höhe gewonnen, dass Hàvamars Häuser, die sich die Küste entlangzogen, wie Kinderspielzeug aussahen. Das musste doch bedeuten, dass sie es gleich geschafft hatten, hoffte Mira.

»Gleich für Abwurf bereit, Kapitän«, rief Bent.

Und nach der nächsten Explosion, die dieses Mal nicht ganz so nah gewesen war, rief Falkeid: »Gillis, wir sind soweit.«

Dann schaute er schnell über die Schulter zu Mira und Tarjei zurück und sagte: »Haltet euch fest.«

Miras Hände krampften sich bei dieser Warnung noch fester um ihre Haltegurte.

»Los«, gab der Käpt'n Bent das Signal und der Pilot zog gleichzeitig mit der linken Hand an dem großen Hebel, der die *Lymaskar* zuvor hatte steigen lassen und drückte mit der anderen das Rad, mit dem er das Luftschiff steuerte, so weit nach vorne, wie es möglich war.

Mit einer halben Sekunde Verzögerung senkte sich die Spitze des Luftschiffs erst langsam und dann immer schneller in Richtung Boden. Mira hielt den Atem an, während sie die Wellen des Eismeers auf sich zurasen sah.

Das Flugfeld hatten sie beinahe hinter sich gelassen, nur um jetzt in der Brandung abzustürzen, schoss es Mira durch den Kopf, während zwei weitere Explosionen die *Lymaskar* noch zusätzlich durchschüttelten. Sie kamen von der Position über ihnen, wo sich das Luftschiff soeben noch befunden hatten. Mira hörte, wie Tarjei neben ihr unverständliche Dinge flüsterte. Je näher die Felsen und die aufschäumende Gischt kamen, desto schneller bewegten sich seine Lippen und desto öfter hörte sie deftige Flüche in seinem Gemurmel.

Bent drehte ein wenig am Steuerrad und verschob den Punkt, wo sie auf den Boden aufschlagen würden. Er lag jetzt knapp vor der Küstenlinie, direkt neben dem Turm der Flugfeldkontrolle, wo Mira einen von Sandsäcken umgrenzten ovalen Bereich erkennen konnte, in dem die Kanonen standen, die der Käpt'n als Flak bezeichnet hatte. Dort unten auf dem Boden rannten hektisch die Soldaten in ihren weißen Uniformen hin und her. Sie kurbelten an großen Rädern, um die Kanonenläufe in ihre Richtung auszurichten. Das musste die südliche Flakbatterie sein. Diejenige, von der angeblich kein Angriff zu erwarten sein sollte, weil die Soldaten noch zu verkatert waren. Doch es war klar, dass es nur noch wenige Sekunden dauern konnte bis die Geschütze sich ihrer neuen Flugbahn angepasst hatten. Die Mündungsöffnungen bewegten sich weiter und zeigten schließlich genau auf die Brücke der *Lymaskar*. Bent schien sie um jeden Preis selbstmörderisch rammen zu wollen.

»Jetzt, Gillis!«, rief der Käpt'n.

Im gleichen Augenblick riss auch Bent an der Steuerung der Konsole.

Als nächstes hörte Mira einen Knall, und zuerst dachte sie, die Flakgeschütze hätten ihren ersten Treffer gelandet, so dicht war die Explosion gewesen. Doch dann wurde ihr klar, dass es zu leise gewesen war und dass die *Lymaskar*, statt weiter abzustürzen, langsam die Nase wieder nach oben zog.

Dann sah sie, wie eine schwarze Wolke sich schlagartig über der Flakstation ausbreitete. Sie dehnte sich immer weiter aus und verschlang das Tageslicht um sie herum, bis sie die *Lymaskar* vollständig umgab und Bent völlig blind weiterflog.

Mira wusste, dass sie jeden Moment auf den Boden aufschlagen mussten. Sie waren nicht mehr weit davon entfernt gewesen, als der schwarze Dunst plötzlich aufgetaucht war. Mira hatte schon die einzelnen Gesichtszüge der Soldaten sehen können. Innerlich zählte sie jetzt nur noch die Sekunden, bis sie zerschellten.

Eins.

Sie fielen noch immer. Mira spürte es in ihrem Magen.

Zwei.

Die Propellermotoren zerrten an der *Lymaskar*. Ließen sie erzittern. Wollten sie wieder in die Höhe zerren.

Drei.

Mira spürte, wie sich das Schiff gegen den Wind stemmte. Wie sie sich wie ein wildes Tier gegen den Absturz aufbäumte.

Vier.

Endlich. Ihr Magen hob sich wieder. In jeder anderen Situation hätte das Gefühl vermutlich heftigen Brechreiz ausgelöst, doch Mira konnte sich im Augenblick kein schöneres Gefühl vorstellen als das flaue Unwohlsein, das sich in ihrem Körper ausbreitete.

Die *Lymaskar* durchstieß die schwarze Wolkenhülle und raste nur wenige Meter über den Wellen des Eismeeres dahin. Mira sah Möwen, die entsetzt zur Seite flogen. Sie konnte sich vorstellen, wie der Luftzug, den die Lymaskar hinter sich herzog, Wellen aufschäumte. Und sie wusste, was Bent zusammen mit dem Käpt'n und Gillis gelungen war. Gillis hatte *gezaubert* und das südliche Geschütz in eine schwarze Wolke gehüllt. Bent hatte die *Lymaskar* gleichzeitig auf einen Kurs gebracht, auf dem sie der Reichweite der restlichen Flakgeschütze dadurch entgingen, dass sie nicht über der Schussgrenze flogen, sondern unter ihr hindurch. Das Heck der *Lymaskar* wurde von den Klippen der Steilküste gedeckt. So würden sie dicht über dem Meer ungestört bis zum Horizont kommen und dann für ihre Verfolger verschwunden sein.

Käpt'n Falkeid drehte sich langsam in seinem Stuhl zu ihnen um, löste seine Sicherungsgurte und sagte in einem Tonfall, als hätte er bereits vergessen, dass sie gerade eben nur knapp dem Tod entkommen waren: »Ich nehme an, ihr seid müde und habt Fragen.«

Er stand auf, ging bei Bent vorbei, dem er anerkennend auf die Schulter klopfte, um sich dann wieder Tarjei und ihr zuzuwenden.

»Wir werden bei gutem Wind drei Tage bis zu unserem Ziel brauchen«, erklärte er. »Daher schlage ich vor, dass Mile euch zuerst eure Kabinen zeigt und ihr euch ausruhen könnt. Ich muss leider auch darauf bestehen, dass ihr diese Kabine ohne Aufsicht nicht wieder verlasst. Heute Abend seid ihr eingeladen, mit der Mannschaft zu essen und danach können wir uns unterhalten.«

Bevor Mira erwidern konnte, dass sie statt Schlaf viel lieber ein paar Erklärungen haben wollte, war der Käpt'n schon im Flur, der von der Brücke wegführte und rief: »Mile, zeig unseren Gästen bitte ihr Quartier.«

»Sofort, Kapitän«, hörte Mira den Schiffsjungen antworten und gleich darauf streckte er seinen blonden Lockenkopf die Tür herein. Mira fragte sich, wie er es geschafft hatte, sich so schnell von dem heftigen Flugmanöver zu erholen, doch bevor sie ihn fragen konnte, hatte er schon zu reden angefangen. Innerhalb der Zeit, die sie brauchte, um sich aus ihren Gurten zu lösen und aufzustehen, hatte er bereits mehr über die *Lymaskar*, sich selbst und seine Aufgaben an Bord erzählt, als ein normaler Mensch in zehn Minuten schaffen würde. Als Tarjei und sie dann schließlich auf den Beinen waren und ihre Klappsitze in ihre ursprüngliche Position in der Wand zurückschwangen, musste der Schiffsjunge Luft holen. Jedoch nicht, bevor er es noch fertiggebracht hatte, zu sagen: »Mein Name ist übrigens Mile, wie heißt ihr?«

Mira war von der plötzlichen Pause so überrascht, dass sie mit ihrer Antwort zögerte und Tarjei sich zuerst vorstellte, bevor auch sie antwortete.

»Freut mich«, sagte er, schüttelte ihre Hand und begann dann sofort wieder mit einem neuen Redeschwall.

»Eure Kabine ist so gut wie fertig. Ich habe sie vor dem Abflug von unten bis oben aufgeräumt. Das Bett ist beinahe so groß wie das vom Kapitän und eure Tür liegt genau in der Mitte zwischen der Küche und der Sanitärkabine. Und das Beste ist, dass wir in Richtung Nordwesten fliegen, also habt ihr morgens durch euer Bullauge einen wunderschönen Blick auf den Sonnenaufgang ...«

Mile führte sie einen Gang entlang und drehte immer wieder hastig seinen Kopf abwechselnd über seine linke und rechte Schulter, um sich gleichzeitig mit Tarjei und ihr unterhalten zu können. Bei all den Informationen, die auf sie einregneten, brauchte Mira den ganzen Weg eine schmale Treppe hinunter, die sie in ein tieferes Deck führte, bis ihr aufging, dass Mile scheinbar davon ausging, dass Mira und Tarjei sich ein Bett in der Kabine teilen würden.

»... Essen gibt es heute Abend. So ungefähr in vier Stunden. Soll ich euch dann wieder abholen? Ich kann auch eine halbe Stunde früher kommen und euch noch den Rest des Schiffes zeigen, wenn ihr wollt.«

Er blieb kurz mitten im Gang stehen, um ihnen einen erwartungsfrohen Blick zuzuwerfen. Es war eindeutig, dass er nichts lieber getan hätte, als sie sofort weiter herumzuführen.

Tarjei räusperte sich in die merkwürdige Stille hinein, doch Mira wusste genau, was er in diesem Moment dachte und kam ihm zuvor: »Könnten wir vielleicht zwei einzelne Kabinen bekommen?«

Sie waren zwar im Prinzip entführt worden, doch wenn Käpt'n Falkeid und die Mannschaft sie wie »Gäste« behandeln wollte, dann dachte Mira, dass diese Frage nichts schaden konnte. Miles Gesichtsausdruck wechselte jedoch von einer auf die andere Sekunde zu einem tiefbetrübten Blick und er begann sich zu entschuldigen, warum das nicht möglich sein würde.

»... Seht ihr, wir nehmen fast nie Passagiere mit und jetzt gleich so viele auf einmal. Da haben wir keine Kabinen mehr, die noch frei wären. Eigentlich ist das hier sogar meine Kabine«, sagte er, jedoch ohne jeden Vorwurf in der Stimme. »Es hat den Käpt'n ganz schön viel Arbeit gekostet, Alrena zu überzeugen, mir die kleine Notfallkammer im Heck zu überlassen, mit der sie normalerweise immer Gillis droht, wenn er sie wieder einmal zu sehr genervt hat und ...« Es war das erste Mal, dass Mile zu bemerken schien, dass seine Ausführungen ein wenig zu weit gingen. Daher stockte er einen Moment bevor er dann mit einem verlegenen Schulterzucken sagte: »Naja ... ihr kennt ja Alrena und Gillis«, als würden Mira und Tarjei schon jahrelang zur Crew gehören.

»Und die Kammer ist auch wirklich klein und auf keinen Fall für jeden etwas.«

Er dachte wieder einen Moment nach.

»Man kann das Bett in eurer Kabine aber auch auseinanderschieben. Vielleicht wäre das ja eine Möglichkeit?«

Er sah Mira und Tarjei fragend an.

Mira bekam alleine bei dem Gedanken, dass Mile in einer *Notfallkammer* schlief, anstatt sein eigenes Bett zu beanspruchen, schon ein schlechtes Gewissen. Sie hatte keine Ahnung, weshalb der Schiffsjunge so freundlich zu ihnen war, wo sie doch mehr oder weniger Gefangene hier an Bord waren. Doch sie wollte seine Freundlichkeit nicht noch weiter ausnutzen. Zumindest für den Moment nicht, dachte Mira. Denn vielleicht wäre sie später noch auf Mile angewiesen, wenn es darum ging einen Fluchtweg von der *Lymaskar* zu finden. Außerdem war ihr wieder eingefallen, dass sie sich bereits in Hàvamar ein Zimmer mit Tarjei geteilt hatte. Daher sagte sie: »Danke Mile, aber ich glaube, wenn wir die Betten auseinanderschieben, reicht eine Kabine völlig aus.«

Mile nickte und setzte wieder ein freundliches Lächeln auf, mit dem er sie weiter den Gang entlangführte.

Was die Größe und Einrichtung von Miles Kabine anging, hatte der Schiffsjunge zwar deutlich übertrieben, aber Mira konnte sich, im Vergleich zu dem Dienerinnenkabuff an Bord der *Lintu*, nicht beschweren.

Mile schob mit einem Ruck, das was Mira für ein zusammenhängendes Bett gehalten hatte, auseinander und tatsächlich entstanden so zwei sehr schmale, getrennte Schlafstätten. Auf dem Boden darunter lagen ein paar Blätter Papier in unterschiedlichen Größen, die mit Zeichnungen übersät waren. Einige davon schienen Land- und Seekarten zu sein. Wie, als wäre es Mile peinlich, sammelte er sie schnell auf und stopfte sie in eine Kiste, die in der Ecke des Zimmers stand. Mira bemerkte, dass die Kiste bereits von ähnlichen Papieren überzuquellen drohte. Damit ergaben wohl auch die vielen Reißnägel und die unzähligen viereckigen Stellen an der Wand, wo das Holz wesentlich weniger vom Sonnenlicht ausgebleicht worden war, als der Rest, einen Sinn. Mile schien nahezu jeden freien Zentimeter mit den Zeichnungen bedeckt zu haben. Jetzt, wo er seine Kabine jedoch räumen musste, hatte er sie anscheinend in die Kiste verbannt, sodass sie niemand zu sehen bekam.

Als Mile ihnen zum dritten Mal versichert hatte, dass er sie pünktlich zum Abendessen abholen würde, ließ er sie endlich alleine und schloss die Tür hinter sich. Natürlich nicht, ohne dass er den Schlüssel im Schloss zweimal umdrehte und sie an ihre Lage erinnerte.

»Und jetzt?«, fragte Mira, während Tarjei sich auf eines der beiden Betten fallen ließ.

»Keine Ahnung«, antwortete Tarjei.

»Ich glaube, wir sollten so schnell wie möglich verschwinden«, meinte Mira.

Tarjei hielt beim Aufknüpfen der Schnürsenkel an seinem Stiefel inne und schaute zu Mira hoch.

»Ich bin ganz deiner Meinung. Aber du hast Falkeid gehört - drei Tage bis zu unserem Zielort. Das ist nicht besonders viel Zeit, um einen Fluchtweg zu finden. Außerdem wissen wir nicht, wann und ob wir überhaupt Zwischenstopps einlegen, bei denen wir uns irgendwie von Bord schleichen könnten.«

Mira ging zu dem Bett hinüber, das Tarjei ihr übriggelassen hatte und setzte sich auf die Kante der Matratze.

»Was denkst du, was der Käpt'n von dir will?«

»Keine Ahnung.«

Tarjei zog sich den zweiten Stiefel von seinen Füßen und stellte dann beide neben das winzige Tischchen an seinem Bett.

»Es muss etwas Wichtiges sein«, dachte Mira laut nach. »Er hat sein Leben und das Schiff samt seiner Crew dafür riskiert, dich aus der Stadt zu bringen.«

»Geld ist immer wichtig«, sagte Tarjei zynisch und streckte sich angezogen auf dem Bett aus. »Oder er braucht vielleicht einen Mechaniker.«

»Ist das dein Ernst?«

»Warum nicht?«, sagte er, die Augen bereits geschlossen. »Gute Mechaniker sind selten und ...«

»Nicht das mit den Mechanikern«, unterbrach Mira ihn. »Wir wurden gerade von einem völlig Fremden auf ein Luftschiff entführt und wissen noch nicht mal wo wir hinfliegen. Wie kannst du jetzt daran denken hier zu schlafen?«

Tarjei rückte ein Stück im Bett nach oben, so dass er seinen Oberkörper gegen die Wand lehnen konnte.

»Du solltest eigentlich bemerkt haben, dass ich bei dieser Geschichte auch dabei war«, sagte er.

»Dann hilf mir gefälligst, nachzudenken, wie wir hier wieder wegkommen.«

Mira schüttelte ärgerlich den Kopf und fragte sich, ob Tarjei sich mit Absicht so benahm.

»Ich soll nachdenken?«, fragte er. »Gut. Wie wäre es damit: der Plan war, aus der Stadt zu kommen. Uns aus dem Staub zu machen und so weit wie möglich vom nächsten Soldaten Hàvamars wegzukommen, wie es irgendwie geht. Dabei hat uns zufälligerweise der Käpt'n eines Luftschiffes doppelt das Leben gerettet, indem er sich zuerst um Dark gekümmert und uns dann aus der Stadt geschmuggelt hat. Ich denke also, dass wir bisher gar nicht so schlecht dastehen.«

»Bist du verrückt geworden?«, fragte Mira. »Wir wurden entführt. Wie können wir da *nicht schlecht dastehen*?«

Sie hatte laut genug gesprochen, dass sie sicher auch noch

auf dem Gang zu hören gewesen war, aber im Moment war ihr das egal.

»Falkeid, der uns wie du sagst *gerettet* hat, hat selbst zugegeben, dass er aus irgendeinem mysteriösen Grund nach dir gesucht hat und dass er dich auch gegen deinen Willen mitgenommen hätte. Und du findest tatsächlich, dass das heute alles gut gelaufen ist?«

Tarjei beförderte sich mit einem Ruck aus seiner liegenden Position und setzte sich auf die Bettkante, wo er sich weit nach vorne lehnte und Mira direkt in die Augen sehen zu können.

»Wir sind in der verdammt besten Position, in der wir sein könnten«, sagte er. »Wozu auch immer, aber der Käpt'n braucht mich. Das heißt, er wird mich zumindest vorerst nicht umbringen. Außerdem wissen wir, dass du ihn ungefähr so sehr interessierst wie ein Sack Kartoffeln. Also wo liegt dein Problem mit mir? Was hast du erwartet, wie wir aus der Stadt rauskommen? Auf einer Sänfte, getragen vom Ministerrat persönlich?«

Ärger wallte in ihr auf und Mira wusste nicht, was sie sagen sollte, deswegen starrte sie Tarjei nur wütend an, während er ihren Blick gelassen hinnahm. Tarjei hatte sich verändert. Das hatte Mira zwar von Anfang an gewusst, aber noch nie so deutlich gespürt wie jetzt, wenn sie ihm in die Augen schaute.

»Du hast mit einer Sache recht«, sagte Mira. »Du bist nicht mein Problem. Aber von diesem Schiff herunterzukommen, um nach meinem Vater zu suchen, ist es. Auch wenn ich den Käpt'n vielleicht so sehr interessiere, wie ein »*Sack Kartoffeln*«. Mira legte so viel Verachtung für Tarjeis gehässige Umschreibung in ihre Stimme, wie sie konnte. »Denkst du wirklich, bei allem was ich von seinem Schmuggelgeschäft gesehen habe, dass er mich in nächster Zeit einfach so von Bord gehen lässt? Also werde ich jetzt sicher nicht einfach meine Füße hochlegen und ein Nickerchen machen.«

Tarjei schnaubte ein enttäuschtes Lachen und stand von seinem Bett auf.

»Du und dein Vater«, murmelte er kopfschüttelnd. »Ich habe es über zwei Jahre lang irgendwie im Dreck der Docks von Hàvamar ausgehalten. Ich hab auf drei Luftschiffen

Motoren repariert, die mir jede Minute um die Ohren fliegen konnten. Von einer auf die andere Sekunde hätten sie einfach nur zu explodieren brauchen und ich wäre irgendwo auf den Wellen des verdammten Eismeers in einem brennenden Feuerball aufgeschlagen.«

Tarjei wandte ihr den Rücken zu, ging zur Tür, wo er kräftig dagegen donnerte und nach jemandem von außerhalb rief. Dann wandte er sich noch einmal Mira zu.

»Und beim ersten guten Job, bei dem ich wirklich Geld verdienen konnte, bei dem ich endlich geglaubt habe, dass ich es geschafft hätte. Da tauchst du auf und machst alles wieder kaputt.«

Mile öffnete die Tür und schaute Tarjei fragend an. Der schnappte sich die Stiefel, die er vor seinem Bett ausgezogen hatte und sagte: »Ich hab's mir anders überlegt. Egal in welchem Rattenloch du mich ansonsten unterbringst. Aber wenn ich in dieser Kabine bleibe, fange ich an, die Dielen von der Wand zu reißen.«

Dann schob er sich an dem lockenköpfigen Schiffsjungen vorbei in den Flur und rief Mira über die Schulter zu: »Wie lange ist es eigentlich her, dass Bjan entführt wurde? Drei Wochen? Vier? Was denkst du, wie groß die Wahrscheinlichkeit ist, dass du ihn lebend findest?«

Lange nachdem Tarjei zusammen mit Mile verschwunden war, saß Mira noch immer reglos auf ihrem Bett und musterte die verschlossene Tür, die sie in dieser Kabine festhielt.

Tarjei gab ihr die Schuld an allem.

Erinnerungen an Morten tauchten wie Blitze in ihrem Kopf auf. Morten, wie er sie schlug. Wie sie ihn im Kampf umkreiste. Wie er siegessicher auf ihr gelegen hatte. Und wie er versucht hatte, sie zu fesseln, um sie noch länger quälen zu können.

Mira spürte, wie ihr eine Träne über die Wange lief. Es war eine Träne des Zorns.

Sie hatte Morten nicht gewinnen lassen. Sie hatte ihn mit dem Messer abgewehrt und sie hätte es auch alleine geschafft. Sie hatte Tarjei nicht darum gebeten, ihr zu helfen. Ihn wiederzusehen war sogar das Letzte gewesen, was sie gewollt hatte. Es hatte lange gedauert, aber sie hatte mit seinem Tod abgeschlossen. Nun hatte er ihr nichts als schmerzhafte Fragen gebracht, weshalb ihr Vater sie all die Jahre über Tarjeis Tod angelogen hatte.

Und dann erinnerte sie sich wieder daran, wie sie auf der Brücke von Scholle zwölf lag. Der kalte Metallboden schmiegte sich an ihre Wange und sie sah, wie ihr Vater neben ihr in seinem eigenen Blut lag.

Wie wahrscheinlich war es, dass er seine Schusswunden überlebt hatte? Wie wahrscheinlich war es, dass er überhaupt noch lebte?

Mira stieß einen wütenden Schrei aus.

Sie warf sich auf das Bett und schlug auf ihr Kopfkissen ein. Sie schrie ein zweites Mal und schlug immer weiter, bis ihre Arme müde wurden und ihre Fäuste nur noch halbherzig auf das Kissen trafen.

Sie war aufgebrochen, um ihren Vater zu finden. Und sie beschloss, dass sie das auch tun würde. Nichts würde sie daran hindern. Kein Käpt'n Falkeid und kein Tarjei. Und obwohl sie noch keinen einzigen Hinweis auf Bjans Aufenthaltsort gefunden hatte, würde sie nicht aufgeben. Ihre Suche hatte gerade erst begonnen.

Mit diesem Gedanken schloss Mira die Augen und machte sich ans Pläne schmieden. Sie musste sich genau überlegen, welche Fragen sie heute Abend beim Essen mit der Mannschaft stellen würde und wie sie möglichst viel von Falkeid erfahren konnte. Doch sie hatte nicht damit gerechnet, wie müde sie tatsächlich war. Das Letzte, woran sie noch denken konnte, bevor die Erschöpfung sie übermannte, war das lächelnde Gesicht ihres Vaters. Die Erinnerung an den Klang seiner warmen gutmütigen Stimme, begleitete sie in einen traumlosen Schlaf.

✺

Kapitel Vierzehn

Noch bevor der Donnerschlag des letzten Schusses an sein Ohr drang, ließ Kel das Fernrohr sinken. Er konnte das Bild, das sich ihm bot, nicht länger ertragen. Die Saghani-Krieger hatten die Herde Yarum-Büffel vor den Toren ihres Lagers zusammengetrieben und jeden einzelnen davon hingerichtet. Die Kadaver der Tiere zerrten sie durch den blutigen Schnee und warfen sie achtlos auf die Ladeflächen der großen metallenen Kettenfahrzeuge. Kel wusste nicht, welchem Stamm die Yarum einmal gehört hatten. Doch ihre große Zahl und die unterschiedlichen Farbausprägungen ihres Fells ließ keinen Zweifel daran, dass es nicht nur Tiere der Thule gewesen waren. Die Saghani hatten also auch andere Stämme angegriffen.

Najut lag neben ihm im Schnee und Kel konnte im Gesicht seines Freundes das gleiche Entsetzen sehen, das auch ihn gepackt hatte. Anders als er selbst, spähte Najut jedoch weiterhin durch sein Fernrohr und beobachtete das weit entfernte Lager der Saghani.

»Siehst du auch die Bewegungen im vorderen Teil des Lagers?«, fragte er leise und zwang Kel dazu, sich wieder dem grausamen Treiben zuzuwenden. Kel versuchte, den dunkelroten Schnee zu ignorieren und durch die offenstehenden Tore des Feindeslagers zu blicken, um zu finden, worauf Najut ihn hinweisen wollte. Tatsächlich entdeckte er etwas. Direkt neben den niedrigen Baracken, in denen die Saghani-Krieger häufig ein und ausgingen, sah er Bewegungen. Eine kleine Gruppe Menschen lief mit merkwürdig kurzen Schritten in einer Linie hintereinander her, auf die Tore des Außenpostens zu. Sie alle hatten die gleichen Kapuzenmäntel eng um sich geschlungen, um sich gegen die Kälte zu schützen.

»Was geht da vor?«, murmelte Najut. Inzwischen waren weitere Saghani zum Vorschein gekommen, die die in Reih und Glied marschierenden Gestalten vorwärtstrieben und immer wieder ihre Waffen bedrohlich auf die Köpfe dieser

Menschen richteten.

»Sie scheinen zu ihren Fahrzeugen zu wollen«, sagte Kel.

In dem Augenblick stolperte eine Person in der Mitte der merkwürdigen Kolonne und auch die Gestalten vor und hinter ihr mussten Schritte zur Seite machen, um sich abzufangen. Ein metallisches Blitzen verriet Kel, was das alles zu bedeuten hatte.

»Sie sind mit Ketten aneinandergefesselt«, sagte er zu Najut und konnte nicht glauben, was sich vor seinen Augen zutrug.

»Denkst du, dass es andere Saghani sind?«, fragte Najut. Doch seine Stimme klang so, als würde er an diese Idee selbst nicht glauben.

Einer der Männer, die die Gruppe Gefangene eskortierten, war inzwischen bei der Gestalt angekommen, die gestolpert war. Er schrie ihr Worte ins Gesicht, die aufgrund der Entfernung nur verzerrt an Kels Ohr drangen. Ohne jeden Zweifel erkannte er jedoch die merkwürdige Art und Weise, wie die Zungen der Saghani Worte formten. Als wüssten sie die Sprache nicht recht zu gebrauchen. Dann holte der Saghani-Krieger mit seinem Gewehr aus und stieß den stumpfen Teil seinem unglücklichen Opfer in den Bauch. Die Gestalt krümmte sich und sank zusammengerollt zu Boden. In dem Augenblick, als ihr Kopf den Schnee berührte, wurde die Kapuze des Mantels zurückgerissen und gleichzeitig mit Kel stieß Najut einen Laut des Erstaunens aus. Sofort zuckten sie zusammen, doch sie waren viel zu weit entfernt und der Wind blies ihnen entgegen, sodass die Saghani sie unmöglich gehört haben konnten.

»Das war Suka«, flüsterte Najut. »Ganz sicher.«

»Ich habe sie auch gesehen«, stimmte Kel zu.

Doch selbst wenn er sie nicht gesehen hätte, hätte er Najut geglaubt. Denn Suka vergaß man nicht. Erst recht nicht Najut. Er hatte bei der letzten Begegnung der Stämme vergeblich um die Häuptlingstochter der Ke'yush geworben. Auch wenn Suka ihn abgelehnt hatte, wusste Kel, dass das Herz seines Freundes ihr immer noch gehörte.

»Wie kommt sie hierher?«, fragte Najut. Er war verwirrt und aufgebracht, was Kel gut verstehen konnte. Von der strengen Schönheit, die Suka sonst umgab, war nicht viel mehr als eine Andeutung übriggeblieben. Stattdessen hatte sie müde und gebrochen ausgesehen.

»Ich weiß es nicht«, gab Kel zu.

Die Thule zogen mehrmals im Jahr weit genug in den Süden, um mit den Ke'yush Handel zu treiben. In den letzten Jahren, in denen die Winter härter geworden waren und die Verhandlungen mit den Tuwai ihnen weniger Erträge gebracht hatten, war es sogar noch öfter vorgekommen. Denn dort, an der Eismeerküste, fingen die Ke'yush seit jeher Fische im Übermaß. Doch das war weit weg von hier.

»Du hast die Yarum gesehen«, sagte Kel zu seinem Freund. »Sie trugen die Felle vieler verschiedener Stämme. Die Saghani müssen sehr weit in die Eiswüste vorgedrungen sein.«

Nachdem die anderen Gefangenen Suka wieder auf die Beine geholfen hatten, setzten sich die Eiswüstenbewohner wieder in Bewegung. Die Saghani zwangen sie, in den hinteren Teil eines ihrer Kettenfahrzeuge zu steigen. Für Kel sah es so aus, als würden sie von der Dunkelheit des fensterlosen Laderaums wie von einem Ungeheuer verschluckt. Spätestens bei der Hälfte der Gefangenen dachte er, dass eigentlich niemand mehr in das Gefährt passen konnte. Doch die Saghani wandten ihre Waffen nicht von den Ke'yush ab und zwangen sie, sich hineinzudrängen.

»Was machen wir jetzt?«, flüsterte Najut.

Kel suchte mit seinem Fernglas die Reihe der Fahrzeuge ab. Viele der Saghani-Krieger eilten zwischen ihnen hin und her und stiegen in die Gefährte ein. Sie machten sich zum Aufbruch bereit.

»Ich weiß es nicht«, sagte Kel. »Es ist noch zu früh für einen Angriff. Die anderen werden den Hang noch nicht erklettert haben.«

»Aber wir können sie nicht einfach wegfahren lassen«, sagte Najut und seine Stimme war laut genug, dass sie Kel wieder den Kopf einziehen ließ, in der Sorge jemand könnte sie bemerken.

»Das weiß ich«, zischte er Najut zu. »Trotzdem habe ich keine Idee, was wir tun können.«

»Aber wir haben den Schneebären«, erwiderte Najut ärgerlich, als wäre dies die Antwort auf all ihre Probleme.

»Und so lange die Saghani in ihren dick gepanzerten Metallfahrzeugen sind, kann er sie nicht erreichen«, erwiderte Kel und versucht seinen verärgerten Freund zur Vernunft zu bringen. »Sie würden ihn einfach aus ihrer Deckung heraus erschießen.«

»Dann müssen wir sie eben herauslocken«, sagte Najut und deutete auf etwas hinter Kels linker Schulter.

Sein Finger zeigte ganz an den Rand der Klippe, die das Lager der Saghani gegen die Eiswüste abschirmte. Dort hatten ihr Feinde einen Spähposten. Kel und Najut hatten ihn längst ausgekundschaftet, um zu überprüfen, wo die Jäger die vereisten Hänge ungesehen nach oben klettern konnten, um den Saghani in den Rücken zu fallen.

»Du holst den Bären und die anderen Stammesmitglieder«, sagte Najut. »Ich locke die Saghani aus ihren Gefährten in die Tiefschneefelder vor ihrem Lager.«

Najut robbte bereits rückwärts den niedrigen Schneekamm hinunter. Daher musste Kel es ihm gleichtun, um ihn wieder einzuholen.

»Dort sind vier ihrer Krieger«, sagte er. »Das schaffst du nicht alleine.«

Najut stemmte sich vom Boden hoch und ging in eine hockende Position.

»Wir haben keine Zeit mehr«, sagte er. »Wenn wir länger warten, dann fahren die Saghani fort und nehmen die Ke'yush mit. Kümmere dich um den Angriff, ich übernehme die Ablenkung.«

Kel konnte Najut nur noch eine Verwünschung hinterhermurmeln, so schnell war er bei der nächsten Schneedüne. Seine weißen Jägerfelle spielten Kels Augen selbst auf diese kurze Entfernung schon Streiche und ließen seine Bewegungen verschwimmen. Er überlegte kurz, ob er seinem Freund hinterherrennen sollte, um ihn aufzuhalten. Doch Kel wusste, dass Najut schneller war als er. Er war es schon immer gewesen. Genauso wie er es auch immer gewesen war, der sie beide, als sie noch Kinder gewesen waren, in Schwierigkeiten gebracht hatte. Und er tat es noch immer, selbst jetzt wo Kel der Anführer des Stammes war. Er würde Najut deswegen zur Rede stellen müssen. Aber dazu musste er erst einmal dafür sorgen, dass sein Freund überlebte.

Kel beeilte sich, mit großen Schritten durch den Pulverschnee zurück zu den Stammesmitgliedern zu kommen. Es war merkwürdig, aber statt Angst oder Nervosität spürte er nur eine tiefe innere Ruhe.

»Macht euch bereit!«, rief Kel, als er am Fuße einer Schneedüne eine völlig unberührte weiße Schneefläche erreicht hatte.

»Es geht los!«, fügte er hinzu und in diesem Augenblick richteten sich die ersten Jäger aus ihren Kuhlen auf, bis plötzlich wie aus dem Nichts über zwanzig Gestalten in weißen Jägermänteln erschienen waren. Sie holten ihre in Yarumfell gewickelten, kostbaren Knochenbögen hervor und spannten die Sehnen darauf.

»Wo ist Najut?«, fragte Tesuk und reichte Kel einen der Bögen.

»Sie haben noch andere Stämme überfallen und Gefangene genommen, die sie fortbringen wollen. Najut will uns ein wenig mehr Zeit verschaffen und lockt die Saghani in den tiefen Schnee vor ihrem Lager«, antwortete Kel. Dabei sah er Tesuk in die Augen und als der alte Jäger nickte, wusste Kel, dass auch er verstanden hatte, wie Najuts Chancen standen.

»Hitzkopf!«, murmelte Tesuk leise, dann fügte er lauter hinzu: »Mögen die Ahnen bei ihm sein.«

Zwei weitere Jäger kamen über den Kamm der Schneedüne. Einer von ihnen führte den Schneebären an einem langen Strick hinter sich her. Immer wieder schaute er sich besorgt nach dem mächtigen Tier um, das mit hängendem Kopf durch den Schnee stapfte. Wäre der Bär nicht doppelt so groß gewesen wie der größte Jäger des Stammes, hätte er fast friedlich gewirkt. Doch die mächtigen Krallen an seinen Pranken, verhinderten diesen Trugschluss.

Kel hob eine Hand, um den anderen Jägern das Signal zu geben näher zu kommen. Kurz erklärte er ihnen die Lage und Najuts Plan, die Saghani aus ihren Fahrzeugen zu locken, sodass der Schneebär und die Jäger sie auf der offenen Fläche überraschen konnten.

»Was ist mit den Saghani-Kriegern in ihrem Lager?«, fragte einer der jüngeren Jäger.

Doch noch bevor Kel zugeben konnte, dass die sicher ein

Problem sein würden, sagte Tesuk entschieden: »Die Jäger, die die Klippe erklimmen, fallen ihnen in den Rücken und werden sich um sie kümmern.«

Dann nickte er Kel beinahe unmerklich zu. Ihm musste genauso klar sein wie Kel, dass die Zeit vielleicht zu knapp gewesen war für die Kletternden. Er wollte die anderen Jäger nicht entmutigen. Doch Kel konnte nicht anders. Er musste sie auf das Kommende vorbereiten

»Sie haben sie alle getötet.«

Er ließ seinen Blick wandern und versuchte jedem in die Augen zu sehen, bevor er weitersprach. »Jede Frau, jeden Mann und jedes Kind, das ihnen im Weg war. Die Schüsse, die ihr soeben gehört habt, galten den letzten noch lebenden Yarum.«

Betretenes Schweigen war die Antwort.

»In diesem Augenblick treiben sie Gefangene zusammen. Sie legen unsere Familien und Freunde in Ketten.« Kel atmete schwer. »Ich will euch nicht anlügen«, sagte er. »Die Saghani besitzen Waffen, mit denen sie uns alle töten können.«

Tesuk war der einzige Mann, der seinen Kopf noch nicht gesenkt hatte. Mit seinem Blick flehte er Kel an, still zu sein.

Doch Kel würde die Wahrheit nicht verschweigen. »Jeder von uns könnte heute sterben«, sagte er und als hätte der Schneebär ihn verstanden, stieß das Tier ein leises Knurren aus, das Kel einen Schauer über den Rücken jagte. Doch Kel ballte die Fäuste und riss sich zusammen.

»Trotzdem werde ich mein Versprechen halten«, sagte er. »Als Häuptling habe ich vor den Ahnen geschworen, diesem Stamm mit all meiner Kraft zu dienen. Es ist viel, aber ich verlange heute von euch das Gleiche.«

Ein paar Köpfe hoben sich wieder. Angst flackerte in ihren Augen.

»Ich stehe über niemandem. Das Leben jedes Einzelnen hier ist gleich viel wert und es ist gleich kostbar. Also helft mir. Steht mir bei, wenn ich den Segen der Ahnen erbitte.«

Kel wusste, dass es etwas Vergleichbares noch nie gegeben hatte. Zumindest gab es kein Lied, in dem davon erzählt wurde, dass je ein anderes Stammesmitglied als der Anführer die Ahnen direkt angerufen hätte. Er wusste noch nicht einmal, ob die anderen Männer die Texte genauso auswendig kannten, wie er selbst, hatte er sie doch schon als Kind von seinem Vater gelernt. Doch Kel hatte seine Wahl getroffen. Er würde sie führen. Im Kampf, genauso wie in den Liedern.

Leise begann er, um den Segen der Ahnen zu singen. Kriegslieder gab es in seinem Stamm nicht. Stattdessen sang er von der Heimkehr. Den dünnen Rauchfaden am Himmel, die über die weit entfernten Schneedünen stiegen und ein wärmendes Feuer im Kreise der eigenen Familie versprachen. Er sang von der Rückkehr nach einer langen und beschwerlichen Reise.

Und als das Lied für ihn Gestalt annahm, breiteten sich die Worte wie ein sich bewegendes Bild über den sie umgebenden Schnee. Die Melodie legte sich um sie herum und erschuf aus Erinnerungen und mit Hilfe der Kraft der Ahnen ein Bild von einem friedlichen Lager des Stammes. Kel spürte seine eigene Familie ganz dicht bei sich. Seine Frau, die an seiner Seite stand und sein Vater, der ihm die Hand auf die Schulter legte. Die Ahnengeister waren bei ihm.

Und dann hörte Kel sie. Die Stimmen der anderen Stammesmitglieder.

Zuerst zögerlich. Unsicher. Sie stimmten ein und veränderten die Melodie des Liedes.

Doch Kel gab seiner eigenen Stimme mehr Kraft und führte sie. Führte sie zu den Bildern und Erinnerungen ihrer eigenen Ahnen. Gemeinsam sangen sie von der Umarmung ihrer Frauen und dem sanften Streicheln durch die Haare ihrer Kinder. Als der Vers endete und alle gemeinsam verstummten, hatte sich jeder einzelne vor Verzweiflung gesenkte Kopf wieder erhoben.

In den Augen der Frauen und Männer um ihn herum brannte ein Feuer, das sie von innen heraus erfüllte. Tief von ihren Herzen strahlte es in die Welt hinaus.

Dann fiel der erste Schuss.

Najut musste bei den Spähern der Saghani angekommen sein und hatte damit das Zeichen für ihren Angriff gegeben. Kel rannte zu dem Schneebären, nahm dem Jäger, der ihn hergeführt hatte, die Führungsleine aus der Hand und brachte den Bären dazu, ihm zu folgen. So schnell er konnte eilte er durch den Schnee. Das Monster, von dem so viel abhing, zog er hinter sich her.

Die Jäger kam schneller voran als er selbst, da sie nicht ständig darauf achten mussten außerhalb der Reichweite der gigantischen Pranken zu bleiben. Doch so war es geplant. Neben Najut würden der Bär und Kel die zweite Ablenkung für die Saghani darstellen. Die Jäger hingegen - in ihren weißen Fellen beinahe unsichtbar - würden so schnell sie konnten über die Flanken vorstoßen und dann die Saghani auf der offenen Schneefläche angreifen. Sollten die Stammesmitglieder, die den Felsen erkletterten, es nicht rechtzeitig schaffen, ihren Feinden in den Rücken zu fallen, wären die Jäger vor den Toren des Saghani-Lagers zwischen zwei Fronten gefangen. Doch ein besserer Plan war niemandem eingefallen.

Kel rannte, sein Atem ging in heftigen Stößen, den Schal vor seinem Mund hatte er längst nach unten gezogen, um seine Lunge rasch genug mit der brennend kalten Atemluft zu füllen. Der Bär hinter ihm verfiel ebenfalls in einen Trab und stieß ein tiefes Grollen aus, als spürte er den bevorstehenden Kampf.

Dann hatten sie die letzte niedrige Schneedüne, wo sich noch die Abdrücke von Najuts und Kels eigenem Körper im Schnee abzeichneten, erreicht und stürmten darüber hinweg. Vor Kel breitete sich die weit offene Schneefläche aus, die langsam anstieg und bis hinauf zum feindlichen Lager führte. Wie erwartet waren die Saghani-Krieger in Aufruhr und kämpften sich durch den Tiefschnee, genau in der Mitte zwischen ihren Fahrzeugen und dem außer Sichtweite befindlichen Außenposten ihrer Späher. Ungeschickt versanken sie bis über die Knie in dem weißen Untergrund.

Sie bemerkten ihn. Panischen Rufe drangen an Kels Ohr und er sah, wie die Saghani-Krieger in seine Richtung deuteten. Noch liefen sie weiter auf den von Najut überfallenen Spähposten zu, doch sie wurden langsamer und schienen sich darüber klar zu werden, was das Auftauchen eines Schneebären für sie bedeutete.

Kel stieß innerlich die letzte Zeile eines alten Ahnenliedes aus, das um Schutz bat, als er seinen Kopf über die Schulter drehte und den Bären betrachtete. Schäumender Speichel flog dem Monster aus dem Maul und es entblößte seine gewaltigen Reißzähne.

Also gut, dachte Kel. Friss mich wenn es sein muss. Aber

schnapp dir danach so viele von ihnen, wie du kannst.

Dann warf Kel seinen kostbaren Bogen zur Seite und zog sein Messer. Mit jedem weiteren seiner langen Schritte ließ er den Bären näher an sich herankommen. Und mit jedem Blinzeln von Kels Augen verlor das Monster von seiner Wildheit. Zuerst hörte er auf, den Kopf hin und herzuschwingen, während er rannte. Dann schien er sogar flacher zu atmen und die kleinen Dampfwolken, die in rascher Folge aus seinem Maul aufstiegen verschwanden fast gänzlich. Kel wusste, was das zu bedeuten hatte. Der Bär machte jeden Muskel in seinem Körper dazu bereit, um sich auf ihn zu stürzen. Er wollte nichts anderes als die Jagd auf den Mann, der ihn verletzt und gefangen hatte, zu beenden.

Als sie beide nur noch eine Armeslänge voneinander entfernt waren, pfiff plötzlich der erste Schuss an Kel vorbei. Eine Schneewolke wirbelte auf, wo die Kugel einschlug. Doch Kel kümmerte sich nur um das hinter ihm her hetzende Monster, das sehnsüchtig darauf wartete, ihm den Arm auszureisen, mit dem er die Führungsleine hielt.

Die Saghani gaben weitere Schüsse ab und bei dem Donnern ihrer Waffen zuckten die Augen des Schneebären zur Seite, wo die Kugeln einschlugen.

Das war seine Gelegenheit, schoss es Kel durch den Kopf. Mit einer blitzartigen Bewegung sprang er, warf sich mitten in der Luft herum und trennte mit seinem Messer die Leine, die den Bären festgehalten hatte, kurz vor seiner Schnauze ab. Alles Weitere spielte sich schneller ab, als Kels Gedanken rasen konnten.

Die erste Kugel der Saghani-Gewehre fand ihr Ziel. Sie streifte seinen Arm, und bohrte sich dann in das weiße Fell des Bären hinter ihm. Winzig kleine Blutspritzer - sein eigenes und das des Bären - verteilten sich auf dem ansonsten makellosen Fell.

Kel stürzte aus der Luft und versank tief im Schnee, der sich in seine Nase, Mund und Ohren drückte. Für einen kurzen Augenblick aller anderer Sinne beraubt, war das Einzige, was er wahrnahm, ein merkwürdiger salzig-metallener Geschmack. Dann traf ihn etwas Gewaltiges am Rücken und schleuderte ihn herum. Rippen knackten und Muskeln dehnten sich in Richtungen, die sie zu zerreißen drohten, doch Kel blieb bei Bewusstsein. Sein Blut pochte in den Adern und verhinderte, dass er müde wurde. Er lag auf der Seite, wischte sich unter heftigen Schmerzen die Rinnsale geschmolzenen Schnees aus den Augen und beobachtete, was sich vor ihm abspielte.

Der Bär hatte sich auf die Hinterbeine aufgerichtet und Kel dabei mit seiner Pranke wie eine Schneeflocke zur Seite geschlagen. Er blähte seine gewaltige Brust beim Einatmen auf und stieß dann ein Grollen aus, lauter als das Donnern der Saghani-Gewehre. Kel sah zwei weitere Kugeln in den Körper des Tieres eindringen, und weitere den Schnee um es herum durchsieben, doch der Bär brach sein Kampfgeschrei nicht ab. Erst als er die letzte Luft aus seinen Lungen getrieben hatte, ließ er sich wieder nach vorne auf alle viere fallen, wirbelte eine gewaltige Schneewolke auf und preschte dann auf die Saghani-Krieger zu.

Die standhaftesten unter ihnen blieben noch für ein paar Augenblicke im Schnee knien, um mit ihren Gewehren den Bären anzuvisieren, doch die meisten der Männer wankten bereits rückwärts. Zuerst zögerlich, als wären sie sich nicht sicher, ob sie ihre Kameraden im Stich lassen konnten, doch je näher der Bär kam, desto schneller rannten sie. Die Vordersten der Fliehenden kämpften sogar mit den Umhängegurten ihrer Waffen und warfen sie in den Schnee, um der Bestie zu entkommen.

Kel wusste nicht, wie viele Kugeln schon in den Schneebären eingeschlagen waren, aber die verbleibenden Saghani setzen sich verzweifelt zur Wehr und das Tier musste weitere Treffer einstecken. Doch obwohl er eine Spur dünner roter Linien im Schnee zurückließ, wurde er nicht langsamer. Dann erreichte er die ersten Saghani-Krieger. Die beiden Männer knieten noch immer im Schnee, die Waffen auf den Bären gerichtet. Doch als wären sie zu Eissäulen erstarrt, regten sie sich nicht mehr und warteten nur noch auf den Tod.

Der Schneebär hielt sich nicht lange mit ihnen auf. Den Ersten überrannte er einfach und nagelte ihn mit seinen gewaltigen Krallen in den Schnee. Gleichzeitig riss er sein Maul auf, um nach dem anderen Saghani zu schnappen. Eine ruckartige Bewegung folgte und das, was Kel auf die Entfernung für einen Arm hielt, segelte durch die Luft.

Das genügte, um die wenigen Saghani, die noch übriggeblieben waren, davon zu überzeugen, ebenfalls ihr Heil in der Flucht zu suchen. Doch im nächsten Augenblick hatte der Bär schon zwei weitere Männer getötet.

Immer wieder feuerten einzelne Saghani-Krieger donnernde Salven auf den Bären, kurz bevor er sie in Stücke riss.

Kel wusste nicht, wie er es geschafft hatte, aufzustehen und an den Rand des Geschehens zu gelangen. Doch der mörderische Tanz des Bären hatte ihn wie in Trance angezogen. Stoßweise sog Kel die kalte Luft in seine schmerzenden Lungen, eine Hand hatte er auf seinen Oberarm gepresst, wo er von den Saghani getroffen worden war und der wie Feuer brannte. Direkt neben seinen Füßen lag ein toter Soldat, dessen weiß-grau gefleckte Uniform von drei tiefen Furchen zerfetzt war, aus denen das Blut des Mannes heraussickerte. Die warme, rote Flüssigkeit hatte den Schnee um den Mann ein wenig schmelzen lassen und so lag der Leichnam in einer kleinen roten Kuhle, umgeben vom aufgewühlten, aber sonst noch makellos weißen Schnee. Es war ein widerliches Bild und Kel wandte sich ab, gerade rechtzeitig, um zu erkennen wie die wenigen verbliebenen Saghani-Krieger, die nicht davongerannt waren, den Bären schließlich in die Knie zwangen.

Die monströse Gestalt hatte mindestens ein Dutzend Männer schwer verletzt. Die meisten von ihnen waren vermutlich schon tot oder würden es bald sein. Doch die verbliebenen Soldaten hatten ihn eingekreist und wichen seinen immer müderen Schlägen aus.

Das Fell am Bauch des Bären hatte sich längst mit Blut vollgesogen und die Haare waren zu langen Zotteln verklebt, aus deren Spitzen dünne rote Rinnsale flossen. Verzweifelt drehte sich der Bär immer wieder auf der Stelle, wenn eine neue Salve Kugeln losdonnerte und ihn traf. Er hatte nicht mehr die Kraft, um auf die Saghani zuzugehen, also schnappte er nach der Luft direkt vor sich, aus der die für ihn unerklärlichen Schmerzen zu kommen schienen.

Dann knickten seine Hinterbeine ein. Er stieß ein müdes und verzweifelt klingendes Grollen aus. Er wusste, dass es sein Ende war.

Zwei der Saghani gingen näher an den Bären heran und richteten ihr Gewehre auf den am Boden liegenden Kopf des Tieres. Er hatte nicht mehr die Kraft, sich überhaupt noch nach ihnen umzusehen.

Dann folgten zwei donnernde Salven und die letzte weiße Atemwolke aus dem Maul des Schneebären stieg langsam zum Himmel und wurde von den Winden der Eiswüste verwirbelt.

Kel kniete im Schnee. Er hatte nicht bemerkt, wie auch ihm die Beine versagt hatten, doch der Anblick des sterbenden Tieres hatte ihn betäubt. Er hatte dem Bären das angetan. Sein Leben für das Leben des Stammes geopfert. Es stimmte ihn traurig, den König der Eiswüste tot im Schnee liegen zu sehen.

Sobald der Kampf vorüber wäre, würde der Stamm das Tier ehren. Falls er diesen Tag überlebte, würde Kel den Bären in die Ahnenlieder aufnehmen, die sein Stamm heute schrieb.

Wieder Gewehrdonner.

Wieder laute Schreie.

Der Kampf hatte sich an einen anderen Ort verlagert.

Kel schaute die ansteigende Schneefläche hinauf, wo die Fahrzeuge der Saghani in einer Kolonne standen. Der Stamm war dort angekommen. Sie hatten im Schutz der dick gepanzerten Kettenfahrzeuge auf die Saghani gewartet, die vor dem Bären geflüchtete waren und schickten ihnen nun ihre Pfeile entgegen. Die Saghani waren dicht genug bei ihnen, dass die kräftigsten Jäger ihnen sogar schon ihre Wurfspeere entgegenschleuderten. Die ersten feindlichen Krieger lagen bereits tot am Boden. Doch zehn oder zwölf von ihnen hatten die erste Attacke überlebt und feuerten zurück. Zumindest diejenigen, die ihre Waffen bisher auf ihrer Flucht vor dem Schneebären nicht weggeworfen hatten. Die Saghani waren nicht dumm und blieben in Bewegung. Sie machten es den Pfeilen schwer, ihr Ziel zu treffen. Dabei ließen sie gleichzeitig ihre Kugeln auf die gepanzerten Fahrzeuge und die Männer und Frauen dahinter niederprasseln. Sie zwangen die Jäger dazu, die Köpfe einzuziehen und rückten immer näher an die Fahrzeuge heran.

Die Saghani, die gegen den Bären gekämpft und ihn getötet hatten, bemerkten rasch die Lage ihrer Freunde und rannten zurück zum Stützpunkt, um ihnen zu helfen. Einer von ihnen - er schien der Anführer zu sein - bellte jedoch zuerst einem seiner Männer einen Befehl zu und zeigte auf Kel, der noch immer im Schnee kniete. Dann eilte auch der Anführer hinter seinen Männern her, um die Jäger anzugreifen.

Kel hatte jedoch nicht vor, auf den Saghani-Krieger zu warten, der auf ihn zuschritt und gleichzeitig an seiner Waffe herumhantierte. Er schien sie erneut schussbereit zu machen. Kel versuchte sich mit seinem gesunden Arm vom Boden abzustützen und aufzustehen. Schmerz zerrte an seinen Muskeln, doch irgendwie schaffte er es, wankend auf die Beine zu kommen. Seinen verletzten linken Arm ließ er nutzlos neben seinem Körper schwingen, seinen rechten führte er hinter seinen Rücken, wo er nach seinem Messer tastete. Doch natürlich fand er es nicht. Er hatte es verloren, als er den Bären von der Führungsleine befreit hatte und er ihn mit seiner Pranke weggeschleudert hatte.

Angst stieg in Kel auf. Der Saghani kam weiter auf ihn zu. Er war beinahe bei ihm und Kel glaubte ein befriedigtes Grinsen in dem Gesicht des Mannes zu sehen. Plötzlich stießen die Finger von Kels rechter Hand gegen den Köcher auf seinem Rücken.

Natürlich!, schoss es ihm durch den Kopf. Er hatte noch die Knochenpfeile für seinen Bogen.

Der Saghani, der auf ihn zukam, schien mit den Vorbereitungen seiner Waffe fertig zu sein, denn er richtete sie direkt auf Kels Brust. Die aggressiven Befehle, die er Kel entgegenbrüllte, waren trotz seines merkwürdigen Akzentes unmissverständlich: Entweder Kel würde sich ergeben oder er würde ihn sofort erschießen.

In Kels Augen spielte es jedoch keine Rolle, was er tat. Der Mann würde ihn so oder so töten. Man konnte es in seinen Augen sehen. Er wollte Rache für seine Kammeraden, die nur noch in Einzelteilen verstreut im Schnee lagen.

Kels einzige Chance zu überleben war es, den Saghani näher heranzulocken. Er machte einen Schritt auf den Mann zu, begann zu taumeln und ließ sich einfach vorwärts in den Schnee fallen. Dabei hatte er den Köcher von seinem Rücken auf die Seite seines Bauchs gedreht und ihn unter sich begraben, in der Hoffnung, ihn vor den Blicken des Mannes zu verbergen.

Kleine Schneeflocken drangen ihm in Nase und Mund. Sie schmeckten nach Blut. Kel versuchte, so flach wie möglich zu atmen, während er den Kampfeslärm in der Nähe des Saghani-Lagers ausblendete und auf die Schritte des feindlichen Kriegers lauschte. Er kam tatsächlich näher. Das Knirschen des Schnees unter seinen Stiefeln verriet ihn. Als er direkt neben Kels Kopf angekommen war, blieb er stehen. Er stieß einen Fluch aus, der wie Kel vermutete nur in seinem Akzent einen Sinn ergab. Dann hörte Kel, wie der Mann ausspuckte und er spürte im nächsten Moment, wie ihm kleine Speicheltropfen die Wange hinunterrannen.

Das war sein Zeichen.

Kel rollte zur Seite, riss mit seinem gesunden Arm einen Knochenpfeil aus dem Köcher unter seinem Körper hervor und stieß damit in Richtung des Saghani-Kriegers. Die Pfeilspitze schnitt tief durch den Stoff der Hose und grub sich in den Unterschenkel des Mannes. Vor Schmerz und Überraschung schrie der Saghani auf. So schnell er konnte, packte Kel das andere Bein des Mannes und zog daran. Der feindliche Krieger stürzte zu Boden.

Die restlichen Pfeile waren aus dem Köcher gefallen und im Schnee verteilt. Kel blieb keine Zeit, einen von ihnen aufzusammeln. Stattdessen stieß er sich mit den Beinen vom Boden ab und versuchte durch eine Bewegung, halb Rolle halb Sprung, auf dem Saghani-Krieger zu landen. Der Mann riss die Arme hoch, doch Kel hatte für den Augenblick noch die Oberhand und landete seinerseits zwei harte Treffer mit der Faust ins Gesicht des Mannes. Doch der Saghani wollte nicht aufgegeben. Er schaffte es, Halt im Schnee zu finden und sich herumzuwerfen, sodass er und Kel durch den Schnee rollten. Sie versuchten beide gleichzeitig, die Arme des Gegners festzuhalten. Kel schrie wegen der Schmerzen in seinem verletzten Arm, doch er hörte nicht auf, ihn zu benutzen. Der Ellenbogen des Saghani traf Kel hart in die Seite, dafür schlug Kel ihm tief in die Magengrube. Seine Verletzungen behinderten Kel jedoch immer mehr. Ihm würde nicht mehr viel Zeit bleiben, bevor seine Muskeln ihn endgültig im Stich ließen.

Wieder rollte er einmal um seine eigene Achse. Der Saghani wollte ihn abschütteln, doch auch er wurde langsamer.

Mit seinem verletzten Arm täuschte Kel einen Schlag an, den der Mann parierten und Kel nutzte seine Gelegenheit. Ein schneller kräftiger Schlag mit seinem gesunden Arm gegen die Schläfe des Mannes und die Gegenwehr verebbte. Kel sah, wie das Bewusstsein aus den Augen des Saghani wich und seine Pupillen langsam nach oben wegrollten. Schnell setzte Kel noch einen weiteren Schlag nach und der Kopf des Mannes landete im Schnee. Seine Augen waren geschlossen, doch Kel, der auf ihm kniete, spürte noch seinen schweren, unregelmäßigen Atem, der langsamer ging als sein eigenes Schnappen nach Luft.

Kel krümmte sich und stützte sich auf seine Arme. Mehrmals musste er seinen Kopf schütteln, um die schwarzen Schleier zu vertreiben, die sich von außen in sein Blickfeld schoben. Als er wieder klar denken konnte, wischte er sich mit dem Rücken seines Handschuhs durchs Gesicht und stellte fest, dass er blutete. Er hatte jedoch keine Zeit sich darum zu kümmern.

Trotz des Protests seines Körpers stemmte er sich langsam in die Höhe und sah sich nach den Jägern um, die sich zwischen den Saghani-Fahrzeugen versteckt hielten. Sie waren noch nicht von den Soldaten im Inneren des Lagers angegriffen worden. Das war ein gutes Zeichen und musste bedeuten, dass die Männer, die die Klippen heraufgeklettert waren, sich um ihren Teil der Aufgabe kümmerten.

Kel machte sich auf den Weg, seinen Freunden zu helfen. Er humpelte mehr, als dass er ging, doch irgendwie schaffte er es, geradeaus zu laufen. Auf seinem Weg zwischen den Leichen hindurch und vorbei an dem massiven Berg, den der Körper des Schneebären formte, bückte er sich nach einem der Gewehre, das ein Saghani-Soldat weggeworfen hatte.

Es fühlte sich merkwürdig an und das Metall war so kalt, dass es an Kels Fingern brannte. Er hielt die Waffe so, wie er es bei den fremden Kriegern gesehen hatte. Die Saghani hatte ihm allesamt den Rücken zugewandt und konzentrierten sich völlig auf ihren Angriff auf die Stammesmitglieder zwischen den Fahrzeugen.

Kel wankte weiter und als er nach einer halben Ewigkeit endlich nahe genug beim Kampfgeschehen war, richtete er das vordere Ende der Waffe auf den Hinterkopf des Anführers der

Saghani. Der Mann hatte sich auf ein Knie hinuntergelassen, um seine Waffe ruhiger führen zu können und ließ sein Gewehr in rhythmischen Abständen Kugeln ausspeien.

Kel krümmte den Finger, wie er es oft genug beobachtet hatte und ein unerwartetes Rucken, riss das Gewehr mit seiner Hand in die Höhe. Doch Kel blieb keine Zeit, sich über diese merkwürdige Funktionsweise der Saghani-Waffen zu wundern. Sein Angriff hatte das Ziel verfehlt, jedoch dafür gesorgt, dass der Saghani-Anführer sich herumwarf und ihn nun seinerseits ins Visier nahm. Mit einer Kraftanstrengung, von der er nicht sagen konnte, woher sie kam, sprang Kel zur Seite und ließ sich in den tiefen Schnee fallen. Gleichzeitig zischte eine Salve Kugeln an ihm vorbei. Die Nächste würde ihn treffen. Doch plötzlich ertönten in der Fahrzeugkolonne laute Kriegsrufe. Zwischen den gepanzerten Kettenfahrzeugen tauchten immer mehr Gestalten auf. Die Jäger, die die Klippen erklommen hatten, waren eingetroffen. Sie hatten das Saghani-Lager tatsächlich eingenommen und waren nun bereit, ihren Gefährten beizustehen, um die Saghani vor ihren eigenen Toren zu vernichten.

Der klägliche Rest der Krieger, die dem feindlichen Anführer noch geblieben waren, musste die Lage ebenfalls erkannt haben, denn sie hatten aufgehört zu feuern. Für einen kurzen Augenblick herrschte völlige Stille. Keine Kugel und kein Pfeil flogen mehr durch die Luft.

Gerade als Kel erwartete, dass der Kampf von neuem losbrechen würde, hob der Mann sein Gewehr über den Kopf und rief seinen Männern laute Kommandos zu, die Kel wegen der eigentümlichen Art zu sprechen, nicht verstand. Umso mehr staunte er, als er begriff, dass es der Befehl gewesen sein musste, aufzugeben. Die Saghani hoben ihre Waffen über ihre Köpfe und warfen sie dann vor sich in den Schnee. Langsam gingen sie auf ihren Anführer zu und blieben dort in einer kleinen Gruppe stehen.

Die Jäger kamen mit erhobenen Bögen vorsichtig zwischen den Fahrzeugen hervor. Kels Blick fand Tesuk, der auf einen Speer gestützt den anderen Stammesmitgliedern Befehle erteilte. Die Jäger teilten sich daraufhin rasch in drei unterschiedliche Gruppen auf. Eine davon umzingelte die besiegten Saghani-Krieger, die zweite machte sich daran, die

Türen der Kettenfahrzeuge zu öffnen und die Gefangenen zu befreien und die dritte eilte zurück durch die offenstehenden Tore des Feindeslagers, um es zu sichern. Zuletzt schickte Tesuk auch einen Jäger, um Kel zur Hilfe zu eilen. Dankbar stützte Kel sich auf seine Schulter. Der stechende Schmerz in seinem linken Arm und das Brennen auf seiner Stirn, blieb ihm jedoch weiterhin. Die einzige Stütze, die er dagegen hatte, war das Hochgefühl noch am Leben zu sein und zu wissen, dass sie gesiegt hatten.

»Wir durchsuchen das Lager nach weiteren Saghani«, sagte Tesuk, als er und Kel sich trafen. »Aber die Stammesmitglieder, die das Lager über die Klippe eingenommen haben, konnten bisher niemanden sonst finden.«

»Wie kann das sein?«, fragte Kel. »Dort sollten noch einmal dreißig oder vierzig mehr sein. Wo sind sie hin?«

»Es gibt viele Spuren, die weg vom Lager führen«, antwortete Tesuk. »Tiefe Spuren, wie sie nur Saghani-Fahrzeuge hinterlassen. Sie führen in Richtung des Bergpasses.«

Der Jäger, der Kel stützte, ließ ihn für einen Augenblick los, um einen Speer aus dem Schnee in ihrer Nähe aufzuheben und ihm zu reichen. Kel dankte ihm und stapfte auf den Speer gestützt neben Tesuk zu den Saghani-Fahrzeugen.

»Das heißt, dass sie zurückkommen könnten«, sprach Tesuk aus, was auch Kel bereits durch den Kopf gegangen war. Wenn die meisten der Saghani-Krieger gar nicht hiergewesen waren, dann schwebten sie alle noch in großer Gefahr.

»Wir werden herausfinden, was sie vorhaben«, sagte Kel und warf einen schnellen Blick in Richtung der gefangenen Saghani-Krieger. Sie saßen wehrlos im Schnee, zogen die Köpfe ein und musterten angsterfüllt die auf sie gerichteten Pfeilspitzen. Doch bevor Kel sich mit ihnen beschäftigte, musste er sich zuerst um etwas anderes kümmern.

»Tesuk, schick jemanden los, um Najut zu suchen«, sagte er.

Der alte Jäger nickte und entfernte sich, um ein paar Männer und Frauen zusammenzutrommeln.

Verwirrte Rufe und lautes Weinen drang an Kels Ohr und er drehte sich zu den Kettenfahrzeugen um. Die Jäger hatten die Türen der Laderäume geöffnet und halfen den Menschen, auszusteigen. Immer einer nach dem anderen, um zu verhindern, dass sich die Ketten, mit denen sie aneinandergefesselt waren, verheddern konnten. Erst jetzt erkannte Kel, dass auch einige Kinder unter den Gefangenen waren. Auch ihnen hatten die Saghani die schweren Eisenfesseln angelegt. Einer der Jäger hatte jedoch einen Schlüssel gefunden, mit dem er, so schnell er konnte, alle befreite. Viele der Geretteten fielen den Jägern, die ihnen am nächsten standen, um den Hals, oder sackten weinend zu Boden, sodass die Mitglieder aus Kels Stamm sie sanft beiseiteschieben mussten, um Platz für die nachfolgenden Gefangenen zu machen.

Etwas abseits des Geschehens kniete ebenfalls eine einzelne Gestalt im Schnee. Es war ein Mann mittleren Alters, und sein Gesicht war so übel zugerichtet, dass Kel hinter all den blauen Flecken Palak, den Häuptlingssohn der Ke'yush, erst auf den zweiten Blick erkannte. Palaks Kleidung war zerrissen und seine Haare fielen in ungepflegten Strähnen über seinen Kopf. Er war älter als Kel, doch seine Zeit als Anführer des Stammes stand ihm erst noch bevor. Seinem Vater war ein langes Leben vergönnt. Doch wie Kel verbittert feststellte, konnte er sich dessen nicht mehr sicher sein. Vielleicht lebte Palaks Vater nicht mehr. Es war sogar wahrscheinlich. Erinnerungen drängten sich Kel auf und sie machten ihn traurig. Bei den Begegnungen ihrer Stämme hatten ihre Väter immer von Kel und Palak erwartet, dass sie miteinander Freundschaft schlossen. Schließlich würden sie die zukünftigen Generationen der Thule und der Ke'yush führen. Doch in Kels jugendlichem Alter hatte er wenig mit dem älteren Palak anzufangen gewusst, und dem Häuptlingssohn der Ke'yush war es umgekehrt ebenso ergangen. Dieses Verhältnis hatte sich auch über die Jahre nie geändert. So ergab es sich, dass ihre Treffen meist aus langem Schweigen bestanden hatten und sich eine merkwürdige Atmosphäre bildete, sobald sie einander nahekamen. Sie hatten beide immer den Drang verspürt, die ersten offenen Worte auszusprechen, doch sie kannten sich zu schlecht, als dass sie es je getan hätten. Und so waren sie auch nie wirklich Freunde geworden.

Kel humpelte auf den Speer gestützt zu Palak. Der Häuptlingssohn hatte ihm den Rücken zugewandt und als Kel bei ihm angekommen war, wusste er wie immer nicht recht, was er sagen sollte. Daher legte er ihm zur Begrüßung einfach nur eine Hand auf die Schulter und drückte kräftig zu.

»Ihr seid frei«, sagte Kel und als keine Reaktion folgte, fügte er hinzu. »Die Saghani sind besiegt. Deine Leute sind in Sicherheit.«

Es dauerte einen Augenblick, doch schließlich hob Palak seinen starren Blick vom aufgewühlten Schnee und drehte seinen Kopf, sodass er Kel ansehen konnte.

»Vater ist tot«, sagte Palak und sein Blick schien durch Kel hindurchzusehen und zu einem dunklen Ort zu blicken, den einzig Palaks Herz kannte.

»Sie haben alles niedergebrannt«, sagte er. »Unsere Yarum sind tot und der Rest des Stammes in Ketten fortgebracht.«

Kel spürte, wie Palak zitterte. Er schaute an Kel vorbei, zu seinen eigenen Stammesmitgliedern, von denen die letzten gerade unter vielen Tränen von ihren Fesseln befreit wurden. Doch Kel begriff, dass es keine echten Freudentränen waren. Die Ke'yush hatten zu viel Leid erfahren, um in diesem Augenblick wirklich Erleichterung empfinden zu können.

»Wir sind die Letzten«, sagte Palak. »Die Letzten, die noch übrig sind.«

Kel wollte Palak sein Mitgefühl aussprechen. Er wollte ihm sagen, dass auch er denselben Schmerz fühlte. Doch er war nicht in der Lage, seine Gefühle und Gedanken in Worte zu fassen. Auch sein Stamm war überfallen worden und auch ihre Yarum waren tot. Kel hatte Nauja verloren und der Gedanke an seine Frau schnürte ihm endgültig die Kehle zu. Bisher hatte er sich mit der Sorge um seinen Sohn und die Vorbereitungen des Angriffs ablenken können. Doch Kel fürchtete sich vor dem Augenblick, in dem er Zeit haben würde zu trauern. Er war einfach nicht bereit dazu, das Schicksal seiner Frau anzuerkennen.

Kels Finger wanderten an seine pochenden Schläfen. Für einen kurzen Augenblick kniff er die Augen zusammen, versuchte sich zu konzentrieren und seinen Geist zu leeren. Der Stamm brauchte ihn. Kel war ihr Häuptling. Diese Pflicht ging weit über ihn selbst hinaus. Müde und nur unter enormer

Anstrengung öffnete Kel wieder seine Lider.

»Wo haben sie sie hingebracht?«, fragte er Palak. »Die anderen aus deinem Stamm, wo sind sie?«

Der junge Häuptlingssohn zeigte keinerlei Regung. Selbst seine Lippen schienen sich nicht zu bewegen als er hauchte: »Fort.«

Kel verharrte noch einen Augenblick bei Palak, doch das Gefühl, eine leere menschliche Hülle würde neben ihm im Schnee knien, war mehr, als er momentan selbst ertragen konnte. Er war daher froh, als er Tesuks Stimme hörte, der über ihn rief.

Zwei Jäger hatten ihre Jägerfelle so zusammengebunden, dass sie einen Mann hatten darauflegen können, den sie so in ihrer Mitte wie auf einem Schlitten zogen. Der Mann war in die gleichen weißen Felle gekleidet wie die, auf denen er lag, und seine Beine waren zu lang, sodass seine Stiefel im Schnee schleiften und tiefe Rillen hinterließen. Erst als Kel die blonden Haarsträhnen sah, erkannte er, dass es Najut war.

Er ließ Palak alleine zurück im Schnee und eilte, so gut es mit dem Speer als Stütze ging, zurück zu Tesuk und Najut.

»Wir haben ihn inmitten von vier Toten Saghani gefunden«, sagte einer der beiden Jäger, die ihn hergezogen hatten.

Najut hatte es tatsächlich geschafft, alle vier Saghani-Späher auszuschalten, dachte Kel. Als er sich jedoch zu seinem Freund hinunterbeugte, erkannte er den Preis, den er dafür hatte zahlen müssen. Zwei große hellrote Flecke hatten die sonst makellos weißen Jägerfelle über Najuts Bauch verfärbt. Schweiß stand ihm auf der Stirn und sein Atem ging schnell und oberflächlich.

»Haben wir gewonnen?«, fragte er mit einem schwachen Lächeln auf den Lippen. Seine Stimme war so leise, dass Kel sich zu ihm hinunter knien musste, um ihn verstehen zu können.

»Ja, wir haben gewonnen«, antwortete Kel mit einer Überzeugung, von der er nicht gewusst hatte, dass sie in ihm war. »Die Saghani haben sich ergeben und die Ke'yush sind frei.«

Najut hatte sichtlich Mühe zu schlucken und als er es endlich geschafft hatte, begann er heftig zu husten.

»Gut«, stieß er zwischen zwei Atemzügen hervor.

Kel beugte sich zu Najut hinunter und versuchte, ihm zu helfen, sich aufzurichten, um besser Luft zu bekommen, doch Najut schüttelte den Kopf.

»Was ist mit Suka?«

Kel hob seinen Blick, um an Tesuk vorbei die befreiten Ke'yush zu sehen. Erst beim zweiten Hinsehen erkannte er die Häuptlingstochter, da sie ihm den Rücken zugekehrt hatte, doch sie wirkte ohne Zweifel unverletzt.

»Es geht ihr gut«, sagte Kel und schaute wieder Najut an.

Er hatte die Augen geschlossen und seine Brust hatte aufgehört, sich zu heben und zu senken.

»Najut!«, rief Kel und packte seinen Freund an dem Arm, der über seinen Bauchwunden lag. Langsam öffneten sich seine Lider wieder und Kel atmete erleichtert auf. Doch dann erkannte er die Schwerfälligkeit, die in den Augen seines Freundes lag.

»Du hast sie gerettet«, flüsterte Kel und drückte Najuts Arm. Damit meinte er nicht nur Suka und die Ke'yush. Najuts Opfer hatte es Kels Stamm ermöglicht, die Saghani zu besiegen. Auch wenn ihre Yarum tot und ihr Lager niedergebrannt war, so würden sie mit dem, was sie bei diesem Sieg erbeuteten hatten wenigstens eine Zeitlang überleben können. Die Kälte der Eiswüste würde das Fleisch der Yarum frisch halten und sie konnten damit handeln. Genauso wie mit den Gewehren und Fahrzeugen und allem anderen, was sie noch im Lager der Saghani finden würden.

»Pass auf sie auf«, sagte Najut und hustete schwach. Die roten Flecke auf seiner Kleidung waren gewachsen und inzwischen zu einer einzigen großen Einheit verschmolzen. Sein Blick wanderte in weite Ferne und über seine Augen legte sich ein Schleier.

» ... guter Anführer ... beschützen ...«, waren die letzten Worte, die über Najuts Lippen kamen. Dann schloss er die Augen und Kel wusste, dass er sie dieses Mal nicht mehr öffnen würde, egal wie sehr er Najut darum bitten würde.

»Das werde ich«, flüsterte Kel seinem toten Freund zu. »Ich werde sie alle beschützen.«

Es kostete Kel seine ganze Kraft, um sich mithilfe des Speeres wieder aus seiner knienden Position zu erheben. Mit einer raschen Bewegung seines unverletzten Arms wischte er die dünnen Linien, die die Tränen in seinem Gesicht hinterlassen hatten, fort und als er Tesuk ins Gesicht schaute, hatte er sich wieder so weit unter Kontrolle, um mit fester Stimme fragen zu können: »Wie viele sind bei dem Angriff heute gestorben?«

»Sechs«, antwortete Tesuk. Doch nach einem schnellen Blick zu Boden, wo Najut tot auf den Jägerfellen lag, sagte er: »Sieben.«

Kel ließ seinen Blick über die Jäger schweifen, die die Saghani-Krieger bewachten und fragte sich gleichzeitig, wen er nicht unter ihnen entdeckte. Wer war gegangen, um das Lager zu durchsuchen und wer war gestorben? Wen hatte er mit seinen Entscheidungen in den Tod geführt? Er wagte es nicht, Tesuk danach zu fragen. Zu wissen, für welche Tode er verantwortlich war, hätte es Kel in diesem Augenblick unmöglich gemacht, einen klaren Kopf zu bewahren. Er hatte es Najut versprochen. Er würde auf alle aufpassen. Daher blendete er, soweit es ging, seine Gefühle aus und versuchte sich darüber klar zu werden, wie ihre nächsten Schritte auszusehen hatten.

»Fesselt die Saghani mit ihren eigenen Ketten«, rief Kel und fügte hinzu: »Alle bis auf ihren Anführer.«

Die Jäger, die die im Schnee knienden Saghani bewachten, machten sich sofort an die Arbeit. Gleichzeitig begannen die beiden Männer, die Najut hergebracht hatten, sich um seinen Körper zu kümmern. Sie legten ihm die Arme überkreuzt auf die Brust, sodass sie nicht neben ihm durch den Schnee schleiften, und dann zogen sie ihn von Kel fort, vermutlich dorthin, wo auch die anderen toten Männer und Frauen seines Stammes lagen.

»Geht es dir gut?«, fragte Tesuk und warf einen kritischen Blick auf Kels verletzten Arm.

»Nein«, antwortete Kel. »Aber meinen Arm haben sie, glaube ich, nicht richtig getroffen, also kann ich weitermachen.«

Kel rechnete fast damit, dass Tesuk ihn dazu auffordern würde, jemanden seine Wunden versorgen zu lassen, doch der alte Jäger kannte ihn gut genug, um zu wissen, dass Kel dem sowieso nicht zustimmen würde. Dazu war später noch Zeit.

»Was sollen wir mit ihnen machen?«, fragte Tesuk und nickte in Richtung der Saghani. Die Jäger ketteten gerade die Letzten von ihnen aneinander. Kel zählte schnell durch und kam auf acht Männer. Einschließlich des Anführers.

»Ich weiß es noch nicht«, antwortete er ehrlich.

»Wir töten sie«, verlangte plötzlich eine andere Stimme. Suka, die Häuptlingstochter der Ke'yush, kam auf sie zu. Sie hatte eines der Gewehre der Saghani aufgehoben und in Richtung der Männer gerichtet.

»Wir töten sie auf der Stelle«, sagte sie noch einmal. »Bei allem, was sie uns und unserem Stamm angetan haben ...«

»Warte«, sagte Kel und stellte sich ihr in den Weg.

Suka musterte ihn von oben bis unten und obwohl sie einen Kopf kleiner war als er, zweifelte Kel keinen Augenblick daran, dass ihre Wut ihr momentan die Kraft dazu gegeben hätte, ihn zu überwältigen.

»Geh mir aus dem Weg«, knurrte sie und ging einen Schritt auf Kel zu, sodass sich ihr Gesicht ganz dicht vor seinem befand. Sie starrte ihm direkt in die Augen. Als Kel jedoch keine Anstalten machte, zur Seite zu weichen und ihrem Blick standhielt, stieß sie zwischen zusammengebissenen Zähnen hervor: »Wieso?«

»Weil wir zuerst erfahren müssen, warum sie die Stämme der Eiswüste angreifen«, antwortete er. Es kostete ihn nahezu übermenschliche Kraft, Suka nicht einfach den Weg freizugeben und mit einem zufriedenen Lächeln zuzusehen, wie die Saghani starben.

»Sie wollen unsere Yarum!«, erwiderte Suka. »Oder hast du daran noch Zweifel?«

Sie deutete auf die Kettenfahrzeuge, die über und über mit dem Fleisch der niedergemetzelten Tiere beladen waren.

»Und wieso haben sie euch gefangen genommen? Einen ganzen Stamm?«, fragte er zurück. »Und unsere Leute. Wohin haben sie die alle gebracht? Palak hat gesagt, dass die Saghani nicht alle getötet haben.«

Suka zögerte für einen Augenblick, doch dann fand sie ihre Entschlossenheit wieder. »Weil sie grausam sind. Sie sehen in uns nicht mehr als in den Tieren, die sie getötet haben«, sagte sie. »Sie brauchen keinen Grund, um einen ganzen Stamm auszulöschen. Ich hingegen habe einen, um sie alle tot sehen zu wollen.«

»Vielleicht hast du recht«, sagte Kel. »Vielleicht aber auch nicht. Bist du bereit, das zu riskieren?«

»Ja«, brüllte Suka ihm ins Gesicht, doch Tränen liefen ihr über die Wangen und zerstörten das perfekte Bild der wütenden Rachekriegerin.

Es dauerte noch einen Augenblick, doch dann senkte sie endlich ihren Blick und Kel sagte: »Wir werden die Wahrheit herausfinden. Aber auf meine Art.«

Dann streckte er eine Hand nach dem Gewehr aus, mit dem Suka immer noch in Richtung Saghani zielte und senkte es gegen ihren erlahmenden Widerstand zu Boden.

»Was ist mit deinen Leuten? Wie viele von euch haben sie umgebracht?«, fragte Suka mit gesenktem Kopf. »Kannst du ihnen dafür so schnell vergeben?«

Kels Blick wanderte zu der Stelle zwischen den Saghani-Fahrzeugen, wo der Jäger mit Najuts Körper verschwunden war, um ihn zu den anderen Toten zu bringen. Für einen kurzen Augenblick blitzte dort die Gestalt seiner Frau auf. Sie sah so aus, wie er sie das letzte Mal gesehen hatte. Sie winkte ihm zu, lächelte, spielte mit Anyu auf ihrem Arm und bewegte auch seine kleine Hand, sodass er seinem Vater zum Abschied zuwinken konnte. Dann war sie wieder verschwunden und an ihrer Stelle war dort nur dreckiger, aufgewühlter Schnee.

»Ich werde ihnen niemals vergeben«, antwortete Kel.

»Denk daran, wenn du mit ihnen redest«, sagte Suka, dann wandte sie sich mit gesenkten Schultern zum Gehen. Doch plötzlich, noch halb in der Drehung, riss sie das Saghani-Gewehr wieder hoch. Ein kurzer Donnerhagel ertönte und dröhnte so laut in Kels Ohr, dass er instinktiv zurückzuckte. Wegen seinen Verletzungen verlor er das Gleichgewicht und stürzte rückwärts in den Schnee.

Dann gab das Gewehr nur noch leise klickende Geräusche von sich und Kel nahm seine Hände wieder von den Ohren.

»Bist du denn verrückt geworden, Frau?«, rief er Suka zu, während er sich aufrappelte und sich nach dem Schaden umsah, den sie angerichtet hatte. Doch die gefangenen Saghani lebten allesamt noch. Der Tod hatte sich ein anderes Ziel gesucht.

Kel hatte den Saghani-Krieger, den er nur mit viel Mühe

im Zweikampf bezwungen hatte, schon wieder völlig vergessen gehabt. Doch jetzt blickte der gleiche Mann, der ihn vor kurzem noch mit seinen bloßen Händen hatte töten wollen, ungläubig an seinem Körper herab, während ihm die eigene Waffe aus den Händen glitt und er schließlich tot in den Schnee fiel.

Suka warf ihr Gewehr in den Schnee vor Kels Füßen. Es war von der Benutzung heiß geworden und zischte daher, als das Metall auf die kalten Eiskristalle traf.

»Jetzt haben wir beide einander das Leben gerettet«, sagte sie, bevor sie sich umdrehte und wieder zu der kleinen Gruppe der letzten freien Ke'yush zurücklief.

»Wahnsinnige Frau«, murmelte Tesuk, schien sich dann aber darüber klar zu werden, dass ohne Sukas Handeln Kel und er selbst vermutlich tot wären. Also rief er schnell einem Jäger zu, er solle auf eines der gepanzerten Fahrzeuge steigen und die Umgebung im Blick behalten. Auf weitere Überraschungen konnten sie gut verzichten.

Die Jäger, die die Saghani gefesselt hatten, standen neben dem feindlichen Anführer und schauten Kel erwartungsvoll an. Auch sie wollten Rache und warteten nur auf den Befehl, zu töten.

»Noch nicht«, sagte Kel jedoch und sie zögerten nur einen winzigen Augenblick, bevor sie ihre Gefühle bezwangen und einige Schritte zurücktraten.

Der Saghani-Anführer strahlte trotz seiner Niederlage noch immer Entschlossenheit aus. Auf seinen harten Gesichtszügen zeigte sich keine Spur von Reue.

Ich werde ihnen niemals vergeben.

Das hatte er zu Suka gesagt. Aber er hätte es auch vor dem gesamten Stamm, allen Ahnen und dem Geist seiner toten Frau geschworen.

Kel machte einen weiteren Schritt auf den Anführer zu, sodass er dicht vor ihm stand und den knienden Mann damit zwang, den Kopf in den Nacken zu legen, wenn er mit ihm sprach.

»Wenn ich mich anstrenge, ist es mir möglich, deine Sprache zu verstehen«, sagte Kel. »Also nehme ich an, dass du auch meine verstehen kannst.«

In den Augen des Mannes leuchtete ein wenig mehr Hass

auf, was Kel als Bestätigung nahm.

»Gut«, sagte Kel und nickte. »Für jede Frage, die du falsch beantwortest, wird einer deiner Krieger sterben.«

Der Mann verzog keine Miene.

»Wo habt ihr die Ke'yush hingebracht?«

Schweigen.

Kel hob die Hand, mit der er sich nicht an seinem Speer abstützte, und streckte drei Finger in die Luft. Als er seine Faust wieder komplett geschlossen hatte, blickte er zu einem der Jäger und sagte: »Lasst einen von ihnen seine Kleidung ausziehen.«

Der Jäger machten sich sofort daran, den Befehl auszuführen. Das kurze Zögern des Saghani-Kriegers, der ihm am nächsten war, löste sich beim Anblick einer Speerspitze direkt vor seinem Gesicht rasch auf und der Mann machte sich daran, seine dicke Winterkleidung abzulegen. Kel fiel erst jetzt auf, dass die Saghani keine Knöpfe oder Schnüre benötigten, die ihre Kleidung zusammenhielten. Stattdessen hatten sie, wie bei allem, was sie nutzten, Metall in ihre Kleidung eingearbeitet, das beim Öffnen merkwürdige Klackergeräusche machte und einen weiten Schlitz in der Jacke hinterließ. Kel hatte momentan jedoch wenig für diese kleine Merkwürdigkeit übrig. Nachdem der Saghani-Krieger auch seine Stiefel ausgezogen hatte und nur noch eine dünne Wollhose trug, senkte Kel seinen Blick zurück zu dem Anführer.

»Als erstes frieren seine Zehen ab«, sagte Kel. »Danach seine Finger, bevor er dann zusammenbrechen wird und die Eiswüste sich den Rest von ihm holt.«

Im Gesicht des Anführers rangen Trotz und Hass miteinander um die Vorherrschaft.

Gerade, als Kel erneut seine Hand heben wollte, um die Kleidung des nächsten Saghani zu fordern, machte der Anführer den Mund auf. Obwohl seine Worte den gewohnt fremden Klang hatten, konnte Kel sie im Zusammenhang verstehen.

»Über den Pass.«

»Wohin genau?«, fragte Kel nach.

»Weiß ich nicht«, lautete seine Antwort und Kel nickte einem weiteren Jäger zu, den nächsten Saghani um seine

Kleidung zu *bitten*.

Sofort redete der Anführer weiter, wenn auch mit zusammengebissenen Zähnen.

»Keiner von uns weiß es. Wir bringen die …«, er zögerte einen Moment und schien darüber nachzudenken, was er sagen wollte, bevor er weitersprach. »… die *Gefangenen* nur über den Pass, wo wir sie übergeben.«

»An wen?«

»Eine andere Einheit«, antwortete der Anführer und als Kel die Stirn runzelte erklärte der Mann weiter: »Andere Krieger, so wie wir.«

»Woher kommen diese Krieger? Wo haben sie ihr Lager?«

»Das weiß ich nicht.«

Kel nickte wieder einem seiner Jäger zu, und als der zweite Saghani-Krieger seine Kleidung ablegen musste, murmelte der Anführer eine Beleidigung, die wohl nur Saghani verstanden. Sein Tonfall ließ jedoch keinen Zweifel, dass er Kel vermutlich gerade den Tod oder ähnliches gewünscht hatte.

»Ich weiß es nicht, verdammt!«, schrie er. »Keiner weiß das mit Sicherheit. Es gibt Gerüchte, dass sie sie zu den Bunkern am Nimus bringen. Ich habe die Soldaten aus der anderen Einheit reden hören. Sie haben erwähnt, dass sie dort hinwollen.«

»Wo ist dieser Ort?«, fragte Kel.

»Der Nimus?«, fragte der Anführer mit einem ungläubigen Schnauben, als könnte er Kels Dummheit nicht glauben. »Wenn du den höchsten Berg östlich des Passes suchst, bist du richtig.«

»Wie viele Tagesreisen von hier entfernt?«, fragte Kel.

Wieder das verächtliche Schnauben, bevor der Mann antwortete: »Etwa zu Fuß? Keine Ahnung wie schnell ihr Eingeborenen durch den Schnee stapfen könnt. Aber mit unseren Kettenfahrzeugen brauchen wir bei gutem Wetter eine Woche.«

Darüber musste Kel kurz nachdenken. Die Fahrzeuge der Saghani waren nicht schneller als ein Hundeschlitten, doch sie konnten ohne Pause immer weiter und weiter fahren. Das bedeutete, der Berg, von dem der Kriegeranführer sprach, war zu weit entfernt, als dass der Stamm in seiner momentanen

Situation dort hingelangen konnte. Der Überfall und das Niederbrennen ihres Lagers hatte sie zu sehr geschwächt, als dass sie so weit in feindliches Gebiet vordringen konnten.

»Zeig meinen Jägern, wie man eure Fahrzeuge gebraucht«, befahl Kel und wollte sich damit schon von dem Anführer abwenden, als dieser fragte: »Was ist mit meinen Männern?«

Kel ließ seinen Blick über die Köpfe der Saghani schweifen. Der Krieger, der als erster seine Kleidung hatte ablegen müssen, zitterte bereits erbärmlich und seine Lippen waren dunkelblau verfärbt. Unaufhörlich rieb er mit den Händen über seinen nackten Körper, um sich irgendwie warm zu halten.

»Warum nehmt ihr uns gefangen?«, fragte Kel, obwohl er sich sicher war, dass er die Antwort nicht erfahren würde.

»Ich weiß doch nicht mal sicher, wo sie hingebracht werden. Keine Ahnung, wozu so viele Eingeborene gebraucht werden.«

Wieder dieses Wort: »Eingeborene«. Es schien die Saghani-Bezeichnung für die Stämme zu sein.

»Wie viele habt ihr weggebracht?«

»Vom letzten Stamm vielleicht siebzig oder achtzig. Insgesamt keine Ahnung, aber viele. In den Baracken liegen die Dokumente. Dort sind die genauen Zahlen aufgeschrieben.«

Kel brauchte einen Augenblick um sicher zu sein, dass er die fremdklingenden Worte richtig verstanden hatte. Warum machten die Saghani so viele Gefangene, wenn es ihnen doch nur um die Yarum und ihr Fleisch ging?, fragte sich Kel.

»Was ist jetzt mit meinen Männern?«, erinnerte ihn der Anführer an die frierenden Saghani.

»Lasst sie alle ihre Kleidung ausziehen«, sagte Kel an die Jäger gewandt. »Wir können jede Jacke und jede Hose, die uns vor der Kälte schützt, gebrauchen. Danach sperrt sie in das Innere des Fahrzeugs, mit dem sie unsere Leute fortbringen wollten.«

Das würde auf jeden Fall verhindern, dass die Saghani zu fliehen versuchten. Denn in der Eiswüste würden sie ohne Kleidung nicht einmal weit genug laufen können, um außer Sichtweite ihres eigenen Lagers zu erfrieren.

Zu dem Saghani-Anführer sagte Kel: »Zeig meinen Jägern, wie man eure Fahrzeuge gebraucht. Danach kannst du deine Männer hinbringen, wo auch immer du willst. Sehe ich dich danach jemals wieder, werde ich zuerst deine Beine in ein Gefäß mit Wasser stellen und es gefrieren lassen. Danach folgen deine Arme. Und glaub mir, wir kennen Wege, um deinen Kopf warm genug zu halten, dass du zusehen kannst, wie dein gesamter Körper langsam abstirbt.«

Kapitel Fünfzehn

Kel betrat das Lager der Saghani. Hier bestand alles aus kaltem, glänzenden Metall. Sowohl die niedrigen langgezogenen Hütten, in denen die Saghani lebten - ihr Anführer hatte sie »Baracken« genannt - als auch die Mauern, die ihr Lager umgaben. Sie reichten bis an die Klippen heran, wo sie abrupt endeten und den kletternden Jägern, einen geheimen Eingang geboten hatten.

Seine Verletzungen zehrten an Kels Kraft und verlangten von ihm, sich hinzusetzen. Doch er wusste genau, wie trügerisch dieser Wunsch war. Danach wieder aufzustehen wäre nämlich vollkommen unmöglich gewesen. Daher versuchte Kel, einen Kompromiss mit seinem Körper zu finden, indem er auf seinen Speer gestützt am Rande der Klippe stand. Er sah hinunter auf die hügelige Fläche der Eiswüste und bewunderte die Jäger, die es geschafft hatten, diesen vereisten Felsen zu erklimmen.

Kurz darauf hörte Kel das Knirschen von Schritten im Schnee und Tesuk trat neben ihn. Der alte Jäger schwieg lange und gemeinsam betrachteten sie die unendliche Weite ihrer Heimat, die sich vor ihnen erstreckte. Sie beide wussten, dass es nie wieder so sein würde, wie zuvor.

»Was werden wir jetzt tun?«, fragte Tesuk irgendwann.

»Wir übergeben die Toten an die Ahnen«, antwortete Kel. Er würde Abschied von seiner Frau und seinen Freunden nehmen. »Und dann ziehen wir weiter. So schnell wir können, bevor die Saghani noch mehr Krieger schicken.«

Seine Trauer würde er noch weiter verschieben müssen.

»Und wohin?«, fragte Tesuk. »Für den Augenblick haben wir genug zum Überleben, aber ohne die Yarum-Herde können wir nicht so weiterleben wie zuvor. Irgendwann gehen uns die Vorräte aus.«

»Ich weiß«, sagte Kel.

Er bemerkte den Schneesturm, der sich am Horizont ankündigte. Doch die Wolken, die sich bildeten, waren hell und der Wind wehte sie nur langsam vorwärts. Er würde ihnen genug Zeit geben, um ihr Nachtlager hier aufzuschlagen und wenn sie am nächsten Morgen weiterzogen, würde er ausreichen, um ihre Spuren zu verwischen. Wäre er momentan in der Lage dazu gewesen, so etwas wie Freude zu empfinden, wäre es das erste Mal in seinem Leben gewesen, dass Kel sich über einen Schneesturm freute.

Es würde bald dunkel werden und die Stämme - Ke'yush wie Thule - zündeten die ersten Lagerfeuer für die Nacht an. Unter den Gefangenen waren sogar vereinzelt Yupik aus dem entfernten Westen und ein alter Greis des Nu'uk-Stammes gewesen.

Kel wusste nicht mit Sicherheit, wie viele sie nun insgesamt waren, doch er glaubte, dass es weit über dreihundert sein mussten. Es war ein tränenreicher Abend gewesen, als sie im hinteren Teil des Saghani-Lagers noch mehr Gefangene in einer kleinen Baracke entdeckt hatten. Viele Familien hatten wieder zusammengefunden, doch es gab gleichzeitig niemanden, der nicht mindestens einen liebgewonnenen Menschen vermisste. Und diejenigen, die nur noch eine Leiche zum Umarmen hatten, brannten sich besonders in Kels Gedächtnis, da auch er zu ihnen gehörte. Genauso wie Najuts Eltern. Nachdem die Heilerin Kels Wunden gesäubert und verbunden hatte, hatte er die Eltern seines Freundes zu seinem Körper geführt. Doch lange hatte er es nicht ertragen können, bei ihnen stehen zu bleiben und so war er zu seinem Sohn zurückgekehrt. Seitdem hatte er Anyu auf dem Arm gehalten und ihn nicht mehr losgelassen.

Die niedrigen von außen so kalt wirkenden Metallhütten der Saghani hatten sich als bessere Nachtquartiere erwiesen, als Kel vermutet hätte. Nachdem jede Familie einen Teil, nicht größer als die Schlafstätte, die sie benötigte, notdürftig mit Fellen und Kleidungsstücken umspannt hatte, genoss Kel einen Moment des Alleinseins mit Anyu. Das leise Flüstern der anderen Stammesmitglieder und das gelegentliche Husten um ihn herum schien eine beruhigende Wirkung auf seinen Sohn zu haben und auch er döste langsam ein.

Doch kurz bevor Kel in den Traumreichen versank, bemerkte er den Schatten einer schlanken Gestalt, der auf das Fell fiel, das seine Lagerstatt verhüllte und hörte wie sich eine

Frau davor räusperte. Ohne auf eine Antwort zu warten, klappte sie das Fell beiseite und schlüpfte in Kels kleinen Schlafbereich innerhalb der Baracke.

»Suka«, stellte Kel überrascht fest.

»Ich bin anstelle meines Bruders hier«, sagte sie kurz angebunden. Kel hatte jemanden zu Palak geschickt, um ihn herzubitten.

Kel rutschte ein wenig zur Seite, um Suka einen Sitzplatz anzubieten, doch sie blieb mit verschränkten Armen vor ihm stehen.

»Wie geht es deinem Arm?«, fragte sie und klang so, als würde sie die Frage nur stellen, da alles andere unhöflich gewesen wäre.

»Gut«, log Kel.

Die Heilerin hatte gesagt, dass die Kugel aus der Saghani-Waffe nur sehr oberflächlich eingedrungen war, um seinen Körper dann wieder zu verlassen. Kel hatte trotzdem das Gefühl gehabt, dass die Heilerin kurz davor gewesen war, seinen Arm abzutrennen, als sie ihn versorgt hatte. Die Vorräte an Blaualgen, die den Schmerz betäuben konnten, waren seit dem Überfall der Saghani zu knapp, als dass er zugelassen hätte, dass sie sie an ihn verschwendete. Es gab andere, die schlimmer verletzt waren, weil er sie in den Kampf geführt hatte.

»Ich werde heute Nacht mitkommen«, erklärte Suka. »Palak ist ...«

Sie stockte und Kel runzelte die Stirn, als er zum ersten Mal sah, dass Suka darum ringen musste, ihren stoischen Blick beizubehalten. Kurz senkte sie den Kopf und als sie ihn wieder hob, schien sie sich wieder völlig unter Kontrolle zu haben.

»Gibst du mir dein Wort, dass niemand davon erfährt?«, fragte sie.

Anyu regte sich auf seinem Arm und Kel bemerkte, dass er damit aufgehört hatte, ihn sanft hin und her zu wiegen.

»Was ist los?«, fragte er, da er keine Ahnung hatte, wovon Suka sprach und schaukelte seinen Sohn wieder in die tiefen Reiche seiner Träume.

»Habe ich dein Wort?«, fragte Suka noch einmal.

Kel nickte und jetzt setzte sich Suka doch zu ihm.

»Mein Bruder hat sich umgebracht«, sagte sie.

Kel wusste nicht, was er darauf erwidern sollte, doch er glaubte, dass es auch gar nicht nötig war, etwas zu sagen.

»Denk daran, dass du dein Wort gegeben hast«, meinte Suka nach einer Weile. »Es ist das Beste, wenn niemand außer uns beiden davon erfährt. Die Menschen können nicht noch mehr schlechte Nachrichten ertragen.«

Suka klang völlig emotionslos wie sie so neben ihm saß und sprach und Kel überlief ein kalter Schauer. Doch er bemerkte dabei eine traurige Wahrheit. Suka war nicht anders als er selbst. Sie war nun die Anführerin der Ke'yush. Auch sie musste für alle anderen Stärke beweisen. Sie verdrängte ihre Gefühle für ihren Bruder vermutlich genauso wie Kel die für seine Frau.

»Du hast mein Wort«, sagte er. Weitere schlechte Nachrichten würden den Stämmen sicher nicht helfen. »Wir werden seinen Körper zusammen mit den anderen Toten ins Reich der Ahnen begleiten. Was mich betrifft, so habe ich gesehen, wie Palak im erbitterten Kampf mit den Saghani von einem ihrer Gewehre verletzt wurde. Ich bin sicher, die Heilerin wird bestätigen, dass sie alles versucht hat, um sein Leben zu retten, es aber nicht geschafft hat.«

»Danke«, sagte Suka.

Wieder trat Schweigen zwischen sie und obwohl sie nebeneinander saßen, hatte Kel sich noch nie so alleine gefühlt. Er war innerlich genauso leer wie Suka. Sie konnten sich nichts geben. Sich nicht trösten oder füreinander da sein. Das Einzige, was Kel spüren ließ, dass er noch am Leben war, war die Wärme, die sein kleiner Sohn ausstrahlte.

Ein weiterer Schatten trat vor das dünne Fell, das Kel vor seiner Schlafstätte gespannt hatte und als sie eintrat, erkannte er das Gesicht der alten Amni, das, egal wie bitter die äußeren Umstände waren, selbst jetzt noch diesen zufriedenen Ausdruck zeigte. Es hatte Kel gefreut, als er sie unter denen entdeckt hatte, die sie vor den Saghani retten konnten. Amni war so alt, dass sie bereits auf Kels Vater aufgepasst hatte, als der noch ein Kind gewesen war und später dann auf Kel und noch später auf Anyu. Kel war beruhigt zu wissen, dass Amni für diese Nacht auf seinen Sohn achten würde, so lange er fort sein musste.

Die alte Amni warf einen kurzen Blick auf Kel und Suka

und wirkte, als würde sie mit diesem einen Blick alles verstehen und wissen, was in den letzten Augenblicken gesprochen worden war. Doch das Einzige, was sie sagte war: »Die anderen warten bereits auf euch.«

Es kostete Kel viel Überwindung, aufzustehen. Er strich Anyu, der in dicke Felle eingepackt fest schlief, zum Abschied über den Kopf.

»Pass auf ihn auf«, flüsterte er Amni zu und die alte Frau lächelte, als sie seinen Sohn auf den Arm nahm. Suka hielt bereits die improvisierte Fellwand seines Nachtlagers beiseite und wartete auf ihn.

Kel versuchte sich ein letztes Mal das friedliche Gesicht seines Sohnes einzuprägen, dann machte er sich auf den Weg.

Dichte Wolken verhinderten, dass auch nur das kleinste Funkeln eines Sterns am Himmel zu sehen war und ließen die Nacht noch dunkler erscheinen als gewöhnlich. Doch für Kel passte die Schwärze irgendwie.

Wie Amni es angekündigt hatte, warteten die anderen bereits auf Suka und ihn. Das wenige Licht, ging von einer Talglampe in Tesuks Hand aus, deren Flamme flackerten und Schatten über die Gesichter zucken ließ. Außer Tesuk waren lediglich zwei weitere Stammesmitglieder anwesend. Itiaq, der zu den Jägern gehörte, die die vereiste Klippe erklommen hatten und eine junge Frau, die zum Stamm der Ke'yush gehören musste.

»Choni und Itiaq werden heute Nacht die Aufgabe der Hirten erfüllen«, sagte Tesuk.

Bilder der niedergemetzelten Hirten tauchten vor Kels innerem Auge auf. Sie hatten beim Angriff der Saghani versucht, die Yarum und den Stamm zu schützen und so waren sie die Ersten gewesen, die tot in der Schneekuhle gelandet waren, in der Kel auch seine Frau gefunden hatte. Es war eine traurige Art und Weise, wie Choni und Itiaq nun in diesen Rang erhoben wurden. Jetzt, wo kein einziger Yarum-Büffel mehr ihres Schutzes bedurfte und ihnen somit nur noch die Aufgabe blieb, über die verstorbenen Seelen des Stammes zu wachen, bis sie bei den Ahnen angekommen waren.

»Itiaq weiß, wie die Fahrzeuge der Saghani funktionieren«, sagte Tesuk. »Er wird euch zu den

Ahnenhöhlen bringen. Und Choni wurde in die Rituale eingeführt. Sie wird euch helfen.«

Kel nickte und packte Tesuks ausgestreckte Unterarme zum Abschied. Es war nicht das erste Mal innerhalb der letzten Tage, dass Kel sich wünschte, dass sein Vater noch lebte, um den Stamm zu führen. Doch das Wissen, Tesuk an seiner Seite zu haben, half ihm, weiterzumachen.

»Wir erwarten euch vor dem Morgengrauen zurück«, sagte Tesuk.

Kel nickte.

»Sorg dafür, dass der Stamm aufbruchsbereit ist. Sobald wir zurückkommen, werden wir fortziehen.«

Tesuk kehrte ins Lager der Saghani zurück und ließ Kel und Suka zusammen mit den beiden neuen Hirten zurück. Gemeinsam traten sie auf das Kettenfahrzeug zu, in dessen Laderaum die Körper ihrer gestorbenen Freunde lagen.

»Die Ke'yush stehen tief in deiner Schuld«, sagte Suka.

Kel schüttelte den Kopf. »Niemand steht in meiner Schuld, oder in der der Thule. Ohne die Vorräte, die wir heute gewonnen haben, hätten wir keine zwei Wochen überlebt. Der Angriff auf die Saghani war unsere einzige Möglichkeit. Wenn dein Stamm jemandem danken möchte, dann ist es Najut. Er war es, der schnell genug gehandelt hat, um nicht zuzulassen, dass sie euch wegbringen.«

Suka schwieg einen Moment. Auch sie musste sich noch deutlich daran erinnern, wie sie Najut abgelehnt hatte, der nun sein Leben für sie gegeben hatte. Schließlich sagte sie nachdenklich: »Wir werden ihn in unsere Lieder aufnehmen.«

Choni hatte sich bisher leise mit Itiaq unterhalten. Als jedoch drei Stammesmitglieder, die gegen die Kälte der Eiswüste eng in ihre Jacken und Felle geschlungen waren, aus dem Saghani-Fahrzeug kletterten und sich auf den Weg zurück zu ihrem Nachtlager machten, kamen die beiden zu ihnen herüber.

»Die letzte Familie hat Abschied genommen«, erklärte Choni.

Kel nickte ihr dankbar zu. »Dann brechen wir auf.«

Choni führte sie um das Kettenfahrzeug herum und öffnete ihnen die Tür zu der Kabine. Man musste eine kleine Leiter hinaufsteigen, und sich dann auf eine Bank im Inneren setzen. Auf Kels linker Seite saß Itiaq, vor dem sich ein großes rundes Rad befand. Direkt davor, konnte Kel auf drei kleine Kreise blicken, von denen jeder einzelne einer merkwürdigen Art von Kompass ähnelte.

»Hier kann man sehen, wie schnell wir uns bewegen«, erklärte Itiaq, der Kels Blick bemerkt hatte. Die Begeisterung, die der junge Jäger für diese Tatsache zu hegen schien, konnte Kel nicht wirklich verstehen. Wenn er mit dem Hundeschlitten durch den Schnee fuhr, wusste er doch auch zu jeder Zeit, wie schnell er war. Wenn der kalte Wind ihm zu stark ins Gesicht blies, dann musste er eben langsamer werden.

»Pass auf dein Bein auf«, sagte Choni zu Suka, die sich neben Kel gesetzt hatte und daraufhin ihr Bein anzog, sodass Choni die Tür der Kabine zuschlagen konnte. Kel hatte plötzlich das Gefühl, eingesperrt zu sein und schlagartig begann die Luft in seinem Mund abgestanden zu schmecken.

»Was ist mit Choni?«, fragte Suka und Kel fand es irgendwie tröstlich, dass ihre Stimme angespannt klang. Damit war er wenigstens nicht der einzige, der die Fahrt mit dem Hundeschlitten bevorzugt hätte. Doch es waren zu viele gestorben, als dass Togo und das Rudel sie hätten befördern können.

»Sie fährt im hinteren Teil mit«, antwortete Itiaq, um dann etwas unsicher hinzuzufügen: »Ihr Mann ...« Er stockte. »Sie wollte noch etwas Zeit, um sich alleine zu verabschieden.«

Itiaq machte sich daran, alles in seiner näheren Umgebung zu überprüfen und nach einigen kurzen Augenblicken des Schweigens fand der junge Jäger seine vorher so offensichtliche Begeisterung wieder.

»Es ist eigentlich ganz einfach, diese Geräte zu benutzen«, erzählte er. »Für die Pedale hier unten benötigt man ein wenig Übung, um sie richtig zu benutzen, also kann es sein, dass es manchmal ein wenig wackelt. Aber ansonsten muss man einfach nur diesen Schlüssel drehen.«

Als Itiaq dabei tatsächlich an dem Schlüssel neben dem großen Rad drehte, heulte plötzlich das Kettenfahrzeug auf und verfiel dann in ein lautes gleichmäßiges Brummen. Es klang merkwürdiger als jeder Laut, den ein Tier ausstoßen konnte und obwohl es schon im nächsten Augenblick leiser wurde, begann plötzlich das gesamte Saghani-Gefährt sanft zu vibrieren. Kel bekam eine Gänsehaut, doch er versuchte sich als Anführer des Stammes zusammenzureißen. Sie brauchten diese Fahrzeuge, um durch die Wüste zu ziehen und wenn er Angst zeigte, würden die anderen es spüren. Alle außer vielleicht Itiaq, der überglücklich grinste und fragte: »Können wir los?«

Er schien Kels skeptischen Blick als Zustimmung zu interpretieren und während er begann seine Beine vorsichtig zu bewegen, murmelte er vor sich hin, was er zu tun hatte.

»Das linke Bein langsam zu mir ziehen ... gleichzeitig das rechte vorsichtig nach vorne schieben ...«

Und tatsächlich begann das Saghani-Gefährt, sich zu bewegen. Erst langsam und vorsichtig geradeaus. Dann wurde das Vibrieren stärker und sie fuhren schneller. Das Fahrzeug folgte den Bewegungen mit denen Itiaq das Rad vor sich drehte. Sie fuhren den Hang hinunter, den sie heute Nachmittag erstürmt hatten. Mitten auf der Schneefläche standen Fackeln, die Kels Blick auf sich zogen.

»Die Jäger haben erzählt, dass das Schneebärenfleisch so fest ist, dass ihre Messer es kaum schneiden können«, sagte Itiaq. »Aber sie wollen es trotzdem nicht verschwenden. Wer weiß - vielleicht schmeckt es ja sogar ganz gut.«

Innerlich dankte Kel dem Schneebären für seinen nun doppelten Dienst am Stamm.

Nachdem sie den Fackelschein hinter sich gelassen hatten, schwiegen sie für die meiste Zeit des Weges. Suka setzte ab und zu dazu an, Geschichten über die Menschen zu erzählen, die aus ihrem Stamm gestorben waren. Doch sie verstummte jedes Mal schnell wieder. Es war noch nicht die Zeit gekommen, offen über das Geschehene zu reden.

Der Mond wanderte am Himmel vorwärts und auf etwa halber Wegstrecke entdeckte Itiaq einen Schalter im Gefährt, der Licht entstehen ließ. Kel hatte keine Erklärung dafür, wie das möglich sein konnte, aber es erleichterte ihr Vorankommen enorm. Ohne diesen kleinen Saghani-Zauber wären sie sogar kurze Zeit später in einer tückischen Tiefschneefläche verloren gewesen. Und mehr als einmal konnten sie gefährlich dünn aussehendem Eis ausweichen. Es war jedoch erstaunlich, wie schnell sie vorankamen. Das Saghani-Gefährt brauchte weder Pausen, noch wurde es mit der Zeit langsamer. Kel musste, auch wenn er niemals auf Togo und seinen Hundeschlitten verzichten würde, die Vorteile dieser Art zu Reisen anerkennen.

Nach einer Weile öffnete Kel die Augen, obwohl er sich nicht daran erinnern konnte eingeschlafen zu sein. Sein Kopf war nach hinten gelehnt und er starrte zu der Decke des Kettenfahrzeugs. Sein Nacken war steif und schmerzte.

»Wir sind bald da«, sagte Itiaq. »Die Mitte der Nacht ist noch fern und doch haben wir mehr als eine halbe Tagesreise hinter uns gebracht«, fügte er beeindruckt hinzu.

Kel sah sich um und erkannte die markanten Eisfelsen, die sich mitten in der vertrauten Schneelandschaft wie Säulen gegen den Himmel erhoben. Zu den Ahnenhöhlen war es nicht mehr weit.

Erst als Suka ebenfalls erwachte und sich zu bewegen begann, spürte Kel, dass ihr Kopf an seiner Schulter lehnte. Sie öffnete ihre Augen, bemerkte es ebenfalls und lehnte sich schnell in die andere Richtung. Gähnend fragte sie, wie lange sie noch brauchen würden. Itiaq verlangsamte jedoch bereits ihre Fahrt und hielt das Saghani-Gefährt schließlich vor dem Eingang der Ahnenhöhlen an. Im Felsen war ein kreisrundes Loch zu erkennen. Die Dunkelheit darin ließ sich selbst vom Lichtkegel des Kettenfahrzeugs nicht vertreiben.

Als Suka die Tür öffnete, drang ein Schwall kalter Luft herein, der Kel frösteln ließ. Erst jetzt bemerkte er, wie warm es in dem Saghani-Gefährt geworden war. Beinahe so, als hätte sich in der engen Kabine des Kettenfahrzeugs ein Feuer befunden.

»Nehmt die hier mit«, sagte Itiaq und hielt Kel zwei Feuersteine hin. »Tesuk war sich nicht sicher, ob die Hirten das letzte Mal einen zurückgelassen haben.«

Kel nahm die Steine und rutschte dann auf der Bank nach rechts hinter Suka her, um aus dem Saghani-Gefährt zu klettern.

»In der Zeit, die ihr braucht, um die Ahnenrituale zu vollziehen, bereiten Choni und ich alles für die Zeremonie vor«, sagte Itiaq und ging dann zum hinteren Teil des Kettenfahrzeugs. Kel und Suka hingegen, machten sich auf, um die Ahnenhöhle zu betreten. Die letzten Male, die Kel hier gewesen war, hatte ihn Tesuk begleitet. Davor war sein Vater mit ihm zusammen hergekommen. Heute war zum ersten Mal er selbst derjenige, der die Verantwortung trug.

In der Höhle war es stockfinster, doch Kel wusste, dass gleich neben dem Eingang etwa auf Hüfthöhe ein Sims ins Eis gehauen war, in dem Talglampen bereitstanden. Seine Finger tasteten sich an der Eiswand entlang. Sogar durch seine Handschuhe hindurch spürte er ihre Kälte und fand schließlich den glatten Speckstein, aus dem die Talglampen geformt waren. Er beugte sich etwas vor, schlug ein paar Mal die Feuersteine aneinander, bis einer der aufblitzenden Funken groß genug war, um auf den Docht überzuspringen. Suka nahm sich zwei weitere Talglampen, die sie an Kels Lampe anzündete. Eine behielt sie selbst, die andere platzierte sie in einer Halterung in der Felswand, um Itiaq und Choni den Weg zu leuchten. Dann machten sie sich auf den Weg, tiefer in das Höhleninnere hinein.

»Wir nutzen vermutlich andere Duftstoffe als die Riten der Ke'yush es vorschreiben«, sagte Kel. »Aber ich glaube die Ahnen werden es uns in einer solchen Zeit nachsehen.«

»Das werden sie«, meinte Suka, die sehr still geworden war.

Sie folgten dem Weg bis zu einem ersten Durchgang, der in eine kleine Halle abzweigte, die vollständig aus Eis bestand. Das Mondlicht, das durch eine Öffnung in der Decke fiel, spiegelte sich in den Wänden wider und tauchte alles in einen magischen blauen Schimmer. Am hinteren Ende der Halle befanden sich die Steinwannen. Es gab in den Ahnenliedern keine Hinweise darauf, wer sie gefertigt hatte, doch sie mussten so alt sein wie der Stamm selbst. Denn bereits seit Anbeginn der Liederschreibung, traten die toten Seelen der Thule hier in die Welt der Ahnen über. Dort warteten sie auf ihre Nachkommen, bis sie am Ende der Zeit durch den ewigen Winter wieder mit ihnen vereint würden.

Die Wannen standen auf steinernen Podesten, sodass unter ihnen genug Platz blieb für einige Schichten Yarum-Mist. Seit jeher nutzten die Thule den Mist für ihre Lagerfeuer und genauso wie die Lebenden, würde er nun auch die Toten auf ihrem letzten Weg warmhalten.

Zum Glück hatten Tesuk und Kel bei ihrem letzten Besuch

der Ahnenhöhlen nicht nur das Brennmaterial bereitgelegt, sondern auch die Wannen bereits mit Schnee und Eis gefüllt. So konnte Kel sich nun einfach vor die erste Wanne knien und die beiden Feuersteine aneinander schlagen.

»Ich habe bisher nicht daran gedacht, aber mit den letzten Yarum haben die Saghani uns sogar den Weg zu den Ahnen genommen«, sagte Kel, während die ersten kleinen Flammen am Yarum-Dung zu züngeln begannen. Natürlich würden sie einen anderen Weg finden, Feuer zu machen. Sie hatten beispielsweise immer noch den Talg für ihre Lampen, doch es würde nicht mehr den alten Traditionen entsprechen.

Suka beschäftigte jedoch etwas ganz Anderes.

»Wir brauchen sie allesamt«, sagte sie traurig und betrachtete die anderen vierundzwanzig Steinwannen. Kel verstand ihre Gefühle gut. Er war schon so oft hier gewesen und hatte nie begriffen, weshalb die Vorfahren so viele der steinernen Wannen hergestellt hatten. Es jetzt selbst zu erleben, dass sie sie alle brauchten, machte Kel zugleich wütend und traurig. Sie mussten heute fünfundzwanzig Seelen den Ahnen übergeben. Diejenigen nicht mitgerechnet, die beim Überfall der Saghani verbrannt waren und für die sie die Zeremonien nur stellvertretend abhalten konnten.

In stiller Andacht verbrachten sie die Zeit, bis das gesamte Eis und der Schnee in den Wannen geschmolzen waren. Als es schließlich soweit war, traten Itiaq und Choni ein.

Kel holte die kostbaren Fläschchen mit den Duftstoffen, deren Rezeptur nur wenigen bekannt war, aus einer kleinen Tasche hervor. Es war schwierig, alle Zutaten dafür zu sammeln, da die Kräuter und Pilze, die dafür benötigt wurden, nur in tiefen Gebirgshöhlen genügend Schutz vor der kalten Eiswüste fanden. Nur durch sie blieb das Wasser, wenn es wieder gefror, so klar, als würde man im Sommer auf den Grund eines Gebirgsbachs schauen.

Kel goss den Inhalt der Fläschchen in das Wasser der Steinwannen und sang jedes Mal leise den gleichen kurzen Vers. Er hatte Suka gefragt, ob sie sich die Aufgabe teilen sollten, doch sie war im Gegensatz zu ihrem Bruder nie in den Ritualen unterwiesen worden und so führte Kel die Geste auch für die Toten der Ke'yush durch.

In der Höhle breitete sich schnell ein angenehmer Duft

aus, der Kel immer an den Geruch des saftigen Grases erinnerte, das um die warmen Quellen der Tuwai herum wuchs. Als Kel mit den Ritualen an der letzten Steinwanne fertig war, fragte er Choni: »Wohin habt ihr sie gebracht?«

»In die nächste Kammer«, antwortete sie.

Dort wurde für gewöhnlich nur die Häuptlingsfamilie zur letzten Ruhe gebettet. Kels gesamte Vorfahren waren an diesem Ort versammelt. Doch ohne jeden Zweifel gebührte den heute gestorbenen ein Platz an diesem Ort. Es wäre ihm eine Ehre, wenn seine Zeit gekommen war, Seite an Seite mit ihnen sein Ahnendasein zu verbringen.

»Dann los«, sagte Kel. »Wir sollten keine Zeit vergeuden.«

Itiaq und Choni kamen zu der ersten Steinwanne herüber und zu viert packten sie jeder an einer Kante an.

»Die erste Wanne ist immer die Schwerste« Kel versuchte, ihnen Hoffnung zu machen. »Sobald der Boden sich erwärmt hat, gleiten sie leichter voran.«

Kel zählte danach langsam auf drei und gemeinsam hoben sie die mit Wasser gefüllte Steinwanne von ihrem Podest. Ihr Atem ging gepresst, doch ihre gemeinsamen Kräfte reichten gerade so aus, dass sie keinen Tropfen des kostbaren Wassers verschütteten.

Sie warteten einen Augenblick, während der heiße Stein der Wanne das Eis unter sich zu schmelzen begann. Dann schoben sie sie zu viert langsam an und ließen sie in die Rinne gleiten, die sich nach Jahrhunderten des Gebrauchs in dem vereisten Höhlenboden gebildet hatte.

Wie erwartet kamen sie nur langsam voran, doch mit Geduld schmolz das Eis unter der Wanne und bildeten einen rutschigen Kanal, den sie nutzen konnten. So arbeiteten sie sich durch die Ritualhöhle hindurch, den Gang im Felsen entlang, bis zur ersten Grabkammer.

Kels Vater hatte ihn oft hierher gebracht, um ihm die Vergangenheit zu zeigen. Hier hatte er in seiner Jugend viele Abschnitte der Ahnenlieder gelernt und die Menschen kennengelernt, die in der Geschichte der Thule eine Rolle gespielt hatten.

Choni und Itiaq hatten bereits Talglampen aufgestellt, die ihre Umgebung erhellten. Die Begräbniskammer war auf den ersten Blick nicht viel mehr als ein besonders breiter Gang, der von dem Hauptweg abzweigte. Doch dieser Gang war lang genug, dass sie nicht einmal bis zur ersten Biegung blicken konnten, bevor das Dunkel die Lichtstrahlen der Lampen verschluckte.

Choni und Itiaq hatten Gräber weit vorne in der Höhle gewählt. Dort hatten sie die fünfundzwanzig gestorbenen Thule und Ke'yush in Vertiefungen im Boden gebettet. Darunter Chonis Mann und Sukas Bruder. Über einem nach dem anderen gossen sie das Wasser in den Wannen aus, bis nur noch ein letztes Grab vorhanden war.

Kel blieb alleine in der Begräbniskammer zurück, während die anderen die Steinwanne wieder in die Ritualkammer brachten. Er trat an die Vertiefung im Boden. Choni und Itiaq hatten seine Frau genauso aufgebahrt, wie auch die übrigen Verstorbenen. Den Körper unter Steinen begraben, nur das Gesicht ausgespart.

Nauja wirkte friedlich, dachte Kel. Fast so als würde sie einfach nur schlafen.

Eine Locke ihres braunen Haars hing, wie sie es ihr ganzes Leben getan hatte, etwas zu tief in ihrer Stirn. Doch Kel strich sie nicht weg. Er mochte den Anblick. Es erinnerte ihn an die vielen Male, wenn er seine Frau verliebt angesehen hatte, während sie sich die Haare aus dem Gesicht strich.

Kel spürte den Drang, etwas sagen zu müssen, doch seine Lippen weigerten sich, die Stille zu durchbrechen. Daher richtete er sich in Gedanken an den Ahnengeist seiner Frau.

Es tut mir leid, dass ich jetzt noch nicht um dich trauern kann, dachte er. Aber der Stamm braucht mich. Ich muss sie durch die Eiswüste führen und einen Weg finden, wie wir alle überleben können. Ich muss für unseren Sohn sorgen, sodass er eines Tages selbst zum Anführer des Stammes werden kann. Ich kann nicht sicher sein, ob die anderen Ahnen uns dabei helfen werden. Aber ich bin beruhigt, weil ich weiß, dass du bei uns bist und über uns wachst. Ich schwöre dir, dass ich zurückkomme sobald ich kann. Dann werde ich um dich trauern, so wie du es verdienst.

Stiefelschritte knirschten auf dem vereisten Boden der Höhle. Es war Suka, die alleine zu ihm zurückgekehrt war. Die Wannen mit dem heißen Wasser glitten inzwischen nahezu mühelos durch die Rinne im Boden, so dass Choni und Itiaq sie alleine bewegen konnten. Suka trat neben ihn und schwieg einen Moment, indem auch sie Nauja betrachtete. Zu Kels völliger Überraschung ließ sie sich dann jedoch plötzlich neben dem Grab auf die Knie nieder.

»Es ist falsch diesen Augenblick auszunutzen«, sagte sie. »Doch ich hoffe, der Ahnengeist deiner Frau wird es verstehen.«

Kel runzelte verwirrt die Stirn. War das alles hier zu viel für Suka gewesen? Er wollte ihr schon helfen aufzustehen, doch statt nach seiner ausgestreckten Hand zu greifen, sprach sie weiter.

»Die Saghani haben viele Ke'yush bei ihrem Überfall auf unser Dorf getötet. Doch der weitaus größere Teil des Stammes wurde verschleppt und fortgebracht. Es sind nur wenige, die ihr bei dem Angriff befreien konntet.«

In Kel keimte langsam ein Verdacht, was Suka vorhatte.

»Nein«, flüsterte er. Etwas lauter fügte er hinzu: »Ich habe es versucht. Ich habe den Saghani-Anführer gezwungen, mir zu sagen, wo sie hingebracht wurden. Aber sie sind zu weit fort. Wir können sie nicht auf die gleiche Art retten wie euch.«

Als Suka weitersprach, tat sie so, als hätte sie Kel nicht gehört. »Eltern, Freunde, Brüder und Schwestern. Sie leben noch irgendwo. Die Saghani hätten sie nicht mit sich genommen, wenn sie sie nicht brauchen würden. Sie hätten uns alle auf der Stelle töten können, aber sie wollten uns lebend.«

»Es geht nicht«, sagte Kel noch einmal. »Ich bin für den Stamm verantwortlich. Ohne die Yarum ...«

»Es sind auch Leute der Thule darunter. Die Saghani haben auch eure Familien auseinandergerissen.«

»Wenn wir jetzt hinter den Saghani herjagen, werden wir den Winter nicht überleben. In der offenen Eiswüste hätten wir keine Unterkünfte, um uns vor Schneestürmen zu schützen. Wir werden das Meiste des Yarum-Fleisches bei den Tuwai eintauschen müssen und ...«

»Sie hoffen darauf, dass wir sie holen kommen. Sie flehen vermutlich in diesem Augenblick die Ahnengeister an, dass sie ihnen ihre Familien schicken, die sie befreien. Sie sitzen mit gebeugten Köpfen um heruntergebrannte Feuer und machen den Kindern Mut, mit der Geschichte wie wir kommen, um sie zu retten. Natürlich flüstern sie es ihnen nur zu, denn sie haben Angst, vor den Schlägen der Saghani. Und sie haben Angst, weil sie glauben, dass wenn sie zu laut über ihre Hoffnung sprechen, alles zerplatzen wird wie ein Traum, wenn man am Morgen erwacht.«

Kel sog die kalte Luft der Ahnenhöhlen ein. Das Wasser, das sie in die Vertiefungen der anderen Toten gegossen hatten, zeigte an der Oberfläche schon erste Eiskristalle, doch der Duft nach frischem Gras hing noch in der Luft.

»Du hast mein Wort«, sagte Kel mit fester Stimme. »Vor allen Ahnen der Thule und meinen eigenen Vorfahren schwöre ich dir« Dabei breitete Kel die Arme aus, um die Bedeutung des Ortes, an dem sie sich befanden zu unterstreichen. »Dass ich, sobald ich den Stamm in Sicherheit weiß, selbst aufbrechen werde, um die Entführten zu suchen. Ich werde jeden Jäger des Stammes persönlich bitten, mitzukommen.«

Er schwieg einen Moment, beugte sich zu Suka hinunter und legte ihr eine Hand auf die Schulter.

»Mehr kann ich nicht tun. Ich werde niemanden zwingen, seine Familie im Winter zu verlassen. Aber ich gebe dir mein Wort, dass ich selbst gehen werde.«

»Danke«, sagte Suka und stand mit steifen Bewegungen auf. Ihre Knie mussten von der Kälte des Eises halb gefroren sein. »Mir wären ansonsten auch nicht mehr viele Geschichten eingefallen, die ich hätte erzählen können, um dich zu überzeugen.«

Kel konnte sich über ihre Art nur wundern. Er war sich sicher, dass er in seinem ganzen Leben niemals aus Suka schlau werden würde. Im einen Moment war sie die schöne Häuptlingstochter und zwei Wimpernschläge später die starke Anführerin der Ke'yush.

Es dauerte nicht lange, bis Choni und Itiaq mit der letzten Steinwanne wieder bei ihnen waren. Nachdem sie gemeinsam auch Nauja auf ihren Weg zu den Ahnen geschickt hatten, verabschiedete Kel sich jedoch nicht von seiner Frau. Stattdessen bekräftigte er noch einmal sein Versprechen, dass er, wenn die Zeit dazu gekommen war, wiederkehren und um sie trauern würde.

Danach brachten sie die letzte Steinwanne zurück auf ihren Platz in die Ritualhöhle. Das Wasser in dem ersten Grab, das sie gefüllt hatten, war bereits gefroren. Darunter konnte Kel jede noch so kleine Falte im Gesicht von Chonis Mann erkennen. Eine rote Blume, eine Kostbarkeit in der Eiswüste, die sie ihm auf die Brust gelegt hatte, strahlte mit ihrer Farbe durch das Eis hindurch, als wäre es gar nicht dort.

Mit der Zeit würde die Erinnerung an ihn verblassen, doch hier an diesem Ort, war seine Seele für alle Zeit mit den Ahnen früherer Generationen vereint.

Da Itiaq dieses Mal von Beginn an wusste, wie er das Kettenfahrzeug dazu brachte, das unerklärliche Licht auf ihren Weg zu werfen, kamen sie schnell voran. In der kleinen Fahrerkabine mussten sie näher aneinanderrücken, da nun auch Choni bei ihnen saß. Doch während die kahle Eiswüste in der Dunkelheit an ihnen vorbeizog, schien nicht nur Kel dankbar für dieses kleine bisschen menschliche Nähe zu sein.

Im Morgengrauen erreichten sie das Saghani-Lager. Die Jäger, die den Schneebären zerlegt hatte, waren genauso wie die Überreste des Tiers verschwunden. Damit verblieb der aufgewühlte Schnee als einziger Zeuge des gestrigen Kampfes. Die toten Körper der Saghani waren weggeschafft und genauso wie ihr Lager um alles erleichtert worden, was dem Stamm beim Überleben helfen würde.

Kel wies Itiaq an, das Kettenfahrzeug in die Nähe der anderen Saghani-Gefährte zu lenken, woraufhin der junge Jäger ihre Fahrt verlangsamte. Er musste aufpassen, niemanden unter den Ketten des Fahrzeugs zu begraben, so viele Menschen eilten vor ihnen durch den Schnee. Sie alle wollten ihr Hab und Gut - das Wenige, was sie noch hatten - auf die längst überfüllten Ladeflächen der Saghani-Gefährte wuchten. Das Yarum-Fleisch nahm die vorderen vier Fahrzeuge komplett in Beschlag, sodass nur die drei übrigblieben, um die schwersten Dinge darauf zu laden, die den Marsch durch den Schnee allzu sehr behindern würden.

Als Itiaq anhielt, hatten sich bereits die ersten Männer und Frauen versammelt, um ihre schweren Bündel, auch auf dieses Kettenfahrzeug zu verladen. Doch Kel öffnete schnell die Tür der Fahrerkabine und hob abwehrend die Hände, um ihnen zu erklären, dass ihr Fahrzeug für einen anderen Zweck gebraucht wurde.

Es überraschte ihn, dass die versammelte Menge seine Entscheidung so bereitwillig akzeptierte und sich sofort daran machte, ihr Glück doch noch bei einem der anderen Fahrzeuge zu versuchen. Doch die Menschen schienen ihren Anführer dringender zu brauchen, als jemals zuvor und so waren sie bereit ihm blind zu vertrauen. Das machte Kels Aufgabe gleichzeitig leichter und doch um so vieles schwerer.

Tesuk, den Kel zuvor in der Menge gar nicht bemerkt hatte, blieb als einziger zurück.

»Wir brauchen den Platz«, sagte er und deutete auf das Fahrzeug mit dem Kel gerade angekommen war. »Warum schickst du die Leute weg?«

Kel lächelte. Wenigstens konnte er noch darauf vertrauen, dass Tesuk ihm widersprach.

»Weil ich dem Saghani-Anführer mein Wort gegeben habe«, antwortete Kel. »Er kann im Austausch gegen sein Wissen gehen.«

Das schien die letzte Antwort gewesen zu sein, die Tesuk erwartet hatte, denn er brauchte einen Moment bevor er sagte: »Du hast gerade unsere Toten den Ahnen übergeben.«

In seinen Worten schwang die Frage, ob Kel verrückt geworden war, deutlich mit.

»Die Saghani haben die Yarum getötet, unser Lager zerstört und alle, die sich dagegen wehren wollten abgeschlachtet. Und du willst sie einfach so gehen lassen?«

»Ich habe mein Wort gegeben«, erwiderte Kel. »Antworten gegen ihre Freiheit.«

»Diese Männer haben Nauja getötet«, sagte Tesuk. »Und es war ihnen egal, dass sie deinen Sohn in den Armen gehalten hat. Bei allen Ahnen! Wenn sie Anyu gefunden hätten, hätten sie ihn genauso getötet wie all die anderen.«

Tesuks Worte schürten die Zweifel, die wie hundert kleine Nadeln in Kels Herz stachen. Er wusste das alles. Es wäre gerecht die Saghani zu töten, dachte Kel. Das ist es was Tesuk will. Das ist es was der Stamm will und das ist es, was auch er selbst tief in sich drin wollte. Auch die Stammesmitglieder der Thule durften nicht ungestraft töten. Kel hatte es nie erlebt, doch vor seiner Zeit, als sein Vater gerade erst die Führung des Stammes übernommen hatte, war es dazu gekommen. Ein Streit zwischen zwei Männern endete für einen der beiden tödlich. Der Mörder wurde ausgestoßen. Er würde niemals Zutritt zum Reich der Ahnen erhalten und er hatte sich mit einer Tagesration auf den Weg zu den nächsten warmen Quellen der Tuwai machen müssen. Dort hatte er nur auf deren Mildtätigkeit hoffen können. Doch auch ihn hatten sie damals nicht getötet.

»Es wäre gerecht, ihre Taten zu vergelten«, sagte Kel zu Tesuk. »Aber Vater hat mich gelehrt, dass wir besser sein müssen als diejenigen, die Böses tun. Sonst wären wir nicht anders als sie.«

Tesuk schüttelte traurig den Kopf. Er wusste, dass er sich nicht offen gegen Kels Entscheidung stellen durfte, auch wenn er sie mit jeder Faser seines Körpers missbilligte.

»Sie werden uns jagen«, sagte er daher. »Und wir haben bereits erlebt, dass sie dein Mitleid nicht teilen.« Mit diesen Worten ließ er Kel stehen und verschwand zwischen den anderen Saghani-Fahrzeugen.

Einige Zeit später hatte sich ihre Gemeinschaft aus Thule, Ke'yush und anderen Stämmen in Bewegung gesetzt und die lange Kolonne zog sich wie eine hin und her wogende Schlange durch die strahlend weiße Eiswüste. Kel gehörte zu den letzten Jägern, die noch in dem Lager der Saghani verblieben waren. In einiger Entfernung beobachtete er die näherkommenden Ausläufer des Schneesturms, den er am Abend zuvor entdeckt hatte und der ihnen gute Dienste beim Verwischen ihrer Spuren leisten würde.

»Wir haben die Saghani in den hinteren Teil des Kettenfahrzeugs gesperrt«, sagte Itiaq, der bei ihm stand. »Und wie du wolltest nur dem Anführer seine Winterkleidung gelassen.«

»Gut«, sagte Kel. »Sag den anderen Jägern Bescheid. Sie sollen alles, was wir zurückgelassen haben, die Klippen hinunterwerfen. Die Saghani sollen in der Eiswüste keinen Ort haben, zu dem sie zurückkehren können.«

Itiaqs Lächeln wurde etwas breiter und er machte sich auf den Weg, während Kel auf die Tore des Lagers zuging. Zwei Fahrzeuge standen noch dort. Eines davon besaß eine fest verschließbare Ladefläche und diente als Gefängnis für die Saghani-Krieger. Ihr Anführer war als einziger nicht eingesperrt worden und musste neben dem Fahrzeug im Schnee knien. Eine einzige falsche Bewegung und Tesuk hätte ihm seinen Speer mit einem freudigen Lachen zwischen die Rippen getrieben.

»Deine Männer und du könnt im Austausch gegen die Menschen, die ihr verschleppt habt, gehen.«

Unglauben und Verzweiflung zeichnete sich auf dem Gesicht des Mannes ab.

»Aber die Vereinbarung«, sagte er unsicher. »Ich habe alle Fragen beantwortet, wir haben keinen Einfluss darauf, was mit euren Leuten geschieht ...«

»Ihr dürft gehen«, sagte Kel entschieden und unterbrach den Saghani. »Aber wem auch immer du diese Nachricht überbringen musst, den lass hören. Die Stämme der Eiswüste lassen die Krieger der Saghani frei, in der Erwartung, dass auch ihr unsere Leute ziehen lasst. Ich habe vor den Ahnen geschworen nach diesen Menschen zu suchen. Wenn ich sie nicht finde, dann werde ich kommen. Ich werde meine besten Jäger mitbringen, aber wir werden euch nicht im Feld begegnen. Wir gehen zu dem Ort, an dem ihr lebt. Wir suchen *eure* Frauen. Wir suchen *eure* Kinder. Und wir werden sie finden.«

Kel starrte dem Mann tief in die Augen. Erst als der Saghani-Anführer seinem Blick auswich, streckte Kel die Hand aus, in der er den Schlüssel hielt, der das Kettenfahrzeug zum Leben erwecken konnte.

»Meine Jäger haben mir versichert, dass du nur mit diesem Stück Metall dazu in der Lage bist, euer Fahrzeug zu bewegen oder die wärmende Luft darin einkehren zu lassen. Sobald du ihn also gefunden hast, wirst du so schnell wie möglich von hier verschwinden. Deine Männer tragen keine Winterkleidung mehr, also wirst du dich beeilen müssen, wenn du willst, dass sie überleben. Verfolgst du uns, werdet ihr alle sterben.«

Nach diesen Worten wandte Kel sich um, holte aus und schleuderte den Schlüssel soweit er konnte von sich fort, mitten in den aufgewühlten Schnee, wo tags zuvor der Kampf stattgefunden hatte.

Itiaq und die anderen Jäger hatten inzwischen das Saghani-Lager um jeglichen tragbaren Gegenstand erleichtert und kamen nun zurück, um gemeinsam mit Tesuk und Kel das zweite Kettenfahrzeug, zu besteigen. Kel saß neben Itiaq, der, obwohl er die Nacht zuvor noch weniger geschlafen hatte als Kel, die Aufgabe des Fahrens mit Freude übernahm.

Kurz bevor sie die erste Schneedüne zwischen sich und das Saghani-Lager gebracht hatten, drehte Tesuk noch einmal den Kopf zurück, blickte aus dem Fenster und sagte: »Wenn er nicht bald anfängt zu suchen, widerfährt den Saghani vielleicht doch noch Gerechtigkeit.«

Doch Kel hörte nur noch mit halbem Ohr zu. Das Brummen und sanfte Vibrieren des Kettenfahrzeugs ließ den Schlaf übermächtig werden und ihm fielen die Augen gerade in dem Augenblick zu, in dem das hintere Ende der Marschkolonne in Sicht kam.

※

Kapitel Sechzehn

Rayk ließ die dicke, rostfleckige Eisentür hinter sich zufallen. Seine Fingerknöchel wischte er an dem Taschentuch sauber, das er stets in der Brusttasche seiner Uniform bei sich trug. Das Blut von Kapitän Darks aufgeplatzter Lippe ergab ein merkwürdiges Muster auf dem weißen Stoff. Es war eigentlich unter seiner Würde gewesen, den Mann zu schlagen. Aber es waren Menschen wie er, die für das verantwortlich waren, was aus Rayks geliebten Hàvamar geworden war.

Angewidert warf Rayk das blutige Taschentuch auf einen schmalen Sims, der sich unterhalb der vergitterten Fenster entlangzog, und schritt an den anderen Zellentüren vorbei in Richtung Hauptraum der Wache. Noch bevor er ihn erreichte, bog jedoch Jarl um die Ecke. Sein Atem ging schnell, als wäre er gerannt.

»Lotse Jarl!«, begrüßte er den Mann. »Geben Sie bitte an die *Lintu* per Funk durch, sich startbereit zu machen. In der Zwischenzeit werde ich den Verteidigungsminister ersuchen, uns das Schiff zur Verfügung zu stellen. Sobald die beiden Flüchtigen gefasst sind, werden wir abheben. Der Kapitän …« Rayk nickte in Richtung des Verhörraums in dem er Dark zurückgelassen hatte. »… hat sich am Ende doch dazu bereit erklärt, mit den Behörden Hàvamars zusammenzuarbeiten.«

»Entschuldigen Sie, Kommandant«, antwortete Jarl etwas zögerlich und statt den Befehl direkt zu befolgen, brachte er den restlichen Weg zu Rayk schnell hinter sich und blieb dann in strammer Haltung vor ihm stehen.

»Kommandant, zwei Regierungswächter sind auf dem Weg hierher. Sie haben Befehl …« Doch noch bevor Jarl sich erklären konnte, traten die beiden angekündigten Männer ebenfalls um die Ecke und schritten den langen Flur des Zellentraktes entlang. Ihre bunte, an eine Paradeuniform erinnernde Kleidung, ließ keinen Zweifel an ihrem Status als Mitglieder der persönlichen Wache der Regierung. Hier an diesem düsteren Ort wirkten sie vollkommen fehl am Platz.

Die beiden Männer, die einen Kopf größer als Jarl waren,

blieben vor ihnen stehen. Während der Rechte von ihnen Rayk ohne eine Gefühlsregung einen mit einem Siegel verschlossenen Befehl entgegenstreckte, sagte der Andere: »Kommandant Askildsen, wir werden Sie auf direktem Weg zum Ministerrat begleiten. Ihre Befehle wurden mit sofortiger Wirkung aufgehoben und Ihre beiden Gefangenen - der Hafenoffizier Fors und der freie Handelskapitän Dark - sind auf der Stelle freizulassen.«

Wie um seine Worte zu unterstreichen, kam in diesem Augenblick ein weiterer Soldat in der Uniform der Stadtwache, in den Gang gestürzt. Es war der dickliche Kerkerwächter der für dieses Stadtviertel zuständigen Wache, dessen tägliche Routine für gewöhnlich nur selten gestört wurde. Dementsprechend nervös wirkte der Mann, als er nun mit dem großen Schlüsselbund in seinen Händen laut klapperte, bis er den richtigen Schlüssel gefunden hatte. Dann machte er sich daran, die Tür zu Darks Zelle aufzusperren.

Rayk wandte sich von ihm ab und schnappte sich den Befehlsbrief, den der Regierungswächter ihm noch immer vor die Brust hielt. Schon auf den ersten Blick erkannte er das Siegel des Verteidigungsministeriums darauf.

Der Brief stammte also von seinem Onkel. Dann brach er das Siegel und entfaltete den Befehl. Schnell überflog er die förmliche Anrede am Beginn, bis er zu dem wichtigen Teil kam:

Ihre Befehlsgewalt als Kommandant endet beim Überschreiten der Stadtgrenzen Hàvamars. Jede Anweisung, die Sie außerhalb des Regierungs-Luftschiffes Lintu gegeben haben, wird hiermit aufgehoben.

Leisten Sie den Anweisungen der Überbringer dieses Briefes unverzüglich Folge. Im Falle Ihres Widerstands ist die Anwendung von Gewalt ausdrücklich erlaubt.

Im Namen des Ministerrats
Ildar Askildsen

»Ihre Pistole«, sagte der Regierungswächter, der ihm den Brief gegeben hatte, und nickte in Richtung von Rayks Hüfte.

Warum hatte sein Onkel das getan?, fragte sich Rayk. Doch er wusste, dass es wenig Sinn hatte, sich zu widersetzen.

Langsam faltete er daher den Befehl wieder zusammen und wandte sich an Jarl.

»Lotse Jarl, sorgen Sie bitte dafür, dass die Männer, die momentan die Stadt durchsuchen, zur *Lintu* zurückkehren. Lassen Sie Kapitän Sorl das Schiff startklar machen und heben Sie ab, um über der Hafenbucht zu kreuzen. Ich will, dass Sie jedes einzelne Schiff, das die Stadt verlässt, sei es per Wasser oder per Luft, anfunken und nach seiner Kennung fragen.«

»Kommandant ...«, unterbrach ihn einer der Wächter. »Sie sind nicht mehr in der Position, Befehle zu erteilen.«

Rayk reichte dem Mann den zusammengefalteten Befehl zurück, bevor er mit zwei Fingern demonstrativ vorsichtig nach seiner Pistole griff, um deutlich zu machen, dass er sie lediglich aus dem Gürtel zog, um sie zu übergeben.

»Vielleicht innerhalb der Stadtgrenzen. Aber wenn Sie den Befehl selbst in Augenschein genommen haben, werden sie sicher einsehen, dass es mir durchaus möglich ist, der *Lintu* die Anweisung zu erteilen, außerhalb Hàvamars Patrouille zu fliegen. Und meines Wissens schreiben Hàvamars Gesetze vor, dass kein Schiff einen Funkspruch nach seiner Kennung ignorieren darf.«

Die beiden Regierungswächter wandten sich einander zu und es war ihnen deutlich anzusehen, wie ungehalten sie über dieses Schlupfloch waren. Letztendlich mussten sie ihre Niederlage jedoch anerkennen und der Linke von beiden sagte schlicht: »Hier entlang.«

Dabei zeigte er in Richtung des Ausgangs des Zellentraktes. Rayk setzte sich ohne weiteren Protest in Bewegung, ein Wächter vor ihm, der andere hinter ihm. Bevor er den Raum jedoch endgültig verließ, wandte er sich noch einmal an Jarl.

»Bis zu meiner Rückkehr sind Sie meine Augen und Ohren an Bord der der *Lintu*. Geben Sie meine Anweisungen persönlich an den Kapitän weiter und übernehmen Sie die Aufgaben des Bordfunkers.«

»Jawohl, Kommandant«, antworte Jarl, klang jedoch ein wenig unschlüssig, ob er sich über diese rasche Beförderung freuen sollte.

※

Sie hatten Rayk wie einen Verbrecher durchsucht und ihm nichts gelassen, als die Uniform, die er am Leib trug. Der leere Pistolenholster an seinem Gürtel war dabei die deutlichste Erinnerung an das entwürdigende Schauspiel, das ihn hierher - in die offiziellen Räume des Ministerrates - gebracht hatte.

»Folgen Sie mir«, wies ihn einer der beiden Regierungswächter an. Sie waren ihm schon seit dem Zellentrakt der Stadtwache nicht mehr von der Seite gewichen.

Als sie um die nächste Ecke bogen, war Rayk sich sicher, dass sie ihn zu seinem Onkel eskortierten. Er war als Kind unzählige Male durch diesen Flur über den roten Teppich gerannt, der das Geräusch seiner Schritte verschluckte. Doch damals waren es meist fröhlichere Umstände gewesen, die ihn hierhergebracht hatten.

»Ich dachte, Sie würden mich zum Ministerrat bringen?«

Zumindest hatte sein Onkel den versiegelten Befehl im Namen des Rates unterzeichnet.

»Wir stehen unter dem Befehl des Verteidigungsministers«

Dann standen sie auch schon vor der Tür zum Büro des Verteidigungsministers. Einer der Männer klopfte. Damit blieb Rayk keine Zeit mehr, sich über die Hintergründe des Befehls Gedanken zu machen, bevor er von drinnen eine vertraute Stimme hörte, die sie aufforderte einzutreten.

Das Erste, was Rayk bemerkte, war, dass sein Onkel älter geworden war. Nicht nur hatten seine militärisch kurz gehaltenen Haare inzwischen den Kampf gegen das Grau verloren, sondern auch seine Ausstrahlung hatte sich verändert. Wie Ildar Askildsen so in seinem Sessel saß, konnte man nur wenig von seiner ursprünglichen Autorität erahnen. Seine Uniform wirkte, als sei sie für einen größeren Mann angefertigt worden. Lediglich seine Augen hatten noch diesen wachen Blick.

»Rayk, mein Junge.« Er stand von seinem Schreibtisch auf. Der Händedruck seines Onkels war so eisern wie früher.

»Du warst viel zu lange fort.«

Mit einem deutlichen Blick zurück zu den beiden Regierungswächtern, die neben der Tür Stellung bezogen hatten, sagte Rayk vorwurfsvoll: »So wie es aussieht, war ich das.«

Sein Onkel verstand den Hinweis und runzelte die Stirn.

»Es tut mir leid, aber es war zu deinem Besten«, sagte er und schüttelte dann ärgerlich den Kopf. »Was hast du dir nur gedacht?«

»Wobei gedacht?«, fragte Rayk. »Bei der Suche nach zwei von Yorricks Spitzeln, die einen Offizier Hàvamars angegriffen haben, oder der Festnahme eines Verbrechers und seines Verhörs?«

Der Verteidigungsminister seufzte leise, bevor er sagte: »Es gibt Gesetze Rayk. Hàvamar ...«

»... hat sich verändert«, beendete Rayk den Satz, der zu seinem ständigen Begleiter geworden zu sein schien. »Ja, das habe ich bemerkt.«

Sein Onkel musterte ihn mit einem sorgenvollen Blick, der jedoch nicht nur ihm zu gelten schien. Schließlich wandte Ildar sich den beiden Wächtern zu und erteilte ihnen den Befehl vor der Tür zu warten. Die Männer schienen wenig erfreut darüber, doch sie ließen den Minister mit Rayk alleine.

»Setz dich bitte«, sagte sein Onkel und ging selbst um seinen Schreibtisch herum. Aus einer der vielen Schubladen holte er eine dünne Mappe hervor und zog einen Stoß Papiere heraus, den er vor Rayk auf den Tisch legte.

»Das ist deine Aussage für den Rat«, erklärte Ildar. »Unterschreib sie und ich sollte die schlimmsten Auswirkungen verhindern können.«

Rayk ignorierte jedoch den Federhalter, den Ildar ihm hinhielt und griff stattdessen nach »seiner« Aussage. Doch bevor er die Blätter näher in Augenschein nehmen konnte, ließ Ildar seine Hand darauf fallen und hielt sie fest.

»Unterschreib es einfach«, sagte er, zeigte mit einem Finger auf die Linie, wo Rayk seine Unterschrift platzieren sollte und hielt ihm dann erneut den Federhalter hin.

»Ich weiß, was für ein Dickkopf du bist«, sagte sein Onkel. »Aber du hast den Rang eines Kommandanten Hàvamars und ich bin der verdammte Verteidigungsminister. Also befehle ich dir jetzt als dein Vorgesetzter, dieses Dokument sofort zu unterzeichnen.«

Für einen kurzen Moment herrschte Stille, während sie

beide ihre Hände auf den Papieren ruhen ließen und sich dabei tief in die Augen schauten. Plötzlich veränderte sich jedoch etwas in Ildars Blick. Die Entschlossenheit wich einem besorgten Funkeln. »Und als dein Onkel bitte ich dich, es vorher nicht zu lesen.«

Dann zog er seine Hand von dem Blätterstapel zurück und überließ Rayk die Entscheidung.

Rayk griff nach dem Federhalter, löste die Schutzkappe ab und betrachtete die Linie, wo seine Unterschrift ihren Platz finden sollte. Nachdem er widerwillig die Papiere unterschrieben hatte, nickte Ildar, zog den Stapel Papiere zu sich und legte ihn dann sorgfältig zurück in die Mappe, aus der er sie geholt hatte.

»Gibst du mir wenigstens einen Hinweis darauf, was ich dem Rat gerade angeblich berichtet habe?«, fragte Rayk.

»Hoffentlich genug, um dich vor den Auswirkungen deiner kleinen Jagd durch die Stadt zu schützen«, antwortete sein Onkel. In etwas strengerem Tonfall fügte er hinzu: »Hättest du nicht jeden meiner Briefe in den letzten drei Jahre ignoriert und dich wenigstens einmal hier blicken lassen, während du in der Stadt warst - und ja ich weiß, dass du einmal im Jahr für ein paar Stunden zurückkommst, nur um gleich wieder zu verschwinden, ohne einmal links oder rechts zu schauen - dann wäre das hier nicht nötig gewesen.«

Ildar schaute ihn so lange wütend an, bis Rayk schließlich den Blick senkte und in seine Brusttasche fasste, um den Brief seines Onkels, hervorzuholen.

»Nicht jeden Brief«, sagte er und legte ihn auf den Schreibtisch zwischen sie.

Ildar schwieg einen Moment und das einzige Geräusch im Zimmer erzeugte sein Zeigefinger, der in einem unregelmäßigen Rhythmus gegen die Dokumentenmappe mit Rayks Aussage tippte.

»Ich möchte dir etwas zeigen«, sagte sein Onkel und sprang nahezu aus seinem Stuhl auf. Erst als er schon an der Tür seines Arbeitszimmers angekommen war, verstand Rayk, dass sein Onkel von ihm anscheinend erwartete, dass er ihm folgte.

»Nimm den Brief mit«, wies Ildar ihn an und Rayk ließ die merkwürdige Botschaft wieder in seiner Brusttasche verschwinden.

Vor der Tür wies Ildar die beiden Regierungswächter an, sie für einen kleinen Rundgang alleine zu lassen und winkte dann Rayk, ihm zu folgen. Erst nachdem sie ein Stück weit gegangen waren und etliche Zimmer von Schreibern und anderen Beamten passiert hatten, fragte Ildar: »Ich nehme an, du hast eine Vermutung, weshalb ich dir diesen Brief geschickt habe?«

Das hatte Rayk in der Tat.

»Yorrick«, sagte er. »Seine Angriffe auf unsere Schiffe und Bohrinseln werden immer häufiger und sind besser organisiert. Bei den Piraten braut sich irgendetwas zusammen.«

»Ja.« Sein Onkel nickte. »So wird meine offizielle Begründung vor dem Rat lauten, dass ich dir das Kommando über die *Lintu* erteile.«

»Und die Inoffizielle?«, fragte Rayk, noch bevor er überhaupt darüber nachgedacht hatte, dass sein Onkel offensichtlich Geheimnisse vor dem Ministerrat hatte und damit einen schwerwiegenden Verstoß beging.

»Inoffiziell«, antwortete Ildar, »wüsste ich den Grund selbst gerne.«

Rayk runzelte die Stirn. Doch in diesem Augenblick erreichten sie die gläsernen Flügeltüren, die auf die Promenade des Regierungsviertels führten und Ildar unterbrach ihre Unterhaltung. Er nickte dem Regierungswächter zu, der neben den Glastüren Wache hielt. Der Mann salutierte sofort, öffnete ihnen dann mit steifen militärischen Bewegungen eine der beiden Türen und damit auch ein Portal in Rayks Erinnerungen.

Vor der Zeit seiner Adoption als Sohn des Präsidenten, war Rayk als Straßenkind aufgewachsen. Damals, als kleiner Junge, hatte er sich immer gefragt, wie es wohl wäre, die Promenade des Regierungsviertels entlang zu spazieren. Wenn er mal wieder Glück gehabt hatte und am Markttag von einem gutherzigen Händler einen Apfel erbetteln konnte, dann war er immer zum Fuß der Promenade gekommen und hatte sich in ihrem Schatten auf ein umgedrehtes Fass oder die Stufen eines Hauseingangs gesetzt. Dort hatte er dann seine Beute genüsslich verspeist. Natürlich immer nur seine Hälfte davon. Die andere hatte er für Thea aufgehoben, für den Fall, dass sie an dem Tag weniger Glück beim Stehlen oder Betteln gehabt hatte als er.

Rayk hatte sich keinen schöneren Ort vorstellen können als die Promenade, wo die reichen Adligen in ihren bunten Kleidern, hoch über den Dächern der Stadt, spazieren gehen konnte. Während sie die Sonnenstrahlen auf ihrer Haut genossen, bot sich ihnen ein Blick von den Gipfeln des Gebirges im Norden bis zu den auf dem Eismeer treibenden Schollen im Süden.

Doch diese Zeiten waren vorbei und als Rayk wieder ins Hier und Jetzt eintauchte, hinterließen die Erinnerungen einen bitteren Nachgeschmack in seinem Mund. Nach seiner Adoption hatte sich alles verändert. Er hatte schnell erkannt, dass die Promenade nicht viel mehr als ein besonders breiter Abschnitt der Stadtmauer war, die nur dazu diente, das Regierungsviertel von der restlichen, »gewöhnlichen« Stadt zu trennen. Adlige, die hier oben entlangflanierten, gab es keine. Sie mieden den Anblick der einfachen Bürger und ihrer Lebensweise wo sie nur konnten. Die einzigen menschlichen Gestalten, denen Rayk und sein Onkel begegneten, waren die Regierungswächter, die in regelmäßigen Abständen hinter den Zinnen Wache hielten.

Deswegen war Rayk so selten in der Stadt, obwohl er sie doch gleichzeitig so sehr liebte. Er hatte hier seine schönsten, aber auch seine schlimmsten Erfahrungen gemacht. Doch seit der Ermordung seines Vaters und noch stärker in den letzten Jahren waren es immer nur die schlechten Erinnerungen, die in ihm hochkamen, wenn er wieder zu Hause war.

»Erinnerst du dich noch an deine Zeit dort unten?«, fragte Ildar.

Er war an den Rand der Promenade getreten, der dem Adelsviertel zugewandt war und musterte die Studenten, die vor den Toren der Akademie hin und her eilten. Selbst auf diese Entfernung hätte es nicht der roten Roben bedurft, dass Rayk die jüngeren Semester von den älteren, die in goldenen Stoff gehüllt waren, unterscheiden konnte. Die Neuen waren nie alleine unterwegs. Sie suchten den Schutz kleiner Gruppen, in denen sie sich sicherer fühlten.

»Zu meiner und der Zeit deines Vaters kümmerten die Goldenen sich noch um die Roten«, sagte sein Onkel. »Wir ließen sie nicht einfach achtlos auf dem Ratsplatz stehen und darüber rätseln, in welchem Saal der Akademie sie ihre nächste Lektion erwartete.«

Rayk beobachtete die Studenten genauer und bemerkte, dass sie sich tatsächlich nicht nach links und rechts umsahen, wenn sie an einer Abteilung Roter vorbeiliefen und sie sogar zu umgehen versuchten, wo es nur ging.

»Warum erzählst du mir das?«, fragte Rayk, der mehr hinter der plötzlichen Nachdenklichkeit seines Onkels vermutete.

»Weil dort unten unser Problem liegt«, antwortete Ildar. Daraufhin wandte er sich Rayk zu und schenkte ihm ein gequältes Lächeln. »Und zwar wortwörtlich.«

Sein Onkel griff mit einer Hand in seine Uniformjacke und holte einen zerknitterten Briefumschlag heraus, der sich nicht richtig schließen ließ, so dick war der Stoß Papiere darin. Er zögerte noch einen kurzen Augenblick, dann reichte er ihm den zerfledderten Umschlag.

Nachdem Rayk die Dokumente herausgenommen und auseinandergefaltet hatte, sagte er: »Das sind Versetzungsbefehle für Soldaten.«

»Deren Abschriften, ja«, bestätigte sein Onkel. »Sie stammen allesamt aus den letzten drei Jahren. Keiner davon ist in den öffentlichen Unterlagen des Verteidigungsministeriums zu finden.«

Rayk überflog schnell die ersten beiden Papiere und als er beim dritten angekommen war, erkannte er das Muster. Immer der gleiche Einsatzort.

»Was wollen wir beim Nimus?«, fragte Rayk. Er wusste, dass es bei dem höchsten Berg im nordwestlichen Gebirge früher einmal ein großes Gasvorkommen gegeben hatte. Um den kostbaren Treibstoff für die Luftschiffe zu gewinnen, hatte die Regierung dort einen kleinen Außenposten eingerichtet, der die Förderung und den Transport nach Hàvamar im Auge behielt. Aber seines Wissens waren die Gasblasen unter der Erde längst erschöpft und der Außenposten aufgegeben worden.

»Ich weiß es nicht«, antwortete sein Onkel. »Ich kann nur Vermutungen anstellen.«

»Wie meinst du das?«, fragte Rayk überrascht. Wenn

jemand wusste, weshalb Soldaten versetzt wurden, dann musste es der Verteidigungsminister sein.

»Ich meine es so, wie ich es sage«, antwortete Ildar. »Der hier vor dir stehende Verteidigungsminister weiß nichts davon. Sieh dir das Siegel unter den Befehlen mal genauer an. Das stammt nicht aus dem Verteidigungsministerium. Es ist das offizielle Siegel des Ministerrates. Kein einziger dieser Befehle stammt von mir. Und ich hätte auch keinen davon unterschrieben, wenn ich davon gewusst hätte.«

»Aber wer ...?«, fragte Rayk.

»... hat sie dann ausgestellt?«, ergänzte Ildar. »Das habe ich mich auch gefragt, nachdem ich darauf gestoßen bin. Daher habe ich vor fünf Wochen den ersten Sekretär des Rates danach gefragt, ob das Ratssiegel jemals entwendet worden ist, um es vielleicht fälschen zu können.«

»Und?«, fragte Rayk.

»Er schwor mir bei seinem Leben, dass das unmöglich sei und dass ausschließlich die Ratsmitglieder während offiziellen Versammlungen, bei denen mindestens drei Minister gleichzeitig anwesend sind, darüber verfügen können.«

»Lass mich raten«, sagte Rayk. »Du weißt auch nichts von solchen Versammlungen.«

»Nein. Das tue ich nicht«, antwortete Ildar.

Rayk dachte einen Moment nach, bevor er sagte: »Das bedeutet, dass wir uns fragen müssen, was irgendjemand davon hätte« - er blätterte kurz durch die Befehle und überschlug ihre Anzahl - »über zweihundert Soldaten am Nimus zu stationieren. Außer einem kleinen, verwahrlosten Außenposten gibt es am Fuß dieses Berges doch nur gigantische leere Höhlen, in denen sich einmal Gas befand.«

»Das gilt es herauszufinden«, bestätigte Ildar.

»Hast du mir deswegen diesen Brief geschickt?«, fragte Rayk.

»Nein«, antwortete sein Onkel. »Diesen Brief habe ich dir geschickt, weil du auf keinen meiner anderen geantwortet hast.«

»Ich sah keine Notwendigkeit«, versuchte Rayk sich zu erklären, doch es klang selbst für ihn wie die Ausrede, die es war.

»Du versteckst dich da draußen«, sagte sein Onkel.

»Warum sollte ich das tun?«

»Genau das will ich dich ja fragen, Junge«, erwiderte sein Onkel. »Es ist jetzt über sechzehn Jahre her, dass dein Vater gestorben ist. Wie lange willst du noch vor der Vergangenheit weglaufen, während sich hier in Hàvamar alles zum Schlechten verändert?«

Rayk verkrampfte seine Finger zu Fäusten.

»Ich laufe nicht vor der Vergangenheit weg«, sagte er. »Ich stelle mich ihr jeden einzelnen Tag.«

Er wandte sich von dem Regierungsplatz vor der Akademie ab, wo nur noch einzelne Studenten als Nachzügler zum großen Tor eilten, und schaute seinem Onkel direkt in die Augen. »Ich stelle mich der Vergangenheit so lange, bis ich meinen Fehler wieder gutgemacht habe und Yorrick für das, was er getan hat, am Strick hängt.«

Ein besorgter Gesichtsausdruck formte sich im Gesicht seines Onkels.

»Das ist nichts anderes, als sich zu verstecken«, sagte Ildar. »Sich der Vergangenheit zu stellen, bedeutet nicht, zu versuchen sie ungeschehen zu machen, sondern zu lernen, mit seinen Fehlern zu leben.«

Und noch bevor Rayk ihm widersprechen konnte, fragte sein Onkel: »Wie oft hast du nach der Beerdigung das Grab deines Vaters besucht?«

Rayk schwieg.

Er hatte es bisher nicht ertragen können, auch nur in die Nähe des Friedhofs zu gehen. Das würde er tun, sobald er den Mörder seines Vaters in Eisenketten zurück in die Stadt gebracht hatte. Sobald Yorrick der Prozess wegen Hochverrat gemacht wurde, würde er seinen Vater besuchen und hoffen, dass er ihm - wo auch immer seine Seele jetzt war - seinen Fehler verzeihen würde.

»Oder was ist mit Thea?«, fragte sein Onkel und stocherte damit weiter in alten Wunden.

»Was soll mit ihr sein?«, fragte Rayk.

»Ich weiß, dass du Kommandant Thorge auf sie aufpassen lässt«, sagte Ildar.

»Wenn du alles weißt, dann ja auch sicherlich, dass sie sich inzwischen entschieden hat. Sie hat Len geheiratet.«

»Und du hast ihr nichts mehr zu sagen?«, fragte sein

Onkel.

Wieder zog Rayk es vor zu schweigen. Was sollte er einer Frau, die ihn so offen ablehnte, sagen? In ihren Augen war er es gewesen, der sie verlassen hatte und nicht umgekehrt. Rayk würde unter keinen Umständen mit seinem Onkel über sie reden. Außerdem gab es wichtigere Dinge, um die er sich zu kümmern hatte. Schließlich konnte dieses Gespräch über seine Vergangenheit nicht der einzige Grund sein, warum er hier war.

»Warum hast du mir diesen Brief geschickt?«, fragte Rayk noch einmal und da er den merkwürdigen Hinweis seines Onkels nicht verstanden hatte, fügte er hinzu: »Du hast vorhin gesagt, dass dort unten« - Rayk nickte in Richtung der Akademie - »unser Problem liegt. Was hast du damit gemeint?«

»Ich bin einem Muster auf der Spur«, antwortete sein Onkel wieder reichlich kryptisch. »In einem deiner Berichte hast du erwähnt, dass die Piratenangriffe seit ungefähr einem Monat immer häufiger werden und sie gezielt Schiffe und Bohrinseln Hàvamars angreifen.«

»Du liest meine Berichte persönlich?«, fragte Rayk und zog überrascht eine Augenbraue in die Höhe.

»Natürlich«, erwiderte sein Onkel. »Was soll ich denn sonst tun, um herauszufinden, ob du noch lebst oder wo du dich gerade herumtreibst?«

Er war kurz davor, die gleiche Ansprache wie vorhin noch einmal zu halten, doch er schien es selbst zu bemerken und schüttelte den Kopf.

»Lassen wir das«, sagte Ildar. »Kommen wir lieber zurück zu deinen Berichten.«

»Meiner Vermutung nach hängt alles irgendwie mit Yorrick zusammen«, sagte Rayk und akzeptierte damit den zeitweisen Waffenstillstand mit seinem Onkel. »Es ist beinahe so, als wäre er ganz plötzlich größenwahnsinnig geworden.«

»Was meinst du damit?«, fragte sein Onkel.

»Ich jage diesen Mann seit über eineinhalb Jahrzehnten«, erklärte Rayk. »Er hat sich immer unauffälliger als ein Schatten verhalten. Anfangs war er absolut nirgends zu finden, bis ich seine Spur irgendwann bei den Piraten entdeckt habe, bei denen er untergetaucht war. Nach allem, was ich bisher über ihn zusammengetragen habe, hat er sich in dieser Gesellschaft langsam hochgearbeitet, bis ihm das Kommando über eine eigene kleine Gruppe zufiel. Er hat schon immer ausschließlich Schiffe und Schollen in Regierungsbesitz überfallen. Aber mit großem zeitlichem Abstand, sorgfältiger Planung und nahezu unsichtbar. Durch seine Erfolge hat er immer mehr an Einfluss gewonnen. Doch er blieb immer unter dem Radar.«

»Bis jetzt, vermute ich«, warf sein Onkel ein.

»Genau«, sagte Rayk. »Im letzten Monat wirkt es beinahe so, als wäre er sein Versteckspiel leid und würde jetzt so laut auf die Pauke hauen wie nur möglich. Er weiß, dass Hàvamar ihm auf den Fersen ist. Und trotzdem geht er Risiken ein, die er früher niemals auch nur in Betracht gezogen hätte.«

Ildar schüttelte den Kopf und murmelte: »Du bist wirklich besessen von diesem Mann.«

»Er hat Vater getötet«, erwiderte Rayk. »Deinen Bruder!«

Rayk kam es so vor, als würde plötzlich die Zeit stillstehen. Sein Onkel war erstarrt. Vollkommene Stille herrschte zwischen ihnen beiden.

Erst eine gefühlte Ewigkeit später regte sich sein Onkel wieder, räusperte sich leise und fragte dann in völlig neutralem Ton: »Vor etwas mehr als einem Monat, also?«

»Ja«, bestätigte Rayk und Ildar nickte wissend.

»Genau zu diesem Zeitpunkt gab es einen Einbruch in die Akademie.«

»Was?«, fragte Rayk überrascht. »Wer würde denn ...?« Doch weiter kam er nicht, bevor Ildar die Hand hob, um ihn zu unterbrechen.

»Nur der Ministerrat weiß davon. Ein als alter Mann verkleideter Eindringling hat sich in die Geothermieanlagen unter der Akademie geschlichen, ist bis zum Riss vorgedrungen und hat mehrere Tote hinterlassen, als er wieder verschwunden ist.«

»Aber was hat das mit Yorricks Angriffen zu tun?«, fragte Rayk.

»Ich weiß es nicht«, antwortete Ildar. »Aber der zeitliche Rahmen passt.«

Rayk runzelte die Stirn und verfolgte die Gedanken seines Onkels nach.

»Bleibt die Frage, wonach der Eindringling gesucht hat«, murmelte er.

»Das weiß ich genausowenig«, gab Ildar zu. »Aber ich versuche es seit Wochen zu erfahren und gestern habe ich einen Regierungswächter, dem ich traue, hinunter zu den Ingenieuren in der Geothermieanlage geschickt. Als er wieder zurückkam, hat er mir erklärt, dass es mehr als schwierig war, die inzwischen dort aufgestellten Wachposten zu überzeugen, ihn hineinzulassen. Selbst mit meinem offiziellen Schreiben, das ich ihm mitgegeben hatte.«

»Und was hat er gefunden?«, fragte Rayk.

»Nichts«, antworte sein Onkel. »Aber ein sehr verdächtiges Nichts.«

»Könntest du dich vielleicht etwas klarer ausdrücken?«, fragte Rayk, der langsam das Gefühl hatte, sein Onkel spannte ihn absichtlich auf die Folter. Ildars Lippen verzogen sich zu einem verschmitzten Lächeln.

»Tut mir leid. Ich glaube, ich habe zu lange mit niemandem darüber offen reden können und jetzt bin ich bei jedem Wort, das ich darüber verliere, ein wenig paranoid«, erklärte sein Onkel. »Aber zurück zu deiner Frage. Der Wächter, dem ich vertraue, hat mir berichtet, dass alles, was er in den Geothermieanlagen gesehen hat, auf ihn wie ein schlechtes Schauspiel gewirkt hat. Als wären die Wissenschaftler und Ingenieure, die in ihren weißen Kitteln durch die unterirdischen Labore huschen, nur Statisten, die keine Ahnung davon hätten, was sie dort unten eigentlich tun. Geschweige denn, dass sie etwas über die Wärmeversorgung der Stadt wüssten. Auf den meisten Arbeitsflächen lag eine dicke Staubschicht, als wäre seit Wochen nicht mehr daran gearbeitet worden. Zu einigen Räumen wurde ihm schlichtweg der Zutritt verwehrt, mit der Begründung, dass dort gerade wichtige Besprechungen stattfinden würden. Das Besorgniserregendste allerdings war der kurze Blick, den er in die Höhle direkt über dem Riss werfen konnte. Es war nur ein winziger Augenblick, bevor ihm zwei Wächter die Tür vor der Nase zuschlugen, aber mein Mann schwört, dass sich kein einziges Zahnrad an den Maschinen gedreht hätte. Stattdessen würde dort irgendetwas gebaut werden. Etwas Großes.«

Unbewusst wanderte Rayks Blick bei diesen Neuigkeiten

zu den vielen kleinen Gittern, die in regelmäßigen Abständen über den Platz vor der Akademie verteilt waren.

Sein Onkel schien seine Gedanken erraten zu haben, denn er sagte: »Noch funktionieren die Luftschächte. Genauso wie die Wärmeleitungen unter der Stadt, die die Straßen warmhalten.«

»Aber das ist doch unmöglich«, sagte Rayk. »Die wichtigste Abteilung der gesamten Akademie kann doch nicht einfach durch Laienschauspieler ersetzt werden, ohne dass es jemand bemerkt.«

»Das hätte ich bis vor einer Woche auch noch gesagt«, stimmte ihm Ildar zu. »Inzwischen bin ich jedoch der Meinung, dass es nur vollkommen unmöglich wäre, wenn es nicht von sehr langer Hand perfekt geplant wurde.«

Rayks Verstand raste. Die Konsequenzen, wenn die Geothermieanlage tatsächlich ausfallen würde, waren kaum vorstellbar. Die Wärme, die tief aus der Erde kam und durch den Riss zu ihnen hochstieg, wurde durch die Anlage in der ganzen Stadt und sogar bis ins Umland verteilt. Sollte es eine Störung geben, selbst wenn es nur für einige Tage war, dann würde die gesamte Ernte in den Kuppelgärten der Stadt eingehen. Kurz danach würden die Bäume im Wald nördlich von Hàvamar sterben und ihre Holzquellen versiegen. Nach zwei oder drei Wochen schließlich würden die Menschen in den Straßen der Stadt vor lauter Schnee und Eis nicht mehr aus den Häusern kommen. Völliges Chaos würde ausbrechen. Weiter wollte Rayk sich die düstere Zukunft gar nicht ausmalen. Hàvamar würde von der Eiswüste verschluckt werden wie ein sinkendes Schiff vom Meer.

»Er hatte sechzehn Jahre«, dachte er laut nach.

»Du meinst Yorrick?«, fragte sein Onkel überrascht.

»Wen sonst?«

Doch Ildar schüttelte entschieden den Kopf. »Er ist nur ein Mann. Ein gewöhnlicher Mensch. Kein Gott oder eine Sagengestalt.«

Rayk wollte ihm schon widersprechen, doch sein Onkel hob beschwichtigend die Hände.

»Schon gut«, sagte er. »Ich stimme dir zu, dass er außergewöhnlich fähig ist. Außerdem war er einmal einer von uns und kannte sich bestens in der Stadt aus. Aber das ist lange her. Ich streite nicht ab, dass er tatsächlich etwas damit zu tun hat. Ehrlich gesagt, vermute ich es aufgrund deiner Berichte über seine Aktivitäten sogar selbst. Aber das hier kann er nicht alleine tun. Ich glaube viel eher, dass es einige sehr einflussreiche Menschen hier in der Stadt gibt, mit denen er gemeinsame Sache macht.«

»Und was sollen wir dagegen tun?«, fragte Rayk.

»Hier in der Stadt hast du momentan keine Möglichkeiten«, erwiderte sein Onkel. »Ich werde sehen, wie ich dein militärisches Vorgehen innerhalb der Stadtmauern irgendwie vor dem Rat rechtfertigen kann. Mit Hilfe der Aussage, die du unterschrieben hast, hoffe ich, dass einfach mit der Zeit genügend Schnee auf die Sache fällt. Allerdings wird es sicher helfen, wenn du erfolgreich von deiner nächsten Mission zurückkehrst.«

»Mission?«, fragte Rayk.

»Yorrick und seine Piraten«, erklärte sein Onkel. »Es mag Probleme hier in Hàvamar geben. Aber als Verteidigungsminister habe ich auch immer noch die Verantwortung, das Piratenproblem zu lösen. Und falls wir dabei sogar zwei Fische mit einem Haken fangen und Teile dieser merkwürdigen Verschwörung aufdecken, die hier gerade vor sich geht, dann umso besser.«

Rayk lächelte, als ihm wieder einfiel, was er von diesem schmierigen Luftschiffkapitän erfahren hatte, der Geschäfte damit machte, junge Frauen zu entführen und ihre Dienste zu verkaufen.

»Ich weiß, wo ich die Piraten finden kann.«

Ildar nickte ernst.

»Gut. Aber sei vorsichtig. Ich kann dir nicht mehr als die *Lintu* und die Kompanie mitgeben, die du schon durch Hàvamars Straßen gescheucht hast. Es gibt Berichte über Unruhen bei unserem entfernten Außenposten in der Eiswüste. Darauf muss ich ebenfalls reagieren.«

»Das wird reichen«, sagte Rayk entschlossen.

Die Piraten besaßen weder die Organisation noch die Ausbildung der Soldaten Hàvamars. Sie überfielen für gewöhnlich wehrlose Schollen, die nicht mit ihnen rechneten. Rayk hatte vor, den Spieß umzukehren. Sein Schlag würde Yorrick und seine Leute vollkommen unvorbereitet treffen.

Und das mit aller Härte, die er aufbringen konnte.

»Gut«, sagte sein Onkel. »Und während ich versuche, noch mehr über diese merkwürdigen Vorkommnisse in der Stadt zu erfahren, überlasse ich es dir, eine Ausrede zu erfinden, weshalb die *Lintu* auf dem Rückweg von ihrer Mission einen kleinen Zwischenstopp am Nimus machen muss.«

Bei diesen Worten zwinkerte Ildar ihm zu, fand dann jedoch sofort wieder zu seiner Ernsthaftigkeit zurück.

»Ich lasse dir vor dem Start eine Nachricht zukommen, wie wir es bewerkstelligen, eine sichere Funkfrequenz einzurichten. So können wir vielleicht neugierige Ohren umgehen, solange du nicht in Hàvamar bist.«

Ihr Gespräch schien damit zu einem Ende gekommen zu sein. Rayks Onkel wandte sich von der Aussicht über Hàvamars Adelsviertel ab, um sich auf den Weg in Richtung der gläsernen Türen zu machen, durch die sie die Promenade betreten hatten. Nach einigen Schritten blieb er jedoch noch einmal stehen, drehte sich um und sagte mit kalter Stimme: »Was Gefangene angeht: Unsere Ressourcen sind jetzt schon zu knapp, um alle Einwohner der Stadt ordentlich zu versorgen. Sind wir uns darin einig?«

Rayk nickte.

»Natürlich, Herr Verteidigungsminister.«

»Gut«, sagte Ildar und seine Mundwinkel formten sich wieder zu dem warmen Lächeln, dass Rayk von seinem Onkel kannte. »Pass auf dich auf, mein Junge.«

❊

Kapitel Siebzehn

Als Mira aufwachte, ärgerte sie sich, dass sie überhaupt eingeschlafen war. Die Sonne musste schon eine ganze Weile untergegangen sein und durch das Bullauge ihrer Kabine sah sie einen winzigen Ausschnitt des funkelnden Sternenhimmels.

Es klopfte ein zweites Mal an der Tür und Mira wurde klar, dass sie von diesem Geräusch geweckt worden war.

Ihr Blick fiel auf das zweite Bett, das in der Nähe ihres eigenen stand und als sie bemerkte, dass es leer war, bekam sie für einen kurzen Augenblick Angst. Jedoch nur so lange, bis ihr wieder einfiel, warum Tarjei nicht in der Kabine war. Ihre Angst wandelte sich, als würde man einen Kippschalter umlegen, schlagartig in ein wütendes Grummeln in ihrem Bauch. Vielleicht hatte sie aber auch einfach Hunger.

Mira raffte sich aus dem Bett auf, ging die drei Schritte zur Kabinentür und öffnete sie. Davor stand Mile und grinste freundlich.

»Essen ist fertig.«

Also würde wenigstens das Grummeln in ihrem Bauch verschwinden, wenn auch nicht ihre Wut auf Tarjei, dachte Mira.

Mile begann sofort loszureden, wie viel Arbeit es gewesen sei, das Gemüse kleinzuschneiden, und dass er die Kombüse zwar mochte, aber das Halv ihn viel zu oft wegen Kleinigkeiten kritisierte. Mira versuchte, das Beste aus ihrer zerknitterten Kleidung, in der sie geschlafen hatte, zu machen und warf einen kurzen Blick in den Spiegel, um mit Hilfe von ein wenig Wasser aus der Waschschüssel ihre Haare zu glätten.

Nachdem sie einigermaßen menschlich aussah, folgte sie Mile durch den Hauptflur der *Lymaskar*.

»Wir wohnen im Prinzip alle gleich nebenan«, erzählte Mile und zeigte auf die Türen, an denen er Mira vorbeiführte. »Nur Kapitän Henings Kabine liegt direkt neben der Brücke. Also hält er sich meist irgendwo im vorderen Schiffsteil auf, wenn man ihn sucht.«

Mile erklärte ihr dies alles, als sei sie eine gute Freundin und nicht die Gefangene an Bord, die sie tatsächlich war. Aber sie unterbrach ihn natürlich nicht. Je mehr sie wusste, desto eher würde ihr etwas einfallen, wie sie von hier verschwinden konnte.

Lautes Lachen schallte plötzlich durch den Flur und kurz darauf hörte Mira auch einzelne Gesprächsfetzen.

»Und hier sind wir im Mittelpunkt des Schiffes«, sagte Mile und stieß eine angelehnte Tür auf. »Die Kombüse.«

Der Raum hinter der Tür reichte von einer Rumpfseite des Luftschiffes bis zur anderen. Was Mile jedoch schlicht als *Kombüse* bezeichnet hatte, war in Wirklichkeit nur eine Hälfte des Schiffsmittelpunktes. An einer Seite zog sich eine Küchenzeile entlang, die gegen den Rest des Raumes von einer halbhohen Theke abgegrenzt wurde, über der Pfannen, Töpfe und Besteck an Haken von der Decke baumelten. Hinter der Theke konnte Mira Halvs breiten Rücken erkennen, wie er sich von einer Seite der Küche zur anderen drehte, um die einzelnen Zutaten und Gewürze zusammenzusuchen, die er auf dem Herd brauchte.

»Frag Halv nie, wann sein Essen endlich fertig ist«, sagte Mile.

Doch bevor Mira ihn nach dem Grund dafür fragen konnte, mischte sich Gillis ein, der zusammen mit Alrena und Bent in der anderen Hälfte des Raumes an einem großen ovalen Tisch saß, der auch für eine wesentlich größere Mannschaft Platz geboten hätte.

»Wenn unser Großer mal wieder nicht alle Zutaten einer Meisterküche vorfindet, kann es sein, dass er dir einfach eine Dose Ölfisch als Abendessen hinstellt.«

Gillis grinste schief, doch in seiner Stimme hatte ein gewisser Ernst gelegen, als wäre das tatsächlich schon öfters vorgekommen.

Auf dem Tisch, an dem die Mannschaft der *Lymaskar* saß, befand sich bereits ein Sammelsurium aus nicht zusammenpassendem Geschirr und alle Anwesenden warteten nur noch auf Halv.

»Mach dich nur weiter über mein Essen lustig«, rief er über die Schulter, während er gerade ein paar Kräuter kleinhackte und in den Topf warf. »Aber wenn du deinen

Löffel in meinen Eintopf tunken willst, dann halt besser die Klappe und hol unserem Gast einen Teller.«

Statt eines weiteren schnippischen Spruchs, den Mira von Gillis erwartete hätte, stand der Spezialoffizier ohne Widerworte von seinem Stuhl auf und holte aus einem der Schränke an der Wand eine kleine Mischung an Geschirr, passend zu dem Potpourri, das bereits auf dem Tisch stand. Als er die Schranktür wieder schloss, legte er einen kleinen Riegel vor, den er einschnappen ließ, so dass bei Luftlöchern oder heftigeren Flugmanövern nichts durch die Gegend fliegen konnte. Dann reichte er Mira einen Teller aus Metall, einen Holzbecher sowie einen Löffel, der früher einmal mit gelber Farbe beschichtet gewesen sein musste, die jetzt jedoch zum größten Teil abgeblättert war.

»Danke«, sagte Mira, ärgerte sich aber sofort darüber. Seit wann bedankte man sich bei seinen Entführern? Die ganze Szene wirkte völlig falsch. Keiner schien sie als Gefangene oder Fremde zu sehen. Und schon gar nicht als Gefahr. Sie wurde beinahe so behandelt, als wäre sie eine alte Freundin, die endlich einmal wieder die Zeit gefunden hatte, auf der *Lymaskar* mitzufliegen.

Verwirrt setzte Mira sich zu Mile, der sich bereits auf einen Stuhl neben Bent niedergelassen hatte. Der erste Offizier der *Lymaskar* saß schweigend auf seinem Platz und beobachtete einfach die Unterhaltung der anderen Crewmitglieder.

»Neulinge zuerst«, sagte Halv und füllte Miras Teller mit einer Suppenkelle randvoll.

Danach kam Bent an die Reihe. Doch statt gleich loszuessen senkte er den Kopf, schloss die Augen und legte die Hände in seinen Schoß. Seine Lippen formten Worte, die zu leise waren, als dass Mira sie verstehen konnte.

Die anderen Besatzungsmitglieder schenkten seinen Gebeten jedoch keine Beachtung, denn Gillis und Mile hielten sofort ihre Teller neben den dampfenden Topf und machten ein Spiel daraus, wer als erster eine Kelle von Halv erhaschen konnte. Der tat so, als würde er zuerst den einen, dann den anderen bevorzugen, nur um im letzten Moment mit der Kelle abzudrehen und Alrena den Teller zu füllen. Halv lachte donnernd und Mile und Gillis protestierten lautstark. Ohne es zu wollen, musste Mira über diesen Unfug grinsen.

Diese Leute hatten Tarjei und sie entführt, rief sie sich ins Gedächtnis. Und doch schienen sie warmherzige Menschen zu sein.

Mira rührte einmal in ihrem Eintopf herum, um ihn ein wenig abzukühlen. Dann probierte sie einen Löffel voll und hätte sich beinahe verschluckt, so gut schmeckte das Essen.

»Und?«, fragte Halv, der ihre Reaktion bemerkt hatte und sie besorgt anblickte.

»Großartig«, rief sie begeistert und Halvs Gesicht hellte sich wieder auf. »Das ist glaube ich das Beste, was ich seit über einem Jahr gegessen habe.«

»Seht ihr«, sagte Halv hauptsächlich an Gillis gewandt. »So solltet ihr über mein Essen reden.«

Gillis winkte jedoch nur ab und flüsterte Mira zu - allerdings so, dass es jeder hören konnte: »Wir versuchen ihn nicht zu sehr zu loben. Sowas bringt die Leute nur dazu, zu viel von sich selbst zu halten.«

»Ach«, sagte Alrena plötzlich und spielte einen staunenden Tonfall vor, als hätte sie gerade einen Geistesblitz gehabt. »Das ist also bei dir passiert.«

Natürlich löste ihre Bemerkung wieder Gelächter bei allen aus. Außer bei Bent. Doch Mira glaubte, dass sie sogar auf den Lippen des Piloten ein stilles Lächeln erkennen konnte.

Gillis hob daraufhin die Arme, als würde er um Ruhe bitten und rief über das Lachen hinweg: »Also bitte. Bei mir ist das etwas völlig anderes. Ich halte ganz und gar nicht zu viel von mir. Ich kann ja nichts dafür, dass ich ein Meister meines Fachs bin.«

Damit fachte er das Gelächter jedoch nur umso mehr an.

Halv holte noch einen kleinen Korb voll frischgebackenem Brot aus der Küche herüber und stellte ihn mitten auf den Tisch, bevor auch er sich zu der Runde gesellte.

Und dann war für einige Minuten das Einzige, was zu hören war, das Kratzen von Löffeln in Suppenschüsseln.

»Wie geht es eigentlich dem Jungen, wegen dem wir unsere Hälse riskiert haben?«, fragte Gillis nach einer Weile Mira, während Halv gerade seinen Teller zum zweiten Mal füllte. Seine Frage klang so belanglos, als würde er sich lediglich nach einem alten Freund erkundigen und niemandem, den er gerade erst an Bord eines Luftschiffs entführt hatte. Mira hätte sich vermutlich mehr darüber gewundert und vielleicht auch danach gefragt, was dieses ganze Schauspiel sollte, doch sie wollte sich momentan nicht schon wieder über den Streit mit Tarjei ärgern. Daher zuckte sie zur Antwort einfach nur mit den Schultern. Es war ihr egal, wie es Tarjei ging. Von ihr aus, sollte er ruhig in irgendeiner Zelle schmoren, in die Mile ihn hoffentlich gebracht hatte. Sie hielt den Gedanken an eine Zelle mit Gitterstäben und allem Drum und Dran an Bord der *Lymaskar* zwar für unwahrscheinlich, aber der Gedanke gefiel ihr trotzdem.

»Gut, glaube ich«, sagte Mile und beantwortete damit an ihrer Stelle Gillis' Frage. »Ich habe ihn vorhin zu den beiden Anderen gebracht und später bringe ich ihnen dann allen etwas zu Essen. Im Moment ist Elin bei ihnen.«

Mile klang so, als wollte er besonders deutlich hervorheben, wie pflichtbewusst er seine Aufgaben erledigte.

»Ich glaube, Elin gefällt es, dass jetzt noch ein zweiter Schiffsmechaniker an Bord ist«, sagte Mile. »Sie hat sich pausenlos mit ihm unterhalten, als ich ging.«

Die »Anderen«, dachte Mira. Es gab also tatsächlich noch mehr Gefangene. Genau wie sie es vermutet hatte. Käpt'n Falkeid hatte zwar nicht wie ein Menschenhändler gewirkt, aber was sonst sollte er mit Gefangenen vorhaben? Er würde sie doch nicht einfach nur zum Spaß auf sein Schiff entführen und einsperren. Zumindest hoffte Mira das.

»Ich frage mich, wie viele Mechaniker an Bord eines einzigen Schiffes eigentlich zu viele sind«, sagte Gillis und schüttelte mit einem Lächeln den Kopf. »Man sollte meinen, es würde ausreichen, wenn man eine Person an Bord hat, die als Kind in einen Behälter voller Maschinenöl gefallen ist.«

Er beugte sich zu Mira nach vorne und ließ dabei seinen Löffel neben der Schläfe kreisen.

»Weißt du, das ist ungesund für den Kopf, wenn man zu lange darin eingetaucht wird.«

Alrena schürzte die Lippen zu einem hämischen Grinsen.

»In Elins kleinem Zeh ist vermutlich mehr Verstand als in deinem Kopf«, sagte sie zu Gillis.

»Jetzt fällt mir auch noch meine eigene Frau in den Rücken«, stöhnte Gillis auf und schüttelte in gespielter

Empörung den Kopf. »Dabei wollte ich ja nur sagen, dass Elin die Welt mit anderen Augen sieht als andere Menschen. Du musst doch wissen, was ich meine, Mädchen.« Er schaute Mira an, auf der Suche nach einem Nicken oder einer anderen Bestätigung. »Schließlich bist du mit einem Mechaniker zusammen.«

Mira hätte sich beinahe verschluckt und konnte nur mit äußerster Selbstbeherrschung verhindern, dass sie den Eintopf in ihrem Mund über den Tisch hustete.

Erst nachdem sie sich mehrmals geräuspert hatte, konnte sie sagen: »Wir sind nicht zusammen.«

Um genauer zu sein, hatte sie noch nicht einmal über die Möglichkeit nachgedacht, dass Tarjei und sie diesen Eindruck erwecken könnten. Sie waren wie Bruder und Schwester aufgewachsen. Alleine der Gedanke... Mira schüttelte sich.

Gillis machte bei diesen offenbar hochinteressanten Neuigkeiten große Augen. Da er also ohne Zweifel weiter nachforschen würde, erklärte Mira: »Wir waren sowas ähnliches wie Geschwister.«

Dann zuckte sie jedoch mit den Schultern. »Aber das ist schon ewig her und es kommt mir wie ein anderes Leben vor. Ehrlich gesagt haben wir uns sehr lange nicht mehr gesehen.«

»Oh ...«, sagte Gillis und runzelte nachdenklich die Stirn. »Wie kann man denn aufhören, Geschwister zu sein?«

Alrena stieß ihn heftig mit dem Ellenbogen in die Seite und sagte: »Hör auf, so in ihrem Kopf zu bohren. Du siehst doch, dass sie nicht gerne darüber redet.«

Sie warf Mira einen entschuldigenden Blick zu, was nicht zu ihrer sonst so kantigen Art passte, und verdrehte die Augen, als wollte sie Mira zu verstehen geben, dass Gillis gerade ein sehr großer Idiot gewesen war.

»In Ordnung, ist ja gut«, murmelte Gillis, während er sich die Seite rieb, wo ihn Alrenas Ellenbogen getroffen hatte.

Mile, der seinen Teller inzwischen schon zum zweiten Mal leergelöffelt hatte, hielt ihn ein weiteres Mal neben den Topf und Halv füllte ihm nach.

»Ich frage mich, wo du das hinsteckst, Junge«, sagte er.

Noch mit halbvollem Mund nuschelte Mile: »Wachstum.«

Bent, der bisher noch kein Wort gesagt hatte, hatte seinen Teller ebenfalls geleert. Er stand auf, trug sein benutztes

Geschirr rüber zur Küchenseite und stellte es ins Spülbecken. Auf dem Rückweg bedankte er sich steif bei Halv für das »wie immer sehr gute Essen« und verschwand dann in Richtung Brücke.

»Was ist mit dem denn los?«, fragte Gillis und schaute in die Runde. »Nicht, dass er sonst der Gesprächigste wäre, aber das heute Abend war ja selbst für ihn ein Rekord.«

»Du weißt doch, wie er es hasst, wenn jemand auf die *Lymaskar* schießt«, sagte Alrena. »Vor allem, weil er von Anfang an gegen diesen Auftrag gestimmt hat.«

Mira spitzte bei der Erwähnung eines Auftrags die Ohren. Ihr war es bisher lediglich gelungen, etwas mehr über die Schrullen der Besatzung zu erfahren. Aber Alrena rief ihr wieder ins Gedächtnis, was sie eigentlich tun sollte. Sie musste mehr darüber herausfinden, was Käpt'n Falkeid und seine Leute mit ihnen vorhatten. Schließlich hatten sie alle ihr Leben riskiert, um Tarjei aus der Stadt zu schmuggeln. Mira wusste, dass sie nur eine Nebenrolle bei alledem spielte, aber sie hoffte, diese Tatsache nutzen zu können. Wenn die anderen sie als unwichtig und harmlos ansahen, konnte sie vielleicht mehr von ihnen erfahren.

»Er ist doch immer gegen alles, sobald es mal nicht in den offiziellen Logbüchern auftauchen darf«, sagte Gillis. »Egal, ob wir Zigarren oder Waffen schmuggeln. Er hat immer was daran auszusetzen.«

Er schlürfte einen Löffel Eintopf, bevor er sagte: »Außerdem weiß er genau, wie wichtig es ist, den Mechanikerjungen zu finden. Wir haben seit über einem Monat keinen Gewinn mehr gemacht.«

Es geht ihnen also ums Geld, dachte Mira. Das bedeutete, dass jemand sie dafür bezahlen musste Tarjei zu finden. Aber wer würde sowas tun?

Sie versuchte ihre Stimme so natürlich und beiläufig wie möglich klingen zu lassen, als sie zwischen zwei Löffeln Eintopf fragte: »Wohin fliegen wir denn eigentlich?«

»Nach Rhenak«, sagte Mile sofort begeistert. »Warst du schon mal dort? Um diese Jahreszeit sind die heißen Quellen besonders aktiv und …«

Doch zum Ende seines Satzes hin wurde Mile immer langsamer beim Sprechen, bevor er unter den mahnenden

Blicken der Anderen ganz verstummte. Selbst Gillis hatte seine übertrieben lustige Art verloren und schaute Mile streng an.

Alrena sagte schließlich als Erste etwas.

»Ich glaube, es ist Zeit, dass du die unteren Decks sauber machen gehst, Mile.«

Mile verstand den Hinweis, stand vom Tisch auf, um seine noch halb volle Schüssel zum Abwasch, den Bent hinterlassen hatte, zu stellen und verließ dann eiligen Schrittes den Aufenthaltsraum der *Lymaskar*.

»Tut mir leid«, murmelte er während er im Flur verschwand. Mira konnte noch immer nicht fassen, was sie gerade gehört hatte.

»Ihr seid Piraten«, hauchte sie ungläubig. Ihre Stimme klang furchtbar laut in der Stille, die am Tisch entstanden war. Wenn sie nach Rhenak flogen, gab es keine andere Erklärung.

»Nein«, widersprach Alrena sofort. »Wir sind keine Piraten.«

Sie schien es ernst zu meinen, doch Emotionen aus ihrem strengen Gesicht abzulesen, war nahezu so unmöglich wie zu wissen, was ein Stein gerade fühlte.

»Eher sowas wie Freihändler«, ergänzte Gillis mit einem Grinsen, das wie eine Entschuldigung wirkte. »Wir sind ehrliche Händler, die ab und zu etwas nicht ganz so ehrliches transportieren.«

Mira schüttelte den Kopf und ihre Finger verkrampften sich um den Löffel in ihrer Hand, als sie sagte: »Rhenak ist die Heimatstadt der Piraten. Jeder kennt die Legenden über sie und niemand außer den Piraten selbst weiß, wo Rhenak liegt.«

»Also das«, sagte Gillis, »ist vermutlich das größte Märchen der Welt.«

Halv brummte etwas Unverständliches, bevor er sagte: »Von wegen Stadt. Dreitausend Leute sind keine Stadt. Wenn du da was zu essen bestellst, kannst du schon froh sein, wenn das Fleisch von frischen Ratten stammt, statt von Exemplaren, die schon eine ganze Woche tot sind.«

Mira versuchte erfolglos, das widerliche Bild, das Halv beschworen hatte, wieder aus ihrem Kopf zu verdrängen, und sich zu erinnern, was sie über Rhenak wusste.

»In den Geschichten ...«, sagte sie, als Gillis sie bereits unterbrach.

»Wie du selbst sagst, sind das Geschichten. Ich habe bisher noch keine einzige gehört, die wahr wäre. Und das soll bei mir schon was heißen.«

Er ließ seinen Löffel in seinen leeren Teller gleiten und unterstrich seine Worte mit seinen typischen ausladenden Handbewegungen.

»Nehmen wir nur mal die angebliche Tatsache, dass niemand weiß, wo sich Rhenak befindet, außer den Piraten selbst. Wenn das der Wahrheit entspräche, wäre die Piraterie vermutlich schon längst ausgestorben. Und das Händlerhandwerk gleich mit.«

Alrena legte ihrem Mann eine Hand auf den Unterarm und bremste damit seine Rede.

»Es ist ganz einfach«, sagte sie in ihrer gewohnt direkten Art. »Jeder Händler weiß, dass ihm für die Unterstützung der Piraterie der Strick blüht. Aber wenn er kein Geld hat, um sich was zu essen zu kaufen, dann ist ihm das Risiko gehängt zu werden wesentlich lieber als zu verhungern.«

»Schwarzmaler - allesamt«, sagte Halv.

Er stand vom Tisch auf und ging hinüber zu seinem Küchenbereich, wo er mit dem Abwasch begann und sich mit lautstarkem Geklapper aus dem Gespräch ausschloss.

»Er mag es nicht, wenn man über den Strick spricht«, flüsterte Gillis hinter vorgehaltener Hand. »Das verkraftet er nicht so gut.«

Mira hatte das Gefühl, die Situation würde immer absurder. Halv hatte die Größe und Muskeln eines Riesen. Dass Gillis, der mindestens zwei Köpfe kleiner war, ihn jetzt als empfindlich beschrieb, fühlte sich verrückt an.

»Jeder Händler weiß also, wo sich Rhenak befindet?«

Mira ließ ihre Zweifel in der Frage deutlich mitklingen.

»Naja«, antwortete Gillis. »Jeder ist wahrscheinlich übertrieben. Aber das sollte dich nicht überraschen. In Håvamar ist seit über einem Jahrzehnt niemand mehr wegen Handeln mit Piraten gehängt worden. Ab und zu der ein oder andere Pirat - sicher. Aber solange du genug Geld hast und jemanden kennst, der jemanden kennt, ist die Stadtwache nicht dein Problem.«

Gillis und Alrena waren inzwischen ebenfalls mit dem Essen fertig und standen vom Tisch auf, um ihr Geschirr zu

Halv zu bringen und da Mira die Unterhaltung nicht abreißen lassen wollte, folgte sie ihnen. Ihr Appetit hatte sich mehr oder weniger sowieso verflüchtigt. Ihr war gerade der Gedanke gekommen, dass sie unverschämtes Glück gehabt hatte, dass sie an Bord der *Lymaskar* gelandet war. Wenn sie nach Rhenak flogen - der Piratenstadt - wie gut standen dann ihre Chancen, etwas über den Verbleib ihres Vaters herauszufinden? Vermutlich gab es auf der ganzen Welt keinen besseren Ort, um mit ihrer Suche endlich anzufangen.

»Es sei denn natürlich, dass dich die Armee sucht, weil du einen der Offiziere halb totgeschlagen hast«, redete Gillis weiter. »Das ist dann natürlich ein ganz anderes Problem, bei dem dir selbst die besten Kontakte nicht mehr weiterhelfen.« Dabei zwinkerte er ihr zu.

Mira hörte ihm jedoch nur noch mit halbem Ohr zu, so aufgeregt war sie, dass sie vielleicht endlich eine Spur von ihrem Vater finden würde. Gerade, als sie schnell ihr schmutziges Geschirr in das mit heißem Wasser gefüllte Spülbecken stellte, rauschte es plötzlich aus einem kleinen Lautsprecher in der Wand, den sie zuvor gar nicht bemerkt hatte.

»Halv?«, knisterte Bents Stimme durch den internen Funk der *Lymaskar*.

Halv legte sein Geschirrtuch beiseite und drückte auf den Sprechknopf, um zu antworten, dass er da war.

»Der Kapitän lässt ausrichten, dass er heute Abend keine Zeit mehr für ein Gespräch mit der Kleinen hat. Sie soll aber darüber nachdenken, ob sie eine Arbeit an Bord annehmen will oder ob sie lieber irgendwo abgesetzt werden möchte. Nachdem wir unser Ziel erreicht haben, können wir sie auf dem Rückweg irgendwo rauslassen.«

Was meinte er mit »nachdem«?, war das Erste, was Mira durch den Kopf schoss. Scheinbar wollte der Käpt'n sie nicht wie Tarjei in Rhenak von Bord gehen lassen. Sie wollte gerade schon protestieren, doch im letzten Moment hielt sie sich zurück. Ihr war doch eigentlich längst klar, was hier ablief. Niemand nahm sie ernst. Aber sie wusste eindeutig zu viel über die dubiosen Geschäfte der *Lymaskar*, als dass Käpt'n Falkeid sie einfach so gehen lassen würde. Entweder sie würde als Schiffsmädchen an Bord bleiben und für immer Teil der

Crew werden oder er würde sie irgendwo mitten in der Eiswüste vermutlich bei einem der Eingeborenenstämme zurücklassen. Ohne Chance, jemals auch nur wieder in die Nähe von Hàvamar oder Rhenak zu kommen. Geschweige denn, ihren Vater zu finden.

Nein, sie durfte sich jetzt nicht verraten. Sie würde wie gehabt in den nächsten Tagen heimlich ihre Flucht planen, um dann im richtigen Moment von diesem Schiff hinunterzukommen.

»Wir fliegen die Nacht durch und kommen morgen Abend an«, rauschte Bents Stimme wieder durch den internen Schiffsfunk.

Das bedeutete keine Zwischenstopps, dachte Mira. Sie hatte fest damit gerechnet, dass die *Lymaskar* wenigstens noch ein oder zwei Mal landen würde, bevor sie nach Rhenak kamen. Immerhin hatte Käpt'n Falkeid gesagt, dass sie vermutlich drei Tage unterwegs sein würden. Wie sollte sie jetzt in so kurzer Zeit einen Weg finden, um von Bord zu fliehen?

Halv legte gerade wieder den Finger auf den Knopf neben dem Funkgerät, als Mira sich dieses Mal nicht schnell genug beherrschen konnte, alle Heimlichkeit über Bord warf und rief: »Was ist mit Zwischenstopps, bevor wir Rhenak erreichen?«

Halvs Finger zuckte vom Sprechknopf zurück und der Koch warf ihr einen warnenden Blick zu. Das Rauschen, das eine aktive Verbindung begleitete, wurde im nächsten Augenblick jedoch schon wieder leiser und Bents Stimme hallte erneut blechern durch die Lautsprecherschlitze in der Wand.

»Ich nehme an, Mile hat sich verplappert«, sagte er.

Bevor Halv dieses Mal antwortete, führte er einen Finger an seine Lippen, um Mira zu signalisieren, still zu sein.

»Er schrubbt bereits die unteren Decks«, erklärte er. »Außerdem hätte sie es spätestens morgen Nachmittag sowieso herausgefunden.«

Wieder statisches Rauschen. Dieses Mal länger, bevor Bent sich erneut meldete.

»Sag Mile, dass er für den Rest der Woche die Arbeit auf dem Oberdeck übernimmt.«

Mira hörte, wie Halv leise die Luft, die er zuvor angehalten hatte, durch die Zähne entweichen ließ.

»Und Halv?«

»Ja?«

»Falls die Kleine an Bord bleiben will, soll sie Mile morgen gleich dabei helfen. Je früher sie lernt, was es heißt, an Bord eines Luftschiffs zu leben, desto besser.«

Dann klickte es leise und Bent hatte die Verbindung unterbrochen.

Natürlich war es eine dumme Idee gewesen, jemanden wie den ersten Offizier so direkt nach Zwischenstopps zu fragen und jetzt ärgerte sich Mira über sich selbst. Sie hatte einmal nicht schnell genug nachgedacht und schon war das eingetreten, was sie befürchtet hatte. Jetzt war jedem klar, dass sie bei der nächsten Landung so schnell wie möglich vom Schiff verschwinden wollte. Allerdings gab es sowieso keine nächste Landung, bei der sie die Gelegenheit dazu haben würde. Es war einfach zum Verrücktwerden.

»Es ist besser, wenn du Bent oder den Kapitän nicht noch einmal auf Rhenak ansprichst«, meinte Halv, der sich ihr mit ernstem Gesicht zugewandt hatte. »Auch wenn Gillis so tut, als wäre die Piraterie nichts Besonderes, bleibt selbst der Handel mit ihresgleichen ein schweres Verbrechen. Der Kapitän wird dich also wesentlich lieber irgendwo absetzen, wenn er nicht darüber nachdenken muss, ob du ihn vielleicht beschuldigen könntest, mit Piraten zu handeln.«

Ach, dachte Mira. Darauf wäre ich ja selbst nie gekommen.

»Wenn er mich überhaupt irgendwo absetzt«, murmelte sie.

Ihr schlechtes Gefühl, was ihre sogenannte »Rettung« aus Hàvamar anging, drängte sich immer stärker in den Vordergrund. Zuerst hatte sie geglaubt, mit Tarjei jemanden gefunden zu haben, der ihr bei der Suche nach ihrem Vater helfen würde. Dann war sie, wie durch den größten Zufall der Welt, auf der *Lymaskar* gelandet, die sie offenbar genau dort hinbringen würde, wo sie hinwollte. Doch jetzt würde sie nicht nur Tarjei als Gefährten verlieren, sondern sie konnte sich auch absolut sicher sein, dass sie ihre Zeit in Rhenak in einer *sicheren* Kabine ohne Bullauge verbringen durfte.

»Kapitän Falkeid ist ein Ehrenmann«, sagte Halv plötzlich und unterbrach damit Miras rasende Gedanken. Das Grummeln in seiner Stimme verriet ihr, dass Halv es ernst meinte. Es kam ihr so vor, als hätte er es als persönliche Beleidigung aufgefasst, dass sie Käpt'n Falkeids Ehrlichkeit in Frage gestellt hatte.

»Er steht zu seinem Wort«, sagte Halv. »Wenn du es möchtest, wird er dich absetzen, sobald wir nicht mehr unter dem Zeitdruck einer Lieferung stehen.«

Die Frage war nur wo und wann das sein würde, dachte Mira. Sie hielt es jedoch für besser, wenn sie schwieg.

»Wir können doch außerdem keine junge Dame mitten im Flug einfach so von Bord werfen«, meinte Halv und wollte anscheinend witzig sein. Auf Mira wirkte das jedoch eher wie eine Drohung.

»Nachdem du eine Zeitlang bei uns bist, entwickelst du ja vielleicht noch deine Schiffsbeine und willst sogar Teil der Crew werden. Ansonsten finden wir mit etwas Geduld aber auch sicher einen Ort, wo du bleiben möchtest.«

Erst jetzt realisiert Mira, dass Halv sie tatsächlich aufzumuntern versuchte. Es gelang ihm zwar kein Stück, aber sie versuchte trotzdem, ihren Ärger hinunterzuschlucken und ein falsches Lächeln aufzusetzen, um den Koch in Sicherheit zu wiegen.

Mira hatte einen Entschluss gefasst. Sie würde so schnell wie möglich einen Weg von Bord finden und dann verschwinden. Es war ihr egal, was sie dafür tun oder was sie dafür opfern musste, aber sie würde nicht noch mehr Zeit sinnlos verstreichen lassen, während sie eigentlich ihren Vater suchen sollte.

Bitter erkannte sie, dass ihre vermutlich einzige Chance Tarjei war. Er war Mechaniker und kannte sich mit Luftschiffen aus. Wenn jemand einen Weg finden konnte, von der *Lymaskar* zu fliehen, dann er. Um ihres Vaters willen musste sie, auch wenn es ihr nicht schmeckte, ihn irgendwie dazu bringen ihr zu helfen.

Halv hatte ihr inzwischen beim Abwasch den Rücken zugewandt. Er summte leise eine verspielte Melodie, die Mira vage vertraut vorkam.

»Halv?«, fragte sie.

»Hmm«

»Tarjei hat sicher auch Hunger und da dachte ich, jetzt, wo Mile keine Zeit dazu hat, könnte ich ihm vielleicht einen Teller von deinem Eintopf bringen.«

Halv drehte den Kopf über die Schulter, während er die Gläser und Tassen der Besatzung in der Spüle ausrieb. Zuerst warf er ihr einen misstrauischen Blick zu, da er vermutlich den harten Übergang von Miras Abneigung gegenüber ihrem Hiersein und ihrer plötzlichen Freundlichkeit bemerkte. Doch sie versuchte, so gut sie konnte, unschuldig auszusehen. Zum Glück schien ihr kläglicher Versuch für Halvs gutmütige Natur auszureichen.

»Ja, natürlich«, sagte er, nachdem er sie einmal von oben bis unten gemustert hatte. »Ich hätte ihnen später selbst was gebracht. Nimm doch das Tablett dahinten. Dann kannst du gleich vier Portionen mitnehmen. Elin und die beiden anderen haben sicher auch Hunger.«

»In Ordnung«, sagte Mira.

Während sie vier Teller aus dem Schrank abzählte und nacheinander mit Eintopf füllte, sagte Halv: »Geh am besten zuerst in den Maschinenraum zu Elin. Sie müsste den Schlüssel zur Gästekabine noch haben.«

Mira entging nicht, dass Halv das Wort Gefängniszelle vermieden hatte. Und als wäre es das Normalste der Welt, drei Menschen in ein Zimmer an Bord eines Luftschiffs zu sperren, begann er wieder zu summen, während er die Teller abtrocknete.

❊

Der Maschinenraum war nicht schwer zu finden. Je lauter das Brummen der Schiffsmotoren wurde, desto näher kam Mira ihrem Ziel. Wesentlich problematischer war es, die vier mit Eintopf gefüllten Teller vor sich her zu balancieren, da die meisten Bodendielen des Unterdecks so abgenutzt waren, dass sie alle ihre ganz persönlichen Krümmungen und Stolperfallen aufwiesen. Hätte Mira nicht bereits an Bord der *Lintu* gelernt, wie man sich bei Windgang auf einem Luftschiff zu bewegen hatte, dann wäre sicher die Hälfte des Eintopfs auf dem Boden gelandet.

Nachdem sie etwas mehr als die Hälfte des Schiffs durchquert hatte, kam Mira zu einer offenstehenden Tür, die in den Maschinenraum führte. Die Holzverkleidung der Wände wich dem silbernen Glanz von Metallplatten. Eisenträger, um die sich endlose Rohre und Kabelstränge schlängelten, ragten in den Raum voller Motoren, Heizkessel und anderer Maschinen hinein.

Mira senkte den Kopf, um durch die niedrige Tür zu passen und als sie in das Klappern und Brummen des Maschinenraums eintauchte, fühlte sie sich beinahe wieder wie zu Hause. Für ihre Ohren gab es keinen Unterschied zwischen den aufeinanderschlagenden Kolben hier an Bord der *Lymaskar* oder ihren Gegenstücken auf Scholle zwölf. Es spielte keine Rolle, ob sie dafür gemacht worden waren, ein Luftschiff am Himmel zu halten oder dafür eine Scholle nicht untergehen zu lassen.

Mira stellte das Tablett mit den Tellern auf einen kleinen Rollcontainer, der vermutlich Ersatzteile enthielt, und breitete dann die Arme aus. Langsam drehte sie sich um sich selbst und sog die Atmosphäre in sich auf. Für diesen kurzen Augenblick war sie sich absolut sicher, dass ihr Vater gleich zwischen zwei der Eisenträger hervortreten würde, mit seinem warmen Lächeln auf den Lippen und dem verschmierten Motoröl auf der Stirn. Sie vermisste ihn so sehr.

Mira schloss die Augen, da sie die Trugbilder und die Sehnsucht nach ihrer Heimat nicht mehr ertrug.

»Hallo?«

Mira war sich nicht sicher, doch sie glaubte eine Stimme durch den Motorenlärm gehört zu haben. Sie lauschte einen Moment, dann hörte sie es wieder.

»Hallo?«, sagte eine mädchenhafte Stimme und Mira blieb nichts anderes übrig, als ihre Augen widerwillig zu öffnen. Gnadenlos stürzte die reale Welt wieder auf sie ein und sie keuchte leise auf, als ihr mit aller Härte bewusst wurde, wie alleine sie war. Wie groß die Distanz zu den Personen war, die ihr wirklich etwas bedeuteten.

»Hallo, ist da jemand?«, fragte die Stimme ein drittes Mal und als Mira sich umdrehte, trat eine junge Frau durch eine Lücke zwischen einem Eisenträger und einem der großen Heizkessel hindurch.

»Wusste ich doch, dass ich jemanden hereinkommen gehört habe«, sagte die Frau und steckte einen Schraubenzieher, den sie anscheinend gerade benutzt hatte, in eine Schlaufe des Werkzeuggürtels an ihrer Hüfte. Dort befand sich von einem Hammer über eine Taschenlampe bis hin zu Drehmomentschlüsseln in den unterschiedlichsten Größen alles, was ein Mechaniker sich wünschen konnte.

»Bist du auch seit Hàvamar an Bord?«, fragte die junge Frau und als Mira nicht gleich darauf antwortete, runzelte sie die Stirn und fragte: »Oder schon seit dem letzten Stopp auf dieser kleinen Eisscholle? Welche Nummer hatte die nochmal ... einundzwanzig glaube ich, oder war es zweiundzwanzig? Ich bin mir nicht mehr sicher ...«

Wie konnte diese Frau nicht wissen wer sie war?, fragte sich Mira. Sie war doch eindeutig Teil der Crew. Sollte sie da nicht informiert werden, wenn neue Gefangene an Bord kamen?

»Ach, verdammt«, sagte die junge Frau plötzlich und versuchte eilig, ihre schwarzen Finger an einem noch schwärzeren Lappen, der in ihrem Hosenbund steckte, zu säubern. Nachdem sie jedoch eingesehen hatte, dass ihrem Versuch nur wenig Erfolg beschieden war, zuckte sie mit den Schultern und streckte die Hand einfach so wie sie war in Miras Richtung aus. »Ich habe total vergessen, mich erstmal vorzustellen. Ich bin Elin.«

Mira reichte Elin mehr aus Reflex, als dass es eine willentliche Entscheidung gewesen wäre, die Hand. Sie war zu verwirrt vom merkwürdigen Benehmen der jungen Frau. Mira schätzte sie als nicht viel älter als sich selbst ein.

»Ich bin die Schiffsmechanikerin«, sagte Elin und machte mit ihrer freien linken Hand eine ausladende Geste, die den gesamten Maschinenraum einschloss. Doch sofort schüttelte sie den Kopf und stieß ein kindisches Kichern aus. »Tut mir leid. Das hast du wahrscheinlich schon selbst bemerkt.«

»Kein Problem«, sagte Mira etwas unsicher. Diese Unterhaltung kam ihr sehr seltsam vor. »Mein Name ist Mira.«

»Freut mich«, sagte Elin und ließ endlich wieder ihre Hand los.

»Also, wo bist du eingestiegen? Hàvamar oder bei dieser kleinen Scholle vorher?«

»Hàvamar«, antwortete Mira.

»Oho«, sagte Elin und grinste breit. »Dann war das Erste, was du bei uns an Bord erlebt hast, ja ein ziemlich wilder Ritt. Ich kann dir sagen, Bent ist ein verdammt guter Pilot, aber jedes Mal, wenn er das Schiff wieder fast auseinanderbrechen lässt, wünschte ich, er wäre hier unten im Maschinenraum und ich könnte ihm eins mit dem schweren Drehmomentschlüssel überziehen.«

Elin lächelte zwar, aber Mira war sich nicht ganz sicher, ob sie einen Scherz gemacht hatte. Wahrscheinlich würde sie tatsächlich versuchen, Bent zu verprügeln, dachte Mira.

»Dieser kleine Spaß über dem Flugfeld hat so ziemlich mein ganzes Ersatzteillager aufgebraucht«, fuhr Elin fort. »Ich bin echt froh, dass wir diesen anderen Jungen in Hàvamar gefunden haben und er sich wirklich so erstklassig mit Maschinen auskennt, wie jeder gesagt hat. Hätte ich nicht gedacht. Eine echte Erlösung im Vergleich zu den beiden anderen »ach so cleveren« Wissenschaftlern, die vorher an Bord gekommen sind. Keine Ahnung, warum der Käpt'n ihn nicht einfach einstellt und mich rauswirft.«

Elin redete wie ein Wasserfall, während sie gleichzeitig ihren Werkzeuggürtel abnahm und in das Chaos des Maschinenraums legte. Mira fragte sich schon, ob die Mechanikerin sich vielleicht irgendwie bei Mile angesteckt hatte, der die gleiche Angewohnheit an den Tag legte. Doch bevor sie etwas sagen konnte, zog Elin sich ihr ölverschmiertes Oberteil über den Kopf und verschwand dann kurz hinter einem der großen Boiler - zumindest sah das Teil so aus wie die Warmwasserkessel im Maschinenraum von Scholle zwölf. Als sie zurückkam, trug sie eine schlabbrige Hose und einen dicken, weinroten Wollpullover, der ihr etwas zu groß war, aber sehr bequem wirkte.

»Oh, was ist das?«, fragte sie und deutete auf das Tablett mit Essen.

»Halv schickt mich«, antwortete Mira, auch wenn das nur die halbe Wahrheit war.

Sie wollte gerade schon ergänzen: »Wir dachten, dass du und die Gefangenen Hunger hätten«, doch sie hielt sich im letzten Moment zurück. Aus irgendeinem verrückten Grund, schien die gesamte Crew der *Lymaskar* Tarjei und die beiden anderen Personen, die Elin als Wissenschaftler bezeichnet hatte, nicht als Gefangene zu sehen. Und zumindest bei Elin war Mira sich ziemlich sicher, dass sie tatsächlich glaubte, dass Tarjei nur ein weiterer Gast an Bord war, dessen Bewegungsfreiheit eben ein wenig eingeschränkt war.

Vielleicht hatte Gillis mit dem Öltopf recht gehabt, dachte Mira, und Elin war tatsächlich als Kind hineingefallen. Sie schien in ihrer eigenen Realität zu leben, die zwar nahe an der Wirklichkeit dran war, aber doch nicht zu hundert Prozent damit übereinstimmte. Dieses kleine Detail von Elins Charakter, war jedoch möglicherweise Miras beste Chance, die sie an Bord der *Lymaskar* bekommen würde. Sie würde nur den Eindruck erwecken müssen, als lebte sie in der gleichen Welt wie die junge Mechanikerin und ihr würden sich vielleicht Türen öffnen, die ihr sonst verschlossen geblieben wären. Wie beispielsweise ein Gespräch mit Tarjei oder Zugang zum Maschinenraum. Zum Glück sollte es ihr nicht allzu schwerfallen, in Elins Mechaniker-Realität einzusteigen. Schließlich hatte Miras gesamtes bisheriges Leben daraus bestanden, dass sie genau das getan hatte, um ihrem Vater näher sein zu können.

»Wir dachten, dass du und *die Jungs* vielleicht Hunger hättet«, sagte Mira und setzte ihr freundlichstes Lächeln auf.

»Oh, toll. Danke« Elin freute sich wie erwartet. »Das ist jetzt genau das Richtige.«

Sie schnappte sich einen der Teller und begann ihn auszulöffeln. Mit halb vollem Mund nuschelte sie: »Warte, der Schlüssel zur Gästekabine müsste hier irgendwo sein.«

Sie stapfte zu einem Metallspind, der bis auf ein paar Schrauben am Boden leer war, danach zu einem halbhohen Container mit dutzenden Schubladen, von denen sie einige ausprobierte, nur um dann kopfschüttelnd wieder zurück zu Mira zu kommen.

Schließlich bückte sie sich hinter einen kleinen, ruckelnden Motor, dessen Zweck Mira auf die Schnelle nicht erraten konnte und richtete sich dann wieder auf. Sie hob die Hand und klimperte mit einem Schlüsselbund.

»Gefunden«, sagte sie nuschelnd, da sie sich den Suppenlöffel in einen Mundwinkel geschobene hatte und lächelte Mira an. »Los, schnapp dir das Tablett. Die anderen werden auch am Verhungern sein.«

Ohne auf Mira zu warten, duckte Elin sich unter einem der Eisenträger hinweg und ging in Richtung der Tür, die aus dem Maschinenraum herausführte. Dabei löffelte sie weiterhin ihren Eintopf.

Mira musste sich beherrschen, um nicht zu grinsen. Es war erstaunlich, wie leicht es war, zu Tarjei und den anderen Gefangenen zu gelangen. Andererseits schien die Crew es auch gar nicht ernsthaft verhindern zu wollen. Sie sahen in Mira nicht mehr als die hilflose entflohene Dienerin, von der unmöglich eine Gefahr ausgehen konnte. Vielleicht lag es aber auch daran, dass sie als Schmuggler vermutlich keine oder nur sehr wenig Erfahrung hatten, wenn es darum ging, Menschen zu entführen. Mira hätte doch zu gerne gewusst, was den Käpt'n dazu bewogen hatte, in dieses Geschäft einzusteigen. Seine Crew war - bis auf Bent vielleicht - auf jeden Fall nicht dafür geeignet. Sie waren viel eher Gentleman-Ganoven als echte Verbrecher.

Es dauert nicht lange, bis sie zu der Kabine kamen, in der Tarjei gefangen gehalten wurde. Die Tür sah nicht verstärkt oder besonders gesichert aus, dachte Mira. Das könnte sich später vielleicht noch als wichtig herausstellen. Elin blieb davor stehen und legte ihren Suppenlöffel vorsichtig auf den Rand ihres Tellers, um eine Hand frei zu haben. Dann schloss sie die Tür auf, klopfte jedoch an, bevor sie sie öffnete.

Welcher Gefängniswärter klopfte an die Zellentür seiner Gefangenen?, dachte Mira, konnte aber gerade noch so ein Kopfschütteln unterdrücken.

»Ich hoffe, wir stören nicht«, sagte sie und trat durch die Tür. »Aber wir haben das Abendessen dabei.«

Mira folgte ihr und stellte fest, dass sie anstatt eines Kerkerraums einen gewöhnlichen Lagerraum betrat. Im gegenüberliegenden Teil des Raums hinter einigen Regalen, sah Mira zwei Stockbetten, mit deren Hilfe eine notdürftige Unterkunft für die Gefangenen entstanden war. Die Bezeichnung »Gästezimmer« war etwas übertrieben, aber zumindest boten die Betten mehr Platz als die schmalen Kojen, die sie von der *Lintu* in Erinnerung hatte. Vor den beiden Bullaugen des Lagerraums hingen dünne Vorhänge, die vermutlich dafür gedacht waren, neugierige Blicke abzuhalten, so lange die *Lymaskar* irgendwo vor Anker lag. Jetzt, nachdem es bereits dunkel geworden war, blockierten sie jedoch nur das Sternenlicht. Eine altersschwache Deckenleuchte war somit die einzige Lichtquelle, die die Kabine nur ungenügend erhellte.

»Gibt es wieder diesen ausgezeichneten Eintopf?«, fragte eine dünne Männerstimme aus dem hinteren Teil der Kabine und kurz darauf trat ein hochgewachsener, schlaksiger Mann hinter den Regalen hervor. Auf seiner Nasenspitze trug er eine fein gearbeitete Brille mit runden Gläsern, die ihm, zusammen mit seiner teuren Kleidung, an deren Ärmeln und Hosenbeinen Stickereien angebracht waren, ein vornehmes Aussehen verliehen. Tatsächlich schien er sich jedoch schon eine Weile in diesem Raum aufzuhalten, da seine Haare genauso ungewaschen wirkten, wie sein restliches Äußeres ungepflegt war. Voller Vorfreude starrte er auf einen der Teller auf Miras Tablett.

Ihm folgte ein kleinerer Mann, mit stämmigerem Körperbau. »Ich dachte ja, ihr lasst uns hier drinnen verhungern«, grummelte er und warf nicht nur Elin, sondern auch Mira einen bösen Blick zu.

»Halv würde nie einen Gast an Bord hungern lassen«, sagte Elin voller Überzeugung, als bemerkte sie die Gereiztheit des Kerls gar nicht.

Der wiederholte murmelnd das Wort »Gast«, als würde er dafür am liebsten jemandem die Gurgel umdrehen. Laut sagte er jedoch: »Komm schon dahinten raus, Junge.«

Dann nahm er sich einen der Teller vom Tablett. »Oder ich nehme mir auch noch deine Portion, bevor sie kalt wird.«

Jetzt trat auch Tarjei zwischen den Stockbetten hervor. Er kam auf Mira zu, doch bis er bei ihr angekommen war, hatte er ihr kein einziges Mal in die Augen gesehen. Mira hätte schwören können, dass in den seinen noch immer die Wut auf sie funkelte. Als sie wieder an ihren Streit zurückdachte, hatte sie plötzlich das dringende Bedürfnis, ihm den Teller einfach gegen den Kopf zu schleudern. Doch als er bei ihr angekommen war und vor ihr stand, überraschte er sie. Er schaute auf und blickte ihr direkt ins Gesicht. Von Wut oder Zorn keine Spur mehr.

»Tut mir leid«, sagte er, leise genug, dass nur sie es hören konnte.

Er sah irgendwie traurig aus. Doch als er nach seinem Teller griff, verschwand dieser Eindruck und Tarjei flüsterte ihr zu: »Wir müssen reden.«

Laut, sodass auch Elin ihn hören konnte, fügte er hinzu: »Danke für den Eintopf.«

Dann gab er Mira mit seinen Augen ein Zeichen, ihm zu folgen.

Sie lehnte das leere Tablett gegen eines der Regale in ihrer Nähe. Währenddessen verwickelten die beiden anderen Männer Elin in ein Gespräch. Es schien sich um etwas Technisches zu drehen. Sie hörte jedoch nicht weiter zu, sondern folgte Tarjei so unauffällig sie konnte in den hinteren Bereich des Raums, wo sie zwischen den Stockbetten aus Elins Sicht verschwanden. Hier war wenig Platz und so musste sie näher an Tarjei herantreten, als ihr lieb war.

»Bevor du irgendetwas sagst«, begann Tarjei flüsternd. »Wir haben vielleicht fünf Minuten. Elin ist nicht dumm. Sie wird ziemlich bald merken, dass das, was wir drei uns ausgedacht haben, um sie abzulenken, Blödsinn ist.«

Obwohl Mira in der Hoffnung hergekommen war, mit Tarjei eine Fluchtidee zu erarbeiten, kochten ihre Gefühle wieder hoch und sie konnte plötzlich nicht anders, als zu antworten: »Ich glaube selbst, wenn sie so dumm wie ein Yarum-Büffel wäre, würde sie noch den Blödsinn bemerken, den du von dir gibst.«

»In Ordnung«, sagte Tarjei und nickte, als würde er sie verstehen. Sein regungsloser Gesichtsausdruck verriet Mira, dass es ihn einige Überwindung kostete, zu sagen: »Ich habe mich bereits entschuldigt und gebe dir recht, was die Sache mit dem Blödsinn angeht. Also falls du jetzt fertig bist, können wir dann über einen Fluchtplan reden?«

»Ich dachte, du wärst gerne hier an Bord«, sagte sie mit einem ironischen Ton in der Stimme. Das war ihr schneller über die Lippen gekommen, als sie nachdenken konnte. Scheinbar war sie noch nicht fertig gewesen.

»Komm schon«, sagte Tarjei und machte dann einen Schritt zurück, um aus ihrem Versteck schielen zu können, ob Elin noch immer beschäftigt war.

»Mach es mir nicht so schwer«, bat er. »Du weißt, dass ich einen schlimmeren Dickkopf als ein Yarum-Büffel habe.«

Dann fügte er hinzu: »Und wenn wir deinen Vater noch immer finden wollen, müssen wir von dem Schiff runter.«

»Du willst also immer noch bei der Suche helfen?«, fragte Mira und sie hasste sich ein klein wenig dafür, wie froh sie darüber war, als Tarjei nickte.

»Gemeinsam stehen unsere Chancen besser«, sagte er.

»Hmm«, murmelte Mira nickend, was das höchste der Gefühle war, was sie Tarjei momentan an Bestätigung geben konnte. Zum Glück schien ihm das fürs Erste zu reichen.

»Also«, sagte er. »Hast du bisher etwas rausgefunden? Oder eine Idee, wie wir fliehen könnten?«

»Ja zum Ersten und nein zum Zweiten«, antwortete Mira und erzählte Tarjei schnell, was sie alles im Gespräch mit der Crew erfahren hatte.

Als sie fertig war, dachte Tarjei einen Moment darüber nach, dann sagte er: »Das ist schlechter als ich gehofft hatte. Bist du sicher, was Rhenak angeht?«

»Ja.«

»Und keine Landungen mehr, bis wir ankommen?«

»Nein.«

Wieder reagierte Tarjei mit einigen Sekunden nachdenklichen Schweigens.

»Das ist schlecht. Wenn wir erstmal in Rhenak sind, werden wir sicher getrennt und eine Flucht erscheint mir wesentlich schwieriger. Das heißt, wir vier müssen einen Weg finden, wie wir dieses Schiff zur Notlandung zwingen. Und zwar möglichst ohne dass wir dabei explodieren.«

»Wir vier?«, fragte Mira.

»Wir müssen Eskil und Jadar mitnehmen«, erklärte Tarjei und als er Miras fragenden Blick sah, sagte er: »Der dünne hochgewachsene ist Eskil. Der mit den breiten Schultern und der unfreundlichen Art ist Jadar. Sie wurden genauso entführt wie wir. Unsere Chancen steigen enorm, wenn sie bei dem Plan mit an Bord sind. Sie sind wesentlich nützlicher, als sie auf den ersten Blick aussehen.«

Da Mira noch immer zögerte, fügte Tarjei hinzu: »Wir können ihnen vertrauen.«

Sie brauchte einen Moment, um sich die Sache durch den

Kopf gehen zu lassen. Sie kannte die beiden Kerle nicht. Mira mochte es nicht besonders, anderen Menschen zu vertrauen oder sich irgendwie auf sie zu verlassen. Doch sie sah ein, dass sie es sich vermutlich nur schwerer machen würden, wenn sie potentielle Verbündete außen vorlassen wollten.

»Also gut«, stimmte Mira daher zu. »Aber wenn sie uns bei unserer Flucht behindern, müssen wir sie zurücklassen.«

»Das klingt hart«, sagte Tarjei.

Doch Mira konnte als Antwort nur mit den Schultern zucken. Es gefiel ihr selbst nicht besonders, aber ihr Vater war ihr wichtiger als zwei Fremde. Und bisher hatte sie bei der Suche nach ihrem Vater nicht unbedingt die Erfahrung gemacht, dass andere Menschen ihr gegenüber besonders hilfsbereit gewesen wären.

»Wir waren hier unten übrigens nicht komplett untätig«, sagte Tarjei und lenkte ihre Gedanken wieder zurück zum eigentlichen Grund ihrer Unterhaltung. »Es ist zwar nicht viel, was wir herausgefunden haben, aber wir drei - Eskil, Jadar und ich - besitzen nur eine einzige Gemeinsamkeit. Wir kennen uns verdammt gut mit Maschinen aus.«

»Und was willst du damit sagen?«, fragte Mira.

»Keine Ahnung«, erwiderte Tarjei schulterzuckend. »Aber aus irgendeinem Grund bezahlt jemand für die Entführung von zwei adligen Ingenieuren und einem Mechaniker von den Schollen.«

»Denkst du, dass es hier nur ums Geld geht?«, fragte Mira. Sie wurde das Gefühl irgendwie nicht los, dass Käpt'n Falkeid wesentlich mehr über den Zweck von Tarjeis Gefangennahme wusste, als er preisgab.

»Ich weiß es nicht«, sagte Tarjei. »Aber was sollten sie sonst wollen? Du hast selbst gesagt, dass sie uns nach Rhenak fliegen. Einen besseren Ort, um drei Menschen zu verkaufen, kann ich mir nicht vorstellen. Da kann der Käpt'n so viel drumrum reden, wie er will.«

»Wahrscheinlich hast du recht«, stimmt Mira zu. »Und ich glaube, wir sollten am besten gar nicht erst herausfinden, an wen er euch verkaufen will.«

»Darin sind wir uns schon mal einig«, sagte Tarjei und lächelte.

»Also«, sagte Mira und stellte endlich die Frage, wegen der

sie hergekommen war. »Was tun wir?«

Tarjei zögerte einen Moment, bevor er antwortete, räusperte sich verlegen und sagte schließlich: »Ehrlich gesagt, wollten wir drei dabei auf dich setzen.«

Mira hätte beinahe angefangen, laut zu lachen.

»Großartiger Plan«, sagte Mira sarkastisch. »Das ist mir eine enorme Hilfe.«

»Ja, ich weiß«, sagte Tarjei und zuckte entschuldigend mit den Schultern. »Es ist ja auch nicht so, als hätten wir keine Ideen, aber wir werden hier nur unter Aufsicht rausgelassen. Der Erste Offizier hat gedroht, uns alle als Windfahnen an den Masten der *Lymaskar* aufzuknüpfen, sollten wir eine Dummheit begehen. Nach allem, was ich gesehen habe, scheinst du also an Bord wesentlich mehr Bewegungsfreiheit zu haben als wir. Sie rechnen wohl nicht damit, dass eine Dienerin ihnen wirklich gefährlich werden könnte.«

Nun, zumindest in gewissen Teilen schien Tarjei recht zu haben, dachte Mira. Sie gab sich nicht der Illusion hin, dass niemand sie beobachtete, aber zumindest taten sie es weit weniger streng als bei Tarjei.

»Und was habt ihr euch gedacht, was ich tun soll?«, fragte Mira.

Tarjei warf einen raschen Blick in den vorderen Bereich des Lagerraums, wo die Debatte zwischen Elin und den beiden Wissenschaftlern lebhafter zu werden schien.

»Wir drei glauben, dass wir wissen, wie wir die Steuerung des Schiffes manipulieren können«, sagte Tarjei. »Und zwar so, dass wir notlanden müssen. In dem darauffolgenden Chaos verschwinden wir dann.«

Mira wartete einen Moment, bis Tarjei seinen Plan weitererklärte, doch sie musste feststellen, dass das alles war, was er hatte.

»Und wie genau stellst du dir vor, dass wir verschwinden sollen?«, fragte sie. »Und vor allem wohin sollen wir gehen?«

»Naja ...«, Tarjei lächelte entschuldigend. »Das Einzige, was wir hier unten zu sehen bekommen, ist diese Kabine und unter Elins Aufsicht den Maschinenraum. Also wäre der Rest deine Aufgabe.«

»Natürlich«, sagte Mira und bemühte sich, dass ihr grimmiges Lachen leise genug war, dass Elin es nicht hören konnte. »Wie sollte es auch anders sein.«

Tarjei zuckte mit den Schultern, als wolle er sagen, dass es nicht seine Schuld war und da Mira ihm leider recht geben musste, fragte sie: »Und was soll ich tun?«

»Wir brauchen einen Platz, wo wir notlanden können«, sagte Tarjei. »Ich kenne mich nicht wirklich mit Geographie aus, aber ich habe durch die Bullaugen die Sonne untergehen gesehen. Ich glaube, dass wir in Richtung Westen fliegen. Was bedeutet, dass unter uns die gigantische Eiswüste liegen sollte.«

»Bei dir klingt das so, als wäre das etwas Gutes.«

»Das ist es«, bestätigte Tarjei. »Wenn wir über dem offenen Meer wären, könnten wir nicht landen.«

»Ich soll also rausfinden, wo wir das Schiff am besten runtergehen lassen?«, fragte Mira und als Tarjei nickte, sagte sie mit einem Grinsen: »Gut. Das ist kein Problem.«

»Wirklich?«, fragte Tarjei überrascht. »Ich glaube kaum, dass Käpt'n Falkeid dir einfach so irgendwelche Landkarten zeigen wird, wenn wir auf dem Weg zur geheimen Piratenstadt Rhenak sind.«

»Wie gesagt, das ist kein Problem«, versicherte Mira ihm jedoch noch einmal. Ihr war plötzlich wieder eingefallen, dass sie auf einer wahren Goldgrube saß, was Landkarten anging. Mile hatte in seiner Freizeit vermutlich nichts anderes getan, als seine gesamte Kabine mit einer unzählbaren Masse an Landkarten zu versehen, die er bei ihrer Ankunft hastig in eine unverschlossene Kiste gestopft hatte. Sie musste also nur noch die richtige Skizze finden.

Das Gespräch zwischen Elin und den beiden Wissenschaftlern wurde hitziger und dieses Mal warf auch Mira einen verstohlenen Blick hinter den Regalen hervor. Der stämmigere von beiden winkte ihnen ungeduldig hinter dem Rücken zu, was wohl so viel bedeuten sollte, dass sie sich beeilen mussten.

»Sieht so aus, als hätten wir keine Zeit mehr«, sagte Tarjei zu ihr. »Nur noch eins: halt die Augen nach einem Plan B offen.«

Er wollte sich schon umdrehen und zu den Anderen zurückgehen, doch Mira hielt ihn am Arm fest.

»Was meinst du damit?«, fragte sie.

»Es besteht die Möglichkeit, dass wir keine Gelegenheit dazu bekommen, das Schiff zu sabotieren. Also brauchen wir möglicherweise einen Plan B«, gab Tarjei zu.

Und dann war ihre Zeit für ein ungestörtes Gespräch abgelaufen.

»Tarjei, was macht ihr denn da hinten?«, rief Elin und kam zu ihnen gelaufen.

Mira glaubte für den Bruchteil einer Sekunde, dass sie Verdacht geschöpft hatte und sie nun alle als Windfahnen enden würden, doch anstatt ihnen irgendwelche unbequemen Fragen zu stellen, sagte Elin nur: »Die beiden haben gerade erzählt, dass diese verrückte Idee mit den in Reihe geschalteten Druckköpfen, auf deinem Mist gewachsen ist. Sag mir bitte, dass sie das erfunden haben, oder ich muss alles zurücknehmen, was ich über deine Fähigkeiten als Schiffsmechaniker gesagt habe.«

Tarjei hob entschuldigend die Hände und antwortete: »Ich habe Eskil und Jadar lediglich von etwas erzählt, über das ich nachdenke.«

Dann warf er den beiden Wissenschaftlern einen beleidigten Blick zu, der in die Kategorie des schlechtesten Schauspiels, das Mira je gesehen hatte, gehörte.

»Eigentlich sollten sie niemandem etwas davon erzählen, weil ich für ein paar Probleme noch keine Lösung gefunden habe. Aber es wollte wohl jemand mit den Ideen eines anderen angeben.«

Die bösen Blicke, die Eskil und Jadar Tarjei zuwarfen, schienen Mira echter zu sein als sein eigener. Anscheinend hatte er durch Zufall einen Tiefschlag bei seinen Mitgefangenen gelandet.

»Wusst ich's doch«, sagte Elin und lächelte Jadar überlegen an. Und als sie dann damit begann, Tarjei nach den Problemen zu fragen, die er nicht lösen könne, nickte er Mira unbemerkt zu. Mira verstand das Signal, schnappte sich die inzwischen geleerten Suppenteller und stapelte sie auf dem Tablett.

»Ich glaube ich gehe besser wieder zurück zu Halv«, sagte sie laut in die Runde. »Er wollte mir noch ein paar Sachen an Bord zeigen, die ich morgen zu erledigen habe.«

Ihre Lüge funktionierte erstaunlich gut, denn Elin warf ihr

einen aufmunternden Blick zu und sagte: »Wenn du erst mal eine Zeitlang mitfliegst, dann bemerkst du die Arbeit gar nicht mehr. Du wirst schon sehen.«

Dann wünschte sie Mira eine gute Nacht, bevor sie sich weiter mit den Wissenschaftlern und Tarjei unterhielt.

Mira nutzte die Gelegenheit, um aus der Gefangenenkabine zu schlüpfen und rasch zu ihrem eigenen Zimmer zurückzueilen. Das Tablett mit den Tellern stellte sie einfach im nächsten offenstehenden Lagerraum, an dem sie vorbeikam, auf einem Regal ab. Mira hatte nicht vor, lange genug an Bord zu bleiben, dass irgendjemand das Geschirr vermissen würde.

Lauter als beabsichtigt fiel die Tür zu ihrer Kabine hinter ihr ins Schloss. Obwohl sie heute Nacht hier schlafen würde, fühlte sich Mira wie eine Einbrecherin. Ihr Herzschlag pochte in ihren Ohren und sie musste sich zusammenreißen, dass sie nicht auf Zehenspitzen zu der kleinen Lampe neben ihrem Bett schlich, um sie einzuschalten. Am liebsten hätte sie sie sowieso ausgelassen und sich nur im Mondschein bewegt, der durch das Fenster fiel. Doch nichts würde der Crew verdächtiger vorkommen, als wenn sie in ihrer eigenen Kabine im Dunkeln hockte.

Sie knipste die Lampe an und der dunkelgelbe Schein der Glühbirne offenbarte das kleine Zimmer, in dem Mile für gewöhnlich lebte. Nachdem Mira sich noch einmal verstohlen umgesehen hatte - warum sie das tat, wusste sie selbst nicht genau, schließlich war sie alleine - ging sie zu Miles Kiste hinüber und kniete sich davor.

Nach und nach nahm Mira die einzelnen Papiere heraus und sah sie durch. Zu Beginn quollen sie ihr entgegen, so viele waren es und sie waren so durcheinandergeraten, dass sie selbst, als sie noch an den Wänden gehangen hatten, keinem logischen Muster gefolgt sein konnten. Es war wohl Miles Freiheit als Künstler, seine eigene Welt zu erschaffen, so wie er sie sah.

Mira war etwas enttäuscht, als sie feststellte, dass es sich bei den meisten der Zeichnungen gar nicht wie erwartet um richtige Karten handelte, sondern viel eher um Bilder von ihr unbekannten Orten. Allerdings war auf der Rückseite vieler

Papiere eine sehr grobe Skizze eines Kartenausschnitts gezeichnet, auf dem immer eine einzige Stelle mit einem »X« markiert war. Offensichtlich hatte Mile so die Entstehungsorte der Zeichnungen festgehalten. Natürlich waren die Kartenausschnitte jedoch immer nur winzig und ohne einen größeren Zusammenhang war vollkommen unklar, wo sie einzuordnen waren. Mira musste sich irgendein System zurechtlegen, nach dem sie das Chaos ordnen konnte.

Nach einigem Nachdenken, erschienen ihr fürs Erste drei verschiedene Stapel als beste Lösung.

Links sortierte Mira alle Bilder, von denen sie sich sicher war, dass sie ihr auf keinen Fall weiterhelfen würden. Das meiste davon waren Eisschollen und Bilder von Hàvamar. Doch auch eine Ölplattform der Regierung gehörte dazu. Mira hatte schon einige davon aus der Entfernung gesehen, als Scholle zwölf daran vorbeigeschwommen war. Doch Miles Zeichnungen waren besser als jede verschwommene Sicht, die sie jemals auf eine der Plattformen ergattern konnte. Er hatte wirklich Talent, stellte Mira anerkennend fest.

Nach rechts sortierte sie alle Zeichnungen, von denen sie glaubte, dass sie lediglich Miles Phantasie entsprungen waren. Auch hiervon gab es ziemlich viele. Sie waren schon alleine daran zu erkennen, dass auf ihren Rückseiten keine Landkarten gezeichnet waren, die ihren Entstehungsort erklären würden. Doch auch ohne diesen Hinweis konnte Mira den Großteil davon, alleine anhand der Unvorstellbarkeit der gezeichneten Orte, aussortieren. Manche zeigten unterirdische Höhlen, die sich tief unter der Eiswüste befinden sollten, die jedoch taghell vom Sonnenlicht erleuchtet waren, das sich in den Eiskristallen spiegelte. Andere zeigten grüne Flächen, wie Mira sie noch nie gesehen hatte. Mile schien einen Kuppelgarten als Vorlage genommen zu haben, doch statt die einzelnen kleinen Parzellen wie gewöhnlich in Pyramiden übereinander zu stapeln, erstreckten sich die Pflanzen hier über eine unvorstellbar weite Ebene, bevor sie irgendwo in der Ferne in den Schneemassen der Eiswüste verliefen.

Blieb noch die Mitte übrig, wo Mira Zeichnungen stapelte, von denen sie glaubte, dass sie ihr weiterhelfen würden. Tarjei hatte gesagt, sie flogen von Hàvamar aus nach Westen. Also versuchte sie auf den Rückseiten der Blätter Kartenausschnitte zu finden, die westlich von Hàvamar lagen. Und dann wiederum Orte, die westlich von diesen Zeichnungen lagen. Und so weiter, bis sie eine Art »Straße« aus den Skizzen nachgebaut hatte, die mit dem Flugweg der *Lymaskar* übereinstimmte.

Das Problem war nur, dass diese »Straße« Lücken aufwies und auf sehr viel Intuition sowie, um ehrlich zu sein, einigem Raten basierte.

Irgendwann hatte Mira auch das letzte Blatt aus der Kiste gezogen. Zu ihrer großen Freude, war auf der Rückseite nicht nur ein »X« auf einem Kartenabschnitt eingezeichnet, sondern in winzigen Buchstaben »Rhenak« daneben geschrieben worden. Als sie das Blatt jedoch umdrehte, waren lediglich einige willkürlich wirkende Striche darauf gemalt, die mit sehr viel gutem Willen einmal, in einer wesentlich späteren Version des Bildes, eine Art zweistöckiges Haus ergeben könnten.

Naja, besser als nichts, dachte sie und sortierte das Blatt ganz nach links, dem westlichsten Punkt ihrer kleinen »Straße«.

Dann ging sie die Bilder der Reihe nach durch.

Das Erste zeigte eine kleine Ansammlung von Kuppelgärten, die knapp außerhalb der Stadtgrenze Hàvamars lag. Von diesem Ort waren sie vermutlich schon hunderte Kilometer entfernt.

Auf dem zweiten Blatt konnte Mira Berge erkennen, die so akribisch gut gezeichnet waren, dass sie glaubte, jeden Kieselstein darauf zu erkennen. Doch genauso konnte sie aus dem Bild lesen, dass die Berge die höchsten sein mussten, die sie jemals gesehen hatte. Nirgends zwischen den tiefen Gletschern und den endlosen mit Eis bedeckten Gipfeln gab es eine Spur menschlichen Lebens. Mile musste sie gezeichnet haben, als die *Lymaskar* den Gebirgszug überquert hatte. Einen Landeplatz gab es dort sicher nicht. Eher würden sie zerschellen, als eine Notlandung der *Lymaskar* an diesem Ort zu überleben.

Mira erkannte daraufhin ein Problem. So gut wie jedes der folgenden Bilder zeigte ähnliche Berge oder Felsformationen, aber nirgends war ein Ort, zu finden, an dem sie nach einer Flucht nicht für immer in der Eiswüste verloren wären.

Das einzige Bild, das noch etwas anderes zeigte, war mehr oder weniger nur eine rasche Skizze, aus der Mira nicht richtig schlau wurde. Mitten im Nirgendwo, nur von Eis umgeben und am Rande eines tiefen Abgrunds standen ein paar silbern glänzende Baracken, die von einer halbrunden Schutzmauer umgeben waren. Darunter war in der rechten Bildecke in krakeliger Schrift das Wort *Außenposten* zu lesen. Mira war froh, als sie auf der Rückseite des Blattes sah, dass die *Lymaskar* auch an diesem Ort schon längst vorbei geflogen sein musste. Vermutlich war es ein kleiner Stützpunkt, den die Armee in der Eiswüste nutzte. Also sollten Tarjei und sie sich auch von dort wohl besser fernhalten.

Damit waren ihre Möglichkeiten jedoch erschöpft. Mira hatte gehofft, in Miles Bildern einen Ort für ihre Notlandung zu entdecken. Sie hatte gegenüber Tarjei sogar ziemlich zuversichtlich geklungen und sich auch so gefühlt. Es ärgerte sie umso mehr, dass sie ihm erzählen musste, dass sie nicht das gefunden hatten, was sie suchten.

Das echte Problem war jedoch nicht ihr Stolz, sondern dass sie keine Antwort auf die Frage hatte, was sie nun tun sollte.

Mit einem leisen Seufzer erhob sie sich vom Boden. Mira starrte auf die Fetzen der Bilder, die noch an der Wand hingen. Doch natürlich halfen auch die nicht weiter.

Müde legte sie sich auf das für sie zu kurze Bett und versuchte nachzudenken. Es musste an Bord irgendwo Landkarten geben. Vermutlich auf der Brücke. Doch es war ausgeschlossen, dass sie auf dem Weg dorthin nicht jemandem aus der Mannschaft begegnen würde, der sich darüber wunderte, was sie so spät noch vorne im Schiff zu suchen hatte. Außerdem würde Bent die ganze Nacht hindurch fliegen. Was bedeutete, dass er vermutlich der beste Wächter der Brücke war, den man sich vorstellen konnte. Denn entweder er blieb wach und würde Mira bemerken. Oder er schlief ein. Was dann jedoch unweigerlich zu Folge hätte, dass die *Lymaskar* abstürzte und das Häufchen Asche, dass von Mira nach der Explosion übrigbleiben würde, müsste sich keine Gedanken mehr um irgendwelche Karten machen.

Was sollte sie also tun?

Sie stand wieder auf und begann ziellos in der Kabine auf

und abzugehen. Sie hasste es, wenn sie nichts Greifbares in Händen hielt. Sie vermisste es, in ihrer Parzelle des Kuppelgartens zu arbeiten. Dort wusste sie genau, was sie zu tun hatte. Ihr Geist schien in völlig andere Bahnen zu gleiten, wenn ihre Finger die braune, schwere Erde durchfuhren und sie die Blätter der Pflanzen auf ihrer Haut kitzeln spürte.

Ihre Erinnerungen brachten sie dazu, stehen zu bleiben und ihr Blick fiel auf die beiden anderen Stapel, die noch auf dem Boden lagen. Im Linken wartete nichts, was ihr weiterhelfen konnte. Keiner der Orte darin, die Mile gezeichnet hatte, lag auf ihrer Flugroute. Also konnte sie sich auch genauso gut den Rechten anschauen und etwas mehr über Miles Kreativität und Begabung staunen.

Mit den Bildern in der Hand setzte Mira sich auf die Kante des Bettes und begann die Zeichnungen eine nach der anderen durchzublättern. Sie stellte sich vor, wie es wäre, an diesen Orten zu sein. Einige davon waren eher unheimlich. Wie die Vorstellung, in einer unterirdischen Eishöhle zu leben oder an Bord einer Eisscholle, die nur wenige Quadratmeter groß war und in gewaltigen Wellen des Eismeers hin und her geworfen wurde. Doch an einem Ort blieb sie erneut hängen.

Dem grünen Land.

Die Pflanzen und die weiten Grasflächen trotzten der unerbittlichen Kälte des Schnees und vertrieben ihn tapfer an die Grenzen dieses magischen Ortes.

Erst beim zweiten Mal hinsehen entdeckte Mira etwas Neues, das sie zuvor nicht bemerkt hatte. In großer Entfernung zeichnete sich eine Hügelkuppe ab, von der dünne Rauchsäulen aufzusteigen schienen. Und als sie die Rauchsäulen mit ihrem Blick verfolgte, endeten sie bei mehreren kleinen Hütten, die so fein gezeichnet waren, dass sie nur ins Auge fielen, wenn man genau hinsah. Sie waren nicht viel größer als die Spitze einer Stecknadel. Es schien sich um eine Art kleines Dorf zu handeln, das in mehreren Ebenen in die Hügelkette hineingebaut worden war. Die Rauchsäulen mussten ein Hinweis darauf sein, dass dieser Ort von Menschen bewohnt wurde. Irgendjemand lebte also an diesem wundersamen Ort.

Mira lächelte über die Vorstellung, diese Welt selbst zu betreten. Was sie sah, fand sie wunderschön. Anstatt das Bild wie die anderen zuvor wieder in einem Stapel verschwinden zu lassen, wollte sie es auf einen eigenen Ort auf dem Fußboden legen. Da sie jedoch in ihren Träumereien versunken war, entglitt das Papier ihren Fingern und segelte langsam von selbst zu Boden. Es schwebte durch die Luft und landete auf der Kante, wo es für einen kurzen Moment stehen blieb und dann verkehrt herum zu liegen kam.

Auf die Rückseite der Zeichnung war eine Karte gemalt.

Mira brauchte einen Augenblick um zu verstehen, was das bedeutete.

Dann suchte sie die Stelle, die mit einem Kreuz markiert war und wieder benötigte sie ein paar Sekunden, um zu begreifen.

Und als sie es tat, musste sie lächeln.

Sie hatte die Stelle für die Notlandung der *Lymaskar* gefunden.

*

Kapitel Achtzehn

Rayk wanderte durch die Straßen Hàvamars.

Bis die *Lintu* wieder gelandet, die Mannschaft ihre neuen Befehle erhalten und das Schiff auf Gefechtsbereitschaft umgerüstet worden war, würde noch ein wenig Zeit vergehen und so hatte er die Kutsche, die im Regierungsviertel für ihn bereitgestanden hatte, abgelehnt. Bevor er zurück zum Flugfeld ging, wollte er noch etwas erledigen.

Die meisten Arbeitsschichten in den Fabriken waren noch nicht zu Ende, und so kamen ihm nur wenige Leute auf dem Bürgersteig entgegen. Die, die es dennoch taten, erkannten meist schon früh die Schulterklappen an seiner Uniform und wichen auf die Straße aus, um ihm Platz zu machen. Anscheinend hatte sich sein Durchgreifen während der Suchaktion schneller in der Bevölkerung herumgesprochen als gedacht.

Aber das war Rayk nur recht, denn so dauerte es nicht lange, bis er das Arbeiterviertel erreichte. Die Häuser hier waren einfach gebaut. Oft besaßen sie nicht mal einen zweiten Stock, aber sie wirkten gepflegt. Wer hier lebte, musste zwar sparsam sein, hatte aber genug, um über die Runden zu kommen.

Rayk kannte den Weg in und auswendig. Schließlich war er ihn schon dutzende Male im realen Leben und noch wesentlich öfter in seinen Träumen gegangen. Beinahe kam es ihm schon komisch vor, dass er das Gewicht seines Körpers spürte und die harten Pflastersteine unter den Sohlen seiner Schuhe spürte. Wenn er träumte, fehlten diese Details immer.

Nach wenigen Minuten erreichte er die kleine Nische auf der rechten Straßenseite, wo zwei Häuser dicht beieinander standen. Eines davon war eine Bäckerei, deren Verkaufstische unter einem vorgezogenen Schindeldach standen. Die meisten der Körbe mit Backwaren waren jedoch bereits am Morgen geleert worden, und so warteten nur noch einige wenige Brote darauf, dass sie jemand abholte, bevor sie trocken waren.

Rayk blieb in der Nische zwischen der Bäckerei und dem

Wohnhaus stehen und ließ seinen Blick zu dem Haus auf der anderen Straßenseite wandern. Der Geruch von frisch gebackenen Brezeln stieg ihm in die Nase, doch obwohl er den ganzen Tag noch nichts gegessen hatte, war er nicht hungrig. Die Vorfreude, sie wieder zu sehen, ließ ihn keine Sekunde den Blick von den kleinen Fenstern des gegenüberliegenden Hauses abwenden.

In Hàvamar wurde es langsam dunkel und die Straßenlaternen gingen nacheinander an. Auch in den Häusern wurden die ersten Lichter entzündet. Eines der Fenster, die er beobachtete, leuchtete im gelben Schein auf.

Und dann sah er sie.

Thea tauchte am Küchenfenster auf, einen dampfenden Topf in den Händen, den sie nur mit Mühe vor sich hertragen konnte. Dann verschwand sie durch den kleinen Flur ihres Hauses, der nicht einzusehen war, um gleich darauf im Esszimmer wieder zum Vorschein zu kommen. Den großen Topf wuchtete sie auf den ovalen Holztisch und wischte sich einmal mit dem Arm über die Stirn.

Dann sah Rayk, wie sich ihre Lippen bewegten. Sie hatte die Kinder gerufen.

Rayk kannte ihre Namen nicht, doch als der blonde Lockenkopf des kleinen Jungen und der lange braune Pferdeschwanz seiner großen Schwester an dem Fenster vorbeiliefen, bemerkte Rayk, wie lange er schon nicht mehr hiergewesen war. Das letzte Mal waren die beiden kaum zu sehen gewesen und jetzt ragten ihre Schultern schon weit über die Höhe des Fenstersimses hinaus.

Am Ende der Straße lenkte Gelächter Rayks Aufmerksamkeit auf sich. Ein kleine Gruppe Fabrikarbeiter, die sich lachend über ihren Tag unterhielten, nährten sich seiner Position. Sie alle hofften auf ein gutes Abendessen und ein paar ruhige Stunden, in denen sie ihre geschundenen Muskeln ausruhen konnten. Sie hatten den ganzen Tag über nichts anderes getan, als schwere Metallplatten und Schiffsbauteile herumzutragen oder sie bei glühender Hitze zu verschweißen. Die Werften zahlten gerechte Löhne. Aber nur für harte Arbeit.

Len lief ganz vorne in der Arbeitergruppe. Er war ein guter Mann. Rayk hatte das mehr als einmal selbst überprüft und von seinem alten Ausbilder und Freund Thorge, dem Kommandanten der Stadtwache, zur Sicherheit nochmal überprüfen lassen. Len war ehrlich und arbeitete viel, um Thea und seinen Kindern ein Dach über dem Kopf zu ermöglichen. Er war früher genauso wie Rayk und Thea ein Straßenkind gewesen. Nur in einem anderen Viertel der Stadt. Seit dieser Zeit hatte er es weit gebracht. Das letzte Mal, das Rayk Nachforschungen über ihn angestellt hatte, war er gerade zum Vorarbeiter befördert worden. Thea konnte glücklich sein, ihn zu haben.

Als Len sich von den Männern trennte, die weiter die Straße entlanggingen, trat Rayk einen Schritt zurück, tiefer in die Schatten des Schindeldaches der Bäckerei hinein.

Len öffnete die Haustür und verschwand in dem kleinen Flur dahinter. Einen letzten Augenblick lang konnte Rayk Thea durch das Esszimmerfenster beobachten, wie sie glücklich lächelte, während sie ihrem Sohn neckisch durch die widerspenstigen Locken strich. Sie drehte ihren Kopf und schaute für einen kurzen Moment durch das Fenster direkt in seine Richtung. Für den Bruchteil einer Sekunde glaubte Rayk, dass sie nun ihn anlächeln würde. Doch dann schob sich Lens Gestalt in die Szenerie und sein breiter Rücken verdeckte Thea.

Rayk senkte seinen Kopf.

Sie war glücklich. Er hatte es gesehen.

Das reichte ihm und so trat er aus dem Schatten heraus und machte sich rasch auf den Weg zum Lufthafen.

*

Die Verladeplattform, auf der Rayk ins Innere der *Lintu* hinabgelassen wurde, schwankte heftig, doch er war geübt genug, um das Gleichgewicht halten zu können, auch ohne sich an dem Kistenstapel neben ihm abzustützen.

Noch bevor die Plattform auf dem Boden aufsetzte, sprang er hinunter und bahnte sich seinen Weg durch den Verladeraum. Direkt vor ihm stöhnten drei Soldaten auf, die versuchten, eins der schweren Kanonenrohre mit einem Durchmesser so dick wie ihre eigenen Köpfe, davon abzuhalten, von dem kleinen Wägelchen zu rutschen, mit dem sie ihre Last transportierten. Eine Soldatin, die gerade neben der unglücklichen Gruppe lief, ließ die beiden Munitionsgürtel mit Großkaliberkugeln, von denen sie sich jeweils einen um jeden Arm geschlungen hatte, fallen und eilte ihren Kameraden zu Hilfe.

Durch den ganzen Trubel hörte Rayk plötzlich eine vertraute Stimme rufen: »Kommandant!«

Rayk schaute über die Köpfe der Frauen und Männer um ihn herum hinweg, hoch zu dem schmalen Metallsteg, wo man von den höhergelegenen Decks aus den Frachtraum betreten konnte. Dort stand Jarl, seinen Arm zum Gruß gehoben. Als er bemerkte, dass Rayk ihn entdeckt hatte, eilte er auf die Wendeltreppe zu, die den Steg mit dem unteren Bereich des Frachtdecks verband, und kam Rayk entgegen.

»Kommandant, es tut mir leid«, sagte Jarl hastig, bevor er überhaupt richtig bei Rayk angekommen war. »Noch bevor das Startverbot, das für das Flugfeld galt, vom Ministerrat aufgehoben wurde, hat ein Luftschiff mit dem Namen *Lymaskar* ohne Genehmigung das Flugfeld verlassen. Die *Lintu* war zu diesem Zeitpunkt noch nicht in der Luft und die Flakbatterien konnten die *Lymaskar* nicht abfangen. Trotz meines Protestes hat Kapitän Sorl es abgelehnt, das flüchtige Luftschiff mit der *Lintu* zu verfolgen, da er lediglich den Befehl von euch erhalten hat, über dem Hafenbecken zu kreuzen.«

Das war interessant, dachte Rayk. Ärgerlich, aber interessant.

Natürlich konnte der überstürzte Aufbruch dieses Schiffes alles Mögliche bedeuten. Doch sein Bauchgefühl sagte Rayk, dass seine beiden flüchtigen Hochverräter es geschafft hatten, aus Hàvamar zu entkommen. Sein Onkel hatte recht gehabt. Yorricks Verbindungen mussten viel weiter reichen, als sie bisher herausgefunden hatten, wenn er es geschafft hatte, seine Leute so schnell aus der Stadt zu schaffen. Und dass Yorrick seine Finger hierbei im Spiel hatte, daran zweifelte Rayk inzwischen keine Sekunde mehr. Die Puzzleteile rund um Scholle zwölf, diese Dienerin und den jungen Mechaniker passten einfach zu gut in das Gesamtbild.

»Das ist jetzt zum Glück nicht mehr wichtig«, sagte Rayk.

Alles, was er von den Flüchtigen hätte erfahren wollen, wusste er bereits durch das Verhör von diesem schmierigen

Dark.

Jarl schien es jedoch nicht auf sich sitzen lassen zu wollen, dass andere ihre Arbeit nicht richtig gemacht hatten und er nun nichts vorzuweisen hatte.

»Ich habe bereits die Herkunft des Schiffes in Erfahrung gebracht und seinen vorläufigen Kurs bestimmt«, sagte er daher. »Die *Lymaskar* ist auf einen unabhängigen Handelskapitän namens Falkeid eingetragen. Er stand schon öfter unter dem Verdacht der Schmuggelei, man konnte ihm aber nie etwas nachweisen. Verbindungen zu den Piraten sind also durchaus möglich.«

»Gute Arbeit«, sagte Rayk. »Aber die Berechnung des Kurses wird uns nicht weiterbringen. Sie werden ihn geändert haben, sobald sie außer Sichtweite waren.«

»Vermutlich, Kommandant«, bestätigte Jarl enttäuscht.

»Aber da wir glücklicherweise wissen, wo sie hinwollen«, fuhr Rayk fort, »müssen wir lediglich den Vorteil der *Lintu* nutzen, schneller als jedes andere Schiff fliegen zu können. Ihren Vorsprung werden wir wohl nicht mehr aufholen, aber für unsere Zwecke sollten wir trotzdem schnell genug dort sein.«

Selbst wenn diese Dienerin und der Mechanikerjunge noch von ihrem geheimen Auftrag berichten konnten, bliebe Yorrick keine Zeit mehr, etwas mit den Informationen anzufangen. Die *Lintu* und die Soldaten Hàvamars würden ihn daran hindern. Rayk hoffte sowieso, dass Quartiermeister Morten die Machenschaften der beiden Spione rechtzeitig enttarnt hatte. Aber darauf verlassen durfte er sich nicht.

»Wir wissen, wo sie hinwollten?«, fragte Jarl überrascht.

»Allerdings«, sagte Rayk lächelnd. »Kapitän Dark hat sich in dieser Angelegenheit als sehr hilfreich erwiesen.«

Sie hatten sich während ihres Gesprächs in Bewegung gesetzt und mussten nun einigen Soldaten ausweichen, die gerade in einer Ecke des Frachtraums einige Kisten vertäuten. Rayk steuerte die Wendeltreppe an, die Jarl kurz zuvor hinuntergeeilt war. Er musste auf schnellstem Weg zur Brücke und überprüfen, dass tatsächlich alle Vorkehrungen für die Gefechtsbereitschaft getroffen worden waren, bevor sie abhoben. Außerdem würde er jeden Diener, der nicht zwingend notwendig war, vom Schiff bringen lassen und fürs

Erste, bis sich eine bessere Lösung fand, Kommandant Thorge und der Stadtwache überstellen. Noch mehr böse Überraschungen, was Piratenspitzel anging, konnten sie momentan auf der *Lintu* nicht gebrauchen.

Bevor Rayk jedoch aus dem Frachtraum verschwand, wandte er sich noch einmal um.

»Lotse Jarl, was halten Sie davon, ab sofort den Rang eines Leutnants zu bekleiden?«, fragte er.

Sein Begleiter zögerte nur einen winzigen Augenblick, bevor er mit einem entschuldigenden Lächeln sagte: »Ehrlich gesagt Kommandant, dachte ich, dass ich diesen Posten schon inne hätte.«

»Also gut«, sagte Rayk und lächelte ebenfalls. »Wenn dem so ist, Leutnant Jarl, warum sind die Männer hier dann nicht schon längst mit dem Verladen der Munition fertig?«

Jarl verstand den Hinweis, salutierte und antwortete: »Sofort, Kommandant. In einer halben Stunde, können wir abheben.«

»Gut«, sagte Rayk und wollte Jarl schon im Laderaum zurücklassen, als der sich noch einmal an ihn wandte. »Kommandant, bevor ich es vergesse«, sagte der frischgebackene Leutnant. »Danke.«

Rayk nickte ihm zu. »Sie haben es verdient.«

Es faszinierte Rayk immer wieder, wie abwechslungsreich sich ein Gang durch die *Lintu* präsentierte. Von dem kalten und metallischen Laderaum, vorbei an den Quartieren der niederen Mannschaftsmitglieder, gelangte man über eine Treppe in die höheren Ebenen des Schiffes. Je mehr Treppenstufen man erklommen hatte, desto dicker wurden die Teppiche auf dem Boden. Desto kräftiger leuchteten die Farben der Wandbehänge. Selbst die Lampenschirme, die an den Wänden hingen, wandelten sich von nicht vorhanden über beschlagene Bronze hin zu Silber und schließlich Gold. Bis Rayk auf der Brücke, ganz vorne am Bug des Schiffes, angekommen war, hatte er einen kurzen Blick in jede sozialen Schicht Hàvamars werfen können.

»Kommandant an Deck!«, kündigte ihn der Wachsoldat vor der Brücke an und die Mannschaft drehte ihre Köpfe in seine Richtung.

»Weitermachen«, sagte Rayk beim Eintreten und sofort wandten sich wieder alle Anwesenden den Konsolen zu, die sie bedienten. Die Besatzung schien voll und ganz mit den abschließenden Routineüberprüfungen beschäftigt zu sein, bevor die *Lintu* in den Kampfeinsatz aufbrechen würde. Dazu sollte jedes Ruder perfekt eingestellt sein und jede Kanone musste zu hundert Prozent im richtigen Winkel ausgerichtet werden.

Dazu gaben die Unteroffiziere ständig Befehle durch ihre Funkgeräte zu den Technikern und Soldaten auf den tieferen Decks durch, sodass auf der Brücke ein reges Gemurmel herrschte, das von dem allgegenwärtigen Klicken kleiner Schalter und dem Summen der schrankgroßen Radaranlage auf der linken Seite begleitet wurde. In der Mitte befand sich der Stuhl des Kapitäns. Leicht erhöht und um dreihundertsechzig Grad drehbar, sodass man alles und jeden im Blick haben konnte.

Dort saß Kapitän Sorl und beobachtete die beiden Steuermänner der *Lintu*. Beide Piloten teilten sich die mehrere Meter lange Konsole vor der Sichtscheibe der *Lintu* und glitten unentwegt auf den in den Boden eingelassenen Schienen davor hin und her. Ihr Gemurmel mit dem sie das gemeinsame Betätigen kleiner Knöpfe und Hebel koordinierten, klang nach einer komplexen Geheimsprache, die sich einem Außenstehenden niemals erschließen würde.

Neben Kapitän Sorl stand eine weitere Person, die sich nun zu ihm umwandte.

»Kommandant«, begrüßte ihn sein Onkel mit einem förmlichen Nicken.

Seine Anwesenheit überraschte Rayk. Was machte sein Onkel hier? Sie hatten doch vor nicht einmal drei Stunden miteinander gesprochen. Was war geschehen, dass sich die Pläne geändert hatten?

Nach einem kurzen Zögern trat Rayk zum Kapitän und seinem Onkel.

»Herr Verteidigungsminister« Wie immer benutzte er den offiziellen Titel seine Onkels, wenn sie sich in der Öffentlichkeit befanden. »Ich hatte nicht mit Ihnen an Bord der *Lintu* gerechnet.«

Ildar machte eine wegwerfende Geste und sagte etwas

lauter, sodass die Offiziere im Raum ihn auch hörten: »Ich musste den tapferen Soldaten Hàvamars doch noch viel Glück bei ihrer nächsten Mission wünschen, bevor sie auslaufen.«

Etwas leiser fügte er dann hinzu. »Wenn der Kapitän uns entschuldigen würde, würde ich gerne mit dem Kommandanten noch ein paar letzte Anweisungen durchgehen.«

Sorl hatte natürlich nichts dagegen und wirkte eher erleichtert, dass ihm nicht die ganze Zeit jemand über die Schulter schaute und so führte Rayk seinen Onkel weg von der geschäftigen Brücke, in Richtung des Kartenzimmers, das er wieder als seinen privaten Raum zu nutzen gedachte.

Als sie beide alleine im Flur waren, drehte Rayk sich zu seinem Onkel um und fragte: »Was ist geschehen, dass du persönlich gekommen bist?«

Es musste etwas Schwerwiegendes sein, sonst hätte Ildar den Boten für die geheime Funkfrequenz geschickt.

Sein Onkel trat einen Schritt näher an ihn heran und flüsterte: »Es ging nicht anders. Was ich herausgefunden habe, reicht wesentlich tiefer als ich dachte. Ich kann selbst bei meinen eigenen Regierungswächtern nicht mehr sicher sein, dass ich ihnen vertrauen kann.«

Rayk runzelte die Stirn und hielt seinem Onkel die Tür zum Kartenraum auf. Sobald das Schloss wieder hinter ihnen einrastete, sagte Ildar: »Ich hatte direkt nach unserem Gespräch einen Termin bei Ministerin Aura. Und als ich ihr etwas auf den Zahn fühlen wollte, hat sie sich sehr merkwürdig benommen.«

»Sie ist Politikerin«, sagte Rayk. »Verhalten die sich nicht immer merkwürdig?«

Ildar schüttelte leicht verärgert den Kopf. »Nicht alle von uns sind schlecht, Junge.«

»So habe ich das auch nicht gemeint«, sagte Rayk. »Und das weißt du, Onkel.«

Ildar nickte beiläufig.

»Ja ich weiß«, gab er zu. »Und du hast auch ein wenig recht. Aber selbst für eine Politikerin hat Aura sich merkwürdig verhalten. Als ich sie auf die Akademie und die Geothermieanlage angesprochen habe, war sie plötzlich sehr ungehalten. Sie drückte mir ein paar Berichte in die Hand und sagte, dass ich gerne die offiziellen Ratsversionen lesen könne. Ich glaube, wenn ich noch ein paar Minuten länger in den Räumlichkeiten der Ministerin für Versorgungsangelegenheiten geblieben wäre, hätte sie die Wächter gerufen, um mich rauswerfen zu lassen.«

Rayk stieß ein schnaubendes Lachen aus. »Als ob die Regierungswache den Verteidigungsminister irgendwo hinauswerfen würde.«

»Sei dir da nicht so sicher«, sagte Ildar. »Mein Rückhalt scheint geringer zu sein, als ich gehofft habe. Wenn selbst Aura mehr über die Dinge weiß, die in Hàvamar vor sich gehen, als ich, dann kann ich mir auch bei den Regierungswächtern nicht mehr sicher sein.«

Rayk wollte seinem Onkel gerne sagen, dass er maßlos übertrieb, doch auch er machte sich Sorgen. Egal was hier vor sich ging, es gefiel ihm ganz und gar nicht.

»Was hast du in Auras Berichten gefunden?«, fragte er, denn er vermutete, dass sein Onkel diese Berichte nicht ohne Grund erwähnt hatte.

»Absolut nichts Ungewöhnliches«, antwortete Ildar. »Als ginge alles genau dieselben Wege, wie es schon seit über einem Jahrzehnt der Fall ist.«

Rayk gab ein nachdenkliches »Hmm« von sich. Wenn jemand etwas über die merkwürdigen Vorgänge in der Geothermieanlage wusste, dann musste es Ministerin Aura sein. Sie war für die meisten Dinge verantwortlich, die mit der Versorgung der Stadt zusammenhingen. Neben Lebensmitteln, Warenverkehr und vielen anderen Dingen, beinhaltete dies natürlich auch die Geothermieanlage und die vom Riss ausgehende Wärmeenergie.

»Danach ging ich wegen meines schlechten Bauchgefühls in die Archive des Rats und habe weitere Nachforschungen angestellt«, erzählte Ildar weiter. »Ich dachte, wenn es schon in meinen eigenen Akten Dinge gibt, von denen ich nichts weiß und über zweihundert Soldaten quasi unter meiner Nase an einen Ort versetzt werden, der leerstehen sollte, dann könnte doch auch in den Berichten von Ministerin Aura etwas versteckt liegen.«

»Hat sie dich wirklich an ihre alten Berichte herangelassen?«, fragte Rayk.

»Die Archive stehen jedem Ratsmitglied offen«, antwortete Ildar und machte eine wegwischende Geste mit der Hand, als wolle er sagen, dass solche Probleme jetzt nichts zu Sache taten. »Aber du hast recht. Ich habe ihr natürlich nichts davon gesagt. Denn auch wenn ich Aura nicht zutraue, dass sie die Drahtzieherin hinter allem ist, kann ich sie mir doch wunderbar als Handlanger vorstellen.«

Rayk wusste, wie gut sein Onkel im Einschätzen von anderen Menschen war. Es war mit das Wichtigste an seinem Beruf als Minister. Daher glaubte er ihm auf der Stelle, was Ministerin Aura betraf.

»Es hat sich herausgestellt, dass ich mit meinem Bauchgefühl richtig lag«, fuhr sein Onkel fort. »Laut Auras Berichten lief tatsächlich alles so weiter wie in den letzten zehn Jahren. Um genauer zu sein, lief sogar alles exakt so ab wie vor einem Jahrzehnt. Erst dachte ich, dass einem Schreiber vielleicht ein Fehler unterlaufen sei, da einige Stellen geschwärzt oder einzelne Zahlen verdreht worden waren. Doch ich habe die exakt identisch veränderten Zahlen und geschwärzten Abschnitte in mehreren verschiedenen Ablagen gefunden. Alle wurden aneinander angepasst. Und alle hängen mit der Versorgungslage der Stadt zusammen.«

»Was bedeutet das?«, fragte Rayk.

»Das hat mich einige Mühe gekostet, um es zu durchschauen, aber kurz gesagt: Hàvamar sitzt auf dem Trockenen«, sagte sein Onkel und seine Stimme klang alt und rau. »Die Notreserven der Stadt sind beinahe aufgebraucht. Nahrungsmittel, Öl ... Es scheint an allem zu fehlen, aber nirgends gibt es auch nur eine Spur, wohin die ganzen Reserven verschwunden sind. Ich habe sogar einen Regierungswächter, obwohl ich mir nicht sicher damit sein kann, ihm zu vertrauen, zu den Kuppelgärten nördlich der Stadt geschickt. Die Lager mit Saatgut leeren sich. In der nächsten Saison wird es in den Kuppeln leerstehende Felder geben.«

Rayk dachte über die Konsequenzen des Gehörten nach.

»Das bedeutet Hunger«, sagte er ungläubig und Ildar nickte.

»Hàvamar wächst jeden Tag«, sagte sein Onkel. »Neue Kinder werden geboren und Schollenbewohner ziehen auf der

Suche nach Arbeit und einer besseren Zukunft in die Armenviertel am Hafen. Wir brauchen jedes einzelne der Felder in den Gartenkuppeln, um sie zu ernähren.«

»Du musst dich irren«, sagte Rayk.

Es konnte unmöglich so schlecht um Hàvamar stehen. Die Stadt hatte es nie leicht gehabt, aber vor nicht einmal drei Tagen hatte er noch an einem Festessen an Bord der *Lintu* teilgenommen. Sein Onkel musste sich täuschen. Er hatte doch selbst erwähnt, dass die Berichte von Ministerin Aura fehlerhaft waren. Das konnte doch alles nicht wahr sein.

»Ich wünschte, es wäre so«, sagte Ildar und murmelte dann erneut: »Ich wünschte, es wäre so.«

Sein Onkel stand direkt neben dem großen Globus, der sich an einer Ecke des Raumes befand. Er streckte seine Finger danach aus und setzte die Kugel in Bewegung. Er drehte sie so lange, bis er die unendlich große Eiswüste hinter sich gelassen und an der Küste, östlich der großen Berge, Hàvamar gefunden hatte.

»Ich wünschte, es wäre so«, sagte er noch einmal und löste sich dann aus seinen Gedanken. Er sah Rayk direkt in die Augen und zwischen all der Verzweiflung und der Ratlosigkeit in seinem Gesicht brannte doch noch immer diese feste Entschlossenheit in ihm, die Rayk so bewunderte.

»Ich werde herausfinden, was es mit all dem auf sich hat«, sagte Ildar. »Aber ich brauche dich. Deinen Erfolg. Wenn wir die Piraten, die unsere Bohrinseln angreifen und uns noch mehr der kostbaren Rohstoffe rauben, nicht ein für alle Mal ausschalten können, dann ist es für Hàvamar vielleicht zu spät. Und wir sollten beten, dass wir damit auch die Quelle der Verstrickungen dieser Verschwörung auslöschen. Sobald die ersten Nachrichten sich verbreiten, dass es nichts mehr zu essen gibt, wird ein Aufstand ausbrechen und die Menschen werden um jeden Bissen kämpfen.«

»Das musst du verhindern«, sagte Rayk beinahe flehend zu seinem Onkel und dachte dabei nicht nur an Thea, sondern an all die Menschen, die er in Hàvamar kannte, mit denen er aufgewachsen war und auch all die anderen, für die er seinen Dienst in der Armee tat.

»Ich gebe dir mein Wort, dass ich Yorrick und die Piraten aufhalten werde«, sagte Rayk. »Aber du musst die Stadt retten.

Wir müssen das gemeinsam tun.«

Sie sahen sich lange gegenseitig in die Augen, bis Ildar schließlich einen Arm ausstreckte und ihm die Hand reichte.

»Einverstanden. Schützen wir diese Stadt«, sagte er.

Rayk schlug ein.

»Schützen wir unser Zuhause«, stimmte er zu.

Rayk vertraute die sichere Funkfrequenz, die sein Onkel ihm mitgegeben hatte, lediglich Jarl an. Der frisch beförderte Leutnant gab ihm sein Wort, persönlich eine Miniatur-Funkanlage im Kartenzimmer zu installieren, mit der Rayk Kontakt mit dem Verteidigungsminister halten konnte.

Sobald die *Lintu* abflugbereit war, gab Rayk den Befehl, die von Kapitän Dark preisgegebenen Koordinaten anzusteuern. Während die Kanonenmannschaften auf den unteren Decks die letzten Vorbereitungen trafen, die Soldaten ihre Gewehre ölten und zum Schutz vor der Kälte außerhalb Hàvamars dicke Fellstücke darum schlangen, setzte Rayk ein Treffen mit den Offizieren an, in dem er ihre Schlachtentaktik erläutern würde.

Ihr Ziel war klar: Kein Pirat durfte entkommen. Gefangene wurden nicht gemacht.

✺

Kapitel Neunzehn

Die Sonne stand noch tief genug am Horizont, dass die *Lymaskar* über sie hinwegglitt. Die wässrigen Lichtstrahlen, die es durch die Wolkendecke hindurchschafften, strahlten schräg von unten durch das Bullauge in Miras Zimmer.

Ein Klopfen weckte sie schließlich endgültig auf und zwang sie dazu, die warme Bettdecke zur Seite zu schieben. Gähnend öffnete Mira die Kabinentür einen Spalt weit und Miles fröhliches Gesicht kam zum Vorschein. Der Schiffsjunge wünschte ihr einen guten Morgen.

»Halv schickt mich«, sagte er. »Anscheinend will Bent, dass du mir auf dem Oberdeck hilfst.«

Er zuckte entschuldigend mit den Achseln, als wollte er sagen, dass das nicht seine Schuld war.

»Wir müssen uns aber beeilen«, meinte Mile. »Sobald die Sonne erstmal über der Rumpfebene steht, sollten wir sehen, dass wir fertig sind. Ich habe ein einziges Mal länger gebraucht und ich kann dir sagen, dass der Sonnenbrand selbst dann noch brennt, wenn du in einer Wanne voller Eis liegst.«

Mira hatte keine Ahnung, was ein Sonnenbrand war, doch sie verstand, dass Mile es eilig hatte. Daher erklärte sie ihm, dass sie in einer Minute bereit wäre.

Sie ließ schnell die Tür wieder ins Schloss fallen, um einen Moment für sich zu haben. Sie spritzte sich zwei Hände voll Wasser aus der Waschschüssel ins Gesicht, um richtig wach zu werden. Dann räumte sie schnell alle Zeichnungen, die sie am Abend zuvor durchgesehen hatte, wieder zurück in Miles Kiste. Alle, bis auf die geheimnisvolle grüne Landschaft, die den Platz für ihre Notlandung bieten sollte. Diese Zeichnung faltete sie zweimal und steckte sie tief in ihre Hosentasche. Nachdem sie dies alles erledigt hatte, ging sie wieder zurück zur Tür. Mile lehnte an der gegenüberliegenden Wand und biss gerade beherzt einen großen Bissen eines belegten Brotes ab, als Mira in den Flur trat.

»Kann ich mir eine deiner Jacken leihen?«, fragte Mira

und schaute zuerst an den abgenutzten Ärmeln ihres grünen Pullovers herunter und dann in Richtung des Kleiderschranks in Miles Kabine.

»Wozu?«, fragte Mile mit vollem Mund.

Mira runzelte die Stirn. »Wir gehen doch raus, oder?«

Mile schüttelte grinsend den Kopf. »Du warst wohl noch nie auf dem Deck eines Luftschiffs, oder?«, lachte er. »Komm einfach mit.«

Mira war bei der Vorstellung, das Schiff ohne dicke Felljacke zu verlassen und in die beißende Kälte zu gehen, nicht ganz wohl, doch sie glaubte nicht, dass Mile sie hereinlegen würde. Daher zögerte sie nur kurz, bevor sie ihm durch die *Lymaskar* folgte.

Als sie ihn eingeholt hatte, hielt Mile ihr ein zweites belegtes Brot hin, das so stark zerkrümelt war, dass er es in seiner Hosentasche transportiert haben musste.

»Hier«, sagte der Schiffsjunge. »Falls du Hunger hast.«

Erst betrachtete Mira ihr Frühstück etwas misstrauisch, doch für ein belegtes Brot roch es großartig und schließlich siegte ihr Magen über die Vorbehalte.

»Danke«, nuschelte Mira mit vollem Mund.

Nachdem sie das komplette Luftschiff bis zum Heck durchquert hatten - sie mussten sich genau über dem Maschinenraum befinden - erreichten sie eine steile Treppe, die nach oben führte und von einer Falltür an ihrem oberen Ende verschlossen war. Sie würde sie direkt auf das Deck der *Lymaskar* bringen.

Mile, der inzwischen aufgegessen hatte, wandte sich nach links und öffnete die Tür eines Wandschranks. Doch statt der Jacken und dicken Pullovern, die Mira an einer Kälteschleuse erwartet hätte, befanden sich gänzlich andere Dinge darin. Zwischen einer Menge merkwürdig aussehender Rucksäcke hingen dünne, aber stabil aussehende Seile mit Metallhaken an den Enden, deren Zweck Mira sich nicht wirklich vorstellen konnte.

Mile nahm einen der Rucksäcke heraus und Mira erkannte, dass anstatt zweier Trageriemen ein komplettes Geschirr daran befestigt war, das man sich um den Körper schnallen musste.

»Du bist neu. Also du zuerst«, sagte Mile und bedeutete ihr, sich umzudrehen.

Mira runzelte die Stirn, tat aber wie geheißen und kehrte ihm den Rücken zu.

»Was ist das?«, fragte sie neugierig, als Mile ihr half, die Arme in die richtigen Schlaufen zu stecken und das Geschirr um ihren Körper festzuzurren.

»Fallschirme«, antwortete Mile.

Und während er sich seinen eigenen anzog, erklärte er: »Wenn du aus irgendeinem Grund über Bord gehst, dann zählst du ganz langsam bis zehn und dann ziehst du an dieser Leine.«

Er zeigte auf ein kurzes Stück Seil an Miras Geschirr, das nach hinten zu ihrem Rucksack führte. Es war mit einem roten Bändchen markiert.

»Aber lass es besser nicht soweit kommen, dass du das brauchst«, sagte Mile warnend. »Die *Lymaskar* braucht etwa eine halbe Stunde, bis sie wieder an der Position ist, an der du verloren gegangen bist. Der Wind wird dich mit ziemlicher Sicherheit so weit abtreiben, dass ein einzelnes Luftschiff mehrere Tage braucht, um dich zu finden. Selbst wenn du nicht direkt im Eismeer landest - dann bist du nämlich innerhalb von ein paar Minuten tot - erfrierst du in der Eiswüste oder wirst von einem Schneebären gefressen.«

Mira konnte nicht glauben, was sie gerade gehört hatte.

»Du meinst, mit diesen Dingern kann man fliegen?«, fragte sie völlig verwirrt und warf einen misstrauischen Blick auf die Rucksäcke, die noch in dem Wandschrank lagen.

»Nicht fliegen«, antwortete Mile kopfschüttelnd. »Eher sowas wie *langsam fallen.*«

Dann holte er zwei der langen aufgewickelten Seile heraus, von denen er eins Mira reichte. Bewusst langsam, sodass Mira es ihm nachmachen konnte, fädelte er sein eigenes Seil durch sein Geschirr, sodass er am Ende die beiden Metallhaken an den Enden gut greifen konnte. Mira tat es ihm gleich und als sie die beiden Haken in Händen hielt, sagte Mile: »Gut. Und immer dran denken: solange einer der beiden Haken an den Führungsleinen bleibt, kann dir nichts passieren. Du darfst niemals beide zur gleichen Zeit öffnen.«

Erneut hatte Mira keine wirkliche Ahnung davon, was

Mile damit sagen wollte, doch er schien zu glauben, dass alles völlig klar sein musste, denn ohne weitere Erklärungen machte er sich daran, die steile Treppe hochzusteigen. Er schob einen dicken Riegel zur Seite und stemmte sich dann mit dem gesamten Gewicht seines kleinen Körpers gegen die Holzluke, die sich quietschend öffnete.

Ein schwacher Luftzug blies ins Innere des Schiffs, doch zu Miras Verwunderung war er nicht eiskalt, wie sie erwartet hatte. Tatsächlich fühlte es sich auf der Haut ihres Gesichts sogar angenehm an und schnell machte sie sich daran, die Ärmel ihres Pullovers hochzukrempeln, um noch mehr davon spüren zu können. Mile war noch nicht ganz die Treppe hochgestiegen, als sie sich schon beeilte ihm hinterherzukommen. Auch wenn ihr mulmig zumute war, da sie nicht wusste, was auf sie zukam, musste sie unbedingt wissen, woher diese angenehme Wärme kam. Denn das hier hatte nichts mit der künstlichen Wärme zu tun, die die heißen Rohre unter Hàvamars Straßen abstrahlten. Es fühlte sich natürlicher an, irgendwie echter, wenn der warme Luftzug durch die kleinen Härchen auf ihren Armen strich. Es war, als würde Mira ihre Hände in die warme Erde ihrer Parzelle vergraben, nur, dass das hier ein viel sanfteres und weicheres Gefühl war.

Mile beschwerte sich über ihr Drängen hinter seinem Rücken, doch es war ihr egal. Sie musste hinaus.

Und dann war der Weg nach oben endlich frei. Über sich sah Mira den gewaltigen Schatten des gasgefüllten Auftriebstanks, dessen Inhalt dafür verantwortlich war, dass die *Lymaskar* sich über den Wolken halten konnte. Mira stürmte weiter, spürte wie der Luftzug mit jedem Schritt stärker wurde und schließlich kräftig an ihren Gliedmaßen zog und gegen ihren Körper drückte. Auf der obersten Stufe angekommen, machte sie den letzten Schritt in Richtung Freiheit und dann stand sie auf dem Deck. Sie wollte jubeln, über das unglaubliche Gefühl, über den Sonnenstrahlen zu fliegen, doch genau in dem Augenblick traf sie eine kräftige Windbö und blies ihr so heftig in den Mund, dass sie kein Wort herausbrachte. Mira taumelte einen Schritt zurück und musste darum ringen, sich auf den Beinen zu halten. Dann spürte sie den kräftigen Druck von Miles Hand, der sie am

Arm festhielt und ihr durch den Wind hindurch zurief: »Immer mindestens einen Haken in die Sicherungsleine!«

Mira spürte, wie er an dem Geschirr ihres Rucksacks so lange zerrte bis er die beiden Haken, die daran befestigt waren, in den Händen hielt und sie dann an ein Seil hakte, das neben der Falltür verlief. Er selbst hatte seine eigenen Haken ebenfalls an dieser Sicherungsleine einschnappen lassen.

»Der Wind ist unberechenbar«, erklärte Mile mit lauter Stimme, sodass sie ihn über die Bö hinweg verstehen konnte, obwohl diese an ihrer Kleidung zerrte und sie im Wind knattern ließ.

»Wenn du nicht aufpasst, wirst du schneller über Deck geweht, als du dir vorstellen kannst«, sagte er.

Mira fühlte sich plötzlich gar nicht mehr so sicher, dass sie unbedingt im Freien sein wollte. Doch Mile nahm keine Rücksicht darauf und machte sich bereits daran, das Deck zu überqueren. Sein Ziel schien einer der Metallpfeiler zu sein, die den Trägerballon des Luftschiffes mit dem Rumpf verbanden. Um dort hinzugelangen, führte er ständig mit einer Hand die Haken seines Geschirrs an der Sicherungsleine entlang und zog sich wie an einem Treppengeländer vorwärts.

Mira versuchte seine Bewegungen nachzuahmen und musste feststellen, dass es tatsächlich eine effiziente Art war, sich an Deck schnell von einem Punkt zu einem anderen zu bewegen. Schon nach ein paar Schritten fühlte sie sich wieder sicher genug, um sich umsehen zu können. Die Führungsleinen waren in einem klaren System von einem Stahlpfeiler zum Nächsten gespannt. Außerdem liefen sie auch an der Reling der Lymaskar einmal rund um das gesamte Schiff herum. Sie erweckten den Eindruck eines Spinnennetzes, auf dem sich die Crew der *Lymaskar* entlangbewegen konnte.

»Hier, auf die Nadel musst du achten«, sagte Mile, als sie ihn endlich an dem ersten Pfeiler eingeholt hatte. »Sie zeigt dir den Druck für diesen Teil des Auftriebsballons an.«

Mile deutete den Stahlpfeiler nach oben, wo der gigantische Ballon über ihnen schwebte.

»Die Nadel sollte immer im grünen Bereich sein. Wenn sie in den orangen Abschnitt ausschlägt, müssen wir das sofort Elin sagen. Und falls sie in den roten Bereich kommt ...«

Er ließ den Satz unvollendet, zupfte aber bedeutungsschwer an seinem Rucksackgeschirr. Mira hatte verstanden und nickte. Rot bedeutete, sie würden so schnell wie möglich von der *Lymaskar* springen.

»Für gewöhnlich muss man da hochklettern«, fuhr Mile mit seinen Erklärungen fort und zeigte an dem Stahlpfeiler in die Höhe, bis zu der Stelle, wo er Kontakt mit dem Auftriebsballon der *Lymaskar* aufnahm. »Und oben die zweite Anzeige für die Temperatur kontrollieren. Aber Elin hatte nicht mehr genug Ersatzteile, um gleichzeitig die Anzeigen da oben und die im Maschinenraum zu reparieren. Also mussten wir uns entscheiden, ob uns lieber der Motor oder der Auftriebsballon um die Ohren fliegt. Der Kapitän hat abstimmen lassen und wir waren einstimmig dafür, dass wenn es dazu kommen sollte, wir lieber gleich in die Luft fliegen, und nicht erst das Schiff auseinanderbrechen lassen, um dann langsam am Ballon in Richtung Eiswüste zu gleiten.«

Mira fand beide Todesvorstellungen ungefähr gleich unangenehm. Doch irgendwie konnte sie die Entscheidung nachvollziehen. Sie selbst konnte sich wenig Schlimmeres vorstellen, als alleine und langsam in der Kälte zu erfrieren.

»Also«, sagte Mile, »wenn du alles verstanden hast, teilen wir uns auf. Du übernimmst die linke und ich die rechte Seite. Dann sind wir schneller fertig.«

Gerade als er sich wieder an einer der Führungsleinen entlanghangeln wollte, fügte er noch hinzu: »Und achte auf feine Risse in den Stahlpfeilern. Sie können mit der Zeit brüchig werden. Vor allem, wenn wir von Flak beschossen werden. Falls dir was auffällt, müssen wir das später unbedingt Elin melden.«

Mira nickte und machte sich dann zusammen mit Mile an die Arbeit. Am Anfang dachte sie, dass es nicht besonders schwer sei, doch spätestens nachdem sie den zweiten Stahlpfeiler erreicht hatte, war sie klatschnass geschwitzt. Sie musste ständig gegen die Kraft des Windes arbeiten, der immer genau aus der Richtung zu wehen schien, in die sie sich gerade bewegen wollte. Ihre Muskeln begannen bald zu zittern, jedes Mal wenn sie kurz stehen blieb, um eine Druckanzeige zu untersuchen. Trotzdem hatte Mira sich selten so großartig gefühlt. Der Wind, der ihr ins Gesicht blies, war inzwischen noch wärmer geworden und es fühlte sich hundert Mal besser an, als die im Vergleich läppisch wirkende Wärme, die an Fays Geburtstagen in ihrem Zimmer auf der Scholle auf sie gewartet hatte.

Irgendwann kam Mira dann endlich am letzten Träger des Auftriebballons an und war besonders stolz darauf, dass ihr das sogar eine halbe Minute schneller als Mile gelungen war.

»Ist dir irgendetwas aufgefallen?«, fragte er, als er wieder bei ihr ankam und einen kurzen Blick auf die Druckanzeige und den Stahlpfeiler warf.

Mira schüttelte den Kopf. »Scheint alles in Ordnung zu sein.«

Leider, dachte Mira. Ein Grund für eine Notlandung würde ihr nämlich gerade sehr gelegen kommen.

»Gut«, sagte Mile. »Bei mir gab es ein oder zwei Stellen, an denen das Schießpulver der Flak gegen unseren Rumpf geweht worden ist. Aber nirgends Anzeichen von Rissen oder anderen Schäden. Das wird Elin freuen.«

Mit einem verschwörerischen Grinsen fragte Mile: »Willst du noch was Abgefahrenes sehen?«

Dabei zwinkerte er ihr zu und anstatt eine Antwort abzuwarten, griff er nach den Sicherungshaken ihres Geschirrs und klinkte sie nacheinander an einer anderen Führungsleine ein. Genauso machte er es bei seinen eigenen und rannte dann mit einem Freudenschrei los.

Mira dachte kurz darüber nach, ob der Schiffsjunge vielleicht den Verstand verloren hatte, dann verfolgte sie mit ihrem Blick die Führungsleine, in die er sie beide eingeklinkt hatte. Erschrocken stellte sie fest, dass sie zur Spitze des Bugs führte, wo sie über das Geländer lief und dann in die Tiefe unter dem Schiff verschwand. Mile wurde immer wieder vom starken Wind ausgebremst, doch er ließ sich nicht vom Weg abbringen, bis er an der vorderen Reling angelangt war. Mit einer geschickten Bewegung kletterte er hinauf und stellte sich direkt vor dem Abgrund auf die Zehenspitzen.

Als er die Arme ausbreitete, das Führungsseil losließ und einen weiteren Jubelruf ausstieß, rutschte Mira das Herz in die Hose. Es kam, wie es kommen musste und eine starke Windbö prallte gegen Miles Rücken, zerrte an seiner Kleidung und drückte schließlich stark genug gegen seinen Körper, um ihn hinunterzuwerfen.

Mira schrie ihm hinterher, doch Mile war bereits verschwunden.

Obwohl sie wusste, dass sie nichts mehr für ihn tun konnte, rannte sie die Führungsleine entlang, zu der Stelle der Reling, wo Mile gerade eben noch gestanden hatte. Er war einfach weg.

Mira starrte ungläubig in die Tiefe auf die vorbeiziehende Wolkendecke. Mit einer Hand fuhr sie die Führungsleine entlang, in die sie eingeklinkt war und die über die Reling verlief. Das Seil folgte von hier aus weiter dem Schiffsrumpf, bis es einen Knick machte und unter dem Schiff aus ihrem Blickfeld verschwand. Auch Mile war daran gesichert gewesen, was bedeuten musste, dass er wenigstens nicht einfach von Bord in die Tiefe gestürzt war. Stattdessen musste er jedoch irgendwo unterhalb des Schiffes an den Haken seines Geschirrs hängen.

Hilflos sah Mira sich um. Es musste doch irgendeinen Weg geben, um von hier oben aus Hilfe zu rufen. Sie suchte das Deck nach etwas ab, das wie ein Funkgerät aussah, doch sie konnte nichts finden. Ihr Blick wanderte bis ganz zurück zu der Luke am Heck des Luftschiffes, wo sie an Deck gestiegen war. Es war ein verdammt weiter Weg zurück, aber sie würde sich beeilen und Hilfe holen.

Sie hatte sich schon die ersten Meter an der Führungsleine zurückgehangelt, da tauchte plötzlich Mile mitten in der Luft über dem Heck auf. Er wurde nach oben geschleudert, über die Reling hinweg und landete dann etwas ungeschickt, mit ein paar Stolperern, auf den Holzplanken des Oberdecks. Der Schiffsjunge winkte ihr mit einem breiten Grinsen zu und Mira sah, wie seine Lippen sich bewegten, als er ihr etwas zurief. Doch der Wind verzerrte alles so sehr, dass sie kein Wort verstehen konnte.

Sie wollte Mile am liebsten eine runterhauen, doch er begann ungeduldig zu gestikulieren und zeigte immer wieder nach oben und dann nach unten. Seine Arme machten eine Halbkreisbewegung, zeigten auf sich selbst und dann auf den Punkt des Decks, wo er stand.

Und dann begriff Mira, was er ihr sagen wollte. Er wollte, dass sie es ihm nachmachte. Sie sollte von Bord springen.

Erst hielt sie Mile für völlig verrückt. Doch dann beugte sie sich über die Reling hinaus und plötzlich spürte sie ein kribbelndes Verlangen in sich aufsteigen, diese Welt unter sich zu sehen. Ihr noch näher zu kommen und sie intensiver zu spüren.

Um ihrem Kopf keine Zeit zum Nachdenken zu lassen, setzte sie zuerst den einen, dann den anderen Fuß auf die Reling und zog sich an der Führungsleine nach oben. Sie hatte ein flaues Gefühl im Magen, doch Mira ignorierte es für einen Augenblick, dann war es komplett verschwunden. Plötzlich kam ihr eine Idee. Sie überprüfte die beiden Haken ihres Geschirrs und mit ein paar schnellen Handgriffen schaffte sie es, dass die Karabiner auf ihrem Rücken eingeklinkt waren. So würde sie die Welt direkt vor sich haben, während sie die *Lymaskar* umrundete.

Der Wind blies ihr kräftig ins Gesicht und alles, was sie jetzt noch tat, war den richtigen Moment abzuwarten. Den Moment der perfekten Strömung, in der sie sich so lange wie möglich auf der Reling halten konnte, bevor sie letztendlich hinübergedrückt wurde und in die Tiefe schoss.

Mira atmete mehrmals ein und aus, um schließlich einen letzten tiefen Atemzug zu nehmen. Dann löste sie ihre Finger von der Führungsleine und breitete die Arme zu Flügeln aus. Sie streckte sich auf ihren Zehenspitzen und machte sich so groß sie konnte. Schneller als gedacht erfasste sie ein Windstoß, der an ihr zog und schob, bis sie sich nicht mehr halten konnte und Mira ihren Körper langsam nach vorne kippen ließ. Ihre Eingeweide wurden nach oben gedrückt und Mira begann gleichzeitig, vor Schreck und dem Kribbeln der Vorfreude, einen Jubelruf auszustoßen. Dann verlor sie den letzten Kontakt zur Reling unter ihren Füßen und stürzte in die Tiefe.

Sofort spannte sich das Geschirr um sie herum an und verteilte mit einem kräftigen Ruck die Belastung über die Riemen auf ihren Körper. Der Bug der Lymaskar rauschte an ihr vorbei und als sie auf Höhe der Brücke war, drehte sie den Kopf nach hinten, doch sie fiel bereits zu schnell, um durch die Fensterfront Bent zu entdecken. Mira rauschte weiter in die Tiefe und stieß einen Freudenschrei nach dem nächsten aus, während der Flugwind ihr immer mehr den Atem nahm.

Langsam änderte sich ihre Flugkurve und folgte dem stromlinienförmigen Verlauf des Schiffsrumpfs, sodass Mira parallel zur Wolkendecke unter sich über den Himmel glitt. Immer wieder schwebte sie über kleinere und größere Risse dieses grauen Vorhangs hinweg und betrachtete die gewaltigen Ausmaße der Eiswüste unter sich. Sie mussten irgendwo an der Küste sein, denn Wellen des Eismeers brachen sich an Steilklippen aus blauem Eis. Mira versuchte, sich den Verlauf der Küstenlinie einzuprägen, in der Hoffnung, ihn auf einer von Miles Skizzen wiederzukennen und so ihre Position genauer bestimmen zu können. Doch sie hatte Schwierigkeiten, sich darauf zu konzentrieren, denn in erster Linie genoss sie ihren Flug.

Erst als Mira beinahe schon am Heck der Lymaskar angekommen war und die Führungsleine sich bereits wieder sanft nach oben krümmte, begann sie daran zu zweifeln, dass ihr Schwung ausreichen würde, sie wieder sicher oben auf das Deck zu befördern. Sie versuchte irgendwie hin und her zu schaukeln, um mehr Geschwindigkeit aufzunehmen, doch durch ihre Zappelei machte sie es lediglich schlimmer. Gerade in dem Augenblick, als sie dachte, dass sie jetzt wieder zurück in die Mitte des Schiffsrumpfs gleiten würde, spürte Mira, wie ein Rucken durch ihr Geschirr ging und sie kräftig durchschüttelte. Ihre Geschwindigkeit wurde quälend langsam, doch sie fühlte plötzlich eine andere Kraft, die sie beständig weiter nach oben zog. Meter für Meter wurde sie langsam über die Reling des Hecks befördert, bis sie etwa auf Miles Kopfhöhe hängen blieb. Er hatte sie mit Hilfe einer Seilzugvorrichtung nach oben gekurbelt und nun baumelte sie wie ein Fisch an der Angel über dem Deck.

Am Ende ihres spektakulären Flugs angekommen, hörte sie nun zum ersten Mal außer dem Flugwind auch wieder andere Geräusche. Die seitlichen Segel des Luftschiffs ballten sich im Wind und die Taue, an denen sie befestigt waren, ächzten, das Holz der Planken knarzte leise und Mira glaubte, dass sie auch das Geräusch der unter ihr vorbeiziehenden Wolken hörte, so sehr waren die Sinne ihres Körpers geschärft.

»Nicht schlecht, oder?«, rief Mile ihr zu.

Dann legte er einen kleinen Hebel um und das

Seilzuggestell setzte Mira vorsichtig auf den Holzplanken des Decks ab. Mile half ihr, ihr Geschirr wieder an einer normalen Führungsleine einzuklinken.

»Wie hast du es geschafft, am Ende so in die Luft geschleudert zu werden?«, fragte Mira begeistert.

»Übung«, erwiderte Mile und lächelte stolz.

Dann bemerkte er, dass sie ihre Karabinerhaken für den Flug an ihrem Rücken befestigt hatte und zog er anerkennend eine Augenbraue hoch. »Hätte nicht gedacht, dass du dich das beim ersten Mal traust.«

Ein merkwürdiger Schrei hielt Mira davon ab ihm zu antworten. Er hatte so geklungen, als wäre er von unterhalb des Luftschiffes gekommen.

Vielleicht stammte er von einem der unteren Decks, dachte Mira. Doch bevor sie danach fragen konnte, sagte Mile: »Das sind Lari-Vögel. Halv lässt gerade die Essensreste über Bord gehen.«

Dann stützte der Schiffsjunge sich mit beiden Armen auf der Heckreling ab und schob den Kopf darüber. Mira tat es ihm gleich und schaute nach unten.

Der Anblick war atemberaubend. Die aufgehende Sonne durchbrach gerade die Wolkendecke und beleuchtete von der Seite die Flügel einer Formation Vögel, die der *Lymaskar* dicht auf den Fersen folgte. V-förmig glitten die gigantischen Laris hinter ihnen her und jedes Mal, wenn ein größerer Brocken aus einer Luke am Schiffsheck fiel, stürzten zwei oder drei der Tiere hinterher. Die Schnellsten von ihnen schafften es, die Essensreste noch über den Wolken abzufangen, doch die meisten mussten durch die weiße Nebelschicht hindurchstoßen und ihr Futter im freien Fall verfolgen, bis sie dann mit vollem Schnabel wieder nach oben zu ihren Artgenossen zurückkamen. Dabei pfiffen und kreischten sich die Vögel Kommandos zu, mit denen sie ihren verrückten Tanz hinter dem Luftschiff koordinierten.

»Ich habe mal von einem Kapitän gehört, der es geschafft hat einen Lari zu fangen und zu zähmen«, erzählte Mile. »Bei Tag soll der Vogel neben dem Luftschiff hergeflogen sein und frischen Fisch aus dem Eismeer für sich selbst und die Mannschaft gefangen haben. Und bei Nacht schlief das Tier auf Deck, wo der Kapitän ihm ein windgeschütztes Nest aus alten Tauen und Segeln gebaut hat.«

»Das klingt wie eine Gauklergeschichte«, sagte Mira, fand die Vorstellung eines zahmen Lari als treuen Begleiter jedoch wunderbar.

»Da hast du vermutlich recht«, sagte Mile und lachte. »Sie stammt von Gillis«

Stumm betrachteten sie noch eine Weile gemeinsam die Vögel, wie sie hinter dem Schiff herglitten. Selbst als Halv die Luke längst geschlossen hatte, folgten die Tiere ihnen noch über den Himmel.

Doch bald nachdem die Sonne noch etwas höher gestiegen war, wurde es, wie Mile gesagt hatte, unerträglich heiß auf dem Deck. Ein Gefühl, das Mira bisher nur sehr selten gespürt hatte. Als die ersten Schweißtropfen auf ihrer Stirn standen, schlug Mile vor, dass sie wieder hineingehen sollten, um ihre restliche Arbeit bis zur Ankunft in Rhenak am Nachmittag zu erledigen. Damit erinnerte er Mira schlagartig wieder an ihre eigentliche Aufgabe - die Organisation der Flucht von der *Lymaskar*. Und zusammen mit dieser Erinnerung, durchzuckte sie plötzlich noch ein weiterer Gedanke. Sie hatte gerade »Plan B« gefunden.

✻

Nachdem sie an die Tür geklopft hatte, wartete Mira, bis sie Schritte näherkommen hörte, dann flüsterte sie: »Tarjei?«

»Moment«, hörte sie auf der anderen Seite eine Stimme, von der sie glaubte, dass sie zu dem hochgewachsenen Wissenschaftler gehörte, den Tarjei Eskil genannt hatte. Es folgten weitere Schritte und schließlich hörte sie Tarjeis Stimme auf der anderen Seite der Tür.

»Hast du was gefunden?«

Er kam also gleich zur Sache, dachte Mira. Das war gut, denn Halv würde sicher bald bemerken, dass sie viel zu lange unterwegs war, um ein paar Karotten und einen Sack Kartoffeln zu holen.

»Ja, ich hab was«, antwortete Mira und zog Miles Zeichnung von dem grünen Ort aus der Tasche. Sie bückte sich und schob das Papier durch den schmalen Schlitz unter der Tür.

»Wie sieht es mit der Sabotage im Maschinenraum aus?«, fragte Mira.

»Nicht besonders gut«, murmelte Tarjei. Sie hörte, wie er auf der anderen Seite der Tür Miles Zeichnung auseinanderfaltete.

»Was ist das?«, fragte er.

»Unser Landepunkt«, antwortete Mira. »Und was bedeutet ›nicht besonders gut‹ genau?«

»Wir hatten keine Möglichkeit, etwas gravierend zu beschädigen. Elin schaut uns ganz genau auf die Finger, als könnte sie es fühlen, wenn jemand ihren Maschinen einen Schraubenschlüssel ins Getriebe stecken will.«

Wieder raschelte Papier, bevor Mira Jadars Stimme durch die Tür hörte. Wie schon beim ersten Mal, als sie dem stämmigen Mann begegnet war, klang er schlecht gelaunt. »Was zum Teufel sollen wir damit anfangen?«

Mira warf einen besorgten Blick den Gang hinauf und hinunter. Selbst wenn Jadar versuchte zu flüstern, hallte seine Stimme noch wie ein Donnern durch die Luft.

»Auf der Rückseite ist eine Karte«, flüsterte Mira. »Es ist der einzige Ort, den ich finden konnte, an dem wir nicht schon vorbeigeflogen sind und der kein vereister Felsen ist.«

Mira hatte auf dem Weg zu Tarjeis Gefängniskabine versucht, die Küstenlinie, die sie bei ihrem Flug unter dem Luftschiff hindurch gesehen hatte, mit Miles Karte zu vergleichen. Sie konnte sich wegen des skizzenhaften Charakters nicht völlig sicher sein, doch sie glaubte, dass sie sich in drei oder vier Stunden ungefähr in der richtigen Gegend befinden würden.

»Auf Deck konnte ich unsere Flugrichtung abschätzen«, erklärte sie. »Wir sollten nur wenige Kilometer weiter südlich an diesem Ort vorbeifliegen.«

Sie hielt es für besser, ihnen den Teil, mit der *ungefähren* Schätzung zu verschweigen.

»Und was soll das sein?«, fragte Jadar. »So einen Ort kann es nicht geben.«

Mira hatte mit dieser Wendung des Gespräches bereits gerechnet und sich daher ihre Antwort bereits überlegt.

»Ich weiß, dass es sich verrückt anhört«, sagte sie. »Aber ich denke, dass es eine der Eiswüstenoasen aus den

Geschichten ist.«

Lautes Gelächter unterbrach sie.

»Du glaubst an Gauklergeschichten?«, fragte Jadar und es war klar, dass er mit dieser Frage ihren Verstand anzweifelte.

Es folgten ein paar schnelle Wortwechsel auf der anderen Seite der Tür, die zu leise waren, um sie zu verstehen und dann sagte Tarjei: »Mira, ich weiß, wie dringend du von diesem Schiff runter möchtest, um deinen Vater zu suchen, aber ...«

Tarjei klang so, als würde er mit einem verängstigten kleinen Kind sprechen und Mira musste sich zusammennehmen, um nicht mit der Faust gegen die Tür zu donnern.

»Ich bin keine Idiotin«, unterbrach sie Tarjei so laut, dass sie sich rasch umsah, ob irgendwoher jemand den Flur entlangkam. Doch sie war alleine.

»Ich bin eure einzige Chance, hier wegzukommen«, fuhr sie flüsternd fort. »Also hört euch doch wenigstens meinen ganzen Plan an.«

Wieder folgten einige kurze und leise Wortwechsel auf der anderen Seite der Tür, die sie nur bruchstückhaft verstand.

»... vielleicht ausreden lassen.« Das war der hochgewachsene Eskil gewesen.

»Die Kleine ...bekloppt...«, schimpfte Jadar und fügte irgendwas von »verrückten Eisgeistern« hinzu.

Doch schließlich war es Tarjei, der ihr antwortete: »Also gut, erzähl.«

Mira atmete einmal tief durch, dann legte sie los.

Sie erzählte ihnen von den anderen Zeichnungen, woher sie sie hatte und dass nur existierende Orte eine Karte auf der Rückseite hatten.

»Anfangs habe ich auch daran gezweifelt und gedacht, dass es eine von Miles Fantasiezeichnungen sein muss«, sagte Mira. »Aber dann sind mir die Geschichten von den Oasen in der Eiswüste eingefallen. Ich weiß, dass viele sie für erfunden halten, aber es wurde doch schon immer vermutet, dass es irgendwo in der Eiswüste Orte gibt, an denen die Eingeborenenstämme ihre Yarum-Büffel ernähren. Das Fleisch, das wir essen, ist schließlich real. Vielleicht sieht der Ort ja anders aus, aber ich bin fest überzeugt, dass er existiert. Und wenn er das tut, dann können wir mit den Menschen dort handeln. Sie sollen uns das nächste Mal, wenn sie in die Eiswüste ziehen, um an andere Luftschiffe Fleisch zu verkaufen, mitnehmen und wir kaufen uns eine Passage nach wo immer wir auch hinwollen.«

»Und warum hat noch nie jemand diese Oasen wirklich gesehen?«, fragte Jadar.

»Erstens glaube ich, dass sehr wohl einige Menschen sie gesehen haben«, antwortete Mira. »Diese Zeichnung und die vielen Geschichten sind der beste Beweis dafür. Und zweitens, wenn ihr an einem Ort wie diesem leben würdet - in der gesamten Eiswüste auf hunderte Kilometer vielleicht einmalig - würdet ihr jedem verraten, wo er liegt? Nein, ihr würdet es genauso machen und weit weg davon, mitten im Nirgendwo, mit den Luftschiffen verhandeln.«

Dieses Mal folgte kein hektisches Geflüster oder vorschnelle Antworten, sondern langes Schweigen. Mira spürte, wie die Zeit drängte. Sie musste wieder zurück in die Küche, wenn sie nicht wollte, dass die Mannschaft sich auf die Suche nach ihr machte.

»Also gut«, meinte Tarjei. »Ich habe zwar noch ein paar Zweifel, aber ich vertraue dir.«

»Danke«, antwortete Mira erleichtert.

»Verdammt nochmal, nein«, donnerte Jadar. »Das hört sich doch nach einer einzigen Sackgasse an. Selbst wenn dort unten etwas anderes als Eis und Schnee sein sollte.«

Wieder folgte Gemurmel, in dem es darum ging, dass Tarjei den stämmigen Wissenschaftler daran erinnerte, dass ihre einzige Alternative darin bestand, in Rhenak an irgendwelche Piraten übergeben zu werden.

»Wenn ihr meint«, antwortete Jadar unüberhörbar. »Aber falls wir alle mitten im Nirgendwo sterben, dann hab ich euch's ja gesagt.«

Daraufhin polterten laute Schritte und Mira vermutete, dass sich Jadar zu den Stockbetten zurückgezogen hatte.

Hinter der Tür räusperte sich Eskil leise, bevor er sagte: »Ich würde gerne zu bedenken geben, dass immer noch das Problem der erzwungenen Landung besteht. Wir sind an Bord des Schiffes gefangen.«

»Vielleicht auch nicht«, sagte Mira. Ihr Plan B deckte auch diese Komponente ab und es spielte ihr sogar in die Karten, dass Tarjei und die Wissenschaftler die *Lymaskar* noch nicht sabotieren konnten.

»Wie viel Schaden könntet ihr im Maschinenraum anrichten?«, fragte sie.

»Nicht viel«, antwortete Tarjei enttäuscht. »Wir haben hauptsächlich Zugang zu den unwichtigen Sachen, wie dem Wasserdruck oder dem Schiffsfunk. Aber nichts, was das Schiff zu einer Notlandung zwingen würde. Und so weit draußen über der Eiswüste ist Hilferufen keine Option. Geschweige denn, dass wir wüssten, wen wir anfunken sollen.«

»Könnten wir die *Lymaskar* denn dann dazu zwingen, weiterzufliegen?«, fragte Mira.

»Warum, bei allen Eisgeistern, sollten wir das tun?«, donnerte wieder Jadars Stimme durch die Tür. Er hatte sich wohl unbemerkt wieder genähert. Zu Miras Erleichterung hörte sie, wie Tarjei den Wissenschaftler leise, aber entschieden zurechtwies, die Klappe zu halten, woraufhin dieser erneut fluchte, aber dann tatsächlich still war.

»Was meinst du damit, Mira?«, fragte Tarjei.

Sie erzählte ihm schnell von ihrem Ausflug auf das Deck der *Lymaskar* und davon, was Mile ihr über die Rucksäcke erzählt hatte, die einem das Leben retteten, sollte man vom Schiff stürzen.

Als sie fertig war, murmelte Tarjei nachdenklich: »Fallschirme also ... ich werde das Fallen unglaublich hassen, aber das könnte vielleicht klappen.«

»Seid ihr verrückt geworden?«, mischte Jadar sich ein. Dieses Mal klang er so, als würde er gleich auf Tarjei und Eskil losgehen, während er ihnen in epischer Breite zu verstehen gab, wie sehr es ihm widerstrebte seine Gefangenschaft mit den größten Dummköpfen aller Zeit zu verbringen. In einer Atempause wurde sein zorniger Monolog jedoch unerwartet von Eskils ruhiger Stimme unterbrochen, die sagte: »Es ist uns freigestellt, an Bord zu bleiben.«

Das war alles, was nötig war, um den Mann zum Verstummen zu bringen.

»Also?«, fragte Mira. »Könnt ihr eine Landung der *Lymaskar* verhindern?«

Ihr gesamter Plan hing davon ab, dass sie dadurch einen

Vorsprung vor Käpt'n Falkeid und seiner Mannschaft gewinnen würden, der groß genug war, dass sie sie nie wiederfinden würden.

»Wir nicht«, lautete Tarjeis Antwort nach einigem Nachdenken. »Aber du kannst es.«

»Natürlich«, murmelte Mira kopfschüttelnd. Wieder würde die ganze Arbeit an ihr hängen bleiben. »Also gut, was muss ich tun?«

Doch bevor Tarjei antworten konnte, hörte sie plötzlich Schritte im Flur. Verdammt, sie hatte keine Zeit mehr.

»Mira, bist du noch da?«, fragte Tarjei leise.

Sie war hin und hergerissen. Er musste ihr erklären, wie sie die *Lymaskar* manipulieren sollte. Doch wenn sie jetzt nicht verschwand, würde alles auffliegen, noch bevor es begonnen hatte.

»Tut mir leid, ich muss weg«, zischte Mira schnell, dann drehte sie sich um und rannte den Flur hinunter.

Sie huschte gerade noch rechtzeitig in einen der Lagerräume, bevor Bent an der Tür der Gefangenen vorbeilief und sich suchend umsah. Sie tat so als hätte sie schon die ganze Zeit in den Regalen nach Karotten für Halv gesucht. Vor der Tür zum Lagerraum hielt Bent kurz Inne und Mira spürte seinen Blick in ihrem Rücken. Ob er etwas ahnte? Der Erste Offizier war der einzige in der Mannschaft, der ihr gegenüber misstrauisch zu sein schien. Mira musste sich darauf konzentrieren, dass sie nicht die Luft anhielt, während sie ihre Finger über das Regalbrett gleiten ließ. Als sie ein Netz Karotten gefunden hatte, schnappte sie es sich und drehte sich zur Tür um.

»Oh, hallo«, sagte sie und versuchte überrascht zu wirken.

Bent verzog keine Miene, musterte sie einen Augenblick, dann wandte er sich ab und ging.

Mira schloss erleichtert die Augen und atmete erst einmal tief durch. Zumindest fürs Erste konnte sie weitermachen. In Gedanken ging sie bereits ihre nächsten Schritte durch. Sie hatte nur wenig Zeit und musste viele Vorbereitungen treffen.

✼

Kapitel Zwanzig

»Das war die Letzte«, sagte Mira und legte das Messer aus der Hand. Ihre Finger schmerzten vom Karottenschälen.

»Danke«, sagte Halv. Er hatte ihr den breiten Rücken zugewandt und stand über den Esstisch gebeugt, auf dem er gerade Brote für die Mannschaft belegte. »Es macht Spaß, wenn man die Arbeit zusammen macht. Findest du nicht? Endlich hab ich genug Zeit, um ein paar aufwendigere Rezepte auszuprobieren.«

»Sicher«, gab Mira zurück, während sie ihr Handgelenk kreisen ließ. War das an ihrer Hand eine Blase vom Schälen?

In diesem Moment betrat Gillis den Raum und pfiff durch die Zähne. »Sieht gut aus, Halv«, sagte er und hatte sich auch schon eines der Brote geschnappt. »Ich sag den anderen Bescheid, dass es Essen gibt.« Dann war der Spezialoffizier auch schon wieder kauend verschwunden.

»Es heißt *danke*«, rief Halv ihm hinterher. Doch er schien sich nicht wirklich zu ärgern. Vermutlich wusste er genau, wie gut sein Essen schmeckte.

In seiner guten Laune witterte Mira eine Chance. Sie musste dringend nochmal mit Tarjei sprechen, damit er ihr erklären konnte, wie sie die *Lymaskar* sabotieren konnte. Nur dann würde ihre Flucht funktionieren.

Sie versuchte es so alltäglich klingen zu lassen wie möglich, als sie fragte: »Soll ich Tarjei und den anderen wieder was zu essen bringen?«

In dem Augenblick betrat jedoch Bent den Aufenthaltsraum. Prüfend musterte der Erste Offizier sie von oben bis unten und Mira fühlte sich, als könnte er jeden einzelnen ihrer Gedanken sehen. Wusste er, was sie vorhatte? Wie konnte jemand einen nur so durchdringend anstarren?

»Das übernehme ich«, sagte er schließlich. Seine Worte klangen für Mira wie eine Warnung.

Zum Glück durchbrach Halv die Spannung, indem er klappernd Teller auf ein Tablett stellte und die Brote für die Gefangenen darauf verteilte. Er schien gar nicht zu bemerken, was um ihn herum geschah, denn er kommentierte alles nur mit: »Das hier ist deins, Bent. Wie immer ohne Gurken.«

Bents Blick verharrte noch eine kleine Ewigkeit auf Mira, bevor er sich endlich Halv zuwandte, sich bedankte und den Aufenthaltsraum verließ. Mira zweifelte nicht daran, dass der Erste Offizier sie genau beobachten würde. Er hatte Lunte gerochen. Dass sie nochmal ungestört mit Tarjei reden konnte, war damit so gut wie ausgeschlossen. Wenn sie von diesem Schiff runter wollte, musste sie sich selbst etwas einfallen lassen. Warum konnte auch nicht einmal irgendetwas einfach sein?

»Mira, wärst du dann so nett und würdest Elin was vorbeibringen?«, fragte Halv. »Sie vergisst im Maschinenraum immer die Zeit, und ich glaube sie mag dich. Es tut ihr sicher gut, wenn sie nicht immer so alleine zwischen diesen Maschinen da unten ist.«

»Ja, natürlich«.

Alles war besser, als auch noch das restliche Gemüse kleinschneiden zu müssen. Sie drehte den Wasserhahn auf, um sich die Hände zu waschen und als sie sie anschließend an einem Handtuch abtrocknete, begann sie zu lächeln. Das Wasser und die Arbeit in der Kombüse erinnerten sie an Truls. Wie er die Überschwemmung in der Großküche der Scholle verursacht hatte, die sie gemeinsam mit ihrem Vater hatte beheben müssen. Sie war dabei wie immer nicht voll bei der Sache gewesen, weil sie das Flicken von Rohren in einer kalten Wasserpfütze als mühselig empfunden hatte. Doch es war einer der letzten Momente gewesen, die sie mit ihrem Vater verbracht hatte. Was gäbe sie dafür, noch einmal genau dasselbe Rohr mit ihm reparieren zu dürfen.

Im nächsten Augenblick hatte Mira eine Idee, wie sie von der *Lymaskar* herunterkommen würde.

»Elin, bist du da?«

Keine Antwort.

Mira stieg über ein Rohr, das über den Boden verlief und suchte nach der jungen Mechanikerin im Maschinenraum. Sollte sie einfach mit der Sabotage loslegen? Nein. Sie wusste nicht, wie lange sie brauchen würde und das Letzte, was sie wollte, war von Elin auf frischer Tat ertappt zu werden.

Plötzlich blitzte im hinteren Teil des Maschinenraums Licht auf. Als würde jemand immer wieder eine grelle Lampe kurz ein- und dann wieder ausschalten. Mira drückte sich zwischen zwei großen Kesseln hindurch und ging auf das Licht zu. Je näher sie kam, desto deutlicher hörte sie ein fauchendes Geräusch, das sich unter den Motorenlärm mischte.

Dann entdeckte sie Elin. Die junge Mechanikerin hatte ihr den Rücken zugewandt und saß vorgebeugt an einer winzigen Werkbank. Auf dem Kopf hatte sie eine viel zu große Schutzbrille. Neben ihr stand ein kleines Gaslötgerät, das für die Lichtblitze verantwortlich war. Sie nahm es wieder zur Hand und Mira konnte gerade noch rechtzeitig den Kopf wegdrehen, bevor das Licht sie blenden konnte. Dann stellte Elin das Gerät wieder zur Seite und hielt ein kleines Stück Metall, das sie bearbeitet hatte, unter eine Lupe, die an ihrem Werkzeugtisch befestigt war.

Mira sah sich kurz um, dann begriff sie, was die junge Mechanikerin tat. Sie bastelte. In einem Regal auf der linken Seite standen kleine Metallfiguren dicht an dicht gedrängt. Ihre Körper waren alte Rohrstücke und ihre Augen kleine Muttern oder Schrauben, die Elin zusammengelötet hatte. Sie stellten Menschen und Tiere in allen möglichen Kombinationen und Bewegungen dar. Viele davon waren echte Kunstwerke.

Wieder fauchte die kleine Flamme des Lötgeräts, Licht blitzte und der Gestank von verbranntem Staub reizte Miras Nase. Rasch zog sie sich zurück und hielt sich die Nase zu. Angestrengt unterdrückte sie ein Niesen. Elin war beschäftigt und schien es auch noch eine Weile zu sein. Jetzt oder nie.

Zurück im Hauptteil des Maschinenraums schaute sie sich um. Also gut. Mit Maschinen und Motoren kannte sie sich nicht aus. Aber wenn sie eins durch die Arbeit mit ihrem Vater gelernt hatte, dann war es, wie man Wasserrohre reparierte. Da sollte es ihr doch auch möglich sein, ihr Wissen umzukehren und einen Wasserrohrbruch zu erzeugen. Ihr Plan war ziemlich simpel. Wenn die *Lymaskar* plötzlich eine große Menge Wasser verlor, würde sie sehr schnell sehr viel leichter werden. Das würde sicher einige heftige Turbulenzen erzeugen. Das Luftschiff würde kräftig durchgeschüttelt und von seinem Kurs abkommen. Diesen Moment der Verwirrung konnten dann Tarjei und sie zur Flucht nutzen. Falkeid und seine Mannschaft würden ihre Absprungstelle dann, wenn überhaupt, erst nach tagelanger Suche wiederfinden. Zeit genug, um längst über alle Berge zu sein.

In der Theorie fand Mira ihren Plan absolut genial. In der Praxis hatte sie jedoch ein Problem. Welches dieser unzähligen Rohre pumpte das Wasser durch dieses blöde Luftschiff? Und welcher der Kessel baute den Druck dafür auf? Schwer zu sagen. Es waren einfach zu viele Möglichkeiten.

Mira drehte sich im Kreis und versuchte die Leitungen aus dem Wirrwarr herauszufiltern, die ihr am vielversprechendsten erschienen. Nach einer Weile atmete sie erleichtert auf. Sie glaubte, dass sie sie gefunden hatte. Drei Rohre liefen alle im selben Kontrollkasten zusammen. Eines davon sicher für kaltes, das andere für warmes Wasser. Die Funktion des Dritten verstand sie nicht so genau. Probeweise legte sie ihren Zeigefinger an jedes der Rohre und zog ihn schnell wieder zurück. Ja. Das Mittlere war tatsächlich verdammt heiß. Also gut. Wenn das der Kontrollkasten war, dann musste doch auch irgendwo hier in der Nähe die Pumpe sein, die den Wasserdruck erzeugte. Eine Weile puzzelte sie weiter in Gedanken die einzelnen Schaltkreise zusammen, bis sie wusste, was zu tun war. Allerdings hatte sie nun ein neues Problem. Sie brauchte Werkzeug. Und noch viel wichtiger einen Zeitschalter, der alles auslösen würde, sobald sie die restlichen Vorbereitungen für ihre Flucht getroffen hatte.

Weiter hinten im Maschinenraum blitzte wieder Licht auf. Elin arbeitete weiter an ihren Figuren. Also gut. Werkzeug würde Mira sicherlich in den Schubladen des großen Containers dort hinten in der Ecke finden. So leise sie konnte, durchwühlte sie die Schraubenzieher, Zangen und Hämmer, bis sie alles Nötige beisammenhatte. Dann begann die Raterei am Kontrollkasten. Welcher Schalter war für welchen Zweck gut? Leider schien Elin hier unten alles in- und auswendig zu kennen, was es natürlich für sie überflüssig gemacht hatte, Beschriftungen anzubringen. Am besten wäre es sicher, direkt die Pumpe zu manipulieren, die den Druck bestimmte, doch das traute Mira sich nicht zu. Die Alternative war es, dass sie die Warm- und Kaltwasserleitungen irgendwie so koppelte, dass sie schlagartig den Druck von einem Rohr nahm und ihn in das andere umleitete. Das würde sicher dazu führen, dass irgendwo ein Rohr platzte und ein großes Leck entstand. Wieder eine dieser Ideen, die sich Miras Meinung nach ziemlich gut anhörten. In Wirklichkeit schraubte sie jedoch an Rohren herum, von denen sie nur eine vage Vorstellung hatte, welchem Zweck sie dienten. Wenn das mal gut ging.

Blieb noch die Sache mit der Zeitverzögerung. Doch plötzlich hielt Mira inne. Irgendetwas stimmte nicht.

Die Lichtblitze hatten aufgehört. Jetzt, wo sie darauf achtete, fiel ihr auch auf, dass unter dem Lärm der Maschinen plötzlich das Fauchen des Gaslötgerätes verschwunden war. Elin konnte jeden Augenblick auftauchen. So schnell und leise wie Mira konnte, legte sie das Werkzeug zurück.

»Was machst du da?«, fragte Elin plötzlich hinter ihr.

»Ich, ähh ...«, begann Mira. Verdammt, was sollte sie nur sagen? Ein falsches Wort und sie würde auffliegen. Sie würden sie zu Tarjei sperren oder gleich vom Schiff werfen. Irgendwie glaubte Mira, dass niemand von der Mannschaft Spaß verstand, wenn es um die Sabotage ihres Schiffes ging.

»In meinem Zimmer ...«, versuchte Mira es erneut. »Da sind ... ähh ... ein paar Schrauben locker.«

Eine noch schlechtere Ausrede hätte ihr nicht einfallen können, dachte Mira. Schnell schob sie hinterher: »Die Scharniere am Schrank halten nicht mehr richtig zu. Wenn wir in ein Luftloch kommen, fliegen Miles Sachen im Zimmer umher.«

Hastig kramte sie einen kleinen Schraubenzieher aus der Schublade und streckte ihn Elin entgegen. »Ich denke der hier sollte passen.«

Die junge Mechanikerin schaute sie verwundert an. Vermutete sie etwas? Tarjei hatte behauptet, dass sie eine Art sechsten Sinn hatte, wenn es um ihre Maschinen hier unten ging.

»Außerdem hab ich ein belegtes Brot von Halv für dich«, versuchte Mira es weiter. Sie ging an Elin vorbei und holte schnell den Teller, den sie vorhin am Eingang des Maschinenraums abgestellt hatte.

Elin zögerte noch einen Moment, doch dann nahm sie das Brot und lächelte Mira freundlich an.

»Danke. Das sieht Mile mal wieder ähnlich, dass er nichts

davon erzählt hat. Er weiß genau, wie gefährlich umherfliegende Sachen an Bord eines Luftschiffs sein können. Deswegen sind ja selbst die Möbel festgeschraubt.« Ärgerlich schüttelte sie den Kopf.

»Aber du wirst einen Schraubenzieher eine Nummer größer brauchen. Ich kenne jede einzelne Schraube an Bord und der, den du ausgesucht hast, wird nicht richtig passen.«

Mira dankte innerlich den Eisgeistern für Elins gutgläubige Seele.

»Oder ich komme gleich selbst mit und helfe dir beim Reparieren«, bot Elin an.

»Nein, nein«, wehrte Mira ab. Ansonsten würde sie ganz schnell auffliegen.

Elin schaute sie prüfend an, als würde sie abschätzen, wie fähig Mira mit einem Schraubenzieher war und ob Elin sie auf ihr Schiff loslassen konnte.

»Das mache ich schon«, fügte Mira daher hinzu. »Mein Vater ist auch Mechaniker. Von ihm habe ich ein bisschen was aufgeschnappt.«

Sofort hellte sich Elins Mine auf.

»Wirklich? Das ist ja großartig«, rief sie. »Du musst eine fantastische Kindheit gehabt haben. Meine Eltern verstehen absolut nichts von dem, was ich tue. Ich habe mich immer gefragt, wie es gewesen wäre, wenn sie selbst vielleicht eine Werkstatt hätten. Du musst mir unbedingt alles über deinen Vater erzählen.«

Im gleichen Maße wie Elins Begeisterung wuchs, zogen sich in Miras Gedanken dunkle Wolken zusammen. Sie wollte sich nicht an ihre Kindheit erinnern. Nicht daran, wie sehr sie ihren Vater liebte. Denn über alledem schwebte das Wissen, dass er in Gefahr war. Dass er sogar tot sein konnte. Es schmerzte zu sehr, daran zu denken. Miras Finger wanderten wie automatisch in ihre Hosentasche. Dort bewahrte sie das Einzige auf, was ihr noch an Erinnerung an ihre Familie geblieben war. Die Taschenuhr, die ihr Vater ihr geschenkt hatte. Und plötzlich hatte sie das Gefühl, ein eisiger Schraubstock würde ihr Herz umklammern. Sie hatte gerade die Lösung für die Zeitverzögerung ihrer Manipulation gefunden. Sie konnte den Aufziehmechanismus der Uhr dazu benutzen. Dazu würde sie sie jedoch auseinandernehmen und an Bord der *Lymaskar* zurücklassen müssen.

Wie in Trance zog sie die Taschenuhr langsam hervor.

»Die hier hat er mir geschenkt«, sagte Mira und zeigte Elin die Uhr. Die Worte kamen irgendwie automatisch über ihre Lippen. Sie klangen fremd in ihrem Mund.

»Als ich jünger war, hat er sie für mich repariert.«

Mira biss sich in die Wange. Sie musste sich davon ablenken, was sie vorhatte. Sie klappte die Uhr auf, löste das Bild ihrer Mutter heraus und ließ es in ihrer Hosentasche verschwinden, bevor sie die Uhr Elin gab.

»Die ist wirklich schön«, sagte die Mechanikerin und drehte die Uhr in alle Richtungen.

Mira biss sich fester in die Wange. Sie musste es irgendwie schaffen, dass Elin sie noch einmal für einen kurzen Augenblick alleine ließ.

»Was ist mit deinen Eltern?«, fragte Mira daher. »Du kommst aus Hàvamar oder? Haben sie dir auch was geschenkt, das du mit an Bord genommen hast?«

»Oh, bei den Eisgeistern, nein«, sagte Elin und machte ein betrübtes Gesicht. »Wenn meine Mutter wüsste, dass ich auf einem Luftschiff fliege, würde sie auf der Stelle der Schlag treffen. Sie denken, dass ich am anderen Ende der Stadt wohne und mich langweile, während ich in einer kleinen Werkstatt Werkzeug für die Fabriken repariere.«

Das kam überraschend.

»Wie lange machst du das denn schon? Haben sie keinen Verdacht?«

Elin lächelte.

»Mein Vater vielleicht. Aber meine Mutter könnte sich sowas nicht mal vorstellen. Außerdem sind wir mit der *Lymaskar* für gewöhnlich nie länger als zwei oder drei Wochen unterwegs, bevor wir wieder in Hàvamar anlegen. Dann besuche ich sie und sie sind zufrieden.«

Elin gab Mira ihre Uhr wieder zurück.

»Aber warte. Ich zeig dir, was ich ihnen immer schenke, wenn ich sie besuche.«

Dann wandte sie sich um und verschwand beinahe hüpfend vor guter Laune in den hinteren Teil des Maschinenraums zu ihrer kleinen Werkbank.

Das war ihre Gelegenheit, dachte Mira. Wenn sie den

Augenblick nicht nutzte, würde sie keine zweite Chance bekommen.

Bevor sie genug Zeit hatte, noch einmal darüber nachzudenken und sich vielleicht umzuentscheiden, legte sie ihre Uhr auf den Werkzeug-Container, schnappte sich einen Hammer aus der Schublade und schlug damit zu. Die äußere Hülle der Taschenuhr bekam eine hässliche Delle und sprang an einer Seite auf.

»Was war das?«, rief Elin.

»Ich suche nach einem anderen Schraubenzieher«, rief Mira zurück, während ihr eine Träne die Wange hinunterlief.

Mit einem schmalen Meißel hebelte sie die Taschenuhr komplett auf und schüttete den Inhalt in ihre Hand. Viele kleine Zahnräder wirbelten durcheinander, fielen herunter und verteilten sich zwischen dem Werkzeug im Container vor ihr. Mira befreite den zentralen Mechanismus der Uhr vom überflüssigen Rest. Der Sekundenzeiger tickte noch immer langsam weiter. Das war gut. Der Hammerschlag hatte also nichts Schlimmeres kaputt gemacht. Sie nahm das Innenleben der Uhr und eine Zange von Elins Werkzeugen. Dann ging sie zum Schaltkasten. Rasch kniff sie zwei Kabel durch und platzierte die Uhr zwischen dem einen Ende des ersten und dem anderen Ende des zweiten Kabels. Mit Gewalt bog sie den Minutenzeiger zurecht, sodass er sich nicht mehr bewegen konnte und zum ersten Kabel Kontakt hatte. Mira schätzte, dass der Stundenzeiger in ungefähr drei Stunden weit genug gewandert sein würde, dass er das zweite Kabel berührte. Dann würde ihre Flucht starten.

Sie schaffte es gerade so, die Zange wieder zurückzulegen, einen Schraubenzieher in die Hand zu nehmen und sich die Tränen von ihren Wangen zu wischen, bevor Elin wieder hinter einem der Motoren hervorkam.

»Immer, wenn ich ausnahmsweise hier unten mal nichts reparieren muss, bastle ich die hier.«

Sie präsentierte Mira eine kleine Auswahl der Metallfiguren, die sie aus altem Metall, Schrauben und ähnlichen Überbleibseln zusammengelötet hatte.

»Den hier mag ich am liebsten«, sagte sie und hielt Mira einen kleinen Metallhund hin, der eine Pfote hob. »Auch wenn unser erster Familienhund ganz anders ausgesehen hat, nenne ich den Kleinen hier trotzdem Kleo.«

Trotz all ihrer Sorgen und dem Druck, unter dem Mira stand - oder vielleicht gerade deswegen - musste sie lächeln. Auf dieser ganzen furchtbaren Reise, die sie bisher hatte durchmachen müssen, war Elin der netteste Mensch, den sie getroffen hatte. Das war zwar nicht besonders schwer, wenn Mira all ihre anderen Bekanntschaften mit ihr verglich, aber trotzdem. Elin war ein besonderer Mensch. Dadurch fühlte Mira sich nur umso schuldiger, dass sie ihr Schiff sabotierte.

»Und die hier will ich meinen Eltern das nächste Mal, wenn ich sie sehe, schenken. Dann haben sie Hochzeitstag«, sagte Elin. Sie hielt Mira eine weitere Figur hin. Es waren zwei Menschen, die an den Händen zusammengelötet waren. Ein Paar, das miteinander spazieren ging.

»Die sind alle wunderbar«, sagte Mira und meinte es ehrlich. Am liebsten hätte sie sich auch all die anderen Figuren angesehen. Doch so langsam musste sie zusehen, dass sie aus dem Maschinenraum kam und die restlichen Vorbereitungen für ihre Flucht traf. Also schob sie sich langsam in Richtung Ausgang.

»Ich würde sehr gerne noch mehr davon sehen und vielleicht kannst du mir zeigen, wie man sowas macht. Mein Vater würde sich sicher riesig darüber freuen.«

Wenn er noch lebte, dachte Mira und biss sich in die Wange. In ihrem Mund bildete sich ein metallischer Geschmack.

»Leider hat mich Bent wieder dazu verdonnert, Mile beim Putzen zu helfen. Ich glaube, er mag mich nicht besonders.« Zumindest der letzte Teil war nicht gelogen, dachte Mira. Ihr Blick wanderte bei dem Gespräch mit Elin immer wieder zu dem Kontrollkasten für die Wasserleitungen. Hoffentlich würde die Mechanikerin nicht ausgerechnet in den nächsten Stunden den Maschinenraum auf Funktionsfähigkeit kontrollieren.

»Bent mag die Neuen am Anfang nie. Das war bisher bei jedem so«, versuchte Elin ihr Mut zu machen.

»Außer vielleicht bei Gillis«, fügte sie hinzu. »Den mochte er am Anfang nicht und kann ihn immer noch nicht leiden.«

Sie lachte und Mira grinste ebenfalls. Dann waren sie am Ausgang des Maschinenraums angekommen. Mira verabschiedete sich von Elin und machte sich auf den Weg.

Sie hatte es geschafft. In weniger als drei Stunden ging es los.

※

Kapitel Einundzwanzig

Mira saß auf der Kante ihres Bettes, bereit, jede Sekunde aufzuspringen. Die Muskeln in ihren Beinen zuckten immer mal wieder vor Anspannung und um ihre Finger zu beschäftigen, musste sie sich ständig vergewissern, dass alle Riemen des Rucksacks, den sie sich um den Bauch gebunden hatte, festgezurrt waren.

Da sie ihre Taschenuhr im Maschinenraum zurückgelassen hatte, konnte Mira nur schätzen, wie viele Minuten vergangen waren, seit sie die Vorbereitungen für ihre Flucht abgeschlossen hatte. Es musste jeden Augenblick soweit sein.

Hoffentlich hatte sie nichts vergessen, dachte sie. Und hoffentlich hatte sie keinen Fehler gemacht. Vielleicht würde ihre Manipulation gar nicht funktionieren. Sie hatte keine Ahnung, wie stark der Wasserdruck in den Rohren tatsächlich steigen würde. Und ob sie mit ein paar geplatzten Rohren genug Verwirrung stiftete und die *Lymaskar* soweit vom Kurs abbrachte, dass ihre Flucht klappen würde. Ihre Sabotage beruhte einfach auf zu vielen Schätzungen und ihrem Augenmaß. Auf jeden Fall würde sie bis ans Ende ihres Lebens sämtliche Eisgeister verfluchen, wenn die endlosen Stunden, in denen ihr Vater ihr das Reparieren von Maschinen beibringen wollte, umsonst gewesen wären.

Mira wischte sich mit ihrer Hand, an der sie zwei Paar Handschuhe trug, den Schweiß von der Stirn. Ihr war unerträglich heiß und nach der langen Zeit an Bord von warmen Luftschiffen oder in den beheizten Straßen Hàvamars, hatte sie das Gefühl von all den Kleidungsschichten erdrückt zu werden. Doch später, in der Eiswüste, würde sie noch dankbar für jede einzelne davon sein.

Plötzlich drang ein leises Rauschen aus der Wand, als hätte jemand im Nachbarzimmer einen Wasserhahn aufgedreht. Das war ihr Startkommando.

Mira stand schwerfällig unter der Last ihres Rucksacks auf und stöhnte, als sie auch noch Tarjeis Gepäck vom Boden hob. Sie hatte alles, was sie brauchten, aufgeteilt. Zwei weitere Rucksäcke für die beiden Wissenschaftler lagen im Schrank mit den Fallschirmen bereit. Doch um noch mehr dort zu verstecken, war nicht genügend Platz gewesen und so musste Mira das Gewicht mit sich herumschleppen.

Das Rauschen wurde lauter, als sie gerade bei ihrer Kabinentür angekommen war und klang nun so, als würde sie ihr Ohr direkt an ein altes Wasserrohr halten. Sie hatte noch eine Minute. Glaubte sie.

Hatte sie an alles gedacht? Genug Konservendosen für mehrere Tage und für jeden eine Feldflaschen mit frischem Wasser. Den Rest würden sie sich aus Schnee schmelzen können, sobald sie erstmal festen Eisboden unter den Füßen hatten. Dafür hatte Mira einen kleinen Bunsenbrenner in ihren Rucksack gepackt, für den Tarjei und die Wissenschaftler jeweils einen Reservegasbehälter tragen würden.

Mira spürte, wie sich ein dumpfes Vibrieren im Schiffsrumpf ausbreitete und sich auf sie übertrug.

Das restliche Werkzeug, das sie brauchen würden, um die meisten Schwierigkeiten in der Eiswüste zu überleben, war, dank vieler offen stehender Lagerräume, schnell beschaffbar gewesen. Allerdings machte es die Rucksäcke schwerer als es Mira lieb war. So lange sie auch noch Tarjeis Anteil tragen musste, konnte sie nicht rennen. Sie musste darauf hoffen, dass die Crew zu sehr abgelenkt sein würde, um überhaupt daran zu denken, ihr hinterher zu jagen.

Plötzlich war das Geräusch rauschenden Wassers verschwunden.

Das bedeutete, dass alle Rohre geflutet waren und der Druck sich nun rasch aufbaute. Stumm zählte Mira die Sekunden herunter, bevor sie loslegen musste.

Drei...

Sie nahm noch einmal einen tiefen Atemzug.

Zwei...

Ihre Finger verkrampften sich um den Türknauf.

Eins...

Gleichzeitig mit dem gewaltigen Knall der Druckventile des Schiffs riss Mira die Tür ihrer Kabine auf. Die *Lymaskar* wurde kräftig durchgeschüttelt, doch Mira hatte inzwischen lange genug an Bord von Luftschiffen verbracht, um das zu entwickeln, was Halv als »Schiffsbeine« bezeichnet hatte. Ihre Sabotage schien weit mehr Schaden anzurichten, als sie geplant hatte.

So schnell sie konnte, versuchte Mira die beiden Rucksäcke durch das Schiff zu Tarjeis Gefängnis zu tragen. Doch die *Lymaskar* bockte wie ein wildes Tier und Mira taumelte immer wieder rechts und links gegen die Wände. Sie hatte etwa die Hälfte des Weges geschafft, als plötzlich der Boden zur Seite wegkippte. Bent hatte schneller reagiert, als Mira erwartet hatte und das Auftriebsgas aus einem der Ballons war gerade in einen anderen gepumpt worden. Doch anstatt das Schiff nur von seinem Kurs abzubringen, hatte Miras Sabotage zur Folge, dass sie im Begriff waren, zu kentern. Alles drehte sich und die Wand wurde langsam zum Fußboden. Mira versuchte sich auf Händen und Füßen weiter zu Tarjei vorzukämpfen. Ihr Atem ging schwer, doch sie spornte ihre Muskeln zu noch größerer Leistung an. Das Adrenalin schoss ihr durch den Körper und sie betete, dass ihre Manipulation nicht dazu führte, dass das Schiff abstürzte oder explodierte, bevor sie von Bord verschwinden konnten.

Mira war überglücklich, als endlich die Tür zu Tarjeis Kabine in Sicht kam. Inzwischen war das, was ursprünglich einmal die seitliche Wand des Flurs gewesen war zu einem schrägen Fußboden geworden. Die Bullaugen, durch die Mira die unter ihr hinwegziehenden Wolken sehen konnte, hatten sich in gefährliche Stolperfallen verwandelt. Mira musste über die letzten beiden springen, um ihr Ziel zu erreichen. Sie musste sich beeilen, bevor sie kenterten und alles Kopf stand. Keuchend ließ sie den zweiten Rucksack für Tarjei vor der Kabinentür fallen.

Sie hämmerte zweimal kräftig mit der Faust gegen die Tür, dann holte sie den Schraubenzieher, den sie aus dem Maschinenraum in Vorbereitung auf diesen Moment hatte mitgehen lassen, aus ihrer Jackentasche. Sie begann damit, am Schloss herumzuhebeln, doch das gesamte Luftschiff vibrierte so stark, dass es ihr nicht gelang, ihre Finger ruhig zu halten. So würde sie keinen Ansatzpunkt finden. Auf der anderen Seite der Tür donnerte eine Faust gegen das Holz.

»Ich hab's gleich!«, rief Mira über den Lärm, den die *Lymaskar* von sich gab. Der Schiffsrumpf heulte mit gequälten

Lauten auf, Holz verbog sich und Metallträger kreischten unter der Anstrengung, das Schiff zusammenzuhalten.

Mira fluchte laut, als sie erneut mit dem Schraubenzieher abrutschte und nicht mehr erreichte, als eine tiefe Schramme am Türschloss zu hinterlassen.

Das würde so nicht funktionieren.

Hastig versuchte Mira etwas anderes. Sie setzte die Spitze des Schraubenziehers in den Türspalt, holte schnell eine Konservendose aus Tarjeis Rucksack und schlug mehrmals damit auf das hintere Ende des Schraubenziehers, sodass er sich tiefer in den Türspalt vorarbeitete. Während ihr kalter Linseneintopf aus der kaputten Dose über die Hand lief, spürte sie, wie es funktionierte. Das Schloss ächzte, das Holz der Tür knirschte verräterisch und Mira stemmte sich mit ihrem ganzen Gewicht in den Schraubenzieher hinein, um ihn als Hebel zu benutzen. Und tatsächlich splitterte das Holz des Türrahmens schließlich um das Schloss herum. Die Kabinentür sprang auf.

»Bin fertig!«, rief Mira erleichtert aus und im gleichen Moment riss Tarjei auch schon die Tür komplett auf.

»Was hast du mit dem Schiff angestellt?«, fragte er mit einer Mischung aus Vorwurf und Bewunderung.

»Verdammt nochmal«, donnerte Jadar hinter ihm. »Das Mädchen bringt uns alle um. Dieser verfluchte Pott bricht uns gleich unter dem Hintern auseinander.«

Ein lautes Krachen des Schiffsrumpfs unterstrich Jadars Worte und mahnte sie alle zur Eile. Daher hob Mira sich die Details ihrer Sabotage für einen anderen Zeitpunkt auf. Im Moment war es wichtiger, endlich von der *Lymaskar* herunterzukommen.

»Hier«, sagte sie zu Tarjei und packte den zweiten Rucksack, den sie für ihn vorbereitet hatte. »Schnall ihn dir vor den Bauch.« Sie zeigte auf ihren eigenen Rucksack und wie sie ihn an sich befestigt hatte, um noch genug Platz für das Fallschirmgeschirr auf ihrem Rücken zu lassen. »Und zieh die Riemen fest zu. Du hast ein Viertel unserer Vorräte darin.«

Während Tarjei sich noch den Rucksack umschnallte, bemerkte Mira, dass der größere der beiden Wissenschaftler fehlte.

»Wo ist Eskil?«

»Er kommt nicht mit«, antwortete Jadar.

»Was?«, fragte Mira und versuchte an Jadar vorbei in die Kabine zu gehen, um Eskil Beine zu machen.

»Er war doch einverstanden damit ...«, sagte sie, doch weiter kam sie nicht, da Jadar den Weg blockierte. Er schüttelte den Kopf und der sonst so aufbrausende Mann wirkte den Tränen nah.

»Er weigert sich, abzuspringen«, war alles was Mira als Erklärung bekam.

Zuerst spürte sie Wut in sich aufsteigen. Sie hatte sich auch für ihn die Mühe gemacht, diese Flucht zu organisieren und nun verzögerte Eskil alles. Doch dann erinnerte sie sich plötzlich wieder an ihre eigenen Worte. Sie hatte Tarjei gewarnt, dass sie die Wissenschaftler in einem solchen Fall zurücklassen würde. Scheinbar war sie doch nicht so kalt, wie sie erwartet hatte. Trotzdem durfte sie nicht aus den Augen verlieren, warum sie dies alles hier überhaupt tat: sie wollte ihren Vater finden. Jeder Begleiter, der wie Tarjei dabei helfen wollte, war ihr herzlich willkommen. Weitere Verzögerungen konnte sie sich jedoch einfach nicht mehr erlauben.

»Also gut«, sagte sie. »Dann lasst uns endlich gehen.«

Sie rannte los und hörte, wie Tarjei und Jadar ihr dicht auf den Fersen folgten.

»Einmal rechts und dann die Treppe hoch«, rief sie über die Schulter. Was gar nicht so leicht war, da sie gleichzeitig über eine Lampe springen musste. Da die *Lymaskar* nun komplett in Seitenlage am Himmel hing, ragten diese nun wie Hürden in ihren Fluchtweg hinein. Und auf jede der Lampen folgte ein Bullauge, dessen Vertiefung eine genauso gefährliche Stolperfalle war. Zum Glück war der Weg zur Luke auf das Oberdeck nicht besonders weit.

Mira blieb schlitternd vor der letzten Treppe stehen. Für einen kurzen Moment war sie von der Orientierung des Raums verwirrt. Durch die Drehung der *Lymaskar* befand sich die Falltür zur Freiheit nun nicht mehr über Miras Kopf, sondern wie eine gewöhnliche Tür auf ihrer linken Seite in der Wand. Dafür war der Schrank, in dem die Fallschirme aufbewahrt wurden und in dem sie die Rucksäcke für Eskil und Jadar versteckt hatte, über ihr zur Decke des Flurs geworden.

»Verdammt. Du musst mich raufheben«, sagte sie zu Tarjei und zeigte nach oben.

»Wie soll das mit dem Rucksack denn gehen?«, fragte er und blickte auf seinen vor den Bauch geschnallten Rucksack herunter.

In dem Augenblick drehte sich die *Lymaskar* ein kleines Stück zurück in Richtung Normallage, was bei Mira ein unangenehmes Gefühl im Magen verursachte. Sie wünschte sich, dass Halv nur halb so gut kochen würde und sie sich den Bauch nicht so vollgeschlagen hätte.

»Mach mir einfach eine Räuberleiter«, wies sie Tarjei ungeduldig an und wartete gar nicht auf einen weiteren Widerspruch. Bent schien das Schiff wieder unter Kontrolle zu bekommen, was bedeutete, dass sie jederzeit entdeckt werden konnten. Mira glaubte schon, die rennenden Schritte der Mannschaft zu hören.

Tarjei schaffte es irgendwie, die Arme um den Rucksack vor seinem Bauch zu schließen und Mira stieg mit einem Fuß auf seine Hände. Unter lautem Stöhnen wuchtete er sie in die Höhe und sie glaubte schon, das Gleichgewicht zu verlieren, da ertasteten ihre Finger endlich die Tür des Schranks.

Sie musste einen kurzen Augenblick am Verschluss der Tür fummeln und Tarjei begann unter ihrem Gewicht zu schwanken, doch schließlich schaffte sie es, dem Schloss ein leises Klicken zu entlocken. Im gleichen Augenblick schlug ihr die Tür gegen den Arm und alle Fallschirmrucksäcke prasselten auf sie herunter. Tarjei kippte zur Seite und Mira schlug hart auf dem Boden auf. Gemeinsam wurden sie unter einem Haufen Fallschirme begraben.

Stöhnend spornte sie sich dazu an, sich trotzdem keine Pause zu gönnen und kämpfte sich mühsam unter dem Fallschirmberg hervor.

»Jeder legt einen an«, sagte sie. »Sobald wir von Bord gesprungen sind, zählen wir bis zehn, dann müssen wir die rote Leine ziehen.«

Mira versuchte an sich selbst vorzuführen, wie man die Fallschirmrucksäcke richtig anlegte und welche rote Leine sie meinte. Wieder glaubte sie, rennende Schritte zu hören, die den Gang entlangkamen. Und obwohl sie sich beinahe sicher war, dass ihr Verstand ihr einen Streich spielte, drehte sie sich um und schaute dorthin zurück, von wo sie gekommen waren.

Mit weit geöffneten Augen stand dort Mile im Flur und starrte ungläubig zu ihnen herüber. In seinen zitternden Händen hielt der Schiffsjunge ein Gewehr, das viel zu groß für ihn wirkte. Mit Bewegungen, als wäre sein Körper eine eingerostete Maschine, hob er langsam den Lauf der Waffe und zielte auf sie.

Mira hörte, wie Tarjei Jadar half, die Riemen seines Fallschirmrucksacks stramm zu ziehen, während der Wissenschaftler Verwünschungen ausstieß und sie immer wieder daran erinnerte, dass sie alle sterben würden. Was ihn allerdings in keinster Weise davon abhielt, sich an dieser Flucht zu beteiligen.

In Miles Augen funkelte die Verzweiflung. Mit erstickter Stimme rief er durch den Flur: »Hände hoch!«

Durch den Lärm, den die schwer geschädigte Lymaskar von sich gab, kam nur ein Murmeln bei Mira an, doch sie konnte die Worte von Miles zitternden Lippen ablesen. Sie wusste, dass er es ernst meinte. Er würde sie erschießen. Er liebte dieses Schiff und die Besatzung war wie eine Familie für ihn. Er würde alles für sie tun. Genauso wie Mira alles für ihren Vater tat.

Ganz langsam hob Mira ihre Arme.

»Halt!, habe ich gesagt.«

Dieses Mal war Miles Stimme lauter gewesen und nun hatten auch Tarjei und Jadar ihn bemerkt. Mira hörte den Wissenschaftler fluchen, bevor er ihnen leise zuwisperte: »Das ist nur ein Kind.«

Mira schaute über die Schulter zu ihm und Tarjei und schüttelte den Kopf. »So schnell sind wir nicht«, sagte sie eindringlich zu Jadar und fügte dann hinzu: »Mile meint es ernst.«

Doch der Wissenschaftler wusste es wie immer besser. Er machte ein paar Schritte nach vorne, bis er neben Mira stand und sagte dann mit lauter Stimme: »Das ist nur der verfluchte Schiffsjunge. Wir müssen los, bevor er Hilfe ruft.«

Mira wandte ihren Blick jedoch nicht von Miles tränengefüllten Augen ab. Sie sprühten vor Wut. Ihm musste klargeworden sein, dass sie seine Freundschaft ausgenutzt hatte. Und dass sie es gewesen war, die die *Lymaskar* so zugerichtet hatte.

»Er wird schießen«, sagte sie zu Jadar.

»Bei allen zugefrorenen Yarum-Haufen der Eiswüste. Das ist der Schiffsjunge«, fluchte Jadar und senkte seine Arme. Wütend machte Jadar einen Schritt nach vorne, um an Mira vorbei zur Luke zu stürmen.

Der Knall des Schusses prallte zwischen den engen Flurwänden hin und her und brachte Miras Trommelfelle zum Klingeln. Jadars massiv gebauter Körper taumelte, prallte mit seinem vollen Gewicht gegen Mira und riss sie mit zu Boden. Noch bevor sie aufschlug, spürte sie, wie kleine feuchte Tropfen auf ihr Gesicht niederregneten und dann langsam über ihre Stirn und Wangen hinabrannen.

Sie stöhnte auf, als sie unter Jadars Körper begraben wurde und sein Gewicht die Luft aus ihren Lungen presste. Sie bekam einen der Tropfen ins Auge und als sie blinzelte sah sie den Schiffsflur um sich herum durch einen roten Schleier. Es war Blut, das sie abbekommen hatte. Sehr viel Blut.

Mira spürte, wie kräftige Hände sie packten und nach hinten über den Boden unter Jadar hervorzogen. Tarjei hatte sie unter den Schultern gepackt und schleifte sie in Richtung der Luke zum Oberdeck.

Mira konnte beobachten, wie Mile am anderen Ende des Flurs erstarrt dastand. Das Gewehr hatte er fallen gelassen. Nur sein entsetzter Blick blieb auf Mira haften, als würde er ihr an allem die Schuld geben. Sie wollte ihm sagen, dass sie das nicht gewollt hatte. Sie hätte sich gerne bei ihm entschuldigt. Und sie hätte auch gerne Jadar irgendwie geholfen, obwohl er so einen fürchterlichen Charakter hatte. Doch der Anblick des gebrochenen Mile betäubte Mira und das Einzige, was sie noch spürte, war Tarjeis fester Griff, der sie wegzog.

»Mira, verdammt nochmal!«, brüllte er in ihr Ohr. »Jetzt beweg endlich deine Beine, bevor wir auch noch erschossen werden.«

Tarjeis Kommando weckte ihren Überlebensinstinkt. Ihr Herz begann schneller zu schlagen. Das Klingeln in ihren Ohren trat in den Hintergrund und die Muskeln in ihren Beinen begannen sich wieder anzuspannen. Ihr Blut rauschte mit atemberaubender Geschwindigkeit durch ihre Adern und gab ihr die Kraft sich von Mile abzuwenden und die Flucht anzutreten.

Tarjei musste gespürt haben, dass sie wieder dazu in der Lage war, sich um sich selbst zu kümmern und ließ sie los. Dann warf er sich mit der vollen Wucht seines Körpers gegen die Luke, die zum Oberdeck führte. Als sie aufsprang, schlug ihnen die von der Sonne aufgeheizte Luft entgegen und während Mira trotzdem vorwärts taumelte, fühlte sich ihre Haut beinahe unerträglich heiß an.

An der Luke blieb sie neben Tarjei stehen und gemeinsam schauten sie über den Rand in die Tiefe. Die *Lymaskar* befand sich noch immer in Schräglage, was bedeutete, dass sie, sobald sie aus dem Flur sprangen, in die Tiefe stürzen würden. Am Deck der *Lymaskar* vorbei, über die Reling hinweg und dann auf die unendlich große weiße Fläche der Eiswüste zu.

Mira zitterte am ganzen Körper und als Tarjei ihre Hand packte, spürte sie, dass auch er Angst hatte.

»Wir dürfen uns nicht verlieren«, sagte er und packte auch noch ihre andere Hand.

Eine große Wolke schob sich unter die *Lymaskar* und eine weiße Wand, beinahe zum Greifen nah, verschleierte ihnen die Sicht auf die vielen hundert Meter Fall, die darunter auf sie warteten. Einen besseren Augenblick würden sie nicht mehr bekommen. Und sie beide wussten das.

Gemeinsam wagten sie den Schritt von Bord.

Der Fall war wie ein Rausch.

Zuerst stellte sich dieses mulmige Gefühl in Miras Magen ein, das man bekam, wenn man bei einem unachtsamen Schritt, eine Treppenstufe verfehlte und jeden Augenblick damit rechnete, schmerzhaft umzuknicken. Doch sobald sie sich unterhalb des Schiffsrumpfs befand und somit jeglichen Bezug zu einem festen Boden unter den Füßen verloren hatte, spürte Mira wie sich das zuvor unangenehme Kribbeln im Magen in ein warmes Kitzeln verwandelte.

Zusammen mit Tarjei tauchte sie in die dichte Wolkendecke ein. Mira hatte erwartet, ein besonderes Geräusch zu hören, als sie in die Dunstwand fiel, doch da war nur weiterhin der Klang des Windes, der an ihren Ohren vorbeirauschte. Sie spürte wie sich feine Tropfen kalten

Wassers auf ihrem Gesicht bildeten und der Gedanke, dass sie wie der Schnee, den sie ihr ganzes Leben lang auf die Scholle und das Eismeer hatte niedergehen sehen, zur Erde stürzte, war unwirklich.

Zuerst lichtete sich der graue Schleier um sie herum nur langsam, um dann umso plötzlicher komplett zu verschwinden. Sie hatten die Wolkenfront über sich gelassen. Von Horizont zu Horizont erstreckte sich unter Mira nun die grenzenlose Eiswüste. Kleine graue Felsgipfel ragten unregelmäßig verteilt wie Harpunenspitzen in den Himmel und ließen dieses Land noch wilder und tödlicher wirken als in jeder Gauklergeschichte.

Und dann sah sie es. Ein Bild wie in einem Traum.

Mitten in der weißen Wildnis aus Schnee und Kälte, am Fuße eines Berges, erstreckte sich beinahe kreisrund ein kleines grünes Tal. Es war im Verhältnis zu der restlichen Welt unter ihr nur ein winzig kleiner Punkt. Doch für Mira war es das größte Wunder, das sie bisher auf ihrer Reise und in ihrem Leben gesehen hatte. Wie auf Miles Zeichnung war keine Kuppel über das Grün dieses Gartens gestülpt. Mira wusste in diesem Augenblick, dass sie um jeden Preis erfahren musste, welche Magie diesen Ort am Leben erhielt.

In ihrem Erstaunen spürte sie zuerst gar nicht, wie sich ihr Griff um Tarjeis Hand langsam löste und ihre Finger immer weiter auseinander glitten. Doch Tarjei reagierte und hielt sie fester. Er riss Mira damit aus ihrer Gedankenwelt und plötzlich war sie sich wieder der gefährlichen Situation bewusst.

Was hatte Mile gesagt? Sie sollte bis zehn zählen und dann die rote Schlaufe ziehen.

Sie hatte völlig das Zählen vergessen!

Mira spürte, wie das mulmige Gefühl in ihrem Bauch, das sie zu Beginn ihres Sprungs bemerkt hatte, wieder zurückkehrte und ihr wurde übel. Sie krallte ihre Finger fester in Tarjeis und suchte seinen Blick. Obwohl sein Gesicht vom Flugwind verzerrt wurde, konnte sie den warnenden Ausdruck darin erkennen. Tarjei deutete mit einer Augenbewegung nach oben und Mira legte ihren Kopf in den Nacken.

Über ihnen kam ein wahrer Regen aus kleinen glänzenden Metallstücken herab, der sie rasch einholte. Zuerst verstand sie nicht, wie das möglich war, doch dann glaubte sie die Erklärung zu kennen. Sie hatte es bei ihrer Sabotage übertrieben. Das Wasserversorgungssystem der *Lymaskar* musste geplatzt sein und die Einzelteile regneten herab. Einige der Rohre, die auf sie zu stürzten, waren länger als ihr eigenes Bein und genauso dick. Und sie kamen immer näher.

Mira spürte, wie sich Tarjeis Hand fester um ihre schloss und wie er sich näher an sie heranzog. Er bewegte sich schnell genug, dass sie erst erkannte, was er vorhatte, als er sie bereits in einer Umarmung umklammerte und ihren Körper unter seinem abschirmte.

Wieso tat er das?

Doch bevor sie es verhindern konnte, prallte das erste Rohr gegen Tarjeis Bein. Dann prasselten weitere kleine Teile auf seinen Rücken und Mira hörte ihn bei jedem einzelnen aufstöhnen. Tarjei ließ jedoch nicht locker. Seine Umarmung wurde mit jedem Wrackteil, das auf ihn einschlug, enger und Mira glaubte schon keine Luft mehr zu bekommen, als sie ein etwa armlanges Rohr auf seinen Kopf zurasen sah.

Sie wusste, was geschehen würde, doch sie konnte nichts anderes mehr dagegen tun, als Tarjeis Umarmung zu erwidern und auch ihn festzuhalten. Selbst schreien war ihr nicht mehr möglich, so eng klammerten sie sich aneinander.

Das Rohr schlug mit voller Wucht gegen Tarjeis Kopf und prallte zur Seite ab. Tarjeis Körper erschlaffte. Mira hatte keine Ahnung, ob er nur bewusstlos oder vielleicht sogar tot war, doch sie wusste, dass sie darüber jetzt nicht nachdenken durfte. Sie musste sich einzig und allein darauf konzentrieren ihn in der Luft nicht zu verlieren. Die Wrackteile hatten den Fallschirmrucksack auf Tarjeis Rücken zerfetzt, was bedeutete, dass sie nun seine einzige Chance war, den Sturz zu überleben.

Selbst als eine Schraube auf Miras Hand einschlug und ihr grausame Schmerzen den Arm hinaufschossen, als wäre gerade ein kleiner Knochen durchgebrochen, lockerte sie ihren Griff nicht. Es kam ihr vor wie eine Ewigkeit, doch irgendwann hörte der Regen aus Wrackteilen genauso schlagartig auf, wie er begonnen hatte. Die Trümmer waren allesamt an ihnen vorbei Richtung Erdboden gezogen.

Mira versuchte, mit Hilfe ihrer Beine irgendwie ihre

Position in der Luft zu ändern und schaffte es, sich an Tarjeis Stelle nach oben zu drehen. Sie ignorierte, wie groß die Berge inzwischen unter ihr geworden waren und wie nahe sie ihnen schon war. Mira hatte keine Ahnung, wie lange sie schon auf den Boden zustürzten, aber sie war sich sicher, dass sie schon hundert Mal bis zehn hätte zählen können, wäre sie nicht abgelenkt gewesen. Mit ihren vor Schmerz tauben Fingern tastete sie nach der roten Leine ihres Rucksacks und zog daran so fest sie konnte. Sie spürte, wie der Wind den Stoff des Fallschirms aus ihrem Rucksack zerrte und so schnell sie konnte, schloss sie wieder ihre Umarmung um Tarjei.

Sie schaffte es gerade noch rechtzeitig, bevor die Riemen ihres Geschirrs schmerzhaft in ihre Schultern und Bauch schnitten und ihr Fall mit einem gewaltigen Ruck gebremst wurde. Mira hielt Tarjei weiter fest und es fühlte sich so an, als würden ihr beide Arme aus den Schultern gerissen, doch sie weigerte sich schlicht und ergreifend dem Schmerz nachzugeben und ihn in die Tiefe stürzen zu lassen. Sie wusste nicht wie, aber irgendwie schaffte sie es, ihn festzuhalten. Gemeinsam schwebten sie langsam Richtung Erdboden.

Mit jeder Sekunde wurde die Welt größer und größer. Auf den letzten Metern fühlte sie sich noch immer viel zu schnell und sie stellte sich auf eine harte Landung ein. Vermutlich war der Fallschirm nicht dafür ausgelegt, das Gewicht von zwei Personen samt Notfallgepäck zu tragen. Die letzten Augenblicke nutzte Mira, um mehrmals hintereinander tief Luft zu holen und ihren Körper anzuspannen. Sie musste versuchen, den Aufprall so gut es ging abzufedern.

Dann war es soweit.

Es ging zu schnell, als dass sie es richtig mitbekam oder in der Lage dazu gewesen wäre, ihre Bewegungen zu koordinieren. Sie spürte einfach nur, wie ihre Füße den Boden berührten und wie ihr Gewicht sich schmerzhaft darauf verteilte. Sie stürzte zur Seite weg, unfähig sich selbst und Tarjeis Körper auch nur eine Sekunde lang aufrecht zu halten und dann grub sich ihr Gesicht tief in den eiskalten Schnee. Der Fallschirm legte sich langsam und sanft wie eine Bettdecke über sie. Dann war es dunkel.

✺

Kapitel Zweiundzwanzig

Eine Hand streifte Miles Schulter und jemand rief ihm etwas zu. Doch die Worte klangen gedämpft, als würde jemand seinen Kopf unter die Oberfläche des Eismeeres pressen. Nur langsam und undeutlich setzten sich die einzelnen Laute zu Worten zusammen.

»Mile!« Jemand rief seinen Namen, schüttelte ihn an seiner Schulter und versuchte es dann erneut: »Mile! Was ist passiert?«

Ein Gesicht schob sich vor seine Augen und sein Verstand versuchte ihm zu sagen, dass es Gillis war, der mit ihm sprach. Doch die Worte, die der Gaukler mit seinen Lippen formte, drangen irgendwie nicht richtig zu ihm durch.

Sein Körper fühlte sich merkwürdig schwebend an, dachte Mile. Als würde ich in der Badewanne sitzen.

»... festhalten!« Irgendwie hallte dieser Befehl durch seinen Kopf. Doch seine Glieder waren steif und seine Beine, auf denen er kniete, taub.

Plötzlich knallte es laut neben seinem linken Ohr und brennender Schmerz stach ihm in die Wange. Sein Kopf wurde zur Seite geworfen und dann von kräftigen Fingern am Kinn gepackt. Gillis Augen waren nur wenige Zentimeter von den seinen entfernt.

»Verdammt, Junge!«, brüllte er. »Ich verpasse dir den ganzen Tag Ohrfeigen, wenn du jetzt nicht sofort deine verfluchten Finger ausstreckst und dich an diesem Haltegriff festklammerst, als hinge dein Leben davon ab.«

Gillis eiserner Griff um sein Kinn war unerbittlich und der Gaukler schüttelte seinen Kopf hin und her, während er brüllte: »Verstehst du mich? Du Kind eines Yarum-Büffels, halt dich endlich an dieser Stange fest!«

Mile wusste nicht, weshalb seine Arme sich bewegten, oder wieso sich seine Finger um kaltes Metall schlossen. Doch es fühlte sich richtig an und er klammerte sich an dem Haltegriff fest. Gillis betrachtete ihn mit einem kritischen, aber mehr oder weniger zufriedenen Blick. Bevor er ihn wieder alleine ließ, formten seine Lippen weitere Worte, von denen Mile nur verstand: »... Verfluchte Mechaniker ... Hauptventil ...« und »... Hintern retten ...«

Inzwischen hatten sich Tränen in Miles Augen gesammelt und er konnte nur noch schemenhafte Bilder erkennen. Er beobachtete Gillis dabei, wie er sich ein Fallschirmgeschirr umschnallte, sich in die Sicherungsleinen einklinkte, die ihn an Deck halten würden und dann aus der im Wind hin und her schlagenden Luke sprang, durch die vor wenigen Augenblicken erst Mira und ihr Mechanikerfreund verschwunden waren.

※

Die *Lymaskar* bäumte sich unter Hening Falkeids Füßen auf wie ein aus dem Meer springender Walfisch. Er taumelte von einer Seite des Flurs zur anderen gegen die Wand. Der Blick durch eines der vielen Bullaugen, die nun die Unterseite des Schiffes waren, verrieten ihm, dass die *Lymaskar* immer höher und höher über die Wolkendecke stieg. Bald würde der Crew das Atmen schwerfallen.

Im Maschinenraum musste er nicht lange nach Elin suchen. Sie rannte wie eine Furie zwischen den heulenden Motoren, dampfenden Druckpumpen und herabhängenden Rohren hin und her. Einen Schraubenschlüssel, so dick wie ihr Oberarm, in der Hand und Schweißperlen auf der gesamten Haut, die an ihren ölverschmierten Armen abperlten.

»Was ist passiert?«, brüllte Hening über den Lärm der Maschinen hinweg. Doch bevor Elin ihm antworten konnte, erfasste eine weitere Erschütterung das Schiff und ein Rohr platzte direkt neben ihm. Heißer Dampf schoss daraus hervor und verbrannte die Haut an seiner Schulter. Hening schreckte zurück, schaffte es, sich mit der anderen Hand an einem Kessel abzustützen und den Schmerzensschrei zu unterdrücken. Es brannte schlimmer als Feuer, aber er musste im Moment stark sein. Stark für sein Schiff und stark für seine Mannschaft.

»Wie schlimm ist es?«, rief er in Elins Richtung, die gerade hinter einem der gewaltigen Verbrennungsmotoren verschwand.

»Sie stirbt!«, rief Elin zurück.

Sie kam wieder hinter dem Motor hervor und versuchte den Schweiß auf ihrer Stirn mit dem Ärmel abzuwischen. Stattdessen verteilte sie jedoch nur Öl in ihrem Gesicht.

»Gillis versucht gerade am Hauptregler auf Deck den überschüssigen Druck abzuleiten. Aber das bringt uns nur einen kurzen Aufschub«, sagte Elin.

»Die *Lymaskar* muss durchhalten«, sagte Hening.

Elin schüttelte den Kopf, doch Hening ließ sie nicht zu Wort kommen.

»Sie muss«, wiederholte er und schaute Elin tief in die Augen.

Es würde ihrer aller Tod bedeuten, mitten in der Eiswüste abzustürzen. Hening hatte auf dem Radar einen aus Norden näherkommenden Sturm gesehen. Den würden sie niemals am Boden überleben. Nur wenn sie es bis in die Nähe von Rhenak schafften, hätten sie eine Chance. Elin war schlau genug, dass sie sich die gleichen Gedanken schon längst gemacht haben musste. Doch Hening kannte sie. Sie verstand besser als jeder andere an Bord, was die *Lymaskar* aushielt und wozu sie in der Lage war. Er musste jetzt in diesem Augenblick verhindern, dass sie dieses Gespür einsetzte. Elin musste daran glauben, dass sie es schaffen würden. Er musste dafür sorgen, dass sie das Unmögliche wahr machte.

»Bent braucht die volle Steuerung, wenn wir durch diesen Sturm fliegen wollen«, sagte Hening. Er versuchte seine Stimme so klingen zu lassen, als wäre ein Widerspruch unmöglich. Zu seiner Erleichterung bekam Elin keine Chance, länger darüber nachzudenken, da der schiffsinterne Funk losrauschte und Windböen darin heulten. Kurz darauf war Gillis' Stimme zu hören, die durch den Maschinenraum brüllte: »Ich bin jetzt am Hauptventil. Sitzt Bent am Steuer?«

Das Heulen des Winds brach ab und nun war es Bents nüchterne Stimme, die über Funk von der Brücke kam: »Bereit.«

Hening warf einen fragenden Blick in Elins Richtung. War sie es gewesen, die Gillis damit beauftragt hatte, sein Leben zu riskieren, indem er auf dem Deck zum Hauptventil des Auftriebsballons kletterte?

»Das bringt uns vielleicht eine Stunde«, sagte sie.

In Gedanken schien sie jedoch längst ihre nächsten

Schritte zu planen. Sie rannte zu einem der Haltegriffe im Maschinenraum, die sich wegen der Schräglage des Schiffs unter ihren Füßen befanden und klammerte sich daran fest. Das veranlasste auch Hening dazu, sich den nächsten Griff in seiner Nähe zu suchen und seine Faust fest darum zu schließen.

Elin drückte mit ihrer freien Hand auf den Knopf des internen Funks und gab die kurze Anweisung, dass alle an Bord sich festhalten sollten. Dann brüllte sie Gillis zu, dass er das Ventil öffnen sollte.

Hening spürte, wie sein Magen ganz langsam in seinem Körper nach oben gehoben wurde, während die *Lymaskar* wieder in tiefere Luftschichten hinabsank. Dann wurde das Schiff immer schneller und plötzlich musste Bent in die Steuerung eingegriffen haben, denn die *Lymaskar* begann um die eigene Achse zu rotieren.

Hening war froh darüber, sich in den langen Jahren an Bord von Luftschiffen einen so windfesten Magen angeeignet zu haben. Trotzdem spürte er die kleinen Schweißperlen in seinem Nacken, die langsam seinen Rücken hinunterrannen, während Bent die *Lymaskar* zu zähmen versuchte und sie wieder auf eine gerade Flugbahn zwang. Das Schiff bäumte sich immer wieder auf, als wollte es seine vorher gewonnene Freiheit nicht verlieren, doch Bent war ein Meister seines Fachs. Hening arbeitete seit mehr als zehn Jahren mit dem schweigsamen Ersten Offizier und wusste über sein Leben außerhalb des Schiffes nicht viel mehr als den Namen seiner verstorbenen Frau. Doch Hening war sich absolut sicher, dass es am gesamten Horizont keinen besseren Piloten gab.

Die *Lymaskar* rollte langsam um ihre eigene Achse und der Fußboden des Schiffes drehte sich mehr und mehr zurück in seine normale Lage. Während Hening sich weiterhin an dem Haltegriff zwischen seinen Beinen festhielt, konnte er die schrägstehende Wand hinunterlaufen, bis die Schwerkraft wieder so an seinem Körper und dem Schiff zog, wie sie es tun sollte.

Es fühlte sich so an, als wäre er aus einem Albtraum erwacht, in dem die Realität zu bizarren Mustern verzogen worden war. Nur dass in diesem Fall sein Schiff kopfgestanden hatte.

Doch scheinbar wollte Elin ihn aus dieser verzerrten Welt noch nicht ganz auftauchen lassen. Die Mechanikerin ließ ihren Haltegriff los, rannte zu einem der großen Verbrennungsmotoren und betätigte mit wütender Präzision Schalthebel, verschloss Ventile und versuchte, die ausschlagenden Nadeln der Anzeigetafeln in einen vernünftigen Bereich zurückzuzwingen.

»Komm schon!«, schrie sie den Motor an und holte aus ihrem Werkzeuggürtel einen Schraubenschlüssel hervor, den sie kurzerhand als Hammer missbrauchte. Anstatt eine Mutter vom Überdruckventil abzuschrauben, schlug sie direkt das ganze Ventil vom Motor ab. Hening musste hastig den Kopf einziehen, da der zurückgehaltene Druck das Metallteil wie eine Gewehrkugel durch den Maschinenraum schoss und es dicht neben seinem Ohr vorbeipfiff, bevor es gegen die Wand hinter ihm prallte.

Wie um auf Elins Gewalteinsatz zu antworten, begann der Motor so stark zu vibrieren, dass sich die Bewegungen auf den Boden übertrugen und selbst Henings Körper in fünf Meter Entfernung zittern ließ.

»Keine Ahnung, wie lange das hält, bis er endgültig den Geist aufgibt«, sagte Elin und steckte sich den Schraubenschlüssel wieder an die Hüfte.

»Kommen wir durch den Sturm und bis nach Rhenak?«, fragte Hening.

»Ich habe vor drei Monaten schon gesagt, dass wir neue Kolbendichtungen brauchen. Und die Übertragungsgetriebe sind seit über einem Jahr nur noch ein paar rostige Ersatzteile. Früher oder später ...«, sagte Elin, beendete ihren Satz jedoch nicht.

In der Vergangenheit hatte sie ihm schon viele ähnliche Vorträge gehalten, bei denen es am Ende immer darum gegangen war, dass er ihr sagen musste, dass sie nicht einmal genug Geld für eine verrostete Schraube hatten. Irgendwann hatte er jedoch herausgefunden, dass er in diesen Situationen nur eine beiläufige Bemerkung zu machen brauchte, mit der er Elins Fähigkeiten als Mechanikerin in Frage stellte und das Problem schien sich wie von alleine zu lösen. Für gewöhnlich war Elin dann zwar beleidigt, aber gleichzeitig mit einer trotzigen Einstellung aus seiner Kabine gestürmt.

Anschließend hatte sie, nur um ihm eins auszuwischen, dafür gesorgt, dass die *Lymaskar* irgendwie oben am Himmel blieb.

Doch jetzt klang sie ganz anders. Sie suchte nicht nach einer Lösung, sondern nach einer Ausrede. Als Hening das bemerkte, wusste er, wie ernst die Lage war.

»Kommen wir bis Rhenak?«, fragte er noch einmal und unterbrach Elins Erklärungen der vielen Schwachstellen im Schiff, die sie schon vor Monaten hätte reparieren müssen.

Einen Moment hielt Elin inne, bevor sie ihm tief in die Augen sah und entschlossen sagte: »Ja. Aber das wird unser letzter Flug.«

✻

Kapitel Dreiundzwanzig

Mira stöhnte, während sie den letzten Eisblock zu der kleinen Schneemulde schleppte, in der sie Tarjei zurückgelassen hatte. Obwohl sie sich mitten im tiefsten Niemandsland der Eiswüste befanden, war ihr längst warm genug, dass sie nur noch einen dünnen Pullover trug. Ihre restlichen Kleidungsschichten hatte sie benutzt, um den bewusstlosen Tarjei einzuwickeln. Auch wenn sie auf diese Weise nicht komplett verhindern konnte, dass er auskühlte, würde es ihr hoffentlich ein wenig Zeit erkaufen.

Mira setzte den Eisblock ab und ließ ihn auf dem Schnee den Hügel zu ihrem kleinen Lager hinuntergleiten. Dort stieß er gegen die anderen Blöcke, die sie zugeschnitten hatte und die noch auf ihren Einsatz warteten. Müde stolperte sie hinterher.

Das Iglu für Tarjei und sie selbst war beinahe fertig. Auch wenn es etwas windschief aussah und sie beim Überlebenstraining auf der Scholle für die schlampige Bauweise sicher getadelt worden wäre, wusste sie, dass es sie beide zumindest durch die Nacht bringen würde, ohne dass sie erfroren. Außerdem fand Mira, dass man berücksichtigen musste, dass sie zuvor aus einem Luftschiff gesprungen war und hier die Arbeit von dreien alleine gemacht hatte. Und so standen ihre brennenden Muskeln auch kurz davor, ihr den Dienst zu verweigern. Doch Mira zwang sich dazu, auch die letzten Eisblöcke noch in die richtige Form zu sägen und die Kanten mit einem Messer, das sie aus Halvs Küche gestohlen hatte, zu glätten, bevor sie endlich den Schlussstein in das Dach des Iglus setzte. Schnell sammelte sie noch ein paar der Eisreste auf und stopfte sie zusammen mit ein wenig Schnee in die Ritzen. Besser würde sie es heute nicht mehr hinbekommen. Daher ging sie zu Tarjei hinüber, um nach ihm zu sehen.

Er schien sich keinen Millimeter bewegt zu haben, seit sie das letzte Mal bei ihm gewesen war. Noch immer hob und senkte sich seine Brust nur schwach, fast unsichtbar unter den vielen Kleidungsschichten und Decken, in die sie ihn gewickelt hatte. Über den größten Teil seines Gesichts, hatte Mira locker einen dicken Schal gelegt, in der Hoffnung, dass die Luft, die er einatmete, dadurch wenigstens ein bisschen aufgewärmt wurde.

Ihre Fallschirme hatten sich als wahrer Segen erwiesen, den Mira bei all ihrer Planung an Bord des Luftschiffs gar nicht bedacht hatte. Es war ihr gelungen, mit Hilfe von einigen Eisblöcken, einem Stück Seil und ihrem Messer einen davon schräg über Tarjei aufzuspannen, sodass er zumindest einen groben Windschutz abgab. Den zweiten, etwas durchlöcherten Schirm aus Tarjeis Rucksack, hatte sie mehrmals zusammengelegt und unter Tarjei ausgebreitet, um ihn gegen die Kälte des Schnees abzuschirmen. Auf diese improvisierte Konstruktion war sie beinahe genauso stolz gewesen wie auf das nun endlich fertiggestellte Iglu daneben, mit dessen Bau sie den restlichen Tag verbracht hatte.

»Tarjei?«, fragte Mira leise und wackelte vorsichtig an seiner Schulter. Sie tastete mit ihrer Hand unter die Decken, die ihn bedeckten. Erschrocken stellte sie fest, wie kalt es darunter war.

Tarjei öffnete seine Augen nicht, doch als Mira ihn etwas kräftiger an der Schulter packte und ihre Finger hineinbohrte verzog sich sein Gesicht. Sie nahm an, dass das ein gutes Zeichen war. Irgendwo in ihm musste noch ein Funken Leben sein.

Mira schaute zu dem Iglu und schätzte die Strecke bis zum Eingang. Sie hatte es mit Absicht nur wenige Meter entfernt aufgebaut, aber es kam ihr trotzdem wie eine mehrstündige Wanderung vor, als sie nun die Distanz betrachtete, die sie Tarjei hinter sich herschleifen musste.

Zögern hatte jedoch wenig Sinn. Mira musste ihn dort hineinschaffen, bevor es dunkel wurde, sonst würde es nur noch schwerer werden. Und die Sonne stand bereits tief am Himmel.

Es schien eine Ewigkeit zu dauern und hinterher konnte Mira nicht sagen, wie sie es gemacht hatte, doch irgendwann sank sie in dem Zwielicht innerhalb des Iglus auf ihren Rücken. Sie hatte es geschafft, den bewusstlosen Tarjei durch den muldenartigen Eingang, der sie vor dem Wind der

Eiswüste schützte, hineinzuziehen. Nachdem sie einige Minuten verschnauft hatte, bugsierte Mira ihn vorsichtig auf den schon auf dem Boden ihres Schlafplatzes ausgebreiteten Fallschirm, der sie auch hier drinnen gegen den kalten Schnee schützen sollte.

Dann kramte sie in einem der Rucksäcke, die sie auf der *Lymaskar* mit zusammengeklauten Dingen bestückt hatte und wurde fündig. Sie stellte den kleinen Bunsenbrenner in die Mitte des Iglus, drehte den Gashahn ganz vorsichtig ein Stück auf, um nicht zu viel von dem kostbaren Inhalt zu verschwenden, und ließ ein Feuerzeug klicken. Eine kleine Flamme flackerte auf und begann, vor ihren Augen zu tanzen. Mira hielt ihre tauben Finger darüber, die sie dank der Kälte schon seit Stunden nicht mehr wirklich spürte und rieb ihre Hände aneinander.

Sie hatte es geschafft. Zumindest für diese Nacht waren sie in Sicherheit.

Mira spürte, wie von der kleinen Flamme unter ihren Händen ein Funke Hoffnung auf sie selbst übersprang. Sie hatte diesen wunderbaren Ort von Miles Zeichnung gesehen. Sie wusste, dass er existierte. Es war keine Einbildung gewesen. Die grüne Fläche, die sich so unwirklich von der Eiswüste abhob und sich irgendwo unter ihren Füßen erstreckt hatte, während sie immer tiefer gefallen war. Mira musste sie nur finden. Und sie musste es irgendwie schaffen, Tarjei dorthin zu bringen. Denn wo Pflanzen wuchsen, gab es Wärme und vermutlich auch Nahrung.

Mira trank die letzten Reste aus ihrer Feldflasche, die sie den ganzen Tag eng an ihrem Körper getragen hatte, um das Wasser nicht gefrieren zu lassen. Danach füllte sie sie mit Schnee auf, den sie über dem Bunsenbrenner auftaute. Sie wollte dem bewusstlosen Tarjei zu Trinken geben, doch er verschluckte sich schon nach dem ersten Tropfen und wurde von heftigem Husten geschüttelt, ohne dabei aufzuwachen. Sie lugte unter den Verband, den sie ihm angelegt hatte, um nach der Wunde an seinem Hinterkopf zu sehen. Erleichtert stellte sie fest, dass sie aufgehört hatte zu bluten. Sie verfluchte ein weiteres Mal die Tatsache, dass sie bei ihren Vorbereitungen nicht daran gedacht hatte, Verbandsmaterial in den Rucksack zu packen und machte sich daran, einen weiteren schmalen

Streifen des Fallschirms mit ihrem Messer abzuschneiden, um ihn gegen den bisherigen Verband auszutauschen. Sie hatte keine Ahnung von der Versorgung eines Kranken, aber da sie keine andere Wahl hatte, tat sie eben ihr Bestes.

Sie hatte das Überlebenstraining der Scholle immer für einen schlechten Witz gehalten. Einmal im Jahr waren alle Kinder, die alt genug dazu waren, für einen Tag gezwungen worden, Iglus zu bauen, während der alte Lyker ihnen ein paar gutgemeinte Ratschläge gab, was das Überleben in Notsituationen anging. Allerdings beinhalteten die meisten davon nichts als das Thema »Wie warte ich am besten auf Rettung durch Andere?«

Das war Mira damals schon blödsinnig vorgekommen. Allerdings konnte sie nun wenigstens nachvollziehen, wie ein Schollenbewohner überhaupt jemals in die Notsituation kommen sollte, dass er ein Iglu brauchen würde. Sie hatte diese Möglichkeit genauso lächerlich gefunden wie der Rest der Schüler. Unweigerlich musste sie lächeln. Sie hätte nicht sagen können, warum, da an ihrer Situation absolut nichts Witziges war, doch für eine Weile saß sie einfach nur grinsend da.

Irgendwann wurde Mira immer müder und ihr Blick fiel auf den schlafenden Tarjei neben ihr.

»Wir sollten uns dann mal ausruhen«, sagte sie zu ihm und kurz ging ihr durch den Kopf, dass er sowieso den ganzen Tag nichts anderes getan hatte. Aber Tarjei hatte ihr das Leben gerettet, als er sie gegen die herabfallenden Trümmer abgeschirmt hatte. Jetzt stand sie in seiner Schuld. Das war ein Gefühl, das sie zum ersten Mal gespürt hatte, als sie Aelin auf der *Lintu* zurücklassen musste, und das sie seitdem aus tiefstem Herzen zu hassen gelernt hatte. Doch Tarjei war im Vergleich zu Aelin wenigstens bei ihr. Sie würde die Chance haben, ihre Schuld abzutragen.

Noch vor einem Monat hatte sie geglaubt, dass der Mensch, den sie wie einen Bruder geliebt hatte, tot wäre. Außerhalb ihrer Träume hatte sie niemals damit gerechnet, Tarjei je wiederzusehen. Und jetzt, wo es entgegen aller Logik geschehen war, fühlte sie sich schuldig. Dabei sollte es genau andersherum sein. Tarjei war es gewesen, der seinen Tod vorgetäuscht hatte und dann einfach verschwunden war, ohne ein Wort zu sagen. Und dann, statt sich zu entschuldigen oder irgendeine Erklärung zu liefern, rettete er ihr einfach das Leben und zwang sie damit quasi dazu, ihm, egal was er früher getan hatte, es verzeihen zu müssen. Aber nicht, wenn es nach Mira ging. Sie würde ihn genauso retten wie er sie. Sie würde ihn auf keinen Fall hier - mitten in der Eiswüste - sterben lassen. Sie hatte dafür gesorgt, dass sie, sobald er die Augen aufmachen würde, quitt wären. Und dann würde sie eine Erklärung für sein Verschwinden von ihm fordern. Doch zuerst musste sie es schaffen, dass er überlebte.

»Morgen ist ein langer Tag«, murmelte sie und musterte Tarjei. »Wir müssen dich wach bekommen und diese Oase finden.«

Dann machte Mira sich daran, ihm die obersten Kleidungsschichten auszuziehen. Es war besser, nicht in der vollen Kleidung zu schlafen, sondern einiges davon als eine Art Decke zu benutzen. Dadurch würde die Luft darunter als eine Art zusätzliche Isolierschicht wirken. Bei ihrem Versuch, Tarjei von einer Seite auf die andere zu drehen, um die Jacke unter seinem Rücken hervorziehen zu können, rutschten auch seine restlichen Oberteile etwas mit in die Höhe. Sofort ließ Mira ihn erschrocken wieder zurück auf den Fallschirm fallen. Tarjei stöhnte auf. Auf seinem Rücken zeichneten sich unzählige Narben ab. Es dauerte einen Augenblick, bis sie begriff, was die dicken langen Striemen bedeuten mussten. Das waren Peitschenhiebe. Sie verliefen kreuz und quer und es waren zu viele, um sie zu zählen.

Plötzlich flackerte eine Erinnerung wieder in Mira auf und sie dachte an Tarjeis Ausbruch an Bord der *Lymaskar*. Als er ihr die Schuld an ihrer Lage gegeben hatte. Was hatte er gesagt?

»Ich habe es über zwei Jahre lang irgendwie im Dreck der Docks von Hàvamar ausgehalten.« Das waren seine Worte gewesen. Stammten die Narben aus dieser Zeit?

Ein Husten ging durch Tarjeis Körper und Mira zog schnell die Jacke unter ihm hervor, um sie über ihm auszubreiten. Als hätte er es gar nicht bemerkt, schlief er einfach weiter.

»Gute Nacht«, flüsterte Mira.

Dann löschte sie die kleine Flamme des Bunsenbrenners

und wickelte sich in der völligen Dunkelheit des Iglus in ihre eigene Jacke. Sie rutschte in Tarjeis Nähe, sodass sie seinen Atem spüren konnte, um sicher zu gehen, dass er weiterlebte.

Der Wind heulte durch die Eiswüste, fegte um das Iglu herum und begleitete Mira in einen traumlosen Schlaf.

Das Aufwachen kam ihr schwierig vor.

Eine Bewegung in ihrer Nähe hatte Mira geweckt. Doch ihre Gedanken waren ungewöhnlich träge und ihre Glieder steif. Selbst das Öffnen ihrer Augen wirkte wie eine unüberwindliche Hürde.

Sie spürte erneut die Bewegung neben sich. Irgendetwas drückte seitlich gegen ihren Körper. Ein Husten drang an ihr Ohr, bahnte sich schwerfällig seinen Weg durch ihr Gehirn, bis ihr schließlich klar wurde, woher es gekommen war.

Tarjei, schoss es ihr durch den Kopf. Und der Gedanke, löste eine Flut an weiteren Erinnerung aus. Der Sprung von der *Lymaskar*, Tarjeis Verletzung und der Bau des Iglus.

Miras Muskeln schmerzten und sie fühlte sich, als wäre sie auf dem Boden festgefroren. Doch sie musste sich dringend bewegen. Sie musste nach Tarjei sehen.

Ein weiteres Husten und dann hörte Mira ein heiseres Flüstern. »Mira, bist du wach?«

Sie war sich nicht sicher, ob sie es sich nur eingebildet hatte, doch sie setzte sich auf und drehte sich zu Tarjei um. Ein Stein fiel ihr vom Herzen, als sie sah, dass er die Augen geöffnet hatte.

Tarjei bewegte die Lippen, doch mehr als ein leises Husten kam nicht heraus.

»Warte«, sagte Mira und griff nach der Wasserflasche, die sie mit sich selbst unter ihrer Jacke zugedeckt hatte.

»Hier, trink ein paar Schlucke, dann geht es besser.«

Es war anstrengend und es dauert lange, Tarjei das Wasser einzuflößen. Doch tatsächlich schien er mit jedem Schluck ein bisschen kräftiger zu werden. Nachdem er die Flasche zur Hälfte gelehrt hatte, schüttelte er den Kopf.

»Danke«, sagte er. »Das reicht.«

»Gut«, antwortete Mira und schraubte den Deckel wieder zu. »Ich meine gut, dass du lebst«, sagte sie und fügte mit einem grimmigen Lächeln hinzu: »Ich dachte schon, ich müsste alleine in der Eiswüste erfrieren.«

Tarjei runzelte die Stirn.

»Wir sind also unten angekommen?«

»Womit hast du denn gerechnet«, gab Mira belustigt zurück. »Dass wir auf magische Art und Weise nicht auf den Boden fallen, wenn wir aus einem Luftschiff springen?«

Tarjei versuchte sich aufzusetzen.

»Ich meine, wir sind heil unten ange... Ah, verdammt.«

Er stöhnte und ließ seinen Oberkörper wieder zurück auf den Boden sinken.

»Was ist passiert?«, fragte er.

»Du wurdest am Kopf getroffen«, antwortete Mira und erklärte ihm kurz die Geschehnisse, seit er ohnmächtig geworden war.

»Du meinst, du hast das hier ganz alleine an einem halben Tag gebaut?«, sagte Tarjei und sein Blick streifte anerkennend über die Innenwände des Iglus.

»Überlebenstraining«, gab Mira mit einem Schulterzucken zurück. »Kurz nachdem du abgehauen bist, mussten wir das sogar zweimal im Jahr mitmachen.«

»Wer hätte gedacht, dass man das je brauchen würde?«, sagte Tarjei und schien bei der Erwähnung der Scholle mit den Gedanken in die Vergangenheit abzudriften.

»Ja, wer hätte das gedacht?«, murmelte Mira.

Kurz darauf schlief Tarjei wieder ein. Doch dieses Mal ging sein Atem kräftiger und Mira hielt seinen Zustand für stabil genug, dass sie ihn für eine Weile alleine lassen konnte.

Auf dem Bauch liegend, schob sie sich mit allen Vieren durch die enge Öffnung des Iglus hinaus in die Eiswüste. Schnee suchte sich den Weg durch die Ritzen ihrer Kleidung, um dann auf ihrer Haut zu schmelzen, in dünnen Rinnsalen an ihr herabzurinnen und Mira eine Gänsehaut zu bescheren.

Zuerst sah sie sich in der unmittelbaren Umgebung um, überprüfte den zweiten Fallschirm, der noch immer zu einem schrägen Zelt aufgespannt war. Später würde sie ihn am besten als eine Art zweite Isolierschicht über das Iglu stülpen, um vielleicht zusätzlich den Eingang gegen kalte Luftstöße abzuschirmen. Doch zuerst musste sie wissen, wie weit sie von der Oase entfernt waren.

Sie hatte schon gestern den Berg ungefähr eine Meile

nördlich ihrer Absturzstelle besteigen wollen, doch sie hatte die Anstrengung unterschätzt, die es kostete, durch den tiefen Schnee der Eiswüste zu laufen. Daher hatte sie sich nach den ersten Metern dazu entscheiden müssen, umzukehren und zuerst ein sicheres Nachtlager aufzuschlagen.

Auch bei diesem zweiten Versuch war es ein weiter und mühsamer Weg. Irgendwann fühlte sich der Kampf, die Füße aus dem Tiefschnee zu ziehen, nur um den nächsten Schritt zu machen und noch weiter zu versinken, wie eine verlorene Sache an. Die unerbittliche Steigung des Berges brachte Mira beinahe dazu, erneut aufzugeben und es an einem anderen Tag wieder zu versuchen, wenn sie nicht mehr so erschöpft war. Doch sie wusste, wenn sie überleben wollte, war ihre Zeit begrenzt. Die Eiswüste war ein unwirtlicher Ort. Ein feindlich gesonnener Gegenspieler, der besessen davon schien, seine Bewohner in die Irre zu führen und zu töten.

Als Mira irgendwann bemerkte, dass es nicht mehr höher hinaufging, blieb sie keuchend stehen. Die Hände musste sie auf die Knie stützen und aus ihrem Mund stiegen große weiße Wolken auf.

Vor ihr breitete sich die endlose Eiswüste aus. Schneedüne über Schneedüne, ähnliche felsige Plateaus wie das, auf dem Mira stand, und ganz in der Ferne dichte, dunkelgraue Wolken, die den Horizont ausfüllten. Grelle Blitze verzerrten die Sturmfront, die wie eine Walze über die Eiswüste rollte. Zuerst wollte Mira es nicht wahrhaben, doch irgendwann musste sie sich eingestehen, dass dieses tödlich aussehende Unwetter genau auf sie zuhielt. Auch der Wind hatte sich verändert. Er blies ihr seit einigen Minuten immer kräftiger ins Gesicht und verwirbelte ihre weißen Atemwolken.

Eine Stunde, vielleicht anderthalb, versuchte Mira grob zu überschlagen, wie weit der Sturm noch entfernt war. Allerdings musste sie zugeben, dass sie keine Ahnung hatte, wie sich das Wetter an Land verhielt. Auf der Scholle war sie immer eine der Besten gewesen, wenn es darum ging, die Ankunft und Dauer eines Unwetters abzuschätzen. Das war wichtig gewesen, um zu wissen wie sie die einzelnen Ebenen ihrer Parzelle anordnen musste, sodass die Pflanzen wenigstens noch ein Minimum an Licht tanken konnten, bevor sie unter den dunklen Wolken gefangen waren.

Oft hatten diese Stürme tagelang gedauert. Mira hoffte inständig, dass sich Unwetter an Land anders verhielten und kurzlebiger waren als auf See. Denn sonst stand Tarjei und ihr vermutlich einer der schlimmsten Stürme bevor, die sie je gesehen hatten.

※

»Wie weit ist es bis zur Oase?«

Tarjei war von dem Lärm, den sie beim Hineinkriechen in das Iglu gemacht hatte, wach geworden.

»Sie kann nicht weit entfernt sein«, antwortete Mira. Unsicher, ob sie ihren eigenen Worten glaubte, fügte sie hinzu: »Wegen der Trümmerteile müssen wir beim Sprung ein paar Meilen abgedriftet sein.«

»Aber du hast sie gesehen?«, fragte Tarjei beharrlich. »Oder?«

Mira zögerte.

»Nein«, gab sie zu. Und da sie schon mal dabei war, Tarjei die Wahrheit zu sagen, fügte sie hinzu: »Ein Sturm ist im Anmarsch. Wahrscheinlich konnte ich sie deswegen nicht sehen.«

»Hast du deswegen draußen so einen Lärm gemacht?«, fragte Tarjei.

»Ja«, antwortete Mira und nickte. »Ich habe den zweiten Fallschirm über das Iglu gespannt. Vielleicht hilft er ein wenig gegen die Kälte und den Wind.«

»Das erklärt auch die Dunkelheit hier drinnen«, sagte Tarjei und wurde dann von einem kräftigen Hustenstoß durchgerüttelt.

Obwohl er gerade erst stundenlang geschlafen hatte, klang er nach diesem kurzen Wortwechsel schon wieder erschöpft. Doch vielleicht war es auch mehr Niedergeschlagenheit als Müdigkeit, die in seiner Stimme mitklang.

»Wie schlimm ist es wirklich?«, fragte er, nachdem er fertig gehustet hatte.

Mira zuckte mit den Schultern und versucht ein Lächeln aufzusetzen. »Keine Ahnung. Ein größerer Fußmarsch nach dem Sturm und wir sollten da sein. Bis dahin hast du Zeit, dich auszuruhen.«

Alles, was Tarjei darauf erwiderte, war ein langgezogenes »Hmm«, dann schwieg er eine ganze Weile, während Mira alles aus den Rucksäcken zusammensuchte, was sie benötigte, um eine einigermaßen warme Mahlzeit zuzubereiten.

Mira versuchte so gut es ging das Gas des Bunsenbrenners zu sparen und drehte schnell die Flamme wieder aus, nachdem sie den Inhalt der beiden Konservendosen zum Kochen gebracht hatte. Sie probierte den ersten Löffel, verbrannte sich die Zunge und fluchte leise. Gleich darauf war sie jedoch dankbar dafür, denn sonst wäre der Geschmack vermutlich noch wesentlich intensiver gewesen. Die Linsen waren noch hart und man hatte den Eindruck, als würde man das Metall der Konservendosen, in denen sie gekocht worden waren, mitessen. Doch Mira versuchte sich nichts anmerken zu lassen, als sie Tarjei eine Dose reichte.

»Vorsicht, heiß«, sagte sie, während Tarjei versuchte, sich mit einem leisen Stöhnen aufzusetzen.

Seine Hand zitterte so sehr, dass der erste Löffel, den er zum Mund führte, zur Hälfte daneben landete. Mira wollte ihn gerade fragen, ob er Hilfe brauchte, als er ihr einen strengen Blick zuwarf, der ihr wohl dergleichen verbieten sollte.

Dann versuchte er es erneut und beim zweiten Mal landete zumindest der größte Teil der Linsen dort wo er hingehörte.

»Du weißt schon, dass du verdammtes Glück hast?«, fragte Tarjei mit halb offenem Mund, da er versuchte, die Linsensuppe darin abkühlen zu lassen.

»Was meinst du?«, fragte Mira und zwang sich, einen weiteren Löffel der Mahlzeit zu schlucken.

»Du bist wenigstens gut im Bewirtschaften der Kuppelgärten«, sagte Tarjei. »Als Köchin würdest du nämlich von jeder Luftschiffbesatzung zur Windfahne gemacht.«

Mira verpasste Tarjei einen Schlag gegen die Schulter, der deswegen sein Lachen mit einem lauten »Au« unterbrach.

»Nein, ganz ehrlich«, witzelte er trotzdem weiter. »Falls du nicht vorher schon den Kahn in die Luft sprengst, wenn du eigentlich nur die Klospülung manipulieren sollst.«

Sie mussten beide eine Weile darüber lachen und Mira genoss die lockere Atmosphäre. Doch sie hielt nur so lange an, bis Tarjeis Lachen schlagartig in ein gequältes Husten überging und er sich mit schmerzverzerrtem Gesicht die linke

Seite hielt.

Mira half ihm seine Konservendose abzustellen und versuchte, ihn wieder in eine bequemere Position zu legen.

»Danke«, sagte er, als er wieder einigermaßen sprechen konnte.

Mira bot ihm nochmal die inzwischen kalt gewordene Linsensuppe aus der Dose an, doch er schüttelte nur den Kopf.

»Später vielleicht«, sagte er und ließ sich dann erschöpft niedersinken.

Mira löffelte weiter ihre eigene Dose aus, bis sie den Geschmack nicht mehr ertrug und stellte sie dann zur Seite. Ohne das ständige Kratzen ihres Löffels auf dem Blech wurde es unangenehm still in dem Iglu. Nur der Wind war zu hören, wie er draußen immer kräftiger am Stoff des Fallschirms zerrte. Die unregelmäßigen, flatternden Geräusche hatten etwas Hypnotisches, sodass Mira nicht wusste, wie lange sie einfach nur neben Tarjei gesessen und seinen Rücken betrachtet hatte, als er, ohne sich zu ihr umzudrehen, fragte: »Wie schlimm ist es wirklich?«

Tarjei klang resigniert und zuerst dachte Mira daran, ihn aufzumuntern, da er mit seinen Verletzungen sicher genug zu tun hatte. Sein Heilungsprozess würde vermutlich nicht unbedingt schneller vonstattengehen, wenn sie ihm die Wahrheit sagte. Doch Tarjei hatte eine ehrliche Antwort verdient, genauso wie sie selbst eine ehrliche Antwort verlangen würde, wenn sie in seiner Situation wäre. Denn egal ob verletzt oder nicht, sie saßen beide an diesem Ort fest. Und sie würden ihn entweder zusammen oder gar nicht verlassen.

»Wirklich schlimm«, antwortete sie daher nach einer Weile. »Der Sturm war größer als jeder andere, den ich jemals gesehen habe und könnte Tage andauern. Ich habe keine Ahnung, wie sich das Wetter an Land verhält, aber die Chancen, dass wir unter einer Schneedüne in unserem Iglu begraben werden, stehen ziemlich hoch. Außerdem habe ich vollkommen die Orientierung verloren. Egal in welche Richtung man geht, alles sieht gleich aus. Der Kompass, den ich von der *Lymaskar* geklaut habe, ist ohne eine Ahnung in welcher Richtung die Oase liegt, völlig nutzlos. Und das Laufen von weiten Strecken ist im Tiefschnee so anstrengend, dass es Stunden dauert, um auch nur zwei oder drei Meilen hinter sich zu bringen. Selbst wenn ...«

Mira bemerkte, wie verzweifelt sie sich anhörte und zögerte daher. Doch Tarjei beendete ihren Satz für sie: »... selbst wenn man gesund ist und nicht schon aufstöhnt, wenn man nur versucht, sich von einer Seite zur anderen zu rollen.«

»Ja«, gab Mira zu und fühlte sich schäbig dafür, dass sie einen Teil der Schuld, dass sie hier festsaßen, auf Tarjei abzuschieben schien. Hätte er sie nicht mit seinem Körper abgeschirmt, wären sie vermutlich beide längst erfroren.

»Ich kenne deinen Dickkopf«, sagte Tarjei und blickte sie zum ersten Mal seit Beginn ihres Gesprächs an. »Also gehe ich davon aus, dass ich dich nicht überreden kann, alleine hier wegzugehen.«

»Verdammt richtig«, murmelte Mira.

»Mira«, bat Tarjei. »Sieh mich bitte an.«

Langsam hob sie den Kopf und schaute ihm in die Augen.

Sie rechnete damit, dass er sie überzeugen wollte, doch zu gehen. Dass er ihr sagte, dass sie ihm keinen Gefallen schuldete. Dass sie ihm absolut nichts schuldete. Oder dass er vor drei Jahren ebenfalls nichts anderes getan hatte, als einfach wegzulaufen. Zumindest dachte sie selbst an all diese Dinge. Doch sie hätten ihr in diesem Moment nicht egaler sein können. Auch wenn sie ihre Schwierigkeiten miteinander hatten und Mira bis zu diesem Augenblick gebraucht hatte, um es zu erkennen. Aber Tarjei war nicht einfach nur »wie ein Bruder« für sie. Er war ihr Bruder.

Sie wusste nicht, ob Tarjei all dies auch spürte. Ob er es in ihrem Blick lesen konnte, oder darin, dass sie nur mit Mühe die Tränen unterdrücken konnte. Doch auf jeden Fall schaute er sie eine Weile an, dann ließ er seinen Kopf müde zurück auf den Boden sinken und flüsterte: »Danke.«

Dann schlief er wieder ein.

※

Irgendwann mitten in der Nacht oder dem, was Mira dafür hielt, da seit dem Beginn des Sturms im Prinzip ständige Dunkelheit herrschte, wurde sie von einem lauten Geräusch aus dem Schlaf gerissen.

Stoff zerriss und peitschte ein paar Mal mit lautem Knallen

gegen das Iglu, bevor der Sturm es schaffte die äußere Schutzhülle ihres Iglus abzureißen und mit sich zu nehmen. Die Wand aus Eisblöcken um sie herum war nun das Einzige, was Tarjei und sie noch am Leben hielt.

Der Wind pfiff lauter und Mira bildete sich ein, dass es mit jeder Stunde ein paar Grad kälter wurde. Doch etwas anderes als zu warten und auf ein baldiges Ende des Sturms zu hoffen blieb ihr sowieso nicht übrig und so legte sie sich wieder schlafen.

❋

»Das war das letzte Gas«, sagte Mira. »Tut mir leid, aber die Dosen sind nur lauwarm geworden.«

»Ich bin mir nicht sicher, ob das einen großen Unterschied macht«, sagte Tarjei und griff nach seiner Konserve. »Allerdings muss ich dir recht geben. Seit du zu den Linsen einen Schuss der Tomatensaft mischst, schmeckt es wenigstens nur noch widerlich. Der Metallgeschmack wird beinahe perfekt überdeckt.«

»Vielen Dank«, erwiderte Mira mit einem müden Schmunzeln. »Das nehme ich als Kompliment.«

»Solltest du auch«, sagte Tarjei schmatzend.

❋

»Denkst du, wir sehen irgendwann den Himmel nochmal?«

Sie konnte im Dunkeln nichts sehen, aber Tarjeis Stimme klang als wäre er tief in Gedanken versunken.

»Viel länger kann der Sturm wohl nicht mehr anhalten«, antwortete Mira. »Sonst müsste er größer als die gesamte verdammte Eiswüste selbst sein.«

»Das ist schön«, murmelte Tarjei. »Ich würde gerne die Sterne nochmal sehen. Auch wenn es von hier unten nur halb so schön ist wie an Bord eines Luftschiffs. Irgendwie magisch, wenn sich die leuchtenden Punkte in den Wolken unter dir spiegeln und alles in einen silbernen Schimmer tauchen.«

❋

»Ist dir kalt?«, fragte er.

»Dir etwa nicht?«, antwortete sie.

»Ich wollte nur vorschlagen - und ich weiß, dass du mich im Moment eigentlich nicht leiden kannst - das wir uns näher zueinander legen. Wegen der Körperwärme und so.«

»Klar«, antwortete Mira und rückte näher zu Tarjei, der seinen Arm um sie legte.

»Und du hast recht«, sagte sie.

»Mit was?«

»Das ich dich nicht leiden kann.«

Sie lag dicht genug an seinem Körper um das leichte Vibrieren seines Körpers zu spüren, während sie beide leise lachten.

※

»Mira?«

»Ja?«

»Bist du dir immer noch sicher?«

»Nur weil wir seit einem halben Tag kein Licht oder Feuer mehr haben, werde ich wohl kaum alleine raus in den Sturm gehen und dich hier zurücklassen.«

»Gut.«

※

Ein Zucken von Tarjeis Arm weckte Mira auf.

»Entschuldige«, sagte er, als er bemerkte, dass sie sich neben ihm bewegte.

»Ich habe schlecht geträumt.«

»Ich auch«, gab Mira zu. Sie musste an ihren Vater denken. Und Svea. Wie es ihr wohl ging? Ob Scholle zwölf noch immer über den Ozean schwamm, ohne Mechaniker?

Seit sie aufgebrochen war, um ihren Vater zu suchen, hatte sie kein einziges Mal so sehr Heimweh gehabt wie in diesem Augenblick. Selbst an Bord der *Lintu* war es nicht so schlimm gewesen. Auf der Scholle hatte sie kurz davor gestanden, alles zu haben, was sie je gewollt hatte. Es hätte noch ein Monat gedauert, bis sie siebzehn geworden wäre und dann hätte sie unter Svea gelernt, den Kuppelgarten zu führen. Sie hätte genug verdient, um mindestens einmal im Jahr ihr eigenes Zimmer warm zu heizen und nicht auf die Wärme der Nachbarn zu warten. Sie war nur einen Fingerbreit vom Glück entfernt gewesen. Und jetzt war sie so weit davon weg, dass sie nicht einmal den Weg dorthin kannte.

Sie spürte Tarjeis warmen Körper und seinen Bewegungen neben sich und sie wusste, dass sie in diesem Moment eine Antwort brauchte. Sie musste es einfach wissen.

»Warum bist damals gegangen?«, fragte sie.

In dem langen Schweigen, das folgte, rechnete sie damit, wieder nur Ausflüchte zu hören. Doch als Tarjei schließlich antwortete, kam es ihr so vor, als hätte er die ganze Zeit nur darauf gewartet, dass sie fragen würde.

»Ich hätte ihn umgebracht«, sagte Tarjei und klang so, als hätte er sich lange darauf vorbereitet diese Geschichte zu erzählen.

»Ich bin jeden einzelnen Tag mit dem Gedanken ins Bett gegangen, wie sein Gesicht wohl aussehen würde, wenn ich ihn getötet hätte. Und eingeschlafen bin ich beim Pläneschmieden, wie ich es anstelle. Die einzige Zeit, in der ich normal leben konnte, war die Zeit bei Bjan und dir. Wenn ich Ventile zugeschraubt, Öfen repariert, oder an den Eismaschinen feinjustiert habe. Aber jeden Abend musste ich wieder nach Hause. In die kleine Kabine, die ich mir seit dem Tod meiner Mutter mit ihm teilte. Ähnlich wie bei euch, nur dass du in einem Zuhause geschlafen hast und ich in einer Zelle gefangen war.«

Plötzlich verstand Mira.

»Die Narben auf deinem Rücken ...«

»... waren der Preis, den ich zahlen musste, um von Bjan zu lernen, ein Mechaniker zu werden, statt Waljäger wie mein Vater«, beendete Tarjei ihren Gedanken.

Mira spürte, wie tief in ihr drin die Wut aufstieg, die sie seit dem Tag, an dem sie von Tarjeis Tod erfahren hatte, in sich trug. Die gleiche Wut, die sie Tarjei gegenüber empfunden hatte, als sie ihn dann lebendig an Bord der *Lintu* wiedergesehen hatte.

Doch nun übertrugen sich all diese Emotionen ein weiteres Mal. Und dieses Mal fanden sie endlich ihr gerechtes Ziel in Tarjeis Vater.

»Aber warum hast du nichts gesagt?«, fragte Mira. »Warum bist du einfach verschwunden und hast meinen Vater erzählen lassen, dass du tot wärst? Warum hast du es nicht wenigstens mir erzählt?«

Tarjei hob seinen Blick und schaute sie zum ersten Mal, seit dem Beginn ihres Gesprächs, direkt an. Seine Augen waren glasig.

»Ich habe etwas gesagt«, sagte er. »Zu deinem Vater. Meinen Tod vorzutäuschen und niemandem etwas zu sagen, ist seine Idee gewesen.«

Mira konnte nicht glauben, was sie gerade gehört hatte. Die Worte hallten wie ein Echo in ihrem Kopf. Tarjei hatte ihr bereits in Hàvamar gestanden, dass ihr Vater die ganze Zeit davon gewusst hatte, dass er noch lebte. Doch nun stellte sich heraus, dass das Ganze sogar Bjans Idee gewesen war. Und er war es auch gewesen, der die Entscheidung getroffen hatte ihr nichts davon zu erzählen, nicht etwa, wie sie bisher gedacht hatte, Tarjei.

»Nein, nein, nein«, murmelte Mira, während Erinnerungen an ihr vorbeizogen. Sie spürte plötzlich wieder den schweren Arm ihres Vaters auf ihrer Schulter liegen, so wie sie dagestanden hatten, bei der Abschiedsfeier von Tarjei.

Sie konnte sich noch genau daran erinnern, wie ihr Vater versucht hatte, sie zu trösten. Wie er ihr an dem kleinen Tisch in ihrer engen Kabine gegenübergesessen hatte und ihr Mut zusprach, dass obwohl der Mensch, der für sie einem Bruder am nächsten kam, tot war, das Leben weiterginge. Und Mira erinnerte sich daran, wie sie mehr und mehr bemerkt hatte, dass ihr Vater genauso unter Tarjeis Verlust litt, wie sie selbst und wie sie jahrelang vergeblich versucht hatte, diese Lücke zu füllen. Wie sie in ihrer Freizeit zusammen mit ihm in enge Schächte gekrabbelt war, um Rohre und Belüftungen zu reparieren. Wie sie Abend für Abend neben ihrer eigenen Arbeit auch noch versucht hatte, die Lektionen ihres Vaters, wie man einen Eisgenerator reparierte, zu verstehen, obwohl sie absolut kein Interesse daran hatte. All das hatte sie getan, um Tarjei für ihn zu ersetzen. Um ihren Vater wieder glücklicher zu sehen. Dabei hätte er die ganze Zeit über nur ein einziges Mal die Wahrheit sagen müssen.

»Warum?«, fragte Mira mit erstickter Stimme.

»Niemand durfte es wissen«, antwortete Tarjei. »Sonst hätte mein Vater nicht aufgehört, nach mir zu suchen. Und ich weiß nicht wie, aber er hätte einen Weg gefunden, Bjan zusammen mit dir entweder bei nächster Gelegenheit an ein Luftschiff zu verkaufen oder euch gleich über Bord zu werfen. Je nachdem, wie viel er vorher getrunken hätte.«

»Ich bin nicht niemand«, sagte Mira.

»Ich kenne dich, Mira«, sagte Tarjei. »Jetzt vielleicht schlechter als damals. Aber du weißt, dass du versucht hättest es mir auszureden.«

»Verdammt richtig«, sagte Mira. »Das hätte ich.«

Tarjei nickte. »Ich konnte nicht riskieren, dass du Erfolg hast. Und Bjan hielt es für das Beste, wenn du nichts wusstest. Er wollte dich schützen. Ich weiß nicht, wie viel du über die Vergangenheit deines Vaters weißt. Mir hat er auch nie etwas erzählt. Aber ich glaubte ihm, als er sagte, dass weglaufen und sich verstecken besser sei, als einen Mord zu begehen. Er schien genau zu wissen, wovon er sprach.«

»Was meinst du damit?«, fragte Mira. Sie fühlte sich, als würde sich alles um sie herum im Kreis drehen.

»Findest du es nicht merkwürdig, dass ein paar Piraten die Scholle überfallen und nur ihn gefangennehmen?«, fragte Tarjei. »Wenn es ihnen um Sklaven ging oder Geiseln, warum nehmen sie dann nur einen schwer verwundeten Mann mit?«

Mira wusste nicht, was sie darauf antworten sollte. Sie hatte sich absichtlich so sehr in die Suche nach ihrem Vater verbissen, dass sie sich solche Fragen hatte nicht zu stellen brauchen. Für sie hatte nur gezählt, wie sie ihn wiederfinden konnte.

»Bjan hat nie etwas anderes gewollt als einen sicheren Ort für dich«, sagte Tarjei. »Und auch wenn er mich noch so sehr mochte, hätte er es niemals riskiert, dass du diesen Ort verlieren würdest.«

»Dafür ist es wohl jetzt etwas zu spät«, sagte Mira grimmig.

»Ja«, stimmte Tarjei zu. »Das ist es wohl.«

Bittere Gedanken zogen durch ihren Kopf, während sie dem Sturm lauschte, der unerbittlich gegen die Wände des Iglus peitschte. Sie hatte die vorgegaukelte Sicherheit ihrer Scholle verlassen, um ihren Vater zu suchen, den sie scheinbar nicht besser gekannt hatte als jeden beliebigen Dahergelaufenen. Und gerade als sie erkannt hatte, wie groß die Welt außerhalb der Scholle tatsächlich war und welche Wunder sie bereithielt, wurde sie wieder eingeschränkt auf diese kleine kalte Kuppel, in der sie vielleicht den Rest ihres kurzen Lebens verbringen würde.

Mira wusste nicht, was sie bei diesen Gedanken empfinden sollte. Egal ob Trauer oder Wut, ihr fehlte die Kraft dazu, überhaupt irgendetwas zu fühlen. Taubheit breitete sich in ihrem Körper aus und tiefe Müdigkeit überfiel sie. Mira wollte einfach nur noch in Ruhe schlafen und diesem Albtraum entkommen. Sie glaubte zu spüren, wie sie wieder in ihrem alten Bett lag. Ihre dicke Decke hatte sie über sich ausgebreitet und sie genoss die mollige Wärme, die von Fays Zimmer in ihrs strahlte.

Das Letzte, das ihr durch den Kopf ging, bevor ihre Gedanken immer langsamer und langsamer wurden und sich ihre Augenlider schlossen, war, dass sich Erfrieren genauso anfühlen musste.

※

Kapitel Vierundzwanzig

Rayk lag zwischen seinen Männern hinter der Kuppe einer besonders hohen Schneedüne und überblickte das Land vor sich.

Die Piraten erwarteten sie bereits. Yorricks Männer hatten sich verschanzt und in regelmäßigen Abständen Barrikaden um ihre traurige Ansammlung windschiefer Hütten, die sie Stadt nannten, errichtet. Ihre weißen Atemwolken stiegen über den Fässern, Karren und Eisblöcken in die Höhe und verrieten ihre Anwesenheit.

Rayk hatte bis zu diesem Augenblick nicht geglaubt, was Kapitän Dark ihm erzählt hatte. Hier, mitten im Nirgendwo, existierte ein weiterer Riss wie in Hàvamar. Kurz vor der Küste der Tonrar-Halbinsel wärmte er das Wasser des Eismeeres genug an, um die angrenzende Piratenstadt soweit zu erwärmen, dass der Schnee zu grauem Matsch zwischen den Häusern schmolz und nur eine dünne Frostschicht auf den Dächern dieses Ortes lag.

Die Wärme war auch der Grund gewesen, weshalb sie so lange gebraucht hatten, um Rhenak zu finden. Selbst mit den Koordinaten, die er von Dark erfahren hatte, waren sie mehrmals über den Ort geflogen und hatten nichts als die darüber aufsteigenden Dampfwolken gesehen, die von verdunstetem Schnee stammten. Mehrere Tage hatten sie mit der Suche verloren, doch nun war Rayk hier und seine Männer waren bereit.

Sobald sie die Piraten an diesem Ort ausgelöscht hatten, würden die Professoren der Akademie sicherlich Forschergruppen hierher entsenden. Doch bevor Rayk weiter über die Zukunft nachdenken konnte, kündigte das Rauschen eines Funkgeräts den Beginn der Schlacht an.

»Kommandant?«

Der Soldat, der in seiner Einheit das Funkgerät auf dem Rücken trug, hielt ihm den kleinen Hörer entgegen, mit dem Rayk seine Befehle übermitteln konnte.

»Die *Lintu* ruft uns«, erklärte er und reichte Rayk den

Hörer.

Rayk gab sich am Funkgerät zu erkennen und prompt erstattete Jarl ihm Bericht.

»Sind auf Position, Kommandant«, gab der Leutnant durch. »Kapitän Sorl lässt ausrichten, dass die *Lintu* auf den Angriffsbefehl wartet.«

Rayk vergewisserte sich mit einem letzten Blick über die Schneedüne, dass seine Männer allesamt ihre Positionen eingenommen hatten. Der Marsch von ihrer Landezone bis hierher war jedoch ohne besondere Vorkommnisse verlaufen und alle Einsatztrupps warteten wie geplant an der für sie vorgesehenen Stelle eines Halbkreises. Sie schnitten Yorrick jeglichen Ausweg herunter von der Tonrar-Halbinsel hin zum Festland ab.

Rayk betätigte den Sprechknopf am Funkgerät mit grimmiger Zufriedenheit und sagte: »Legen Sie los, *Lintu*.«

»Aye, Kommandant«, bestätigte Jarl.

Nur Sekunden später erfüllte das Donnergrollen der mächtigen Schiffskanonen den Himmel über ihnen und dröhnte in Rayks Ohren. Die *Lintu* brach über der Stadt durch die dichte Wolkendecke und stürzte wie ein gigantischer Raubvogel auf die Piratenstellungen hinab. Die ersten Kanonenkugeln schlugen in die Verteidigungslinien von Yorricks Männern ein und Rayk sah auf die Entfernung, wie die Barrikaden auseinandergerissen und Männer durch die Luft geschleudert wurden.

Der Angriff hatte begonnen.

Rayk brüllte seinen Signalmännern die vereinbarten Befehle zu, die die entsprechenden Farbcodes mit Fahnen an die wartenden Offiziere und Männer hinter den anderen Schneedünen weitergaben und auch der Funker seines Trupps machte sich ans Werk und hielt ständig mit allen Gruppen und dem Luftschiff Kontakt.

Drei Anflüge würde die *Lintu* machen. Zwei Salven auf die Piratenlinien abgeben und mit der dritten tiefe Löcher in die flache Schneedecke vor der Stadt reißen, sodass Rayk und seine Männer beim Vorrücken Deckungsmöglichkeiten hatten. Dann würde die *Lintu* abdrehen und damit beginnen, die schäbige Hafenanlage Rhenaks zu bombardieren, wo einige Schiffe vor Anker lagen, um den Piraten damit auch diesen

Fluchtweg zu nehmen.

Die zweite Donnersalve drang an Rayks Ohr und auf seinen Befehl hin schwenkten die Signalleute die gelben Fahnen. Die Soldaten entsicherten ihre Gewehre und machten sich bereit zum Sturmangriff.

Salve Nummer drei erfolgte zeitgleich mit dem Schwenken der roten Fahnen und ging nahtlos in den Lärm des Schlachtrufes der Soldaten über. Zusammen mit den Männern rechts und links von ihm sprang Rayk auf die Beine und preschte über die Kuppe der Schneedüne, auf die Barrikaden der Piraten zu. Die Einsatztrupps an den äußeren Rändern des Halbkreises nahmen die Piratenstellungen unter Feuer und gaben ihnen Deckung.

Die Piraten erwiderten das Feuer. Männer um ihn herum fielen. Schmerzensschreie zerrissen die Luft. Doch wer noch rennen konnte, rannte.

Rayk feuerte im Laufen seine Waffe ab. Der Rückschlag schlug ihm gegen die Schulter, doch er sprintete weiter, bis er endlich einen der Krater erreicht hatte, die die *Lintu* für sie in den Schnee geschossen hatte und warf sich hinein.

Dicht auf den Fersen folgten ihm seine Männer und einer nach dem anderen landete neben ihm. Er rief ihnen zu, nachzuladen und das Feuer wieder zu eröffnen, bevor er selbst sein Gewehr ausrichtete. Er zielte über Kimme und Korn direkt auf das Herz eines Piraten, der sich hinter einer Barrikade aufgerichtet hatte und drückte den Abzug durch. Der Schlagbolzen seines Gewehrs klickte und der Schuss knallte neben seinem Ohr. Einen Wimpernschlag später ging der Mann, auf den er gezielt hatte, zu Boden und stand nicht wieder auf.

Rayk zielte erneut und schoss. Zielte und schoss. Immer wieder.

Der Funker war wieder an seine Seite geeilt und rief ihm Informationen zu. Welche Soldatengruppen wann vorrückten. Welche Stellungen wann aufgegeben wurden, um den Frontverlauf weiter nach vorne zu verlegen. Und über allem schwebte die *Lintu*, die ihren tödlichen Eisenregen auf die Stadt hinabregnen ließ.

»Kommandant!«, brüllte der Funker durch den Schlachtenlärm und unterbrach damit Rayks Kampfrhythmus.

»Gruppe West meldet Sprengfallen beim Vorrücken. Die Piraten haben den Bereich kurz vor ihren Barrikaden vermint.«

Sofort riss Rayk den Blick vom Geschehen vor sich, ließ seine Waffe in den Schnee fallen und gab den Signalleuten Handzeichen, dass sie die anderen Soldatengruppen warnen sollten. Doch Rayk wusste, dass es für einige von ihnen schon zu spät war. Laute Explosionen wirbelten den Schnee nicht weit von seiner eigenen Position zu dichten Wolken auf. Es folgte lautes Geschrei und qualvolle Schmerzenslaute, die grausige Bilder in Rayks Kopf zeichneten.

»Kein weiteres Vorrücken!«, brüllte er dem Funker zu. »Rufen Sie die *Lintu*. Zwei weitere Überflüge über das Gebiet direkt vor den Barrikaden. Sie sollen versuchen, ihr Feuer auf drei Schneisen zu konzentrieren, und uns so sichere Wege durch die Minen zu räumen.«

Der Funker bestätigte den Befehl und gab ihn dann an das Luftschiff weiter.

Rayk wollte sich wieder selbst der Schlacht zuwenden, musste aber zuvor sein Gewehr aus dem tiefen Schneeloch herausholen, in das sich der heiße Lauf geschmolzen hatte. Zur Sicherheit duckte er sich etwas tiefer hinter die Schneedüne und machte sich daran, die Waffe mit schnellen Handgriffen, die er selbst blind noch beherrschen würde, zu untersuchen und am Ende ein neues Magazin einzuschieben.

Gerade als er den Kopf wieder über den Kamm der Schneedüne streckte, setzte die *Lintu* zum ersten der beiden befohlenen Überflüge an. Die Streubomben fielen auf den befohlenen Abschnitt nieder und lösten eine Kettenreaktion von Explosionen aus, die metertiefe Krater in die Schneedecke rissen. Eisklumpen und Dreck regneten zusammen mit kleinen Steinchen auf Rayks Stellung nieder und begruben ihn gemeinsam mit seinen Männern unter einer dicken Schicht aus schmutzigem Pulverschnee.

Wie Rayk vermutet hatte, verteidigte Yorrick diese Stadt mit allem, was er hatte. Und er war ein erbitterter Gegner. Aber er und seine Piraten würden heute ihren Untergang erleben. Rayk würde siegen und Hàvamar endlich in Frieden weiter existieren können. Mit diesem Gedanken stütze er erneut den Gewehrkolben gegen seine Schulter und eröffnete das Feuer auf den Feind.

※

Kapitel
Fünfundzwanzig

Es war ein harter Flug durch die Ausläufer des Sturms gewesen. Durch Miras Sabotage war die *Lymaskar* weit von ihrem ursprünglichen Kurs nach Norden abgekommen. Genau in die Fänge eines der gewaltigsten Schneestürme, die Hening je gesehen hatte. Doch mit Elins Können im Maschinenraum und Bents Geschick, auch ein flügellahmes Luftschiff zu manövrieren, hatten sie es geschafft, den Sturm zu umfliegen. Drei Tage hatte es sie gekostet, doch dann waren sie wieder auf Kurs nach Rhenak gewesen. Die *Lymaskar* war jedoch kurz vor der endgültigen Kapitulation vor ihren Schäden. Nach ihrer nächsten Landung würde sie nie mehr in den Himmel aufsteigen.

    Hening saß in seinem Kapitänssessel und beobachtete, wie Bent auf den Schienen seines Pilotenstuhls von einer Seite des Schaltpultes zur anderen glitt. Seine Hände rasten virtuos über die Instrumente vor ihm. Doch der sonst so magisch einfach aussehende Tanz seiner Finger, mit dem der Pilot die *Lymaskar* steuerte, wirkte heute hektisch, als hätten sie eine jahrelang eingeübte Choreographie vergessen.

    Er hatte Mira eindeutig unterschätzt, dachte Hening. Daran gab es keinen Zweifel.

    Das hatte er sich die letzten Tage immer wieder gesagt. Er hatte dieses Mädchen für eine einfache Dienerin gehalten. Zufällig zur falschen Zeit am falschen Ort, als er diesen jungen Mechaniker endlich gefunden hatte, den Yorrick so dringend haben wollte. Doch inzwischen war Hening sich nicht mehr so sicher, dass Tarjei tatsächlich der Mittelpunkt von alledem war. Mira schien eine wesentlich größere Rolle in den Ereignissen zu spielen, als er für möglich gehalten hatte. Wer nicht nur der Regierung trotzte, sondern auch noch sein Schiff zerstörte, nur um dann in den fast sicheren Tod zu springen, hinter dem musste mehr stecken als eine zufällige Begegnung. Doch mit jeder Minute, die er länger darüber nachdachte, spürte er die Blicke der Crewmitglieder stärker in seinem Nacken stechen, bis er sich irgendwann mit seinem Sessel umdrehte und in die

Gesichter seiner Mannschaft blickte. Sie alle standen dort am Eingang zur Brücke und mussten sich mit einer Hand am nächsten Haltegriff festklammern, um die Erschütterungen, die die *Lymaskar* in regelmäßigen Abständen schüttelten, auszugleichen. Sie warteten auf seine Kommandos.

Halv, der alle überragte. Gillis mit zerzausten offenen Haaren - Hening glaubte, dass er den Gaukler noch nie mit offenen Haaren gesehen hatte. Alrena, die weniger grimmig als sonst dreinschaute - was, wie er wusste, ein schlechtes Zeichen war. Und der junge Mile, der abwesend wirkte. Außer Elin, die im Maschinenraum umherwirbelte, hatten sie sogar den einzig überlebenden Wissenschaftler bei sich. Damit waren die Menschen, für deren Leben er als Kapitän die Verantwortung trug, komplett. Es fiel ihm schwer, doch sie waren es, die ihm die nötige Kraft gaben, seine letzten Befehle an Bord der *Lymaskar* zu geben.

»Wir brauchen eine Funkverbindung nach Rhenak«, sagte er und nickte Alrena zu, die sich sofort in Bewegung setzte und den Funkerposten auf der Brücke ausfüllte. Sie schaltete nacheinander alle geheimen Kanäle durch, die sie von den Piraten bekommen hatten und gab immer wieder den Namen der *Lymaskar* durch, gefolgt von der Aufforderung an Rhenak, sich zu melden. Das Rauschen schien eine Ewigkeit zu dauern und gerade, als Hening sich zu fragen begann, ob auch die Funkanlage der *Lymaskar* beschädigt worden war, erreichte sie eine Antwort.

Eine verzweifelte Stimme, begleitet von heftigem Kratzen und Aussetzern im Funk, die die Übertragung zerstückelten, rief um Hilfe. Es dauerte eine Weile bis der Mann die Nachricht oft genug wiederholt hatte, dass Hening einige Brocken verstehen konnte. Doch am Ende war klar, wie es um Rhenak stand. Yorrick würde ihnen keine Hilfe schicken können. Hàvamars Armee hatte die Piraten gefunden.

»Wir hatten eine gute Zeit«, murmelte der Kapitän und streichelte über den ledernen Bezug der Armlehne seines Stuhls und schaute gleichzeitig in die Gesichter seiner Mannschaft. Heute würde ihr Zuhause zerstört werden. Doch wenn sie jetzt nichts unternehmen, dann würde auch ihre kleine Familie auseinanderbrechen. Hening konnte sich nichts Schlimmeres vorstellen.

»Ist jedem klar, was das bedeutet?«, fragte er und nickte in Richtung des Funkgeräts. Er musterte jedes einzelne Gesicht und las aus ihren Blicken, dass sie es verstanden hatten. Die *Lymaskar* war zu beschädigt, um irgendein anderes Ziel außer Rhenak anzufliegen. Und sollte die Regierung diesen Kampf gewinnen, dann würden sie ohne jeden Zweifel als Sympathisanten und Unterstützer der Piraten angesehen. Schließlich wussten sie nicht nur, wo sich Rhenak befand, sondern hatten auch noch einen entführten Wissenschaftler der Akademie an Bord. Diesem Schicksal würden sie nicht entgehen können. Für sie alle bedeutete ein Sieg der Regierung den Tod durch den Strick. Und das wäre sicher noch ihre beste Alternative, wenn man bedachte, was alles geschehen würde, sollte Yorrick diese Schlacht verlieren.

Hening hatte es nie behagt, seiner Mannschaft diesen Punkt zu verschweigen. Doch sie hatten diese Wissenschaftler oder Tarjei nicht wegen der Bezahlung entführt. Es war um die wesentlich größere Mission gegangen. Und sie hatte noch immer Bestand. Er musste um jeden Preis dafür sorgen, dass Yorricks Weg nicht heute endet.

Gillis war der Erste, der aussprach, was alle dachten: »Das letzte Gefecht der *Lymaskar*.«

Der Mund des ehemaligen Gauklers formte ein trotziges Lächeln. »Das klingt nach einer großartigen Ballade für kalte Winterabende vor dem Kohleofen.«

»Aye«, murmelte ein Crewmitglied nach dem anderen. Und selbst Bent hielt kurz in seiner Arbeit, die *Lymaskar* in der Luft zu halten, inne, um darin einzustimmen.

Der Kapitän nickte, rückte seine Kleidung zurecht, bevor er die Gurte seines Sessels eng um seinen Körper schnallte und sagte dann mit der freudigen Begeisterung eines Totgeweihten: »Alle Mann auf Gefechtsstation! Wir holen Hàvamars Flaggschiff vom Himmel.«

※

Kapitel Sechsundzwanzig

Der Widerstand der Piraten wurde schwächer. Doch noch weigerten sie sich, die kommende Niederlage zu akzeptieren. Die Zahl der Gewehre, die aus den Löchern in den Barrikaden um Rhenak lugten und auf seine Soldaten zielten, nahmen nur langsam ab. Sie wussten, welches Schicksal ihnen bevorstand, sollten sie diese Schlacht verlieren und so kämpften sie bis zum Tod.

Rayk war kein grausamer Mensch und er hatte keinen Gefallen an dieser Schlacht. Doch tief in seinem Inneren, wusste er, dass das, was er tat, nötig war. Er würde alles dafür geben, seine Aufgabe für Hàvamar zu erfüllen.

Er hatte vor dem Angriff noch einmal kurz über Funk mit seinem Onkel gesprochen und dieser glaubte eine Spur gefunden zu haben, die auf Vegar Ihmels - den Leiter der Lotterieangelegenheiten - als den Kopf der Verschwörung innerhalb Hàvamars deutete. Rayk versuchte, sich von seiner Abneigung gegenüber dem Mann nicht blenden zu lassen, doch um ehrlich zu sein, fiel es ihm mehr als leicht, sich den aufgeblasenen Adligen als Verräter vorzustellen. Er hatte die besten Kontakte zum Adel, musste wegen seiner Tätigkeit viel reisen, ohne das ihm deswegen jemand Fragen stellte und er kontrollierte mit seiner Lotterie große Teile der einfachen Bürgerschicht, die ihm ihr Geld für eine Hoffnung auf Reichtum hinterherschmiss.

Doch Rayk würde es bald herausfinden. Ein paar Piraten würden überleben und er würde sie verhören. Und falls er niemanden fand, der etwas wusste, dann würde er spätestens auf dem Rückweg nach Hàvamar, bei dem kleinen Umweg zum Außenposten am Nimus, herausfinden, was hier vor sich ging. Dann würden sein Onkel und Rayk ihre Heimat nicht nur vor den Piraten und Yorrick, sondern auch vor den Verrätern im Innern retten.

»Kommandant! Die *Lintu* ruft uns!«, rief der Soldat neben ihm über den Schlachtenlärm und riss Rayk aus seinen Gedanken.

Der Mann streckte ihm den Hörer des Funkgeräts entgegen und als Rayk danach griff und ihn sich gegen das Ohr presste, hörte er, wie sich Jarl am anderen Ende meldete.

»Unser Radar zeigt ein Luftschiff mit Kurs auf Rhenak, Kommandant. Kapitän Sorl bittet um Befehle.«

»Welche Kennung hat das Schiff?«, fragte Rayk.

Vielleicht hatte sein Onkel ihm doch noch Unterstützung geschickt. Auch wenn er sie nicht brauchen würde, wäre es ein gutes Zeichen, wenn Ildar ein weiteres Luftschiff entbehren konnte. Vielleicht hatte sich die Nachricht von dem Angriff auf Rhenak bereits unter den Spionen in Regierungskreisen herumgesprochen. Das Wissen, dass ihre Heimatbasis zerstört wurde, würde das Netzwerk der Verräter innerhalb der Stadt sicher empfindlich schädigen.

»Keine Kennung, Kommandant«, kam Jarls Antwort über Funk und machte Rayks Hoffnung auf Unterstützung zunichte. »Sie haben bisher auf keinen unserer Funksprüche geantwortet.«

Rayk zermarterte sein Gehirn und zwang es, schneller zu arbeiten. Das fremde Schiff war eine Gefahrenquelle. Wären es nur Händler, die wie Kapitän Dark illegale Geschäfte mit Dienerinnen anboten oder Waren und Rohstoffe an die Piraten lieferten, hätten sie beim ersten Anzeichen einer Schlacht um Rhenak bereits abgedreht. Die Tatsache, dass das Schiff jedoch weiterhin auf sie zuhielt und nicht versuchte, zu verschwinden, bereitete Rayk Sorgen.

»Das fremde Luftschiff kommt rasch näher, Kommandant«, kam Jarls Stimme durch das Funkgerät. »Eine Minute bis Sichtkontakt.«

Natürlich!, schoss es Rayk durch den Kopf. Der illegale Start in Hàvamar. Das Luftschiff, das das Start- und Flugverbot ignoriert hatte und geflohen war, während Rayk diesen Mechaniker und die junge Dienerin gesucht hatte. Wie hatte er das Schiff nur vergessen können? Kein gewöhnlicher Händler würde seinen Kopf für so etwas riskieren. Die Besatzung musste genauso zu Yorrick gehören wie die Männer, die sie hier am Boden bekämpften. Natürlich hatten sie mit der *Lintu*, die die größeren Triebwerke hatte und wesentlich höher fliegen konnte, das andere Schiff überholt. Doch jetzt kam es, und wollte ihnen in den Rücken fallen.

»Leutnant Jarl«, rief Rayk ins Funkgerät. »Der Befehl lautet, das feindliche Luftschiff so schnell wie möglich abzuschießen. Es befinden sich Piraten an Bord.«

※

»Sie haben den Abschussbefehl, Kapitän«, warnte Alrena ihn.

Hening hatte ihr, nachdem die *Lintu* sie zu kontaktieren versucht hatte, befohlen, den feindlichen Funk abzuhören.

»Das war zu erwarten«, murmelte er und drückte den Knopf an seinem Sessel für den internen Funk.

»Gillis?«

»Halv holt gerade die letzten Pulverfässer. Noch eine Minute, Kapitän«, antwortete der Spezialoffizier. »Zwei Minuten, wenn wir nicht einfach nur mit einem lauten Knall, sondern mit Stil untergehen wollen.«

Als nächstes fragte Hening seinen Piloten, ob er bereit war. Bent glitt auf den Führungsschienen seines Stuhls unentwegt hin und her. Seine Haare klebten ihm verschwitzt auf dem Kopf. Trotzdem klang Bent so, als wäre er nicht einmal außer Atem, als er antwortete: »Wir haben nur einen Versuch, Kapitän. Aber wir sind auf Kurs.«

»Gut«, sagte Hening.

Ein letztes Mal streichelte er über die Armlehnen seines Stuhls. Seine Fingerkuppen spielten mit den kleinen Rissen in dem abgenutzten Leder, während sie langsam zu dem Verschluss seiner Gurte wanderten, die ihn in seinem Sitz festhielten. Mit einem leisen Klicken, das unter dem Rattern von Bents Pilotenstuhl unterging, löste Hening seine Haltegurte. Henings Finger wanderten weiter unter seinen Stuhl, wo er vor fünfzehn Jahren eine Pistole für Notfälle verborgen hatte. Bis heute hatte er sie kein einziges Mal hervorholen müssen. Ihr Gewicht wog schwer in seiner Hand.

Vorsichtig, sodass sein krankes Knie nicht knackte, stand er auf, machte einen Schritt nach vorne und wartete den Augenblick ab, als Bent von einer Seite des Pultes zur anderen glitt. Dann holte Hening aus und ließ den Griff der Waffe auf Bents Hinterkopf krachen. Der Pilot sackte in seinem Sitz zusammen, der unkontrolliert weiter zur anderen Seite des Pults fuhr, wo er am Ende der Schienen anschlug und Bents

Körper durchschüttelte.

Hening hörte wie Alrena einen überraschten Ruf ausstieß und dabei mit den unverwechselbaren Reflexen der Kämpferin, die sie war, aufsprang und zu ihm herüberrannte. Doch er fuhr schnell genug herum, um ihr den Lauf der Pistole vor die Nase zu halten.

»Klink ihn aus dem Stuhl aus und bring ihn zur Ausstiegsluke«, sagte Hening mit ruhiger Stimme. »Sorg dafür, dass jeder von Bord kommt. Nehmt den Wissenschaftler mit und tauscht ihn bei Yorrick für eine Belohnung ein. Lasst euch nicht über den Tisch ziehen und haltet euch mit dem Geld über Wasser, bis ihr ein anderes Luftschiff findet.«

Alrena machte keine Anstalten, sich zu bewegen. Hening konnte sehen, wie die Räder in ihrem Kopf arbeiteten und wie sie versuchte zu verstehen, was er hier tat. Hening wusste, dass Bent und die Anderen ihn niemals freiwillig verlassen hätten und von Bord der *Lymaskar* gegangen wären. Ein Teil von Hening glaubte, dass es wegen der Freundschaft und des Vertrauens war, die sie sich über die Jahre aufgebaut hatten. Doch er wusste auch, dass eine ebenso große Rolle ihre Halsstarrigkeit und die Gaunerehre, die sie alle hatten, spielen würde. Und er würde es nicht zulassen, dass seine Mannschaft sich von so einem Quatsch dazu hinreißen ließe, zusammen mit ihm unterzugehen. Hening wusste, dass Alrena die einzige war, auf die er sich verlassen konnte, wenn es darum ging, diesen letzten Befehl auszuführen. Als er wenige Augenblicke später in ihrem Blick bemerkte, wie die Wut und das Unverständnis langsam von Respekt vertrieben wurden, war er sich sicher, dass sie verstanden hatte, worum es hier ging.

»Los jetzt!«, sagte Hening streng und trat einen Schritt zur Seite.

Alrena nickte, ging an ihm vorbei und schnallte Bent aus seinem Sitz. Mit einem lauten Stöhnen wuchtete sie sich den Mann, der beinahe genauso groß war wie sie selbst, über die Schulter und wankte in Richtung Tür.

Kurz bevor Hening die Tür hinter ihr schließen konnte, um sich selbst auf der Brücke einzusperren, drehte sie sich noch einmal um und sagte: »Gillis wird in seiner Ballade eine Strophe für den Kapitän hinzufügen, der die *Lymaskar* ins letzte Gefecht geflogen hat.«

Hening nickte. »Sorg dafür, dass alle sicher unten ankommen.«

Dann stemmte er sich gegen die Tür, ließ sie im Schloss einschnappen und legte den Verriegelungshebel um.

Er rannte zum Pilotensessel, schnallte sich darin fest und machte sich daran, die aus dem Ruder laufenden Anzeigen zu korrigieren. Bent war ein besserer Pilot als er und er hatte gesagt, dass sie nur einen Versuch hatten die *Lintu* zu versenken. Hening hatte nicht vor, ihn zu vergeuden.

*

Rayk beobachtete die Stellung der Piraten und was er sah, gefiel ihm ganz und gar nicht. Er hatte das Bombardement wegen des zweiten Luftschiffs unterbrechen müssen und die Piraten schienen bemerkt zu haben, dass etwas vor sich ging, was sie zu ihrem Vorteil ausnutzen konnten. Ihre Gegenwehr nahm kontinuierlich an Stärke zu und sie kämpften noch verbissener als zu Beginn der Schlacht.

Das andere Luftschiff hätte schon längst in Sichtweite sein müssen, dachte Rayk. Warum hatte Jarl ihn davon noch nicht in Kenntnis gesetzt? Irgendetwas stimmte da oben nicht.

Rayk senkte sein Gewehr und hielt in seinem Kampf um Rhenak inne. Er winkte dem Funker zu, dass er mit der *Lintu* sprechen wollte und der Mann robbte durch den Schnee auf ihn zu.

»Wie weit ist das feindliche Luftschiff noch entfernt?«, fragte Rayk Jarl über Funk.

»Laut Radar ungefähr eine Meile«, kam die Antwort.

Das war definitiv nahe genug, dass sie das Schiff sehen müssten. Wieso hatten sie ihn nicht darüber unterrichtet?

Rayk rollte sich auf den Rücken und beobachtete von seiner Stellung hinter einer Schneedüne aus, wie am Himmel die *Lintu* unter der Wolkendecke hinwegglitt und sich langsam von der umkämpften Stadt entfernte.

Plötzlich wurde Rayk klar, was für ein Idiot Kapitän Sorl war. Sie konnten das fremde Luftschiff tatsächlich nicht sehen. Der Fehler lag jedoch nicht darin, dass es ihnen noch nicht nahe genug gekommen war, sondern darin, dass die *Lintu* unterhalb der Wolkendecke flog.

Hastig betätigte Rayk erneut das Funkgerät.

»Leutnant Jarl, Steigen Sie sofort mit der *Lintu* über Wolkenhöhe!«, brüllte er und verwünschte dabei die politischen Machenschaften Hàvamars, die es Sorl erlaubt hatten, ohne Kampferfahrung in den Rang eines Kapitäns aufzusteigen. Rayk hätte vorsichtiger sein sollen und diese Möglichkeit miteinbeziehen müssen. Doch es war ihm nicht in den Sinn gekommen, dass Bomben auf eine Stadt abzuwerfen, die keine Gegenwehr gegen ein Luftschiff aufbringen konnte, solch eine kritische Situation für die *Lintu* herbeiführen würde.

Rayk sah, wie sich der Bug der *Lintu* langsam zu heben begann. Doch obwohl das Schiff an Höhe zu gewinnen versuchte, schrie eine Stimme tief in seinem Inneren bereits, dass es zu spät war. Wie ein Raubvogel stieß das fremde Luftschiff mit seinem blauen Rumpf durch die Wolkenschicht auf die *Lintu* herab. Das Piratenschiff musste sämtliche Gasreserven aus seinen Auftriebstanks abgelassen haben, denn es stürzte wie ein Stein der *Lintu* entgegen. Die Segel des Schiffes, auf denen es normalerweise durch die Lüfte glitt, flatterten nutzlos im Wind.

Das war kein Angriff, wurde es Rayk plötzlich klar, sondern Selbstmord. Die Piraten wollten die *Lintu* rammen.

Und ein Blick genügte ihm, um zu wissen, dass sie Erfolg haben würden.

Die Sekunden vor dem Einschlag liefen für Rayk in Zeitlupe ab. Die gigantische *Lintu* - das größte jemals gebaute Luftschiff - versuchte verzweifelt, den Kurs zu ändern. Doch ihr feuerroter Rumpf war zu schwerfällig, um eine Chance zu haben.

Kleine schwarze Punkte fielen von dem Piratenschiff und verwandelten sich in sicherer Entfernung in weiße Fallschirme. Die Mannschaft hatte ihren Kahn verlassen.

Rayks letzter Gedanke, bevor der blaue in den roten Rumpf krachte, galt Jarl. Er bedauerte den Verlust von jemandem, der ein guter Freund hätte werden können.

Rayk hörte das Holz bersten, Motoren aufheulen und Segel zerreißen. Doch noch bevor die Luftschiffe sich vollends ineinander vergruben, zerriss ein Lichtblitz die *Lintu*. Eine Explosion, deren Hitze selbst auf Rayks Gesicht so weit unten am Boden noch brannte, ging vom Bug des Piratenschiffs aus und verstärkte die Kraft mit, der es in die *Lintu* eindrang. Die *Lintu* zerbrach. Das Flaggschiff Hàvamars wurde in der Mitte wie ein Spielzeug auseinandergerissen. Und wie um Rayk und seine Männer zu verhöhnen, lösten sich einzelne kleine Flammenschweife von der größeren Explosion und zischten zur Seite, wo sie als Feuerwerksraketen in bunten Farben ein Schauspiel lieferten, das selbst die Festspiele zu Hàvamars Jubiläumstag übertrumpfte.

Brennende Wrackteile wurden weggeschleudert und regneten über Rayk und seinen Männern zu Boden. Die zerstörten Luftschiffe stürzten wie Kometen auf sie herab und läuteten den feurigen Untergang für seine Truppen ein.

※

Kapitel
Siebenundzwanzig

Kel schob das dicke Fell, das vor dem notdürftig errichteten Qarmaq hing, beiseite. Kalter Pulverschnee, der sich in einer Falte des Stoffes gesammelt hatte, rieselte ihm ins Genick. Er hatte mit seinem kleinen Sohn und zwei weiteren Familien für drei Tage in dem engen Raum gesessen und gewartet, bis der Sturm endlich vorübergezogen war. Der erste Atemzug frischer Luft, den er gierig in sich aufsog, war nach so langer Zeit eine wahre Erlösung.

Das Lager, das der Stamm errichtet hatte, war knietief im Schnee versunken. Die Saghani-Fahrzeuge, die sie im Kreis aufgestellt hatten, um sie als äußeren Windschutz für ihre Behausungen zu nutzen, waren beinahe vollständig unter Schneebergen verschwunden.

Kel nahm aus dem Augenwinkel eine Bewegung wahr und schaute zur anderen Seite des Lagers, wo sich ebenfalls einige Felle bewegten. Kurz darauf kam Tesuks kantiges Gesicht zum Vorschein und der alte Jäger hob den Arm zum Gruß. Wie es die Tradition gebot, wartete er jedoch darauf, dass Kel als Häuptling des Stammes, als erster einen Fuß ins Freie setzte und die restlichen Stammesmitglieder damit einlud, die Sicherheit ihrer Behausungen zu verlassen.

Kel zog seinen Fellmantel enger um die Schultern, wappnete sich, die mollige Wärme des Qarmaqs zu verlassen und machte dann den ersten Schritt in den tiefen Schnee. Als er in der Mitte des Lagers angekommen war, drehte er sich einmal um die eigene Achse, um alle Himmelsrichtungen auf Gefahren zu überprüfen, doch weder von dem Sturm noch von irgendeiner anderen Bedrohung konnte er etwas erkennen. Nur glänzender blauer Himmel, soweit der Horizont reichte.

Kel stimmte den kurzen traditionellen Vers an, mit dem er die anderen Stammesmitglieder aus ihren Lagerstätten bat und einlud ihn auf seinem Weg als ihrem Anführer zu begleiten, dann stapfte er in Tesuks Richtung.

»Haben es alle gut überstanden?«, fragte er den alten Jäger und warf einen kurzen Blick über dessen Schulter in das

Innere des Quarmaqs, wo zwei Jugendliche darum wetteiferten, wer als erster hinaustreten durfte.

Tesuk antwortete ihm mit einem Brummen, das wohl ausdrücken sollte, das es jedem, außer seiner Geduld, gut ging. Dann sagte er: »Drei Tage Sturm. Man könnte glauben die Ahnen meinen es schlecht mit uns.«

»Oder sie haben uns davor bewahrt in eine Dummheit zu laufen«, versuchte Kel etwas Ermutigendes auf Tesuks wie immer düster aussehende Vorahnung zu antworten.

»Wir sollten so schnell wie möglich Jäger ausschicken, die die nähere Umgebung überprüfen«, sagte der alte Jäger und winkte schon die ersten Männer herbei, die damit beschäftigt waren, ihre steifen Glieder durchzustrecken.

Kel stimmte ihm zu.

»Außerdem sollten wir ein Feuer machen und für alle etwas zu Essen bereiten, während wir das Lager abbauen«, beschloss Kel. »Danach müssen wir so schnell wie möglich weiter. Bis zu den Weidegründen der Tuwai ist es nicht mehr weit.«

Tesuk nickte und machte sich daran, die Befehle weiterzugeben. Es war nicht nötig, auszusprechen, warum sie so sehr in Eile waren. Wenn sie nicht bald damit begannen, das Fleisch der geschlachteten Yarum einzutauschen, würde es an Wert verlieren. Zwar konnten sie es mit dem Eis ihrer Heimat nahezu ewig haltbar machen, aber die Tuwai würden ihnen dann nur noch einen geringen Preis zahlen oder ausschließlich unbrauchbare Ware dafür eintauschen, die dem Stamm nicht zum längeren Überleben reichen würde. Kel stürzte sich daher in die Arbeit und half seinen Leuten, das Lager abzubauen.

※

Der Tross aus Saghani-Fahrzeugen walzte vor dem Stamm her, um den tiefen, vom Sturm aufgewirbelten, Pulverschnee zu einem Pfad zu pressen, auf dem die Menschen die Eiswüste durchqueren konnten.

Kel marschierte gemeinsam mit Tesuk ganz am Ende der langen Kolonne, die sich hinter den Fahrzeugen herschleppte. Ihre Aufgabe bestand darin, Stammesmitglieder, die nicht mehr weiterkonnten, aufzusammeln und entweder zum

Weitergehen zu motivieren oder sie für eine Weile auf dem Hundeschlitten oder einem der Saghani-Fahrzeuge mitfahren zu lassen. Sie blieben außerdem weit genug hinter allen zurück, dass sie sich miteinander unterhalten konnten, ohne dass jemand sie hörte.

»Ich dachte, wenn wir die Saghani angreifen, würde ich mich besser fühlen«, sagte Tesuk. »Wir haben viele von ihnen getötet. Einen von ihnen habe ich sogar mit bloßen Händen zu seinen Ahnen geschickt. Aber ...« Tesuk ließ das Ende seines Satzes offen, doch er hatte genug gesagt.

»Ich weiß«, sagte Kel. Er fühlte genau denselben Schmerz in seinem Inneren.

»Jedes Mal, wenn ich meinen Sohn ansehe, ist es schwieriger, nicht an Nauja zu denken«, sagte er.

Selbst jetzt musste er an ihr Gesicht denken. Erinnerungen drängten sich ihm auf. An die schönen Momente, die sie als Familie geteilt hatten. Wie sie ihn angelächelt hatte. Oder an ihre zärtlichen Berührungen, wenn sie alleine in ihrem Qarmaq gewesen waren. Doch wenn Kel nun seinem Sohn über die Wange strich, dann wusste er nie vorher, ob er nicht auch gleichzeitig die kalte Haut von Nauja spürte. Wie sie da tot neben den anderen Stammesmitgliedern im aufgewühlten Schnee gelegen hatte.

Auch er hatte gehofft, dass dieses Gefühl vielleicht mit dem Bezwingen der Saghani vergehen würde. Oder wenigstens mit der Übergabe des Körpers seiner Frau an die Ahnen in den Eishöhlen. Doch es war geblieben. Und er hatte Angst davor, dass es vielleicht nie mehr vergehen würde. Genauso sehr, wie er davor Angst hatte, dass das Schicksal seines Sohnes und des Stammes längst besiegelt war. Dass sie ihr Sterben nur noch hinauszögerten, es aber unausweichlich war. Kel hatte Angst, dass von allen Generationen er der Stammesführer war, der mitansehen musste, wie seine Freunde und Familie starben.

»Was kommt nach alledem hier?«, stellte Tesuk die Frage, die auch Kel in den letzten Nächten bis in die Traumwelt begleitet hatte.

Da er bisher jedoch keine Antwort darauf gefunden hatte, blieb ihm nichts anderes als zu sagen: »Das wissen nur die Ahnen.«

»Ich hoffe, dass sie es wirklich wissen«, meinte Tesuk. »Und sie sollten es uns besser bald verraten.«

Näherkommende Schritte knirschten im Schnee und Kel schaute auf. Zwei der Jäger, die Tesuk als Späher ausgesandt hatte, kamen auf sie zu. Als sie Kels Blick bemerkten, beeilten sie sich noch etwas mehr, um zu ihnen zu gelangen.

»Was gibt es?«, fragte Tesuk.

»Ein kleines Lager, halb im Schnee versunken«, berichtete der Jüngere der beiden. Sie waren Ke'yush, deswegen kannte er sie nicht beim Namen.

»Es könnten Saghani sein«, ergänzte der ältere Mann, der inzwischen ebenfalls zu Atem gekommen war.

Kel warf Tesuk einen fragenden Blick zu, der genauso erwidert wurde. Sie beide schienen darüber nachzudenken, was die Saghani hier draußen, mitten in der Eiswüste tun sollten. Kel hatte absichtlich einen ungewöhnlichen Pfad für sie gewählt, weit ab von den normalen Wanderrouten der Stämme, sodass sie möglichen Verfolgern aus dem Weg gingen.

»Habt ihr ihre Krieger gesehen?«, wollte er von den Männern wissen.

»Nein, Häuptling«, erwiderten beide und es überraschte Kel ein wenig, dass sie ihn anscheinend bereits als *ihren* Häuptling angenommen hatten.

»Wir sollten es uns trotzdem ansehen«, meinte Tesuk. »Ein Lager in dieser Gegend ist ungewöhnlich. Falls es tatsächlich Saghani sind, könnten sie einer größeren Gruppe, die uns jagt, verraten, wo wir uns befinden.«

Kel stimmte ihm zu und nachdem er die beiden Ke'yush über die Größe und Art des Lagers befragt hatte, kam er zu dem gleichen Schluss wie Tesuk. Ein einzelnes Qarmaq, so wie sie es errichtet hatten, konnte nicht viele Krieger aufnehmen. Es mussten Kundschafter der Saghani sein, die sie gesucht hatten und dabei von dem heftigen Sturm überrascht worden waren.

Kel schickte die beiden Späher los, ein Dutzend weiterer Jäger in der Kolonne zu suchen, die Kel und Tesuk zu dem fremden Lager begleiten würden. In der Zwischenzeit machte er sich gemeinsam mit dem alten Jägeranführer auf den Weg zum Hundeschlitten. Der war für den Fall der Fälle sowohl mit Bögen und Speeren, als auch den Gewehren der Saghani beladen. Togo und das Gespann würden sich über den Auslauf freuen.

※

»Whoa«, rief Kel über die Köpfe der Hunde nach vorne und Togo stellte die Ohren auf. Der Leithund verlangsamte seinen Schritt, die anderen Tiere folgten seinem Beispiel und Kel ließ den Schlitten langsam zum Stehen kommen.

Der kleine Trupp aus einem Dutzend Jägern wartete bereits auf ihn und sammelte sich nun neben dem Schlitten, um sich mit den Saghani-Waffen auszurüsten, die er mitgebracht hatte. Ihre Gesichter waren voll grimmiger Entschlossenheit und keiner sprach ein Wort. Kel hatte ihnen erklärt, dass die Saghani die Fähigkeit besaßen, über große Entfernungen miteinander zu sprechen. Er hatte die Geräte, die sie dazu benutzten, einige Male gesehen, als sein Vater noch gelebt hatte und sie beide zusammen mit den Saghani verhandelt hatte. Sie durften unter keinen Umständen riskieren, dass jemand weitermelden konnte, dass er den Stamm gesehen hatte. Die Saghani mussten schnell sterben.

Kel griff sich ebenfalls eines der Gewehre und das Metall war so kalt, dass es ihm die Haut verbrannte. Dem jüngsten Jäger befahl er, beim Schlitten zu bleiben und auf die Hunde aufzupassen. Kel hatte ihn erst vor einem halben Jahr zum Mann erklärt, nachdem er seinen ersten erlegten Schneefuchs mit ins Lager gebracht hatte. Jetzt blickte der Junge unglücklich drein, widersprach aber nicht. Kel legte ihm eine Hand auf die Schulter und sagte leise genug, dass nur sie beide es hören konnten: »Es ist nichts ehrbares daran einen anderen Mann zu töten. Selbst wenn er dein Feind ist.«

Vielleicht würden die Ahnen sogar Kels Geist verfluchen, wegen der Menschen, die er getötet hatte. Doch diese Bürde würde er als Häuptling tragen, so lange er damit die Sicherheit des Stammes erkaufen konnte.

Die beiden Späher, die die Saghani entdeckt hatten, führten die Jäger in zwei Gruppen an. Geduckt schlichen sie um das feindliche Lager, das in einer Mulde errichtet war, und umzingelten die Feinde. Kel ließ sich zuerst auf alle viere nieder und kroch dann soweit vorwärts, dass sein Kopf nur eine Fingerlänge weit über den Kamm einer Schneedüne ragte, die die Jäger als Deckung nutzten. In seinem weißen Jägeranzug musste er nahezu nahtlos mit den kleinen Unebenheiten des Dünenkamms verschmelzen.

Wie die Kundschafter berichtet hatten, sah er das Saghani-Lager vor sich. Sie hatten ihre eigene Variante eines notdürftigen Qarmaqs aus Eisblöcken errichtet. So, wie es die Kinder des Stammes manchmal zum Spaß taten oder die Jäger, die auf langen Märschen auf der Suche nach Wild keinen anderen Unterschlupf finden konnten. Der Schneesturm hatte auch dieses Lager mit Pulverschnee bedeckt und natürlich alle Fußspuren unter sich verborgen.

Kel dachte kurz darüber nach, einfach die Saghani-Waffen zu gebrauchen, um das Qarmaq zu zerstören und alle darin zu töten. Die kleinen Metallgeschosse, die die Gewehre ausstießen, besaßen genügend Kraft, um Eis und Schnee zu durchschlagen. Doch solange er nicht wusste, was im Inneren des Qarmaqs vor sich ging, wäre das eine gefährliche Idee. Vielleicht riefen die Saghani dann mit ihren Maschinen eine größere Gruppe um Hilfe. Nein, die Jäger würden warten müssen, bis die Saghani aus ihrem Qarmaq herauskamen. Außerdem konnten unmöglich mehr als drei Männer in dem kleinen Unterschlupf Schutz vor dem Sturm gesucht haben. Mit denen sollten sie auch im Freien fertig werden.

Ohne, dass er ihnen weitere Anweisungen gegeben hätte, erkannte er, dass sich auch die anderen Jäger darauf einstellten, wie bei der Schneehasenjagd für längere Zeit auf der Lauer zu liegen und zu warten, dass die Beute aus ihrem Bau kam. Wie Kel kontrollierten sie die Stoffbahnen vor ihren Mündern, die sie vor der Kälte schützten und das Aufsteigen von verräterischen Atemwolken verhinderten.

Dann schaltete Kel sein bewusstes Denken aus und ließ seine Instinkte die Jagd übernehmen. So verharrte er zwischen den Männern, bis ihre Gelegenheit kam.

※

Das Gefühl, ins Nichts zu fallen weckte Mira auf. Ruckartig fuhr sie hoch und schnappte nach Luft. Kalter Luft, die ihre Lungen brennen ließen. Die Wellen des Eismeers, die sie in ihrem Traum verschlungen hatten, wogten noch immer in ihrem Kopf hin und her. Mira versuchte, mehrmals tief durchzuatmen, ihre zitternden Finger betasteten ungläubig ihren Hals. Jede einzelne Faser ihres Körpers fühlte sich taub an. Ihre vor Kälte bebenden Lippen wirbelten die Atemwolken durcheinander, die zur Decke des Iglus stiegen.

Zäh tropften die Erinnerungsfetzen in Miras Gedächtnis. Es musste Tag sein, da einzelne Sonnenstrahlen durch die Ritzen zwischen den Eisblöcken fielen, die Mira nicht perfekt mit Schnee abgedichtet hatte. Plötzlich wurde ihr klar, was das zu bedeuten hatte. Zur Sicherheit hielt sie kurz den Atem an und lauschte. Doch keine Spur mehr von dem Sturm. Es war außerhalb des Iglus völlig windstill.

Erleichtert stieß sie die angehaltene Luft wieder aus und bedauerte es beinahe, da sie ihre Lungen danach wieder mit kalter Luft füllen musste.

Mira setzte sich auf und stieß mit dem Bein gegen einen weichen Widerstand dicht neben ihr.

Tarjei, schoss es ihr durch den Kopf.

Sie fuhr zu ihm herum. Seine Haut war so kalt wie ein Eisblock und weiß wie bei einem Toten. Doch wenn sie genau genug hinsah, glaubte sie das Zittern seiner blau angelaufenen Lippen zu erkennen. Sie rüttelte ihn an der Schulter. Als nächstes boxte sie dagegen und als dies auch nichts half, kniff sie ihm mit ihrem Fingernagel in die Nase.

Plötzlich bewegte sich Tarjeis Brust, er sog die Luft tief in seine Lungen und riss die Lider auf. Tränen waren ihm in die Augenwinkel geschossen. Seine Lippen begannen stärker zu zittern und er stieß einen leisen Schmerzenslaut aus. Er versuchte zu sprechen, doch sein gesamter Körper bebte so sehr vor Kälte, dass er kein vollständiges Wort herausbrachte.

»Stu ... rm?«, war das einzige, was Mira verstand.

»Der ... ist vorbei...gezogen«, versuchte sie ihn zu beruhigen und bemerkte, dass auch ihre eigene Stimme zitterte. Sie rieb sich, so schnell sie konnte mit den Händen über ihre Brust und den Bauch, um sich wenigstens ein bisschen aufzuwärmen. Auch wenn es nicht viel half, konnte sie danach wenigstens in ganzen Sätzen reden.

»Ich versuche etwas zu finden, das wir verbrennen können«, erklärte sie Tarjei. »Aber du darfst nicht wieder einschlafen. Hörst du mich?«

Tarjei waren schon wieder die Augenlider zugefallen.

»Hey!«, rief Mira und setzte ihre Finger erneut an seine Nase, als Tarjei wieder die Augen aufriss.

»Gut«, sagte sie. »Du darfst nicht einschlafen. Ich geh nur kurz raus, um was Brennbares zu suchen. Rede zur Not mit dir selbst, dass du nicht einschläfst. Aber ich schwöre dir, dass ich dir deine Nase abreiße, wenn ich zurückkomme und du die Augen zu hast.«

Tarjei bewegte seinen Kopf zu einem zitternden Nicken.

Er räusperte sich mehrmals, bevor er halbwegs verständlich sagte: »Über was soll ich denn reden?«

Mira zuckte mit den Schultern.

»Keine Ahnung. Von mir aus Frauengeschichten, wenn dir dadurch wärmer wird. Aber nur so lange ich nicht da bin.«

Sie boxte ihm gegen den Arm, dann zog sie ihren Mantel enger zusammen, um ins Freie zu kriechen.

Mira hatte keine Ahnung, was sie zu finden hoffte. Das Einzige, was ihr in den Sinn kam, was sie hätte verbrennen können, wäre der zweite Fallschirm gewesen, den sie als Isolierschicht über das Iglu gespannt hatte. Doch der Sturm hatte ihn ja schon am ersten Tag weggerissen. Da sie die Übersicht darüber verloren hatte, wie viele Tage sie überhaupt in dem engen Iglu gesessen hatten, war sie sich ziemlich sicher, dass der Fallschirm sonst wo gelandet sein musste.

Ihre beste Chance waren jetzt vermutlich die Teile der *Lymaskar*, die während ihres Fallschirmsprungs auf sie heruntergeregnet waren. Vielleicht waren einige davon in der Nähe heruntergekommen und schwer genug gewesen, dass sie der Wind nicht weggeweht hatte.

Nachdem Mira sich endlich durch den engen Windfang des Iglus ins Freie gekämpft hatte, richtete sie sich mühsam auf den Knien abgestützt auf und klopfte sich den Schnee vom Körper. Sie musste all ihre Willenskraft zusammennehmen, um bei dem Anblick, der sie umgab, nicht sofort wieder ins Iglu zurückzukriechen. Der Sturm hatte alles in der unmittelbaren Umgebung unter einer tiefen Schneeschicht begraben. Keine einzige ihrer Fußspuren war mehr zu sehen. Was natürlich gleichzeitig bedeuten musste, dass auch jedes Wrackteil, das vielleicht irgendwo in ihrer Nähe heruntergekommen war, unter einer ebenso dicken Schneeschicht begraben lag.

Doch Mira war noch nicht bereit, ihr Schicksal zu akzeptieren. Außerdem dachte sie an Tarjei, den sie im Iglu zurückgelassen hatte. Er würde ohne zusätzliche Wärme nicht mehr lange durchhalten. Also zog sie sich ihren Schal über die Nase und machte sich auf den Weg in die Richtung, in der sie die meisten Trümmerteile vermutete.

Der Pulverschnee, den der Sturm um ihr Lager verteilt hatte, war tückisch und ließ sie alle paar Schritte bis zur Hüfte einsinken, sodass das Vorankommen eine Qual war. Mira hatte gerade einmal die Hälfte der Schneedüne erklommen, als ihr, obwohl sie sich innerlich noch immer gefroren fühlte, der Schweiß in Strömen über den Rücken lief. Sie wischte sich mit der behandschuhten Hand über die Stirn und hielt einen Moment inne, in dem sie versuchte, Kraft zu schöpfen. Dabei hob sie den Blick in Richtung Himmel, den Sonnenstrahlen entgegen, die sie jedoch nur blendeten, anstatt sie aufzuwärmen.

Gerade als sie weitergehen wollte, blitzte etwas am Kamm der Schneedüne auf und stach ihr ins Auge. Irgendetwas reflektierte einen Sonnenstrahl direkt in Miras Gesicht. Für einen kurzen Augenblick keimte Hoffnung in ihr auf. Es musste eines der Trümmerteile sein, in dem sich die Sonne spiegelte. Doch als sie die Hand hob, um ihre Augen abzuschirmen und genauer hinsehen zu können, begann sich das kleine Stück Metall plötzlich zu bewegen. Der blendende Sonnenstrahl verschwand und wich einer großen menschlichen Gestalt, die durch den Schnee auf sie zurannte.

Wie ein Geist schaffte es der Fremde, über den Pulverschnee zu gleiten, ohne darin einzusinken und war innerhalb eines Atemzugs bei ihr. Er war vollständig in weiße Tierfelle gekleidet, der untere Teil seines Gesichts war zum größten Teil von einem Tuch verborgen. Seine schwarzen Haare fielen ihm in mehreren Strähnen über die Stirn. Dazwischen blitzten seine stahlblauen Augen gefährlich hindurch. Der Mann zielte mit seinem Gewehr direkt auf ihre Brust. Jeder Muskel seines Körpers schien angespannt zu sein, als er ganz langsam und bedrohlich eine Hand zu seinem vom Schal verhüllten Mund führte und sie sich daraufpresste. Was er sagen wollte, war klar: »Ein Laut und ich töte dich auf der Stelle.«

Mira schluckte schwer und wagte es nicht, sich auch nur einen Millimeter von der Stelle zu rühren. Ihr Herz begann zu rasen und nur zwei Gedanken kämpften in diesem Augenblick in ihrem Kopf darum, von ihr erhört zu werden. Flucht oder Kampf. Es kostete sie enorme Anstrengung, ihren Instinkt niederzuringen und einfach bewegungslos vor dem Fremden zu verharren.

Als er sich sicher zu sein schien, dass sie ihn verstanden hatte und tun würde, was er verlangte, nahm er ganz langsam die Hand wieder vor dem Mund weg und hob seinen Arm über den Kopf. Dann winkte er einmal schnell in Richtung des Iglus, aus dem Mira gerade gekrochen war und plötzlich erhoben sich noch mehr in weiß gehüllte Gestalten, die zuvor vollkommen unsichtbar gewesen waren und glitten die Düne hinunter an Mira vorbei.

Sie würden sich Tarjei holen. So viel hatte Mira begriffen. Und obwohl sie ihn warnen wollte, ließ sie es bleiben. Denn das würde nur bedeuten, dass sie mit einer Kugel im Körper sterben würde.

Mira hatte keine Ahnung, wer diese Männer waren oder was sie wollten. Geschweige denn, wo sie plötzlich mitten in der Eiswüste hergekommen waren. Aber sie wusste, dass sie im Moment weder sterben wollte noch durfte. Ohne Tarjei und ihr würde niemand mehr nach ihrem Vater suchen. Es war komisch, dass ihre Gedanken nur darum kreisten und sie nicht daran dachte, was es für sie selbst bedeuten würde, zu sterben, doch es war nun einmal so. In ihrer Verzweiflung sah Mira nur einen einzigen Weg, wie sie ihr Leben retten konnte.

So langsam sie konnte, hob sie ihre Arme über den Kopf und ließ sich auf die Knie sinken. Dabei hielt sie Blickkontakt mit dem fremden Mann. Seine Augen zeigten keinerlei Regung. Er starrte sie einfach nur an, jederzeit bereit sie zu töten. Ganz vorsichtig benutzte sie einen Finger ihrer Hand, um den Schal vor ihrem Mund unter ihr Kinn zu ziehen.

Ohne die Worte laut auszusprechen - das hatte er ihr verboten - formte sie mit ihren Lippen so deutlich sie konnte ein Wort: »Bitte.«

※

Die Jäger hatten sich vor dem Eingang des Iglus versammelt und zielten mit den Gewehren auf jeden, der sich möglicherweise noch im Innern befand. Sie warteten nur noch auf Kels Befehl und die Saghani-Kundschafter würden durch eine Salve ihrer eigenen Waffen zu ihren Ahnen fahren.

Doch Kel zögerte.

Der Mann, den er noch vor wenigen Augenblicken für einen feindlichen Krieger gehalten hatte, war eine junge Frau. Ihre Gesichtszüge gaben überdeutlich ihre Erschöpfung preis. Noch dazu trug sie keine Waffen am Körper. Schickten die Saghani etwa wehrlose Frauen als Kundschafter?

Kel fühlte sich wie ein in einer Falle gefangenes Tier. Es gab keinen Ausweg mehr aus dieser Situation und egal wie er sich entschied, zog sich die Schlinge enger um seinen Hals. Ließ er sie am Leben, riskierte er, den Stamm in Gefahr zu bringen. Tötete er sie, bestand die unwahrscheinliche Möglichkeit, dass er eine unschuldige Frau hinrichten würde. Und seine Seele würde damit für immer von den Ahnen verflucht werden.

Kel blickte gehetzt zwischen dem flehenden Gesicht der jungen Frau und den Jägern seines Stammes hin und her. Sie vertrauten ihm und waren bereit zu töten.

Doch Kel war es nicht.

Er wusste nicht, ob die Ahnen ihm diesen Gedanken gesendet hatten, oder ob es der Rest dessen war, was er noch an Gewissen besaß. Er wusste nur, dass das, was er vorhatte das Richtige war.

Kel gab den Jägern ein Zeichen abzuwarten. Dann ließ er den Lauf seiner Waffe ein wenig sinken, sodass er nur noch auf den Bauch, der jungen Frau und nicht länger auf ihr Herz zielte. Dann beugte er sich nach vorne, streifte sich den Schal vor seinem Mund herunter und fragte mit leiser, aber fester Stimme: »Warum bist du hier?«

✲

Seine Stimme klang wie das Knurren, das die Geschichtenerzähler immer machten, wenn sie für die Kinder auf der Scholle einen Schneewolf imitierten. Es war die Art von Knurren, die Mira als kleines Mädchen immer Albträume beschert hatte.

Mira musste mehrmals schlucken, um ihrer völlig ausgetrockneten Kehle überhaupt einen Laut entringen zu können. Und als sie es schaffte, kratzte ihre Stimme so stark in ihrem Hals, dass es wehtat.

Sie erzählte dem Mann ihre Geschichte so kurz sie konnte. Vermutlich war es eine gigantische Dummheit, bei der Wahrheit zu bleiben, da Tarjei und sie inzwischen nicht nur von Hàvamars Soldaten, sondern auch von Piraten und der Mannschaft eines Luftschiffs gesucht wurden. Aber aus Gefangenschaft konnte man leichter entkommen als aus dem eigenen Grab.

Nachdem ihre Geschichte endete, glaubte Mira mindestens eine Stunde lang geredet zu haben. Trotzdem hätte sie alles dafür gegeben, wenn sie sich mehr Zeit gelassen hätte. Denn so lange sie geredet hatte, hatte sie sich beinahe sicher gefühlt. Jetzt, wo sie wieder nur schweigend auf das Urteil des Mannes warten konnte, glaubte sie zu spüren, wie die Waagschale in dessen Kopf kippte und zur Seite ihres Todes ausschlug.

Mira zuckte zusammen, als plötzlich die knurrende Stimme des Fremden die Stille durchbrach.

»Ein Mann?«, fragte er und nickte in Richtung des Iglus, in dem Tarjei lag und vermutlich noch immer mit sich selbst redete.

Mira nickte.

»Verletzt?«

Wieder nickte Mira und spürte den schweren Kloß in ihrem Hals.

Nach einer weiteren Ewigkeit und abschätzenden Blicken, die alles hätten bedeuten können, ließ der Fremde schließlich seine Waffe sinken. Mit einem Schlag fiel die Anspannung von Miras Muskeln und sie sackte wie ein leerer Kartoffelsack in sich zusammen. Sie schloss für einige Atemzüge die Augen und dankte jedem Gott, der vielleicht irgendwo existieren mochte.

Sie lebte noch! Tarjei lebte noch!

Das war alles, was für den Moment für sie wichtig war. Vor allem jetzt, wo diese Fremden vielleicht einen Weg boten, nicht in der Eiswüste erfrieren zu müssen.

Als Mira die Augen wieder öffnete, setzte ihr Herz jedoch für einen Schlag aus. Der Fremde, der sie eben beinahe getötet hätte, war schon zur Hälfte wieder hinter der Schneedüne verschwunden, über die er gekommen war. Von seinen Männern war bereits nichts mehr zu sehen, außer den oberflächlichen Spuren im Schnee, die sie hinterlassen hatten. Panik stieg in Mira auf, als ihr klar wurde, dass diese Männer Tarjei und sie zum Sterben zurücklassen wollten.

❆

»Wartet!«

Die Stimme der jungen Frau hallte Kel hinterher und brachte ihn dazu, sich noch einmal umzudrehen.

Sie kniete noch immer an der gleichen Stelle, wo er sie zurückgelassen hatte. Doch als er sie anblickte stand sie rasch auf und stolperte auf ihn zu. Sie war ungeschickt und versank tief in den Schneewehen, die der Sturm hinterlassen hatte, sodass es eine Ewigkeit dauerte, bis sie die wenigen Schritte zu ihm hinter sich gebracht hatte.

»Wartet«, rief sie ihm noch einmal völlig außer Atem zu, kurz bevor sie vor ihm zum Stehen kam. »Bitte. Wir brauchen Hilfe.«

Kel dachte einen Moment darüber nach, sich einfach umzudrehen und zum Hundeschlitten zurückzukehren. In den Gesichtern der anderen Jäger, die hinter der Schneedüne auf ihn warteten, las er ähnliche Gedanken. Diese junge Frau war vielleicht keine ihrer Kriegerinnen, aber sie war eine Saghani. Sie war eine Fremde in der Eiswüste. Und Fremde hatten den Stämmen zu viel Leid angetan. Doch Kel hatte auch ihre Geschichte gehört. Obwohl er nur wenig davon wirklich verstanden hatte, so war er sich doch sicher, dass auch diese junge Frau Unrecht erfahren hatte. Vielleicht sogar durch die gleichen Menschen, die auch den Stämmen Böses wollten.

»Nehmt uns mit«, flehte die junge Frau. »Bitte. Nur bis zur nächsten Oase.«

Sie sah ihn einen Moment flehend an, bevor sie hinzufügte: »Wir haben noch einen Rucksack voll Konservendosen. Wir können handeln. Tarjei ist Mechaniker und ich mache jede Arbeit, die ihr habt.«

Kel verstand nur schwer, was sie sagte. Allerdings nicht so sehr wegen ihres merkwürdigen Akzents, der viel mit dem der Saghani-Krieger gemeinsam hatte, sich aber doch davon unterschied, als vielmehr wegen der rätselhaften Worte, die sie benutzte.

»Oase?« Er ahmte die Laute nach, die sie gebraucht hatte für den Ort, wohin er sie bringen sollte.

Sie zuckte mit den Schultern. »Die grünen Orte mitten in der Eiswüste«, versuchte sie zu erklären. »Ich habe sie aus der Luft gesehen. Dort wachsen Pflanzen und Gras. Obwohl rund um sie herum nichts anderes als Eis und Schnee ist.«

Kel nickte, um ihr zu zeigen, dass er verstanden hatte.

»Wir tauschen unsere Konserven«, erklärte die junge Frau erneut. »Das ist genug Essen, um eine ganze Familie für eine Woche zu ernähren.«

Das hörte sich schon besser an, dachte Kel.

Er gab sich einen letzten Ruck. Wenn er sie hierließe, wäre es sowieso gnädiger, sie gleich zu töten, so hilflos wie die junge Frau in der Eiswüste wirkte. Vielleicht war es der bessere Weg, sie mitzunehmen. Denn dann konnte er wenigstens ein Auge auf sie haben. Zwei Reisende mehr in ihrem Konvoi machten da keinen Unterschied mehr. In zwei Tagen würden sie hoffentlich die Siedlung der Tuwai erreichen. Den Ort, den sie als »Oase« bezeichnet hatte. Dann waren sie nicht länger sein Problem. Auch wenn er sich sicher war, dass die Tuwai sie auch nicht als ihr Problem ansehen würden, hätte er seinen Teil dann wenigstens erfüllt und könnte mit reinem Gewissen vor die Ahnen treten.

Nach seinem langen Zögern verneigte Kel sich, wie es Brauch war, um einen Handel abzuschließen. Dann sagte er: »Ihr kommt mit uns. Bis zur nächsten *Oase*.«

Er warf einen Blick zu dem windschiefen Qarmaq der jungen Frau, das den Namen nicht verdiente, und winkte dann zwei der Jäger zu sich.

»Helft ihrem Freund. Die beiden kommen mit uns.«

Kel bemerkte Tesuks gerunzelte Stirn, als er an dem alten Jägeranführer vorbeiging und er war sich sicher, dass es später noch eine längere Unterhaltung darüber geben würde, warum er diese Entscheidung getroffen hatte. Doch für den Moment war Kel einfach dankbar, dass Tesuk ihm niemals widersprach, solange sie nicht alleine waren. Und so ging er zu Togo und dem Hundeschlitten zurück. Wenn es tatsächlich so schlecht um den zweiten Fremden in dem Iglu stand, wie die junge Frau erzählt hatte, dann würden sie ihn auf der Ladefläche transportieren müssen.

»Mira!«, rief ihm die junge Frau hinterher.

Er wandte sich noch einmal überrascht zu ihr um. Etwas leiser wiederholte sie: »Mein Name ist Mira.«

Kel lief zu ihr zurück, trat vor sie und umgriff fest ihre Unterarme. Sie zuckte zurück und er runzelte die Stirn. Sie hatte Angst vor ihm und keine Ahnung von Traditionen, doch nachdem er seine Bewegungen langsamer wiederholte, ließ sie es geschehen. Er drückte mit seinen Händen fest ihre Arme und sagte: »Wir waren die Thule, nun sind wir viele. Mein Name ist Kel.«

※

Kapitel Achtundzwanzig

Tarjeis Kopf sank auf ihre Schulter, nachdem das Schneefahrzeug wieder einmal zu hastig abgebremst hatte. Mira schaute in verschlossene Gesichter alter Männer und Frauen, deren Haut gegerbtem Leder ähnelte. Sie alle trugen Kleidung aus dicken Tierfellen und drückten sich auf den Sitzflächen des Fahrzeugs dicht aneinander, um sich gegenseitig zu wärmen. Nur zu Tarjei und ihr hielten sie auf beiden Seiten Abstand.

Keiner sprach ein Wort und selbst die Säuglinge, die sie in dicken Fellen eingewickelt in den Armen hielten, schienen wegen der spannungsgeladenen Atmosphäre verstummt zu sein. Ein paar jüngere Kinder, die gegenüber von Mira saßen, beäugten sie misstrauisch. Einzig das beständige Rumpeln des Motors und das Knirschen der Fahrzeugketten im Schnee begleiteten die Fahrt des Konvois, in dem Mira und Tarjei gelandet waren.

Mira hatte zunächst geglaubt, dass es sich bei Kel und den Männern, die sie gefunden und beinahe getötet hatten, um einen der Eiswüstenstämme handelte, von denen die Geschichtenerzähler nur allzu gern berichtet hatten. Alles hatte gepasst. Die kernigen Männer, gezeichnet von dem harten Leben, das sie die meiste Zeit über bei der Jagd nach Tieren in der Eiswüste verbrachten. Die Schlittenhunde, die auf den ersten Blick zwar wild und gefährlich wirkten, jedoch auch wunderschön anzusehen waren und mit denen Kel beinahe zärtlich umging. Doch bei ihrer Ankunft bei dem großen Menschenkonvoi hatten sich Zweifel bei ihr eingeschlichen. Weshalb besaß ein solcher Stamm Kettenfahrzeuge, die mit den Symbolen Hàvamars bemalt waren? Und außerdem Waffen, die Mira sonst nur bei Soldaten in der Stadt und an Bord der *Lintu* gesehen hatte?

Darauf wollte ihr absolut keine Antwort einfallen.

Die größte Enttäuschung für Mira war jedoch das Fehlen der Yarum-Herden gewesen. Kein Geschichtenerzähler hatte jemals die Stämme ohne diese sturen und stinkenden, aber endlos gutmütigen Tiere erwähnt. Mira hätte gerne einmal eines dieser Wesen aus der Nähe gesehen.

Wieder bremste der Fahrer viel zu stark, nur um kurz darauf mit einem Ruck die Richtung zu ändern. Tarjeis Kopf wurde erneut heftig hin und her geschüttelt, was ihn aufweckte. Mit müden Augen schaute er sich um, musste gähnen und versuchte die Arme nach oben zu strecken. Er zuckte jedoch auf halber Strecke der Bewegung zusammen und verzog das Gesicht. Seine Verletzungen heilten, waren aber noch längst nicht überstanden und er schlief andauernd wieder ein.

»Wo sind wir?«, fragte er und schaute zuerst fragend in Miras Richtung, bevor er auch die Menschen um sich herum musterte.

»Immer noch auf dem Weg zur nächsten Oase«, antwortete Mira und aus irgendeinem Grund flüsterte sie, als könne sie damit bewirken, dass diese Fremden sie weniger misstrauisch anstarrten.

»Sie reden nicht viel mit mir«, sagte sie und senkte ihre Stimme noch weiter, da sie über die Menschen um sie herum sprach. »Eigentlich haben sie noch überhaupt nichts gesagt.«

»Hmm«, überlegte Tarjei. »Vielleicht sollten wir dann den Anfang machen.«

»Und was genau schlägst du vor?«

»Ich denke, du solltest als Erstes mit dem Flüstern aufhören«, sagte er. »Und als Nächstes ...«

Tarjei ließ seinen Satz unbeendet und wandte sich einem der kleinen Jungen zu, der ihnen mit seinen Freunden gegenübersaß. Langsam zog sich Tarjei einen Handschuh aus, wackelte ein paar Mal mit den Fingern, als würde er eine Dehnübung damit machen und führte dann voller Stolz und einem breiten Lächeln den ältesten Trick der Welt vor. Dazu tat er so, als sei der Daumen seiner rechten Hand die Spitze des linken Zeigefingers - die »Verbindungsstelle« verdeckte er natürlich mit seiner restlichen Hand - und vollführte die Illusion, dass sich sein Finger auseinandernehmen und wieder zusammensetzen ließ.

»Ich glaube nicht, dass der Trick neu für sie ist«, sagte Mira, als sie die müden Gesichtsausdrücke der Kinder beobachtete.

»Tja«, antwortete Tarjei. »Einen Versuch war's wert. Dann muss ich eben härtere Geschütze auffahren.«

Tarjei begann die Taschen seines Mantels zu durchwühlen und beförderte außer einem unbenutzten Stofftaschentuch auch eine große Schraubenmutter hervor, die er neben sich auf die kleine freie Fläche der Sitzbank legte.

»Meine Damen und Herren«, sagte Tarjei in einem leisen und verschwörerischen Tonfall zu den Kindern. »Ich präsentiere ...« Er machte eine Pause, in der er einmal nach links und einmal nach rechts schaute, als müsste er sichergehen, dass ihn niemand beobachtete. »... das magische Tuch.«

Dann fasste er jeweils eine Ecke des Taschentuchs mit Zeigefinger und Daumen, zupfte zwei, drei Mal daran und formte dann mit der linken Hand eine Faust, in die er das Tuch mit der rechten Hand hineinstopfte. Als schließlich der letzte Zipfel darin verschwunden war, ließ er die Faust in einem großen Radius mit ausgestrecktem Arm zu Mira wandern und sagte: »Könntest du bitte zweimal darauf tippen?«

»Ist das dein Ernst?«, fragte Mira.

Tarjei verstieß gegen seine eigene Regel, in dem er Mira zuflüsterte: »Würdest du bitte?«

Dann lächelte er wieder in die Runde und wartete darauf, dass Mira zu seiner Assistentin wurde. Eher widerwillig tat sie ihm den Gefallen und nachdem sie zweimal auf seine Faust geklopft hatte, sagte Tarjei: »Vielen Dank.«

Den ausgestreckten Arm führte er daraufhin, im selben großen Bogen wie zuvor, wieder direkt vor die Augen der Kinder zurück, die ihn misstrauisch beäugten. Dann öffnete er langsam seine Hand. Zuerst der kleine Finger, dann der Ringfinger und so weiter, bis schließlich seine leere Handfläche zu sehen war.

Mira musste ihm zugestehen, dass er den Trick tatsächlich ziemlich professionell durchgeführt hatte. Sie selbst hatte nicht bemerkt, wie er das Taschentuch hatte verschwinden lassen.

Auch bei den Kindern schien er Erfolg gehabt zu haben, denn die kritischen Blicke wichen offenstehenden Mündern und großen Augen. Es folgte ein lautes Getuschel, wobei sich die Kinder gegenseitig ins Ohr flüsterten und die Köpfe schüttelten, uneins darüber, was gerade vor ihren Augen geschehen war.

Mira hatte das Gefühl, dass die Temperatur im Kettenfahrzeug mit einem Schlag um mehrere Grad gestiegen war. Selbst einige der Alten schmunzelten.

Während die Kinder noch völlig ratlos miteinander diskutierten, räusperte Tarjei sich laut und ballte die linke Hand, die zuvor völlig leer gewesen war, für alle sichtbar wieder zu einer Faust und begann zum Erstaunen der Kinder das Tuch wieder daraus hervorzuzupfen. Als er die Hälfte geschafft hatte, hielt er inne, hielt sich die freie Hand über die Augen und tat so als würde er in die Ferne spähen. Dann bewegte sich sein Kopf langsam wieder zurück zu seinem Publikum und sein Blick blieb auf einem jungen Mädchen hängen, das schräg gegenüber saß. Es starrte ihn völlig gebannt an. Tarjei lächelte ihr zu, zeigte auf sie und führte ihr vor, dass sie das Tuch an seiner Stelle aus seiner Faust ziehen sollte. Als er ihr den äußersten Zipfel des Tuchs hinhielt, lehnte sie sich ängstlich zurück. Doch eine Sekunde später schien ihre Neugier die Angst zu überwinden und ganz vorsichtig, als könnte das Tuch sie möglicherweise anfallen, nährten sich ihre kleinen Finger dem Zipfel. Als sie ihn berührte, lächelte sie plötzlich bis über beide Ohren, vermutlich, weil sie sich darüber wunderte, dass es sich um ein ganz gewöhnliches Tuch handelte. Dann, als hätte sie all ihren Mut nur für einen Anlauf zusammengenommen, zog sie mit Schwung das Tuch aus Tarjeis Faust.

Überrascht, dass es ihr gelungen war, wedelte sie damit vor den Gesichtern der anderen Kinder umher, was diese dazu brachte, von ihren Plätzen aufzuspringen und sich um das Mädchen zu versammeln, um das Tuch ebenfalls zu berühren. Sie begannen zu lachen und in einem nur schwer verständlichen Dialekt wild durcheinander zu reden.

Zufrieden lehnte Tarjei sich neben Mira zurück.

»Wo hast du das denn gelernt?«, fragte Mira.

»Wenn du auf der untersten Gehaltsstufe an Bord eines Luftschiffs stehst«, antwortete Tarjei, »lernst du alle möglichen Leute kennen. Einer von ihnen war Straßenkünstler in Hàvamar, bevor er damit zu wenig verdient hat und anfangen musste, Kohlen in Verbrennungsmotoren zu schaufeln.«

Die Kinder reichten jetzt das Tuch herum und auch der

erste Erwachsene - ein Mann, der so alt aussah, dass Mira nicht einmal zu schätzen wagte, wie lange er tatsächlich schon lebte - begann ebenfalls es zu befühlen.

»Du hast nicht zufällig noch zwei Schraubenmuttern bei dir?«, fragte Tarjei.

»Warum das denn?«, fragte Mira.

»Na mit einer kann ich schlecht jonglieren, oder?«

Mira schüttelte zwar den Kopf über die verborgenen Talente, die Tarjei besaß, doch natürlich durchsuchte sie bereits mit einem Lächeln auf den Lippen ihre Taschen.

Einige Stunden später hatte Tarjei noch einmal kurz geschlafen, war im Moment jedoch damit beschäftigt, den Kindern das Jonglieren beizubringen. Das Kettenfahrzeug bremste abrupt und die vielen kleinen Gegenstände, mit denen die Kinder übten, fielen zu Boden. Tierzähne und Knochenringe kullerten gemeinsam mit steinernen Pfeilspitzen wild durcheinander und die Kinder schrien entsetzt auf, da sie ihrer wertvollen Besitztümer beraubt worden waren. Sie jagten ihren Talismanen und Schmuckstücken über die Ladefläche des Fahrzeugs hinterher und warfen sich mit ausgestreckten Armen zwischen die Beine der Erwachsenen.

Anstatt wie zuvor die Fahrtrichtung zu ändern und wieder Gas zu geben, begann das Schneefahrzeug dieses Mal jedoch stärker und stärker zu vibrieren. Immer wieder heulte der Motor vergeblich auf und Zahnräder verkeilten sich mit einem grausamen Kreischen ineinander. Dann erstarb auf einen Schlag jede Bewegung des Kettenfahrzeugs und wenige Sekunden darauf verstummten auch die Rufe der spielenden Kinder, die sich verdutzt umsahen, als wollten sie sagen, dass sie auf keinen Fall die Schuld daran traf.

Die Menschenkolonne, die unentwegt hinter ihnen hergelaufen war, seit Mira und Tarjei zu diesen Menschen gestoßen waren, staute sich hinter dem Fahrzeug auf. Einige erkannten die Lage und eilten schnell an ihnen vorbei, um auch den restlichen Tross aufzuhalten, bevor sie sich zu weit voneinander entfernen würden. Der Rest nutzte die zwangsläufig entstandene Pause jedoch, um die müden Beine auszuruhen und setzte sich einfach direkt in den Schnee. Viele von ihnen sahen aus, als würden sie heute keinen Schritt mehr weitergehen, doch Mira konnte keinen einzigen von ihnen klagen hören. Was sie jedoch hörte, war das Geräusch der sich öffnenden Fahrertür und die Stiefel des Mannes, der eine solch furchtbare Art hatte, ihr Gefährt zu steuern. Mira hörte das metallische Klacken, als er die Stufen der Trittleiter der Fahrerkanzel hinunterstieg und in den Schnee sprang. Er lief um die Ladefläche herum und kurz darauf erschien seine Gestalt in der Öffnung des metallenen Rückraums des Fahrzeugs.

Trotz seines merkwürdigen Dialekts fiel es Mira nicht besonders schwer zu verstehen, was er ihnen sagen wollte: Sie würden laufen müssen.

Mira war einmal mehr von den Menschen um sie herum beeindruckt, die dies einfach als vom Schicksal gegeben hinzunehmen schienen. Keiner von ihnen brachte auch nur ein Wort der Beschwerde darüber zum Ausdruck, dass sie in ihrem Alter stundenlang durch den Schnee stapfen sollten.

»Was denkst du, wo sie die Dinger herhaben?«, fragte Tarjei und tätschelte den freigewordenen Platz der Sitzreihe neben sich.

Mira zuckte mit den Schultern. »Sie sehen aus, als kämen sie direkt aus Hàvamar.«

»Das habe ich auch gedacht«, sagte Tarjei und Mira erkannte die kleinen Falten auf seiner Stirn. Sie kannte diese Falten. Es war zwar lange her, aber so hatte er immer ausgesehen, wenn er über die Lektionen nachgedacht hatte, die ihr Vater ihm über den Mechanikerberuf beigebracht hatte. Daher fragte Mira: »Denkst du, du kannst es reparieren?«

»Keine Ahnung.«

Tarjei stand auf und schwankte ein wenig. Doch Mira war da, um ihn zu stützen, sodass er aus dem Kettenfahrzeug klettern konnte, ohne umzufallen.

»Aber einen Versuch sollte es wert sein«, sagte Tarjei zwischen zusammengebissenen Zähnen. »Vor allem, weil ich in dem Schnee keine fünfzig Meter schaffe, ohne zusammenzubrechen.«

Die Kinder und Alten, die mit ihnen im Heck des Fahrzeugs gesessen hatten, winkten ihnen zu. Sie wollten, dass Tarjei und Mira gemeinsam mit ihnen durch den Schnee liefen, um das Kolonnenende nicht zu verlieren. Doch ihre

Mitreisenden blieben nicht besonders hartnäckig, als Tarjei und Mira ablehnten und so wurden sie alleine zurückgelassen, während immer mehr Leute an ihnen vorbeistapften.

Etwa zehn Minuten später, als Tarjei schon schultertief mit dem Kopf voraus in dem Motor des Schneefahrzeugs hing und einen Fluch nach dem nächsten ausstieß, wurde Mira nervös. Die letzten Eiswüstenbewohner hatten sie vor wenigen Minuten passiert. Nun waren sie völlig allein.

Mira klopfte Tarjei auf den Rücken und fragte: »Kannst du sehen, woran es liegt?«

»Warte«, war das einzige, was dumpf aus den Tiefen des Motors zu ihren Ohren zurückkam.

Langsam wurde Mira nervös. Sie hatte mit ihrem Leben als Einsatz gespielt, um die Chance zu erhalten, von diesen Menschen mitgenommen zu werden. Wenn sie jetzt noch länger zögerten, würden sie den Konvoi verlieren.

Hundejaulen lenkte sie ab und sie sah auf. Kel kam auf seinem Schlitten zu ihnen gefahren und rief den Hunden mit seiner kernigen Stimme Kommandos zu. Er schaffte es, sein Gefährt so zu steuern, dass er nur einen Schritt neben ihnen zum Stehen kam.

»Wir müssen weiter«, sagte Kel und es war weder Bitte noch Befehl. Schlicht die Wahrheit, in der mitschwang, dass er sie zur Not auch einfach zurücklassen würde.

»Wir glauben, dass wir das Kettenfahrzeug reparieren können«, versuchte Mira zu erklären. »Ich habe doch erzählt, dass Tarjei Mechaniker ist. Wir sollten das Fahrzeug nicht einfach so im Schnee stehen lassen. Es muss doch auch für euren Stamm von großem Wert sein.«

Kel musterte sie misstrauisch als hätte sie etwas Falsches gesagt.

»Die Ahnen geben es und sie nehmen es auch wieder. Es ist nicht mehr weit bis zur nächsten ...« Er schien nach dem richtigen Wort zu suchen und schaffte es dann mit völlig falscher Betonung, das Wort »Oase« auszusprechen. Damit konnte Mira sich nun endgültig sicher sein, dass diese Menschen die Kettenfahrzeuge nicht schon immer besessen hatten. Sie mussten sie irgendwo gestohlen haben, denn dass Hàvamars Armee solch wertvolle Geschenke machte, hielt sie für unwahrscheinlich.

»Niemand lässt so etwas freiwillig zurück«, sagte Mira. »Eines dieser Fahrzeuge ist mehr wert als fünfzig Schollenbewohner in ihrem ganzen Leben jemals verdienen könnten.«

Kel zögerte und dachte nach. Und das anscheinend gerade rechtzeitig. Denn gleichzeitig mit einem letzten lauten, aber triumphierenden Fluch Tarjeis, heulte der Motor des Fahrzeugs wieder auf.

»Keine Ahnung wie lange das hält, aber zumindest können wir weiterfahren«, sagte Tarjei nachdem er seinen Oberkörper wieder aus dem Inneren des Kettenfahrzeugs gezogen hatte.

Kel ließ seinen Blick kritisch zwischen dem brummenden Kettenfahrzeug und Tarjeis ölverschmierten Händen hin und herwandern, bis er tatsächlich zufrieden lächelte. Dann stieg Kel wieder auf die Kufen des Hundeschlittens und rief seinen Hunden ein Startkommando zu, woraufhin sie in einem großen Kreis wendeten und sich hinter das Kettenfahrzeug setzten. Es war klar, was er wollte. Sie sollten weiterfahren und wieder zum Stamm aufschließen.

Mit etwas Hilfe von Mira schaffte Tarjei es, die Trittstufen der Fahrerkabine hinaufzuklettern und sich hinter das Steuer zu setzen. Sie selbst rutschte auf das Sitzpolster neben ihm und gemeinsam fuhren sie den Spuren der Menschenkolonne hinterher.

Die Dämmerung setzte bereits ein, bevor das erste Feuer entfacht und ihr Lager für die Nacht aufgeschlagen war. Tarjei und Mira hatten die kleinen Kinder und die Alten wieder aufgesammelt und waren bis spät in den Abend hinein weitergefahren.

Nun saßen sie alle zusammen um eines der vielen Lagerfeuer, die die Eiswüstenbewohner angezündet hatten. Um nicht im Schnee sitzen zu müssen, hatte man ihnen zwei merkwürdige Hocker gegeben, die aus mit Fellen überzogenen Tierknochen bestanden. Sie waren federleicht und - wenn man wusste wie - sogar zusammenfaltbar, um sie bei einem Marsch tragen zu können. Jedoch fand Mira es extrem schwierig, das Gleichgewicht zu halten, um nicht ständig zur Seite wegzukippen. Trotzdem empfand sie so ziemlich alles besser, als im kalten Schnee zu sitzen. Endgültig überzeugt und fasziniert von den Hockern war Mira jedoch erst, als eine besonders alte Eiswüstenbewohnerin, die die ganze Zeit ein gleichmütiges Lächeln zwischen den tiefen Falten ihres Gesichts trug, sich zum Feuer vorbeugte und mehrere der faustgroßen Steine, die um das Lagerfeuer herum aufgeschichtet worden waren, wegnahm. Hastig, um sich nicht daran zu verbrennen, schob sie die Steine durch einen Schlitz in den Fellen ins Innere ihres Hockers. Nach und nach holten sich danach auch die anderen Eiswüstenbewohner ihre Steine.

Mira sah Tarjei fragend an. Der zuckte jedoch auch nur mit den Schultern und so entschied sie, sich dem Brauch dieser Menschen anzuschließen.

Schon durch ihre Handschuhe spürte Mira die Hitze des Steins, den sie gepackt hatte. Schnell steckte sie ihn durch den Schlitz ihres Hockers. Tarjei folgte ihrem Beispiel und füllte seinen Hocker ebenfalls mit Steinen.

»Oh Mann«, murmelte er und streckte sich genüsslich aus. »Diese Menschen sind Genies.«

Und Mira musste ihm von ganzem Herzen zustimmen. Nachdem sie mehrere Tage gemeinsam mit ihm in der Kälte der Eiswüste verbracht hatte, war die Wärme, die durch die Sitzfläche ihres Hockers in ihren gesamten Körper strömte, genau das Richtige.

Mit der Wärme schien auch die Freude bei den Menschen um das Lagerfeuer einzukehren. Hatten die Alten den ganzen Tag über stoisch geschwiegen und nur ab und zu über Tarjeis Kunststücke gelächelt, tauten sie nun langsam auf. Sie begannen, sich leise in ihrem fremden Dialekt zu unterhalten und miteinander zu scherzen. Sie holten aus den Tiefen ihrer Fellmäntel Trockenfleisch hervor, in das sie beherzt hineinbissen.

Hinter ihrem Rücken hörte Mira jemanden durch den Schnee gehen und als sie sich umdrehte, trat Kel aus dem Schatten zwischen den Lagerfeuern. Auf seinem Arm hielt er einen Säugling und an seiner Seite war eine Frau, die Mira bisher noch nicht gesehen hatte. Ohne Tarjei oder sie zu begrüßen, wandte sich die Frau in eine andere Richtung und ging an Tarjei und ihr vorüber, um sich mit den alten Eiswüstenbewohnern zu unterhalten. Kel hingegen kam zu ihnen.

»Mein Sohn Anyu«, sagte er, als er Miras Blick bemerkte. »Er wird eines Tages den Stamm anführen«, erklärte Kel mit einem stolzen Lächeln.

Damit wären dann wohl gleich zwei Fragen beantwortet, dachte Mira. Auch wenn sie keine Yarum-Büffel bei sich hatten, handelte es sich bei diesen Menschen um einen der legendären Stämme der Eiswüste. Kel war also tatsächlich wie vermutet nicht nur der Anführer der kleinen Gruppe, die sie beinahe getötet hätte, sondern der Häuptling des gesamten Stammes.

»Darf ich dir eine Frage stellen?«, fragte Mira.

Kel drückte seine Zustimmung aus indem er leicht den Kopf nach vorne neigte.

»Was ist euch geschehen?«

»Und wo sind eure Yarum-Büffel?«, fügte Tarjei hinzu, der die gleichen Schlüsse gezogen haben musste wie sie selbst.

Ein Schleier legte sich bei diesen Fragen über Kels Gesicht. Statt zu antworten, ging er an ihnen vorbei, bat eine der alten Frauen seinen Sohn zu halten und holte sich dann einen der Hocker, um sich zu Tarjei und Mira zu setzen.

※

Kel ließ sich schwer auf seinen Hocker fallen und bei den Gedanken an die vergangenen Tage wärmten ihn selbst die Steine darin nicht auf.

»Wir sind die Überlebenden eines Angriffs«, begann er die Geschichte des Stammes zu erzählen.

»Die Thule, mein Stamm, wurden von Saghani-Kriegern überfallen und sie haben viele von uns getötet.«

Kel erkannte Mitgefühl in der Neugierde seiner Gäste, als der junge Mann fragte: »Wer sind die Saghani?«

»Menschen, die nicht aus der Eiswüste stammen - Fremde«, erklärte Kel und fügte hinzu: »Menschen ähnlich wie ihr, die Häuser aus Metall bauen und deren Zungen die Worte so merkwürdig verzerren. Menschen, die versuchen uns glauben zu machen, dass sie unsere Freunde seien, nur um hinter unserem Rücken zu planen, wie sie unsere Yarum töten können, um ihr Fleisch zu stehlen.«

»Das müssen Soldaten aus Hàvamar gewesen sein«, sagte

der junge Mann und Kel glaubte, Bestürzung in seiner Stimme zu hören.

»Was, wie kommst du darauf?«, fragte Mira.

»Die Fremden, die er meint«, antwortete der junge Mann und nickte in Kels Richtung. »Hàvamars Militär hat einen Außenposten in der Eiswüste. Ich war ein paar Mal mit der *Lintu* da, um die Dinge, die sie den Stämmen abgekauft hatten, nach Hàvamar zu bringen. Die Adligen sind verrückt nach Yarum-Fleisch.«

Entsetzt sagte Mira: »So sind wir nicht, Kel. Wir sind keine ...« Sie versuchte die richtige Aussprache des Wortes *Saghani* nachzuahmen. »Wir kommen nicht aus Hàvamar.«

Kel nickte.

»Ihr habt mir eure Geschichte erzählt«, sagte er. »Und auch wenn ich vieles nicht verstehe, was sich außerhalb der Eiswüste zuträgt, so glaube ich euch, dass auch ihr unter diesen Menschen leiden musstet. Aber viele Stammesmitglieder sind misstrauisch. Sie haben Freunde und Familie verloren.« Mit belegter Stimme fügte Kel hinzu: »Ich habe Familie verloren.«

Mira nickte.

»Das tut mir leid.«

Die Ehrlichkeit in ihren Augen spendete Kel ein wenig Trost. Doch es löste auch viele Erinnerungen in ihm aus. Bevor sie möglicherweise die Tränen sehen konnte, die in seine Augenwinkel traten, stand er auf, nahm seinen Hocker in eine Hand und sagte: »Genug Trauer für heute Abend. Lasst uns der Ahnen gedenken, wie sie zu Lebzeiten waren.«

Dann nickte er dem alten Uyar zu, der an diesem Lagerfeuer der Geschichtensänger war. Er würde einige der alten Ahnenlieder anstimmen und so die schlechten Gedanken wenigstens lange genug aus den Köpfen der anderen vertreiben, bis sie einschlafen konnten.

Zum Abschied sagte er zu seinen beiden Gästen: »Die Oase ist nicht mehr weit weg. Morgen werdet ihr gemeinsam mit mir dorthin reisen und über euren Aufenthalt dort verhandeln.«

Mit dem Beginn von Uyars Gesang verabschiedete er sich von den beiden.

»Ruht euch aus.«

Dann machte Kel sich auf zum nächsten Lagerfeuer. Er würde heute Abend noch eine Menge besuchen müssen, um nach jedem, für den er nun die Verantwortung trug, sehen zu können.

Suka bemerkte, dass er gehen wollte, verabschiedete sich daraufhin ebenfalls von ihren Leuten und kam dann zu ihm.

»Danke«, sagte Kel zu ihr, als sie in den Schatten zum nächsten Lagerfeuer nebeneinander hergingen.

»Wofür?«, fragte Suka und strich sich eine Haarsträhne aus dem Gesicht. Kel kam nicht umhin zu bewundern, dass sie weniger müde aussah als er.

»Das du mich begleitest.«

Statt zu lachen, schnaubte sie nur leise. »Ich glaube nicht, dass ich eine Wahl habe. Auch wenn die Ke'yush dir als neuem Häuptling vertrauen, würde mein Vater von mir verlangen, dass ich nach ihnen sehe.«

»Ich weiß«, sagte Kel. Diese Pflicht, dass andere etwas von ihnen erwarteten, von dem sie glaubten, ihm nicht gewachsen zu sein, verband sie beide.

»Trotzdem ist es leichter, das hier gemeinsam zu tun. Deswegen danke ich dir.«

Sie schwiegen einen Moment, bevor Suka sagte: »Dann danke ich auch dir.« Und Kel glaubte in der Dunkelheit zu erkennen, wie sie lächelte.

»Suka?«, sagte Kel.

»Ja?«

»Wir werden morgen die warmen Quellen der Tuwai erreichen.«

Wie er es sich gedacht hatte, konnte er ihr ansehen, dass sie ihn unterbrechen wollte. Daher redete er schnell weiter: »Ich weiß, dass du sicher mitkommen möchtest zu den Verhandlungen. Aber ich bin mit Tesuk übereingekommen, dass unsere beste Chance auf einen guten Handel darin liegt Normalität vorzutäuschen. Die Tuwai würden dich als Häuptlingstochter der Ke'yush erkennen und sollten sie auch nur ahnen, dass wir Probleme haben, dann werden sie uns bis aufs letzte Fell alles nehmen, was wir besitzen.«

Suka schwieg einen Augenblick, bevor sie antwortete. Sie schien es wesentlich besser aufzunehmen, als er erwartet hatte.

»Wen willst du stattdessen mitnehmen?«

Kel zuckte mit den Schultern. »Nur Tesuk und ich werden gehen. So wie es die Tradition vorsieht. Außerdem unsere beiden Mitreisenden, da sie nicht auf ewig bei uns bleiben können.«

»Du nimmst diese beiden Fremden mit und willst mich zurücklassen?«

Suka war stehen geblieben und starrte ihn mit einer Mischung aus Überraschung und Verärgerung an.

»Sie haben nur diese Möglichkeit«, sagte Kel. »Und sie waren uns bisher eine große Hilfe. Sie haben uns Nahrung gebracht und eines der Saghani-Gefährte repariert.«

»Was ist, wenn sie nicht so freundlich sind, wie sie vorgeben?«, fragte Suka. »Oder wenn sie dem Handel morgen schaden und die Stämme verhungern müssen? Willst du das riskieren?«

»Das wird nicht passieren«, sagte Kel.

»Woher willst du das wissen?«, konterte Suka. »Wie kannst du dir dabei so sicher sein?«

Weil er sich noch gut an die letzten Verhandlungen erinnerte, dachte Kel. Und an die davor. Jedes Mal waren es nur kleine Dinge gewesen, um die er für den Stamm hatte feilschen müssen. Und jedes Mal hatte er das Gefühl gehabt, dass Tesuk ihn hätte verprügeln sollen für die Ergebnisse, die er erzielt hatte.

»Wenn diese Verhandlungen an jemandem scheitern«, sagte Kel, »dann nicht an unseren Gästen, sondern an mir.«

Kel ging auf den flackernden Lichtschein des nächsten Lagerfeuers zu. Er spürte die Wärme, die ihn magisch zu den darum versammelten Menschen zog. Ja, es würde eine lange Nacht werden. Aber er wünschte sich beinahe, dass sie niemals enden würde. Denn morgen wartete ein noch längerer Tag auf ihn.

❋

Es war früher Morgen und die ersten Sonnenstrahlen brachen sich in einem kräftigen Orange in den Schneekristallen der Eiswüste. Die Flanken der Hunde hoben und senkten sich im schnellen Rhythmus und die Kufen des Schlittens glitten sanft durch den knisternden Schnee.

Mira teilte sich auf der Transportfläche des Hundeschlittens eine dicke Felldecke mit Tarjei, die sie gegen den Fahrtwind abschirmte. Ab und zu rief Kel über ihre Köpfe hinweg den Hunden Kommandos zu. Hinter ihm auf den Kufen stand noch ein weiterer Mann, den er als Tesuk vorgestellt hatte. Es war merkwürdig, doch sie glaubte diesen Tesuk wirklich zu kennen. Die Gesänge des gestrigen Abends, die an den Lagerfeuern erklungen waren, hallten noch immer in ihren Ohren nach. Viele der Lieder hatten von den Jägern des Stammes gehandelt und somit natürlich auch von Tesuk, der wohl so etwas wie ihr Oberhaupt war. Mira legte den Kopf in den Nacken und schaute ihn sich genauer an. Er sah genauso bärbeißig aus, wie er von dem Geschichtensinger beschrieben worden war. Sie konnte sich gut vorstellen, dass die Lieder die Wahrheit darüber berichteten, dass das erste Tier, das er erlegt hatte, um in den Rang eines Mannes erhoben zu werden, tatsächlich ein Schneewolf gewesen war. So groß, dass er ihn nicht auf die Schultern nehmen konnte, sondern ihn den weiten Weg zurück zum Stammeslager durch den Schnee hinter sich herschleifen musste.

»Weißt du, was ich interessant finde?«, fragte Tarjei und lenkte sie von Tesuk ab. »Der Gesang gestern Abend. Ich habe nicht alles verstanden, aber eine Geschichte war darunter, in der der Geschichtensinger von einer Welt erzählt hat, in der es einmal überall warm gewesen sein soll.«

»Was ist daran so besonders?«, fragte Mira. »Die gleichen Märchen gibt es doch auf den Schollen. Oder erinnerst du dich nicht mehr an die Vorlesestunden?«

»Das ist es ja gerade«, sagte Tarjei. »Auf den Schollen kennen wir diese Geschichte auch. Das merkwürdige daran ist, dass der einzige Ort, an dem man nicht darüber zu sprechen scheint, Hàvamar ist.«

»Warum sollte man dort nicht darüber reden?«, fragte Mira. »Du wirst wohl kaum Vorlesestunden in Hàvamar besucht haben, oder?«

»Natürlich nicht«, sagte Tarjei und schüttelte den Kopf. »Aber ich war über drei Jahre in Hàvamar oder an Bord von Luftschiffen. Und in der Gesellschaft von Matrosen wird so einiges Garn gesponnen. Warum sollten sie kein einziges Wort über eine Geschichte verlieren, die bei uns zu den beliebtesten überhaupt gehört?«

Mira zuckte mit den Schultern, doch als sie bemerkte, dass Tarjei das gar nicht sehen konnte, da sie ja beide bis zum Hals unter einem dicken Fell steckten, fragte sie: »Auf was willst du denn damit eigentlich hinaus?«

»Keine Ahnung«, erwiderte Tarjei. »Ich fand es nur interessant, dass die Leute in Hàvamar, die immer denken, dass sie soweit über allen anderen stehen, auch mal etwas nicht kennen.«

»Vielleicht haben sie ja aber recht«, sagte Mira. »Und unsere Geschichten sind eben nur Geschichten.«

»Ja, vielleicht«, sagte Tarjei. Doch er schien mit den Gedanken schon woanders zu sein, als er hinzufügte: »Aber warum sollten die Stämme in der Eiswüste die Geschichte dann genauso kennen wie die Schollenbewohner?«

Sie waren etwa seit einer Stunde unterwegs, als Mira eine dünne weiße Nebelschwade bemerkte, die hinter den Schneedünen vor ihnen wie die Rauchsäule eines Feuers aufstieg. Sie stieß Tarjei mit dem Ellenbogen an und zeigte es ihm.

»Was ist das?«, fragte er.

Der Fahrtwind musste seine Stimme nach hinten zu Kel getragen haben, da er ihnen von den Kufen des Schlittens aus zurief: »Wunderschön. Nicht wahr? Als ob die Wolken hinter diesen Schneedünen geboren würden und danach zum Himmel aufsteigen.«

Mira fand, dass diese Beschreibung den Nagel auf den Kopf traf. Immer mehr dünne weiße Säulen tauchten am Horizont auf und begannen am Himmel zu einer großen nebligen Wolkendecke zu verschmelzen. Dann erreichte der Hundeschlitten endlich den Kamm der letzten Schneedüne und vor Miras Augen breitete sich der unglaublichste Anblick aus, den sie jemals gesehen hatte.

Bisher hatte sie Gras nur als einzelne braune Halme gekannt, die sie als Unkraut aus der Erde ihrer Parzelle gerissen hatte. Doch hier erstreckte sich ein saftiger grüner Grasrasen, auf einer Fläche, die um ein Vielfaches größer war als die gesamte Scholle, auf der sie ihre Kindheit verbracht hatte. Gegen jede Wahrscheinlichkeit war es dem Grün hier gelungen, der Kälte der Eiswüste zu trotzen und diesen Flecken Erde für sich zu beanspruchen. Die wichtigste Rolle dabei schienen die schmalen Bäche zu spielen, die die Felder in kleine Rechtecke aufteilten. Von ihnen stiegen die ungewöhnlich hellen Dampfwolken auf. Mira brauchte nur einen kurzen Moment, bis sie begriff, was das bedeutete.

»Das Wasser ist warm«, sagte sie erstaunt.

»Ja«, stimmte Tarjei zu. »Die Oase muss von einer heißen Quelle gespeist werden.«

In einiger Entfernung entdeckte Mira in der Mitte der grünen Oase einen terrassenförmig angelegten Berghang, auf dem ein kleines Dorf aus Häusern mit flachen Dächern stand. In die einzelnen Terrassenstufen waren Bachläufe eingezogen worden, sodass sich das warme Nass in mehreren Wasserfällen immer eine Stufe tiefer ergoss, bis es sich schließlich in einem kleinen See unterhalb der Häuser sammelte. Von dort wurden dann die einzelnen Kanäle zwischen den Feldern gespeist.

Kel rief den Hunden das Kommando zu, langsamer zu werden und der Schlitten verlor an Geschwindigkeit, bis er dicht vor der Grenze zwischen Schnee und Gras stehen blieb.

Mira konnte sich nicht länger beherrschen. Hastig befreite sie sich von den Felldecken und sprang vom Schlitten herunter. Der Schnee unter ihren Stiefeln wurde mit jedem Schritt weicher und matschiger, bis die ersten Grashalme durch die dünne weiße Schicht stachen. Mira zog sich ihren Schal vom Gesicht, den sie gegen den Fahrtwind bis dicht unter die Augen gezogen hatte und spürte die angenehme Wärme der Luft über ihr Gesicht streicheln.

Zehn Schritte. Weiter schaffte sie es nicht, bevor sie sich auf dem dichten grünen Rasen auf ihre Knie fallen ließ und mit beiden Händen durch die Grashalme strich. Es kitzelte an ihren Fingerspitzen, schmiegte sich an ihre Handfläche, wenn sie fester hineindrückte und alles hier roch hundertmal so intensiv nach frischer brauner Erde wie im Kuppelgarten der Scholle.

Tarjeis Stiefel traten neben sie und Mira sah an seinen Beinen hinauf, bis ihr Blick sein Gesicht traf.

»Das ist herrlich«, rief sie lachend.

Auch Tarjei ließ sich jetzt langsam auf ein Knie sinken und strich kurz mit einer Hand durch das Gras. Er sah jedoch eher so aus, als fühlte er sich genötigt, es zu tun, um erahnen zu können, was Mira so toll daran fand.

»Es ist auf jeden Fall ein ungewöhnlicher Ort«, sagte er und lächelte.

Weitere Schritte kamen näher und eine tiefe Stimme sagte: »Wenn die Tuwai euch so sehen, werdet ihr den vierfachen Preis dafür zahlen müssen, dass sie euch aufnehmen.«

Es waren die ersten Worte, die Tesuk zu ihnen gesagt hatte, seit sie zu dieser Reise aufgebrochen waren. Mira war jedoch so beeindruckt von dem Anblick und dem Gefühl unter ihren Händen, dass sich seine schlechte Laune unter keinen Umständen auf sie übertragen konnte. Trotzdem richtete sie sich langsam wieder auf. Er hatte recht. Tarjei und sie waren hierhergekommen, um für ein paar Tage zu rasten und einen Weg zu suchen, wie sie auf der Suche nach ihrem Vater vorankommen konnten. Mira wusste noch nicht, wie sie das anstellen würden, aber sie war sich zum ersten Mal, seit sie zu ihrer Reise aufgebrochen war, sicher, dass sie es schaffen würde. Ohne zu wissen weshalb, gab ihr dieser Ort eine Zuversicht, wie sie sie nie zuvor empfunden hatte. Sie vermutete, dass es daran lag, dass wenn ein solches Wunder, wie diese Oase mitten in der Eiswüste tatsächlich möglich war, dass dann auch alles andere möglich sein musste.

»Kommt«, sagte Kel nachdem er die Hunde von ihrem Geschirr befreit hatte und sie sich neben dem Schlitten einrollten, um ihn zu bewachen.

»Folgt Tesuk und mir. Sagt kein Wort, außer ihr werdet direkt angesprochen.«

Er schaute ihnen nacheinander streng in ihre Gesichter, bevor er hinzufügte: »Selbst wenn ihr denkt, ihr wärt angesprochen worden, ist es das Beste, zuerst auf mein Zeichen zu warten, bevor ihr wirklich den Mund aufmacht. Die Tuwai sind Halsabschneider. Sie lauern auf jede Schwäche, die sie ausnutzen können.«

Mira spürte, wie sich der Schatten, der so etwas wie ihr ständiger Begleiter geworden war, seit sie zum ersten Mal ihr zu Hause verlassen hatte, sich wieder in ihre Gedanken drängen wollte. Doch sie schluckte den Kloß in ihrem Hals hinunter und gemeinsam mit Tarjei folgte sie Kel über die grünen Felder.

Ein mit Kieselsteinen angelegter Weg führte zu dem Tuwai-Dorf am Berghang. An den Stellen, an denen der Weg die künstlich angelegten Bachläufe zwischen den Feldern kreuzte, hatten die Tuwai breite Steine in den Wasserlauf gelegt, auf denen man trockenen Fußes über die Bäche hinwegspringen konnte.

Der Weg führte sie direkt zur Mitte des Dorfes. Auf ihrer linken Seite befand sich der große See, der von den Wasserfällen der Terrassen gespeist wurde. Eine dichte Dampfwolke hing darüber und die Luftfeuchtigkeit führte dazu, dass sich hunderte kleiner Wassertropfen auf Miras Haut und Kleidung bildeten. Andernorts wäre sie vermutlich erfroren, doch hier in der Oase war es eine willkommene Abkühlung. Je näher sie zum Zentrum dieses wundersamen Ortes kamen, desto schwüler und heißer wurde die Luft.

Vor den Treppenstufen, die zur ersten Ebene der Terrassen des Tuwai-Dorfes hinaufführten, blieben Kel und Tesuk stehen. Ein lautes Geräusch, wie Mira es noch nie gehört hatte, drang aus einem hölzernen Unterstand ganz in ihrer Nähe. Weitere Klangfarben desselben Geräusches schlossen sich an, bevor ein Tier den Kopf aus dem Unterstand streckte, das Mira, obwohl sie es noch nie mit eigenen Augen gesehen hatte, sofort erkannte.

»Ein Yarum«, sagte sie staunend und konnte beobachten, wie jetzt ein Büffel nach dem anderen aus dem Stall trat, um sich an dem Gras satt zu fressen.

»Anscheinend haben die Geschichtenerzähler wenigstens bei einer Sache mal nicht gelogen«, sagte Tarjei und lächelte.

Mira wusste genau, was er meinte. Auch sie hatte nicht gedacht, dass ein Yarum tatsächlich einen Menschen überragte und trotz seiner Größe solch eine Sanftmut ausstrahlte.

»Seid willkommen«, rief ihnen eine Stimme zu und Miras Blick kehrte auf die Treppenstufen zurück. An ihr oberes Ende war ein dickbäuchiger Mann in einfacher Kleidung getreten. Die Haare auf seinem Kopf lichteten sich bereits zu einer runden Glatze, was ihn dazu veranlasst hatte, die ihm verbliebenen Haare, bis auf seine Schulter wachsen zu lassen, um für eine Art Ausgleich zu sorgen.

Sein Gruß schien eine offizielle Einladung gewesen zu sein, denn Kel und Tesuk setzten sich in Bewegung und stiegen die Treppenstufen zum Dorf hinauf.

Der dickliche Mann vollführte eine einladende Geste und ging ihnen durch das Dorf voraus, während er zu sprechen begann.

»Falls euch der Handel herführt, Meisterzüchter, dann müsst ihr wissen, welch schwierige Zeiten angebrochen sind. Einige Tuwai aus nördlicher gelegenen Dörfern haben bereits die beschwerliche Reise zu unserem Heim auf sich genommen, da die Quellen ihrer Heimat zu erkalten drohen und ihre Felder von Tag zu Tag kleiner werden.«

Da Kel und Tesuk weiterhin schwiegen, schien der Mann zu glauben, er müsste seine Gäste mit einem endlosen Monolog unterhalten.

»Doch ich bitte euch nicht etwa, den Fehler zu machen zu denken, dass wir Tuwai im Süden davon profitieren würden. Das ist falsch. Viel zu viele Stämme sind in jüngster Zeit hier vorbeigezogen. Auch unsere Felder sind erschöpflich und unsere Schmiede wissen nicht mehr, wo ihnen der Kopf steht vor lauter Arbeit.«

Wie um seine Worte zu unterstreichen, passierten sie in diesem Augenblick ein Haus, vor dem ein Schmied mit seinem Hammer auf ein glühendes Stück Metall auf seinem Amboss schlug. Hinter ihm mühten sich zwei Jungen mit ihrer Arbeit ab. Der eine schleppte Eimer mit kaltem Wasser, der andere schaufelte Kohlen in den Schmiedeofen und betätigte den Blasebalg. Allen dreien standen Schweißperlen auf der Stirn und ihre Muskeln glänzten in den morgendlichen Sonnenstrahlen.

»Was für eine vornehme Art zu sagen, dass sie Halsabschneider sind und für ihre Waren mehr verlangen wollen als sonst«, brummte Tesuk.

Er war einen Schritt hinter Kel zurückgefallen und flüsterte ihm seine Erkenntnis ins Ohr. Natürlich so, dass ihr Führer sie nicht hören konnte. Mira ging jedoch dicht genug neben ihm.

Sie kamen noch an weiteren Männern und Frauen vorbei, alle in dem gleichen schlichten Kleidungsstil aus langen erdfarbenen Gewändern und um den Körper geschlungenen luftigen Tüchern, die von ledernen Gürteln an ihren Plätzen gehalten wurden. Sie alle beäugten die Neuankömmlinge neugierig. Mira hatte das Gefühl, dass besonders Tarjei und sie ihr Interesse erweckten.

Schließlich kamen sie auf einer der oberen Terrassen an und ihr Führer bat sie in das größte Haus im Dorf. Es musste eine Versammlungshalle sein. Im Inneren waren Steintische zu einer langen Tafel aneinandergereiht. Am Kopfende saß ein Mann, dessen Gewänder schmerzhaft bunt in den Augen stachen und sich drastisch von den braunen Kleidungsstücken der anderen unterschieden.

Er unterhielt sich gerade mit zwei jungen Männern, die ihre Köpfe vor ihm geneigt hielten. Doch sobald er sie bemerkte, unterbrach er sich selbst und hob einen Arm, um die beiden fortzuschicken. Dann rief er über die lange Tafel hinweg: »Wen bringt ihr mir da?«

»Meisterzüchter, mein Herr«, antwortete ihr Führer und verbeugte sich kurz. »Sie kamen soeben aus der Eiswüste und standen an der Pforte unseres Dorfes, als ich sie willkommen hieß.«

»Ohh ...«, sagte der buntgekleidete Mann, der anscheinend so etwas wie der Anführer der Tuwai sein musste und musterte sie, als würde ihr Erscheinen ihn über die Maßen freuen. Er winkte ihnen zu und sagte: »Kommt näher, tretet ein. Setzt euch bitte zu mir, edle Meisterzüchter. Ich nehme an, euch wurde bereits von unserer schwierigen Situation berichtet.«

Mira musste sich ein Grinsen verkneifen, als sie Tesuks kaum hörbares Brummen vernahm.

»Obwohl wir in letzter Zeit beinahe schon zu viele Stämme mit unseren Feldern ernähren und mit unseren Waren versorgen mussten, blieben die letzten Wochen die Neuigkeiten über euer Volk doch aus. Sagt, Meisterzüchter, gab es Probleme innerhalb oder zwischen den Stämmen?«

Sie setzten sich auf die ihnen angebotenen Plätze neben dem Anführer der Tuwai.

»Ich habe von keinen Streitigkeiten gehört«, log Kel und Mira fand es beeindruckend, wie ehrlich Kel sich bei diesen Worten anhörte. »Doch wir waren lange Zeit im Norden, bevor wir hierher wanderten. Gerüchte sind vielleicht nicht bis zu uns vorgedrungen.«

»Gut, gut«, sagte der Tuwai-Anführer mit einem falschen Grinsen im Gesicht. »Wir haben uns schon Sorgen gemacht.«

Einer der Männer, die kurz zuvor den Raum verlassen hatten, kam jetzt mit einem silbernen Tablett zurück und verteilte die sich darauf befindenden Becher auf dem Tisch.

»Reinstes Quellwasser«, erklärte der Tuwai-Anführer. »Die dunkelrote Färbung stammt von dem Saft nur einer einzigen Dornbeere aus meinem eigenen Anbau. Eine Delikatesse.«

Er klang sehr stolz und hob seinen Becher an die Lippen. Als er bemerkte, dass sie es ihm nicht sogleich nachmachten, sagte er: »Probiert es bitte.«

Dann nahm er selbst einen großen Schluck.

Mira folgte Kels und Tesuks Beispiel und versuchte das fremde Getränk. Es roch merkwürdig intensiv, irgendwie nach Gewürzen und der Geschmack brannte auf ihrer Zunge so stark nach, dass es wehtat.

»Das brennt ja schlimmer als Hafenfusel«, flüsterte Tarjei ihr mit heiserer Stimme zu und sie bemerkte, dass er genauso ein Husten unterdrücken musste wie sie selbst.

»Also gut«, sagte der Tuwai-Anführer, nachdem er sich genüsslich über die Lippen geleckt hatte, um die letzten Tropfen dieses merkwürdigen Getränks auszukosten. »Genug der Willkommensworte. Ihr seid zum Handeln hier. Also lasst uns handeln.«

Als Kel ihm mit einem Nicken zustimmte, klatschte er erfreut in die Hände und fragte: »Was braucht ihr?«

※

Kel spürte, wie die Nervosität in seinem Bauch kribbelte und seine Finger sich trotz der Hitze, die in jedem Tuwai-Dorf herrschte, in Eiszapfen verwandelten. Von diesem Gespräch hing das Schicksal seines Stammes ab und er hatte lange darüber gegrübelt, was er sagen würde. Die größte Herausforderung bestand darin, den Tuwai-Anführer nichts von ihrer Notsituation wissen zu lassen und ihm gleichzeitig eine glaubhafte Geschichte zu liefern, weshalb sie mit mehr Yarum-Fleisch handeln wollten, als sonst in drei Jahren anfiel. Eigentlich wäre es sogar noch viel mehr Fleisch, das sie loswerden mussten, aber Kel wusste, dass die Tuwai dann sofort jede weitere Unterredung einstellen würden. Entweder würden sie ihn als Lügner fortjagen, der ihre Zeit verschwendete oder - was noch viel schlimmer wäre - davon ausgehen, dass eine Krankheit die Yarum des Stammes dahingerafft hatte. Obwohl die Tuwai so weit voneinander entfernt und an solch verborgenen Orten wie diesem hier lebten, verbreiteten sich solcherlei Gerüchte unter ihnen schneller als ein Schneeluchs rennen konnte. Kel wusste nicht genau, wie sie das anstellten, doch er vermutete, dass es mit den fliegenden Schiffen zu tun hatte, die am Himmel über der Eiswüste ihre Bahnen zogen. Die Tuwai handelten zwar immer nur in großem Sicherheitsabstand zu ihren Siedlungen mit ihnen, um die Lage ihrer Heimat nicht zu verraten, doch vielleicht gaben sie den Saghani an Bord dieser Schiffe Nachrichten füreinander mit. Das Gerücht einer Seuche würde den Stamm auf jeden Fall verdammen.

Kel begann also mit seiner Geschichte, darüber, dass die Zucht und der Handel im Norden angeblich ungewöhnlich gut verlaufen wäre und sie mit trächtigen und sattgefressenen Yarum in den Süden marschiert waren, in der Annahme, auch hier eine ähnlich florierende Situation vorzufinden. Daher hätten sie ein Vielfaches mehr an Yarum-Fleisch zu bieten, als es für diese Jahreszeit üblich war und wollten dies nun gegen Waren der Tuwai eintauschen.

»Deswegen ...«, beendete Kel seine Geschichte mit der traditionellen Gegenfrage, »... frage ich die Tuwai, was sie uns anzubieten haben.«

In den Augen des Tuwai-Anführers konnte er deutliches Interesse lesen. Jedoch keine Spur von Misstrauen. Für einen kurzen Augenblick genoss Kel daher den Erfolg seiner kleinen List und das nervöse Kribbeln in seinem Bauch wandelte sich in einem sanften Kitzeln.

»Das sind großartige Neuigkeiten für euren Stamm«, sagte der Tuwai. »Aber lasst mich über euer Angebot nachdenken.«

Ein verschlagenes Lächeln trat in seine Gesichtszüge, wie Kel es schon zu oft bei seinesgleichen gesehen hatte.

»Der Preis des Yarum-Fleisches wird vor allem durch seine Seltenheit bestimmt«, erklärte der Mann. »Bringt ihr zu viel auf den Markt, könnte jeder Diener sich den Bauch damit vollschlagen und die Reichen müssten sich bald ein neues Vergnügen suchen, das in seiner Exklusivität einmaliger ist.

Ihr werdet also einsehen, dass euer Überfluss, den ihr uns nun anbieten wollt, die Tuwai in eine schwierige Lage bringt. Wir müssten das Fleisch verzögert abgeben. Es auf verschiedene Händler verteilen und andere Tricks anwenden.«

Er machte eine kurze Pause, um einen, wie er vermutlich glaubte, ernsthaften und mitfühlenden Gesichtsausdruck zu präsentieren, bevor er Kel versicherte: »Natürlich nur in eurem besten Sinne, Meisterzücher. Schließlich ist das Fleisch euer wertvollstes Gut.«

Wie all die Male zuvor fühlte Kel sich überrumpelt. Ihm fehlte die Schlagfertigkeit, um auch nur eine Ahnung zu haben, was er auf diese Ausführungen hätte erwidern sollen. Er wusste nur, dass sich das Kribbeln in seinem Bauch nun in einen Mahlstein gewandelt hatte, der seine Innereien verarbeitete.

Es geschah schon wieder, dachte er. Er versagte bei den Verhandlungen und die Tuwai beuteten seinen Stamm aus.

»Und seht ihr«, fuhr der Tuwai-Anführer fort. »Wir haben hier bei uns einige Probleme. Unsere Wasserpumpe, die unsere Felder mit dem heißen Quellwasser aus dem Inneren dieses Berges versorgt, stellte ihren Betrieb im letzten Mondzyklus ein. Wir waren gezwungen, auf unsere eigene bescheidene Yarum-Herde zurückzugreifen, um das Zahnrad mit Hilfe ihrer Kraft in Bewegung zu halten. Doch die Tiere sind viel langsamer als die Maschine und die Eiswüste fordert ihren Tribut. Mit jedem Tag verschlingt sie größere Teile unserer Felder, weil wir sie nicht mehr mit genügend heißem Wasser versorgen können. Außerdem ist unser Funkgerät seit Wochen nicht mehr zu gebrauchen. Es ist also ein nahezu unmögliches Unterfangen« An dieser Stelle breitete er die Arme vor sich aus und versuchte damit seine Unschuld an all diesen Umständen zu beteuern. »Euer Yarum-Fleisch auf verschiedene Käufer zu verteilen, da wir nicht mit ihnen in Kontakt treten können. Ihr werdet also verstehen, dass wir euch weit weniger bieten können, als ihr euch vielleicht erhofft habt.«

Schweigen breitete sich am Tisch aus und Kel fühlte sich, nachdem seine Hoffnung bereits in ihm zerbrochen war, innerlich völlig leer. Der Tuwai-Anführer lächelte entschuldigend, doch Kel sah die Gier in seinen Augen glitzern. Er hatte sicher keine Ahnung, was dem Stamm widerfahren war, aber er hatte Kels Geschichte durchschaut und wusste, dass sie den Tuwai vollkommen ausgeliefert waren. Kel hatte soeben das Schicksal seines Stammes verspielt.

»Ich repariere eure Pumpe und das Funkgerät.«

Ungläubig hob Kel den Kopf und wandte sich Tarjei zu, der das Wort ergriffen hatte. Der Tuwai-Anführer schien genauso überrascht wie Kel und starrte den jungen Mann nur an. Der Erste, der sich von dem Bruch der Traditionen erholte, war Tesuk. Kel sah, wie der alte Jäger unter der Tischplatte seine Hand zur Faust ballte. Vermutlich wollte er gleich die *nötige Härte* - wie er es gegenüber den Jungen, die er zu Männern ausbildete, oft nannte - Tarjei gegenüber walten lassen. Doch Kel konnte seine eigene Überraschung gerade noch schnell genug abstreifen, um seine eigene Hand unauffällig auf Tesuks Schulter zu platzieren und ihm so Einhalt zu gebieten. In Kel war plötzlich Hoffnung aufgekeimt. Er hatte mit eigenen Augen gesehen, wie Tarjei das Saghani-Fahrzeug repariert hatte. Vielleicht sprach er die Wahrheit und konnte tatsächlich die Dinge vollbringen, die die Tuwai benötigten. Falls das möglich war, dann war es nicht länger der Tuwai-Anführer, der ihn ausgespielt hatte, sondern Kel, der nun im Vorteil war.

Schnell wandte Kel sich wieder an den Tuwai-Anführer und genoss es, dass er es dieses Mal war, der gespielte Mitgefühl an den Tag legen konnte, als er sagte: »Ich bedaure eure Schwierigkeiten. Doch ihr müsst euren Ahnen dankbar sein, dass sie uns zu euch geführt haben. Dieser junge Mann ist die Lösung für eure Sorgen.«

Dabei deutete er auf Tarjei und flehte in Gedanken seine Vorfahren an, dass er nicht zu viel versprochen hatte.

»Er ist sowohl in der Lage, die Probleme mit eurem Wasser zu lösen als auch euren ...«, Kel musste kurz darüber nachdenken, wie das Wort geklungen hatte, das der Tuwai benutzt hatte, »... *Funk* zu reparieren.«

Nun war es an Kel, den Triumph auszukosten.

»Ein besseres Geschäft werdet ihr vermutlich nie wieder machen«, sagte er mit einem Lächeln und es war ihm egal, ob es ehrlich wirkte. »Wenn ihr das bedenkt, seid ihr doch sicher bereit, uns auch ein gerechtes Angebot für des Yarum-Fleisches zu machen.«

Das Zähneknirschen des Tuwai-Anführers war deutlich zu hören. Doch er konnte sich scheinbar nicht recht entscheiden, ob er Tarjei und Kel böse Blicke entgegenwerfen oder ihnen danken sollte.

Es war das erste Mal, dass Kel erlebte, dass einer der Tuwai während einer Verhandlung einen Fehler gemacht hatte. Er hatte seine Probleme und Schwächen offen zugegeben und konnte dies nun nicht mehr ungeschehen machen.

Kel hörte das Rascheln von Kleidung, als Mira sich näher zu ihm lehnte, um ihm etwas zuzuflüstern.

»Wenn die Pumpe repariert ist«, sagte sie. »Dann werden die Tuwai auch weniger Yarum-Büffel brauchen, die sie betreiben. Ihr könntet also sicher einige der Tiere kaufen.«

Kel fühlte sich plötzlich wie vom Donner gerührt. Soweit hatte er gar nicht gedacht. Sie lächelte ihn verstohlen an und sagte dann etwas lauter, so dass alle am Tisch sie hören konnten: »Vergesst uns nicht bei euren Verhandlungen.« Dabei zeigte sie auf Tarjei und sich. Kel staunte erneut über ihre Intelligenz. Durch ihren letzten Satz ließ sie es vor dem Tuwai so aussehen, als ginge es nur um sie, während Kel als Anführer des Stammes nun selbst den Vorschlag mit den Yarum unterbreiten konnte.

Diese beiden mussten wirklich die Ahnen zu ihnen geschickt haben, dachte Kel. Dann nickte er und ließ die Verhandlungen richtig beginnen. Und zum ersten Mal in seinem Leben fühlte er sich gut dabei.

Irgendwann waren Kels Beine von dem langen Sitzen so sehr eingeschlafen, dass er sie nicht mehr spürte und er wusste längst nicht mehr, wie lange sie bereits am Tisch der Tuwai verbracht hatten, doch er schaffte es die ganze Zeit über, seine Führungsrolle in dem Gespräch aufrecht zu erhalten. Hin und wieder ergänzte Tarjei Details über die Dinge, die er reparieren konnte und Mira mischte sich ein, wenn der Tuwai zu hohe Preise für Pflanzen verlangte, die seine Leute auf ihren Feldern anbauten. Kel wusste nicht, woher sie es hatten, aber das Wissen, dass diese beiden jungen Menschen an den

Tag legten, war unschätzbar wertvoll.

Am Ende des Gesprächs wirkte der Tuwai-Anführer, als wäre er innerlich zerbrochen. Er redete nur noch wenig und stimmte bei den meisten von Kels Vorstößen nur noch zu. Doch auch Kel fühlte sich ausgelaugt. In gewisser Weise sogar erschöpfter als nach seinem Kampf mit dem Schneebären. Um nichts in der Welt hätte er diese Erschöpfung jedoch vermeiden wollen, denn er hatte es geschafft. Die Menschen, für die er verantwortlich war, würden eine Chance erhalten, auch in Zukunft weiterleben zu können.

Als der Tuwai-Anführer mit Mira und Tarjei den Raum verließ, um ihnen die Dinge zu zeigen, die repariert werden mussten, schlug Tesuk ihm mit der Hand auf die Schulter. Kel drehte sich zu ihm um und wusste nicht, ob er jemals in dem aus Granit bestehenden Gesicht des alten Jägeranführers ein so breites Lächeln gesehen hatte.

*

Mira rümpfte die Nase und stieg über einen der vielen Misthaufen hinweg, die die Yarum-Büffel hinterlassen hatten. Nach den Verhandlungen hatte der Tuwai-Anführer sie in den Pumpenraum der Oase geführt, der im Grunde eine tief in den Felsen reichende Grotte war, die die Dorfgemeinschaft mit heißem Wasser versorgte, das aus dem Erdinneren stammte. Nachdem die Pumpe ausgefallen war, hatten sie eine große runde Vorrichtung errichtet, in die man die Yarum einspannen konnte. Sobald man die Tiere dazu antrieb, im Kreis zu gehen, förderten sie das Wasser aus der Tiefe.

Inzwischen waren die Yarum jedoch aus der Grotte getrieben worden, um Tarjei Platz für seine Arbeit zu machen. Das Einzige, was von ihnen noch übrig war, waren ihre Misthaufen und der strenge Geruch ihres Fells.

Während Mira Tarjei bei der Arbeit beobachtete, spürte sie in ihrem Rücken den stechenden Blick des Tuwai-Anführers. Er wartete stumm am Eingang der Höhle und starrte sie beide die ganze Zeit über an. Vermutlich fragte er sich, wie es dazu gekommen war, dass er zwei völlig Fremden gestattet hatte, im Dorf zu bleiben. In den letzten Stunden hatte er vermutlich die schlechtesten Geschäfte seines Lebens gemacht und er musste sich noch immer fragen, ob sie und Tarjei auch dazugehörten. Mira hatte jedoch nicht gelogen. Solange sie hierblieb, brachte sie sich liebend gern mit ihrem Wissen um den Anbau von Pflanzen ein. Jede Minute, die sie im Garten dieses magischen Ortes arbeiten durfte, war für sie so wertvoll wie ein Schatz. Beinahe hoffte sie, dass es lange dauern würde, bis das nächste Luftschiff zum Handeln vorbeikommen würde.

»Gibst du mir mal den größeren Schraubenschlüssel da hinten«, sagte Kel und wedelte mit einer Hand hinter seinem Rücken. Er steckte kopfüber in dem Metallgehäuse des Pumpmotors.

»Sieht ganz so aus, als wäre das Problem gar nicht der Motor an sich, sondern die Tatsache, dass er mehr Leistung bringen muss«, erklärte er weiter, während Mira zu dem Werkzeugkasten lief. »Er scheint Probleme zu haben, genügend heißes Wasser aus der Tiefe zu ziehen.«

»Hier«, sagte Mira und legte ihm den Schraubenschlüssel in die Hand. »Irgendwie habe ich fast das Gefühl, zu Hause zu sein«, fügte sie mit einem bitteren Unterton in der Stimme hinzu. »Nachdem du nicht mehr da warst, durfte ich Vater die meiste Zeit über das Werkzeug reichen.«

Tarjei hielt kurz inne, dann schraubte er jedoch weiter an dem Motor herum, um ein Rohrstück mit Verteilerventil auszutauschen, das er schon vor fünf Minuten als Ursache der Probleme identifiziert hatte.

»Wir werden Bjan finden«, sagte Tarjei entschlossen.

»Bist du dir sicher?«, fragte Mira. Sie würde nicht aufgeben, aber mit jedem Tag, der verging, wuchsen ihre Zweifel. »Ich weiß noch nicht einmal mehr, wie lange ich ihn schon suche und trotzdem habe ich noch keine Spur von ihm gefunden. Eigentlich weiß ich nicht mal, wo ich anfangen muss. Das Einzige, was ich bisher irgendwie geschafft habe, war mit Mühe und Not außerhalb der Scholle zu überleben.«

»Nicht ganz«, sagte Tarjei und strampelte mit einem Bein, während er versuchte seinen Oberkörper wieder aus dem Motoreninneren herauszuziehen. »Erstens hast du mich gefunden.« Er lächelte sie mit ölgeschwärztem Gesicht an. »Und zweitens haben wir einen ziemlich guten Hinweis, wo dein Vater sein könnte.«

»Haben wir das?«, fragte Mira misstrauisch.

»Natürlich«, erwiderte Tarjei, während er sich die Hände an einem Stofflappen abwischte. »Erinnerst du dich noch daran, dass ich dich gefragt habe, warum um alles in der Welt ein paar Piraten eine Eisscholle überfallen sollten, um mit nicht viel mehr als einem halbtoten Mechaniker zu verschwinden?«

»Ja«, sagte Mira. Sie erinnerte sich noch ziemlich genau an das Gespräch. »Um ehrlich zu sein, geht mir das seitdem nicht mehr aus dem Kopf«, sagte sie. »Ich glaube, dass du recht hattest. Ich weiß eigentlich gar nichts über Vaters Vergangenheit. Er hat nie darüber gesprochen. Also kann es gut sein, dass sie wirklich etwas von ihm wollten.«

»Das denke ich auch«, sagte Tarjei. »Aber selbst wenn wir Bjans Vergangenheit außer Acht lassen, wissen wir, dass er einer der wenigen und gleichzeitig besten Mechaniker für Eisschollen ist.«

»Und?«, fragte Mira.

»Nun«, erwiderte Tarjei. »Ich bin auch ziemlich gut darin, Dinge zu reparieren.«

Um seine Worte zu unterstreichen, versetzte er dem Motor einen kräftigen Rempler mit dem Ellenbogen. Zuerst gluckerte es verdächtig, dann zündete irgendetwas im Inneren mit einem lauten Knall und plötzlich heulte der Motor auf, um dann in ein angenehm leises Brummen überzugehen. Die nähere Umgebung des Höhlenbodens vibrierte sanft und am Ausgang der Höhle hörten Tarjei und Mira, wie Wasser laut zu plätschern anfing. Der Tuwai-Anführer stieß einen erstaunten Laut aus, der wohl als Bestätigung dienen konnte, dass Tarjei es geschafft hatte.

Tarjei lächelte zufrieden und sagte dann, um seinen Gedankengang abzuschließen: »Es hat eine Weile gedauert, bis ich den Zusammenhang hergestellt habe, weil ich zu beschäftigt damit war, mir zu überlegen, wie wir aus Hàvamar entkommen und gleichzeitig nicht als Sklaven für irgendeinen Piraten enden. Aber zusammen mit mir sollten zwei weitere Männer nach Rhenak gebracht werden. Einer davon Ingenieur, der andere Wissenschaftler. Was denkst du, wie die Chancen da stehen, dass dein Vater auch dort ist? An dem Ort, an dem Piraten für gewöhnlich ihre Beute verstecken und an den sie zufällig auch ein paar andere Menschen verschleppen wollten, die sich mit Motoren auskennen?«

Mira spürte wie die Hoffnung in ihr wuchs. Trotzdem gab sie zu bedenken: »Jadar war Ingenieur, aber Eskil war doch Geothermiker oder?«

»Er kannte sich aber auch ziemlich gut mit gewissen Maschinen aus. Oder sie haben ihn vielleicht mit einem anderen Wissenschaftler verwechselt«, sagte Tarjei und zuckte mit den Schultern »Trotzdem ist Rhenak vermutlich der Ort, an dem wir etwas über Bjan erfahren. Wo sonst sollten Piraten ihre Geschichten über ihre Beutezüge erzählen?«

Mira wusste, dass Tarjei recht hatte. Es war zwar keine vollständige Spur, die sie gefunden hatten, aber zumindest eine Art Fußabdruck, den Bjan hinterlassen hatte. Daher sagte sie: »Gut. Dann wollen wir also nach Rhenak.«

»Ja«, stimmte Tarjei zu. »Jetzt müssen wir nur noch auf ein Händlerschiff warten, das uns nicht als Gefangene, sondern als freie Menschen dorthin bringt und dann können wir los.«

Endlich hatten sie ein klares Ziel, dachte Mira. Das fühlte sich erstaunlich gut an.

»Mechaniker!« Der Tuwai-Anführer rief Tarjei unhöflich herbei. »Das Funkgerät wartet ebenfalls noch auf Arbeit.«

Tarjei sah Mira an und verdrehte genervt die Augen, was sie zum Lachen brachte. »Ich hoffe, der Ton wird nicht zur Gewohnheit, während wir hier auf ein Luftschiff warten müssen«, sagte er. »Sonst hätte ich auch gleich als Mechaniker an Bord der *Lintu* bleiben können. Da war man ebenso freundlich zu mir.«

»Aber er hat recht«, lachte Mira. »Je schneller du das Funkgerät wieder zum Laufen bekommst, desto eher können wir ein Luftschiff rufen und nach Rhenak fliegen.«

»Jaja«, stimmte Tarjei zu und machte eine wegwerfende Handbewegung. In Richtung Höhlenausgang rief er dem Tuwai-Anführer zu: »Bin schon auf dem Weg.«

»Kommst du auch mit?«, fragte er Mira und sie dachte kurz darüber nach.

»Ja. Ich komme nach. Ich will mich nur noch schnell von Kel verabschieden. Er und Tesuk sollten die Yarum, die sie ertauscht haben, inzwischen beladen haben. Sie werden sicher bald aufbrechen.«

Tarjei nickte und als sie aus der Höhle heraustraten, teilten sich ihre Wege. Mira ging zwischen den Häusern hindurch, genoss die Wärme, die jede Faser ihres Körpers erfüllte und blinzelte gegen die Mittagssonne. Sie wünschte sich, die ganze Welt würde so aussehen wie dieser wundersame Ort.

Sie entdeckte Kel zwischen den zwölf neuen Yarum des Stammes, die über und über mit Waren beladen waren. Er begrüßte sie und schien sich sehr zu freuen, sie zu sehen.

Wie sehr sich die Beziehung zweier Menschen doch ändern konnte, dachte Mira. Vor nicht einmal zwei Tagen, hatte sie noch vor ihm im Schnee gekniet und um ihr Leben gefleht.

»Ich werde dem Stamm von eurer Hilfe erzählen«, sagte Kel und streichelte dem Yarum direkt neben sich über den Rücken. »Wenn Tesuk das nicht schon bereits tut. Er ist gerade mit den Hunden auf dem Weg zurück, um unsere Tauschwaren herbringen zu lassen.«

»Ich hatte nicht das Gefühl, dass Tesuk uns besonders mochte«, sagte Mira und brachte damit Kel zum Lachen.

»Tesuk mag niemanden«, erwiderte er. »Aber ihr habt heute dem Stamm einen großen Dienst erwiesen und seid zu wahren Freunden geworden. Wir stehen in eurer Schuld und ihr werdet uns immer willkommen sein.«

Mira spürte, wie sich in ihrem Inneren ein unbekanntes Prickeln einstellte. Tarjei und sie hatten diesen Menschen tatsächlich geholfen und es war wunderbar zu wissen, dass ihre Taten eine Auswirkung auf so viele Leben hatten. Sie war wirklich stolz auf das, was sie gerade erreicht hatte. Von ihrem Vater, der jeden Tag dafür gesorgt hatte, dass ihre Scholle nicht im Meer versank und der dafür nie einen Dank erwartet hatte, hatte sie jedoch gelernt, bescheiden zu sein.

»Tarjei und ich haben eigentlich nichts anderes getan, als dafür zu sorgen, dass sie uns hier in der Oase aufnehmen, bis ein Luftschiff vorbeikommt. Außerdem haben wir wohl ohne Erlaubnis gesprochen und mit ein paar eurer Traditionen gebrochen.«

Kel schüttelte den Kopf. »Ihr hättet mir den Mund verbieten sollen, nicht ich euch«, erwiderte er. »Ich kann euch nichts versprechen. Aber vielleicht werden die

Geschichtensinger abends am Lagerfeuer schon bald das Lied der beiden jungen Fremden singen, die dem Stamm in der Not geholfen haben.« Er schmunzelte als er hinzufügte: »Und ich spiele darin die glückliche Rolle, euch nicht bei unserer ersten Begegnung getötet zu haben.«

»Darüber bin ich allerdings auch froh«, sagte Mira grinsend. Die Vorstellung, dass die Geschichtensinger der Eiswüstenstämme am Feuer von ihr sangen, brachte sie zum Erröten und sie wandte sich von Kel ab, um einen Yarum-Büffel zu streicheln. Das dicke, zottelige Fell machte es ihren Fingern schwer, hindurchzugleiten und die Tiere rochen tatsächlich so streng, wie sie in den Geschichten beschrieben wurden. Trotzdem fand Mira sie wunderschön.

»Außerdem habe ich noch eine weitere Geste der Dankbarkeit«, sagte Kel und Mira wandte sich ihm wieder zu. Auf seinen Handflächen präsentierte der Stammeshäuptling eine Art Dolch. Er steckte nur zur Hälfte in der dafür vorgesehenen Lederscheide, sodass Mira die kunstvoll verzierte, weiße Klinge bewundern konnte. Sie war gerade so leicht gebogen, dass man ihre Krümmung noch erkennen konnte und reflektierte das Licht der Sonne stärker als der weiße Schnee.

»Er besteht aus dem Zahn eines Schneebären«, sagte Kel. »Du wirst nichts finden, das schärfer ist als diese Klinge. Ihr wahrer Wert liegt jedoch in den Verzierungen der Scheide. Daran werden auch andere Stämme dich und Tarjei als Freunde erkennen. Falls ihr jemals wieder in der Eiswüste verloren gehen solltet, wird sie euch helfen, wieder hinauszukommen.«

Nachdem Kel ihr mit einem kurzen Nicken bedeutete, nach dem Dolch zu greifen, streckte Mira ihre Finger aus und berührte den mit dunkelbraunem Leder umwickelten Griff der Waffe.

»Danke«, sagte sie und fühlte sich zutiefst geehrt. Mit einem Lächeln fügte sie hinzu: »Auch wenn ich hoffe, dass ich ihn nie wieder brauchen werde, weil ich in Eis und Schnee verloren gegangen bin.«

Kel nickte ihr zu, dann machte er sich daran die letzten Satteltaschen der Yarum fest zuzuschnüren.

»Wo werdet ihr jetzt hingehen?«, fragte Mira ihn.

Er schien einen Moment nachzudenken, bevor er beschloss, dass er das mit den Freunden des Stammes ernst gemeint hatte und ihnen vertraute, dass sie diese Information nicht an Hàvamars Armee oder jemand anderen verraten würden.

»Auch wenn dieser Handel viel Gutes für unseren Stamm bringt, sind wir doch zu viele, als dass wir ewig davon leben könnten. Wir haben noch immer die Schneefahrzeuge der Saghani und auch viele ihrer Waffen. Der einzige Ort, wo wir diese Dinge gegen Sachen eintauschen können, die der Stamm zu überleben braucht, ist die Tonrar-Halbinsel. Dort gibt es eine kleine Stadt voller gefährlicher Menschen. Doch genau dort müssen wir hin. Nach Rhenak.«

Mira spürte, wie ihr der Kiefer nach unten klappte. Wenn Kels Stamm nach Rhenak zog, dann hatten Tarjei und sie gerade die beste Möglichkeit gefunden, dorthin zu gelangen. Sie wollte gerade alles, was Tarjei und sie glaubten, über den Aufenthaltsortes ihres Vaters herausgefunden zu haben, auch Kel erzählen, doch irgendwie fiel es ihr in ihrem Glück schwer, ihre Gedanken richtig zu sortieren. Bevor sie es geschafft hatte, hörte sie plötzlich, wie Tarjei laut ihren Namen rief. Sie schaute auf und entdeckte ihn, wie er die Stufen der zweiten Terrassenebene des Tuwai-Dorfes herunterrannte und ihr zuwinkte.

»Mira!«, rief er noch einmal als er sah, dass sie ihn bemerkt hatte. »Schnell!«

Dann kehrte er auf den Stufen wieder um und rannte zurück, dorthin wo er hergekommen war.

Die Dringlichkeit in Tarjeis Stimme war nicht zu überhören gewesen, und so rannte Mira, ohne zu wissen weshalb, los. Dicht hinter sich hörte sie auch Kels Schritte die Terrassenstufen hochpoltern. An jeder Hausecke, um die Mira rannte, musste sie kurz inne halten, hastig den Kopf hin und her drehen, um schnell einen Blick auf Tarjeis Rücken zu erhaschen, wie dieser schon wieder hinter der nächsten Biegung verschwand.

Schließlich kam sie zu einem kleinen Haus, ganz in der Nähe der Versammlungshalle, wo die Verhandlungen stattgefunden hatten. Als Mira eintrat, befand sich außer dem bunt gekleideten Tuwai-Anführer noch ein weiterer Mann in schlichten braunen Gewändern im Raum. Beide lauschten angestrengt dem Rauschen des Funks. Tarjei saß vor dem uralten Funkgerät und drehte an den Dutzenden Knöpfen auf der Oberfläche hin und her. Während er weiterhin versuchte, die richtigen Einstellungen zu finden, murmelte er, ohne sich umzudrehen: »Vor einer Minute hatte ich noch die richtige Frequenz.«

»Was ist denn überhaupt los?«, fragte Mira. Sie war noch immer leicht außer Atem. Doch in diesem Augenblick ersetzten verzerrte Stimmen das Funkrauschen.

»... schwerer Beschuss ... die südliche Barrikade steht in Flammen ...«

Laute Donnerschläge drohten die Lautsprecher des Funkgeräts zu sprengen und unterbrachen die Übertragung.

Tarjei drehte vorsichtig an einem weiteren Regler.

»... Flugrichtung nordöstlich, langsam, schätzungsweise vier Knoten, Höhe laut optischer Peilung siebenhundert Fuß.«

Eine andere Stimme erwiderte: »Verstanden, Rhenak. Korrigieren Kurs. Befinden uns im Anflug.«

Mira kannte diese neue Stimme. »Das ist ...«

»... Käpt'n Falkeid«, vervollständigte Tarjei ihren Satz. »Ich habe vor ein paar Minuten das Funkgerät repariert. Und das Erste, was ich aufgefangen habe, war das hier.«

Er zeigte auf das Funkgerät, als würde das erklären, was Mira gerade gehört hatte.

»Rhenak wird angegriffen«, sagte Tarjei. »Und Falkeid will ihnen mit der *Lymaskar* helfen.«

»Aber wer ...?«, wollte Mira fragen, doch die nächste Übertragung unterbrach sie.

»... Regierungstruppen auf Vormarsch, westlich von uns ...«

Maschinengewehrrattern begleitete die Stimme.

»Alles klar. Zünden sie die Sprengladungen in drei, zwei, eins. Jetzt!«

Wieder drohten die Lautsprecher des Funkgeräts von dem Dröhnen zu platzen.

»Hàvamar greift sie an«, erklärte Tarjei. »Sie haben Soldaten am Boden und die *Lintu* in der Luft.«

Die *Lintu*. Alleine schon bei der Erwähnung dieses Namens breitete sich in Mira der Hass wie ein Feuer aus und der Speichel in ihrem Mund schmeckte plötzlich sauer.

»Aber ich habe dich wegen was anderem hergeholt«, sagte Tarjei.

»Ich glaube ich bin verrückt und habe mir das nur eingebildet«, sagte er. »Wahrscheinlich will ich es nur gehört haben, aber ...«

»Was?«, fragte Mira ihn und unterbrach seine ausufernden Erklärungsversuche.

»Ich glaube, ich habe Bjan gehört.«

Mira wusste nicht, was sie sagen sollte. Sie hatte plötzlich das Gefühl, als würde die Welt sich um sie drehen und ihre Beine zitterten unter ihrem Körper. Sie musste sich an der Wand neben sich abstützen.

»Mein Vater?«, hauchte sie.

Weitere Funksprüche dröhnten über die Lautsprecher. Zumeist schreiende Männer. Ab und zu ein Jubeln, wenn scheinbar eine Kugel ihr Ziel oder eine Sprengfalle ihre Opfer gefunden hatte. Die meiste Zeit über jedoch nur Geschrei und das Rattern der Maschinengewehre, begleitet von dumpfen Bombenexplosionen im Hintergrund.

Dann hörte sie wieder Käpt'n Falkeids Stimme. Er hörte sich jetzt anders an als zuvor. Völlig ruhig. Distanziert. Als hätte er nichts mehr mit dem Kampf zu tun.

»Rhenak?«, fragte er. »Retten sie bitte nach dem Kampf die Mannschaft der *Lymaskar*. Sie sind drei Kilometer östlich ihrer Position mit dem Fallschirm abgesprungen. Sie haben einen der Wissenschaftler, den sie wollten, dabei und liefern ihn gegen Bezahlung und Unterkunft bei ihnen ab.«

Ein tiefes Luftholen, dann sagte Falkeid: »Viel Glück, Rhenak. Die *Lymaskar* meldet sich ab. Aufprall in drei, zwei, ei...«

Dann war der Funk tot.

Tarjei versuchte an mehreren Rädchen zu drehen, doch außer Flüchen, die er ausstieß, war nichts mehr zu hören.

»Die verdammte Schaltplatine muss hin sein. Habt ihr den Blitz darin einschlagen lassen, oder was?«, fragte Tarjei den Tuwai-Anführer und warf ihm einen vernichtenden Blick zu, was diesen tatsächlich dazu brachte, entschuldigend den Kopf zu senken.

Miras Gedanken rasten. Tarjei hatte gesagt, dass er ihren

Vater über Funk gehört hatte. Das würde bedeuten, dass er lebte. Und dass er in Rhenak war.

Erst mit einigen Augenblicken Verzögerung wurde ihr jedoch klar, dass das ebenfalls hieß, dass er sich mitten in der Schlacht befand.

»Bist du dir sicher?«, wollte sie Tarjei fragen, doch aus ihrer Kehle kam nur Krächzen. Sie musste es ein zweites Mal versuchen, bevor ihr die Stimme gehorchte.

»Bist du sicher, dass es Vater war?«

»Ich weiß es nicht«, antwortete Tarjei und drehte sich zu ihr um. »Ich glaube es. Ja. Aber er war nur für einen sehr kurzen Augenblick zu hören.«

Dann nahm er sich einen Schraubenzieher, der vor ihm auf dem Tisch gelegen hatte und machte sich daran, das Gehäuse des Funkgeräts zu öffnen. Nach nur zwei Handgriffen ließ er die Verkleidung einfach zu Boden fallen und beschäftigte sich mit den Kabeln im Inneren des Geräts.

»Was hat er gesagt?«, fragte Mira.

Tarjei hielt inne und antwortete zögerlich: »Ihm ging die Munition aus. Er wollte Nachschub anfordern.«

»Aber ...«, begann Mira.

»Ja, ich weiß«, sagte Tarjei. »Das klingt verrückt. Aber es ist das, was ich gehört habe. Keine Ahnung, warum er zusammen mit den Piraten gegen Hàvamar kämpfen sollte. Oder warum er als Mechaniker überhaupt kämpft.«

»Was ist geschehen?«, unterbrach Kel ihr Gespräch, doch Mira ignorierte ihn und sagte zu Tarjei: »Wir müssen ihn anfunken.«

»Was denkst du, was ich hier gerade versuche?«, fragte Tarjei, während er immer gröber mit dem Innenleben des Funkgeräts umging.

»Die Energie, die durch das Ding läuft, ist fast aufgebracht und einige der Schaltkreise sind durchgebrannt. Ich muss also nicht nur das Funkgerät an sich reparieren, sondern auch gleichzeitig noch einen Weg finden, wie wir genug Energie bekommen, den weiten Weg bis nach Rhenak zu funken.«

Funken stoben aus einer Anzeige des Funkgeräts und Kel zuckte fluchend zusammen. Er musste sich selbst einen Schlag verpasst haben. Mira spürte, wie Kel sich an ihr vorbeischob und zu den beiden Tuwai hinüberging, um sich mit ihnen zu unterhalten. Für den Anführer eines Eiswüstenstammes musste es völlig unverständlich sein, was sich hier zutrug. Für ihn waren die Kettenfahrzeuge ja bereits Magie. Es war sicher nicht einfach für ihn zu begreifen, dass es Möglichkeiten gab, mit einem Menschen zu sprechen, der hundert Kilometer entfernt war.

»Ich hab's!«, sagte Tarjei im gleichen Augenblick, in dem die Lichter an dem Funkgerät wieder angesprungen waren und Betriebsbereitschaft signalisierten. Die richtige Frequenz war noch eingestellt, denn sie stiegen wieder direkt in das Kriegsgeschehen ein: »... Zwei gigantische Feuerbälle ... Die Luftschiffe gehen einen Kilometer vor der Stadt runter ...«

Eine andere Stimme jubelte: »... Die Soldaten ziehen sich zurück. Ihre Linien brechen zusammen. Sie rennen davon ...«

»Haltet eure Barrikade!«, donnerte eine Stimme über alle anderen hinweg. »Haltet die Frequenzen frei und bleibt in euren Stellungen!«

Mira kannte auch diese Stimme. Es war schwierig, sie in der blechernen Verzerrung des Funkgeräts wiederzukennen. Doch in ihrem Kopf hatte es sofort Klack gemacht.

»Wir töten keine Unschuldigen.« Das hatte der Anführer der Piraten gesagt, als er sie verletzt auf der Brücke von Scholle zwölf liegengelassen und ihren Vater verschleppt hatte. Es war dieselbe Stimme.

Bei der nächsten Übertragung, die sie hörte, blieb ihr die Luft weg. Die Welt um sie herum schien still zu stehen, während ihr Vater sagte: »Sie wollen sich in den Wracks der Luftschiffe verschanzen. Hörst du mich, Yorrick? Wir müssen Wachen einteilen und die Verwundeten hier wegschaffen. Sie können jederzeit wiederkommen.«

Mira stürzte zu dem Mikrofon der Funkanlage, drückte den Sprechknopf.

»Vater.« Zuerst konnte sie nur flüstern. »Vater?«, wiederholte sie lauter.

Dann schaffte es ihr Verstand, wieder etwas mehr in ihr Bewusstsein zu rücken und sie sagte: »Bjan Dalen. Ich will mit Bjan Dalen sprechen!«

Weitere Funksprüche folgten, in denen sich die Piraten Befehle erteilten oder entgegen ihres Befehls erneut die

Frequenz mit Jubelrufen blockierten.

Und dann - als ein Moment lang völlige Stille auf dem Kanal herrschte - bekam sie plötzlich ihre Antwort.

»Mira?«

Die Stimme ihres Vaters klang unsicher, doch es gab nun keinen Zweifel mehr. Er war es. Mira hatte ihren Vater wiedergefunden.

»Ja«, rief Mira ins Mikrofon. »Ich bin es.«

Sie hatte Tränen in den Augen und musste blinzeln, um überhaupt noch etwas sehen zu können, doch das war ihr egal.

»Wie geht es dir?«, fragte sie. »Wo bist du?«

Mira hörte den leiser werdenden Schlachtenlärm im Hintergrund und die Stimmen zweier Männer, die miteinander diskutierten.

Schließlich meldete sich ihr Vater wieder: »Mir geht es gut. Ändere deine Funkfrequenz.«

Und dann folgten ein paar technische Anweisungen, von denen sie absolut nichts verstand, doch Tarjei hatte sie mit ein paar Handgriffen an dem Gerät vor sich eingestellt, so dass sie nach nur wenigen Sekunden wieder die Stimme ihres Vaters hörte, wie er fragte: »Wo bist du, Mira? Die Scholle ist nicht mal hier in der Nähe.«

Mira sah von der Konsole vor ihr auf und reckte ihren Kopf an Tarjei vorbei. »Wie weit sind wir von Rhenak entfernt?«, fragte sie den Tuwai-Anführer. Da er jedoch finster dreinblickte und ihr scheinbar keine Auskunft geben wollte, blickte sie in Kels Richtung. Er hatte den Stamm nach Rhenak führen wollen. Er musste es ebenso wissen.

Auch Kel schien zuerst nicht antworten zu wollen, doch schließlich schien er sich einen Ruck zu geben und sagte: »Zwei Tagesreisen zu Fuß. Mit dem Hundeschlitten braucht man vielleicht einen halben Tag.«

Mira wandte sich wieder dem Mikrofon zu.

»Ich bin in einer Eiswüstenoase«, sagte sie und gab dann Kels Informationen weiter.

»Irgendwo östlich von Rhenak«, fügte sie hinzu, weil sie sich wieder an die von Mile gezeichneten Karten erinnerte und die ungefähre Position, an der sie die *Lymaskar* verlassen hatte.

»Was ... wie...?«, hörte sie ihren Vater murmeln.

»Geht es dir gut?«, wollte er jedoch schließlich wissen.

»Ja.« Freudentränen fielen Mira auf die Wangen. »Jetzt geht es mir gut.«

Sie hatte ihn endlich gefunden. Alles, was sie auf sich genommen hatte und die Zweifel, ob ihr Vater überhaupt noch lebte. Und jetzt redete sie tatsächlich mit ihm. Er klang gesund und schien zumindest fürs Erste in Sicherheit zu ein.

»Bleib wo du bist«, sagte Bjan und Mira hatte ihren Vater noch nie in einem so strengen Befehlston mit ihr reden hören. Doch das machte ihr absolut nichts aus, nachdem er hinzugefügt hatte: »Wir kommen dich holen.«

Die Realität ihrer Umgebung kam langsam wieder zurück in ihren Verstand und Mira nahm Tarjeis Körper neben sich wahr. Sie versuchte ihr von Tränen begleitetes Lachen für einen kurzen Augenblick im Zaum zu halten, um noch einmal ihrem Vater zu antworten: »Vater? Wir brauchen einen zweiten Platz. Tarjei ist bei mir.«

✻

Kapitel
Neunundzwanzig

»Und du vertraust ihnen?«, fragte Suka.

»Mira und Tarjei«, antwortete Kel. »Den anderen natürlich nicht.«

»Warum hast du ihnen dann verraten, wo wir sind?«

Suka fuhr sich immer wieder nervös mit der Hand durch ihre Haare.

»Weil sie Feinde der Saghani sind. Und das, was wir mit den Tuwai getauscht haben, nicht für immer ausreicht. Wir müssen das restliche Fleisch eintauschen, bevor es verdirbt und die Menschen von der Tonrar-Halbinsel sind die einzigen, die etwas mit den Waffen der Saghani anfangen können. Der Handel mit ihnen wird uns einen guten Preis bringen.«

»Oder den Tod«, erwiderte Suka.

Sie ging vor ihm im Schnee auf und ab.

»Es gibt keine direkte Gefahr«, erklärte Kel noch einmal. Und als sie immer noch nicht stillhielt, griff er sanft nach ihrem Arm. Zuerst wollte sie sich von ihm wegdrehen, doch dann gab sie tatsächlich nach und hörte ihm zu.

»Der Stamm bricht das Lager ab und zieht weiter. Selbst wenn sie die gleichen Kettenfahrzeuge wie die Saghani besitzen, brauchen sie mindestens einen halben Tag, um hierher zu gelangen, wo dann nur noch Tesuk, seine Jäger und ich auf sie warten.«

»Und die beiden Fremden«, erwiderte Suka und schaute misstrauisch zu Mira und Tarjei hinüber, die sich in der Nähe der Yarum aufhielten.

»Ich vertraue ihnen«, sagte Kel entschieden.

Dann drehte er Suka, die er noch immer am Arm hielt, mit sanftem Druck von Mira und Tarjei weg, sodass sie ihn ansehen musste.

»Ohne sie«, sagte er, »wären wir verhungert. Es war ihr Wissen und ihr Verhandlungsgeschick, das uns die Yarum wieder zurückgebracht hat.«

»Vielleicht haben sie das so geplant. Damit wir ihnen vertrauen«, sagte Suka, doch ihre Stimme klang unsicher und

Kel wusste, dass sie ihre Worte selbst anzweifelte.

»Und was sollten sie davon haben?«, fragte er sie daher.

»Das weiß ich nicht«, gab Suka zu.

»Hör zu«, sagte Kel. »Der Mann, mit dem Mira gesprochen hat, war ihr Vater. Wenn die Menschen von Tonrar eintreffen, wird sein Kind von Jägern umringt sein. Selbst wenn sie ehrlos genug wären, uns in einen solchen Hinterhalt zu locken, glaubst du wirklich, ein Vater würde sein Kind in eine solche Gefahr bringen?«

»Nein«, gestand Suka. »Aber da ich mit dem Stamm gehe und nicht hierbleiben werde, musst du derjenige sein, der ein besonderes Auge auf die beiden Fremden hat.«

Kel nickte. »Ich sagte, dass ich Mira und Tarjei vertraue. Nicht dass ich mein Leben in die Hände der Menschen von der Tonrar-Halbinsel lege.«

※

Es war bereits später Nachmittag und Mira musste die Augen zusammenkneifen, um gegen die tiefstehende Sonne etwas sehen zu können. Inzwischen hatte sie jedoch keine Zweifel mehr daran, dass die beiden Schneewolken, die über den Eiswüstenboden stoben, auf sie zukamen. Die Kettenfahrzeuge, die sie verursachten, waren noch nicht viel mehr als kleine schwarze Punkte, doch sie wurden rasch größer.

»Was denkst du?«, fragte Tarjei.

Er trat neben Mira und legte ihr eine dünne Decke über die Schultern. Sie stand schon so lange still im Schnee, dass sie glaubte ihre Füße nicht mehr zu spüren. Trotzdem weigerte sie sich, den Blick von den näherkommenden Fahrzeugen abzuwenden. Ihr Vater saß darin. Sie hatte für diesen Augenblick zu viel durchgestanden, um jetzt auch nur für den Bruchteil einer Sekunde wegzusehen.

»Ich frage mich, ob es für all das wirklich eine vernünftige Erklärung gibt«, sagte Mira. Und für eine Weile war das einzige Geräusch, das Tarjei und sie umgab, das sanfte Säuseln des Windes, der kleine Schneeflocken vom Boden aufwirbelte und gegen ihre Beine wehte. »Und falls ja, frage ich mich, ob ich sie überhaupt hören will.«

Anstatt etwas darauf zu erwidern, legte Tarjei seinen Arm über ihre Schultern und stellte sich neben sie. Wie die Geschwister, die sie im Herzen waren, teilten sie sich die Wärme ihrer Körper und warteten auf Bjan.

Es dauerte nicht lange, dann gesellten sich Kel und Tesuk zu ihnen. Die etwa ein Dutzend Jäger, die mit ihnen hiergeblieben waren, hatten inzwischen ihre Arbeit beendet. Mira war immer noch beeindruckt von der Geschwindigkeit, mit der sie ein - wie sie es nannten - Qarmaq errichtet hatten. Zuerst hatten sie sich nach unten gegraben und den dabei anfallenden Schnee auf einen großen Haufen geschüttet, bis sie auf eine so harte Eisschicht gestoßen waren, dass sie nicht mehr weiterkamen. Dann hatten sie aus Tierknochen, von denen manche dicker als Miras Oberarm und andere so fein wie ihr kleiner Finger waren, eine Art Gerüst gebaut, das sich an den Wänden des Lochs, das sie gegraben hatten, abstützte. Dieses Gerüst formte sich nach und nach zu einer Kuppel, bis das Qarmaq ein Dach bekam. Über diese Konstruktion hängten sie dicke Tierfelle, die sie im Anschluss mit einem schwarzen, zähflüssigen Schlamm übergossen, den sie zuvor über einem großen Feuer aufgekocht hatten. Das Ergebnis war eine harte Schale, die das Loch im Eis vollkommen überspannte und in dessen Innerem sich die Wärme sammelte. Zum Schluss hatten die Jäger sich aufgeteilt. Während eine Hälfte den Schnee nutzte, den sie zuvor neben dem Loch aufgeschüttet hatten, um ihn jetzt als weitere Isolierschicht über der Kuppel aufzuhäufen, hatten die restlichen Jäger damit begonnen, das Innere des Qarmaqs mit weiteren Fellen auszulegen und auch die Wände damit zu behängen. Am Ende hatten sie sogar Absätze ins Eis geschlagen, die wie Treppenstufen zum tiefergelegenen Eingang des Qarmaqs führten, sodass man es bequem betreten konnte und doch gleichzeitig der Wind nicht eindrang.

Auf jemanden, der noch nie in der Eiswüste gewesen war, hätte das Qarmaq vielleicht wie eine primitive Höhle gewirkt. Doch für Mira glich es einem wundersamen Palast. Es war erstaunlich, wie diese Menschen es schafften, ein solches zu Hause aus dem Nichts entstehen zu lassen. Und es war kein Vergleich zu dem schäbigen Iglu, das sie in ihrer Not errichtet hatte, um für Tarjei und sich selbst einen Unterschlupf zu schaffen.

Die Kettenfahrzeuge waren inzwischen fast bei ihnen angekommen und Mira spürte ihre eigene Anspannung. Nicht nur, weil sie endlich ihren Vater wiedersehen würde, sondern auch, weil sie wusste, dass Tesuks Jäger sich mit ihren Maschinengewehren in der näheren Umgebung verteilt hatten und nur auf den Angriffsbefehl warteten.

Im Gegensatz zu den Schneefahrzeugen der Regierung, die wie aus einem Guss wirkten, schienen die Piraten mehr oder weniger alles, was sie an altem Metall hatten finden können, zu etwas halbwegs Fahrtauglichem zusammengeschweißt zu haben.

Die Gesichter der Fahrer kamen in Sicht und schließlich hielten sie ihre Gefährte kurz vor ihnen an. Die dicken Metalltüren an der Rückseite der Ladeflächen wurden geöffnet und mehrere Männer sprangen heraus. Sie verteilten sich in einem schützenden Kreis rund um die Fahrzeuge. Auch sie waren bewaffnet und wachsam, doch ihre Gewehre hingen locker an ihren Seiten.

Und dann sah sie Bjan.

Ihr Vater hatte ihr den Rücken zugewandt und kletterte aus dem Kettenfahrzeug. Zuerst war da noch dieses Gefühl des Ungewissen. Er hatte längere Haare und seine Statur wurde ein wenig von der dicken Kleidung verborgen, die ihn gegen die Kälte abschirmte. Mira hatte Angst, wirklich zu glauben, dass er es war, bevor sie nicht auch sein Gesicht gesehen hatte. Doch nachdem seine Füße auf dem Schnee gelandet waren, drehte er sich langsam um und Miras letzte Zweifel wurden beiseite gefegt.

Er war es, dachte sie. Sie hatte ihren Vater endlich gefunden.

Auf einen Stock gestützt kam er durch den Schnee auf sie zugehumpelt. Sorge schlich sich in Miras Gedanken. Ihr Vater sah blass aus und ging nur gebückt. Jedes Mal, wenn er mit dem kranken Bein auftrat, konnte sie sehen, wie er die Zähne zusammenbiss. Er war dem Tode nahe gewesen, als ihn die Piraten verschleppt hatten und er schien noch immer nicht komplett genesen zu sein.

Nachdem sie sich nun sicher war, dass es tatsächlich Bjan war, spürte sie, wie wieder Leben in ihre halb eingefrorenen

Beine strömte. Bei den ersten beiden Schritten stolperte sie noch, doch dann rannte sie los und blieb erst wieder ganz dicht vor ihrem Vater stehen. Sie keuchte und spürte die kalte Luft in ihren Lungen brennen und für den winzigen Bruchteil einer Sekunde wusste sie nicht, was sie sagen sollte. Doch dann öffnete sich ihr Mund wie automatisch und ihre Stimme formte das Wort »Vater«.

Dann schlang sie die Arme um Bjan und drückte sich fest gegen seine Brust. Sie spürte, wie er um sein Gleichgewicht kämpfte, doch sie stützte ihn und auch er schloss die Arme um ihren Rücken. Sie roch die vertraute Mischung aus Motorenöl und seinem Rasierwasser. Ihre Umarmung dauerte lange und keiner von beiden sagte etwas. Obwohl sie noch ewig hätte so dastehen können, hob Mira irgendwann den Kopf, um sich zu vergewissern, dass sie nicht träumte. Sie sah über die Schulter ihres Vaters und entdeckte einen weiteren Mann, der sich bisher im Hintergrund gehalten hatte. Mira wusste sofort, wer er war: Der Piratenanführer, der die Scholle überfallen hatte und dabei ihren Vater beinahe getötet hätte. Auch er starrte Mira nun an und in seinem durchdringenden Blick schien Neugier aufzublitzen, die Mira zutiefst zuwider war.

Ihre Umarmung verlor an Kraft und ihr Vater musste es gespürt haben, denn auch er ließ sie los. Er machte einen Schritt zurück, schaute zwischen dem Piratenanführer und Mira hin und her und trat dann neben den fremden Mann.

»Mira«, sagte er. »Das ist Yorrick.«

Mira musste sich zusammenreißen, um nicht mit den Zähnen zu knirschen. Ihre Hand wanderte langsam hinter ihren Rücken, zu dem Messer, das Kel ihr geschenkt hatte und das sie dort an ihrem Gürtel trug.

»Er ist dein Onkel«, fügte Bjan hinzu. »Der Bruder deiner Mutter.«

Der Piratenanführer deutete ein schwaches Nicken an und Miras Welt begann sich zu drehen.

Die folgenden Minuten liefen an Mira vorbei, als würde sie ihre Umwelt durch einen feinen Schleier beobachten, der ihre Gefühle auf merkwürdige Art und Weise dämpfte. Sie wollte so viele Fragen stellen, dass sie gar nicht wusste, wo sie anfangen sollte.

Ihr Vater umarmte nach ihr auch Tarjei und klopfte ihm mehrmals kräftig auf den Rücken. Dann begrüßten auch Kel und Tesuk die Neuankömmlinge. Auf ihre förmliche Art umfassten sie Bjans Unterarme und dann die des Piratenanführers.

Sie gingen gemeinsam zu dem Qarmaq, schritten die Stufen aus Eis zum Eingang hinunter und duckten sich unter den Fellen hindurch, die vor der Öffnung hingen. Im Inneren brannte in einer kleinen Schale bereits ein Feuer und wärmte die Luft auf. Zwei Fischöl-Lampen, die von der Decke hingen und in denen kleine Flammen flackerten, erhellten das Qarmaq zusätzlich.

Alle setzten sich auf dünne Kissen am Boden und nachdem auch ihr Vater es aufgrund seiner Verletzungen etwas ungelenk geschafft hatte, sich niederzulassen, entstand eine kurze Pause, in der keiner recht etwas zu sagen wusste. Ihr Vater sah zu dem Piratenanführer, der ihr Onkel sein sollte, doch als der keine Regung zeigte, begann Bjan das Gespräch.

»Es tut mir leid«, sagte er und schaute dabei Mira direkt an. »Ich schulde dir viele Erklärungen und ich wünschte, du würdest es anders erfahren.«

Er zuckte unbeholfen mit den Schultern. »Eigentlich wünschte ich mir, du würdest es gar nicht erfahren, wie all die Jahre zuvor. Aber das ist wohl nicht mehr möglich.«

Bjan sprach nun mit allen im Raum. »Meine Geschichte ist jedoch auch für euch von großer Bedeutung, Meisterzüchter.«

Er neigte den Kopf vor Kel und Tesuk und Mira bemerkte, dass ihr Vater die gleiche Anrede wie die Tuwai für Kel und Tesuk benutzt hatte.

Wieso redete er so? Wo hatte er das gelernt?

Sie wollte ihm so viele Fragen an den Kopf werfen, doch sie riss sich zusammen. Sie wollte keines seiner Worte verpassen.

»Ich versuche den Anfang so kurz wie möglich zu machen. Dennoch muss ich, um alles zu erklären, etwa neunzehn Jahre zurückgehen.«

Zwei Jahre vor meiner Geburt, dachte Mira. Also hatte Tarjei recht. Ihr Vater hatte eine Vergangenheit, von der sie nichts wusste.

»Damals war ich vermutlich der glücklichste Mensch, den

ihr euch vorstellen könnt«, begann Bjan. »Dank der Aufopferung meines Vaters, mit der er meine Ausbildung an der Akademie bezahlte, hatte ich es mit sechsundzwanzig geschafft, zur rechten Hand des leitenden Ingenieurs in Hàvamars Geothermieanlage zu werden.«

Ein trauriger Schleier der Erinnerung legte sich über Bjans Augen, während er weitererzählte. »Noch dazu hatte ich das unverschämte Glück, dass sich ein Mädchen in mich verliebt hatte, von dem ich wusste, dass ich mein ganzes Leben mit ihm verbringen wollte.«

Er seufzte schwer und Mira dachte zum ersten Mal in ihrem Leben, dass ihr Vater alt aussah.

»Aber ich hätte wissen sollen, dass ich zu viel vom Schicksal verlangte. Da sie eine Adlige war, wäre es Vorrausetzung für eine Heirat gewesen, dass ich zuvor geadelt worden wäre. Ein Privileg, dass damals genauso selten ausgesprochen wurde wie heute. Doch ich entschloss mich, es zu schaffen. Ich arbeitete Tag und Nacht in den Tiefen der Geothermieanlage. Ich erforschte den Riss und alles was damit zusammenhing. Ich brauchte eine wissenschaftliche Veröffentlichung, die der Akademie gar keine andere Wahl ließ, als mir ehrenweise einen Titel zu verleihen.«

Bjan schüttelte den Kopf.

»Wenn man bedenkt, dass das alles nicht geschehen wäre, wären die hohen Herren nicht so engstirnig gewesen, was das Adelsrecht angeht. Aber ich schweife ab.«

Er strich sich mit einer Hand über die Haare, dann sprach er weiter.

»Ich forschte also Tag und Nacht. Ich wertete alle Ergebnisse, die ich erhielt, doppelt und dreifach aus und langsam begann sich ein furchtbarer Verdacht in mir aufzubauen. Ich hatte tatsächlich meinen Durchbruch gefunden. Es war nur leider nicht die Art Erkenntnis, die ich mir erhofft hatte.«

Mira spürte, dass Tarjeis Körper genauso angespannt war, wie ihr eigener.

»Was war es?«, fragte Tarjei. »Was hast du damals herausgefunden?«

»Der Riss«, erklärte Bjan und schaute Tarjei ernst an. »Er erkaltet.«

Da er die fragenden Gesichter seiner Zuhörer bemerkte, fügte Bjan schnell hinzu: »Der Riss hat den größten Anteil an Hàvamars Wärmeversorgung. Er ist wie die heißen Quellen der Oasen. Der Riss steht mit der Hitze im Erdinneren in Kontakt und ermöglicht das Überleben von Hunderttausenden. Wenn er abkühlt ...«

»... dann wird ganz Hàvamar zur Eiswüste«, vollendete Tarjei den Satz.

Mira musste plötzlich an ihre Verhandlungen mit den Tuwai zurückdenken.

»Die Pumpe war kaputt«, sagte sie und schaute zuerst Tarjei und dann Kel an. Der Stammeshäuptling sah angestrengt aus, als könnte er dem gesamten Gespräch nur schwer folgen.

»Tarjei musste doch die Wasserpumpe der Tuwai reparieren«, erklärte sie. »Das Problem war aber gar nicht die Pumpe selbst, sondern ein Mangel an Wasser. Die heißen Quellen unter der Oase gefrieren.«

Kel nickte als könne er diesen Gedanken wesentlich besser nachverfolgen als Bjans bisherige Geschichte.

»Das bedeutet«, warf Tarjei ein, »dass es überall geschieht. Habe ich recht? Es ist nicht nur der Riss in Hàvamar betroffen, oder?«

»Ja«, antwortete Miras Vater ernst. »So ist es. Wir haben es mit einem weltweiten Phänomen zu tun.«

Schweigen breitete sich in dem Qarmaq aus, während alle über die Konsequenzen nachdachten, die dies mit sich brachte. Nur die Flammen der Feuerschalen in ihrer Mitte knisterten noch leise.

Schließlich war es Kel, der als erster wieder sprach.

»Ewiger Winter«, sagte er mit gesenktem Kopf. Dann schaute er auf und fixierte Bjan. »Das ist es doch, was ihr sagen wollt. Die Kälte wird kommen und uns einen ewigen Winter bringen.«

»Die Ahnensagen sind wahr«, warf plötzlich Tesuk mit purem Entsetzen im Gesicht ein.

»Ja«, bestätigte Bjan. »Schnee und Eis werden, wie in euren Liedern vom Ende der Welt, alles verschlingen.«

»Wieviel Zeit wird bis dahin noch vergehen?«, fragte Kel. Er sucht nach einem Weg, seinen Stamm zu schützen, dachte Mira.

»Nicht mehr viel«, antwortete der Piratenanführer. Es war das erste Mal, dass Yorrick das Wort ergriffen hatte, seit sie sich zusammengesetzt hatten.

»Meine Leute in Hàvamar haben uns Berichte zukommen lassen, dass die Vorbereitungen auf das Ende in der Stadt bereits angelaufen sind.«

Bjan nickte. »Es schreitet jeden Tag schneller voran. Vielleicht zwei Wochen oder drei. Aber das spielt keine Rolle.«

»Warte«, warf Tarjei plötzlich ein. »Welche Vorbereitungen? Gibt es einen Plan, um diese Katastrophe zu verhindern?«

»Ja«, sagte Yorrick. Doch noch bevor sie aufatmen konnten, fügte er hinzu. »Und wir müssen diesen Plan um jeden Preis aufhalten.«

»Ich verstehe nicht«, sagte Mira kopfschüttelnd und sie fragte sich, ob der Piratenanführer den Verstand verloren hatte.

»Der Plan stammt von mir«, erklärte Bjan. »Ich habe ihn aus Dummheit vor neunzehn Jahren dem Chef-Ingenieur vorgelegt.«

»Aber ...«, warf Mira ein, da es doch gut sein musste, wenn die Regierung in Hàvamar nun endlich auf ihren Vater hören würde. Doch Bjan schüttelte den Kopf und Mira erschrak, als sie seinen Blick sah.

»Es war nur eine Idee«, sagte er und schaute jedem im Raum ins Gesicht, als wollte er sie anflehen, ihm zu vergeben. »Sie war niemals dazu gedacht, wirklich umgesetzt zu werden. Ich wollte nur helfen und eine Grundlage für weitere Forschungen bieten. Es hätte noch Jahrzehnte gedauert, bis es wirklich zu einem Problem mit dem Riss gekommen wäre. Genug Zeit also, um eine Alternative zu finden. Aber der Chef-Ingenieur ...« Bjan stockte. »Er nahm meine Forschungen. Überprüfte sie selbst. Und als er erkannte, dass sie der Wahrheit entsprachen, präsentierte er sie im Geheimen dem Präsidenten. Er tat es hinter meinem Rücken und zuerst wusste ich nichts davon. Doch ich bemerkte, dass meine Dokumente fehlten und ich wollte ihn in seinem Büro zur Rede stellen. Als ich jedoch eintrat, erwartete mich bereits die persönliche Leibwache des Präsidenten. Sie drehten mir die

Arme auf den Rücken und schworen mir, dass sie ...« Die Stimme stockte ihm und ihr Vater schaute Mira durch wässrige Augen an. »... Deine Mutter. Sie sagten, sie würden sie vor meinen Augen umbringen und mich danach mit ihrer Leiche lebendig im Schnee der Eiswüste vergraben, wenn ich nicht den Mund hielt. Es war ihnen sogar egal, dass sie zu diesem Zeitpunkt bereits schwanger mit dir war.«

Bjan musste tief Luft holen, bevor er sagte: »Sie wollten meine Idee innerhalb eines Jahres umsetzen.«

»Aber worum ging es dabei?«, fragten Mira und Tarjei gleichzeitig.

Es war furchtbar, dies alles zu hören und ihren Vater so zu sehen, doch nun wollte sie alles hören. Sie wollte verstehen. Bjans Kopf war ihm auf die Brust gesunken und Mira streckte ihre Hand nach seinem Arm aus. Doch bevor sie ihn erreichte, schaute er auf und sagte: »Eine Bombe. Sie bauen eine riesige Bombe, die nicht nur den Riss wiederbeleben soll, sondern stark genug ist, das gesamte Erdinnere wieder zu erwärmen.«

Mira runzelte die Stirn. »Aber das ist doch gut. Genau das brauchen wir doch.«

»Nein« Bjan schüttelte den Kopf. »Ich habe mich nicht klar ausgedrückt. Nach der Explosion, die von Hàvamar nicht mehr als einen großen Krater flüssiger Lava zurücklassen wird, erwärmt sich der gesamte Planet.«

Bjan machte eine ausladende Bewegung mit den Armen.

»Damit wird nicht nur der Riss mehr Wärme abgeben oder die heißen Quellen der Oasen wieder gespeist werden. Die Erdplatten werden sich verschieben, Vulkane größer als das Grenzgebirge werden aus dem Boden sprießen.«

Mira konnte mit der Hälfte dieser Beschreibungen nichts anfangen. Sie hatte keine Vorstellung, was ein Vulkan sein sollte, doch ihr Vater war noch nicht fertig.

»Es wird sehr, sehr schnell sehr viel wärmer werden. Der Schnee wird tauen, das Eis wird schmelzen. Erdbeben werden so heftig sein, dass sich niemand mehr auf den Beinen halten kann. Und es werden im Eismeer Wellen entstehen, die kilometerweit an Land strömen und alles unter sich begraben.«

»Die Ahnen holen uns zu sich«, murmelte Tesuk. »Wie es in den Liedern gesungen wird.«

Doch Mira wollte das alles nicht so einfach hinnehmen.

»Aber wieso geschieht das alles jetzt?«, fragte sie.

»Du hattest recht«, sagte Yorrick zu Bjan und ein kurzes, wenn auch trauriges, Lächeln huschte über sein Gesicht. »Sie ist clever.«

Bjan nickte, schien sich jedoch nicht wirklich über das Kompliment für seine Tochter zu freuen.

»Weil sie meinen Plan wiedergefunden haben«, antwortete er Mira, aber auch alle anderen im Qarmaq hörten ihm aufmerksam zu.

»Vor neunzehn Jahren«, sagte Bjan. »Wusste nur mein vorgesetzter Ingenieur und der Präsident von dem Plan. Sie wollten ihn heimlich, schnell und leise umsetzen. Eine Massenpanik verhindern, indem sie niemandem etwas sagten. Da sie wussten, dass sie niemals alle retten konnten, wollten sie für einige wenige Auserwählte, eine gigantische unterirdische Bunkeranlage zum Schutz bauen und sich darin lange genug verstecken, bis die Erde wieder bewohnbar wäre.«

Bjan schloss seine Erzählung mit den Worten: »Das konnte ich nicht zulassen.«

Langsam begriff Mira die Grausamkeit, die hinter all dem steckte. Freiwillig so viele Menschenleben zu opfern, nur um ein paar Wenige zu retten. Mira verstand nicht, wie jemals ein Mensch so etwas vor sich selbst rechtfertigen konnte. Doch sie musste noch mehr erfahren, um das ganze Bild zu erkennen. Noch immer glaubte sie ihren Vater nicht richtig zu kennen, obwohl sie all die Jahre so eng mit ihm zusammengelebt hatte.

»Was ist damals passiert?«, fragte sie daher. »Und warum hat er ...« Sie blickte misstrauisch in Yorricks Richtung. Sie konnte sich nicht vorstellen, ihn jemals Onkel zu nennen. » ... die Scholle überfallen und dich beinahe getötet? Verdammt noch mal, einer seiner Männer hat Käpt'n Narvik erschossen.«

»Das war ein Unfall«, sagte Yorrick und er schien es ernst zu meinen, obwohl seine Worte für Mira hohl klangen.

»Der Tod eines Menschen ist kein Unfall«, erwiderte sie.

»Nein«, stimmte ihr Vater zu. »Das ist er nicht.«

Daraufhin entstand eine kurze Pause, in der sich ihr Vater und Yorrick stumm mit Blicken unterhielten, bis schließlich Yorrick zur Seite sah und Bjan sich wieder ihr zuwandte.

»Du musst wissen, Mira«, sagte Bjan. »Yorrick und ich haben dieses Gespräch bereits sehr oft geführt. Das erste Mal war kurz nach dem Tod von Präsident Askildsen. Und nach dem letzten Mal haben wir uns siebzehn Jahre lang nicht mehr gesehen.«

»Dein Vater«, sagte Yorrick, »hat sich besser versteckt als ein Fisch im Eismeer. Als wir ihn endlich gefunden hatten, war die Sache mit der Bombe schon so weit fortgeschritten, dass wir schnell handeln mussten.«

Er schien kurz zu überlegen, bevor er sagte: »Ich muss mich entschuldigen, für das, was geschehen ist. Aber ich würde es wieder tun. Es steht zu viel auf dem Spiel, als dass ich dieses Mal ein ›nein‹ von deinem Vater akzeptieren könnte. Als wir dann gehört haben, wie deine kleine Freundin die Lotterie gewonnen hat ...« Yorrick schnaubte kurz. »Diese lächerliche Farce. Und als wir im Radio hören konnten, wie du ...«

»... Wie ich von Vater gesprochen habe«, murmelte Mira. Sie war der Auslöser von alledem gewesen. Sie hatte das alles ins Rollen gebracht.

»Aber wieso ...«, wollte sie wieder anfangen, doch Bjan unterbrach sie.

»Sagen wir einfach, dass Yorrick und ich uns damals nicht im Guten getrennt haben. Er wusste, dass ich nicht einfach so mitkommen würde.«

»Aber was ist mit der Bombe?«, fragte Tarjei. »Er hätte doch nur ...«

Bjan schüttelte den Kopf und Yorrick schnaubte, als fände er den Gedanken belustigend.

»Ich dachte der Plan wäre für immer vernichtet. Ich hätte ihm nicht geglaubt«, sagte Bjan, nur um sich sofort zu korrigieren, in dem er sagte: »Ich habe ihm nicht geglaubt. Bis Yorrick mir meine eigenen Skizzen vorgelegt hat, die ich vor so vielen Jahren gemacht habe.«

»Wir wissen nicht genau, wer sie ursprünglich wiedergefunden hat«, sagte Yorrick. »Und wir können nur Vermutungen anstellen, wer in Hàvamar momentan wirklich die Strippen zieht. Aber wir wissen, dass es geschieht.«

Er fuhr sich mit einer schnellen Bewegung über die unregelmäßigen Stoppeln seines Barts.

»Der Plan ist der gleiche wie damals«, sagte Yorrick. »Um eine Panik zu verhindern, wird niemandem etwas gesagt, aber wir sehen die Anzeichen. Beamte werden bestochen, Soldaten plötzlich in großer Zahl versetzt und gewisse wichtige Leute ändern ihre tägliche Routine, als würden sie auf etwas warten. Die Lotterie wurde eingeführt, um der einfachen Bevölkerung etwas zu geben, über das sie sich den Mund zerreißen kann, sodass niemandem etwas auffällt. Alles gehört irgendwie zusammen. In letzter Zeit verschwinden immer mehr Leute von den Straßen. Menschen, die unwichtig genug sind, dass für gewöhnlich niemand nach ihnen sucht. Zeitgleich mit Nahrungsmitteln, die beiseite geschafft werden.«

Yorrick schaute einen nach dem anderen von ihnen an. »Irgendwo werden diese Bunker gebaut«, sagte er. »Wer auch immer die Pläne gefunden hat, steht kurz davor, sie umzusetzen. Aber wir wissen nicht, wo es passieren wird.«

*

Kel hatte eine trockene Kehle. Die Ahnenlieder über das Ende bewahrheiteten sich. Er kannte diese beiden Männer nicht, die vor ihm saßen und über den ewigen Winter sprachen. Sie waren Fremde - Saghani. Doch jedes ihrer Worte schien den alten Liedern entsprungen. Kel selbst hatte vor nicht einmal drei Zyklen, als sein Vater gestorben und er zum Anführer des Stammes geworden war, die Ahnenlieder vom Beginn bis zum Ende gesungen. Jeden Tag hallten seither die Worte noch in seinem Kopf nach. Alles begann mit den Legenden über eine einstmals warme Welt. Ein Ort, wie ihn die Stadtmenschen wieder erschaffen wollten. Und ihr Ende fanden die Lieder in der ewigen Kälte. Das war die Zeit, zu der die Stämme für immer in die Ahnenhöhlen gehen würden, um ihre Körper bis in alle Ewigkeit neben denen ihrer Liebsten im Eis ruhen zu lassen.

Alles war wahr. Und doch weigerte sich Kel, es zu akzeptieren.

Nicht nur um seiner selbst willen, sondern wegen des Stammes. Er hatte sein Wort gegeben, sie zu schützen. Es war seine heiligste Pflicht. Er musste etwas unternehmen. Die Ahnen hatten Mira und Tarjei vom Himmel fallen lassen, um die Yarum zurückzubringen. Warum hätten sie das tun sollen, wenn sie als nächstes den ewigen Winter schickten. Kel hätte das vielleicht kurz nach dem Saghani-Überfall auf den Stamm glauben können. Doch jetzt, wo sie wieder einen Funken Hoffnung gefasst hatten, würde er diese kleine Flamme, die in ihren Herzen brannte, nicht einfach wieder austreten.

Der ewige Winter, der ihnen bevorstehen sollte, war nur eine weitere Prüfung, die ihnen von den Saghani aufgezwungen wurde. Die Ahnen hatten diese Menschen zu ihm geschickt, um ihn davor zu warnen und ihm die Möglichkeit zu geben, etwas dagegen zu unternehmen. Kel hatte seinen Entschluss gefasst. Er weigerte sich, der letzte aller Häuptlinge zu sein, der in die Eishöhlen einging. Obwohl er nur wenig von dem, was Bjan und Yorrick ihnen berichtet hatten, wirklich verstand, so wusste er doch, wie er helfen konnte.

»Menschen zum Arbeiten und Nahrung«, sagte er und die anderen im Qarmaq sahen ihn fragend an.

»Das ist es doch, was Ihr erzählt habt«, fuhr Kel fort und nickte in Yorricks Richtung. »Menschen verschwinden und Nahrungsvorräte werden gesammelt«, erklärte er seine Gedanken. »Ich weiß, wo sie hingebracht werden.«

Stille breitete sich im Raum aus und alle starrten ihn an.

»Wohin?«, fragte Yorrick und brach damit als erster das überraschte Schweigen.

»Zum östlichen Gebirge«, antwortete Kel. »Dort, am Fuße des höchsten Gipfels, sammeln sie sich.«

Kurz dachten alle nach, da sie nicht dieselben Beschreibungen und Begriffe für die Landschaft der Eiswüste benutzten, wie es die Stämme taten. Doch schließlich sagte Bjan mit gerunzelter Stirn: »Er muss den Nimus meinen. Das ist der höchste Berg im Grenzgebirge.«

»Bei den Eisgeistern«, stieß Tarjei hervor und er schien selbst von dem, was er als nächstes sagte, überrascht zu sein: »Bevor ich meinen Posten auf der *Lintu* bekommen hatte, war ich drei Monate auf einem kleineren Regierungsschiff. Damals haben wir an diesem Berg für einen Zwischenstopp angelegt. Hàvamar hat dort einen kleinen Außenposten und ...« Er schüttelte den Kopf und korrigierte sich. »Zumindest dachte ich, dass es nur ein Außenposten wäre. Ich habe vom Maschinenraum aus nicht viel gesehen, aber wir waren lange genug vor Anker, um den halben Schiffsrumpf leerzuräumen.

Das müssen mehrere Tonnen an Nahrungsmitteln und anderen Sachen gewesen sein.«

Yorrick nickte, stellte dann aber die Frage, die Kel schon erwartet hatte.

»Woher kennen die Meisterzüchter diesen Ort?«

Kel erzählte von dem Überfall auf seinen Stamm, dem Gegenangriff auf den Außenposten der Saghani und wie er dort herausgefunden hatte, dass auch noch andere Stämme überfallen und versklavt worden waren. Etwas überraschend kam ihm sogar noch ein weiterer Gedanke, den er den Anwesenden erklärte. Die Saghani hatten die Yarum so grausam hingerichtet, damit sie genug Fleisch erbeuten konnte, um Vorräte für mehrere Monate anzulegen.

Nur beim Verhör des Saghani-Anführers zögerte Kel, beschloss dann aber, auch diesen Teil ausführlich zu erzählen. Diese Männer hatten ebenso gegen die Saghani gekämpft wie er selbst. Bjan und Yorrick würden es ihm sicher nicht nachtragen, dass er ihre gemeinsamen Feinde alleine in der Eiswüste zurückgelassen hatte.

»In der Hoffnung, seine Männer retten zu können, erzählte ihr Anführer mir alles, was er wusste. An seinen Worten besteht kein Zweifel. Er beschrieb den Ort, wo sie unsere Leute hingebracht haben.«

Kel war froh, dass er nun endlich am Ende seiner Geschichte angekommen war, denn bei den Erinnerungen an die Familien und seine Freunde, für deren Rettung er bisher so wenig getan hatte, wurde es kalt um sein Herz.

»Der Saghani-Anführer sagte, dort seien viele hunderte ihrer Krieger«, berichtete Kel weiter. »Aber ich habe mein Wort gegeben. Ich werde unsere Leute retten. Auch wenn ich mein Leben dabei lasse. Sobald der Stamm in Sicherheit ist, werde ich mit jedem, der mitkommen will, dorthin ziehen und ihnen den Kampf bringen.«

Erst nachdem er dies gesagt hatte, ging Kel auf, dass nach allem, was er nun über den kommenden ewigen Winter gehört hatte, der Stamm vielleicht nie mehr in Sicherheit sein würde. Das Halten seines Versprechens war damit so ungewiss wie das Erscheinen der Nordlichter in der Nacht.

»Das ändert alles«, sagte Yorrick. »Wir wussten zuvor nur von begrenzten Vorratsmengen und wenigen Leuten, die in

Hàvamar verschwunden sind. Aber durch die Überfälle auf die Stämme stehen ihnen ein Vielfaches der Ressourcen und Arbeitskräfte zur Verfügung. Die Bunker müssen inzwischen kurz vor der Vollendung stehen, falls sie nicht sogar bereits fertiggestellt sind.«

Wieder diese schnelle Bewegung, bei der er sich durch seinen kurzen Stoppelbart strich, die Kel schon einige Male bei Yorrick beobachtet hatte. Es schien eine Angewohnheit von ihm zu sein, bevor er bedeutungsvolle Entscheidungen aussprach.

»Wir müssen sofort handeln. Die Bombe könnte schon in der nächsten Woche gezündet werden.«

*

Es war Mira, die fragte, was alle im Qarmaq dachten: »Was können wir tun, um das aufzuhalten?«

Yorrick und Bjan wechselten einen raschen Blick, bevor Yorrick sagte: »Bjan. Es geht jetzt nicht mehr anders.«

Ihr Vater stieß ein tiefes Seufzen, das Mira verriet, dass er gerade bei einer Diskussion nachgab, die schon wesentlich länger andauern musste als ihr Gespräch in diesem Qarmaq.

»Also gut«, sagte Bjan. »Unsere einzige Chance besteht darin, nach Hàvamar zu gehen und die Explosion zu verhindern.«

Während Mira noch darüber nachdachte, wie sie das in Hàvamar mit seinen tausenden von Soldaten schaffen sollten, klatschte Tarjei in die Hände.

»Aber natürlich«, sagte er. »Deswegen Eskil und Jadar.«

Er sah Mira an und schien sich über ihr Unverständnis zu wundern.

»Wir haben uns doch die ganze Zeit gefragt, wie die beiden Wissenschaftler an Bord der *Lymaskar* in die Sache hineinpassen. Sie sollten mit ihrem Wissen helfen, die ganze Sache zu verhindern.«

Dann sah er Yorrick an und sein begeisterter Tonfall, weil er endlich das Rätsel gelöst hatte, wurde wesentlich ernster.

»Ihr verdammten Idioten.«

Dabei schaute er auch Bjan an.

»Warum habt ihr mich entführen lassen, anstatt mir zu

sagen, was los ist? Ich wäre zur Not durch die Eiswüste gelaufen, um euch zu helfen, wenn ich gewusst hätte, worum es geht.«

»Es ging nicht anders«, sagte Yorrick.

»Aber wieso ...«, wollte Tarjei anfangen, doch Bjan unterbrach ihn.

»Es tut mir leid«, sagte er. »Du weißt, dass du wie ein Sohn für mich bist, aber wir wussten nicht ...«

Ungläubig beendete Tarjei den Satz: »... ihr wusstet nicht, ob ihr mir vertrauen könnt?«

Bjan hob abwehrend die Hände, um ihn zu beschwichtigen. Doch Yorrick war weniger zimperlich und sagte: »Du stehst seit einem halben Jahr auf der Gehaltsliste der *Lintu*. Dem Flaggschiff Hàvamars. Woher sollten wir wissen, dass man dir vertrauen kann?«

Tarjei wollte ihn unterbrechen, doch Yorrick fuhr mit lauter Stimme fort.

»Und selbst, wenn ich es auf Bjans Empfehlung hin getan hätte. Was wäre passiert, wenn sie dich gefangen genommen hätten, während du versuchst uns zu helfen? Oder falls die *Lymaskar* es nicht geschafft hätte, dich bei uns abzuliefern?«

Mira bemerkte die Ironie in diesem Satz, da die *Lymaskar* es tatsächlich nicht geschafft hatte, Tarjei nach Rhenak zu bringen.

»Hättest du unter Folter den Mund gehalten?«, fragte Yorrick. »Wärst du dafür gestorben, uns nicht zu verraten, obwohl du nur das Wort eines wildfremden Luftschiffkapitäns hattest, von dem du glaubst, dass er ein Pirat ist?«

Mira sah, wie Tarjei seinen Ärger in einem dicken Kloß herunterschluckte. Er wirkte noch immer beleidigt, aber zumindest schien er Yorricks Beweggründe genug zu verstehen, um sich nicht weiter zu beschweren.

Mira war jedoch noch ein ganz anderer Gedanke gekommen.

»Warum habt ihr mich nicht mitgenommen?« Sie funkelte Yorrick böse an. »Damals auf der Scholle. Warum habt ihr mich nach dem Überfall einfach liegen gelassen?«

»Ist das nicht klar?«, fragte Yorrick überrascht. »Ich bin zwar dein Onkel, aber ich habe dich das letzte Mal gesehen, als du ein halbes Jahr alt warst. Und da auf der Scholle nicht alles so glatt lief wie geplant, konnte uns dein Vater leider nicht aufklären, wer du bist.«

»Und das hätte ich auch nicht«, mischte sich ihr Vater ein. »Es war viel zu gefährlich.«

»Aber warum habt ihr dann später Käpt'n Falkeid gesagt, dass er mich zu euch bringen soll?«, fragte Mira.

Sie hatte die *Lymaskar* beinahe abstürzen lassen, nur um von dem Schiff zu kommen. Wenn sie gewusst hätte, das sie ihren Vater wiedergesehen hätte, wenn sie an Bord geblieben wäre, dann ...

»Sein Auftrag bestand darin, Tarjei herzubringen. Er wusste nichts von dir«, antwortete ihr Vater. Und plötzlich klang er verärgert. »Ich wusste nichts von dir und deiner abenteuerlichen Reise. Du solltest eigentlich zu Hause sein und im Kuppelgarten arbeiten. Weit weg von ...«

Mira konnte nicht glauben, was sie gerade hörte.

»... Du meinst weit weg vom Untergang der Welt?«, fragte sie aufbrausend. »Ich wurde quasi von der Scholle geschmissen und das Einzige, was ich wirklich wollte, war dich zu finden, um dir zu helfen. Und du wolltest, dass ich irgendwo mitten auf dem Eismeer Unkraut jäte, während du hundert Meilen entfernt mitten im Weltuntergang steckst?«

»Nein«, sagte ihr Vater. Und nun war er es, der plötzlich laut wurde. »Das Einzige, was ich wollte, ist dass du in Sicherheit bist. Das war immer alles, was ich wollte.«

Mira schluckte. In ihrem Herzen wirbelten ihre Gefühle völlig durcheinander und sie hatte keine Ahnung, was sie von alledem halten sollte. Sie war gleichzeitig wütend, froh, erleichtert und zu einem kleinen Teil lauerte auch die Angst in ihr, vor dem, was noch kommen sollte. Im Moment war sie einfach nicht in der Lage, klar zu denken. In gewisser Weise verstand sie das Verhalten ihres Vaters. Sie hatte ja genau dasselbe für ihn getan. Sie wollte, dass er in Sicherheit war, also war sie aufgebrochen, um ihn zu retten. Es blieb nur das Gefühl, dass sie all die Jahre von einem gänzlich anderen Menschen großgezogen worden war, als von dem Bjan, der jetzt vor ihr saß.

»Ich glaube, wir wissen alle, wie wichtig es ist, dass wir jetzt keine Zeit mehr verlieren«, sagte Yorrick und erinnerte sie daran, dass ihre Versammlung in diesem Qarmaq nicht ewig andauern konnte, auch wenn Mira gerne noch mehr Zeit zum Nachdenken und zum Stellen von Fragen gehabt hätte.

Mit Kel und Tesuk sprach Yorrick ab, dass immer zwei der Piraten, die er mitgebracht hatte, gemeinsam mit zwei Jägern des Stammes in einem Kettenfahrzeug zu anderen Oasen und Eiswüstenstämmen aufbrechen sollten. Gemeinsam würden sie so viele wie möglich warnen und versuchen, sie dazu zu überreden, sich dem Kampf der Piraten anzuschließen. Der Rest des Stammes sollte gemeinsam mit Yorrick und Bjan nach Rhenak ziehen und dort sein Lager aufschlagen. Sie würden zusammenarbeiten, um sich so gut es ging gegenseitig zu unterstützen. Nachdem Yorrick in sehr knappen Worten die Situation in Rhenak zusammengefasst hatte, bot Tesuk die Hilfe der Jäger, beim Kampf gegen die verbliebenen Saghani-Soldaten an, die sich in den Wracks der beiden Luftschiffe verschanzt hatten. Tarjei sollte vor allem mit Bjan und dem geretteten Wissenschaftler von der *Lymaskar* daran arbeiten, wie sie die Bombe entschärfen würden. Mit Mira hingegen wollte Yorrick noch einmal unter vier Augen sprechen.

Während die anderen den restlichen Piraten und Jägern den Plan erklärten und sie in Gruppen aufteilten, blieb Yorrick neben Mira im Schnee vor dem Qarmaq stehen. Es dauerte eine Weile, bevor er das Schweigen brach und ihr endlich verriet, was er von ihr wollte.

»Deine Mutter ...«, begann er, brach jedoch sofort wieder ab.

Er befreite seine rechte Hand von dem Handschuh, öffnete den Reißverschluss seiner dicken Jacke ein paar Zentimeter und fischte eine goldene Taschenuhr hervor, die an einer langen goldenen Kette um seinen Hals hing. Sie hatte die Form eines Herzens und passte so gar nicht zu dem kantigen Piratenanführer.

Doch als sie dann in seiner schwieligen Handfläche lag und seine groben Finger, beim Öffnen des feinen Verschlusses, leicht zitterten, wusste Mira, wie wertvoll dieses Schmuckstück für ihn war. Als er sie aufklappte, sagte Yorrick: »Das ist das Einzige, was ich noch von ihr habe. Sie hat sie mir geschenkt, kurz bevor ...«

Wieder beendete er den Satz nicht, doch Mira wusste, was er sagen wollte.

Kurz bevor sie starb, dachte sie.

Mira streckte die Hand nach der Uhr aus und sah, dass im Inneren ein kleines Foto hineingeklebt war. Es zeigte ihre Mutter in einem wunderschönen grünen Kleid und musste auf einem der berühmten Bälle in Hàvamar gemacht worden sein. Was hatte ihr Vater ihr erzählt? Ihre Mutter stammte aus einer der Adelsfamilien Hàvamars.

»Du siehst ihr so ähnlich«, sagte Yorrick und schüttelte den Kopf, als würde er seine Bemerkung bedauern.

Mira fand, dass er völlig im Unrecht war. Ihr Gesicht hatte schon lange keinen Spiegel mehr gesehen, aber vor kurzem hatte sie eine Reflexion ihres Äußeren in einem kleinen Stück abgebrochenen Eises bemerkt. Ihre Wangen wirkten eingefallen. Ihr Körper war sehnig geworden und ihre Haare waren - seit Aelin sie an Bord der *Lintu* abgeschnitten hatte - erst wieder bis in ihren Nacken nachgewachsen. So konnte sie sie nur notdürftig zu einem sehr kurzen Zopf zurückbinden, der sie die ganze Zeit unter ihrer Kapuze im Nacken drückte.

Nein, dachte Mira. Ihr Äußeres hatte schon bessere Zeiten erlebt. Besonders, wenn sie sich mit der wunderschönen Frau auf diesem Bild verglich. Doch sie widersprach Yorrick nicht. Sie fühlte, dass es nicht richtig gewesen wäre.

»Ich habe diese kleine Uhr keinen einzigen Tag in meinem Leben abgelegt«, sagte Yorrick. »Sie ist das Einzige, was mich noch mit der Zeit in Hàvamar verbindet. Und ihr Anblick hat mir geholfen, die letzten Jahrzehnte zu überstehen.«

Er zog seine Hand, in der die herzförmige Uhr lag, wieder von Mira zurück und schloss seine Faust darum.

»Ich würde sie dir gerne schenken, sobald das alles hier vorbei ist«, sagte Yorrick, während er sich die Kette der Uhr wieder um den Hals streifte. »Leider brauche ich sie so lange noch selbst. Ich weiß, dass das in keiner Weise wieder gut machen kann, was du in letzter Zeit durchgemacht hast, aber vielleicht ist sie dir wenigstens ein kleiner Trost.«

Anstatt ihr nach diesem kurzen Gespräch die Möglichkeit zu geben ihm zu antworten, drehte Yorrick sich einfach um und stapfte zu einem der Kettenfahrzeuge. Er war schon halb in die Fahrerkabine geklettert, als er sich noch einmal umdrehte und zu ihr sagte: »Übrigens kannst du uns zwar auch weiterhin *Piraten* nennen, aber die meisten meiner

Männer hören lieber das Wort *Rebellen*.«

Dann rief er über ihren Kopf hinweg den anderen, die sich am hinteren Teil des Fahrzeugs versammelt hatten, zu: »Kommt! Wir müssen gehen. Die Wracks, in denen sich die überlebenden Soldaten Hàvamars verschanzt haben, liegen auf unserem Weg und wir müssen sie noch umfahren.«

Daraufhin setzten sich alle in Bewegung, um das Schneefahrzeug zu besteigen und auch Mira verharrte nur noch einen letzten Augenblick vor dem Qarmaq.

Sie wusste, dass alles, was in der nahen Zukunft auf sie wartete, weit weniger friedlich sein würde, als dieser Augenblick. Daher versuchte sie, ihn tief in ihrem Inneren festzuhalten, bevor auch sie sich daranmachte, auf die Ladefläche des Kettenfahrzeugs zu klettern. Es kam ihr gelegen, dass es eine lange Fahrt werden würde. Denn als sie sich auf den Platz neben ihrem Vater fallen ließ und sich wegen der Enge, aber auch weil sie das Gefühl seiner Nähe mochte, eng an ihn drückte, wusste sie, dass sie ihm eine lange Geschichte zu erzählen hatte.

❊

Kapitel Dreißig

Nachdem das fremde Luftschiff in die *Lintu* geflogen war und beide in einem Feuerball zur Erde gestürzt waren, hatte Rayk den Rückzug befehlen müssen. Seine Männer und er hatten sich zwischen den Überresten der Schiffe verbarrikadiert

»Kommandant, kann ich eintreten?«

Die Frage der Offizierin klang lächerlich, da die Plane, die Rayk gespannt hatte, um seinen kleinen Kommandoposten vom restlichen Schiffswrack abzutrennen, so viele Löcher hatte, dass er die Frau ohne Probleme sehen konnte. Trotzdem war es gut, dass sie sich an die Etikette hielt. Die Moral war so ziemlich das einzige, das ihnen noch geblieben war.

»Ja«, erwiderte Rayk auf ihre Bitte und winkte die Frau herein.

Rayk hatte auf dem Boden eine kleine Karte in den Schnee gezeichnet, die ihre nähere Umgebung zeigte. Es war primitiv, aber da nicht einmal ein Tisch, geschweige denn irgendwelche Landkarten an Bord der Schiffe überlebt hatten, die einzige Möglichkeit. Außerdem funktionierte es, denn die Offizierin kam sofort zur Sache, in dem sie auf einen Punkt ihrer nördlichen Verteidigung zeigte.

»Die Arbeiten gehen gut voran, Kommandant. Ein Deckungsgraben ist ausgehoben und die ersten Eisblöcke, um die Stellungen der zweiten Linie zu befestigen, werden gerade herangeschafft.«

»Gut«, sagte Rayk. Je eher sie damit fertig waren, ihre Position zu sichern, desto besser. Ohne die *Lintu* in der Luft waren sie den Piraten kräftemäßig weit unterlegen. Wie zur Bestätigung dieses Gedankens hallten in diesem Augenblick drei einzelne Schüsse, irgendwo von der westlichen Flanke, durch die Gerippe der Luftschiffwracks. Rayk hatte den Befehl ausgegeben, auf Einzelschuss umzustellen. Vom Nachschub abgeschnitten hatten sie nicht genug Munition, als dass sie auch nur eine Kugel verschwenden durften.

»Kommandant?«

Die Offizierin stand noch immer vor ihm. Sie wirkte

nervös.

»Wir haben nördlich unserer Position einen großen Konvoi beobachtet«, berichtete die Frau. »Er kommt mitten aus der Eiswüste. Nach der ungefähren Größe zu urteilen müssen es über sechshundert Personen sein.«

Rayk war zwar ebenso überrascht und wusste nicht, was das zu bedeuten hatte, aber er wartete noch auf den Teil, der die Offizierin so nervös machte, dass ihre Stimme zitterte.

»Sie sind mit Kettenfahrzeugen unterwegs«, sagte sie. »Und unser Kundschafter hat gesehen, dass sie auch unsere Waffen bei sich tragen. Zuerst hatten wir gehofft, dass es vielleicht Verstärkung wäre, doch dann haben sie auf den Kundschafter geschossen und er ist nur mit Mühe entkommen. Er sagt, die Menschen hätten sich mit einem merkwürdigen Akzent Befehle zugerufen und sie sahen ...« Sie suchte nach dem richtigen Wort, doch scheinbar fiel ihr schließlich nichts Besseres ein. »... *anders* aus.«

Rayks Gedanken rasten. Fremde, die Ausrüstung aus Hàvamar besaßen und durch die Eiswüste zogen. Was hatte sein Onkel ihm gesagt? Es gab Unruhen, was die Eiswüstenstämme anging. Die Beschreibung würde vielleicht auf einen der Stämme passen. Trotzdem konnte Rayk nur spekulieren. Das Einzige, was er mit Sicherheit wusste, war, dass es ohne Zweifel von Nachteil für sie war, wenn eine weitere Fraktion hier auftauchte, die auf sie schoss.

Um jedoch die Offizierin und damit auch seine Soldaten zu beruhigen, sagte Rayk: »Die Kundschafter sollen weiterhin die Augen offenhalten. Postieren Sie ein paar zusätzliche Wachposten im Norden, solange bis der Konvoi uns passiert hat, aber ziehen Sie von den anderen Stellungen nicht zu viele ab. Wir müssen auf alles vorbereitet sein.«

Die Offizierin nickte und Rayks Versuch, so zu wirken, als würde sich kein größeres Problem anbahnen, schien zu funktionieren.

»Wie weit sind wir inzwischen mit der Reparatur des Funkgeräts?«, fragte er die Frau, die schon hinausgehen wollte. Auf dem Absatz stehen geblieben, antwortete die Offizierin: »Es gestaltet sich schwieriger als erwartet. Die Techniker wissen nicht, ob ...«

»Es muss nicht schön sein. Es soll nur funktionieren«,

unterbrach Rayk sie, bevor das Wort *unmöglich* fallen würde.

»Wir brauchen eine Funkverbindung nach Hàvamar«, sagte Rayk bestimmt. »Machen Sie den Leuten, die daran arbeiten, deutlich, dass ihr Leben, genauso wie das aller anderen, davon abhängt.«

Die Offizierin schluckte, salutierte dann aber und ging ihre Befehle ausführen. Rayk blieb alleine in seinem improvisierten Kommandoposten zurück. Wieder hallte ein einzelner Schuss durch die Überreste der Luftschiffe.

Seine Männer würden es sicher nicht auf Dauer aushalten, so unter Druck gesetzt zu werden. Aber andererseits blieb Rayk nichts anderes übrig. Ohne eine Funkverbindung nach Hàvamar saßen sie nicht nur hier fest, sie konnten auch nicht auf Verstärkung hoffen. Früher oder später bedeutete das ihr Ende.

※

Mira saß auf einem kleinen Rollcontainer und ließ die Beine herunterbaumeln, während ihr Vater, gemeinsam mit Tarjei und Eskil, um einen Tisch stand, auf dem die Blaupausen der Bombe ausgebreitet waren. Der kleine Raum, den die Rebellen ihnen zur Verfügung gestellt hatten, war eine klaustrophobisch enge Werkstatt, die von einem Rolltor als einzigem Ein- und Ausgang nur unzureichend gegen die Kälte abgeschirmt wurde. An den Wänden hingen überall Werkzeuge und die Schränke und Regale quollen vor bunt zusammengewürfelten Ersatzteilen über, die von riesigen Zahnrädern bis zu kleinen Kästchen voller Schrauben jeder Größe reichten.

Mira fiel es schwer, der Diskussion über die technischen Details der Bombe zuzuhören, die schon seit Stunden andauerte. In ihren Gedanken drehte sich noch immer alles um die Wracks der Luftschiffe, die sie auf ihrem Weg nach Rhenak in der Ferne gesehen hatte. In all dem Durcheinander, das das Wiedersehen mit ihrem Vater in ihrem Kopf hinterlassen hatte, war sie auf die toten Gerippe der Schiffe, die aus dem Schnee ragten, völlig unvorbereitet gewesen. Nach den knappen Schilderungen von Yorrick hatte sie nicht erwartet, dass es so schlimm sein würde. Doch als sie die vom Himmel gefallene *Lintu* und die Überreste der *Lymaskar* erkannte, war sie sich sicher, dass niemand überlebt hatte. Der Gedanke, dass Aelin genauso wie Veg und Dyrn gestorben war, hatte sie niedergeschmettert. Das war nicht gerecht. Sie hatte Aelin versprochen, dass sie sich wiedersehen würden. Nun hatte Mira ihre Freundin im Stich gelassen. Die Vorstellung, dass sie wirklich tot sein sollte, wollte einfach nicht in Miras Kopf. Und noch viel weniger der Gedanke, dass sie durch die Sabotage an der *Lymaskar* vielleicht mit Schuld an allem war. Ihre Gefühle spielten völlig verrückt. Die Freude, wieder bei ihrem Vater zu sein, die Angst vor dem, was sie noch erwartete und der Verlust von Aelin. Um die ganzen Knoten, die das in ihrem Gehirn verursachte, zu entwirren, würde sie mindestens ein Jahr brauchen.

Ärgerlich ballte sie die Fäuste. Das war Zeit, die ihr momentan fehlte. Und wenn sie sie jemals haben wollte, dann musste sie sich jetzt konzentrieren. Sie biss sich in die Wange, um sich, wie so oft schon, vor den unliebsamen Gedanken zu schützen. Zuerst fiel es ihr schwer, doch nach und nach gelang es Mira, ihre Gefühle beiseite zu schieben und sich wieder in das Gespräch einzuklinken.

»Und was ist mit dieser Stelle?«, fragte Eskil gerade und zeigte auf den Plan. Die technischen Skizzen von Schaltkreisen, ergaben für Mira keinen Sinn, doch für die drei Männer schienen sie genauso gut zu sein, als stünde ein vollständiges Modell der Bombe direkt vor ihnen.

»Mit Hilfe einer Druckgasflasche könnten wir dem Ventil vorgaukeln, dass alles in Ordnung ist, während wir gleichzeitig hier ...« Eskils Finger wanderte zu einer weiteren Stelle der Skizze, auf der anderen Seite des Tisches, »... den Schaltkreis kappen? Dann ...«

»Nein, nein«, sagte Bjan und Tarjei nickte wissend. Wie in den Stunden zuvor, erklärten daraufhin beide, weshalb es nicht funktionieren würde.

Wenigstens, dachte Mira, war Eskil inzwischen dazu übergegangen, ihnen tatsächlich zu helfen, anstatt einfach nur stumm neben dem Tisch zu stehen und auf seine am Boden befestigten Fußfesseln zu starren. Yorrick war vor zwei Stunden hier gewesen, um sich über ihren Fortschritt zu erkundigen und als er die mangelnde Teilnahme des Geothermie-Wissenschaftlers bemerkt hatte, hatte er Eskils

Ketten aus der Verankerung gelöst und ihn mit nach draußen genommen. Als der Wissenschaftler nach fünf Minuten ohne Yorrick wieder hereingekommen war, hatte er am ganzen Körper gezittert und war so blass im Gesicht gewesen, dass Mira geglaubt hatte, er würde sich jeden Augenblick übergeben. Ohne ein weiteres Wort hatte er seine Fesseln selbst wieder in der Verankerung im Boden einschnappen lassen und seit diesem Moment kam er Mira wie ein anderer Mensch vor. Eskil war plötzlich unermüdlich darin, neue Vorschläge vorzubringen. Es schien ihm völlig gleich zu sein, wie oft Bjan und Tarjei ihn bremsen mussten. Er ratterte einfach einen Einfall nach dem nächsten herunter.

Auch Mira versuchte ab und zu, Ideen zu dem Gespräch beizusteuern. Sie bemerkte allerdings rasch, dass sie mit ihrem technischen Halbwissen, das sie über die Jahre bei ihrem Vater aufgeschnappt hatte, die anderen eher aufhielt, als ihnen zu helfen. Daher zog sie sich immer mehr auf den stillen Beobachterposten zurück. Sie fühlte sich wieder wie das kleine Mädchen, das seinem Vater bei der Arbeit auf der Scholle zugesehen hatte. In all den langweiligen Stunden des Taschenlampenhaltens ihrer Jugend hätte Mira es nie für möglich gehalten, dass sie einmal dankbar dafür sein würde, einen solchen Augenblick zu erleben. Doch in der Nähe ihres Vaters zu sein reichte momentan völlig aus, um sie trotz der äußeren Umstände und des Verlustes von Aelin, einen Funken Glück spüren zu lassen.

Plötzlich ratterten die Metalllamellen des Rolltors ihrer kleinen Werkstatt in die Höhe und gemeinsam mit blendendem Licht drang auch der kalte Wind der Eiswüste herein. Wieder war es Yorrick, der sich über den Stand der Dinge erkundigen wollte.

»Wir glauben, dass wir auf dem richtigen Weg sind«, sagte Bjan, ohne dass er gefragt werden musste. Und Mira war überrascht, dass sie die ganze Zeit daneben gesessen und von dieser positiven Entwicklung nichts mitbekommen hatte.

»Also ist es machbar?«, fragte Yorrick. Er warf einen kritischen Blick auf die Blaupausen.

»Was das Technische angeht, ja.«, antwortete Bjan. Und es war klar, dass bei dieser Antwort gleichzeitig die Frage mitschwang, die sich Mira schon von Beginn an gestellt hatte:

Wie wollten sie eigentlich in die Stadt kommen?

Yorrick ließ das Rolltor hinter sich wieder herunterrattern und sperrte damit das restliche Rhenak außerhalb der kleinen Werkstatt wieder aus.

Dann sagte er: »Wir denken, dass unsere beste Chance ein Boot ist. Wir haben ehemalige Fischerboote mit Panzerplatten aufgerüstet und kampftauglich gemacht. Da wir auf dem Landweg über die Gebirgspässe viel zu lange brauchen würden, ist es unsere einzige Chance.«

»Wo ist der Haken dabei?«, fragte Tarjei, der genauso wie alle anderen das unterschwellige »aber« in Yorricks Stimme gehört hatte.

»Wir haben nur zwei Boote, die die Strecke über das offene Meer schaffen«, erklärte Yorrick. »Selbst wenn wir uns wie die Sardinen zusammenquetschen, könnten wir höchstens fünfzig oder sechzig Mann mitnehmen.«

Schweigen breitete sich im Raum aus.

Mira erinnerte sich daran, wie sie gemeinsam mit Tarjei durch die Straßen Hàvamars geschlichen war, um den Suchtrupps der Regierung auszuweichen. Damals war es schwierig gewesen, auch nur eine Straße ohne eine schwerbewaffnete Soldatenpatrouille zu finden. Da musste Mira keine militärische Erfahrung haben, um zu wissen, dass ein direkter Angriff mit nur fünfzig Männern zum Scheitern verurteilt wäre. Auch die anderen Anwesenden schienen der gleichen Meinung zu sein. Trotzdem sagte der Rebellenanführer: »Wir müssen es versuchen. Eine andere Möglichkeit haben wir nicht.«

Zu seinem Glück hatte Mira die letzten Stunden jedoch damit verbracht, den anderen beim Planen technischer Details zuzusehen, von denen sie keine Ahnung hatte. So hatte sie sich etwas anderes suchen müssen, über das sie nachdenken konnte, um sich von all den verwirrenden Gefühlen abzulenken.

»Es gibt eine andere Möglichkeit«, sagte sie und alle schauten sie an. Das machte sie nervös, doch sie wusste, dass ihre Idee funktionieren würde. Daher konnte sie das Gefühl schnell genug beiseiteschieben, um weiter zu reden. »Wenn wir bis an die Zähne bewaffnet in die Stadt fahren, werden wir es auf keinen Fall schaffen.«

»Und was schlägst du vor?«, fragte Yorrick, der es nicht gerne hörte, wenn ihm jemand widersprach.

»Wir schleichen uns rein.«

Yorrick gab ein geringschätziges Schnauben von sich.

»Denkst du, daran hätten wir nicht bereits gedacht?«, fragte er. »In Hàvamar wird jedes einzelne Schiff, das anlegt, kontrolliert. Selbst die Fischer, die täglich rein und rausfahren bekommen morgens eine Kennung und müssen sich abends damit wieder anmelden. Auch nur eine überzählige Person wird aufgezeichnet. Der einzige Weg in die Stadt, den wir bisher nutzen konnten, war der Lufthafen. Dort hatten wir Kontakte und scheinbar hat niemand daran gedacht, dass ein Pirat auch über den Luftweg kommen kann.«

Mira fand es unerklärlicherweise sehr komisch, dass Yorrick sich selbst als Pirat bezeichnet hatte, obwohl er immer betonte, dass sie das nicht waren. Sie versuchte ihr Grinsen zu unterdrücken, doch leider gelang es ihr nicht und Yorrick fragte: »Was ist daran zum Lachen? Wenn ich dich daran erinnern darf, hatten wir einen Weg in die Stadt und wieder hinaus, bis jemand auf die Idee kam die *Lymaskar* in die Luft zu jagen.«

Die eindeutige Anschuldigung, Mira sei an dieser ganzen Lage Schuld, verursachte tatsächlich, dass ihr das Grinsen verging. Stattdessen sprang sie von dem Rollcontainer und ging mit erhobenem Zeigefinger auf Yorrick zu.

»Wer hat hier denn wen entführt?«, fragte sie. »Und wer erschießt einfach so unschuldige Menschen oder bringt seinen eigenen Schwager beinahe um?«

Sie war bei Yorrick angekommen und wollte ihm gerade den Zeigefinger auf die Brust setzen, als ihr Vater sich dazwischen schob und sie beide auseinanderhielt.

»Hey!«, rief er laut. Doch Mira wollte sich nicht bremsen lassen und auch Yorrick schob Bjans Arm zur Seite. Doch Bjan schrie noch einmal: »Hey!«

Dieses Mal war seine Stimme laut genug, dass sie in dem engen Raum von den Wänden widerhallte. Mira hatte so etwas noch nie bei ihm erlebt und es zeigte tatsächlich Wirkung. Mira verstummte, konnte jedoch nicht anders, als Yorricks finsteren Blick herausfordernd zu erwidern.

»Wir haben noch immer nicht gehört, was Mira für eine

Idee hat«, sagte ihr Vater und ließ langsam die ausgestreckten Arme, mit denen er Mira von Yorrick getrennt hatte, sinken.

»Also?«, fragte er und nickte ihr zu.

Mira wusste, dass er sie nur von Yorrick ablenken wollte, daher starrte sie noch ein paar Sekunden lang wütend den Rebellenanführer an, um ihren Standpunkt klar zu machen. Dann kehrte sie ihm den Rücken zu, sodass es so wirkte, als würde sie nur mit den anderen Anwesenden im Raum sprechen.

»Eine Scholle«, sagte sie. »Wenn wir an Bord einer Eisscholle gehen, hätten wir genug Platz, um jeden in ganz Rhenak mitzunehmen. Zumindest, wenn wir die freie Eisfläche außerhalb der Wohnanlage, rund um die Gartenkuppel, mitnutzen.«

Tatsächlich hatte sie sich darüber sogar noch mehr Gedanken gemacht. Wenn Kel einverstanden war, würden die Eiswüstenbewohner so viele Qarmaqs errichten wie möglich, in denen jeder Unterschlupf finden konnte. Auf diesem Weg würden sie nicht nur warm reisen können, sondern sogar den Blicken von Wachen an der Küste oder an Bord von Luftschiffen ausweichen können. Für jeden, der nicht damit rechnete, würde die Scholle lediglich eine merkwürdig große Zahl an Schneehügeln aufweisen.

»Eine Eisscholle besitzt reguläre Papiere«, fuhr Mira fort. Das wusste sie, da sie oft mit ihrem Vater auf der Brücke Dinge repariert hatte, während sie in Hàvamar vor Anker gelegen hatten. »Damit würden wir das Problem mit der Kennung und den Kontrollen umgehen. Und da wir gar nicht direkt im Hafen, sondern eine Meile vor der Stadt vor Anker gehen, wird die Scholle im Gegensatz zu einem unbekannten Schiff auch nicht von oben bis unten durchsucht. Sobald dann die Transportboote aus der Stadt anlegen, um die Waren abzuholen, mit denen die Scholle handeln will, können wir uns an Bord eines oder mehrerer dieser Schiffe schleichen. Entweder bringen uns dann die Hafenarbeiter vollkommen unbemerkt direkt nach Hàvamar, oder wir halten sie auf der Scholle fest, um selbst Kurs zu setzen. Wenn dann die Hafenwächter die Besatzung durchzählen, werden sie nichts merken.«

Der Gedanke, Gewalt gegenüber unschuldigen

Hafenarbeitern anzuwenden, gefiel Mira zwar ganz und gar nicht, aber da die Arbeiter sicher unbewaffnet sein würden, sollten sie sie schnell und ohne Verletzte überwältigen können. Außerdem würden die Rebellen ihnen damit das Leben retten. Das war zwar keine wirkliche Entschuldigung, aber es verhalf Mira zu einem etwas besseren Gewissen.

»Und wenn trotzdem alles fehlschlägt«, sagte sie, »und wir nicht heimlich in die Stadt kommen, sind wir wenigstens nah genug an der Hauptstadt, dass wir eine reelle Chance haben, mehr als fünfzig Männer dorthin zu befördern.«

Mira musste nicht lange auf eine Reaktion der anderen warten.

»Unsere junge Strategin übersieht etwas«, spottete Yorrick. Sie hatte ihm noch immer den Rücken zugewandt, doch Mira musste ihn nicht sehen, um zu wissen, dass er sie höhnisch angrinste.

»Wir haben leider keine riesige Eisscholle. Das größte Schiff, das in Rhenaks Hafen vor Anker liegt, ist gerade einmal zwanzig Meter lang.«

Dankbar nahm Mira diese Vorlage an und es fühlte sich großartig an, als sie sich zu Yorrick umdrehte und wusste, dass sie gewonnen hatte.

»Wir haben zwar im Moment keine«, sagte Mira, »aber ich wette, dass ich es schaffe, dass bis heute Abend eine Eisscholle in Rhenak vor Anker liegt.«

❉

»Ich halte das für keine gute Idee«, sagte Tarjei jetzt schon zum dritten Mal. Und wie die Male zuvor antwortete Mira ihm: »Es wird funktionieren.«

Damit brachte sie ihn dazu, dass er weiter an den Knöpfen des Funkgeräts drehte und durch die Frequenzen schaltete, während sie selbst Scholle zwölf rief. Tatsächlich hatte Mira inzwischen selbst Zweifel, ob ihr Plan gelingen würde. Doch nach ihrem Streit mit Yorrick hatte sie keine andere Wahl als weiterzumachen und das Beste zu hoffen. Den Triumph, ihr ein »Ich hab's ja gesagt«, unter die Nase zu reiben, würde sie ihm unter keinen Umständen gönnen.

Zum geschätzten fünfzigsten Mal leierte sie ihren Spruch

herunter: »Hier spricht Mira Dalen. Ich rufe Scholle zwölf, die zurzeit im südwestlichen Eismeer treiben sollte. Bei mir befindet sich Tarjei Akonsen und wir benötigen dringend Hilfe.«

Es war vielleicht nicht ganz fair Tarjei gegenüber, ihn als Köder für seinen Vater zu benutzen, aber Mira wusste, dass ihre beste Chance, die Scholle hierher zu locken, darin bestand, diese Karte auszuspielen.

»Er wird meinetwegen nicht die Scholle riskieren«, hatte Tarjei ihr gesagt. Doch Mira glaubte es besser zu wissen. Im Gegensatz zu Tarjei hatte sie miterlebt, wie sich sein Vater in den Jahren nach dem angeblichen Tod seines Sohnes verhalten hatte. Rorik hatte die Schuld dafür hauptsächlich bei Bjan gesucht, der an diesem Tag bei Tarjei gewesen war. War er zuvor schon nicht gerade freundlich Mira und ihrem Vater gegenüber gewesen, so hatte er nach Tarjeis Tod keinen Hehl mehr daraus gemacht, dass er sich offen dafür einsetzte, sie von der Scholle zu werfen. Rorik hatte sich verändert und das musste bedeuten, dass der Tod seines Sohns ihm nicht egal war. Mira glaubte fest daran, dass da etwas in ihm war, das seinen Sohn wiedersehen wollte. Vielleicht zwar nur, um ihn wieder zu verprügeln, aber das würde keine Rolle mehr spielen, sobald die Scholle erst einmal in Küstennähe wäre. Bevor Rorik Verdacht schöpfen konnte, wären sie schon an Bord und würden die restlichen Bewohner von ihrem Unternehmen überzeugen.

»Was soll ich überhaupt machen, wenn er antwortet?«, fragte Tarjei und Mira konnte ihm deutlich ansehen, dass er eigentlich gar nicht hier sein wollte, wenn es dazu kam. »Soll ich ihm etwa sagen, dass ich damals wegen ihm abgehauen bin? Weil ich lieber keinen Vater hätte als ihn?«

Tarjei hatte aufgehört, an den Knöpfen des Funkgeräts zu drehen und starrte nun Mira an. »Ich glaube kaum, dass er deswegen hierherkommen wird.«

»Ich denke nicht, dass du viel sagen musst.«, antwortete Mira. Ihr Mund war schon ganz trocken vom Herunterrattern ihres Funkspruchs, daher leckte sie sich ein paar Mal über die Lippen. »Wir behaupten, dass wir mit einem Luftschiff in der Eiswüste abgestürzt sind. Dann gebe ich ihnen wie geplant die Koordinaten durch, die Yorrick uns gegeben hat, du sagst kurz hallo, um zu zeigen, dass du lebst und dann kommen sie her, in der Annahme, uns zu retten. Zur Not täuschen wir einen Ausfall des Funkgeräts vor, wenn Rorik wirklich persönlich antwortet. Dann müssen sie herkommen, um weiter mit uns zu reden.«

Tarjei klang nicht besonders zufrieden mit ihrer Antwort, als er sich wieder dem Funkgerät zuwandte und »Hallo« murmelte. »Wie soll ich denn nach drei Jahren einfach hallo sagen?«

Kurz bevor Mira wirklich bereit war aufzugeben - immerhin bestand die Möglichkeit, dass die Scholle ihre jährliche Route geändert hatte und damit zu weit von Rhenak entfernt wäre, um sie erreichen zu können - knirschte plötzlich eine Stimme in den Lautsprechern. Sofort reagierte Tarjei und drehte an den Reglern des Funkgeräts, während Mira spürte, wie sich die Siegesfreude in ihr ausbreitete.

»Hier Scholle zwölf«, antwortete ihnen endlich eine junge männliche Stimme und fragte dann: »Mira, bist du das?«

Tarjei sah sie verwirrt an, da auch er die Stimme erkannt haben musste.

»War das gerade Truls, der Hilfskoch?«, fragte er.

»Ich glaube schon«, antwortete Mira schulterzuckend.

Anscheinend hatte er den Posten tatsächlich behalten, nachdem er ihn von Skjor nach dem Überfall hatte übernehmen müssen. Mira fragte sich, was sich wohl noch alles an Bord der Scholle geändert hatte. Doch fürs Erste musste sie sich, jetzt, wo sie endlich Kontakt hatten, darauf konzentrieren, ihre Geschichte zu verkaufen. Daher bestätigte sie Truls Frage und begann damit, ihre zurechtgelegte Geschichte zu erzählen. Da vieles davon tatsächlich so geschehen war, fiel es ihr nicht schwer, die entscheidenden kleinen Lügen einzubauen. Sie erzählte kurz, dass sie an Bord der *Lintu* gewesen war und dort Tarjei wiedergefunden hatte. Und nachdem sie wochenlang Sklavenarbeiten geleistet hatte, waren sie in einen Kampf geschickt worden und die *Lintu* war abgestürzt. Tarjei und sie hätten mit ein paar anderen in der Eiswüste überlebt und sie würden nun an der Eismeerküste auf Rettung hoffen. Am Ende ließ sie noch kurz anklingen, dass sich unter den anderen Überlebenden auch adlige

Offiziere aus Hàvamar befanden, deren Familien sicher eine Belohnung für ihre Rettung zahlen würde. Nur für den Fall, dass Tarjei recht hatte und er tatsächlich nicht als Köder ausreichen würde.

Truls Reaktion kam sofort und bestand aus einer Mischung aus besorgter Anteilnahme, wegen Miras vermeintlichem Schiffsunglück und hektischen Erklärungen, wie sehr er sich freute, von ihr zu hören. Und als Mira Tarjei mit einem strengen Blick dazu gebracht hatte, ebenfalls ein paar Worte zur Begrüßung zu funken, blieb kein Zweifel mehr daran, dass Truls ihnen nicht nur ihre Geschichte abkaufte, sondern sich überschwänglich freute, sie bald wiederzusehen.

»Käpt'n Akonsen ist gerade mit den anderen Walfischfängern unterwegs«, sagte der ehemalige Hilfskoch und für einen kurzen Moment wirkte seine Stimme zögerlich. Doch dann schien er sich entschieden zu haben und sagte: »Aber haltet durch. Wir kommen euch holen, so schnell wir können. Sobald der Käpt'n mit den Fangbooten wieder in Funkreichweite ist, geben wir ihm ebenfalls eure Koordinaten. Dann können wir uns alle bei euch treffen.«

Danach beendeten sie das Funkgespräch und alles war sogar noch besser gelaufen, als Mira es sich erhofft hatte. Erleichtert atmete sie auf. Sie hatte ihre Wette mit Yorrick gewonnen. Sie hatte es tatsächlich geschafft, bis zum Abend eine Scholle herzuschaffen. Selbst Tarjeis missmutige Äußerung »Ich halte das immer noch für keine gute Idee«, konnte ihre Freude nicht dämpfen.

✻

Zwei Männer, die sich gegenseitig stützten, torkelten über den ausgetretenen Schneepfad, der mitten durch Rhenak führte. Zuerst dachte Kel, dass sie vielleicht beim Angriff der Saghani-Soldaten verletzt worden waren, doch er konnte keine Verwundungen an ihren Körpern entdecken. Als die beiden Männer ihn und seine Begleiter sahen, riss einer von ihnen seinen Arm in die Höhe. In seiner Hand hielt er einen Krug, dessen Inhalt er dabei verschüttete. Er rief ihnen freudige Laute entgegen, doch seine Zunge schien nicht in der Lage zu sein, klare Worte zu formen.

Kel hatte den Zustand dieser beiden Männer schon einige Male während seiner Verhandlungen mit den Tuwai bei einigen Dorfbewohnern beobachtet und ihn jedes Mal als abstoßend empfunden. Auch Tesuk musste so empfinden, denn Kel hörte wie der Jägeranführer hinter ihm lautstark seine Spucke sammelte und in den dreckigen Schnee unter ihren Füßen spie.

»Ich sage der ewige Winter ist besser als das hier«, murmelte er laut genug, dass jeder ihn hören konnte und Kel war fast geneigt, ihm zuzustimmen.

»Wir sollten sie nicht so schnell verurteilen«, sagte Suka. Sie hatte genauso wie Tesuk darauf bestanden mitzukommen, während der Rest des Stammes außerhalb der Stadt sein Lager aufgeschlagen hatte. »Wir kennen ihre Sitten genauso wenig wie sie die unseren. Und sie haben gerade um ihr Leben gekämpft.«

»Dann sollten sie im Stillen ihren Ahnen danken, dass sie es behalten durften«, erwiderte Tesuk und beobachtete mit strengem Blick, wie die beiden Fremden zwischen den ersten Hütten verschwanden, zu denen sie gelangten.

»Es spielt keine Rolle, ob wir sie als unsere Freunde ansehen oder nicht«, sagte Kel. »Wir brauchen ihre Hilfe genauso wie sie die unsere. Und ihr Anführer scheint ein großer Krieger zu sein.«

Tesuk brummte seine Zustimmung.

Suka, Tesuk und Kel mussten immer wieder tiefen Löchern im Boden ausweichen, die von schwarzem Schnee umgrenzt waren, als hätte vor kurzem ein heftiges Feuer an diesen Stellen gebrannt. Das musste das Werk der Saghani gewesen sein, dachte Kel. Yorrick hatte ihnen auf dem Weg hierher von dem Feuer erzählt, das sie von einem ihrer Luftschiffe im Himmel hatten regnen lassen.

Je weiter sie in das Innere der Stadt vordrangen, desto enger standen die Gebäude, die von diesen unangenehmen Menschen bewohnt wurden und desto voller wurden die Straßen. Bald blieben die beiden schwankenden Männer nicht die einzigen. Kel glaubte, dass selbst einige der Frauen, die an ihnen vorübergingen, in keinem besseren Zustand waren.

Überall auf ihrem Weg war das Werk der Zerstörung zu sehen. Teilweise fehlten komplette Häuserwände und gaben den Blick auf die Menschen frei, die in ihrem Inneren daran arbeiteten, ihr Heim soweit zu reparieren, dass sie einen Unterschlupf für die Nacht hatten. Außerdem besaß nahezu kein einziges Haus noch ein Dach ohne Löcher darin. Trotzdem war Kel sich nicht sicher, ob das furchtbare Bild, das sich ihnen bot, ausschließlich von dem Saghani-Angriff herrührte, oder einfach Teil Rhenaks war.

»Hey, Fremde!«, rief plötzlich eine raue Stimme auf ihrer linken Seite und Kel war überrascht, als er in das bunt angemalte Gesicht einer Frau blickte, die so wenig Stoff am Körper trug, dass sie in der Eiswüste eigentlich erfrieren musste.

Als sie seinen Blick bemerkte, winkte sie ihm zu und rief: »Hey, wollt ihr Männer aus der Eiswüste zeigen, ob ihr wirklich so wild seid, wie man sagt?«

Dabei machte sie Gesten, die Kel dazu brachten, sich rasch abzuwenden und stur geradeauszublicken. Tesuk hatte recht. Dieser Ort war widerwärtig. Zum Glück konnte Kel bereits den Treffpunkt erkennen, den Yorrick ihnen beschrieben hatte.

Kel versuchte, ein Gespräch in Gang zu bringen, dass sie von diesem Schauspiel um sie herum ablenken würde und fragte Suka daher danach, wie es ihren Leuten ging.

»Nicht besser oder schlechter als allen anderen«, antwortete sie. »Die Tochter von Edra ist krank und scheint sich nicht richtig erholen zu wollen. Sie ist nicht die einzige, die schon längst für ein paar Tage in ein warmes Qarmaq gehört, ohne ständig wieder nach draußen in die Kälte gezerrt zu werden, um durch die Eiswüste zu marschieren.«

Obwohl diese Märsche Kels Entscheidung gewesen waren, schwang in Sukas Stimme keinerlei Hinweis darauf mit, dass sie Kel die Schuld an dieser Situation gab. Dafür war er ihr dankbar. Es war schwer, seine Freunde und Verwandten so anzutreiben, aber es musste sein. Das wusste sie.

»Allerdings habe ich auch gehört, dass einige für heute Abend eine Feier planen«, erzählte Suka. »Die Geschichtensinger haben neue Strophen zu ihren Liedern hinzugefügt, anlässlich der Rückkehr der Yarum.«

»Das ist gut«, sagte Kel und freute sich ehrlich darauf. »Es wird den Leuten guttun und ihre Stimmung heben. In letzter

Zeit ist genug Schlechtes geschehen. Da sollten wir für die wenigen guten Dinge, die uns die Ahnen zugestehen, umso dankbarer sein.«

Suka nickte und selbst Tesuk brummte seine Zustimmung.

»Dort drüben muss es sein«, sagte der alte Jägeranführer und zeigte auf ein Haus, wo nur noch wenige gesplitterte Holzbretter die Überreste der Wand bildeten. Im Inneren erkannte Kel neben Yorrick noch mehrere andere Männer und Frauen, die um einen Tisch standen und diskutierten. Yorrick deutete immer wieder auf verschiedene Stellen einer Karte, die auf dem Tisch ausgerollt und an den Ecken mit Saghani-Waffen beschwert war.

Als Yorrick sie näherkommen sah, unterbrach er das Gespräch mit seinen Leuten und rief ihnen eine Begrüßung durch ein besonders großes Loch in der zerstörten Hauswand zu: »Willkommen, Meisterzüchter.«

Er zögerte einen Moment, als er Suka bemerkte und warf ihr einen neugierigen Blick zu. Dann begrüßte er auch sie mit einem knappen Nicken und der Anrede »Meisterzüchterin«.

»Ich hoffe, ihr lasst den Lagerplatz eures Stammes gut bewachen. Die Soldaten Hàvamars wagen ab und zu einen Ausfall.«

»Meine Jäger warten auf sie«, antwortete Tesuk und Kel konnte die versteckte Freude in seiner grimmigen Stimme hören. Tesuk schien beinahe zu hoffen, dass seine Jäger die Gelegenheit bekamen, gegen die Saghani zu kämpfen.

»Gut, gut«, sagte Yorrick und bat sie mit einer einladenden Geste, durch das Loch in der Wand einzutreten.

»Ihr kommt genau richtig. Wir besprechen gerade unsere nächsten Schritte.«

Die Männer und Frauen öffneten ihren Kreis und ließen sie an den Tisch treten. Einige von ihnen musterten sie neugierig, doch keiner sprach sie an. Yorrick erklärte ihnen kurz die Karte, die vor ihnen lag und Kel staunte, wie exakt sie gezeichnet war. Die Eiswüstenstämme benutzten so etwas wie Karten nur sehr selten. Und wenn, dann waren es meist aus dem Kopf gezeichnete Wegbeschreibungen, die sie mit ihrem stumpfen Speerende in den Schnee malten.

»Solange die Soldaten in der Nähe sind, können wir keinen Angriff auf die Hauptstadt vorbereiten«, erklärte

Yorrick. »Ich kenne ihren Anführer. Sobald er bemerkt, dass wir unsere Männer von ihren Posten abziehen, wird er unsere Schwäche erkennen und ausnutzen.«

»Aber wie können sie dafür kämpfen, dass der ewige Winter kommt?«, fragte Suka. »Sie können doch nicht alle den Tod suchen und ihn auch noch mit uns teilen wollen.«

Yorrick schüttelte den Kopf.

»Sie wissen es nicht«, sagte er. »Genauso wenig wie die Menschen in Hàvamar.«

»Sollten wir es ihnen dann nicht einfach sagen?«, fragte Suka wieder und löste damit leises Gelächter bei den rund um den Tisch versammelten Männern und Frauen aus. Einer von ihnen sagte: »Das haben wir versucht. Aber niemand in der Hauptstadt hat uns Glauben geschenkt. Das Einzige, was es uns gebracht hat, sind ein paar gute Männer, die jetzt am Strick baumeln. Die Menschen dort glauben nur, was sie wollen.«

»Oder eher das, was die Regierung sie glauben lassen will«, warf eine der Frauen ein. »Die Soldaten, die da draußen in den Schiffswracks hocken, sind seit sie kleine Kinder waren, mit den Lügen der Stadt gefüttert worden. Sie würden uns noch keinen Augenblick zuhören, bevor sie den Abzug ihrer Waffe benutzen.«

Yorrick bremste seine Kämpferin, indem er ihr eine Hand auf die Schulter legte.

»Die beiden haben recht. Wie ich euch bereits gesagt habe, kenne ich den Anführer der Soldaten. Kommandant Rayk Askildsen jagt mich, seit ich vor sechzehn Jahren aus Hàvamar verschwand und genauso lange kämpfe ich auch schon gegen ihn. Er ist ein Fanatiker und blind gegenüber den Fehlern Hàvamars.«

Kel betrachtete während ihres Gesprächs immer wieder die Karte auf dem Tisch und die kleinen Markierungen, die die Verteidigungslinien der Saghani zeigten.

»Ist dieser Mann ein guter Anführer?«, fragte Kel.

Der Rebellenanführer runzelte zwar die Stirn, wegen der ungewöhnlichen Frage, doch er zögerte nicht einen Moment mit seiner Antwort.

»Einer der Besten. Er verfügt über keinerlei politisches Geschick, sonst wäre er bereits wie sein Vater Präsident. Aber die Männer unter seinem Kommando vertrauen ihm blind. Er ist ein großartiger Taktiker.«

Um zu wissen, ob sein Plan funktionierte, musste Kel jedoch noch etwas anderes wissen: »Ist er auch ein guter Mensch?«

Dieses Mal antwortete Yorrick nicht sofort. Die Rebellen im Raum schwiegen, während sie gespannt seine Antwort abwarteten, mit der er sichtlich rang.

»Ja«, sagte Yorrick schließlich, auch wenn sich alles in ihm dagegen zu sträuben schien und er das Wort ausspie. »Sein Fehler ist nur, dass er auf der falschen Seite steht.«

Kel nickte.

»Gut. Dann habe ich eine Idee.«

※

Kapitel Einunddreißig

Es war für Yorrick schwierig gewesen, seine Männer von der Idee des Meisterzüchters zu überzeugen. Aber wie Kel gesagt hatte, kam es dabei nur auf eines an: *Wie gut man als Anführer war.* Das galt sowohl für ihren Plan, was Rayk und Hàvamars Soldaten anging, als auch für ihn selbst. Es wäre feige gewesen, wenn er sein eigenes Leben nicht eher riskierte als das seiner Männer.

Entschlossen hob Yorrick die weiße Flagge, höher in den Himmel. Da er nicht den Wunsch verspürte, erschossen zu werden, sollten Rayks Wachposten, auf die er durch den tiefen Schnee zumarschierte, sie deutlich sehen.

Die ausgebrannten Skelette der Luftschiffe, gewannen mit jedem Schritt an Größe. Wieder musste Yorrick an Kel denken. Der Stammeshäuptling hatte ihm vor Augen geführt, weshalb er und Rayk sich seit Ewigkeiten bekämpften. Rayk war ein guter Mensch, der lediglich auf der falschen Seite stand. Yorrick hingegen war ein schlechter Mensch, der für die richtige Sache kämpfte. Merkwürdig, wohin einen das Schicksal manchmal führte, dachte Yorrick.

Im nächsten Moment zielte ein halbes Dutzend Gewehre direkt auf seinen Kopf.

※

»Kommandant!«

Ohne auf seine Antwort zu warten, stürmte die Offizierin in Rayks notdürftige Unterkunft. Erst beim Anblick ihres Vorgesetzten, der gerade die letzten Essensreste mit den Fingern aus einer Konservendose kratzte, schien ihr ihr Verstoß gegen das Protokoll klar zu werden. Daher erstarrte die Frau mitten in der Bewegung und wusste nicht recht, wie sie sich verhalten sollte.

Rayk hatte jedoch sowieso gerade die letzte kalte Erbse aus der Dose gefischt und war dankbar für die Ablenkung von dem widerlichen Geschmack nach Aluminium. So lange sie keinen Kontakt zu Hàvamar hergestellt hatten, konnten sie nicht wissen wie lange die Vorräte, die sie aus den Wracks geborgen hatten, ausreichen mussten. Da das meiste verbrannt war, blieb ihnen wohl oder übel nichts anderes übrig, als ihre Gürtel enger um die Uniformen zu schnallen.

»Was gibt es?«, fragte Rayk und stellte die Konservendose neben der Hängematte ab, die ihm die Männer als Bett organisiert hatten. Es war ein kleiner Luxus in ihrer Lage, den er bisher jedoch noch nicht wirklich hatte nutzen können. Rayk hatte tatsächlich keine Ahnung, wann er das letzte Mal geschlafen hatte.

»Kommandant ... der Anführer der Piraten ...«, stammelte die Offizierin.

Das ließ Rayk aufhorchen.

»Was ist mit Yorrick?«, fragte er sofort und befürchtete das Schlimmste. Vermutlich wieder ein Angriffsversuch der Piraten, um sie langsam aufzureiben. Allerdings hörte er noch keine Schüsse.

»Er ist hier«, antwortete die Offizierin und fügte schnell hinzu: »Hier im Lager.«

»Was?«, fragte Rayk und glaubte die Frau falsch verstanden zu haben.

»Er ist unbewaffnet und mit einer weißen Flagge hergekommen«, erklärte sie ihm jedoch hastig. »Er sagt, er will verhandeln. Wir wussten nicht ...«

Den letzten Satz ließ sie unvollendet und schaute stattdessen entschuldigend in Rayks Gesicht.

»Wo ist er jetzt?«, fragte Rayk und sprang auf die Beine.

»Ich bringe Sie hin, Kommandant«, sagte die Offizierin und eilte ihm voraus.

※

Kels Halstuch war verrutscht und er musste die Luft anhalten, um keine verräterische Atemwolke aufsteigen zu lassen, bis der Wachposten vor ihm endlich seinen Blick wieder abwandte. Die Jäger neben Kel hatten ebenfalls auf diesen Augenblick gewartet und gemeinsam krochen sie nun weiter durch den Schnee, auf die Stellung der Saghani zu. Jeder von ihnen trug die weiße Jagdkleidung des Stammes, die sie nahezu unsichtbar machte.

Kels Herz klopfte hart gegen seine Brust und dröhnte laut genug in seinen Ohren, dass er sich fragte, weshalb die Saghani es nicht ebenfalls hören konnten. Er umklammerte seinen Knochenspeer und versuchte ruhiger zu atmen. Er musste einen kühlen Kopf bewahren, wenn er den richtigen Augenblick erwischen wollte, um zuzuschlagen.

Sein Plan war in gewisser Weise eine Wiederholung des Angriffs auf den Saghani-Außenposten. Wie schon beim letzten Mal bestand ihre Möglichkeit, sich anzuschleichen, in der gleichzeitigen Ablenkung der fremden Krieger und der Tarnung durch ihre Jägerkleidung. Alles war gleich. Nur ihren *Schneebären* hatten sie dieses Mal wesentlich schneller gefunden. Kel hob den Kopf etwas weiter über den Schnee, als er es eigentlich hätte tun sollen, um zu beobachten, wie die Saghani-Krieger Yorrick in Empfang nahmen. Sie bedrohten ihn mit ihren Waffen und entrissen ihm die weiße Flagge. Widerstandslos und mit hinter dem Kopf verschränkten Armen führten sie ihn ab.

Kel senkte seinen Kopf wieder und schob sich vorwärts durch den Schnee, während niemand auf ihn oder seine Handvoll Männer achtete.

*

Jede Soldateneinheit hatte sich eine eigene kleine Nische in den Wracks der Luftschiffe gesucht. Dort wehrten sie sich, so gut sie konnten, mit aufgespannten Stofffetzen gegen den Wind. Wer gerade keinen Wachdienst an den Verteidigungslinien hatte, versuchte sich hier so dicht wie möglich an seinen Nachbarn zu drängen, um sich mit ihm die Wärme der kleinen Feuerstellen zu teilen.

Rayk eilte schnell genug an ihnen vorüber, dass sie keine Zeit hatten, Haltung anzunehmen. Und er erwartete es momentan auch nicht von ihnen. Ihre Gesichter waren müde und ihre Kräfte mussten genauso aufgebraucht sein wie seine eigenen.

Die Offizierin lotste ihn zu der notdürftigen Kombination aus Kombüse und Essensausgabe, die die Soldaten im größten der halbwegs geschützten Bereiche der Wracks eingerichtet hatten. Hier war nur jedes dritte anstatt jedes zweite Brett vom Rumpf gerissen oder verbrannt und der Wind pfiff mit etwas weniger Kraft durch das Gerippe der *Lintu*.

Schon aus einiger Entfernung hörte Rayk den Lärm, den die Gespräche der Männer machten und kurz darauf stieß er auf eine große Ansammlung von Soldaten, die alle versuchten, sich in den zentralen Raum zu schieben. Doch es waren bereits zu viele darin.

Die Offizierin übernahm die Aufgabe, ihm den Weg frei zu räumen. Immer wieder rief sie laut »Kommandant an Deck!« Manchmal auch »Offizier anwesend!« oder einfach nur »Macht Platz!«.

Die Soldaten verrenkten sich die Hälse, um sich nach der Quelle dieser Störung umzusehen und als sie Rayk erkannten, drückten sie sich noch enger aneinander, um ein Spalier zu bilden, das den Weg zwischen ihnen hindurch, direkt in die Mitte des Raumes freigab. Als sich schließlich auch die letzten Soldatenreihen lichteten, trat Rayk in die Mitte eines Kreises, den die Männer um einen niedrigen Tisch gebildet hatten. Es standen nur zwei Stühle daran und auf einem davon saß Yorrick. Der Anführer der Piraten.

Seit sechzehn Jahren hatte Rayk dieses Gesicht nur noch auf schlecht gezeichneten Steckbriefen gesehen. Aber selbst wenn es doppelt so lange gewesen wäre, würde er Yorrick noch unter Tausenden erkennen.

Der Piratenanführer hatte die Hände hinter dem Kopf verschränkt und zwei Soldaten richteten ihre Waffen direkt auf seinen Körper. Sein ehemals rotes Haar, das in einem kurzen dicken Zopf unter einer Mütze hervorlugte, war nahezu vollständig ergraut, genauso, wie seine ungepflegten Barstoppeln. Yorrick sah älter, kränker und kleiner aus, aber in seinem Gesicht lag noch immer dieselbe, kalte Entschlossenheit von damals.

Mit jeder Sekunde, die sie sich anschwiegen, verstummten mehr Gespräche der Soldaten, bis schließlich absolute Stille herrschte. Selbst der Wind schien sich für den Augenblick gelegt zu haben und nicht mehr durch das abgebrannte Schiffswrack zu blasen. Alle Augen ruhten nur auf ihnen.

Es war Yorrick, der sich als erster rührte.

Er blickte nach rechts und links, auf die beiden Männer,

die seine Bewegungen mit dem Lauf ihrer Waffen verfolgten. Dann nickte er in Richtung des Stuhls, der ihm gegenüberstand.

»Setz dich doch, Rayk.«

Jede Faser seines Körpers wollte diesen Mann auf der Stelle töten. Rayks Finger spielten bereits mit dem Griff der Pistole an seinem Gürtel, ohne zu wissen, wie sie dorthin gelangt waren. Er spürte die Gänsehaut, die ihm das Gefühl des kalten Metalls bescherte. Es war ein gutes Gefühl.

Nein!, schoss es ihm durch den Kopf.

Das durfte er nicht. Nicht auf diese Weise.

Der Schleier, der sich über seine Umwelt gelegt hatte, wich mit jedem Schritt, den er auf den Tisch zuging, weiter zurück. Er zog den Stuhl nach hinten, setzte sich und legte seine Hände mit verschränkten Fingern auf den Tisch.

Rayks Körper war angespannt wie ein Drahtseil, doch seine Stimme klang kühl und fremd, als er sagte: »Yorrick Arendal - Ihr seid verhaftet.«

Rayk genoss den Klang jedes einzelnen dieser Wörter, bevor er hinzufügte: »Euch wird in Hàvamar der Prozess wegen Piraterie, Aufwiegelung des Volkes, Hochverrats und « Rayk machte eine kurze Pause, bevor er weitersprach » des Mordes an Präsident Findar Askildsen gemacht.«

Er stützte sich mit den Händen auf dem Tisch ab, um wieder aufzustehen, während er gleichzeitig einem von Yorricks Bewachern zunickte.

»Soldat, legen Sie diesem Mann bitte Handschellen an.«

Rayk überlegte einen Augenblick, während sein Blick über das Schiffswrack wanderte, bevor er sagte: »Falls sie keine Handschellen finden können, erfüllt auch ein einfacher Strick diesen Zweck.«

Ohne ein weiteres Wort wandte er sich ab und wollte das Spalier, das die Männer noch immer für ihn offenhielten, für seinen Rückweg nutzen. Jede Sekunde in Yorricks Anwesenheit, ohne ihm ins Gesicht zu schlagen, war eine unmenschliche Herausforderung. Aber vor all seinen Männern wollte Rayk sich diese Blöße nicht geben.

»Ich kam mit dem Zeichen der weißen Flagge hierher, um eine Unterhaltung zu führen«, sagte Yorrick hinter ihm.

Ohne sich umzudrehen, erwiderte Rayk: »Hàvamar

verhandelt nicht mit Piraten.«

»Ich verhandele auch nicht«, sagte Yorrick.

Dieses Mal konnte Rayk nicht anders, als sich umzudrehen. Yorrick saß noch immer seelenruhig an dem Tisch, die Hände zwar erhoben, aber lässig hinter dem Kopf verschränkt.

»Falls Ihr an einen Gott glaubt, solltet Ihr ihm danken, dass es in Hàvamar Gesetze gibt, die es verhindern, dass ich Euch auf der Stelle eine Kugel in den Schädel jage«, sagte Rayk. »Aber redet ruhig weiter und wir werden sehen, wie genau wir es soweit von zuhause entfernt mit diesen Gesetzen nehmen.«

Dabei zeigte er auf Yorricks Beine, die unter dem Tisch hervorragten.

»Die zum Beispiel«, sagte er, »braucht ihr nicht, um gehängt zu werden.«

Der Piratenanführer schien jedoch immer noch unbeeindruckt. Als verstünde er nicht, was ihm bevorstand. Daher ließ Rayk sich wider besseres Wissen dazu hinreißen, weiter mit ihm zu sprechen.

»Ihr seid erbärmlich. Es gibt Menschen, die ihren Arm hergeben würden, wenn sie das haben könnten, was Ihr vor so vielen Jahren einfach weggeworfen habt.«

Rayk stand jetzt wieder an dem Tisch und beugte sich so weit nach vorne, dass sein Gesicht nur noch wenige Zentimeter von Yorricks entfernt war.

»Sagt mir, warum auch immer ihr das getan habt, war es das wert? Es wert, so zu enden?«

Yorrick lächelte und Rayk konnte sich nicht länger beherrschen. Dieser Mann stand für alles, was in dieser Welt nicht stimmte. Und jetzt hatte er die Frechheit, ihn auch noch anzulächeln. Ohne es kontrollieren zu können, holte Rayk zum Schlag aus und seine Faust traf Yorrick mitten im Gesicht. Der Piratenanführer kippte zusammen mit seinem Stuhl in den Schnee und rote Blutspritzer verteilten sich auf dem weißen Boden.

Mit dem Gesicht im Dreck begann Yorrick leise zu lachen.

»Ob es das wert war?«, fragte er und drehte das Gesicht nach oben, um Rayk ansehen zu können. »Ich würde Euch so gerne die gleiche Frage stellen. Aber dazu müsstet Ihr die

Wahrheit begreifen.«

Rayk schüttelte den Kopf. Er hatte all die Jahre, obwohl er es sich nicht eingestehen wollte, doch immer einen letzten Rest Respekt vor diesem Mann gehabt. Yorrick der Piratenanführer. Der es nicht nur geschafft hatte, sich beinahe zwei Jahrzehnte der Macht Hàvamars zu entziehen, sondern der seiner ehemaligen Heimatstadt auch noch den Krieg erklärt hatte. Er war Rayk immer einen knappen Schritt voraus gewesen. Doch jetzt hatte Rayk ihn nicht nur eingeholt, sondern um Längen geschlagen. Vor ihm im Schnee lag nichts mehr, vor dem man hätte Respekt haben können. Es war nur noch ein feiges Stück Fleisch, das sich im Angesicht seines baldigen Todes in sinnlose Heiterkeit flüchtete.

»Sagt mir eins, Kommandant«, sagte Yorrick und er betonte dabei jede einzelne Silbe von Rayks Titel. »Seid Ihr ein guter Anführer?«

Yorricks Lachen verstummte, als er weiterfragte: »Würdet Ihr Euer Leben für das Eurer Männer geben?«

Rayk hatte keine Ahnung, was das sollte. Aber falls Yorrick eine Möglichkeit suchte, ihn vor seinen eigenen Männern bloßzustellen, würde er nur das Gegenteil erreichen. Wahrheitsgemäß antwortete Rayk: »Jederzeit.«

»Gut«, erwiderte Yorrick. »Das hatte ich gehofft.«

In diesem Augenblick hallte der erste Schrei durch die Schiffswracks.

»Dann biete ich Euch jetzt die Möglichkeit dazu.«

※

Kapitel Zweiunddreißig

Mira betrachtete die grauen Wellen des Eismeers, die sich an der Steilküste unter ihren Füßen brachen. Kalte Seeluft blies ihr ins Gesicht, doch sie zog ihren Schal nicht vor den Mund. Sie genoss das Gefühl. Es brachte schöne Erinnerungen mit sich, an Tage, an denen sie ihren Vater zu den Rändern von Scholle zwölf begleitet hatte, um ihm bei der Reparatur von Eisgeneratoren zu helfen. Der salzige Geschmack des Meeres auf ihren Lippen war noch immer der Gleiche wie in ihrer Kindheit.

Kleine Steinchen knirschten unter jemandes Schritten und verrieten Mira, dass sich noch jemand die Mühe gemacht hatte, diesen kleinen, ins Meer hinausragenden Felszipfel zu erklimmen. Kurz darauf stand Tarjei an ihrer Seite und hielt mit ihr gemeinsam Ausschau. Eine Weile standen sie nur da und lediglich das Heulen des Windes und die Brandung waren zu hören. Für Mira war es die Ruhe vor dem Sturm.

»Was denkst du, wie sie reagieren werden?«, fragte Tarjei.

Und es war klar, dass seine eigentliche Frage lautete: Wie denkst du wird mein Vater reagieren, wenn er erfährt, dass ich gar nicht tot bin?

Mira wollte ihn gerne beruhigen. Ihm vielleicht sogar etwas Mut zusprechen. Aber sie wollte auch nicht lügen. Daher zuckte sie mit den Schultern und sagte: »Keine Ahnung.«

»Und bist du dir sicher, was deinen Plan angeht?«, fragte Tarjei.

Nein, das war sie nicht, dachte Mira. Aber das spielte keine Rolle.

»Wir brauchen die Scholle so oder so«, antwortete sie. »Und ich denke, dass es ohne Gewalt möglich ist.«

Ihr Blick wanderte zu der kleinen Bucht hinunter, wo die Rebellen, die Yorrick mit ihnen hierhergeschickt hatte, warteten. Er hatte trotz Miras Widerstand darauf bestanden, dass Bjan, Tarjei und sie nicht ohne die Rebellenkämpfer an Bord der Scholle gehen würden. Falls Miras Plan scheiterte und sich die Schollenbewohner dagegen entschieden, ihnen zu helfen, würden sie die Scholle mit Gewalt nehmen. Doch Mira wollte es nicht soweit kommen lassen.

»So wie es aussieht, werden sich unsere Fragen bald klären«, sagte Tarjei. Dann streckte er den Arm aus und zeigte auf einen kleinen weißen Punkt, der am Horizont über die Wellen auf sie zutrieb.

Scholle zwölf wurde schnell größer und die Lichter des Kuppelgartens strahlten wie die Scheinwerfer eines Leuchtturms aufs Meer hinaus.

»Wir sollten zu den anderen gehen«, meinte Tarjei und Mira stimmt ihm zu.

Gemeinsam machten sie sich an den Abstieg von der kleinen Steilklippe, hinunter zu Bjan und den Rebellen.

Als Mira und Tarjei wieder in der Bucht ankamen, dauerte es nicht lange, bis sie auch von hier aus den kleinen weißen Fleck am Horizont sahen. Langsam verwandelte er sich in die charakteristische Silhouette einer Scholle mit der großen gläsernen Kuppel, die die darumliegenden Wohn- und Arbeitstrakte überragte.

Die Rebellen falteten gerade die weiße Stoffplane zusammen, die sie über dem Boot, mit dem sie hergekommen waren, ausgebreitet hatten. So war es für fremde Augen nur einer von vielen kleinen Eisbergen gewesen, die in der Bucht trieben. Den Schiffsmotor hatten sie bereits gestartet und Bjan wartete auf die Reling gestützt auf sie. Mira balancierte die wackelige Planke zum Schiffsdeck hoch und nahm dankend die Hand ihres Vaters an, der sie die letzten Schritte hinaufzog.

Er sah nicht besonders glücklich aus, dachte Mira.

»Worüber machst du dir Gedanken?«, fragte sie ihn. »Die Bombe?«

»Auch«, antwortete er knapp, bevor er auch Tarjei half, an Deck zu kommen.

Die Rebellen beeilten sich, es ihnen gleich zu tun und der Letzte zog hinter ihnen die Planke ein. Der Mann, den Yorrick als Anführer der kleinen Gruppe vorgestellt hatte, gab das Kommando, der Scholle entgegenzufahren und das Schiff setzte sich in Bewegung.

Gemeinsam mit Bjan und Tarjei ging Mira zum Bug. Sie

wusste nicht recht wie sie sich fühlen sollte. Auf der einen Seite war da diese nervöse Vorfreude auf das Wiedersehen mit allen, die sie kannte und den Augenblick, wenn sie zum ersten Mal wieder den Kuppelgarten betreten würde - was wohl aus ihrer Parzelle geworden war? - doch auf der anderen Seite war da auch das unangenehme Wissen darüber, was ihnen bevorstand.

Der Anführer der kleinen Rebellengruppe hatte das Fenster der Brücke geöffnet und rief zu ihnen am Bug herunter: »Sie funken uns an!«

Bis sie anlegen konnten, würde es höchstens noch eine Minute dauern. Die ersten Ausläufer der Wellen, die die Scholle vor sich herschob, schlugen schon gegen den Schiffsrumpf.

»Zum Glück ist das Warnradar immer noch so schlecht wie eh und je«, murmelte Bjan.

»Machen wir weiter wie geplant?«, rief der Anführer noch einmal von der Brücke zu ihnen herunter. Und Mira gab ihm zur Bestätigung einen nach oben gerichteten Daumen.

Sie würden den Funkruf ignorieren, so schnell wie möglich anlegen und zur Schleuse der Wohnanlage gehen. Wie es dann weiterging, würde sich zeigen.

❊

Eigentlich durfte sich der Schnee unter ihren Füßen nicht anders anfühlen als befände sie sich anderswo in der Eiswüste. Doch für Mira tat er es. Es war ein gutes Gefühl, endlich wieder das Scholleneis unter sich zu wissen.

Die Rebellen hatten sie fürs Erste beim Boot zurückgelassen, um nicht von vornherein einen Kampf zu provozieren und so waren es nur Tarjei und ihr Vater, mit denen Mira nun auf die Schleuse zuging. Wie zu erwarten, war der Eingang ohne Mechaniker an Bord nicht repariert worden. Statt einer massiven versiegelten Metalltür wurde das weggesprengte Loch noch immer von den gleichen dicken Teppichen und Planen verdeckt, die dort auch schon bei Miras Abreise gehangen hatten.

Davor hatten einige Schollenbewohner auf die Schnelle aus Kisten eine niedrige Barrikade errichtet und streckten ihnen nun altersschwache Gewehre und Pistolen entgegen. Mira wusste, dass die Waffen zur Hälfte verrostet waren und mehr einen Schauwert hatten, als dass sie wirklich funktionieren würden.

»Verschwindet von hier!«

Nachdem sie unerlaubt mit einem Boot voller bewaffneter Kämpfer an der Scholle angelegt hatten, war diese Begrüßung wohl angemessen, dachte Mira.

Als hätten sie es zuvor abgesprochen, hoben Mira und Bjan die Arme. Auch Tarjei folgte langsam ihrem Beispiel. Sein Blick wirkte abwesend und es schien ihn wirklich mitzunehmen, nach so langer Zeit auf die Scholle zurückzukehren.

»Wir sind Freunde!«, rief Mira und an Bjan und Tarjei gewandt murmelte sie: »Nicht stehen bleiben.«

»Was ist, wenn sie schießen?«, fragte Tarjei.

»Werden sie nicht«, antwortete Mira. »Wir dürfen nur auf keinen Fall stehen bleiben.«

Sie kannte die Männer und Frauen, die hinter den zusammengewürfelten Barrikaden kauerten und darum beteten, nicht den Abzug betätigen zu müssen. Sobald sie sie erkannten, drohte ihnen keine Gefahr mehr.

»Bleibt, wo ihr seid!«, donnerte ihnen die gleiche Stimme erneut entgegen. Doch Mira dachte nicht daran. Sie waren vielleicht noch dreißig Meter von der Barrikade entfernt. Bjan stöhnte, da er sich wegen seiner erhobenen Hände nicht auf seinen Stock stützen konnte.

Plötzlich löste sich ein einzelner Schuss. Der Knall hallte ihnen entgegen und dicht neben Miras Vater stob der Schnee auf.

»Hey, was soll das denn?«, rief Mira den Gewehrläufen entgegen und hoffte, dass man das Zittern in ihrer Stimme nicht hörte. Schnell spielte sie ihre Möglichkeiten im Kopf durch. »Warst du das, Truls?«

Dann wartete sie einen Augenblick und hoffte, dass es die Schollenbewohner zum Nachdenken brachte, wenn sie ihre Namen kannte. Und tatsächlich hörte sie kurz darauf einen Gesprächsfetzen, der vom Wind herübergetragen wurde.

»... aber sie weiß, wer ich bin«, hörte sie Truls sagen. »Sie muss es sein.«

Andere Männer mischten sich in die Diskussion ein und niemand schien sich schlüssig zu sein, was sie tun sollten. Daher beschloss Mira, die Situation auszunutzen und einfach mit schnellen Schritten auf die Barrikaden zuzugehen, während niemand auf sie achtete. Drei Meter davor blieb sie stehen und fragte: »Können wir jetzt reinkommen oder nicht?«

Dabei schaute sie in die Gesichter der Menschen unter denen sie aufgewachsen war und konnte nicht anders, als vor Glück zu lächeln.

»Mira!«, rief plötzlich eine vertraute Stimme. Die Plane, die vor der Schleuse hing, wurde zur Seite geschlagen und Svea kam hervor. Für die Männer hinter der Barrikade war das das Zeichen zum Aufatmen. Sie standen aus ihrer Deckung auf, senkten ihre Waffen und kamen auf Mira, Tarjei und Bjan zu. Ein Stimmengewirr überhäufte sie. Fragen, wie es ihnen ging, woher sie so plötzlich kamen und wo sie die ganze Zeit über gewesen waren. Doch all das flutete so schnell über sie hinweg, dass Mira keinem einzigen von ihnen eine richtige Antwort geben konnte, während sie von der Menge näher zum Eingang der Scholle und in das Innere der Wohnanlage gespült wurden.

Mira versuchte den Schollenbewohnern zu erklären, dass die Rebellen, die mit ihnen hergekommen waren, ebenfalls Freunde waren, doch niemand schien sich mehr daran zu stören, dass sich nun auch die Kämpfer der Wohnanlage näherten und mit ihnen hereinkamen. Die Menschen vertrauten ihnen und waren zu neugierig auf ihre Geschichte. Und als Mira schließlich in Sveas Umarmung landete und sich das wohlige Gefühl, zu Hause zu sein in ihrem Inneren ausbreitete, genoss sie nur noch voll und ganz den Augenblick.

Nach unzähligen geschüttelten Händen fand Mira sich irgendwann im großen Speisesaal der Scholle wieder. Wo sonst normalerweise die einzelnen Arbeitsschichten im Wechsel ihr Essen zu sich nahmen, hatte sich nun nahezu jeder einzelne Schollenbewohner eingefunden. Die Stühle reichten bei weitem nicht aus, sodass die Kinder auf den Tischen saßen und viele der Erwachsenen bis zur Tür im hinteren Teil des Raumes standen.

Die Rebellen, die mit ihnen an Bord der Scholle

gekommen waren, saßen an ihrem eigenen kleinen Tisch, doch selbst sie wurden nicht aus dem Gedränge ausgeschlossen.

Langsam wurden Rufe laut, dass sie ihre Geschichte erzählen sollten und Mira schaute zu Tarjei und ihrem Vater. Bjan war kurz nach ihrem Eintreffen von Miras Seite verschwunden und auch Svea hatte sie, nachdem sie noch mehrmals von ihr umarmt worden war, aus den Augen verloren. Doch jetzt standen die beiden dicht beisammen in Miras Nähe und ihr Vater hielt Sveas Hand. Es war das erste Mal, dass Mira sah, dass die beiden ihre Zuneigung nicht verbargen und sie freute sich für sie.

Dann bemerkte Mira eine Bewegung im Augenwinkel und sah den Anführer der Rebellen herüberkommen.

»Es wird Zeit«, sagte er. »Diese Scholle muss in ein paar Stunden in Rhenak vor Anker liegen.«

Bjan nickte.

»Also gut«, sagte ihr Vater zu Mira und nickte ihr zu. »Das hier ist dein Plan. Willst du anfangen oder soll ich?«

Mira hatte keine Ahnung. Sie hatte nicht wissen können, wie sich die Sache auf der Scholle entwickeln würde, daher hatte ihr Plan vorgesehen, an dieser Stelle zu improvisieren. Gerade als sie das ihrem Vater sagen wollte, wurde es jedoch schlagartig still im Raum und das Dröhnen von schweren Stiefel, die durch den inneren Ring rannten, war deutlich zu hören.

»Was geht hier vor?«, brüllte jemand.

Tarjei zuckte zusammen. Er war die ganze Zeit über, seit sie auf der Scholle angekommen waren, schon sehr zurückhaltend gewesen. Doch bei dem Klang der Stimme schien er - falls das möglich war - noch tiefer in sich selbst einzufallen. Rorik und die Walfischfänger waren zurückgekommen. Tarjeis Vater trug noch die dicke Seemannskleidung, in der er wie ein Koloss wirkte, als er sich einen Weg durch die Menge bahnte.

»Käpt'n!« Truls eilte Rorik entgegen.

»Mira und Tarjei ... euer Sohn ...«, setzte er zu einer Erklärung an, doch er kam jedes Mal wieder ins Stocken.

»Rede endlich wie ein vernünftiger Mensch«, blaffte Rorik ihn an und schob ihn grob zur Seite. Er ging einen weiteren Schritt auf Mira zu und wollte gerade etwas sagen, als sein

Blick nach rechts über ihre Schulter abwich und er mitten in der Bewegung erstarrte. Im Speisesaal schien plötzlich die Zeit stillzustehen. Selbst die Kinder saßen völlig bewegungslos auf ihren Plätzen und schienen die Luft anzuhalten.

»Hallo, Vater«, sagte Tarjei und schob sich an Mira vorbei, wo er wenige Armlängen vor Rorik stehen blieb.

»Das ist unmöglich«, flüsterte Rorik. »Das ist einfach ... Du bist ...«

Dann fingen seine Augen an, die Umgebung abzusuchen und blieben schließlich auf Bjan haften.

»Du«, murmelte er und plötzlich war die Kraft wieder in seinen Körper zurückgekehrt. Bjan schaffte es gerade noch, sich auf seinen Stock zu stützen, um sich einen Schritt weit von Svea zu entfernen, bevor Rorik bei ihm war. Er holte in einer fließenden Bewegung zum Schlag aus. Bjan versuchte noch auszuweichen, doch Rorik traf ihn mit voller Wucht seitlich am Kopf. Mira konnte nur zusehen, wie ihr Vater wie ein nasser Sack zur Seite wegkippte.

»Du verdammter Mistkerl«, brüllte Rorik völlig außer sich.

Mira wollte zu ihrem Vater rennen, doch Svea war schneller bei ihm und versuchte sich schützend über ihn zu knien. Rorik stieß sie jedoch grob zur Seite und packte Bjan am Kragen. Er hob ihn hoch, als wäre er eine Puppe. Benommen schlug der Kopf ihres Vaters von einer Seite zur anderen und Rorik verpasste ihm einen weiteren heftigen Schlag. Dieses Mal in den Bauch. Bjan krümmte sich zusammen, stieß einen erstickten Laut aus und ging erneut zu Boden.

»Er bringt ihn um!«, hörte Mira irgendwen rufen und das reichte ihr.

Sie stieß sich vom Boden ab und sprang Rorik von hinten an. Sie schaffte es, ihre Arme um seinen kurzen, bulligen Hals zu schlingen und versuchte dann mit aller Kraft, ihren Griff enger zu ziehen. Doch die dicke Jacke, die er trug, behinderte sie und Rorik schaffte es, ihr mit dem Ellenbogen einen schmerzhaften Stoß in die Rippen zu geben. Dann bekam er Miras Arm zu greifen, packte fest zu und schleuderte sie von sich herunter. Mira schlug so hart auf den Boden auf, dass ihre Zähne zusammenklappten und gemeinsam mit einem stechenden Schmerz in der Zunge schoss ihr Blut in den Mund. Die Hand, mit der sie versucht hatte, sich abzufangen, brannte wie Feuer. Trotzdem versucht Mira, sich wieder aufzurappeln. Ihr Kampfeswille war in den letzten Wochen schon wesentlich stärker gefordert worden. Sie hatte sich schon auf ein Knie aufgerichtet, als plötzlich ein Schuss fiel.

Der Knall wurde von den Wänden zurückgeworfen und zu einem grausamen Lärm verstärkt, der sie dazu zwang, sich die Hände auf die Ohren zu legen. Ihr Kopf ruckte in Richtung des Ursprungs herum und sie blickte auf Tarjei, der einem Rebellen eine Pistole abgenommen hatte. Der Lauf der Waffe zeigte zur Decke, in die die Kugel des Warnschusses sich gebohrt hatte.

Dann - ganz langsam und ohne zu zittern - ließ Tarjei seinen Arm sinken, bis er auf den Kopf seines Vaters zielte. Rorik stand über Bjan gebeugt da. Die rechte Hand hatte er zu einem weiteren Schlag erhoben und starrte seinen Sohn entsetzt an.

»Setz dich«, sagte Tarjei und zeigte auf einen der frei gewordenen Stühle, wo die anderen Schollenbewohner zur Wand zurückgewichen waren. Mira sah die Angst in ihren Gesichtern.

»Ich sage es nicht nochmal«, fügte Tarjei hinzu und zog, während er weiter auf seinen Vater zielte, den Stuhl kratzend über den Boden, um ihn Rorik anzubieten.

Langsam und mit einer bedrohlichen Spannung in seinen Bewegungen, als würde er nur darauf warten, seinen eigenen Sohn anzuspringen, kam Rorik der Aufforderung nach.

»Das hast du also aus meinem Sohn gemacht«, sagte er zu Bjan und spuckte jedes einzelne Wort aus.

Doch an Bjans Stelle antwortete Tarjei: »Ja. Das hat er aus mir gemacht.«

Nachdem Rorik sich widerwillig auf den Stuhl gesetzt hatte, wich Tarjei ein paar Schritte zurück und wandte sich dann an die umstehenden Schollenbewohner.

»Ihr alle stellt mir immer nur die Frage, warum ich nicht tot bin.«

Tarjei ließ die Pistole sinken, sodass der Lauf auf den Boden zeigte. Trotzdem bemerkte Mira, dass er seinen Vater genau im Auge behielt.

»Die Antwort ist ziemlich einfach.« Tarjei lächelte traurig. »Ich bin nie gestorben.«

Mira sah aus dem Augenwinkel, dass Svea ihrem Vater half, sich aufzurichten. Die linke Seite seines Gesichts war blutverschmiert und Svea presste ein Taschentuch auf Bjans Schläfe. Doch mit ihrer Hilfe und auf seinen Stock gestützt, konnte er wieder aufstehen. Mira war erleichtert.

»Bjan hat mir damals geholfen, von hier wegzugehen, um genau diese Situation zu vermeiden«, sagte Tarjei und nickte in Roriks Richtung. »Und es war die richtige Entscheidung, zu verschwinden. Vor drei Jahren war ich nämlich soweit. Damals hätte ich keinen Warnschuss abgegeben.«

Mit einer schnellen Bewegung zog Tarjei seinen Pullover über den Kopf und wechselte dann die Pistole zwischen der linken und rechten Hand, um ihn komplett abzustreifen, seinem Vater aber keine Chance zu geben, ihn zu überrumpeln. Mira hörte die erstaunten Laute der anderen Schollenbewohner, die anfingen, leise miteinander zu tuscheln. Einige zeigten sogar direkt auf Tarjeis narbenübersäten Oberkörper.

»Eine andere Möglichkeit hast du mir nicht gelassen«, sagte Tarjei, der seinen Vater ansah und nur noch mit ihm redete. »Entweder ich hätte dich umgebracht oder ich wäre gegangen. Und ich habe mich dafür entschieden, zu gehen.«

Rorik sagte kein Wort. Mira glaubte, Tränen in seinen Augen zu sehen, auch wenn sie das bisher für unvorstellbar gehalten hatte. Die Kraft schien aus seinen Muskeln verschwunden zu sein und der Eindruck, einen Koloss vor sich zu haben, war verschwunden. Stattdessen sah sie einen Mann vor sich, der die dicke Seemannskleidung, die er trug, nicht mehr auszufüllen vermochte.

»Aber wie du gesagt hast«, sagte Tarjei und hob die Stimme wieder, sodass alle ihn verstehen konnten. »Bjan hat mir geholfen, *das hier* zu werden.«

Dann ließ er mit einem leisen Klicken die Sicherung der Pistole einrasten und warf sie zur Seite.

»Aber ich schwöre dir«, sagte Tarjei und ging mit ausgestrecktem Zeigefinger auf Rorik zu. »Solltest du jemals wieder auch nur daran denken, mir oder den Menschen, die zu meiner Familie geworden sind, etwas anzutun …«

Tarjei bückte sich zu Rorik hinunter und wartete, bis er seinen Blick gehoben hatte, um ihm in die Augen zu sehen. »Nochmal werfe ich die Waffe nicht weg.«

Tarjei kehrte seinem Vater den Rücken und ging unter den ungläubigen Blicken der Schollenbewohner zu seinem auf dem Boden liegenden Pullover. Hatten sie zuvor nur die vielen kleinen Brandwunden und Narben auf seinem Bauch und seiner Brust gesehen, starrten sie jetzt die unzähligen Striemen an, die in allen Richtungen über seinen Rücken verliefen und ein kompliziertes Muster aus Schmerz und Gewalt bildeten.

Mira wollte zu ihm gehen und Tarjei irgendwie helfen. Ihn von diesem Ort und all den Blicken abschirmen. Doch ihr war klar, dass sie keine bessere Gelegenheit bekommen würde, die Schollenbewohner auf die Seite der Rebellen zu ziehen. Und sie wusste, dass Tarjei nicht gewollt hätte, dass die Offenbarung seiner Vergangenheit umsonst gewesen war. Er hatte das vermutlich genauso sehr für sich selbst getan wie für ihre Sache. Es war jetzt an Mira, einzuspringen und ihm eine Ruhepause zu verschaffen. Wenigstens das konnte sie für ihn tun.

Hätte sie sich keine Gedanken um Tarjei machen müssen, hätte all dies tatsächlich nicht besser laufen können. Rorik war als Käpt'n der Scholle kein Thema mehr und die Menschen waren verwirrt. Sie suchten nach jemandem, der ihnen alles erklären konnte. Und diese Rolle konnte sie füllen.

Da Mira in letzter Zeit weit angsteinflößendere Dinge getan hatte, als vor einer großen Menschenmenge zu sprechen, stieg sie ohne Nervosität auf einen Tisch, sodass alle sie sehen konnten. Wie erwartet wandten sich ihr alle Augen zu.

»So sehr ich mich freue, euch alle wiederzusehen und hier zu sein«, begann sie, »muss ich euch trotzdem leider von dem wahren Grund berichten, aus dem wir zurückgekommen sind.«

Alle waren noch zu schockiert von den Ereignissen, als dass irgendjemand sie unterbrochen hätte. Die Schollenbewohner wirkten froh, dass sie einfach nur dastehen und ihr zuhören konnten. Trotzdem versuchte sie die kürzeste Version folgen zu lassen, weshalb die Rebellen die Hilfe von Scholle zwölf brauchten. Vieles über ihren Vater ließ sie dabei im Dunkeln. Sie erzählte weder von seiner Verbindung zu

Yorrick, noch von seiner Vergangenheit in Hàvamar. Wenn ihr Vater es erzählen wollte, dann war das seine Sache, aber es wäre nicht richtig gewesen, wenn sie es tat. Daher erklärte sie lediglich, dass Bjan zusammen mit Tarjei und einem Wissenschaftler für die Rebellen daran arbeitete, die Bombe entschärfen zu können.

Und als Mira am Ende ihrer Geschichte angelangt war, hatte sie das Gefühl, dass sie Stunden geredet hatte. Vielleicht war es sogar so, aber die Schollenbewohner hingen noch immer an ihren Lippen.

»Also. Was sagt ihr?«, fragte sie.

Jetzt konnte sie nur noch hoffen.

Doch alle schwiegen. Egal wohin Mira auch ihren Blick schweifen ließ, wurden die Köpfe gesenkt.

»Ich helfe dir.«

Mira sah sich nach der bekannten Stimme um und lächelte Svea an, die noch immer Bjan stützte. Mit ihren Lippen formte Mira ein lautloses »Danke«.

»Ich bin auch dabei«, rief als nächster Truls aus der Mitte der Schollenbewohner. »Ich helfe dir, Mira.«

»Elende Stadthunde«, brummte einer der älteren Walfischfänger, bevor er in Miras Richtung ein lautes »Aye!« rief.

Und plötzlich entflammte ein zustimmendes Gemurmel, aus dem immer wieder einzelne Unterstützungsbekundungen oder ein knorriges »Aye!« der Waljäger zu hören waren. Die Leute drängten näher an den Tisch auf dem Mira stand und als sie herunterstieg, schien ihr jeder Einzelne von ihnen auf die Schulter klopfen zu wollen. Die Menschen, mit denen sie aufgewachsen war, umringten sie und jeder schien gleichzeitig wissen zu wollen, was er tun konnte, um zu helfen. Obwohl Mira so viel jünger als die meisten von ihnen war, lag die Verantwortung nun bei ihr. Sie hatte sie alle für die Sache gewonnen. Sie vertrauten ihr.

Mira versuchte, ihre Zweifel niederzukämpfen und ihre nächsten Schritte abzuwägen. Zum Glück stand ihr Vater und Svea neben ihr. Bjan lächelte sie durch sein geschwollenes Gesicht stolz an.

»Also. Wie geht's weiter, *Käpt'n*?«, fragte er.

Kurz zögerte sie.

Ja, er hatte recht, dachte Mira dann jedoch. Sie war nun der neue Käpt'n von Scholle zwölf.

»Nach Rhenak«, lautete ihre Antwort. »Wir fahren Yorrick abholen.«

Dann suchte sie nach Truls, von dem sie wusste, dass er bereits zuvor die Scholle gesteuert hatte und rief ihm zu, den neuen Kurs zu setzen. Zwei der Rebellen begleiteten ihn, um ihm die Koordinaten der Stadt zu geben.

Danach begann Mira, die Menschen in Gruppen einzuteilen. Jeder musste eine Aufgabe erfüllen. Es wartete viel Arbeit auf sie. Sie wollten eine ganze Piratenstadt innerhalb weniger Stunden auf eine einzige Scholle verlegen.

※

Kapitel Dreiunddreißig

Aufzugeben war ein Fehler gewesen, dachte Rayk. Aber es war einer gewesen, den er wieder begehen würde. Nachdem die Piraten es unerklärlicherweise geschafft hatten, in die Luftschiffswracks einzudringen, wäre alles andere ein Blutbad geworden.

Vor einigen Minuten hatten sie ihn aus dem dunklen Loch unter einem der Häuser in Rhenak geholt, wo sie ihn nach der Kapitulation eingesperrt hatten. Sie hatten ihm einen muffigen Sack, der nach Mäuseausscheidungen stank, über den Kopf gestülpt und ließen ihn nun durch die Straßen der Piratensiedlung stolpern. Sie rissen an seinen Fesseln, um ihm den Weg zu zeigen und kugelten ihm dabei beinahe die Arme aus. Rayk hatte mitangehört, wie Yorrick den Befehl gegeben hatte, ihn fürs Erste nicht zu foltern. Doch seine Männer taten, was sie nur konnten, um diese Anweisung zu umgehen.

Rayk wusste genau, was ihm bevorstand. Die Piraten würden ihn als Druckmittel benutzen, um die Regierung zu erpressen. Er hingegen würde alles tun, um ihnen zu widerstehen und zu versuchen, so viel Zeit wie möglich zu erkaufen, in der sein Onkel etwas zur Rettung der Männer tun konnte, die die Piraten in den Luftschiffswracks zusammengetrieben hatten. Und am Ende würde er auf die eine oder andere Art ehrenvoll für Hàvamar sterben.

Ein weiterer Ruck an seinen Fesseln.

»Hey, hier lang!«, brüllte ihn einer der Piraten an.

Rayk stolperte in die Richtung, in die er gestoßen worden war, weiter. Völlig blind musste er mit seinen Fußspitzen den Weg vor sich absuchen, um nicht zu stürzen.

»Warte! Langsam.« Der Pirat, der ihn an seinen Fesseln führte, riss hart an seinen Armen und zwang Rayk, mitten in der Bewegung stehen zu bleiben.

»Jetzt schön vorsichtig ein Fuß vor den anderen«, wies er Rayk an. »Ich fische keinen räudigen Stadtköter aus dem Wasser. Wenn du runterfällst, ersäufst du.«

Hätte Rayk sich nicht darauf konzentrieren müssen, nicht

von dem glitschigen Brett abzurutschen, hätte er gelacht. Sein Aufpasser gehörte eindeutig nicht zur hellsten Sorte. Wer zog einem Gefangenen einen Sack über den Kopf, nur um ihn dann zu verraten, dass er eine Planke entlang über Wasser balancieren musste? Da wäre es für sie beide wesentlich einfacher gewesen, wenn er Rayk sehend zu dem Schiff gebracht hätte, das er gerade besteigen sollte.

Als er den ersten Schritt auf Deck setzte, gab es das typische metallische *Klong* unter seinen Stiefeln und Rayk fragte: »Fahren wir fischen?«

»Was hast du gesagt?«, fuhr der Pirat ihn an und versetzte ihm einen Stoß in den Rücken, der ihn weiter auf das Schiff schob.

»Wir sind auf einem Boot«, sagte Rayk. »Also wollte ich wissen, ob wir fischen fahren.«

Als Antwort auf seine kleine Stichelei ließ der Pirat Rayk ohne ein Wort der Warnung ungebremst mit dem Gesicht voraus gegen den Mast laufen.

»Pass auf«, sagte der Mann viel zu spät und Rayk musste nichts sehen können, um sich das schmutzige Grinsen vorstellen zu können. »Hab ich wohl übersehen.«

Rayk fuhr sich mit der Zunge die Reihe seiner Zähne entlang und war sich bei zweien nicht sicher, ob sie noch so fest saßen wie zuvor. Doch er wollte den Mann nur ungern gewinnen lassen.

»Kein Problem«, murmelte er daher zurück und versuchte sich den Schmerz nicht anmerken zu lassen.

Rayk hatte keine Ahnung, wo er hingebracht wurde. Aber wenn er auf einem Boot war, gab es eigentlich nur eine Möglichkeit. Es ging Richtung Hàvamar, wo sie sein Leben gegen was auch immer eintauschen wollten. Doch irgendwas stimmte nicht. Das Schiff startete seinen Motor und fuhr los. Der Rumpf unter Rayks Füßen schwankte jedoch viel zu heftig in der Brandung, als dass es sich um ein hochseetaugliches Boot handeln konnte. Sein Wächter brachte ihn auch nicht unter Deck, um seine Fesseln irgendwo festzuzurren. Vielleicht würde er das später in einem Moment der Unachtsamkeit ausnutzen können, um einen Fluchtversuch zu starten.

Doch noch bevor Rayk dazu gekommen war, Pläne zu

schmieden, wurde das Boot schon wieder langsamer. Um nicht vom Schaukeln des Schiffes umgeworfen zu werden, musste er kleine Trippelschritte auf der Stelle machen, was natürlich sofort seinen Aufpasser wieder dazu ermunterte, schmerzhaft an seinen Fesseln zu zerren. Dann hörte Rayk wie andere Männerstimmen ihnen Kommandos zuriefen und plötzlich schlug der Rumpf des Bootes gegen einen Widerstand. Rayk, der wegen des muffigen Sacks über seinem Kopf darauf völlig unvorbereitet war, stolperte zwei Schritte zur Seite und prallte schmerzhaft gegen die Reling des Schiffs.

»Schön hiergeblieben«, lachte sein Wächter und packte ihn fest am Arm. In seiner Stimme klang deutlich die Freude über Rayks Schmerzen mit.

»Das gleiche Spiel wie vorhin nochmal«, sagte er. »Über die Planke oder du säufst ab.«

Dann rammte er Rayk einen spitzen Ellenbogen in den Rücken und trieb ihn erneut über eine rutschige Planke.

Rayk hätte erwartet, auf ein größeres Schiff gebracht zu werden. Doch stattdessen knirschte Schnee unter seinen Füßen und der Pirat schob ihn unbarmherzig von hinten an. Sie schienen mehrere Kontrollpunkte oder ähnliches zu passieren, da Rayk hörte, wie sein Bewacher mit anderen Männern und Frauen kurze Begrüßungen austauschte. Bald darauf verschwand das wenige Licht, das durch den stinkenden Sack über seinem Kopf bis zu seinen Augen vorgedrungen war. Er musste sich in einer großen Lagerhalle oder einem langen Gang befinden, da er wieder über festen Untergrund lief und seine Schritte metallisch in der Umgebung hallten.

Rayk hatte die ganze Zeit das Gefühl, als läge ihm die Antwort auf seinen Aufenthaltsort auf der Zunge, doch ein Detail in seinem Kopf versperrte ihm noch die Erkenntnis. Eine schwere Tür quietschte in den Angeln und Ketten klirrten. Sein Wächter legte ihm Fußfesseln an und kettet dann seine Hände an eine Stange an der Wand.

»Essen gibt's um sechs«, sagte der Mann spöttisch und dann fiel eine schwere Tür ins Schloss.

Rayk war alleine. Trotzdem entspannte er seine Muskeln erst, als er mehrere Minuten darauf gelauscht hatte, ob niemand anders in seiner Nähe atmete. Nichts.

Der stinkende Stoffsack über seinem Kopf machte ihm das Atmen schwer. Winzige Staubkörnchen, kratzen ihn unaufhörlich in der Nase. Er hatte keine Ahnung, wo er sich befand, wann es sechs Uhr sein würde und ob wirklich jemand kommen würde. Vielleicht war dies auch einfach ein Loch, in dem die Piraten ihn verrotten lassen würden.

※

»Ich hasse das Eismeer«, sagte Tesuk zum hundertsten Mal. Kel machte sich daher nicht mehr die Mühe, darauf zu antworten. Sie beide waren unter ihrer dicken Fellkleidung nassgeschwitzt, aber wenigstens neigte sich ihre Arbeit dem Ende zu. Sie waren von Yorricks Leuten mit schaukelnden Booten zur Eisscholle gebracht worden, wo sie den Rebellen halfen, Qarmaqs auf der Schneefläche zu errichten.

Sie brauchten die Unterkünfte nicht nur für die vielen Rebellensoldaten, sondern auch für den gesamten Stamm, der auf der Scholle mit ihnen kommen würde. Suka, Tesuk und er selbst waren einer Meinung gewesen. Sie würden sich nicht wieder trennen und einen Teil ihrer Leute in Rhenak zurücklassen. Auch wenn es in Hàvamar gefährlich werden würde, hätten sie bei einer Niederlage sowieso keinen Rückzugsort mehr.

Yorrick hatte seine Männer in kleine Gruppen aufgeteilt und Kel hatte das gleiche mit den Stammesmitgliedern gemacht. So konnten sie gemeinsam die Rebellen lehren, wie man ein Qarmaq errichtete und mit ihnen daran arbeiten. Auch die drei Rebellen, die mit Tesuk und ihm arbeiteten, verausgabten sich. Die schweißverklebten Haare hingen ihnen in ihre Gesichter.

»Ist es wirklich richtig, was wir tun?«, fragte Tesuk.

Er hatte aufgehört, Schnee auf die Grundstruktur des Qarmaqs zu schaufeln. »Die Ahnenlieder erzählen von dem ewigen Winter nicht als Sache, gegen die man ankämpfen könnte.«

Kel wusste, was sein alter Freund meinte. Er hatte selbst viel darüber nachgedacht. Die Ahnenlieder waren eindeutig. Alles Leben beginnt in der Wärme und endet in der Kälte.

»Ich bin nicht bereit, einfach aufzugeben«, sagte Kel.

»Außerdem sagen die Ahnenlieder nichts über eine gewaltige *Explosion*.« Er versuchte das gleiche Wort zu benutzen wie die Rebellen, doch es fühlte sich merkwürdig in seinem Mund an. Kel verstand noch immer viele Dinge über *Bomben* und *Geothermiekraftwerke* nicht, die Yorrick und Bjan ihm erklärt hatten. Entscheidend war jedoch, dass er ihnen glaubte. Die Welt außerhalb der Eiswüste war ihm schon immer voll von bösem Zauber vorgekommen.

»Wir kämpfen nicht gegen den ewigen Winter«, sagte Kel daher, um Tesuk zu beruhigen. »Sondern gegen die Saghani.«

Tesuk murmelte etwas, das sowohl Zustimmung als auch Widerspruch sein konnte und arbeitete weiter.

Als sie fertig waren, ließen sie sich schwer atmend gemeinsam mit den drei Rebellen neben dem Qarmaq nieder und lehnten ihre Rücken daran. Die Männer waren nicht besonders gesprächig, aber die gemeinsame Arbeit hatte sie trotzdem mit Kel und Tesuk verbunden und so saßen sie nun wie Freunde im Schnee und gönnten ihren müden Körpern eine kurze Pause.

Kel beobachtete die weißen Atemwolken, die von seinem Mund in Richtung Himmel stiegen. Früher hatte er sich oft gefragt, ob sein Geist nach seinem Tod in ähnlicher Weise zu den Ahnen heimkehren würde. Die Lieder des Stammes erzählten nur wenig davon, wie man in die Ewigkeit aufstieg.

»Kel?«

Es war Suka gewesen, die ihn gerufen hatte. In den Armen hielt sie ein dickes Stoffbündel, in dem sein Sohn schläfrig mit den Beinen strampelte.

»Gibt es ein Problem?«, fragte Kel besorgt. Suka hatte die Aufgabe übernommen, nach den restlichen Stammesmitgliedern zu sehen. Den ganz jungen und den zu alten, die nicht beim Qarmaq-Bau halfen, sondern im Inneren der Wohnanlagen der Scholle warteten. Zum Glück schüttelte Suka jedoch rasch den Kopf.

»Wir haben den Jägern Andenken an ihre Familien gebracht. Falls es zu einem großen Kampf kommt, sollen sie sie daran erinnern, bald zu ihnen zurückzukehren.«

Dabei klopfte sie auf eine große lederne Tasche, die sie über der Schulter hängen hatte, und die inzwischen leer zu sein schien.

»Und ich weiß, dass die Reise zu der Saghani-Stadt zwar noch weit ist, aber ich dachte, du wolltest dich vielleicht von Anyu verabschieden, bevor keine Zeit mehr dazu ist«, sagte sie und bückte sich zu Kel hinunter, um ihm seinen Sohn zu übergeben.

»Ja«, sagte Kel und lächelte in Anyus kleines Gesicht. »Das wollte ich.«

Er schaukelte seinen Sohn sanft hin und her. Anyu lächelte ihn an und brabbelte Laute, die wohl bedeuten sollten, dass er sich wohlfühlte.

»Ich habe auch ein Andenken für dich«, sagte Suka zu Kel und begann, in ihrer Tasche zu wühlen. Schließlich zog sie eine Kette daraus hervor. Ein schlichtes dünnes Lederband ohne Verzierungen. Am unteren Ende war eine eisblaue Feder angebracht und noch etwas, das Kel nicht gleich erkannte.

»Sie hat meinem Bruder gehört«, sagte sie. »Die Feder stammt von einem Klippenvogel. Sie bauen ihre Nester in den Steilklippen in der Nähe unserer früheren Heimat.«

Wehmut klang bei dieser Erinnerung in ihrer Stimme mit.

»Als Junge hat er oft versucht diese Klippen zu erklimmen. Und als er es endlich geschafft hatte, nahm er sich diese Feder mit, die er seither nie wieder abgelegt hat. Es ist ein Geschenk der Ke'yush für dich«, sagte Suka und legte Kel die Kette um den Hals. Ihre Finger streiften sein Gesicht einen Augenblick zu lange.

»Komm zurück«, flüsterte sie.

Dann trat sie rasch einen Schritt zurück und versuchte, ihre Traurigkeit mit einem Lächeln zu überspielen.

»Den zweiten Anhänger an der Kette dürftest du selbst erkennen.«

»Die Spitze einer Schneebärenkralle«, sagte Kel und Suka nickte.

»Sie war so hart, dass ich drei gute Werkzeuge verbraucht habe, um ein Loch hineinzubohren, das groß genug für die Schnur der Kette war.« Mit einem Kopfschütteln fügte sie hinzu: »Du bist außergewöhnlich, Kel vom Stamm der Thule. Ich kenne kein einziges Ahnenlied, in dem ein Schneebär gezähmt wurde.«

Kel zuckte mit den Schultern. »Es war die einzige Möglichkeit. Und ich glaube nicht, dass er wirklich gezähmt war. Es wäre ihm ein Vergnügen gewesen mich umzubringen.«

Suka erwiderte nichts darauf und beobachtete schweigend, wie Kel seinen Sohn hin und her wiegte. Kel beugte sich zu Anyu hinunter und kitzelte mit seiner Nase die seines Sohns. Seine Haut war noch so weich und zart, dass Kel Angst hatte, sein Bart würde ihm wehtun. Doch Anyu lachte auf und trommelte mit seiner kleinen Hand gegen Kels Wange.

»Ich komme zurück«, flüsterte Kel ihm zu.

Dann schaukelte er ihn noch eine Weile im Arm, bis Suka ihn wieder nahm.

»Der ganze Stamm gibt auf ihn acht«, versprach sie.

Dann war der Moment gekommen, sich auch von Suka zu verabschieden. Kel fiel es schwerer, als er gedacht hätte. Da auch sie nicht richtig zu wissen schien, was sie sagen sollte, neigten sie beide einfach schweigend ihre Köpfe aneinander, sodass sie sich an der Stirn berührten. Obwohl der Moment nicht länger dauerte als ein normaler Abschied von einem Freund, entstand in Kel plötzlich eine Art Leere, als sie ihre Köpfe wieder zurückzogen. Suka hatte mit ihm die Bürde des Anführers geteilt. Das hatte ihm viel bedeutet.

»Pass auf dich auf«, sagte Suka und sie versuchte, es beiläufig klingen zu lassen. Auch Kel tat so, als würde er nur auf eine kurze Hundeschlittenfahrt gehen, als er erwiderte: »Und pass du auf den Rest des Stammes auf.«

Sie versprach es ihm und machte sich dann auf den Weg zurück in die Wohnanlagen. Kel schaute ihr so lange hinterher, bis sie zwischen einigen anderen Qarmaqs, die bereits fertiggestellt waren, verschwunden war und ließ dann seinen Blick über die Scholle schweifen. Am östlichen Rand legte gerade ein kleines Boot an. Ein Mann in Fesseln und mit einem Sack über dem Kopf wurde von Bord auf die Scholle geführt. Yorrick hatte Kel erklärt, warum er den Saghani-Kommandanten auf der Scholle mit nach Hàvamar nahm. Doch Kel gefiel es trotzdem nicht besonders, ihn dabei zu haben.

Eine weitere Gestalt lenkte ihn jedoch ab. Mira stapfte durch den Schnee auf ihn zu. Es war erstaunlich, aber die junge Frau schien überall auf der Scholle zugleich zu sein, um alles für die Fahrt nach Hàvamar vorzubereiten.

Mira spürte langsam die Erschöpfung an sich nagen. Ihre Bewegungen wurden langsamer, ihre Gelenke steifer und ihre Augenlider schwerer. Seit ihrer Quasi-Ernennung zum Käpt'n der Scholle hatte sie nicht mehr gesessen und eilte von einem Ende der Scholle zum anderen. Es war nicht leicht, die Abläufe und Organisationsstrukturen auf so viele Menschen umzustellen. Vorräte mussten mit Schiffen hergeschafft und eingelagert werden. Jeder Mann und jede Frau brauchte ein Quartier, die Schichten der Essensausgabe mussten neu eingeteilt werden und jede Ecke der Wohnanlage und den neuerrichteten Qarmaqs musste sinnvoll genutzt werden. Zu ihrem großen Bedauern war der einzige Ort, an dem sie momentan nichts zu erledigen hatte, der Kuppelgarten. Auch wenn sie noch so gerne einfach nur ein paar ruhige Stunden an ihrer alten Parzelle gearbeitet hätte, wurde sie momentan nicht als Gärtnerin gebraucht. Pflanzen wuchsen nämlich die meiste Zeit über von alleine.

Wenigstens zogen jedoch alle an einem Strang und erfüllten ihre Aufgaben meist schneller als Mira ihnen neue geben konnte. Besonders Kel und die Jäger des Stammes waren eine Hilfe gewesen, da sie mit den Qarmaqs das Problem des zusätzlich benötigten Wohnraums schnell lösen konnten. Nachdem Mira sich mit dem Stammesführer über die Fortschritte seiner Arbeit unterhalten hatte, war sie nun wieder zurück auf dem Weg zu der Wohnanlage. Sie passierte die schweißenden Männer an der Schleuse. Sie fand es zwar irgendwie komisch, dass nun die gleichen Menschen, die ein Loch hineingesprengt hatten, nun eine neue Metalltür einsetzten, doch das hatte auch etwas von ausgleichender Gerechtigkeit. Außerdem war es ein weiteres Beispiel für die gute Zusammenarbeit zwischen Schollenbewohnern und Rebellen.

Während Mira den äußeren Ring der Wohnanlage entlangging kreisten ihre Gedanken immer wieder zurück zu der Gestalt mit dem Sack über dem Kopf, die die Rebellen auf die Scholle gebracht hatten. Yorrick hatte ihr kurz berichtet, was bei den Luftschiffwracks geschehen war, aber sie hatte noch keine Zeit gehabt, genauere Informationen auszutauschen. Sie wusste, dass es unmöglich war, den Mann in seinen dicken Klamotten und mit dem Sack über dem Kopf zu erkennen, aber irgendetwas sagte Mira, dass sie wusste, wer er war. Sie würde später Yorrick danach fragen müssen. Doch zuerst musste sie in den Maschinenraum zu Tarjei und ihrem Vater.

»Hast du's?«, hörte sie Bjan rufen, noch bevor sie durch die Tür getreten war.
»Nein, warte«, rief Tarjei irgendwo aus dem Maschinenraum zurück und seine Stimme klang merkwürdig gedämpft, als käme sie direkt aus den Tiefen eines der Generatoren.
»Jetzt!«, gab Tarjei das Kommando.
»Dann komm da raus und hilf mir hier vorne«, sagte Bjan.
Mira duckte sich wegen der tiefhängenden Rohre, zog den Bauch ein, um sich zwischen zwei großen Wasseraufbereitungstanks durchzuquetschen und fand schließlich ihren Vater. Bjan stemmte gerade sein Körpergewicht in einen Schraubenschlüssel, der so lang wie Miras Oberarm war, um den Ringverschluss offen zu halten, der zwei Leitungen miteinander verband.
»Ah, Mira«, sagte er, als er sie bemerkte. »Hilf mir doch mal und dreh da vorne an der Frischwasserzuleitung den Hahn auf.«
Mira ging zu der Stelle, auf die ihr Vater gezeigt hatte, musste aber feststellen, dass sie sich ungefähr zwanzig verschiedenen Rohren mit Schraubventilen gegenübersah.
Als hätte Bjan ihre Gedanken gelesen, sagte er: »Das Dritte von oben, mit dem kleinen eckigen Rädchen. Sollte sich ganz leicht drehen lassen. Aber pass auf, dass du nicht den ganzen Hahn rausdrehst, sonst haben wir hier eine Überschwemmung.«
Mira tat wie geheißen und merkte einmal mehr, wie froh sie war, dass sie nicht länger Tarjeis Rolle als Gehilfe ihres Vaters erfüllen musste.
»Gut«, rief Bjan und ließ seinen Schraubenschlüssel sinken. »Das reicht.«
Jetzt kam auch Tarjei hinter einem der Verbrennungsmotoren hervor, der, wenn Mira sich recht

erinnerte, die Aufgabe der Stromerzeugung für das Licht in der Gartenkuppel übernahm.

»Funktioniert es?«, fragte Tarjei und reichte Bjan seinen Gehstock, den er neben sich an die Wand gelehnt hatte.

Mit dem Stock humpelte Miras Vater auf die andere Seite des Raums, wo er mehrere Anzeigen überprüfte, deren Zeiger wie die Pfeile einer Uhr über Zifferblätter wanderten. Einige rotierten in Sekundenschnelle andere hielten ihre Position wesentlich stabiler. Sie verrieten Bjan, ob die Maschinen Scholle zwölf weiterhin am Leben erhalten würden.

»Sieht gut aus«, sagte er. »Aber wir müssen den Verbrauch im Auge behalten. Sonst haben wir zwar eine schwimmende Eisscholle, aber kein fließendes Wasser mehr. Mit den vielen Menschen an Bord wird das gar nicht einfach auszubalancieren sein.«

»Aber es funktioniert?«, rief Yorrick in den Maschinenraum, kurz bevor er sich zwischen den beiden Wassertanks hindurchschob.

»Ja«, antwortete Bjan und kam zu ihnen herübergehumpelt. »Wir haben die Reserve-Eispumpen zugeschaltet. Damit wird am unteren Ende der Scholle genug zusätzliches Eis produziert, dass wir selbst mit dem zusätzlichen Gewicht durch Menschen und Vorräte hoch genug im Wasser liegen.«

»Gut«, sagte Yorrick und auch Mira machte sich in Gedanken eine Notiz, dass dies einer der vielen Punkte war, die sie auf ihrer Liste abhaken konnte.

»Dann legen wir ab«, sagte Yorrick und Mira glaubte ein Lächeln in seinem Gesicht zu sehen, als er sich an sie wandte und hinzufügte: »Falls unser frischgebackener Käpt'n einverstanden ist.«

Mira gab ihr Einverständnis und nutzte die Gelegenheit, wenn sie Yorrick schon einmal sah, für ihre Frage.

»Wieso hast du einen der Soldaten auf die Scholle bringen lassen?«

»Ah, du hast ihn schon gesehen«, antwortete Yorrick. »Ehrlich gesagt, weiß ich es nicht genau. Vermutlich aus persönlichem Vergnügen.«

Etwas im Klang seiner Stimme jagte Mira eine Gänsehaut über den Rücken.

»Du willst ihn foltern?«, fragte sie und obwohl sie nicht wusste, wer der fremde Soldat war, war sie bereit, sich deswegen mit Yorrick anzulegen. Wenn sie schon Käpt'n der Scholle war, würde sie so etwas nicht erlauben. Es gab eine Grenze, die man - selbst wenn man auf der richtigen Seite stand - nicht überschreiten durfte. Sonst wären sie alle nicht besser als irgendjemand aus der Hauptstadt oder beispielsweise Morten. Mira war so beschäftigt gewesen, dass sie schon länger nicht mehr an den Quartiermeister der *Lintu* gedacht hatte. Aber wenn ihre Erfahrungen mit dem Mann wenigstens zu einer Sache gut sein sollten, dann dazu, dass er sie ganz genau gelehrt hatte, wo diese Grenze lag.

»Nicht so wie du denkst«, antwortete Yorrick. »Ich dachte viel eher, dass dein Vater gerne mit ihm reden würde.«

»Nein«, sagte Bjan. Seine Stimme klang fest und entschlossen.

»Wir brauchen ihn vielleicht«, sagte Yorrick. »Du bist der Einzige, bei dem die Chance besteht, dass er dir glaubt.«

»Das wird er nicht tun«, sagte Bjan. »Er ist Kommandant und kein gewöhnlicher Wachsoldat. Er liebt Håvamar blind.«

»Und gerade deswegen wird er mir nicht glauben«, sagte Yorrick. »Weil ich die Stadt genauso blind hasse. Aber wenn du da reingehst, dann wird er dir zumindest zuhören.«

Mira verstand gar nichts mehr. Es schien sich wieder um eine der Geschichten aus der Vergangenheit ihres Vaters zu drehen.

»Nein«, sagte Bjan noch einmal, doch dieses Mal klang er weniger entschlossen.

»Na gut«, sagte Yorrick. »Aber du weißt genau, dass er eine dritte Option bietet.«

Yorrick strich sich über seinen kurzen Stoppelbart.

»Wenn wir erwischt werden, wie wir uns in Håvamar einschleichen, bleibt uns nur noch der direkte Angriff. Aber wenn du ihn überzeugen könntest, hätten wir eine Hintertür.«

Bjan und Yorrick starrten sich lange an. Ihre Unterhaltung schienen sie stumm weiterzuführen, als verstünden sie die Gedanken des anderen. Schließlich ließ ihr Vater irgendwann die Schultern sinken und seufzte, bevor er sagte: »Also gut. Tarjei, du gehst zu Eskil und siehst nach, ob er noch Hilfe braucht. Mira, du kommst mit mir.«

Mira hatte keine Ahnung, was sie bei dem Gefangenen sollte. Sie hatte selbst noch genug zu tun. Vor allem wollte sie endlich zurück in den Kuppelgarten, um sich mit Svea über den Stand der nächsten Ernte zu unterhalten. Daher fragte sie ihren Vater: »Wozu brauchst du mich denn dabei?«

»Damit ich Rayk nicht auf der Stelle umbringe, wenn ich ihn sehe«, antwortete ihr Bjan und Mira spürte, dass er das absolut ernst meinte.

※

Kapitel Vierunddreißig

»Wann können wir zurück nach Hause gehen, Großvater?«

»Bald«, log Lavran und setzte eine kleine Holzfigur auf das Spielzeugpferd, das vor ihm stand. Dann imitierte er ein Schnauben und versuchte, seine Hände auf den Boden klatschen zu lassen, so dass es sich nach Hufgetrappel anhörte.

Für gewöhnlich lachte seine kleine Enkelin, wenn er so etwas tat, doch jetzt schaute sie ihn nur aus traurigen Augen an.

»Und wann genau?«, fragte sie.

Lavran seufzte und schob das kleine Pferd ein Stück von sich.

»Weißt du, Ylva«, er seufzte nochmal und versuchte, sich eine Erklärung für sie zurechtzulegen, die ihr keine Angst machte. Er hatte sie hierher in sein Herrenhaus geholt, um vorbereitet zu sein. Doch er konnte ihr nichts von der bevorstehenden Evakuierung erzählen, oder dass ihr Haus nach dem kommenden Tagen nicht mehr stehen würde.

In diesem Augenblick klopfte es gegen die Tür.

»Minister Botker?«, fragte Jospens vertraute Stimme.

Sein Diener wusste, dass Lavran nur sehr ungern gestört wurde, wenn er sich Zeit für seine Enkelin nahm. Daher ging er davon aus, dass es wichtig war.

An Ylva gewandt sagte Lavran: »Bald können wir zurück, aber ein bisschen tapfer musst du noch sein.«

Daraufhin erhob sich Lavran vom Boden und spürte, dass er zu lange mit verschränkten Beinen auf den harten Fliesen gesessen hatte. Ihm tat jeder Knochen weh.

»Spiel schön weiter, Kleines.«

In dem Augenblick kam auch schon das Kindermädchen ins Zimmer, machte einen höflichen Knicks vor Lavran und setzte sich mit einem warmen Lächeln zu Ylva. Jospen hatte das Kindermädchen sicher direkt mitgebracht. Er war ein kluger Mann. Lavran schätzte ihn sehr.

Sein alter Diener hielt ihm die Tür zu dem Zimmer auf und schloss sie hinter ihm, sobald er hindurchgetreten war.

»Also, Jospen, was gibt es?«, fragte Lavran.

»Entschuldigt die Störung, Herr«, sagte Jospen und senkte den Kopf zu einer angedeuteten Verbeugung. »Aber Ministerin Aura bat mich, Euch sofort aufzusuchen und Euch diesen Brief zu übergeben.«

Lavran nahm den zusammengefalteten Zettel entgegen, den Jospen ihm hinhielt. Als er ihn auffaltete, konnte er weder Siegel noch Unterschrift der Ministerin erkennen. Doch es war ihre Handschrift.

Aura war, was ihre Beteiligung an dem großen Plan anging, völlig paranoid. Doch Lavran konnte es ihr nicht verübeln. Schon gar nicht bei dieser Nachricht.

Gestern wurde ich von Minister Ildar aufgesucht.
Er bat mich um Einsicht in die Unterlagen der Geothermieanlage. Ich habe ihm unsere gefälschten Berichte übergeben, aber er sucht noch immer nach Unregelmäßigkeiten und schnüffelt in den Archiven herum.

»Danke«, sagte Lavran langsam zu Jospen, während er den Brief noch ein zweites Mal überflog.

Der Verteidigungsminister war zu einem Risiko geworden. Lavran hätte ihn gerne von Anfang an mit im Boot gehabt, doch er wusste genau, was für eine Art Mann Ildar war. Er würde die Lage, in der sich Hàvamar befand, und die Entscheidungen, die notwendig waren, nicht begreifen. Und jetzt war er anscheinend von selbst darauf gekommen, dass etwas vor sich ging. Er musste aufgehalten werden, bevor er den Plan ernsthaft gefährden konnte.

Lavran atmete einmal tief ein und aus, dann zog er einen versiegelten Umschlag aus der Innentasche seiner Jacke, den er schon eine ganze Weile mit sich herumtrug.

»Bring den hier so schnell wie möglich zu Offizier Stian.«

Da es Lavran nicht möglich gewesen war, den Verteidigungsminister in seinen Plan einzuweihen, war er an den nächstbesten Mann in der Rangfolge herangetreten - den Befehlshaber der Regierungswächter. Im Gegenzug war Stians Familie natürlich eine derjenigen, die sich in der ersten Evakuierungswelle befinden würde. Damit hatte Lavran ihn in der Hand. Stian würde für ihn nicht nur sterben, sondern in Minister Ildars Fall auch sterben lassen.

Jospen hatte den Brief bereits eingesteckt, doch sich noch nicht auf den Weg gemacht, was Lavran verwunderte.

»Gibt es noch etwas, Jospen?«, fragte er.

»Ja, Herr. Ihr wolltet benachrichtig werden, wenn die nächsten Gewinner der Lotterie feststehen. Vegar Ihmels hat eine Vorauswahl getroffen und bittet um Eure endgültige Entscheidung.«

Noch eine dieser Entscheidungen, die er nur ungern traf, dachte Lavran. Doch innerlich gab er sich einen Ruck und sagte: »Zeig mir die Liste.«

Dann folgte er Jospen das kurze Stück bis zu seinem Arbeitszimmer durch den Flur. Der Diener führte ihn direkt zu seinem Schreibtisch, wo er bereits das Dokument ausgebreitet hatte. Es war eine großangelegte Tabelle mit über fünfundzwanzig Namen von potentiellen Gewinnern. Nahezu alles, was es über sie zu wissen gab, war in einer eigenen Spalte vermerkt. Alter, Anzahl der Kinder, Bildungsstand und Beruf und bei den letzten Ziehungen war auch noch der Punktewert »Treue zu Hàvamar« hinzugekommen. Lavran hielt das immer noch für Unsinn, doch einige der anderen Beteiligten des Plans waren der Meinung, seit Yorrick immer mehr an Einfluss gewann, wäre es notwendig, sicherzustellen, dass keiner seiner Piraten sich einschleusen konnte. Er verstand ihre Bedenken, doch sie verstießen trotzdem gegen seine ursprüngliche Idee, mit der Lotterie eine faire Chance für jeden Menschen zu schaffen, die kommende Katastrophe zu überleben.

Wen von diesen Leuten sollte er auswählen?

Sie alle hatten ein Los gekauft und damit dazu beigetragen, den Bunkerbau überhaupt erst zu finanzieren. Wie konnte er sich da entscheiden?

Es gab noch Platz für zwei weitere Familien. Sollte er den hart schuftenden Fabrikarbeiter samt seiner drei Kinder nehmen oder den Soldaten, der sein Leben bereits in den Dienst Hàvamars gestellt hatte.

Lavran hatte nie geglaubt, dass es ihm zustand, zu wählen wer überlebte. Er wusste nur, dass es sonst niemand tat, und so war es zu seiner Aufgabe geworden.

Aber warum sollte er sich nicht ein wenig Hilfe gönnen? Sich eine unparteiische Meinung anhören, die davon ausging, dass es hierbei nur um den Gewinn eines Hauses im Adelsviertels ging und nicht darum unter den Menschen zu sein, die evakuiert würden.

»Hast du dir die Liste angesehen?«, fragte er Jospen.

Der Diener zögerte einen Moment. Vielleicht dachte er, dass Lavran ihn dafür bestrafen oder maßregeln wollte.

»Ja, Herr«, gab er schließlich zu. »Ich habe sie beim Zurechtlegen überflogen.«

Ein bewundernswerter Mann, dachte Lavran. Selbst wenn er glaubte, dass es negative Konsequenzen für ihn haben könnte, war er noch ehrlich.

Jospen gehörte seit Jahren zur Dienerschaft des Rates, aber Lavran war zufrieden, dass er ihn vor zwei Jahren als seinen persönlichen Diener angefordert hatte.

»Wen würdest du auswählen?«, fragte er den Mann.

»Herr?«, fragte Jospen unsicher und legte die Stirn in Falten. Lavran glaubte sogar, ein leichtes Zittern seiner Finger erkennen zu können. Aber weshalb sollte Jospen so nervös sein?

»Keine Angst«, sagte er, um den Mann zu beruhigen. »Ich will einfach nur deine Meinung hören. Was glaubst du, wer auf dieser Liste es am meisten verdient hat, zu gewinnen?«

Jospens Verunsicherung schien ein wenig nachzulassen. Zumindest hörten seine Finger auf zu zittern und auch seine Stimme klang fester, als er antwortete: »Herr, bitte entschuldigt, aber ich werde mich nicht daran beteiligen.«

Jetzt war es an Lavran, die Stirn zu runzeln. Er konnte sich nicht daran erinnern, jemals ein *nein* von Jospen gehört zu haben. Er glaubte sogar zu bemerken, dass Jospen von sich selbst überrascht war, dass er seinem Herrn widersprach. Warum verhielt sich der Diener so merkwürdig? Hatte er vielleicht eine Ahnung, was die Lotterie in Wirklichkeit war?

Aber das konnte nicht sein. Lavran war vorsichtig. Er ließ niemanden, den er nicht einweihen wollte, mehr sehen, als gut für ihn war. Er hatte Jospen immer für klug gehalten, aber er konnte nicht wissen, was vor sich ging. Die Fäden liefen zwar alle bei Lavran zusammen, doch die einzelnen Aufgaben waren auf zu viele verschwiegene Mitwisser verteilt, um einfach so seine Schlüsse zu ziehen. Deswegen tappte beispielsweise Verteidigungsminister Ildar auch noch immer im Dunkeln.

Lavran achtete sehr auf seine Tarnung. Er traf sich wie jeder andere Minister mit den Ratsmitgliedern und kam seinen politischen Pflichten nach. Doch noch viel wichtiger: er kontrollierte jeden geheimen Brief, den er erhielt und wusste, dass jedes andere involvierte Ratsmitglied dies ebenfalls tat. Die Siegel waren noch nie aufgebrochen gewesen. Niemand kannte die Botschaften, die er mit den anderen austauschte.

»Herr«, sagte Jospen. »Ich verstehe nicht, wieso bei der Lotterie nicht der Zufall entscheidet, wie es den Menschen in den Verkaufsstellen der Lose versprochen wird.«

Lavran atmete erleichtert aus. Jospen hielt ihn für einen Falschspieler. Das war alles. Der Diener hatte keine Ahnung von den wirklichen Hintergründen. Und natürlich war es eine berechtigte Reaktion, über die Lavran bisher noch gar nicht nachgedacht hatte. Für einen Außenstehenden mussten die Manipulationen an der Lotterie tatsächlich wie Falschspielerei aussehen. Dabei dienten die vielen ausgefüllten Formulare, die die Bürger abgaben, nur als Grundlage dafür, dass unliebsame Kandidaten aussortiert werden konnten.

Jospen konnte er dies alles natürlich nicht erzählen. Doch er mochte den alten Diener sehr, daher sagte Lavran: »Deine Ehrlichkeit ist bewundernswert, Jospen. Deswegen will auch ich ehrlich zu dir sein. Ich schwöre dir, dass die Auswahl der Lotteriegewinner einem höheren Zweck dient. Ich hoffe du wirst das eines Tages verstehen.«

»Ja, Herr«, war alles, was Jospen ihm darauf antwortete.

Es war schwierig zu sagen, ob er ihm wirklich glaubte, da sich die antrainierte Emotionslosigkeit jedes Ratsdieners wieder über sein Gesicht gelegt hatte. Doch Lavran reichte es aus. Schließlich musste der Diener auch schon vorher an seiner Rechtschaffenheit gezweifelt haben und hatte seine Aufgaben trotzdem immer gewissenhaft erfüllt.

»Also gut«, murmelte Lavran und wandte sich wieder der Liste mit den potentiellen Lotteriegewinnern zu. Er hätte genauso gut einen Würfel rollen können. Diese Menschen hatten alle das Recht, weiterzuleben. Sie alle waren perfekte Kandidaten.

Am Ende entschied sich Lavran für den besten Weg. Die Bürger Hàvamars hassten es, gegen einen von ihnen selbst zu verlieren. Aber wählte die Lotterie ein Kind aus, dann konnte es sogar von einer Scholle stammen und selbst die übelsten Nationalisten hielten den Mund und grinsten. Wie bei dem jungen Mädchen, das er erst kürzlich zusammen mit Vegar von dieser Scholle geholt hatte, die zuvor von Piraten überfallen worden war. Er hatte ihren Gewinn extra an ihrem Geburtstag verkünden lassen. Ein nettes Geschenk, wie Lavran fand. Sie und ihre Familie sollten jetzt gemeinsam mit den anderen Gewinnern bereits auf halbem Weg zum Nimus sein.

Schließlich fand er, was er gesucht hatte.

Tjara Agder, las Lavran.

Fünf Jahre alt. Einen älteren Bruder und Eltern, die beide aus großen Familien stammten. Was oft für einen weiteren Kinderwunsch sprach. Die Mutter war Krankenschwester, der Vater arbeitete im Kuppelgarten. Beide hatten einen extrem nützlichen Beruf. Ein kurzer Blick auf die anderen Tabellenspalten verriet Lavran, dass er mit ihr als Kandidatin auf keinen Fall einen Fehler machen würde. Sie stammte von Scholle drei, die eine Politik pflegte, die Hàvamar sehr nahestand.

Um es nicht zu auffällig zu machen, dass vermehrt Kinder gewannen, musste die nächste Person im Erwachsenenalter sein, dachte Lavran und ließ seinen Finger erneut über die Liste streichen, bis er ein gutes Gefühl bei seiner letzten Wahl hatte.

Hordal Troms

Er stammte aus Hàvamar und hatte früh Karriere gemacht, sodass er mit seinen achtundzwanzig Jahren bereits Vorarbeiter in einer Stahlfabrik war. Er hatte also vermutlich handwerkliches Geschick und Köpfchen. Der Grund, warum er auf der Liste stand, war aber vermutlich seine Frau. Obwohl sie erst fünfundzwanzig war, war sie bereits Vorsteherin ihres Viertels. Ein Amt, das sie von ihrem früh verstorbenen Vater übernommen hatte. Es beinhaltete ein gewisses Risiko, Menschen mit Führungsqualitäten in den Bunker aufzunehmen, aber Lavran wusste, dass es früher oder später zu Streitigkeiten kommen konnte. Wenn es nicht unter den Mitgliedern der einfachen Bevölkerung geschah, dann auf jeden Fall zwischen ihnen und den Adligen. Und es würde sich sicher als Vorteil herausstellen, wenn in einem solchen Falle eine der Seiten von einer Person vertreten wurde, die bisher schon Verstand und Fähigkeiten bewiesen hatte, wenn es um das Schlichten von Konflikten ging. Besonders, wenn sie der Führung Hàvamars wohlgesonnen war. Die beiden Kinder, die das Paar hatte, fielen für Lavran schon nicht mehr ins Gewicht.

Er setzte den Namen des Mannes unter den der jungen Schollenbewohnerin und steckte das Blatt Papier in einen Umschlag, um sein Siegel darauf zu setzen. Danach drehte er sich zu Jospen um, der die ganze Zeit über wartend dagestanden hatte und reichte ihm den Brief.

»Bring den hier Ihmels, sobald du bei Offizier Stian warst.«

»Ja, Herr«, sagte Jospen und verneigte sich, bevor er den Raum mit der Geschmeidigkeit eines erfahrenen Dieners verließ.

Lavran wandte sich wieder seinem Schreibtisch zu, faltete das Papier auf dem die Lotterie-Tabelle zu lesen war zusammen und ging zu dem großen Safe hinüber. Dort verbarg er hinter dicken Stahlwänden und dem sichersten Schloss, das es in Hàvamar zu kaufen gab, alle Dokumente, Briefe und Unterlagen, die er für seine Pläne benötigte.

Bald war das alles vorbei, dachte Lavran. Minister Ildar war eigentlich schon Geschichte und von seinem Neffen, Kommandant Rayk, der gegen die Piraten in den Kampf geflogen war, hatte man seit Tagen nichts mehr gehört. Lavran hoffte, dass er und Yorrick sich einfach gegenseitig umgebracht hatten. Es würde seine Arbeit sehr erleichtern und der Plan, der das Überleben so vieler Menschen sichern sollte, konnte ohne Störungen ausgeführt werden.

※

Kapitel Fünfunddreißig

»Was hast du damit gemeint, dass du ihn umbringen willst?«, fragte Mira während sie neben ihrem humpelnden Vater durch den äußeren Ring eilte.

Mira konnte sehen, wie er seine Kiefermuskeln anspannte und bemerkte seine Finger, die sich um den Griff seines Stockes zur Faust geballt hatten.

»Nachdem ich damals in Hàvamar meinen Widerstand gegen meine Idee mit der Bombe angekündigt hatte, war dieser Mann dafür verantwortlich, ein Auge auf mich zu haben«, erklärte er.

»Aber warum bist du so wütend auf ihn?«, bohrte Mira weiter. »Er hat dir gedroht und dich eingeschüchtert. Das verstehe ich. Aber das war vor sechzehn Jahren.«

»Du willst es also wirklich wissen«, sagte ihr Vater und schüttelte ärgerlich den Kopf. Mira hatte ihn noch nie so erlebt. Sie konnte nicht sagen, ob er auf sie wütend war oder den Mann, zu dem sie unterwegs waren, oder einfach auf alle und jeden.

»Dieser Mann hat deine Mutter getötet.«

Mira blieb wie angewurzelt stehen.

Die einzigen Erinnerungen, die sie an ihre Mutter hatte, waren ein Foto und alte Geschichten, die ihr Vater ihr über sie erzählt hatte. Erst jetzt begriff Mira, dass ihre Mutter in ihrer Vorstellung nie ein vollständiger Mensch gewesen war. Nur einzelne Fragmente, die für sich alleine genommen zu hunderten verschiedenen Personen hätten gehören können. Wie bei einem Puzzle hatte ihr Vater ihr die Rahmenteile vorgegeben und Miras Fantasie hatte den Rest in der Mitte irgendwie ausgefüllt. Doch nun zerbrach das alles. Und für Mira verschwand nicht einfach nur ein Puzzleteil. Es war viel eher so, als würde genau in diesem Moment ihre Mutter vor ihr stehen und noch einmal sterben.

»Es tut mir leid.« Ihr Vater hatte inzwischen bemerkt, dass sie stehen geblieben war und war wieder zu ihr zurückgegangen. Er wollte ihr einen Arm um die Schulter legen, doch sie wich vor ihm zurück.

»Nicht«, sagte Mira und schüttelte den Kopf. Sie war im Moment einfach zu verwirrt, um zu wissen, was sie fühlte. Sie wusste nicht, wie sie mit dieser Situation umgehen sollte. Ihr Vater wirkte, als hätte sie ihn geschlagen, und er ließ seinen ausgestreckten Arm wieder sinken.

»Es tut mir leid«, sagte er dann noch einmal.

Mira wusste nicht, ob es das Flehen in seiner Stimme war, oder etwas anderes, doch schließlich konnte sie sich zu einem schwachen Nicken durchringen und weitergehen.

Unterwegs mussten sie zwei Rebellen Platz machen, die eine schwere Kiste durch den äußeren Ring schleppten und als sie an ihnen vorbei waren, fragte Mira: »Und du würdest ihn wirklich töten?«

Trotz allem konnte sie sich nur schwer vorstellen, dass er dazu in der Lage wäre.

»Ich weiß es nicht«, gestand Bjan und vermied es, ihr in die Augen zu sehen. »Aber ich will dich noch aus einem weiteren Grund dabeihaben. Du wirst bei diesem Gespräch Sachen über ihn und mich erfahren, die wichtig sind. Und die vielleicht Wichtigste davon ist, dass dieser Mann kein schlechter Mensch ist.«

»Was?«, fragte Mira überrascht und glaubte sich verhört zu haben.

»Er ist kein schlechter Mensch«, wiederholte Bjan. »Was er deiner Mutter angetan hat ... was er getan hat, hat er in der Überzeugung getan, dass es das Richtige war.«

»Aber er hat ...«

»Er hat versucht, das zu beschützen, was ihm am wichtigsten ist. Es hat Jahre gedauert, bis ich das begriffen habe und halbwegs meinen Frieden damit gemacht habe. Und es ist die Lektion, die dein Onkel niemals lernen wird. Deswegen wird Yorrick auch niemals ruhen, solange Hàvamars Regierung noch Bestand hat.«

Mira wusste nicht, was sie darauf erwidern sollte. Noch nicht einmal, wie sie darüber denken sollte. Dieser Mann hatte ihre Mutter getötet. Er hatte gegen die Rebellen gekämpft und wollte sie alle töten. Doch sie verstand auch das, was ihr Vater gesagt hatte. Sie selbst hätte noch vor wenigen Tagen jeden einzelnen Rebellen getötet, in dem Glauben, dass er ein Pirat sei, der zwischen ihr und dem Wiedersehen mit ihrem Vater stand. Auch sie hätte es in dem Glauben getan, dass es das Richtige war.

»Und was genau soll ich nun tun, wenn wir bei ihm sind?«, fragte Mira.

Ihr Vater lächelte.

»Bei mir sein. Und mich daran erinnern, dass auch ich versuche, ein guter Mensch zu sein.«

Sie waren bei dem kleinen Lagerraum angekommen, den Yorrick zu einem Gefängnis umfunktioniert hatte. Der Rebell der davor Wache stand, musterte sie misstrauisch, dann erkannte er jedoch Bjan und ließ sie passieren.

✵

Rayk hörte Schritte vor seiner Zelle. Eine kurze Unterhaltung folgte, jedoch konnte er durch den Sack über seinem Kopf nur Gemurmel verstehen. Dann wurde die Tür zu seinem Gefängnis quietschend geöffnet und schummriges Licht suchte sich seinen Weg durch den Stoff. Jemand riss ihm den Sack vom Kopf und Rayk hatte das Gefühl, als würden sich die einzelnen Lichtstrahlen zu Lanzen verfestigen, die sich durch seine Augen tief in seinen Schädel bohren wollten. Nur sehr langsam und heftig blinzelnd konnte er die Augen öffnen. Er war an die Wand eines kleinen Lagerraums gefesselt. Um ihn herum standen mehrere Regale, die von ihm weggerückt worden waren, sodass er sie nicht erreichen konnte.

»Danke«, sagte der Mann, der ihm den Sack vom Kopf gezogen hatte und nickte dem Piraten zu, der sein Gefängniswächter sein musste. Der Wächter nickte zurück und zog die Tür wieder hinter sich zu, jedoch nicht, bevor noch eine weitere junge Frau hereingeschlüpft war. Rayk verschwendete jedoch keine Zeit darauf, sich den Kopf zu zerbrechen, weshalb Yorrick die beiden geschickt hatte. Er musste den Augenblick nutzen, um seine Umgebung nach einer Möglichkeit zur Flucht abzusuchen. Nur eine Wache vor der Tür bedeutete, dass zu Entkommen im Bereich des Möglichen lag. Vorausgesetzt er konnte seine Fesseln irgendwie loswerden.

Nachdem die Tür nun wieder ins Schloss gefallen war,

reichte das Flackern der kleinen Glühbirne an der Decke kaum aus, um den Raum in mehr als ein schmutziges Zwielicht zu tauchen.

»Also«, sagte der fremde Mann und Rayk bemerkte erst jetzt, dass er am Stock ging. Was für eine merkwürdige Kombination von Folterern, dachte Rayk. Ein Krüppel und eine junge Frau, die fast noch ein Mädchen war. In Rayk keimte die unrealistische Hoffnung, dass es vielleicht gar nicht darum gehen würde, ihn zu quälen.

»Erinnerst du dich an mich?«, fragte der Mann ihn und beugte sich ein Stück vor, sodass sein Gesicht auf Rayks Augenhöhe war und mehr Licht der kleinen Glühbirne darauffiel.

Rayk starrte ihn einen Moment lang an. Zuerst hatte er keine Ahnung, wer er war, doch dann konnte er das Klicken in seinem Kopf körperlich fühlen. Als wäre ein Schalter umgelegt worden, rasten Bilder und Emotionen vor seinem geistigen Auge vorbei und vermischten sich zu Erinnerungen. Und dann spürte Rayk, wie ein einziger Name alles andere verband und es in den Hintergrund schob.

»Bjan Larken«, sagte Rayk. »Oder wie auch immer du dich jetzt nennst.«

Er hatte den Mann gefunden, mit dem vor so langer Zeit alles begonnen hatte. Rayk hatte immer gewusst, dass Bjan auf seiner Suche nach Yorrick eine Schlüsselrolle spielen würde. Hätte er ihn gefunden, hätte er auch den Verräter gehabt. Doch im Gegensatz zu Yorrick war Bjan völlig untergetaucht und verschwunden. Der Moment, in dem er ihm gegenüberstand, fühlte sich nun völlig falsch an. Rayks Hände krampften sich um seine Fesseln. Seine Muskeln spannten sich an und er kämpfte. Doch die Fesseln gaben keinen Millimeter nach und Rayk sackte kraftlos zurück.

»Was willst du?«, hauchte er mit gesenktem Kopf.

»Dir die Wahrheit sagen«, antwortete Bjan.

Das war lächerlich, dachte Rayk. Es wäre ihm lieber gewesen, Yorrick hätte ihm einen Folterer geschickt. Doch ob er wollte oder nicht, hatte er keine andere Wahl, als zuzuhören.

»Alles was ich dir jetzt erzähle, ist wahr«, sagte Bjan. »Ich schwöre es bei meinem Leben und dem meiner Tochter.«

Er nickte in die Richtung der jungen Frau. Bisher hatte Rayk ihr noch keine besondere Achtung geschenkt, doch jetzt, wo er sie ansah, erkannte er sie. Sie war die junge Dienerin von der *Lintu*, die er durch ganz Hàvamar gejagt hatte.

»Du?«, fragte Rayk und musste beinahe anfangen zu lachen. Das alles war doch einfach zu verrückt. »Hast du sie mitgebracht, um mich noch mehr zu demütigen?«

»Ihr kennt euch?«, fragte Bjan überrascht und wandte sich seiner Tochter mit gerunzelter Stirn zu.

»Ja«, antwortete Mira. »Ich habe dir doch von dem Luftschiff erzählt, auf dem ich nach Hàvamar gelangt bin.«

Bjan nickte.

»Er war der Offizier, den ich gebeten habe, nach dir zu suchen.«

Ein weiterer Faustschlag des Schicksals mitten in Rayks Gesicht. Und dieses Mal musste er tatsächlich grinsen. Schon wieder hatte sich sein Weg mit jemandem aus dieser elenden Familie gekreuzt. Aber wenigstens hatte er jetzt die Bestätigung, dass er damit recht gehabt hatte, Mira in Hàvamar suchen zu lassen. Sie gehörte tatsächlich zu den Piraten.

»Ich verstehe«, sagte Bjan nach einigem Zögern, bevor er sich wieder Rayk zuwandte. »Sie ist aus zwei Gründen hier. Erstens, um mich davon abzuhalten dich umzubringen.«

Er warf seiner Tochter einen kurzen Blick zu, sodass er Rayks Lächeln nicht bemerkte. Sie konnten ihn noch nicht umbringen. Dazu war er leider lebend viel zu viel wert. Es war jedoch durchaus ungewöhnlich, dass jemand wie Bjan ihm damit drohte. Er war Mechaniker, kein Soldat. Er war schon damals - vor all den Jahren in Hàvamar - feige weggelaufen. So jemand brachte keine Menschen um. Dazu würde Yorrick schon selbst herkommen.

»Und zweitens kennt sie noch nicht alle Teile meiner Vergangenheit.«

Rayk hatte keine Ahnung, was das bedeutete, aber am Gesichtsausdruck der jungen Frau konnte er erkennen, dass auch sie nicht ganz zu verstehen schien, was ihr Vater damit meinte. Da Rayk jedoch gerade eine Idee gekommen war, würde er sich später darüber Gedanken machen müssen. Es würde zwar vermutlich nicht von Erfolg gekrönt sein, aber einen Versuch war es wert.

»Ich mache euch ein Angebot«, sagte er. Und bevor Bjan ihn unterbrechen konnte fuhr er fort: »Helft mir zu entkommen und ich garantiere euch mildernde Umstände in Hàvamar. Zumindest bei deiner Tochter kann ich mir vorstellen, dass die Richter Gnade walten lassen.«

Rayk legte den Kopf in den Nacken, um Bjan in die Augen sehen zu können. Er wollte ihm zeigen, dass er es ernst meinte.

»Denk darüber nach. Sie hat einen Offizier der Luftschiffflotte angegriffen und schwer verletzt. Wenn sie sie am Ende festnehmen - und das werden sie ohne Zweifel tun - dann droht ihr nicht einfach nur der Strick.«

Vielleicht konnte er Bjan genug Angst machen, dass er nach seiner Pfeife tanzen würde, dachte Rayk.

»Morten wollte mich und Aelin umbringen«, antwortete die junge Frau an Bjans Stelle. Sie trat hinter ihrem Vater hervor, beugte sich auf Rayks Augenhöhe hinunter und starrte ihn herausfordernd an. »Und wenn ich daran denke, was er Aelin noch alles angetan hat, dann ist er es, der an einen Strick gehört.«

»Es tut mir leid, das zu hören«, sagte Rayk und es entsprach tatsächlich der Wahrheit. Die Kooperation von Bjan und seiner Tochter wäre vermutlich der schnellste Weg gewesen, um für seine Männer Hilfe zu rufen.

»Aber falls deine Anschuldigungen gegen den Quartiermeister der *Lintu* der Wahrheit entsprechen, dann hättet ihr umso bessere ...«, versuchte Rayk noch einmal sie zu überzeugen. Doch Bjan legte seiner Tochter seine Hand auf die Schulter und zog sie ein paar Schritte zurück, während er Rayk mitleidig anlächelte. Das war wohl seine Art, Rayk zu sagen, dass er mit dem Gerede aufhören konnte. Für einen kurzen Augenblick lenkte dabei jedoch ein Lichtreflex an Miras Hüfte Rayks Blick auf sich und er entdeckte ein ungewöhnlich geformtes Messer an ihrem Gürtel.

»Wir sollten, glaube ich, langsam zu Sache kommen«, erklärte Bjan. »Wie schon gesagt, ist alles, was ich dir jetzt erzähle, die Wahrheit.«

Und dann begann Bjan mit seiner angeblich wahren Geschichte darüber, wie sich die Ereignisse vor rund sechzehn Jahren abgespielt hätten.

Rayk schnaubte schon nach den ersten paar Sätzen. Er kannte noch jedes Detail seines damaligen Auftrags und es war beinahe schon lustig, Bjan dabei zuzuhören, wie er die Vergangenheit mit ein paar kleinen Kniffen verdrehen wollte. Aus dem Mechaniker, dessen ärmliche Familie all ihre finanziellen Mittel dazu aufgewendet hatte, dass ihr Sohn eine Stelle an der Akademie bekam, wo er als eine Art Hilfsarbeiter in der Geothermieanlage arbeiten konnte, wurde wie selbstverständlich ein brillanter Gelehrter, der seinen vorgesetzten Ingenieur vorführen wollte. Und dann erst die Geschichte über das Erkalten des Risses oder Bomben, die ganz Hàvamar auslöschen würden. Als Rayk vor all den Jahren zum ersten Mal im Rahmen seines Auftrags von Bjan gehört hatte, hatte er noch gedacht, dass der Mann eine Art Vorbild für jeden sein konnte. Ja, sogar in gewisser Weise für Rayk selbst, da sie so viele Gemeinsamkeiten teilten. Genauso wie Rayk stammte Bjan aus einfachen Verhältnissen und er war trotzdem auf dem besten Weg gewesen, in der adligen Gesellschaft Hàvamars nach den Sternen zu greifen. Sogar mit der Chance auf eine adlige Heirat und dem Aufstieg in der Akademie hatte er rechnen dürfen. Doch dann hatte dieser Mann alles weggeworfen, was sich so viele andere erträumten und sich gegen Hàvamar gestellt.

Damals hatten Bjans Handlungen für Rayk einfach keinen Sinn ergeben. Doch während er ihm jetzt immer weitere Lügen erzählte, fügte sich alles Puzzleteil für Puzzleteil in einem Mosaik zusammen.

Natürlich, dachte Rayk. Bjan war von Anfang an eine Figur in Yorricks Plan gewesen. Eine wichtige zwar, aber doch nur eine Figur, die er manipulieren und für seine Zwecke, Hàvamar zu schaden ausnutzen konnte.

Es hätte keinen Besseren geben können als Bjan, um einen Staatsstreich in die Wege zu leiten. Der Mechaniker in den Geothermieanlagen, der Vorbild für die niederen Klassen sein konnte, aus denen seine Familie stammte und gleichzeitig, durch seine bevorstehende Heirat, ausreichende Verbindung in den adligen Kreisen aufbauen konnte, um auch dort Sympathisanten zu gewinnen. Das Sahnehäubchen war dann die unglaubliche Geschichte über das Ende der Welt gewesen und die wilden Behauptungen, der Riss würde erkalten. Nichts war leichter als die Furcht vor dem Unbekannten in den Menschen zu schüren.

Doch damals war man Yorrick auf die Schliche gekommen. Und weil sie ihm in die Quere gekommen waren, hatte nicht nur der Chefingenieur der Geothermieanlage, sondern sogar Rayks Vater - der letzte Präsident Hàvamars - mit dem Leben bezahlen müssen.

»Hast du dazu nichts zu sagen?«, fragte Bjan ihn, als er mit seiner Geschichte am Ende war und Stille zwischen ihnen herrschte.

Voller Verachtung hob Rayk gegen den Widerstand seiner Fesseln den Kopf in den Nacken und sagte: »Deine Selbstüberschätzung macht mich krank.«

Alleine die Tatsache, dass er mit Bjan sprach, ließ die Worte in seinem Mund tatsächlich wie etwas Widerwärtiges schmecken. »Sag Yorrick, wenn er mir Lügenmärchen auftischen will, soll er selbst herkommen und nicht eines seiner abgenutzten Werkzeuge schicken.«

Bjan runzelte die Stirn. Yorricks Lügen mussten sich tief genug in ihn hineingefressen haben, dass sie zu seiner Persönlichkeit geworden waren. In seinen verdrehten Gedanken, musste er sich tatsächlich als der »Gute« sehen, dachte Rayk. Als die Schlüsselfigur in diesem ganzen traurigen Schauspiel.

»Yorrick hat mich geschickt, ja«, sagte Bjan. »Das hat er getan, weil ich derjenige bin, mit dem alles begonnen hat.«

Rayk schnaubte verächtlich. Diese grenzenlose Selbstüberschätzung.

»Also gut«, sagte Bjan und Rayk glaubte schon, dass er endlich aufgeben und gehen würde. Doch stattdessen beugte er sich weiter zu Rayk vor, sodass sein Gesicht nur wenige Handbreit von seinem eigenen entfernt waren.

»Du hast meine Frau erschossen.«

Bjans Stimme klang völlig emotionslos, doch seine Augen verrieten den Schmerz, den ihm der Gedanke bereitete.

»Und der einzige Grund, warum ich dir das erzähle, ist, dass du begreifst, wie sehr ich mir deinen Tod wünsche. Aber ...«

Er hatte sie also tatsächlich getroffen vor all den Jahren, dachte Rayk und die Erinnerung spulte sich vor seinem inneren Auge ab. Er hatte auf Yorricks Kopf gezielt, doch das Luftschiff, mit dem er, Bjan und seine Frau entkommen wollten, hatte das Auftriebsgas bereits in seinen Trägerballon geleitet und war ruckartig gestartet. Sie war mitten in Rayks Schussbahn gestolpert. Es war eine Schande, dass eine angesehene Adelsfrau unter Yorricks Taten hatte leiden müssen. Sie war also tatsächlich tot. Doch plötzlich wusste Rayk, dass er hier einen wunden Punkt treffen konnte. Das war vielleicht seine Gelegenheit.

»Du hast sie getötet«, unterbrach er Bjan mit lauter Stimme und obwohl seine Kehle ganz rau und trocken war, da er schon lange nichts mehr getrunken hatte, sprach er immer lauter, bis er schrie: »Du bist schuld daran, dass eine anständige Adelsfrau Hàvamars bei eurer Flucht elendig verblutet ist. Es war deine ...«

Weiter kam er nicht, bevor Bjans Faust sich in sein Gesicht grub.

Rayks Kopf wurde zur Seite gerissen. Er spürte den Schmerz durch seinen Schädel schießen und glaubte das leise Knacken von Knochen zu hören. Sein linkes Auge war getroffen und er sah nur noch verschwommene Schemen hinter einem Schleier aus roten und schwarzen Schatten. Doch er konnte genug erkennen, um Miras Gestalt zu erahnen, wie sie sich zwischen ihren Vater und Rayk schob. Wie sie ihm viel zu nahekam, in die Reichweite seiner Fußfesseln. Ein heftiger Tritt gegen ihr Bein. Ein Aufbäumen in seinen Fesseln und Mira stürzte hart zu Boden. Auch Bjan stolperte rückwärts und musste sich mit seinem Stock abfangen. Rayk hatte jedoch nur Augen für das ungewöhnliche Messer am Gürtel von Bjans Tochter. Er versuchte, es mit dem Fuß zu erreichen und es ihr aus dem Gürtel herauszutreten, während sie noch halb benommen auf dem Boden lag. Der Dolch schlitterte mit einem leisen Klirren in die Dunkelheit der Ecke. Jetzt musste er hoffen, dass sowohl Bjan als auch Mira es nicht bemerkt hatten. Dass sein Angriff sie zu sehr überrascht hatte. Es war grausam und entsprach keinesfalls der Wahrheit, aber zur Tarnung schrie Rayk weiter Bjan an, dass er es genossen habe, seine Frau zu töten. Es reichte, um Bjan zu provozieren. Der Mechaniker ließ seinen Gehstock in seiner Hand nach oben gleiten, packte ihn am falschen Ende und schlug den

Handknauf mit voller Wucht in Rayks linke Seite.

Rayk stöhnte laut auf und krümmte sich zusammen. Er hatte das Gefühl, zu ersticken und seine Schmerzen brannten in ihm wie Feuer. Halb benommen bekam er mit, dass Bjan seiner Tochter aufhalf und sie zur Tür des Gefängnisses führte, wo sie sich an die Wand stützen konnte. Dann kam er jedoch noch einmal zu ihm zurückgehumpelt. Er packte Rayk an den Haaren und riss ihm den Kopf in den Nacken.

»Ich habe dir nichts als die Wahrheit erzählt«, sagte er in bedrohlich ruhigem Ton. »Und auch wenn du mir nichts davon glaubst, so will ich, dass du wenigstens folgendes weißt. Ich habe den Präsidenten erschossen. Ich habe Findar Askildsen umgebracht. Nicht Yorrick.«

Bjan holte tief Luft, bevor er hinzufügte. »Er trug eine dunkelgrüne Jacke, die sich mit so viel Blut vollgesogen hat, dass sie schwarz war, nachdem die Kugel mitten durch sein Herz gegangen ist. Ich habe damals so dicht vor ihm gestanden, wie ich jetzt vor dir stehe. Die Schmauchspuren haben sein Gesicht mit einem schmutzigen Grau überzogen und ich konnte sehen, wie das Licht in seinen Augen verblasst ist.«

Jedes einzelne Wort spie er in Rayks Gesicht und von dort drangen sie direkt über die einzelnen Nervenfasern in sein Gehirn. Erst versuchte Rayk, sich der Wahrheit zu verschließen. Das Gesagte auszublenden. Danach, es umzudeuten. Bjan musste ihn belügen. Doch in dem Augenblick, als er Rayks Haar losließ und seinen Kopf zu Boden stieß, schrie Rayk laut auf. Er schrie laut und lange, doch die Geräusche, die seine Lunge und Kehle produzierten, wirkten fremd auf ihn, als würden sie nicht zu ihm gehören. Rayk war nicht mehr dazu fähig, Worte zu formen. In seinem Kopf war nur noch Platz für einen einzigen sich beständig wiederholenden Gedanken: Nur der wahre Mörder seines Vaters konnte all diese Dinge wissen.

Durch den Tränenschleier vor seinen Augen konnte Rayk längst nichts mehr sehen, doch er hörte zwischen seinen Schreien, wie Bjan mit schweren Schritten zum Ausgang seiner Zelle humpelte, zweimal gegen die schwere Tür hämmerte und dann mit seiner Tochter in dem gleißenden Lichtrahmen verschwand, der sich beim Öffnen bildete. Hinter ihm fiel die Tür wieder schwer ins Schloss, die Lampe an der Decke erlosch und sie ließen ihn im Dunkeln zurück. Alleine mit seinem unkontrollierbaren Geschrei, das irgendwann zu einem Wimmern wurde und nach einer unbestimmten Ewigkeit ganz verstummte. Das leise Geräusch seiner Tränen, die auf den kalten Metallboden unter seinen Füßen tropften, war schließlich das Einzige, was noch an Rayks Gehör drang.

Er hatte all die Jahre den falschen Mann gejagt. Nicht Yorrick, sondern Bjan hatte seinen Vater getötet. Rayk konnte sich nicht länger selbst täuschen, was seine Motivationen anging. Er hatte sich zu lange eingeredet, dass der Sinn seines Lebens darin bestand, die Piraten zu vernichten, einen Mörder zu fassen und vor die Gerichte Hàvamars zu stellen. Er hatte immer das Richtige tun wollen. Den Hochverrat bestrafen, der seinen Vater getötet und die Stadt seitdem langsam vergiftet hatte. Doch mit dem ewigen Selbstbelügen war es nun vorbei. Diese Erkenntnis war für Rayk wie eine Erlösung. Er war dem Sinn seines Lebens näher als jemals zuvor. Er hatte nur noch ein einziges Ziel: Rache!

Und er würde sie bekommen. Das Einzige, was ihn noch davon abhielt, waren seine Fesseln. Mit der Spitze seines Stiefels tastete Rayk bereits im Stroh nach dem Dolch.

※

Kapitel Sechsunddreißig

Rayk kauerte zusammengekrümmt in der Dunkelheit hinter der Tür. Sein Gesicht war geschwollen und fühlte sich unter seinen Fingerspitzen teigig an. Mit jedem pfeifenden Atemzug jagten ihm seine geprellten Rippen bohrende Schmerzen durch den Körper. Nach Stunden hörte er endlich Schritte vor der Tür, gefolgt von gedämpften Wortfetzen einer Unterhaltung, die in sein Gefängnis drangen. Die Schritte der zweiten Person entfernten sich wieder und im Türschloss klirrte der Schlüsselbund seines Wächters.

Rayks Finger schlossen sich fest um den Griff des Dolches, den er Bjans Tochter abgenommen hatte. Sein erster Angriff musste sitzen, schoss es ihm durch den Kopf. Einen echten Kampf würde er in seinem Zustand auf jeden Fall verlieren.

Die Tür glitt quietschend auf und Licht fiel in den Raum.

»Wir haben ein paar Reste für dich gefunden.« Sein Wächter lachte und balancierte ein Essenstablett herein. »Aber glaub ja nicht, dass ...« der Rebell erstarrte mitten im Satz. »Was ...?«

Noch bevor er begriffen hatte, was die durchschnittenen Fesseln in der Ecke bedeuteten, sprang Rayk nach vorne. Seine linke Hand presste er dem Mann mit aller Gewalt auf den Mund, um seinen Schrei zu ersticken, während er gleichzeitig mit dem Dolch zielte und zustieß. Rayk spürte wie die Klinge durch den Stoff des dicken Pullovers schnitt. Sie drang genau zwischen den Rippen seines Wächters in dessen Körper ein. Sofort entwich die Luft aus seiner rechten Lunge. Das kurze Aufbäumen, mit dem sich der Pirat hatte wehren wollen, verebbte schlagartig und wich dem verzweifelten Versuch, durch Rayks Finger vor seinem Mund, genug Luft in seinen Körper zu saugen.

Ein zweiter Stich und er wäre tot, dachte Rayk. Doch er zögerte. Vielleicht konnte dieser Mann ihm noch nützlich sein. Unter Aufbietung all seiner Willenskraft konnte Rayk trotz seiner eigenen Verletzungen den Kerl in die dunkle Ecke schleifen, wo noch die Reste seiner durchtrennten Fesseln lagen. Die Augen des Piraten waren weit aufgerissen und starrten Rayk voller Furcht an, als könnte er nicht verstehen, was vor sich ging. Nach dem Kollabieren einer seiner Lungen stand sein Körper unter Schock.

»Hör mir gut zu«, sagte Rayk. »Ich werde jetzt meine Hand wegnehmen und dir drei Fragen stellen. Rufst du um Hilfe, lasse ich dir die Luft auch noch aus der anderen Lunge. Weigerst du dich zu antworten, lasse ich dir die Luft ab. Und falls du mich anlügst ...« Rayk machte eine kurze Pause, um zu sehen, ob der Mann noch in der Lage war ihm zuzuhören. »Sagen wir einfach, dass du auf jeden Fall in diesem Loch erstickst, solltest du irgendwas Dummes tun.«

Rayk nahm die Dolchklinge vom Hals des Mannes und hielt sie ihm direkt vor die Augen: »Hast du verstanden, was ich gesagt habe?«

Ein hastiges Nicken.

Rayk ließ seine Hand langsam vom Mund des Piraten gleiten. Sein Atem ging schnell.

»Gut«, sagte Rayk, als der Mann keine Anstalten machte, um Hilfe zu rufen. »Frage Nummer eins: Wo finde ich das nächste Funkgerät?«

Schweißperlen traten auf die Stirn des Mannes, als er versuchte, genügend Luft in sich zu sammeln, um sprechen zu können.

»Brücke«, hauchte er. »Äußerer Ring ... am Bug der Eisscholle.«

Er befand sich also auf einer Eisscholle, dachte Rayk und fragte sich, weshalb er nicht schon früher darauf gekommen war. Eine ganze Scholle, die den Piraten zur Verfügung stand, änderte eine Menge. Gleichzeitig kam Rayk noch ein weiterer Gedanke. Schollen waren hochseetauglich. Es sprach also sehr viel dafür, dass die Piraten bereits auf dem Weg nach Hàvamar waren. Dort würden sie ihn nicht, wie er bisher vermutet hatte, von einem kleinen Boot aus präsentieren, um Lösegeld oder ähnliches zu erpressen, sondern sie konnten genug Männer mitbringen, um der Stadt ernsthaften Schaden zuzufügen. Die Scholle wäre die perfekte Tarnung dafür. Bis die Soldaten im Hafen reagiert hätten, konnten die Piraten bereits eine Menge Chaos angerichtet haben. Rayk musste so schnell es ging zu diesem Funkgerät und die Stadt warnen. Trotzdem konnte er nicht anders, als zuerst auch noch seine anderen Fragen zu stellen.

»Zweite Frage«, sagte er daher. »Wo finde ich Bjan? Der Mechaniker, der vorhin bei mir war?«

Der Rebell runzelte die Stirn. Sein Blick wanderte hastig zwischen Rayks Gesicht und dem Dolch in seiner Hand hin und her.

Schließlich hatte er wieder genügend Luft gesammelt, um sagen zu können: »Maschinenraum ... wahrscheinlich.«

Rayk nickte.

»Und Nummer drei: Wo ist Yorrick?«

Schritte hallten plötzlich draußen vor der Tür und in dem Augenblick, als auch sein ehemaliger Gefängniswärter es hörte, musste Rayk reagieren. Der Pirat versuchte mit erstickten Lauten um Hilfe zu rufen, doch Rayk schaffte es schnell genug, ihm wieder die Hand auf den Mund zu pressen und mit einer fließenden Bewegung stach er ein zweites Mal zu. Der Mann riss die Augen weit auf und starrte ihn für einen Sekundenbruchteil ungläubig an. Dann wurde sein Körper plötzlich schlaff. Vom einen auf den anderen Moment wanderte sein zuvor fokussierter Blick ins Leere.

Rayk hielt den Atem an und lauschte, ob draußen jemand etwas gehört hatte. Doch alles blieb ruhig.

Mit ein paar schnellen Handgriffen tastete Rayk den toten Piraten ab, fand aber nichts außer einigen Münzen in seinen Taschen. Dann befreite er den Revolver aus dem Gürtel des Mannes und überprüfte die antik anmutende Waffe auf Funktionstüchtigkeit. Sechs Schuss waren darin. Mehr als genug Kugeln um sowohl Bjan als auch Yorrick auszuschalten, dachte Rayk. Doch auch wenn es ihn fast seine ganze Willenskraft kostete, musste seine Rache noch warten. Zuerst war es seine Pflicht, das Funkgerät zu finden und Hàvamar zu warnen.

So schnell er konnte und mit zusammengebissenen Zähnen wegen der Schmerzen, die ihm seine Rippen durch den Körper jagten, schlich Rayk zur Tür seines Gefängnisses.

»Bugwärts, den äußeren Ring der Eisscholle entlang«, das hatte sein Gefängniswächter gesagt. Also schob Rayk vorsichtig seine Zellentür Millimeter für Millimeter auf. Er hörte Schritte. Die beiden vorbeieilenden Schatten waren für Rayk genug Beweis, dass er es auf einer vollbevölkerten Scholle niemals ungesehen ans Ziel schaffen würde. Sein Blick wanderte zurück in sein Gefängnis, während er nachdachte. Die Lösung war makaber, aber schnell gefunden. Der Tote würde seine Kleidung sicher nicht mehr brauchen.

※

»Ja«, sagte Bjan gereizt und schleuderte wütend seinen Schraubenschlüssel in eine Ecke des Maschinenraums.

Seit Mira mit ihm in Rayks Zelle gewesen war, hatten sie kein Wort mehr miteinander gesprochen. Ihr Vater hatte sich direkt wieder an die Arbeit gemacht und Mira hatte nicht gewusst, wo sie überhaupt anfangen sollte, Fragen zu stellen. Doch anscheinend war ihm das Schweigen genauso unangenehm wie ihr.

»Ja, ich habe den Präsidenten erschossen«, sagte Bjan daher und schaute sie an. »Das ist es doch, was du fragen willst, oder?«

Mira zögerte einen Moment, bevor sie sagte. »Nein. Eigentlich wollte ich fragen, warum du es getan hast.«

Es war schwierig, die Vergangenheit ihres Vaters wirklich zu verstehen und sich damit abzufinden, dass sie ihr ganzes Leben eigentlich nichts über ihn gewusst hatte. Doch dass er ein kaltblütiger Mörder war ... das konnte einfach nicht sein. Das würde Mira niemals glauben. Sie war sich sicher, dass mehr dahintersteckte.

»Es war die einzige Möglichkeit«, sagte ihr Vater. Er sprach langsam, als würde er seine Worte selbst nicht richtig glauben. Oder als wären es gar nicht seine eigenen. Mira glaubte zu wissen, wer hinter all dem steckte.

»Der Präsident war einer der wenigen, die meine Forschungsarbeit kannten. Er wollte den Plan mit der Bombe in die Tat umsetzen«, erklärte Bjan und sein Blick verlor sich in seinen Erinnerungen.

»Es wäre eigentlich Yorricks Aufgabe gewesen, aber er kam nicht an ihn heran. Er war zu sehr damit beschäftigt, unsere Flucht vorzubereiten und alle Mitwisser auszuschalten. Es ist ihm damals mehr als gut gelungen, Rayks

Aufmerksamkeit von mir abzulenken. Und dann war der Präsident plötzlich alles, was der Flucht unserer kleinen Familie noch im Wege stand ... Ich bereue es jeden Tag, dass ich damals diese Pistole von Yorrick angenommen habe. Aber ich würde es wieder tun. Selbst wenn meine Seele nach meinem Tod auf den Grund des Eismeers sinkt, war es nötig, um euch - deine Mutter und dich - und alle anderen Bewohner Hàvamars zu beschützen. In dem Chaos nach dem Tod des Präsidenten konnten wir dann aus der Stadt fliehen. Den Rest kennst du. Yorrick, du und ich haben es geschafft. Deine Mutter ...«

Ihr Vater musste sich schwer auf seinen Stock stützen. Es hatte ihn sichtlich mitgenommen, diese Erinnerungen noch einmal zu durchleben. Mira wusste nicht, wie ihr Vater all das so lange für sich behalten konnte. Doch jetzt wo sie es wusste, schienen sich ihre Erinnerungen, all die kleinen und großen Momente, die sie mit ihrem Vater verbracht hatte, in ihren Gedanken umzuwandeln. In jedem Augenblick ihrer Kindheit entdeckte sie plötzlich die Spuren, die die Taten ihres Vaters in ihm hinterlassen hatten. Doch etwas anderes war für sie genauso unumstößlich klar: Sie liebte ihren Vater noch genauso, wie sie es zuvor getan hatte. Sie würde sich für ihn immer wieder auf eine gefahrvolle Reise begeben, jedem sadistischen Quartiermeister widerstehen, jeder korrupten Regierung die Stirn bieten und auch aus einem Luftschiff springen, das mitten über der Eiswüste schwebte, wenn sie am Ende wieder seine Tochter sein durfte.

»Verstehst du, was ich getan habe?«, fragte Bjan in diesem Augenblick. »Kannst du mir verzeihen?«

Mira ging auf ihren Vater zu. Als sie dicht vor ihm stand und ihn in die Arme schloss, wollte er zuerst erschrocken zurückweichen. Doch Mira schloss ihre Arme fester um ihn und zog sich an seine Brust, wie sie es als kleines Mädchen immer getan hatte, wenn sie draußen auf der Scholle unterwegs gewesen waren und ihr kalt geworden war.

»Ich weiß nicht, ob ich schon alles verstehe. Ich denke das wird noch Zeit brauchen«, sagte sie. »Aber ich muss dir nichts verzeihen. Du glaubst vielleicht irgend so einen Quatsch, dass du kein guter Mensch wärst. Aber ich weiß, dass du der beste Vater bist, den man nur haben kann. Du hast dafür gesorgt, dass ich in Sicherheit bin.«

Bjan zögerte noch einen letzten Moment und dann spürte Mira, wie er ihre Umarmung von ganzem Herzen erwiderte.

»Was ist denn hier los?«, fragte Tarjei lachend, als er in den Maschinenraum kam. »Familienkuscheln?«

Mira wollte sich eigentlich noch gar nicht aus der Umarmung lösen, doch Tarjeis schlechter Witz brachte sie zum Lachen und schnell wischte sie sich ihre fast getrockneten Tränen von den Wangen. Dann ließ sie ihren Vater los und drehte sich zu Tarjei um.

»Ich dachte ihr wärt bei dem gefangenen Kommandanten«, sagte er.

»Waren wir«, antwortete Mira und ging zu dem Schraubenschlüssel, der noch immer auf dem Boden lag, wo ihr Vater ihn vorhin hingeworfen hatte. Als sie sich bückte, um ihn aufzuheben, hatte sie plötzlich das Gefühl etwas unglaublich Wichtiges vergessen zu haben. Schweiß brach auf ihrer Stirn aus, während die Rädchen in ihrem Kopf ratterten und sie darauf zu kommen versuchte, was es war. Sie war in die Hocke gegangen, um den Schraubenschlüssel aufzuheben. Was hatte sie dabei gestört?

Als es ihr plötzlich klar wurde, traf es sie wie ein Schlag. Warum drückte der Dolch, den Kel ihr geschenkt hatte, bei dieser Bewegung nicht mehr gegen die Hüfte?

Miras Hände wanderten an ihren Gürtel und sie tastete hastig nach der leeren Lederscheide. Als sie verstand, was das bedeutete, stieß sie einen Fluch aus, wie ihn selbst die Walfischfänger für gewöhnlich nicht benutzen und drehte sich ruckartig zu ihrem Vater und Tarjei um. »Er hat meinen Dolch.«

*

Rayk war beinahe auf der Brücke angekommen.

Eine Gruppe Piraten kam auf ihn zu und er versuchte in der gestohlenen Kleidung, die merkwürdig auf seiner Haut kratzte, so unauffällig wie möglich zu wirken. Im Vorbeigehen nickte er den Männern und Frauen zu und sie nickten zurück. Keiner von ihnen würdigte ihn auch nur eines zweiten Blickes oder machte Anstalten, ihn aufzuhalten. Rayk passierte den

Gang, der vom äußeren Ring abzweigte und zur Brücke führte und erkannte mit einem flüchtigen Blick, dass niemand darin Wache stand. Eine Nachlässigkeit, die er Yorrick gar nicht zugetraut hätte. Außerdem stand das Schott zur Brücke weit offen und lud ihn geradezu ein, hindurchzutreten.

Rayk ging weiter den äußeren Ring entlang, verlangsamte seine Schritte und wartete, bis eine Rebellengruppe hinter der nächsten Biegung verschwunden war. Danach machte er kehrt und eilte mit schnellen Schritten zurück zur Brücke.

Seine Hand glitt auf seinen Rücken, wo er den gestohlenen Revolver in seinen Hosenbund gesteckt hatte. Rayk hob den Pullover ein Stück hoch, spürte die kleine nasse Stelle, wo er sich mit dem Blut des Piraten vollgesogen hatte und zog dann den Revolver heraus. Zum Glück hatte sich auf seinem Weg hierher niemand nach ihm umgedreht. Die Blutflecke am Rücken hätten ihn sofort verraten.

Mit der Waffe voraus schlich er zur Brücke. Auf den ersten Blick sah er nur zwei Gestalten darin. Ein breitschultriger Mann, der sich deutlich von der hellen Fensterfront abhob, vor der er stand und eine Frau mit kurzen blonden Haaren, die vor einer großen Konsole saß und Kopfhörer um den Nacken gelegt hatte.

Er hielt den Atem an, machte einen weiteren Schritt nach vorne und überprüfte als erstes mit einer schnellen Bewegung den Bereich hinter der offenstehenden Tür.

Leer.

Es waren tatsächlich nur diese beiden Piraten hier. Rayk konnte nicht anders, als siegessicher zu lächeln. Mit dem Fuß stieß er die dicke Metalltür der Brücke zu. Als sie krachend ins Schloss fiel, zuckten die beiden zusammen. Erschrocken drehten sie sich zu ihm um und erstarrten.

Die Frau begriff als Erste, was vor sich ging. Mit vorsichtigen Bewegungen nahm sie sich den Kopfhörer vom Hals und hängte ihn an einen Haken an der Funkkonsole. Doch der Mann, der zuvor die Aussicht durch die Glasfenster genossen hatte, schien weniger schnell von Begriff zu sein.

»Wer bist du? Was ...«

Doch dann weiteten sich auch seine Augen, als Rayk den Revolver auf ihn richtete und er verstummte.

»Gut«, sagte Rayk. »Wir verstehen uns also.«

Dann ging er zu der sitzenden Frau, die ihre Hände immer höher hob, je näher er ihr kam.

»Dreh dich um«, sagte Rayk.

Die Frau sah ihn misstrauisch an, gehorchte aber und wandte ihr Gesicht dem Funkgerät zu.

»Und du bleibst, wo du bist«, sagte Rayk zu dem Mann an der Fensterscheibe. Dann holte er aus und schlug den Griff des Revolvers mit voller Wucht gegen den Hinterkopf der Frau. Sofort sackte sie bewusstlos zusammen und glitt kraftlos von ihrem Stuhl auf den Boden. Der Pirat machte Anstalten, ihr zu Hilfe zu eilen, doch Rayk hatte ihn schon wieder im Visier und die Drohung mit dem Revolver ließ ihn mitten in der Bewegung einfrieren.

»Und jetzt du«, sagte Rayk. »Umdrehen!«

Rayk konnte sehen wie der Mann zitterte, doch er gehorchte und Rayk schaltete auch ihn auf die gleiche Art aus wie zuvor die Frau. Ihre Körper ließ er achtlos auf dem Boden liegen. Bis sie wieder aufwachten, wollte er längst verschwunden sein.

Rayk setzte sich auf den Stuhl, schnappte sich den Kopfhörer vom Haken und zog ihn sich so über den Kopf, dass nur die linke Ohrmuschel sein Gehör bedeckte. Er musste damit rechnen, dass er jederzeit Gesellschaft bekommen konnte. Die Pistole legte er griffbereit vor sich auf die Konsole, und fing an, die geheime Funkfrequenz einzustellen, die sein Onkel ihm anvertraut hatte.

※

Lavran Botker schritt durch die langen Gänge des Ratsgebäudes. Die Stiefel der ein Dutzend Regierungswächter, die ihn begleiteten, hallten von den Wänden wider. Türen wurden hinter ihnen geöffnet und Schreibbeamte lugten vorsichtig aus ihren Zimmern hervor, nur um sofort wieder darin zu verschwinden.

Es war eine Schande, dachte Lavran zum wiederholten Mal. Aber ihm blieb keine andere Wahl. Der Verteidigungsminister war auf seiner Suche nach der Wahrheit der Sonne zu nahegekommen. Und jetzt war es an Lavran, ihm die Flügel zu stutzen.

Einer seiner treuesten Spione, ein kleiner Mann in unauffälliger dunkelbrauner Kleidung, eilte ihnen entgegen.

»Herr Minister«, sagte er, sobald er bei Lavran angekommen war. Dabei huschten seine Augen argwöhnisch hin und her, um die Umgebung zu sondieren. Eine Angewohnheit von den vielen Treffen in dunklen Gassen und schäbigen Tavernen, in denen sie keine Aufmerksamkeit hatten auf sich lenken wollen. »Der Verteidigungsminister befindet sich in seinem Büro«, informierte ihn der Mann und fuhr mit gesenkter Stimme fort. »Er ist alleine und die Beweise sind platziert. Alles wird nach Plan laufen.«

Während er mit Lavran und den Regierungswächtern Schritt hielt, zog der Spion eine kleine, unter seinem Mantel verborgene Pistole hervor und Lavran spürte, wie er sie ihm in seine Tasche steckte, ohne dass irgendjemand sonst etwas davon bemerkte.

»Nur für alle Fälle. Ihr habt zwei Schuss. Vor jedem muss der Hahn gespannt werden«, flüsterte der Spion. Dann blieb er alleine im Flur zurück und ließ Lavran gemeinsam mit den Regierungswächtern passieren.

*

Ildar saß an seinem Schreibtisch. Die Hände hatte er ineinander gefaltet und seine Arme auf den Ellenbogen aufgestützt. So wartete er darauf, dass seine Zeit ablief. Bis zuletzt hatte er versucht, herauszufinden, wer wirklich hinter der Verschwörung steckte.

Heute Morgen war er fündig geworden.

Vor ihm lag in zwei ordentlich verschlossenen Mappen die Bestätigung für das Ende der Welt. Links die unmanipulierten Daten der Temperaturmessungen des Risses. Und rechts ein Befehl für die Regierungswächter, auf dem seine eigene, perfekt gefälschte Unterschrift prangte. Ein Befehl, der nur einem Zweck diente: Der reibungslosen und unauffälligen Evakuierung der Bewohner des Adelsviertels aus der Stadt, während alle anderen zurückgelassen wurden. Sogar das Siegel seines Rings, den er niemals vom Finger nahm, war perfekt gefälscht.

Alles war wirklich hervorragend arrangiert. Selbst jetzt

verliefen nahezu alle Spuren ins Leere. Die wenigen Beweise, die es gab, belasteten entweder ihn selbst, Ministerin Aura oder Vegar Ihmels, der durch seine verdächtigen Luftschiffreisen in Verbindung mit der Lotterie und einer größeren Anzahl gefälschter Dokumente, die seine Unterschrift trugen, als Verschwörer in Frage kam. Doch all das war nur zur Ablenkung für Ildar inszeniert worden. Vermutlich war er sogar der einzige Minister im Rat, der nicht in die Sache verwickelt war.

Er war ein solcher Idiot gewesen, dachte er. Wie hatte er nur darauf hereinfallen können?

Doch nun war es zu spät. Wie ein gejagtes Tier saß er nun hilflos in der Grube, die er schon von weitem hätte sehen müssen. Durch all sein Herumgeschnüffel und seine Nachforschungen hatte er es den Jägern leichtgemacht, ihm diese Falle zu stellen. Er hatte jeden Fehler gemacht, der möglich gewesen war. Er hatte Staub aufgewirbelt, als er seinen Mann in die Geothermieanlagen geschickte hatte. Dann hatte er Ministerin Aura einen Besuch abgestattet und ihr quasi unter die Nase gerieben, dass er etwas Größerem auf der Spur war. Ohne Zweifel hatte sie direkt danach ihrem Herrn Bericht erstattet. Und zum krönenden Abschluss hatte Ildar sich auf Yorricks Piraten versteift und geglaubt, dass sie etwas damit zu tun hätten. So hatte er am Ende mit Rayk seinen letzten Verbündeten zusammen mit den meisten noch regierungstreuen Soldaten aus der Stadt geschickt.

Dabei wäre es so einfach gewesen.

Vor fünf Minuten hatte Ildar aus dem Fenster seines Büros beobachtet, wie ein Trupp Regierungswächter auf dem Weg zu ihm über den Hof marschierte. An ihrer Spitze ging der einzige Mensch, dem es möglich war, der Mittelpunkt von alledem zu sein und sich doch immer unter dem Radar zu bewegen. Lavran Botker, der Geheimdienstminister, kam um ihn zu holen.

Rayk schloss die Augen und wartete. Es gab vieles, was er bedauerte, aber vermutlich am schwersten lastete auf ihm, dass er seit Tagen nichts mehr von Rayk gehört hatte. Der Befehl für eine Rettungsmission lag sogar schon unterschrieben in der Schublade seines Schreibtischs. Doch nun würde sie wohl nie ausgeführt werden.

Plötzlich zerriss ein Knistern die Stille.

Ildar zuckte zusammen und wunderte sich einen Augenblick lang, was das zu bedeuten hatte. Als er es begriff, sprang er von seinem Schreibtisch auf. Mit einer schwungvollen Bewegung schleuderte er die Geschichtsbücher, hinter denen er seine kleine geheime Funkanlage im Regal versteckte, zu Boden und sah das blinkende Lämpchen an dem Gerät. Jemand wollte mit ihm reden.

Nur eine einzige Person kannte diese Frequenz, dachte er und spürte eine Welle der Erleichterung durch seinen Körper fluten. Schnell schaltete er den kleinen Drehschalter an der Seite auf *Empfangen*.

»... Gefangener der Piraten. Hörst du mich? Hier spricht Rayk Askildsen. Hörst du mich, Onkel?«

Rayk lebt noch, war für einige Augenblicke das Einzige, was er denken konnte, während ihm sein Neffe zu erklären versuchte, dass er aus seinem Gefängnis bei den Piraten geflohen sei und ihn nun dringend warnen müsse. Ildars Kopf wurde bei diesen Neuigkeiten sofort wieder klar und er beeilte sich zu antworten.

»Hier Ildar Askildsen«, sagte er. »Es tut gut, dich zu hören, Junge.«

Eine kurze Pause entstand. Dann hörte er ein erleichtertes Aufatmen auf der anderen Seite.

»Das gleiche gilt für dich, Onkel«, gab Rayk zurück. »Aber wir haben nur wenig Zeit. Du musst die Streitkräfte in Bewegung setzen. Yorricks Piraten - Sie greifen an. Ich bin an Bord einer Eisscholle, die Kurs auf Hàvamar gesetzt hat. Sie ...«

»Rayk« Ildar wollte seinen Neffen unterbrechen, doch da Rayk die ganze Zeit über den Sprechknopf seines Funkgeräts gedrückt hielt, konnte Ildar nichts anderes tun als weiter zuzuhören.

Ildar drehte immer wieder gehetzt den Kopf hin und her. Botker und seine Männer konnten jeden Moment an seine Tür klopfen. Gerade eben hatte sich das Warten auf diesen Augenblick noch wie eine nicht enden wollende Ewigkeit angefühlt. Doch nun war alles anders. Rayk lebte noch. Und das bedeutete, dass Ildar noch etwas hatte, für das er kämpfen musste. Er würde Rayk keine Verstärkung mehr schicken können, aber er musste sich irgendwie Zeit erkaufen, um seinem Neffen von seinen Entdeckungen zu erzählen. Wenn er selbst schon nicht überleben würde, dann doch wenigstens sein Wissen.

Während Rayk also weiter berichtete, was der *Lintu* zugestoßen war, eilte Ildar durch sein Arbeitszimmer. Als Erstes drehte er den Schlüssel im Schloss seiner Zimmertür doppelt um und zerrte probeweise mehrmals an der Türklinke. Das würde auf keinen Fall lange halten. Botkers Männer bräuchten wahrscheinlich nicht mehr als ein paar Sekunden, um die Tür einzutreten. Ildars hektisch suchender Blick traf auf den Schrank, der an der Wand neben der Tür stand und er wünschte sich, dass er noch ein paar Jahre jünger wäre. Da ihm jedoch keine andere Wahl blieb, stemmte er sich trotz seiner schmerzenden Gelenke mit seinem ganzen Gewicht gegen eine Seite des Schranks, bis er leicht ins Kippen kam. Dann schaukelte er das hölzerne Monstrum weiter auf, bis es mit einem ohrenbetäubenden Knall umfiel und die Tür blockierte. Die Bücher, die darauf gelegen hatte, klatschten auf den Boden und seine Notizzettel segelten durch die Luft, um sich im ganzen Raum zu verteilen. Er wusste nicht, wie lange seine kleine Barrikade halten würde, aber vielleicht würde die Zeit ausreichen.

Als Rayk gerade fragte »... Onkel, hörst du mich noch? Bist du noch da?«, eilte Ildar zurück zu seiner versteckten Funkanlage.

»Ja«, bestätigte er.

»Gut«, sagte Rayk. »Ich kann bereits die Küstenlinie am Horizont sehen. Wir werden bald in Hàvamar eintreffen. Du musst dringend Vorbereitungen treffen.«

»Das wird mir leider nicht möglich sein«, sagte Ildar. »Tut mir leid, Junge.«

Eine kurze Pause entstand, in der das Funkgerät laut rauschte, bevor Rayk sich wieder meldete.

»Was?«, fragte er. »Wie meinst du das?«

Ildar seufzte schwer. Dann sprach er aus, was längst feststand: »Dazu werde ich nicht mehr lange genug leben.«

Und dieses Mal war er es, der den Sprechknopf seines Funkgeräts nicht losließ. Die wenige Zeit, die er noch hatte, musste er dazu nutzen, Rayk über alles zu informieren, was er wusste. Ildar berichtete daher von den neuen Dokumenten und den Beweisen, die er gefunden hatte, um schließlich in knappen Worten zu erklären, dass Botker bereits auf dem Weg zu ihm war.

»... Die Piraten und Yorrick waren nur ein weiterer Bauer in Botkers Spiel. Er hat sie dazu benutzt, um uns von seinen wahren Absichten abzulenken«, schloss er seinen Bericht ab. »Und wir sind darauf hereingefallen und haben uns dadurch selbst geschwächt.«

Plötzlich klopfte es an Ildars Tür. In seinen Ohren klang das Hämmern beinahe spöttisch, als würde es ihn verhöhnen, weil es wusste, dass seine Zeit ablief.

»Sie sind da«, sagte er zu Rayk und ließ dann den Sprechknopf des Funkgeräts los.

»Minister Askildsen!«, rief Botkers Stimme gerade laut genug, dass Ildar sie durch die Tür hören konnte. »Öffnen Sie bitte die Tür. Wir müssen dringend mit Ihnen reden.«

Ein trauriges Schmunzeln stahl sich auf Ildars Gesicht. Die Vorstellung, dass es wirklich nur um eine Unterhaltung ginge, erheiterte ihn aus irgendeinem Grund. Dabei sollte ihn das absolut nicht wundern. In seiner aktiven Dienstzeit hatte er diesen letzten kleinen Gefallen eines Körpers an einen Sterbenden oft genug miterlebt. Die letzten Sekunden, in denen man noch einmal herzhaft lachen konnte, bevor man dann für immer verstummte.

Während alte Erinnerungen an seinem geistigen Auge vorbeizogen, sammelte er schnell die Bücher auf, die auf dem Boden lagen, um sie wieder fein säuberlich vor dem Funkgerät als Tarnung aufzubauen. Niemand wusste von seinem Gespräch mit Rayk und dabei sollte es auch bleiben. Es war die einzige Chance, die Hàvamar vielleicht noch hatte.

Ildar hörte, wie jemand die Türklinke hinunterdrückte und kurz darauf, nachdem er festgestellt hatte, dass sie verschlossen war, kräftig daran zu rütteln begann. Auf dem Gang setzte Gemurmel ein und plötzlich donnerte etwas Schweres gegen seine Tür. Ildar zuckte zusammen, ließ sich aber nicht darin beirren die Bücher vor dem Funkgerät zu ordnen.

※

Rayk befand sich im freien Fall. Ohne zu wissen, ob er je auf dem Boden aufschlagen würde. Sein Magen drehte sich einfach immer weiter und weiter und er schmeckte Galle. Säße er nicht bereits auf dem kleinen Stuhl vor dem Funkgerät, hätte er sich schon längst nicht mehr auf den Beinen halten können.

Das konnte doch nicht wahr sein, dachte Rayk voller Verzweiflung. Alles was Bjan während dieses merkwürdigen Verhörs gesagt hatte ... Was Ildar ihm jetzt erzählt hatte ... Es passte alles zusammen.

»Onkel?«, rief Rayk in das Funkgerät und es war ihm völlig egal, ob ihn jemand auf der Scholle hörte. Er musste es wissen.

»Onkel, gibt es eine Bombe unter Hàvamar?«, fragte Rayk und seine Stimmt überschlug sich.

Seine Nerven waren zum Zerreißen gespannt und es dauerte viel zu lange, bis sein Onkel ihm endlich antwortete.

»Eine Bombe?«, fragte Ildar zurück, als glaubte er, sich verhört zu haben. Im Hintergrund waren lautes Poltern und das Geräusch sich verbiegenden Holzes zu hören.

Das mussten Botker und seine Leute sein, dachte Rayk und er wollte seinem Onkel zurufen, dass er verschwinden sollte. Dass er sich in Sicherheit bringen sollte. Doch zuerst musste er es wissen. Denn wenn Bjan wirklich in allem die Wahrheit gesagt haben sollte, dann gab es weder in Hàvamar noch irgendwo sonst einen sicheren Ort, an den sein Onkel fliehen konnte.

»Das Erkalten des Risses. Die Evakuierung«, rief Rayk noch einmal in das Funkgerät. »Wenn das alles wirklich geschieht, dann muss ich wissen, ob auch die Sache mit der Bombe wahr ist.«

Doch es war zu spät. Holz splitterte und etwas Schweres, vielleicht ein Regal, wurde über den Boden geschleift.

※

Ildar wusste nichts von einer Bombe. Doch nachdem Rayk es erwähnt hatte, spürte er plötzlich das dringende Bedürfnis, sich zu übergeben. Kurz bevor er bemerkt hatte, dass Botker und seine Männer zu ihm unterwegs gewesen waren, hatte er sich den Kopf darüber zerbrochen, warum Pläne existierten sollten, das Adelsviertel zu evakuieren. Vielleicht hatte Rayk den Grund gefunden.

Im letzten Augenblick, bevor sie durch die Tür brachen, schafften es seine Hände, endlich das letzte Buch zurück ins Regal zu stellen, um das Funkgerät zu verbergen. Das Mikrofon platzierte er so, dass der Sprechknopf die ganze Zeit gedrückt blieb. Vielleicht konnte Rayk auf diese Weise genug mithören, wenn er Botker nach einer Bombe fragen würde.

Mit einer letzten Kraftanstrengung stießen die Regierungswächter die den Schrank vor der Tür beiseite und der Weg in sein Arbeitszimmer war frei. Im Türrahmen stand Lavran Botker.

Zuerst sah er sich misstrauisch um und sein Blick wanderte über die durcheinandergewirbelten Papiere. Doch als er Ildar hinter seinem Schreibtisch entdeckte - wie er mit zusammengefalteten Händen dasaß und nach außen hin hoffentlich so wirkte, als würde er völlig ruhig auf das Ende warten - stahl sich ein siegessicheres Lächeln auf das Gesicht des Geheimdienstministers.

»Wartet einen Moment hier draußen«, sagte Botker zu den Männern hinter ihm. Dann trat der Minister einen Schritt vor, klopfte an das Holz des zersplitterten Türrahmens und sagte: »Ich nehme an, ich kann hereinkommen.«

»Nein«, sagte Ildar trocken, was Botker dazu veranlasste, noch breiter zu lächeln und trotzdem einzutreten.

Zielstrebig ging der Geheimdienstminister auf einen der beiden Sessel zu, die vor Ildars Schreibtisch standen. Mit einem Fingerschnippen beseitigte er einen Holzsplitter, der auf der Lehne lag, und ließ sich dann mit einem Seufzer tief in dem Möbelstück versinken.

»Sind das die Temperaturdaten des Risses?«, fragte Botker und deutete auf die beiden Mappen, die vor Ildar auf dem Schreibtisch lagen. Der Geheimdienstminister klang, als wollte er nur einen netten Plausch unter Kollegen halten.

»Außerdem Befehle zur Evakuierung des Adelsviertels, die ich nicht unterschrieben habe«, antwortete Ildar.

»Nein«, bestätigte Botker, mit den Gedanken scheinbar

ganz woanders. »Das haben Sie nicht.«

Er räusperte sich.

»Wissen Sie, Askildsen, es hätte nie so weit kommen müssen. Ohne Ihre überbordende Neugier hätten Sie genauso wie alle anderen gerettet werden können.«

Das war die Gelegenheit, auf die Ildar gewartet hatte. »Rettung wovor?«, fragte er. »Der Bombe unter Hàvamar?«

Botker sah für einen Moment ehrlich verblüfft aus.

»Woher ...?«, setzte er an, doch dann schüttelte er den Kopf und kehrte zu seinem verschmitzten Lächeln zurück. »Sie sind der Wahrheit also tatsächlich nähergekommen, als ich bisher vermutet hatte. Meinen aufrichtigen Respekt.«

»Also ist es wahr«, sagte Ildar laut genug, dass Rayk es auch auf jeden Fall über Funk hören würde. »Unter Hàvamar liegt eine tickende Bombe.«

Statt ihm eine Antwort darauf zu geben, zog Botker es vor, zu schweigen.

Damit war ihr Gespräch bezüglich dieses Themas wohl beendet. Ildar wusste, dass seine Dienstzeit abgelaufen war und er hoffte, dass er sie wenigstens mit ein paar letzten sinnvollen Sekunden gefüllt hatte. Jetzt konnte die Stadt nur noch auf Rayk hoffen.

Es kam ihm irgendwie merkwürdig vor, als er fragte: »Werden Sie mich hier töten?«

Ildars Blick ging zur Tür und dem Gang draußen, wo die Regierungswächter reglos warteten. Welcher von ihnen würde ihm wohl eine Kugel verpassen? Oder würde Botker selbst Hand anlegen?

»Aber nein«, erwiderte der Geheimdienstminister mit schmieriger Stimme und tat so, als wäre Ildars Überlegung völlig unvorstellbar. »Sie sind doch äußerst kooperativ. Die Männer draußen sind keine Mörder. Sie dienen dem Schutz dieser Regierung. Wir werden Sie sicher unterbringen und Ihnen eine ehrliche Gerichtsanhörung gewähren.«

Ildar nickte. Er fand es erstaunlich, wie gut Botker mit jedem Wort lügen konnte, ohne auch nur den Anflug von Scham zu zeigen.

»Also«, sagte Botker. »Können wir?«

Ildar verweigerte ihm eine Antwort.

»Gut«, rief Botker und klatschte in die Hände, woraufhin

die Männer von draußen in das Zimmer kamen.

»Leutnant«, sagte Botker ohne sich zu dem Mann umzudrehen. »Sie sind hier, um zu bezeugen, dass Verteidigungsminister Askildsen des Hochverrats angeklagt wird. Im Gespräch mit mir hat er soeben zugegeben, dass sich in seinem Schreibtisch Dokumente befinden, die das unwiderruflich belegen und er sich vollständig schuldig bekennt.«

Ildar runzelte die Stirn. Damit hatte er nicht gerechnet.

»Herr Minister«, fuhr Botker im offiziellen Tonfall fort. »Würden Sie bitte die entsprechenden Dokumente vorlegen?«

Dabei nickte er kaum merklich in Richtung der Schubladen des Schreibtischs.

Ildar hatte keine Ahnung, von welchen Dokumenten Botker sprach, aber noch bevor er die Schublade seines Schreibtischs aufzog, war er sich sicher, dass er die entsprechenden Papiere darin finden würde. Und tatsächlich lag dort, direkt neben dem inzwischen vergilbten Foto seiner verstorbenen Frau, ein dünner Aktenordner. Er schlug ihn noch in der Schublade auf und ein flüchtiger Blick genügte Ildar, um zu erkennen, worum es sich handelte. Botker würde ihm alles in die Schuhe schieben. Das Verschwinden der Stadtvorräte, die Versetzung von Soldaten zum Nimus, bis hin zur Planung der Evakuierung des Adelsviertels.

Es war beeindruckend, wie gut dies alles zusammenpasste und Ildar wollte den Ordner vollständig herausnehmen, um sich alles, was Botker geplant hatte, ansehen zu können. Doch als er an den Papieren zog, bemerkt er einen Widerstand. Etwas Schweres lag weiter hinten darauf und verhinderte, dass er den Ordner hervorziehen konnte. Verwundert tastete Ildar tiefer in die Schublade hinein, spürte kaltes Metall an den Fingern und zog es schließlich hervor. In seiner Hand lag eine Pistole, die er in seinem ganzen Leben noch nicht gesehen hatte. Seine Lippen formten ein trauriges Lächeln, da er wusste, was nun kommen würde.

»Er hat eine Waffe!«, brüllte der Leutnant der Regierungswache.

Und das Letzte, was Ildar vor den tödlichen Schüssen dachte, war: *So endet es also.*

✻

Rayk wusste nicht, wie lange er nach den Schüssen einfach nur dasaß, vollkommen unfähig sich zu bewegen.

Sein Onkel war tot.

Eine Bombe lag unter Hàvamar.

Bjan hatte die Wahrheit gesagt.

Yorrick hatte mit seinem Piratenwiderstand recht gehabt.

Alles, woran Rayk geglaubt hatte, war eine Lüge.

Er hatte sein Leben in den Dienst Hàvamars gestellt und war dabei blind geworden. Er hatte die Augen verschlossen vor dem, was wirklich vor sich ging. Anstatt der Stadt, die er liebte, wirklich zu helfen, hatte er denen, die sie zerstören wollten, in die Karten gespielt.

Vor der Brücke der Eisscholle wurden Schritte laut. Die Stiefel von mindestens einem Dutzend Piraten stürmten durch den Gang auf ihn zu. Doch es gab keinen Grund mehr für ihn, sich ihnen zu widersetzen.

Rayk nahm den Kopfhörer des Funkgeräts ab und hängte ihn an den dafür vorgesehenen Haken, wo er ein paar Mal hin und her schwang. Unter Aufbietung all seiner Kraft schaffte er es, aufzustehen und bis zur Mitte der Brücke zu wanken. Kurz vor der dicken Schleusentür, die er hinter sich geschlossen hatte, blieb er stehen. Seine Beine gaben nach und er sackte auf die Knie.

Stimmen riefen sich vor der Tür Befehle zu. Dann verstummten sie plötzlich alle auf einmal. Drei Sekunden später flog die Tür auf. Mit Maschinengewehren bewaffnete Männer und Frauen stürmten herein, nahmen alles ins Visier, was irgendwie verdächtig aussah und umschwärmten Rayk, der die Hände längst hinter dem Kopf gefaltet hatte und darauf wartete, dass sie ihn endlich bewusstlos schlagen würden. Beinahe hätte er sie sogar darum angefleht, doch ihm fehlte die Kraft dazu.

Die Piraten schrien ihn an, sich auf keinen Fall zu bewegen, fuchtelten bedrohlich mit ihren Waffen, doch Rayk hatte nur Augen für den Mann, dem sie den Weg zu ihm freiräumten. Durch das Spalier, das seine Männer bildeten, schritt Yorrick auf ihn zu. Er blieb erst dicht vor ihm stehen, sodass Rayk den Kopf in den Nacken legen musste, um ihn ansehen zu können.

»Sie leben noch«, rief einer der Piraten durch den Raum, der bei der Frau kniete, die Rayk niedergeschlagen hatte.

Daraufhin nickte Yorrick, steckte seine Pistole weg und fragte Rayk: »Hast du Hàvamar vor uns gewarnt?«

Doch statt ihm zu antworten, stellte Rayk seinerseits mit bebender Stimme eine Frage.

»Könnt ihr die Bombe entschärfen?«

Das schien Yorrick tatsächlich zu überraschen und der Piratenanführer musterte ihn mit kritischem Blick. Er schien lange darüber nachzudenken, doch letztendlich antwortete er mit einem knappen »*Ja*«.

Rayk nickte.

Er wusste, dass er das, was er mit eigentlich guten Absichten getan hatte, nie wieder gut machen konnte. Es wäre nicht mehr als gerecht, wenn Yorrick ihn hier auf der Stelle erschießen würde. Aber Rayk wollte Botker nicht gewinnen lassen.

Er hatte seinen Onkel geliebt. Und er liebte Hàvamar, für das sie gemeinsam versucht hatten zu kämpfen. Er schuldete es Ildar, der sein Leben dafür gegeben hatte, dass er mindestens das Selbe tat. Es befanden sich noch gute Menschen in der Stadt. Auch wenn es vielleicht weniger wurden, musste er ihnen helfen. Danach konnte er noch immer sterben.

»Eins-Acht-Zwei-Fünf«, sagte Rayk. »Das ist der Erkennungscode für ankommende Patrouillenschiffe. Damit könnt ihr, ohne auch nur eine einzige Kontrolle durchqueren zu müssen, am östlichen Hafenpier anlegen.«

※

Kapitel Siebenunddreißig

»Was ist, wenn er uns reinlegt?«, fragte Bjan.

»Dann werden wir festgenommen und mit etwas Glück auf der Stelle erschossen«, antwortete Yorrick. »Sollten wir Pech haben, sperren sie uns in irgendein dunkles Loch, wo wir auf unseren Gerichtstermin warten, der wegen der Explosion höchstens im nächsten Leben stattfinden wird.«

»Das heißt wir vertrauen *ihm* nicht nur unser Leben, sondern auch den Erfolg der gesamten Mission an?«

Ihr Vater klang nicht so, als hielte er das für eine vernünftige Möglichkeit. Und obwohl Mira ihm zustimmte, konnte sie auch nicht behaupten, einen anderen Plan zu haben, der auch nur ähnlich erfolgversprechend klang.

»Nein, wir vertrauen ihm natürlich nicht«, antwortete Yorrick. »Aber da wir vermutlich so oder so sterben ...« Er beendete den Gedanken nicht, da jeder im Raum auch so verstanden hatte.

»Und wer kommt alles mit?«, fragte Tarjei. »Ich meine, klar, Bjan und ich müssen die Bombe entschärfen. Aber ansonsten ...?«

»Ich komme mit«, sagte Mira entschieden.

»Auf gar keinen Fall«, widersprach Bjan sofort, doch Mira hatte damit gerechnet und bevor er seine Gegenargumente aufzählen konnte, sagte sie: »Der Plan ist doch klar. Wir geben uns als Rayks Gefangene aus und er bringt uns auf diesem Weg in die Stadt. Aber ihr seid alle viel zu auffällig. Rayk ist ein Kommandant der Armee und Yorrick ist vermutlich sogar Material für Gruselgeschichten, die die Stadtwächter abends ihren Kindern erzählen. Was denkt ihr, wie gut wir unsere Heimlichkeit aufrechterhalten können, wenn sich erst einmal herumgesprochen hat, dass ihr in der Stadt seid?«

Mira sah sich um, doch keiner schien ihr widersprechen zu wollen.

»Ich hingegen bin zwar eindeutig eine gesuchte Verbrecherin in Hàvamar und meine Fahndungs-Plakate sollten noch druckfrisch an jeder Hauswand hängen, aber großes Aufsehen werde ich sicher nicht erregen. Außerdem bin ich inzwischen sowas wie der Käpt'n dieser Scholle. Und im Gegensatz zu früheren Regelungen, bei denen jeder für sich selbst sorgen musste, lasse ich nicht zu, dass jemand meiner Mannschaft verloren geht.«

Sie grinste ihren Vater an. »Ich will dir schließlich nicht nochmal um die halbe Welt nachlaufen müssen.«

Ihrem Vater schien es zwar trotzdem nicht zu schmecken, doch Mira spürte, dass die anderen sie bereits als Teil der Mission akzeptiert hatten.

»Also gut«, sagte Tarjei. »Yorrick, Mira, Bjan und Ich.«

»Und ein paar meiner Männer«, sagte Yorrick. »Wir haben den Regierungstruppen genug Uniformen gestohlen, dass sie sich problemlos für Soldaten Hàvamars ausgeben können. So sollten wir es hinbekommen, wie eine halbwegs echt wirkende Besatzung eines Patrouillenschiffs auszusehen.«

»Tesuk und ich kommen auch mit«, sagte Kel.

Der Stammesführer hatte bisher schweigend und mit verschränkten Armen der Unterhaltung beigewohnt. Jetzt trat er jedoch einen Schritt nach vorne und blieb neben ihnen an dem Tisch stehen, auf dem sie eine Karte ausgerollt hatten, die Hàvamars Straßenzüge zeigte. Mitten im Regierungsviertel war ein großes rotes X eingezeichnet und umkringelt worden. Dort - unter der Akademie der Stadt, in der Geothermieanlage - befand sich die Bombe.

»Ich habe geschworen, meinen Stamm zu beschützen«, sagte Kel. »Und dort.« Er zeigte auf die Karte. »Werde ich hoffentlich die Möglichkeit dazu haben.«

Tesuk, der ihm, wie auch sonst überallhin, zu diesem Treffen gefolgt war, fügte hinzu: »Oder wenigstens an denjenigen Rache zu üben, die die Verantwortung tragen.«

Alle schwiegen einen Augenblick, bevor Yorrick sagte: »Dann ist es also entschieden. Noch irgendwelche Einwände?«

Niemand meldete sich zu Wort.

»Gut, dann sollten wir uns jetzt vorbereiten.«

*

Eine Stunde später hatten sie von der Scholle abgelegt und hielten mit einem kleinen Boot auf den Hafen zu. Wie Rayk vorhergesagt hatte, war der Zahlencode ihre Eintrittskarte zu einer zentralen Anlegestelle, wo weder Soldaten noch die Hafenkontrolleure sie erwarteten.

Mira stand neben Yorrick auf der kleinen Schiffsbrücke. Während der Rebellenanführer das Boot vorsichtig die letzten Meter zum Steg manövrierte, beobachte Mira Rayk, der am Bug stand. Er war die ganze Fahrt über für sich geblieben und hatte stoisch aufs Wasser und die Stadt geschaut. Mira war nicht wohl dabei, alles in die Hand dieses Mannes zu legen. Trotzdem wusste sie genauso wie jeder andere, dass es ihre beste Möglichkeit war. Alle anderen Pläne, die sie zuvor geschmiedet hatten, waren nichts als »letzte Auswege« gewesen. Doch mit Rayk, einem der hochrangigsten Offiziere der Stadt, auf ihrer Seite, durften sie auf eine kleine, aber wenigstens existente Chance hoffen.

Ihr Boot prallte sanft gegen die dicken Poller der Kaimauer und bevor es durch den Rückstoß abdriften konnte, warfen Yorricks Männer Taue über die Anlegepfosten aus, mit denen sie das Schiff in die richtige Position zogen. Danach schoben sie die Zugangsplanke über Bord. Yorrick drehte den Schlüssel im Zündschloss des Schiffs und das beruhigende Brummen der Motoren erstarb.

»Also gut. Jeder weiß worauf es ankommt«, sagte er.

Dann schnappte Yorrick sich die Pistole, die auf der Steuerkonsole neben ihm lag und ließ sie so unter seiner Kleidung verschwinden, dass sie von den Falten seines Hemds verborgen wurde. Auch Mira trug außer dem Messer, das Kel ihr geschenkt hatte, eine Pistole versteckt am Körper. Das kalte Metall der Waffe drückte gegen ihren Rücken und bescherte ihr eine Gänsehaut. Sie fühlte sich noch immer wie ein Fremdkörper für sie an. Die Kurzeinweisung in den Gebrauch von Schusswaffen, die sie auf dem Weg hierher bekommen hatte, weckte in ihr zumindest keine allzu zuversichtlichen Gedanken, sollte sie tatsächlich in eine brenzlige Situation kommen. Doch ihre Aufgabe zu erledigen war wichtiger als solche Gefühle, also riss sie sich zusammen.

Insgesamt gingen sie mit fünfundzwanzig Männern und Frauen von Bord. Das Herz hämmerte in Mira so laut, dass sich das Geräusch in ihren Ohren mit all den Umgebungslauten des belebten Hafengeländes mischte.

Zwischen den einzelnen Pulsschlägen nahm sie das Kreischen der Seevögel, das Quietschen von Verladekränen und das Platschen der Wellen wahr.

Ihre kleine Prozession wurde von Rayk und einigen von Yorricks Leuten angeführt. Die restlichen Rebellen, die sich als Soldaten getarnt hatten, bildete die Nachhut. Mira ging neben Tarjei, mit dem sie an eine lange Kette festgebunden war. Vor ihnen wankten Kel und Tesuk in Handschellen hin und her. Hinter ihnen waren Yorrick und ihr Vater an die gleiche Kette gebunden.

Die Hafenarbeiter starrten sie neugierig an und Mira hoffte, dass ihre kleine Gruppe genauso überzeugend auf die Stadtwache wirkte wie auf diese einfacheren Männer. Wo sie auch vorbeikamen, stockte für einen Moment die Arbeit. Selbst die Vorarbeiter waren fasziniert, sodass es einige Augenblicke dauerte, bis sie ihre Untergebenen zusammenschrien, sie seien nur faules Pack, das weiterarbeiten solle, sonst würde ihr heutiger Lohn gestrichen werden.

Zum ersten Mal ungemütlich wurde es an dem Stadttor, das den Übergang vom Hafen zur restlichen Stadt markierte.

»Einfach immer schön freundlich winken.« Tarjeis schlechter Scherz half Mira nicht ihre Nervosität zu verlieren. Doch ihr Plan schien zu funktionieren. Die Wächter am Tor spielten, ohne ihnen große Beachtung zu schenken, weiter Karten, unterhielten sich miteinander oder lehnten rauchend an eine Hauswand. Ihre kleine Gruppe war ohne ein Wort zu wechseln durch das Tor gelaufen, als ihnen plötzlich einer der Soldaten hinterherrief: »Hey, wen bringt Ihr uns denn da?«

»Ein paar Piraten«, rief Rayk zurück. »Anscheinend wichtig genug, dass wir Befehl haben, sie direkt zum Verhör zu führen.«

Er spielte den Anführer ihrer kleinen Truppe und gab sich mit der passenden Uniform als Leutnant aus. Sie waren sich alle einig gewesen, dass sich die Rückkehr des bekannten Kommandanten Rayk zu schnell herumsprechen würde. Dann wäre es dahin gewesen mit ihrer Heimlichkeit. Genauso hielten sie es auch mit Yorricks Identität. Daher hatte sich der Rebellenanführer eine dicke Dreckschicht ins Gesicht gekleistert und senkte den Kopf nun noch ein Stück tiefer als ohnehin schon.

Der Offizier der Torwächter ließ jedoch nicht locker.

»Hey, wartet doch mal. Von wo kommt ihr? Erzählt uns wenigstens eure Geschichte. Wir sehen den ganzen Tag nur stinkige Hafenarbeiter und ihre in Lumpen gekleideten Bälger.«

»Geh weiter«, murmelte Yorrick hinter Mira. Und entweder funktionierte seine leise Beschwörung, oder Rayk war selbst klug genug, um weiterhin in Bewegung zu bleiben, während er redete.

»Wir kommen von einer Patrouille im Gebiet der östlichen Bohrinseln«, erfand Rayk schnell eine Geschichte. »Wahrscheinlich wollten sie die überfallen, als wir sie aufgegriffen haben. Das Ganze war nicht besonders spannend. Ihr wisst doch wie die meisten Piraten sind. Sobald sie erkennen, dass sie keine Chance haben, werfen sie ihre Waffen über Bord und versuchen abzuhauen.«

»Elendes Pack«, stimmte der Offizier der Stadtwache zu und spuckte auf den Boden. »Zu feige für einen ehrlichen Kampf, aber wehrlose Bohrinseln anzünden!«, rief er ihnen hinterher und seine Männer stimmten ihm mit ähnlichen Schmährufen zu.

Mira hörte das Geräusch von knirschenden Zähnen und hoffte, dass Yorrick sich zurückhalten würde.

»Verbreiten sich wie eine Plage«, schimpfte der Offizier weiter. »Würde mich nicht wundern, wenn wir sogar schon welche von denen in der Stadt hätten.«

Rayk nickte und Mira glaubte, ein Funkeln in seinen Augen zu sehen - ob traurig oder belustigt konnte sie nicht sagen - als er antwortete: »Solange gute Leute wie ihr die Augen aufhalten, werden wir sie kriegen.«

Der Offizier der Torwächter strahlte wegen des Kompliments. »Ja, ja. Wir sind auf Posten. Ihr könnt eure Hintern also erstmal ausruhen.«

Rayk nickte ihm zu und endlich konnten sie ihren Marsch durch die Stadt fortsetzen.

Mira erkannte einige Ecken wieder, an denen sie mit Tarjei auf der Flucht vorbeigekommen war. Sie bogen beispielsweise ganz in der Nähe des zwielichtigen Lokals *der Flieger*, in eine Straßenkreuzung ein. Mira fragte sich, was aus ihm wohl geworden war. Sie hoffte, nichts Gutes.

Außerdem hatte sie in der Sache mit den Fahndungsplakaten recht gehabt. Wenn man suchte, fand man ihr Bild noch immer direkt neben Tarjeis an einigen Hauswänden. Auch wenn das Papier sich schon aufzulösen begann oder von Schmierfinken übermalt worden war. Auf einem der Bilder trug sie inzwischen einen hohen Zylinder und einen Schnauzbart.

»Die Ähnlichkeit ist verblüffend«, flüsterte ihr Vater ihr zu und gemeinsam grinsten sie, bis sie das nächste Plakat entdeckten, auf dem mehrere heftige Schimpfworte und eine Todesdrohung geschrieben worden waren. Das genügte ihnen, um wieder ernst zu werden.

Sie waren nicht mehr weit vom Adelsviertel entfernt. Die hohen Mauern der Promenade ragten bereits vor ihnen auf und vereinzelt tauchten statuenhaft die Umrisse der Regierungswächter hinter den Zinnen auf, die mit ihren Blicken die Stadt absuchten.

»Kommandant!«, rief Yorrick. Der vorgespielte Respekt vor Rayks angeblicher Autorität war seiner Stimme deutlich anzuhören. »Wir sollten auf keinen Fall den östlichen Seiteneingang nehmen«, sagte der Rebellenanführer. »Dort dürften die Wachen inzwischen verstärkt worden sein.«

Mira sah über die Schulter und bemerkte das spöttische Grinsen auf seinem Gesicht. Ohne fragen zu müssen, war ihr klar, dass Yorrick an dieser Wachverstärkung irgendwie Schuld trug.

»Allerdings«, antwortete Rayk, der genau zu wissen schien, worum es ging. »Nach dem Einbruch in die Geothermieanlage und der Flucht des Verdächtigen haben die Wachen an den Toren den Befehl, jeden alten Mann, der sein Gesicht unter einem Kapuzenmantel versteckt, zu erschießen.«

Ohne zu erklären, worüber sie sich gerade unterhalten hatten, gingen sie weiter.

Als sie um die nächste Kurve bogen, gelangten sie auf eine lange, gerade Straße, die direkt durch das große Haupttor der Promenade führte. Die Regierungswächter, die dort stationiert waren, musterten jeden, der durch das Tor ging, doppelt und dreifach. Mira schluckte einen dicken Kloß im Hals herunter. Spätestens jetzt sah ihr Plan vor, dass sie die Karten auf den Tisch legen mussten und ihre Identität offenbarten. Und tatsächlich wurden sie sofort angehalten, als sie versuchten, das Adelsviertel zu betreten. Jetzt war es an Rayk, seinen Wert als Verbündeter unter Beweis zu stellen.

Der Regierungswächter ließ seinen Blick über ihre Gruppe schweifen, bis er auf Rayk hängen blieb. Die Ablehnung in seinem Gesicht verschwand und er legte irritiert die Stirn in Falten. Mira zuckte innerlich zusammen, als der Mann unsicher fragte: »Kommandant, seid Ihr das?«

Damit war ihr Plan, unerkannt zu bleiben, wohl gescheitert.

Doch Rayk reagierte sofort. Ohne viel Aufsehen zu erregen, nickte er und zog den Regierungswächter ein Stück beiseite. Leise, sodass weder Mira noch die anderen Wächter ihn hören konnten, begann er auf den Mann einzureden. Vermutlich tischte er ihm die Geschichte auf, dass die Soldaten den Kampf um Rhenak gewonnen hatten und er nun mit Gefangenen aus der Schlacht hier sei. Doch plötzlich spannte sich der Regierungswächter an. Mira sah, wie seine Hand das Gewehr darin fester umklammerte. Er war kurz davor, es auf sie anzulegen und die anderen Wächter zu alarmieren.

Yorrick räusperte sich zweimal. Das war das Signal, dass sich alle bereit machen sollten, ihre versteckten Waffen zu ziehen.

Mira versuchte, ihre Hände unauffällig aneinander zu reiben und sich darauf vorzubereiten ihre falschen Fesseln abzustreifen. Das alles lief gar nicht nach Plan.

Rayk blieb jedoch die Ruhe selbst. Als wüsste er genau, was in dem Regierungswächter vorging, legte er ihm kameradschaftlich seine Hand auf die Schulter und verhinderte so, dass dieser die Waffe heben konnte. Wieder redete er auf ihn ein und dieses Mal konnte Mira einiges verstehen.

»Ich brauche deine Hilfe«, erklärte Rayk dem Mann. »Ich muss die Gefangenen direkt zum Verhör vor dem Rat bringen. Aber du weißt, wer das da hinten ist, oder?«

Dabei zeigte Rayk direkt auf Yorrick. Dieser drehte schnell den Kopf zur Seite, doch es war zu spät. Der Regierungswächter hatte ihn natürlich erkannt. Sein Gesicht war auf zu vielen Fahndungsplakaten in der Stadt.

»Verdammter Idiot«, zischte Yorrick, unternahm jedoch

noch nichts. »Was macht er da?«

Der Regierungswächter trat nun einen Schritt von Rayk zurück, streifte dessen Hand ab und hob die Spitze seines Gewehres einige Zentimeter an. Die Situation drohte Rayk zu entgleiten. Doch dieser redete zwar schnell aber in ruhigem Ton weiter.

»Wir müssen heimlich vorgehen«, erklärte er dem Regierungswächter. »Niemand darf wissen, wo Yorrick sich befindet. Es gibt noch immer einige Verräter in Hàvamar, die ihn liebend gern befreien würden. Ich weiß, dass die Regierungswächter die einzigen sind, die ohne Zweifel treu zum Rat stehen. Nur hier können wir Yorrick sicher einsperren, bis wir ihn aufhängen.«

Der Regierungswächter wirkte unsicher. Doch langsam schien er sich wieder zu entspannen. Er schien die Geschichte zu glauben. Vielleicht fühlte er sich sogar besonders, weil Rayk nur ihm diese geheimen Informationen anvertraute. Trotzdem klang der Wächter zögerlich, als er fragte: »Seid Ihr sicher, dass Ihr ihn hierher bringen wollt?«

Er warf einen Blick hinter sich auf das Tor des Adelsviertels und dann zurück auf Yorrick.

»Die wenigen Zellen, die wir haben sind eher für ...« Er suchte nach den richtigen Worten. »... übereifrige Studenten eingerichtet, die dem Alkohol zugesprochen haben. Nicht für das Verhör von Piraten.«

Rayk erklärte ihm jedoch, dass alles ganz genau durchdacht sei und sie diesen Auftrag direkt vom Rat erhalten hätten.

»Aber kein Wort zu irgendjemandem«, sagte Rayk zu dem Regierungswächter und hob warnend den Zeigefinger. »Wenn die falschen Ohren in der Stadt hören, wo wir Yorrick hingebracht haben, wäre alles umsonst gewesen.«

Der Regierungswächter salutierte pflichtbewusst und versicherte Rayk, dass seine Lippen verschlossen wären. Dann gab er den übrigen Wachposten ein Zeichen, dass er die kleine Gruppe passieren lassen würde. Mira ließ die Schultern sinken und entspannte ihre gefesselten Handgelenke wieder. Und nachdem sie einige Male tief durchgeatmet hatte, setzte sie zum ersten Mal in ihrem Leben einen Fuß ins Adelsviertel Hàvamars.

❊

Nachdem sie die Promenade durchquert hatte, baute sich vor Miras Augen das Wunder auf, das sie seit ihrer Kindheit, immer schon von der Scholle aus bewundert hatte. Nur dieses Mal war sie mitten zwischen den hohen mehrstöckigen Häusern, die die breiten Pflasterstraßen des Regierungsviertels säumten. Mit den geschwungenen Dächern und den in Stein gemeißelten Verzierungen war jedes für sich ein Kunstwerk. Ergänzt wurden sie durch die Farbkleckse, die die vor den Fassaden flanierenden Adligen in ihrer bunten Kleidung darstellten. Die Frauen trugen ausgefallene Stoffe, oft nur hauchdünn, weil es in diesem Teil der Stadt noch wärmer war als im restlichen Hàvamar. Die Männer liefen in vornehmen Anzügen und mit Hüten auf den Köpfen herum, von denen sicher bereits ein einziger mehr kostete, als ein Schollenbewohner in drei Monaten verdiente.

Doch Mira war nicht mehr das kleine Kind von früher. Inzwischen konnte sie hinter diese Fassade schauen, die sie so lange bewundert hatte. Sie erkannte das Abstoßende an dieser zwanghaften Zurschaustellung von Reichtum und Macht. Diese Menschen lebten auf Kosten anderer. Alles, was für sie zählte, war die Befriedigung ihrer eigenen Bedürfnisse. Niemand dachte an diejenigen, die unter ihm standen.

Der Wunsch jedes Schollenbewohners, in der Lotterie zu gewinnen, war in Wirklichkeit nichts anderes als ein schön verpackter Albtraum. Mira hatte lange nicht mehr an ihre alte Nachbarin Fay gedacht. Das letzte Mal hatte sie sie um ihren Gewinn beneidet. Doch nach allem, was sie erlebt hatte, würde sie um nichts in der Welt unter diesen Menschen leben wollen.

Während sie mit diesen düsteren Gedanken durch die prunkvollen Straßen des Adelsviertels ging, wünschte sie sich, dass es Fay, wo auch immer sie gerade war, gut ging.

❊

»Dieser Ort ...«, hörte Kel Tesuk murmeln.

Wie auch er selbst würde der alte Jäger niemals die richtigen Worte finden, um das zu beschreiben, was sie hier im

Herzen des Ortes sahen, an dem die Saghani lebten. Es war unvorstellbar, wie viele Eindrücke diese Stadt in sich vereinte. Wie sehr sich das Leben der Saghani von ihrem unterschied.

»Sie haben so viel«, sagte Tesuk und konnte nicht damit aufhören, seinen Kopf in alle Richtungen zu drehen. »Und trotzdem reicht es ihnen nicht.«

Kel verstand seinen alten Freund gut. Die Stämme kämpften jeden Tag ums Überleben und obwohl diese Menschen hier im Überfluss schwammen, überfielen sie dennoch die Stämme, nur um selbst noch größeren Reichtum anhäufen zu können. Doch Kel waren auch die Hafenarbeiter in Erinnerung geblieben, denen sie über den Weg gelaufen waren. Ihre schmuddelige Kleidung und ihre müden Gesichter waren Ausdruck der anderen Seite dieser Stadt.

»Sie können nicht alle schlecht sein«, sagte Kel daher zu Tesuk. Er war sich nicht sicher, ob es der Wahrheit entsprach, aber er wollte es glauben. Es musste auch in dieser Stadt gute Menschen geben. Nach dem, was Yorrick und die Rebellen ihnen erzählt hatten, hatten die meisten keine Ahnung von den Überfällen auf die Stämme. Sie waren genauso Opfer wie Kel und seine Leute, wenn die Bombe explodieren würde.

»Was tun wir, wenn diese Sache erledigt ist?«, fragte Tesuk, während er weiter jeden Winkel in ihrer Umgebung zu beobachten versuchte. »Werden sie unsere Leute, die sie am großen Berg gefangen halten, freilassen?«

»Ich weiß es nicht«, sagte Kel. »Aber wenn nicht, werden wir ihnen keine andere Wahl lassen.«

Tesuk nickte. Er war zufrieden mit der Antwort.

❁

Seit er wieder die Stadt betreten hatte, kämpfte Rayk mit dem dringenden Bedürfnis, die kleine Gruppe aus Rebellen und Eingeborenen aus der Eiswüste einfach in den Straßen Hàvamars zurückzulassen. Die Schüsse, die das Leben seines Onkels beendet hatten, hallten noch immer in seinem Kopf nach und Rayk wäre am liebsten sofort zu Ildars Arbeitszimmer gerannt. Der Gedanke, dass es für seine Hilfe längst zu spät war und dass er sich nun ausgerechnet mit Yorrick verbünden musste, wollte sich einfach nicht richtig anfühlen. Doch einmal angefangen, musste er diese Scharade auch zu Ende bringen. Vielleicht konnte er so wenigstens den letzten Wunsch seines Onkels erfüllen und Hàvamar retten.

Vor ihnen öffnete sich die Pflasterstraße zum Regierungsplatz hin. Der sonst so ehrfurchtgebietende Anblick der Akademie drückte heute schwer auf Rayks Gemüt. Die langen Schatten, die die hohen Türme des Gebäudes warfen, machten den Platz davor noch dunkler, als es ohnehin schon wegen der grauen Wolken am Himmel war. Kalter Wind blies ihm ins Gesicht, was eine Seltenheit in Hàvamar war. Bei den wenigen Adligen, die der Wind noch nicht in ihre prachtvollen Häuser verscheucht hatte, tat der Anblick ihrer kleinen Gruppe aus Soldaten und gefährlich aussehenden Gefangenen den Rest. Sie waren hier im Regierungsviertel keine Menschen in Ketten gewohnt. Und erst recht keine Piraten.

Rayk wollte die anderen gerade darauf hinweisen, dass ihre Tarnung spätestens mit dem Betreten der Akademie auffliegen würde, da die Zellen des Adelsviertels in der entgegengesetzten Richtung lagen, als plötzlich eine große Gruppe Menschen aus dem Eingangsportal strömte. Sie trugen alle die weißen Kittel der Wissenschaftler der Akademie und sie wirkten, als würden sie vor etwas davonlaufen. Sobald sie auf den Regierungsplatz traten, sahen sie sich hastig in alle Richtungen um, nur um dann in einem heillosen Durcheinander so schnell sie konnten das Weite zu suchen.

»Was ist da los?«, rief Yorrick ihm von hinten zu.

Hinter den fliehenden Wissenschaftlern kam ein Trupp Regierungswächter aus dem Torbogen marschiert. Angeführt wurden sie von Lavran Botker.

Zuerst warf der Geheimdienstminister ihnen nur einen flüchtigen Blick zu. Doch dann weiteten sich seine Augen, als er erkannte, wer sie waren. Wie angewurzelt blieb er auf der Schwelle der Akademie stehen. Die Regierungswächter hinter ihm bemerkten beinahe genauso schnell, dass etwas nicht stimmte und bauten sich neben Botker auf.

Dieser Mann war der Mörder seines Onkels, schoss es Rayk durch den Kopf. Doch das trat für den Moment in den Hintergrund. Denn die fliehenden Wissenschaftler ließen nur einen einzigen Schluss zu: Die Bombe unter der Akademie hatte zu ticken begonnen.

Botker erholte sich als erster vom Schrecken ihres unerwarteten Aufeinandertreffens. Und obwohl er sicher nicht alle Hintergründe begreifen konnte, die Rayk von Rhenak mitten ins Regierungsviertel geführt hatten, zog er doch schnell genug seine Schlüsse, um die Situation zu seinen Gunsten drehen zu wollen.

»Kommandant Rayk!«, rief Botker über den Regierungsplatz. Doch dieses Mal gelang es selbst jemand so aalglattem wie ihm nicht, die Heimtücke aus seiner Stimme herauszuhalten. »Mir wurde von Eurem Ableben berichtet. Wie *interessant*, Euch trotzdem hier anzutreffen. Und das auch noch in so ungewöhnlicher Begleitung.«

Botker musterte ihre kleine Gruppe und für einen kurzen Augenblick glaubte Rayk, Überraschung in seinem Gesicht zu sehen. Er hatte Yorrick erkannt. Doch der Geheimdienstminister tarnte seine Emotionen nahezu sofort wieder hinter seinem boshaften Lächeln.

»Erstaunlich, dass ihr solche Berühmtheiten wie den *gefürchteten* Yorrick hierherbringt«, sagte Botker. »Und wenn mich nicht alles täuscht, sind das doch die beiden jungen Schollenbewohner, die Ihr vor wenigen Tagen noch mit so großem Eifer gesucht habt.«

An die Regierungswächter gewandt, sagte Botker: »Welch' Zufall, welch' Zufall. Der Neffe des Verteidigungsministers, der der Kopf einer weitreichenden Verschwörung war, ist tief verworren in denselben Verbindungen und Machenschaften wie sein Onkel.«

Er klatschte in die Hände, als wären alle nötigen Beweise erbracht, um Rayk als Verräter zu brandmarken und ihn zum Ziel der Regierungswächter zu machen. Botker spielte sein Spiel wirklich meisterlich.

»Und was für ein ungünstiger Zeitpunkt für einen weiteren solchen Rückschlag für die Stadt«, sagte der Geheimdienstminister. »Vor wenigen Augenblicken haben die Wissenschaftler der Geothermieanlage eine furchtbare Fehlfunktion in der Maschine entdeckt, die die Wärme aus dem Riss zieht. Daher müssen wir so schnell wie möglich die nähere Umgebung evakuieren. Das gesamte Adelsviertel wird wohl betroffen sein.«

Rayk konnte nicht glauben, was er gerade hörte.

»Das also ist dein Plan!«, rief er Botker zu. »Eine Fehlfunktion?«

»Es tut mir leid«, sagte Botker mit einem breiten Grinsen. »Welcher Plan? Ich will die Menschen hier retten.«

Jeder Muskel in Rayks Körper war zum Zerreißen gespannt. Mit jeder Faser wollte er das siegessichere Lächeln aus Botkers Gesicht prügeln.

»Nach Schätzungen der Wissenschaftler bleibt uns nur noch ein einziger Tag«, sagte Botker. »Daher sollten wir lieber die Zeit nutzen und ...«

Rayk konnte sich das nicht länger anhören.

»Lavran Botker ist vollkommen wahnsinnig«, rief er den Regierungswächtern zu. »Er hat Verteidigungsminister Askildsen getötet und plant, die ganze Stadt in die Luft zu sprengen ...«

»Minister Aksildsens Tod war eine Tragödie«, konterte Botker Rayks verzweifelten Versuch an die Vernunft der Regierungswächter zu appellieren. »Und es waren diese tapferen Männer hier neben mir, die mich davor bewahrt haben, ein weiteres der zahllosen Opfer Eurer Verschwörung zu werden. Ich bitte Euch also, die Taten dieser Männer nicht in den Schmutz zu ziehen. Ich bin ihnen zu großem Dank verpflichtet.«

Botker hatte die Regierungswächter vollkommen um den Finger gewickelt, dachte Rayk. Diejenigen, die er nicht bestochen oder bedroht hatte, waren ihm trotzdem loyal ergeben, da sie glaubten auf der richtigen Seite zu stehen.

»Tatsächlich haben uns Dokumente, die sich im Arbeitszimmer Eures Onkels befanden, erst hierher zur Akademie gebracht. Es ist durchaus möglich, dass die Fehlfunktion der Geothermieanlage auf ihn zurückgehen könnte. Eine tragische Geschichte. Der Bruder des verstorbenen Präsidenten hat es wohl nie verkraftet, dass er immer nur im Schatten eines größeren, mächtigeren Verwandten stand. Und nun wollte er auf diesem Weg den gesamten Rat ausschalten und sich selbst zum Herrscher über die Stadt aufschwingen. Ein schändlicher Verrat an der Demokratie Hàvamars.«

Botker hob seinen Arm und zeigte auf Rayk, bevor er

fortfuhr: »Und wer könnte diese Gefühle besser nachvollziehen als der Adoptivsohn des Präsidenten? Immer ein Außenseiter, nie wirklich als das anerkannt, was er sich erhofft hatte. Und nun treffen wir Euch hier, Rayk Askildsen, am Ort des Verbrechens gegen die Stadt. Hier wollt Ihr Euren Hochverrat an Hàvamar begehen.«

Rayk spürte, wie er mehr und mehr den Boden unter den Füßen verlor. Botker schien an alles gedacht zu haben. Egal ob die Regierungswächter schon zuvor auf seiner Seite gestanden hatten oder nicht, nun blieb ihnen gar nichts anderes mehr übrig, als diese Geschichte zu glauben. An ihrer Stelle hätte Rayk das Gleiche getan. Er hatte sogar das Gleiche getan und sein Leben lang blind Befehlen gehorcht. So lange, bis ihm die Augen geöffnet worden waren. Alles, was ihm jetzt noch blieb, war der Versuch, das Gleiche auch bei diesen Männern zu erreichen.

»Ihr werdet Euch nicht so aus der Verantwortung stehlen!«, rief Rayk Botker zu. Er kochte vor Wut. »Ich werde Euch zur Strecke bringen und vor ein Gericht hier in Hàvamar stellen …«

Mit jedem Wort war er einen Schritt weiter auf Botker zugegangen, so dass sie beide von noch höchstens zwanzig Metern getrennt wurden. Doch als er einen weiteren Schritt auf den Geheimdienstminister zukam, packten die Regierungswächter plötzlich ihre Waffen fester. Sie waren bereit, wenn nötig auf ihn anzulegen.

»Kommandant!«, rief ihr Anführer. Seine Stimme klang nervös und er wirkte hin und hergerissen, den Blick abwechselnd auf Botker und Rayk gerichtet. »Bitte, bleibt wo Ihr seid.«

In diesem Augenblick wusste Rayk, dass er verloren hatte. Sie würden ihm nicht glauben. Botker würde gewinnen.

Doch das würde Rayk unter keinen Umständen zulassen.

Blitzschnell zuckte seine Hand zu der Pistole an seinem Gürtel. Er zog die Waffe, spannte in einer fließenden Bewegung den Hahn und zielte auf Botkers Kopf. Bevor irgendjemand reagieren konnte, hallten drei Donnerschläge über den Regierungsplatz.

Es dauerte einen Augenblick, bis sich die dünne Rauchwolke, die von dem Lauf der Pistole ausging, genug gelichtet hatte, dass Rayk hindurchsehen konnte. Botker lag am Boden. Er hatte versucht, in Deckung zu hechten, doch seine Beine ragten noch in das Eingangsportal der Akademie. Rayk konnte nicht sicher sagen, ob er ihn getroffen hatte. Vielleicht war der Geheimdienstminister tot.

Ein weiterer Augenblick verging und Botkers rechter Fuß zuckte. Dann winkelten sich die Beine des Geheimdienstministers an und er zog sich in die Deckung der Akademie zurück. Die noch unter Schock stehenden Regierungswächter brüllte er an: »Worauf wartet ihr. Er hat uns angegriffen. Rayk Askildsen ist ein Verräter. Erschießt ihn!«

※

»Deckungsfeuer!«, brüllte Yorrick im gleichen Augenblick und riss sich als erster von seinen Ketten los.

Mira brauchte einen Moment länger und als die Ketten auch von ihren Handgelenken abfielen, hatten die Rebellen, die sich als Soldaten Hàvamars getarnt hatten, schon das Feuer auf das Eingangsportal der Akademie eröffnet, wo die Regierungswächter sich verschanzten.

»Zurück!«, brüllte Yorrick über den Lärm des Kampfes hinweg. »Runter vom Platz!«

Mira duckte sich, sie spürte das kalte Metall einer Pistole in ihrer Hand, obwohl sie nicht mehr sagen konnte, wann sie ihre Waffe gezogen hatte. Sie feuerte ein paar Mal in die grobe Richtung der Akademie, dann rannte sie los. Tarjei, der neben ihr wie angewurzelt dastand, zerrte sie mit sich.

»Komm schon!«, brüllte sie ihn an und zu ihrem Glück setzte er sich daraufhin in Bewegung.

»Feuer!« Der Ruf des feindlichen Offiziers hallte über den Platz, wurde jedoch von der Salve, die die Regierungswächter auf sie abfeuerten, abgeschnitten.

Mira hörte Schmerzensschreie, hatte aber keine Zeit, sich umzusehen. Das Einzige, was sie noch wahrnahm, war Tarjeis Körper neben sich und der Rücken ihres Vaters, der, so schnell er mit seinem verletzten Bein konnte, vor ihr herrannte. Der Rest der Welt war Chaos. Mira hielt erst an, als ihre Gruppe den Schutz der ersten Häuser erreicht hatte.

Mira sah sich um. Yorrick war bei ihnen. Er lehnte sich um die Hausecke und feuerte über den Regierungsplatz. Im nächsten Augenblick kamen auch Kel und Tesuk bei ihnen an. Beide hatten ihre Munition bereits verschossen und taten sich schwer beim Nachladen ihrer Pistolen.

»Los, los, los!«, brüllte Yorrick seinen Männern zu.

Einer von ihnen bog kurz darauf um die Hausecke, doch plötzlich schrie er auf, stolperte und fiel. Sein Hemd war innerhalb weniger Augenblick so mit Blut vollgesogen, dass eine dunkle Pfütze unter ihm entstand, die in den Rinnstein ablief.

Mira schluckte schwer, doch das Kratzen in ihrer Kehle wollte davon nicht verschwinden. Der Tod des Mannes hatte sie gewaltig geschockt. Und er machte sie wütend. Sie rannte zu Yorrick, lehnte sich mit ihm gemeinsam um die Ecke und zog den Abzug ihrer Waffe durch. Immer wieder und wieder. Es war ihr egal, dass sie vermutlich niemanden traf, aber sie hörte erst auf, als ihre Pistole nur noch klickende Geräusche von sich gab und die Hände ihres Vaters sich in ihre Schulter krallten, um sie zurück zu ziehen.

Im nächsten Augenblick schafften es zwei weitere Gestalten um die Ecke. Eine davon war Rayk. Die andere ein weiterer von Yorricks Männern, den Rayk stützen musste.

Plötzlich kehrte für wenige Sekunden Stille ein, in der niemand mehr eine Waffe abfeuerte. Yorrick lehnte sich erneut um die Ecke und zog den Kopf sofort wieder ein. Während seine Finger seine Pistole nachluden, schaute er sie alle an und sagte: »Sie kommen. Es wird hier überall gleich von Regierungswächtern wimmeln.«

Seine Pistole war fertig geladen und er ließ sie zuschnappen.

»Wie kommen wir am schnellsten hier raus?«, fragte er und schaute Rayk an. Doch der wirkte abwesend und reagierte nicht.

Yorrick ging auf ihn zu, bis er direkt vor ihm stand und schlug ihm dann mit der Faust ins Gesicht. Rayk stolperte ein paar Schritte nach hinten und presste sich die Hände auf die Nase.

»Drei gute Männer sind gerade gestorben«, fuhr Yorrick ihn an. »Wenn du nicht dazugehören willst« Dabei schwenkte er seine Waffe bedrohlich in Rayks Richtung. »Dann bring uns auf der Stelle hier weg.«

Rayk starrte ihn an und Mira glaubte schon, er würde anfangen, sich mit Yorrick zu prügeln. Doch stattdessen nahm er seine Hände vor dem Gesicht weg, unter denen eine blutende Nase zum Vorschein kam, und sagte mit kalter Stimme: »Die Straße runter, dann die dritte links. Zwei Wachen im Wachhaus, eine direkt am Tor.«

Dann ging er an Yorrick vorbei zurück in Richtung Regierungsplatz.

»Hey, wo willst du hin, du Idiot?«, rief Yorrick ihm nach.

»Ihn umbringen!«, knurrte Rayk zwischen zusammengebissenen Zähnen.

»Weil das gerade eben schon so gut geklappt hat«, erwiderte Yorrick bissig und als Rayk nicht stehen blieb, fügte er hinzu: »Du bist tot, bevor du auch nur in seine Nähe kommst.«

»Das ist mir egal«, sagte Rayk.

Yorrick fluchte laut und schien mit sich zu ringen, bevor er sagte: »Wir brauchen dich, verdammt nochmal. Wenn wir diese elende Stadt retten wollen, können wir nicht gegen die ganze verfluchte Armee kämpfen. Du musst doch wenigstens ein paar der Männer hier kennen, die dir vertrauen.«

Rayk schien ihm jedoch gar nicht zuzuhören, da er einfach weiter zurück in Richtung Regierungsplatz lief. Er war beinahe schon um die Ecke gebogen, als Yorrick ihm hinterherrief: »Gibt es in dieser verdammten Stadt denn absolut niemanden, den du retten willst?«

Anscheinend hatte er damit endlich die richtigen Worte ausgesprochen, denn Rayk verharrte mitten in der Bewegung. Mehrere Augenblicke hielt Mira die Luft an. Sie wusste genauso gut wie jeder andere, dass sie Rayk brauchten.

»Alle«, sagte der ehemalige Kommandant plötzlich.

Und als er sich umdrehte, konnte Mira die verbissene Entschlossenheit in seinem Gesicht sehen.

»Ich will sie alle retten.«

※

Sie hetzten durch die breiten Straßen des Regierungsviertels.

Zur Sicherheit sahen sie sich immer wieder um, doch fürs Erste schienen sie nicht verfolgt zu werden. Rayk glaubte, dass er Botker getroffen hatte. Zwar nicht tödlich, aber er war sicher verwundet. Das würde zumindest die Verzögerung bei ihren Verfolgern erklären. Er hoffte, dass es ihrer Gruppe auch genügend Zeit verschaffte, um aus dem Regierungsviertel zu entkommen und die Promenade hinter sich zu lassen, bevor alles abgeriegelt wurde.

Und tatsächlich schien die Nachricht über den Kampf auf dem Regierungsplatz noch nicht bis zu den Toren des Adelsviertels vorgedrungen zu sein. Als sie zu dem kleinen Nebentor in der Promenade eilten, standen nur zwei Wächter dort. Die Schüsse hatten sie zwar alarmiert, doch ihre Hände ruhten noch auf den nicht gezogenen Waffen an ihren Gürteln. Ein weiterer Regierungswächter, der oben auf der Promenade seine Runden drehte, warf ihrer kleinen Gruppe einen kritischen Blick zu. Doch auch er eröffnete nicht das Feuer.

Rayk wollte sie gerade grüßen und versuchen, sie über Botkers Verschwörung in Kenntnis zu setzen, als er aus dem Augenwinkel sah, wie Yorrick seine Pistole hob und den Wächter auf der Promenade erschoss. Der Mann presste ungläubig seine Hände auf das Loch in seinem Bauch, starrte sie mit offenem Mund an und stolperte dann vorwärts, wo er von der Promenade hinunter vor ihre Füße stürzte. Noch bevor sein verdrehter Leichnam mit einem widerlichen Klatschen auf dem Boden aufschlug, hatten Yorricks Männer auch die anderen beiden Regierungswächter erschossen, die neben dem Wachhaus standen.

»Was sollte das?«, schrie Rayk Yorrick an. »Wir hätten mit ihnen reden können, sie ...«

Das Funkgerät in dem kleinen Wachhäuschen rauschte und übertrug plötzlich Minister Botkers Stimme.

»... Schießerei auf dem Regierungsplatz. Bei Sichtkontakt zu den Flüchtigen sofort das Feuer eröffnen. Die Piraten sind bewaffnet und ...«

»Wem hätten sie wohl geglaubt?«, fragte Yorrick und deutete auf das Funkgerät. »Dem Herrn Minister oder uns?«

✻

Mira hetzte zusammen mit den anderen durch das Tor. Sie glaubte, dass Rayk versuchte, sie in Richtung des Hafens zu führen, doch sicher war sie sich nicht. Nachdem sie mehrere Häuserblocks im Laufschritt hinter sich gelassen hatten, hielten sie in einem kleinen Hinterhof zum Verschnaufen an. Den verletzten Rebellen, den sie auf dem Weg hierher gestützt hatten, setzten sie auf ein umgedrehtes Holzfass, das in der Ecke stand. Als wäre es selbstverständlich seine Aufgabe, sah Tesuk sich die Wunde an der Flanke des Mannes an und machte sich daran sie notdürftig zu versorgen.

Mira blickte in die Gesichter der Männer. Sie waren alle verschwitzt vom Rennen, den meisten hingen die nassen Haare tief in die Stirn. Sie waren müde und keiner schien recht zu wissen, was als nächstes kommen sollte.

Es war schließlich ihr Vater, der als erster das Wort ergriff.

»Wir haben einen Tag«, sagte er. »Ich glaube nicht, dass Botker gelogen hat, was das angeht.«

»Denkst du, dass wir die Bombe auch noch entschärfen können, wenn er sie schon aktiviert hat?«, fragte Tarjei.

Bjan zuckte mit den Schultern. »Wir müssen es versuchen.«

»Das Regierungsviertel wird in diesem Augenblick abgeriegelt«, sagte Yorrick und beendete damit die Überlegungen darüber, ob die Bombe noch entschärft werden konnte. »Selbst wenn ihr es schaffen könntet, sie zu deaktivieren, gibt es keinen Weg an sie heranzukommen.«

Er sah sich einen Moment in dem Hinterhof um. Seine Gedanken schienen fieberhaft ihre verschiedenen Möglichkeiten durchzuspielen. Schließlich atmete der Rebellenanführer tief ein und aus, bevor er ihnen seine Gedanken mitteilte

»Wir haben noch die Scholle und in Rhenak wartet der Rest unserer Leute. Ich sage, wir holen sie und verschwinden so weit weg von hier wie nur möglich. Vielleicht kennen auch unsere Freunde aus der Eiswüste irgendeinen Ort, der uns Schutz bieten könnte.«

Er sah Kel voller Erwartung an.

Der Stammesführer hatte die Stirn in tiefe Falten gelegt und sein Blick wirkte nachdenklich.

»Nein«, antwortete er.

»Aber ihr müsst doch irgendeinen Rückzugsort haben«, bohrte Yorrick nach.

»Die haben wir«, erwiderte Kel. »Doch meine Antwort lautet *nein*.«

Dann klarte sein Blick auf und er starrte sie einen nach dem anderen an.

»Ich habe geschworen, den Stamm zu beschützen. Und viele unserer Leute sind noch immer Gefangene. Wir können nicht davonlaufen und sie ihrem Schicksal überlassen.«

»Wir können kämpfen«, stimmte Rayk zu. »Wir können das Regierungsviertel zurückerobern.«

Yorrick schüttelte den Kopf.

»Wir haben zu wenig Leute. Das Thema hatten wir doch schon einmal. So ist unser Plan, heimlich einzudringen doch erst entstanden. Wir können nicht gegen die ganze Armee antreten.«

»Die Armee wäre auf unserer Seite«, sagte Rayk und als er ihre zweifelnden Blicke sah, redet er rasch weiter: »Denkt doch nach. Botker lässt das Regierungsviertel abriegeln und evakuieren. Das kann er nicht heimlich tun. Und auch, wenn er vielleicht die Regierungswächter hinter sich hat. Ich bin Kommandant der Armee.«

»Das hat uns eben auch nicht viel gebracht«, sprach Tarjei aus, was sie alle dachten.

Doch Rayk schüttelte energisch den Kopf. »Die Regierungswächter haben so viel mit der regulären Armee zu tun wie die Hafenarbeiter mit den Adligen.«

»Botker wird eine Meldung durchgeben, in der er euch als Verräter und Unterstützer von Piraten denunziert«, sagte Yorrick.

»Ich kenne diese Männer«, widersprach Rayk und in seiner Stimme lag Überzeugung. »Mein ganzes Leben lang habe ich mit ihnen gekämpft. Sie werden mir glauben.«

Für einen Augenblick standen sich Rayk und Yorrick gegenüber und musterten einander. Noch nie hatte Mira die beiden Gegensätze, die diese Männer schon ihr Leben lang verkörperten, deutlicher wahrgenommen. Sie spürte das Knistern in der Luft. Jede Entscheidung, die gleich getroffen wurde, würde über ihr aller Leben entscheiden.

»Er hat recht«, sagte ihr Vater und unterstützte Rayk.

»Wir können nicht einfach all diese Menschen hier sterben lassen. Und auch, wenn wir uns vielleicht einen Aufschub erkaufen könnten, ist es unmöglich, einen Ort zu finden, an dem wir überleben würden. Selbst mit Hàvamars Ressourcen hat es, so viel wir wissen, Jahre gedauert, bis sie den Bunkerkomplex am Nimus gebaut hatten.«

An Rayk gewandt, fügte Bjan hinzu: »Ich sage, wir bleiben hier und kämpfen.«

»Bist du dir sicher?«, fragte Yorrick.

»Nein«, antwortete ihr Vater. »Aber ich habe mein Leben lang versucht wegzulaufen und es hat nicht funktioniert. Da erscheint es mir als das einzig Richtige, endlich etwas anderes zu versuchen.«

Mira hätte genauso entschieden wie ihr Vater. Es hatte keinen Sinn, vor dem Unvermeidlichen davonzulaufen. Sie war schon so lange auf der Reise, dass sie es leid war, weiterzuziehen. Aber wenn sie wirklich den Menschen in der Stadt helfen wollten, mussten sie sich auch auf den schlimmsten Fall einstellen.

»Was geschieht, wenn wir es nicht rechtzeitig schaffen, die Bombe zu entschärfen?«, fragte sie.

»Wir sterben«, lautete Yorricks trockene Antwort.

Doch Rayk schien den Sinn ihrer Frage verstanden zu haben.

»Die Kleine hat recht«, sagte er und bevor Mira sich über die Anrede beschweren konnte, redete er weiter. »Wenn wir kämpfen, müssen wir auch auf eine Niederlage vorbereitet sein. Wer ohne Rückzugsplan in die Schlacht zieht, ist ein Idiot.«

»Wir könnten die Menschen evakuieren«, sagte Mira. »Als wir hergekommen sind, habe ich gesehen, dass zwei weitere Schollen in der Bucht vor der Stadt vor Anker liegen. Vielleicht können wir noch mehr hierherschaffen. Wenn wir sie umbauen und Qarmaqs darauf errichten, dann hätten wir wenigstens einen Anfang. Und die Menschen wüssten, dass etwas unternommen wird. Sobald sie von der Bombe erfahren, wird Panik ausbrechen, falls wir ihnen keinen Hoffnungsschimmer zeigen.«

Rayk nickte.

»Klingt wie ein Plan.«

»Gut«, sagte Mira, als sonst niemand Einspruch erhob. »Ich bin keine Kämpferin. Aber ich kann das mit den Schollen organisieren.«

Sie wusste, dass das vor wenigen Wochen noch lächerlich geklungen hätte. Sie war nicht einmal alt genug, um wirklich als Erwachsene zu gelten. Aber keiner der Anwesenden lachte. Mira hatte sich verändert. Sie wusste, obwohl es sicher nicht leicht werden würde, dass sie dieser Aufgabe so gut gewachsen war, wie es jemand überhaupt nur sein konnte. Die Menschen auf der Scholle vertrauten ihr.

Kel trat einen Schritt nach vorne.

»Wir werden helfen, die Qarmaqs zu errichten«, sagte er zu Mira, dann wandte er sich jedoch der ganzen Gruppe zu. »Aber einige von uns werden nicht hierbleiben. Wir müssen zum Nimus und unsere Leute befreien.«

»Wir helfen euch dabei«, sagte Mira sofort, als wäre es selbstverständlich. Die anderen in der Runde schauten sie erstaunt an. »Wir müssen zusammenarbeiten, wenn wir so viele Menschen wie möglich retten wollen«, erklärte sie. »Wir brauchen die Hilfe der Stämme, um Qarmaqs zu errichten. Und Kel muss irgendwie zu diesem Berg. Denn ich glaube nicht, dass Botker vorhat, die Bunkeranlage mit den entführten Arbeitersklaven der Eiswüstenstämme zu teilen.«

»Hàvamar wird euch helfen«, sagte Rayk zu Kel. »Ich werde einen Weg finden, euch zum Nimus zu bringen. Euer Volk musste schon genug unseretwegen leiden und wir sind in der Pflicht, einen Teil dieser Schulden wieder abzutragen. Zu lange wurden in dieser Stadt die Augen davor verschlossen, wie man mit euch umgeht.«

Kel neigte den Kopf, um zu zeigen, dass er einverstanden war.

»Und was ist mit Botker?«, fragte Tarjei. »Er ist doch anscheinend der Schlüssel. Wir können ihn nicht einfach davonkommen lassen.«

»Nein«, sagte Rayk grimmig. »Er wird nicht davonkommen.«

»Er ist umgeben von einer Armee von Regierungswächtern«, gab Yorrick zu bedenken. »Wenn wir das Regierungsviertel angreifen, wird er vermutlich der Letzte sein, den wir auf der Promenade sehen. Er wird sich wie eine

Ratte in irgendeinem Loch verstecken.«

Rayk schüttelte den Kopf.

»Lavran Botker ist ein Feigling«, sagte er. »Und tatsächlich trifft der Vergleich mit der Ratte. Sobald er kann, wird er die Stadt wie ein sinkendes Schiff verlassen und sich im Nimus verkriechen. Wir müssen ihn vorher schnappen.«

»Was ist mit der Evakuierung der Adligen?«, fragte der verwundete Rebell, der auf dem umgedrehten Fass saß. Tesuk hatte dafür gesorgt, dass seine Wunde zu bluten aufgehört hatte. »Sollen wir versuchen sie, aufzuhalten?«

»Nein«, antworteten Yorrick und Rayk zugleich.

Einen Augenblick lang lag eine merkwürdige Spannung in der Luft, da keiner von beiden zu wissen schien, wer nun das Kommando über die Situation hatte. Dann nickte Rayk jedoch Yorrick zu, fortzufahren und der Rebellenanführer sagte: »Die Adligen - zumindest die meisten - haben keine Ahnung, was hier wirklich geschieht. Das bedeutet, dass Botker Männer dafür bereitstellen muss, um sie unter Kontrolle zu halten und aus der Stadt zu schaffen. Was den Punkt angeht, spielt er uns in die Karten. Er rettet die Menschen und schwächt seine eigene Verteidigung. Diese Option sollten wir ihm auf keinen Fall nehmen.«

»Ist dann alles klar?«, fragte Rayk.

Keiner erhob Widerspruch.

»Gut. Kel und Tesuk kommen mit mir«, sagte er. Dann nickte er in Richtung der restlichen Gruppe. »Bis ihr am Hafen ankommt, sollten die Soldaten dort Bescheid wissen und euch helfen. Falls ich die Armee bis dahin nicht überzeugen kann, sind wir sowieso alle tot.«

»Wie koordinieren wir unseren Angriff?«, fragte Yorrick.

»Der Funk der Stadtwache sollte für den Anfang funktionieren«, antwortete Rayk. »Die Geräte sind Teil eines geschlossenen Systems, zu dem die Regierungswächter keinen Zugang haben.«

Da keiner mehr Fragen hatte, rappelten sie sich auf, um weiter durch die Stadt zu eilen. Rayk rannte zusammen mit Kel und Tesuk in Richtung Osten. Der Rest ihrer Gruppe machte sich in Richtung Süden zum Hafen auf. Mira kam es so vor, als hätten sie bereits viel zu viel ihrer kostbaren Zeit verschwendet.

Ihnen blieb nur ein einziger Tag. Und Botker würde nach der Konfrontation auf dem Regierungsplatz sicher versuchen, die Zeiger der heruntertickenden Uhr zu beschleunigen.

»Denkst du, wir schaffen es?«, fragte Tarjei leise genug, dass nur Mira es hören konnte.

»Ja«, antwortete sie mit fester Stimme. »Uns bleibt gar nichts anderes übrig.«

※

Kapitel Achtunddreißig

Während Tesuk die Stadt abstoßend fand, übte sie inzwischen auf Kel eine merkwürdige Faszination aus. Auch er empfand diese Umgebung als fremd und für ihn war es unvorstellbar, zwischen diesen engen Häuserschluchten zu leben, wo man oft nur einen schmalen Streifen schmutzigen Himmels sehen konnte, doch er verstand auch die guten Seiten dieser Art zu leben. Hier mussten sich die Menschen keine Sorgen machen, wie die Jagd ausfiel oder ob wilde Tiere mitten in der Nacht einen kostbaren Yarum-Büffel rissen.

»Ab hier sollten wir wieder laufen. Sonst erregen wir zu viel Aufmerksamkeit«, sagte Rayk und verfiel zuerst in einen langsamen Trab, bevor er dann nur noch mit großen Schritten weitereilte. Kel und Tesuk folgten seinem Beispiel.

Je weiter Rayk sie von den kunstvollen Bauten des Adelsviertels wegführte, desto mehr verschwand auch der offensichtliche Reichtum. Die Häuser waren jetzt nur noch zwei Stockwerke hoch und die Pflastersteine unter Kels Füßen wurden holpriger.

»Früher musste das Gras vor diesen Häusern jede Woche gemäht werden«, sagte Rayk, der Kels Blick auf die schmalen Streifen schmutziger Erde vor einigen Häusern bemerkt haben musste. »Damit konnte man sich als Straßenkind oft ein oder zwei ordentliche Mahlzeiten verdienen. Aber jetzt, wo es immer kälter wird ...«

Rayk schüttelte den Kopf und murmelte dann: »Wie blind wir doch alle waren. Nur ein Schritt vor die eigene Haustür, und wir hätten die Veränderung bemerken müssen.«

Kel wusste nicht, was Straßenkinder waren und der Gedanke, dass die Stadtbewohner fruchtbaren Boden so wenig schätzten, dass sie nicht völlig außer sich waren, wenn dort nichts mehr wuchs, war für ihn völlig unbegreiflich. Es machte Hàvamar zu einem nur noch wunderlicheren Ort.

»Dort vorne ist es«, sagte Rayk, nachdem sie einige weitere Häuserreihen passiert hatten und nun auf ein großes Gebäude zusteuerten, das genau an der Ecke einer

Straßenkreuzung stand. Davor lehnten zwei Soldaten der Stadtwache an der Hauswand und unterhielten sich miteinander. Sobald sie jedoch Rayk bemerkten, stießen sie sich hastig von der Wand ab und stellten sich in einer sehr unbequem aussehenden Haltung hin. Ihre Gewehre pressten sie fest an die Seiten des Körpers und das Kinn reckten sie in die Höhe.

Anscheinend hatte sich das Wissen über ihren Kampf im Regierungsviertel noch nicht bis hierher ausgebreitet, dachte Kel, und die beiden Krieger der Stadt erkannten in Rayk einen ihrer Anführer.

»Ist Kommandant Thorge da?«, fragte Rayk.

»Jawohl, Kommandant«

»Gut«, sagte Rayk, und an Kel und Tesuk gewandt meinte er: »Wartet am besten hier. Es wird nicht lange dauern.«

Dann verschwand er im Gebäude und ließ Kel und Tesuk alleine in dieser wundersamen Stadt zurück.

»Wir sollten zurück zu der Eisscholle«, sagte Tesuk, nachdem Rayk außer Sicht war. Kel bemerkte, dass der alte Jägeranführer absichtlich den schlimmsten Eiswüsten-Dialekt sprach, den er je gehört hatte.

»Warum denkst du das?«, fragte Kel und fing sich dafür einen verärgerten Blick seines alten Freunds ein, da er seine Aussprache nicht verändert hatte. Es war klar, dass Tesuk den beiden Saghani-Wächtern mit denen Rayk sie alleine gelassen hatte, nicht vertraute.

»Wie soll er uns schon helfen?«, lautete Tesuks Gegenfrage und benutzte dabei weiterhin den selbst für Kel nur schwer verständlichen Dialekt. »Der Berg - Nimus wie sie ihn nennen - ist zu weit entfernt von hier. Selbst wenn wir jetzt sofort die anderen Jäger von der Scholle holen, ist es nahezu unmöglich, dort innerhalb eines Tages anzukommen.«

»Deswegen brauchen wir seine Hilfe«, sagte Kel. »Ich glaube nicht, dass er uns belügt, wenn er sagt, dass er einen Weg kennt.«

Tesuks Gesichtsausdruck machte deutlich, dass er anderer Meinung war, doch er schien bemerkt zu haben, dass Kels Entscheidung längst gefallen war. Ausnahmsweise war Kel einmal froh, dass er der Stammesführer war und Tesuk dem von ihm einmal gewählten Kurs nie widersprach. Denn hätte

Kel erklären müssen warum er Rayk traute, hätte er keine Antwort darauf gehabt.

*

»... ist extrem gefährlich und hat bereits mehrere Regierungswächter erschossen. Sollten Sie auf Kommandant Askildsen oder einen der anderen Piraten treffen, zögern Sie nicht, von Ihrer Waffe Gebrauch zu machen. Sie haben die volle Autorität der Regierung hinter sich, um diesen offenen Angriff niederzuschlagen.«

Rayk war zielstrebig durch das Hauptquartier der Stadtwache direkt in den zweiten Stock gegangen und zog in dem Augenblick, in dem der Funkspruch endete, die Tür des Kommandanten hinter sich zu. Thorge drehte den Lautstärkeregler am Funkgerät herunter und wandte sich seinem ungebetenen Gast zu.

Noch bevor er reagieren konnte, sagte Rayk: »Die Frage ist, wem du mehr glaubst. Dem Geheimdienstminister oder mir.«

Dass Thorge keine Anstalten machte, seine Waffe zu ziehen, hielt Rayk für ein gutes Zeichen. Trotzdem sah er, wie sich die Stirn seines alten Ausbilders runzelte und die sowieso schon tiefen Falten zu unergründlichen Schluchten wurden. Thorge hatte mit seinen langen grauen Haaren, die er zu einem dicken Zopf zusammenband, schon immer alt ausgesehen. Für seinen durchtrainierten Körper hatte das allerdings nie eine Rolle gespielt. Kommandant Thorge war wie ein Fels, der sich den Respekt seiner Männer während seiner Armeezeit und später als Befehlshaber der Stadtwache verdient hatte. Rayk wusste genau, dass mit ihm Hàvamar stehen oder fallen würde.

Als der Augenblick der Überraschung vorbei war, sagte der Kommandant der Stadtwache: »Fünf Minuten. Dann muss ich deine Anwesenheit hier melden. Falls das wahr ist, was ich soeben gehört habe, dann verschwindest du am besten auf der Stelle und nutzt den Vorsprung.«

Rayk lächelte und ging zu dem niedrigen Tisch in der Ecke, auf dem wie immer eine kleine Flamme brannte. Sie war zentraler Teil der kunstvollen Holzkonstruktion, die eine Karaffe mit Grog, den Thorge über alles liebte, warmhielt.

Rayk nahm sich zwei Gläser, goss ein wenig des heißen alkoholischen Getränks ein und ließ mehrere kleine Eiswürfel aus einer Schale daneben hineingleiten. Der entstehende Dampf duftete köstlich. Eines der Gläser reichte er Thorge, dann sagte er: »Statt wegzulaufen würde ich dir lieber die Wahrheit erzählen.«

※

»Das sind die beiden?«, hörte Kel eine tiefe Männerstimme hinter seinem Rücken fragen.

Kel und Tesuk hatten so lange gewartet, dass sie sich inzwischen auf die Treppenstufen des Gebäudes gesetzt hatten. Nun kam er endlich zurück und hatte noch einen weiteren Mann dabei, dessen autoritäre Ausstrahlung keinen Zweifel daran ließ, dass er wichtig war. Rayk stellte sie einander vor und zu ihrer Überraschung begrüßte Kommandant Thorge sie mit der traditionellen Anrede.

»Meine Herren Meisterzüchter«, sagte er und streckte Kel beide Arme entgegen, wie es der Brauch verlangte. Kel war so überrumpelt, dass er ohne nachzudenken nach den Unterarmen des Fremden fasste und den Gruß erwiderte.

»Bitte«, sagte Thorge und senkte den Kopf. »Rayk hat mir alles erzählt. Und auch wenn ich noch nicht hinter alles blicke, so bin ich inzwischen davon überzeugt, dass ich seinem Wort vertrauen kann. Deswegen möchte ich euch sagen, dass ich verstehe, dass es nichts gibt, was euren Verlust und die Ungerechtigkeit, die eurem Volk angetan wurde, je wieder gutmachen könnte. Aber es ist das Mindeste, euch wissen zu lassen, dass ihr euch auf unsere Hilfe verlassen könnt.«

Kel war von dieser Ankündigung so überrascht, dass er nicht mehr als ein dankendes Nicken zustande brachte. Er hatte mit seinem Bauchgefühl, Rayk zu vertrauen tatsächlich recht gehabt und Erleichterung machte sich in ihm breit. Als er in Rayks Gesicht schaute, glaubte er darin einen Ausdruck zu sehen, der sagen wollte: *Seht ihr, ich sagte doch, dass es auch gute Menschen in dieser Stadt gibt.*

»Und was wollt Ihr tun?«, fragte Tesuk barsch genug, dass Kommandant Thorge Kels Unterarme wieder losließ und für einen Moment ebenfalls sprachlos schien. Doch sein freundlicher Gesichtsausdruck kehrte sofort wieder zurück und er antwortete: »Die Stadtwache wird auf der Stelle die Öffnung der Tore des Regierungsviertels durchsetzen und Maßnahmen treffen, im Falle des Widerstands auch gewaltsam dort einzudringen.«

Kel bemerkte, wie vorsichtig der Mann seine Worte formulierte. Er war klug und hielt sich so viele Möglichkeiten offen wie er konnte. Es war deutlich, dass er noch Hoffnung hatte, dass es für all dies vielleicht noch eine andere Erklärung gab. Eine, die mit einer weniger großen Bedrohung für Hàvamar und den Rest der Welt zu tun hatte und die nicht zwangsläufig auf eine Schlacht hinauslaufen würde.

»Euch wird ein Luftschiff zusammen mit der nötigen Besatzung bereitgestellt, um so schnell wie möglich zum Nimus zu gelangen«, sprach Thorge weiter. »Leider werden wir vermutlich die meisten Soldaten zur Klärung des Konfliktes in Hàvamar brauchen. Aber wie Kommandant Rayk mich wissen ließ, befinden sich auf einer Eisscholle, die in unserem Hafen vor Anker liegt, viele eurer Jäger?«

Der letzte Satz war als Frage formuliert und Kel zögerte einen Augenblick. Er fühlte sich nicht wohl dabei, den Aufenthaltsort seiner Stammesmitglieder einem völlig Fremden zu verraten. Aber da er sowieso schon im Bilde zu sein schien, nickte Kel. Eine andere Wahl als Thorges Hilfe anzunehmen, hatten sie sowieso nicht.

»Gut«, sagte der Kommandant der Stadtwache. »Sie werden zur Verstärkung der Luftschiffbesatzung sicher eine große Hilfe sein.«

Thorge schien einen Moment nachzudenken, dann fügte er hinzu: »Da Kommandant Rayk mich ebenfalls auf den Zeitdruck in dieser Angelegenheit hingewiesen hat, sollten wir keinen weiteren Moment vergeuden.«

Er drehte sich zu einem der beiden Soldaten um, die vor dem Gebäude Wache standen.

»Wachmann, geleiten Sie diese beiden Gäste der Stadt bitte so schnell wie möglich zum Lufthafen und bringen Sie sie zum Luftschiff *Aina*. Der Kapitän sollte bis zu Ihrer Ankunft seine Befehle bereits per Funk erhalten haben.«

»Jawohl, Herr Kommandant!«, rief der Mann und salutierte hastig, bevor er Kel und Tesuk ein Zeichen gab, dass er bereit war, wenn sie es waren. Tesuk machte jedoch keine Anstalten, sich zu bewegen. Stattdessen warf er Kel einen Blick zu, als hätte gerade jemand eine Todesdrohung gegen ihn ausgestoßen. In dem heftigen Eiswüsten-Dialekt, den nur sie beide verstanden, sagte der alte Jäger: »Wir sollen mit einem der Himmelsschiffe reisen? Das können sie doch nicht ernst meinen.«

Als Kel mit seiner Antwort zögerte, fragte Tesuk entsetzt: »Du denkst doch nicht wirklich darüber nach, oder? Das ist verrückt, wir sind nicht zum Fliegen geschaffen. Keiner unserer Ahnen hat je einen Fuß auf so ein Ding gesetzt.«

»Für unsere Ahnen war der ewige Winter auch nur etwas, das aus einem der vielen Lieder stammte, die sie am Lagerfeuer sangen«, antwortete Kel. Dann wechselte er jedoch ebenfalls in den schwer verständlichen Dialekt, da seine nächsten Worte nur für Tesuk bestimmt waren.

»Du wirst doch wohl keine Angst vor einem Himmelsschiff haben«, fragte er den Jägeranführer, »oder wirst du etwa so langsam doch alt?«

Tesuk grummelte daraufhin eine Mischung aus Flüchen und Verwünschungen in seinen Bart, doch sein Sturkopf und seine angekratzte Ehre ließen ihm nun keine andere Wahl, als jeglichen Einspruch, den er vielleicht noch hatte, für sich zu behalten.

Kel nutzte den Augenblick, um sich zu verabschieden.

»Danke«, sagte er zu Rayk. Dann musterte er einen kurzen Augenblick den Kommandanten der Stadtwache, der so vertraut mit den Bräuchen der Eiswüste war. »Und auch Euch möchte ich im Namen meines eigenen und aller anderen Stämme danken.«

Dann verneigte er sich vor den beiden, bevor er sich umdrehte und zusammen mit dem Wachmann losging. Zu Tesuk, der noch zögerte, sagte Kel über die Schulter: »Was ist nun? Kommst du mit oder schlagen dich die Himmelsschiffe in die Flucht?«

Der Jägeranführer brummte angesichts von Kels Stichelei etwas Unverständliches, setzte sich dann aber ebenfalls in Bewegung.

Auf ihrem Weg durch die Stadt dachte Kel, dass er zwar nicht besonders nett zu Tesuk gewesen war, aber er hatte gerade zwei Probleme auf einen Schlag gelöst. Erstens hatte er den Jägeranführer überzeugt, mit ihm zu kommen. Und zweitens hatte er durch seinen vorgespielten Mut sich selbst gar keine andere Wahl gelassen, als ebenfalls das Himmelsschiff zu betreten. Innerlich bedauerte er es nämlich vermutlich genauso sehr wie Tesuk, dass sie nicht genug Hundeschlitten hatten, um diese Reise am Boden hinter sich zu bringen.

※

»Du weißt, dass falls du im Unrecht bist, wir beide wegen Hochverrat am Strick enden werden«, sagte Thorge, während Rayk mit ihm zusammen beobachtete, wie Kel und Tesuk gerade an der nächsten Straßenkreuzung aus ihrem Blickfeld verschwanden.

»Wenn wir nichts tun«, erwiderte Rayk, »wird morgen genau um dieselbe Zeit nur noch ein dampfender Krater von Hàvamar übrig sein. Ich glaube nicht, dass wir uns dann noch besonders große Sorgen um den Strick machen müssen.«

Thorge nahm sich einen kurzen schweigsamen Moment, um noch einmal über alles nachzudenken, bevor er sagte: »Dann sollte ich jetzt wohl meine Offiziere informieren. Wir haben eine Menge zu tun.«

※

Tesuk krallte die Finger in die Armlehnen seines Stuhls. Seit sie das Himmelsschiff betreten hatten, hatte der alte Jägeranführer sich geweigert auch nur für einen winzigen Augenblick aus einem der runden Fenster zu sehen. Obwohl Kel bei dem Start des Schiffs selbst weiche Beine bekommen hatte, war für ihn das Anstrengendste gewesen, nicht laut aufzulachen, bei dem schneeweißen Anblick, den Tesuks Gesicht bot.

»Weißt du, Tesuk«, sagte Kel, der gerade von einem Ausflug auf die Brücke des Schiffs zurückgekommen war, mit einem Schmunzeln. »Du solltest dir wirklich die Welt unter uns ansehen. Die Menschen in den Straßen sind nur noch winzig kleine Punkte.«

Ein gequältes Stöhnen war Tesuks Antwort auf diesen Vorschlag. Der sonst so tapfere Jägeranführer hatte anscheinend ein Problem damit, seine letzte Mahlzeit bei sich zu behalten. Kel hatte schließlich doch Mitleid mit seinem alten Freund und beschloss, seine Gedanken in eine andere Richtung zu lenken.

»Denkst du, die anderen Stämme und die Tuwai werden uns glauben?«, fragte er ihn.

Es dauerte einige Augenblicke, bis Tesuk in der Lage war, zu antworten. Seine Gesichtsfarbe hatte sich jedoch tatsächlich bereits gebessert, als er sagte: »Wir werden sehen.«

Kurzangebunden wie immer, dachte Kel. Doch er beschloss, es als ein gutes Zeichen zu werten, dass Tesuk wenigstens nicht direkt der Meinung war, dass sie nicht kommen würden. Für die Verhältnisse des alten Jägers kam das großer Zuversichtlichkeit schon ziemlich nahe. Die Jäger, die Kel nach der ersten Begegnung mit Yorrick und den Rebellen ausgeschickt hatte, um andere Stämme zu suchen und sie genauso wie die Tuwai zu warnen, waren nun bereits einige Tage in der Eiswüste unterwegs. Er wusste nicht, wie es um sie stand, doch Kel konnte nur hoffen, dass es ihnen gelungen war, so viele wie möglich von der drohenden Gefahr zu überzeugen und um sich zu sammeln.

»Sobald wir auf der Scholle gelandet sind, um die Jäger zu holen, werde ich mit Yorrick sprechen. Vielleicht hat er etwas von seinen Männern gehört. Dann kann er ihnen mit diesem *Funkgerät* mitteilen, dass sie alle zum Nimus ziehen sollen, um uns dort zu treffen.«

»Hmm«, brummte Tesuk, aber es war schwer zu sagen, ob er damit sein Einverständnis ausdrückte oder einfach nur kurz davorstand, sich zu übergeben. Zu seinem Glück würde ihre Reise wenigstens nicht lange dauern. Unter ihnen schob sich bereits die Hafenbucht Hàvamars in Sicht. Die Scholle konnte nicht mehr weit entfernt sein. Und der Kapitän dieses Himmelsschiffes hatte ihm zugesichert, dass sie, sobald sie alle an Bord gebracht hatten, innerhalb kürzester Zeit den Nimus erreichen würden.

✻

Kapitel Neununddreißig

»Soll ich mitkommen?«, fragte Tarjei zögerlich und Mira konnte in seinem Gesicht lesen, dass es das Letzte war, was er tun wollte.

»Nein danke«, antwortete sie. »Ich denke nicht, dass das die Situation verbessern würde. Das letzte Mal hast du mit einer Waffe auf ihn gezielt.«

Tarjei zuckte mit den Schultern, als wolle er sagen, dass das nicht seine Schuld gewesen war.

»Viel Glück«, wünschte er Mira und schien sichtlich erleichtert, dass er die Wohneinheit seines Vaters nicht betreten musste. »Ich warte hier, falls er Schwierigkeiten macht.«

Mira nickte ihm dankbar zu. Dann atmete sie einmal tief durch, strich ihre Kleidung glatt und klopfte an die Roriks Tür. Als keine Antwort kam, klopfte sie noch einmal an. Dieses Mal lauter.

»Was is'?«

Entweder er hatte bis gerade eben geschlafen oder er war von etwas anderem benommen genug, dass seine Sprache verwaschen klang, dachte Mira.

Sie klopfte erneut und hörte daraufhin polternde Schritte, die sich der Tür näherten, bevor Rorik sie mit einem Ruck aufriss. Sein breiter Körper schob sich in den Türspalt und ein unangenehmer Gestank nach Schweiß und Alkohol ließ Mira die Nase rümpfen. Rorik hatte eine Flasche Branntwein in der Hand. Sein Bart war ungepflegt und es hingen Essensreste darin. Unter den Augen hatte er tiefe dunkelblaue Ringe.

»Wir müssen reden«, sagte Mira.

Rorik starrte sie einen Moment lang an und Mira glaubte schon, dass er gleich ausholen würde, um sie zu schlagen, doch dann stahl sich ein verächtliches Lächeln auf sein Gesicht.

»Dann komm doch herein - *Käpt'n.*«

Seine Worte waren voller Bitterkeit und als er ihren Titel aussprach, flogen mehrere kleine Spucketröpfchen aus seinem Mund. Doch wenigstens öffnete er die Tür und bat sie mit einer angedeuteten Verbeugung, mit der er sich über sie lustig machen wollte, herein.

»Kommst du, um mich aus der Kabine des Käpt'ns zu werfen oder willst du mich gleich von der Scholle schmeißen?«, fragte Rorik.

Mira balancierte vorsichtig den schmalen Pfad entlang, der auf dem Boden zwischen schmutzigen Kleidungsstücken, leeren Branntweinflaschen und mit Essensresten verkrusteten Tellern übriggeblieben war.

»Setz dich«, sagte sie zu Rorik und deutete auf den einzigen freien Stuhl neben dem Küchentisch. »Bevor du noch umfällst.«

Sie hatte Angst vor diesem Gespräch gehabt. Doch wie sich nun herausstellte, war Rorik nicht mehr als ein gebrochener Mann. Sie musste sich in Erinnerung rufen, dass sie jetzt der Käpt'n dieser Scholle war. Von ihr hingen eintausend Leben ab. Und noch tausendfach mehr, wenn sie die Stadt evakuieren sollte. Sie konnte ihre Zeit nicht damit verschwenden, dass jemand wie Rorik ihre Entscheidungen in Frage stellte.

Als er keine Anstalten machte ihrer Anweisung zu folgen, ging sie zu einem der anderen Stühle und wischte mit einer schnellen Bewegung die Kleider und den Müll herunter. Dann setzte sie sich und deutete noch einmal auf den Stuhl ihr gegenüber.

»Wir haben keine Zeit dafür«, sagte sie, um die Führung des Gesprächs zu übernehmen. »Setz dich, wenn du möchtest. Oder bleib stehen. Aber du wirst mir jetzt ganz genau zuhören.«

Sie musterte Rorik und sie hoffte fast, dass er fragte »Und was wenn nicht?«. Doch er blickte nur ärgerlich zwischen ihr und dem Stuhl hin und her, fluchte schließlich und setzte sich. Mira unterdrückte ein zufriedenes Lächeln und räusperte sich. »Ich nehme an, du bist nicht ganz auf dem Laufenden über die neusten Entwicklungen.«

Sie schaute sich in der Kabine um und versuchte vergeblich die Anzahl geleerter Branntweinflaschen zu überschlagen.

»Daher die Kurzversion«, fuhr sie fort und berichtete ihm von den Geschehnissen in Hàvamar und dem Plan einer

Evakuierung. Dabei wiederholte sie hin und wieder an den passenden Stellen wichtige Informationen über die Bombe und andere Dinge, von denen sie wollte, dass Rorik sie nicht gleich wieder vergaß, nur weil sein Gehirn noch im Alkohol schwamm.

Als sie fertig war, leerte Rorik mit einem großen Schluck die Flasche in seiner Hand und ließ sie achtlos auf den Boden fallen.

»Und was willst du von mir?«, fragte er. »Selbst wenn mich eine Horde Eisgeister holen kommt, werde ich diese Ratten von Stadtbewohnern nicht einladen, auf unsere Scholle zu kommen.«

Er schnaubte verächtlich, als er hinzufügte: »Wir können ihnen ja ein *gutes Angebot* machen, wenn sie bei uns anheuern wollen. Nur dieses Mal verhandeln wir genauso, wie sie mit uns umspringen, wenn sie das Walfischfleisch kaufen.«

»Sie werden an Bord kommen«, sagte Mira bestimmt, als hätte sie Roriks zornigen Ausbruch gar nicht gehört. »Das steht schon lange fest. Aber wir werden mehr Schollen brauchen, um sie alle aufnehmen zu können. Und obwohl ich nicht verstehe, wieso, vertrauen viele der anderen Schollenkapitäne noch immer deinem Wort. Deswegen wirst du sie anfunken, ihnen die Situation erklären und sie bitten, hierherzukommen.«

Rorik lächelte höhnisch und spuckte in das mit schmutzigem Geschirr überfüllte Spülbecken, bevor er endlich die Worte aussprach, mit denen Mira seit ihrer Ankunft gerechnet hatte.

»Und wenn nicht?«, fragte er.

»Schollenbewohner, die nicht für ihren eigenen Unterhalt sorgen können, sind eine zu große Last«, antwortete Mira und hielt nicht mit ihrer Freude hinter dem Berg, die es ihr bereitete diese Worte an ihn zurückzugeben, nachdem er sie mit der gleichen Begründung in die Sklaverei hatte verkaufen wollen.

»Ich kann für meinen Unterhalt sorgen«, sagte Rorik mit einem Kopfschütteln. »Ich bin volljährig und der beste Walfischfänger an Bord.«

»Und ich bin der Käpt'n«, entgegnete Mira.

Sie stand von ihrem Stuhl auf und ging zur Tür, wobei sie

sich dieses Mal nicht daran störte, einfach über Roriks schmutzige Kleidung zu laufen.

»Und ich schwöre dir, dass es bis zum Untergang dieser Welt nur eine einzige Aufgabe an Bord gibt, mit der du dir deinen Platz hier verdienen kannst. Also erfülle sie.«

Mira hielt im Türrahmen einen Moment inne.

»Und wenn du jeden einzelnen Schollenkapitän der Eismeere nach Hàvamar bringst, dann darfst du diese Kabine vielleicht behalten. Ansonsten haben wir genug bessere Menschen, die alles dafür tun würden, hier einzuziehen.«

Bevor sie die Tür hinter sich schloss, drehte sie sich noch ein letztes Mal um und sah den völlig entgeisterten Rorik an.

»In zehn Minuten auf der Brücke«, befahl sie ihm. »Oder in zwanzig an Bord des nächsten Bootes, das dich nach Hàvamar bringt.«

»Das war beeindruckend«, sagte Tarjei, nachdem sie bereits eine halbe Runde auf dem Inneren Ring schweigend nebeneinander hergegangen waren. Mira wich einem vorbeieilenden Rebellen aus, der sie kurz grüßte, dann aber weiterrannte.

»Danke«, sagte sie und mit einem Lächeln fügte sie hinzu: »Ab jetzt kann es doch nur noch leichter werden, oder?«

Tarjei lachte. »Hoffen wir's.«

Sie kamen an der offenen Tür ihres alten Klassenzimmers vorbei und Mira blieb einen kurzen Augenblick stehen. Zu ihrer Überraschung war das Zimmer übervoll mit Kindern jeden Alters. Nicht nur von der Scholle, sondern auch viele mit den vom rauen Wetter gezeichneten Gesichtszügen der Eiswüstenstämme. Der alte Lyker saß auf seinem vertrauten Platz hinter dem Pult und hielt Unterricht. Als er für einen kurzen Augenblick von dem Buch, das er gerade vorlas, aufblickte, erkannte er Mira. Er nickte ihr respektvoll zu, dann senkte er den Kopf wieder und las weiter.

Mira entdeckte ihren alten Sitzplatz mit dem daran befestigten Schreibpult wieder. Mindestens die Hälfte der vielen Bleistiftzeichnungen, die darauf waren, hatte sie selbst gemalt. Zwei junge Mädchen - eines von der Scholle, das andere von den Eiswüstenstämmen - teilten sich nun ihren alten Stuhl und saßen dicht aneinandergedrängt darauf.

»Wenn ich daran denke, wie ich es gar nicht erwarten konnte, endlich siebzehn zu werden und meine Zeit nicht länger dort drin verschwenden zu müssen«, sagte Mira zu Tarjei. »Versteh mich nicht falsch. Ich vermisse es eigentlich kein Stück. Und doch -«

»Geht mir ähnlich«, sagte Tarjei. »Man vermisst die Zeit ohne Verantwortung.«

Mira nickte.

Sie wusste genau, weshalb die Kinder sich alle hier versammelt hatten. Hier konnten sie die Welt um sich herum ausblenden. Andere kümmerten sich für sie um die Probleme, die es möglicherweise gab. Das war es, was Mira vermisste. Bisher war Tarjei vermutlich einer der wenigen gewesen, der sie wirklich verstanden hatte. Doch in nur wenigen Stunden würde jeder einzelne Mensch dieses Gefühl teilen. Nicht nur auf der Scholle, sondern auch in Hàvamar oder in der Eiswüste. Keiner von ihnen hatte mehr ein sicheres Zuhause, in das er sich zurückziehen konnte.

Miras Blick fiel auf die große Uhr, die an der gegenüberliegenden Wand des Klassenzimmers hing und der Zeitdruck, unter dem sie alle standen, wurde ihr plötzlich wieder bewusst.

»Komm«, sagte sie zu Tarjei.

Und nachdem sie sich einen letzten Blick in ihre Vergangenheit gegönnt hatte, setzte sie sich in Bewegung. Tarjei folgte ihr einen Augenblick später.

»Wie geht's weiter?«, fragte er.

»Du gehst meinem Vater mit den Eisgeneratoren helfen«, antwortete sie ihm. »Ihr müsst so viel aus ihnen herausholen, wie ihr könnt. Mit den ganzen Menschen, die wir herbringen wollen, wird die Scholle sehr schnell sehr viel mehr Last tragen müssen.«

»Und du?«, fragte Tarjei.

»Ich schaue kurz auf der Brücke vorbei und erkläre ihnen, dass sie Rorik im Auge behalten sollen. Danach gehe ich nach draußen und helfe beim Bau der Qarmaqs, während ich die Flüchtlingsströme aus der Stadt koordiniere.«

※

Ihr Himmelsschiff hatte sie entgegen jeglicher Befürchtungen sicher auf der Scholle abgesetzt und Kel und Tesuk zurück zum Stamm gebracht. Es hatte eine ganze Weile gedauert, bis die Jäger überzeugt gewesen waren, sich ebenfalls an Bord zu trauen. Unter ihnen war Itiaq, der auch schon von den Saghani-Fahrzeugen fasziniert gewesen war, vermutlich der einzige, der sich auf diese Art des Reisens freute. Doch da jeder wusste, was auf dem Spiel stand, hatten sie die Notwendigkeit zu fliegen eingesehen.

Nun stand Kel neben Mira im festgetretenen Schnee der Scholle und beobachtete, wie die letzten Jäger im Bauch des Himmelsschiffs verschwanden. Tesuk hatte darauf bestanden, im Inneren zu warten und die Jäger in Empfang zu nehmen. Kel nahm an, dass er es tat, um sich selbst keine Möglichkeit zu geben, von Bord zu gehen und es dann vielleicht nie wieder zu besteigen.

»Die Stammesmitglieder, die hierbleiben«, sagte Kel zu Mira, »werden ihr Bestes tun, um so viele Qarmaqs wie möglich zu errichten.«

Er wusste, dass es nötig war, doch die Vorstellung, den Stamm aufzuteilen, gefiel Kel ganz und gar nicht. Sie waren weit verstreut. Nahezu jeder, der kämpfen konnte, würde Tesuk und ihn begleiten. Die Anderen würden hierbleiben und Mira helfen. Und dann waren da noch die Jäger, die er zusammen mit Yorricks Männern losgeschickt hatte, um die anderen Stämme und Tuwai in der Eiswüste zu warnen. Während Kel in der Stadt gewesen war, hatten sie sich tatsächlich über Funk bei der Scholle gemeldet, was bedeutete, dass sie noch leben mussten. Doch sie waren so weit entfernt gewesen, dass sie nicht viel mehr als einzelne Worte austauschen konnten und selbst die hatten verzerrt und unvollständig geklungen. Kel konnte nur hoffen, dass sie so viele wie möglich von der Gefahr überzeugen konnten und dass sie so schnell wie möglich über den Pass im Gebirge zum Nimus ziehen würden.

»Ich passe auf deine Leute hier auf«, sagte Mira, als hätte sie seine Gedanken gelesen.

»Danke«, sagte Kel und war erleichtert. Auch wenn sie noch sehr jung war, vertraute er Mira. Er hätte nie gedacht, dass er einmal Freundschaft mit einer Saghani schließen würde. Aber er spürte doch einen kleinen Schmerz in seinem Inneren, als er ihre Unterarme zum Abschied umfasste und sich verneigte.

»Gib auch auf dich acht«, sagte er.

Dann überwand er sich zum zweiten Mal an diesem Tag, das Himmelsschiff zu besteigen. Kurz bevor er die Planke zum Eingang hinaufgelaufen war, rief Mira ihm hinterher: »Wenn du am Nimus ankommst, dann vergiss nicht, dass nicht alle Saghani schlecht sind.«

Kel nickte. Er würde es versuchen.

Dann drängten sich zwei Soldaten aus der Stadt an ihm vorbei und er musste tiefer in das Himmelsschiff hineingehen, während einer der beiden die Planke einholte und der andere die Außentür verschloss. Die Reise zur Schlacht der Eiswüstenstämme begann.

*

»Kommandant Rayk!«, rief der Funker des Luftschiffs *Sareen* über die Brücke hinweg.

»Der Piratenanführer Yorrick und Kommandant Thorge melden, dass die Bodentruppen nur noch zwei Straßenzüge vom Adelsviertel entfernt sind.«

Rayk suchte den Blick des Kapitäns der *Sareen*. Er kannte den Mann flüchtig von einigen Manöverflügen, die schon Jahre zurücklagen. Kapitän Skad war in Würde gealtert und sein grau-weißer Spitzbart verlieh seinem sonst eher ovalen Gesicht einen gewitzten Ausdruck. Seine Uniform wirkte wie frisch gebügelt und die Vorfreude, in ein echtes Gefecht zu fliegen, statt der langweiligen Routineflüge, die man ihm sonst nur noch zutraute, brannte wie ein Freudenfeuer in seinen Augen.

»Können wir abheben, Kapitän?«, fragte Rayk.

»Jawohl, Kommandant«, antwortete Skad. »Wir warten nur noch darauf, dass die Planke eingezogen wird. Die Piraten haben uns ein paar Männer zur Unterstützung geschickt, die soeben an Bord gegangen sind.«

Wie um seine Worte zu unterstreichen, betrat im gleichen Augenblick ein Mann die Brücke, der eine braune Lederjacke trug. Er streifte sich gerade schwarze Fliegerhandschuhe über seine Hände, als er sie mit einem knappen Nicken grüßte.

»Was tun Sie auf meiner Brücke?«, fragte Kapitän Skad überrascht.

»Wie gut ist Ihr Pilot?«, lautete die Gegenfrage des Mannes.

»Wie bitte?«

»Spielt keine Rolle.« Der Fremde zuckte mit den Schultern. »Egal wie gut er ist, Sie werden mich brauchen.«

»Kapitän?« fragte der eigentliche Piloten der *Sareen* unsicher. Rayk schätzte, dass er noch jung genug war, dass er die Fliegerakademie gerade erst hinter sich gebracht hatte.

»Wenn ich, während Yorrick den Plan besprochen hat, nichts falsch verstanden habe«, sagte der Fremde, »dann wollen Sie mit diesem Schiff ins Regierungsviertel fliegen und unter Beschuss einen Stoßtrupp Soldaten absetzen.«

Er durchquerte die Brücke und klopfte dem jungen Piloten auf die Schulter und forderte ihn so auf, seinen Platz zu räumen. »Falls Sie vorhaben das zu überleben und danach auch wieder vom Boden abheben wollen, dann lassen Sie mich ans Steuer.«

Rayk hasste den Kerl auf der Stelle und er musste sich zusammennehmen, um ihn nicht direkt von der Brücke werfen zu lassen. Der einzige Grund, warum er das nicht tat, war, dass sie ihn wirklich brauchen würden, falls er ein so guter Pilot war, wie er behauptete.

Daher fragte Rayk: »Yorrick hat Sie geschickt?«

»Mich und die restliche Crew der *Lymaskar*.«

Rayk spürte für einen kurzen Moment Wut in sich aufsteigen bei der Erwähnung dieses Namens. Er musste ehrlich mit sich ringen, den Mann nicht einfach zu erschießen. Aber wenn er wirklich der Pilot war, der für diesen unerlaubten Start vom Flugfeld verantwortlich war und ein paar Tage später für den Absturz der *Lintu*, dann konnte er vielleicht tatsächlich halten, was er versprach.

»Kapitän?«, fragte der junge Pilot der *Sareen* unsicher. »Ich bin mir nicht sicher, ob mein Geschick ausreicht, um …«

»Ist in Ordnung, Junge«, unterbrach Kapitän Skad ihn und der Pilot räumte mit einem leicht beschämten, aber dankbaren Gesichtsausdruck seinen Platz. Auch Skad hatte natürlich von der *Lymaskar* und den Flugkünsten ihres Piloten gehört.

»Aber bleiben Sie auf der Brücke«, fügte der Kapitän hinzu. »Falls das Großmaul nicht hält, was es verspricht.«

»Bent«, erwiderte der Fremde, der bereits im Pilotenstuhl saß und auf den Führungsschienen von einer Seite der Steuerkonsole zur anderen glitt. Seine Finger huschten über die kleinen Hebelchen und Knöpfe, als würde er virtuos ein Instrument spielen. Leicht abwesend murmelte er dann noch einmal: »Mein Name ist Bent.«

Nachdem er anscheinend mit allen Anzeigen zufrieden war, betätigte er den kleinen Knopf, der den schiffsinternen Funk aktivierte und fragte: »Alles klar bei dir da unten, Elin?«

Kurz darauf meldete sich eine Frauenstimme, die klang als gehöre sie einem Kind: »Sind abflugbereit.«

Bent nutzte die Drehachse des Pilotensessels, um sich zu ihnen umzudrehen und sagte: »Fertig, wenn Sie es sind.«

※

Kapitel
Vierzig

Es war ein beeindruckendes Schauspiel, das Rayk von der Brücke der *Sareen* aus beobachten konnte. Trägerballons blähten sich einer nach dem anderen über den Rümpfen der Luftschiffflotte Hàvamars auf. Der graue Himmel über ihnen hob die leuchtend bunten Farben der Schiffsrümpfe noch stärker hervor. Luken wurden aufgezogen und Kanonen in Position gerollt. Auf den Oberdecks machten sich die Soldaten bereit für ihren Einsatz. In Reih und Glied hakten sie sich an Führungsleinen ein, an denen sie sich später für ihren Bodeneinsatz abseilen würden.

Schiff um Schiff erhob sich in die Luft. Zuerst kämpfte die Schwerkraft noch darum, sie am Boden festzuhalten und sie kamen dem Himmel nur quälend langsam näher, bis es nach einigen Metern so schien, als hätten sie eine unsichtbare Barriere durchbrochen, nach der es kein Halten mehr gab.

Über Funk stand Rayk mit Yorrick in Verbindung, der zusammen mit Kommandant Thorge die Streitkräfte am Boden koordinierte.

»Wir werden zuerst einen Überflug in größerer Höhe über das Regierungsviertel machen«, teilte Rayk dem Rebellenanführer mit. »Es wäre nett, wenn ihr die Regierungswächter auf der Promenade ein wenig ablenken könntet.«

Der Weg von einem Ende der Stadt zum anderen war für ein Luftschiff nur ein Katzensprung und so erreichten sie schnell den gefährlichen Bereich, in dem die Geschütze des Regierungsviertels sie erwischen konnten.

Rayk gab Bent den Befehl, höher zu steigen. Er selbst ging zum Periskop direkt neben dem kleinen Navigationstisch und schaute sich die vorbeigleitende Welt unter dem Luftschiff an. Er entdeckte die Soldaten der Stadtwache gemeinsam mit Yorricks Männern, wie sie dicht gedrängt hinter den Häusern, die an die Promenade grenzten, Deckung suchten und sich gleichzeitig weiter vorarbeiteten. Als alle in Position waren und die *Sareen* schon beinahe über der Promenade schwebte, hörte Rayk den Befehl zum Deckungsfeuer über Funk. Unter ihm leuchteten gleichzeitig hunderte kleine Blitze auf, die vom Mündungsfeuer der Waffen stammten.

Die Promenade selbst war schwächer besetzt, als er vermutet hatte, doch die Regierungswächter besaßen den Vorteil ihrer erhöhten Position und nahmen nach dem ersten Schock nun ihrerseits die Männer am Boden aufs Korn. Natürlich erregten die *Sareen* und die vielen anderen Luftschiffe ebenfalls Aufsehen - besonders dort, wo der Schatten ihrer Rümpfe hinfiel - doch die Regierungswächter hatten entweder die Luftabwehrgeschütze des Adelsviertels noch nicht bemannt oder sie wollten ihre Munition für die nächsten Überflüge der Schiffe einteilen, die wesentlich tiefer stattfinden würden.

Das Regierungsviertel selbst war wie leergefegt. In den Häusern brannten keine Lichter. Niemand war auf den Straßen zu sehen. Kurz darauf erkannte Rayk auch, warum. Durch das große Nordtor, das den einzigen Ausgang für die Adligen darstellte, der nicht durch einen anderen Stadtteil Hàvamars führte, rumpelten Truppentransporter. Darin mussten sich die letzten Adligen befinden, die Botker noch evakuieren ließ. Die ersten Fahrzeuge waren schon auf den verschlungenen Wegen zwischen den riesigen Kuppelgärten unterwegs und würden vermutlich innerhalb der nächsten halben Stunde in dem kleinen bewaldeten Tal verschwinden, das Hàvamars einzige Holzquelle war. Sobald sie in dem Wald unterwegs waren, wären sie aus der Luft nicht mehr zu entdecken und schon auf halbem Wege beim Nimus.

»Botker«, murmelte Rayk. Er war ein viel zu großer Feigling, als dass er mit der Stadt untergehen würde. Er musste ebenfalls in dem Konvoi mitfahren. Wenn sie ihn schnappen könnten, ließe sich ihre Lage vielleicht viel schneller lösen. Nicht nur, dass der Geheimdienstminister sicher wusste, wie man die Bombe entschärfte, er würde auch die Regierungswächter zur Kapitulation bewegen können.

Aber was, wenn er nicht dort unten war, dachte Rayk. Wenn Botker die Stadt längst verlassen hatte oder versuchte, sich auf andere Weise hinaus zu schmuggeln. Er war Geheimdienstminister. War er wirklich so leicht durchschaubar?

Wenn Rayk jetzt den Befehl gab, den Konvoi der Adligen aufzuhalten, würde er nicht nur gegen den ursprünglichen Plan verstoßen, sondern die Soldaten, die die *Sareen* beförderte, würden auch am Boden bei der Schlacht fehlen.

Während er noch hin und hergerissen war, drehte die *Sareen* langsam in Richtung ihres Zielorts ab. Sie näherten sich dem Regierungsplatz. Gerade als Rayk den Befehl erteilen wollte, doch umzukehren, erbebte der Schiffsrumpf unter ihm. Er stolperte, bekam aber im letzten Moment gerade noch das Periskop zu fassen, an dem er sich aufrecht halten konnte. Eine zweite Explosion folgte und riss schmerzhaft an Rayks Trommelfellen.

»Was war das?«, brüllte er über das Klingeln in seinen Ohren hinweg.

»Luftabwehrgeschütze!«, rief Bent zurück.

Der Pilot glitt auf seinem Pilotensessel von rechts nach links, ließ seine Finger über das Flugpult tanzen, und verharrte dann in der Mitte, um mit dem Steuerknüppel ein gewagtes Ausweichmanöver einzuleiten.

»Elin?«, rief er in den schiffsinternen Funk.

Zuerst Rauschen, dann kam die Antwort: »Alles klar. Extra-Gas steht in den Zuführungsleitungen zum Ballon bereit. Die Motoren schnurren auf Hochtouren. Nur minimale Schäden am Rumpf.«

»Wie sieht's bei Gillis aus?«, fragte Bent.

Eine weitere Stimme meldete sich: »Kann losgehen.«

Mit einer schnellen Drehbewegung seines Sessels wandte Bent sich Rayk und der restlichen Brückenbesatzung zu und sagte: »Schnallen sie sich besser an.«

Und gerade als er sich wieder der Steuerkonsole zuwenden wollte, zögerte er einen Augenblick und blickte zwischen Kapitän Skad und Rayk hin und her.

»Bereit runterzugehen«, sagte er.

Weitere Explosionen ließen den Rumpf der *Sareen* zittern, doch Rayk rappelte sich auf und ging zu dem Funkoffizier hinüber, der ihm schon die schiffsinterne Frequenz eingestellt hatte. Er gab den Soldaten, die auf Deck darauf warteten, sich abseilen zu können, den Befehl, sich bereitzuhalten, während der Rest der Mannschaft das Feuer erwidern sollte. Dann schaltete der Funkoffizier die Frequenz um und baute eine

Leitung zu den Bodentruppen auf.

»Yorrick!«, brüllte Rayk über die Explosionen hinweg, die trotz Bents Flugkünsten für seinen Geschmack noch viel zu nah am Schiff hochgingen, »Machen Sie ordentlich Lärm da unten. Wir fliegen jetzt rein.«

Dann wurden die anderen Luftschiffe verständigt, ihre eigenen Positionen anzufliegen, an denen sie Soldaten absetzen sollten und Bent ließ die *Sareen* in einem Zickzackkurs tiefer gehen, um den Luftabwehrgeschützen auszuweichen. Dabei behielt er den Regierungsplatz als ihr Ziel ständig im Blick.

Es dauerte keine halbe Minute und sie waren mitten in den vorher so fern wirkenden Schlachtenlärm der Bodentruppen eingetaucht. Hunderte Gewehre ratterten unter dem Schiffsrumpf. Die Kugeln suchten sich ihre Opfer und die Sterbenden schrien qualvoll. Explosionen erschütterten die Häuser und Feuer brachen in der Stadt aus. Und über all den Lärm hinweg donnerten die Luftabwehrkanonen, die ihnen ihre Geschosse in den Himmel entgegenschleuderten, wo sie in großen schwarzen Rauchwolken explodierten. Vom Wind und den Antriebsschrauben der Luftschiffe wurden sie schnell zu einem feinen schwarzen Nebelschleier verweht, der durch die Ritzen im Holz auf die Brücke des Luftschiffs drang. Rayks Hals kratzte bei jedem Atemzug und seine Augen begannen zu tränen.

Die Soldaten um ihn herum hetzten durch ihre Aufgaben. Der Funkoffizier rief Rayk immer wieder Zwischenberichte zu, die von anderen Truppenteilen übermittelt wurden. Doch für Rayk war es schwer, sich auf etwas anderes zu konzentrieren als auf das brennende Hàvamar. Egal wie der heutige Tag ausgehen würde, die Stadt, die er so liebte, würde nicht mehr dieselbe sein.

Sie hatten den Regierungsplatz fast erreicht, als Rayk plötzlich Feuer auf einem Luftschiff ganz in ihrer Nähe ausbrechen sah. Bent leitete sofort ein Ausweichmanöver ein und versuchte, sie von der Gefahr wegzubringen, doch die Flammen wuchsen blitzschnell an den Masten des Schiffs empor. Die erste rote Feuerszunge leckte an dem Trägerballon und eine gewaltige Explosion zerriss das komplette Schiff. Die Druckwelle schleuderte Holzplanken, Metallstreben und brennende menschliche Körper, in alle Richtungen und

erwischte auch die *Sareen* mit voller Wucht. Dort, wo sich Schiffsteile in ihren eigenen Rumpf bohrten, schien die *Sareen* wütend aufzukreischen und die Hitze, brannte sogar durch die Glasscheibe der Brücke noch auf Rayks Gesicht. Die Gurte, mit denen er sich festgeschnallt hatte, schnitten tief in seine Haut, um ihn an Ort und Stelle festzuhalten.
Schmerzensschreie drangen von über ihnen an Rayks Ohren. Die Soldaten auf Deck mussten von der Explosion und den umherschießenden Trümmerteilen noch wesentlich härter getroffen worden sein.

»Wir müssen etwas gegen diese Geschütze unternehmen«, brüllte Rayk.

Er musste den Befehl geben, die Soldaten einfach an Ort und Stelle in den Seitenstraßen des Regierungsviertels abzusetzen, sodass sie sich um die Luftabwehr kümmern konnten, dachte Rayk. Auch wenn das bedeutete, dass er das Risiko einging, dass sie auf dem Weg zur Geothermieanlage aufgehalten wurden. Auf dem offenen Regierungsplatz konnten sie unter diesen Umständen auf keinen Fall landen. Sie würden abgeschossen werden, noch bevor sie überhaupt in die Nähe des Bodens kämen. Doch Bent ließ ihm nicht mehr die Möglichkeit dazu, die Kampftaktik zu ändern.

»Jetzt, Gillis!«, rief der Pilot in den schiffsinternen Funk. »Zieht die Masten ein!«

Und im gleichen Moment drückte er den Steuerknüppel der *Sareen* nach vorne, bis er an der Konsole vor ihm anschlug. Sofort neigte sich der Bug ihres Luftschiffes senkrecht in Richtung Boden und Rayks gesamtes Körpergewicht hing nun an den Gurten um seine Schultern. Durch die Glasscheiben der Brücke konnte er das Kopfsteinpflaster der Straßen des Regierungsviertels auf sich zurasen sehen.

❄

Rorik hatte seine Aufgabe tatsächlich erfüllt.

Mira ging mit Tarjei bereits über das Eis der fünften Scholle, die in Hàvamars Hafen einlief. Er würde die Generatoren dieser Insel genauso auf Hochtouren bringen müssen, wie er und Bjan es schon bei den anderen zuvor getan hatten. Sobald ihr Vater mit den Arbeiten auf Scholle vier fertig war, würde auch er zu ihnen stoßen. Außerdem hatte Mira eine kleine Gruppe Rebellen und Mitglieder der Eiswüstenstämme bei sich, die mit dem Bau weiterer Qarmaqs begannen. Sie würden den Menschen hier an Bord und den Flüchtlingen aus der Stadt die nötigen Handgriffe zeigen und dann weiter zur nächsten Scholle ziehen, wo der Prozess von vorne begann. Es war inzwischen dringend nötig, dass sie ein rasches Tempo beibehielten. Seit die Schlacht in der Stadt ausgebrochen war, hatte sich der Flüchtlingsstrom vervielfacht und immer mehr Stadtbewohner kamen in den Booten zu den Schollen herübergefahren.

»Denkst du, sie schaffen es?«, fragte Tarjei.

Er beobachtete genauso wie Mira die brennende Stadt in der Ferne. Über dem Regierungsviertel kreisten die Luftschiffe und das helle Licht von Explosionen zerriss immer wieder den rauchgeschwängerten Himmel. Hier auf der Scholle hörte sich die Schlacht nur wie ein entferntes Gewitter an, das leise über die Wogen des Eismeeres rumpelte. Doch der Anblick war furchteinflößend genug, dass Mira froh darüber war nicht dort sein zu müssen. Sie wollte gar nicht daran denken, wie viele Männern in diesem Augenblick bereits tot in den Rinnsteinen Hàvamars lagen. Als sie ihren Blick von dem Bereich mit den heftigsten Kämpfen wegbewegte, streifte er über die Hafendocks. Die Kaimauern waren längst überfüllt mit Menschen, die auf ihre Gelegenheit zu einer Überfahrt drängten.

»Es ist egal, was ich glaube«, sagte Mira. »Sie müssen es einfach schaffen.«

Den Untergang der Welt wollte sie einfach nicht als unabwendbares Schicksal akzeptieren. Trotzdem spürte sie Tarjeis ungestellte Frage, warum sie dann überhaupt diese mühsame Evakuierung auf sich nahmen, auch in sich lauter werden.

»Wir müssen einfach vorbereitet sein«, murmelte sie. »Und es gibt den Menschen Hoffnung.«

Tarjei nickte, während auch er damit kämpfte, sich vom Anblick der Schlacht loszureißen und sich wieder auf seine Aufgabe zu konzentrieren.

»Die nächste Scholle, die einläuft, müssen wir in eine Art Vorratslager umwandeln«, dachte Mira laut nach, wie sie dieses Chaos organisieren würde. »Bisher nehmen wir nur Menschen auf. Aber es sind so viele, dass wir sie niemals für längere Zeit mit den Erzeugnissen der Kuppelgärten und dem, was wir an Walfischfleisch fangen, versorgen könnten.«

»Wir sollten Kommandant Thorge bitten, dass er einen Teil seiner Männer zu den Konservenfabriken und ähnlichen Orten in der Stadt schickt«, sagte Tarjei. »Sie sollen alle Vorräte, die sie finden, aus der Stadt holen und herbringen.«

»Gute Idee«, sagte Mira.

Sie waren an der Außenschleuse der Scholle angekommen. Sie stand offen und der Käpt'n, dem sie bereits über Funk alles erklärt hatten, wartete mit einigen der Schollenbewohner auf ihre Ankunft.

»Denk auch an andere Sachen wie Decken und Kleidung, Werkzeug oder zusätzliche Öllampen, wenn du Thorge Bescheid gibst«, sagte Tarjei. »Alles, was die Leute gebrauchen können, wenn sie längere Zeit hierbleiben müssen.«

Sie nickte und dann standen sie auch schon vor der Außenschleuse der Wohnanlage. Mira grüßte die Bewohner knapp und stellte sich als Käpt'n von Scholle zwölf vor. Dafür erntete sie zwar ein paar fragende Blicke, doch sie hatte inzwischen die Erfahrung gemacht, dass die meisten Menschen froh waren, wenn man ihnen einfach sagte, was sie zu tun hatten und ihnen damit die Verantwortung von den Schultern nahm. Egal wie alt man war. Daher ignorierte sie jegliche hochgezogenen Augenbrauen oder gerunzelte Stirnen und erklärte ohne Einleitung, dass sie zwar kein Recht hatte, den Bewohnern dieser Scholle Befehle zu erteilen, dass sie aber mit ihrer Unterstützung rechnete. Schließlich waren sie auf Roriks Hilfeersuch eingegangen.

Eine zweite Beobachtung, die Mira auf den anderen Schollen gemacht hatte, war, dass wenn sie den Menschen keine Möglichkeit gab ihr zu widersprechen, sie ihr auch nicht widersprachen. Und da die Zeit drängte, beschrieb sie einfach so schnell es ging, die am dringendsten zu erledigenden Aufgaben und überließ es dann dem Käpt'n, seine Leute einzuteilen.

Als sie Tarjei vorstellte und seine Rolle als Mechaniker erklärte, lächelte er und tippte sich mit den Fingern gegen die Kapuze auf seinem Kopf. Dann nickte er Mira zum Abschied kurz zu und schob sich zwischen den Schollenbewohner hindurch in das Innere der Wohnanlage, um den Maschinenraum zu suchen.

Danach war alles gesagt und Mira gab dem Käpt'n noch schnell Anweisungen, wo er seine Scholle hinsteuern sollte, sodass die Flüchtlinge möglichst kurze Wege vom Hafen übers Wasser zurücklegen mussten.

Sie bedankte sich bei allen für ihre Hilfe und fragte nach dem schnellsten Weg zur Brücke. Der noch etwas überrumpelte Käpt'n erklärte ihr den Weg, schien aber in Gedanken hauptsächlich damit beschäftigt zu sein, keine von Miras Anweisungen zu vergessen. Und tatsächlich begann er sofort nach der Wegbeschreibung, ohne Umschweife damit, den Schollenbewohnern Aufgaben zuzuweisen.

Mira war zufrieden mit ihrer Arbeit hier und machte sich auf müden Beinen auf den Weg zur Brücke und somit zum nächsten Funkgerät. Sie musste dringend Kommandant Thorge oder einen seiner stellvertretenden Offiziere der Stadtwache erreichen, um ihre Idee mit der Vorratsscholle zu koordinieren. Danach würde sie versuchen, Yorrick oder Rayk anzufunken. Sie musste einfach wissen, wie es bei der Schlacht in der Stadt stand.

Und danach ...

Mira stöhnte innerlich, während ihre Schritte durch den äußeren Ring der Schollenwohnanlage hallten. Die Liste von Dingen, die sie zu erledigen hatte, schien endlos. Und obwohl sie sich müde genug fühlte, um mehrere Tage durchzuschlafen, versuchte sie ihren Körper vom Gegenteil zu überzeugen. Schließlich waren Scholle Nummer sechs und sieben bereits unterwegs zu ihnen.

*

Genau in dem Augenblick, in dem Rayk sich sicher war, dass Bent sie umbringen wollte und ihr Schiff auf dem Boden zerschellen würde, riss der Pilot den Steuerknüppel zu sich. Bent stieß vor Anstrengung eine Mischung aus Schrei und Grunzen aus und die Adern auf seiner Stirn traten als dicke Wülste hervor. Jeder Muskel am Körper des Piloten schien sich versteift zu haben. Bent zog mit allem, was er hatte und was sein Körper an Reserven hergab, am Steuerknüppel.

Er brüllte in den internen Funk: »Elin, schieß das Extra-Gas in den Ballon! Jetzt!«

Ein Ruck ging durch das Schiff, vergleichbar mit dem Gefühl während eines Fallschirmsprungs, wenn das eigene Körpergewicht plötzlich von dem sich entfaltenden Schirm zurück in die Luft gerissen wurde. Nur zehnmal stärker.

Rayk glaubte, seinen Magen irgendwo in seiner Kniekehle zu spüren. Doch was auch immer Bent tat, der Bug der *Sareen* hob sich wieder gen Horizont. Das tödlich schnell heranrasende Kopfsteinpflaster verschwand aus Rayks Blickwinkel, während sich der Rumpf wieder korrekt ausrichtet. Doch er wusste, dass nicht viel mehr als ein Meter Luft sie vom Boden trennte. Der Anblick, der sich Rayk bot, war verrückt. Die Sareen raste zwischen den Häuserzeilen des Adelsviertels entlang, als wäre sie eine gigantische schwebende Kutsche, getrieben vom Wind statt von der Kraft von Pferden. Die vorbeifliegenden Adelshäuser fühlten sich wie ein unwirklicher Traum an. Rayk befand sich an Bord dieses Luftschiffs nicht länger *über*, sondern mitten *in* Hàvamar.

Für einen kurzen Augenblick dachte Rayk über die Unmöglichkeit dessen nach, was da gerade vor sich ging. Gewöhnlich hätte ihr Schiff niemals hier durch diese Straßenzüge gepasst. Die Masten wären ihnen zu beiden Seiten abgerissen worden und sie hätten sich spektakulär in den Boden bohren müssen. Doch dann fiel ihm wieder Bents Kommando ein, das er kurz vor dem Sturzflug gegeben hatte. Die *Sareen* hatte ihre Flügelmasten angelegt. Ein Befehl, der sie in jeder anderen Situation zur bewegungslosen Zielscheibe am Himmel gemacht hätte, entpuppte sich nach ihrem Sturzflug als wahrer Geniestreich des Piloten. Die Geschwindigkeit, die sie bei ihrem Fall aufgenommen hatten, nutzte Bent nun aus, um ihren fehlenden Vorwärtsschub mehr als auszugleichen, während der Trägerballon sie knapp über dem Boden hielt. So konnten sie schnell wie ein Pfeil über die Kopfsteinpflasterstraßen fliegen und ihrem Ziel näherkommen. Weit unterhalb der Reichweite irgendeines Flugabwehrgeschützes.

»Sobald wir auf dem Regierungsplatz sind«, sagte Bent, der hochkonzentriert nur minimale Bewegungen seiner

Fingerspitzen benutzte, um zu manövrieren, »wird Gillis alles an Rauchbomben zünden, was wir zur Verfügung haben. Das verschafft uns vielleicht zwei Minuten, bevor die Regierungswächter begreifen, was vor sich geht und dann einfach blind in den Dunst feuern. Bis dahin müssen wir alle abgesetzt haben und wieder verschwunden sein.«

Bent korrigierte ihren Kurs um wenige Zentimeter und wich beinahe beiläufig einer Straßenlaterne aus.

»Sagen sie ihren Männern also besser, dass sie sich beeilen sollen, Kommandant.«

Kapitel Einundvierzig

Sondre lugte misstrauisch über die Deckung aus hektisch hergeschleiften Kisten und aufgehäuften Schneebrocken. Vor fünf Minuten war ein fremdes Luftschiff einige hundert Meter von ihrem Posten am Nimus entfernt gelandet. Die Späher hatten von beinahe einhundert Männern berichtet, die aus dem Bauch des Schiffes gekommen und nun in ihre Richtung unterwegs waren. Sie waren weder angekündigte Flüchtlinge aus Hàvamar, noch Politiker, die Schutz im Nimus suchen wollten. Die nächsten Adligen erwarteten sie erst in einigen Stunden. Außerdem gehörten sie eindeutig nicht zur Garnison der Regierungswächter. Einige von ihnen schienen gestohlene Uniformen der Stadtwache zu tragen, andere waren in weiße Felle gekleidet. Die dritte Fraktion trug zumeist schlichte Lederkleidung.

»Was wollen die hier?«, fragte die Soldatin, die neben Sondre hinter der Deckung kauerte. Ihr Name war Linn und Sondre mochte sie nicht besonders. Eigentlich mochte er niemanden, mit dem er hier seinen Dienst tat. Er war einzig und allein hier, weil seine Frau und seine beiden kleinen Kinder in diesem Moment vier Stockwerke unterhalb von seinen Füßen endlich ihr Quartier in dem Bunker im Berg beziehen durften. Sein Dienst hier oben gegen einen Platz im Bunker für seine Familie.

Diese Abmachung mit Minister Botker war Sondre bis vor einer halben Stunde noch wie ein gutes Geschäft vorgekommen. Ein paar Eingeborene aus der Eiswüste bei der Arbeit zu beaufsichtigen und wilde Tiere zu verscheuchen, die sich sowieso nur selten dicht an Menschen herantrauten, war keine besonders schwierige Aufgabe. Erst recht nicht, wenn er es mit seinem früheren Dienst auf einem Luftschiff verglich, in der Zeit, in der er noch bei der regulären Armee gewesen war. Hier hatte er wenigstens ein anständiges Bett statt einer löchrigen Hängematte, die ihm ein krummes Kreuz eingebracht hatte. Und am wenigsten vermisste er die Kampfeinsätze, bei denen sie tatsächlich einmal rechtzeitig bei einem Piratenüberfall eingetroffen waren, um noch ein paar von den Dreckskerlen erwischen zu können. Dabei riskierte man jedes Mal sein Leben für ein paar Schollenbewohner, die man weder kannte, noch jemals wiedersah.

Nein, dachte Sondre, bis vor kurzem war ihm der Tausch seines Arbeitsplatzes eindeutig wie ein großes Geschenk vorgekommen.

Doch jetzt musste er mit Kameraden, denen er nachts nur ungern alleine in Hàvamar begegnet wäre, die Bunker im Nimus gegen ein paar Verrückte aus einem Luftschiff verteidigen.

»Was denkst du, Sondre?«, fragte Linn. »Werden sie uns angreifen?«

»Wozu, bei den Eisgeistern, sollten sie sonst hier sein?«, fragte er gereizt und schüttelte den Kopf über die Dummheit dieser Frau.

»Aber wir sind doppelt so viele wie sie und sie haben keine Deckung. Warum laufen die einfach nur auf uns zu?«

Linn beäugte abwechselnd misstrauisch ihn und die näherkommenden Fremden.

Das war die Frage, dachte Sondre. Ihre Stellung war nicht schlecht. Sie hatten in einem Halbkreis um den Bunkereingang zwei Reihen hüfthohe Barrikaden errichtet, sodass sie sogar eine Rückzugsmöglichkeit hatten, wenn sich der Ring enger um sie ziehen würde. In ihrem Rücken schützte sie der Nimus vor Angriffen und das Tal vor ihnen war eine große Schneise zwischen zwei hoch aufgetürmten Schneedünen. Von dort kamen die Fremden auf sie zu. Völlig schutzlos auf dem offenen Gelände. Schließlich verharrten sie in zweihundert Meter Entfernung, noch zu weit entfernt, um sie effektiv bekämpfen zu können.

»Noch nicht feuern!«, rief Vegar Ihmels.

Der aufgeblasene Pressesprecher war vor wenigen Tagen in ihrem Lager am Nimus angekommen, mit einem Schreiben Minister Botkers im Gepäck, das ihm die Leitung der Operation vor Ort übertrug. Sondre war der Meinung, dass dies wohl die dümmste Entscheidung war, die er je erlebt hatte. Andererseits war es wohl auch kaum vorauszusehen gewesen, dass sie in eine Situation kommen würden, in der militärische Erfahrung tatsächlich eine Rolle spielte. Und um einen ungeliebten Adligen abzuschieben, war der Posten, den Ihmels hier bekleidete, bis vor wenigen Minuten noch ideal gewesen.

Aus der Gruppe der Fremden, die auf sie zumarschiert war, lösten sich jetzt zwei einzelne Personen, die über den Schnee zu ihnen liefen. Sie hatten keine weiße Flagge oder etwas Ähnliches bei sich, doch es war klar, dass sie mit ihnen reden wollten.

»Warum verkriechen wir uns nicht einfach im Berg?«, fragte Linn. »Wenn die Tür erstmal zu ist, können die hier draußen machen, was sie wollen.«

»Weil die letzte Welle der Evakuierten noch nicht hier ist«, erwiderte Sondre und musste sich zusammenreißen, um nicht allzu herablassend zu klingen.

»Quatsch«, erwiderte Linn. »Wer jetzt noch nicht hier ist, gehört doch nur zu den kleinen Lichtern, die jedem egal sind. Wir sind nur noch hier draußen, weil der Hintern des *Herrn Geheimdienstministers* noch nicht im Trockenen ist.«

Sondre musste lächeln - zum größten Teil, weil Linn intellektuell nicht dazu in der Lage schien, mehr als drei Sätze zu sagen, wenn nicht mindestens einmal das Wort *Hintern* darin vorkam. Allerdings musste er ihr ausnahmsweise recht geben: Minister Botker war der einzige Grund, warum Ihmels die Tür zum Bunker nicht schon längst hatte verschließen lassen. Zum wahrscheinlich hundertsten Mal fragte sich Sondre, wo Botker so lange blieb.

Die beiden Fremden waren jedoch nur noch einen Steinwurf weit entfernt und so beschloss er, dass jetzt wohl kaum der richtige Zeitpunkt war, um länger darüber nachzudenken. Hatte Sondre es zuvor nur aufgrund ihrer Statur und der geschickten Art, wie sie beim Gehen über den Schnee glitten, erahnen können, war er nun sicher, dass es Männer von den Eiswüstenstämmen waren. Ihre Gesichter wirkten von der vielen Sonneneinstrahlung und den harten Wetterbedingungen ihrer Heimat genauso ledrig wie die der gefangenen Arbeiter, auf die er aufpassen musste.

Die beiden trugen Felle, so weiß wie der Schnee um sie herum, die sie für Sondre wie Geister wirken ließ. Er musste seinen Blick ständig auf sie fixieren, denn wenn er auch nur einen kurzen Augenblick zur Seite schaute, war es, als würden sie mit der Umgebung verschwimmen und unsichtbar werden. Die Männer schritten zielstrebig auf die Barrikaden zu, bis sie nur noch fünf Meter von ihnen entfernt waren. Dann blieben sie stehen und musterten Sondre und die anderen Soldaten Hàvamars, die ihre Gewehre auf sie gerichtet hatten.

»Ergebt euch!«, rief der Jüngere ihnen zu.

Vegar Ihmels stand hinter seiner Deckung auf, was Sondre für den Fall, dass es sich hier um eine Falle handelte, für eine unglaubliche Dummheit hielt. Dann rief Ihmels zurück: »Wer seid ihr und was wollt ihr hier? Dies ist ein Stützpunkt Hàvamars. Ihr bedroht mit eurem Aufmarsch einen mächtigen Feind. Wir werden ...«

»Ergebt euch!«, unterbrach der Fremde Ihmels Geschwafel. »Und zwar sofort.«

»Was wollen die schon tun?«, fragte Linn flüsternd. »Ich sage, wir knallen die beiden da einfach ab und der Rest wird schon verschwinden, wenn sie sehen, dass wir nicht klein beigeben.«

Als hätte der Fremde Linns Drohung gehört, rief er: »Legt eure Waffen nieder und lasst unsere entführten Stammesmitglieder frei. Dann wird euch gestattet weiterzuleben. Falls nicht ...« Er machte eine kurze Pause, in der er seinen Blick die Barrikaden entlangwandern ließ und die Soldaten dahinter einzeln anstarrte. Als seine Augen bei Sondre angekommen waren, überlief ihn ein kalter Schauer. »... werden wir jeden einzelnen von euch töten und danach in den Bunker eindringen, um auch eure Frauen und Kinder zu massakrieren, wie ihr es mit unseren getan habt. Wir werden jede Seele auslöschen, die ihr liebt.«

Die Worte des Fremden hallten über das Tal vor dem Nimus und erst nachdem sie verklungen waren, hörte Sondre, wie die Soldaten hinter den Barrikaden plötzlich zu tuscheln anfingen. Die Meisten von ihnen schienen die Forderung für einen schlechten Scherz oder eine leere Drohung zu halten, doch Sondre hatte die Augen dieses Mannes gesehen und gespürt, wie sein Blick in den seinen eindrang. Er glaubte ihm. Der einzige Grund, weshalb Sondre überhaupt tat, was er tat, war seine Familie zu schützen. Und seine Frau und seine beiden kleinen Töchter sollten nicht für eine Sache sterben, an die er sowieso nie recht geglaubt hatte.

»Verschwindet von hier!«, rief Ihmels den Fremden zu und Sondre hätte ihm am liebsten den Hals dafür umgedreht. »Oder wir werden euch und eure Leute dazu zwingen.«

Der zweite Mann, der bisher geschwiegen hatte und dessen Gesicht zum größten Teil hinter einem weißen Schal verborgen war, hob langsam den rechten Arm in die Höhe. Im gleichen Augenblick bemerkte Sondre das Zittern des Schnees auf seiner linken Seite. Die Schneedüne, die das Tal von der linken Seite her begrenzte, begann zu vibrieren. Trommeln, Geschrei und das Bellen von Hunden aus der gleichen Richtung hallte an sein Ohr. Dann sah er den Ursprung des Lärms. Es mussten hunderte sein. Mindestens die Hälfte von ihnen war ebenfalls in weißen Felle gekleidet. Die gleichen Geister wie die beiden Fremden. Sie warteten dort oben auf dem Gipfel der Schneedüne. Sie warteten und machten Lärm. Und obwohl Sondre ihre kehligen Gesänge nicht verstand, spürte er irgendwie, dass sie ihre Götter oder an was auch immer diese Menschen glaubten, anflehten, dass sie die Soldaten Hàvamars zerfleischen durften.

Der weiße Geist direkt vor ihnen hob nun auch seinen zweiten Arm in die Höhe und Sondre riss instinktiv seinen Kopf in die andere Richtung. Auf dem Kamm der rechten Schneedüne erhoben sich plötzlich weitere Geister und viele hundert weitere strömten von hinten zu ihnen auf die Kuppe. Nun waren sie vollständig eingekreist. Und jeder dieser Wilden brannte darauf, sie umzubringen.

Das war zu viel für Sondre. Hierfür würde er nicht sterben. Er hatte die eingeborenen Sklaven weder selbst gefangen genommen noch hatte er jemals gutgeheißen, was mit ihnen geschah. Er hatte nur einen Platz für seine Familie gewollt. Er erhob sich hinter der Barrikade. Linns entsetztes Geflüster, was er da tue, ignorierte er. Statt sich nach ihr umzusehen, stützte Sondre sich mit einer Hand auf der Barrikade ab, übersprang sie und ging langsam auf die beiden Geister zu.

Einen Schritt von ihnen entfernt packte er sein Gewehr. Er zog sich den Tragegurt über den Kopf, hielt es für einen kurzen Augenblick symbolisch vor sich und warf es dann vor den Füßen die beiden Männer in den Schnee. Noch bevor er sich hinknien konnte, um seine Niederlage deutlich zu zeigen, sah er aus den Augenwinkeln, wie auch seine Kameraden ihre Waffen über die Barrikade warfen und mit erhobenen Händen aufstanden.

Der Mann, der das Erscheinen der Eiswüstenstämme dirigiert hatte, ließ seine Arme langsam wieder sinken und benutzte dann zum ersten Mal seine tiefe bedrohliche Stimme: »Wir sollten sie trotzdem umbringen.«

Sondres Herz setzte für eine Sekunde aus.

»Nein«, sagte der jüngere Geist neben ihm, obwohl es ihn einige Überwindung zu kosten schien. »Rache bringt unsere Ahnen nicht zurück, glaub mir, Tesuk. Wir ehren die, die wir verloren haben, am besten, indem wir zeigen, dass wir besser sind als unsere Feinde.«

Sondre lief eine Träne über die Wange.

»Es tut mir leid«, sagte er und hoffte, dass sie seine erstickte Stimme hören konnten.

※

Kapitel Zweiundvierzig

»Drei, zwei ...«, zählte Bent in den internen Schiffsfunk herunter.

Rayk hatte keine Ahnung, was der Pilot jetzt schon wieder vorhatte, doch es müssten ihm schon Eisgeister den Kopf verdrehen, bevor er versuchen würde, Bent davon abzuhalten. Die halsbrecherischen Manöver, die er zwischen den Adelshäusern hindurch flog, waren außerhalb dessen, was Rayk jemals geglaubt hätte, wozu ein Luftschiff in der Lage war. Irgendwie schaffte es der Pilot, die *Sareen*, deren Rumpf die Statur eines Walfischs hatte, so beweglich und grazil wie einen Falken wirken zu lassen.

»... eins!«

Im gleichen Augenblick verschwanden die Adelshäuser auf beiden Seiten der Straßen und vor ihnen öffnete sich die Weite des Regierungsplatzes. Vor den Stufen, die zum Eingang der Akademie führten, hatten die Regierungswächter Sandsäcke gestapelt.

Das Überraschungsmoment war eindeutig auf ihrer Seite. Nur einige wenige Regierungswächter richteten die Gewehre auf die *Sareen*, während der Großteil die Köpfe hinter ihrer Deckung einzog.

Plötzlich sah Rayk, wie zwei Feuerwerksraketen, die jemand vom Deck der Sareen abgefeuert hatte, auf die feindliche Stellung zuflogen. Kurz vor den Gesichtern der Regierungswächter explodierten sie in einem grellbunten Lichtschauspiel. Weitere Raketen, die rauchende Schwaden hinter sich herzogen, folgten in gleichmäßigem Abstand. Sie explodierten abwechselnd in schwarzen Rauchwolken, die die halbe Akademie einhüllten und in grellen Lichtblitzen, die jeden blendeten, der direkt hineinsah.

Verdammt, dachte Rayk. Die Mannschaft der *Lymaskar* bestand aus den gerissensten Bastarden, die er jemals gesehen hatte.

Doch trotz dieser Ablenkung standen sie noch unter Zeitdruck und Rayk gab den Soldaten auf Deck über Funk den Befehl, sich von Bord abzuseilen und zum Angriff überzugehen. Ein Offizier hielt dabei ständig mit ihm Kontakt und gab ihm die Lage durch.

Kletterseile, die an der Reling befestigt waren, wurden heruntergelassen. Die ersten Männer kletterten daran so schnell sie konnten zum Boden. Unten angekommen trieben sie lange Eisenstangen, die normalerweise dazu gedacht waren, sich durch Eis und Schnee zu bohren, in die Ritzen des Kopfsteinpflasters. Sie verankerten damit die Führungsleinen für ihre nachfolgenden Kameraden. Dann hakten sich die restlichen Soldaten einer nach dem anderen ein und glitten an den gespannten Leinen zu Boden. Der Offizier zählte die hundert Mann starke Besatzung in Zehnerschritten rückwärts und als er bei null angekommen war, rief er: »Alle Mann von Bord. Taue gekappt. Guten Weiterflug, *Sareen*!«

Das war das Kommando für sie, wieder abzuheben und Bent wartete gar nicht erst auf Rayks Befehl, sondern redete schon wieder mit Elin im Maschinenraum. Sie sollte so viel heißes Treibgas in den Aufstiegsballon pumpen, wie es die Rohre aushielten, ohne zu platzen.

Über die Brücke rief Bent: »Festhalten. Wir starten wieder.«

Jede einzelne Holzplanke und jeder Stahlträger, die ihr Luftschiff zusammenhielten, ächzten, als das Gas in den Ballon schoss und sie zurück in den Himmel katapultierte. Sie waren schnell genug, dass Rayk sich wie bei einem umgekehrten Fallschirmsprung fühlte, wo nicht der Erdboden, sondern die Wolken das Ziel des Fallens waren.

»Fahrt die seitlichen Masten wieder aus!«, rief Bent in den internen Funk. »Wir müssen hier weg.«

Und als wollten sie seine Worte bestätigen, eröffneten die Luftabwehrgeschütze im gleichen Augenblick wieder das Feuer auf sie. Explosionen schüttelten die *Sareen* durch und eines der großen Geschosse zerstob nur wenige Meter vor der Brücke in einer Rauchkugel, aus der kleine Metallschrapnelle in ihre Richtung flogen. Rayk hörte das Geräusch von splitterndem Glas und sah, wie sich, wie bei einer Kettenreaktion, Risse über die gesamte Glasfront der Brücke ausbreiteten. Zuerst waren sie noch so dünn wie Spinnenfäden, wurden dann aber rasch dicker. Schließlich hielten die Scheiben dem Beschuss und dem Flugwind nicht mehr Stand. Rayk konnte gerade noch rechtzeitig die Arme vors Gesicht reißen, bevor dutzende kleine Scherben auf ihn zuflogen und ihm durch die Kleidung die Haut aufschlitzten.

Um ihn herum ertönten Schmerzenslaute, lautes Fluchen und Stöhnen. Kalter Wind heulte über die Brücke und blies Rayk so stark ins Gesicht, dass er die Augen nur einen Spaltweit öffnen konnte. Bent raste auf den Schienen des Pilotensessels von einer Seite der Steuerkonsole zur anderen und brachte die *Sareen* weiter weg von den Dächern der Akademie. Die Explosionen wurden seltener und schließlich schienen sich die Flugabwehrgeschütze ein anderes Ziel gesucht zu haben.

Rayk löste die Gurte, die ihn in seinem Sitz festhielten. Als er aufstand, bemerkte er den stechenden Schmerz in seinem rechten Bein, wo sich eine handtellergroße Glasscherbe in den Muskel gebohrt hatte. Er biss die Zähne zusammen und riss sie mit einer schnellen Bewegung heraus. Stöhnend humpelte er über die Brücke zu Bent. Er stützte sich am Sessel des Piloten ab. Der metallische Geruch von Blut stieg in seine Nase und als er sich weiter nach vorne beugte, erkannte er auch den Grund dafür. Bents linke Gesichtshälfte war von den Glasscherben aufgeschlitzt worden. Unter dem ganzen Blut erkannte Rayk nicht einmal mehr das Auge des Mannes. Doch der Pilot war noch bei Bewusstsein und flog weiter. Vermutlich würde er das noch bis zu seinem letzten Atemzug tun.

»Da unten«, sagte Bent und seine Stimme zischte, da die Luft aus seiner zerschnittenen Wange entwich. Der Pilot ließ für einen kurzen Moment mit einer Hand den Steuerknüppel los, um Rayk die grobe Richtung zu zeigen, die er meinte.

Ein kleines Luftschiff, dessen Rumpf höchstens Platz für zwei oder drei Räume außer der Brücke bieten konnte, stieg in diesem Augenblick hinter der Akademie auf. Rayk war kein offiziell gebautes Schiff der Luftwaffe Hàvamars bekannt, dessen Beschreibung auf dieses Ding zutreffen würde. Und für einen Händler war es viel zu klein, als dass es von großem Wert sein konnte. Es war klar, dass es sich um ein privates Schiff handeln musste, das momentan nur einem Verwendungszweck dienen konnte. Eine kleine Anzahl oder vielleicht sogar nur eine einzige Person, schnell von einem Ort zu einem anderen zu bringen.

»Botker«, flüsterte Rayk.

Für ihn bestand kein Zweifel. Der Geheimdienstminister war nicht bei den Flüchtlingen in der Fahrzeugkolonne. Sie waren nur ein Ablenkungsmanöver gewesen, da er damit gerechnet haben musste, dass jemand sie aufhalten würde. Botker war zu gerissen, um sich so leicht schnappen zu lassen und das kleine Luftschiff da unten war sein Trumpf im Ärmel. Als der Feigling, der er war, schaute er lieber von weitem zu, wie seine Soldaten den Kampf verloren und in den Straßen des Regierungsviertels starben.

»Wir kriegen ihn«, zischte Bent. Er hatte bereits einen Abfangkurs angelegt. Rayk bemerkte, dass der Pilot inzwischen jedoch gefährlich schräg in seinem Sessel hing und er hatte keine Ahnung, wie lange Bent noch durchhalten würde.

»Wir haben noch einen anderen Piloten an Bord«, sagte er deswegen und schaute zu dem jungen Akademieabsolventen, der im hinteren Teil der Brücke weitestgehend von den Glassplittern verschont worden war und mit weit aufgerissenen Augen die Geschehnisse um sich herum verfolgte.

»Ich kriege ihn«, lautete jedoch Bents verbissene Antwort. Dann zog er sich wieder etwas aufrechter in seinen Pilotensessel, legte mit der linken Hand, die ebenfalls mit Schnitten übersät war, zwei kleine Schalter auf der Steuerkonsole um und korrigierte die Position der ausgefahrenen Segel, um optimal in den Wind zu kommen. Als wollte die *Sareen* ihm recht geben, beschleunigte sie plötzlich wieder. Wie ein Raubvogel auf der Jagd hielten sie nun auf Botkers kleines Schiff zu, das langsam in den Himmel aufstieg.

※

Kapitel Dreiundvierzig

Nachdem sie die Soldaten auf dem Regierungsplatz abgesetzt hatten, waren außer Rayk nur noch eine Handvoll kampftauglicher Männer an Bord. Kapitän Skads Uniform offenbarte einige tiefe Schnittwunden, die dem alten Mann mehr zu schaffen machten, als er zugeben wollte. Und der junge Pilot stand so sehr unter Schock, dass Rayk auch ihn bei Bent auf der Brücke zurücklassen musste.

Nach einem schnellen Abstecher in die Waffenkammer eilte Rayk die Treppenstufen hoch, die ihn zum Oberdeck bringen würden. Unterwegs bemerkte er einen kalten Luftzug und als nächstes sah er, dass die Luke ins Freie bereits offenstand. Die Mannschaft war ihm also schon zuvorgekommen.

Schnell schnappte Rayk sich eines der Körpergeschirre, schnallte es sich um und stieg die steilen Stufen wie eine Leiter hinauf. Sobald er seinen Kopf in den kalten Wind streckte, der über das Deck der *Sareen* wehte, hakte er die beiden Karabinerhaken seines Geschirrs mit einer geschickten Bewegung in die Sicherungsleinen ein und sprang die letzten Stufen hinauf. Die Bewegung erinnerte ihn schmerzhaft daran, dass vor kurzem noch eine Glasscherbe in seinem Oberschenkel gesteckt hatte. Er versuchte jedoch, die Zähne zusammenzubeißen und sich nichts anmerken zu lassen, da er drei weitere Personen auf dem Deck bemerkt hatte, die neben der Luke auf ihn warteten.

Zwei Männer, einer klein gebaut und mit einem Gesichtsausdruck, der wie eine Mischung aus Verschlagenheit und Klugheit wirkte und der andere mindestens einen Kopf größer als Rayk und einem Rücken so breit wie der eines Yarum-Büffels, begrüßten ihn mit einem Nicken. Der größere von beiden stellte sich als Halv vor und der kleinere war Gillis.

»Netter Trick mit den Raketen«, sagte Rayk laut, sodass der Mann ihn über das Heulen des Windes hinweg verstehen konnte. »Ich könnte schwören, dass mir das mit den schwarzen Rauchwolken bekannt vorkommt.«

»Ich weiß nicht, weshalb«, gab der andere Mann mit einem Augenzwinkern zurück. »Aber ich habe auch schon von einem verdammt gutaussehenden Kerl gehört, der etwas Ähnliches durchgezogen hat, um vom gesperrten Flugfeld hier in Hàvamar abzuhauen.«

Das dritte ehemalige Crewmitglied der *Lymaskar* stellte sich als Frau heraus, die Gillis für seine Bemerkung einen Schlag gegen den Oberarm versetzte.

»Hör auf, anzugeben«, sagte sie und stellte sich dann als Alrena Vigarn vor. Die Ärmel ihrer dünnen Jacke waren bis zu den Ellenbogen hochgekrempelt und gaben den Blick auf einige bunte Tätowierungen frei. Außerdem erkannte Rayk an ihrer Haltung, dass Alrena nicht nur einen durchtrainierten Körper besaß, sondern sicher auch wusste, wie sie ihn im Kampf einsetzen musste.

Rayk hatte keine Ahnung, was er von diesen Leuten halten sollte. Sie waren bis vor kurzem noch seine Todfeinde gewesen und hatten mit ihrem Angriff auf die *Lintu* nicht einfach nur Hàvamars Flaggschiff zerstört, sondern auch das Leben von beinahe einhundert Besatzungsmitgliedern beendet. Männer und Frauen, die Rayk zu einem großen Teil persönlich gekannt hatte und die unter seinem Kommando gestanden hatten. Doch der Krieg erforderte Opfer und Rayk konnte nicht einfach alle Schuld auf diese Menschen abwälzen. Er war es gewesen, der auf der falschen Seite gestanden hatte und nicht sie. Und gemeinsam wollten sie das alles nun endlich beenden. Das war wohl alles, was im Moment für ihn zählen sollte.

Das kleine Funkgerät, das Rayk in der Innentasche seiner Jacke verstaut hatte, knackte und Bent meldete sich: »Wir sind jetzt direkt über ihnen.«

»Gut«, sagte Rayk und gab den anderen ein Zeichen, dass es losging. Er überprüfte nochmals seine Verankerung an der Führungsleine und folgte ihr bis zum Heck der Sareen. Dann stieg er vorsichtig über die Reling des Luftschiffs, wo er in die Hocke ging, seine Arme links und rechts ins Geländer einhakte und wartete, bis Bent das Signal gab, loszuschlagen. Sein verletztes Bein schmerzte in dieser Position noch schlimmer als zuvor, aber er versuchte es zu ignorieren.

Sie verfolgten Botkers Luftschiff und befanden sich inzwischen jenseits der Stadtmauern. Unter ihnen zogen gerade die Kuppelgärten der Stadt vorbei, während Rayk vom Heck der *Sareen* aus eine uneingeschränkte Sicht zurück auf das Regierungsviertel hatte. Es brannte lichterloh. Ein Anblick, der ihn sein Leben lang verfolgen würde, sollte er dies tatsächlich alles überleben. Er hatte diesen Kampf zwar nicht begonnen, doch er war es, der ihn auf diese Weise beendete. Yorrick hatte ihm über Funk mitgeteilt, dass sie überall Boden gut machten und die Regierungswächter entscheidend zurücktreiben konnten. Die Promenade gehörte längst ihren Truppen und es war nur noch eine Frage von Minuten, bis sie die Akademie eingenommen hätten, um dann Bjan und Tarjei zur Bombe bringen zu können. Rayk wollte jedoch nichts riskieren. Falls sie die Bombe nicht entschärfen konnten, brauchten sie Botker. Da traf es sich gut, dass er vorhatte, den Geheimdienstminister unter keinen Umständen entkommen zu lassen. Für seine Taten wollte Rayk ihn an einem Strick baumeln sehen. Am besten vom Dach der Akademie.

»Wir sind in Position«, drängte Bents Stimme die Gedanken beiseite. »Los!«

Ohne Zögern stieß Rayk sich von der Reling ab und glitt an der Führungsleine am Bauch des Schiffsrumpfes in die Tiefe. Seine Verankerung am Seil spannte sich, riss ihn herum und er glitt durch die Lüfte wie ein an der *Sareen* aufgehängter Vogel. Rayk hörte, wie Gillis einen Schrei ausstieß, der eine Mischung aus Schreck und Entzückung darstellte, was genug Bestätigung war, dass ihm die Mannschaft der *Lymaskar* folgte.

Rayk blickte nach unten, wo sich nur wenige Meter von seinen Füßen entfernt der schwarze, prall gespannte Auftriebsballon von Botkers Schiff ausdehnte. Bent war ein Genie von einem Piloten und hatte sie direkt über das feindliche Luftschiff gebracht.

Rayks Finger glitten zu dem Verschluss seiner Karabinerhaken, die ihn an der Führungsleine festhielten. Seine Handflächen waren vom Schweiß glitschig. Sein Atem ging schnell und unregelmäßig.

Noch zu früh, dachte er.

Rayk nutzte seinen Schwung, um weiter durch die Lüfte am Rumpf entlang zum Bug der *Sareen* zu gleiten.

Zu früh.

Immer noch zu früh.

Und dann war es soweit.

Er holte tief Luft, öffnete den Verschluss seiner Verankerung und stürzte in die Tiefe.

Seinen Karabinerhaken behielt er in der rechten Hand, sodass ihm nur noch seine Linke blieb, um sich abzufangen. So schlug er nahezu ungebremst auf den Auftriebsballon auf. Seine Nase prallte auf etwas Hartes und sein Kopf wurde schmerzhaft zur Seite verdreht. Das elastische Material des Ballons war wegen des Gases darin so fest gespannt, dass es sich anfühlte, als wäre Rayk auf eine Hauswand gefallen. Trotzdem schaffte er es, den Nebel, der sich in seinem Kopf ausbreiten wollte, abzuschütteln. In der nächsten Sekunde bemerkte er, wie er langsam zur Seite wegglitt. Er wurde immer schneller und gleich würde er über den Ballon hinaus in die Tiefe stürzen.

Er suchte verzweifelt nach einem der Seile, die über den Ballon gespannt waren, um sich einhaken zu können, doch sie waren alle zu weit entfernt. Er streckte sich, versuchte sich mit einem Bein am Ballon entlang in ihre Richtung zu schieben, doch er wurde immer schneller und schneller und spürte wie die Schwerkraft ihn unbarmherzig zum Erdboden zog.

Plötzlich hatte er den Kontakt zum Ballon verloren. Er spürte nichts mehr als den Flugwind, der an seinem Körper vorbeiheulten. Mit zu Flügeln ausgebreiteten Armen stürzte er auf die Spitzen der Kuppelgärten zu. Das Grün der Pflanzen hieß ihn bereits willkommen, als die seitlich vom Schiff abstehenden Segelmasten unter ihm auftauchten.

Er hatte noch eine Chance.

Der Gedanke raste ihm immer und immer wieder durch den Kopf, während sich die Zeit um ihn herum zu verlangsamen schien. Er machte seinen Körper so lang er konnte und streckte die Arme nach einem Tau aus, das um den Mast gewickelt war, an dem die Segel aufgespannt waren.

Dann hörte er das Klicken seines Karabinerhakens.

Hatte er sein Ziel erwischt?

Rayk wurde herumgerissen, das Geschirr schnürte tief in seine Haut ein, sodass er das Gefühl bekam, die Leinen wollten seinen Körper in kleine Stücke schneiden. Sein Bauch zog sich zusammen und die Luft wurde ihm aus den Lungen gepresst. Aber eines war sicher: es hatte funktioniert.

Sein Karabinerhaken war sicher an einem Tau des Segelmastes eingerastet. Rayk packte mit beiden Händen den Mast, an dem er hing, und zog sich mit einem Klimmzug nach oben. Er hatte es geschafft und war an Bord von Botkers Schiff.

So schnell er konnte, bewegte Rayk sich mit einer Mischung aus Balancieren und Klettern über den dicken Mast zum Rumpf des Schiffes. Der große Ballon über ihm versperrte ihm die Sicht auf die anderen, die mit ihm zusammen gesprungen waren, doch als er nach unten blickte, konnte er einen weißen Fallschirm entdecken, der langsam zu Boden glitt. Sie waren also höchstens noch drei von vier.

Rayk schwang sich mit einer behänden Bewegung über die Reling und stand dann an Bord des kleinen Fluchtschiffs. Da er nicht wusste, wie lange die anderen noch bis zu ihm brauchten, oder ob es außer ihm überhaupt noch jemand geschafft hatte, klinkte er sich aus der Sicherungsleine und rannte zur Luke, die ins Schiffsinnere führte. Er durfte keine Zeit verlieren. Mit jeder Minute entfernte sich Botker weiter von der Stadt und Rayk war sich ziemlich sicher, dass die Bombe auf keinen Fall hochgehen würde, so lange derjenige, der sie gelegt hatte, noch in der Nähe war. Also zählte weiterhin jeder Augenblick.

Um Zeit zu sparen, behielt er sowohl Sicherungsgeschirr als auch Fallschirm an. Er zog seine Pistole. Mit der linken Hand riss er die Luke auf und richtete sofort die Waffe ins Innere. Niemand zu sehen. Das war gut. Das Schiff war zu klein, um allzu viele Regierungswächter darauf unterzubringen. Der Nachteil, der sich jedoch aus der beengten Lage ergab, war, dass Rayk ihnen auf jeden Fall begegnen würde.

Langsam stieg er die Treppenstufen hinunter und obwohl der Flugwind durch die Luke pfiff und die Motoren des Luftschiffs alles überdröhnten, verfluchte er dennoch bei jedem Knarzen sein Ungeschick. Der Mittelraum des Schiffs war eine Art schmaler Durchgangsbereich, der Vorder- und Hinterteil voneinander abgrenzte. Eine Tür führte zum Heck des Schiffes, wo der Maschinenraum liegen musste. Zwei Türen führten nach vorne zum Bug. Rayk entschied sich für die Rechte der beiden und schaute prompt in das überraschte

Gesicht eines Regierungswächters. Der Mann saß an einem kleinen Tisch in der Ecke des Aufenthaltsraumes und löffelte gerade eine Konservendose aus. Der Löffel des Mannes verharrte in der Luft und zitterte. Die grünen Bohnen darauf tropften zurück in die Dose.

Für einige Augenblicke starrten sie sich an. Keiner wollte den ersten Zug machen. Doch dann traf der Regierungswächter die falsche Entscheidung. Er ließ den Löffel fallen und seine Hand zuckte in Richtung des Gewehrs, das neben ihm am Stuhl lehnte. Rayk drückte den Abzug seiner Pistole durch, feuerte und der Mann sank tot auf dem Stuhl zusammen.

Rayk stieß einen lauten Fluch aus. Das hatte zweifellos jeder an Bord gehört.

Wenn er überleben wollte, musste er sich schnell etwas einfallen lassen. Daher rannte er zu dem kleinen Tisch, an dem der Regierungswächter eben noch gegessen hatte, zielte mit seiner Pistole auf die Tischbeine, da der Tisch über diese fest mit dem Rumpf verankert war, und feuerte vier weitere Kugeln ab, die das Holz zersplitterten. Rayk spannte seine Muskeln an und mit einem kräftigen Ruck schaffte er es, den Tisch umzukippen. Dann stieß er ihn in eine Ecke des Raums, schnappte sich das Gewehr des Regierungswächters und warf sich im letzten Augenblick hinter den Tisch, bevor die bugwärts gelegene Tür des Aufenthaltsraums aufgestoßen wurde. Sofort schlugen Kugeln in das Holz der Wand hinter ihm und in den Tisch vor ihm ein. Mehre durchbohrten die Tischplatte, verfehlten Rayk jedoch um Haaresbreite.

Er musste etwas unternehmen.

Schnell lud er die Waffe des Regierungswächters durch und eröffnete dann ebenfalls aus seiner Deckung heraus das Feuer in die grobe Richtung der Tür, wo seine Feinde sich verschanzt hatten. Auch einige seiner Kugeln mussten das dünne Holz des Luftschiffs durchschlagen haben, da Rayk hörte, wie ein Mann aufschrie und etwas Schweres zu Boden fiel.

Einer weniger dachte er.

Doch sofort prasselten wieder Kugeln auf seine Deckung ein. Er hörte das Geräusch von Stiefeln im Nachbarzimmer. Sie wollten ihn einkreisen. Das war ganz schlecht.

Rayk tastete seinen Gürtel ab und atmete erleichtert auf, als er die Handgranate daran fand, die er extra aus der Waffenkammer der Sareen mitgenommen hatte. Es war eine extreme Dummheit, so etwas an Bord eines Luftschiffs zu zünden, aber ihm blieb keine andere Wahl. Er zog den Stift heraus, zählte bis sieben, dann warf er sie durch die Tür, die zum Bug des Schiffes führte. Falls einer der anderen, die mit ihm auf das Schiff gesprungen waren, es geschafft hatte, dann würde die Explosion sie dort vorne wenigstens nicht erwischen.

Acht, zählte er innerlich weiter und gab die letzte Salve aus einem Gewehr ab, bevor es leergeschossen war.

Aufgeregte Schreie drangen an Rayks Ohr. Sie hatten erkannt, was er ihnen da geschickt hatte.

Neun.

Rayk duckte sich tiefer hinter den Tisch.

Zehn.

Für einen kurzen Augenblick dachte Rayk, er hätte sich verzählt, doch dann zündete die Granate und er spürte die Hitze der Explosion selbst durch das Holz seiner Deckung. Feuerzungen schlugen über die Tischkante hinweg. Das Luftschiff ächzte und Stahlträger kreischten wie ein sterbendes Tier.

Rayk war taub. Nicht einmal das entfernte Rauschen, das er manchmal schon bei Kämpfen erlebt hatte, war noch in seinen Ohren. Trotzdem rappelte er sich so gut es ging auf, wuchtete sich schwerfällig über die Tischkante hinweg, und schlug hart auf dem Boden dahinter auf. Er zog seine Pistole und rollte sich rasch weiter über die angesengten Holzdielen, bis er auf dem Rücken halb aufgerichtet verharrte und zwischen seinen Kien hindurch auf die Tür zielte, die zum Heck des Schiffes führte. Er hatte genau den richtigen Moment erwischt. Zwei Regierungswächter erschienen im Türrahmen, bereit, den Raum mit angelegten Waffen zu stürmen. Doch sie hatten nicht mit einem Ziel gerechnet, das am Boden lag und so hatten Rayks Kugeln sie niedergestreckt, noch bevor sie ihre Waffen auf ihn richten konnten.

Einer Eingebung folgend, löste Rayk im nächsten Augenblick die Spannung in seinem Körper auf und ließ sich vollkommen flach auf den Boden fallen. Er überstreckte seinen

Kopf schmerzhaft nach hinten, sodass er die bugwärts gerichtete Tür wieder ins Blickfeld bekam. In den verkohlten Resten des Schiffes taumelte ein einzelner Regierungswächter in einer zerfetzten Uniform durch den Türrahmen. Er schien benommen, doch sein Gewehrlauf richtete sich langsam auf Rayks Stirn.

So schnell er konnte, riss Rayk seine Pistole in die andere Richtung und feuerte.

Ein leises Klicken ertönte.

Acht Kugeln waren in seiner Waffe gewesen. Die hatte er alle verbraucht.

So dicht, dachte Rayk. Er war so dicht an Botker dran gewesen.

Er schloss die Augen und ein Schuss explodierte mit einem Donnerschlag.

Ein Atemzug verging.

Dann ein Zweiter. Er lebte noch.

Rayk öffnete die Augen und starrte auf die rauchende Pistole über seinem Gesicht. Sein Blick wanderte die langen Frauenbeine empor, die links und rechts neben seiner Hüfte standen und fand schließlich Alrenas Gesicht. Rayk verrenkte den Kopf, um gerade noch zu sehen, wie der Regierungswächter, der eigentlich sein Tod gewesen wäre, zu Boden ging.

»Hätte nie gedacht, dass ich dem Kommandanten Hàvamars mal den Hintern rette.«

Alrena klang nicht gerade begeistert darüber, doch sie streckte eine Hand in Rayks Richtung aus und half ihm wieder auf die Beine.

»Danke«, stöhnte er, da jede Bewegung, die er von seinem Körper verlangte, inzwischen schmerzhaft war. Alrena schien sich jedoch nichts aus seinem Dank zu machen, da sie nichts darauf erwiderte. Stattdessen holte sie eine Zigarette aus der Brusttasche ihrer Lederjacke und zündete sie an.

Gillis kam hinter ihr ins Zimmer gestürzt.

»Ich denke das war's«, sagte er völlig außer Atem. Die beiden hinten im Maschinenraum machen auch keinen Mucks ...«

Er brach mitten im Satz ab und stieß einen anerkennenden Pfiff aus, als er die Zerstörungsorgie sah.

»Nette Arbeit«, lautete sein Kommentar dazu.

Dann sah er Alrena an, wie sie an der Zigarette zog und machte ein grimmiges Gesicht. Es war das erste Mal, dass Rayk erlebte, dass die Frau tatsächlich ein wenig schuldbewusst dreinblickte. Doch das hielt nur einen Augenblick, bevor sie mit den Schultern zuckte, einen weiteren Zug von der Zigarette nahm und sie dann auf den Boden warf, ohne sie auszutreten.

Rayk versuchte sich umzudrehen, taumelte einen Schritt auf die nächstliegende Wand zu und musste sich abstützen. Er konnte nur an eines denken: »Botker gehört mir.«

Alrena nickte in Richtung dessen, was noch von der Tür übrig war, die in Richtung Bug führte. Sie würde ihm den Vortritt lassen.

Rayk lud seine Pistole nach, dann machte er sich durch einen schmalen Flur auf den Weg zur Brücke.

Lavran Botker wartete auf ihn.

Der Geheimdienstminister stand mitten auf der Brücke und starrte Rayk ins Gesicht, als er durch die Tür trat. Große Teile des Raums waren von der Handgranate in Mitleidenschaft gezogen worden. Kleine Flammen züngelten noch an einigen Holzdielen an der Wand und die elektrischen Geräte wie Funk und Navigationsrechner waren eingeschmolzen oder sprühten in unregelmäßigen Abständen Funken. Die Glasscheiben der Brücke war von Rissen durchzogen und einige waren von der Druckwelle auch komplett geborsten, sodass Rayk der kalte Flugwind entgegenwehte.

Mit einem kurzen Blick vergewisserte sich Rayk, ob der Minister alleine war. Doch selbst der Pilotensessel war leer. Botker hatte seine Eskorte von Regierungswächtern bis auf den letzten Mann geopfert, in dem Versuch, sich selbst zu retten. Nun flog das Luftschiff ohne menschliches Zutun einfach weiter seinen Kurs Richtung Norden.

»Es ist vorbei«, sagte Rayk.

Eine Welle der Erleichterung erfasste ihn bei diesen Worten, doch er riss sich zusammen und blieb wachsam. Er zielte über Kimme und Korn seiner Pistole direkt zwischen Botkers Augen und betete fast darum, dass ein unerwarteter

Ruck durch das Schiff ging und er aus Versehen den Abzug betätigen würde.

»Ja«, stimmte Botker ihm zu. »Das ist es.«

Dann hustete er kräftig und ein kleiner, rotgefärbter Speichelfaden blieb an seinem Kinn kleben. Erst jetzt bemerkte Rayk die vielen kleinen blutigen Flecken auf Botkers Kleidung. Entweder die Handgranate oder die geborstenen Glasscheiben hatten ihn verletzt. Wie schwer, konnte Rayk nicht genau erkennen. Also musste er vorsichtig bleiben.

»Hände hinter den Kopf und auf die Knie«, befahl Rayk.

»Es ist vorbei«, flüsterte Botker erneut. Sein Blick war nicht länger auf Rayk gerichtet sondern in eine weite Ferne, die nur er sehen konnte.

Rayk ging auf Botker zu, die Waffe im Anschlag.

»Los, Hände hinter den Kopf!«, rief er nochmals.

Doch statt zu gehorchen, ging Botker langsam rückwärts auf die Steuerkonsole zu. Er schien wieder ganz im Hier und Jetzt zu sein und sah Rayk tief in die Augen.

»Diese Welt wird enden«, sagte er. »Und zwar auf die einzig richtige Art und Weise. Die Besten von uns werden überleben.«

»Nein«, widersprach Rayk. »Nicht die Besten. Nur die, die genug Geld haben oder ihre Seele verpfänden, um sich einen Platz in deinem Bunker zu kaufen.«

Er schüttelte angewidert den Kopf.

»Du hast es geschafft, die schlechtesten Seelen überhaupt an einem einzigen Ort zu versammeln.«, sagte Rayk.

»Sie sind der neue Lebensfunke, wenn die Welt nach der großen Katastrophe wieder aufersteht«, erwiderte Botker, als hätte er Rayks Anklage gar nicht gehört und Rayk musste erkennen, dass der Geheimdienstminister vollkommen in seinen eigenen wahnsinnigen Moralvorstellungen gefangen war.

»Sie werden die Welt wieder bevölkern und Hàvamar ganz neu errichten. In einem nie zuvor dagewesenen Glanz.«

Botkers Stimme wurden beim Sprechen immer lauter und überschlug sich, als würde er auf den Höhepunkt einer eingeübten Rede zusteuern.

»Wir beenden diesen Wahnsinn! Jetzt!«, brüllte Rayk. »In diesem Augenblick sind unsere Truppen dabei, die Akademie einzunehmen. Wir werden die Bombe entschärfen und nichts von alledem wird geschehen.«

Botker wich weiter vor Rayk zurück, bis er mit dem Rücken gegen den Pilotensessel stieß. Langsam schob er sich daran vorbei und wich weiter zurück, während Rayk ihn ständig im Visier behielt und ihn über die Brücke verfolgte. Als Botker gegen die Steuerkonsole stieß und nicht weiter zurückweichen konnte, begann sein Körper zu zucken. Rayk brauchte einen Moment, um zu begreifen, dass er lachte. Aus seiner Kehle drangen kalte, hysterische Laute. Zwischen zwei Atemzügen schaffte Botker es, sich ein wenig zu beruhigen, die Luft scharf in seine Lungen einzusaugen und mit einem Lächeln auf den Lippen Rayk zuzuflüstern: »Ihr kommt zu spät.«

Dann schnellte er nach vorne und griff nach Etwas, das auf dem Pilotensessel lag. Rayk feuerte seine Waffe ab.

Er traf Botker in den Bauch. Der Geheimdienstminister stolperte zur Seite, in den Händen hielt er eine Pistole und auch er feuerte auf Rayk. Von seinen eigenen Verletzungen zu sehr geschwächt, konnte er dem Rückstoß seiner Waffe jedoch nichts mehr entgegensetzen. Er verlor sein Gleichgewicht und stolperte rückwärts. Botkers Fuß blieb in den Schienen des Pilotenstuhls hängen und er fiel direkt auf den Steuerknüppel.

Der Bug des Luftschiffs neigte sich nach vorne. Rayk verlor den Halt unter den Füßen und rutschte über den immer schräger werdenden Boden auf den Pilotensessel zu.

Er prallte hart dagegen, der Stuhl drehte sich und Rayk konnte sich nur mit Mühe an der Lehne festhalten. Seine Pistole war ihm aus den Händen geglitten. Aus dem Augenwinkel sah er, wie auch Botker abrutschte und seine Finger versuchten, sich an den Schaltern und Hebeln der Steuerkonsole festzukrallen, doch nichts davon hielt seinem Gewicht stand. Als das Luftschiff beinahe senkrecht am Himmel stand, verlor er komplett den Halt und nach einem kurzen Flug prallte er auf die von Rissen überzogene Scheibe der Brücke, wo er liegen blieb. Das dünne Glas war nun alles, was ihn noch vor einem Sturz in die Tiefe bewahrte.

Rayk hing selbst an seinen ausgereckten Armen an dem Pilotensessel, zwei Meter über Botker und konnte nur hoffen, dass der Stuhl in den Schienen fest genug verankert war, um ihn zu halten. Das Luftschiff raste weiterhin direkt auf den Boden zu und Rayk konnte die Baumkronen unter ihnen erkennen. Sie befanden sich bereits über dem Wald, der sich an die Glaskuppeln im Norden der Stadt anschloss.

Plötzlich hörte er das Geräusch von knackendem Glas. Rayk senkte den Kopf und beobachtete wie sich die Risse der Scheibe um Botker herum ausbreiteten und ein immer feineres Spinnennetz bildeten.

Sein erster Impuls war, sich nach dem Minister auszustrecken und ihn zu packen. Er würde diesem Mistkerl das Sterben auf keinen Fall so einfach machen. Doch er war viel zu weit entfernt und so tat Rayk das Einzige, was er noch tun konnte. Er zog seine Arme aus den Schlaufen seines Fallschirmrucksacks, den er noch von seinem Entermanöver des Luftschiffs trug und warf ihn direkt in Botkers hilflos rudernde Arme.

Dann versuchte er sich in Richtung des Steuerknüppels zu strecken, bemerkte jedoch schnell, dass der Weg zu weit war. Ein Blick zur Seite verriet Rayk jedoch, was er tun konnte. Mit einem gezielten Tritt gegen die Schiffswand, schaffte er es, sich abzustoßen und der Pilotensessel, an dem er hing, glitt auf den Schienen direkt zur die Mitte des Steuerpultes. Es war schwieriger als gedacht, an der richtigen Stelle zu stoppen, doch Rayk schaffte es und tastete mit den Spitzen seiner Stiefel nach dem Steuerknüppel. Schließlich bekam er ihn zwischen seine Füße und zog ihn näher zu sich. Irgendwie konnte er ihn weit genug bewegen, dass er die Knie darum klemmen konnte und alles, was er nun noch tat, war seinen Körper so stark zusammenzuziehen, wie er konnte. Alles in ihm schmerzte und er glaubte, dass seine Muskeln und Knochen mindestens genauso zum Zerreißen gespannt waren wie der kreischende Rumpf des kleinen Luftschiffs. Doch was Rayk tat, wirkte. Der Bug des Schiffs hob sich wieder. Leider jedoch zu langsam.

Die Glasscheibe, die den Minister hielt, knackte ein letztes Mal und brach. Botker fiel, den Fallschirm umklammernd, in einem Regen von Glassplittern von Bord. Rayk sah wie die Finger des Ministers nach der roten Schlaufe tasteten, die den Rucksack öffnen würde und er versuchte zu brüllen, dass Botker den Fallschirm auf keinen Fall in Schiffsnähe öffnen durfte. Doch der beißend kalte Flugwind, der nun ungebremst in die Brücke drängte, blies ihm die warnenden Worte zurück in den Hals. Das »Nein!«, das er ausstoßen wollte, erstarb noch vor seinem Mund und hallte nur in seiner eigenen Kehle wider, während sich im nächsten Augenblick der weiße Stoff des Fallschirms zu entfalten begann.

Das Luftschiff hatte durch Rayks Bemühungen beinahe wieder einen horizontalen Kurs erreicht und er ließ den Steuerknüppel zwischen seinen Knien los. Er stützte sich am Pilotensessel ab, taumelte dorthin, wo einmal die Glasfront der Brücke gewesen war und lehnte sich weit genug nach vorne, um Botkers Flugbahn beobachten zu können. Der aufgespannte Fallschirm ließ den Minister viel zu langsam in Richtung Boden gleiten, sodass der Rumpf des Luftschiffs ihn bereits erreicht hatte. Wie bei einem Eisbrecher, der die Eisschollen vor sich teilt und zur Seite schiebt, wurde Botkers Fallschirm vom Luftschiff erfasst und zur Seite gedrängt. Als er in die Nähe der Triebwerke kam, die am Rumpf befestigt waren, wurde er von der Luftströmung angesaugt und der Rest ging extrem schnell.

Zuerst verschwand der Fallschirm in den Rotorblättern, die sich wie eine Kreissäge drehten. Dann wurde Botker hineingezogen und vom Triebwerk verschluckt, bevor er auch nur einen Schrei des Entsetzens ausstoßen konnte.

Der Schiffsmotor lief noch einen Augenblick weiter, dann stockte er und im nächsten Augenblick verursachten die Fremdkörper darin eine Explosion. Rayk konnte gerade noch rechtzeitig den Kopf einziehen, bevor Teile des Propellers an ihm vorbeiflogen. Das Luftschiff machte einen Sprung zur Seite und es bestand kein Zweifel mehr daran, dass Lavran Botker tot war. Seine letzten Überreste würden zusammen mit diesem Schiff untergehen.

»Ihr kommt zu spät.«

Das waren seine letzten Worte gewesen. Und sie ließen Rayk das Schlimmste fürchten.

Das Luftschiff schmierte langsam zur Seite ab und Rayk sank auf ein Knie nieder. Seine Kräfte schwanden und er hatte Mühe, wach zu bleiben.

Hände zerrten an seiner Kleidung. Er lag auf dem Boden, konnte sich aber nicht daran erinnern gestürzt zu sein. Arme schlangen sich um seinen Brustkorb.

Ein Ruck.

Dann fiel er wieder hin.

Sie hatten versucht, ihn auf die Beine zu stellen und er hörte lautes Fluchen, als sie bemerkten, dass sein Körper nicht mehr das eigene Gewicht tragen wollte. Doch langsam kam er wieder mehr zu sich. Alrena und Gillis hatten es geschafft ihn bis zu der Luke zu schleppen, durch die sie in das Schiff eingedrungen waren. Als Rayk die Leiter erkannte, die auf das Deck hinaufführte, packte er zuerst mit einer Hand zu, dann mit der anderen. Er hörte wie Gillis und Alrena erleichtert aufstöhnten, doch er musste sich zu sehr auf die Kletterpartie konzentrieren, als dass er ihnen hätte antworten können.

Schwarzer Rauch schlug Rayk auf dem Oberdeck entgegen und brannte in seinen Augen. Der beißende Schwefelgestank bedeutete, dass irgendwo in ihrer Nähe Auftriebsgas austrat. Das war schlecht. Sie mussten dringend von Bord, bevor einer der unzähligen Funken das ganze Schiff in die Luft jagen würde. Anscheinend waren auch Gillis und Alrena zu diesem Schluss gekommen, denn sie umarmten sich, kurz bevor Gillis die Hand an die Auslöseschnur seines Fallschirms legte und über die Reling in die Tiefe sprang. Alrena kam auf Rayk zu und er wollte ihr gerade stöhnend zu verstehen geben, dass er keinen Fallschirm mehr besaß, als sie ihre beiden Karabinerhaken nahm und sie in seinem Körpergeschirr einhakte. Rayk verstand, was sie vorhatte und klinkte zur Sicherheit auch sein Geschirr in ihrem ein.

Er verlangte von seinem Körper ein paar letzte schnelle Schritte in Richtung Reling, stieß sich mit einem Schmerzensschrei vom Boden ab und stürzte dann gemeinsam mit Alrena in die Tiefe.

In der Luft drehten sie sich gefährlich unkontrolliert, sodass er immer wieder einen Blick auf das brennende Luftschiff über sich werfen konnte. Es zog einen schwarzen Schweif aus Rauch und Feuer hinter sich her und glitt langsam aber sicher seinem vernichtenden Aufschlag auf dem Boden entgegen.

Als sie weit genug entfernt waren, ging ein Ruck durch Rayks Körper. Alrenas Arme schlangen sich um seinen Brustkorb und ein heftiger Schmerz schoss durch ihn.

Während sie langsam gemeinsam Richtung Boden schwebten, tasteten Rayks Finger automatisch nach der Ursache seiner Schmerzen an seiner linken Seite und als er sie sich wieder vors Gesicht hielt, waren sie von rotem Blut überzogen.

Dieser Mistkerl hat mich tatsächlich getroffen, dachte er.

Botker hatte ihn angeschossen. Das erklärte wenigstens, warum er sich so schwach fühlte. Dann wurde ihm schwarz vor Augen.

※

Kapitel Vierundvierzig

Scholle zweiundzwanzig hatte keine eigene Kuppel. Es war schon die dritte oder vierte Scholle dieser Art, die Mira heute betrat. Ausschließlich gebaut, um in Küstennähe die kleineren Walfische zu jagen, hatten sie keine feste Besatzung. Die Wohnanlagen waren nicht zum permanenten leben darin ausgestattet und an Bord gab es keine Reserve für die einzige Eismaschine. Sollte sie ausfallen, würde Scholle zweiundzwanzig innerhalb von Stunden einfach in der Mitte auseinanderbrechen und im Eismeer versinken.

Mira war weder wohl dabei, diese Scholle selbst zu betreten, noch war sie besonders froh darüber, dass sie Menschen hierherschicken sollte, die aus der Stadt evakuiert wurden. Doch jeder Platz war wertvoll und es ging nicht anders.

»Ich habe ein Boot für dich organisiert«, sagte Mira zu ihrem Vater, der auf seinen Stock gestützt neben ihr herging. Obwohl er sich auf dem Weg der Besserung befand, verschlimmerte momentan das Gewicht seines Werkzeuggürtels sein Humpeln. Doch bisher hatte er sich nicht über Miras Tempo beklagt.

»Nachdem du mit dieser Scholle fertig bist, kann es dich in die Stadt bringen«, meinte Mira. »Laut Yorrick werden sie die Akademie in der nächsten halben Stunde eingenommen haben.«

»Und Tarjei?«

»Wird dort schon auf dich warten. Er sollte in den nächsten Minuten mit Scholle achtzehn fertig werden.«

Bjan blieb hinter ihr zurück.

»Was ist los?«, fragte sie. »Ist dein Bein in Ordnung?«

»Ja«, sagte er mit einem müden Lächeln, von dem Mira wusste, dass es das Gegenteil bedeutete. Daher legte sie sich ungefragt seinen Arm um die Schultern und stützte ihn.

»Ich bin stolz auf dich«, sagte ihr Vater und diese Mal war es Mira, die für einen kurzen Augenblick stehen blieb.

»Danke«, sagte sie zögernd und ging dann weiter.

Plötzlich gab es eine gewaltige Explosion in der Stadt, laut genug, dass sie sie so weit draußen auf dem Eismeer noch wie tiefes Donnergrollen hörten. Eine riesige Rauchwolke stieg aus der Mitte des Regierungsviertels auf und verdunkelte den Himmel darüber. Sogar die Luftschiffe, die über dieser Stelle schwebten, wurden von der Schwärze verschluckt.

Mira kannte sich inzwischen gut genug in Hàvamar aus, um zu wissen, dass sich an dieser Stelle die Akademie befand. Oder befunden hatte.

War das die Bombe gewesen?, fragte sie sich selbst.

»Nein«, sagte ihr Vater jedoch sofort, als hätte er ihre Gedanken gelesen. »Wäre es die Bombe gewesen, würde Hàvamar nicht mehr existieren. Vermutlich wären sogar wir noch zu dicht dran gewesen, um zu überleben.«

»Ich muss trotzdem wissen, was das war«, entgegnete Mira und während sie den Arm ihres Vaters schon von ihrer Schulter genommen hatte und zur Wohnanlage von Scholle zweiundzwanzig rannte, rief sie: »Kommst du klar?«

Sie wusste, dass sein Nicken wieder das Gegenteil bedeutete, doch sie musste zu einem Funkgerät. Sie musste mit Yorrick sprechen. Diese Explosion konnte nichts Gutes heißen.

An der Schleuse der Wohnanlage wurde sie von etwa zwanzig Männern erwartet, die vermutlich die gesamte momentane Besatzung der Scholle waren. Mira hatte dieses Mal keine Zeit für die förmliche Begrüßung und die Verteilung der Aufgaben. Völlig außer Atem rief sie ihnen stattdessen zu, dass sie so schnell wie möglich ein Funkgerät brauchte. Die Männer, die von der Explosion völlig eingeschüchtert waren, widersprachen nicht, sondern gaben ihr den Weg frei. Einer von ihnen, der anscheinend als einziger einen kühlen Kopf bewahrt hatte, rannte ihr voraus und zeigte ihr den Weg.

Als sie auf der engen Brücke ankamen, klappte er einige Schalter an dem Funkgerät um, drehte am Rad zur Frequenzeinstellung und sah Mira fragend an. Schnell gab sie ihm die Notfallfrequenz, über die sie direkt mit Yorrick in Verbindung treten konnte und als der Mann ihr das Mikrofon in die Hand drückte und nickte, rief sie: »Yorrick! Hörst du mich Yorrick?«

Er antwortete nicht.

Der Mann, der am Funkgerät saß, probierte alle möglichen Einstellungen durch. Mira rief immer wieder Yorricks Namen. Zwischenzeitlich versuchte sie sogar, Rayk anzufunken, doch auch er antwortete nicht und sie wurde immer unruhiger. Doch dann, als sie schon nicht mehr damit rechnete, hörte sie wie sich eine hustende Stimme meldete.

»Mira?«

Es war Yorrick.

Erleichtert atmete Mira auf und fragte dann: »Was bei allen Eisgeistern ist bei euch passiert?«

»Die verdammte Akademie ist eingestürzt«, antwortete Yorrick. »Botker, der elende Mistkerl, hat überall Sprengladungen angebracht. Der ganze Regierungsplatz ist nur noch ein riesiger Trümmerhaufen.«

»Und die Bombe?«, wollte Mira entsetzt wissen.

»Verschüttet«, sagte Yorrick, dann bekam er einen Hustenanfall. Der Kontakt brach für einen Moment wieder ab und Mira warf dem Mann von Scholle zweiundzwanzig einen fragenden Blick zu. Gerade als er entschuldigend mit den Schultern zuckte, knackte das Funkgerät wieder und Yorrick sagte: »Schick deinen Vater her. Und den Jungen.«

Das ließ sie sich nicht zweimal sagen.

Innerhalb von zwei Minuten hatte sie eines der kleineren Flüchtlingsboote zu ihrer Position umgeleitet und befand sich schon wieder außerhalb der Wohnanlagen. Ihren Vater, der es gerade bis zur Schleuse geschafft hatte, sammelte sie ein und stützte ihn auf dem Weg zurück zum Rand der Scholle, wo sie abgeholt würden. Unterwegs erklärte sie ihm die Lage.

※

Die Kutsche, die Rayk abgesetzt hatte, wendete, während er auf den Regierungsplatz zu humpelte. Nach seinem Sprung von Botkers Luftschiff hatte Alrena ihn zu einem Lazarett gebracht. Dort hatten sie ihn notdürftig zusammengeflickt. Doch Rayk hatte den Ärzten verboten, ihn zu stark zu betäuben und ihnen befohlen ihn in eine Kutsche in Richtung Regierungsviertel zu setzen. So konnte er jetzt zwar noch klar denken, musste jedoch die Schmerzen in seinem Bein und seiner linken Flanke ertragen. Er spürte, wie ihm der Schweiß über die Stirn lief, aber trotzdem schob er die Krücken unter seinen Achseln immer wieder ein Stück weiter nach vorne, um ihnen dann hinterherzulaufen. Es war mühsam, doch er kam langsam und beständig vorwärts. Einige der Trümmer der Akademie waren von der Explosion bis in die angrenzenden Straßen geschleudert worden und er musste großen Säulenteilen und Dachziegeln ausweichen. Der Regierungsplatz war nur noch ein einziger Schuttberg. Am Rand stand ein niedriges Zelt, das aus ein paar aufgespannten Bahnen Stoff bestand.

Der Kommandostand, dachte Rayk. Er hatte sein Ziel beinahe erreicht. Natürlich hatten die Soldaten, denen er auf dem Weg hierher begegnet war, über nichts anderes als die Explosion der Akademie gesprochen, doch er wollte Berichte aus erster Hand hören, denen er auch wirklich vertrauen konnte.

Rayk brauchte eine gefühlte Ewigkeit bis sein geschundener Körper ihn endlich dorthin gebracht hatte, wo er hinwollte und er die Plane, die den Eingang des Zeltes verdeckte, beiseiteschieben konnte.

»Was ist passiert?«, fragte er sofort und unterbrach damit die Gespräche, die gerade im Gange waren. Alle Köpfe wandten sich ihm zu. Von Kommandant Thorge wusste Rayk, dass er damit beschäftigt war, die Ordnung in anderen Teilen der Stadt aufrecht zu erhalten. Also waren außer Yorrick und zwei Rebellen, die er nicht kannte, nur Bjan, Tarjei und Mira da. Alle sahen sie genauso müde aus, wie Rayk sich fühlte und Yorricks offenstehende Jacke offenbarte einige Bandagen um seinen Körper. Auch er war verletzt. Das jeder nach Rayks Frage seine Zunge verschluckt zu haben schien, ließ nicht viel Hoffnung aufkommen.

Yorrick war es schließlich, der ihm alles erzählte. In dem Augenblick, als ihre Truppen aus Rebellen und Soldaten der Stadtwache die letzten Regierungswächter in die Akademie zurückgetrieben hatten, war zuerst der Eingangsbereich eingestürzt. Vermutlich hatte Botker dort Sprengladungen angebracht und sie den Regierungswächtern als letzte Verteidigungsmöglichkeit verkauft. Die armen Kerle hatten sicher nichts über die restlichen Ladungen in der Akademie gewusst, die wenige Minuten danach gezündet hatten. Sie hatten das gesamte Gebäude in ein gigantisches Trümmerfeld verwandelt.

Nachdem Yorrick mit seinem Bericht fertig war, konnte Rayk nicht anders, als Botkers letzte Worte zu flüstern: »Ihr kommt zu spät.«

Das hatte er also damit gemeint, dachte Rayk.

»Wir versuchen, die Trümmer beiseite zu räumen, aber ...«

Yorrick musste seinen Satz nicht beenden. Ihre Versuche hatten keinen Sinn mehr. Wenn Botker so weit gegangen war, die gesamte Akademie in die Luft zu jagen, hatte er sicherlich auch in den Tunneln, die zur Geothermieanlage führten, nicht mit Sprengstoff gespart. Falls sie zum Riss vordringen wollten, mussten sie sich über zwanzig Stockwerke in die Tiefe graben. Und zwar in einem einsturzgefährdeten Trümmerfeld, das möglicherweise noch immer vermint war.

Wenn allerdings alles eingestürzt war, dachte Rayk, bestand dann nicht vielleicht doch noch Hoffnung?

»Wissen wir, ob die Bombe das überstanden hat?«, fragte er.

Vielleicht hatte Botker in seinem Wahn wenigstens ihr Problem mit dieser Explosion gleich mitbegraben.

»Wir müssen davon ausgehen.«

Ein hochgewachsener hagerer Mann, den Rayk zuvor gar nicht bemerkt hatte, trat aus einer Ecke des Zeltes zu ihnen. Er schob eine kleine Nickelbrille, die ihm nicht richtig passen wollte, seine Nase hoch. Rayk musste kurz nachdenken. Er hatte ihn schon einmal gesehen. Auf einem Suchplakat in der Stadt, das ihn als vermissten Geothermiewissenschaftler bezeichnet hatte, dessen Familie ihn suchte. Es überraschte Rayk nicht wirklich, ihn nun hier anzutreffen. Inzwischen konnte er nicht mehr leugnen, dass Yorrick und seine Piraten weit besser organisiert und informiert gewesen waren, als er es vor ein paar Wochen noch für möglich gehalten hätte.

»Die Höhle, die den Riss umgibt, besteht aus dem härtesten Gestein, das die geologische Abteilung der Akademie kennt«, sagte der Wissenschaftler. Sein Gesichtsausdruck veränderte sich und er wirkte für einen kurzen Augenblick völlig abwesend, als er traurig sagte: »Mein eigener Sohn hat daran geforscht. Er könnte euch die interessantesten Geschichten darüber erzählen, was ihm die einzelnen

Gesteinslagen dort unten über die Jahre alles an Geheimnissen verraten haben. Ich hoffe, es geht ihm gut ...«

Er zögerte einen Moment, bemerkte dann die Blicke, die auf ihm lasteten und räusperte sich verlegen, bevor er erklärte: »Es ist nahezu sicher, dass die Höhle immer noch intakt ist.«

»Und damit auch die Bombe«, beendet Tarjei die Schlussfolgerung und einige der Anwesenden nickten.

»Was ist mit Luftschächten?«, fragte Rayk und schaute in Yorricks Richtung. Doch der Piratenanführer schüttelte den Kopf.

»Gesprengt«, lautete seine knappe Antwort und er vernichtete damit Rayks letzte Hoffnung.

※

Nachdem sie jede Möglichkeit durchgegangen waren und alle verworfen hatten, erschien Mira die Lage aussichtslos. Und was alles noch schlimmer machte, war die Verantwortung, die sie trug. Sie durfte die Leute auf den Schollen nicht einfach im Stich lassen. Die Menschen vertrauten auf sie.

»Was ist mit der Evakuierung?«, fragte sie, auch wenn die anderen die Verzweiflung in ihrer Stimme bemerken mussten. »Auf den Schollen kommen wir gut voran. Und wie ich von Kommandant Thorge weiß, gibt es zwar in einigen Vierteln der Stadt Widerstand, aber es sieht momentan so aus, als könne jeder, der es will, Hàvamar verlassen.«

Ihr Vater schüttelte den Kopf. Noch viel schlimmer war jedoch der Blick in seinen Augen. Er hatte Mitleid. Mitleid mit der Stadt, Mitleid mit den Menschen, die vergeblich versuchten ihrem Schicksal zu entkommen und am allerschlimmsten: Er hatte Mitleid mit ihr.

»Das war immer nur eine Notlösung«, sagte er. Seine Stimme klang heiser. »Eine aussichtslose Idee, um den Menschen einen Funken Hoffnung zu geben, während ihre Stadt brennt.«

»Aber warum ist es aussichtslos?«, fragte Mira. »Ich weiß, dass du gesagt hast, dass nach der Zündung der Bombe ein gewaltiger Sturm aufziehen wird. Aber es ist doch ein Unterschied, ob man an einem Strand steht und darauf wartet, dass eine gewaltige Welle über einem hereinbricht oder ob man auf einer Scholle einfach mit dem Sturm mitschwimmt. Mein ganzes Leben lang habe ich schon Unwetter auf dem Eismeer erlebt, mit so gewaltigen Wellen, die, wenn sie auf Hàvamar getroffen wären, die Stadt zerstört hätten. Unsere Scholle hat es jedes Mal geschafft, sich über Wasser zu halten und auf den Wellen zu reiten.«

»Das hier wird anders«, sagte ihr Vater.

Eskil räusperte sich und steuerte seine eigene Erklärung hinzu: »Wenn die Bombe explodiert, wird die Welt anfangen, sich zu verändern. Es wird wärmer werden. Viel wärmer. Und das vermutlich schnell. Das Eismeer wird innerhalb weniger Wochen seinem Namen nicht mehr gerecht werden.«

»Die Schollen schmelzen uns also unterm Hintern weg«, vervollständigte Tarjei das Bild. »Das meint ihr doch damit, oder?«

Bjan und Eskil nickten.

Mira wollte weitere Fragen stellen. Sie wollte Möglichkeiten finden, wie sie ihrem unabwendbaren Schicksal entgehen konnten. Doch egal, wie sehr sie sich ihr Gehirn zermarterte, egal wie sehr sie sich anstrengte, ihr fiel einfach nichts mehr ein. Sie war keine Wissenschaftlerin und alle plumpen Ideen, die ihr durch den Kopf gegangen waren, hatten sie bereits ausgeschlossen. Sie konnten weder die Bombe erreichen, noch vor den Auswirkungen der Detonation weglaufen. Entmutigt ließ sie die Schultern sinken.

»Aber wir müssen doch etwas tun«, murmelte sie so leise, dass es kaum zu verstehen war.

»Das werden wir«, antwortete Yorrick. Auch er klang enttäuscht, hatte sich aber scheinbar einen letzten Funken Entschlossenheit bewahrt.

»Die Evakuierung läuft weiter«, entschied er. »Solange wir den Leuten eine Hoffnung anbieten, wird diese Welt wenigstens nicht in einem grausamen Chaos enden.«

»Was ist mit den Bunkern?«, fragte Tarjei. »Wir haben doch über Funk gehört, dass Kel und die Eiswüstenstämme sie eingenommen haben.«

»Und sie werden auch darin Schutz suchen«, sagte Yorrick. »Einer meiner Leute hat ihm bereits die Lage hier erklärt und eine entsprechende Nachricht geschickt.«

»Wenn wir die Existenz dieser Anlagen öffentlich

machen«, sagte Bjan. »Dann werden sich die Menschen zerfleischen, um einen Platz dort zu bekommen. Das nützt keinem.«

»Das heißt, wir lügen sie an?«, fragte Mira ungläubig. »Wir wollen sie in den sicheren Tod auf den Schollen schicken und ihnen dabei noch erzählen, dass wir sie retten?«

Keiner sagte etwas. Selbst Yorrick schaute zu Boden, als sie in seine Richtung blickte. Doch das Schweigen war genug Bestätigung für Mira. Sie wartete, bis ihr Vater ihren Blick auf sich ruhen spürte und in dem Moment, als er aufsah, sagte sie: »Ich hätte wenigstens von dir mehr erwartet.«
Die Tränen in seinen Augenwinkeln verrieten ihr, dass er das bis zu diesem Augenblick ebenfalls getan hatte.
»Ich glaube, ich brauche etwas zu trinken«, sagte Rayk, der die letzten Minuten nur schweigend bei ihnen gestanden hatte.

»Da hinten in der Ecke«, sagte Yorrick und deutete auf ein kleines Tischchen innerhalb des Zeltes, auf dem eine Flasche Grog über der Flamme eines Bunsenbrenners hing. »Die Kiste mit Eis hat Thorge gleich daneben auf den Boden gestellt«, fügte Yorrick beiläufig hinzu.

In diesem Augenblick glaubte Mira, ein Klicken in ihrem Kopf zu hören. Als wäre der Zeiger einer Uhr auf die nächste Sekunde umgesprungen. Sie spürte plötzlich eine Klarheit in ihren Gedanken, als hätte sie ihr ganzes Leben lang nur auf diesen einen Augenblick gewartet. Während sie beobachtete, wie Rayk zu der Flasche Grog humpelte, fühlte es sich so an, als würde ihr Gehirn völlig neu verdrahtet.

Rayk schenkte sich den Branntwein in ein staubiges Glas. Er nahm das dreifache der normalen Menge, sodass er es nur noch am oberen Rand anfassen konnte, ohne sich die Finger zu verbrennen. Dann bückte er sich, um den Deckel von der Eiskiste zu nehmen.

»Will noch jemand einen?«, fragte er und während er sich in ihrer Runde umsah, fischte Rayk anstatt mit der dafür vorgesehenen Zange einfach mit seinen Fingern nach einigen Eiswürfeln. Gerade als er die Faust darum schloss, war der Prozess in Miras Kopf abgeschlossen. Sie eilte an den anderen vorbei auf Rayk zu und schnappte sich sein Glas.

»Was, bei den Eisgeistern ...«, schimpfte Rayk, doch Mira ignorierte ihn genauso wie die Hitze des Grogs in ihrer Hand.

Sie nahm sich ein zweites Glas, füllte es mit der gleichen Menge dampfenden Grogs und stellte es neben das Erste.

»Mira?«, fragte ihr Vater besorgt.

»Wartet«, sagte sie streng und hob eine Hand, um ihnen zu zeigen, dass sie still sein sollten. Sie tastete ihre Kleidung nach ihrer Taschenuhr ab, die ihr ihr Vater vor so langer Zeit geschenkt hatte, bis ihr wieder schmerzlich bewusst wurde, dass sie sie auf der *Lymaskar* zurückgelassen hatte.

»Ich brauche deine Uhr«, sagte sie drängend und wandte sich an Yorrick. Und entweder war es ihr Tonfall oder die Tatsache, dass sie die einzige in diesem Zelt war, die noch bereit war, zu handeln, auf jeden Fall gehorchte ihr Onkel sofort. Er reichte ihr seine herzförmige Taschenuhr mit dem Bild von Miras Mutter darin. Mira klappte sie auf und stellte sie zwischen die beiden Grog-Gläser. Dann nahm sie sich den Eisbehälter vom Boden und wühlte in den Eiswürfeln. Sie fischte drei etwa gleich geformte kleine Würfel heraus und legte sie vor das erste Glas. Vor das zweite legte sie einen einzigen großen Eiswürfel, der in etwa die gleiche Größe wie die ersten drei zusammen hatte.

Vor ihrem geistigen Auge zog eine Erinnerung vorbei: Aelin, wie sie ihr gezeigt hatte, wie man Grog richtig servierte.

»Man nimmt immer die größten Eisstücke«, murmelte Mira und schaute in die verwirrten Gesichter der anderen, die sie besorgt anblickten. Sie glaubte zum ersten Mal zu verstehen, wie sich ihr Vater oder Tarjei immer gefühlt haben mussten, wenn sie ihr etwas über die Maschinen erklärt hatten, die die Eisschollen am Laufen hielten und sie es nicht verstanden hatte. Doch ihr blieb keine Zeit, sich über das Unverständnis der anderen zu ärgern. Stattdessen warf sie mit beiden Händen gleichzeitig das vorbereitete Eis in die Gläser. Die drei kleinen Brocken in das Eine und das große Eisstück in das Andere.

»Man nimmt immer die größten Eisstücke«, murmelte Mira erneut und mit mehr Zuversicht fügte sie hinzu: »Weil die Kleinen in dem heißen Grog zu schnell schmelzen, um ihn noch richtig servieren zu können.«

Für eine Weile sagte niemand etwas. Jeder beobachtete aufmerksam das kleine Experiment, das sie aufgebaut hatte. Und Mira atmete erleichtert auf, als es tatsächlich funktionierte. Die Zeiger der Taschenuhr hatten nicht einmal ganz eine Minute vollendet, bevor die drei kleinen Eiswürfel geschmolzen waren. Das wesentlich dickere Eisstück, klirrte hingegen noch deutlich hörbar gegen das Glas, als Mira es hochhob, damit die anderen es besser sehen konnten.

»Und was soll uns dieser kleine Trick zeigen?«, fragte Yorrick und auch Rayk wirkte, als wollte er das Gleiche fragen.

»Mira?«, fragte ihr Vater unsicher, als zweifelte er an ihrem Verstand.

Doch dann wandte sie sich Tarjei zu und sah seine in Falten gelegte Stirn. Sie konnte mitverfolgen, wie er ihre Gedankengänge nachvollzog und als er schließlich den Mund öffnete, um zu sprechen, hatte sich ein breites Lächeln auf seinem Gesicht ausgebreitet.

»Das ist genial«, stieß er hervor und fügte dann hinzu: »Du bist genial, Mira.«

»Worüber bei allen Eisgeistern redet ihr überhaupt?«, fragte Rayk ärgerlich und alle anderen im Raum schienen sich die gleiche Frage zu stellen.

»Die Eisschollen«, bemühte sich Tarjei hastig zu erklären und zwinkerte Mira verschwörerisch zu. »Mira hatte recht damit, dass sie vielleicht auf den Sturmwellen schwimmen können. Für sich alleine genommen würden sie uns nur sofort unter dem Hintern wegschmelzen, sobald das Eismeer auch nur ein paar Grad wärmer wird. Aber wenn wir eine einzige große Eisscholle hätten ...«

»... dann könnten wir es schaffen«, beendete Bjan staunend den Satz.

»Was schaffen?«, fragte Yorrick.

»Die Veränderungen der Umwelt«, sagte Bjan schnell. »Wir müssen nur solange durchhalten, bis die heftigsten Stürme vorbei sind und wir wieder auf einen bewohnbaren Flecken Land stoßen. Vielleicht drei oder vier Wochen, nicht länger. Ich habe keine Ahnung, ob eine Riesenscholle so lange durchhalten würde, aber es könnte möglich sein.«

Riesenscholle - Mira mochte das Wort.

Rayk räusperte sich und sie alle sahen ihn an.

»Darf ich daran erinnern«, er tippte gegen das Grog-Glas, in dem die Eiswürfel bereits längst geschmolzen waren. »Dass wir keine *Riesenscholle* haben?«

Er zog dabei das Wort in die Länge, um zu zeigen, wie lächerlich er die Idee fand.

»Das ist kein Problem«, sagte Tarjei hastig, bevor er sich korrigierte: »Oder zumindest eins, das wir lösen können. Vermutlich - vielleicht.«

»Vermutlich, vielleicht?«, fragte Yorrick und Tarjei zuckte mit den Schultern.

»Theoretisch ist es möglich«, meinte er. »Nur hat es noch nie jemand ausprobiert.«

»Aber es ist ein Versuch«, sagte Mira rasch. »Eine Chance, um zu überleben.«

»Ja«, stimmte ihr Vater zu und alle Augen wandten sich dem besten Mechaniker zu, den sie hatten. Natürlich zusammen mit Tarjei, dachte Mira.

Mit ernstem Gesichtsausdruck schaute Bjan zuerst Yorrick und dann Rayk an, bevor er Miras Worte wiederholte: »Es ist eine Chance.«

Kapitel
Fünfundvierzig

Mira ließ die bereits errichteten Qarmaqs hinter sich und kam nun in den Bereich der Scholle, in dem die Bauarbeiten noch voll im Gange waren. Sie nickte den erschöpften Männern und Frauen, die sich durch die Eisschichten gruben, um die Fundamente ihrer späteren Behausungen zu errichten, aufmunternd zu. Sie hoffte, dass niemand bemerkte wie müde sie selbst war. Sie musste ihnen mit gutem Beispiel vorangehen. Die Menschen brauchten momentan vor allem Hoffnung und Zuversicht.

Schließlich gelangte sie zu ihrem Ziel, dem Rand der Scholle. Dort arbeiteten Tarjei und ihr Vater unter Hochdruck an den extra hergeschafften Eisgeneratoren. Die beiden standen kurz davor, auch diese Eisscholle an den großen Komplex ihrer Riesenscholle anzuschließen. Deswegen hatte sich bereits eine größere Gruppe Arbeiter, die auf ihren Einsatz wartete, am Schollenrand versammelt.

Mira erkannte Tarjei, der an dem ersten der beiden mannshohen Generatoren arbeitete. Um ihn nicht in einem vielleicht kritischen Augenblick seiner Arbeit zu stören, begrüßte sie ihn nicht, sondern stellte sich neben ihn, füllte einen Becher mit dem Tee aus der Warmhaltekanne, die sie mitgebracht hatte, und wartete bis er aufsah. Dann hielt sie ihm das dampfende Getränk vor die Nase.

»Danke«, sagte Tarjei.

Gierig schüttete er den Inhalt hinunter und stöhnte leise, was wohl bedeutete, dass ihm Miras Kräutermischung schmeckte.

»Kannst du mehr davon organisieren?«, fragte er, noch bevor er die Tasse richtig abgesetzt hatte. Mira zog eine Augenbraue hoch, schenkte ihm jedoch nach. Sie hatte für die Zubereitung bereits die stärksten Kräuter benutzt, die sie im Kuppelgarten gefunden hatte. Ein normalgroßer Mensch sollte eigentlich schon nach einer Tasse sein Herz klopfen spüren.

»Ich habe keine Ahnung, wann ich das letzte Mal geschlafen habe«, erklärte Tarjei mit einer Mischung aus

Lachen und mitleiderregendem Blick, als er die Tasse erneut entgegennahm. »Ich brauche irgendwas, das mich wachhält.«

Er warf einen Blick über die Schulter zu Bjan, der am anderen Eisgenerator zwanzig Meter entfernt arbeitete. »Und ich glaube dein Vater braucht auch dringend was.«

»Wie kommt ihr mit der Arbeit voran?«, fragte Mira und war schon dabei, einen zweiten Becher für ihren Vater einzugießen. Sie reichte ihn einem der umstehenden Männer, der ihn Bjan brachte.

»Langsamer als gehofft«, antwortete Tarjei. »Aber ich glaube, wir kriegen es hin.«

Mira hatte Mitleid mit ihm und ihrem Vater, doch der Zeitdruck verlangte von allen, weiterzuarbeiten.

»Das ist bereits die vierte Scholle, die ihr mit den anderen verbindet«, sagte sie und versuchte, aufmunternd zu klingen. »Ihr werdet auf jeden Fall schneller.«

Tarjei nickte, brachte aber nur ein schwaches Lächeln zustande.

»Inzwischen sind wir ganz gut darin, ja.«

Er nahm einen kräftigen Schluck Tee, dann fragte er: »Hast du es geschafft, eine Scholle zu finden, die nah genug bei Rhenak ist, um die letzten Leute da zu evakuieren?«

»Ja, zum Glück«, antwortete sie ihm. »Scholle siebenundzwanzig hat sich endlich gemeldet. Die ist zwar winzig, aber sie sollte es schaffen, die Leute weit genug aufs Meer rauszubringen und nicht unterzugehen, bis wir sie in ein paar Tagen abholen. Dann verlagern wir alle auf unsere Riesenscholle.«

»Hey!«, rief Bjan zu ihnen herüber. Auch sein Becher war bereits geleert und nun winkte er ihnen zu. »Bist du soweit?«

Tarjei winkte zurück. »Ja, kann losgehen!«

Er drückte Mira den halb ausgetrunkenen Becher zurück in die Hand und sagte: »Halt bitte mal kurz.«

Dann nahm er seinen Schraubenschlüssel aus dem Werkzeuggürtel und setzte ihn an einem Ventil des Eisgenerators an. Mira sah, wie ihr Vater kurz etwas in ein Funkgerät murmelte und sie spürte, wie daraufhin die bisher ruhig vor sich hin zockelnden Motoren der Scholle hochgefahren wurden. So dicht am Rand des Eises waren die Vibrationen unter ihren Füßen besonders stark.

Ganz langsam und vorsichtig schoben sie sich näher an die drei Schollen, die sie schon verbunden hatten. Auch dort warteten bereits einige Arbeiter auf sie. Als sie nur noch wenige Meter entfernt waren, gab Bjan erneut ein Kommando über Funk durch und das Brummen der Motoren erstarb. Jetzt nutzten sie nur noch ihren verbliebenen Schwung, um den restlichen Weg zurückzulegen.

Bjan nickte den Arbeitern zu und plötzlich kam Bewegung in die Gruppe. Sie hoben Seile auf, die sie an dicken Metallstangen im Eis verankert hatten und warfen sie über die Wellen des Eismeers zur Riesenscholle hinüber. Das gleiche taten auch ihre Kameraden auf der anderen Seite und überall um Mira herum schlugen lose Seilenden auf den Schneeboden. Dann riefen sich die Männer und Frauen ein paar kurze Kommandos zu und zogen alle zugleich an ihren Enden der Seile an. Als Mira sah, wie sich die Köpfe der Menschen vor Anstrengung dunkelrot färbten, wollte sie ihnen zur Hilfe eilen, doch kurz bevor sie eines der Seile anfassen konnte, schüttelte der Mann, der daran zog, eindringlich den Kopf. Obwohl er vor Anstrengung nicht sprechen konnte, war klar, dass Mira die Finger von seinem Seil lassen sollte, um seinen Arbeitsablauf nicht zu stören.

Endlich glaubte Mira etwas wie eine Bewegung zu sehen und kurz darauf war sie sich sicher. Der Spalt zwischen den Rändern der Eisscholle wurde immer schmaler. Die letzten Wellen des Eismeers verschwanden und schließlich stieß der vierte Teil ihrer Riesenscholle zu den restlichen. Die Arbeiter vertäuten die Seile hastig an den vorbereiteten Metallankern und das Eis unter Miras Füßen knirschte wegen der Kompression. Sie hatte keinen Zweifel, dass diese Konstruktion alles an Ort und Stelle halten würde, bis die Eisgeneratoren genug Zeit hatten, um alles zu einer einzigen riesigen Eisfläche miteinander gefrieren zu lassen.

»Auf drei!«, rief Bjan zu Tarjei herüber.

Dann zählte er rückwärts. Als er bei eins angekommen war, zogen er und Tarjei an ihren Schraubenschlüsseln, die sie vorher platziert hatten und drehten gleichzeitig das entscheidende Ventil auf. Nachdem Tarjei es etwas gelockert hatte, ließ er den Schraubenschlüssel in den Schnee fallen und drehte den Rest hastig per Hand weiter, bis der Eisgenerator auf Hochtouren brummte.

»Scholle Nummer vier ist angedockt, Käpt'n«, sagte Tarjei in einem gespielt feierlichen Ton und zog Mira mit ihrem neuen Titel auf. Als er jedoch auch noch so tat, als würde er vor ihr salutieren, konnte Mira nicht anders, als ihm gegen den Arm zu boxen, bevor sie beide zwar erschöpft, aber glücklich grinsten.

»Wie geht die Evakuierung voran?«, fragte Bjan, der inzwischen auf seinen Stock gestützt zu ihnen gekommen war.

»Schneller, als man es bei so viele Menschen erwarten würde«, antwortete Mira. »Aber es gibt wohl auch ein paar Probleme in der Stadt. Einige Menschen wollen ihre Häuser nicht verlassen, weil sie nicht wirklich glauben, dass alles so schlimm wird, wie man es ihnen beschreibt. Sie können sich nicht vorstellen, dass Hàvamar einfach so vom Erdboden verschwindet und denken, dass die Explosion der Akademie bereits die eigentliche Bombe gewesen ist. Und von denen die uns glauben, was die Umweltveränderungen angeht, halten viele es für übertrieben, vor einem Unwetter davonzulaufen. Sie fürchten sich mehr vor Plünderern als vor dem Ende der Welt.«

»Ich kann sie verstehen«, sagte Tarjei nachdenklich. »Es ist verdammt schwer, sein Zuhause zurückzulassen.«

Doch als er merkte, dass sein Kommentar bei Mira und ihrem Vater die Erinnerung an seinen vorgetäuschten Tod und sein Verschwinden von Scholle zwölf wachrief, versuchte er schnell ein Lächeln aufzusetzen und das Gesagte zu überspielen.

»Ich glaube Scholle Nummer fünf wartet schon darauf, angedockt zu werden«, sagte Tarjei. »Also beeilt euch mal ein bisschen.«

※

Rayk stand vor dem großen steinernen Grabmal seines Vaters.

Der Friedhof war einer der wenigen Orte im Adelsviertel, die von den Kämpfen nahezu verschont geblieben waren. Hier war es still und kalt.

Rayk hatte sein ganzes Leben lang fest daran geglaubt, dass er eines Tages hierher zurückkehren würde, wenn er

Yorrick endlich gefasst und den Tod seines Vaters gerächt hätte. Er hatte sich ausgemalt, wie er genau an dieser Stelle stehen und seinem Vater mit leiser Stimme davon berichteten würde. Rayk war überzeugt gewesen, dass es diese eine Sache war, die er in seinem Leben tun musste, um endlich vollends dazuzugehören. Als Straßenkind aufgewachsen und vom Präsidenten adoptiert, war er immer zwischen zwei Welten hin und hergerissen gewesen. In keiner davon richtig heimisch. Sowohl seine eigenen Erwartungen an sich selbst als auch die der anderen waren immer größer gewesen als das, was er hatte leisten können. Immer war er getrieben von dem Gedanken, dass er sich seinen Platz in der Welt, die ihm von seinem Vater geschenkt worden war, verdienen musste. Dies hätte der Tag sein sollen, an dem er endlich seine Schuld zurückgezahlt hätte.

Doch jetzt, wo Rayk hier stand, hatte er nichts mehr zu sagen. Nachdem er die Wahrheit über die Dinge erfahren hatte, die sich vor so langer Zeit abgespielt hatten und zum Tod seines Vaters geführt hatten, hatte er so ziemlich jede Gefühlsregung erlebt, zu der er fähig gewesen war. Wut auf Bjan, der seinen Vater getötet hatte. Wut auf seinen Vater, der andere Menschen zu dieser Verzweiflungstat gezwungen hatte. Enttäuschung, weil er erkennen musste, dass niemand, noch nicht einmal sein eigener Vater, das leuchtende Vorbild für ihn sein konnte, für das er ihn immer gehalten hatte. Angst vor dem Alleinsein, weil er nach dem Tod seines Onkels niemanden mehr im Leben hatte, an dem er sich orientieren konnte. Trauer um sein verschwendetes Leben, das er nach falschen Idealen geführt hatte. Und schließlich für einen ganz kurzen Augenblick Freude, jetzt wo er erleben konnte, dass selbst in der schlimmsten Stunde, die Menschen in Hàvamar, an die er immer so voller Überzeugung geglaubt hatte, tatsächlich zusammenstanden. Gemeinsam mit Schollenbewohnern, den Eiswüstenstämmen und sogar ehemaligen Piraten lehnten sie sich gegen die Katastrophe auf.

Hier am Grab seines Vaters fühlte Rayk sich jedoch völlig leer. Er hatte diesem Mann nichts mehr zu sagen. Nicht aus Verbitterung, sondern weil er nie wieder ein Urteil über jemanden fällen wollte, wie er es bei Yorrick getan hatte. Das Leben hatte mehr als eine Seite. Was einem heute noch als wahr erschien, konnte morgen bereits falsch sein. Und Rayk würde nie die Gelegenheit erhalten, die Wahrheit aus der Sicht seines Vaters zu erfahren. Selbst seine harten Gefühle hatten sich vor dieser Erkenntnis verflüchtigt und Platz gemacht für die Leere in ihm. Es würde dauern sich von alldem zu erholen. Menschen wieder vertrauen zu können und seinen eigenen Platz zwischen ihnen zu finden. Doch es war ein Neuanfang mit allen Möglichkeiten. Rayk war dazu bereit, diesem Ort den Rücken zu kehren und weiterzugehen. Als besserer Mensch, wie er hoffte.

Ohne einen weiteren Blick wandte er sich vom Grab ab und machte sich auf seine Krücken gestützt auf den Weg zurück in die Stadt. Hufgetrappel und das Schnauben eines Pferds schreckten ihn aus seinen Gedanken. Am Rand des Friedhofs kam eine Kutsche zum Stehen und ein Soldat der Stadtwache sprang vom Kutschbock herunter, um zu ihm zu eilen.

Mehr Arbeit, die auf ihn wartete, dachte Rayk und lächelte. Das erste Gefühl, das er in seinem neubegonnenen Leben spürte, war gebraucht zu werden. Kein schlechter Anfang, wie er fand.

»Kommandant Thorge schickt mich«, sagte der Kutscher, als er vor Rayk Haltung annahm. »Er braucht dringend Ihre Hilfe. Es gibt ein Problem mit der Evakuierung.«

Rayk nickte, ließ sich wegen seiner Verletzung beim Einsteigen in die Kutsche helfen und dann fuhren sie bereits los. Unterwegs schilderte der Fahrer ihm kurz die Lage, soweit er selbst sie kannte. Die Pferde waren schnell und so dauerte es nicht lange, bis sie das Stadtviertel der Fabrikarbeiter erreicht hatten. Das Erste, was Rayk dachte, als er aus der Kutsche stieg, war, dass Kommandant Thorge mit seinen Sorgen sogar noch untertrieben hatte.

Eine Blockade aus umgekippten Verkaufsständen, großen Holzkisten und sogar einer auf der Seite liegenden Kutsche versperrte die Straße. Auf der einen Seite standen die bewaffneten Einwohner des Viertels, auf der anderen einige Soldaten der Stadtwache, die nicht recht wussten, was sie tun sollten.

»Verschwindet!«, rief einer der Fabrikarbeiter, der wahrscheinlich das Sagen hatte. »Wir erschießen jeden

Plünderer. Genauso wie die beiden da drüben.«

Rayks Blick schwenkte zur Seite und erst jetzt entdeckte er die Leichen zweier Männer, die am Straßenrand auf Stühle gebunden worden waren, um weitere Angreifer abzuschrecken.

Rayk drückte einem Soldaten der Stadtwache eine seiner Krücken in die Hand und erteilten ihnen den Befehl an Ort und Stelle zu warten. Er selbst humpelte auf die Blockade zu. Diese Barbarei durfte sich weder verselbstständigen noch sich ausbreiten. Außerdem war Rayk noch aus einem weiteren Grund hergekommen, den Thorge genau kannte. Das hier war Theas Viertel.

»Ich habe gesagt, dass ihr verschwinden sollt!«, brüllte der Fabrikarbeiter noch einmal. Um nicht erschossen zu werden, hob Rayk seine freie Hand über den Kopf und zeigte damit, dass er nicht vorhatte, jemanden anzugreifen. Dabei stach ihm ein heftiger Schmerz in die linke Seite, wo ihn Botkers Kugel getroffen hatte. Er biss die Zähne zusammen und unterdrückte ein Stöhnen, bevor er zurückrief: »Es ist euer gutes Recht, euer Heim zu verteidigen.«

»Verdammt richtig«, donnerte die Stimme des Manns.

»Aber ihr müsst diese Straße für diejenigen freigeben, die gehen wollen«, fuhr Rayk fort.

»Hier will aber niemand gehen.«

»Lasst mich euch die Lage erklären.« Rayk versuchte, vernünftig weiterzureden, doch der Mann unterbrach ihn.

»Wir haben schon der Stadtwache zugehört. Vom Laufburschen bis zum Wachleiter waren sie alle hier. Aber wir ziehen die Schwänze nicht vor ein paar Lügenmärchen ein, die von Piraten herumerzählt werden. Wir sind keine Verräter an Hàvamar.«

Rayk hörte, wie sein Gesprächspartner mit einem widerlichen Geräusch den Rotz hochzog. Dann spuckte er Rayk vor die Füße.

Eine ähnliche Reaktion hatte Rayk befürchtet. Er hatte während der gesamten Kutschfahrt mit sich gerungen, was er tun würde, sobald er hier stand. Auch jetzt war ihm noch nicht wohl dabei. Doch er hatte keine andere Wahl. Nach beinahe dreißig Jahren würde er Thea nun zum ersten Mal wiedersehen. Natürlich bestand die Möglichkeit, dass sie nicht kommen würde, aber wenn auch nur noch ein Funke des Mädchens in ihr steckte, dass Rayk einmal gekannt hatte, dann würde sie sich die Gelegenheit, ihn betteln zu sehen, nicht entgehen lassen.

Rayk gab sich innerlich einen Ruck und rief über die Barrikade: »Ich muss mit Thea reden.«

Das Zögern der Männer verriet ihm, dass Thea tatsächlich noch den gleichen Einfluss auf diese Leute hatte wie eh und je. Selbst in einer solchen Situation. Wenn er sie überzeugen konnte, dann würden auch die anderen der Evakuierung zustimmen.

»Hier gibt es keine Thea«, rief der Mann zurück. Es war ein schlechter Versuch, Rayk doch noch loszuwerden und das Zögern auf der anderen Seite der Blockade hatte viel zu lange gedauert, als dass die Worte noch glaubhaft waren.

»Sie wird mich sehen wollen«, rief Rayk zurück, als hätte er den Mann gar nicht gehört. »Sagt Thea, dass ein alter Freund hier auf sie wartet.«

»Thea hat keine Freunde bei der Armee«, rief der Mann zurück und seine unüberlegten Worte verletzten Rayk mehr, als er sich wahrscheinlich vorstellen konnte.

Nein, dachte Rayk. Thea hatte tatsächlich nie einen Freund bei der Armee gehabt. Ihre Freundschaft hatte sie lange vor Rayks Soldatenzeit beendet.

»Sagt ihr einfach ich hätte eine Funkenlilie für sie«, bat Rayk. »Sie wird es verstehen.«

Er hoffte, dass sie sich an die Blume erinnerte. Er hatte sie für sie gestohlen, nachdem sie eine Woche lang jeden Abend geweint hatte, weil diese blöde streunende Katze, mit der sie sich ihren Unterschlupf geteilt hatten, gestorben war. Rayk konnte sich an jedes Detail dieses Moments erinnern. Er war elf gewesen und sie neun. Zumindest hatten sie das geglaubt, da kein Straßenkind mit Sicherheit wusste, wie alt es war.

Damals hatten sie sich versprochen, für immer Freunde zu bleiben.

※

Kel hatte gehofft, dass so viele mehr überlebt hätten. Nachdem sie gemeinsam die Saghani bezwungen hatten, sollten mehr

Familien endlich wieder glücklich vereint sein. Doch viele der Vermissten fanden sie nicht.

Trost spendete ihnen nur, dass die Überlebenden, die sie aus der Sklavenarbeit hatten retten können, in einem besseren Zustand waren als erwartet. Man hatte sie eingesperrt und zu harter Arbeit gezwungen, aber scheinbar waren die Saghani-Krieger, die sie beaufsichtigt hatten, menschlicher gewesen, als die, die die Stämme überfallen und ihre Verwandten und Freunde verschleppt hatten.

Kel saß in einem der unzähligen Räume, die die Saghani in dem Berg errichtet hatten und hielt seinen schlafenden Sohn in den Armen. Während er über die vergangenen Tage nachdachte, summte er eine leise Melodie.

»Was denkst du gerade?«, fragte Suka mit gesenkter Stimme. Sie hatte sich vor einer Weile zu ihm gesetzt, um ebenso wie Kel wenigstens ein paar ruhige Momente für sich zu haben, bevor sie sich wieder um die Menschen um sie herum kümmern mussten.

»Ich frage mich, wie es dem Rest des Stammes auf den Schollen geht«, antwortete Kel und schaukelte Anyu sanft hin und her. Tesuk hatte ihm vor der Abreise von den Schollen gesagt, dass es dumm wäre, seinen kleinen Sohn mitzunehmen, da sie nicht gewusst hatten, was sie hier am Nimus erwartete. Kel war seiner Meinung gewesen, doch er hatte seinen Sohn trotzdem nicht zurücklassen können und nun war er unendlich dankbar für diese Entscheidung. Falls das Ende der Welt bevorstand, wollte er wenigstens mit ihm zusammen sein.

»Wenn es vorüber ist, werden wir sie fragen und ihre Geschichten genauso in die Lieder aufnehmen wie die unseren«, sagte Suka und versuchte ihn damit aufzumuntern. Doch Kel wusste, dass auch sie sich mehr Sorgen machte, als sie zugeben wollte. Obwohl Yorrick ihm über Funk von den Entwicklungen in der Stadt und der neuen Idee von der Riesenscholle erzählt hatte, war ihm der Gedanke daran nicht geheuer. Alles war so weit außerhalb seines Einflussbereichs, dass er einfach nur hier sitzen und hoffen konnte. Nichts, worin Kel je gut gewesen wäre.

»Ich wünschte nur, ich könnte etwas tun«, sprach er seine Qualen aus.

»Das kannst du«, erwiderte Suka. »Die Menschen haben

auch hier bei uns Angst. Du kannst ihnen helfen. Es gibt genug Probleme, für jeden einen Platz zu finden.«

Es war erstaunlich, dachte Kel, dass sie es überhaupt geschafft hatten, jeden einzelnen Eiswüstenbewohner, der gekommen war, in den Bunkern unterzubringen. Doch was die Saghani hier als Unterkunft für eine einzelne Familie hatten nutzen wollen, reichte in der Welt der Stämme für zwei oder drei Großfamilien aus. In den oberen Stockwerken der Anlage hatten sie sogar Räume entdeckt, die groß genug waren, um die Yarum-Büffel hineintreiben zu können. Dazu hatten sie nur die darin gelagerten Vorräte in tiefere Ebenen schaffen müssen. Zu Kels Freude hatte sich selbst für Togo und die anderen Schlittenhunde ein Platz finden lassen. Auch wenn sie den Schlitten, zusammen mit vielen anderen unnötigen Dingen, hinausgeschafft hatten.

»Wie nehmen die Saghani es auf, dass sie sich so dicht aneinanderdrängen müssen?«, fragte Kel.

Suka zuckte mit den Schultern. »Den Umständen entsprechend. Jedes Mal, wenn sich einer beschwert, droht Tesuk damit, ihn in die Eiswüste zu schicken. Und ich glaube, dass es nicht nur mir so geht, dass ich gerne sehen würde, wie wir genau das mit ihnen machen. Aber wie du gesagt hast, wissen die meisten von ihnen gar nicht, was wirklich vor sich geht. Sie wurden belogen und einfach hierher verschleppt. Sie haben Angst, sowohl vor uns, als auch vor dem, was wir ihnen über die kommende Katastrophe erzählt haben. Einige haben inzwischen sogar angeboten, uns zu helfen.«

»Was ist mit ihren Kriegern?«, fragte Kel.

»Das gleiche«, sagte Suka mit einem Achselzucken. »Sie sind froh, noch am Leben zu sein und auch sie behaupten, dass sie nicht wüssten, was hier wirklich vor sich geht. Ich denke, dass sie lügen, aber sie verhalten sich ruhig und tun alles, um nicht aufzufallen. Also können wir sie fürs Erste in Ruhe lassen.«

»Gut«, sagte Kel. Auch wenn es ihm nicht besonders behagte, wusste er doch, dass sie die Saghani brauchten. Einige von ihnen waren dazu ausgebildet worden, diesen Ort am Leben zu erhalten. Und obwohl Kel nur sehr wenig von dem verstand, was sie tun mussten, so war selbst ihm klar, dass es ein Problem darstellte, eine Anlage wie diese, so tief unter der Erde, mit frischer Luft oder sauberem Wasser zu versorgen. Ohne die Saghani würden ihnen diese Dinge vermutlich eher früher als später ausgehen.

»Ich glaube, es wird Zeit«, sagte Kel. Er fühlte sich müde, aber die kurze Pause mit seinem Sohn hatte ihn daran erinnert, wofür er sich anstrengte.

»Ja«, stimmte Suka zu.

Kel küsste Anyu auf die Stirn, wiegte ihn noch einmal kurz hin und her und legte ihn dann in das aus Kissen gebaute Bettchen, das er für ihn hergerichtet hatte. Sobald er mit Suka den kleinen Raum verließ, erhob sich eine ältere Frau, die im Nachbarraum mit ihrer eigenen Familie gesessen hatte und kam lächelnd zu ihnen herüber. Dankbar neigte sie ihren Kopf ein wenig vor Kel. Sie war eine der geretteten Ke'yush und hatte sich angeboten, auf Anyu aufzupassen. Kel nickte zurück und machte sich mit Suka auf den Weg zum Eingang der Bunkeranlage.

Sie mussten vier endlos lange Treppen hochsteigen, die steil in den Felsen gehauen waren. Dabei galt es, alle paar Schritte den Menschenmengen, die ebenfalls nach oben und unten strömten, auszuweichen. Kurz unterhalb der Decke waren mehr Gaslaternen angebracht als in den Stockwerken um sie herum, sodass die Treppen einer der hellsten Orte im ganzen Bunker waren. Erst, als sie im obersten Stockwerk angekommen waren, schienen die anderen Menschen zu verschwinden und alles was von ihnen übrigblieb, waren die Echos ihrer polternden Schritte.

Sie kamen an einigen Lagerräumen vorbei. Aus den größten hörte er die beruhigenden Schmatzlaute der kauenden Yarum, die ihre Situation so gelassen hinnahmen, wie alles andere, was in dieser Welt geschah. Einen Raum weiter hatten sie eine Tür durch ein niedriges Gitter ersetzt, durch das nun ein leises Heulen drang, als Togo und die anderen Hunde ihn erkannten. Kel hielt kurz inne, streichelte jedem von ihnen über den Kopf und kraulte besonders intensiv die Stelle zwischen Togos Ohren, sodass der Hund die Augen zusammenkniff und genüsslich brummte.

Dann war es jedoch Zeit und Kel folgte Suka zu dem großen Tor, das sobald es einmal geschlossen war, den Bunker von der Außenwelt endgültig trennen würde. Tesuk wartete bereits auf sie und sie stellten sich neben ihn. Zu dritt spähten sie durch die Tür und ließen ihren Blick über die Schneelandschaft der Eiswüste schweifen. Es wirkte so, als wäre ihre Heimat nur wenige Schritte entfernt und Kel spürte schon jetzt das Verlangen aus diesen unterirdischen Höhlen auszubrechen. Kein Stammesmitglied war es gewohnt, lange an einem Platz zu verweilen. Kel hatte in seinem ganzen Leben noch nie eine Nacht verbracht, in der er nicht einfach nur aus seinem Qarmaq hätte kriechen müssen, um die Sterne zu sehen. Danach sehnte er sich und kein anderes Gefühl machte ihm so deutlich, dass ihnen eine harte Zeit bevorstand.

»Das gefällt mir nicht«, brummte Tesuk.

Und wie um ihn zu bestätigen, erklang in diesem Augenblick ein lautes Heulen. Laut und nervtötend ging es durch Mark und Knochen. Die Saghani hatten Kel vorgewarnt, dass es sich dabei um Sirenen handelte. Rote Gaslampen entzündeten sich unterhalb der Decke und warnten jeden, der zu nahe an den Bunkertüren stand, zurückzutreten. Und dann setzten sich plötzlich die großen Tore mit lautem Knarren und Quietschen in Bewegung. Sie glitten ganz langsam aufeinander zu. Der Spalt zwischen den beiden Türflügeln wurde immer kleiner und schließlich trafen sie aufeinander und schlossen sich mit einem lauten Knall endgültig.

Die Sirenen verstummten, das unheimliche rote Licht verschwand und es wurde dunkel. Die einzige Verbindung zur Außenwelt, die sie jetzt noch hatten, war ein schmales Fenster, das auf Augenhöhe in die Tür eingelassen war. Das Glas war genauso wie die Tür dicker als Kels Arm lang war. Entsprechend verzerrt zeigte es die Landschaft draußen. Dieses Trugbild schlug Kel mehr auf die Seele, als hätte es überhaupt keine Verbindung mehr zur Eiswüste gegeben.

»Wir sollten gehen«, sagte er und versuchte, den Schauer abzuschütteln, der ihm die Haare auf dem Rücken abstehen ließ. Sowohl Suka als auch Tesuk machten den Eindruck, als würden sie seine Gefühle teilen. Stumm wandten sie sich von der Tür ab und machten sich auf den Weg zurück, wo sie wieder zwischen den anderen Eiswüstenbewohnern untertauchen würden. Alle drei würden sie den anderen ein Vorbild sein müssen. Weder Nervosität zeigen, noch in Panik ausbrechen. Vorspielen, dass sie selbst keine Angst vor dem Ende der Welt hatten.

Suka hatte recht gehabt, dachte Kel. Seine Aufgabe hier unter dem Berg würde anstrengend genug werden. Es war an ihnen diese unfreiwillige Gemeinschaft, die sich hier gebildet hatte, am Leben zu erhalten.

※

Rayk lehnte wartend an einer Hauswand, wo er seinen geschundenen Körper abstützen konnte, ohne dass gleich jeder sah, wie schwer seine Verletzungen tatsächlich waren. Er hörte, wie sich hinter der Blockade Gemurmel ausbreitete und lauter wurde. Bevor es jedoch zu einer hitzigen Diskussion kam, ergriff eine vertraute Frauenstimme das Wort.

»Erschießt ihn einfach, wenn er etwas Dummes tut«, sagte sie.

Danach dauerte es einen kurzen Augenblick und dann wurde ein Karren aus der Mitte der Straßenblockade beiseite gezogen. Thea schritt ohne zu zögern und ohne überrascht zu wirken, durch die Lücke. Rayk kam nicht umhin, die Pistole zu bemerken, die sie an der Hüfte trug.

»Was willst du?«, fragte Thea und blieb mehrere Schritte von ihm entfernt stehen.

Sie sah gut aus, dachte Rayk. Doch ansonsten konnte er so gut wie nichts über sie sagen. Er war schon immer schlecht darin gewesen ihre Gedanken zu erraten. War sie wütend? Vermutlich.

»Ich will reden«, antwortete Rayk ihr. Er stieß sich von der Hauswand ab, an der er gelehnt hatte und ein heftiges Ziehen erinnerte ihn deutlich daran, schnelle Bewegungen besser zu unterlassen. Er versuchte, unauffällig seinen Ellenbogen auf die schmerzende Seite zu drücken und halbwegs aufrecht näher auf Thea zuzugehen.

»Denkst du wirklich, deine kleine Erinnerung an eine gestohlene Blume wäre alles, was es braucht?«, fragte Thea und schüttelte den Kopf, als würde sie sich über sich selbst ärgern. Rayk war sich nicht sicher, aber er glaubte sie murmeln zu hören, dass ihr Kommen ein Fehler gewesen sei und tatsächlich wandte sie sich zum Gehen um.

»Du bist immerhin hier.« Rayk versuchte sie zurückzuhalten und tatsächlich zögerte sie. Thea musterte ihn abschätzig, während sie nachzudenken schien.

»Trotzdem bleibt es bei dem, was ich dir damals gesagt habe«, antwortete Thea. »Wir waren in dem Augenblick fertig miteinander, als du entschieden hast, dieses Viertel zu verlassen. Tu also, was du am besten kannst und verschwinde einfach wieder.«

»Ich habe dich nicht verlassen«, sagte Rayk.

Thea lachte sarkastisch.

»Ich habe versucht dich nachzuholen«, redete Rayk weiter. »Euch alle. Ich habe monatelang gebettelt, dass jeder aus der alten Bande ebenfalls ein Quartier im Adelsviertel bekommt. Und seit ich zum ersten Mal einen Sold erhalten habe, habe ich jeden Tag versucht, diesem Viertel zu helfen. Ihr habt mir den Rücken gekehrt, nicht umgekehrt. Selbst das Geld für den Bau des Waisenhauses musste ich euch über Mittelsmänner schicken, weil ihr es von mir nicht annehmen wolltet.«

Rayk hatte das nie jemandem erzählen wollen, doch nun war es geschehen und sein ungewollter Ausbruch hatte ihn heftiger mitgenommen, als er es für möglich gehalten hätte. Er musste sich schwer atmend auf seine Krücke stützen und sich darauf konzentrieren, nicht umzufallen. Beinahe eine Minute verging, in der niemand etwas sagte, bevor er wieder bei Atem war.

»Es tut mir leid«, sagte er. »Meine Entschuldigung ist alles, was ich dir bieten kann. Bitte nimm sie an. Das hier ist zu wichtig, als dass uns alte Streitigkeiten trennen dürfen. Die Stadt ...«

»Es geht hier nicht um uns«, rief Thea und ging auf ihn zu. Dieses eine Mal fiel es Rayk tatsächlich leicht, ihre Gefühle zu erraten. Theas gesamter Körper schien vor Zorn überzusprühen. »Es geht nicht um dich oder mich. Es geht einzig und allein um die Menschen hier in diesem Viertel. Und selbst eine Armee von Eisgeistern könnte uns nicht dazu bringen, unsere Häuser irgendwelchen Plünderern zu überlassen, weil die Piraten es am Ende geschafft haben, das Regierungsviertel platt zu machen.«

Sie sah an Rayk vorbei zu den Soldaten, die er mitgebracht hatte und die in einiger Entfernung an der

Straßenecke warteten.

»Und die Stadtwache hilft ihnen noch dabei!«, schrie sie ihnen wütend entgegen und leiser, so dass nur Rayk es hören konnte, fügte sie voller Verachtung hinzu: »Noch schlimmer ist allerdings, dass auch du ihnen hilfst, Hàvamar zu zerstören. Was ist nur aus dir geworden?«

Es fühlte sich wie das Schwerste an, was er jemals in seinem Leben getan hatte, doch Rayk schluckte all die Bitterkeit hinunter, die Theas Worte in ihm auslösten.

»Ich habe Hàvamar nicht aufgegeben«, sagte er. »Ich versuche das einzige, was diese Stadt wirklich ausmacht, zu retten.«

Er ließ seine Krücke fallen und breitete die Arme aus: »Die Menschen, die hier bleiben, sind in großer Gefahr. Sie werden alle sterben.«

»Blödsinn«, antwortete Thea laut, ihren Zeigefinger dabei anklagend auf ihn gerichtet.

»Wenn das wirklich nichts mit uns zu tun hat«, erwiderte Rayk, »dann musst du es doch sehen. Die Stadtwächter, die hier waren, haben euch die Beweise gezeigt.«

»Fälschungen«, sagte Thea mit einem Schulterzucken, doch ihre Stimme klang längst nicht so sicher, wie sie es wahrscheinlich gewollt hatte.

»Thea«, sagte Rayk und machte einen schwankenden Schritt auf sie zu, sodass sich ihr Zeigefinger in seine Brust bohrte. Es war ihre erste Berührung seit drei Jahrzehnten. »Ich stehe hier und flehe dich an. Von mir aus bettele ich um Entschuldigung oder Vergebung vor dir und all den Menschen in diesem Viertel, die ich angeblich im Stich gelassen habe. Aber bitte kommt mit. Diese Bombe ist real. Die bevorstehende Zerstörung Hàvamars ist real. Du kennst mich wie sonst niemand, also glaub mir. Bitte.«

Sein letztes *Bitte* war nur noch ein Flüstern gewesen.

Rayk sah, wie Thea innerlich mit sich rang. Sie ließ ihren Finger sinken, ihre Stirn lag in Falten und er glaubte, das Gesicht ihres jüngeren Selbst vor sich zu sehen. Die junge Thea an einem Abend, kurz bevor er für immer das Viertel verlassen hatte. Sie war dreizehn oder vierzehn Jahre alt gewesen. Sie hatten sich in ihr warmes Versteck für die Nacht zurückgezogen und ihre Beute des Tages geteilt. Rayk konnte sich noch genau an das Funkeln in ihren Augen erinnern, als er ihre zerzausten Haare aus ihrem Gesicht strich und sie geküsst hatte. Wenn er wollte, konnte er selbst heute noch die Augen schließen, daran denken und den Kuss auf seinen Lippen spüren, als würde es genau in diesem Augenblick geschehen.

Sie standen nur eine Armeslänge voneinander getrennt und schwiegen sich lange an. Rayk spürte, wie seine Muskeln rasch schwächer wurden, doch er versuchte sich aufrecht zu halten und Thea in die Augen zu sehen.

»Wir beide sind fertig miteinander«, sagte sie. »Aber sag deinen Leuten, dass wir kommen. Wir verlassen Hàvamar.«

Stolz, wie sie es schon immer gewesen war, drehte sie sich ohne ein weiteres Wort oder einen letzten Blick um und schritt durch die Lücke in der Barrikade zurück ins Arbeiterviertel.

Rayk atmete die Luft, die er zuvor angehalten hatte, aus. Er wusste nicht recht, wie er sich fühlen sollte, als er sich taumelnd umdrehte und einem der Stadtwächter ein Zeichen gab, ihn auf dem Weg zurück zur Kutsche zu stützen. Auf der einen Seite hatte Thea unmissverständlich klargemacht, dass sie nie wieder mit ihm reden wollte, dafür würde sie aber eine Chance erhalten, mit allen anderen zusammen weiterzuleben.

Vielleicht war es so das Beste, dachte Rayk. Damit waren auch die letzten Fesseln gelöst, die ihn noch von einem Neuanfang abgehalten hatten.

Die nächsten Stunden über beaufsichtigte Rayk im Hafen die Evakuierung der Bewohner Hàvamars. Nachzügler strömten aus allen Ecken der Stadt zusammen, um die letzten Überfahrten zu erwischen. Und er sah zu, wie Thea die Menschen aus ihrem Viertel auf die Boote führte, die sie zur Riesenscholle bringen würden.

Schließlich war es an der Zeit, dass auch Rayk gehen musste. Das Luftschiff, das er bestieg, war das einzige noch verbliebene Gefährt in der Stadt. Und als Rayk den ersten Schritt an Bord machte, war er der letzte Mensch, der Hàvamar verließ.

❋

Kapitel Sechsundvierzig

Mira stand zusammen mit einer kleinen Besatzung auf der Brücke von Scholle fünfzehn, die als eine der letzten an den großen Verbund der Riesenscholle angeschlossen worden war, als der Untergang der Welt begann.

Sie hatten innerhalb eines Tages jeden aus Hàvamar gerettet, der bereit gewesen war, mitzukommen und dann abgelegt. Die Luftschiffe kreisten über der gigantischen Riesenscholle am Himmel und die Menschen richteten sich in ihren Qarmaqs ein.

Mira blickte gerade durch die Fensterfront der Brücke, zurück in Richtung des am Horizont langsam verschwindenden Hàvamars, als der Lichtblitz sie erreichte. Sofort riss sie zum Schutz ihre Arme hoch und kniff die Augen fest zusammen. Trotzdem war sie sich für mehrere Sekunden absolut sicher, dass sie nie wieder etwas anderes als weißes Licht sehen würde. Nur langsam wichen die stechenden Schmerzen in ihren Augen und ein anderes weitaus grausameres Bild brannte sich auf ihrer Netzhaut ein. Die gesamte Küste, die sie in der Ferne sah, brannte in dunkelrotem Feuer. Eine gigantische Aschewolke stieg immer höher und höher darüber auf, bis man am Horizont nirgends mehr das Blau des Himmels erkennen konnte.

Es gab keinen Zweifel: Wo Hàvamar einst gestanden hatte, war absolut nichts übriggeblieben.

Dann erreichte sie der Nachhall der Explosion.

Wie zuvor auf ihre Augen, musste Mira nun ihre Hände so fest auf die Ohren pressen, dass sie glaubte sie würde ihren Kopf zerquetschen. Was sie spürte, war nicht einfach nur ein Geräusch. Vielmehr wurde ihr gesamter Körper von den gewaltigen Druckschwankungen durchflutet, bis sie glaubte, dass der grausame Lärm sie nicht nur umgab, sondern aus ihrem eigenen Inneren kam.

Mira konnte sich nicht länger auf den Beinen halten. Sie taumelte zu Seite, stolperte und stieß gegen den Stuhl des Käpt'ns, in den sie sich fallen ließ. Sie wusste nicht, wie lange sie einfach nur dasaß, mit auf die Ohren gepressten Händen und auf den blutroten Weltuntergang am Horizont starrte.

Irgendwann spürte sie eine Hand auf ihrer Schulter. Sie hörte eine Stimme, die nach ihr rief, aber so klang als wäre sie sehr weit weg. Und dann, ganz plötzlich, kehrten die einzelnen Geräusche wie ein Wasserfall, der sich über sie ergoss, zurück. Mira tauchte aus der Stille auf und wie als wäre sie zuvor am Ertrinken gewesen, rang sie nach Atem.

Im Hintergrund hörte sie das Funkgerät der Brücke rauschen: »... Geben Sie das an alle Schollen weiter. Die Menschen sollen sich auf den Einschlag vorbereiten. Ich wiederhole - Hier spricht Kommandant Rayk vom Luftschiff *Tyrill*. Eine von der Explosion verursachte Flutwelle trifft in weniger als fünf Minuten auf Ihrer Position ein. Suchen Sie Schutz ...«

Miras Gedanken waren noch völlig durcheinander, doch sie reagierte, wie als würde jemand anders ihre Handlungen steuern.

»Gebt den Schollen Bescheid«, sagte sie zum Käpt'n von Scholle fünfzehn, der seine Hand noch immer auf ihrer Schulter hatte, als wolle er sie wachrütteln. Dann verteilte sie auch an die anderen Besatzungsmitglieder Aufgaben. Sie mussten die Notfallsirene starten und jeden, der noch auf der Eisfläche stand, dort herunterholen.

Und als sie wusste, dass sie alles, was ihr in diesem Augenblick möglich war, getan hatte, wandte sie ihren Blick wieder der drohenden Gefahr am Horizont zu. Das, was sie dort sah, war jedoch keine Welle. Es war eine schwarzblaue Wasserfront, die wie eine Mauer auf sie zu walzte. Das Meer türmte sich höher und höher auf, bis es selbst die höchsten Gebäude, die in Hàvamar gestanden hatten, um ein Vielfaches überragte. Das Wasser verschluckte das Licht der Sonne und als die Welle die zusammengefügten Schollen traf, glaubte Mira, die finsterste Nacht, die sie jemals gesehen hatte, sei über sie hereingebrochen. Wie eine Schneelawine begrub das Wasser alles unter sich, was sich ihm in den Weg stellte. Das Eismeer umflutete die Scheiben der Brücke und Mira hätte dieselbe gruselige Aussicht gehabt, wenn die Scholle am Grund des Meeres gelegen hätte. Alles um sie herum knirschte und ächzte. Das Funkgerät rauschte bei dem vergeblichen

Versuch, einen Kontakt aufzubauen. Sie waren vollkommen von allem anderen abgeschnitten.

»Bei den Eisgeistern«, murmelte der Käpt'n von Scholle fünfzehn.

Mira hingegen schwieg. Sie biss die Zähne vor Anspannung so fest aufeinander, dass sie keinen Ton hervorbrachte. Ihre Finger waren so tief in den Stuhl gekrallt, dass ihre Nägel Löcher in das Polster rissen. Das Wasser hatte die Scholle mindestens zehn Meter nach unten gedrückt und ihr Magen hing Mira in der Kehle. Das Gefühl war schlimmer gewesen als jedes Luftloch, das sie an Bord eines Luftschiffes jemals erlebt hatte.

Doch dann spürte sie, wie es wieder aufwärts ging. Ihre Organe wurden wieder an ihren richtigen Platz zurückgeschoben und plötzlich verlor die alles umgebende Schwärze an Kraft. Zuerst war das Licht um sie herum noch bläulich verfärbt, da es sich durch die verbleibenden Wassermassen kämpfen musste. Doch die Scholle gewann an Geschwindigkeit und drängte immer schneller zurück an die Oberfläche. Der dunkle Ozean, der sich über sie gestülpt hatte, wich zurück und gab sie schließlich frei. Ein dünner Wasserschleier lief über die Scheiben, bevor auch dieser versiegte und als einzige Spuren des Unglücks einige wenige Wassertropfen zurückblieben, in denen sich das gelbe Licht der Sonne brach.

In der nächsten Stunde war Mira mit nichts anderem beschäftigt, als sich Schadensberichte und die Auswirkungen der Welle anzuhören. Das Eis von Scholle siebzehn, der letzten Scholle, die Tarjei und Bjan an den großen Verbund angeschlossen hatten, war noch nicht fest genug mit den anderen Schollen verwachsen gewesen. Nachdem sie von der Welle getroffen worden war, gab es nun keine Spur mehr von ihr. Sie war einfach mit allen darauf befindlichen Menschen auf den Meeresgrund gesunken. Mira überschlug immer wieder die Zahlen, wie viele sich dort aufgehalten hatten, weil sie sie bei der Evakuierung dorthin geschickt hatte. Dabei kam sie immer wieder zum selben furchtbaren Ergebnis. Unter ihrer Verantwortung waren über siebentausend Menschen gestorben.

Wie viele außerdem auf anderen Schollen über Bord gespült worden waren, war völlig unklar. Und obwohl die Qarmaqs sich als außerordentlich widerstandsfähig erwiesen hatten, war auch in einige von ihnen das Wasser eingedrungen. Natürlich war eine von Miras ersten Anweisungen gewesen, die Boote, die nicht gesunken waren, auszuschicken und nach den wenigen Glücklichen zu suchen, die sich lange genug an Treibgut hatten klammern können. Doch besonders viele Erfolge konnten die Schiffe nicht melden. Jeder, der länger als ein paar Minuten im Eiswasser überlebte, galt als wahres Wunder. Umso erleichterter war Mira, als sie zum ersten Mal nach der Katastrophe die Stimme ihres Vaters hörte. Seine ersten Worte waren: »Tarjei ist auch bei mir und es geht uns gut.«

Mira liefen bei dieser Nachricht unkontrolliert Tränen über die Wangen. Dabei war es ihr völlig egal, was die anderen Menschen dachten, die sich inzwischen auf der Brücke von Scholle fünfzehn eingefunden hatten, um ihr bei der Koordinierung aller Aufgaben zu helfen. Vielen von ihnen ging es ähnlich, sobald sie von einem lieben Menschen hörten und die meisten hatten selbst noch Spuren von nicht vollständig getrockneten Tränen auf den Wangen.

»Wir sind hier auf Scholle acht«, ließ ihr Vater sie wissen. »Die Welle hat die Glaskuppel zerstört und die halbe Wohnanlage unter Wasser gesetzt. Wir haben viele wirklich schlimm verletzte Leute hier. Wir brauchen dringend Hilfe.«

Mira schickte ihnen, was sie andernorts entbehren konnte und musste sich zusammenreißen, dass sie nicht auch selbst einfach dorthin eilte. Ihre Pflichten als Käpt'n der Riesenscholle ließen ihr dafür jedoch keine Zeit. Sie war die Schaltstelle, die alles am Laufen halten musste. Die Menschen von den weniger schlimm betroffenen Schollen, eilten den anderen zur Hilfe. Die Luftschiffe transportierten schweres Werkzeug dorthin, wo es gebraucht wurde und Lazarette wurden notfallmäßig errichtet. Alle zogen an einem Strang.

Und das alles, während die Riesenscholle sie weiter aufs offene Meer hinausbrachte. Weg von Hàvamar und der gigantischen Aschewolke, die sich darüber ausbreitete. Sie würden jeden noch so kleinen Lichtstrahl brauchen, wenn sie mit den Kuppelgärten der Schollen über einen längeren

Zeitraum so viele Menschen versorgen wollten. Mira hoffte außerdem, dass die Klimaänderungen, je weiter sie von der Quelle der Veränderung entfernt wären, milder abliefen. Natürlich konnte niemand mit Sicherheit sagen, dass es so kommen würde, aber es fühlte sich richtig an.

Irgendwann hatte Mira bei ihrer Arbeit jegliches Zeitgefühl verloren. Sie konnte sich daran erinnern, dass es seit der gigantischen Flutwelle mindestens schon einmal Nacht und wieder Tag geworden war und sie sah es als gutes Zeichen, dass die Riesenscholle sie bisher ohne weitere Probleme getragen hatte und sie in eine weitere ruhige Nacht zu treiben schienen.

 Mira war jedoch so müde, dass sie genau an der Stelle zwischen Scholle drei und vier, wo sie sich gerade befand, stolperte und sich auf die Eisoberfläche setzen musste, um nicht umzufallen. Sofort waren ein paar Rebellen und Eiswüstenbewohner bei ihr, mit denen sie gemeinsam dabei geholfen hatte Verwundete mit improvisierten Schlitten zu transportieren.

 Als nächstes stellte Mira fest, dass ihre Muskeln selbst Sitzen nicht mehr für eine angebrachte Leistung hielten, die sie noch ausführen wollten. Denn plötzlich lag sie mit dem Rücken im Schnee. Die Sonne war bereits untergegangen, doch ein paar letzte goldene Strahlen schimmerten noch am Horizont über die Wellen des Eismeeres, während darüber schon die Sterne am Nachthimmel funkelten. Verschwommene Gesichter schoben sich über sie und Hände griffen nach ihr. Sie spürte die Sorgen der Umstehenden, doch sie konnte sich nicht länger dagegen wehren. Sie fiel in einen tiefen traumlosen Schlaf.

Das Nächste, an was sich Mira erinnerte, war, dass sie sich fragte, warum sie in einem weichen Bett lag. Sie öffnete die Augen und helles Tageslicht umgab sie. Sie erkannte die schmalen grünen Vorhänge vor dem Bullauge. Sie war in ihrem alten Zimmer auf Scholle zwölf, in dem sie beinahe siebzehn Jahre lang gelebt hatte.

 Eine Weile lag sie nur still da und war noch zu müde, um sich zu rühren oder längere Gedanken zu fassen. Doch dann wurde die Tür zu ihrem Raum geöffnet und sie hörte Tarjeis Stimme, als er leise zu jemand anderem im Nachbarzimmer sagte: »Sie ist wach.«

Mira drehte ein wenig den Kopf und blickte genau in dem Augenblick zu ihrer Zimmertür, als Bjan gemeinsam mit Tarjei hereinkam.

»Was ist passiert?«, fragte sie.

»Du hast ungefähr drei Tage lang nicht geschlafen«, sagte Tarjei und lächelte sie an. »Vielleicht auch vier. Da sind wir uns nicht hundertprozentig sicher. Deswegen bist du umgekippt.«

»Wie lange war ich weg?«, fragte Mira als nächstes und strich eine Haarsträhne, die quer über ihrer Stirn lag, zur Seite.

»Beinahe zwanzig Stunden«, antwortete ihr Vater und Mira sah die tiefen Sorgenfalten in seinem Gesicht, die selbst jetzt noch nur langsam verschwinden wollten.

»Zwanzig Stunden?«, wiederholte Mira entsetzt und versuchte hastig aufzustehen. Irgendjemand hatte eine Decke über sie ausgebreitet, mit der sie kämpfen musste, bevor sie sich daraus befreien konnte. Und danach stellte sie ärgerlich fest, dass jemand sie in ihre Schlafkleidung gesteckt hatte, was sie als eine weitere Zeitverzögerung einstufte. Sie musste sich dringend einen Überblick über das verschaffen, was sie verpasst hatte.

»Langsam, Mira«, bremste ihr Vater sie jedoch aus und stellte sich ihr in den Weg. »Wo willst du hin?«

»Ich muss auf die Brücke. Die Schäden der Flutwelle und die vielen Verletzen …«

»Das können auch andere für eine Weile übernehmen. Yorrick hat das, dank deiner Organisation in der ersten Zeit momentan alles ziemlich gut im Griff. Und Rayk koordiniert die Luftschiffe so, dass sie von einer Seite der Riesenscholle zur anderen fliegen und alles verteilen, wo es gebraucht wird.«

Mira war trotzdem noch nicht bereit, die Anspannung ihres Körpers wieder völig aufzugeben, doch ihr Vater verhinderte beständig, dass sie sich weiter als einen Meter von ihrem Bett entfernen konnte.

»Mira«, sagte er mit strenger Stimme. »Es ist mir egal ob du jetzt Kapitänin von einer Eisscholle so groß wie ein kleiner

Kontinent bist oder nicht, aber wenn du dich jetzt nicht auf der Stelle wieder ins Bett legst, schließe ich dich in deinem Zimmer ein.«

Mira wusste nicht, wie ernst er das wirklich meinte, doch letztendlich gab sie nach und gehorchte ihm. Schließlich hatte sie zu lange dafür gekämpft, wieder seine Tochter sein zu dürfen, um ihn jetzt einfach zu ignorieren.

Gegen ein Kissen gelehnt fragte sie: »Funktioniert unser Plan?«

Als sie ihre Bettdecke über ihre Beine legte, bemerkte sie, wie warm es in ihrem Zimmer war. Tatsächlich hatte sie zum ersten Mal in ihrem Leben das Gefühl, als liefe der kleine Heizkörper an der Wand auf Hochtouren. Nur dass ihr ein schneller Blick verriet, dass er ausgeschaltet war. Außerdem fühlte sich die Wärme auch irgendwie anders an. Sie ging nicht von einem einzigen kleinen Ort aus. Sie umgab sie einfach und umfasste ihren ganzen Körper. Mira hatte von der kleinen Zehe bis zu ihrem Ohrläppchen warm.

»Bis jetzt funktioniert alles«, antwortete Tarjei und ihr Vater stimmte ihm zu.

»Wir werden sehen, wie lange die Generatoren es schaffen, gegen das wärmer werdende Eismeer etwas auszurichten. Momentan sieht es aber wirklich gut aus. Außerdem haben wir mehrere kleine Luftschiffe losgeschickt, die weiter im Norden Meeresteile suchen, in denen sich das Wasser weniger erwärmt als hier. Die Strömungen können sich sehr stark voneinander unterscheiden und Eskil glaubt, dass es uns so vielleicht möglich ist, heiße Quellen oder ähnliches zu umschiffen.«

Das hörte sich alles wirklich gut an, dachte Mira und seufzte erleichtert auf.

»Aber jetzt«, sagte ihr Vater und lächelte sie an. »Ruh dich aus. Momentan laufen die Eisgeneratoren ausnahmsweise alle rund, also legen Tarjei und ich uns nebenan auch für ein paar Stunden hin.«

Obwohl Mira dagegen ankämpfen wollte, spürte sie, wie bei dem Gedanken sich noch ein wenig auszuruhen, ihre Augendeckel bereits wieder unmenschlich schwer wurden. Und so war sie schon beinahe wieder eingeschlafen, noch bevor ihr Vater gesagt hatte: »Ruf einfach, wenn du etwas brauchst.«

※

Das nächste Mal wurde Mira wach, als jemand ihre Tür öffnete. Sie blinzelte ein paar Mal, musterte die schlanke Gestalt, die eintrat und glaubte im ersten Moment noch zu träumen.

»Käpt'n einer Riesenscholle«, sagte Aelin und schüttelte lächelnd den Kopf. »Das mit dem »*nicht auffallen*« hast du wohl nicht so ganz hinbekommen oder?«

Dann war ihre ehemalige Zimmergenossin auch schon bei ihr und sie umarmten sich.

»Aber die Explosion der Lintu… Ich dachte du wärst tot«, sagte Mira und drückte Aelin dann umso fester, als könne sie nur dadurch verhindern, dass ihre Freundin wieder verschwinden würde.

»So leicht sterbe ich schon nicht«, erwiderte Aelin und dann lachten sie gemeinsam los. Lange und herzhaft, bis Mira der ganze Körper davon angenehm wehtat. Danach saßen sie noch eine ganze Weile auf dem Bett und erzählten sich ihre Geschichten.

»Bevor die *Lintu* nach Rhenak aufgebrochen ist, haben sie mich und alle anderen Diener vom Schiff geführt und in den Gefängnissen der Stadtwache einquartiert«, erzählte Aelin. »Die dachten wohl, dass außer Tarjei und dir noch mehr Verräter an Bord sein könnten.«

»Sieht so aus, als hätte unser kleiner Kampf mit Morten am Ende doch noch etwas Gutes gehabt«, warf Mira in Aelins Bericht ein.

Doch ihre Freundin reagierte darauf nur mit einem schwachen Nicken. Offensichtlich wollte sie sich nur ungern daran erinnern. Stattdessen wechselte sie das Thema und berichtete, wie sie die Kämpfe in der Stadt und die Evakuierung erlebt hatte, bei der man sie mit allen anderen auf die Schollen gebracht hatte. Und so waren auch Veg, Dyrn dem Tod entkommen.

Miras eigene Erlebnisse, seit sie von Bord der *Lintu* geflohen war, waren wesentlich umfangreicher und ihre Erzählungen dehnten sich weit bis über das Frühstück, das sie gemeinsam aßen, hinaus aus. Doch als sie beim Ende angekommen war, wurde es Zeit für eine letzte Umarmung und danach musste sie ihre Pflichten als Käpt'n wieder aufnehmen. Und das Erste, was sie in dieser Rolle tat, war Aelin mit den Worten »Ab sofort musst du dir nie mehr Sorgen machen, wer oben schläft« offiziell ihre Kabine zu überlassen.

*

Fast einen ganzen Tag lang kümmerte Mira sich um die Versorgung der Menschen, half dabei, die Schäden an den Qarmaqs zu beheben, die Hilfe für die Verletzten besser zu koordinieren und dafür zu sorgen, dass am Abend jeder etwas zu Essen und einen Schlafplatz hatte. Um all dies zu bewerkstelligen, musste sie viele Kilometer zurücklegen und sie war gerade in der Wohnanlage einer kleineren Scholle unterwegs, als sie am Speisesaal vorbeikam und ein paar bekannte Gesichter entdeckte.

Zuerst wusste sie nicht recht, ob sie nicht doch lieber schnell vorbeigehen sollte, da möglicherweise noch böses Blut zwischen ihnen war, doch Gillis und Halv hatten sie ebenfalls entdeckt und winkten ihr freundlich zu, sodass Mira sich entschied sich für einen Augenblick zu ihnen zu setzen. Dankend nahm sie eine Schüssel Eintopf entgegen, den sie schon alleine an dem köstlichen Geruch als Halvs Werk erkannte. Er musste die Küche dieser Scholle übernommen haben. Auch Alrena und Mile saßen an dem Tisch und löffelten ihre Teller aus.

»Bent ist ziemlich lädiert, aber er fliegt trotzdem mit Elin auf der *Tyrill* Versorgungsflüge von einer Seite der Riesenscholle zur anderen«, erklärte Gillis die Abwesenheit der restlichen Crew der *Lymaskar*. Dann fügte er hinzu: »Ich glaube, du solltest den beiden lieber noch eine Weile aus dem Weg gehen. Sie sind immer noch nicht besonders gut auf die Sache mit der *Lymaskar* zu sprechen. Du weißt schon.«

Er rollte kurz mit den Augen.

Mira bedankte sich für den Ratschlag und versuchte sich außerdem bei der Crew zu entschuldigen. Sie fühlte sich irgendwie mitverantwortlich für Käpt'n Falkeids Tod, da er so kurz nach ihrer Sabotage gestorben war. Doch Halv schüttelte mit einem Brummen den Kopf und auch Gillis unterbrach sie sofort.

»Selbst wenn die *Lymaskar* im besten Zustand aller Zeiten gewesen wäre, hätte sie keine Chance gegen die *Lintu* gehabt. Und wenn das alles nicht so gekommen wäre, wie es jetzt gekommen ist, wären wir vermutlich alle tot.«

Selbst Alrena stimmte in diesem Fall ausnahmsweise einmal ihrem Mann zu.

»Ist nur schade«, murmelte Mile.

Der Schiffsjunge hatte sich von allen am meisten verändert. Ganz entgegen seiner früheren Art hatte er bisher noch kein einziges Wort gesagt. Er schien noch immer nicht ganz darüber hinweg zu sein, dass er Jadar erschossen hatte. Auch jetzt machte er keine Anstalten, weiterzureden. Erst als er bemerkte, dass ihn alle erwartungsvoll ansahen, weil sie wissen wollten, was er schade fand, erklärte er: »Meine Zeichnungen - Ich hatte jeden Ort, den wir mit der *Lymaskar* besucht haben, gemalt. Die sind bei dem Zusammenstoß alle verbrannt.«

Dabei glaubte Mira für den Bruchteil einer Sekunde, dass Mile sie verschwörerisch ansah. Sie fragte sich, ob er sich wohl irgendwie zusammengereimt hatte, dass sie seine Skizzen zur Planung ihrer Flucht benutzt hatte. Aber vermutlich bildete sie sich das nur ein.

»Ich hatte schon eine ziemliche Sammlung beisammen und eine richtige Karte erstellt«, erzählte er weiter. »Es hat Jahre gedauert und am Ende war die ganze Arbeit umsonst.«

Mira musste nicht lange überlegen, bis ihr etwas Aufmunterndes für Mile einfiel.

»Dafür kannst du jetzt an einer ganz neuen Karte arbeiten«, sagte sie. »Die Welt hat sich verändert und egal wo du hinfliegst, wirst du der erste Mensch sein, der seinen Fuß jemals dort hingesetzt hat.«

Schnell fügte sie noch hinzu: »Ich sehe mal, was ich für dich tun kann. Eines der Erkundungsschiffe, die kältere Gewässer für uns suchen, kann sicher noch einen guten Schiffsjungen gebrauchen.«

Dann bedankte sie sich bei Halv für das gute Essen, nickte Gillis und Alrena zu und ließ Mile mit vor Vorfreude schimmernden Augen zurück.

※

Es vergingen zwei Wochen, bevor sie zum ersten Mal etwas von Kel und den Menschen hörten, die in den Bunkern unter dem Nimus Schutz gesucht hatten. Der Funkspruch kam nur zerstückelt bei ihnen an und sie verstanden kaum mehr als zwei zusammenhängende Sätze. Aber das, was sie hörten, reichte aus, dass die Eiswüstenbewohner, die bei ihnen auf der Riesenscholle geblieben waren, am Abend ein Fest abhielten. Gemeinsam mit allen anderen tanzten sie um Lagerfeuer und sangen ihre Ahnenlieder. Zwar schienen auch Kel und die Menschen in den Bunkern ihre Probleme zu haben, doch es ging ihnen gut und sie hielten durch.

※

Am ersten Morgen der dritten Woche stand Mira an dem kleinen runden Fenster, von dem aus sie die Eisfläche vor der Außenschleuse von Scholle Nummer zwölf beobachten konnte. In ihrer Erinnerung kam es ihr wie ein anderes Leben vor, wenn sie daran zurückdachte, wie sie genau hier an der gleichen Stelle gestanden hatte. Damals war sie tief in ihren dicken Pullover versunken gewesen und hatte mit größter Vorsicht darauf geachtet, auf keinen Fall das kalte Glas der Scheibe zu berühren, auf dem ihr Atem sich als weißer Nebel niederschlug. Sie hatte nach den Walfischfängern Ausschau gehalten und gehofft, dass sie nicht genau in dem Moment die kalte Luft zu ihr hereintrugen, in dem sie an der Außenschleuse vorbeiging. Denn das hätte ihr den einzigen warmen Tag im Jahr versaut, den sie bekommen würde.

    Inzwischen stand die Außenschleuse schon seit Tagen offen und ließ außer den vielen Menschen auch frische Luft in die Wohnanlage strömen. Es war ein angenehm warmer Wind, der durch den äußeren Ring der Wohnanlage blies. Mira hatte die Ärmel ihres Pullovers bereits vor einigen Tagen kürzen müssen, so dass sie nun knapp oberhalb der Ellenbogen endeten und ihre Wolljacken hatten als Material für Verbände und anderen Bedarf an Bord der Schollen eine neue Verwendung gefunden.

    »Wusste ich doch, dass ich dich hier finde«, sagte Tarjei

und trat neben sie.

Er trug ein dünnes Hemd mit kurzen Ärmeln, wie es früher nur die Stadtbewohner hatten anziehen können, da es nirgends außer in Hàvamar warm genug dafür gewesen war. Noch dazu war es aus hochwertigem Stoff und musste jemand sehr Reichem gehört haben. Vermutlich einem Adligen. Viele Leute hatten Tarjei und Bjan etwas geschenkt, da sie glaubten, ihnen den größten Teil ihrer Rettung zu verdanken. Auch Mira hatten sie von dem Wenigen, was sie aus ihrem alten Zuhause gerettet hatten, etwas angeboten. Sie versuchte die Geschenke meistens abzulehnen, oder die Menschen dazu zu ermutigen, dass sie das, was sie nicht brauchten, mit ihren Nachbarn auf anderen Schollen teilen sollten. Doch sie musste zugeben, dass sie manchmal nicht nein sagen konnte. Wie beispielsweise bei der wunderschönen silbernen Halskette, die ihr ein kleines Mädchen feierlich überreicht hatte und danach kichernd in den Gängen der Wohnanlage verschwunden war.

»Gibt es Probleme?«, fragte Mira und sah Tarjei an.

Doch er sah nicht so aus, als wäre er gerade aus irgendeinem Maschinenraum gekommen. Seine Haut war zu sauber und er hatte kein Öl an den Fingern.

»Ich soll dich nur abholen«, sagte er mit breitem Grinsen. »Der Käpt'n wird auf der Brücke erwartet.«

Sie sah ihn zweifelnd an. Wenn es ein Problem gab, dass ihrer Aufmerksamkeit bedurfte, dann musste sie als Käpt'n darüber Bescheid wissen. Sie wollte Tarjei deswegen gerade schon einen Vortrag halten, als er bemerkte, dass sie nicht einfach so mitkommen würde und seufzte.

»Also gut. Aber ich verrate nur so viel: Rayks Luftschiff hat uns gerade angefunkt.«

Mehr musste Tarjei gar nicht sagen, bevor Mira losrannte. Rayk war mit der *Tyrill* vor zwei Tagen zu einem Erkundungsflug aufgebrochen. Sein Bericht wurde mit Hochspannung erwartet.

Eine Stunde später waren alle ehemaligen Kapitäne der Schollen zusammengekommen. Es herrschte reges Gemurmel auf der Brücke von Scholle zwölf und jeder schien eine eigene Theorie zu haben, weshalb Mira sie herbeordert hatte.

»Die *Tyrill* hat sich gemeldet«, sagte Mira und sofort verstummten alle Gespräche. Die Spannung im Raum war beinahe greifbar, doch Mira hatte nicht vor die Kapitäne länger auf die Folter zu spannen.

»Wir fahren Richtung Osten«, sagte sie und ein breites Lächeln breitet sich auf ihren Lippen aus. »In Richtung bewohnbaren Lands.«

✻

Epilog

Ein Jahr später

Sie hatten sich hier getroffen, um den Beginn einer neuen Zeit einzuläuten.

Kel hielt die Hand seines Sohns Anyu, der sich von den vielen anderen Anwesenden eingeschüchtert fühlte und sich deswegen eng an das Bein seines Vaters klammerte. Suka stand dicht bei ihnen und auch Tesuk, der behauptete, dass er sich nie daran gewöhnen würde, dass nur noch wenige Wochen im Jahr Schnee fiel, war gekommen. Die Zeit im Bunker war eine harte Probe für jeden gewesen. Und die Vorräte waren ihnen irgendwann knapp geworden. Doch am Ende war die Wiedervereinigung mit den Stammesmitgliedern auf den Schollen jede Entbehrung wert gewesen. Es war damals dieser Hügel gewesen, nicht weit von der Meeresküste entfernt, an dem die Riesenscholle vor Anker gegangen war und die Überlebenden aus dem Bunker und die von der Scholle zum ersten Mal aufeinandergetroffen waren.

Kel konnte sich noch genau an das Gefühl erinnern, das er damals gehabt hatte, denn auch jetzt durchströmte es ihn, wenn er die Hand seines Sohnes nur fest genug hielt. Diese neue Welt hielt Großes für Anyu und die Zukunft aller anderen bereit. Es war Zeit, die alten Ahnenlieder zu Ende zu singen und eine neue Melodie zu beginnen.

*

Rayk hatte vor einigen Tagen, nur wenige Kilometer weiter im Süden, den Grundstein für eine neue Stadt gelegt. Wenn er die Hand an seine Stirn legte und seine Augen gegen das Sonnenlicht abschirmte, konnte er ganz in der Ferne sogar die ersten Häuser, die noch gebaut wurden, als kleine Punkte erkennen.

Noch hatte es keine offiziellen Wahlen gegeben und viele gingen einfach davon aus, dass er früher oder später das Amt des Präsidenten übernehmen würde, doch er hatte von Anfang an klargemacht, dass er dafür nicht zur Verfügung stand. Er wusste, wen die Leute wirklich brauchten. Thea trieb die Planung der Stadt voran und wie immer hörten alle auf sie. Es würde nur eine Weile dauern, bis jeder erkannt hatte, dass Thea die wesentlich bessere Anführerin war.

Rayk wusste noch nicht, welche Aufgabe auf ihn wartete, doch bis er es herausfand, würde er weiterhin beim Neubeginn helfen. Wie sich herausgestellt hatte, war er als Handwerker gar nicht so schlecht. Und wenn es nach ihm ginge, dann wäre er mit dem ruhigen Leben eines Zimmermanns durchaus zufrieden.

Nur bei einer Sache war er sich ganz sicher: Er würde nie mehr in der Vergangenheit leben.

*

Mira freute sich, dass so viele gekommen waren. Es mussten hunderte sein, die dem Moment beiwohnen wollten. Hinter sich spürte sie die Anwesenheit von Aelin und Kel und sogar über Rayk und Yorrick, die einige Schritte voneinander entfernt in der Menschenmenge warteten, freute sie sich. Sie selbst stand zwischen Tarjei und ihrem Vater. Bjan hatte den Arm um Svea gelegt und die beiden sahen zusammen überglücklich aus.

Tarjei gab Mira schließlich einen kleinen Schubser mit dem Ellenbogen und sie ließ die Anwesenden nicht mehr länger warten.

Es hatte eine Weile gedauert bis sie das Wasser eines kleinen Flusses, der in der Nähe ins Meer mündete, hierher umgeleitet hatten, um den Boden fruchtbar zu machen. Doch es war jedem klar gewesen, dass die Stelle des ersten Aufeinandertreffens der Überlebenden ein besonderes Denkmal verdiente. Und Miras Vorschlag hatte schließlich den Menschen am besten gefallen. Hier, unweit der neugegründeten Stadt, würde der erste Garten entstehen, der einem anderen Zweck diente als zur Ernährung der Bevölkerung. Es würde ein Ort für die Seele werden. Mira wollte mit Sveas Hilfe den ersten Blumengarten, den es jemals gab, errichten.

Am Vormittag hatte sie bereits mit Hilfe eines Zweiergespanns Yarum-Büffel tiefe Furchen in den Boden gezogen. Und nun standen sie alle um ein kleines Loch beisammen, das sie auf der Spitze des sanften Hügels in den Mutterboden gegraben hatte. Mira ließ sich auf ein Knie nieder und sog den Duft des frischen Erdbodens tief in sich ein. Dann drückte sie vorsichtig den Setzling, den sie in Händen hielt, an den vorgesehenen Platz. Es war Rayks Idee gewesen, dass es eine Funkenlilie sein sollte.

Sie würde an dieser Stelle rasch wachsen und irgendwann handtellergroße Blüten tragen. Sie würde sich vermehren und gemeinsam mit ihren Nachkommen die Menschen auf Generationen hin mit ihrem wunderschönen Äußeren erfreuen.

Doch an eine so ferne Zukunft wollte Mira noch gar nicht denken. Sie hatte genug damit zu tun, im Hier und Jetzt zu leben. Schließlich hatte sie eine ganze Welt, die nur darauf wartete, dass sie sie in einen Garten verwandelte.

ENDE

Danksagung

Vielen Dank fürs Lesen!

Das meine ich ganz ehrlich, denn *Ewiger Winter* ist mit viel Arbeit über einen langen Zeitraum entstanden. Von der ersten Idee bis zur Veröffentlichung sind 6 Jahre vergangen. Genug Zeit, um außer diesem Buch ein Medizin-Studium zu beenden, eine Doktorarbeit zu schreiben und anzufangen als Arzt zu arbeiten. Das alles hätte ich niemals alleine geschafft.

Daher ist diese letzte Seite des Buches den Menschen gewidmet, die mich auf diesem Weg unterstützt haben und es ermöglicht haben, dass *Ewiger Winter* entstehen konnte.

Auf professioneller Ebene ist hier an erster Stelle Maria Blömeke zu nennen, die sich diesem Seiten-Ungetüm von Roman angenommen hat. Ich glaube, dass wenn man ihre Kommentare mit Verbesserungsvorschlägen aneinanderreiht, vermutlich noch einmal ein gesamter Roman entstanden wäre. Vielen Dank für die viele und gute Arbeit.

Ein weiteres großes Dankeschön geht an Colin Winkler, der das unglaubliche Cover für *Ewiger Winter* erstellt hat. Es war nahezu von Beginn an mein Wunsch, dass er diesem Buch sein Erscheinungsbild verpasst und umso mehr freut es mich, dass es am Ende geklappt hat.

Herzlichen Dank will ich auch meinen Testlesern aussprechen, die sich der noch »rohen« Fassung des Manuskripts angenommen haben und mir wertvolle Hinweise zur Geschichte gegeben haben. Hier geht mein Dank an Regina Altherr, Clarissa Heigel, Carola Ottenburg sowie an Benjamin Spang. Wer übrigens nach düsterer Vampir- und Werwolf-Fantasy sucht, dem sei *Blut gegen Blut* von Benjamin empfohlen.

Und zu guter Letzt Danke an die Menschen, ohne die nichts von dieser Fantasie Realität geworden wäre: Regina, Michael, Christoph und Clarissa.

Ich hoffe meine Geschichte hat dich gut unterhalten. Falls dir *Ewiger Winter* gefallen hat, würde es mich sehr freuen, wenn du anderen von diesem Buch erzählst und eine kurze Rezension auf Amazon schreibst. Vielen Dank für deine Unterstützung!

Ebenfalls von Dominik Altherr erschienen:

Novelle:

- Zweite Chancen:

*Jennas Bestimmung als Lichtwesen ist es Menschen zu retten.
Menschen, die eine zweite Chance verdienen.
Doch bei ihrem bisher wichtigsten Auftrag beginnt sie zu zweifeln:
"Wie weit darf man beim Spiel mit dem Schicksal gehen?"*

Zweite Chancen ist eine Fantasy-Novelle mit einer Länge von ca. 13.300 Wörter.

Kurzgeschichten:

- Therapiesitzung:

*Ein Arzt erkundet die Mysterien einer grauenhaften Seuche.
Doch die größte Gefahr stammt nicht aus der Welt außerhalb seiner Klinik.*

Die Kurzgeschichte Therapiesitzung ist in der Anthologie Ungeziefer im Torsten Low Verlag erschienen.

Für Fans von düsteren Werwolf und Vampirgeschichten:

Blut gegen Blut
Von Benjamin Spang

„Dunkle Kräfte greifen nach unseren Seelen. Was bleibt uns übrig, als das tiefe Vertrauen in die Familie?"

Im Lande Nuun herrscht seit Jahrhunderten ein blutiger Krieg. Die Menschheit stellt sich mit all ihrer Dampfkraft gegen das mystische Volk der Werwölfe im Norden und das der Vampire im Westen.

Die junge Mechanikerin Katrina lebt mit ihrer Familie im Grenzgebiet. Als der Vater spurlos verschwindet, ertränkt die Mutter ihre Sorgen in Alkohol. Katrina flieht zu ihrem Onkel in die Stadt, muss aber kurz darauf die schützenden Mauern verlassen, um ihre Mutter vor einem tödlichen Fehler zu bewahren, der großen Einfluss auf den Ausgang des Krieges haben könnte.

Auf ihrer abenteuerlichen Reise stellt Katrina fest, dass neben den Werwölfen auch ein Blutmagier der Vampire gezielt nach ihr sucht. Was ist gerade an ihr so besonders?

Weitere Informationen gibt es unter: www.blutgegenblut.de

Für Fans von Endzeitgeschichten:

Ödland Erstes Buch der Keller
Von Christoph Zacharias

Die Welt, wie wir sie kannten, existiert nicht mehr. Sie ging vor vierzig Jahren unter. Aus Ressourcenknappheiten wurden Verteilungskämpfe, aus regionalen Konflikten Flächenbrände. Das Kartenhaus Zivilisation brach zusammen. Vom Land und von den Städten blieben nur Wüsten und Ruinen übrig: Das ÖDLAND.

Die Überlebenden rotteten sich zusammen und zogen sich in abgeschiedene Enklaven zurück, in versteckte Keller, alte Bergwerke, verbarrikadierte Dörfer und unzugängliche Stadtteile, versuchten nicht entdeckt zu werden und zu überleben. Denn durch die verwüsteten Landstriche zogen bewaffnete Banden. Auf der Suche nach Essbarem griffen sie jeden an, der ihnen in die Quere kam und machten das Ödland zu einem Ort, den niemand freiwillig betrat.

Mega, ein neunzehnjähriges Mädchen, wächst in einer Enklave auf. In einem Heizungskeller unter einer verfallenen Universität. Die junge Frau hat einen Traum: Eines Tages will sie den Keller verlassen und die Welt erkunden, denn die muffige Enge lässt sie die Betonmauern hochgehen und das ewige Stillsein und Verstecken entspricht überhaupt nicht ihrem Wesen.

Erzählt wird Megas Reise durch das ÖDLAND zu den Ursprüngen ihrer Existenz, denn Mega hat nie vergessen, dass sie nicht im Keller geboren wurde.

Bei *Ödland - Der Keller* handelt sich um den ersten Teil einer abgeschlossenen fünfteiligen Buchreihe.

Printed in Poland
by Amazon Fulfillment
Poland Sp. z o.o., Wrocław